CB040582

JOGOS SAGRADOS

VIKRAM CHANDRA

Jogos sagrados

Tradução
Celso Nogueira

COMPANHIA DAS LETRAS

Título original
Sacred Games

Capa
Kiko Farkas/ Máquina Estúdio
Elisa Cardoso/ Máquina Estúdio

Foto de capa
© Corbis/LatinStock

Preparação
Leny Cordeiro

Revisão
Márcia Rita de Moura
Angela das Neves
Andressa Bezerra da Silva

Dados Internacionais de Catalogação na Publicação (CIP)
Câmara Brasileira do Livro, SP, Brasil

Chandra, Vikram
Jogos sagrados / Vikram Chandra ; tradução Celso Nogueira. — São Paulo : Companhia das Letras, 2008.

Título original: Sacred games.
ISBN 978-85-359-1310-1

1. Ficção indiana (Inglês) I. Título.

08-08630 CDD-813.6

Índice para catálogo sistemático:

1. Ficção : Literatura indiana em inglês 813.6

[2008]

EDITORA SCHWARCZ LTDA.
Rua Bandeira Paulista, 702, cj. 32
04532-002 — São Paulo — SP
Telefone: (11) 3707-3500
Fax: (11) 3707-3501
www.companhiadasletras.com.br

Para Anuradha Tandon e S. Hussain Zaidi

Sumário

Agradecimentos

Algumas das viagens para a realização deste livro foram subvencionadas pelo University Facilitating Fund da George Washington University.

Sou grato a meus ex-colegas da George Washington University pelo apoio e compreensão, e especialmente a meus amigos do Programa de Oficina Literária: Faye Moskowitz; David McAleavey; Jody Bolz; Jane Shore; Maxine Claire.

S. Hussain Zaidi foi extraordinariamente generoso, oferecendo seu vasto conhecimento, amizade calorosa e apoio pródigo. Devo muito a ele.

Muitos outros me ofereceram ajuda, informações e hospitalidade durante a execução deste livro:

Anuradha Tandon; Arup Patnaik, DIG, CBI; API Rajan Gule, CID; Fazal Irani; Akbar Irani; API Sanjay Rangnekar; Violet Monis; Iqbal Khan; Imtiaz Khan; Nisha Jamwal; Rajeev Samant; Rakesh Maria, DIG; Viral Mazumdar; Bandana Tewari; Shernaz Dinshaw; Nonita Kalra; A. D. Singh; Sabina Singh; Rajiv Somani; Aftab Khan; Rasna Behl; Ashutosh Sohni; Shruti Pandit; Kalpana Mhatre; Deepak Jog, DCP; Srila Chatterjee; Sherry Zutshi; Namita Waikar; Shashi Tharoor; Julia Eckert; Jaideep e Seema Mehrotra; dr. Ashok Gupta; Namrata Sharma Zakaria; dr. Amiq Gazdhar; Farzand Ahmed; Menaka Rao; Gyan Prakash.

Em Delhi, Punjab e Jammu, e Kashmir: Harinder Baweja; A. K. Sehgal; Amit Sehgal; Manohar Singh; Agha Shahid Ali; Shafi; Sumit (Surd) Nurpuri; Praveen Swami.

Em Bihar: Sanjay Jha; Vinod Mishra; Ravinder Jadav; Ashok Kumar Singh, SP, Gaya; N. C. Dhoundial, DIG, Gaya; R. K. Prasad, Dy SP, Gaya; Sunit Kumar, IGP, Patna; Subnath Jha; Bibhuti Nath Jha "Mastan"; Gopal Dubey; Surendra Trivedi; Sh. Shaiwal.

Há outros que não posso mencionar. Eles sabem quem são.

Como sempre, sou grato a meus pais, Navin e Kamna, e a minhas irmãs, Tanuja e Anupama. A minha amiga e protetora, Margo True; a Eric Simonoff; Julian Loose; David Davidar; Terry Karten; e Vidhu Vinod Chopra.

E a Melanie, que mudou tudo.

Os hinos no capítulo "Ganesh Gaitonde explora o Ser" são do *Rig Vega*. Adaptei as traduções de Raimundo Pannikar (*The Vedic Experience*, Motilal Banarsidass, 2001).

Personagens

SARTAJ SINGH: inspetor de polícia sikh em Mumbai.

KATEKAR: policial que trabalha com Sartaj Singh; Shalini, mulher de Katekar; Mohit e Rohit, filhos do casal.

SRA. KAMALA PANDEY: aeromoça casada que tem como amante o piloto Umesh.

KAMBLE: ambicioso subinspetor de polícia que trabalha com Sartaj Singh.

PARULKAR: subcomissário de polícia em Mumbai.

GANESH GAITONDE: famoso gângster e líder mafioso hindu, chefe da Companhia-G de Mumbai.

SULEIMAN ISA: temido gângster e líder mafioso muçulmano, chefe de uma gangue rival em Mumbai.

PARITOSH SHAH: operador financeiro talentoso que trabalha para gângsteres, inclusive para Ganesh Gaitonde.

KANTA BAI: mulher de negócios que trata com Paritosh Shah e Ganesh Gaitonde.

BADRIYA: guarda-costas de Paritosh Shah.

ANJALI MATHUR: agente do serviço de informações do governo que investiga a morte de Ganesh Gaitonde.

CHOTTA BADRIYA: guarda-costas de Ganesh Gaitonde e irmão mais novo de Badriya.

JULIET (Jojo) MASCARENAS: produtora de televisão e agente de modelos e atores iniciantes... além de cafetina de alta classe.

MARY MASCARENAS: cabeleireira, irmã de Jojo.

WASIM ZAFAR ALI AHMAD: assistente social com aspirações políticas que atua num bairro pobre de Mumbai.

PRABHJOT KAUR, "Nikki": mãe de Sartaj Singh, originária do Punjab; Navneet, sua querida irmã mais velha.

RAM PARI: empregada da mãe de Nikki em Punjab.

BUNTY: braço direito e gerente de Ganesh Gaitonde.

BIPIN BHONSLE: político fundamentalista hindu que Ganesh Gaitonde ajuda a eleger para cargos públicos.

SHARMA (ou Trivedi): aliado de Bipin Bhonsle que opera através de intermediários para Swami Shridhar Shukla.

SWAMI SHRIDHAR SHUKLA, o "Guru-ji": guru e nacionalista hindu, conselheiro espiritual de renome internacional que se torna mentor espiritual de Ganesh Gaitonde.

SUBHADRA DEVALEKAR: esposa de Ganesh Gaitonde e mãe de seu filho.

K.D. YADAV (aka Mr. Kumar): pioneiro agente do serviço de informações indiano, que "controla" Ganesh Gaitonde e se torna mentor de Anjali Mathur.

MR. KULKARNI: agente do serviço de informações que controla Ganesh Gaitonde depois de K.D. Yadav.

MAJOR SHAHID KHAN: agente do serviço de informações paquistanês que planeja a fabricação de dinheiro indiano falso para prejudicar a Índia.

SHAMBHU SHETTY: proprietário do Delite Dance Bar.

IFFAT-BIBI: tia materna de Suleiman Isa e um de seus principais operadores em Mumbai.

MAJID KHAN: inspetor de polícia em Mumbai, colega de Sartaj Singh.

ZOYA MIRZA: atriz e estrela em ascensão na indústria cinematográfica indiana.

AADIL ANSARI: homem instruído mas pobre, de um vilarejo rural, que foge para Mumbai para escapar dos violentos conflitos em sua terra natal, Bihar.

SHARMEEN KHAN: filha colegial do major Shahid Khan, que se muda para os Estados Unidos e leva a família – esposa, filha e mãe – com ele quando vai trabalhar em Washington, D.C.

DADDI: mãe de Shahid Khan, originalmente do Punjab; para a família, ela é muçulmana, mas esconde um segredo.

JOGOS SAGRADOS

Cotidiano policial

Em Panna, o lulu branco chamado Fluffy voou por uma janela do quinto andar de um edifício novinho, onde o andaime da pintura ainda estava montado. Fluffy gritou com sua vozinha de cachorro de madame durante todo o trajeto, como se fosse uma pequena chaleira a soltar vapor, quicou no capô de um Cielo e deslizou para o chão, parando na frente de um grupo de alunas que aguardava o ônibus para o convento St. Mary. Curiosamente, saiu pouco sangue. Mas a visão dos miolos de Fluffy bastou para causar histeria nas escolares; enquanto isso, o sujeito que girara Fluffy por cima da cabeça, segurando-o por uma pata, e atirara Fluffy para fora, um certo sr. Mahesh Pandey, da Mirage Têxteis, aquele sujeito ria, debruçado na janela. A sra. Kamala Pandey, que sempre se referia a si como "mamãe" ao falar com Fluffy, correu cambaleando até a cozinha para retirar do porta-facas magnético uma faca com vinte centímetros de comprimento por cinco de largura. Quando Sartaj e Katekar arrombaram a porta do apartamento 502, a sra. Pandey olhava fixamente para a porta do quarto, onde se via um denso círculo de buracos na madeira com cinco centímetros de comprimento, mais ou menos na altura do peito. Observada por Sartaj, ela suspirou, ergueu o braço e esfaqueou a porta novamente. Teve de puxar o cabo com as duas mãos para arrancar a faca.

"Senhora Pandey", Sartaj disse.

Ela se voltou para eles, ainda segurando a faca erguida com as duas mãos. Tinha um rosto pálido manchado por lágrimas e pés miúdos abaixo da camisola branca.

"Senhora Pandey, sou o inspetor Sartaj Singh", Sartaj disse. "Gostaria de pedir que baixasse a faca, por gentileza." Ele avançou um passo com as mãos estendidas com a palma para cima. "Por favor", disse. Mas os olhos arregalados da sra. Pandey estavam inexpressivos, e exceto pelo tremor nos cotovelos ela permanecia imóvel. Encontravam-se num corredor estreito, e Sartaj sentia a presença de Katekar atrás dele, disposto a passar. Sartaj parou. Mais um passo e ficaria adequadamente ao alcance de uma facada.

"Polícia?", disse uma voz atrás da porta. "Polícia?"

A sra. Pandey avançou, como se lembrasse algo, dizendo: "Miserável, miserável", e atacou a porta outra vez. Cansara-se já, a ponta resvalou na madeira e deslizou pela superfície, Sartaj torceu seu pulso e tomou-lhe facilmente a faca. Mas ela golpeou a porta com as mãos, quebrando as pulseiras que usava, e seu último ataque de fúria descontrolada foi duro de conter. Finalmente sentaram no sofá verde da sala de estar.

"Atire nele", ela disse. "*Atire.*" Depois ocultou a cabeça entre as mãos. Havia manchas azuis e verdes no ombro dela. Katekar aproximou-se da porta do quarto, murmurando.

"Por que brigaram?", Sartaj perguntou.

"Ele quer me proibir de voar."

"Como?"

"Sou aeromoça. Ele acha..."

"O quê?"

Seus sensacionais olhos castanhos bem claros revelaram a raiva com a pergunta de Sartaj. "Ele pensa que passo as noites com os pilotos nas escalas, pois sou aeromoça", ela disse, virando o rosto na direção da janela.

Katekar trouxe o marido, com a mão no pescoço dele. O sr. Pandey ajeitou o pijama de listas vermelhas e pretas, sorrindo cúmplice para Sartaj. "Obrigado", disse. "Obrigado por vir."

"Quer dizer que gosta de bater em sua mulher, senhor Pandey?", Sartaj vociferou, inclinando-se para a frente. Katekar obrigou o sujeito a sentar, enquanto ele ainda estava de boca aberta. Um gesto preciso. Katekar, policial tarimbado, era um verdadeiro colega, apesar de subordinado – trabalhavam juntos havia quase sete anos, com intervalos. "Gosta de bater nela, depois atira o pobre cão pela janela? E depois nos chama para salvá-lo?"

"Ela disse que apanhou de mim?"

"Não sou cego. Enxergo muito bem."

"Então veja isso", disse o sr. Pandey, com o queixo trêmulo. "Olhe, olhe para isso." E ergueu a manga esquerda do pijama para exibir um relógio prateado reluzente e quatro arranhões uniformemente espaçados, profundos e arroxeados, que iam da parte interna do pulso até o cotovelo. "Mais, tenho mais", disse o sr. Pandey, que curvou a cintura para a frente, baixou a cabeça e torceu o corpo para afastar a gola da pele. Sartaj levantou-se e deu a volta na mesa de centro. Havia um vergão vermelho enrugado na escápula do sr. Pandey, e Sartaj não viu onde terminava.

"Como arranjou isso?", Sartaj perguntou.

"Ela quebrou uma bengala de Kashmir nas minhas costas. Era desta grossura", o sr. Pandey disse, erguendo o polegar e o indicador unidos para formar um círculo.

Sartaj andou até a janela. Uma turma de meninos uniformizados se reunira em torno do pequeno corpo branco lá embaixo; empurravam uns aos outros para chegar mais perto. As meninas de St. Mary gemiam com as mãos na boca, implorando aos meninos que parassem. Na sala, a sra. Pandey fixara os olhos brilhantes no marido, com o queixo grudado no peito. "O amor", Sartaj disse suavemente. "O amor é um gaandu assassino. Pobre Fluffy."

"Namaskar, Sartaj Saab", gritou o PSI Kamble, do outro lado da delegacia. "Parulkar Saab perguntou por você." A sala tinha uns oito metros de comprimento, com quatro escrivaninhas alinhadas transversalmente. Havia um pôster de dois metros de Sai Baba na parede, e um Ganesha sob o vidro da mesa de Kamble, e Sartaj sentia vontade de acrescentar o retrato do guru Gobind Singh na outra parede, numa afirmação algo deturpada de laicidade. Cinco policiais assumiram a posição de sentido, mas logo retornaram a seu costumeiro estatelamento nas poltronas plásticas brancas.

"Onde está Parulkar Saab?"

"Com um grupo de repórteres. Dando chá para eles enquanto relata nossa nova iniciativa contra o crime."

Parulkar era o subcomissário de polícia da Zona 13, e seu escritório ficava ao lado, num prédio separado que servia como sede distrital da polícia. Ele adorava repórteres, e por índole era simpático com jornalistas, tendo recentemente desenvolvido o hábito de declamar pares de versos durante as entrevistas. Sartaj às vezes se perguntava se ele ficava acordado até tarde, lendo livros de poesia, ensaiando na frente do espelho. "Ótimo", Sartaj disse. "Alguém precisa falar a eles sobre nosso difícil trabalho."

Kamble riu, sarcástico.

Sartaj sentou-se na mesa vizinha à de Kamble e abriu um exemplar do *Indian Express*. Dois membros da gangue de Gaitonde haviam sido mortos a tiros num confronto com o Flying Squad, em Bhayander. A polícia agira a partir de um alerta dos informantes, interceptando os dois quando se dirigiam ao escritório de uma fábrica situada naquela localidade para extorquir dinheiro do dono. Os dois sujeitos foram surpreendidos e receberam ordens de se render, mas imediatamente atiraram contra o esquadrão que retaliou etc. e tal. Havia uma fotografia colorida de dois homens em trajes civis abaixados na frente de duas manchas de sangue retangulares no chão. Outra notícia relatava dois arrombamentos em Andheri East e um em Worli, sendo que o último acabou com o assassinato de um jovem casal, a facadas. Enquanto lia, Sartaj ouvia um senhor idoso, sentado na frente de Kamble, falar a respeito de morte lenta. Sua mausi de oitenta anos caíra da escada e fraturara a bacia. Ela foi internada na Shivsagar Polyclinic, onde suportara a dor nos velhos ossos com o estoicismo habitual. Afinal de contas, havia marchado ao lado de Gandhi-Ji em 42 e sofrera na época sua primeira fratura — da clavícula, conseqüência de um golpe de lathi de um policial a cavalo —, além de suportar o chão gelado da cela em que a prenderam depois disso. A força dela era do tipo que não existe mais, que considerava o sacrifício pessoal sua missão no mundo. Mas quando as ulcerações se abriram em feridas vermelhas profundas, nos ombros e nas costas, até ela disse, talvez seja minha hora de morrer. O velho companheiro nunca a ouvira declarar algo do gênero, mas agora ela gemia, quero morrer. E precisou de vinte e dois dias para encontrar alívio, vinte e dois dias até a abençoada escuridão. Se a tivesse visto, o velho companheiro disse, você também teria chorado.

Kamble folheava as páginas de um registro de ocorrências. Sartaj acreditava totalmente na história do velho e compreendeu o problema dele: a Shivsagar Polyclinic não permitiria a remoção do corpo sem o Certificado de Liberação endossado pela polícia. A nota escrita à mão na folha timbrada da Brihanmumbai Municipal Corporation diria que a polícia comprovara que a morte em questão fora natural, que não houvera fraude e que o corpo poderia ser liberado aos parentes para o enterro. O objetivo dos procedimentos era evitar que assassinatos — mortes para receber herança e similares — passassem por acidentes, e o subinspetor Kamble deveria assinar em nome da polícia, os sempre alertas guardiões cáqui de Mumbai, mas mantinha a folha ao lado do cotovelo enquanto fazia anotações caprichadas em seu livro de ocorrências. O senhor idoso mantinha as mãos unidas, o cabelo branco caía sobre a testa e ele olhava para o indiferente Kamble com olhos marejados. "Por favor, senhor", disse.

Sartaj pensou que no geral a performance fora cuidadosamente ensaiada, e que sua dor era genuína, mas o detalhe sobre Gandhi-Ji e a clavícula fraturada, condenáveis, por excessivamente melodramáticos. Tanto o senhor idoso quanto Kamble sabiam muito bem que um pagamento teria de ser feito antes da assinatura da certidão. Kamble provavelmente pedira oitocentas rupias; o senhor só queria dar quinhentas, mas os sacrifícios dos idosos haviam sido explorados até a morte nos filmes, e Kamble se mostrava indiferente ao apelo à degeneração da Índia. Ele fechou o livro vermelho e pegou um outro, verde. Passou a estudá-lo com atenção. O velho recomeçou a história, desde a queda da escada. Sartaj se levantou, espreguiçou-se e saiu para o pátio da delegacia. Na sombra da marquise que acompanhava a frente do edifício, sob o pórtico de latão, aglomerava-se a costumeira turba de desocupados, curiosos, parentes dos presos algemados no interior do prédio, mensageiros e representantes dos empresários locais, interessados em favores e, aqui e ali, os seres marcados pelo infortúnio e pela súbita miséria, que o olhavam com uma mistura de esperança e amargura.

Sartaj passou por todos eles. Um muro de três metros rodeava o conjunto, feito com o mesmo tijolo marrom-avermelhado da delegacia e da sede zonal. Os dois sobrados tinham telhados vermelhos e janelas em arco ovalado. Havia uma promessa nos arcos austeros, na espessura das paredes, no peso inflexível das fachadas, havia a garantia do poder maciço, e portanto da lei e da ordem. Uma sentinela assumiu posição de sentido quando Sartaj subiu a escada. Sartaj ouviu risos na sala de Parulkar muito antes de vê-la, enquanto ainda se esgueirava pelo amontoado de cubículos onde a papelada formava pilhas altas. Sartaj bateu com força na madeira reluzente da porta de Parulkar, e a abriu. Rostos sorridentes se voltaram rapidamente, e Sartaj notou que até os jornais de circulação nacional haviam mandado cobrir a iniciativa de Parulkar, ou pelo menos sua veia poética. Ele rendia boas matérias.

"Senhores, senhores", Parulkar disse, erguendo a mão orgulhosa para apontar. "Meu policial mais destemido, Sartaj Singh." Os repórteres baixaram as xícaras de chá num longo estrépito e olharam céticos para Sartaj. Parulkar deu a volta na mesa, ajeitando o cinto. "Um momento, por favor. Preciso conversar com ele lá fora por um minuto, em seguida falarei a vocês sobre nossa iniciativa."

Parulkar fechou a porta e levou Sartaj para os fundos da sala, até uma pequena copa que agora exibia um filtro de água Brittex novo e reluzente na parede. Parulkar apertou os botões e a água jorrou brilhante no copo que ele segurava logo embaixo.

"Pelo gosto, é muito pura", Sartaj disse. "Muito boa, mesmo."

Parulkar tomava goles enormes de um copo metálico. "Pedi que mandassem o melhor modelo", disse. "Pois água limpa é uma necessidade absoluta."

"Com certeza, senhor." Sartaj bebeu um gole. "Mas, senhor — 'destemido'?"

"Eles adoram destemido. E acho melhor você ser destemido, se pretende continuar no emprego."

Parulkar tinha ombros caídos e um corpo em forma de pêra que derrotava os melhores alfaiates, seu uniforme já estava amarrotado, mas isso era normal. Havia cansaço em sua voz, uma resignação em seus olhares de soslaio que Sartaj nunca vira. "Algum problema, senhor? Complicações com a iniciativa?"

"Não, nenhuma complicação com a iniciativa. Nada a ver com isso, nada. É outra coisa."

"O quê, senhor?"

"Querem me pegar."

"Quem, senhor?"

"Quem mais?", Parulkar disse, com aspereza invulgar. "O governo. Eles querem me afastar. Acham que já subi demais."

Parulkar era no momento subcomissário de polícia, mas já ocupara cargos subalternos, como subinspetor. Fizera carreira na Polícia Estadual de Maharashtra, dando o salto quase impossível para o respeitável Serviço Indiano de Polícia, e conseguira isso sozinho, graças ao bom serviço policial, senso de humor e muitas horas de trabalho. Uma carreira surpreendente, inimitável; na ascensão, tornou-se mentor de Sartaj. Depois de esvaziar o copo, serviu-se de mais água do novo filtro Brittex.

"Por quê, senhor?", Sartaj perguntou. "Por quê?"

"Eu era muito próximo ao governo anterior. Acreditam que eu seja ligado ao partido do Congresso."

"Talvez desejem sua saída. Mas isso não significa nada. Ainda tem muitos anos pela frente, antes da aposentadoria."

"Lembra-se de Dharmesh Mathija?"

"Sim, o sujeito que construiu nosso muro." Mathija era construtor, um dos mais bem-sucedidos dos subúrbios ao norte, um sujeito cuja ambição porejava como o suor em sua testa febril. Construíra em prazo recorde a extensão do muro externo do conjunto, nos fundos da delegacia, em volta da área recentemente aterrada. Ali agora havia um templo Hanuman, um pequeno gramado e árvores ainda jovens, que podiam ser avistadas das salas nos fundos do prédio. A paixão de Parulkar era o progresso. Não se cansava de repetir: precisamos progredir. Mathija e Filhos aperfeiçoaram a delegacia, e obviamente fizeram isso de graça. "O que tem Mathija, senhor?"

Parulkar bebia água em pequenos goles, fazendo o líquido passear em sua boca. "Fui chamado à sala do DG ontem, logo cedo."

"Compreendo, senhor."

"O DG recebeu uma ligação do ministro do Interior. Mathija ameaçou abrir um processo. Disse que foi obrigado a trabalhar para mim. Construção."

"Isso é um absurdo, senhor. Ele se ofereceu. Visitou-o aqui inúmeras vezes. Todos nós vimos isso. Fez porque quis."

"Não é o muro daqui. Foi em minha casa."

"De sua casa?"

"O telhado exigia reparos urgentes. Como você sabe, trata-se de uma casa muito antiga. Além disso, eu precisava de outro banheiro. Mamta e minhas netas voltaram para casa. Como você sabe. É isso."

"E então?"

"Mathija fez o serviço. Trabalho de primeira. Mas agora alega possuir gravações nas quais eu o intimido."

"Como assim?"

"Eu me lembro de ter telefonado a ele para pedir que apressasse a obra. Que terminasse a reforma antes das monções. Talvez tenha usado um linguajar pesado."

"E daí, senhor? Ele que vá atrás de seus direitos. Faça o que bem entender. Vamos dar um jeito na vida dele por aqui. Nas obras, nos escritórios..."

"Sartaj, isso não passa de uma desculpa. De um modo de me pressionar, deixar bem claro que sou indesejável. Não se contentariam em apenas me transferir, querem se livrar de mim."

"O senhor reagirá."

"Claro." Parulkar era o manipulador político mais ardiloso que Sartaj conhecia: um mestre insuperável na arte do contato, da armação, do acesso privilegiado a ministros e executivos que cultivava e mantinha felizes, os interesses empresariais deixavam espaço para muitos lucros, adulação e troca de favores com comissários de polícia, gentilezas finamente sopesadas, realizadas e lembradas, tratos feitos e esquecidos — ele era um aficionado desse esporte sutil, o melhor de todos. Incrível vê-lo tão cansado. Seu colarinho afrouxara, a projeção do estômago não era mais garbosa, apenas pesada de arrependimento. Ele bebeu outro copo de água, depressa. "Acho melhor entrar logo, Sartaj. Estão esperando você."

"Sinto muito, senhor."

"Sei que sente."

"Com licença, senhor." Sartaj achou que deveria dizer mais alguma coisa, uma frase plena de gratidão, capaz de resumir tudo o que Parulkar significava para ele — os anos juntos, os casos resolvidos e os largados e abandonados, as manobras aprendidas, como viver, trabalhar e sobreviver na condição de policial na cidade —, mesmo assim Sartaj só conseguiu ficar em posição de sentido. Parulkar moveu a cabeça. Sartaj tinha certeza de que ele entendia.

Saindo da copa, Sartaj ajeitou a fralda da camisa e alisou o turbante com a mão. Entrou em seguida e falou aos repórteres a respeito do aumento dos policiais nas ruas, da integração comunitária, da supervisão e da transparência rigorosas, enfim, de como tudo ia melhorar.

Sartaj almoçou um uttapam enviado pelo restaurante Udipi, vizinho da delegacia. O ardor da pimenta foi revigorante, mas quando terminou Sartaj não conseguiu levantar da cadeira. Fora uma refeição ligeira, mas ele se sentia vencido, esmagado pelo cansaço. Mal conseguiu ficar de pé, tirar o sapato, baixar o banco da parede e deitar na madeira nua, com o corpo bem esticado. Cruzou os braços sobre o peito. Respirou profundamente, duas vezes, a dor na parte posterior da coxa diminuiu e ao mergulhar no entorpecimento conseguiu esquecer detalhes, enquanto o mundo se tornava um fugidio borrão esbranquiçado. Contudo, uma pontada inconsciente espicaçou sua raiva, e num momento ele se lembrou do que provocava tamanha inquietação. Todos os triunfos de Parulkar seriam varridos do mapa, perderiam o sentido perante a desonra tramada. E quando Parulkar fosse embora, o que seria de Sartaj? Para onde iria? Sartaj passara a sentir recentemente que não realizara nada na vida. Passava dos quarenta, era um inspetor de polícia divorciado com perspectivas profissionais medíocres. Outros de sua turma o haviam ultrapassado, ele continuava na mesma, fazendo seu serviço. Examinando seu futuro, viu que não chegaria até onde chegou seu pai, e muito menos até onde foi o formidável Parulkar. Sou o que se pode chamar de inútil, pensou Sartaj, sentindo um imenso vazio. Sentou-se, esfregou o rosto, balançou a cabeça violentamente e calçou o sapato. Seguiu até a sala da frente, onde o PSI Kamble esfregava o estômago em círculos, lentamente. Parecia bem satisfeito.

"Almoçou bem?", Sartaj perguntou.

"Biriany de primeiríssima classe, no novo restaurante Laziz, em S. T. Road", Kamble disse. "Servido em tigela de barro, muito chique. Estamos nos sofisticando um bocado em Kailashpada." Kamble levantou-se para se aproximar. "Preste atenção. Sabe aqueles dois gaandus que foram liquidados ontem pelo Flying Squad, em Bhayander?"

"Da quadrilha de Gaitonde? Sei."

"Certo. Sabe que as gangues de Gaitonde e de Suleiman Isa retomaram a guerra, não é? Ouvi dizer que os dois mortos de ontem foram um supari fornecido pela Companhia-S. Os agentes do Flying Squad faturaram vinte lakhs cada um.

"Melhor entrar para a equipe deles, então."

"Chefe, para o que acha que estou economizando? Consta que o preço para entrar na equipe é vinte e cinco lakhs."

"Muito caro."

"Muito", Kamble disse. Seu rosto brilhava, cada poro dilatado, reluzente. "Mas o dinheiro pode tudo, meu amigo, e para fazer dinheiro é preciso gastar dinheiro."

Sartaj fez que sim, e Kamble retornou a seu livro de ocorrências. Sartaj ouvira a expressão certa vez, de um dono de cortiços condenado por homicídio, um amargo segredo da vida na metrópole: *paisa phek, tamasha dekh*. Eles haviam topado um com o outro, literalmente, ao dobrar a esquina num basti, em Andheri. Reconheceram-se na mesma hora, apesar de Sartaj estar à paisana e da nova barriga do dono dos cortiços. Sartaj disse, arre, Bahzad Hussain, você não devia estar cumprindo quinze anos de pena por despachar Anwar Yeda? E Bahzad Hussain riu, nervoso, dizendo, o senhor entende, inspetor saab, consegui a condicional e agora consta em minha ficha que estou escondido em Bahrein, *paisa phek, tamasha dekh.* O que era totalmente verdadeiro: se o sujeito tiver dinheiro para gastar, bastava observar o espetáculo — juízes e magistrados cordiais, políticos compreensivos, policiais solícitos e ávidos. Bahzad Hussain teve a elegância e o bom senso de acompanhá-lo sem resistir, até a delegacia, mostrando-se muito confiante, pedia apenas uma xícara de chá e a oportunidade de dar alguns telefonemas. Contou piadas e riu muito. Sim, distribuíra o dinheiro e observara o espetáculo. Aquela jhanjhat da polícia significava apenas uma ligeira perda de tempo, só isso. *Paisa phek, tamasha dekh.*

Havia agora uma família na frente de Kamble: mãe, pai e um filho uniformizado, de calça curta azul. O pai era alfaiate, voltara para casa mais cedo naquela tarde para buscar um material de costura que se esquecera de levar consigo. Pegara um atalho e vira o filho, que deveria estar na escola, jogando bolinha de gude com meninos de rua faltu. A mãe falava, no momento. "Saab, eu bato nele, o pai grita, mas nada funciona. Os professores já desistiram. Ele fala alto conosco, meu próprio filho. Ele se acha o máximo. Pensa que não precisa ir à escola. Cansei de tudo isso, saab. Fique com ele. Pode prendê-lo." Com as mãos, ela fez o gesto de quem se desobriga, e enxugou os olhos com a barra do pallu azul. Olhando suas mãos e os antebraços musculosos, Sartaj confirmou sua impressão de que ela trabalhava como bai, lavando a louça e as roupas da casa para as mulheres dos executivos da Shiva Housing Colony. O filho mantinha a cabeça baixa, esfregando a lateral de um sapato contra o outro.

Sartaj gesticulou com o dedo. "Venha cá." O rapaz arrastou os pés, movendo-se lateralmente. "Qual é seu nome?"

"Sailesh." Teria uns treze anos, olhos pretos vivos, parecia inteligente, usava um corte de cabelo elaboradamente desleixado.

"Como vai, Sailesh?"

"Tudo bem."

Sartaj bateu com a mão na mesa. Fez muito barulho, Sailesh assustou-se e recuou. Sartaj o agarrou pelo colarinho e o puxou até a borda da mesa. "Você se acha muito valente, Sailesh? É tão valente que não teme ninguém, Sailesh? Vou lhe mostrar o que fazemos aqui com taporis valentes como você, Sailesh." Sartaj contornou a sala e passou com ele pela porta que conduzia à sala de interrogatório, erguendo o rapaz do chão a cada passada. Katekar estava sentado com outro policial, no fundo da sala, perto da fila de prisioneiros acorrentados.

"Katekar", Sartaj chamou.

"Sim, senhor?"

"Quem é o mais valente desta cambada?"

"Este aqui, senhor. Narain Swami, batedor de carteiras."

Sartaj sacudiu Sailesh com tanta força que sua cabeça balançou e virou. "Este valentão aqui se acha mais durão que todos nós. Vamos ver se é mesmo. Aplique um dum em Narain Swami para nosso amigo corajoso ver como é."

Katekar fez o servil Narain Swami se levantar e dobrar o corpo, Swami se debateu e balançou as correntes, mas quando o primeiro golpe da mão espalmada atingiu suas costas, estalando audivelmente, ele entendeu qual era a idéia. No segundo tapa gemeu, convincente. Após o terceiro e o quarto, chorava. "Por favor, saab, por favor, já chega." Depois do sexto, Sailesh vertia lágrimas gordas. Virou seu rosto para o lado, mas Sartaj o forçou a olhar, puxando-o pelo queixo.

"Quer ver mais, Sailesh? Sabe o que vamos fazer em seguida?" Sartaj apontou para uma barra branca grossa que ia de uma parede a outra, perto do teto. "Vamos pôr Swami no ghodi. Vamos amarrá-lo naquela barra, pelos pés e pelas mãos, e dar uma surra de patta nele. Mostre o patta para o rapaz, Katekar."

Mas ao ver a tira de couro grosso Sailesh murmurou: "Não, por favor."

"Como é?"

"Por favor."

"Quer acabar lá, Sailesh? Como Narain Swami?"

"Não."

"Como é que é?"

"Por favor, saab, não."

"Vai acabar lá, sim. Se insistir em seu comportamento."

"Não vou insistir, saab. Não vou."

Sartaj fez o rapaz dar meia-volta, com as duas mãos em seu ombro, e seguiu na direção da porta. Narain Swami continuava com o corpo abaixado, e abriu um sorriso invertido. Lá fora, sentado numa cadeira de metal com uma garrafa de Coca-Cola entre as pernas, Sailesh ouvia em silêncio os conselhos de

Sartaj. Enquanto bebericava o refrigerante, Sartaj contou-lhe como pessoas que nem Narain Swami acabavam, esgotados, decadentes e finalmente assassinados. Tudo por não terem freqüentado a escola e obedecido à mãe.

"Não faltarei mais", Sailesh disse.

"Promete?"

"Prometo", Sailesh confirmou, tocando a garganta.

"Ai de você se não cumprir", Sartaj disse. "Odeio quem não cumpre promessas. Ficarei de olho em você."

Sailesh fez que sim e Sartaj o deixou sair. No portão da delegacia a mãe parou. Aproximou-se de Sartaj, ergueu a mão fechada e a abriu. Na direita estava a ponta torcida de seu pallu, e na esquerda uma nota de cem rupias. "Saab", disse.

"Não", Sartaj disse. Dando-lhe as costas, ele se afastou.

Katekar dirigia com facilidade, sendo capaz de encontrar brechas no trânsito com a graça precisa de um bailarino. Sartaj empurrou o banco para trás e observou sonolento a troca de marchas necessária para esgueirar o Gypsy entre caminhões e automóveis, deixando apenas alguns centímetros de distância entre eles. Sartaj aprendera a relaxar havia muito. Ainda esperava um acidente a cada minuto, mas aprendera com Katekar a não se importar. Era questão de confiança. Bastava avançar com firmeza e alguém sempre recuava no último segundo, e esse alguém era sempre o outro gaandu. Katekar coçou o saco, resmungou "Ei, bhenchod", e encarou um motorista de ônibus de dois andares, forçando-o a uma parada abrupta. Entraram à esquerda e Sartaj sorriu com a elegância da manobra repentina. "Diga uma coisa, Katekar", Sartaj perguntou, "quem é seu herói favorito?"

"Do cinema?"

"De onde mais?"

Katekar ficou embaraçado. "Vejo muitos filmes..." Ele mexeu na alavanca de câmbio e limpou a poeira do pára-brisa. "Quando passa algum filme na televisão", o que acontecia o tempo todo, "gosto de ver Dev Anand."

"Dev Anand? Sério mesmo?"

"Sim, senhor."

"Ele é meu favorito, também." Sartaj apreciava os filmes antigos em preto-e-branco, nos quais Dev Anand surgia na tela em ângulos impossíveis, com uma energia incrível e o máximo da delicadeza. Havia algo de reconfortante em sua imperfeita perfeição, uma nostalgia pela simplicidade que Sartaj jamais conheceu. Mas esperava que Katekar fosse um extremista de Amitabh Bachchan, ou entusiasta dos rapazes musculosos, Sunil Shetty e Akshay Kumar, que pareciam enormes nos cartazes, como uma nova espécie gigantesca e robusta. "E qual é seu filme preferido de Dev Anand, Katekar?"

Katekar sorriu, virando a cabeça de lado. Um trejeito Dev Anand típico. "Ora, senhor. *Guide*, é claro."

Sartaj concordou com um gesto. "Claro." *Guide* era um filme com as cores fortes dos anos 60, perfeito para saborear o amor intenso e extasiado de Dev por Waheeda, e a amargura de sua tragédia final. Sartaj sempre considerara a longa e penosa morte do guia quase insuportável de se ver, plena de solidão e amor desolado. E logo Katekar revelava inesperada compaixão por Dev. Sartaj riu e cantou, "*Gata rahe mera dil...*" Katekar balançou a cabeça, e quando Sartaj esqueceu a letra, depois de "*Tu hi meri manzil*", ele entoou os versos seguintes, seguindo até o antra. Os dois sorriam um para o outro.

"Não fazem mais filmes como antigamente", Sartaj disse.

"Não mesmo, senhor", Katekar confirmou. Surgiu um trecho desimpedido de pista à frente, que se estendeu até o cruzamento em Karanth Chowk. Eles passaram pelos conjuntos de apartamentos à direita, oculto por um muro cinza comprido, e à esquerda as portas dos barracos imundos de um basti davam diretamente para a rua. Katekar parou no sinal, suavemente, reduzindo de alta velocidade até deter o veículo.

"Ouvi boatos a respeito de Parulkar Saab", ele disse, limpando a parte interna do volante com o indicador.

"Que tipo de boato?"

"Que adoeceu e está pensando em deixar a polícia."

"E onde seria a doença?"

"Coração."

Era um ótimo boato, Sartaj pensou, em termos de boato. Talvez o próprio Parulkar o tivesse espalhado, partindo do princípio operacional básico de que é impossível guardar um segredo, que todos ficariam sabendo, mais cedo ou mais tarde, e que é melhor orientar as inevitáveis especulações alucinadas, dirigindo-as de modo a tirar proveito delas. "Não soube de nada a respeito da saída dele", Sartaj disse, "mas sei que ele está analisando opções."

"Para o coração?"

"Algo assim."

Katekar meneou a cabeça. Não demonstrava muita preocupação. Sartaj sabia que Katekar não era um grande fã de Parulkar Saab, embora nunca falasse mal dele na frente de Sartaj. Ele havia dito certa vez, contudo, que não confiava em Parulkar. Não explicitara os motivos e Sartaj suspeitava que tivesse a ver com o arraigado antibramanismo do parceiro. Katekar não confiava em brâmanes, desprezava maratas por sua mentalidade ambiciosa e avareza típicas de casta média, bem como pelas pretensões a kshatriya. Sartaj entendia que, a partir do ponto de vista OBC de Katekar, havia justificativa suficiente para seus preconceitos. Veja a história, ele havia dito mais de uma vez. E Sartaj sempre aceitara, sem questionar, que as castas mais baixas haviam sido terrivelmente maltratadas por séculos e séculos. Mas ele debatia a política de castas do passado e do presente com Katekar, e desafiava as conclusões do colega. Eles sempre encerravam amigavelmente as conversas sobre assuntos delicados. Afinal de contas, Sartaj apreciava que a história de Katekar não incluísse de cara tipos arrogantes como Jatt Sikh. Eles se conheciam havia muito tempo, e Sartaj passara a depender dele.

Conseguiram estacionar numa vaga apertada, em frente ao Sindoor Restaurante, Cozinha Indiana e Continental Refinada. Sartaj estendeu o braço para apanhar no banco traseiro uma sacola branca da Air India. Esgueirou-se para passar pelo Peugeot e chegar ao paan-wallah do portão, em seguida aguardou até que a fila de executivos de camisa branca entrasse. De onde estava podia ver, em diagonal do outro lado da rua, uma enorme placa branca com letras vermelhas: "Delite Dance Bar and Restaurant". A camisa de Sartaj estava ensopada, colada nas costas do ombro à cintura. A decoração interna do Sindoor era totalmente shamiana de casamento, com direito aos instrumentos do conjunto atrás do caixa e enfeites mehndi nas bordas do cardápio. Katekar sentou-se na frente de Sartaj, num reservado para quatro pessoas, e os dois baixaram a cabeça, gratos pelo jato forte de ar fresco do ventilador de teto. O garçom trouxe duas Pepsis, que os dois beberam rapidamente, mas antes que terminassem Shambhu Shetty já se unira a eles. Deslizou suave para ficar ao lado de Sartaj, elegante e arrumado como sempre, de calça jeans e camisa de brim azul.

"Olá, saab."

"Tudo bem, Shambhu?"

"Tudo em ordem, saab." Shambhu apertou as mãos dos dois. Sartaj teve seu momento habitual de inveja da força férrea da mão de Shambhu, de seus ombros largos e rosto liso de jovem de vinte e quatro anos. Certa vez, no ano anterior, ele havia reclinado o corpo no assento, erguido a camisa e mostrado a barriga de tanquinho, com pequenos triângulos musculosos que a percorriam até o peito. O garçom trouxe suco de abacaxi feito na hora para Shambhu. Ele nunca tomava bebidas gaseificadas nem qualquer outra que contivesse açúcar.

"Anda fazendo trekking, Shambhu?", Katekar disse.

"Vou no começo da semana que vem. Para a geleira de Pindari."

Sobre o revestimento vermelho do assento, entre Sartaj e Shambhu, havia um envelope pardo pesado. Sartaj o posicionou em seu colo e ergueu a aba. Dentro encontrou os costumeiros dez maços de notas de cem rupias, presos com elásticos e com a cinta do banco para formar pacotes de dez mil rupias.

"Pindari?", Katekar perguntou.

Shambu entusiasmou-se. "Chefe, costuma sair de Bombaim? Pindari fica nos Himalaias. Acima de Nainital."

"Sei", Katekar disse. "Por muito tempo?"

"Dez dias. Não se preocupe. Estarei de volta antes da próxima vez."

Sartaj puxou a sacola da Air India que estava a seus pés, abriu o zíper e guardou o envelope lá dentro. A delegacia e o Delite Dance Bar tinham um acordo mensal. Shambhu e ele não passavam de meros representantes das duas organizações, pagando e recebendo. O dinheiro não era pessoal, e eles se encontravam já fazia mais de um ano, desde que Shambhu assumira a gerência do Delite, e aprenderam a gostar um do outro. Shambhu era um bom sujeito, eficiente, discreto, em plena forma física. Tentava convencer Katekar a escalar montanhas.

"Areja a mente", Shambhu disse. "Por que acha que os grandes iogues sempre praticavam tapasya lá nas alturas? Por causa do ar, que favorece a meditação, traz muita paz. Faria bem a você."

Katekar ergueu o copo de Pepsi vazio. "Minha tapasya está aqui, meu caro. Apenas aqui consigo a iluminação, todas as noites."

Shambhu riu e brindou a Katekar. "Não nos sobrecarregue com sua austeridade extrema, ó mestre. Serei obrigado a enviar apsaras para confundi-lo."

Os dois riram, e Sartaj não conteve o sorriso ao pensar em Katekar sentado de pernas cruzadas em cima de uma pele de cervo, esbanjando energia. Ele fechou o zíper da sacola e cutucou Shambhu com o cotovelo. "Sabe, Shambhu-rishi", Sartaj disse. "Precisamos dar uma batida."

"Mas de novo? Houve uma não faz nem cinco semanas."

"Cerca de sete semanas, creio. Quase dois meses. Shambhu, o governo mudou. As coisas mudaram." Haviam mudado mesmo. Os Rakshaks eram os novos governantes do estado. A organização, que um dia fora radical de direita, orgulhosa de seus quadros disciplinados e ambiciosos, tentava agora se tornar um partido de políticos. Como ministros de Estado e secretários do gabinete, atenuaram seu nacionalismo extremado, mas não poderiam abrir mão de sua batalha contra a degeneração cultural e a corrupção ocidental. "Eles prometeram moralizar a cidade."

"Entendo", Shambhu disse. "É aquele filho-da-mãe, Bipin Bhonsle. Vive discursando a respeito da caça aos corruptos desde que se tornou ministro. E para que tanto barulho por causa da proteção à cultura indiana, que anda alardeando agora? Não somos indianos, por acaso? E não estamos protegendo nossa cultura, também? As moças não fazem danças indianas?"

Faziam exatamente isso, saracoteando sob luzes de discoteca, ao som de trilhas sonoras de filmes, respeitavelmente cobertas por cholis e sáris, enquanto os homens exibiam leques de notas de vinte e cinqüenta rupias para elas, mas considerar o Delite Dance Bar um templo da cultura foi de uma ousadia capaz de emudecer Sartaj e Katekar. Os dois disseram "Shambhu" juntos, e ele levantou as mãos. "Tudo bem, tudo bem. Quando?"

"Na semana que vem", Sartaj disse.

"Venham antes de minha viagem. Na segunda."

"Certo. Meia-noite, então." Pelo novo decreto, os bares deveriam fechar às onze e meia.

"Ora, ora, saab. Assim vai tirar o doce da boca das pobres moças. É muito cedo."

"Meia-noite e meia."

"Uma da manhã, pelo menos. Por favor. Tenha dó. Afinal, já perderão metade do faturamento daquela noite, de todo modo."

"Uma hora, então. Mas acho melhor haver moças por lá quando chegarmos. Precisamos deter algumas."

"Bhonsle é um patife. Fecha os bares, e agora vem com essa shosha de prender as meninas? Por quê? Para quê? Elas só querem ganhar a vida em paz."

"A nova shosha é disciplina e honestidade férreas, Shambhu. Cinco moças na viatura. Arranje voluntárias. Elas podem dar qualquer nome. Vai ser rápido. Voltarão para casa às três, três e meia. Vamos levá-las."

Shambhu fez que sim. Ele dava a impressão de gostar realmente das moças, e elas gostavam dele, pelo que Sartaj ouvia, pois ele nunca tentava tomar delas mais do que o padrão para gorjetas, sessenta por cento. Das meninas muito populares ele pegava só quarenta. Uma moça feliz ganha mais gorjetas, dissera certa vez a Sartaj. Era um bom empresário. Sartaj esperava muito dele.

"Tudo bem, chefe", Shambhu disse. "Vamos nos organizar. Nenhum problema." Lá fora, ele passou pela frente do Gypsy a pé, enquanto eles voltavam ao engarrafamento, sempre sorridente.

"O que foi?", Sartaj perguntou.

"Saab, sabe o que é? Se eu disser às moças que você estará presente na batida, em pessoa, aposto que conseguirei dez voluntárias."

"Olha o respeito, chutiya", Sartaj disse.

"Doze, se acompanhá-las até a viatura", Shambhu insistiu. "Além disso, Manika sempre pergunta por você. Ele é tão corajoso, ela fala. Tão bonito."

Katekar ficou sério. "Eu a conheço. Boa moça, muito caseira."

"Pele clarinha", Shambhu completou. "Ótima cozinheira, sabe bordar."

"Safados", Sartaj disse. "Bhenchods. Vamos sair daqui, Katekar. Estamos atrasados."

Katekar avançou, sem tentar ocultar o sorriso amplo como o de Shambhu. Uma revoada de pardais mergulhou alucinadamente do céu, sombreando o capô do Gypsy. Era quase noite.

Um homicídio os aguardava na delegacia. Majid Khan, inspetor na chefia do plantão, informou que o chamado havia sido feito de Navnagar, de Bengali Bura, fazia meia hora. "Não tem mais ninguém aqui para cuidar do caso", ele disse. "Sobrou para você, Sartaj."

Sartaj concordou com um gesto. Um caso de homicídio três horas antes do final do plantão era algo que os outros policiais dispensariam com prazer, a não ser que fosse especialmente interessante. O Bengali Bura de Navnagar era um lugar muito pobre, e os corpos de lá eram apenas corpos, desprovidos de qualquer possibilidade tentadora de reconhecimento profissional, destaque na imprensa ou dinheiro.

"Tome um chá, Sartaj", Majid disse. Ele examinou os maços de dinheiro da Delite, e depois os guardou numa gaveta do lado direito de sua escrivaninha. Mais tarde transferiria o dinheiro para o armário de aço Godrej atrás da mesa, onde guardavam a maior parte da renda operacional da delegacia. Tudo em dinheiro vivo, nada proveniente de verbas governamentais, que não dariam para pagar o papel onde os investigadores anotavam panchanamas, os veículos que os conduziam e o combustível usado, ou mesmo o chá que eles e milhares de visitantes tomavam. Majid ficaria com parte do dinheiro da Delite, seu quinhão de inspetor sênior, e o resto seria passado aos escalões superiores.

"Muito obrigado", Sartaj respondeu. "Melhor eu ir andando. Quanto mais cedo voltar, mais cedo vou dormir."

Majid cofiava o bigode, um exuberante bigodão igual ao de seu pai militar. Ele o mantinha com leal diligência, com cremes importados e cuidados na hora de aparar, apesar das zombarias insistentes. "Sua bhabhi se lembrou de você", disse. "Quando vai jantar conosco?"

Sartaj levantou-se. "Diga a ela que agradeço o convite, Majid. Na semana que vem, pode ser? Quarta-feira? Khima, que tal?" A mulher de Majid na verdade não era uma grande cozinheira, mas seu khima não chegava a ofender, por isso Sartaj professava imensa paixão por ele. Desde o divórcio as esposas dos policiais graduados o alimentavam regularmente, e ele suspeitava que havia outra articulação a caminho. "É a minha folga."

"Está bem", Majid disse. "Quarta-feira. Vou confirmar com o general e depois aviso você."

No jipe, Sartaj refletiu a respeito de Majid e Rehana, um casal feliz. Com eles à mesa de jantar, via a economia de gestos, o modo como uma simples frase abrangia histórias dos anos que passaram juntos, e Sartaj observava Farah, aos dezesseis, e como ela atormentava Imtiaz, impaciente e seguro de si aos treze anos. Sartaj os acompanhava em seguida, quando se deitavam no tapete para relaxar e ver seu programa favorito na tevê. Gostavam de sua presença, mas ele não conseguia evitar o impulso de ir embora. Aceitava o convite com prazer, contente por estar num lar, com uma família, em família. Mas a felicidade deles doía em seu peito. Sentia que se acostumava a ficar sozinho, não tinha outro jeito, mas também sabia que jamais se conformaria totalmente com isso. Sou um monstro, pensou, sem isso e sem aquilo, e logo olhou com culpa para o banco traseiro do Gypsy, onde quatro policiais fardados viajavam em poses idênticas, os dois fuzis e os dois lathis apertados contra o peito. Olhavam, todos eles, para o assoalho de metal imundo, balançando suavemente para um lado e depois para o outro. O sol batia por trás, amarelo e riscado de azul.

O pai do morto os aguardava no acesso a Navnagar, abaixo da encosta coberta de barracos da beira do nullah até a pista. Era miúdo, comum, um homem que passara a vida a se anular. Sartaj o seguiu pelas ruelas tortuosas. Embora subissem a ladeira, Sartaj tinha a sensação de estar descendo. Tudo diminuía de tamanho, aproximava-se, os caminhos estreitavam por entre as paredes irregulares de papelão, pano e madeira, sob telhados precários cobertos de plástico. Estavam em plena Bengali Bura, a parte mais pobre de Navnagar. Em sua maioria os barracos eram pouco mais altos que um homem de pé, e os cidadãos de Bengali Bura ficavam sentados à porta, esfarrapados, maltrapilhos e debilitados, enquanto um grupo de crianças descalças corria atrás do destacamento policial. No rosto de Katekar via-se o intenso desprezo pelos moradores do jhopadpatti que deixavam a sujeira e o lixo empilhar a um metro da própria porta, que permitiam a suas filhas pequenas agachar e fazer as necessidades bem onde os filhos brincavam. Essa é a gente que arruína Mumbai, costumava dizer a Sartaj, os ganwars que chegam de Bihar, Andhra ou maderchod Bangladesh para viverem ali feito animais. Aqueles eram mesmo de maderchod Bangladesh, Sartaj pensou, embora com certeza seus documentos indicassem que eram de Bengala, todos eles legítimos cidadãos indianos. De todo modo, não havia lugar para onde devolvê-los em seu delta inundado, nem meia bigha de terra que lhes pertencesse, onde pudessem se instalar. Eles vinham aos milhares, para trabalhar na construção de estradas e edifícios. E um deles morrera ali.

Ele havia caído na soleira da porta, peito para dentro, pés esticados para fora. Era jovem, pouco mais do que adolescente. Usava tênis caro, jeans de qualidade e camisa azul sem gola. Os antebraços exibiam cortes fundos, até o osso, o que era comum em ataques com cutelo ou machete, quando a vítima tentava desviar dos golpes. Os cortes eram retos, mais profundos numa ponta que na outra. Na mão esquerda restava apenas um toco ensangüentado onde estivera o dedo mínimo, e Sartaj sabia que não adiantava procurar por ele. Os ratos abundavam ali. Dentro do barraco era difícil enxergar, difícil distinguir qualquer coisa no escuro zunido. Katekar ligou a lanterna Eveready, e no círculo luminoso Sartaj espantou as moscas. Havia cortes no peito e na testa, um golpe forte quase o decapitara. Ele talvez ainda estivesse andando, moribundo, por causa dos outros golpes, mas aquele o matara, fazendo-o tombar com um baque surdo. O chão era escuro, barro úmido.

"Nome?", Sartaj disse.

"Dele, saab?", o pai perguntou. Desviara os olhos da porta, tentava não ver o filho.

"Sim."

"Shamsul Shah."

"Seu nome?"

"Nurul, saab."

"Eles usavam cutelos?"

"Sim, saab."

"Quantos eram?"

"Dois, saab."

"Você os conhecia?"

"Bazil Chaudhary e Faraj Ali, saab. Moram aqui perto. São amigos de meu filho."

Katekar anotava tudo em seu bloco, movendo os lábios de leve por conta dos nomes pouco familiares.

"De onde veio?", Sartaj disse.

"Do vilarejo de Duipara, bloco Chapra, distrito de Nadia, Bengala Ocidental, saab." Ele despejou a localização de chofre, Sartaj percebeu que ensaiara aquilo muitas vezes, à noite, estudando os documentos que comprara assim que chegara a Bombaim. Um caso de assassinato envolvendo nativos de Bangladesh era raro, pois eles normalmente mantinham a cabeça baixa, trabalhavam, tentavam ganhar a vida, e sobretudo procuravam não chamar a atenção.

"E os outros? Também são daqui?"

"Os pais deles são de Chapra."

"Mesmo vilarejo?"

"Sim, saab." Ele falava com um sotaque de Bangladesh com toques de urdu que Sartaj aprendera a reconhecer. Mentia a respeito do país em que se localizava a vila, só isso. O resto era verdade. Os pais da vítima e do assassino provavelmente haviam sido criado juntos, nadando nos mesmos riachos.

"São seus parentes, os dois?"

"Não, saab."

"Viu tudo?"

"Não, saab. Gritaram para eu vir até aqui."

"Quem gritou?"

"Não sei, saab." No final da ruela murmuravam, vozes se erguiam e calavam, mas não se via ninguém. Nenhum dos vizinhos queria se envolver com um caso de polícia.

"De quem é esta casa?"

"De Ahsan Naeem, saab. Mas ele não estava. Só a mãe dele estava em casa, agora foi ficar com os vizinhos."

"Ela viu o crime?"

Nurul Shah deu de ombros. Ninguém queria testemunhar, mas a velha senhora não conseguiria evitar. Talvez alegasse deficiência visual.

"Seu filho estava correndo?"

"Sim, saab, vinha de lá. Estavam todos na casa de Faraj."

O rapaz assassinado tentava voltar para casa. Provavelmente cansado, tentou entrar numa casa. A porta era um pedaço de zinco preso a uma vara de bambu vertical por três pedaços de fio. Sartaj desviou do corpo, do cheiro de sangue e barro. "Por que fizeram isso? O que aconteceu?"

"Eles estavam bebendo, saab. E a briga começou."

"Por qual motivo?"

"Não sei, saab. Saab, vai pegar os dois?"

"Vamos fazer o boletim de ocorrência", Sartaj respondeu.

Sartaj entrou no banho frio às onze horas, erguendo o rosto para o jato de água que caía. A pressão no encanamento era muito boa, por isso ele permaneceu no banho, sentindo a força num ombro, depois no outro. Pensava, contra sua vontade e apesar do barulho da água nos ouvidos, em Kamble e no dinheiro. Quando se casou, Sartaj orgulhava-se de nunca aceitar dinheiro vivo, mas depois do divórcio percebera o quanto o dinheiro de Megha o protegera do mundo, das necessidades das ruas onde vivia. A verba mensal de transporte, no valor de novecentas rupias, mal pagava três dias de combustível para seu Bullet, e das muitas notas que ele passava às mãos dos informantes, diariamente, uma ou duas provinham do minúsculo caixa para khabari, e não restava nada para usar na investigação da morte do rapaz, em Navnagar. Por isso Sartaj aceitava dinheiro atualmente, e era grato por isso. Saala Sardar não era mais um saala dos ricos filhos-da-mãe, já acordou: sabia que os colegas oficiais e subalternos diziam isso com satisfação, e tinham razão. Ele havia acordado. Respirou fundo e mexeu a cabeça, de modo que a força da água no centro do chuveiro o acertou em cheio, entre os olhos. O som encheu sua cabeça, como se o fustigasse.

Lá fora, na sala, tudo muito calmo. Não conseguiria dormir ainda, por mais cansado que estivesse, por mais que ansiasse pelo sono, disso ele sabia. Deitou-se no sofá com uma garrafa de uísque Royal Challenge e uma de água na mesinha lateral. Tomava goles pequenos, precisos, a intervalos regulares. Permitia-se dois copos altos ao final dos dias úteis, e resistia à tentação recente de partir para o terceiro. Deitado com a cabeça para o lado oposto da janela, podia ver o céu iluminado pela cidade. Do lado esquerdo erguia-se uma longa forma cinzenta, o prédio vizinho, transformado pelo vidro da janela numa abstração recortada, e do direito o que chamavam de escuridão, o espaço que se desintegrava suavemente perante seus olhos na amorfa e implacável luz amarelada. Sartaj sabia de onde vinha, o que a fazia, mas sempre se impressionava. Ele se lembrava dos jogos de críquete na rua Dadar, o ruído surdo das bolas de tênis e os rostos dos amigos, e a sensação de que poderia levar a cidade inteira dentro de seu coração, de Colaba a Bandra. Agora ela crescera demais, escapara de seu alcance, uma família se instalando depois da outra, até gerar aquele brilho frio interminável, impossível de conhecer e inescapável. Teria mesmo existido, aquela ruazinha vazia, disponível para os jogos de críquete da criançada, e dabba-ispies e tikkar-billa, ou ele a roubara de um filme granulado em preto-e-branco? Para servir de presente, de lembrança de um lugar melhor?

Sartaj levantou-se. Encostado na lateral da janela, terminou o uísque, virando o copo totalmente para não perder a última gota. Debruçou-se na janela, tentando pegar uma brisa. O horizonte distante e difuso contrastava com as luzes fortes da rua. Olhou para baixo e viu um reflexo no estacionamento, lá embaixo, um caco de vidro, mica. Pensou de repente como seria fácil continuar se debruçando até que seu peso o carregasse. Viu a si mesmo caindo, o kurta branco a esvoaçar freneticamente, o peito desnudo, e abaixo dele o estômago, o nada a segui-lo, o chappal azul e branco de borracha caindo, os pés a girar, e antes que uma volta inteira se completasse o baque da cabeça, o estalo seco e depois silêncio.

Sartaj afastou-se da janela. Depositou o copo sobre a mesinha de centro, cuidadosamente. De onde veio aquela idéia? Ele falou alto: "De onde isso veio?". Depois sentou no chão, sentindo dor ao flexionar os joelhos. As pernas doíam.

Pôs as mãos sobre a mesa, palmas para baixo, e olhou para a parede branca à sua frente. Acalmou-se.

Katekar comia carneiro que sobrara de domingo. Um músculo em suas costas, do lado direito, embaixo, tremia, mas havia o consolo quente e suculento do carneiro, com sua simplicidade saborosa, arroz e batata, além do prazer picante da pimenta verde — com os lábios a queimar ele poderia esquecer os espasmos, ou pelo menos ignorá-los.

"Quer mais?", Shalini perguntou.

Ele fez que não. Recostou na cadeira e arrotou. "Coma você", disse.

Shalini balançou a cabeça. "Já comi." Ela era capaz de resistir ao apelo do carneiro, tarde da noite, mas não só por isso seus braços continuavam finos como no dia em que se casaram, quase dezenove anos antes. Katekar observou-a enquanto ela girava o botão do forno para a esquerda com um único movimento hábil, de alto para desligado. Havia uma precisão prazerosa em seus movimentos enquanto ela esfregava e empilhava os utensílios para lavar no dia seguinte, uma eficiência limpa que se mostrava muito funcional no pequeno espaço reservado a ela. Era uma mulher frugal por dentro e por fora, e satisfazia os apetites do marido.

"Vamos, Shalu", disse, limpando a boca com determinação. "É tarde. Hora de dormir."

Ele a observou limpar o tampo da mesa, os braceletes tilintavam. O kholi era minúsculo mas muito limpo internamente. Quando ela terminou, ele fechou as pernas da mesa dobrável e a encostou na parede. As duas cadeiras ficavam no canto. Enquanto ela organizava a cozinha, ele desenrolou dois chatais no lugar onde estivera a mesa. E um colchão sobre o chatai dela, um travesseiro, e outro travesseiro para si, mas suas costas só toleravam o chão duro, por isso as camas estavam prontas. Ele pegou um copo com água no matka, uma caixa de dentifrício Monkey em pó, e saiu, pisando com cuidado ao descer o caminho. Os kholis se amontoavam, em sua maioria pucca, com a fiação elétrica passando por cima dos telhados e portas. A torneira municipal estava seca naquela hora, claro, mas havia uma poça d'água sob o muro de tijolos, atrás dela. Katekar apoiou-se no muro, passou um pouco de dentifrício no dedo e limpou os dentes, conservando a água com cuidado, de modo que o último gole cuspido deixasse sua boca limpa.

Encontrou Shalini deitada de lado ao entrar no kholi. "Você foi?", ela perguntou, sem se virar. Ele pôs os óculos na prateleira da cozinha. "Vá agora", Shalini disse. "Ou acordará daqui a uma hora."

Na outra ponta da ruela havia uma curva, depois outra e uma abertura súbita para o barranco que descia até a via expressa. Um cheiro forte subia do chão, e Katekar acocorou-se, surpreendendo-se com o jato impetuoso que lançou encosta abaixo, suspirou e ficou observando os faróis que se aproximavam e sumiam na pista. Voltou ao kholi, apagou a luz, tirou o banian e a calça e se deitou em seu chatai. Ficou de costas, com a perna direita aberta, a coxa, o braço esquerdo encostados no colchão de Shalini. Ela se virou depois de algum tempo e se aconchegou suavemente contra o corpo do marido. Ele sentiu o ombro dela tocar seu peito e o quadril encostar na lateral da barriga. Agora, no silêncio do local, calado, ele ouvia do outro lado do lençol preto que dividia o kholi em dois a respiração em uníssono dos dois filhos. Tinham nove e quinze anos, Mohit e Rohit. Katekar ouviu os ruídos familiares e depois de algum tempo, mesmo no escuro, passou a distinguir as formas de seu lar. Em seu lado da cama havia um pequeno televisor colorido, em cima da prateleira, e a seu lado retratos de seus pais e dos pais de Shalini, todos enfeitados com flores, além de uma foto grande dos meninos no zoológico. Um calendário do sabonete Lux no mês de junho e Madhubala. Logo abaixo, o telefone verde com cadeado no disco. Aos pés dos chatais, um ventilador de mesa. Atrás de sua cabeça, bem sabia, ficava o dois-em-um e sua coleção de fitas cassete, com canções de filmes antigos de Marathi. Dois baús pretos, empilhados. Roupas penduradas em ganchos, calça e camisa num cabide. A prateleira de Shalini, com as imagens de Ambabai e Bhavani em latão e uma fotografia de Sai Baba enfeitada com flores. E a cozinha, com prateleiras até o teto e fileiras de utensílios reluzentes de aço inox. E, no outro lado do lençol preto, a estante com os livros escolares, dois pôsteres de Sachin Tendulkar rebatendo, uma escrivaninha pequena lotada de cadernos, canetas e revistas velhas. Um guarda-roupa de aço com dois compartimentos exatamente iguais.

Katekar sorriu. Ele gostava de repassar seus pertences, senti-los sólidos e reais sob seu olhar de pálpebras pesadas. Ficava deitado, num estado limítrofe, ainda distante do sono, a pontada a subir e descer pela coluna, mas incapaz de mover sua massa corporal até Shalini, e as coisas que conquistara na vida o cercavam; ele sabia o quanto sua fortaleza era frágil, mas ela o reconfortava. Ali ele se acalmava. Sentiu o peso dos braços e pernas diminuir, flutuava no ar úmido, de olhos fechados. Ele dormiu.

* * *

Com o fino controle remoto da televisão na mão, Sartaj mudou de uma corrida automobilística em Detroit para uma série norte-americana dublada sobre mulheres detetives, depois para um documentário sobre um rio que serpenteava enorme, lento, barrento e oleoso, e para um programa de perguntas e respostas sobre o cinema indiano. Duas heroínas de minissaia vermelha, sorridentes, curvilíneas, com no máximo dezoito anos, dançavam no alto dos arcos de um palácio em ruínas, coberto de hera. Sartaj clicou novamente. Uma VJ loira falava depressa contra o fundo de notícias em câmera rápida, comentando o novo CD de um cantor bhangra de Londres. A VJ era indiana, mas se chamava Kit e o cabelo loiro brilhante ia até seu ombro desnudo. Ela ergueu a mão para a câmera e de repente estava em um salão espelhado enorme, repleto de dançarinas de ponta a ponta, que se moviam felizes em sincronia. Kit riu e a câmera focalizou seu rosto, Sartaj notou os planos angulares adoráveis da face e sentiu um delicioso contentamento com suas pernas esguias. Desligou a tevê e levantou.

Sartaj andou até a janela, rígido. Para lá das lâmpadas amarelas sibilantes no terreno do prédio vizinho se estendia a escuridão do mar, e mais adiante o brilho azul-alaranjado de Bandra. Com um bom binóculo daria até para ver Nariman Point, não muito distante pelo mar, mas pelo menos a uma hora de carro por estradas desertas tarde da noite, e muito longe da Zona 13. Sartaj sentiu uma pontada repentina no peito. Como se duas pedras fossem raspadas uma na outra, criando em vez de faísca um brilho constante, um desejo persistente e inextinguível que lhe subiu à garganta e o levou a tomar sua decisão.

Doze minutos dirigindo com pressa o levaram até a passagem sob a pista e à via expressa. Os trechos vazios da estrada e a sensação dos dedos ao volante eram animadores, e ele riu com a velocidade. Mas em Tardeo o trânsito piorou por conta das lojas iluminadas, e Sartaj sentiu raiva de si mesmo de repente, ficou com vontade de manobrar e retornar. A pergunta surgiu quando tamborilava no painel com os dedos: o que está fazendo? O que está fazendo? Aonde vai no carro de sua ex-esposa, que por gentileza o deixou para você, e que pode se desmanchar nessa estrada esburacada? Mas era tarde demais, o percurso pela metade embora o primeiro momento agradável tivesse passado, e ele seguiu em frente. Quando chegou, estacionou e andou até a Cave, já era quase uma hora e ele sentia muito cansaço. Mas estava ali e via a multidão aglomerada na porta dos fundos, que era o único acesso após o horário de fechamento, às onze e meia.

Abriram caminho para ele e o deixaram passar. Era mais velho, sim, talvez bem mais velho, mas não havia motivo para os olhares curiosos e o silêncio quando avançou. Elas usavam saias coloridas soltas e vestidos curtos como nunca vira, e o deixaram muito nervoso. Atrapalhou-se com a maçaneta, até que finalmente uma moça com anel de prata no lábio inferior estendeu a mão e a abriu para ele. Quando se deu conta de que deveria agradecer, já estava do lado de dentro e a porta se fechou. Endireitou o corpo e procurou um canto no bar. Com uma cerveja na mão, ele tinha algo a fazer, por isso se virou para examinar o salão. Era difícil ver além de alguns metros, o lugar estava lotado, todos conversavam animados, falando muito perto uns dos outros, gritando para se fazer ouvir por causa da música alta. Ele tomou a cerveja depressa, como se estivesse interessado nela. Quando esvaziou a caneca, pediu outra. Havia mulheres por todos os lados, ele examinou cada uma delas, tentando imaginá-las com ele. Não, isso seria adiantar demais as coisas, portanto tentou pensar no que poderia dizer a uma das moças. Alô. Não, Oi. Oi, meu nome é Sartaj. Tentaria falar apenas inglês. Sorrindo. Em seguida? Tentou ouvir a conversa a sua esquerda. Discutiam música, um conjunto norte-americano do qual nunca ouvira falar, mas isso já era de se esperar, e uma moça disse, de costas para Sartaj: "A última faixa é muito devagar", mas Sartaj perdeu a resposta dada pelo rapaz de rabo-de-cavalo que estava de frente para ela, e logo a outra moça, uma de nariz arrebitado, disse: "Foi legal, sua chata". Sartaj ergueu a caneca e limpou a boca. O desejo que o fizera cruzar a cidade sumiu de repente, deixando um resíduo sombrio de amargura. Era tarde demais e ele estava exausto.

Sartaj pagou e saiu rapidamente. Perto da porta, agora, viu pessoas diferentes aglomeradas, mas novamente passou sob os mesmos olhares, sob o mesmo silêncio, os mesmos colares de contas, piercings e o mesmo desalinho ensaiado, e entendeu que a calça social azul o marcava como estranho ao local, fatalmente. Quando chegou ao final da rua, não confiava mais na camisa branca com gola abotoada. Dobrou cautelosamente à direita para chegar à rua principal, desviando de dois garotos que dormiam na calçada, e seguiu a pé na direção de Crossroads Mall, onde estacionara. Seus pés percorriam silenciosos o asfalto cheio de lixo. Acima de sua cabeça se destacavam as portas fechadas das lojas. Não posso ser este bêbado que tomou duas cervejas, pensou, mas os postes de luz pareciam muito distantes e ele queria muito fechar os olhos.

Sartaj chegou em casa. Caiu na cama. Agora poderia dormir, o sono pesava em seus ombros como uma avalanche de terra preta sufocante. E então, instantaneamente, amanheceu e o telefone tocava em sua orelha, impaciente. Ele estendeu o braço para atender.

"Sartaj Singh?" A voz masculina era peremptória, autoritária.

"Pois não?"

"Quer pegar Ganesh Gaitonde?"

Cerco em Kailashpada

"Você nunca vai conseguir entrar aqui", disse a voz de Gaitonde pelo interfone, quando já haviam passado três horas tentando forçar a porta. Eles usaram uma talhadeira na fechadura primeiro, mas o que parecia madeira marrom a alguns metros de distância era na verdade metal pintado, e embora tenha ficado branca e repicasse feito um sino agudo ao receber os golpes, a porta não cedeu. Depois removeram a verga da porta com ferramentas emprestadas por uma equipe de manutenção da estrada, e mesmo quando os trabalhadores da rodovia assumiram a tarefa, desferindo golpes hábeis com suas marretas pesadas, ofegantes, o concreto rechaçou as pancadas sem sofrer danos, e o alto-falante Sony ao lado da porta riu deles. "Vocês estão muito atrasados", Gaitonde zombou.

"Se eu não posso entrar, você não pode sair", Sartaj disse.

"Como é? Não consigo escutar direito."

Sartaj aproximou-se da porta. O edifício era um cubo perfeito, branco com janelas verdes, num terreno grande em Kailashpada, situada nos limites setentrionais da Zona 13, ainda em processo de urbanização. Ali, no meio do maquinário que aterrava o charco, tornando Bombaim mais longa e mais larga, Sartaj pretendia prender Ganesh Gaitonde, gângster, chefão da Companhia-G, um sobrevivente eterno e ardiloso.

"Quanto tempo pretende passar aí dentro, Gaitonde?", Sartaj perguntou, esticando o pescoço. O olho fundo redondo da câmera acima da porta girou de um lado para outro e parou nele.

"Você parece cansado, Sardar-ji", Gaitonde disse.

"Estou cansado", Sartaj respondeu.

"Está fazendo muito calor hoje", Gaitonde disse, solidário. "Não sei como sardars como você agüentam esses turbantes."

Havia dois comissários sikhs na força, mas Sartaj era o único inspetor sikh da cidade inteira, acostumara-se a ser identificado pelo turbante e pela barba. Era conhecido também pelo corte das calças, que mandava fazer sob medida numa butique fina freqüentada por artistas de cinema em Bandra, e também por seu perfil, que fora publicado certa vez na *Modern Woman*, em reportagem sobre "Os Solteiros Mais Bonitos da Cidade". Katekar, por sua vez, exibia uma pança enorme, que se acomodava em cima do cinto como uma mala, rosto perfeitamente quadrado e mãos muito grossas, e surgiu na virada do prédio, aproximando-se até parar de pernas abertas e mãos nos bolsos. Ele balançou a cabeça.

"Aonde vai, Sardar-ji?", Gaitonde perguntou.

"Preciso resolver alguns problemas", Sartaj disse. Ele e Katekar andaram juntos até o canto, para Sartaj ver a escada que haviam arranjado para subir até o ventilador.

"Não é um ventilador", Katekar disse. "Parece, mas não é. Atrás dele há concreto, apenas. Todas as janelas são assim. O que é este lugar, senhor?"

"Não sei", Sartaj respondeu. De certa forma era profundamente reconfortante que até mesmo Katekar, nascido em Mumbai, adepto de uma forma superior de ceticismo de Bhuleshwar, tenha ficado surpreso pelo inexpugnável cubo branco que surgira repentinamente em Kailashpada, com uma câmera de vídeo móvel da Sony instalada acima da porta. "Não sei. E me parece muito estranho. Quase triste."

"Pelo que ouvi falar dele, aproveita a vida. Boa comida, muitas mulheres."

"Hoje ele está triste."

"Mas o que está fazendo aqui, em Kailashpada?"

Sartaj deu de ombros. O Gaitonde citado nos relatórios policiais e jornais saía com atrizes cobertas de jóias e políticos abonados que comprava e vendia — corria que seu faturamento diário com os diversos dhandas criminosos de Bombaim era maior que o salário anual de um executivo, e que seu nome era usado para assustar os recalcitrantes. Gaitonde Bhai quer assim, alegavam, e os teimosos viam a luz, todas as portas se abriam e a paz reinava. Mas ele vivia no exílio havia muitos anos — na costa indonésia, num iate luxuoso, comentavam. Longe, mas a um telefonema de distância. O que significava que podia muito bem estar na casa ao lado, ou, como se comprovou, inesperadamente, na empoeirada Kailashpada. O homem que telefonara logo cedo para dar a dica desligara abruptamente, Sartaj saltara da cama e ligara para a delegacia enquanto vestia a calça, uma equipe de policiais chegou com alarde a Kailashpada, apressados, lidando com os rifles. "Não sei", Sartaj disse. "Mas, agora que está lá dentro, vamos pegá-lo."

"É um troféu e tanto, senhor", Katekar afirmou. Ele exibia o ar esnobe que o caracterizava quando achava que Sartaj estava sendo ingênuo. "Mas o senhor tem certeza de que deseja prendê-lo? Por que não esperar até alguém do alto escalão chegar?"

"Eles vão demorar muito para chegar aqui. Precisam tratar de outros assuntos." Sartaj torcia para que nenhum comissário aparecesse para levar a glória. "De todo modo, Gaitonde já me pertence, mas ainda não sabe disso." Ele deu meia-volta para caminhar até a porta. "Vamos lá. Cortem a energia."

"Sardar-ji", Gaitonde perguntou, "você é casado?"

"Não."

"Eu fui casado certa vez..."

E a voz parou de repente, como se uma faca a cortasse.

Sartaj afastou-se da porta. Agora era só uma questão de esperar, uma ou duas horas sob o sol quente de junho transformariam o prédio fechado, sem ventilação nem energia, numa fornalha que até Gaitonde, acostumado a prisões, cortiços e matagais, consideraria impossível de suportar como uma sucursal do inferno. E Gaitonde ultimamente era muito bem-sucedido, e portanto um pouco folgado, talvez não demorasse mais de uma hora. Mas Sartaj mal dera dois passos quando escutou uma vibração penetrar pelos pés e subir até o joelho, e a voz de Gaitonde voltou.

"Ei, pensou que ia ser assim tão fácil?", Gaitonde disse. "Bastaria cortar a luz? Acha que sou idiota?"

Havia um gerador dentro do cubo. Gaitonde fora o primeiro homem, em qualquer das prisões da cidade, e talvez em Mumbai inteira, a ter um telefone celular. Com ele, seguro em sua cela, supervisionara os aspectos essenciais de sua atividade: drogas, matka, contrabando e construção civil. "Não acho que seja um idiota", Sartaj respondeu. "Este prédio é impressionante. Quem o projetou para você?"

"Tanto faz quem o projetou, Sardar-ji. A questão agora é como vocês vão entrar aqui."

"Por que não sai, simplesmente? Pouparia muito tempo para nós. Faz muito calor aqui fora, estou com dor de cabeça."

Seguiu-se um momento de silêncio, logo preenchido pelo murmúrio dos curiosos que se aglomeravam no final da rua.

"Não posso sair."

"Por que não?"

"Estou sozinho. Estou aqui sem ninguém."

"Pensei que tivesse amigos por toda parte, Gaitonde. Todos são amigos de Gaitonde, em todos os lugares, certo? No governo, na imprensa, mesmo na polícia, certo? Então, como é possível que esteja sozinho?"

"Sabe que recebo currículos, Sardar-ji? Aposto que recebo mais currículos do que os chutiyas da polícia. Não acredita? Espere, vou ler um para você. Já vai. Aqui está. Este é de Wardha. Vai ver só."

"Gaitonde!"

"'Respeitável Shri Gaitonde.' Ouviu isso, Sardar-ji? 'Respeitável.' Então... 'Sou um rapaz de vinte e dois anos, residente em Wardha, Maharashtra. Atualmente estou fazendo o Mcom, passei no exame de Bcom com setenta e um por cento de acerto. Também sou conhecido na faculdade como o melhor atleta da turma. Sou capitão do time de críquete.' Depois vem um monte de bobagens a respeito dele, do quanto é corajoso e forte, e por isso todos morrem de medo dele na cidade. Aí o rapaz prossegue: 'Tenho certeza de que posso ser útil ao senhor. Há muito tempo acompanho suas ousadas façanhas pelos jornais, que costumam dar destaque às histórias sobre seu imenso poder e influência política. É o homem mais importante de Mumbai. Muitas vezes, quando meus colegas se encontram, falamos de suas famosas aventuras. Por favor, Shri Gaitonde, eu submeto respeitosamente meu currículo, e algumas notas publicadas a meu respeito. Posso desempenhar qualquer tarefa que considere conveniente. Sou muito pobre, Shri Gaitonde. Estou convencido de que o senhor me dará uma chance de subir na vida. Atenciosamente, Amit Shivraj Patil'. Ouviu isso, Sardar-ji?"

"Sim, Gaitonde", Sartaj disse. "Ouvi. Ele parece ser um ótimo recruta."

"Ele fala como um lodu, Sardar-ji", Gaitonde continuou. "Eu não o contrataria para lavar meu carro. Mas ele se sairia bem como policial."

"Estou ficando cansado disso, Gaitonde", Sartaj disse. O ombro de Katekar enrijeceu, ele olhava ansioso para Sartaj, esperando que xingasse Gaitonde, que calasse sua boca ao dizer exatamente o tipo de bhenchod que ele era, que o amarrariam e enfiariam um lathi em sua gaand suja. Mas Sartaj parecia pensar que gritar desaforos para um sujeito desmiolado dentro de um cubo inexpugnável seria um completo desperdício, mesmo que trouxesse satisfação momentânea.

Gaitonde riu, amargo. "Ficou magoado, saab? Eu deveria mostrar mais respeito? Deveria falar sobre os maravilhosos e magníficos feitos da polícia, dos defensores que dão a vida pelo serviço público, sem jamais pensar em proveito próprio?"

"Gaitonde?"

"O que foi?"

"Já volto já. Preciso tomar um refrigerante."

Gaitonde adotou um tom paternalista, afetuoso. "Claro, pode ir, claro que sim. Aí fora faz muito calor."

"Quer um também? Um Thums Up?"

"Tem geladeira aqui, chikniya. Só porque você é clarinho e bem apessoado não quer dizer que seja muito esperto. Vá tomar seu refrigerante."

"Já vou. E voltarei."

"E o que mais poderia fazer, Sardar-ji? Vá logo, vá."

Sartaj desceu a rua e Katekar o acompanhou, caminhando a seu lado. O asfalto preto gretado brilhava como líquido no calor. A rua esvaziara, os curiosos se entediaram com a ausência de explosões e tiros, e foram almoçar, famintos. Entre a alfaiataria Bhagwan e a loja de discos Trimurti eles encontraram o nada modesto Best Café, que tinha mesas espalhadas sob uma árvore neem e ventiladores pretos barulhentos no chão. Sartaj abriu a Coca desesperado, Katekar tomou suco de limão fresco com água gaseificada, com pouco açúcar. Queria perder peso. De onde estavam podiam ver o bunker branco de Gaitonde. O que Gaitonde fazia de volta à cidade? Quem era o informante que o entregara a Sartaj? Essas questões podiam ficar para mais tarde. Pegue o homem primeiro, Sartaj pensou, depois se preocupe com o motivo, momento e forma. E tomou mais um gole.

"Vamos explodir", Katekar disse.

"Com quê?", Sartaj perguntou. "Assim o mataríamos, com certeza."

Katekar abriu um sorriso. "Sim, senhor. E daí?"

"O que diriam os rapazes do serviço secreto?"

"Sahib, com sua licença, mas em geral os rapazes do serviço secreto não passam de um bando de bhadwas inúteis. Como não sabiam que ele havia construído essa fortaleza?"

"Bem, isso teria sido uma bela demonstração de inteligência, não acha?", Sartaj disse. Ele recostou o corpo na cadeira e se espreguiçou. "E se usássemos uma retroescavadeira?"

Sartaj ordenou que pusessem uma cadeira de metal na frente do bunker, sentou-se e passou uma toalha úmida e fresca no rosto. Sentia sonolência. A câmera de vídeo estava imóvel e silenciosa.

"Ei, Gaitonde!", Sartaj disse. "Está me ouvindo?"

A câmera emitiu um zumbido mecânico discreto, esquadrinhou a área e localizou Sartaj. "Estou aqui", Gaitonde respondeu. "Tomou uma bebida? Quer que eu telefone e peça alguma coisa para você comer?"

"Não quero comida."

"Vai ficar com fome?" Sartaj avaliava as chances de vencer Gaitonde pela fome. Mas se lembrou de que Gandhi-ji passara semanas a água e suco. A máquina de terraplenagem chegaria dentro de uma hora, no máximo uma hora e meia.

"Tem muita comida aqui, dá para vários meses. Já passei muita fome", Gaitonde disse. "Mais do que você pode imaginar."

"Sabe, faz um calor danado aqui", Sartaj comentou. "Saia, e na delegacia poderá me contar tudo a respeito da fome que já passou."

"Não posso sair."

"Cuidarei de você, Gaitonde. Há gente de todo tipo querendo matá-lo, sei disso. Mas não correrá perigo, prometo. Não haverá execução no final. Você sai e em seis minutos estaremos na delegacia. Em completa segurança. De lá poderá telefonar para seus amigos. Em segurança, ekdum segurança. Tem a minha palavra."

Mas Gaitonde não se interessava por promessas. "Quando eu era jovem, saí do país pela primeira vez. Fui de barco, sabe. Naquele tempo, o negócio funcionava assim: pegue um barco, vá até Dubai, vá até Bahrein, volte com lingotes de ouro. Eu estava excitado, pois nunca saíra do país antes. Nem para ir ao Nepal, entende? Bem, Sardar-ji, a cena era assim: havia um pequeno barco, cinco de nós a bordo, mar, sol, e aquela atmosfera chutmaari envolvente. Salim Kaka comandava, era um pathan de um metro e oitenta, barbudo, hábil na espada. Um outro era Mathu, estreito e magro, sempre a cutucar o nariz, ele se achava muito valente. Eu tinha dezenove anos e não sabia nada de nada. Gaston era o dono do barco e Pascal, seu assistente, dois homens baixos e escuros de algum ponto do sul. Era uma operação de Salim Kaka, ele tinha os contatos lá, o dinheiro para fretar o barco, a experiência, sabia quando partir e quando voltar, tudo era dele. Mathu e eu éramos seus seguranças, ficávamos atrás dele o tempo inteiro. Entendeu?"

Katekar ergueu os olhos. Sartaj disse: "Sim, Salim Kaka era o líder, você e Mathu, os pistoleiros, Gaston e Pascal pilotavam o barco. Entendi."

Katekar encostou na parede ao lado da porta e cuspiu paan masala na palma da mão. O alto-falante brilhava prateado, rijo. Sartaj fechou os olhos.

Gaitonde prosseguiu. "Eu nunca tinha visto um céu imenso como aquele antes. Roxo e dourado e roxo. Mathu penteava o cabelo sem parar, para obter um topete tipo Dev Anand. Salim Kaka estava no convés conosco. Tinha pés enormes, quadrados e cascudos, rachados como um pedaço de pau, e uma barba lisa e vermelha que nem fogo. Naquela noite ele nos contou a respeito de seu primeiro trabalho, roubar um angadia que levava dinheiro de Surat para Mumbai. Eles pegaram o angadia quando ele desceu do ônibus, jogaram-no na traseira de um Ambassador e seguiram depressa para um armazém de produtos químicos vazio na área industrial de Vikhroli. No depósito eles arrancaram a camisa dele, o banian, a calça, tiraram tudo, e encontravam dentro da calça, costurados na altura da coxa, quatro lakhs em notas de quinhentas rupias. Além de um cinto para dinheiro com dezesseis mil. Ele estava lá, pelado como um bebê, a barriga enorme a tremer, com as mãos tapando o lauda encolhido, quando partiram. Ficou claro?"

Sartaj abriu os olhos. "Um entregador, eles o pegaram, ganharam dinheiro. O que é que tem?"

"Tem que a história ainda não acabou, Sardar-ji sabido. Salim Kaka estava fechando a porta, mas deu meia-volta. Pegou o sujeito pela garganta, levantou-o, virou-o de costas e enfiou o joelho entre suas pernas. 'Vamos embora, Salim Pathan', alguém gritou para ele. 'Isso não é hora de comer a gaand do coitado.'

E Salim Kaka, que apalpava o traseiro do angadia, disse: 'Às vezes, quando a gente aperta uma bela bunda, como se fosse um pêssego, ela revela todos os segredos do mundo'. E mostrou um pacotinho de seda marrom que o angadia carregava preso com adesivo por trás das bolas. Dentro dele havia cerca de uma dúzia de diamantes de primeira qualidade, brilhando e faiscando, que venderam na semana seguinte pela metade do valor, e a parte de Salim Kaka só nisso foi de um lakh, isso na época em que um lakh valia muito. 'Mas', Salim Kaka disse, 'o lakh foi o que menos importou, dinheiro é só dinheiro.' Depois disso, porém, ele ficou conhecido pelo talento, por ser um sujeito esperto. 'Vou apertar você como se fosse um pêssego', dizia, erguendo a sobrancelha marota, e o pobre coitado a sua frente entregava tudo, dinheiro, cocaína, segredos.

"'Como desconfiou do angadia, Salim Kaka?', perguntei, e Salim Kaka disse: 'Foi muito simples. Olhei para ele, da porta, e vi que continuava apavorado. Quando encostei a faca na garganta do sujeito ele me disse, numa vozinha infantil trêmula: 'Por favor, não me mate, baap'. Eu não o matei, ele seguia vivo, segurando seu lauda, sem o dinheiro, que não era dele, e já estávamos de saída. Por que ainda sentia medo? Um homem com medo é um homem que ainda tem algo a perder'."

"Impressionante", Sartaj disse. Ajeitou-se na cadeira, arrependendo-se imediatamente do movimento, pois a escápula tocou um trecho de metal aquecido. Ajustou o turbante e tentou respirar devagar, com regularidade. Katekar abanava-se com um jornal vespertino dobrado, os olhos perdidos no nada, a testa relaxada, enquanto o ar imóvel transmitia a voz de Gaitonde com seu frio tom sibilante eletrônico.

"Decidi que ficaria sempre muito atento, pois era ambicioso. Naquela noite deitei na proa, o mais perto que pude da água revolta, sonhei. Já lhe contei que tinha dezenove anos? Aos dezenove anos eu inventava histórias sobre carros e uma casa grande e flashes espocando à minha chegada.

"Mathu chegou e sentou-se ao meu lado. Acendeu um cigarro e me deu um. Traguei com força, como ele. No escuro, vi seu cabelo desgrenhado, os ombros caídos, e tentei me lembrar de sua fisionomia, ele era magro demais para exibir qualquer semelhança com Dev Anand, mesmo assim passava talco em seu rosto pontudo de rato e tentava. Senti uma súbita ternura por ele. 'Isso aqui não é lindo?', falei. Ele riu. 'Lindo? A gente pode se afogar', ele disse, 'e ninguém ia saber o que aconteceu conosco. Desapareceríamos, *phat*, pronto.' Seu cigarro descrevia espirais na escuridão. 'O que quer dizer?', perguntei. 'Ah, seu dehati idiota', ele falou. 'Não imagina? Ninguém sabe que estamos aqui.' Eu disse: 'Salim Kaka sabe, o chefe dele sabe'. Sentia que ele estava rindo de mim, seu joelho batia em meu ombro. 'Não, eles não sabem.' Ele se debruçou para ficar mais perto de mim, sussurrava, eu sentia o cheiro de seu banian e via a pálida fosforescência de seus olhos. 'Ninguém sabe, ele não contou para o chefe dele. Não entendeu? Ele age por conta própria. Por que acha que estamos neste barquinho khatara, e não numa traineira? Por que acha que estamos com ele, um dehati que fede a esterco e um membro insignificante da companhia? Por quê? Esta é a operação paralela de Salim Kaka. Ele quer ser independente, e para isso, de que precisa? Capital. Eis a resposta. Por isso ele está viajando nesta ratoeira de lata, a um palmo dos tubarões. Ele quer ganhar o suficiente para se estabelecer por conta própria, começar tudo de novo sem dar satisfações. Capital, capital, entende?'

"Eu me sentei, então. Ele levou a mão ao meu ombro e se levantou. 'Gaandu', disse, 'se pretende viver na cidade, precisa antecipar três rodadas, e ver através de uma mentira para conhecer a verdade, e ver através da verdade para ver a mentira. E depois, se quiser viver bem, precisa de um monte de dinheiro. Pense nisso.' Mathu bateu em meu ombro e se afastou. Vi seu rosto por um segundo, na luz fraca, quando ele se abaixou para entrar na cabine. E eu pensei em tudo aquilo."

Sob o intercomunicador Katekar virou a cabeça para a esquerda e para a direita, e Sartaj ouviu os mínimos estalos dos ossos do pescoço. "Eu me lembro de Salim Kaka", Katekar disse baixinho. "Eu me lembro de vê-lo em Andheri, passeando de lungi vermelho e kurta de seda. Os kurtas eram de cores diferentes, mas o lungi era sempre vermelho. Ele trabalhava para a gangue de Haji Salman, e tinha uma mulher em Andheri, pelo que ouvi dizer."

Sartaj balançou a cabeça. O rosto de Katekar estava inchado, como se tivesse acabado de acordar. "Amor?", Sartaj perguntou.

Katekar riu. "A julgar pela seda, devia ser", respondeu. "Ou talvez fosse apenas por ela ter dezessete anos e ter um traseiro nervoso como o de um cervo. Era filha de um mecânico de automóveis, pelo que sei."

"Não acredita no amor, Katekar?"

Acima de suas cabeças, o alto-falante resmungou. "Sobre o que estão cochichando, Sardar-ji?"

"Prossiga", Sartaj disse. "Apenas pequenas instruções de serviço."

"Então preste atenção. Na tarde seguinte começamos a ver galhos de árvore na água, pedaços de caixotes velhos, garrafas que boiavam e afundavam, pneus, e até um telhado de madeira de alguma casa, inteiro, a flutuar de cabeça para baixo. Gaston passava o tempo inteiro no convés, agarrado ao mastro por um braço, olhando para um lado e para outro com o binóculo, sem descansar um minuto sequer. Perguntei a Mathu: 'Estamos chegando?', e ele deu de ombros. Salim Kaka apareceu de kurta novo. Parou na proa, em pé, olhando para o norte, e vi seus dedos brincarem com o taveez de prata do peito. Queria perguntar onde estávamos, mas o ar sério em seu rosto me impediu de falar."

Sartaj lembrou-se dos retratos de Gaitonde, corpo médio, rosto médio, nem bonito nem feio, tudo nele instantaneamente esquecível apesar dos agasalhos vistosos de caxemira azul ou vermelho, tudo muito banal. Mas agora tinha sua voz, mansa e cheia de urgência, e Sartaj baixou a cabeça para aproximá-la do intercomunicador.

"Quando a noite caía e quase não se via mais nada, surgiu uma trêmula luzinha vermelha ao norte. Baixamos a âncora e seguimos na direção da luz num bote. Mathu remava e Salim Kaka sentou-se na frente, observando nossa luz guia. Fiquei entre eles, Esperava um muro, como o que vira perto do Gateway to India, mas em vez disso havia juncos mais altos que nossas cabeças. Salim Kaka pegou uma vara e nos conduziu por entre as margens densas de mato que gemiam e rangiam, e embora ninguém tivesse ordenado eu ia com meu ghoda na mão, carregado e destravado. A madeira arranhou o fundo sob meus pés, batendo depois com força. De lanterna na mão, Salim Kaka nos guiou ilha adentro — pois era isso, uma ilha enlameada que se erguia pouco acima da água pantanosa. Caminhamos por um bom tempo, mais de meia hora, creio, Salim Kaka ia na frente, sob a lua nascente. Carregava um saco de lona nas costas, grande como uma saca de trigo. Então vi a luz guia novamente, acima dos talos dos juncos. Era uma lamparina amarrada a uma vara. Senti o cheiro do sebo; as labaredas alcançavam meio metro. Abaixo delas havia três homens. Usavam roupas de quem morava na cidade, e mesmo sob a luz fraca pude notar sua pele clara, as sobrancelhas espessas e escuras, os narizes grandes. Turcos? Iranianos? Árabes? Até hoje não sei, mas dois deles tinham rifles, os canos apontavam para nosso lado. O gatilho estava frio e suado em meu dedo. Encolhi-me e pensei: vão disparar e acabar com a nossa raça. Respirei fundo, girei o punho, senti a coronha no polegar e passei a observá-los. Salim Kaka e um deles falavam, com as cabeças bem próximas. A bolsa foi entregue e ele recebeu a maleta. Vi um reflexo amarelo, ouvi os estalidos dos fechos. Meu braço doía.

"Salim Kaka recuou um passo e nos afastamos dos estrangeiros. Senti que um talo esbarrava em meu pescoço, úmido e liso, não sabia a saída, sentia apenas a pressão insuportável da vegetação e o pânico. Então Salim Kaka se virou abruptamente e esgueirou-se por entre os juncos, a luz fraca de sua lanterna indicava o caminho, e depois Mathu passou. Segui-os por último, de lado, com o revólver apontando para baixo e o pescoço enrijecido. Ainda os vejo a nos vigiar, os três homens. Vejo o brilho das tiras de metal em torno do cano dos rifles, seus olhos obscuros. Caminhávamos depressa. Parecia que voávamos, a grama alta que me arranhava e incomodava no princípio agora me acariciava suavemente, à minha volta. Salim Kaka virou a cabeça e notei seu sorriso excitado. Éramos felizes, correndo.

"Salim Kaka parou na beira de um riacho, onde a água chegava a meio metro, um metro no máximo, e experimentou o fundo com o pé direito, até achar um ponto firme para apoiar o calcanhar. Mathu olhou para mim, o rosto cortado em ângulos pelo luar desolador, e eu olhei para ele. Antes que Salim Kaka completasse a passada, entendi para onde íamos. O estampido do revólver jogou água na minha barriga. Sabia que a coronha havia machucado a base do polegar. Só quando o clarão sumiu nos meus olhos consegui ver novamente, e meu estômago se contraía, afrouxava e contraía de novo, e no fundo da vala os pés de Salim Kaka davam passos, como se ainda estivéssemos a caminho do bote. A água se mexia e fervia. 'Atire, Mathu', falei. 'Atire, maderchod.' Foram as primeiras palavras que falei desde que descera a terra firme. Minha voz saiu forte e estranha, soava como a voz de outro. Mathu ergueu a cabeça e mirou. De novo, o clarão tirou o mato do escuro, mas os pés não pararam de mexer, indo para algum lugar, decididamente. Apontei meu revólver para a turbulência arredondada, espumante, e no primeiro disparo o movimento cessou por inteiro. Atirei de novo só para garantir. 'Vamos', falei. 'Vamos para casa.' Mathu balançou a cabeça, como se eu estivesse no comando, e saltou para dentro do riacho para pegar a valise. A lanterna brilhava sob a água, formando uma bolha amarelada luminosa que mostrava exatamente metade da cabeça de Salim Kaka. Eu a apanhei, embora no caminho de volta ao bote a lua cheia acima de nossas cabeças iluminasse nossa volta com segurança."

Sartaj e Katekar ouviram Gaitonde beber. Ouviram claramente cada gole longo, enquanto o copo esvaziava. "Uísque?", Sartaj sussurrou. "Cerveja?"

Katekar balançou a cabeça. "Ele não bebe. Não fuma, tampouco. É um don muito preocupado com sua saúde. Exercita-se diariamente. Está bebendo água. Bisleri, com uma rodelinha de limão."

Gaitonde prosseguiu, subitamente apressado. "Quando o sol bateu no barco, no dia seguinte, Mathu e eu ainda estávamos acordados. Havíamos passado a noite sentados na cabine, um de frente para o outro, a maleta sob a cama de Mathu, mas ainda visível. Eu mantinha o revólver no colo, e via o de Mathu debaixo da coxa. O teto, bem em cima de minha cabeça, rangeu com um passo furtivo. Havíamos dito a Gaston e Pascal que sofrêramos uma emboscada pela polícia do país em que estávamos, fosse qual fosse. Pascal chorou, os dois se moviam com extremo cuidado, em respeito ao nosso sofrimento. Atrás da cabeça de Mathu eu via a madeira marrom-escura, e o branco de seu banian a esvoaçar e baixar conforme o movimento das ondas. Havia um distanciamento obscuro entre nós, e eu sabia o que ele estava pensando. Por isso tomei uma decisão. Coloquei o revólver sobre o travesseiro e me deitei na cama. 'Vou dormir', falei. 'Acorde-me daqui a três horas, e aí você poderá descansar.' Virei-me para o lado da madeira, dando as costas para Mathu, e fechei os olhos. No final das minhas costas havia um círculo na pele que coçava e ardia. Esperava o tiro. Eu não conseguia acalmá-lo. Mas continuava a respirar suavemente, com os nós dos dedos pressionados contra os lábios. Certas coisas a gente aprende a controlar.

"Quando acordei, já era de tarde. Uma forte luz alaranjada entrava na cabine pela escotilha, colorindo a madeira com tons ígneos. Minha língua enchia a boca e a garganta, minha mão não passava de um peso morto, inchado. Pensei que a bala me encontrara, ou que eu havia encontrado a bala, mas quando tentei me mover o coração disparou dolorosamente, e sentei. O estômago estava coberto de suor. Enfiei o revólver no cinto e subi. Pascal abriu um sorriso para mim em seu rosto escuro miúdo. As nuvens se acumulavam acima de nós, enormes, gordas, altas no céu avermelhado. O barco não passava de um graveto a boiar na água. Minhas pernas tremiam, eu me sentei e tremi. Parei de tremer e comecei de novo. Quando escureceu, pedi dois sacos fortes a Pascal. Ele me deu dois sacos brancos de lona, com fecho de corda.

"'Acorde', falei a Mathu quando desci, e chutei seu catre. Ele acordou e tateou em busca do revólver, que só conseguiu encontrar quando eu o mostrei a ele, entre o colchão e a parede. 'Acalme-se, seu chut. Não precisa ficar nervoso. Vamos ter de dividir.' Ele disse: 'Não faça isso outra vez'. Gemia, esticando os ombros como um galo estende as penas. Sorri para ele. 'Entenda uma coisa', falei, 'você é um bhenchod dorminhoco, filho do maderchod Kumbhkaran; quer metade ou não?' Ele refletiu por um momento, ainda afogueado e furioso, depois soltou uma risada. 'Claro, claro', disse. 'Meio a meio.'

"Ouro é bom. Ele desliza por seus dedos com deliciosa suavidade. Quando é quase puro tem um brilho saudável, corado, que faz a gente lembrar uma banda de maçã. Mas, naquela tarde, quando transferimos as barras da mala para os sacos, uma a uma, uma para um e outra para outro, o que mais me agradou foi o peso. As barras eram pequenas, um pouco mais compridas que a largura de minha palma, muito menores do que eu esperava, mas pareciam tão densas e firmes que eu mal conseguia pôr uma no saco. Meu rosto estava quente, o coração, apertado, e eu sabia que agira direito. Quando chegamos à última barra, que era minha, eu a guardei no bolso esquerdo da calça, onde poderia senti-la sempre, batendo contra o corpo. Depois enfiei o revólver do outro lado, nas costas. Mathu balançou a cabeça. 'Quase chegando em casa', disse. 'Quanto acha que isso vale?' Seu sorriso era discreto, hesitante. Ele cutucava o nariz, o que sempre fazia quando ficava nervoso, ou seja, na maior parte do tempo. Olhei para ele e senti apenas desprezo. Soube, com absoluta certeza, naquele instante, que ele jamais passaria de um tapori, nada mais, talvez conseguisse ter dez ou doze pessoas trabalhando para ele, mas nunca seria mais do que um bandido da periferia, apenas um assustado chefinho local, enterrado na brutalidade vacilante, com a arma e o cutelo sob a camisa, e mais nada. Se você pensar em rupias, não passa de um bhangi, só isso. Pois lakhs são sujos, e crores não passam de merda. Pensei que o ouro era o futuro em meu bolso, as infinitas possibilidades à frente. Por isso guardei meu saco debaixo do catre, empurrando a última parte com o pé, enquanto Mathu me espiava com olhos arregalados. Virei-me de costas para ele e subi ao convés, rindo sozinho. Não sentia mais medo. Eu o conhecia, agora. Naquela noite, dormi feito um bebê."

Katekar fungou e balançou a cabeça. "E por muitos anos ele dormiu tranqüilamente, todas as noites, enquanto os corpos se amontoavam à esquerda e à direita." Sartaj ergueu a mão em sinal de alerta, e Katekar limpou o suor do rosto, resmungando baixinho: "Todos eles são a mesma coisa, porcos maderchod filhos-da-mãe. O problema é que surgem cinco para ocupar seu lugar quando eles são mortos."

"Silêncio", Sartaj disse. "Quero ouvir isso."

O alto-falante funcionou novamente. "Dois dias depois vi, ao longe, para lá da água, um morro distante. 'O que é aquilo?', perguntei a Gaston. 'Nosso lar', ele disse. Na popa, Pascal acenou para outro barco que seguia no rumo do horizonte. 'Aaa-hoooooooooooooo', disse, e o grito, com seu eco, me provocou um arrepio. Estava em casa.

"Ajudamos a tirar o barco da água, depois nos despedimos de Pascal e Gaston. Mathu resmungou ameaças a eles, mas eu o empurrei de lado, sem muita gentileza, e disse: 'Pessoal, vamos manter isso em segredo. Sejam discretos e faremos negócios novamente'. Dei uma barra de ouro a cada um, do meu quinhão, apertei a mão deles, que sorriram e se tornaram meus amigos para sempre. Mathu e eu caminhamos um pouco pela estrada, até a parada do ônibus, com os sacos brancos nas costas, pesados. Acenei para um riquixá motorizado e me despedi de Mathu com um movimento curto da cabeça. Deixei-o lá parado, com o dedo no nariz, na fumaça do escapamento. Sabia que ele queria vir comigo, mas ele se achava mais do que era, e eu seria forçado a matá-lo, mais cedo ou mais tarde. Não tinha tempo para ele. Ia para Bombaim."

O intercomunicador silenciou. Sartaj levantou-se, virou e olhou para o fim da rua. "Ei, Gaitonde?", disse.

Um momento passou, e veio a resposta: "Pois não, Sartaj?".

"A máquina chegou."

E, realmente, ele estava lá, um escuro leviatã que ao surgir no final da rua com seu ronco metálico provocou o instantâneo aparecimento de uma multidão. A escavadeira exibia certa dignidade, o operador usava boné com o charme de um especialista.

"Tire essa gente do meio da rua", Sartaj disse a Katekar. "E traga a máquina. Virada para cá."

"Estou ouvindo, agora", Gaitonde disse. As lentes da câmera se moviam, aflitas.

"Logo poderá vê-la", Sartaj disse. Os policiais próximos às vans checavam suas armas. "Gaitonde, esta é uma farsa que não me agrada nem um pouco. Nunca fomos apresentados, mas passamos a tarde conversando. Vamos agir como cavalheiros. Não há a menor necessidade de tudo isso. Saia, e vamos juntos para a delegacia."

"Não posso fazer isso", Gaitonde afirmou.

"Pare com isso", Sartaj disse. "Chega de agir como bandido do cinema, você é capaz de coisa melhor que isso. Não estamos aqui para joguinhos de criança."

"É apenas um jogo, meu amigo", Gaitonde retrucou. "Só um jogo, só leela."

Sartaj afastou-se da porta. Queria, ansiava ardentemente por uma xícara de chá. "Muito bem, então. Como se chama?", perguntou ao operador da escavadeira, instalado no alto da imensa máquina.

"Bashir Ali."

"Sabe o que deve fazer?"

Bashir apertou o boné azul com as mãos.

"A responsabilidade é toda minha, Bashir Ali. Estou dando uma ordem, como inspetor de polícia, portanto você não precisa se preocupar. Vamos pôr esta porta abaixo."

Bashir limpou a garganta. "Mas é Gaitonde quem está lá, inspetor sahib", ele disse, hesitante.

Sartaj pegou Bashir Ali pelo cotovelo e o levou até a porta.

"Gaitonde?"

"Diga, Sardar-ji."

"Estou aqui com Bashir Ali, operador da escavadeira. Ele tem medo de nos ajudar. Tem medo de você."

"Bashir Ali", Gaitonde disse. Sua voz era autoritária, como a de um imperador, segura de suas consoantes e de sua generosidade.

Bashir Ali olhava para o meio da porta. Sartaj apontou para a câmera de vídeo, e Ali ergueu a vista. "Sim, Gaitonde Bhai?", ele disse.

"Não se preocupe. Não o perdoarei", Bashir Ali empalideceu, "porque não há nada a perdoar. Fomos aprisionados, nós dois, você de um lado da porta e eu do outro. Faça o que lhe ordenarem, e quando terminar o serviço volte para sua casa, para seus filhos. Nada acontecerá a você. Nem agora, nem depois. Dou minha palavra." Seguiu-se uma pausa. "Palavra de Ganesh Gaitonde."

Quando Bashir Ali subiu até seu assento no alto da escavadeira, ele já parecia ter compreendido seu papel de destaque na situação. Levou o boné à cabeça com um floreio e virou a aba para trás. O motor espocou e passou a roncar baixinho, regularmente. Sartaj aproximou-se do alto-falante. O lado esquerdo da cabeça, do pescoço até as têmporas, ficava exposto ao pulsar do calor e da dor.

"Gaitonde?"

"Diga, Sardar-ji. Estou ouvindo."

"Abra a porta e pronto."

"Quer que eu abra a porta, Sardar-ji? Eu já sei, Sardar-ji, eu já sei."

"Sabe o quê?"

"Sei o que você quer. Quer que eu abra a porta e pronto. Depois você quer me prender e levar para a delegacia. Quer virar herói e sair no jornal. Quer uma promoção. Duas promoções. Lá no fundo, quer mais ainda. Quer ser rico. Quer ser um herói de toda a Índia. Quer receber a medalha na televisão, em cores. Quer ser visto com artistas de cinema."

"Gaitonde..."

"Mas, se quer saber, já passei por tudo isso. Vou derrotá-lo. Mesmo nessa última partida, ganharei."

"Como? Tem alguns de seus rapazes aí, com você?"

"Não. Ninguém. Já lhe disse, estou sozinho."

"Um túnel? Um helicóptero escondido aí dentro?"

Gaitonde riu. "Nada disso."

"O quê, então? Uma bateria antiaérea Bofor?"

"Não. Mas vou derrotar você."

A escavadeira brilhava sobre o asfalto preto da rua, ladeada por policiais de ar compenetrado. As opções se reduziam rapidamente, e todas os conduziam àquela porta de metal, e estavam decididos, desamparados, temerosos.

"Gaitonde", Sartaj disse, esfregando os olhos. "Última chance. Vamos lá, yaar. Isso é estupidez."

"Lamento, não posso fazer nada."

"Tudo bem. Fique longe da porta quando entrarmos. E mantenha as mãos para cima."

"Não se preocupe", Gaitonde disse. "Não sou perigoso."

Sartaj endireitou o corpo, de costas para a porta, e verificou o revólver. Girou o tambor, os projéteis amarelados estavam firmes e redondos na base metálica. O calor penetrava pela sola do sapato, chegando aos pés.

De repente o alto-falante ganhou vida novamente, perto de seu ombro. "Sartaj, você me chamou de yaar. Sendo assim, vou lhe contar uma coisa. Grande ou pequena, nenhuma casa é segura. Ganhar significa perder tudo, e o jogo sempre vence."

Sartaj sentia no peito a ínfima vibração do alto-falante. A máquina à sua frente emitiu um rugido que o pressionou contra a porta, e foi o bastante. Ele fechou o tambor do revólver e afastou-se da entrada. "Muito bem", gritou. "Vamos lá, vamos lá." E apontou para a porta com a arma. O alto-falante zumbiu novamente, mas Sartaj não estava ouvindo. Enquanto se afastava, pensou ter ouvido um derradeiro fragmento, uma pergunta: "Sartaj Singh, você acredita em Deus?".

Sartaj gritou: "Vamos lá, Bashir Ali, avance." Bashir Ali ergueu a mão e Sartaj apontou o dedo em riste para ele: "Ponha a máquina em movimento".

Bashir Ali se encolheu no assento alto e o monstro começou a avançar, passando por Sartaj, e bateu no prédio, provocando um baque surdo que levantou uma nuvem de poeira de gesso. Mas, após um momento, quando a escavadeira recuou, o prédio permanecia completo e inviolável, a porta nem sequer fora amassada. Só a câmera de vídeo sofrera: caíra ao lado da porta, achatada até quase a metade de seu comprimento. A multidão aglomerada no começo da rua aplaudiu. O barulho cresceu quando Bashir Ali desligou o motor.

"O que foi?", Sartaj perguntou quando Bashir desceu para a sombra da escavadeira.

"O que esperava? Não me deixou fazer do modo correto."

Os dois limpavam a poeira do nariz. Do lado da escavadeira iluminada pelo sol a multidão entoava: "Jai Gaitonde".

"Sabe como resolver o problema?"

Bashir Ali deu de ombros. "Tenho uma idéia."

"Tudo bem", Sartaj disse. "Ótimo. Faça do jeito que quiser."

"Saiam da frente, então. E tire seus homens dos fundos do prédio."

Quando Bashir manobrou seu equipamento no cascalho, Sartaj viu que ele era um artista. Operava com golpes e movimentos da mão sobre os comandos, curvando o corpo no sentido seguido pela máquina, em sintonia com as engrenagens que se moviam sob ele. Ele ergueu a lâmina e a baixou, posicionando-a com perfeição, de modo que a parte inferior chegasse ao nível da porta. Recuou três, cinco, dez metros, com o braço apoiado no encosto do banco. Avançou contra o prédio em diagonal, e ao passar por Sartaj abriu um sorriso alvo. Dessa vez o metal guinchou, e quando o violento estertor da escavadeira cessou Sartaj viu que a porta fora afundada para dentro. Uma fenda de um metro se abriu na parede.

"Para trás!", Sartaj gritou. Ele avançava correndo, empunhando o revólver. "Para trás, para trás." E Bashir Ali se foi, deixando Sartaj apoiado num lado da porta e Katekar, do outro. Um vento gelado soprava de dentro, e Sartaj sentiu que enxugava o suor de seu rosto e das axilas. Subitamente, por um momento, ele invejou Gaitonde, seu ar-condicionado, o comando do clima frio conquistado por sua audácia. E, por um momento, subindo de algum lugar no fundo de suas entranhas, indesejável e nauseante, como um pingo de bile inesperado, veio uma bolha minúscula de admiração. Ele respirou fundo. "Acha que o prédio agüenta?"

Katekar fez que sim. Olhava para dentro, pela porta, com o rosto sombrio de raiva. Sartaj tocou o lábio superior com a ponta da língua, sentiu sua secura, e entrou. Foi na frente, e ao atingir a primeira porta interna Katekar seguia a seu lado. Atrás deles vinham os outros, apressados. Sartaj tentava ouvir alguma coisa além do trovejar pulsante de seu coração. Ele comandara invasões como aquela antes, era sempre ruim. Fazia muito frio no interior do prédio, a luz era fraca e requintada. Seus pés pisavam num carpete. Havia quatro quartos quadrados, todos brancos, todos vazios. E no centro exato do edifício uma escada de metal muito inclinada, quase vertical, que ia para baixo, para dentro da terra. Sartaj fez um sinal para Katekar e o seguiu escada abaixo. A porta de metal no fundo cedeu facilmente, embora fosse muito pesada, e quando Katekar afinal conseguiu abri-la Sartaj viu que era grossa como a porta de um cofre de banco. Estava escuro lá dentro. Sartaj tremia incontrolavelmente. Ele ultrapassou Katekar e notou uma luz azulada à sua esquerda. Katekar passou por ele, esbarrando no ombro, e avançou, os dois seguiram em frente, empunhando as armas com os braços estendidos, rígidos. Mais um passo e Sartaj, do novo ângulo, viu uma figura, ombros, na frente de uma série de monitores de vídeo que exibiam apenas chuvisco, e uma mão morena perto dos controles de um painel preto.

"Gaitonde!" Sartaj não pretendia gritar — um alerta firme mas educado era seu tom preferido — e tentou controlar a voz. "Gaitonde, erga as mãos bem devagar." O vulto na penumbra não se moveu. Sartaj contraiu o dedo no gatilho, lutando contra a vontade de disparar, e disparar de novo. "Gaitonde. Gaitonde!"

Do lado direito de Sartaj, onde Katekar se encontrava, veio um estalido baixo, e quando Sartaj virou a cabeça a sala foi inundada por um brilho branco de neon, limpo, abrangente, generoso. Naquela luz universal, Gaitonde estava sentado com uma pistola negra na mão esquerda, e faltava-lhe metade da cabeça.

O olho direito de Gaitonde, arregalado, congestionado, fitava com intensidade maníaca. Sartaj divisou o traçado frágil das linhas rosadas, o negro duro das pupilas, o fluido límpido que escorrera pelo canto, que involuntariamente concluiu ser uma lágrima. Mas era apenas a reação do corpo ao impacto poderoso que arrancara tudo, do queixo para cima, da outra metade da cabeça, arrancando tudo da narina esquerda até a testa, lançando um jato cremoso nauseante no teto branco. Um dente reluzia, branco perolizado, inteiro e intacto, no ponto vermelho vivo onde o esgar dos lábios finos de Gaitonde era abruptamente interrompido.

"Senhor", Katekar disse. Sartaj assustou-se e olhou para onde apontava rígido o cano do revólver de Katekar, uma passagem na parede branca. Bem ali na fronteira entre a claridade intensa e a escuridão, na sombra, havia dois pés pequenos cujos dedos apontavam para cima. Sartaj deu um passo adiante, mas não conseguiu ver o corpo com clareza, só a barra da calça branca, mas soube, pela forma não muito nítida dos quadris, que era um corpo de mulher. Katekar localizou o interruptor novamente, e sim, isso mesmo, uma mulher de calça branca justa, de cós baixo — Sartaj sabia que eram conhecidas como hipsters. Usava um top justo cor-de-rosa, muito elegante. Deixava a barriga à mostra, ela devia se orgulhar da cintura fina e do umbigo perfeito. Havia um buraco em seu peito, logo abaixo do ponto macio do tórax em que o top se fechava.

"Ele a matou", Sartaj disse.

"Sim", Katekar confirmou. "Ela devia estar parada na soleira da porta."

Seu rosto estava virado para a esquerda, e o cabelo comprido caía sobre a face.

"Examine o resto do lugar", Sartaj pediu. Na sala quadrada onde a moça jazia enfileiravam-se três camas sem cobertas, com criados-mudos brancos ao lado de cada uma. Parecia um alojamento. Encostadas na parede havia uma bicicleta ergométrica e uma série de pesos num suporte. DVDs de filmes antigos em preto-e-branco. Um armário de aço com diversos fuzis AK-56 em cima e pistolas embaixo. No banheiro havia vasos sanitários ao estilo ocidental e chuveiros, nos três armários, roupas, sapatos e botas masculinas. Katekar encerrara a busca na sala central, e os dois pararam na frente de Gaitonde.

Um grupo de policiais armados se aglomerava atrás de Sartaj, esfregando ombros e batendo coronhas dos rifles enquanto esticavam o pescoço para ver o final do grande Gaitonde e de sua namorada assassinada. "Já chega", Sartaj disse. "Estão pensando que isso é o quê? Uma tamasha grátis? Uma sessão de cinema? Quero todo mundo fora daqui já." Mas ele sabia que sua voz transmitia alívio e tensão liberada, todos sorriram para ele ao se retirar. Apoiou-se na borda de uma escrivaninha comprida e esperou que a estranha elasticidade líquida atrás de seus joelhos cessasse. Das costas da poltrona de Gaitonde o sangue gotejava no chão.

Katekar abria e fechava os armários brancos que ocupavam as paredes da sala central com um lenço azul enrolado nos dedos. Ele era sempre metódico após a ocorrência de disparos, e Sartaj sentia segurança em seu respirar pausado, na solidez dos ombros e na seriedade de sua fisionomia.

"Nada aqui, senhor", Katekar disse. "Não tem nada."

Ao lado da perna de Sartaj, na escrivaninha, havia uma gaveta. Um livrinho preto ocupava o centro exato da gaveta, as bordas alinhadas com as laterais da gaveta.

"Um diário?", Katekar perguntou.

Era um álbum, com as páginas pretas cobertas por um filme adesivo, atrás do qual as fotografias foram inseridas. Sartaj folheou o livro pelos cantos. Mulheres, algumas muito jovens, em fotos posadas de estúdio, olhando por cima do ombro, segurando o rosto, erguendo os quadris, decentemente vestidas, mas todas muito sensuais.

"As mulheres dele", Sartaj disse.

"As randis dele", Katekar contrapôs. Ele enrolou o lenço azul no dedo indicador e abriu um arquivo de aço que havia na outra ponta da escrivaninha. Sartaj ouviu quando ele respirou fundo, fazendo mais barulho que os geradores. "Senhor."

O arquivo de metal estava cheio de dinheiro. Notas novas de quinhentas rupias em maços pequenos, ainda com a fita de identificação do Banco Central da Índia e elásticos; os maços formavam blocos de cinco, embalados a vácuo em plástico transparente. Katekar afastou a camada superior, para examinar o vão entre as pilhas. Havia muito mais embaixo. E depois mais.

"Quanto?", Sartaj perguntou.

Katekar tamborilou na lateral do arquivo, devagar, pensativo. "Está cheio até o fundo. Muito dinheiro. Cinqüenta lakhs? Muito mais."

Era mais dinheiro do que qualquer um dos dois já vira reunido em um lugar. Precisavam tomar uma decisão, e trocaram um olhar direto. Sartaj decidiu. Ele fechou a porta do arquivo com o joelho. "Dinheiro demais", disse.

Katekar suspirou. Por um segundo alimentara um sonho, não havia como negar, mas fora só isso. Ele mesmo ensinara a Sartaj uma importante lição de sobrevivência, que se apoderar de riquezas imensas sem informação suficiente era invocar um desastre. Livrou-se do encantamento daquela fortuna ao fungar com força e abrir um sorriso. "Os maiorais tomarão conta do dinheiro de Gaitonde", disse. "E agora, esperamos?"

"Esperamos."

O bunker se encheu de gente. Técnicos de laboratório, fotógrafos, policiais graduados das três zonas e da Divisão do Crime Organizado. Gaitonde, sentado no meio de todos, bem iluminado, parecia ter encolhido. Sartaj observou Parulkar se debruçar sobre Gaitonde, apontando algo a outro comissário zonal. Parulkar estava em seu elemento, discutindo uma operação bem-sucedida com quem comandava, e Sartaj era grato a ele. Com certeza Parulkar melhoraria e aumentaria o valor do caso, e lhe daria mais crédito do que merecia. Era um dos talentos que destacavam Parulkar. Sartaj dependia dele para isso.

Três homens desceram a escada, movimentando-se com rapidez. Sartaj não os tinha visto antes. O que vinha na frente usava o cabelo tão curto que Sartaj viu o couro cabeludo sob os fios grisalhos diminutos. Este falou com Parulkar, mostrando a identificação. Parulkar ouviu, e embora não tenha demonstrado nada, Sartaj percebeu que ficara muito tenso. Balançou a cabeça e conduziu o escovinha e seus acompanhantes até Sartaj.

"Este é o policial", Parulkar disse ao escovinha. "Inspetor Sartaj Singh."

"Sou o SP Makand, CBI." O escovinha era bem lacônico. "Encontrou algo?"

"O dinheiro", Sartaj respondeu. "Um álbum. Não revistamos os bolsos, esperamos até..."

"Muito bem", Makand disse. "Vamos assumir a partir de agora."

"Podemos ajudar em algo?"

"Não. Manteremos contato. Diga a seus homens para desocuparem o local." Os dois subalternos de Makand já se movimentavam pela sala, ordenando aos técnicos que recolhessem o equipamento.

Sartaj fez que sim. Ele já sabia que o caso de Gaitonde escaparia de sua alçada. A aparição de Gaitonde na Zona 13 era inexplicável. O fato de sua carreira chegar a um final súbito em Kailashpada era uma dádiva profissional perfeita demais para ser deixada só para Sartaj. A vida só permite alegrias diluídas.

Mas a atitude de Makand — mesmo vindo de pessoa do serviço central de informações — fora abrupta demais. Mesmo assim Parulkar se mostrava insosso como manteiga caseira, sem protestar ou fazer qualquer objeção. Por isso Sartaj cumpriu a ordem, chamando Katekar antes de sair.

Anoitecera. Sartaj parou na soleira da porta de metal, na penumbra, e viu os repórteres que esperavam do outro lado da fileira de jipes da polícia. Parulkar surgiu a seu lado, ajeitando-se para atender a imprensa. "Senhor", Sartaj disse, "por que nos chutaram de lá? O CBI não precisa mais da colaboração das forças locais?"

Parulkar enfiou a camisa para dentro e arrumou o cinto. "Eles pareciam muito tensos. Minha impressão é que temiam a exposição de alguma coisa existente lá dentro."

"Estão tentando encobrir algo?"

Parulkar balançou a cabeça e se permitiu bancar o cauteloso. "Beta", disse, "quando alguém adota uma atitude tão rude ao tratar conosco, isso em geral quer dizer que está tentando esconder alguma coisa. A caminho. Vamos contar a nossos amigos da imprensa como você acabou com a carreira do grande don Ganesh Gaitonde."

E Sartaj aproximou-se da bateria de flashes e contou sua história aos jornalistas. Disse a eles que conversara com Gaitonde antes de derrubar a porta, e que Gaitonde não parecia assustado e sim tranqüilo, racional. Não mencionou a história do ouro de Gaitonde. E não revelou a ninguém, nem a Katekar nem a Parulkar, a pergunta que Gaitonde havia feito no final. Ele não tinha certeza do que ouvira, de todo modo. Por isso contou aos repórteres que recebera uma denúncia anônima pela manhã, e o que aconteceu em seguida, e respondeu que não, não tinha idéia do motivo que levara um don mafioso a cometer suicídio.

Mais tarde, em casa, naquela mesma noite, ele se lembrou do tom grandiloqüente de Gaitonde, de sua fala rápida, de sua tristeza. Não chegou a conhecer Ganesh Gaitonde pessoalmente, e agora que suas vidas se cruzaram, o sujeito estava morto. Quase pegando no sono, Sartaj se lembrou do que ouvira falar e do que lera sobre Gaitonde, os rumores e as lendas, os relatórios do serviço secreto e as entrevistas nas revistas semanais de informação. Tentou relacionar a imagem pública com a voz, a voz que ouvira, mas não conseguiu. Havia o famoso gângster e o homem daquela tarde. Mas que diferença fazia tudo isso? Gaitonde estava morto. Sartaj virou, ajeitou os travesseiros com determinação, repousou a cabeça e dormiu.

Ganesh Gaitonde vende seu ouro

Então, Sardar-ji, ainda está me ouvindo? Está em algum lugar deste mundo, comigo? Posso senti-lo. O que aconteceu depois, e o que aconteceu depois disso, você quer saber. Eu estava caminhando sob o céu revolto, cheio de nuvens, com as pontadas incessantes do ouro nas minhas costas e a cidade à frente. Tinha dezoito anos e um saco de ouro no ombro. Ali estava eu, Ganesh Gaitonde, usando uma camisa azul imunda, calça marrom, sapato gasto de sola de borracha sem meia, com quarenta e sete rupias no bolso, um revólver na cinta e ouro nas costas. Não tinha para onde ir, pois não podia voltar ao prédio em Dadar onde arranjara um lugar para dormir que cheirava a especiarias ao lado do depósito de um restaurante. Se o pessoal de Salim Kaka procurasse por mim, ou se alguém procurasse por mim, eu estaria longe, e não plantado lá feito um idiota, esperando ser morto como um cão. Desde que conseguira o ouro eu havia perdido a confiança. Adquirira problemas de um homem rico. Pensei: neste mundo só tenho quarenta e sete rupias, um revólver e este peso enorme em metal. De nada adianta carregar ouro nas costas, preciso vendê-lo. O ouro não serve para nada até que seja vendido. Como vender ouro em grande quantidade? Onde vender? Até que faça isso, continuo sendo pobre. Um homem pobre com problemas de rico.

Sorri, depois gargalhei. Precisa primeiro arranjar um esconderijo, agora, depressa, mas a situação também era cômica. Cantei: *"Mere desh ki dharti sona ugle, ugle heere moti"*. Mas dez e meia da manhã não era hora de andar por aí, na periferia de Borivali, com um ghoda carregado e um saco de ouro, abatido pelo peso e muito cansado. Havia campos ao longe, pequenos bosques e apenas algumas construções espalhadas, casebres amontoados formando um típico vilarejo. Mais cedo ou mais tarde, porém, alguém ia notar, perguntar, querer. Só me restavam três balas. Trinta ou trezentas balas não fariam diferença se alguém descobrisse o que eu carregava.

Havia uma cerca de arame farpado à minha direita, rodeando um bosquete. Olhei para trás, olhei para a frente, tomei uma decisão. Passei por baixo do último fio, arrastei o saco e andei depressa, sem correr, numa caminhada rápida até as árvores. Agachei-me na sombra e esperei. Flexionei as mãos, tentando diminuir a dormência decorrente de segurar com força o saco, para carregar o peso enorme. Se algo acontecesse, seria agora. Fui imediatamente rodeado por minúsculos insetos voadores, e estava disposto a suportar as picadas, mas eles revoavam como uma nuvem trêmula em torno do meu ombro, como se o ar mexesse. Naquele círculo movente eu me lembrei de uma encosta montanhosa vista pela janela, um livro escolar a esvoaçar na brisa, o pranto incessante de minha mãe no quarto ao lado. Incessante. Chega — passei a mão na frente do rosto e afastei a imagem. Avancei, agachado, protegido pela sombra das árvores, no rumo de uma lagoa que avistei. Pouco mais que uma poça numa depressão em forma de pires, rodeada de mato amarelado. Agachei-me de novo, com o saco na minha frente. Não havia pegadas no barro mole que circundava a lagoa, nenhuma trilha no capim crescido, nem homem nem mulher à vista até o arame farpado, para lá da margem distante do laguinho, e mesmo além, na estrada. Mas eu queria esperar mais meia hora. Agarrei com força o retângulo liso da barra no bolso e respirei fundo. Observei o mergulho iridescente das libélulas na água. Estava decidido a não cair de novo, a nunca mais cair, conformado, na mesmice do redemoinho do passado. Deixava a vida que levara para trás. Para Ganesh Gaitonde só aquele dia contava, a próxima noite, e todos os dias e noites à frente.

Quando chegou a hora entrei no meio das árvores, indo até o ponto mais protegido pelas sombras. Escolhi uma árvore e comecei a cavar. A terra era solta, porém seca, o serviço rendia pouco, logo tinha os dedos em carne viva. Eu deveria ter arranjado alguma coisa com a qual cavar primeiro, um pedaço de lata, qualquer coisa. Falha de planejamento. Mas eu já havia começado e prossegui, removendo a terra aos punhados. Quando atingi a camada mais dura logo abaixo da superfície, sentei-me e passei a raspar a terra com o salto do sapato até escavá-la. Era um trabalho duro, eu suava, quando parei não havia feito um buraco, exatamente, só uma depressão rasa ao pé do tronco escuro. Eu sentia fome, cansaço, teria de ser suficiente. Meu peito arfava. Abri a boca do saco, tirei duas barrinhas de ouro, perdi um ou dois minutos a admirar seu brilho suave bronzeado, na sombra salpicada de sol. O saco foi para o buraco, cobri tudo de terra. Ficou parecendo um montinho, procurei ao pé das árvores um pouco de mato seco para cobrir as marcas, terminando com folhas e gravetos. Recuei um pouco para ver como ficou. Assemelhava-se a um montinho qualquer sob a árvore, sob qualquer árvore, e na sombra não chamaria a atenção, a não ser que alguém sentasse em cima dele. Mas por que alguém viria até aqui, passearia e sentaria? Era um lugar seguro. Eu tinha certeza. Mas ao chegar na cerca precisei voltar uma vez, só para garantir que conseguiria encontrar o local posteriormente. Mas bastou uma vez. Depois disso passei por baixo da cerca, rolando o corpo, e segui pela estrada, caminhando com firmeza apesar do vazio no estômago, um buraco que doía tanto que eu tive de segurar a barriga com as duas mãos. Risco é risco, e dele vem o lucro. Se for perdido, paciência. A gente tem de tomar uma atitude. Tomar a atitude.

Eu dispunha apenas de um nome: Paritosh Shah. Ouvira um sujeito chamado Azam Sheikh mencioná-lo duas vezes, assim que saiu da prisão após cumprir quatro anos de pena por arrombamento. Ele saiu da cadeia e não demorou dois dias até fazer um novo serviço, limpeza, uma entrada durante o dia para furtar no apartamento de uns recém-casados em Santa Cruz East. "A esposa prendada foi ao mercado comprar verduras para o jantar do marido", Azam disse, "e nós pegamos o colar de ouro, as pulseiras e os brincos dela, tudo menos o mangalsutra, e Paritosh Shah nos pagou um bom preço pelo lote." Eu estava parado atrás da porta do restaurante onde trabalhava como garçom, na minha folga, ouvindo a conversa, quando Azam viu a sombra do meu pé debaixo da porta, praguejou e calou-se. Afastei-me. Depois disso o garçom que o atendeu disse que Azam Sheikh deixara uma gorjeta de três rupias, após uma hora e meia de tangdis, shammi kebabs e cerveja, mas em menos de um mês eu tive a satisfação de ouvir que Azam Sheikh retornara à cadeia, fora preso durante outra invasão de apartamento em Santa Cruz East, quando a empregada que dormia no local acordou e deu o alarme. Os vizinhos o pegaram e bateram muito nele. Azam Sheikh andava meio torto agora, foi isso que me deixou contente — isso e o nome de Paritosh Shah.

Nome esse que escutei de novo, quando fiquei mais próximo de Salim Kaka, após conquistar a confiança de Kaka. Havíamos saído, Mathu, Salim Kaka e eu, para treinar tiro em Borivali. Numa clareira da floresta, Mathu e eu demos seis tiros cada um, carregamos e descarregamos a arma até conseguir fazer isso com rapidez e facilidade. Eu punha e tirava a munição sem nem olhar. Salim Kaka ficou contente, deu uma batidinha no meu ombro. Ele nos deixou dar mais dois tiros cada um. O coice subia pelo meu antebraço, o estampido era muito mais alto do que eu imaginava, e descia pela espinha, eu exultava, os pássaros revoavam no alto. "Não agarre seu samaan", Salim Kaka disse. "Segure-o com suavidade, mas com firmeza, empunhe a arma com amor." Havia um alvo desenhado a giz num tronco, eu arranquei lascas da madeira bem no centro. "Com amor", repeti, e Salim Kaka riu comigo. No caminho de volta, sob os ramos marrons desfolhados, através dos espinheiros abundantes, Salim Kaka nos apavorou com histórias de leopardos. Uma moça que catava lenha fora morta naquele trecho da mata havia menos de dez dias. "O leopardo ataca tão rápido que a gente nem o vê, sente apenas os dentes no pescoço", ele disse. "Eu explodiria os olhos dele", falei, erguendo o revólver. Mathu disse: "Claro, maderchod, você ganhou a medalha de ouro em tiro, afinal". Cuspi e falei: "Ganharia dinheiro com a pele do leopardo. Eu esfolaria o bhenchod e venderia o couro". "Para quem, chutiya?", Mathu quis saber. Apontei para Kaka: "Para o receptador de Kaka". "Não", Salim Kaka retrucou. "Ele só se interessa por joalheria, diamantes, ouro, eletrônicos de alto valor." "Sem chance de vender sua pele de leopardo", Mathu disse, rindo. Mais tarde, Mathu parou na estrada para pegar um riquixá motorizado, de braço erguido, e Salim Kaka se aproximou, ficamos lado a lado, perto de uma parede, urinando. Eu olhava para a parede, e me controlava, subitamente impaciente com a longa viagem de trem que tínhamos pela frente, antes de pegar o ônibus e andar até em casa, para dormir. "Qual é o problema, yaara?", Salim Kaka perguntou. "Ainda está pensando na pele de leopardo?" Os dentes de Salim Kaka exibiam manchas marrons de tabaco, mas eram fortes e sólidos. "Não se preocupe, pode levar a pele para Paritosh Shah, ele pega qualquer coisa, pelo que eu soube." "Quem?", falei. "Um receptador de Goregaon. Muito ambicioso", Salim Kaka respondeu. Mathu conseguiu parar um riquixá motorizado, Salim Kaka balançou e fechou o zíper, eu também, Salim Kaka riu para mim, fomos andando até o riquixá, esbarrando os ombros. No veículo que balançava e pulava estávamos os três espremidos, Salim Kaka ia no meio, levando a sacola com os revólveres. Pertenciam a ele, que segurava a sacola junto ao corpo.

Por isso fui a Goregaon sem maiores dificuldades, mas Paritosh Shah era um homem na multidão de lakhs, e não tinha uma placa no meio dos anúncios de clínicas médicas, imobiliárias e vendedores de cimento na estação. Comprei um jornal, achei um vadapau-wallah fora da estação, comi e refleti sobre o problema. Ao tomar uma xícara de chá no chai-wallah no quiosque vizinho, comecei a ver uma possível solução. "Bhidu", falei ao chai-wallah, "onde fica a delegacia daqui?"

Andei até a delegacia por ruas estreitas onde se enfileiravam lojas e thelas, dos dois lados. Passei por elas depressa, um pouco abaixado, com o ombro voltado para a multidão, revigorado pelo chá e ansioso pelo próximo passo. Encontrei a delegacia e encostei no capô de um carro, observando a fachada marrom comprida e baixa. Eu conseguia ver, mesmo daquela distância, para lá da porta de entrada, a sala de atendimento, com suas mesas longas, e sabia o que havia além delas, os escritórios congestionados, os prisioneiros agachados enfileirados, as celas no fundo, espartanas. A pequena multidão reunida na frente se movia e oscilava, aumentando e diminuindo, mas estava sempre lá, e eu fiquei observando, lendo meu jornal. Distinguia os policiais, mesmo à paisana, pelo pescoço esticado e um pouco recuado, feito uma naja ereta no meio de um rastro recente, o capelo aberto, trêmulos de poder e arrogância. Seus olhos reluziam beligerância. Mas eu buscava outra coisa.

Demorei até duas e meia, com duas abordagens fracassadas, para localizar meu informante. Havia um sujeito de quadril estreito que saiu pela lateral do portão e seguiu para a rua com a reticência oleosa de um batedor de carteiras nato, segui-o por quase um quilômetro, e acabei por desconfiar de suas mãos compridas, que se abriam e fechavam ávidas, com uma cobiça canina. De volta à delegacia, passei a observar a multidão de novo, e me fixei num homem mais velho, de aproximadamente cinqüenta anos, que saiu pela porta da frente, parou logo depois do portão e abriu um maço de cigarro com um movimento do polegar. Tirou o cigarro do maço batendo três vezes, preciso e cauteloso, depois o acendeu e fumou com a mesma calma e segurança. Caminhei atrás dele e gostei da curva bem-feita do cabelo branco na nuca, bem como da camisa safári cinza discreta. Mas quando chegou à esquina e eu me aproximei para pedir um cigarro, por favor, o sujeito me olhou sem o menor sinal de desconfiança, com total cordialidade, e eu soube que era absolutamente respeitável. Algum empregado de escritório que fora até a delegacia para dar queixa do roubo da bicicleta ou do excesso de barulho dos vizinhos, sem ter a menor idéia de quem era Paritosh Shah. Peguei o cigarro, agradeci e retornei a meu posto de observação.

Quando esmagava a ponta do cigarro com o salto do sapato eu ouvi sua voz. Era uma voz grave, ressonante, mas inconfundivelmente feminina. Ela discutia com o piloto do riquixá, dizendo a ele que fazia o mesmo percurso toda semana, que seu taxímetro havia sido adulterado, que poderia esperar doze e sessenta de um chutiya recém-chegado de UP, não dela. Não pude vê-la direito, entre o riquixá motorizado e o motorista, apenas braços carnudos e uma blusa amarela justa. Quando o motorista partiu levando nove rupias, eu vislumbrei o sári vermelho vistoso, costas carnudas e cintura grossa, num passo rápido e ágil, num conjunto totalmente indecente. Fiquei impaciente. Não me dei mais ao trabalho de examinar os outros que saíam e entravam, esperava por ela. Quando saiu, quarenta e cinco minutos depois, eu já havia ensaiado tudo, e estava pronto.

Ela atravessou a rua e parou, esperando um riquixá motorizado, com uma mão enorme num quadril e a outra a acenar imperiosamente a todos os veículos que passavam buzinando. Respirei fundo e aproximei-me, vi sob os cabelos pintados com hena as maçãs proeminentes, a sobrancelha larga, os brincos de ouro em forma de lótus. Era velha, bem velha, marcada pelo tempo, quarenta ou cinqüenta anos, nada jovem. Gostei de sua postura rechonchuda, projetada para a frente, dos pés afastados e fortes. Seu pallu pendia do ombro, descuidadamente, sem a menor modéstia.

"Os riquixás andam lotados neste horário", falei.

"Suma daqui, rapaz. Não sou uma randi", ela resmungou. "Embora você não pareça capaz de pagar uma."

Eu não imaginava que ela já me estudara. "Não estou procurando uma randi."

"Problema seu." Virou-se para me encarar, os olhos se arregalaram um pouquinho, não feios, mas incomuns, faziam seu rosto parecer precário, pronto a se desmanchar à primeira surpresa. "E o que deseja, então?"

"Queria lhe fazer uma pergunta."

"E por que eu responderia?"

"Preciso de ajuda."

"Parece precisar, mesmo. Não consegue abrir o zíper e quer que eu puxe a coisa para fora? Por que deveria sujar as mãos? Acha que levo jeito para ser sua mãe?"

Ri, sabendo que exibia os dentes. "Não leva, de jeito nenhum. Mesmo assim, pode ajudar."

Um riquixá que ia para o outro lado reduziu a velocidade e atravessou a rua, em nossa direção. A mulher segurou a barra de ferro acima do taxímetro antes mesmo que o veículo parasse e saltou para dentro, acomodando-se no banco. "Vamos", ela ordenou ao condutor.

"Paritosh Shah", falei, curvando os ombros para me debruçar sobre o riquixá. Atraí sua total atenção.

"O que tem ele?"

"Preciso encontrá-lo."

"Precisa?"

"Sim."

Ela se debruçou no banco e me encarou como se me fuzilasse com os olhos. "Você anda sujo demais para ser um khabari. Eles andam sempre limpinhos e parecem confiáveis."

"Não sou informante", respondi. "Não saberia a quem informar."

"Suba", ela disse, abrindo lugar no assento de plástico gretado. Deu instruções ao condutor e saímos pulando por ruas que eu desconhecia. Os prédios eram mais próximos uns dos outros, amontoados parede contra parede, as ruas estavam apinhadas de pessoas que se afastavam para a passagem do riquixá. Olhei para a esquerda, e depois pela janela oval na lona traseira.

"Calma", a mulher disse. "Está em segurança. Se eu quisesse prejudicá-lo, nem o ghoda na sua calça poderia salvá-lo."

Olhei para baixo. Eu empunhava o revólver por cima do tecido azul manchado. Larguei-o e massageei a mão direita com a esquerda. "Nunca estive aqui antes", falei.

"Sei disso", ela retrucou, debruçando-se sobre mim. "Como se chama?"

"Meu nome é Ganesh. E o seu?"

"Sou Kanta Bai. O que tem para Paritosh Shah?"

Falei, perto da orelha dela: "Tenho ouro." E mais perto. "Lingotes."

"Não fale nada, Ganesh, até descermos do carro."

O riquixá parou num mercado lotado, com muitos atacadistas de roupas, e ela me conduziu pelas ruelas estreitas, virando aqui e ali, apressada. Era bem conhecida ali, passantes a cumprimentavam pelo nome, mas ela seguia em frente sem parar. No final de uma ruela havia um muro com uma fenda, uma abertura irregular quebrada no tijolo, e do outro lado estava um basti. Pisando com cuidado, acompanhei seu passo rápido. Os barracos eram muito próximos, em alguns lugares as casinhas de pucca ficavam tão próximas das construções do outro lado que a rua parecia um túnel. Homens e mulheres abriam caminho para a passagem de Kanta Bai. Havia homens e rapazes sentados nas soleiras e parapeitos, senti seus olhos na minha nuca, mantive as costas eretas e a proximidade com Kanta Bai.

Senti o odor adocicado pungente do gur primeiro, depois o cheiro de vômito. Dobramos à direita e passamos por uma porta baixa, vi mesas de metal e homens sentados a beber. Um rapaz colocou um prato com dois ovos cozidos sobre a mesa perto da porta, e o freguês sorveu as últimas gotas do líquido leitoso. Kanta Bai contornou o prédio e o guincho de uma turbina elétrica ficou mais audível. Ela me deixou num quarto escuro, cheio de sacos de gur até o teto. "Espere aqui", disse, e eu esperei. O cheiro doce da jagra pesou sobre meus ombros, marrom como um rio lamacento. Misturado ao ruído incessante do motor eu distingui som de rádio, na sala da frente, no bar, mas só as notas mais agudas da canção, que chegavam a mim como espuma, e eu me perguntava a respeito da qualidade do produto de Kanta Bai. Havia muitos fregueses, talvez uns vinte, no meio da tarde de um dia útil, tomando calmamente copos de oito e dez rupias de saadi e satrangi destilados nos fundos. Era um bom negócio, matérias-primas baratas e à venda de acordo com a lei, custos fixos baixos. E a demanda por bebidas desi de qualidade era constante e alto, contínuo e vasto como o arrastar dos pés nas ruelas do lado de fora. Avancei um pouco para olhar através da passagem fechada por uma cortina e só vi os pés dos funcionários de Kanta Bai e a parte inferior dos sacos, além de um ou outro reflexo das garrafas. Reconheci o sári dela e pude recuar e esperar no canto oposto da sala quando ela abriu a cortina. Quando vi seus olhos, de uma brancura ofuscante apesar da escuridão dos sacos de gur, fiquei com medo.

"Falei com Paritosh Shah pelo telefone", ela disse.

Não consegui falar nada, sufocado pelo súbito terror de estar sozinho, sem experiência, com ouro. Fiz que sim, e no mesmo movimento apoiei o ombro no batente da porta, distraidamente. Levei a mão ao quadril e assenti com a cabeça de novo.

Kanta Bai sorriu de leve. Uma pequena onda de prazer percorreu sua face e ela disse: "Vamos ver seu ouro".

Concordei. Ainda me sentia muito inseguro, nauseado por dentro, mas sabia ser necessário. Enfiei a mão no bolso direito, passei as barras para a esquerda e estendi a mão, sentindo as duas barras pesarem na palma.

Kanta Bai pegou as barras, testou seu peso e as devolveu para mim. Seus olhos permaneciam fixos em meu rosto. "Ele o receberá agora. Um dos meus rapazes o levará até lá."

"Ótimo", falei, finalmente capaz de recuperar a voz e a confiança. Os lingotes voltaram para meu bolso, puxei meu reduzido maço de notas e as mostrei.

"Não dá para me pagar."

"Como é?"

"Quanto dinheiro tem aí?"

Estiquei a mão até a luz, para o lado. "Trinta e nove rupias."

Ao ouvir isso ela soltou uma gargalhada, as maçãs do rosto incharam e os olhos quase fecharam. "Bachcha, vá falar com Paritosh Shah. Ele me deverá um favor, se tudo der certo. Trinta e nove rupias não fazem de você o rajá Bhoj de Bumbai."

"Eu lhe deverei um favor, também", falei. "Se tudo der certo."

"Muito bem", ela disse. "Talvez você seja um bom rapaz, no final das contas."

Paritosh Shah era um sujeito caseiro. Esperei por ele no corredor do segundo andar, perto de uma escada que ocasionalmente emitia um fedor forte de urina. O prédio de seis andares era antigo, com uma armação de bambu amarrada e pregada à fachada capenga, onde as falhas nos rebuscados ornamentos das sacadas chegava a assustar. O segundo andar estava cheio de homens da família Shah, que passavam pelo local onde o rapaz mandado por Kanta Bai me deixara, e chamavam uns aos outros por nomes como Chachu, Mamu e Bhai, ignorando inteiramente a minha presença. Passavam por minha camisa suja e calça rasgada quase sem olhar. Eram uma turma vistosa, com anéis de ouro, e em sua maioria usavam traje de safári branco. Dava para ver sapatos e chappals brancos alinhados irregularmente perto do guarda uniformizado que cuidava da porta. Em algum lugar, lá dentro, situava-se o escritório de Paritosh Shah, guardado por um muchchad grisalho empoleirado numa banqueta, com uma espingarda de cartucho de cano absurdamente longo. Usava farda azul com faixa amarela, e seu bigode enorme encurvava nas pontas. Depois de vinte minutos de passagem de Shahs e fedor de urina, comecei a me sentir insultado, e por alguma razão meu ressentimento se concentrou no cinto de munição que o velho usava atravessado no peito, de couro rachado, e nos três cartuchos vermelhos cilíndricos. Imaginei que sacava o revólver e fazia um furo no meio do cinto de munição, logo acima da barriga flácida. Foi um pensamento absurdo, mas me deu satisfação.

Mais dez minutos se passaram, e foi a conta. Ou eu seria atendido agora ou ele levaria o tiro no peito. Minha cabeça latejava de dor. "Ei, mamu", falei ao guarda, que investigava o ouvido esquerdo com um toco de lápis. "Diga a Paritosh Shah que vim aqui para negociar, e não para ficar parado agüentando o fedor desta latrina."

"Como?", o lápis saiu. "O que foi?"

"Diga a Paritosh Shah que fui embora. Vou a outro lugar. Azar dele."

"Espere um pouco." O velho inclinou o corpo e apontou para a porta com o bigodão. "Badriya, venha ver o que este sujeito está dizendo."

Badriya veio, era muito mais jovem, muito alto, um halterofilista que se movia silenciosamente, com uma ginga deliberada em seu andar descalço. Parou na porta com os braços estendidos, e tive certeza de que usava uma arma no cinto, às costas, sob a camisa safári preta. "Algum problema?"

Foi um desafio, sem dúvida, o sujeito era mal-encarado e rijo, mas eu agi por impulso de momento, exausto após um longo dia, profundamente irritado. "Sim, tem um problema", falei. "Cansei de esperar pelo seu maderchod Paritosh Shah."

O velho se empertigou e começou a descer da banqueta, mas Badriya falou mansamente. "Ele é um homem muito ocupado."

"Eu também."

"É mesmo?"

"Sou."

E foi só. O guarda entrou em pânico. Sua empunhadura da espingarda era precária, muito em cima da coronha, ele mantinha um pé no chão e o outro na trave da banqueta, o que o deixava numa posição errada, desequilibrada. Olhei para ele e para Badriya. Era absurdo estar tão perto da morte assim de repente, num corredor sujo, com as narinas entupidas, insensato ter o dinheiro quase na mão, mas ainda não, ridículo ser Ganesh Gaitonde, pobre na cidade, sempre à margem, nada daquilo fazia sentido, e em mim havia uma ansiedade ávida, uma coragem insana e irresponsável. Ali. Agora. Lá estava eu. E daí?

Badriya ergueu a mão esquerda lentamente. "Tudo bem", disse. "Vou ver se ele está livre agora."

Dei de ombros. "O.k.", falei, saboreando a palavra em inglês, uma das pouquíssimas que eu sabia na época. "O.k., vou esperar." Sorri para o muchchad durante alguns minutos, assustando cada vez mais o velho, cujas mãos começaram a tremer na espingarda. Quando Badriya reapareceu, eu já tinha certeza de que era capaz de provocar um ataque cardíaco naquele soldado ancestral de bigode marcial. Mas eu tinha negócios a tratar.

"Venha", Badriya falou; tirei o sapato e o segui. O anexo conduzia a uma série de corredores pontilhados por portas pretas idênticas. "Levante os braços", Badriya disse. Concordei com um movimento de cabeça e ergui a frente da camisa, encolhendo o estômago enquanto Badriya removia meu revólver com delicadeza. Badriya fez um movimento profissional, girando o pulso, para olhar o cano. Levou a ponta ao nariz, concentrado. Tinha tórax enorme e pescoço pesado. "Foi disparado há pouco tempo", disse.

"Sim", falei.

Badriya virou o revólver na mão, e embora eu não tenha conseguido acompanhar direito o gesto, vi que foi um movimento elegante. "Vire-se", Badriya continuou. Ele me apalpou rapidamente, dando uma série de tapinhas nas axilas e pernas, fazendo apenas uma discreta pausa nas barras dos bolsos. Revista profissional, sem animosidade, e ter Badriya em sua equipe melhorou o conceito de Paritosh Shah para mim. "Última porta à esquerda", Badriya disse após o último toque.

Paritosh Shah estava deitado de lado numa gadda branca, apoiado numa almofada redonda. A sala era despojada, com lambris de madeira marrom, lisa e brilhante, encimados por um forro de vidro branco jateado, tudo gelado por um ar condicionado que doeu instantaneamente. Havia três telefones pretos alinhados ao lado da gadda. Paritosh Shah, muito à vontade, apontou uma banqueta baixa com a mão lânguida. "Sente-se", disse. Sentei-me, percebendo a presença de Badriya atrás, à esquerda, e o clique suave da porta preta ao ser fechada.

"Então você é o rapaz", Paritosh Shah disse. Ele mesmo tampouco era muito velho, deveria ter seis, sete, no máximo dez anos a mais do que eu, mas exibia um ar de imensa e enfastiada confiança. "Nome?", disse, e de algum modo seu corpo largado na gadda fofa, a perna dobrada, a imobilidade, tudo isso significava não tente me enganar, moleque.

"Ganesh."

"Você é um rapaz impulsivo, Ganesh. Ganesh do quê?"

"Ganesh Gaitonde."

"Você não é natural de Bombaim. Ganesh Gaitonde de onde?"

"Não interessa." Reclinei o corpo e peguei as duas barras. Coloquei-as lado a lado, sobre a gadda de Paritosh Shah.

"Você poderia vender isso a qualquer joalheiro de Marwari. Por que veio até mim?"

"Quero o preço justo. E posso arranjar mais."

"Quantas mais?"

"Muito mais. Se conseguir um preço justo por estas barras."

Paritosh Shah balançou, virando para cima feito um joão-bobo. Vi então que tinha braços finos e ombros magros, e uma barriga redonda como bola, sobre a qual cruzou as mãos. "Lingotes de cinqüenta gramas. Se passarem no teste, sete mil rupias cada."

"O preço de mercado é quinze mil por cinqüenta gramas."

"Esse é o preço de mercado. Por isso contrabandeiam ouro."

"Menos da metade é muito pouco. Quero treze mil."

"Dez. É o máximo que posso oferecer."

"Doze."

"Onze."

Concordei com um gesto. "Feito."

Paritosh Shah sussurrou num dos telefones pretos, e com a mão livre pegou uma caixa de prata cheia de paan com reflexos prateados, supari e elaichi. Balancei a cabeça. Dinheiro era o que eu queria, dinheiro para ter e segurar, dinheiro no bolso. Queria maços gordos de notas, maços grandes o bastante para encher caixas de prata, para sofás fofos, colchas vermelhas, aparelhos de som, banheiros limpos e amor, notas novinhas em quantidade suficiente para ter confiança, segurança e boa vida. Minha boca estava seca. Juntei as mãos com força, e as mantive apertadas durante a discreta batida na porta, e quando a porta se fechou Badriya colocou uma pequena balança e duas pilhas de notas, uma alta e outra baixa.

"Só para confirmar", Paritosh Shah disse. Pegou as barrinhas uma a uma, com a ponta dos dedos, e as colocou no prato da balança, conferindo-as com pequenos pesos de precisão. "Ótimo", sorriu. "Muito bom." Olhava para mim, na expectativa. O dinheiro estava em cima da gadda, e eu contive meu desejo como se fosse uma mola de aço, endireitei o corpo e não dei sinal de notá-lo até Paritosh Shah estender os dedos magros para fazer a pilha deslizar cinco centímetros. Aí eu o peguei, e minha mão só tremeu um pouquinho.

Levantei-me. A sala oscilava, os retângulos esbranquiçados de luz branca ofuscavam meus olhos como se fosse um céu branco sem horizonte.

Paritosh Shah disse: "Você não fala muito".

"Falarei mais na próxima vez." Badriya abriu a porta, o corredor era longo, saí com o dinheiro no bolso e a tontura sob controle, firmemente. Abaixei-me com facilidade para calçar o sapato e quando me levantei tinha na mão esquerda o rolo fino de trinta e nove rupias. Coloquei-o no cinto de munições do velho guarda, prendendo o dinheiro antes de alisar o couro de leve, como se o polisse. "Para você, mamu", falei. "Quando eu vier da próxima vez, não me deixe esperando do lado de fora."

O sujeito gaguejou e Badriya riu alto. Entregou meu revólver e ergueu uma sobrancelha. "Você ficou com uma barrinha."

Conferi o tambor com um movimento do pulso, o mais seco que pude. "Aquela não está à venda", falei.

"Por que não?"

Guardei o revólver e ergui a mão para me despedir. "Nem tudo está." Ao chegar à rua mantive o estado de alerta. Parei na frente de uma loja Bata e observei a vitrine de sapatos, procurando ladrões no reflexo. Havia uma boa chance de eu ser seguido, que Paritosh Shah tenha feito cálculos rápidos e enviado alguém, talvez Badriya, para me seguir e descobrir, obter muito ouro. Faria sentido. Mas não vi suspeitos no reflexo, afastei-me da vitrine e saí andando, passeando devagar, parando com freqüência em cantos para observar os rostos que passavam. Estava atento, mas relaxado, em casa nas ruas daquela cidade como nunca me sentira antes. Sentia uma compaixão senhoril pelas casinhas elegantes de onde eu passava, iluminadas pelo brilho fraco do crepúsculo, pelas crianças ricas e felizes que via entrar e sair delas. Nada disso me era estranho agora. Procurei resistir bravamente ao conforto, manter viva a lâmina afiada da desconfiança para cortar a euforia fácil de uma transação lucrativa, o êxtase de atirar ao mundo os dados que rolaram fluentemente num lance de inevitável condição de triunfo. Não seja descuidado. Observe, observe. Os números parecem certos, mas o tabuleiro se move. O que é branco se tornará preto. Suba muito e depressa que as longas serpentes estarão esperando. Jogue de acordo com as regras.

Parei na frente de um templo. Olhei para a esquerda e para a direita, sem ter idéia de como tinha ido parar lá. Havia prédios de apartamentos num dos lados da rua, construções mais baixas do outro, com telhados inclinados, pertencentes a operários e funcionários das companhias de navegação e dos correios. O templo ficava na esquina, talvez tenha sido o som do sino que me atraiu para o pátio, sob o teto alto cor de açafrão. Encostei numa pilastra e verifiquei novamente se me seguiam, buscando sombras letais entre os riquixás motorizados e os Ambassadors. Se estavam lá, cheirando a maldade e cobiça, o templo era um local tão bom como qualquer outro para esperar que desistissem. Eu não via utilidade nos templos, desprezava o incenso, as mentiras reconfortantes, a piedade. Não acreditava em deuses e deusas, mas aquele era meu paraíso. Tirei o sapato e entrei. Os fiéis se aglomeravam num salão comprido, sentados no chão de pernas cruzadas. As paredes eram de um branco austero, iluminadas por lâmpadas fluorescentes, e as cabeças escuras balançavam num campo de sáris vistosos, roxos, verdes, azuis e vermelhos berrantes, até a estátua alaranjada de Hanuman voador, segurando suavemente a montanha acima de sua cabeça. Encontrei um lugar vago e encostei na parede do fundo, instantaneamente satisfeito, sentado sobre os pés. Um homem de túnica cor de açafrão, sentado na plataforma em frente a Hanuman, proferia um discurso que mexeu muito comigo, ele contava a antiga história de Bali e Sugreev, o conflito, o desafio, o duelo, o deus emboscado a esperar no mato. Eu conhecia bem os ardis e golpes, balancei a cabeça no ritmo do antigo relato. Quando o sacerdote entoou alguns pares de versos, estendendo os dois braços, a congregação cantou também, e as vozes das mulheres se elevaram no salão. A seta foi disparada, Bali caiu no chão a se retorcer, os calcanhares raspando o chão da floresta, eu ergui os joelhos e apoiei a cabeça neles, sentindo-me bem.

Acordei com um safanão do sacerdote de túnica cor de açafrão. "Beta", ele disse, "hora de ir para casa." Ele tinha cabelos brancos e um ar travesso. "Está na hora de fechar o templo. Hanuman-ji precisa dormir."

Esfreguei o pescoço com força para eliminar a cãimbra. "Sim, já vou sair." Eu era o último no salão.

"Hanuman-ji entende. Você estava cansado. Trabalhou muito. Ele vê tudo."

"Com certeza", falei. Quantas histórias fantásticas os velhos e os fracos contam uns para os outros, pensei. Estiquei as pernas, levantei-me e fui até a caixa de donativos na frente de Hanuman. Tirei uma nota de quinhentas rupias do maço menor, lembrando-me de que não havia contado as notas quando Paritosh Shah entregou o dinheiro. Coisa de amador, não poderia repetir o erro. Enfiei a nota na abertura e vi que o sacerdote estava do meu lado com uma thali cheia de prasad. Estendi a mão em concha e comi a pequena peda açucarada enquanto saía. Minha boca doeu e encheu de saliva, eu me sentia em paz, a vida era muito doce.

Agora não havia multidão para ocultar assassinos, e caminhei depressa pela rua, o sapato rangia alto, senti que estava seguro. As luzes da rua não deixavam áreas escuras até onde a vista alcançava, vi que estava completamente sozinho. Fiz sinal para um riquixá motorizado e cheguei à estação três curvas e cinco minutos depois. Paguei e já me aproximava da bilheteria quando um homem encostado numa grade de ferro ergueu o queixo, indagando: o que você quer? Olhei para ele por um momento mas continuei andando, e logo o sujeito caminhava ao meu lado com o cochicho animado e insinuante de alcoviteiro. "O que procura, chefia? Quer se divertir, é? Charas, Valium, tenho de tudo. Quer uma mulher? Olha ali naquele carro. Prontinha para você." Vi um carro estacionado do outro lado da rua, de frente para uma loja fechada. O motorista estava encostado no automóvel, notei o brilho de seu bidi, sabia que o sujeito olhava diretamente para mim. O bidi se moveu, o motorista apontou para a janela traseira do carro e bateu, uma figura se mexeu lá dentro, uma cabeça feminina surgiu do lado esquerdo iluminado. Dela só pude ver o brilho negro do cabelo e o amarelo forte do sári, mas não precisava saber de mais nada para concluir qual o tipo de randi vendia a chut nas estações de trem, no banco traseiro de um carro. Ri e comprei minha passagem.

Mas o cafetão continuou a me acompanhar. "Certo, chefia", murmurou, cúmplice, a caminho da plataforma de embarque. "Fui infeliz, saab. Você quer coisa melhor. É um homem de gosto refinado, me perdoe. Está querendo algo, bem... Tenho a moça certa para você, chefia." Ele beijou os dedos. "O marido dela trabalhava num banco, era o maioral, pobre coitado, sofreu um acidente. Ficou aleijado para sempre. Não pode trabalhar. Ela tem de ganhar a vida, sustentar os dois, o que lhe resta? Muito exclusivo. Só para cavalheiros de fino trato, no apartamento dela. Posso levá-lo direto para lá. Verá que cheez de alta classe temos lá, chefia. Educada num convento."

Parei. "Ela é clara?"

"Como Hema Malini, bhidu. Se tocar a pele dela, levará um choque. Como malai fresco."

"Quanto custa?"

"Cinco mil."

"Não sou turista. Mil."

"Dois mil. Não diga mais nada. Veja a moça, se achar que ela não vale tanto dinheiro, pode me dar o que quiser, irei embora sossegado, sem dizer uma só palavra. Creia em mim, se a visse na porta do banco do marido não acreditaria que ela faz isso, pobrezinha. Ela mais parece uma phataak memsaab."

"Como você se chama?"

"Raja."

Guardei a passagem de trem no bolso de trás da calça. "Tudo bem, Raja", falei. "Mas não me enerve."

Raja riu amarelo. "Não, saab, claro que não. Vamos, por favor."

Ela era clara, sem dúvida. Abriu a porta e mesmo sob a luz fraca do elevador vi que era clara, não tanto quanto Hema Malini, mas clara como trigo vespertino. Sentou-se num sofá marrom enquanto Raja contava suas duas mil rupias, antes de sair. Usava sári verde-escuro com barra dourada, brincos de argola de ouro, e sentava de modo respeitável e circunspecto, com os ombros erguidos e mãos no colo.

"Qual é seu nome?", perguntei.

"Seema", ela disse, sem me olhar nos olhos.

"Seema." Mudei o pé de apoio, perto da porta, sem saber como proceder em seguida. Eu já tinha experiência, claro, mas num tipo diferente de estabelecimento; a mesa de vidro reluzente com vaso de flores, o quadro na parede em que havia apenas cores espalhadas e o carpete marrom fofo, tudo isso me paralisou. Mas ela levantou para entrar em outro aposento do apartamento e eu dei um passo à frente, viril, apreciando tudo, o tecido da blusa sobre o vale fundo da espinha e o telefone branco numa reentrância da parede no corredor. Ela acendeu a luz do quarto e quando removeu a colcha fiquei tenso: tudo excessivamente profissional. Eu já conhecia aquele jeito de dobrar os lençóis, aquela toalha.

"Espere um pouco", falei, e voltei ao corredor. O banheiro era limpo, mijei na privada ocidental com certa satisfação, demoradamente. Mas, quando vi que não havia sabonete ao lado da torneira, nem cesto de papel, fechei o zíper. Os armários da cozinha estavam vazios, nem um único prato, nem uma panela, nem mesmo gás ou fogão, só dois copos a secar emborcados ao lado da pia. Comprovei que havia sido enganado. Ninguém residia naquele apartamento, nem o saab do banco, nem a boa esposa, não havia aleijado nem memsaab, só uma puta chique empoada. Ela estava deitada na cama, nua a não ser pelos brincos, com os braços cruzados sobre os seios pequenos e a barriga que subia e descia sob a sombra fina da bacia, com um pé cruzado sobre o outro. Parei na frente dela, respirando pela boca.

"Fale inglês", pedi.

"Como é?"

Havia surpresa genuína em seus olhos, e isso me irritou mais ainda. "Já disse, fale inglês".

Tinha nariz pequeno arrebitado e queixo miúdo, afundado, continuou intrigada por um momento e aí riu, divertida, apenas um pouquinho contrariada. "*Shall I speak?*", ela perguntou. E falou inglês, as palavras ecoavam em minha mente, eu sabia que era inglês de verdade, sentia isso nos estalos das consoantes. "Bas?", ela disse.

"Não", respondi. Sentia a ereção, a vibração na base. "Não pare." Ela falou inglês enquanto eu tirava a roupa. Virei de costas para tirar a calça e esconder o revólver. Quando virei de novo ela olhava para o teto e falava inglês. Abri as pernas pegando-a pelo tornozelo. "Não pare." Subi em cima dela, que virou o rosto para o lado e continuou falando. Fiz com que virasse, a penugem do pescoço era aloirada à luz suave e eu ouvia suas palavras. Não entendia nada, mas o som provocava uma excitação furiosa dentro de minha cabeça. Então senti um extravasamento distante, lá embaixo, e a imobilidade.

Eu estava muito cansado, Sardar-ji. Andava inclinado para a frente. Queria voltar para o meu ouro. O impulso de quase cair a cada passada me mantinha em movimento, mas a cada vez que dobrava os joelhos exaustos eu sentia mais medo. Estava muito próximo do ouro, agora, reconhecia todos os cruzamentos e as formas de prédios e árvores frondosas específicas. Não havia lua mas era uma noite leve, ao chegar aos descampados desabitados vi claramente o negror da estrada e o branco de um marco. O ouro havia sumido, fora levado, senti um peso no peito. Desaparecera, saíra de minha vida. Eu devia desistir de tudo agora. Seria fácil achar um trecho gramado à beira da pista, deitar e dormir. Chega. Ganesh Gaitonde, siga adiante. Você ganhou todas as partidas, hoje. Vença outra vez. Você sabe exatamente onde está.

Determinar o ponto exato da cerca de arame farpado não apresentou nenhum problema. Contei os mourões, olhei para um lado e para outro e atravessei. Sob as árvores reinava escuridão absoluta, e me perdi desastrosamente. Com uma mão estendida eu avançava, escorregava, tateando no espaço, sem ter certeza das distâncias, mas seguia e no momento certo parei e virei à direita. Um passo, e lá estava a árvore. Passei a mão pelo tronco e percebi que o chão era plano. Dei a volta pelo tronco todo, tateando com as duas mãos. Após duas ou três voltas, apoiei o ombro nele e soltei um longo gemido. Ganesh Gaitonde, Ganesh Gaitonde. Cambaleei até a próxima árvore, parei quando bati nela com a cabeça. Dei a volta, e nada. Fui para a seguinte. Gritava alto agora, um guincho constante na escuridão das copas. Dei meia-volta sem sucesso. Parei de repente, pois as duas mãos tocaram uma elevação. O montinho saía da terra e enchia as duas palmas. Eu o percorri suavemente, indo até a árvore e depois ao pé do montinho, definindo sua forma. Gemi e enterrei as duas mãos no monte. Cavei com fúria, sem me importar com os dedos doloridos. Primeiro toquei o pano, depois a forma divina e familiar de um retângulo. Meus ombros tremiam, enfiei a mão e estava tudo lá. Tudo meu, tudo intacto. Com os braços enfiados na terra até o cotovelo, deixei a cabeça baixar e sorvi o cheiro de mato, de minhas axilas e de meu corpo inteiro, sabendo que o mundo me pertencia. Quando chegou a madrugada, abracei o montinho e dormi com o revólver junto ao peito.

Indo para casa

Sartaj foi acordado por um repórter querendo saber o que ele achava de Ganesh Gaitonde manipular políticos, da corrupção do sistema legal e dos escândalos recentes no departamento de polícia. Sartaj cortou a enxurrada de perguntas com um curto "Sem comentários". E bateu o telefone. Virou de lado, afundou o rosto no travesseiro, mas a luz se infiltrava pelas pálpebras e sua mente não parava. Com um suspiro, levantou. Não seria fácil ser uma celebridade menor por três dias, previa. Contornou a cama, olhos semicerrados, lembrando-se do quanto Gaitonde gostava de dar entrevistas. O desgraçado adorava falar, Sartaj pensou, abrindo a porta do banheiro.

No café-da-manhã Sartaj tomou chai deixado tempo demais no fogo, três torradas com manteiga e uma laranja meio mole. Gaitonde rendeu manchete na primeira página do *Indian Express*, posando confiante no alto de uma montanha, a reportagem ocupava três colunas e era bem aprofundada, Sartaj leu tudo, a ascensão fulminante, o poder imenso, as intricadas disputas e execuções, as emboscadas, enfim, todas as jogadas. Sartaj Singh era mencionado, claro, como o intrépido líder da equipe policial, mas não saiu nada sobre a mulher morta, nem uma palavra. Para todos os efeitos, Gaitonde morrera só.

O telefone tocou. Sartaj o deixou tocar, sofrendo na nuca os efeitos enervantes da campainha. Sem dúvida algum jornalista. Mas acabou cedendo e ergueu o fone do gancho.

"Inspetor Singh?"

Era o PA de Parulkar, Sardesai, falando em seu peculiar quase sussurro anasalado.

"Sardesai Saab", Sartaj disse. "Tudo bem?" Em geral, telefonemas do setor de Parulkar eram feitos pela telefonista, que ficava fora da sala. Sardesai só ligava quando havia trabalho urgente e confidencial a fazer, ou quando sujeiras no departamento aconselhavam o procedimento.

"Sim, nenhum problema. Mas Parulkar Saab gostaria que viesse falar com ele assim que fosse possível."

"Agora?"

"Agora."

Sardesai não daria informações adicionais pelo telefone. Mesmo pessoalmente granjeara fama de discreto, como aliás deve ser um assessor pessoal. Sartaj desligou e correu para o chuveiro. Conhecia Parulkar havia muito tempo, ele jamais convocava um subordinado em sua casa sem um bom motivo. Outros policiais graduados faziam isso, tratando subalternos como servos. Mas Parulkar não era arrogante, só sentia o justo orgulho pelo desempenho de seus homens. Por isso prosperara. Portanto, quando Parulkar chamava, Sartaj ia depressa.

Os filhos de Katekar estavam em pé a seu lado. Ele abriu os olhos e eles ajoelharam, rindo, puxando os dedos do pé dele antes de saírem do chatai. Os dois usavam calça curta cinza bem passada, camisa branca e gravata listada de azul e vermelho. Ambos usavam o mesmo repartido no cabelo, perfeitamente reto e do lado esquerdo.

"Onde está sua mãe?", Katekar resmungou. Sua boca recendia desagradavelmente a cebola corrosiva.

"Foi para a feira livre", Rohit disse.

"Prontos lá fora em exatos cinco minutos."

Eles correram de seu rugido e ameaça jocosa, na cozinha ele lavou o rosto e o torso com água. Os filhos o aguardavam do lado de fora, de costas para a parede, pés afastados, mãos para trás. Em posição de sentido, para que Katekar inspecionasse os sapatos, camisas e a organização dos livros na mochila escolar azul. O ritual se completava quando ele lhes dava dez rupias. Katekar liberou o par, e os meninos caminharam pela rua, seguidos por Katekar. Mohit ficou contente com as dez rupias, mas Katekar sabia que Rohit começava a pensar no dinheiro como apenas dez rupias, e a ansiar por todas as coisas do mundo que dez rupias não poderiam comprar. Um homem dobrou a esquina de scooter, devagar, e os dois irmãos ficaram de lado para ele passar. Katekar viu o reflexo dourado do sol matinal na face de Mohit, e desviou os olhos rapidamente, temeroso do futuro que angustiava seu coração.

"Papai?"

"Mais rápido", ele disse. "Ou vamos perder o ônibus."

Assim que os embarcou no ônibus número 180 e acompanhou com os olhos sua entrada no tráfego, Katekar comprou um exemplar do *Loksatta* e o enfiou debaixo do braço. Leu enquanto aguardava na fila do lavatório municipal, com uma lata de Dalda cheia de água entre os pés. Explosão de bomba em Israel, quatro mortos. Troca de tiros ao longo da Linha de Controle, situação tensa em Srinagar. Vigarista ilude donas de casa e furta suas jóias em Ghatopar. Líderes do partido do Congresso negam rumores de conflitos internos. Havia uma reportagem na primeira página sobre Gaitonde, contando sua longa carreira de emboscadas dribladas e outras escapadas. Por que Gaitonde se matou?, indagava o repórter, sem conseguir formular nenhuma teoria. Em torno de Katekar os vizinhos contavam casos e riam, mas todos sabiam que era melhor deixá-lo em paz com o jornal. Quando a fila andou ele moveu a lata de água sem tirar os olhos das notícias.

Após utilizar o lavatório ele passou pela fila masculina, tranqüilo e descontraído. Cumprimentou a todos, expansivo, mas não parou para conversar. Seguiu direto para casa e chegou na hora exata. Shalini abria o enorme cadeado de aço quando ele dobrou a esquina. Katekar fechou a porta atrás de si e passou o trinco. Tirou o kurta, que pendurou no último gancho à esquerda, seu lugar costumeiro. "A água dá para você tomar banho", Shalini falou, na cozinha. Passou-lhe uma toalha verde, mas quando se virou para retornar à cozinha, ele tocou seu pescoço no ponto em curva, quase no ombro. Ela sentiu um arrepio e riu. "Sai", disse, mas quando ele deitou no chatai ela o abraçou com força. Ele puxou sua mão — um tilintar de braceletes — até a virilha. Ela apoiou a cabeça no peito dele, forte. Mesmo depois de tantos anos ela não o olhava no rosto, ele sabia que não permitiria que virasse sua face para encará-lo, ainda não, mas ele expirou lentamente e os sons tilintantes entre eles aceleraram, tornando-se um ligeiro retinir. Shalini, com um movimento veloz, ergueu o sári, e os dois rolaram, buscaram, e ela o encontrou. Ele segurou seus quadris e fechou os olhos. Então sentiu os lábios dela, pequenos, mornos e ágeis, percorrerem a curva do queixo.

Shalini o despachou com um punhado de prasad do templo de Devi Padmavati. Katekar saboreou os pedacinhos tenros de coco com prazer especial. A religião era assunto feminino, além de ser a maldição de sua nação, mas a carne leitosa do coco era um presente voluptuoso, de qualquer maneira, e seu ombro formigava enquanto seguia.

O caminho era estreito, tão apertado em certos trechos que Katekar poderia ter tocado as paredes dos dois lados da rua com as mãos estendidas. A maioria das portas das casas estava aberta, para ventilação. Uma avó, sentada nos degraus da frente, segurava no colo o neto escuro, untado com óleo e despido, rindo com sua boca rosada sem dentes. Katekar virou uma esquina, passou por uma tenda onde vendiam cigarros, xampu, paan, pilhas, e depois deu passagem a um grupo de moças que vinha em sentido oposto, elas saltaram com destreza a vala do esgoto, maquiadas, usando salwar-kameeze adequados, a caminho de lojas e escritórios. Katekar observou o farfalhar dos tecidos vermelhos e amarelos. Apoiara o pé num cano de cinco centímetros que corria ao longo de uma parede. O comitê mohalla coletara dinheiro para instalar aquele cano de água secundário no ano anterior, mas ele só funcionava quando era boa a pressão da tubulação principal do município, perto da rua principal. Agora pediam dinheiro para uma bomba.

Na Maganchand Road os thela-wallahs já haviam feito pilhas altas com as frutas, os peixeiros ajeitavam bangda, bombil e paaplet nas bancas. A hora do rush fizera que os carros andassem grudados. No ponto de ônibus, Katekar parou na fímbria do grupo que se amontoava. Abriu o jornal para ler o editorial, que tratava do fracasso do governo civil no Paquistão. Quando o ônibus de dois andares chegou, Katekar esperou até que a multidão entrasse. O cobrador finalmente interrompeu o acesso e tocou o sinal. O ônibus avançou um pouco, Katekar ergueu o braço e o cobrador abriu caminho para ele, que ao subir o degrau fez um movimento rápido e respeitoso com a cabeça. Katekar pegava aquele ônibus havia oito anos, desde a compra do kholi, e todos os cobradores da linha sabiam que ele era policial. Aquele cobrador, cujo nome era Pawle, passou por Katekar a caminho da parte traseira do ônibus, estalando o picotador de passagens para os passageiros, depois foi para a frente. Katekar ouviu o tilintar das moedinhas. Os cidadãos gostavam de reclamar do pavoroso trânsito matinal, que batia recordes piores a cada ano, mas Katekar adorava a formidável movimentação de milhões de pessoas, os trens locais lotados com projeções de corpos amontoados, precariamente pendurados nas portas, as passadas e pisadas sonoras da multidão dentro do saguão da Churchgate Station. Sentia-se vivo assim. O buzinar impaciente arrepiava seu braço. Ele se debruçou para fora do ônibus, apoiando o peso do corpo na barra de metal que segurava. Um grupo de colegiais corria por entre os carros, enquanto riam e falavam alto. Katekar tamborilou com os dedos na lateral do ônibus, cantando baixinho: *"Lat pat lat pat tujha chalana mothia nakhriyacha..."*.

Havia uma mulher na sala de Parulkar. Makand, o agente do CBI que assumira a operação no bunker de Gaitonde, também estava sentado na frente da mesa de Parulkar, a cabeça lisa como aço polido. Sartaj permaneceu em pé, em posição de sentido, até que Parulkar lhe pediu que sentasse.

"Eles precisam de sua ajuda, Sartaj", Parulkar afirmou, "para resolver uma questão no caso Gaitonde."

"Sim, senhor", Sartaj disse, mantendo as costas retas.

"Eles lhe dirão do que precisam."

Sartaj concordou com um movimento. "Sim, senhor." Aproximou a cadeira de Makand, debruçando-se apenas o suficiente para transmitir interesse atento, esperava. Mas foi a mulher quem falou.

"Queremos conversar com você sobre a morte de Gaitonde." Sua voz era seca, firme. Ela não perdera nada, percebera sua dedução automática.

"Sim", Sartaj concordou. "Sim, senhora."

"Esta é a DCP Mathur", Parulkar disse. "DCP Anjali Mathur. Ela é a responsável pela investigação." Sartaj notou que Parulkar se divertia com ela e com ele, com os dois e com as ironias do mundo moderno em que viviam.

Anjali Mathur fez um leve movimento de cabeça e falou sem olhar para Parulkar. "Você recebeu um telefonema ontem, convocando-o para ir ao local onde encontrou Gaitonde?"

"Sim, senhora."

"Por que o senhor, inspetor?"

"Como assim, senhora?"

"Por que acha que recebeu a ligação?"

"Não sei, senhora."

"Conhecia Gaitonde?"

"Não, senhora."

"Nunca o encontrou?"

"Não, senhora."

"Reconheceu a voz ao telefone?"

"Não, senhora."

"Você conversou com ele por muito tempo antes de entrar na casa."

"Estávamos esperando a escavadeira, senhora."

"Sobre o que conversaram?"

"Ele falou, senhora. Contou uma longa história sobre o início de sua carreira."

"Sei, sua carreira. Lemos seu relatório. Ele disse por que estava em Mumbai?"

"Não, senhora."

"Tem certeza?"

"Absoluta, senhora."

"Ele falou alguma coisa a respeito de seu objetivo, a respeito daquela casa? Qualquer coisa?"

"Não, senhora. Tenho certeza."

A DCP Anjali Mathur tinha interesse em Gaitonde, queria saber detalhes, mas Sartaj não sabia de nada que pudesse ajudar. Olhou para ela cordato e esperou.

Ela falou, finalmente: "E quanto à mulher morta? Você a conhecia?".

"Não, senhora. Não sei quem é. Escrevi isso no relatório. Mulher não identificada."

"Tem alguma idéia?"

Ele se lembrou da teoria de Katekar a respeito de randis do cinema, mas ela não se baseava em algo substancial, apenas nos trajes da mulher morta. Sartaj vira roupas semelhantes em casas noturnas elegantes do centro. Não havia razão para presumir que a moça era prostituta. "Não, senhora."

"Tem certeza?"

"Sim, senhora." Ela se mostrava cética e firme na avaliação de Sartaj, que suportou calmamente seu escrutínio. Sentia que ela estava tomando uma decisão.

"Inspetor, preciso que trabalhe para nós. Mas antes é bom saber que não somos do CBI, e sim da RAW. Contudo, ninguém mais precisa saber disso além de você, está claro?"

Não era claro o que a RAW, a famosa Research and Analysis Wing, de reputação exótica e segredos bem guardados, estava fazendo ali na sala de Parulkar. Ganesh Gaitonde era um criminoso importante, claro que o Central Bureau of Investigation deveria se interessar por ele, fazia sentido. Mas a RAW lutava contra inimigos do Estado, fora das fronteiras da Índia. Por que estavam ali, e se interessavam por Kailashpada? Aquela Anjali Mathur era uma agente secreta internacional pouco convincente. Mas talvez fosse esse o ponto. Rosto redondo, pele clara e lisa. Não usava sindoor no cabelo, mas as mulheres não proclamavam mais sua condição de casadas e felizes. A ex-mulher de Sartaj jamais o fizera. Sartaj teve a sensação incômoda de nadar em águas revoltas, de estar sendo arrastado por uma correnteza completamente desconhecida, por isso praticava o princípio de obsequiosa cortesia sarkari de Parulkar. "Sim, senhora", disse. "Está bem claro."

"Ótimo", ela disse. "Investigue. Descubra quem é essa mulher."

"Sim, senhora."

"Você tem conhecimento do local. Descubra isso. Mas nosso interesse é manter o caso em absoluto segredo. Queremos que trabalhe para nós, você e o policial Katekar. Só os dois. E só vocês dois têm conhecimento da missão. Ninguém mais na delegacia deve saber de nada. Questões de segurança do mais alto nível estão envolvidas. Está claro?"

"Sim, senhora."

"Conduza a investigação do modo mais discreto possível. A prioridade é descobrir quem foi essa mulher, qual seu relacionamento com Gaitonde, o que fazia naquela casa. Segundo, queremos saber o que Gaitonde veio fazer em Mumbai — por que estava aqui, há quanto tempo e o que fez desde sua chegada aqui."

"Sim, senhora."

"Levante quem trabalhou com ele aqui. Mas proceda discretamente. Não podemos nos dar ao luxo de causar comoção por conta disso. Aja com cuidado, em tudo que fizer. É natural que demonstre interesse por Gaitonde, uma vez que o localizou. Se alguém perguntar, diga que está só esclarecendo detalhes pendentes, está claro?"

"Sim, senhora."

Ela colocou um envelope grosso em cima da mesa. Era branco, com um número de telefone escrito com tinta preta bem no meio. "Você responde a mim, somente a mim. Este envelope contém cópias das fotos do álbum que encontramos na mesa de Gaitonde. E fotos da mulher morta. Além disso, há chaves encontradas no bolso dela. Uma delas parece ser chave de porta, a outra, de um carro, Maruti. Não sei para que serve a terceira chave." As chaves estavam numa argola de aço.

"Sim, senhora."

"Alguma dúvida? Alguma pergunta?"

"Não, senhora."

"Ligue para o número que consta no envelope se tiver alguma dúvida ou informação a transmitir. Parulkar Saab declarou que você é um dos policiais mais confiáveis. Tenho certeza de que apresentará bons resultados."

"Parulkar Saab é muito gentil. Farei tudo que puder."

"Shabash", Parulkar disse, com expressão enigmática, neutra. "Pode ir agora."

Sartaj levantou-se, cumprimentou o chefe, recolheu o envelope e saiu andando com firmeza. Lá fora, na luz brilhante da manhã, ele piscou e parou perto da grade de ferro por um momento, sopesando o envelope na mão. Então o incidente com Gaitonde não estava encerrado. Talvez houvesse ações proveitosas a empreender, louros a ganhar. Quem sabe o grande Ganesh Gaitonde ainda dispusesse de presentes para Sartaj. Aquilo tudo era muito bom, ter sido escolhido para chefiar uma investigação secreta para atender aos interesses da segurança nacional, mas Sartaj preocupava-se. A urgência de Anjali Mathur tinha um cheiro de medo. Gaitonde morrera, mas seu terror ainda vivia.

Sartaj se espreguiçou, mexeu os ombros para um lado e para outro, afugentou uma mosca que se aproximara de seu rosto. Desceu a escada depressa e foi trabalhar.

A sala de Majid Khan estava cheia de representantes de uma associação comercial local. Protestavam contra a chocante inatividade policial em relação à série de telefonemas com a finalidade de extorsão que os membros vinham recebendo nos últimos meses. Sartaj ocupou uma cadeira no fundo da sala e acompanhou o discurso de Majid, que os apaziguou, pedindo calma e colaboração em troca. "Não podemos fazer nada se não nos chamarem, se cederem e pagarem", disse. "Mas, se nos informarem no momento certo faremos o possível." Quinze minutos de conversa e os comerciantes se levantaram ao mesmo tempo, viraram as panças na direção da porta e saíram logo depois que seu presidente, um sujeito particularmente seboso apreciador de paan, desse um jeito de mencionar que, além do fardo do terror constante, ele estava gastando muito dinheiro por causa do casamento da filha, no próximo mês. Mesmo naquela época difícil o casamento precisava ser respeitavelmente caro, as pessoas esperavam isso, e afinal de contas MLA Saab ia comparecer, Ranade Saab ia comparecer. O presidente da associação comercial fez uma reverência ao apertar a mão de Majid, mas deixou para trás a menção a sua proximidade com MLA Saab, e portanto a forte possibilidade de provocar a transferência de policiais para delegacias distantes e perigosas.

"Filhos-da-mãe", Majid disse sem muito entusiasmo quando os comerciantes deixaram a sala.

"Filhos-da-mãe", Sartaj disse, levantando-se para sentar numa cadeira perto da mesa. A madeira ainda estava morna, por causa do comerciante que a ocupara, e ele tentou se ajeitar, sentindo desconforto.

"Soube que você teve uma reunião importante hoje cedo, com gente importante do CBI."

"Isso mesmo." Não surpreendia que Majid soubesse da reunião, mas Sartaj às vezes ainda se chocava com a velocidade com que as notícias corriam na delegacia. "Era sobre isso mesmo que eu queria consultá-lo, chefe. Olhe." Sartaj espalhou as fotos do álbum de Gaitonde na mesa de Majid. "Conhece alguma dessas mulheres?"

Majid cofiou o bigode com as duas mãos, conferindo seu estilo e alinhamento. "Atrizes? Modelos?"

"Sim, algo nessa linha."

Majid examinou as fotos. "Relacionadas a Gaitonde?"

"Sim. Estou curioso."

"Você está tentando ser discreto, meu amigo. Não me diga nada. Não quero saber." Majid balançou a cabeça. "Uma ou duas me parecem familiares, mas não sei seus nomes. Bombaim está cheia de moças assim. Uma é muito semelhante à outra. Elas chegam e partem diariamente."

"E esta aqui?" Era a morta, em close-up. Inconfundivelmente morta, com os lábios azulados e ombros descobertos, indiferente à proximidade da câmera.

"Era esta a mulher que encontraram dentro da casa de Gaitonde?", Majid perguntou em voz baixa. "A que esconderam dos jornalistas?"

"Sim."

Majid reuniu as fotos e as empurrou para a frente de Sartaj. Recostando o corpo, cruzou os braços sobre o peito. "Não, baba, eu não conheço ninguém. Não sei de nada. E você, tome cuidado, Sardar-ji. Não banque o herói. Parulkar Saab tentará protegê-lo, mas ele também está encrencado. Pobre coitado, não é bom hindu o suficiente para os Rakshaks."

"E como ficamos nós dois?", Sartaj quis saber. "Também não sou um hindu muito bom."

Majid abriu um sorriso amplo, cheio de dentes, iluminando seu rosto de modo a fazê-lo parecer um menino, apesar da pavorosa grandiosidade de seu bigode. "Sartaj", ele respondeu, "você não chega a ser nem um bom sikh."

Sartaj levantou-se. "Devo ser bom em alguma coisa. Mas ainda não sei em quê."

Majid soltou seu riso longo, gutural. "Arre, Sartaj, você costumava ser bom com as mulheres. Portanto, se deseja saber algo a respeito dessas mulheres, pergunte a outras mulheres."

Sartaj fez um gesto de recusa e saiu. Mas não podia negar que Majid — apesar de ser um pathan moroso e agigantado — deu uma boa idéia ao sugerir que falasse com outras mulheres. O dia mal começara, porém, as mulheres e a segurança nacional teriam de esperar até mais tarde. Primeiro precisava investigar um assassinato.

"A área inteira fede", Katekar disse ao estacionar o Gypsy numa vaga pequena, entre dois caminhões.

Sem dúvida havia um cheiro forte, que ele e Sartaj foram obrigados a suportar enquanto desciam a rua, mas Sartaj considerou meio injusto por parte de Katekar dizer que a localidade era singularmente fedorenta. A cidade inteira cheirava mal, em um ou outro momento. Afinal de contas, os cidadãos de Navnagar precisavam deixar o lixo em algum lugar. Não era culpa deles que os caminhões da coleta municipal passassem uma vez a cada quinze dias apenas, para remover um pouquinho da pilha de lixo ondulante à esquerda deles. "Paciência, marajá", Sartaj disse. "Logo sairemos do fedor."

Katekar recusava-se a abandonar o mau humor. Sartaj sabia que sua contrariedade não se devia ao cheiro ruim, nem à ida a Navnagar. Um rapaz de Bangladesh fora assassinado por seus yaars, e daí? Era um caso menor de reduzidas possibilidades, poderia ser facilmente investigado apenas no papel, assim como os caminhões municipais que, no papel, passavam todas as manhãs, pontualmente. Ninguém se incomodaria se o caso permanecesse sem solução, portanto era estupidez estar ali, sofrendo com os odores e a imundície daqueles estrangeiros. Mas Sartaj queria investigar. Tentava se convencer de que um policial ambicioso deveria solucionar o caso e progredir, mesmo que fosse só um pouquinho, mas também sabia haver muita teimosia envolvida. Sartaj não gostava de ver gente sendo assassinada em seu setor, e odiava deixar os criminosos se safar. Sabia que Katekar sabia disso, que não era idealismo o que levava Sartaj a se dedicar a certos casos. Era só uma keeda que ele tinha. Discutiram isso inúmeras vezes, Sartaj seguia uma pista enquanto Katekar criticava tudo, mas o seguia um passo atrás. Sartaj às vezes se perguntava por que Katekar não pedia para trabalhar com outra pessoa, ou mesmo uma transferência para uma função mais lucrativa. Ele precisava de dinheiro, não resta dúvida. Mas Katekar preferia sempre passar pelo ritual da lamúria e seguir em frente. Sartaj saiu da rua e começou a descer o barranco, com a certeza de que Katekar o flanqueava logo atrás, à esquerda.

Navnagar naquela manhã estava um pouco menos apinhada de gente, mas ainda assim Sartaj sentia os kholis apertados contra eles ao abrir caminho pelas ruelas. As pessoas recuavam ou se prensavam contra a parede quando viam seu uniforme, e mesmo assim ele precisava virar de lado para não se esfregar nelas. Naquela cidade os ricos tinham algum espaço, a classe média, pouco e os pobres, nenhum. Por isso Papa-ji fora para Pune ao se aposentar, disse que gostava de levantar e ver a paisagem, como se ainda houvesse algum lugar vazio no mundo. Papa-ji encontrara seu terreno com gramado e horta nos fundos da casa, mas Sartaj suspeitava que ele por vezes sentia saudades das ruas em túnel das favelas de Mumbai, daqueles barracos que avançavam um pouco a cada ano, ocupando mais espaço para não mais abandoná-lo. Pelo menos suas reminiscências a respeito nunca cessaram.

Papa-ji nunca contara uma história específica sobre Navnagar, talvez porque nada espetacular ou particularmente grotesco tenha ocorrido ali. Mas sempre contava a Sartaj que o caminho para um apradhi era a família. Encontre a mãe e o pai, dizia, e encontrará o ladrão, o assassino, o falsário. Por isso Sartaj e Katekar estavam em Navnagar procurando os parentes de Bazin Chaudhary e Faraj Ali, que haviam assassinado seu amigo Shamsul Shah. Como era de se esperar, os parentes próximos dos assassinos haviam fugido. Empacotaram o máximo de pertences que podiam carregar, trancaram seus kholis e sumiram no dia do assassinato. Sartaj e Katekar quebraram os cadeados e dentro dos kholis encontraram colchões velhos, sacos de aniagem vazios e uma foto colorida antiga da família de Bazil Chaudhary. Na imagem, Bazil Chaudhary não passava de um menino de dez anos de camisa vermelha berrante, mas agora Sartaj já sabia qual era a fisionomia dos pais. Com certeza os encontraria, mais cedo ou mais tarde. Eram pobres, teriam de vender o kholi, dependiam de seus contatos em Navnagar para sobreviver. Era muito mais difícil desaparecer do que as pessoas comumente imaginavam. A tarefa do policial era descobrir e seguir as pistas deixadas por suas vidas.

Os interrogatórios em Navnagar naquela manhã forneceram alguns dados, nenhum capaz de resolver o caso, mas todos relativamente relevantes. Os vizinhos da vítima, de Bangladesh, e os apradhis de repente ficaram reticentes e emburrados, declarando não saber de nada. Depois que Katekar os pressionou e Sartaj ameaçou levá-los até a delegacia para uma rápida deportação, admitiram que talvez soubessem de alguma coisa, quase nada. Shamsul — o morto — e Bazil trabalhavam como mensageiros, e Faraj vivia de bicos variados. Contudo, nos últimos três meses os três andaram gastando muito dinheiro, sem que ninguém soubesse de onde vinha.

Nos kholis vazios que Sartaj e Katekar revistaram havia poucos sinais de riqueza. As famílias dos apradhis levaram os luxos com elas. Mas na casa do rapaz morto eles encontraram uma televisão colorida nova e um fogão a gás grande na cozinha, além de panelas de aço reluzente. E o pai confessou que o filho havia comprado um novo kholi poucos dias antes.

"Ele era um bom rapaz", Nurul Shah disse.

Aquele kholi era muito pequeno, só um cômodo dividido por um lençol vermelho desbotado. Atrás da cortina, Sartaj ouvia sussurros e ruídos femininos. Precisavam de mais espaço, e o bom menino o conseguira. A família preparava a mudança para o novo kholi quando o filho foi cruelmente tirado de seu convívio. "Mas uma casa nova", Sartaj comentou, "deve ter custado muito dinheiro."

Nurul Shah baixou a cabeça e olhou para o chão. Tinha cabelos brancos ralos e ombros rijos, endurecidos por uma vida inteira de trabalho duro.

"Os vizinhos alegam que sua família enriqueceu de repente", Sartaj disse. "Disseram que seu filho tratava bem das irmãs. E que comprou óculos novos para a mãe."

Nurul Shah apertava as mãos uma contra a outra, e as pontas dos dedos esbranquiçaram de tanta pressão. Começou a chorar sem emitir nenhum som.

"Aposto que encontrarei mais artigos caros", Sartaj disse, "se eu olhar atrás da cortina. Onde seu filho arranjava tanto dinheiro?"

"Ei", Katekar rugiu, "o inspetor Saab fez uma pergunta. Responda."

Sartaj levou a mão ao ombro de Nurul Shah, e a manteve até que passasse o súbito pânico do velho com o toque. "Entenda uma coisa", disse com suavidade, "nada acontecerá a você ou a sua família. Não estou interessado em incomodar vocês. Mas seu filho morreu. Se não me contar tudo, não poderei ajudá-lo. Não poderei encontrar os desgraçados que fizeram isso."

O sujeito, apavorado com a presença da polícia em sua casa, com o que acontecera e o que poderia acontecer, tentava criar coragem para falar.

"Seu filho andava fazendo negócios, um pouco de hera-pheri. Se me contar tudo, eu os encontrarei. Caso contrário, fugirão." Sartaj deu de ombros, e se levantou.

"Eu não sei, saab", Nurul Shah disse. "Eu não sei." Ele tremia, e se curvara. "Perguntei a Shamsul o que ele estava fazendo, mas ele nunca me contava nada."

"Ele e os outros dois, Bazil e Faraj, estavam trabalhando juntos?"

"Sim, saab."

"Havia mais alguém?"

"Havia Reyaz Bhai."

"Outro amigo deles?"

"Era mais velho."

"Nome completo?"

"Só sei isso: Reyaz Bhai."

"E qual a aparência dele?"

"Nunca o encontrei."

"Onde ele mora?"

"Quatro ruas adiante, saab. Na beira da rua principal."

"Ele mora aqui em Navnagar, na Bengali Bura, e nunca o viu?"

"Não, saab. Ele não saía muito de casa."

"Por quê?"

"Ele é bihari, saab", Nurul Shah disse, como se fosse uma explicação.

Mas o bihari também fugira de seu kholi, e já havia outra família morando lá. Sartaj e Katekar localizaram o dono do imóvel, um corpulento tâmil que residira do outro lado de Navnagar. Descobrira que o quarto estava desocupado no dia do crime, imediatamente o limpou e alugou de novo um dia depois. Não, não sabia nada a respeito do tal de Reyaz, a não ser que pagava adiantado e não criava problemas. Como era a aparência de Reyaz? Alto, magro, rosto jovem, mas com a cabeça completamente branca. Sim, cabelo inteirinho branco. O sujeito poderia ter quarenta, cinqüenta anos, qualquer idade. Falava manso, sem dúvida era instruído. Não deixara nada no kholi, exceto alguns livros que o dono do imóvel vendera naquela tarde a um sebo e papelaria raddi na rua principal. Não, ele não sabia que tipo de livros eram aqueles.

Por isso Katekar e Sartaj estavam nos limites de Navnagar, abaixo do pequeno mundo que o bairro abrigava. "Certo", Sartaj disse, olhando para o aclive de tetos de chapa de metal enferrujada e lajes imundas. "Então este bihari é o chefe."

"Ele planeja tudo. Os três são capangas dele." Katekar limpou o rosto com um lenço azul enorme, que passou depois na nuca e no antebraço. "Eles faturam muito dinheiro."

"Fazendo o quê? Trapaça? Assaltos? Ou são pistoleiros de alguma quadrilha?"

"Qualquer coisa. Mas nunca ouvi falar nisso, pessoal de Bangladesh numa gangue."

"Esses rapazes cresceram aqui, talvez sejam mais indianos que todos nós. Mas o bihari é a chave. Mais velho, um profissional. Vive discretamente, não sai mostrando dinheiro, desaparece primeiro e depressa quando acontece algum problema. Onde ele estiver seus comparsas estarão."

"Certo, saab", Katekar disse. E guardou o lenço. "Então vamos procurar o bihari."

"Vamos procurar o bihari."

* * *

A procura do bihari teria de esperar até que Sartaj cumprisse certas obrigações. A atividade policial, sendo variada, em geral exigia que se deixasse de lado uma investigação para tratar de outra. O que Sartaj precisava fazer não tinha nada de oficial, nem se relacionava a qualquer caso, e era preciso que ele fosse sozinho. Deixou Katekar na delegacia e seguiu de carro para Santa Cruz. Deveria encontrar Parulkar num prédio novinho em folha, perto de Linking Road, nas imediações do Swaraj Ice-cream. Sartaj estacionou atrás do prédio, ficou deslumbrado com o mármore verde da entrada e com o elegante elevador de aço. O apartamento onde Parulkar o aguardava supostamente pertencia a uma sobrinha dele. A tal sobrinha trabalhava num banco, o marido estava no ramo de importação e exportação, mas os dois mal passavam dos vinte anos. O apartamento era enorme e muito caro. As letras douradas na porta diziam "Namjoshi", mas Sartaj apostava que o apartamento de três quartos na verdade pertencia a Parulkar. Sem dúvida a tranqüilidade com que ele se sentava no imenso sofá da sala, como um sábio rechonchudo em traje cáqui, indicava um homem em plena posse de suas propriedades e de seu destino.

"Entre, entre, Sartaj", Parulkar disse. "Precisamos nos apressar."

"Lamento, senhor. Trânsito ruim."

"O trânsito é sempre ruim." Mas Parulkar não censurava Sartaj, era paternalista e paciente, apenas se preocupava com sua agenda lotada. Apontou para um copo de água gelada sobre a mesa. Sartaj removeu a proteção prateada e bebeu, seguindo Parulkar, que cruzava a fresca imensidão da sala, no rumo da suíte.

Parulkar fechou a porta assim que entraram e deu a volta na cama de cabeceira branca alta, parando na outra ponta do quarto. Abriu um guarda-roupa e tirou uma sacola esportiva preta. "São quarenta, hoje."

"Sim, senhor." Parulkar quis dizer quarenta lakhs. Eram os rendimentos extra-oficiais de Parulkar, que Sartaj levaria a Worli e entregaria ao consultor de Parulkar, Homi Mehta, que o depositaria numa conta na Suíça, cobrando apenas uma comissão bem razoável. Sartaj transportava dinheiro de Parulkar algumas vezes por mês, e havia muito deixara de se impressionar com as quantias. Parulkar, afinal de contas, era o comissário de uma zona muito rica. Ocupava um posto muito favorável, e bebia fartamente naquela borbulhante fonte de dinheiro. Era ávido, mas não ganancioso, e tomava muito cuidado com o destino dos valores apurados. Seu assistente pessoal, Sardesai, cuidava da coleta do dinheiro, mas Sardesai nada sabia a respeito do destino do dinheiro que entregava a Parulkar. Sartaj o recebia de Parulkar e o fazia chegar a Mehta, o consultor. Sartaj só sabia que o dinheiro desaparecia da Índia e reaparecia no exterior, de algum modo, em segurança, para render juros em moeda forte.

Parulkar esvaziou a sacola de dinheiro em cima da colcha e passou a sacola a Sartaj. "Oitenta maços de notas de quinhentas rupias", disse. Confiavam totalmente um no outro, mas aquele era o ritual feito sempre que despachavam dinheiro para o consultor. Sartaj apanhou um maço e o guardou na sacola. Faria isso oitenta vezes, enquanto Parulkar observava, e depois concordaria com a contagem.

"O que pretende fazer em relação ao caso Gaitonde?", Parulkar perguntou, observando as mãos de Sartaj.

"Eu ia mesmo perguntar a respeito, senhor."

Parulkar levou as pernas para cima da cama e assumiu novamente sua postura de meditação. "Eu não sei muita coisa a respeito da companhia de Gaitonde. Havia um sujeito chamado Bunty, que cuidava dos negócios em Mumbai. Sujeito esperto, o pessoal de Suleiman Isa o acertou, passou a viver numa cadeira de rodas, mas era o homem de confiança de Gaitonde, continuou no comando, mesmo em cadeira de rodas. Houve época em que se podia simplesmente chegar a Gopalmath e falar com Bunty, mas depois do atentado ele passou a viver escondido. Pergunte a Mehta onde anda o tal de Bunty, ele saberá informar." Mehta, sendo operador financeiro, mantinha neutralidade na guerra entre quadrilhas. Todos os lados usavam seus serviços imparciais, e lhe davam o mesmo valor.

"Sim, senhor."

"Mas, é claro, as melhores informações sobre Gaitonde devem vir de seus inimigos. Vou dar alguns telefonemas, porei você em contato com alguém. Alguém que seja, digamos assim, muito bem informado."

"Obrigado, senhor." Parulkar quis dizer que usaria seus contatos na companhia de Suleiman Isa para fazer alguém conversar com Sartaj. Como as ligações de Parulkar com aquela companhia datavam de vários anos, talvez décadas, a fonte que providenciaria para Sartaj seria sem dúvida alguém em posição de destaque. Portanto, tratava-se de um grande favor, de mais um numa longa série de gentilezas que Parulkar fazia a Sartaj. "Quarenta, senhor", Sartaj disse, guardando o último maço na sacola. "Senhor, o que está havendo? Se Gaitonde morreu, por que querem informações a respeito dele, agora?"

"Eu não sei, Sartaj. Mas tome cuidado. O que sei, pelas minhas fontes, é que o IB também está envolvido no caso Gaitonde."

"O IB, senhor? Mas por quê?"

"Como saber? Parece que a investigação é uma operação conjunta. O IB deixou que a RAW cuidasse dos detalhes. Quando as grandes agências entram no caso, os reles policiais precisam tomar muito cuidado. Faça seu serviço, mas não tente bancar o herói para eles."

Sartaj fechou o zíper da sacola. Então não eram apenas os agentes internacionais que se interessavam pela morte de Gaitonde. O Intelligence Bureau, responsável pela contra-espionagem interna, também estava curioso. Sartaj sentia-se cada vez menor. "Claro que não, senhor. Nunca serei um herói. Não tenho estatura para tanto."

Parulkar mexeu o corpo para a frente e para trás, soltando uma gargalhada. "Hoje em dia até pessoas de baixa estatura se tornam ídolos, Sartaj. O mundo mudou, meu caro amigo."

Sartaj pensou por um momento que Parulkar fosse recitar um par de versos, mas o chefe estava com pressa e parou no "caro amigo", mais preocupado em despachar Sartaj e o dinheiro. Disse apenas: "Lembranças a Bhabhi-ji", ergueu a mão e foi tudo.

Enquanto ia para Worli, Sartaj pensou em Papa-ji. A maioria das pessoas se recordava do pai de Sartaj como um homem alto, mas ele tinha apenas um metro e sessenta e oito e meio. Sua postura ereta, os braços musculosos, o bigode majestoso e acima de tudo o turbante sempre quase perfeito lhe davam uma estatura maior nas lembranças. Sartaj, o filho, era dois centímetros mais alto, mas sabia que não causava uma impressão tão forte, por sua personalidade ou reputação, quanto a de Papa-ji. Seu pai fora honesto. Insistia sempre no turbante mais bem passado, no traje mais elegante, mas conseguia manter seu estilo de vida com o próprio salário, e havia usado o mesmo blazer azul por uma década, nos casamentos e cerimônias formais. Após sua morte Sartaj deparou-se com o blazer num baú, cuidadosamente empacotado em papel, com naftalina em volta. Muito tempo depois da morte de Papa-ji, estranhos ainda diziam a Sartaj: "Ah, você é o filho de Sardar Saab? Ele foi um bom homem". Um ano antes, no Crawford Market, um mercador de diamantes bateu no ombro de Sartaj com tristeza, dizendo: "Beta, seu pai foi o único policial honesto que conheci na vida". Sartaj balançou a cabeça e disse: "Sim, ele foi um bom homem", e afastou-se de ombro erguido.

Sartaj seguiu na direção do mar, mas resolveu fazer um retorno abrupto na frente de um ônibus e voltou pela pista perto da calçada. O mercadinho à sua esquerda estava lotado de crianças uniformizadas que compravam sorvete. Davam a impressão de estar no terceiro ou quarto ano, mas suas mochilas escolares eram enormes e pesadas. Eram jovens demais para saber que o acesso às escolas de medicina era comprado e vendido, que os gabaritos dos vestibulares para os cursos de administração estavam ao alcance de quem podia pagar. Sartaj pegou a sacola de Parulkar no banco do passageiro e caminhou lentamente até as crianças. Na idade delas já conhecia Parulkar havia um ano, ou mais. Parulkar era um subinspetor jovem, esguio, o chela favorito de Papa-ji. E Papa-ji gostava de Parulkar, o considerava um policial inteligente, dedicado e esforçado. Costumava convidar Parulkar para jantar em sua casa, dizendo: "Este rapaz é solteiro, precisa de boa comida de vez em quando". Mas Ma nunca simpatizou com Parulkar. Tratava-o com civilidade, sempre, mas desconfiou dele desde o início. "Só porque ele ouve suas histórias pacientemente você acha que ele é um bhakt dedicado", dizia a Papa-ji. "Anote porém minhas palavras, esses maratas são muito espertos." Não adiantava dizer a ela que Parulkar não era marata, e sim brâmane. Ela dizia: "Seja o que for, é um trapaceiro". A antipatia por Parulkar intensificou-se à medida que ele ascendia profissionalmente, e quando ultrapassou o posto de Papa-ji e seguiu subindo, ela deixou de pronunciar o nome de Parulkar. Chamava-o apenas de "aquele homem", e não discutia quando Papa-ji mencionava o destino dos homens, explicando que cada um deveria ser grato pelo que recebia de Vaheguru.

Sartaj subiu a escada estreita ao lado do mercadinho, que levava ao minúsculo escritório de Mehta. Ele passou a vida trabalhando naqueles quatro cubículos, e residia ali perto num apartamento espaçoso porém despojado, com vista para o mar. Era um parse cavalheiresco e discreto, sempre totalmente de branco, como naquele momento. "Arre, Sartaj, vamos entrando", disse, estendendo a mão frágil por cima da mesa, para um aperto rápido, flácido. Era magro e elegante, Sartaj sempre admirou o corte de seu cabelo grisalho. Homi Mehta por algum motivo o fazia lembrar dos filmes em preto-e-branco que passavam na televisão no domingo à tarde, seria fácil visualizá-lo passeando pela avenida costeira num Victoria preto.

"Saab mandou entregar isso", Sartaj disse, largando a sacola preta sobre a mesa.

"Sim, sim", Mehta concordou. "Mas quando é que você vai me trazer um pouco de seu próprio dinheiro, meu rapaz? Você precisa economizar, pensar no futuro."

"Sou um homem pobre, tio", respondeu Sartaj. "Como economizar, se o que ganho mal dá para sobreviver?"

Sartaj e Mehta conversavam a esse respeito todas as vezes que Sartaj ia até lá, mas naquele dia Mehta não parecia disposto a deixar o assunto morrer. "Arre, o que está querendo dizer? O homem que pegou Ganesh Gaitonde não tem nem um pouquinho de dinheiro guardado?"

"Não havia recompensa."

"Alguns dizem que recebeu um bom dinheiro de Dubai para meter uma bala na cabeça de Gaitonde."

"Tio, eu não matei Gaitonde. Ele deu um tiro na cabeça. E ninguém me pagou nada."

"Tudo bem, baba. Eu não afirmei nada. Mas as pessoas estão comentando."

Mehta contava o dinheiro de Parulkar, formando pilhas uniformes com os maços sobre a mesa. Era um homem meticuloso e escrupuloso na contagem. Muitos anos antes, durante um de seus primeiros encontros, ele disse a Sartaj: "Num mundo feito de desonestidade, sou um homem inteiramente honesto". Ele declarou isso sem orgulho, apenas registrou o fato. Explicou a Sartaj que todo o movimento financeiro para dentro e para fora do país dependia dos consultores. Eles também eram chamados de "operadores", em Delhi usavam o termo "gerentes", e tudo dependia de sua honestidade, a despeito do nome que recebessem. O dinheiro vinha de negociatas e acordos secretos, suborno e superfaturamento, extorsão e assassinato, e os operadores cuidavam dele com discrição e integridade. Faziam com que sumisse e aparecesse. Eram os mágicos secretos cruciais em qualquer ramo, e portanto conheciam todo mundo.

"Tio, preciso de ajuda", Sartaj disse.

"Pode falar."

"Parulkar Saab disse que você talvez soubesse como eu poderia entrar em contato com um dos homens de Gaitonde."

"Qual deles?"

"Bunty."

A expressão do operador tarimbado não se alterou. Ele limpou os dedos num lenço de papel e começou outra pilha. "Terei de perguntar a ele", disse. "O que devo dizer?"

"Que eu quero conversar com ele, apenas. Fazer algumas perguntas a respeito de Gaitonde."

"Você quer fazer algumas perguntas a respeito de Gaitonde." Mehta fez que sim enquanto ajustava a última pilha de dinheiro. "Tudo bem. Você tem um celular novo, anote o número."

Sartaj sorriu, e anotou o telefone num bloco. Um velho como Mehta não deixava nada escapar, nem mesmo o pequeno volume em seu bolso de cima. Sartaj finalmente sucumbira e comprara um celular, depois de passar anos alegando que eram muito caros e que a conta era muito alta. No final pagara muito dinheiro pelo Motorola minúsculo, pois era prateado e requintado. O telefone continuava reluzente, sem uso, ainda não dera o número para ninguém. Mas Homi Mehta era um sujeito experiente, atento e sábio.

"Aqui está, tio", Sartaj disse. "Obrigado."

"Tudo bem. Quarenta, no total", Mehta afirmou, apontando para o dinheiro.

Sartaj levantou-se. "Certo. Nos vemos em breve."

"Na próxima vez, traga um pouco do seu, para guardar. Pense na sua velhice."

Sartaj ergueu a mão, e deixou Mehta com o dinheiro. Houve uma época, quando Sartaj ainda estava casado com Megha, em que Mehta sempre lhe dizia para economizar para seus futuros filhos. Após o divórcio, Mehta deixara de falar isso, e passara a mencionar a velhice e a passagem dos anos. Eu devo estar começando a parecer velho, Sartaj pensou.

Havia um grupo diferente de crianças na loja quando saiu, mais velhas, quase adolescentes, mais esclarecidas e compenetradas que as anteriores. Bebiam Pepsi e Coca, sussurravam ao conversar. Sartaj percorrera metade do caminho até o jipe, depois voltou ao mercadinho e comprou um Chocobar. Havia outros sorvetes atualmente, mais requintados, mas Sartaj gostava daquele sabor antigo da Kwality, de chocolate ligeiramente engordurado com um toque de baunilha, era o sabor de sua infância. Os adolescentes trocavam cotoveladas: olha o policial sardar esquisito tomando um Chocobar. Sartaj sorriu e afastou-se, quando chegou ao jipe chupava só o palito. Ele o espremeu com força entre os dentes, como sempre fizera quando era menino, jogou-o fora e entrou no carro.

O trânsito da hora do rush se acumulava nas ruas, coagulando-se numa massa compacta. Sartaj preparou-se para a longa espera. O ar tremia violentamente acima dos tetos metálicos dos carros, e de repente um silêncio súbito, quando os motoristas desligavam os motores para esperar o final do congestionamento. Sartaj afastou as costas ensopadas do banco, e com o cotovelo sobre o joelho e a cabeça entre as mãos encarava o preto empoeirado do sapato. O sol concentrava seu calor implacável sobre o ombro e o pescoço, não havia como escapar dele. Através da janela um motorista de ônibus o observava desinteressado, e quando Sartaj o encarou, ele desviou a vista, mudando de posição em seu banco alto. Mais além, um manequim exibia os quadris lançados à frente, por trás do vidro. Sartaj olhava as vitrines das lojas, que sumiam com o brilho do sol, e imaginou a imensidão alongada da ilha, inteiramente engarrafada e imóvel no final da tarde, parada, movendo-se em espasmos e saltos miúdos. Suspirou, depois tirou o telefone do bolso e teclou.

"Ma?", disse.

"Sartaj."

"Peri pauna, Ma."

"Jite raho, beta. Li sobre você no jornal."

"Sei, Ma." O ronco dos motores sendo ligados percorreu a rua, e Sartaj virou a chave de ignição.

"Você pegou um criminoso importante, por que não puseram sua foto?"

"Ma, o trabalho é o mais importante", Sartaj explicou, divertindo-se com a expectativa dela e sua própria afetação, "não as fotos no jornal." Esperou uma resposta ferina, mas ela já deixara aquilo de lado.

"De onde está ligando?"

"De onde? Ora, de Mumbai, Ma."

"Quero dizer, de onde, em Bumbai?"

Ela não deixava escapar nada, era mulher de policial. Sartaj disse: "Estou voltando de carro de Worli".

"Então você finalmente comprou um celular."

"Comprei, Ma." Ela era indiferente aos avanços tecnológicos, e não quis um aparelho de vídeo por não saber operá-lo, mas havia muito esperava que Sartaj tivesse um celular.

"Qual é o número?", perguntou.

Sartaj deu o número, acrescentando: "Lembre-se, não pode ligar em horário de serviço".

Ela riu. "Eu estava de serviço muito antes de você nascer. Além disso, é você quem sempre liga quando está no trabalho. Como agora."

"Sei, sei." Ela devia estar sentada no sofá da saleta, as pernas dobradas sob o corpo, segurando o enorme fone preto na orelha com a mão delicada. Ele ouvia seu riso. Perdera peso no último ano, e apesar das rugas finas e do cabelo branco, por vezes parecia com as moças esguias que Sartaj via em anúncios. "Mas agora não estou trabalhando, e sim preso num engarrafamento."

"Ficou impossível morar em Bumbai. Tão caro. E tanta gente."

Era verdade, mas para onde poderiam ir? Ao cabo de muitos anos poderia haver uma casinha para Sartaj em outro lugar. Mas, no momento, para ele era difícil ficar permanentemente longe daquela cidade confusa e impossível. Alguns dias de férias, de vez em quando, era tudo de que Sartaj precisava. "Irei a Pune no próximo sábado, Ma."

"Ótimo, não vejo você há meses."

Sartaj fora até Pune havia quatro semanas, exatamente, mas sabia que não adiantava discutir. "Precisa de alguma coisa daqui?"

Ela não queria nada para si, mas tinha uma lista de itens para mausis, taus, sobrinhos e sobrinhas. Não adiantava dizer a Ma que numa cidade de médio porte como Pune havia de tudo atualmente, pois ela comprava em lojas específicas de Mumbai, e as instruções deviam ser passadas a lojistas que conhecia havia décadas. Sartaj sempre chegava a Pune com uma sacola com suas roupas e uma mala cheia de roupas para crianças, mithai, salgadinhos e xampus para Ma distribuir aos inúmeros parentes e amigos. Ela morava perto da família, em Pune, e Sartaj dependia dela para se manter informado sobre a rede de parentes que se estendia até Punjab e mais além. Ele a via completamente mergulhada na família, enquanto ele se distanciava, não separado, mas de algum modo afastado como um planeta que girasse distante demais de seu sol. Gostava de ouvi-la contar histórias de antigas rixas e tragédias familiares, desde que pudesse evitar a atração fatal de sua gravidade para torná-lo participante. Estimulada pela lembrança de um livro de canções infantis que pedira a Sartaj para levar, começou uma história sobre seu chacha, que insistia em afirmar que sabia falar inglês. Sartaj a ouvira muitas vezes antes, mas gostou de ouvi-la novamente agora, e riu nos momentos apropriados.

Em Siddhi Vinayak ele se despediu de Ma e ajeitou o corpo no assento, sorridente. Pensar na viagem a Pune lhe dava prazer. Uma multidão se aglomerava no acesso a Siddhi Vinayak, composta de fiéis que levavam suas oferendas, súplicas e agradecimentos. O templo, encimado pelo domo dourado, levava suas imensas simetrias até o céu. Sartaj se perguntava se Ganesh Gaitonde viera para a cidade de algum outro lugar, de uma cidade ou vilarejo que considerava sua terra natal. Katekar talvez soubesse.

Ganesh Gaitonde havia dito algo a respeito da crença em Deus, no final. Naquela altura Gaitonde já sabia com certeza se havia ou não um Deus no qual acreditar. Sartaj não se importava muito com a alma de Gaitonde, mas sabia que estava na hora de examinar seu corpo, e também o da mulher morta. Andava evitando a tarefa, mas precisava ir. Sartaj maldisse Ganesh Gaitonde e seguiu adiante.

Na manhã seguinte Katekar reclamou da visita a Gaitonde, como Sartaj previa. O sujeito já morreu, Katekar alegou, ele e a mulher continuarão mortos, portanto não havia a menor necessidade de se aproximarem deles agora, nenhuma necessidade.

"Você pode esperar do lado de fora", Sartaj disse. "Mas você já devia ter se acostumado a cadáveres, a essa altura."

O necrotério era um prédio antigo de pedra, manchado e gasto, mas ainda belo com seus arcos altos e entalhes florais. Erguia-se à sombra verde de uma imensa figueira-de-bengala, nos fundos do hospital KD. Sartaj deixou Katekar na entrada do hospital e deu a volta no prédio, estacionando perto de um muro manchado de paan. Apesar de todo o seu racionalismo, Katekar sentia pavor do necrotério, do legista e de seus assistentes, da luz esmeralda sob a figueira-de-bengala. Dizia que o lugar cheirava mal, que sentia o cheiro do outro lado do prédio do hospital, que havia um miasma amarelo que penetrava nas roupas e nos bolsos, para não mais sair. Sartaj se divertia com o inesperado surto de superstição vindo das profundezas da sólida figura de Ganpatrao Popat Katekar, um homem de ciência. Quando Katekar exibia sua superioridade irônica em relação às diversas crenças românticas de Sartaj, era algo a ser lembrado.

Sartaj passou pelo guichê de informações, onde um pequeno grupo de homens ansiosos procuravam parentes e amigos desaparecidos. Seguiu por um corredor escuro e atravessou as portas duplas de vidro que exibiam o aviso "Entrada Proibida". Um atendente de calça e camisa marrons, sentado atrás de uma mesa de metal arranhada, era iluminado por uma lâmpada fluorescente, no teto. Saudou Sartaj, que respirou fundo, piscou e passou pelo par seguinte de portas vaivém, dessa vez de madeira pintada de verde. A sala do outro lado era muito grande, do tamanho de um salão de festas de casamento, bem iluminada por duas clarabóias quadradas e duas fileiras de lâmpadas fluorescentes. O piso, de pedra marrom polida, formava um ligeiro declive na direção do ralo central quadrado. Havia dois corpos de homens morenos, ambos nus, sobre as bancadas de pedra, à esquerda. O topo do crânio do mais distante fora removido com um corte redondo preciso que o tornava semelhante a um personagem de desenho animado com a cabeça desenroscada. Seu cérebro repousava, como um montículo cinzento e limpo, na bandeja próxima ao cotovelo. Logo à direita estava o dr. Chopra, administrador do caos, trabalhando com eficiência. Transferia intestinos para uma bacia. Sartaj desviou a vista.

"Doutor Chopra?"

"Sartaj, como vai? Espere um pouquinho."

Sartaj olhou para a parede, acompanhou as trincas no reboco cinzento até o teto e depois ao chão. Contou as barras enferrujadas da janela fechada e analisou sua espessura. Enquanto isso ouvia sons aspirados à direita, e um ruído de serra no molhado. Na primeira das muitas visitas de Sartaj ao prédio de dissecação do dr. Chopra, ele se obrigou a ver, baseando-se no princípio de que um policial deve olhar para tudo com firmeza, para conhecer qualquer coisa que haja no mundo real sem ser abalado, sem repugnância nem fascinação perversa. E vira o que o dr. Chopra tinha a exibir, fora capaz de olhar para aquilo, no final das contas não era tão pavoroso assim, apenas as peças do complicado mecanismo do corpo humano, uma máquina fluida caracterizada por uma harmonia austera, intricada. Mas as superfícies dos corpos o seguiram e permaneceram a seu lado durante o sono, o aro de pele mais clara no terceiro dedo da mão fechada, a tatuagem tribal no queixo de uma mulher, as manchas vermelhas de batom num lábio inferior, leves mas inconfundíveis. Ele acumulou fragmentos na cabeça, pequenas lembranças de vidas que custam caro carregar, e concluiu que não tinha mais tanto orgulho juvenil, que preservaria sua força de vontade para o serviço, para seus próprios casos. Por isso não olhava mais.

"Terminei", o dr. Chopra anunciou.

Sartaj ouviu o estalo das luvas de borracha e se virou, mantendo a cabeça erguida. Viu o rosto do morto, encarou-o por um momento. Depois notou a espessa cobertura capilar do dr. Chopra. O médico era o sujeito mais cabeludo que Sartaj conhecia. Passava pouco do meio-dia e as faces e o queixo do dr. Chopra já exibiam uma sombra escura, e um tufo de pêlos escuros saía do peito, chegando até quase o pescoço. Ele lavou as mãos na pia.

"Doutor saab", Sartaj pediu, "preciso ver Gaitonde e a mulher que estava com ele."

"Tudo bem", o dr. Chopra disse. "Eles estão na câmara frigorífica."

"A autópsia já foi feita?"

"Arre, Gaitonde era um bhai importante, certo? Ele e a amiga furaram a fila." O dr. Chopra riu, e foi uma risada genuína, cheia de prazer. "Quer que eu peça aos atendentes que o tirem da câmara frigorífica? Seria mais prático entrarmos lá."

Seu convite embutia um desafio, reforçado pela sobrancelha grossa erguida: se tiver estômago para tanto, senhor inspetor. A câmara frigorífica era o lugar que Katekar mais odiava. Entrara lá apenas uma vez, quando ele e Sartaj procuravam o corpo de um khabari. Katekar entrara na câmara, levara a mão à boca e saíra correndo na direção da figueira-de-bengala. Sartaj continuou lá dentro e encontrou o corpo que procuravam. Sartaj havia entrado antes e poderia entrar agora. Deu de ombros. "Como quiser. Pode ser na câmara frigorífica."

Um corredor sombreado conduzia à câmara frigorífica, varando a luz cegante da tarde. Sartaj apertou os olhos e avançou, sabendo que não havia jeito de evitar o mau cheiro. Passaram por uma porta, percorreram um corredor comprido, e o cheiro penetrava pelas narinas. As janelas estavam fechadas por causa do sol intenso, e o ar dentro do corredor era pesado devido às fortes emanações das duas fileiras de corpos encostados na parede, enrolados em lençóis, em macas duplas. Os lençóis estavam molhados, e o piso sob as macas era liso, escorregadio.

Sartaj cumprimentou os atendentes sentados à mesa no final do corredor. Sentiu um soluço se formar no fundo da garganta, e evitou abrir a boca.

"Inspetor saab", disse um dos atendentes, levantando-se. "Há quanto tempo!" Ele lia um romance em híndi, enquanto o colega escrevia uma carta. Os dois ficaram em pé.

Sartaj falou com cuidado, articuladamente. "Cheira pior que da última vez", disse ao passar pela mesa.

"Arre, saab", o atendente que lia o romance falou, "espere até o ar-condicionado quebrar outra vez. Aí vai ver o que é cheiro ruim."

"Ou espere chover, e a água das goteiras escorrer pelas paredes", disse o outro com satisfação perversa. "Aí sim você vai se divertir."

Encontramos certo prazer em descrever algo que vem piorando, Sartaj pensou, e depois imaginar o quanto ainda vai piorar, inevitavelmente. E mesmo assim sobrevivemos, a cidade cambaleia sem desabar. Talvez um dia tudo desmorone, e existe nesse pensamento uma certa gratificação, também. Que a maderchod estoure.

O dr. Chopra fez um sinal aos atendentes. A porta para a câmara frigorífica era de aço inox, nova e reluzente, insinuando alta tecnologia e esterilização. O atendente que gostava de ficção tocou a pesada barra que a abria, levou a mão à garganta e recitou um mantra. Depois puxou a barra e recuou, abrindo a porta. "Entre", o dr. Chopra chamou.

Lá dentro havia cadáveres espalhados, como nas recordações de Sartaj. Jaziam no chão de ladrilho, despidos, um encostado no outro, ombro com ombro, ombro sobre ombro, de uma ponta a outra da longa sala. Todos exibiam costuras na frente, com pontos largos de fio preto grosso fechando a incisão comprida do exame *post-mortem*. Peles escuras, ferrugem, agora densamente opacas como a lama, pêlos pubianos espetados, petrificados. Sartaj pensava, na verdade não está fazendo muito frio aqui. Eles chamam isso de câmara frigorífica, mas há restaurantes mais frescos, com certeza no andar superior do Delice Dance Bar faz mais frio. Mas dava para escutar o ronco abafado do ar-condicionado.

"As mulheres ficam ali", o dr. Chopra disse.

Naquele sepulcro, além de toda a sensualidade, o recato era preservado. As mulheres ficavam empilhadas umas por cima das outras, numa espécie de cabine pequena à esquerda, dotada de porta metálica própria. Os atendentes entraram e moveram os corpos, puxaram e empurraram, algo bateu na porta e emitiu um som alegre. Sartaj temia pelas mãos dos atendentes, eles mexiam em tudo sem luvas, esperava que ao menos lavassem as mãos após o contato.

"Saab", disse o leitor. Ele a encontrara.

Sartaj recuou um passo. Seu sapato grudava no chão.

Havia a longa incisão frontal de costume. Seus lábios exibiam o tom azulado das velas antigas, e recuaram para revelar os dentes superiores. A foto da autópsia em sua ficha achatara as maçãs do rosto e ocultara o nariz pontudo. O nariz sofrera fratura um dia, havia uma pequena falha nele. Na morte ela era comum, mas exibia músculos na região do ombro e na lateral, Sartaj percebeu o garbo de uma dançarina, vistosa e orgulhosa de sua figura.

"Mulher desconhecida", o dr. Chopra leu na ficha. "Um metro e cinqüenta e oito, cinqüenta quilos, cabelos pretos até a altura do ombro, olhos pretos, cicatriz de dez centímetros no joelho direito, última refeição aproximadamente oito horas antes da morte, causa da morte disparo único de arma de fogo no esterno, projétil penetrou em ângulo, subindo até sair em T4, provocando danos variados nos pulmões e coluna vertebral. Morte instantânea."

Morte instantânea. Sartaj perguntou-se se ela previra sua chegada, o cano apontado e os olhos congestionados de Gaitonde. "Mais nenhuma marca que possa ajudar a identificá-la, além da cicatriz?"

"Nenhuma."

"Certo", Sartaj disse. Por vezes um cadáver contava coisas que antes não eram sabidas, mas aquele relatava uma história curta. A vida não deixara nele muitas marcas.

"E Gaitonde?", o dr. Chopra perguntou, virando-se.

"Sim, Gaitonde."

Sartaj acompanhou o dr. Chopra através da sala, pelo caminho estreito entre os cadáveres. Líquidos escorriam pelo piso, filetes leves como albumina, espessos resíduos enegrecidos. Sartaj posicionou um pé, cuidadosamente, depois o outro. Gaitonde encontra-se no meio de uma fileira, indistinto dos outros, exceto pela cabeça estourada. Os tecidos expostos haviam escurecido. "Um metro e setenta e cinco, setenta e cinco quilos, sobreviveu a dois ferimentos de arma de fogo", o dr. Chopra recitou. "O curioso é que um deles foi nas nádegas. O grande Gaitonde provavelmente fugia correndo quando o acertaram. O outro tiro foi no ombro esquerdo, aqui."

Sartaj debruçou-se sobre Gaitonde, viu que tinha um perfil fino como um nobre. Nascera para ser rei, Sartaj pensou, ou talvez um sábio. Ele deve ter se olhado no espelho e perguntado o que se tornaria.

O dr. Chopra alisava os pêlos das costas da mão. O ar-condicionado começou a funcionar com um tranco grave, e o mau cheiro subiu de Gaitonde e dos outros. "Obrigado, doutor saab", Sartaj disse, dando a visita por encerrada. Ergueu-se e saiu dali depressa. Virou para um lado, no rumo dos atendentes que levavam o cadáver da mulher de volta para o piso da cabine. Passou por eles. A luz entrava em ângulo pela porta principal, e na luminosidade Sartaj viu no chão um pedaço de carne escura, uma tira irregular com um trecho da mandíbula e três dentes. Passou por cima e foi para a luz do sol.

"Sente-se bem?", o dr. Chopra perguntou.

Sartaj parou sob a figueira-de-bengala, apoiado no tronco enrugado com uma das mãos, respirando fundo. "Por que não consegue manter aquele lugar gaandu frio? Por quê?"

"O ar-condicionado pára com freqüência, a fiação é velha, os fusíveis estouram, a população é muito grande. O necrotério, pequeno demais."

Claro, seria injusto acusar o dr. Chopra. Não era culpa dele não haver dinheiro suficiente, faltar luz e espaço onde sobravam defuntos. "Desculpe-me, doutor", Sartaj disse. Fez um gesto largo no ar, um movimento desajeitado que englobava tudo. O dr. Chopra fez que sim e sorriu. "Obrigado", Sartaj falou.

"Espero que ver os corpos tenha ajudado."

"Sim, sim. Ajudou muito", Sartaj confirmou, mas a caminho do jipe já não tinha tanta certeza. Agora o desejo de ver os corpos, que havia pouco parecia tão coerente, se tornara esquisito. O que aprendera? Sartaj não fazia a menor idéia. Perdera seu tempo, isso sim. Ansiava afastar-se dali, voltar à delegacia, mas ao chegar ao jipe não conseguiu entrar. Parou na beira de uma mureta de meio tijolo pintado, restos de um jardim, procurou um trecho com grama seca e limpou a sola do sapato, esfregando-a na grama até que os talos se rompessem com estalidos secos e seu coração aflito sossegasse.

Shalini cozinhava quando Katekar chegou em casa. Ela limpava a casa de um médico em Saat Bungla, mas era só uma casa, ao contrário das outras que tinham três ou quatro serviços de jhadoo-katka. Era bom ganhar dinheiro do doutor, mas eles decidiram que ela precisava estar em casa quando os meninos chegavam, no final da tarde e início da noite, para que sentissem sua presença e ela pudesse ficar de olho neles. Mas o dinheiro era muito bem-vindo. Também era ótimo conhecer um médico que tinha clínica, para uma eventualidade. Katekar baixou seu colchão e o travesseiro. Shalini cozinhava, ele gostava de ouvir os ruídos de seus movimentos, eles o acalmavam, o tilintar das colheres, o raspar da faca em vaivém, o crepitar nervoso das chamas do fogão, o chiado súbito quando ela acrescentava um punhado de goda masala. Sentia-se relaxado com o sopro suave do ventilador de mesa na velocidade baixa. Cochilava com facilidade durante o dia, acumulava sono como um camelo estocava água. Na vida de policial isso era necessário. Respirou fundo.

Quando acordou estava escuro lá fora do kholi, ouvia-se a agitação noturna na rua. "Onde estão os meninos?", perguntou. Não precisou virar a cabeça para saber que Shalini estava sentada na soleira da porta.

"Brincando", disse.

Ele esfregou os olhos ao sentar. O fogão matraqueou quando ela atiçou o fogo, e ele viu seu rosto sair da sombra, subitamente bronzeado pelas chamas. "Estão brigando", ele disse, e não precisava explicar que não se referia aos filhos.

"Sim." Amritrao Pawar e a esposa Arpana moravam dois kholis adiante, e discutiam continuamente havia onze anos, segundo os vizinhos. Quatro anos após o casamento Pawar arranjou outra mulher. Arpana foi embora de casa, voltou a morar com os pais, e lhe garantiram que era coisa passageira, que Pawar havia abandonado a outra mulher, que estava tudo acabado. Ela retornara, mas a outra mulher teve um filho e agora Pawar mantinha duas casas. Arpana e ele não queriam se divorciar, não queriam se reaproximar ou aceitar a situação. Brigavam sem parar. Para os vizinhos de Arpana, a outra mulher ainda era a outra mulher, Arpana não a chamava pelo nome havia onze anos, e Pawar nunca falava a respeito dela.

Katekar e Shalini tomaram chá sentados de frente um para o outro. Ela pôs o kaande pohe de que ele gostava num prato, entre os dois. "Falei com Bharti ontem."

Bharti era sua irmã mais nova, casada com o dono de um ferro-velho em Kurla. Pelo jeito dava para ganhar muito dinheiro com aparas de metal e afins, pois Bharti sempre vinha visitá-la de sári novo. No ano passado chegara na véspera de Gudi-Padwa usando pulseiras novas de ouro muito grossas e vistosas, trazendo não só fieiras de batasha como também caixas grandes perfumadas de puranpoli e chirote, para os meninos. Katekar observara os filhos lambendo os dedos reluzentes, açucarados, e vira a expressão da esposa quando ela guardava as caixas e o sári novo que ganhara, assustado com a constatação de que a generosidade pode ser a mais sutil de todas as armas, sobretudo entre irmãs. Por isso sorveu longamente seu chá. "É mesmo?", perguntou.

"Eles vão comprar o kholi vizinho também", Shalini disse.

"No chawl?"

"Onde mais?"

A resposta viera rápida e ferina, e ela não baixou a cabeça quando ele a interrogou com os olhos. Agora a irmã e o cunhado derrubariam paredes, uniriam cômodos, teriam um lar grande o suficiente para acomodar sua mania de grandeza. "Eles têm três filhos", Katekar disse. "Precisam de espaço."

Shalini fechou a cara e pegou o prato de biscoitos. "Como é? Aqueles pequenos taporis agora precisam de um lugar para viver?" Ela se levantou e começou a pegar colheres e vasilhas. "Bharti sempre foi uma vadia desde que era deste tamanho. Os dois nunca pensaram no futuro. Os filhos não prestarão para nada, espere um pouco e verá."

Ela adorava as sobrinhas e o sobrinho, mimava-os com abraços e afagos, mais do que os próprios filhos, e Katekar sabia disso muito bem. Vestiu a camisa e a calça. Ela havia lavado e pendurado a panela. Katekar sorriu para a esposa. "Ouvi uma piada ontem", disse.

"Qual?"

"Certa vez Laloo Prasad Yadav recebeu um grupo de empresários japoneses em Bihar. Os japoneses disseram: 'Ministro, seu estado tem recursos abundantes. Se nos conceder carta branca e três anos, transformaremos Bihar no próximo Japão'. Laloo demonstrou surpresa e disse: 'E vocês japoneses se consideram eficientes? Três anos? Concedam a mim carta branca e três dias. Transformarei o Japão no próximo Bihar.'"

"Não achei graça." Mas ela sorriu.

"Arre", Katekar reclamou, "sua família nunca teve senso de humor."

Este era um tema que os dois exploravam havia anos: a família dele era extravagante, mas adorava se divertir, a dela era sensata, mas maçante. Variações dessa teoria se aplicavam aos filhos. Rohit teria puxado Katekar, Mohit, a mãe. Agora Shalini pensava nos filhos. "Você vai sair cedo o suficiente para passar no Patil?"

Patil era o alfaiate cujo ateliê se situava duas ruas adiante, espremido num prédio comprido e estreito que se erguia no espaço antes ocupado por um muro desabado e uma vala de esgoto abandonada. Patil aterrara a vala, fechara a parte dos fundos, instalara um telhado e agora tinha dois alfaiates em tempo integral, trabalhando em máquinas de costura. Fazia uniformes para os meninos, de boa qualidade, fortes o bastante para que Mohit pudesse aproveitar os que não serviam mais em Rohit. "Hoje não", Katekar disse. "Amanhã eu apanho as roupas. Uma calça curta e uma camisa, certo?"

"Sim", Shalini confirmou. Sua irritação desvanecera. Ela gostava de ver que ele se lembrava, ele sabia disso.

Lá fora as nuvens se tingiam de laranja em filetes. Cedo ainda para a chuva, mas Katekar pressentia sua chegada iminente. O céu estava espalhafatosamente espetacular, mas ninguém parava para apreciá-lo. Katekar andava depressa, cortando caminho pelo parquinho para chegar ao ponto de ônibus. Pensava em sexo. Fora muito infiel nos anos seguintes ao casamento com Shalini, antes que Rohit nascesse. Em retrospecto, agora, considerava aquilo uma loucura febril, feita de visitas a bares de dançarinas, dinheiro gasto com mulheres em quartos deprimentes e táxis tarde da noite. Em Shalini, pouco mais que adolescente na época, ele enterrava a cabeça na curva do pescoço todas as noites, e encontrava no aperto da mão em seu ombro uma resposta ávida, mais cautelosa e recatada que a dele, mas tão insistente e intensa quanto. Mesmo assim procurava outras mulheres, randis. Não havia razão para isso fora a urgência que sentia pela oferta de corpos anônimos sob o náilon barato e diáfano. Era um tipo comum de loucura, aceito pelos sujeitos mundanos, pelo menos ele tinha o bom senso — mesmo naquele tempo distante em que as moças se surpreendiam com sua gentileza — de usar sempre camisinha. Após o nascimento de Rohit, depois que sentiu o corpinho do filho sobre o peito e o peso enorme e inescapável de seu amor, tornara-se praticamente impossível gastar metade do dinheiro que suara para ganhar em outro lugar. Havia novas urgências, antes de qualquer desejo: uniformes escolares, livros, sapatos, óleo capilar, bastões de críquete, noites em Choypatty. Contudo, mesmo depois do momento de compreensão da felicidade infantil contida numa nota de vinte rupias, em dois kulfis quando o sol se punha no mar calmo, acontecera de ele procurar mulheres, apesar dos dois filhos e dos dois futuros que construía. Mas ocorria raramente, as mulheres podiam ser contadas nos dedos de uma só mão, e os anos, nos das duas. Os homens, Shalini dizia às vezes, carregam a loucura em seus ossos. Ele permanecia sempre calado, guardava a vontade de dizer que a loucura estava em seus ossos, não em seus corações, não em suas mentes. A lógica não falha, apenas vai gastando com o tempo, cansa um pouco, quer deitar. Mas eu luto por você.

No maidan jogavam uma dúzia de partidas de críquete, com os campos muito próximos uns dos outros. Os jogadores que interceptavam a bola corriam no meio e por trás dos outros. Haveria cerca de duzentos garotos correndo ali, naquela faixa estreita de terra amarelada espremida entre um nullah barrento e o muro dos fundos de um shamshan ghat municipal. Katekar caminhou seguindo o muro, o ombro direito a raspar nos intricados arabescos dos grafites e cartazes arrancados. Era preocupante para ele que as crianças brincassem separadas apenas por um muro dos corpos queimados, temia a fumaça que subia em rolos para depositar cinzas impuras nos campos de críquete. Mas precisavam cremar os mortos em algum lugar, e a única escolha era jogar na beira do basti, na rua, perto dos carros que passavam. De todo modo, naquele dia não havia fogo nem fumaça. Mais nenhum morto naquele dia. Mohit estava sentado numa pequena elevação, perto de chappals amontoadas. Olhava na direção do mar, sonhador e feliz, e Katekar sentia por vezes um aperto no peito. Rohit era o filho parecido com o pai, confiante e prático, muitas vezes engraçado, mas era Mohit, fechado e pensativo, que deixava Katekar desesperado de preocupação. A ambição e a raiva de Rohit poderiam metê-lo em encrencas, mas o que seria de Mohit, sensível e miúdo? O que aconteceria com sua suavidade? Katekar agachou-se a seu lado.

"Não vai jogar?", Katekar perguntou.

"Papa." Mohit deu de ombros. Olhou para o outro lado e começou a mordiscar o lábio inferior, o que sempre fazia quando estava embaraçado.

"Tudo bem", Katekar disse, batendo no ombro de Mohit. Ele dizia sempre aos filhos que o esporte desenvolve o caráter. "Não está com vontade?"

Mohit balançou a cabeça, depressa. Katekar queria perguntar, em que está pensando agora? O que vê naquela faixa estreita prateada de água no horizonte, entre os prédios? Mas apenas sorriu e acariciou a cabeça de Mohit. "Onde está seu irmão?"

"Ali."

Rohit estava arremessando. Foi uma bola rápida, um pouco torta, mas em velocidade. O rebatedor não conseguiu acertar, mal a viu, e o receptor a pegou com tranqüilidade, devolvendo-a a Rohit num movimento contínuo. Rohit voltou para a meta, descontraído, pensando no arremesso seguinte. Era um bom jogador, Katekar via isso em seu equilíbrio natural, na confiança e na precisão científica com que gesticulava para convocar os interceptadores, você para a esquerda, um pouco mais, isso mesmo, aí está bom. Mas aí Rohit viu o pai e parou de repente. Katekar notou que ele hesitou por um momento, franzindo a testa, incomodado pela interrupção, irritado com a chegada do pai agressivo. Mas ele sorriu e deu um passo à frente. Katekar acenou para que voltasse e lançasse. Rohit voltou para sua posição, atirou a bola e seu lançamento foi bom, mas a bola foi fora. No arremesso seguinte também.

Katekar levantou-se. "Mohit", disse, "não volte para casa muito tarde. Estude bastante. Até amanhã."

"Está bem, Papa", Mohit concordou.

Katekar acariciou o ombro de Mohit e afastou-se rapidamente. Era tentador, mas não virou a cabeça para ver Rohit jogar.

O PSI Kamble os acompanhou na batida ao Delite Dance Bar. "Serei seu agente infiltrado", disse, rindo alto da própria piada, pois o conheciam no Delite melhor do que várias dançarinas. Ocupava sempre um lugar central, de frente para a pista de dança, e em sua mesa havia sempre alguma cortesia da casa. Na van, a caminho do Delite, ele exultava, contando anedotas. "Como você enfia trinta Marwaris num Maruti 800? É só jogar uma nota de cem rupias lá dentro." Os policiais a bordo da van, inclusive as duas mulheres, riram.

Sartaj perguntou: "Por que está tão contente, Kamble? Qual foi o resultado de hoje?".

Kamble balançou a cabeça, ficou emburrado e silencioso, depois novamente jovial. E eles seguiram adiante ao som de sua risada. No Delite, depois que estacionaram a perua, enquanto esperavam a hora combinada, Kamble saiu do prédio com um copo de uísque com soda. Chamou Sartaj de lado, longe dos policiais fardados, e juntos caminharam um pouco pela rua. Ele cheirava a loção pós-barba almiscarada, intensamente, e usava uma camiseta Benetton branca com manga verde listada por dentro da calça jeans. Ergueu um pé de cada vez, para mostrar um tênis impressionante, complicado, colorido. "Um tênis muito classudo, não acha?"

"Muito. Importado?"

"Claro, chefe. Nike."

"Muito caro."

"Isso é relativo. Quando temos dinheiro no bolso, tudo parece barato. Se estamos lisos, qualquer despesa é alta."

"E seu bolso está cheio de dinheiro?"

Kamble observou Sartaj por um momento, baixando a cabeça para espiar por cima da lente dos óculos. "Suponha", disse, "que um jovem policial brilhante tenha um khabari, um informante muito útil, capaz de dar notícias boas, raras mas ekdum seguras."

"Quem é esse khabari?"

"Não importa, esqueça o khabari. O importante é que o jovem policial recebeu uma dica esta manhã: um ladrão local chamado Ajay Mota tinha um monte de celulares roubados em seu kholi. Telefones novinhos em folha, entende? Resultado do arrombamento de uma loja em Kurla, há três dias."

"Muito bem. Então o policial procura e prende Ajay Mota?"

"Não, não, não. Seria simples demais, chefia. Não, o khabari sabe onde o tal Ajay Mota mora. Mas o policial não prende o bandido logo de cara. Resolve investir seu tempo, vai à paisana com o khabari, espera fora do basti de Ajay Mota e faz o khabari mostrar quem é o ladrão quando este sai com uma sacola nas costas. Corre riscos, claro — e se Ajay Mota fosse para outro lugar? Mas não foi. O policial dispensa o khabari e segue Ajay Mota. Outro risco, seguir alguém nesse trânsito pesado. Não é fácil, mas o policial tem motocicleta e Ajay Mota, carro. O apradhi dirige por uns dez minutos, desce e entra numa loja. Sai vinte minutos depois com a sacola no ombro. Aí o policial o prende, khata-khat, o agarra pelo colarinho, mostra o revólver, dá duas bofetadas, está preso, bhenchod, vai cooperar? E, sem pausa, o policial o leva para dentro da loja, obriga-o a ir até os fundos e acha o receptador com os celulares na sua frente. Assim o policial realizou duas prisões, a mercadoria roubada foi recuperada e a sacola de Ajay Mota contém quarenta mil rupias."

"Só quarenta mil? Quantos telefones havia?"

Kamble ri, esvazia o copo e o vira para sorver as últimas gotas. Estava bem satisfeito. "Não importa quantos telefones havia, Sartaj Saab. O importante é que os bandidos foram apanhados", disse, empertigando-se para erguer um dedo. "Preciso encher o copo, chefia. Outra vez." E se afastou, assobiando.

Sartaj pensava no sucesso de Kamble enquanto dava a batida. Kamble tinha razão, os bandidos haviam sido presos. Kamble recolhera uma bela soma em dinheiro, provavelmente metade do que havia na sacola, além de dois ou três telefones. O dinheiro servia como recompensa por sua eficiência como policial, por sua esperteza e disposição de correr riscos. Celebrava, pois se saíra bem. Merecia.

A batida no Delite foi bem-comportada. Shambhu apresentou as cinco moças que aguardavam a detenção em fila, no seu escritório. Comiam paya e faziam brincadeiras a respeito dos policiais e seus cassetetes, enquanto o resto saía para pegar os táxis que as aguardavam e ir para casa. Formavam um grupo vistoso, espalhafatoso, de jovens mulheres bonitas apesar da maquiagem pesada, orgulhosas de suas curvas e da cintura fina.

Shambhu aproximou-se de Sartaj, seguido por Kamble, alguns passos atrás. Eram amigos da mesma idade, ambos adeptos da musculação, mas Shambhu era esguio, de músculos bem desenhados, enquanto Kamble exibia uma musculatura exagerada, maciça.

"Tudo bem, saab", Shambhu disse. "Pode levar."

Uma das mulheres policiais aguardava na porta da van, a outra abriu a porta do Delite e chamou. As prisioneiras saíram em fila e subiram na traseira da van, rebolando, e os saltos finos refletiam a luz vermelha do neon da fachada do Delite.

"Ainda vai fazer aquela caminhada?", Katekar perguntou a Shambhu.

"É uma expedição", Shambhu respondeu. "Uma caminhada é quando você vai até a loja de paan da esquina."

"Sei, uma expedição. Quando vai partir?"

"Amanhã."

"Não caia do alto da montanha."

"Mais seguro lá do que aqui, amigo."

Sartaj observava Kamble, que cantarolava. Mantinha os pés afastados, os ombros para trás e os cotovelos para fora. Sartaj aproximou-se dele. "Diga ao jovem policial que ele fez um bom trabalho."

Kamble sorriu. "Direi, chefia." E começou a cantarolar de novo, e dessa vez Sartaj identificou a canção: *"Kya se kya ho gaya, dekhte dekhte"*. Kamble ergueu os braços, baixou a cabeça e dançou alguns passos. *"Tum pe dil aa gaya, dekhte dekhte."*

"Já vamos", Sartaj disse. "Vem conosco?"

"Não", Kamble respondeu. Virou a cabeça por cima do ombro, olhando para o Delite. "Tenho um encontro."

Nem todas as moças do Delite haviam sido detidas ou ido embora para casa. "Divirta-se", Sartaj disse.

"Senhor", Kamble concluiu, "eu sempre me divirto."

Sartaj bateu na lateral da van e se afastou. "Sartaj Saab", ouviu Shambhu chamar, "o senhor também pode se divertir. Deveria relaxar um pouco de vez em quando. A diversão faz bem." Kamble ria, e Sartaj ouviu tudo perfeitamente.

Só após retornarem à delegacia eles descobriram que havia seis dançarinas presas, e não cinco. As moças sentaram-se em linha no banco da Sala de Detenção. Sartaj percebeu que eram seis, e que a sexta era Manika. Ela baixou a cabeça e olhou para ele recatadamente, com o chunni sobre a cabeça, seus olhos enormes escuros e sua timidez. As outras moças caíram na gargalhada. Sartaj respirou fundo e saiu da sala.

"Esta deve ser a idéia que Kamble e Shambhu têm de diversão", disse a Katekar.

"Eu não tive nada a ver com isso, senhor", Katekar rebateu.

Katekar mantinha um ar extremamente sério, e Sartaj acreditou nele. Disse: "Mande entrar uma por uma. Ficarei aqui."

"Sim, senhor, uma por uma."

Katekar parou à porta e as policiais trouxeram as moças uma por uma, e também recuaram até a porta. Sartaj anotou os nomes: Sunita Singh, Anita Pawar, Rekha Kumar, Neena Sanu, Shilpa Chawla. Forneceram os nomes imediatamente, estavam à vontade, sua presença não as intimidava nem um pouco, só hesitaram quando ele pegou as fotos do álbum de Gaitonde e as mostrou, uma a uma. Todas balançaram a cabeça, seguras e inexpressivas. "Não, não, não", Shilpa Chawla disse quando ele mostrou as fotos das moças, em poses sedutoras sob luz suave.

"Olhe para a foto antes de falar não", Sartaj pediu. Ele apontou para uma moça de chapéu azul, com o indicador. "Olhe para ela."

"Não a conheço", Shilpa Chawla reafirmou, cerrando os dentes. Quando mostrou a ela a mulher morta, que deixara para o final, Shilpa Chawla recostou na cadeira e cruzou os braços na altura do peito. "Por que está perguntando isso para mim? Por que me mostra estas fotos? Não sei quem são." Shilpa Chawla, com nome e sobrenome de celebridade, estava revoltada, irritada e apavorada. Sartaj não viu o menor sinal de que estivesse mentindo.

"Tudo bem", disse a Katekar. "Mande Manika entrar."

Ela era mais velha que as outras, talvez já tivesse trinta e poucos anos, embora só se percebesse isso prestando muita atenção, de perto, e mesmo assim a idade aparecia mais na confiança cansada, na coluna reta e no flagrante interesse que sentia por ele. Na soleira da porta, Katekar e as policiais trocavam sorrisos, e Sartaj ficou contente por eles estarem distantes demais para ouvir as palavras de Manika.

"Como vai?", ela perguntou em inglês.

"Preciso fazer algumas perguntas à senhora", Sartaj disse, e seu híndi era contido.

"Pode perguntar", ela falou. Era escura, esguia, muito alta, talvez um metro e setenta, não chegava a ser bonita, mas tinha sardas e queixo proeminente, seus olhos esbanjavam vitalidade e deixavam Sartaj sem graça.

"Conhece estas mulheres?"

Ela pegou parte das fotos para examinar, prestando muita atenção a cada uma delas. "Nossa", disse na terceira, "como essa blusa é *feia*! Olha só o babado na manga, ela parece um palhaço. Bela moça, no entanto. Alguém precisa ensiná-la a se vestir."

"Você a conhece?"

"Não", Manika respondeu, e depois de pegar as outras fotos da mão dele recostou na poltrona. Usava um ghagra-choli preto com detalhes prateados, abundantes na frente do choli, como uma cota de malha sobre o tecido fino. Foi a única a vir com o traje de dançarina. "Quem são estas mulheres, inspetor saab?", ela retomou o ar zombeteiro. "Moças que gostaria de conhecer melhor?"

"Conhece alguma delas?"

Ela ficou quieta, as mãos pararam de se mexer. Sartaj percebeu que ela olhava para a mulher morta. "Conhece esta aí?", ela fez que não com a cabeça. "É muito importante que me diga se a conhece."

"Não a conheço. O que houve com ela?"

"Foi assassinada."

"Assassinada?"

"Com um tiro."

"Por um homem?"

"Sim, por um homem."

Ela colocou a foto virada sobre a mesa. "Claro que foi um homem. Não sei por que nos importamos com vocês, às vezes. Realmente, não sei."

Sartaj ouvia o zumbido da lâmpada fluorescente no corredor, lá fora, e passadas distantes na frente da delegacia. "Você tem razão", ele disse. "Na maior parte do tempo, eu também não sei."

Ela ergueu a sobrancelha com olhar cético de avaliador, sem hostilidade, apenas descrença desanimada. "Posso ir agora?", perguntou calmamente.

"Sim. Que nome devo anotar?"

"O que quiser."

Ele começou a escrever, mas parou quando ela se levantou. O chunni escapou de seu ombro quando ela virou, e ele viu que o choli era fechado nas costas com fitas pretas, expondo as curvas refinadas de seu ombro e a longa coluna marrom das costas. Na pista de danças ela devia dar piruetas, pensou, e lançar olhares fogosos por cima do ombro, na direção dos homens na platéia, que a observavam no escuro.

"Vou lhe contar", ela disse, já na porta. A quatro passos da porta ela já havia recuperado os modos afetados, a ironia jovial.

"Vai me contar o quê?"

Ela voltou até a mesa, virou as fotografias para cima e passou pela imagem da mulher morta, pondo outras de lado com a unha vermelha comprida, enquanto segurava o chunni com a outra mão. "Esta aqui", prosseguiu.

"O que tem ela?"

"Você terá de ser gentil comigo", ela pediu. "Ela se chama Kavita, ou pelo menos usava esse nome quando dançava no Pritam. Ela fez papéis em alguns vídeos e parou de dançar. Soube que participa de séries de tevê. Depois que conseguiu entrar numa série ela foi morar em Andheri East, num PG. Sempre teve muita sorte, a Kavita. Poucas moças como nós vão tão longe. Uma em cada mil. Ou em cada dez mil."

"Kavita. Tem certeza que é ela? Sabe seu nome verdadeiro?"

"Claro que tenho certeza que é ela. Quanto ao nome, pergunte a ela. Vai ser gentil?"

"Claro que sim."

"Está mentindo, mas é homem e eu o perdôo. Sabe por que lhe disse?"

"Não."

"O sujeito que fez aquilo é um rakshasa. Não se anime, você também é um rakshasa. Mas talvez apanhe aquele rakshasa. E o castigue."

"Talvez", Sartaj disse. O homem que havia feito aquilo fora apanhado, e mesmo assim escapou. Sartaj nunca tinha certeza a respeito da punição, pois sempre parecia demasiada para muito pouca coisa. Eu os prendo porque é minha profissão, e eles fogem porque é a deles, e o mundo segue girando. Mas ele não explicou nada disso a Manika, disse apenas "Obrigado".

Depois que ela saiu e que puseram o grupo numa van para levá-las para casa, Sartaj deixou Katekar na esquina da Sriram Road, de onde ele poderia ir embora a pé, numa curta caminhada. Katekar levou a mão ao peito, virou-se e Sartaj disse: "Qual é a aparência de um rakshasa?".

Katekar debruçou-se na janela. "Não sei bem, senhor. Na televisão eles têm cabelo comprido e chifres. E dentes pontudos, às vezes."

"Eles andam por aí comendo gente?"

"Creio que é sua principal atividade, senhor."

Os dois riram. Passaram o dia trabalhando, conseguiram algum progresso na investigação, por isso estavam contentes. "Seria bom contar com alguns durante os interrogatórios", Sartaj disse. "Chifres e dentes iguais aos de um lobo."

Mas a caminho de casa ocorreu a Sartaj que as pessoas interrogadas por ele sentiam tanto medo que ele já parecia ter caninos enormes. Era o uniforme que as aterrorizava, que trazia de volta as histórias de brutalidade policial reunidas por várias gerações. Mesmo as que buscavam ajuda falavam com cuidado na presença dos policiais, e quem não precisava de ajuda procurava ser simpático, para o caso de necessidade futura. Os policiais eram monstros, separados do resto das pessoas. Mas Parulkar certa vez dissera a Sartaj: "Somos homens bons, mas precisamos ser maus para manter os piores sob controle. Sem nós não restaria nada, viveríamos numa selva.".

Um brilho fraco, amarelado, podia ser visto atrás dos prédios por onde Sartaj passava. As ruas estavam silenciosas. Sartaj imaginou os cidadãos a dormir, aos milhões, seguros por mais uma noite. A imagem lhe deu certa satisfação, mas não tanta como costumava dar. Ele não sabia se isso se devia ao fato de ele ter se tornado mais rakshasa ou menos. De todo modo, tinha um dever a cumprir, e o cumpriu. Agora precisava dormir. Foi para casa.

Ganesh Gaitonde adquire terras

Tomei as terras entre N. C. Road e o morro que dá para a via. Você conhece o basti Gopalmath, de N. C. Road até o alto do morro, com seis quilômetros de largura, de Sindh Chowk até G. T. Junction? Naquela época era tudo vazio, nada além de mato por ali — terreno municipal. Pertencia ao governo, portanto não era de ninguém. Então eu peguei.

Você sabe como funciona, Sartaj. É fácil. Basta pagar três chutiyas da prefeitura, molhar a mão deles e depois matar o dada local que acredita ter direito a uma parte do negócio, como se fosse seu bhenchod direito de nascença. É isso aí. A terra é sua. Eu a tomei, era minha.

Eu tinha dinheiro, vendera meu ouro. Paritosh Shah, o guzerate gordo, me aconselhou a investir o dinheiro em bons negócios: comprar isso, vender aquilo. "Posso dobrar o valor para você em um ano", ele disse. "Triplicar." Ele sabia exatamente quanto eu tinha, uma vez que havia comprado todo o meu ouro.

Ouvi o que ele disse, elegantemente instalado em seu gadda, com uma almofada debaixo do ombro e outra sob o joelho. Pensei no caso, mas eu sabia, lá no fundo, que sem terra o sujeito não valia nada. A gente pode morrer por amor, pode morrer por amizade, pode morrer por dinheiro, mas, no final das contas, a única coisa real neste mundo é a terra. A gente pode contar com a terra. Eu disse: "Paritosh Shah, confio em você, mas prefiro seguir meu próprio caminho". Ele achou que eu era louco, mas eu já havia visto o terreno, percorrendo-o de ponta a ponta, sabia que era o lugar certo, perto da estrada, não muito distante da estação de trem. Por isso dei dinheiro ao município, um funcionário e dois assistentes, e a terra se tornou minha, para construir.

Mas aí surgiu o problema de Anil Kurup. Limpamos o mato, e meu empreiteiro mandou os empregados dele cavarem o buraco para as fundações dos kholis, estávamos esperando um caminhão de cimento, e o pessoal de Anil Kurup parou o caminhão quando saía da estrada e o levou para a vila de Gopalmath, a um quilômetro e meio dali. Nunca vimos o cimento, em vez disso eles mandaram um pedaço de papel com um número de telefone. "Você é um bachcha que veio do nada", Anil Kurup gritou quando liguei. "E acha que pode vir a meu território e cuspir na minha cara. Maderchod, nada é comprado e vendido aqui sem que eu saiba. Vou enfiar um caminhão de cimento em seu gaand e mandar você de volta para a sarjeta de onde saiu, seja onde for." Mantive a calma e pedi gentilmente um dia para pensar no assunto. Ele me insultou um pouco mais e por fim me disse para ligar no outro dia. Claro, ele tinha razão. Crescera em Gopalmath, ali era seu setor, sem dúvida, e ali ele mandava como um rei. Não havia muita coisa em seu raj, só algumas lojas, estacionamentos, mas era tudo dele.

Quatro dias depois fui falar com ele em Gopalmath. Levei Chotta Badriya. Lembra-se de Badriya, o sujeito musculoso que trabalhava como segurança de Paritosh Shah? Chotta Badriya era seu irmão mais novo. Chamava-se na verdade Badrul-Ahmed, o nome do irmão mais velho era Badruddin, o pai fora avisado por um pir sufi que devia dar a todos os filhos nomes começados por "Ba" — ajudaria a obter sucesso e bem-estar. Por isso todos tinham nomes compridos e diferentes, mas para nós eram apenas Badriya e Chotta Badriya. Sempre que eu visitava Paritosh Shah eu o via, simpatizamos um com o outro, e quando iniciei meu projeto ele me pediu que levasse seu irmão, que precisava ganhar a vida. Na verdade Chotta era maior que o irmão, do tamanho de uma montanha. Era um bom rapaz, educado e obediente, fiquei contente em tê-lo comigo. Disse ao irmão: "Tudo que você pedir eu faço".

Naquela tarde, porém, com Anil Kurup, eu tentava garantir o que era meu. Chotta Badriya e eu fomos a pé até Gopalmath, naquela época era um depósito de lixo medonho, uma rua kuchcha, alguns casebres rodeados de palmeiras e campo aberto, algumas lojas na rua central. Anil Kurup nos aguardava nos fundos de uma dhaba, perto da rua principal, que na época era o único lugar a dispor de telefone.

Os rapazes dele nos revistaram, tiraram nossos ghodas e ficaram muito impressionados. Creio que não esperavam que portássemos pistolas. Havia cinco capangas. Eles nos levaram para a sala dos fundos, passamos por uma porta e imensos karhais onde fritavam muitos puris e bhajiyas. Anil Kurup estava sentado à mesa, tomando cerveja. Duas da tarde, e o desgraçado arrotava, com os olhos injetados. Tinha lábios grossos, cabelo caído na testa, chappals brancos. Pus na frente dele um jornal que embrulhava vinte mil em dinheiro.

"É pouco", ele disse.

"Bhai", falei, "trarei o resto na próxima semana, prometo. Teria trazido antes, mas eu não sabia."

"Que tipo de bhenchod desmiolado é você?", ele perguntou. "Não procura se informar a respeito de uma área antes de chegar e começar a esburacar tudo?"

"Sinto muito", falei. Dei de ombros, impotente e humilde.

Ele riu, cuspindo cerveja em cima da mesa. "Sentem-se", disse. "Vocês dois. Tomem cerveja."

Eu disse: "Aceito um pouco de chai, Anil Bhai".

"Se ofereci cerveja, é cerveja."

"Sim, Anil Bhai." E ele riu de novo, e os três rapazes dele que estavam na sala riram também. Trouxeram cerveja, uma garrafa e um copo para cada um, e bebemos.

"De onde você é, bachcha?"

"Nashik."

"Você precisa nascer em Mumbai para saber como funciona", ele disse. "Não pode simplesmente chegar aqui e bancar o chutiya, assim vai acabar com os miolos espalhados no meio da rua."

"Sim, Anil Bhai", falei. "Ele tem razão absoluta, Badriya. Devemos ouvir Anil Bhai."

Anil Kurup ficou inflado feito um sapo velho. "Arre, vão buscar bhajiyas para a gente comer", ele disse. "Tragam uns ovos também."

Dois rapazes se levantaram e saíram depressa. Sobrou um, encostado na parede à minha direita.

"Bhai, queria um conselho seu", falei.

"Pode dizer."

"É a respeito da prefeitura e da água", falei. E cocei o nariz.

Naquele momento Chotta Badriya derrubou a garrafa de cerveja da mesa. "Maderchod", ele disse, e se abaixou até o chão. Subiu logo, levantou-se e avançou num único movimento, seu braço de repente se estendeu por sobre a mesa, rápido demais para alguém ver, e Anil Kurup caía da cadeira com um cabo de madeira no olho direito.

Estourei a garrafa que tinha na mão no rosto do rapaz à direita. Ele gritou e se encolheu todo, passei por ele e bati a porta, passei o trinco e a segurei com o ombro. Eu sabia que nenhum dos capangas de Anil Kurup tinha armas, e nossos ghodas estavam descarregados, portanto não havia a menor chance de um tiro atravessar a porta, só os idiotas de Anil Kurup a gritar e esmurrar a madeira.

"Parem", gritei. "Já chega. Prashant. Vinod. Amar. Ele está morto. Anil Kurup morreu. E meu pessoal está lá fora, vocês podem nos matar, mas eles vão acabar com todos vocês. Sei seus nomes. Sei os nomes de vocês e meu pessoal conhece todo mundo aqui. Se nos pegarem, eles matarão um por um. Amar, recue um passo e pense bem. Ele está morto."

Anil Kurup estava morto, o sangue escorria pela face. Quando acharam nossas pistolas, não procuraram mais nada, e Chotta Badriya levava por dentro da perna da calça um picador de gelo, com cabo transversal, prendera na parte interna da coxa com três pedaços de esparadrapo branco. Chotta Badriya era muito forte, enterrara o picador no olho de Anil Kurup, usando todo o seu peso e força muscular. Foi muito ágil, não puderam fazer absolutamente nada a respeito. Só depois, quando já estava morto, eles poderiam ter tentado nos matar. Mas eu os convenci a deixar isso de lado. Disse-lhes que ficariam ricos comigo, que Anil Kurup era um filho-da-mãe, um idiota que os roubava havia anos, enganava a todos, e que seria loucura morrer por ele, que já havia partido. Se tentassem fazer algo contra nós, morreriam com certeza, pois meu pessoal jurara vingança. Disse a eles que olhassem lá fora, e como eu havia dito, seis dos meus rapazes vigiavam o local, em linha, do outro lado da rua.

Saímos vivos de lá, Chotta Badriya e eu, com as pistolas debaixo da camisa. "Que discurso você, fez, Ganesh Bhai", Chotta Badriya disse quando havíamos saído de lá e deixado Gopalmath para trás. Então nós dois rimos, ele precisou parar no meio do caminho, baixar a cabeça, apoiar a mão no joelho e rir. Eu bati nas costas dele e sorri. Sucesso. E realmente nos demos bem, Sardar-ji. Pergunte a qualquer um a história de Ganesh Gaitonde e começarão por ali, naquela dhaba em Gopalmath. Sei que o modo como matei Anil Kurup foi contado tantas vezes que nem parece mais verdade. Incluíram a cena em cinco filmes diferentes, e no último fui eu quem o matou — o personagem inspirado em mim, na verdade — com uma pistola pequena presa no tornozelo. Mas aconteceu como contei, na verdade, não obstante as deturpações resultantes do contar e recontar.

A notícia de minha vitória contra Anil Kurup espalhou-se pelas localidades vizinhas, e as pessoas começaram a vir até mim para resolver problemas, pedir emprego e proteção, ajuda para lidar com a polícia e o governo local. Minha guerra contra ele fora rápida e decisiva, e só quando terminou me dei conta que precisava lutar por legitimidade, e não somente pelo território. Eu agora era conhecido como Ganesh Gaitonde de Gopalmath, e ninguém podia negar meu direito de me instalar na cidade. Eu fora bem-sucedido em mais de um aspecto.

Mas por que eu me dei tão bem? Venci porque antes de entrar na casa de Anil Kurup eu já sabia tudo a seu respeito. Conhecia sua história, sua força, seu poder de fogo. Sabia o nome de seus seguidores e há quanto tempo estavam com ele. Dediquei meu tempo a investigar e aprender. Mas ele — o gaandu arrogante — não sabia nada a meu respeito. Por isso venci. Mas por que Chotta Badriya me seguiu até as portas da morte? Ele mal me conhecia, sabia dos riscos insanos de meu plano, e mesmo assim me acompanhou. Eu acho que ele foi comigo porque eu mandei. A maioria dos homens quer ser conduzida, e só poucos sabem liderar. Eu tinha um problema, uma escolha e uma decisão a tomar. Decidi, Chotta Badriya e os outros me seguiram. Os que não conseguem decidir são barro mole nas mãos de quem consegue. Escolhi meus rapazes e os transformei numa arma dura como diamante, e construí o basti de Gopalmath. Não economizei nos materiais ou na construção, fizemos kholis sólidos, espaçosos e muito pucca, tudo conforme o projeto. Dava para dizer só de olhar para eles que eram prédios duráveis, dava para sentir a solidez do tijolo e do concreto, aqueles apartamentos permaneceriam secos mesmo na mais pesada das monções. O boato correu: Ganesh Gaitonde não dilui cimento com areia, ele entrega o que promete.

Gopalmath lotou depressa, havia filas de cidadãos interessados nos kholis antes mesmo que os terminássemos, antes de limpar o terreno, antes de imaginarmos as casas enfileiradas. Para cima e para baixo da estrada o basti se espalhava, subiu o morro, parecia crescer a cada dia. Desde o início tínhamos dalits e OBCs, maratas e tâmeis, brâmanes e muçulmanos. As comunidades tendem a formar núcleos, rua por rua. As pessoas querem estar próximas dos conhecidos, os semelhantes se atraem, e mesmo nos crores mais lotados da cidade, na selva onde um homem pode perder seu nome e se tornar outra coisa, o mais baixo dos decaídos procurará seus iguais, e viverá com eles com orgulho na miséria pública. Vi isso, achei estranho, pois nem um único homem, em milhares, tem coragem de viver sozinho. E era bom, eles se amontoavam, e nesse meio escolhi os rapazes que formariam minha companhia. Companhia Gaitonde, foi chamada, ou Companhia-G, e logo ficamos famosos. Não saíamos nos jornais, mas no norte e leste de Mumbai os moradores dos bastis nos conheciam, bem como a polícia e as outras companhias.

As mães vinham me procurar. "Um emprego nos correios para meu filho, Ganesh Bhai", dizia uma. "Arranje um lugar para ele, Ganesh Bhai", dizia outra. "Deixo por sua conta." Queriam empregos, justiça, bênçãos. Eu lhes dava tudo isso, além de água e eletricidade puxada das linhas que passavam perto da rua principal. Eu vivia numa casa de pucca que construímos no sopé do morro de Gopalmath, com dois dormitórios e um salão central enorme, e nos degraus de acesso uma multidão se aglomerava todas as manhãs, com mendigos, pedintes e até devotos. Eles vinham pedir coisas, de cabeça baixa. "Queremos apenas seu darshan, Ganesh Bhai", alguns diziam, e eu lhes dava um olhar, eles me olhavam também, juntavam as mãos e se retiravam, acumulando graças contra os inevitáveis desastres futuros. E suas bênçãos chegavam a mim, com dinheiro vindo dos lojistas e comerciantes, donos de postos de combustível e dhabas da área, para que garantíssemos a segurança de seus estabelecimentos. Empresários envolvidos em demandas e disputas vinham a mim, eu ouvia todos os lados e tomava uma decisão, num processo rápido e justo apoiado por meu pessoal com força bruta se necessário; por esse mandvali e por evitar as disputas judiciais inúteis e intermináveis todos os litigantes me destinavam uma parte dos valores envolvidos, como honorários. O dinheiro entrava e saía. Em oito meses eu exibia uma folha de pagamentos de trinta e sete pessoas, capangas para quebrar cabeças, é verdade, mas não só eles, também havia rapazes para realizar tarefas diversas, outros para cuidar dos wallahs da polícia, da eletricidade e da prefeitura. Aprendi e guardei na medula algo que Paritosh Shah nunca precisou me ensinar: é preciso gastar dinheiro para ganhar dinheiro. Mantinha um bom relacionamento com o inspetor responsável por nossa área na delegacia G. T., seu nome era Samant, todas as semanas visitávamos os subinspetores deles, levando envelopes. Distribuíamos alguns milhares de rupias, mas era só dinheiro. Quanto mais eu gastava de boa vontade, mais entrava.

Naquele ano comemoramos Diwali com luzes coloridas espalhadas por todas as ruas importantes, um dais enorme no chowk central com canto bhajan e mithai, e finalmente, depois que escurecia, eu ia até o portão de minha casa e distribuía cestos cheios de bombas, foguetes e phuljadis para as crianças do basti. Do céu acima de Gopalmath chovia ouro e prata em leque, e o estampido dos foguetes saudava o retorno do bem e a vitória da virtude sobre a morte. Minha casa era decorada com luzinhas piscantes, no escuro não dava para ver as paredes, mas as chamas de centenas de diyas indicavam que eu tinha um lugar só meu, minha terra, e estava em casa. Paritosh Shah veio com Kanta Bai e Bada Badriya, encontrou-me na porta e me levou para dentro de casa. "Vamos saudar Lakshmi", disse.

Sentamos em duas gaddas encostadas e jogamos cartas. Eu disse: "Não sou muito bom nisso".

Kanta Bai riu e disse: "Ganesh Gaitonde, você é o jogador mais ousado que já conheci. E não é bom em teen-patti? Como isso é possível? Tudo bem, vou ensiná-lo." Ela estava sentada de pernas cruzadas com um travesseiro no colo e os cotovelos sobre ele, enquanto embaralhava as cartas com destreza, bem rápido. Sob seus dedos elas emitiam um zumbido grave. "Ei, Paritosh Bhai, vamos tomar alguma coisa?", ela chamou. Precisamos mandar buscar gelo, e três rapazes foram ao Vyas Bazaar, onde tiraram o dono da Parthiv Household Goods da mesa e o fizeram abrir a loja, pois Paritosh Shah não bebia Johnny Walker em copo de metal, o único tipo que tínhamos. Ele ergueu bem alto os copos novos faiscantes trazidos pelos rapazes, dizendo que não eram ruins. Quando peguei meu copo passei o dedo pelos ângulos cortantes dos motivos gravados na lateral, senti a solidez de seu peso e tive de admitir que faziam muito sentido. Agora eu sabia que beber coisa boa queria dizer também usar bons copos. Paritosh Shah ergueu o copo e o balançou de leve, perto de seu rosto sorridente. "Ouça o som, meu caro", ele disse. "Ouça, ouça." Eu levei o copo até perto do ouvido e o sacudi, ouvindo a música sutil e perfeita do gelo contra o vidro. "Cheers", Paritosh Shah continuou. Hesitei, ouvira a palavra inglesa antes, mas nunca a pronunciara. "Chee-yers", Paritosh Shah havia dito.

"Cheers", falei. Kanta Bai riu e deu as cartas. Bebi Johnny Walker, gostei muito, apreciei cada gota, seu sabor, o gelo nos dentes, a superfície lisa e fria sob meu lábio inferior. "Cheers", repeti, e compreendi que para Johnny Walker a gente precisava de uma casa completamente diferente, de um novo cenário.

Jogamos cartas. Perdi a noite inteira, sem parar. As notas iam do meu lado para o deles, mas eu estava feliz. Sabia que voltariam, que Lakshmi seguisse feliz, não tenha medo, ela voltaria com bênçãos redobradas, nos pegaria no colo e nos abraçaria como a um filho. Nesse ir-e-vir reside a alegria de Lakshmi. Jogamos cartas, o dinheiro foi embora, mas eu estava contente, voltaria multiplicado, cresceria graças a Paritosh Shah e seus investimentos, graças a seu conhecimento de todos os empresários da região que ganharam fortunas, que comiam e bebiam em meu reino e me deviam tributos, de Kanta Bai e sua bebida satrangi e das centenas que a tomavam e dos milhares mais que a tomariam se eu a ajudasse, e aquela noite de Diwali foi propícia. Alguém levara um gravador cassete e as canções fluíram — *"Jab tak hai jaan jaan-e-jahaan"* — e lá fora as bombas estouravam e ouvíamos o gargalhar histérico dos ladhis de estalo, e jogávamos, e a roda dos jogadores cresceu, Paritosh Shah contou casos, o inspetor Samant chegou e uniu-se ao grupo para jogar paplu, e o palloo de Kanta Bai escorregou de seu ombro e ela riu divertida de Chotta Badriya, que recatadamente desviou os olhos de seu colo farto, do decote fundo da blusa, as cartas corriam e eu perdia.

Acordei coberto por uma colcha do gadda. Devo ter puxado a coberta durante a noite, para me proteger do ventilador sobre a mesa, ligado no máximo. A sala estava vazia, cheia de pontas de cigarro, travessas sujas e copos vazios. Levantei-me e senti uma dor que ia da nuca ao alto da cabeça. Procurei meus chappals, desisti e saí descalço. Chotta Badriya dormia do lado de fora da porta com a camisa suja de vômito, o cheiro me enjoou, corri até o portão, debrucei-me sobre ele e vomitei, mas apesar da forte náusea só saiu uma golfada quente e amarga como veneno. Ainda não havia amanhecido, a rua estava completamente vazia nos dois sentidos, qualquer um poderia ter chegado a Gopalmath, entrado em minha casa e me matado enquanto eu dormia. Teria sido fácil. Dei meia-volta e entrei, subi a escada até o teto. Sentei-me na caixa d'água e esperei amanhecer. Sentia sede, mas não bebi. Queria lembrar a dor e o mal-estar.

A forma do que eu havia construído surgiu lentamente da escuridão, numa sucessão de quadros. O concreto utilizado já exibia manchas marrons, as pessoas que mudaram para os kholis acrescentaram cores aos imóveis, verde e azul das roupas penduradas nos varais, o perolado do plástico nos telhados; havia pichações em vermelho nos muros, as mulheres em cores fortes nos cartazes, e todos os kholis eram próximos uns dos outros, numa densa colcha de retalhos retangulares e quadrados por sobre os quais passavam fios elétricos de ligações clandestinas que se emaranhavam como numa teia. Aquilo tudo era meu.

A cabeça de Chotta Badriya surgiu no telhado. "Bhai?", ele disse.

"Aqui."

Ele subiu e vi que seu cabelo estava molhado, penteado para trás. Tomara banho e vestira uma camisa limpa. Era um bom rapaz.

"Vamos vender bebida", falei, "mas nunca mais haverá uma gota sequer nesta casa."

"Bhai?"

"Nem satrangi, nem narangi, nem Johnny Walker, nada."

"Certo, bhai."

"Agora vá fazer um chá. E veja se acha alguma coisa para a gente comer."

Os negócios prosperavam. Meus rapazes recolhiam hafta dos comerciantes e empresários de Gopalmath e adjacências, até Gaikwad Road, que marcava a fronteira de meu território com a área controlada pela gangue Cobra. Não estou inventando, eles eram realmente conhecidos como a gangue Cobra, como se fosse uma quadrilha liderada por Pran e Ranjit, num filme feito trinta anos antes. Eles controlavam a região leste até os vilarejos de pescadores em Malad Creek, portanto andavam metidos em contrabando também, em resumo eram fortes, maiores do que nós e ganhavam muito dinheiro. Eu não conhecia pessoalmente seu líder, um tal de Rajesh Parab, artista de circo aposentado, crescera com Haji Mastan, teria uns cinqüenta ou sessenta anos na época. Mas já vira o pessoal dele na rua, e de vez em quando nos bares. Eu não ia aos bares para beber, entende, depois daquela primeira noite com Johnny Walker nunca mais bebi, e sim pelas mulheres, pelas garçonetes e dançarinas. Meus rapazes me acompanhavam sempre, nesse aspecto, e nenhum tocava na bebida, não tomavam nem mesmo uma cervejinha. Nunca exigi nada, não impus uma regra, mas quando parei Chotta Badriya parou, e isso se tornou tradição em nosso grupo. Fiquei contente: desistir de algo, coletivamente, aproximou os rapazes, nos transformou numa equipe. Não pensei em nada disso ao parar de beber, mas logo vi claramente que funcionava e estimulei a atitude. Um homem da Companhia-G nunca perde a cabeça, falei a eles, mantém sempre o controle. Permanece atento até quando dorme. Peguem mulheres, eu dizia, isso sim é prazer para um homem, é diversão digna de um pistoleiro, peguem dez, peguem vinte. Mas não despejem veneno na garganta, não se tornem estúpidos e lerdos, isso só serve para um maderchod idiota. Deixem que a gangue Cobra beba tudo.

Eu sabia que haveria uma guerra. Era inevitável. Aconteceram algumas escaramuças menores entre meu pessoal e o deles, olhares provocativos quando se cruzavam na rua, empurrões com os ombros na sala de espera do cinema, um gali murmurado. Mas estávamos em paz. Eu me sentava no telhado à noite, revirando o futuro em minha mente, testando possibilidades. Qualquer caminho que eu escolhesse, e qualquer outro depois disso, conduziria ao conflito e à matança. Eles eram grandes, nós éramos pequenos. A única paz que poderíamos manter seria a paz na qual eles permaneceriam grandes e nós, pequenos, vivendo das sobras, hoje, amanhã e depois. Seria viável essa calma desigual, mas havia um problema, eu. Não nasci para ser pequeno. A Companhia-G era eu, e quando me olhava no espelho, sem ilusão e sem piedade, sabia que jamais seria pequeno. Era maior do que quando nasci, maior do que ao chegar a esta cidade, e cresceria mais. Portanto, haveria guerra. Bem, pensei, vamos aceitar que a luta virá e preparar tudo para o conflito. Quando chegar o dia lutaremos sem ódio e sem raiva. Prevaleceremos.

"Descubram os nomes, os rostos", pedi a Chotta Badriya. "Quero saber quem são eles." Gastamos dinheiro, ajudamos pessoas humildes em questões menores, e em pouco tempo tínhamos nossa própria rede de informantes, de khabaris infiltrados profundamente no território da gangue Cobra. Havia um paan-wallah cuja loja ficava na boca de Nabbargali, onde Rajesh Parab residia no apartamento mais alto de um prédio de três pavimentos, e o paan-wallah acompanhava seus movimentos o dia inteiro, e quando ele voltava para casa a pé, no final da tarde, meus rapazes o acompanhavam por dez minutos, e tínhamos nosso relatório diário. Pagamos o paan-wallah, mas ele não fazia isso só por dinheiro. Seis anos antes, tarde da noite, no inverno, Rajesh Parab chegara embriagado, num Toyota novo, pedira paan e depois dissera ao paan-wallah que o maghai pan dele parecia um tijolo na língua, que ele deveria voltar para a UP e reaprender seu ofício. Na tarde seguinte Rajesh Parab parou lá de novo, sóbrio e sorridente, pediu paan como de costume, esquecido do que havia dito quando estava bêbado a bordo de seu carrão japonês, e de que um insulto pode roer um homem por dentro por muito tempo, como um pequeno verme, crescendo sempre, mais comprido e mais gordo a cada dia, até tomar conta das entranhas, apertando sem parar. O paan-wallah se lembrava e por isso nos ajudava. Outros agiam igual.

Sob o comando de Rajesh Parab havia quatro Números Dois, cada um cuidava de um aspecto diferente dos negócios, eu sabia o nome deles e onde moravam. Numa agenda negra eu enchia páginas com os nomes de seus operadores e capangas, quem eram, sua história, e também listas dos parceiros de Rajesh Parab, de financistas e empreiteiros envolvidos com ele. Estudei aquela agenda até os rapazes começarem a zombar um pouco. "Bhai está lendo seu Gita", sussurravam entre eles. Eu não me importava. Procurava uma brecha, uma fresta que me permitisse realizar um ataque contra a gangue Cobra e fragmentá-la, para depois devorar os pedaços. Havia um nome na agenda que eu não entendia, um nome que não se encaixava na estrutura da tropa inimiga. Um sujeito chamado Vilas Ranade estava com Rajesh Parab havia muito tempo, ninguém sabia quanto, e contudo esse Vilas Ranade não fazia nada para Rajesh Parab. Ele não comandava nada, não cuidava de contrabando nem de hafta, não negociava com empreiteiros, e por vezes passava semanas ou meses sem se aproximar da casa de Rajesh Parab. Ninguém sabia onde morava. Ninguém sabia dizer se era casado, se tinha filhos, se gostava de jogar, nada. Contudo, quando entrava na casa, ia direto falar com Rajesh Parab em seu apartamento, não ficava na fila, e mesmo que houvesse um MLA no meio de uma discussão importante, Rajesh Parab saía para encontrar Vilas Ranade. Seu nome aparecera no jornais apenas duas vezes, e Vilas Ranade jamais havia sido preso. Finalmente, falei a Chotta Badriya: "Quero saber como é a cara desse desgraçado. Consiga uma foto".

Enquanto isso, restava resolver o problema do armamento. Eu não podia confiar minha vida às armas feitas no país, e naquele tempo uma pistola Chinese Star custava dez, doze mil. Glocks saíam caras demais para mim, claro, mas tínhamos munição para nove milímetros e Chinese Stars guardadas em minha casa, numa dúzia de kholis em Gopalmath e no templo de Gopalmath, que na época não passava de um pequeno santuário com uma sala para pujari. Os preparativos tomaram semanas, meses, exigindo muitas decisões sobre o quanto gastar com armas, quanto pagar aos rapazes, quantas melhorias fazer no basti para que o povo ficasse contente. Assim nos preparávamos para a guerra.

Certa noite Chotta Badriya chegou contando que havia negociado e providenciado a entrega de um lote de munição. Eu estava sentado num bar chamado Mahal, na Link Road, em Jogeswhari, com quatro dos meus rapazes, eu me lembro claramente quem eram, Mohan Surve, Pradeep Pednekar, Krishna Gaikwad e Qariz Shaikh. Chotta Badriya entrou no bar e veio direto a nós, que ocupávamos a mesa de costume. Ele sorria ao ocupar seu lugar na beira do reservado. "Bom negócio, bhai", ele disse. "Trezentos kanchas. Todos de qualidade, garantidos." Era nosso código, kanchas e gullels significavam munições e pistolas. A gangue Cobra e as outras companhias referiam-se a balas como daane, e pistolas eram samaan, mas nós dizíamos kanche e gullels. Eu também estimulei isso, nos distinguia do resto, integrava-nos, pois falávamos uma língua especial, e para se tornar um de nós era preciso aprendê-la, e com o aprendizado vinha a mudança. Eu via isso nos novatos que se esforçavam muito, tentando passar de meros taporis de periferia a bhais respeitados. Eles aprendiam a língua, depois o andar, fingiam ser algo que se tornariam. Assim, para dólares americanos dizíamos choklete e não Dalda como o resto do nosso mundo; libras britânicas eram lalten e não peetal; heroína e *brown sugar* eram gulal e não atta; a polícia virou Iftekar no lugar de nau-number; uma ação malsucedida era ghanta e não fachchad; uma moça no ponto, carnuda e durinha de doer não era uma chabbis, e sim uma churi.

Pedimos um lassi de manga para Chotta Badriya, e Qariz Shaikh continuou falando. Discutíamos o confronto entre Haji Mastan e Yusuf Patel, ocorrido havia muito tempo. Os dois eram sócios, mas traições e rivalidade nos negócios os levaram à guerra. Haji Mastan resolveu eliminar o amigo. Qariz Shaikh ouvira o relato do pai. "Haji Mastan deu o supari de Yusuf Patel a Karim Lala", ele disse. "Mas Yusuf Patel sobreviveu à tentativa de assassinato."

"Eu vi Karim Lala uma vez", Mohan Surve comentou. "Perto da Grant Road Station. Faz dois anos."

"É mesmo?", eu perguntei. "E como ele era?"

"Um pathan enorme, o desgraçado. Muito alto e muito grande. Tem mãos enormes. Já se aposentou. Mora aqui perto. E mesmo agora, depois de velho, anda feito um badshah. Deve ter sido um terror em sua época."

Tentei imaginar Karim Lala e seu gingado de fronteira, com o sotaque que eu conhecia do pathan que Pran representara em *Zanjeer*. Eu ouvira aquelas histórias de brigas antes, mas agora prestava uma atenção desesperada a elas. Queria aprender lições, descobrir os princípios que regem a derrota e a vitória, as táticas usadas por quem ainda continua vivo, por quem sobreviveu desde os dias em que Haji Mastan e Yusuf Patel combatiam de Mohammed Ali Road até Dongri. Ouvia Qariz Shaikh, mas estava inquieto. Ficar sentado conversando e pensando não bastava. Eu queria voltar a Gopalmath, ao meu território. Levantei-me.

"Chalo", falei.

"Já vamos, bhai?", Mohan Surve perguntou. "São só onze horas."

Chotta Badriya ergueu o copo de lassi e bebeu tudo, sua garganta subia e descia.

"Cansei deste lugar", falei. "Vamos embora."

Caminhei depressa para a porta. Lá fora, a rua descia até a via expressa, com seus faróis acelerados. Do lado esquerdo, três riquixás esperavam enfileirados. Estávamos estacionados à direita, do outro lado da rua, na frente do poste. Usávamos um táxi Ambassador antigo e decrépito que o pai de Qariz Shaikh dirigia durante o dia. Queria um carro melhor, mas precisava do dinheiro para comprar armas. Logo logo, um dia, pensei. Comecei a cruzar a rua, na elipse iluminada. Ouvia o som dos outros atrás de mim. Virei a cabeça por cima do ombro e lá estava Chotta Badriya guardando o lenço no bolso, e logo atrás dele, os outros. Eles avançavam, falando, e seus ombros balançavam conforme andavam, quando surgiu uma brecha vi Mohan Surve debaixo do luminoso de neon, ainda perto da porta, de costas para a parede, sem se mexer. Estava muito longe para ver seus olhos, mas ele não estava andando, não se movia. Naquele instante saltei de lado, para ficar no escuro, fugir da luz, e senti um golpe no ombro que me desequilibrou, quase me atirou no chão. Mas consegui ficar em pé e sair correndo pela lateral do prédio, sabia que fora atingido, mas não ouvira tiros. Parei no canto, com a mão na parede, virei-me e percebi movimento na passagem, virei a esquina e continuei correndo. Saquei a pistola. Agora ouvia tiros. Arrisquei uma espiada para trás, era Chotta Badriya na esquina, atirando contra alguém do outro lado.

"Badriya", chamei. "Venha."

Pulamos o muro, entramos num conjunto habitacional e saímos pelo portão, correndo pela rua. Duas quadras e precisei parar. Encostei num caminhão, abaixei e vomitei na rua. Meu braço esquerdo tremia, contraindo-se em espasmos regulares dolorosos. "Você foi ferido?", perguntei a Chotta Badriya.

"Nem um arranhão", ele disse. "Nada. Estou bem." Ele riu, emitindo um estalido agudo.

"Ainda bem", falei, virando a cabeça para encará-lo. "Sei que não foi você."

"O que não fui eu?"

"Quem nos traiu e vendeu. Se tivesse sido, não estaria aqui agora. E, se fosse, poderia me matar." O cano de sua pistola estava a quinze centímetros de minha cabeça, bastava um movimento rápido para minha morte chegar.

"Bhai", ele disse, "tenha dó, bhai." Estava chocado. Eu o amei naquele momento, eu o amei como se fosse meu irmão.

"Limpe a cara", falei. "Ainda está cheia de lassi de manga. E arrume um médico para mim."

Dei telefonemas da maca do médico, enquanto ele me costurava e se preocupava com meu ombro. Liguei para Paritosh Shah, Kanta Bai e meu pessoal, avisando a todos que se preparassem. Paritosh Shah disse que a polícia já estava no bar do confronto, e que três dos meus rapazes haviam morrido. Pradeep Pednekar, Krishna Gaikwad e Qariz Shaikh morreram. Nenhuma notícia de Mohan Surve. E eu havia sobrevivido.

Levar um tiro é uma experiência peculiar, diferente de qualquer outra. Quando aconteceu pela primeira vez, não a reconheci, queria tanto fugir dali que não me ocorreu que a pontada que senti na carne e nos músculos tivesse sido provocada pela entrada da bala. Só senti dor muito depois, quando tinha a possibilidade de viver na boca, suculenta como uma manga. Agora meu ombro e meu peito estavam frios, como se alguém houvesse congelado meus ossos de dentro para fora e me esfaqueasse com uma lâmina de gelo. Disse a Chotta Badriya: "Leve-me para Gopalmath".

Três dos rapazes trouxeram um carro até o médico. Eles e Chotta Badriya me levaram até o carro, protegendo meu corpo com os deles. E me seguiram. Um dia fôramos quase estranhos, agora estávamos unidos. Sofremos um ataque, sobrevivemos, agora eles me amavam um pouco. Perguntavam: Tudo bem, bhai? Está satisfeito? Seguimos pela rua deserta, tarde da noite, no rumo de Gopalmath. Eu acelerara o processo, eles vieram atrás de mim. Eu era o sujeito solitário que quase morrera naquela noite, e eles me rodeavam.

"O que vamos fazer agora?", Chotta Badriya perguntou.

"Encontrem Mohan Surve", falei.

Em Gopalmath minha casa já havia sido revistada, conferida duas vezes pelo meu pessoal. Entrei em segurança e fui para meu quarto, sentar no gadda. Mandei sentinelas para a periferia de Gopalmath, para prevenir um ataque, mas sabia que estava em segurança, pelo menos por enquanto. As ruas lotadas eram meus guardas, as crianças que andavam pelo bairro, as mulheres sentadas nas soleiras das portas. Todos se conheciam nas ruelas. O inimigo não tinha como passar por eles sem sofrer perdas imensas.

"Precisa dormir", Chotta Badriya disse. Amanhecia.

"Eu sei", falei. Eu sabia que devia dormir, que não adiantava me desgastar ainda mais. "E você também. Mas veja primeiro se não há falhas na guarda."

Deitado na cama, eu tremia debaixo dos lençóis. Vibrações, tremores repentinos começavam pelo estômago e se espalhavam pelo peito, indo até a garganta. O lado esquerdo do corpo doía sem parar. Mas não era a dor que me mantinha acordado. Era a raiva contra mim mesmo, contra minha estupidez. Agora, em retrospecto, é óbvio: não se pode vigiar alguém sem mudar o mundo em que a pessoa vive, e se ela está alerta perceberá as mudanças, captará o eco distante de suas perguntas, conforme elas se espalham pelo local, e passará a observar você também. Eles me observaram, chegando às mesmas conclusões que eu, previram minhas ações e pegaram meu gand. Escolheram o lugar, o momento e o método para declarar guerra. Se não fosse por uma olhada repentina, por um capricho do tempo e do meu corpo, uma bala teria achado seu destino no espaço de um lado, e não do outro, se não fosse, se não fosse, se não fosse, eu estaria morto no meio da rua, na frente do Mahal, reduzido a nada novamente, um pequeno homem menor ainda. A guerra teria começado e terminado no mesmo instante. Era isso que eu não conseguia suportar, minha estupidez, minha cegueira.

Deixei finalmente o passado de lado, pois ele não pode ser mudado, apenas abandonado. Cortei-o de mim como se usasse bisturi. O futuro é só o que existe à nossa frente, pensei. Você é um homem do futuro. Tracei um plano. E dormi.

No dia seguinte comecei a guerra contra eles. Sabiam que eu os observava, mas não puderam esconder tudo de nós. Conhecíamos pelo menos uma coisa, os negócios que realizavam, os lugares aonde iam. No primeiro dia matamos cinco. Realizamos dois ataques separados, um deles foi liderado por mim. Sentia dificuldade para me mexer, só conseguia levantar o braço com muito esforço, mas os rapazes estavam de olho, era um momento crucial. Sentei no banco dianteiro do carro, ao lado de Chotta Badriya, que dirigia. Mais três rapazes iam no banco traseiro. Esperamos o inimigo na frente do Kamath's Hotel, onde sabíamos que encontrariam um empreiteiro para apanhar dinheiro. Por volta das seis da tarde, a rua estava cheia de trabalhadores voltando para casa, projetando longas sombras ao anoitecer. Quando fechava os olhos, ainda via o sol queimar, ele fulgurava dentro da minha cabeça.

"Lá estão eles", Chotta Badriya disse.

Vimos três rapazes, todos usando camisas brancas e calças bem passadas, como executivos que ganhavam a vida no mundo dos negócios. O do meio levava uma sacola plástica na mão esquerda.

"Passe atrás deles", ordenei.

Atravessamos o estacionamento, viramos à direita quando eles chegaram no final da escada, na frente do hotel, e avançamos devagar, em marcha lenta, cedendo-lhes a dianteira. Deixei que descessem mais dois degraus, abri a porta do carro com a mão esquerda, empurrei-a e peguei a pistola que levava no colo. Saímos todos ao mesmo tempo. Chotta Badriya deu o primeiro tiro, depois foi uma fuzilaria só. Eles nem puderam virar para fugir. Não consegui firmar a mão, creio que nenhum dos disparos que fiz atingiu o alvo. Mas eu me lembro de uma explosão de sangue, como uma flor momentânea a sair do outro lado da cabeça de um dos homens, ele ter visto a cena na frente dos olhos antes de cair morto. Foi tudo muito rápido e fácil. Chotta Badriya entrou de novo no carro.

"Pegue o dinheiro", falei.

Dois minutos depois estávamos de volta a S. V. Road, em segurança. Dentro da sacola de compras havia três lakhs e um frasco novo de xampu anticaspa Halo.

"Bhai, este é para mim", Chotta Badriya disse. Ele não se agüentava de tanta alegria.

"Tome", falei, jogando o frasco em seu colo. "Você tem caspa?"

"Não", ele respondeu. "E agora não terei nunca. Vou me prevenir, entendeu?"

Só rindo, mesmo. "Você é um chutiya maluco", falei.

"Acho que vou deixar crescer o cabelo", ele disse. "Fico bem de cabelo comprido."

"Claro, fica o próprio Tarzã bhenchod", falei. Consegui até cochilar na volta a Gopalmath, e quando chegamos em casa recebi o relatório da outra missão — uma emboscada contra os sujeitos que freqüentavam um clube de bilhar perto da estação de Andheri —, em que mais dois foram para a caçapa. Nos confrontos seguintes ficamos na frente deles, mas por pouco. No final do mês eles haviam perdido doze homens, e nós, onze. Doze para eles era uma perda pequena, tinham muitos outros pistoleiros aguardando a vez, mas nós estávamos praticamente liquidados, sem metade da equipe, sem presença em Gopalmath. O inspetor Samant riu de mim no telefone, mais de uma vez. "Gaitonde", disse, "eles estão balançando seu coreto, acho melhor você fugir e se esconder, vão acabar com sua raça."

Após a décima terceira morte, três dos meus rapazes não apareceram para trabalhar na manhã seguinte. Eu sabia que não haviam sido mortos, que simplesmente fugiram de uma guerra perdida. Entendi sua lógica. Éramos como irmãos, as batalhas que travamos juntos nos aproximaram ainda mais, mas quando a derrota é certa, quando só resta fugir, exausto e desesperançado, e um inimigo poderoso chega para liquidar você, alguns homens o abandonarão. Era apenas mais uma derrota entre as derrotas, tive de engolir isso, e olhei para os que ainda seguiam a meu lado. Insistimos, tocamos os negócios, a vida cotidiana, sempre andando em grupos de dois ou três, reconfortados pelo frio metal que levávamos debaixo da camisa, nossas armas que limpávamos, lubrificávamos e acariciávamos obsessivamente. Vi Sunny, um dos meus rapazes, levar a pistola à altura da cabeça, tocar a testa com ela e murmurar uma prece antes de sair de casa, eu ri e perguntei-lhe se ele acendia diyas e fazia puja na frente da arma todos os dias, ele abaixou a cabeça, constrangido, e sorriu. Mas necessitávamos desesperadamente de proteção, e se eu pensasse que aquilo ajudaria, eu mesmo teria me prostrado na frente de meu Tokarev enfeitado sem hesitar um segundo.

Foi uma mulher quem finalmente me mostrou o caminho. Fui com Kanta Bai e alguns rapazes até Siddhi Vinayak, ficamos na imensa fila que descia pelos degraus do templo. Para mim era tudo bobagem, aquela coisa de rezar e resmungar, mas os rapazes acreditavam e queriam ir, era bom para levantar o moral, por isso os acompanhei. Apesar da vulgaridade do descaramento monstruoso, Kanta Bai era devota aplicada. Levava um thali nas mãos, e o pallu recatadamente lhe cobria a cabeça. Na nossa frente e atrás de nós, na fila, iam meus rapazes, lado a lado. Naquele templo cheio de gente, com seu cheiro adocicado de água-de-rosas e agarbatties em minha mente, eu me sentia seguro. Kanta Bai disse: "Sei o que você vai pedir".

"É óbvio", falei. "Até *ele* já sabe, se existir e souber tudo", falei, apontando para o alto da escada, onde Ganesha estava sentado, supostamente consciente de tudo.

Ela balançou a cabeça. "Ele não pode lhe dar o que você não consegue pegar com as próprias mãos."

"Como assim?"

Ela mantinha a cabeça baixa, voltada para o thali, enquanto ajeitava os montinhos de arroz, sindoor e pétalas de flores. Seu pescoço exibia as dobras da pele gorda. "Eles vão matar você", disse. "Você vai morrer."

Avançamos três degraus na escada, trôpegos. Do outro lado da passagem vinha um fluxo regular de fiéis, descendo a escadaria com pressa, agora cheios de esperança, renovados após o encontro com o deus, quando o viram e se mostraram, expondo sem constrangimento suas necessidades e sofrimentos. "Por quê?", falei.

"Porque luta feito um idiota. Só quer saber de hero-giri, tiroteios aqui e ali, assim você não tem como ganhar. Eles vencerão. Já venceram. Você pensa que guerra é mostrar para eles que tem um lauda enorme."

Minha pistola, na cinta, pesava contra a barriga, e enquanto eu olhava para ela, que dizia tudo isso sem nem me encarar, senti vontade de sacar a arma e atirar nela. Poderia ter feito isso facilmente, vi a cena com clareza, eu mesmo cometendo o crime, a raiva subiu pela garganta até a cabeça, como um zumbido forte, até anuviar meus olhos. Limpei as lágrimas com as costas da mão e disse: "E o que devo fazer, então?".

"Combata para vencer a guerra. Não interessa quem mata mais pessoas. Não interessa se Mumbai inteira pensar que você está perdendo. A única coisa que interessa é a vitória."

"E como faço para vencer?"

"Acabe com o chefe deles."

"Matar Rajesh Parab?"

"Sim. Mas ele não passa de um velho cretino. É o chefe, mas não presta para mais nada."

"Então é Vilas Ranade. Ele comanda."

"Sim", ela disse. "Pegue Vilas Ranade, você os deixará cegos e surdos."

Vilas Ranade era o alvo. O general de Rajesh Parab, que nos dizimara, nos enganara, nos atacara pela frente quando esperávamos que viesse por trás e estava nos matando. Compreendi que ele os liderava na guerra. Mas eu ainda não sabia nada a seu respeito, se tinha mulher e filhos, qual sua aparência, lugares que freqüentava. Ele não tinha hábitos, residência ou desejos que eu conhecesse. Eu não sabia como encontrar um homem que vivia apenas para a guerra. "Não tenho nem mesmo uma foto dele", falei.

"Ele vive fora da cidade", ela disse. "Pune, Nashik, um lugar assim. Só o chamam em caso de encrenca."

"Ele dorme até a hora de acordar?"

"Não se deve desperdiçar um bom pistoleiro em visitas à prefeitura. Muito arriscado. E ele é o melhor pistoleiro que existe. Atua faz muito tempo, dez ou doze anos."

"Já o viu?"

"Nunca."

Passei o restante do tempo necessário para subir os degraus do templo em silêncio, até que finalmente chegamos a Ganesha. Não pedi nada. Apenas o observei, examinei noose, goad, laddoos e a presa quebrada, tentando imaginar como ele impediria a derrota de sua tropa de ganas, como o removedor de obstáculos removeria um obstáculo que não podia localizar e abater. Fomos obrigados a seguir, a pressão dos fiéis que entravam era imensa, insuportável, mas levei sua imagem comigo na volta para casa. Ficamos presos num enorme engarrafamento em Juhu, e Kanta Bai pegou no sono a meu lado, agarrada ao prasad do templo em seu colo, eu a ouvia ressonar e pensava, pensava. Meu ombro queimava em súbitas pontadas incandescentes, mas os círculos viciosos em minha cabeça doíam mais: eu via os jogadores, as vias e prédios em que se movimentavam, Gopalmath, Nabargali, estendidos à minha frente quando eu fechava os olhos, e dava voltas e voltas, procurando uma brecha, um modo de arrebentar tudo e depois reunir. O trânsito roncava e engasgava lá fora, e estávamos ali ainda vivos, a respirar.

"Quero sair", falei, abrindo a porta para descer do carro. Chotta Badriya desceu pelo lado do motorista. "Não, não, entre de novo."

"Mas bhai..."

"Obedeça, entre no carro. Quero andar um pouco."

Ele temia uma coincidência, que alguém do outro lado estivesse dando uma volta entre os passantes vespertinos e os que comiam bhelpuri. Era possível, mas eu quis ficar sozinho. Ergui a mão para ele, creio que o assustei com a expressão de meu rosto, pois entrou sem dizer mais nada.

Caminhei pela rua sinuosa até a praia, passando pelas barracas até chegar à areia. Famílias caminhavam a meu lado, crianças a rir excitadas pelos cavalos que trotavam à beira-mar, pelos wallahs com seus balões prateados a revoar, pelos cobiçados kulfi-wallahs, com suas caixas térmicas cobertas de fita adesiva onde se acumulavam gotículas de água. Ali não havia guerra. Ali reinava a paz. Caminhei leve por entre os casais idosos que faziam o passeio da tarde, e no meio dos jovens afoitos. O mar avançava por sobre a terra e voltava, finalmente sentei numa plataforma de tijolo inacabada, de frente para as ondas. Estava cansado, vazio, foi bom sentir o cabelo agitado pelo suave sopro das águas. Percebi movimento à esquerda. Olhei e vi, sob uma pilha de lixo feita de folhas de palmeira, sacos de papel molhados e cocos abertos, um giro rápido, travessias repentinas e logo uma imobilidade alerta. Nas sombras havia outras sombras que se moviam depressa, vi uma caixa de papelão branca fazer um ziguezague súbito, trêmula pela urgência da fome. Levantei-me e andei até lá, parei em cima da caixa e senti um cheiro forte de coisa podre, restos de comida e tudo que havia sido jogado fora. Mas o movimento cessara. Ri. "Ratos, sei que estão aí", falei. "Eu sei." Mas eles eram espertos demais para mim. Esperavam imóveis, se quisesse poderia matar alguns, mas no fim eles sobreviveriam ao ataque e a mim.

"Bhai!" O grito veio da praia. Levantei o braço.

"Estou aqui!", chamei. Eles vieram correndo, Chotta Badriya e mais dois.

"Está tudo bem?", ele disse.

"Tudo bem", falei. E estava, realmente. Algo se mexia dentro de mim, uma ligeira oscilação que eu mal notava. Sabia que precisava esperar até que emergisse. "Vamos para casa", falei.

Marquei uma reunião com o inspetor Samant para o dia seguinte. Encontramo-nos num hotel perto de Sakinaka. "Trata-se de Vilas Ranade", falei. "Quero a cabeça dele. Tenho dez petis."

Ele riu na minha cara. Usava bigode grosso, faltava cabelo em sua cabeça e sobravam dentes brancos. Suava na camisa, havia manchas escuras enormes. "Dez lakhs!", ele exclamou. "Por Vilas Ranade. Você está sonhando."

"Quinze, então."

"Sabe de quem está falando? Ele circulava por aqui quando você ainda tomava leite."

Falei: "Realmente. Mas você pode fazer o serviço?".

"Pode ser feito."

"Você sabe alguma coisa. O que descobriu?"

Seus olhos eram firmes, opacos. Tinha razão, fora uma pergunta estúpida. Nada o obrigava a me contar o que sabia. Eu estava nervoso, ansioso demais. Ele disse: "Por que eu deveria fazer isso?".

"Estarei aqui por muito tempo depois que ele se for, Samant Saab. Sabe disso. Tem acompanhado meu progresso. Se trabalharmos juntos, pense no que nos espera no futuro. Os chutiyas da gangue Cobra não têm futuro nem visão. Fazem o que fazem, mas não apresentam novidades. O futuro vale mais do que o dinheiro."

Ele me ouvia. Limpou o takli reluzente com o lenço. "Trinta", disse.

"Posso arranjar vinte, saab. E quando tudo acabar, haverá muito mais."

"Vinte e cinco. E quero tudo adiantado."

Aquilo era insano e inédito. Mas... "Sim, saab", falei. "Trarei o dinheiro em três dias."

Ele fez que sim e pegou um pouco de saunf no prato em cima da mesa. Deixou a conta para mim.

"Além disso, em três dias, é melhor você me prender", falei.

Eu não tinha vinte e cinco lakhs em caixa coisa nenhuma. Só cinco lakhs e mais meio se eu cobrasse pequenos empréstimos aos cidadãos de Gopalmath, dinheiro cedido para remédios e sáris de casamento. Não podia fazer isso, e sabia que não deveria pedir um empréstimo tão grande a Paritosh Shah. Ele era um homem de negócios, eu representava um risco alto no momento, mas seria difícil para ele negar e assim poderíamos nos distanciar. Portanto, não lhe pedi dinheiro, mas sim uma indicação de serviço. "Um alvo?", ele perguntou. "Que valha vinte e cinco mil lakhs? Em três dias?" Eu sabia que estava pedindo muito, mas ele compreendeu a urgência.

"Não se preocupe com o risco", falei. "Pense apenas no resultado." Ele não precisou pensar muito tempo. A joalheria Mahajan, em Advani Road. Gostei, pois ficava bem no meio do território da gangue Cobra, a dois quilômetros da casa de Rajesh Parab. Vigiamos a joalheria Mahajan durante um dia e uma noite, e decidi que faríamos o serviço durante o dia. De noite era mais seguro, mas exigiria passar pela pesada porta de correr de aço da entrada, com três fechaduras, depois pela segunda porta, que abaixavam ao fechar, também trancada, e pelas portas de vidro. Não, entraríamos às quatro da tarde, direto pela porta aberta. Havia um vigia na frente, com a costumeira escopeta de um tiro, e quando ele nos viu chegar com sete pistolas e cutelos, largou a arma sem hesitar. Na saída, abriu a porta para nós. Dois carros roubados nos aguardavam, fugimos sem dificuldade. Sem problemas.

Já tínhamos o dinheiro. O produto do assalto em si não foi suficiente, Paritosh Shah nos deu quinze lakhs por tudo que havíamos roubado, e nos emprestou o restante. Deixei que me desse o dinheiro. Recuperara a confiança, vislumbrava meu caminho, percebi que ele sabia disso. Não me fazia um favor, investia nos meus lucros futuros. Eu embalara, e ele me ajudava a acelerar. Merecia aquele dinheiro, e mais. Assim consegui reunir o valor combinado, liguei para Samant um dia antes do prazo e entreguei o dinheiro. E ele me prendeu.

Fomos para a cadeia, eu e três dos meus rapazes. Fomos presos por suspeita de cumplicidade no assalto à joalheria Mahajan, e permanecemos sob custódia da polícia, segundo os jornais. Meus rapazes sumiram das ruas, de Gopalmath, e a gangue Cobra comemorou. A Companhia-G estava liquidada para sempre, acabara, fora tudo muito rápido e fácil, disseram. Sentado na cela, eu olhava para a parede. Mantinha as costas numa parede e ficava olhando a outra. Meus rapazes sentavam-se dos lados. Eu suportava sem dificuldades o lugar apertado, o calor, esforçava-me para comer a carne dura e a dal aguada, mas a inatividade, a incapacidade de me movimentar e trabalhar dava uma comichão sob a pele que me fazia querer rasgar tudo. Havia insetos agitados a zumbir em minhas veias. Mas eu me concentrava para aprender a ter paciência. Observava a parede. Sentia que ela me observava também, forte em sua indiferença. Queria me superar. Sabia que poderia fazer isso. Eu a encarava. E esperava.

Foram necessários nove dias. Quando os guardas vieram nos buscar, meus rapazes montaram guarda e eu urinei na parede. Desenhei círculos em sua indiferença, enquanto eles vigiavam, depois deixei que me soltassem. O advogado encarregado da papelada nos esperava na sala do inspetor e nos conduziu para fora da delegacia. Nossa fiança havia sido paga. Estava escuro na rua, era uma noite nublada, sem lua. Chotta Badriya aguardava no carro. Parecia muito cansado, prendera o cabelo atrás com um desses elásticos que as moças usam.

"O que é isso no seu cabelo, chutiya?", perguntei.

"Deixei crescer, bhai", ele disse, corando feito uma colegial antes de virar a cabeça de lado. E sorriu. Quando sorriu eu soube que estava tudo bem.

Ele nos levou rapidamente ao centro da cidade, passando pela parte alta e Goregaon, senti que a multidão e o amontoado de carros e caminhões me revigoravam, assim como as crianças a correr atrás de uma bola na calçada e o barulho incessante. Eu estava em silêncio mas completamente desperto, alerta feito uma serpente. Chotta Badriya não falava nada, e eu não fiz nenhuma pergunta, muito cedo ainda. A expectativa pairava no ar, era delicioso saboreá-la guardada na boca, sem saber com certeza. Saímos da via expressa para a local, depois seguimos no rumo da escuridão, passando por um jhopadpatti. Os faróis iluminavam uma estrada de terra, árvores que surgiam e sumiam, era como percorrer um túnel. Eu ia animado. Fizemos uma curva fechada à esquerda e a estrada mudou, agora era de terra batida. Havia um carro estacionado no final do acesso, e a silhueta de um prédio a se projetar por entre os ramos das árvores. Descemos e caminhamos em sua direção, viramos e chegamos à porta; uma lâmpada solitária iluminava a entrada. Samant, sentado num caixote ao lado da porta, desenhou com o vermelho da brasa do cigarro seu aceno.

"Demoraram muito", ele disse. "Estão atrasados."

"Culpa dos advogados e da burocracia", Chotta Badriya retrucou.

Samant puxou a porta, que se abriu com um longo guincho metálico. Lá dentro havia um homem deitado no chão, de bruços. Camisa azul, calça preta, os quadris para cima e duros.

"Vilas Ranade", Samant disse, erguendo a mão num gesto que parecia de apresentação.

"Fez isso sozinho?", perguntei.

"Ele cheirava heroína", Samant respondeu. "O bhenchod estúpido. Pensava que ninguém sabia. Costumava ir buscar *brown sugar* sozinho. Eu conhecia o traficante que o servia."

"E o traficante informou quando Vilas Ranade viria comprar a droga?"

"Não tinha outro jeito, se quisesse continuar traficando."

"Tem certeza de que este é Vilas Ranade?"

"Eu havia encontrado com ele duas vezes na delegacia de Mulund, quando trabalhava lá. Tinha amigos naquele distrito."

"Quero ver a cara dele."

Chotta Badriya parou na frente do corpo e o virou, pegando pelo ombro. A camisa de Vilas Ranade estava preta na frente, empapada. Chotta Badriya o ergueu por trás, e Vilas Ranade ficou sentado de frente para a luz. Parecia sonolento, pálpebras semicerradas. Eu o conhecia, pensei. Ele era igual a mim. Agachei-me na frente dele, aproximei-me. Sim, era uma duplicata. Esperei que os outros notassem isso, mas ninguém falou nada.

"Qual é o problema, bhai?", Chotta Badriya falou finalmente. "Não gostou da cara dele?"

"Não, o desgraçado é muito feio." Bati de leve no rosto de Vilas Ranade e levantei. "Grande jogada a sua, Samant Saab", falei. Segurei a mão de Samant e a apertei com força. Bati em seu ombro e ele riu, todos riram, cada um deles riu comigo. Mas no meu caso era tudo encenação. Eu fazia gestos largos, gritava e comemorava, mas no fundo, bem lá no fundo, estava atônito: o que significava o fato de Vilas Ranade e eu sermos parecidos, e por que nenhum dos outros percebia a semelhança? O que significava aquela caçada em que parecíamos fantasmas num espelho, terminada em morte? O que essa coincidência me mostrava, para onde me levaria?

Eu ainda me sentia confuso quando entramos nos carros. Novamente vagamos pela longa noite escura, e ao nos aproximarmos da rodovia eu havia resolvido o mistério. Concluíra que tudo não passara de ilusão na penumbra. Se ele fosse mesmo tão parecido comigo, Chotta Badriya teria visto. Samant comentaria algo. Eu estava exausto após a temporada na prisão. Precisava dormir, descansar, comer direito. Não havia motivo para preocupação.

Pistoleiro Vilas Ranade Morto em Confronto, estamparam alguns jornais vespertinos no dia seguinte. Líder da Gangue Parab Morre em Tiroteio. Depois destruímos a gangue Cobra. Emboscamos as equipes, tomamos o dinheiro, intimidamos empresários vinculados ao grupo, assumimos o controle das ruas. Perdemos mais quatro rapazes, um deles era Sunny, naquela altura tão devoto das pistolas que portava duas. Um tiro pelas costas lhe quebrou a espinha e o deixou vertendo a vida na beira da estrada. Mas abalamos a gangue Cobra e tomamos seus territórios. Ainda éramos menores, mas isso mais parecia uma vantagem. Atacávamos e fugíamos, voltávamos e atacávamos novamente. Eles estavam decadentes e confusos, a começar por Rajesh Parab, que por fim pediu auxílio às companhias maiores, procurou ajuda aqui e ali, chegou até Dubai, e todos lhes deram garantias, incentivo e promessas, mais nada. Éramos o grupo vencedor, tínhamos uma aura brilhante, radiante, quem observava a batalha percebeu isso e fez sua aposta. Aprenderam a lição na prática, já sabiam: um grupo pequeno de combatentes, unidos pelas dificuldades até estreitarem laços fraternos, podem vencer com facilidade uma organização maior esfacelada, à qual falta coragem e convicção.

Rajesh Parab morreu de ataque do coração seis semanas depois, na cama, dormindo, no meio da noite. Paritosh Shah disse: "Ele deve ter sonhado com você entrando pela porta." Mas fiquei contente por não ter sido forçado a matá-lo. Teria me sentido como o sujeito da carrocinha quando apanha um vira-lata velho e cansado, não sentia prazer nem em pensar nisso.

Contraí uma febre naquele inverno. Um zumbido seco e intermitente na cabeça, uma inquietação nervosa no corpo, e eu rolava na cama empapada de suor. Os filmes não me acalmavam, nem a música, nem a mulher que Chotta Badriya arranjou. Eu cuspia sem parar, tentava me livrar na saliva azeda que me enchia a boca. Tomava pílulas, bebia água com gosto de salgada, comia arroz branco sem tempero. E a febre não cedia.

Por isso eu estava acordado às duas da manhã quando Chotta Badriya bateu na porta. "Encontramos Mohan Surve", disse.

"Está com vocês?"

"Aí fora, no carro."

"Tragam o cara para dentro."

Levantei-me e me vesti. Desde que nos traíra, Mohan Surve escapulira de Bombaim. Depois daquela noite em que vi seu rosto na frente do bar Mahal, iluminado pelo neon vermelho, ele simplesmente desapareceu, bum, sumiu. Quando as balas começaram a voar, ninguém mais o viu, nem em Bombaim, nem em Wadgaon, onde a irmã morava com o marido e os filhos.

Chotta Badriya entrou para me ajudar com o sapato. "Vigiamos a irmã", ele disse. "O carteiro nos mostrava as cartas dela."

"Muito bem. E aí?"

"Mais nada. Surve achou que estava sendo muito esperto. Ordens de pagamento mensais de Manmohan Pansare, em Pune. Descobrir de qual agência do correio vinham as ordens foi moleza. Passamos a vigiar o local. Ele deixou crescer a barba."

A barba era rala no rosto de Mohan Surve, não servia para disfarçar a inconfundível cara gorda, olhos redondos de esquilo. Eu o teria reconhecido de longe. Ele começou a balbuciar assim que me viu.

"Bhai, fiquei apavorado por causa dos tiros, corri e me escondi", ele disse. "Não quero mais tomar parte nisso, não agüento, sou covarde. Por favor, me perdoe, bhai, mas sou assim. *Sorry*, bhai, *sorry*."

Ele usava sem parar a palavra inglesa *sorry*, aquilo me irritou, me enfureceu mais do que tudo que ele já havia aprontado.

"De quanto eram as ordens de pagamento?", perguntei a Chotta Badriya.

"Cinco mil, seis mil, por aí. A primeira foi de dez mil."

Encarei Mohan Surve. "Nem tente, Mohan. Não tente me enganar." Minha voz saía num murmúrio calmo que surpreendia até a mim.

Ele se descontrolou, atirou-se no chão e agarrou meu tornozelo, esperneou. Eu sentia o cheiro de mijo que exalava. Chotta Badriya havia amarrado suas mãos com fio elétrico verde, ele virava e se retorcia, o sangue escorria da pele cortada e molhava o fio. Mohan falava sem parar: a gangue Cobra o pegara, ele se negou mas ameaçaram matar sua irmã, o marido e os filhos dela. Vilas Ranade o ameaçara pessoalmente com uma espada. Então ele contou que estaríamos no Mahal naquela noite, e a emboscada foi armada.

Pedi a Chotta Badriya que o afastasse de minhas pernas e voltei para meu quarto. Sentei na cama. Pensei nos rapazes que haviam morrido primeiro, Krishna Gaikwad, Pradeep Pednekar e Qariz Shaikh, o contador de histórias, e me lembrei de tudo que senti ao correr pela lateral do prédio, fugindo da morte e das sombras que se fechavam sobre mim, do sangue que escorria pelo peito. Mohan Surve gemia no quarto ao lado, agora, com toda a força de um grito, sem seu volume, porém, e mesmo assim o som atravessava a parede, numa longa lamúria interminável. Chamei Chotta Badriya. "Cale a boca dele", falei. "Não quero que faça barulho. Acalme o rapaz. Faça-o tomar alguma coisa, uísque, qualquer coisa. E reúna os rapazes. Todos os que estiverem por aqui, ou disponíveis. Diga que têm meia hora para vir."

Chotta Badriya desatou as mãos de Mohan Surve e lhe deu nimbu pani com três Calmpose esmagados. Quando os rapazes chegaram, Mohan Surve estava deitado no chão, encolhido, com o braço sobre a cabeça. Os rapazes o pegaram pelos pulsos e tornozelos, a cabeça pendeu para baixo e os olhos reviraram, vidrados, escuros, sempre em movimento. Saí da casa, eles me acompanharam. Quatro carregavam Mohan Surve, um em cada membro, atrás de mim. Ele estava quieto. Nós o levamos pelas ruas vazias, deixamos as casas para trás e subimos o morro atrás de Gopalmath. Eu iluminava o caminho com uma lanterna Eveready grande. Só virei para trás quando chegamos ao cume em forma de tigela. Enquanto aguardava a chegada de todos da fila formada pela minha companhia, admirava as luzes da cidade. A febre transformava os pontinhos brilhantes e círculos difusos, o horizonte balançava sob a luz abrangente, brilhante, o pulsar daquela cidade ondulante.

"Estamos todos aqui", Chotta Badriya disse.

Virei-me para ele. "Estiquem o sujeito." Eles obedeceram. Os quatro que o haviam transportado até ali o puxaram até formar uma cruz aberta. Mohan Surve não se mexia, iluminado pelos fachos redondos das lanternas. "Vocês sabem muito bem o que ele fez", falei à companhia. "Muitos morreram." Estendi a mão para Chotta Badriya, que me passou o punho frio de uma espada. Dei a volta em Mohan Surve até me posicionar exatamente acima de sua cabeça, de frente para o fogo flutuante da cidade, e sopesei a lâmina em minha mão. Era curiosamente pesada para uma espada tão fina e longa. Aço bom, denso. Havia uma cicatriz no meu ombro, ainda sentia pontadas de vez em quando, perto do coração, mas a força voltara a meus braços. Abri ligeiramente as pernas, ergui a espada acima da cabeça, respirei fundo e golpeei o braço direito de Mohan Surve, perto do ombro. Ele ergueu a cabeça e olhou em volta, virando os olhos para um lado e para outro. Ergui a espada de novo, e separei o braço do corpo no segundo golpe. O rapaz que o segurava pelo pulso caiu e a luz fraca iluminou o jato grosso de sangue escuro. Um som parecido com um ronco se ergueu no grupo, e Mohan Surve começou a falar. Uma confusão de sílabas amontoadas que não fazia o menor sentido. Chotta Badriya cortou seu braço esquerdo com um único golpe da espada, mas Mohan Surve continuou balbuciando, ouvi o metal bater na rocha e vi a chuva de faíscas esbranquiçadas, a voz de Mohan Surve se elevou e sua cabeça ainda estava erguida quando alguém saiu do grupo, pegou a espada e cortou sua perna esquerda. Aí ele gritou. Mas quando chegou a vez da perna direita já estava quieto e a cabeça pendera para o lado. Creio que havia morrido.

"Levem os pedaços", falei, "e joguem em algum lugar. Nunca mais quero ouvir seu nome."

Desci o morro no rumo de meu basti, de meu lar. No espelho da entrada, bem ao lado da porta, vi que minha camisa estava arruinada, cheia de sangue. Tirei-a, depois tirei a calça molhada na frente e os sapatos úmidos. Tomei um banho quente. Comi um pouco de sabudane ki khichdi, tomei um copo de leite com amêndoas. Depois dormi.

Investigadoras

No dia seguinte Sartaj acompanhou Parulkar em sua caminhada matinal. Caminharam em círculos em torno de Bradford Park, um pequeno círculo na intersecção de sete ruas, perto da casa de Parulkar. Eram cinco e meia, a grama estava meio úmida. Parulkar usava tênis vermelho com roupa folgada, corria pela circunferência ultrapassando os outros corredores, ganhando voltas de vantagem. Sartaj fazia um esforço sério para acompanhar seu ritmo.

"Não compreendo o que ensinam nessas novas escolas", Parulkar dizia. "Como pode Ajay ter cinco anos e meio e não saber ler? Eles se consideram a melhor escola de Mumbai. Precisei acionar uma dúzia de contatos para matricular o menino, sabia?"

Ajay era o neto de Parulkar, estava na pré-escola, numa instituição recente e muito moderna, a Dalmia. "Trata-se de um novo sistema de ensino, senhor. Eles não querem pressionar as crianças."

"Certo, mas pelo menos podiam ensiná-las que Ivo viu a uva. Você e eu sofremos pressões, e não nos saímos tão mal assim."

Eles passaram pelos guarda-costas de Parulkar e deram mais uma volta. "Eu não lidava muito bem com a pressão, senhor. Os exames me aterrorizavam."

"Arre, você não é tão ruim assim. Mas tinha sempre outras coisas na cabeça, como críquete, filmes e depois, meu Deus, as moças." Parulkar sorriu. "Lembra-se do tempo em que eu tinha de montar guarda para você estudar?"

Sartaj tinha quinze anos. Costumava pular a janela para escapar de casa durante o horário de estudo, e finalmente Parulkar se ofereceu para vigiá-lo na véspera do exame de matemática. Eles passaram bons momentos, na verdade, tomando Nescafé batido sem parar, comendo laranjas e bananas, Parulkar mostrou talento em reduzir problemas complexos a questões simples. Sartaj passou no exame com cinqüenta e oito por cento de média, a maior que conseguiu na matéria. "Sim, senhor. E vimos o chowkidar dormindo."

Jogaram cascas de laranja no vigia adormecido, e agora riam como haviam feito na época.

"Vamos tratar de serviço agora, Sartaj."

"Sim, senhor." Significava que a caminhada chegara ao fim, pois durante o exercício deviam deixar de lado as preocupações do trabalho.

"Tenho um contato para você na Companhia-S. Seu nome é Iffat-bibi. É tia materna de Suleiman Isa. Por muito tempo foi uma de suas principais operadoras aqui em Mumbai. É velha, mas não se iluda com isso. Muito inteligente, implacável, uma das principais conselheiras do grupo."

"Sim, senhor."

"Você pode encontrá-la neste número." Parulkar entregou uma folha dobrada a Sartaj. "Ela está sempre em casa de tarde. Aguarda sua ligação."

"Obrigado, senhor. É um contato importante, senhor."

Parulkar ergueu a mão num gesto de pouco-caso e deu de ombros. "Tome cuidado. Ela não lhe dará nenhuma informação de graça. Mais cedo ou mais tarde pedirá algo em troca. Não lhe prometa nada que não possa cumprir."

"Certo, senhor."

"Uma mulher interessante. Houve época, dizem, em que os homens se matavam por ela. Mas quando a conheci já era idosa. Sabe, logo percebi que fora muito bonita, mas nunca serviu de prêmio para homem nenhum. Se um homem foi morto por sua causa, ela provocou isso. Sem dúvida. Sem a menor sombra de dúvida."

"Tomarei cuidado, senhor."

A caminhada de Parulkar terminara, mas ele seguiu para o carro no mesmo ritmo. Sartaj o observou partir, pensando que nunca retribuía tudo que recebera de Parulkar. "Nada na vida é grátis" fora uma das primeiras lições de Parulkar, mas Sartaj nunca sentira que o recompensara adequadamente. Talvez um dia fosse cobrado.

* * *

Naquela manhã Sartaj e Katekar seguiram a dica de Manika a respeito da foto de Kavita, que dançara num bar chamado Pritam, mas dera o raríssimo salto para o baixo escalão do *show business*. Seu verdadeiro nome era Naina Aggarwal, vinha de Rae Barelli. O gerente do Pritam Dance Bar olhou a foto e revelou a eles o nome da série em que ela fazia uma ponta: *47 Breach Candy*. Ele a assistia todas as quintas-feiras, sentia muito orgulho da moça, embora nunca a tivesse procurado depois que passou a aparecer na televisão. O dono da Jazz Films, que produzia *47 Breach Candy*, deu a Sartaj o endereço e o telefone dela, sugerindo-lhe que visse o programa, pois estava indo bem, ótima audiência, boas resenhas, muito divertido, baseava-se numa série norte-americana mas havia sido totalmente adaptado à cultura indiana, à nossa cultura. Naina Aggarwal não morava mais em Andheri East, mas num apartamento em Lokhandwalla com outras três moças, todas trabalhavam na televisão. Era miúda, mais bonita do que na foto, e começou a chorar assim que Sartaj perguntou de onde ela era, o que o pai fazia, se tinha irmãos ou irmãs. A maquiagem escureceu seu rosto até o queixo, e ele disse: "Sabemos que esteve envolvida em atividades condenáveis. Mas não estamos aqui para atormentá-la. Queremos sua ajuda".

Ela fez que sim, depressa, mantendo as mãos cruzadas na frente da boca. Sentada na cama, encolhida, morria de medo deles naquele quarto conquistado com seu trabalho. Havia uma prateleira acima da cama, chumbada na parede, lotada de fotos da turma de Rae Bareilly em blusas coloridas, Sartaj reconheceu seu pai, diretor da escola. Ela vinha de uma família respeitável, dançara no bar por dois meses apenas, quando chegara à cidade, quando o dinheiro desapareceu de suas mãos mais rápido do que considerava possível. Ela balançava a cabeça, ansiosa. Queria desesperadamente que a polícia se afastasse dali, antes que as colegas de apartamento e vizinhos soubessem que estava envolvida em sujeiras policiais e que um dia dançara num bar suspeito.

"Olhe", Sartaj disse. E pôs a foto da mulher morta na cama, ao lado de Naina. "Conhece esta pessoa?" A imagem a aterrorizou, mas não conseguia tirar os olhos da fotografia. "Tudo bem. Só queremos saber o nome dela."

Ela engoliu em seco três vezes antes de conseguir falar. "Jojo."

"Jojo? Jo-Jo?"

"Sim. O que aconteceu com ela?"

"Ela morreu."

Naina encolheu as pernas em cima da cama, parecendo muito nova. Na série em que atuava não faltavam adultérios e homicídios, mas Sartaj percebeu que ela não teria coragem de perguntar como Jojo havia morrido.

"Não se preocupe", Sartaj disse. "Não vamos envolver você nisso, se for sincera conosco. Qual era o sobrenome dela?"

"Mascarenas."

"Jojo Mascarenas. Você trabalhava para ela?"

"Sim."

"Como?"

Sem erguer a cabeça encostada nos joelhos, Naina tentou dar de ombros. "Ela é produtora e agenciadora de modelos. Ela me recomendava a agências, arranjava participações em vídeos."

Sartaj falou com muito tato e gentileza. "Mas isso não era tudo, certo?"

Katekar, encostado na porta, ouvia Sartaj conduzir o interrogatório. Ele e Sartaj haviam acertado, com o passar dos anos, que em certas situações com mulheres o tato e o cavalheirismo de Sartaj funcionavam melhor do que instrumentos mais grotescos, como a intimidação e os gritos. Eles empregavam os recursos imparcialmente, dependendo do contexto e do caso. Agora Katekar, encolhido num canto, não se mexia.

"Naina-ji", Sartaj disse, "temos um caso muito sério. Assassinato. Mas não posso proteger você se não for completamente sincera comigo. Não tema. Prometo que não será envolvida nisso e que seu nome nunca será mencionado. Só estou tentando investigar o que houve com Jojo. Não me interesso nem um pouco por você, pois não corre perigo. Por favor, conte-me tudo."

"Ela arranjava clientes para mim."

"Clientes."

Ela chorou alto, encolhida, trêmula. Eles saíram dez minutos depois com o telefone e o endereço do escritório de Jojo Mascarenas, cientes de alguns fatos: Jojo era coordenadora de modelos, tinha também uma produtora de TV, produzia programas e, quando não havia nenhuma produção em andamento, campanhas e papéis em disputa, dedicava-se a promover o encontro entre oferta e procura, enviando jovens belas e necessitadas aos ricos carentes. Bastavam algumas fotos coloridas e telefonemas, era simples, eficiente e todos obtinham o que desejavam.

Sartaj e Katekar esperavam o elevador no saguão sombreado. "Então a chorosa Naina conseguiu o papel na série", Katekar disse. "Depois de dançar um bocado."

"Certo", Sartaj assentiu. "Mas o que acontece quando a série fracassa?"

"De volta a Rae Bareilly."

O elevador sem luz chegou, eles entraram e, depois que Katekar fechou a porta pantográfica três vezes, com força, eles desceram por entre listas de luz. "Ninguém volta a Rae Bareilly", Sartaj disse. E, mesmo que voltasse, Sartaj pensou, Rae Bareilly a aceitaria de volta? Ela percorrera todo o trajeto até Lokhandwalla, até *47 Breach Candy*, até Jojo, e Jojo a enviara a outros lugares.

"Hora de chamar o Dilli-wali, senhor?", Katekar perguntou. As longas barras negras deslizavam por seu rosto.

"Ainda não", Sartaj respondeu. "Quero saber primeiro quem era a tal Jojo."

Jojo Mascarenas era asseada. Morrera havia cinco dias mas seu apartamento estava limpo, ainda brilhando, reluzente, polido. Havia uma série de utensílios de aço inox na parede da cozinha, pendurados em ganchos prateados, enfileirados por ordem de tamanho. Os dois telefones e a secretária eletrônica no aparador ao lado da mesa de jantar estavam perfeitamente alinhados, e as superfícies azulejadas do banheiro do corredor brilhavam, em azul-marinho.

"Essa mulher ganhava muito dinheiro", Katekar disse.

Mas ela cuidava bem dele. O endereço do escritório que haviam recebido na verdade era de seu apartamento, no terceiro andar do "Nazara", na Yari Road. Ela ganhava dinheiro e sabia economizar: o primeiro quarto à direita do corredor, menor, funcionava como escritório de produção, lotado de pastas, com três escrivaninhas, computador, dois telefones e máquina de fax, tudo em ordem elegante, tudo imprescindível para suas atividades. O próprio dormitório não era extravagante, apenas uma cama de casal sem cabeceira. Havia um espelho alto na parede e uma mesa em frente com fileiras de cosméticos e uma banqueta preta. Nada de sofás de couro ou lustres, estátuas de ouro e outras extravagâncias que Sartaj esperava de pessoas que lidavam com corpos e imagens. Quando enfiara na fechadura a chave que carregava em seu bolso, quando ela virou sem dificuldade, ele esperava encontrar um bordel cinematográfico em cetim vermelho ou uma bagunça de mulher relaxada, mas não aquele refúgio sóbrio, moradia e local de trabalho ordeiro. Aquilo o intrigou.

"Muito bem", disse Sartaj. "Vamos revistar o local."

"O que procuramos?", Katekar perguntou.

"Quem foi esta mulher."

Katekar começou o serviço, mas foi rápido, impaciente, crítico. Sartaj sabia que ele gostava mais dos casos rotineiros de homicídio, com seus procedimentos consagrados, nos quais havia cadáver, assassino ou assassinos desconhecidos, busca por um motivo. Nesse caso tínhamos dois mortos, um obviamente matara o outro, que diferença faria o relacionamento entre eles? Como saber? Quem se importava? Quem ligava para um gângster e uma cafetina? Katekar não abriu a boca, mas Sartaj sabia que ele praguejava por dentro. Um crime aaiyejhavnaya, para Katekar, disso Sartaj tinha certeza, com uma mulher de Delhi aaiyejhavnayi, era tudo jhav. "Jhav-jhav-jhav", Sartaj resmungava enquanto trabalhava. Começou pelo quarto, pois era mais fácil. Pistas úteis estariam no escritório, mas precisavam vasculhar tudo e ele se dedicou ao dormitório. Havia um armário embutido que ocupava a parede lateral inteira, com duas fileiras compactas de roupas penduradas: sáris, blusas, ghagras, calças, jeans, camisetas, camisas. Seguiam uma ordem, uma lógica feminina muito pessoal que Sartaj não entendia direito, mas lembrava intensamente a disposição de suas camisas no guarda-roupa, enfileiradas por cor, do vermelho ao azul. O armário de Jojo o levou a simpatizar com ela. Gostou de sua queda por sapatos, do cuidado com o couro, da compreensão das diversas funções dos calçados, que resultou em três pares de tênis, do básico ao supertecnológico, e apreciou o fato de serem mantidos no canto direito da prateleira mais baixa das três ocupadas por sandálias, botas, chappals e sapatos de salto. O apartamento era simples, quase despojado, mas as roupas eram exuberantes. Sartaj aprovou.

Entretanto, como esperava, não surgiu nada de especial interesse no quarto. No banheiro cor-de-rosa havia uma infinidade de xampus e sabonetes, duas calcinhas e um sutiã pendurados no cano da cortina do boxe. Mais roupas, alguns pratos e lâmpadas velhas ocupavam as prateleiras altas da parte de cima do armário embutido, artigos de maquiagem, agulhas e linhas de costura de vários tipos enchiam as gavetas da penteadeira. Ao lado da cama havia uma pilha de revistas *Femina*, *Cosmopolitan*, *Stardust* e *Elle*, e mais nada. Katekar encerrara a busca na sala quando Sartaj apareceu no corredor.

"A bolsa grande estava atrás do balcão da cozinha", disse. "No chão. Largada lá."

"Conteúdo?"

"Batom, tá bom? Nada de carteira de motorista. Mas havia um título de eleitor e um cartão do PAN."

Ele mostrou os cartões. Juliet Mascarenas, era como constava nos dois. Pela primeira vez Sartaj a viu sorridente. Parecia muito animada nas duas fotos, olhando indolente para a câmera, como se soubesse algo a seu respeito.

"Mais alguma coisa?", Sartaj perguntou.

"Nada. E não há fotos."

"Fotos?"

"Fotos. Nenhuma foto na casa inteira. Nunca vi uma mulher que não enchesse a casa de fotografias."

Katekar tinha razão. Quando Megha o abandonou, levou muitas fotos consigo, e mesmo assim Sartaj passou uma tarde de domingo guardando fotos numa caixa de sapato, depois de arrancá-las da parede. Ma cobria paredes inteiras com elas, contavam a história da família e suas ramificações, estavam lá todos os vivos e mortos. "Talvez Jojo guarde suas fotos nas gavetas do arquivo", Sartaj disse. Entraram no escritório. As pastas ficavam num arquivo preto com quatro gavetas. Exibiam etiquetas caprichadas: "D'Souza — Comercial de Sapato", "Campanha Restaurante Sharmila". A gaveta de baixo estava lotada, pesada, abriu lentamente.

"Atores?", Katekar perguntou.

"Sim, e atrizes." Homens à direita, mulheres à esquerda, em fotos coloridas por ordem alfabética, com o currículo grampeado no verso. Anupama, Anuradha, Aparna. Jovens esperançosas que sonhavam com o estrelato ainda distante. Cheias de esperança. E havia muitas assim, moças em demasia. A maioria não chegaria a alcançar o sucesso, e outras continuariam a chegar à cidade de ouro. Das sobras e da ambição, numa equação simples, saía o sustento de Jojo. Eles procuraram, abrindo gavetas e tirando pastas do apoio. Havia um arquivo de metal menor, que a terceira chave do chaveiro de Jojo abria, e lá dentro encontraram extratos bancários, talões de cheques e jóias numa caixa de metal: dois colares de ouro, três pares de braceletes de ouro diferentes, um colar de pérolas, brincos de diamante e vários itens de prata.

"Onde ela guarda o dinheiro?", Katekar queria saber. "Onde escondeu o dinheiro?"

Clientes do tipo especial pagavam serviços em dinheiro. As atividades legítimas de Jojo como produtora de televisão incluíam algum caixa dois, mas em sua maioria eram realizadas de forma oficial, com pagamento em cheques confiáveis. Os negócios paralelos com a prostituição geravam apenas dinheiro vivo, com certeza aos montes. Mas ela não o guardava no arquivo de metal. Tampouco poderia ser depositado no banco. Onde estaria? Sartaj foi para o corredor, percorreu a cozinha e a sala. Tirou um quadro da parede. Era uma cena de floresta, mas debaixo da mata verdejante só havia parede. Ele subiu na borda da banheira e bateu nos azulejos do teto. Era tudo sólido, não havia partes ocas nem compartimentos secretos atrás da caixa d'água existente acima da porta. De volta ao corredor, Sartaj viu que Katekar deslocara os arquivos do escritório, afastando-os da parede, para, de joelhos, testar o piso. No passado haviam encontrado dinheiro em esconderijos sutis, em buracos feitos com precisão, naquela cidade sobrava perícia para esconder dinheiro, os construtores aperfeiçoaram a arte de construir prateleiras e cabeceiras que deslizavam ao toque de um botão secreto, dando acesso ao compartimento oculto. Certa vez descobriram barras de ouro que serviam de lastro na barra de requintadas cortinas de brocado vermelho. Era chamado de dinheiro sujo, mas Sartaj sempre o considerara incolor: ilegal e uma praga, mas os impostos eram legais e uma praga. Por isso o procurava sem nunca sentir desprezo por quem o escondia. Mas Jojo obtinha seus ganhos com a venda de jovens que satisfaziam os apetites carnais dos homens, sendo assim seu dinheiro era mais sujo que o dos outros, apesar da meticulosa limpeza de sua vida. Onde estaria ele, o dinheiro sujo, a pilha de papel fedendo a lençóis pegajosos e suor seco? Onde? Não estava no banheiro cor-de-rosa, nem dentro do colchão. Sartaj tirou as roupas dela do armário embutido e as atirou em cima da cama, formando uma luxuosa pilha de seda rubra, branca e verde. Bateu nas paredes do armário, pressionou-as com a mão, sentindo o cheiro dela, o pulsar de seu corpo perfumado. Parou por um momento com as palmas no teto do armário, e depois foi sentar na cama. Sobre a pilha de blusas e saias ele perguntou: onde você escondeu o dinheiro? Onde? O local mais provável era o banheiro, graças à facilidade oferecida pelos azulejos do acabamento, mas o clichê antigo não funcionava aqui: Hema Malini e Meena Kumari bem como uma dúzia de outras heroínas haviam sido flagradas com dinheiro no banheiro, e Jojo era uma personalidade mais complexa. Disso Sartaj tinha certeza.

Recostado, começou a entender a organização dos sapatos dela. Havia três plataformas na base do armário, todas da mesma madeira, praticamente de ponta a ponta. Na prateleira de baixo, lado direito, ficavam os calçados informais, como tênis e sandálias de borracha Bata coloridas, depois uma grande variedade de Kolhapuri chappals. No segundo degrau havia sapatos práticos e confortáveis, profissionais e robustos, adequados a um dia inteiro de trabalho. Mas na parte esquerda da segunda prateleira, perto do final, ficavam as botas, pesadas, com enfeites e cordões grossos. A parte superior direita começava com um par de botas pretas com salto agulha e cano mole que devia chegar até metade da coxa de Jojo. A partir dali os saltos eram cada vez mais delicados e perigosos, as tiras e couros, mais finos e estreitos. Sartaj concluiu que o sapato mais à esquerda da prateleira de cima, uma peça diáfana delicada composta de salto fino e uma única tira diagonal, deixaria o pé de Jojo descoberto mesmo depois de calçado. "Muito bem, Jojo", ele disse. "São sapatos, Jojo."

Levantou-se, removeu os sapatos da prateleira do meio, segurou a tábua e a puxou. Firme. Baixou a cabeça e espiou, via o chão e o fundo do armário, atrás das prateleiras. A fileira de cima ia das botas aos saltos finos, e Sartaj disse: "Você vai da direita para a esquerda, Jojo." Ele se abaixou, abriu os braços e segurou as beiradas da prateleira superior, para puxá-la. Também firme, mas seus dedos escorregaram e ele sentiu uma saliência, duas saliências, uma de cada lado. Projetavam-se paralelas sob a borda da prateleira superior, com um dedo de altura e alguns centímetros de comprimento: alças. O nariz de Sartaj estava a poucos centímetros do sapato preto de salto fino de Jojo, seu pulso disparou. Achei. Achei. Segurou as alças e puxou. Nada, não cedeu. Continuava firme. Mas houve um pequeno deslocamento no topo da alça direita, uma contração sentida por seus dedos. Apoiou a mão na prateleira de cima e apertou, como se pressionasse o freio duro da motocicleta, e, isso mesmo, um movimento indiscutível, a tranca cedeu. Fez isso dos dois lados e puxou para trás, a estrutura inteira, as três prateleiras cheias de sapatos, saiu do armário. Recuou sorridente, espalhando chappals, botas e sandálias de tira. "Ay, Katekar", gritou. "Katekar."

Juntos eles vasculharam excitados o compartimento de meio metro onde Jojo ocultara seus segredos. Havia dinheiro, claro: pilhas bem arrumadas com maços de notas de cem e quinhentas rupias, bem no fundo à esquerda. Katekar os avaliava, profissionalmente, usando o polegar e o indicador da mão esquerda. "Não é muito", disse. "Cinco ou seis lakhs. Uma parte é igual ao dinheiro de

Gaitonde." As notas de quinhentas rupias eram todas novas, com cinta do Banco Central da Índia, também guardadas dentro da mesma embalagem a vácuo de plástico.

"Gaitonde deve ter dado a ela", Sartaj disse.

"Pelos serviços de randi."

Do lado direito, também no fundo do nicho, havia três álbuns pretos de fotografia empilhados. Mas Sartaj não sentia uma necessidade urgente de pegá-los, de abri-los e mergulhar na vida oculta de Jojo. Concentrava-se no dinheiro, e sabia que Katekar também. Percebia isso na respiração lenta de Katekar, dificultada pela posição agachada. O dinheiro era um problema e tanto: seis lakhs em dinheiro sujo encontrados no apartamento de uma mulher morta seriam normalmente um presente surpresa para o bom policial. Tudo, não — cerca de cinco lakhs comporiam a surpresa, bastava que um lakh fosse para o panchnama, e portanto para os cofres governamentais. Ninguém faria perguntas inconvenientes sobre valores clandestinos de uma cafetina morta. O valor era baixo o suficiente para ninguém notar sua falta, e portanto as regras de prudência de Katekar não seriam violadas. Ninguém notaria, a não ser que Jojo mantivesse uma contabilidade paralela ou tivesse contado a alguém a respeito do esconderijo. Improvável, porém possível. Num caso de alta pressão, acompanhado de perto por Delhi, envolvendo a RAW, correriam riscos desnecessários, bastou uma troca de olhares entre eles para concluir.

"Álbuns", Sartaj disse bruscamente, e os puxou. A primeira fotografia do primeiro álbum era de Jojo mais nova, muitos anos mais nova, ainda inexperiente. Usava vestido vermelho, uma bata infantil, na verdade, com decote quadrado e cintura alta, aparentava dezesseis anos. Sentada num sofá preto, abraçava uma menina mais velha, uma moça que exibia idêntico sorriso amplo, cheio de dentes. As páginas seguintes apresentavam o mesmo par, rindo na cama, na beira do mar, num terraço com o horizonte urbano de Mumbai ao fundo.

"Irmãs", Katekar afirmou.

"Concordo", Sartaj disse. "Mas quem tirou todas as fotos?" Ele percorreu as páginas de felicidade e amor. Chegou a uma página vazia, inteiramente branca. Mas havia uma foto ali antes, ainda dava para ver sua marca sob a folha de plástico transparente. Na página seguinte as duas irmãs estavam de volta, dessa vez em Hanging Gardens. Mas faltava uma imagem a cada duas ou três páginas, até metade do álbum, onde as irmãs comemoravam um aniversário. Não era uma festa, só as duas, presentes sobre a mesa e um bolo cor-de-rosa com muito glacê branco.

"Dezessete", Katekar disse. Com sua mente ágil para números, contara rapidamente as velas acesas.

Sartaj virou a página, outra em branco, dessa vez sem a marca deixada por uma foto. O resto do álbum estava vazio. As fotografias cessavam abruptamente. Sartaj deixou o álbum de lado e passou ao seguinte. Aquele registrava momentos da infância. As irmãs usavam uniforme escolar, saia branca e blusa escura. Depois, descalças, de marias-chiquinhas altas idênticas, que pareciam asas, posavam felizes na frente de uma casa com um lintel de pedra maciça, portas de madeira pesada e pátio interno ensolarado. "Vilarejo", Sartaj disse. "Onde?"

"Sul", Katekar respondeu. "Em algum lugar ao sul. Konkan."

Depois elas estavam num estúdio com vestidos azuis idênticos, com mangas bufantes e aplicações enormes de renda na garganta, e a mãe aparecia a seu lado. Usava vestido preto sóbrio de manga comprida, tinha cabelo grisalho e a luz refletia num crucifixo que usava no pescoço, fazendo-o brilhar. Sorria com recato. "Sem pai", Sartaj disse.

"Nem sinal do pai", Katekar confirmou. "O que é isso, uma fazenda?"

As irmãs brincavam debaixo das árvores, em pomares verdes iluminados, corriam entre fileiras de plantas de folhas largas viradas nas pontas. "Não sei", Sartaj disse. Não sabia nada a respeito de árvores, plantas, fazendas. Pertenciam a um outro mundo.

O último álbum era do tipo antigo, como não se fazem mais, de folhas pretas grossas, e a primeira fotografia estava grudada na página com triângulos pretos pequenos, requintados, Sartaj não se lembrava de seu nome. Katekar e ele disseram juntos: "O pai". Ele estava sentado, com a rigidez típica que os homens e mulheres das gerações passadas assumiam perante a câmera, com a formalidade merecida pelo raro evento, e ele usava uniforme. Mantinha os ombros para trás, e fechara a mão que repousava sobre a perna.

"Marinha", Katekar disse.

"Marinha mercante."

O pai tinha os olhos das filhas, grandes e diretos. Na verdade, nas páginas seguintes aparecia apenas uma das filhas, em pé entre ele e a esposa, segurando a mão dos dois. De repente, numa nova página, o novo bebê. Ela estendia os dois pés e as duas mãos na direção da câmera, sorrindo sem dentes, com cabelo fino e rosto redondo. Ela se voltava para o nome acima da foto, o nome escrito à mão com tinta branca na página negra, com capricho, enfeites e motivos florais: Juliet.

"Ju-li-et?", Katekar soletrou.

"Certo", Sartaj disse. "Como o par de Romeu."

O riso de Katekar foi longo e ruidoso. "E Juliet virou Jojo? Gaitonde foi seu Romeu?" Ele falava "Rom-io", Sartaj achou seu prazer injusto e repugnante, as gargalhadas produziam um bafo na nuca de Sartaj. Considerou Katekar um sujeito rude, ganwar de baixa classe naquele momento, não se deu ao trabalho de corrigi-lo. Sartaj sentiu vontade de proteger a Juliet que existira antes de surgir a Jojo. Ela cresceu nas páginas seguintes, sob os cuidados da irmã e da mãe. Pouco depois de Juliet ter começado a andar a mãe passou a vestir as duas irmãs com roupas iguais, fazer o mesmo penteado com faixas idênticas. A primeira foto das duas com vestidos repetidos foi feita em estúdio, com a torre Eiffel de fundo. As duas apareciam de mãos dadas, em pé, sob o arco gracioso, contra o céu avermelhado, e havia dois nomes escritos à tinta sob a foto: "Mary" e "Juliet", separados por arabescos refinados.

"Mary Mascarenas", Sartaj disse. Era o nome da irmã.

Os vestidos iguais cessaram quando Juliet tinha dez ou onze anos, nas derradeiras imagens do álbum. Na foto do aniversário ela usava cabelo curto com uma franja graciosa, bem mais curto que o de Mary, e colar de contas brilhantes, em tons suaves. O vestido era semelhante ao da irmã, embora um pouco diferente. Nela caía melhor. Juliet começava a se impor, sabia quem era e enfrentava a mãe. Sartaj gostou da postura afirmativa, de sua ousadia na ponta dos pés. E a seu lado, Mary, muito séria.

No grosso livreto de endereços de Jojo, sob a letra "M", Sartaj localizou "Mary" e os números do trabalho e da residência, além de um endereço em Colaba. Mas o número era antigo, superado, Sartaj sabia que o prefixo de Colaba mudara havia sete ou oito anos, quando adotaram o padrão digital. Fazia oito anos que Jojo não falava com Mary?, Sartaj ponderou, e depois eles puseram tudo em ordem no apartamento, devolvendo as coisas a suas posições originais, com exceção do armário do quarto. Sartaj telefonou então para o Delhi-walli.

Sentados no escritório de Jojo, eles esperaram. Sartaj girava lentamente na cadeira de Jojo, pensando nas irmãs e em suas diferenças. Ma falava sempre em sua irmã mais velha, Mani-mausi, de sua teimosia, de sua recusa esquerdista ridícula de aceitar uma empregada que dormisse em casa, apesar da debilidade e da longa doença, e se ela desmaiar e cair da escada ou algo pior, já falei mil vezes para ela vir para cá morar comigo, mas ela é tão teimosa. Sartaj nunca reuniu coragem suficiente para dizer que ela, Ma, a irmã caçula, não era menos insistente, menos zelosa de sua independência altiva, menos dedicada à casa que construíra, com seus muros altos, assoalho lustroso, luzes familiares e corredores silenciosos.

Jojo também fizera um lar para si, lutara muito para tanto. Ao lado da pia da cozinha, num armário pequeno, encontraram uma caixa de ferramentas e duas fileiras de latas de tinta de diversas cores. Ela mesma pintara os quartos. Dentro da geladeira havia recipientes plásticos com sobras de comida. Jojo não jogava nada fora. Apesar da extravagância dos sapatos, era frugal. Enérgica também, Sartaj completou. Dava para ver isso nas fotos. Devia ser muito boa em tudo que fazia.

O Delhi-walli chegou depressa. Ela veio em vinte minutos, menos até, num Ambassador preto. Da janela da sala de Jojo, Sartaj e Katekar viram o carro estacionar na frente do prédio, rapidamente. Seguiu-se o ratatá das portas sendo batidas, e em menos de dois minutos bateram na porta.

Anjali Mathur e sua equipe, ofegantes. Naquele dia seu salwaar-kameez era marrom-escuro. O homem que entrou atrás dela era Makand, que expulsara Sartaj do bunker de Gaitonde. "Dormitório?", Anjali Mathur perguntou.

Sartaj apontou. Pelo telefone adiantara o nome de Jojo, sua profissão, ou profissões, a existência do nicho secreto no armário e a irmã chamada Mary. O número que usaram era de linha normal, mas o chamado deve ter sido encaminhado para o celular que ela portava na mão esquerda.

"Poderia esperar lá fora?", ela pediu por cima do ombro ao atravessar a sala. Um dos subalternos de cabelo curto já girava a maçaneta, e Katekar mal saíra quando a porta foi fechada com firmeza. Ele e Sartaj esperaram no corredor, atônitos demais para sentir raiva.

Nada havia a fazer, exceto esperar, portanto eles esperaram. "Os chutiyas que vieram com ela eram os mesmos", Katekar disse, "que foram lá ver Gaitonde."

Sartaj fez que sim. Os três homens que acompanhavam Anjali Mathur estiveram no bunker de Gaitonde, todos usavam o mesmo corte de cabelo e o mesmo tipo de sapato. Que espécie de sapato ela usava, com o salwaar-kameez marrom? Não reparara, fora tudo muito rápido. Algo inegavelmente sensato, com certeza, de salto baixo, resistente. Era seu estilo, cabelo preso atrás, o lenço, dupatta, eficientemente preso em laço e a bolsa marrom quadrada de couro com tiras resistentes, grande o suficiente para carregar tudo que um agente internacional precisava carregar em suas missões. O ar na frente do elevador estava abafado e rançoso, Sartaj sentiu o suor escorrer pelo antebraço. Começou a respirar fundo, no ritmo aprimorado em milhares de espreitas. Se fizesse direito, o calor e o suor recuariam, o tempo recuaria sobre si mesmo até entrar no redemoinho da imobilidade, e ele se livraria do mundo sem sair dele. Mas era preciso acertar. Ele inspirou, ouvia Katekar para lá da porta, buscando algum sossego na imobilidade sufocante. Transpiraram juntos, e após algum tempo respiravam juntos. Sartaj flutuava, entrando e saindo de cenas da infância, em que com ansiosa concentração limpava os tênis pela manhã, para o PT, e os mostrava a Papa-ji, que exigia um branco perfeito, muito mais do que qualquer monitor da escola, e que transmitira ao filho a importante lição de que um traje perfeito poderia ter seu efeito arruinado por um par de sapatos negligentes, e uma roupa ordinária tornar-se gloriosa graças a um par de sapatos marrom-café engraxados até virar espelho. O que Ma fazia com os sapatos de Papa-ji, dispostos em colunas ordeiras, marrons e pretas, no armário estreito que ficava ao lado do guarda-roupa? E o que foi feito de seus ternos, da lã roída pelas traças, cheirando a montanhas após a chuva? Embrulhados, distribuídos, perdidos. Até a camisa branca filipina que um amigo trouxera de Manila, para combinar com o bigode branco virado para cima e a barba comprida, que ele usara com cativante elegância ao completar sessenta e sete anos, com calça cinza e turbante preto. Sartaj rira de admiração quando o vira andar pela primeira vez no caminho de terra batida na frente de casa. Naquela mesma noite, mais tarde, a caminho do restaurante, eles haviam subido os três lances de escada de um novo shopping center, e Papa-ji precisou parar no segundo lance para tomar fôlego, e Sartaj virou para o outro lado, olhando firme pela janela para os luminosos de neon, ouvindo o som baixo trêmulo, indeciso, da luta pela vida, e sentiu medo.

"Inspetor Singh?" Era Makand, que enfiara a cabeçorra cinzenta no corredor. "Entre, por favor." O convite era para Sartaj, apenas.

Lá dentro, Anjali Mathur estava sentada à mesa de jantar. Ela apontou para a garrafa de água gelada e para os copos sobre a mesa. "Lamento ter feito com que esperasse lá fora. Um caso desse tipo exige o máximo de cuidado."

O resto de seu pequeno exército não se encontrava na sala. Revistavam o quarto, talvez. Sartaj encheu um copo com água e bebeu. Esperou. A água estava deliciosamente fresca. Contentava-se em beber e ficar quieto, pois não tinha idéia do tipo de caso que investigava, nada ganharia abrindo a boca. Os olhos de Anjali Mathur eram muito diretos, muito brilhantes, e agora ela esperava que ele dissesse algo. Ele pegou outro copo, encheu de água e bebeu lentamente, saboreando o líquido. Se era um caso desse tipo, fosse qual fosse o tipo, ele não teria nada a ganhar se falasse. Bebeu e olhou para ela, sem enfrentar seu olhar, mas descontraído, enquanto bebia água, sem se expor.

Ela se ajeitou de leve e abriu um sorriso bem discreto. "Gostaria de saber qual é o caso?"

"Serei informado do que preciso saber", Sartaj respondeu.

"Não posso revelar muita coisa. Mas posso dizer que é muito importante."

"Certo."

"O que sente a respeito?"

"Isso me apavora."

"Não se sente excitado por ter sido escolhido para trabalhar num caso importante?"

Sartaj virou a cabeça para trás e riu. "Excitação é outra coisa. Casos importantes podem esmagar inspetores menores."

Ela abriu um sorriso largo. "Mas vai trabalhar nele?"

"Farei o que me for ordenado."

"Claro. Lamento não poder contar quase nada. Digamos, porém, que envolve segurança nacional, que há uma séria ameaça à segurança nacional." Novamente, ela esperava que ele dissesse alguma coisa. "Entende o que estou dizendo?"

Sartaj deu de ombros. "Essas coisas sempre me parecem muito filmi. Normalmente, em meus casos mais excitantes, o máximo que faço é prender tapo-ris locais por extorsão. Fora um homicídio ou outro."

"Esse caso é real."

"Sei."

"E muito grande."

"Entendo." Sartaj não estava entendendo quase nada, mas, se fosse o tipo certo de caso importante, vincular-se a ele não seria tão mal assim. Talvez recebesse reconhecimento e recomendações devidas a pequenas tarefas num caso grande.

"Precisamos saber mais a respeito do que Jojo e Gaitonde faziam juntos, a que atividade se dedicavam."

"Certo."

"Você encontrou a tal Jojo muito depressa. Shabash. Mas precisamos saber mais. Prossiga a investigação pelo lado de Gaitonde. Siga seus capangas, empregados, quem mais for relevante. Veja o que podem nos dizer."

"Farei isso."

"Vou pedir a alguém de Colaba para conferir o número da irmã, e quando soubermos onde ela está você a interrogará para levantar informações sobre Jojo."

"Devo conversar com a irmã?"

"Sim."

Era impossível investigar sem modificar o investigado, sem que os alvos percebessem. E Anjali Mathur, por razões que não pretendia compartilhar, queria muito que os suspeitos pensassem ser aquela uma investigação local. Sartaj considerou correta sua postura de investigadora, curiosa e neutra, sem revelar nada. "Muito bem, senhora", ele disse. "E posso dizer a ela onde a irmã morreu?"

"Sim. Veja se ela sabe de algo a respeito do relacionamento da irmã com Gaitonde. Como antes, passe os resultados para mim, diretamente. Só para mim. Por meio do telefone que lhe foi fornecido."

Foi tudo, em termos de instruções e esclarecimentos de Anjali Mathur. Sartaj tirou a garrafa e o copo da mesa, para levá-los a Katekar no corredor, naquela altura ensopado de suor até as costas. O calor do verão o incomodava muito menos do que a Sartaj, não achava penoso andar quilômetros numa tarde de maio, embora suasse muito mais. Sartaj atribuía aquela disposição para enfrentar o calor a uma vida de condicionamento: Katekar crescera sem ventiladores, sobrevivera a terríveis ondas de calor. Tudo se reduzia ao que estávamos acostumados. Katekar tomou um copo d'água. "Terminamos com isso?", perguntou com um ligeiro movimento da cabeça sobre o ombro esquerdo, apontando para o apartamento, Jojo e Anjali Mathur.

"Ainda não", Sartaj respondeu.

Katekar não se manifestou.

"Beba", Sartaj disse, sorrindo. "Temos muito a fazer. A segurança nacional depende de nós."

* * *

Outra pessoa interessada em discutir a segurança nacional aguardava Sartaj na delegacia. Seu nome era Wasim Zafar Ali Ahmad, segundo constava no cartão que entregou a Sartaj, em híndi, urdu e inglês. Sob o nome havia um título, "Assistente Social", e dois telefones.

"Fiquei surpreso, inspetor saab", ele disse, "quando soube que esteve duas vezes em Navnagar sem me contatar. Pensei que talvez tenha sido difícil me encontrar. Normalmente não fico em casa, o trabalho me obriga a andar um bocado."

Sartaj virou o cartão com a ponta dos dedos e o colocou sobre a mesa. "Fui a Bengali Bura." Estavam sentados frente a frente, na escrivaninha de Sartaj.

"Que por sinal se situa em Navnagar. Trabalho muito ali." Teria uns trinta anos, o Ahmad de nome comprido, era um rechonchudo, quase alto e muito confiante. Esperava por Sartaj na frente da delegacia e o seguiu quando entrou, com o cartão na mão. Usava camisa preta com pequenos detalhes bordados em branco nos punhos, calça branca imaculada e expressão determinada.

"Você conhecia o rapaz que foi assassinado?", Sartaj perguntou.

"Sim, de vista, cruzei com ele algumas vezes."

Sartaj também vira Ahmad, com certeza. Parecia familiar, sem dúvida entrava e saía da delegacia com freqüência, como costumam fazer os assistentes sociais. "Você mora em Navnagar?"

"Sim, do lado da rodovia. Minha família foi uma das primeiras a se fixar lá. Naquela época, a maioria do pessoal vinha de UP, de Tamil Nadu. A turma de Bangladesh chegou depois. Gente demais, contudo, o que se pode fazer? Então trabalho com eles."

"E conhece os apradhis? E o sujeito de Bihar que os chefia?"

"Só de vista, inspetor saab. Não o bastante para dar bom-dia. Mas conheço pessoas que os conhecem. Eles cometeram um homicídio. Muito ruim. Vêm de fora para praticar maldades em nosso país. E mancham o bom nome das pessoas decentes que vivem aqui."

Referia-se aos muçulmanos indianos, que sofriam com o preconceito e a violência dos fundamentalistas hindus. Sartaj, sentado, cofiava a barba. Wasim Zafar Ali Ahmad era sem dúvida interessante. Como muitos assistentes sociais voluntários, queria subir na vida, tornar-se um sujeito importante no bairro, alguém cheio de contatos, capaz de atrair uma clientela, um homem a ser notado pelos partidos políticos pelo potencial de organizador local, voluntário e finalmente candidato. Assistentes sociais se tornavam MLAS e até MPS, levava bastante tempo, mas muitos conseguiam. Ahmad possuía o dom político de emitir clichês sem soar ridículo. Parecia inteligente, talvez tivesse o empenho e a falta de escrúpulos. "Portanto", Sartaj disse, "por amor à pátria e aos cidadãos decentes, você quer me ajudar nesse caso?"

"Claro, inspetor saab, claro." A felicidade de Ahmad por ser compreendido vinha do estômago, do corpo todo. Ele apoiou o cotovelo sobre a mesa e debruçou-se na direção de Sartaj. "Conheço todo mundo em Navnagar, e até mesmo em Bengali Bura. Tenho muitos contatos, trabalho com aquela gente, sei de tudo. Posso fazer perguntas discretamente, sabe? Descobrir o que as pessoas andam comentando, o que sabem."

"E o que você sabe? Já descobriu alguma coisa?"

Ahmad riu, nervoso. "Arre, inspetor saab, ainda não. Mas não tenho a menor dúvida de que posso descobrir uma coisinha aqui, outra ali." E recostou novamente, bochechudo e reservado.

Sartaj desistiu. Ahmad não seria estúpido de fornecer informações de graça, ou suas fontes. "Muito bem", Sartaj disse. "Ficarei grato se puder me ajudar. E eu posso fazer alguma coisa por você?"

Agora estavam falando a mesma língua. "Sim, saab, a bem da verdade, pode." Ahmad deixou de lado o charme e apresentou suas exigências, objetivamente. "Em Navnagar há dois irmãos, jovens de dezenove e vinte anos. Todos os dias eles importunam as moças quando elas saem para trabalhar, dizendo coisas feias. Pedi a eles que parassem, porém me ameaçaram. Disseram, sem rodeios, que iam quebrar meus braços e minhas pernas. Eu poderia tomar providências por minha conta, mas preferi evitar o confronto. Contudo, quando o pote transborda, inspetor saab..."

"Nomes? Idades? Onde posso encontrá-los?"

Ahmad já tinha os detalhes anotados com capricho em sua agenda, arrancou a página e a entregou a Sartaj com extremo cuidado. Forneceu descrições, detalhes familiares e depois se despediu. "Já tomei muito do seu tempo, saab", disse. "Ligue para mim a qualquer hora do dia ou da noite, se precisar de algo."

"Vou telefonar depois que conversar com esses rapazes", Sartaj disse.

"Os cidadãos de Navnagar ficarão muito contentes, saab, se puder evitar os constrangimentos diários a suas filhas e irmãs."

Dito isso, Wasim Zafar Ali Ahmad levou a mão ao peito e saiu. Invocara o povo de Navnagar, mas tanto ele quanto Sartaj sabiam que os dois irmãos precisavam de uma lição por desejo de Ahmad. Era a primeira iniciativa do trato, o teste de confiança e boa vontade. Sartaj disciplinaria os Romeus de ponto de ônibus, cujo maior crime sem dúvida não era mexer com as moças que passavam, e sim o desrespeito para com Ahmad. Sartaj daria um jeito neles, e Ahmad forneceria informações. A partir daí Ahmad seria visto no basti como alguém bem relacionado com a polícia, seu nome seria mencionado, mais gente bateria à sua porta para pedir ajuda e proteção, o que por sua vez ampliaria sua influência. Se tudo desse certo para ele, em poucos anos Sartaj o chamaria de "Saab". Mas ainda demoraria muito, primeiro teria de realizar sua tarefa de intimidação, castigando os irmãos sedutores. Todas as grandes carreiras começavam por pequenas trocas, sendo sustentadas por elas. O interesse mútuo era o óleo que lubrificava as engrenagens grandes e pequenas do mundo, e Sartaj o usaria para mandar criminosos foragidos para a cadeia. Sentiu um arrepio de excitação na nuca e no braço, a velha emoção de ver que um caso caminhava para um desfecho satisfatório. Muito bom, mesmo, ótimo. Era prematuro contar com o sucesso, mas Sartaj não conseguiu deixar de saborear a expectativa. Localizaria e capturaria os assassinos, sairia vencedor: a idéia de triunfo espalhou-se pelo peito dele como uma queimadura, e ele tirou energia dali o dia inteiro.

Naquela noite, com uma dose de uísque na mão, Sartaj contou a Majid Khan a respeito de sua nova fonte de informação de nome comprido. Majid não bebia, mas reservava uma garrafa de Johnny Walker Black para Sartaj, que aceitava uma dose sempre que ia jantar lá, e naquele noite se apoiou excessivamente na bebida, tomando-a em grandes goles. Contava a Majid a visita de Wasim Zafar Ali Ahmad enquanto os filhos de Majid punham a mesa e a mãe mexia as panelas na cozinha.

"Eu conheço esse tal de Ahmad", Majid disse. "Na verdade, conheço o pai dele."

"Como?"

"Eu o conheci durante os conflitos, perto da rodovia de Bandra. Ia a Mahim com quatro policiais. Vi três sujeitos de longe, de pé, em volta de alguma coisa. As ruas estavam completamente vazias, sabe, só havia uma estrada deserta e aqueles três. Mandei o motorista seguir depressa, aceleramos, e assim que viram o jipe os três chutiyas saíram correndo. Aí vi um homem caído no chão. Sabe como é, barba grisalha, kurta branca, topi branco, como qualquer cavalheiro muçulmano idoso. Ele tentara correr, eles o alcançaram e derrubaram. Estava apavorado, mas ileso."

"Não escaparia, se você não o salvasse. Morreria."

"Arre, não o salvei. Estávamos passando ali por acaso." Majid não exibia falsa modéstia, registrava fatos concretos. Coçou o peito e bebeu nimbu pani de seu copo. "De todo modo nós o pusemos no banco traseiro do jipe e o levamos conosco. Ele não falou nada por uma hora. Desde então, porém, vem a minha sala todos os Bakr'id, trazendo um pouco de gosht, que eu toco e o mando levar de volta. Mas ele nunca falha. Gente fina."

Estavam na varanda do apartamento de Majid, no oitavo andar, debruçados no parapeito. Uma luz perfeitamente redonda pairava baixa sobre os telhados retangulares, sobre as margens das terras baixas, a fileira dos tetos de zinco dos kholis e o mar ao longe. Sartaj não se lembrava da última vez em que vira uma lua cheia. Talvez, pensou, seja preciso estar no alto para vê-la, acima das ruas. "O filho nunca veio junto com o velho? Para agradecer e pedir ajuda?"

"Nunca."

"Sujeito esperto." Ahmad demonstrava inteligência ao não presumir que o vínculo de gratidão que unia seu pai e Majid pudesse ser explorado. Procedia de modo apropriado ao procurar Sartaj, o inspetor local. Se Ahmad pudesse contentar Sartaj e os outros policiais, eles o recomendariam a Majid, que talvez permitisse a Ahmad ampliar sua influência e realizar atividades de legalidade duvidosa que trariam prosperidade e mais progresso social.

"Certo", disse Majid. "Ele não é inocente como o pai."

"Os inocentes também dão sorte de vez em quando, não é?"

"De vez em quando. O pai disse que um parente foi morto nos distúrbios. Um primo."

"Próximo?"

"Não, pelo jeito, distante. O velho fez muita onda em torno disso, na primeira vez em que me visitou. Eu lhe disse que teve sorte por ter sido apenas um primo distante. Neste país, se alguém se dedicar a uma família, logo encontrará um primo azarado. Se não morreu num distúrbio, morreu em outro."

Era verdade. Sartaj ouvira histórias de sua própria família, sobre pessoas que fugiram de casa na calada da noite.

"Vamos entrar", Rehana chamou, de dentro. Tinha nas mãos a tigela plástica familiar de tampa hermética e motivos florais vermelhos. Preparava rotis na cozinha. A khima havia sido feita antes, à tarde, com a ajuda da empregada, pau para toda a obra. Juntas podiam preparar delícias ou ruínas. Era sempre uma loteria, e Sartaj sentou-se feliz por ter tomado o uísque. Imtiaz e Farah trocavam cotoveladas. Ele os conhecia desde pequenos, agora que haviam crescido o apartamento parecia menor.

Imtiaz passou-lhe a tigela. "Tio, já viu o site da CIA?", perguntou.

"A CIA dos Estados Unidos?"

"Sim, eles têm um site, e a gente pode ler documentos secretos."

Farah servia raita para Sartaj. "Se deixam as pessoas lerem não são secretos, seu bobo. Tio, ele passa horas procurando coisas malucas e conversando com as meninas na internet."

"Cala a boca", Imtiaz disse. "Ninguém falou com você."

Majid sorria. "Foi para isso que gastei milhares de rupias? Para meu filho conversar com meninas dos Estados Unidos?"

"Da Europa", Farah disse. "Ele tem uma namorada na Bélgica, e outra na França."

"Você arranjou namoradas?", Sartaj perguntou. "Quantos anos tem?"

"Quinze."

"Catorze", Farah emendou. Ela sorria. "Aposto que disse a todas que tinha dezoito."

"Pelo menos pareço ter dezoito. Não sou como certas pessoas, que se comportam como se ainda tivessem onze anos."

Farah enfiou a mão por baixo da mesa, e Imtiaz fez uma careta, depois ergueu o braço. "As unhas das mulheres", disse, parecendo muito satisfeito consigo, "são mais venenosas que os homens."

"Parem, vocês dois", a mãe disse. "Deixem seu tio comer em paz."

Sartaj começou, aliviado por ver que a noite o poupara de uma tragédia culinária. "Cortou o cabelo?", perguntou a Farah.

"Sim! Você é o único homem do mundo que nota isso. Meu querido pai precisou de três dias para perceber que eu estava diferente."

"Ficou bonito", Sartaj disse. Ela era bonita, rechonchuda, e Sartaj se perguntou se teria namorados na Bélgica, ou mesmo em Bandra. Mas guardou a pergunta para si, sabendo que Majid era muito liberal, mas que a tolerância com romances virtuais não abrangia a filha. Gastava dinheiro suado na compra de um computador para os filhos, para o filho, mas o espesso bigode de cavalaria não era só afetação. Os rapazes encantados com o novo visual de Farah teriam de ser muito corajosos para subir os oito andares de muralha de seu castelo. Ela sorria, radiante, e Sartaj imaginou que os temores de muitos rapazes seriam liquidados por um sorriso daqueles. Ele mesmo escalara alguns muros em seu passado distante, enfrentando pais severos por um rostinho adorável.

Depois do jantar Rehana serviu uma xícara de chá a Sartaj, sentando a seu lado no sofá. Tinha as maçãs do rosto salientes como os filhos, e um corpo farto. Na fotografia emoldurada em dourado pendurada na parede ela era uma noiva magra, pintada com hena, e mesmo naquela época, com a cabeça baixa segundo o costume, já exibia olhos brilhantes. "E então, Sartaj, arranjou namorada?"

"Sim", Sartaj respondeu, "já arranjei."

"Quem é? Conte para mim."

"Uma moça."

"E o que mais poderia ser sua namorada, um abacaxi? Sartaj, para um policial você mente muito mal."

"O assunto me aborrece, Bhabhi."

"Meu filho não acha." O filho fora até a esquina com o marido e a filha, comprar sorvete. "Sartaj, você não é velho. Como pretende encarar a vida desse jeito? Precisa de uma família."

"Você fala que nem a minha mãe."

"Nós duas temos razão. Queremos sua felicidade."

"Sou feliz."

"Como é?"

"Sou feliz."

"Sartaj, basta olhar para você para saber exatamente o quanto é feliz."

Ao olhar para ela, em seu contentamento conformado, Sartaj pensou que o mesmo poderia ser dito a seu respeito. Sentiu profundamente o cansaço suarento de seu corpo, a aflição regada a uísque que se tornara. Irritara-se por ter seu ímpeto profissional arrefecido no final do dia, ao permitir que a feliz Rehana o arrastasse para uma discussão sobre felicidade. Foi salvo do aprofundamento da investigação sobre felicidade pela batida na porta. "Sorvete", disse. "Sorvete."

Ele tomou uma tigela de sorvete e foi embora.

Um violento zumbido arrancou Sartaj de seu sonho com viagens transoceânicas para encontrar mulheres estrangeiras. Uma trama intricada envolvia mães vigilantes e jipes velozes, mas tudo sumiu assim que seus olhos se abriram. Ele sentou na cama, atônito, sem conseguir entender de onde vinha o barulho. Por um momento pensou em defeito na campainha da porta, mas aí se lembrou do telefone celular. Tateou por ele na mesa-de-cabeceira, derrubou-o e teve de puxá-lo pelo fio do carregador. Finalmente o abriu.

"Sartaj Saab?"

"Quem é?"

"Bunty, saab. Alguém me disse que precisava falar comigo."

"Bunty. Isso mesmo, isso mesmo. Obrigado por ter ligado." Sartaj firmou os pés no chão e tentou desanuviar a cabeça, pensar numa estratégia para o diálogo com o assistente de Gaitonde. Mas não conseguia lembrar se havia planejado algo, e acabou dizendo apenas: "Precisamos nos encontrar".

"Dizem por aí que você atirou no bhai."

"Não atirei em Gaitonde. Esqueça os boatos. O que acha, Bunty?"

"Minha fonte diz que ele estava morto quando você entrou."

"Tem uma boa fonte, Bunty. Foi tudo muito estranho. Por que um homem como ele se mataria?"

"É sobre isso que deseja falar?"

"Isso e outras coisas. Explicarei quando nos encontrarmos."

"O que posso saber a respeito do motivo que o levou a se matar?"

"Bunty, por favor, desejo apenas conversar com você. Se me ajudar, poderei ajudá-lo também. Gaitonde morreu, o pessoal de Suleiman Isa vai caçar você. Soube que parte de sua turma já debandou."

"Venho vivendo assim há anos."

"Certo, mas e agora? Sozinho? Até quando poderá fugir?"

"Quer dizer, na cadeira de rodas, saab?" A voz de Bunty era grave, traía certo esforço no final da frase. Talvez fosse o modo como precisava sentar, pressionando os pulmões. Mas ele não parecia triste, apenas divertido. "Posso ir mais depressa nessa coisa do que a maioria dos homens a pé."

Sartaj levantou-se, grato pela chance de se mostrar curioso e simpático. "Sério? Nunca vi uma cadeira de rodas assim."

"Esta é estrangeira, saab. Sobe e desce escadas, também. Pode fazer de tudo."

"Interessante. Deve ser muito cara."

"Bhai me deu de presente. Ele gostava de coisas assim, modernas."

"Quer dizer que ele era um sujeito moderno?"

"Sim, muito moderno. Mas a manutenção da cadeira é difícil, sabe? Ninguém sabe consertá-la aqui, é preciso trazer peças e tudo mais de vilayat. Quebra a toda hora."

"Não foi feita para as condições da Índia."

"Isso mesmo. Como esses carros novos. Parecem bons, mas na verdade só um Ambassador é capaz de levá-lo a qualquer vilarejo."

"Encontre comigo, Bunty. Posso fazê-lo chegar a seu vilarejo em segurança."

"Nasci aqui em Mumbai, em GTB Nagar mesmo, saab. E o senhor está muito ansioso para me encontrar. Talvez Suleiman Isa tenha pedido para me mandar de volta para casa."

"Bunty, pode perguntar a qualquer um. Não tenho ligações com Suleiman Isa, nem com ninguém de seu grupo."

"Mas é amigo de Parulkar Saab."

"Com certeza. Mas não faço esse tipo de trabalho para ele, Bunty. Você sabe disso muito bem. Sou um homem simples." Sartaj levantou-se e foi até o pé da cama. Estava pressionando um homem que tentava driblar a morte numa cadeira de rodas ligeira. "Se não quiser me encontrar, paciência. Mas pense nisso, por favor."

"Está bem, saab. Preciso tomar cuidado, principalmente agora."

"Certo."

"Saab, posso ajudá-lo pelo telefone. O que deseja saber?"

Bunty mantinha a porta entreaberta para Sartaj, caso precisasse de ajuda mais tarde. Tinha seus problemas, afinal de contas, e pretendia sobreviver. Sartaj relaxou, soltou os ombros e esticou o pescoço. Surgia a possibilidade de relacionamento. "Diga, você não tem mesmo idéia do motivo que levou Gaitonde a se matar?"

"Não, saab. Não sei, mesmo. Sério."

"Sabia que ele havia retornado a Bombaim?"

"Sabia. Mas não o encontrava havia semanas. Só falávamos pelo telefone. Ele se escondeu naquele lugar."

"Na casa?"

"Sim. Não podia sair."

"Por quê?"

"Não faço idéia. Ele tomava muito cuidado."

"Como parecia, ao telefone?"

"Como? Como bhai."

"Sim, mas estava triste? Alegre?"

"Um pouco khiskela. Mas ele sempre foi assim."

"Khiskela como?"

"Como se tivesse a mente muito cheia. Por vezes passava uma hora falando de coisas que não tinham nada a ver com os negócios, falava sem parar."

"Por exemplo?"

"Não sei. Um dia foi sobre computadores nos velhos tempos. Ele disse que há computadores e armas nucleares no *Mahabharata*, ficava falando sem parar em Ashwathamma. Eu não escutava. Mesmo antes, quando ele estava no barco, gostava de conversar pelo telefone. Era um desperdício enorme de dinheiro. Mas ele era o bhai, e eu só dizia sei, sei, e ele falava."

"Quem era a mulher que estava com ele?"

"Jojo. Ela arranjava uns itens."

"Itens?"

"Sim. Só itens de primeira classe, para bhai. Costumava mandar buscar na Tailândia ou onde fosse preciso. Virgens. Jojo era a fornecedora."

"Virgens daqui também?"

"Sim, ele gostava de virgens indianas."

"Quantas?"

"Não sei. Uma vez por mês, creio."

"E Jojo era mulher dele também?"

"Ela era uma bhadwi. Também deve ter transado com Jojo. Era um de seus hobbies."

"Por que ele voltou a Mumbai, Bunty?"

"Não sei."

"Você era o gerente geral em Mumbai, Bunty. Claro que sabe."

"Eu era apenas um dos seus Número Dois."

"Soube que você era muito próximo dele."

"Eu continuei com ele."

"E os outros o abandonaram? Por quê?"

Seguiu-se um pequeno estalido na linha, de celofane e papel. Sartaj esperou até que Bunty acendesse o cigarro e desse uma tragada.

"Alguns nos deixaram. Os negócios não iam bem", respondeu Bunty.

"Por quê?"

"Não tem mais importância."

Aquele era o cerne da questão. Sartaj sabia, pela relutância de Bunty em explicar o fato, por sua estudada despreocupação. Com cuidado, lentamente, Sartaj disse: "Tem razão, Bunty. Agora não importa mais, mas me conte".

Bunty tragou o cigarro. Soltou a fumaça, seu peito chiou um pouco. Sartaj esperou.

"Saab, os negócios andam ruins para todos."

"E piores para a companhia Gaitonde do que para os outros, Bunty. Não banque o chutiya. Se for honesto comigo, posso ser sincero com você. Fale."

"Bhai não se concentrava nos negócios. Só nos mandava correr, aqui. Correr."

"Atrás do quê?"

Bunty riu alto, de repente. "Ele nos mandou localizar um sadhu. Disse que precisava encontrar um homem santo."

"Qual sadhu? Onde vocês procuraram?"

"Três sadhus juntos, e um deles era o líder. Sério, saab, não posso revelar mais nada."

"Por que não?"

"Não sei muita coisa além disso."

"Conte o que sabe."

"Assim não dá, saab."

"Então vamos nos encontrar."

"Saab, fale com Parulkar Saab."

"Qual o assunto?"

"Quero me entregar. Mas eles vão me despachar, saab."

Fazia sentido Bunty querer se entregar. Estaria mais seguro sob custódia, a cadeia o protegeria de seus inúmeros inimigos. Mas ele temia ser executado antes mesmo que seu nome constasse numa relação de detidos. "Se tiver alguma coisa importante para nos revelar", Sartaj disse, "tenho certeza de que Parulkar Saab cuidará de você."

"Sei de tudo, saab. Acompanho bhai faz muito tempo."

"Certo. Falarei com Parulkar Saab. Depois vou querer saber quem era o tal sadhu, o líder."

"Assim que eu me sentir seguro, saab, contarei tudo que sei. Revelarei seu nome. Sou o único a saber."

"Muito bem. Falarei com Parulkar Saab, vamos ver o que ele diz. Preciso de um número telefônico."

"Estou ligando de um PCO, saab. Não estou em Mumbai. Voltarei a ligar."

"Combinado." Bunty devia estar apavorado para tomar tanto cuidado até na busca por um refúgio seguro. "Quando retornará?"

"Na segunda-feira, saab."

"Ligue para mim na segunda à noite, e lhe direi o que ficou combinado com Parulkar Saab."

"Certo, saab. Agora preciso desligar."

Bunty desligou, e Sartaj preparou chai, meditando sobre as excentricidades da vida de gângster. O fato de que a morte pudesse chegar de repente era uma dádiva, mas o que intrigou Sartaj, por ser tocante, foi a disposição de Bunty em confiar em Parulkar, seu mais temível predador. Parulkar fora responsável, em anos recentes, pela perseguição aos membros da Companhia-G. Usava diversas fontes para recolher informações e determinar o paradeiro dos funcionários de Gaitonde, enviando equipes para tocaiar e matar os gângsteres. A não ser que os mortos fossem pistoleiros importantes ou gerentes da quadrilha, os jornais relatavam suas mortes em um parágrafo, num pé de página interna. Bunty talvez rendesse uma manchete na primeira página da seção de cidades. Pela cadeira de rodas especial, mais do que por sua morte.

Sartaj terminou o chai e ligou para a Delhi-walli, para informar a respeito da investigação sobre Gaitonde.

"Um sadhu era o líder desse grupo?", Anjali Mathur perguntou.

"Sim, senhora."

"Mas qual sadhu? Mencionaram algum nome?"

"Não, senhora. A fonte se recusa a fornecer qualquer detalhe, por enquanto. Talvez eu descubra mais alguma coisa nos próximos dias."

"Certo. Isso é muito estranho. Sabemos que Gaitonde era muito religioso, que realizava pujas com muita freqüência. Mas não conhecemos nenhum sadhu que se relacionasse com ele. E por que ele procuraria esse homem?"

"Não sei, senhora."

"Certo."

Ela fez uma pausa. Sartaj esperou. Já se acostumara ao raciocínio lento de Anjali Mathur.

"Tenho um endereço para você", ela disse. "Anote-o."

"Da irmã?"

"Sim, da irmã. Ela se mudou. Mora em Bandra atualmente."

Antes de visitar a irmã em Bandra, Sartaj passou na delegacia. Precisava telefonar. O pedaço de papel que Parulkar lhe dera, com o nome do contato da Companhia-S, tinha apenas um número telefônico, sem nomes. Sartaj teve de se esforçar para lembrar, Iffat-bibi, tia materna de Suleiman Isa e cúmplice do criminoso. Sartaj não conseguiu imaginar um rosto para ela enquanto discava, mas quando ela atendeu a ligação e ele ouviu sua voz imediatamente pensou em Begum Akhtar. Havia na voz a mesma doçura rouca, a mesma dor antiga que fluía dos antigos discos de vinil muito gastos, cheia de sofrimento, mas dura como a lâmina de uma adaga curva Avadhi. "Então você é o emissário de Parulkar?"

"Sim, senhora."

"Arre, não me chame assim, não precisa ser tão formal comigo. Afinal de contas, é filho de Sardar Saab."

"Você o conheceu?"

"Como não?", Iffat-bibi disse. "Eu o conheci quando era um jovem inexperiente, ou quase. Ele era tão bonito, baap re."

Papa-ji jamais mencionara Iffat-bibi a Sartaj, talvez ela fosse o tipo de mulher que os pais não mencionavam nas conversas com os filhos. "Ele era muito cuidadoso com as roupas."

"Seu pai", Iffat-bibi continuou, "adorava o reshmi kabab de um restaurante que nos pertencia, chamado Ashiana. Mas esse restaurante deixou de existir."

Sartaj lembrava-se dos kababs, mas não sabia que Iffat-bibi tinha a ver com eles. Iffat-bibi queria contar histórias sobre Sardar Saab. Ela disse que certa vez ele encontrou um menino pobre de doze anos perambulando em VT, e Sardar Saab usou seu próprio dinheiro para lhe comprar comida e uma passagem de trem de volta para Punjab. "Sardar Saab era um bom homem", suspirou. "Muito simples e correto."

Sartaj olhou para sua mão, para o kara de aço no pulso, e a marca que deixara durante sua vida, e concordou. "Sim." E esperou.

"Você precisa vir nos visitar qualquer dia desses. Vou servir um reshmi kabab melhor que os do restaurante Ashiana."

"Sim, Iffat-bibi. Irei, quando puder."

Iffat-bibi cumprira com as formalidades, agora estava disposta a tratar de negócios. "O que posso fazer por você?"

"Preciso de informações sobre Gaitonde."

"Aquele maderchod?" Foi um choque ouvir o palavrão numa voz tão melodiosa, e Sartaj compreendeu naquela hora que ela estava capacitada para ser conselheira e braço direito de um bhai, em vez de mera avó indulgente que oferecia comida. "Ele nos atormentou durante muitos anos. Foi muito bom você ter dado um jeito nele, finalmente."

"Não fui eu, Bibi", Sartaj disse. "Mas fale a respeito dele. Que tipo de pessoa era?"

Ele era um filho-da-mãe, um patife covarde, ela disse. Fugia da luta, traía seus próprios homens. Era um safado, um pecador que usava e desgraçava meninas.

"Mas ele comandava uma grande companhia, Bibi."

Ela concordou que ele era um bom comandante, que ganhara bastante dinheiro na sua época. Não, ela não sabia o que ele andava aprontando em seu retorno à cidade. A última notícia que teve era que se escondia na Tailândia ou na Indonésia, o desgraçado. Contou histórias a respeito de Gaitonde e suas perfídias. Ele assassinava pessoas inocentes, alegando que eram amigos de Suleiman Isa. Não passava de um inseto.

"Bibi, sabe de algum sadhu ligado a ele?"

"Sadhu? Não. Toda aquela história de rezas e caridade, era tudo falso. Ele nunca fez nada de bom para ninguém durante a vida inteira, que queime no inferno."

Sartaj agradeceu e disse: "Preciso desligar, Bibi".

"Andou conversando com alguém do lado de Gaitonde?"

"Um ou outro, Bibi."

Ela riu. "Tudo bem, não diga se não quiser, beta. Mas fale comigo se tiver algum problema. Afinal de contas, é o filho de Sardar Saab."

"Sim, Bibi."

"Telefone para mim, qualquer hora. Sou uma velha, mas não deixe de ligar. Anote meu número particular."

Sartaj anotou o número e o nome em sua agenda, mas pensou que não lhe adiantaria muito manter contato com aquela velha tagarela. Não tinha nada de útil para lhe dizer, ou talvez ele não tivesse nada que ela considerasse digno de troca por boas informações. Ele encerrou a ligação e saiu do distrito para procurar Katekar. Eles ainda precisavam visitar outra mulher.

Mary Mascarenas tremia, sentada na cama. Abalada, cruzara os braços na altura da barriga, abaixando a cabeça. Sartaj esperou. Talvez estivesse brigada com Jojo, talvez tivesse até desejado a morte da irmã, mas quando isso aconteceu parte de sua vida se despedaçou, e ela tremia com a amputação. Não adiantaria tentar dialogar com ela até a agitação passar, portanto Sartaj e Katekar aguardavam, examinando o pequeno apartamento, na verdade um único cômodo, que servia de quarto e cozinha, além do minúsculo banheiro. Uma colcha verde e preta cobria a cama de solteiro, alguns vasos no parapeito da janela, um telefone preto antigo de disco, dois quadros na parede, um dhurrie cinza no chão. Sentado na única cadeira de madeira, ao pé da cama, Sartaj concluiu que ela havia montado um refúgio no local. Com certeza ela mesma pintara as paredes de verde-claro, para complementar o verde-escuro das plantas e os tons de esmeralda exuberantes dos quadros, nos quais a vegetação luxuriante ocultava chalés e abrigava papagaios coloridos nas copas das árvores. O som forte de Mumbai invadia o local pelas frestas da persiana, incendiando os tons de verde que Mary Mascarenas escolhera para seu abrigo, enquanto o cabelo trêmulo reluzente ocultava sua face.

Katekar ergueu os olhos. Entrou na cozinha, e Sartaj imaginou sua cabeça virando para um lado e para o outro, esticada. Fazia um inventário. Iria ao banheiro em seguida, registrando cuidadosamente o conteúdo do cesto de lixo, o tipo de escova de dente e cremes para o corpo. Era algo que compartilhavam, essa fé nos detalhes, nos pormenores. Sartaj notara isso na primeira vez em que Katekar fez um relatório para ele, muitos anos antes, sobre um batedor de carteiras que agia na linha de trem, entre Churchgate e Andery Station. Katekar recitara nome, idade, altura, acrescentando depois que o desgraçado se casara três vezes, tinha uma queda acentuada por papri-chaat e falooda, no basti em que crescera o fato era muito comentado. Eles o pegaram três semanas depois, na Mathura Dairy Farm, perto da estação Santa Cruz, com a cabeça enfiada num prato de bhel-puri, logo após a lucrativa hora do rush vespertina, sentado na frente da namorada vesga que poderia se tornar em breve a quarta esposa. A observação minuciosa nem sempre rendia prisões e sucesso, mas Sartaj gostava de ver que Katekar compreendia um fato essencial. Havia muitas maneiras de descrever um homem, mas dizer que ele era hindu, pobre, criminoso, nada disso servia, nada disso ajudava. Só quando se descobria seu xampu predileto, as canções que gostava de escutar, quem e como ele gostava de chodo, que paan comia, só com isso era possível apanhá-lo, mesmo que nunca fosse preso. E Katekar estava no banheiro de Mary, agora. Com certeza cheirava o sabonete, Sartaj pensou.

"Por quê?", perguntou de repente. Afastou o cabelo da cara, prendeu-o com raiva e se virou. "Por quê?"

Mary tinha as maçãs do rosto da irmã, e a linha do maxilar mais arredondada, a face carnuda borrada pela perda. Não chorava, mas ainda tremia, sufocando o tremor até que Sartaj o notava apenas na ponta dos dedos e no queixo.

"A senhorita Mascarenas envolveu-se em atividades nefastas com um chefão da máfia, Ganesh Gaitonde", ele disse. "O resultado foi..."

"Você já falou isso. Mas por quê?"

Por que tudo? Ela queria saber. Por que um buraco de bala no peito, por que um piso de concreto, por que Ganesh Gaitonde? Sartaj deu de ombros. "Não sei", ele disse. Por que os homens matam mulheres? Por que matam outros homens? Essas questões o atormentavam por vezes, mas ele as afogava em uísque. Por outro lado, por que não perguntar, por que a vida? Nessa linha havia divergências profundas, tentações de alturas imensas. Melhor fazer o serviço. Melhor enfiar um apradhi na cadeia, e depois outro, quando for possível. Katekar estava no banheiro e seus olhos brilhavam, refletindo o sol. "Não sei, senhorita", Sartaj insistiu.

"Você não sabe?", ela disse. E balançou a cabeça com força, como se isso confirmasse suas suspeitas. "Quero minha irmã", continuou.

"Como?"

"Quero minha irmã", repetiu lentamente, no limite de sua paciência, "quero enterrá-la."

"Mas é claro. No entanto, a liberação do corpo pode apresentar dificuldades, quando a investigação está em curso, entende? Mas vamos providenciar para que o corpo seja liberado. Antes, preciso fazer algumas perguntas."

"Não quero responder nenhuma pergunta no momento."

"Mas são perguntas a respeito de sua irmã. Acabou de demonstrar que deseja saber o que aconteceu a ela."

Ela limpou o rosto, sentou-se mais ereta e subitamente ele se tornou objeto de estudo. Seus olhos tinham um tom mais claro de castanho do que pareceram no início, e ele logo percebeu o salpicado mais escuro. Sentiu-se constrangido, o exame dela era descarado, direto e demorado, e pelo menos sua posição deveria tê-lo poupado da inesperada intimidade de um olhar longo e profundo. Mas ele não baixou a vista. Finalmente, ela disse: "Como é mesmo seu nome?".

"Inspetor Sartaj Singh."

"Sartaj Singh, você já perdeu uma irmã?" Ela ergueu a voz. "Alguma irmã sua já foi *assassinada*?"

Aquela absoluta ausência de medo o irritava. Cidadãos em geral e mulheres em particular sempre se comportavam na presença da polícia, tornando-se medrosos, formais, cuidadosos. Mary Mascarenas era despudoradamente informal. Mas havia perdido a irmã, e ele respirou fundo, contendo sua contrariedade. "Lamento insistir neste momento delicado, e fazer perguntas difíceis..."

"Então não as faça."

"Trata-se, porém, de um assunto de suprema importância. Esse caso envolve a segurança nacional", Sartaj disse. E não conseguiu pensar em mais nada para dizer. Sentia-se inadequado, e portanto nervoso. Mary Mascarenas não parecia amedrontada, nem corajosa. Estava triste, desolada, no fundo não esperava nada dele exceto mais sofrimento. Ela ia teimar um bocado, gritar de nada adiantaria. Ele respirou fundo de novo. "Segurança nacional, entende?"

"Você vai me bater?"

"Como?"

"Vai quebrar meus ossos? Não é assim que vocês agem?"

"Não, senhora", Sartaj retrucou. Controlou-se e ergueu a mão. "Vamos cuidar da liberação do corpo. Além disso, há alguns bens, no momento estão retidos para perícia. Mas serão entregues após as investigações. Telefonarei quando completar as providências. Eis o número da delegacia, caso deseje entrar em contato comigo." Ele colocou o cartão em cima da cama com cuidado, bem na beirada, e virou para sair.

Na escada, Katekar virou a cabeça na direção de Sartaj. "Ela vai falar, senhor."

"Por que está sussurrando?" Katekar costumava fazer o papel de brutamontes ameaçador, sua postura sugeria tapas, socos e pontapés, e Sartaj representava o amigo compreensivo, a face da autoridade inesperadamente afável e barbuda. Com as mulheres ele era sempre o bonzinho. Mas Mary Mascarenas o hostilizara, o que irritou Sartaj. Do pátio no térreo ele olhou para a porta, que se fechava. Mary tinha um PG pequeno aconchegante, nos fundos da velha casa, numa rua residencial tranqüila, sob a sombra de duas antigas árvores vizinhas. A casa era um desses tesouros inesperados que sobreviveram em Bandra, um chalé cinza com venezianas e sacadas de ferro fundido, com portas e janelas emolduradas em branco. O jardim estava coberto de folhas secas, que estalavam sob seus pés. Tudo muito bonito e irritante.

Katekar tinha razão, porém. Ela falaria. Sartaj desceu a rua, pensando que ela alimentaria sua ira, diria a si mesma que o inspetor sardar era uma besta, um desgraçado, mas no fim ficaria a sós com a culpa, sentiria a necessidade de contar a ele o que ocorrera entre Mary e Juliet Mascarenas. Confessaria tudo a Sartaj porque precisava fazê-lo entender. Perdão não era o que os sobreviventes de fato necessitavam, sempre era tarde demais para isso. O que queriam era apenas que alguém de uniforme, alguém com três leões no ombro, dissesse sim, compreendo o que houve, primeiro foi isso, depois aquilo, então você teve de agir assim, depois assado. Ela falaria. Mas agora era melhor deixá-la sozinha. Agora era hora de salvar o corpo da incineração, para que Mary Mascarenas pudesse sepultar a irmã. As pessoas dão grande importância a pequenas ilusões e dignidades. Mary Mascarenas nunca veria a câmara frigorífica, ele lhe pouparia a visão do que realmente acontecia com as irmãs assassinadas. Melhor que enterrasse Jojo. Depois ela falaria.

Sartaj protegeu os olhos e fitou o mar, aquela superfície de mercúrio em movimento, visível através das árvores e dois prédios. Era tarde, hora de ir para casa, de voltar para sua própria família.

* * *

Sentada na poltrona do quarto, Prabhjot Kaur escutava os ruídos domésticos. A casa era preta. À noite, dava a impressão de ser maior, os contornos familiares empurrados pela escuridão movente, por uma ausência de luz que parecia ganhar vida em suas estrias de cor fantasmagóricas. Prabhjot Kaur ouvia Sartaj dormir. Era longe, do outro lado do corredor, mas naquela hora ela ouvia muitas coisas: a lenta acomodação da mesa de jantar ancestral, o tique-taque constante das gotas que caíam da torneira nos fundos da casa do vizinho, a trêmula movimentação dos pequenos animais debaixo da cerca viva na frente da casa, o zumbido da própria noite, aquela vibração surda e vigorosa que amplificava todos os outros sons. Ela ouvia tudo isso, e a respiração do filho bem nítida no meio. Sabia como ele se deitava, de costas, reto, com a cabeça para o lado, abraçado a um travesseiro apoiado no peito. Ele chegara tarde, carregando duas malas abarrotadas como sempre, cansado pela viagem de trem e também por muitas outras coisas, ela notou. Após um banho rápido Sartaj comera o rajma-chawal que preparara para ele, em silêncio, aliviado. Sentada à mesa, de frente para o filho, observava enlevada seu modo peculiar de comer o arroz, da esquerda para a direita, sistematicamente, batendo a comida com o garfo para ajeitá-la no prato. Fazia assim desde que era menino, com o garfo cruzado na mão fechada. Rajma-chawal era seu prato favorito, a atração do domingo, e ele gostava do arroz com bastante cebola frita.

Ela lhe fazia perguntas, de quando em quando, queria saber se o vazamento na parede do banheiro, em Bombaim, havia sido consertado, se ele escrevera uma carta a seu Chacha-ji em Delhi. Não se preocupava com as respostas de Sartaj, queria ouvir o som de sua voz. Quando terminou, ele reclinou o corpo, imóvel, deixando os dois braços penderem nas laterais da cadeira, piscando de leve. Ela tirou o prato. "Vá dormir, beta", disse.

A poltrona em que estava sentada era velha, o item mais antigo da mobília da casa. Fora remendada, reforçada, revestida, consertada com fita adesiva, operada, salva para ela. O pai de Sartaj a trouxera para casa certa noite, retirando-a cuidadosamente da traseira de uma perua, abrindo um sorriso cheio de dentes quando ela quis saber o que era isso afinal. Quanto dinheiro você gastou? Ele precisou de uma hora de conversa para convencê-la a sentar, a admitir que não era totalmente desconfortável. Foi a primeira coisa importante que compraram juntos, a primeira peça da mobília da casa humilde que não viera no dote. Agora a noite era um vasto território desconhecido que ela explorava sozinha, uma planície movente cujos horizontes recuavam eternamente, e ela preferia sofrer sentada na poltrona, pois seria demonstração de indolência ficar na cama enquanto ainda estivesse acordada. Mas não era verdade, não se tratava de sofrimento puro, sem diluição, mesmo que por vezes a solidão falasse por trás de seu zumbido férreo de gafanhoto por trás de seus olhos, enchendo seu estômago de areia soprada, cruel, que a lixava e riscava. Havia outro motivo para impedi-la de morar com o filho, ou de se mudar para os amplos espaços da residência do irmão, na mesma rua, à direita, e mergulhar na aconchegante algazarra de sobrinhos e sobrinhas que viviam brigando aos gritos, com a cara cheia de kulfi. Era algo colossal, que ela guardava para si. Mas sentia aquilo, tarde da noite, oculto sob os traços de seu rosto, que ela tocava e sentia como se fosse uma máscara, ela sentia e saboreava o indizível prazer de estar sozinha.

Balançou a cabeça com vigor para se livrar daquele deleite, para afastá-lo. Precisou de um minuto inteiro para levantar da poltrona, em quatro movimentos distintos dos braços, dos quadris e das pernas. Não havia necessidade de acender a luz para ir até o corredor. O móvel ficava à esquerda, os melhores pratos na primeira e segunda gavetas, os pratos caros com lírios dos quais ela gostava por causa dos círculos espiralados em azul-claro, e à direita estavam as fotos coloridas que ela poderia descrever de cor, um quadro do casamento emoldurado em plástico duro, o vermelho do sári transformado em quase preto, ela se lembrava do sapato bicolor do fotógrafo e sua cabeça escondida debaixo do pano preto, e seu jovem devar de gravata vermelha e sorriso de orelha a orelha, dizendo: "Vamos lá, Pabi-ji, cadê aquele sorriso tão lindo?". Seguiu-se um clarão luminoso e ela abriu o sorriso que havia ali, livre do envelhecimento. E Sartaj, retratado aos dez anos, num turbante azul grande demais para sua cabeça e blazer azul com botões de latão reluzentes, o que não aparecia na foto era o joelho esquerdo, oculto pela calça de flanela, que ele havia cortado naquela manhã no arame farpado ao pular uma cerca para cortar caminho pelo terreno baldio até o ponto de ônibus, embora ela tivesse dito uma centena de vezes para não ir por ali. Depois foi tomar injeção contra tétano e o pai comprou sorvete para ele, um tijolo inteiro de Kwality de baunilha, o preferido de Sartaj. Tinham os mesmos gostos, pai e filho, a mesma necessidade imperiosa de um brilho de espelho no sapato de couro e de um paletó novo a cada dois anos. No final do corredor o pai posava contra o fundo cinzento de um estúdio em seu penúltimo paletó, de *tweed* com padrão verde e preto, que usava com camisa branca e lenço verde de seda, a barba já com a cor branca contra a qual já havia desistido de lutar com tinturas e corantes. Uma barba branca é perfeitamente distinta, ela lhe disse duas vezes ao dia, por vários meses, até ele acreditar, e agora ela o deixava para trás e parava na porta, ouvindo Sartaj respirar depressa enquanto dormia.

Ele falou, resmungou algo para o lençol amarrotado ao lado da cabeça. No pé da cama ela se abaixou para pegar no chão a calça, a camisa e a roupa de baixo. Sartaj dizia algo, ela ouviu com nitidez a palavra "barco". Fechou a porta delicadamente, pois ele gostava de dormir até tarde e os empregados chegavam cedo. A caminho do banheiro, revistou os bolsos e encontrou um lenço; foi tudo para o cesto de roupa suja, para a bai.

De volta à poltrona, ela esperava ouvir a batida do lathi do vigia noturno na última esquina da rua, já era tempo. Ele dava uma volta grande no conjunto de casas a cada hora. Ela apurou os ouvidos, escutando um leve estalo de ressentimento nos ossos, uma resistência obscura, mínima, mal audível no meio da música maior da felicidade, de uma vida que conheceu a dor, mas foi bem vivida: lar, marido e filho dela, a esposa. Era inconveniente, após anos e anos, que uma pontada de contrariedade impossível de conter surgisse por causa das roupas jogadas no chão, uma ligeira revolta por sempre ter de fazer as coisas para os homens, sempre. Sim, inconveniente, sobretudo por Sartaj estar muito cansado, precisando do aconchego que ela oferecia. Sabia disso. Ele confessara que dormia profundamente na casa dela, que lá dormia muito melhor. Com muita coragem ele dormira em seu próprio quarto na primeira noite, fazia muito tempo, devia ter seis anos, talvez um pouco mais quando conseguiram um apartamento com um quarto para ele e uma sacadinha que dava para o jardim onde ela cultivava rosas e pendurava uniformes e sáris para secar no varal. Quanta roupa lavara naquela época, quantos dias azuis de Rin e calças curtas e meias combinando, e teria ela sufocado, em algumas manhãs, a mesma comichão nervosa, a mesma irritação a ser enterrada sob avalanches espetaculares de amor? Prabhjot Kaur afastou aqueles pensamentos, firmou as mãos nos braços de madeira antiga e tentou pensar nas férias na montanha, quando ela, Karamjeet e o filho caminharam por uma trilha irregular, ao vento, mas em vez disso viu uma casa numa cidade muito distante, incomensuravelmente distante agora que se situava do outro lado de uma nova fronteira onde uma longa cerca de arame brilhava de eletricidade mortífera, e aquela casa tinha janelas pintadas de verde e um baithak grande na frente, com toda a mobília, e, depois que se atravessava a passagem escura que ia de fora para dentro, havia um pátio de tijolos rodeado de arcos e aposentos. Naquele pátio estavam o pai e a mãe de Prabhjot Kaur, os dois irmãos mais velhos e as duas irmãs. Uma das irmãs era Navneet, a melhor e mais querida de todas, perdida para sempre. Navneet se fora, para nunca mais voltar. Prabhjot Kaur enxugou a testa e o rosto com as duas mãos. Inútil lembrar. As histórias já haviam sido escritas, e o que passou, passou. Continuar viva, ter uma família, vinha acompanhado de uma parcela inevitável de sofrimento. Não havia como fugir da vida, e tentar afastar a dor com a mente só a tornava mais presente. Respirou fundo: paciência. Suporte tudo, as insatisfações do cotidiano e as tragédias imensas do passado remoto, suporte tudo com a ajuda e as graças de Vaheguru. Suporte tudo por quem você ama. Prabhjot Kaur respirou fundo e tentou pensar nas tarefas do dia seguinte.

Sua respiração era regular, lenta. Do jardim, do outro lado, vinha uma batida constante, feita de pequenas explosões da água nas pedras.

Inserção: Uma casa numa cidade distante

Lavavam o quintal todas as manhãs, e lá estava Prabhjot Kaur, esfregando uma karhai com cinza debaixo da bomba d'água manual. Ela era a melhor e a mais nova das três irmãs: Navneet, Maninder e Prabhjot. Ou melhor, Navneet-bhenji, Mani e depois Prabhjot, ou Nikki, por causa de seu tamanho. Prabhjot Kaur gostava de ajudar Mata-ji, que sempre dizia: "Olhem só para Nikki, para essa coisinha de nada, Prabhjot Kaur, só tem dez anos e ajuda mais do que vocês todas juntas", o que normalmente significava que Nikki precisava se cuidar para não levar um beliscão de Mani, que adorava sentir a carne macia da parte interna do braço entre seus dedos implacáveis e firmes como chimta, sussurrando: "Sua ratinha, você vai ver só, ratinha". Nikki carregava as marcas com resignação, com alguma pena de Mani, que tinha orelhas grandes e parecia um espantalho dehati assustado após ganhar súbitos oito centímetros na altura, aos catorze anos. Mani circulava pela casa, histérica, desengonçada, revoltada, não ia bem na escola, considerava-se inexplicavelmente aprisionada como a irmã do meio, pois não lhe restava nada de especial por conta da idade e posição, não estava nem aqui nem ali. Nikki, por sua vez, era mimada pelos dois irmãos, Iqbal-veerji e Alok-veerji, que aos dezoito e dezessete anos eram mais novos que Navneet-bhenji, e mais distantes do que ela por causa da masculinidade bruta e da paixão pelo críquete. O pai gostava de examinar os cadernos de Nikki, que ela encapava com papel pardo bem dobrado nos cantos e bordas, enfeitados com seu nome bem escrito em letras verdes, principalmente as iniciais de "Prabhjot" e "Kaur", muito rebuscadas. Seus professores de Punjabi e Urdu admiravam sua escrita nas duas línguas e alimentavam esperanças de um bom desempenho no concurso anual de caligrafia promovido por Sir Syed Atullulah Khan. "Minha casa é nova", ela escreveu em letras verdes fluentes, sem um único erro ou borrão, pois era capaz de jogar uma página inteira fora em caso de um alefe irregular. Granjeara reputação universal de boa menina, séria e obediente, e na casa nova o que mais gostava era ajudar na cozinha.

"Já acabou, Nikki?", Mata-ji perguntou, de dentro da cozinha.

"Já vou, Mata-ji", Prabhjot Kaur respondeu, pulando para bombear a água, usando todo o seu peso para movimentar a bomba. A água caía em jatos fortes, borrifando-a e brilhando ao sol. Na cozinha, Mata-ji passava parraunthas de uma mão a outra com uma habilidade que gerava um som ritmado, antes de jogá-los em tava quente, com um giro do pulso final para cada um. Prabhjot Kaur pôs o karhai no chão com cuidado. Mata-ji enxugou o suor de seu rosto com o canto da dupatta, e Prabhjot Kaur observou, atenta, seu rosto redondo de nariz arrebitado, do qual todos zombavam.

"Leve isso para dentro", Mata-ji disse, depositando um parauntha perfeito, reluzente, numa pilha onde já havia quatro. "Depois você também pode sentar." Prabhjot Kaur sempre comia em penúltimo lugar. Os dois irmãos comiam para valer, devoravam dúzias de paraunthas e potes de ghee. Mani estava sentada ao lado deles, com o queixo apoiado no joelho erguido, brincando com uma pilha de bhindi, que dispunha em círculo. Não dava a menor atenção a Prabhjot Kaur, não lhe dignava um só olhar, pois ouvia atentamente Iqbal-veerji e Alok-veerji, que falavam de críquete. Prabhjot Kaur agachou-se e se serviu das travessas dispostas sobre o chatai, alimentando-se em silêncio, concentrada na comida. Era um domingo de férias, o pai saíra para comprar a derradeira carga de tijolos. Eles moravam na casa nova fazia quase um ano, mas o fundo ainda não estava pronto. Lá haveria um depósito e uma casa separada, com um dormitório e pátio, para os empregados. Era como se a construção da casa jamais fosse acabar. Desde que Prabhjot Kaur se lembrava, havia a casa de Adampur, na qual o pai desaparecia no final da tarde, após o trabalho, onde os irmãos passavam os fins de semana, supervisionando a obra, a casa que sempre estava distante, eternamente. A mudança exigiu três dias, e quando por fim passaram a primeira noite lá, juntos no pátio, em charpais novos, ninguém conseguiu dormir até amanhecer. Na manhã seguinte, debaixo do lençol quentinho e fofo, após sonhos deliciosos, Prabhjot Kaur ouviu o riso da mãe no telhado. O som transmitia uma liberdade reconfortante, uma descontração tão inusitada que Prabhjot Kaur ainda se recordava dela. Aquela risada permaneceu na casa nova, iluminando os corredores, misturada ao aroma do reboco recente. Mata-ji, sentada ao lado de Prabhjot Kaur, gemeu de leve como sempre fazia ao dobrar o joelho, sentia cansaço por conta do trabalho matinal, mas ainda assim havia algo de diferente em seus modos, um contentamento pomposo que ninguém vira enquanto passaram anos em dois quartos, nos fundos da casa de Narinder Dhanoa. Ela comia concentrada, debruçada sobre o prato, estalando os lábios a cada bocado, e Mani levantou-se abruptamente, revelando toda sua altura, e saiu em passos largos na direção da cozinha.

"Então, Sethani-ji", Alok-veerji disse, com a mão no ombro da mãe. "Quando sua empregada começa a trabalhar?"

"Eu acho que deveria dar conta de tudo sozinha", Mata-ji respondeu. "Afinal, o que farei com meu tempo livre?"

Alok-veerji quase caiu em cima do ombro de Mata-ji de tanto rir.

"Pediremos a ela que comece amanhã", Iqbal-veerji disse. "Caso contrário, continuará fazendo o serviço doméstico por mais dez anos, de tão sovina." Como filho mais velho, ele exercia uma autoridade indulgente sobre ela, com sorridente paciência.

"Isso mesmo", Alok-veerji concordou. "Caso contrário, a maior kanjoo do mundo não permitirá que a empregada se aproxime da casa."

"Quando começarem a ganhar dinheiro", Mata-ji disse, empurrando o queixo dele, apoiado em seu ombro, "então saberão o preço de seus paraunthas."

"Quando eu começar a ganhar dinheiro", Alok-veerji interveio, "vou comprar para você um carro com duas bandeirinhas na frente."

"Você será um laat-saab imediato", Mata-ji disse. "E olhe que ele levou vinte e um anos para construir esta casa."

Vinte e um anos e os tijolos continuavam chegando, Prabhjot Kaur pensou, mas percebeu que Mata-ji, apesar de balançar a cabeça, ficou contente ao pensar em Alok-veerji como um laat-saab de carro com chofer. Provocou nela o sorriso rápido e trêmulo de cabeça baixa, tão característico. Naquela tarde, quando Prabhjot Kaur se acomodou num cantinho do chatai, com o braço sob seu gadda favorito e a cabeça sobre ele, pegando profundamente no sono, ela ouviu os dois veerjis conversarem mais, deitados lado a lado, falando sobre a misteriosa empregada, que precisava ser encontrada e convencida a vir trabalhar, varrendo a casa com seus inúmeros cômodos e também a parte de fora, que ia passar o pocha até que o piso de ladrilho brilhasse, que lavaria a roupa e a penduraria no varal dos fundos, molhada e esvoaçante, e que escolheria o trigo, acenderia os lampiões, engraxaria os sapatos, guardaria os livros, pegaria o leite, compraria verduras, e faria, faria, faria. Prabhjot Kaur pensou que só uma mulher muito forte daria conta de tanto serviço.

Mas, três dias depois, a empregada que apareceu era uma mulher miúda chamada Ram Pari, que usava um salwar-kameez vermelho esquisito, com dupatta puída, e falava um dialeto tosco, áspero, que Prabhjot Kaur entendia mas considerava cômico. Ram Pari chamava Mata-ji de "Bibi-ji", e discutiu o salário acocorada no pátio. Quando chegaram a um acordo ela se levantou, tendo concordado com cinco rupias por semana. Prabhjot Kaur aproximou-se, parou a seu lado e confirmou que Ram Pari era pouca coisa maior que ela. De perto, Prabhjot Kaur sentiu um odor estranho e afastou-se rapidamente. Não chegava a ser um fedor, mas cheirava forte, como terra úmida ou os fundos de uma loja de halwai, onde o aroma intenso do leite velho chegava a dar tontura na gente. Prabhjot Kaur fugiu daquela intensidade, sentando-se perto de Navneet-bhenji no baithak, onde como sempre Navneet-bhenji mantinha o nariz enfiado num livrão. Prabhjot Kaur apoiou a cabeça no conforto macio do ombro coberto de algodão de Navneet-bhenji, e soletrou o título no alto da página: "Wordsworth". Sob o delicado algodão engomado do salwar vinha o perfume sutil de sabonete e pele morna. Era um aroma que Prabhjot Kaur conhecia desde pequena, e agora ela o aspirava, enfiando o nariz no tecido, quase a ronronar. "O que está fazendo, jhalli?", Navneet-bhenji perguntou, estendendo a outra mão para beliscar o nariz da irmã. Prabhjot Kaur não se achava maluca, nem um pouco, mas era difícil explicar por que precisava daquilo naquele momento. Acomodou o rosto na dobra do braço de Navneet-bhenji e se acalmou. Ram Pari desaparecera do quintal e Mata-ji apareceu com uma tigela cheia de ervilha. Sentada ali perto passou a debulhar as vagens e empurrar as ervilhas para um prato com o polegar, tchuc-tchuc-tchuc, tão depressa que o som parecia contínuo. Mata-ji se concentrava nas ervilhas e Navneet-bhenji mantinha o livro apoiado no joelho. Eram companheiras cordiais e silenciosas naqueles dias, mas Prabhjot Kaur se recordava do ano anterior, quando brigaram feio depois que Navneet-bhenji terminou seu FA e queria ir à faculdade para BA. Mata-ji disse a ela para pensar nos irmãos e irmãs, impedidos de se casar e serem felizes por causa de seu egoísmo, e quando Navneet-bhenji argumentou razoavelmente que seus irmãos e irmãs estavam a muitos anos da possibilidade de casamento, Mata-ji gritou com ela coisas estranhas, como desgraçar a família, e depois se recusou a comer durante dois dias. Finalmente Papa-ji meteu a pesada colher paterna no caso. Se Navneet quer fazer BA, ele disse, então ela vai fazer e pronto. Mas Mata-ji tinha poderes que agiam de modo misterioso. Ela se refugiou em seu quarto, e Papa-ji a seguiu, erguendo os olhos. Quando apareceu, na manhã seguinte, ficou estabelecido que o casamento poderia ser adiado, mas não deixado de lado. Agora Navneet-bhenji estava noiva de Pritam Singh Hansra, engenheiro recém-formado da PWD que trabalhava em Gujranwalla. Após o noivado Papa-ji cofiou a barba sutilmente, só alguns fios brancos haviam surgido, sob o lábio inferior, e disse que a felicidade vem da ponderação razoável. Mata-ji permaneceu calada. E Prabhjot Kaur, assombrada com o poder de Papa-ji de fazer as coisas surgirem no ar — um noivo para Navneet-bhenji, uma casa para todos —, jamais compreendeu que as coisas não eram bem assim.

Ram Pari ia todos os dias à casa, e Mata-ji se envolveu em épicos duelos com ela. Ensinar a mulher a lavar a louça direito, até atingir um grau aceitável de limpeza, foi uma lição que exigiu três dias cheios de demonstrações práticas e críticas ferinas. Ram Pari não retrucava, ignorando a arenga de Mata-ji, lavava duas tigelas e uma travessa de acordo com o alto padrão estabelecido e retornava a seu confortável desleixo. Sua técnica de varrer, eficiente e rápida, deixava porém trechos empoeirados nos cantos e ignorava os espaços debaixo dos almirahs, provocando em Mata-ji acessos de indignação. Enquanto isso os dois irmãos de Prabhjot Kaur morriam de rir, zombando em voz alta de "Badboo Pari". Prabhjot Kaur ria com eles, para demonstrar solidariedade, mas no fundo considerava que o cheiro não era badboo, de modo algum, embora fosse forte não chegava a ser ruim. Ram Pari era baixa, os músculos de sua barriga pareciam formar uma tela dura, Prabhjot Kaur os via quando Ram Pari levantava o kameez para limpar a boca no rosto enrugado de velha. Ela fazia isso de tarde, às vezes, em vez de usar a dupatta da cabeça, e Prabhjot Kaur pensava que seu objetivo era se refrescar, pegar um pouco de brisa na pele. Assim, porém, ela exalava aquele cheiro que pairava no ar, real e inevitável como uma nuvem de fagulhas no fogo da chaunka. Prabhjot Kaur fugia do cheiro, mas também tentava suportá-lo, e às vezes agüentava firme para experimentar sua pungência na própria pele. Ansiava por ele e sentia vergonha disso, mantendo segredo. Seu maior segredo, mais escondido que a moeda de uma rupia que encontrara sob a almofada na sala da frente, que ela sabia pertencer a Papa-ji, mas que levara para a escola no dia seguinte no estojo, suficiente para comprar kesar kulfis durante uma semana, não apenas para si como também para as duas melhores amigas, Manjeet e Asha. Não contou a ninguém que ansiava pelo cheiro de Ram Pari, que saboreava sua pungência, nem mesmo às companheiras do Trio Terrível, que usavam maria-chiquinha exatamente do mesmo jeito, e que sentavam juntas na segunda fila desde o primeiro ano.

Naquele dia de abril o Trio balançava no banco traseiro da tanga de Daraq Ali, com Manjeet no meio, como de costume. Ela era a líder indiscutível, apesar das notas melhores das outras duas e dos pais, que tinham empregos melhores. O pai de Manjeet não passava de um gerente de hotel, mas ela possuía um corpo esguio, musculoso, alto, e uma força de personalidade e retidão que Prabhjot Kaur e Asha admiravam mas nem imaginavam emular. Contentavam-se com o abrigo fornecido por aquela ampla sombra arriscada.

"Chacha, mais rápido", Manjeet disse para Daraq Ali, com o braço nas costas do assento. "Mais depressa, ou nos transformaremos em montinhos de cinza escura aqui mesmo em Larkin Road. Vamos torrar e desaparecer num relâmpago de fumaça fedorenta. Mais rápido, mais rápido."

Passava das três e meia, fazia mais calor do que Prabhjot Kaur se lembrava de ter sentido, o sol batia diretamente sobre elas no banco traseiro da tanga, a rua à frente parecia interminável e Daraq Ali era o mais velho e lento condutor de tanga da cidade inteira. Ele as apanhava individualmente, de manhã, e trotava, não, se arrastava até a escola, para depois esperá-las às três da tarde para a jornada interminável, arrastada e ruidosa de volta para casa. Ele jogava a barba espessa pintada com hena por cima do ombro suado e sempre dizia: "Bibi, ela trabalhou duro o dia inteiro, debaixo do sol. Veja como está cansada. Se eu pedir que vá mais depressa, ela tentará, mas vai morrer do coração". E depois, para a traseira que se erguia e descia sob as rédeas: "Shagufta, mais depressa, para as grandes damas não sofrerem com o sol forte".

"Esta égua é mais velha que você, Chacha", Manjeet disse. "Venda aos compradores de cavalos velhos e arranje uma égua nova e forte."

"Mas veja como ela se esforça", Daraq Ali contrapôs. "Veja como ela puxa forte. Como pode dizer uma coisa dessas, bibi? Vai partir o coração da coitada."

Manjeet resmungou e ergueu o basta na frente do rosto para se proteger do sol. "Claro, agora estamos indo depressa. Arriscando nossas vidas numa corrida fantástica. Estou morrendo de medo."

Prabhjot Kaur riu e instantaneamente desejou um copo d'água grande do surahi que Mata-ji mantinha cheio o dia inteiro. Ela pensou nisso, no surahi sendo inclinado, na boca de barro arredondada em sua mão, na água caindo no copo num jato regular, provocando um gorgolejar circular, e na rua escura deixada para trás sob as pontas empoeiradas de seu sapato, e no pavoroso ploncplunc plonc-plunc das ferraduras de Shagufta em sua têmpora. Ela fechou os olhos, mas sabia que passavam por Kalra Shoe Emporium à direita, com sua árvore pontuda de Lady's Pumps, depois por Manohar Lal Madan Lal Halwai, onde havia nos fundos reservados familiares e um imenso espelho decorado com um homem de turbante e uma mulher, sentados à beira de um regato, e depois Kiani Fine Furniture, que exibia um enorme sofá vermelho na vitrine, A Seu Serviço Há Cinqüenta Anos, não o sofá, mas o velho Mr. Kiani e seus três filhos. Prabhjot Kaur apostou sozinha e abriu os olhos, realmente estavam passando bem na frente da Tarapore Bakery, um paraíso de bolos e refrescos, visitada por Prabhjot Kaur apenas uma vez em sua vida inteira, no nono aniversário. Ela se lembrava do estalo alto da tampa de vidro caindo dentro da jarra de refresco sob o peso da palma da mão de Papa-ji. As bochechas de Prabhjot Kaur doíam, chegavam a incomodá-la quando a lembrança retornou com força total, inundando a boca com as erupções rosadas, que picavam os lábios por dentro, e quando Shagufta avançou e os levou para lá da Tarapore Bakery Prabhjot Kaur viu Ram Pari. Ela caminhava pela beira da rua, com os braços ao longo do corpo, e a dupatta esvoaçava. Prabhjot Kaur afundou no assento, inexplicavelmente envergonhada. Havia algo naquele encontro com Ram Pari no meio do caminho, ao lado de duas senhoras brancas de chapéus que pareciam jardins de renda, sapatos brancos de tira e vestidos incrivelmente vaporosos vindos das profundezas do misterioso setor estrangeiro da Perreira's Ladies Wear, havia algo no caminhar de Ram Pari, de pernas abertas, que levou Prabhjot Kaur a ignorá-la naquele momento. Por isso ela virou a cabeça como se olhasse para alguma coisa do outro lado da rua, mas o pescoço queimava, não do sol, e sim do que acreditava ser o olhar de Ram Pari, de modo que não conseguiu resistir à tentação de uma espiada furtiva. Shagufta afastava-se lentamente de Ram Pari, cujo rosto era esticado como um lençol secando ao vento quente do verão, cujos olhos firmes pareciam não ver, embora olhasse diretamente para Prabhjot Kaur. A curva tensa de seus ombros desapareceu aos poucos na claridade de Larkin Road, e Prabhjot Kaur a perdeu de vista em seguida, pouco antes de virarem à esquerda na Fulbag Gali e depois na Chaube Mohalla, quando Manjeet saltou e correu para sua casa, com as duas tranças balançando atrás de si.

Quando Prabhjot Kaur chegou em casa, o pai estava sentado em seu baithak com um amigo, Khudabaksh Shafi, que bebia chá numa xícara reservada especialmente para ele. Prabhjot Kaur sempre pensou nela como a xícara muçulmana, e sempre havia problemas com Mata-ji quando Papa-ji a levava para dentro e lavava pessoalmente na bomba d'água. Mata-ji sempre fechava a cara e Navneet-bhenji e Mani erguiam os olhos e diziam que ela estava sendo terrivelmente tola. Prabhjot Kaur gostava de Khudabaksh Shafi, que usava um bigode reto enorme no meio da cara e nunca chegava sem presentes. Naquele dia ele levou um cesto de lichias. "Especialmente para você, beta", disse rindo. "Deixe para comer depois do jantar. E não permita que as duas mustandas lá dentro a enganem." Os dois irmãos descansavam deitados em charpais, no quintal, de uniforme branco de críquete, tomando copos enormes de khari lassi. Iqbal-veerji levantou-se e pegou o taco — que ele tratava dia sim dia não com um óleo especial — e mostrou a ela como acertara três seis em série, em cima de Shahidul Almansoor, que se considerava o melhor jogador da província inteira. Prabhjot Kaur balançava o corpo, apoiada na ponta dos pés, tentando se mostrar interessada, mas assim que pôde fugiu para o quarto da mãe e encostou na porta até um triângulo de luz se formar no assoalho. Ela se esgueirou para dentro e sentou na beira da cama, no lado que pertencia a Papa-ji. A cama era tão alta que ela precisou usar as duas mãos para subir, e o vulto da mãe parecia uma montanha ao entardecer. Um ventilador de mesa fazia ventar de um lado a outro.

"O que foi?", Mata-ji perguntou finalmente, sem se virar.

"Há algum problema com Ram Pari?"

Mata-ji respirou fundo. "Aquela gente."

"Ela fez alguma coisa, Mata-ji?"

"Ela, não. O marido."

"Ela tem marido?"

"Beta, ela tem nove filhos. O marido ficou um ano e meio sem aparecer em casa. Ela achava que ele tinha outra mulher por aí. Ontem ele voltou. Como um laat-saab, esticou as pernas e pediu o jantar. Esta é a minha casa, ele disse."

"E a casa é dele?"

"Se somar tudo que ele ganhou na vida, não dá dez rupias."

De algum modo a resposta foi satisfatória. O ombro de Mata-ji subiu e desceu, a respiração mudou de ritmo e Prabhjot Kaur desceu lentamente para o chão, sentindo o rosto queimar. Ram Pari continuava a caminhar em algum lugar, numa linha reta como o destino, mas Prabhjot Kaur só conseguia pensar que também jamais havia ganho uma rupia na vida, fora a que roubara. Ela parou na sombra das colunas caneladas do quintal, observando os irmãos e as manchas avermelhadas das bolas de críquete em suas calças, sua exaustão satisfeita, e se perguntou se aquela casa era dela. Escapou-lhe durante toda a tarde a sensação de lar que sentira desde o primeiro dia em que vira as pilastras subirem e um buraco no chão demarcado com tijolos. Mesmo quando o sol deixou de bater nas colunas e ela regou o jardim, sentindo o perfume da noite que se iniciava, não foi capaz de se situar no local. Dormiu um sono leve, irregular, em seus sonhos flutuava, escorregava e deslizava pelos telhados brancos de Sabhwal, cidade onde nascera.

Acordou com o bate-boca. Mani argumentava que deviam permitir que Ram Pari ficasse. "Ela não tem para onde ir", disse, e Prabhjot Kaur sentiu o esforço que lhe custava manter a voz baixa e razoável, e que prendia sua garganta.

"Tudo isso é muito triste", Mata-ji afirmou. "Mas desde quando devo tomar conta dela, só por ser minha mausi? Ela que procure algum parente."

"Mata-ji, já *expliquei* que ela *não tem* ninguém aqui. O marido a trouxe de uma aldeia. Quer que ela durma na rua, com todas as crianças?"

"Quando foi que eu falei que queria isso?", Mata-ji perguntou, sentada de pernas cruzadas, perto da cozinha, com um thal enorme no colo no qual havia uma pilha alta de trigo num dos lados. Os grãos passavam para o outro lado da tigela de metal, empurrados pelos dedos ágeis incansáveis, e no chão, a seu lado, havia um montinho de pedrinhas pretas, palha e gravetos. "Eu não quero que ela faça absolutamente nada."

Prabhjot Kaur atravessou o quintal correndo e saiu pelo portão da frente. Ram Pari estava agachada ao lado do portão, apoiando as mãos num colchão azul enrolado. Crianças a rodeavam, um grupo incrível, esparramado em volta dela. Um bebê, vestindo apenas um pano amarrado na altura da barriga, subia por tornozelos e canelas, movimentando rapidamente as perninhas gordas. Quando estava quase escapando do emaranhado de corpos, uma menina da idade de Prabhjot Kaur debruçou-se, pegou a criança pelo braço e a arrastou de volta.

"Ram Pari", Prabhjot Kaur perguntou, "o que aconteceu?"

"O que posso fazer, Nikki?", Ram Pari disse. "O que fazer? Meu marido voltou." Ela desfechou um gesto largo que abrangia não somente as crianças e Prabhjot Kaur, mas o próprio mundo.

"Mas ele não pode pôr você para fora, simplesmente. Não está certo." Ram Pari ficou quieta, e Prabhjot Kaur teve a sensação constrangedora de que todos olhavam para ela, até o bebê, todos os olhos negros fogosos, inexpressivos mas ainda capazes de deixá-la constrangida e procurar outro lugar para ir. Ela recuou, virou-se e correu para dentro de casa. Sentia pânico em seu peito, uma angústia lancinante colorida de preto e vermelho cujo gosto lembrava uma maçã podre que ela mordeu certa vez, esponjosa e escura sob a casca crocante. Refugiou-se no colo de Mata-ji. Com o rosto enfiado no cabelo de Mata-ji, ela disse, ofegante: "Por favor, Mata-ji, deixe que ela fique".

"Você também?" Mata-ji levantou os olhos. "Minhas filhas viraram santas e assistentes sociais."

Navneet-bhenji riu, sentada à mesa da sala com uma xícara de óleo à frente, tratava o cabelo com escovadas longas, lentas, que faziam a cabeleira negra levantar e cair como uma onda. Aquela luz valorizava seu rosto em forma de coração e os grossos lábios vermelhos, e Prabhjot Kaur nunca a vira tão linda.

"Navneet-bhenji", Prabhjot Kaur pediu amuada, quase em lágrimas. "Diga a Mata-ji para deixá-la ficar aqui."

"Envolvimento com os problemas dessa gente só nos causará complicações", Mata-ji afirmou. "Você quer que o tal sujeito apareça aqui, fique rondando nossa porta, entre e saia de nossa casa? E aquele monte de crianças sujas..."

"Mata-ji", Navneet-bhenji disse, "você poderá lavar todos eles três vezes."

"Não me provoque, Navneet", Mata-ji avisou. "Vocês duas, arrumem-se para ir à escola."

Quando seu rosto parecia inchar, Mata-ji era inflexível como uma lata cheia de desi ghee. Prabhjot Kaur abotoou o uniforme com dedos trêmulos, e passou o dia inteiro na escola tendo visões de Ram Pari caminhando por uma terra inóspita, os filhos choravam de sede e caíam um a um no deserto. Manjeet e Asha observavam Prabhjot Kaur intrigadas, enquanto ela se esforçava para copiar a lição. No recreio ela relatou as dificuldades de Ram Pari, mas as amigas não se comoveram, ou pelo menos não sentiram metade, ou um quarto, do que ela sentia. E olhe lá. "Essa gente vive brigando", Asha disse. Prabhjot Kaur escutara as palavras e, ao ver o esgar de desprezo no canto da boca de Asha, lutou para afastar as lágrimas. Manjeet apenas deu de ombros. Depois as duas se dedicaram a questões urgentes, como a possibilidade de convencer o pai de Manjeet a bancar um passeio no próximo final de semana. Mantinham as cabeças muito próximas, Prabhjot Kaur viu as tranças reluzentes e o branco imaculado de suas dupattas, queria falar mas seus sentimentos a respeito de Ram Pari pertenciam a um recanto íntimo obscuro, ao fundo de uma caverna, e seria impossível trazê-los à luz do verão, apavorados e nervosos. Por isso Prabhjot Kaur respirou fundo e ficou calada. Passou o dia em silêncio, e não abriu a boca na tanga de Daraq Ali, no caminho inteiro de casa.

As crianças ainda estavam do lado de fora, amontoadas num canto sombreado que passara ao outro lado do quintal, mais estreito. Ram Pari estava dentro de casa, lavando as últimas panelas. Navneet-bhenji descansava com um livro aberto no colo, abanando-se lentamente com uma ventarola. Sem abrir os olhos ela resumiu a Prabhjot Kaur as batalhas do dia: Ram Pari entrara sem perguntar nada e começou a varrer o quintal, como de costume; depois desempenhou outras tarefas, e Mata-ji a observou. As duas mulheres passavam uma pela outra em silêncio. Não trocaram uma só palavra o dia inteiro. Naquele momento, enquanto Prabhjot Kaur olhava, Mata-ji passava em diagonal pelos tijolos com uma trouxa de roupa molhada na mão, a trinta centímetros de Ram Pari, a caminho da escada que conduzia ao telhado, mas as duas desviaram os olhos, como se panelas e roupas não permitissem prestar atenção a mais nada.

"Nem olhou para ela, né?", Navneet-bhenji perguntou, ainda de olhos fechados.

"Quem?"

"Mata-ji. Ela nem olhou para Ram Pari, certo?"

"Não olhou."

"Foi assim o dia inteiro. Ai, Nikki, ela me deixa louca. Tantos silêncios cheios de insinuações, todos têm de entender o que está dizendo e fazer o que ela quer. É ótima nisso. Todos fazem o que ela quer."

Foi a vez de Prabhjot Kaur ficar em silêncio. Sentira pontadas de ressentimento em relação à mãe, quando não a deixaram ir a um piquenique escolar, ou quando foi a última a se servir da travessa de kheer, ganhando menos que os irmãos, mas essas pequenas contrariedades se esgarçavam sob a vasta presença da mãe e sua influência abrangente, sob o abraço úmido de seus braços maternais, que ela sentia logo ao entrar em casa, nos meios-tijolos pintados de branco com que ela demarcara o caminho de acesso, nas barras bordadas das toalhas de mesa no baithak. Mas aquele sutil toque inusitado de desprezo na voz de Navneet-bhenji indicava um distanciamento entre mãe e filha, entre Mata-ji e ela mesma, que Prabhjot Kaur jamais imaginara possível. Fez que se sentisse inquieta, muito solitária.

Navneet-bhenji abriu os olhos. Olhou diretamente para Prabhjot Kaur com olhos ainda enevoados, distraídos. Depois piscou duas vezes. "Arre, por que está me olhando desse jeito, bachcha?", ela perguntou. "Não se preocupe. Ela irrita a gente, mas você também deixará esta casa, um dia."

Prabhjot Kaur engoliu em seco duas vezes antes de conseguir falar. "Será?"

"Sim", Navneet-bhenji disse, e a puxou para mais perto. Aconchegou-a no colo e sussurrou perto do cabelo: "Não soube? Uma menina nasce numa casa, mas seu lar é em outro lugar. Esta casa não é a sua. A sua fica em outro lugar".

Dizendo isso, Navneet-bhenji se espreguiçou e suspirou languidamente. Prabhjot Kaur sentiu em sua própria carne o gosto que a irmã tinha pela vida, sua avidez pelo futuro, o prazer de ir embora dali, de viver afastada, e mesmo assim Prabhjot Kaur sentiu uma perda inexplicável e uma premonição. O som áspero das panelas areadas com cinza se misturou ao da pulsação da irmã, que latejava em seus ouvidos.

Ela cobriu a cabeça com a dupatta de Navneet-bhenji e tentou dormir. Quando Mani chegou, uma hora e meia depois, atirando a sacola cheia de livros no chão, Prabhjot Kaur compreendeu que ela estivera com Ram Pari e seus filhos, ainda acampados perto do portão, e que estava exaltada, pronta para a batalha. Mas bastou Mata-ji fuzilar Mani com olhos arregalados e sobrancelha franzida para ela desistir e sentar em silêncio ao lado de Prabhjot Kaur, cutucando furiosamente uma unha do pé. Em seguida, disse: "Teremos de esperar a volta de Papa-ji".

Mas Papa-ji não se mostrou animado para um confronto. Estava exausto, recostou numa masnad e cofiou a barba com os dedos. Prabhjot Kaur percebeu que ele pensava em outra coisa enquanto Mani explicava o problema objetivamente, com frases curtas, precisas, e muita eloqüência. "Questão difícil", ele disse, e levantou-se. Seguiu para seu quarto, já esquecido de Ram Pari e suas dificuldades, sem sombra de dúvida. Mani ergueu as mãos e recuou os ombros em sinal de derrota. Prabhjot Kaur bateu com os pés no chão. O que fazer, o que fazer? O silêncio permaneceu, cresceu. Ram Pari entrou na hora do jantar para fazer phulkas, e o único som que Prabhjot Kaur ouviu foi o slap-slap de suas mãos na atta. Os irmãos estavam em casa, mas até eles comeram em silêncio. Todos pareciam preocupados, exceto Navneet-bhenji. Finalmente, quando os pratos foram tirados da mesa, Mata-ji mordiscava um pouco de gur, que ela segurava com dois dedos acima da mão esquerda em concha. Ram Pari entrou e parou encostada na parede. Apoiava uma das mãos na cintura, e um tornozelo estava cruzado por cima do outro. "Bibi-ji", ela disse, "vou embora."

"Vá", Mata-ji disse, e Prabhjot Kaur sentiu que seu peito inflava e baixava, bem no meio.

Ram Pari estava no meio do quintal quando Mata-ji falou novamente. "Para onde vai?"

Prabhjot Kaur viu que Ram Pari ficou perfeitamente imóvel. Seus ombros eram dois retângulos magros e escuros contra o branco enluarado da parede atrás dela, contra o teto em ângulo. Ela não disse nada.

Mata-ji olhava para o pedacinho de gur preso em seu dedo, como se o sopesasse, considerando as possibilidades. "Muito bem", ela disse. "Você pode passar uma noite aqui, atrás da casa."

"Sim, Bibi-ji."

"Mas só uma noite, entendeu?"

"Sim, Bibi-ji. Uma noite."

Ram Pari afastou-se rapidamente. Prabhjot Kaur percebeu que ela pretendia se afastar para não ouvir mais nada que poderia ser dito, que não suportaria a idéia de mais discussões. Prabhjot Kaur sentiu-se repentinamente cansada, esgotada, como se tivesse ido e voltado da escola a pé com uma bolsa pesada nas costas. Debruçou-se, apoiou-se por um momento nos joelhos de Mata-ji, depois se levantou sem ninguém mandar e se preparou para dormir. Contudo, apesar dos joelhos bambos e olhos pesados, ela trepou numa banqueta que havia no canto do quarto onde dormia com Mani e esticou o pescoço para fora da janela, de esguelha, para poder ver o grupo de silhuetas escuras que se movimentava nos fundos da casa. Só havia a luz indireta de duas janelas, mais nada, e mesmo assim Prabhjot Kaur viu como Ram Pari e seus filhos ajeitavam um abrigo. Tinham bagagem, trouxas que Prabhjot Kaur não se lembrava de ter visto no decorrer do dia, e das trouxas saíram panos e trapos, lençóis e tiras que foram estendidos no chão, perto da casa, formando um círculo irregular que lhes serviria de habitação. Prabhjot Kaur viu que uma parede apenas poderia servir de abrigo. Foi dormir consumida pela idéia. Lembrou-se de todos os desenhos que fez de "Minha Casa" em sua longa vida, e que as casas retangulares que desenhava eram de certo modo falsas, e sentiu uma grande satisfação ao olhar para trás e pensar que fora uma criança muito boba.

Na tarde seguinte, quando voltou da escola, Prabhjot Kaur foi direto para os fundos da casa, onde viu duas colchas grossas pregadas na parede na parte superior, e presas com tijolos quebrados no chão, formando uma espécie de tenda sob a qual o bebê cochilava. As outras crianças estavam espalhadas pelo quintal, que ainda era apenas uma área de terra batida com duas árvores solitárias e um muro nos fundos. Prabhjot Kaur aproximou-se com cautela da entrada da tenda e se abaixou. Dois tijolos serviam de altar para a imagem colorida de Sheran-walli-Ma resplandecente com seu tigre. Num prego pendia a sacola de lona das roupas. Outros dois pregos sustentavam um saco de juta com cereais. No fundo, na parte sombreada da tenda, havia um monte de sacolinhas e o bebê, que dormia encostado nelas. Prabhjot Kaur tremia violentamente ao ver o pequeno mundo verde atrás das colchas, sentindo a novidade subir por seu braço em saltinhos excitantes. Estava muito admirada. Com que competência tão pouco foi transformado em tanto! Que demonstração de coragem, tudo aquilo! Fitou o bebê. Usava um bracelete fino no pulso direito, um cordão preto no braço esquerdo com um taveez pendurado, e tinha um pênis exatamente igual a uma torneira ao contrário. Prabhjot Kaur resistiu à tentação de pegá-lo no colo e niná-lo. Deu meia-volta. A um metro de distância uma das meninas mais velhas a vigiava com as mãos às costas. Usava uma trança suja comprida que descia pelo ombro e pendia à frente, tinha olhos negros alertas e um dente protuberante no lado esquerdo da boca. Prabhjot Kaur calculou que tivesse catorze anos, mas sentiu-se — instantaneamente, sem questionar — mais velha. "Qual é seu nome, menina?", perguntou.

"Nimmo", respondeu a menina.

"Sabe ler, Nimmo?"

Nimmo fez que não. Em meia hora Prabhjot Kaur aprendera e decorara os nomes de todos — Nimmo, Natwar, Yashpal, Balraj, Ramshri, Meeta, Bimla, Nirmala, Gurnaam, nessa ordem — e nenhum deles sabia ler, nenhum deles, nem mesmo os meninos, haviam pisado numa sala de aula. Prabhjot Kaur ficou horrorizada, pois ali estava a ignorância do país, em sua própria varanda, mas sentiu também um prazer secreto, pois isso lhe dava uma orientação clara, uma tarefa imperiosa. Sabia como devia proceder. Cuidaria de sua educação. Mas restava o problema de quanto tempo passariam ali, se Mata-ji insistiria em sua política de abrigo por uma noite apenas e cruelmente os despejaria no vasto mundo. Dentro da casa, Ram Pari picava cebola e Mata-ji mergulhara as mãos no besan enquanto pakoras chiavam sonoramente no karhai. Fofocavam a respeito do vizinho viúvo que morava a quatro casas dali, cujo filho era malandro e beberrão. Pareciam contentes, as duas, juntas. Prabhjot Kaur cercou-as a tarde inteira, na ponta dos pés, aterrorizada, incapaz de mencionar a questão da única noite por medo de lembrar Mata-ji de sua condição. Mas quando chegou a hora de dormir ela esticou a cabeça para fora da janela e viu que a outra família continuava lá, formando um cacho de cabeças reluzentes na escuridão. Era tudo muito intrigante, e Prabhjot Kaur pensou, enquanto aguardava o sono, cheia de planos na cabeça. As pessoas assumiam posições, opinavam, emitiam ruídos ferozes, mas as decisões eram tomadas numa série de silêncios belicosos, e o que não era dito importava mais do que o que se dizia. O mundo se complica a cada dia, concluiu.

Na tarde seguinte, de sexta-feira, Prabhjot Kaur formou as crianças em três colunas de três, pequenos na frente, grandes atrás, e começou pelo alfabeto punjabi. "Ooda, aida", os fez recitar. Usou a parte inferior de uma mesa de jogo quebrada. Desenhou as letras usando como guia as linhas esmaecidas do jogo, precisa como sempre, em busca não apenas da exatidão, mas também da beleza. Descobriu imediatamente que era mais fácil ensinar os menores. Meeta e Bimla se dedicavam às letras com entusiasmo, debruçadas sobre as folhas de papel, enrolando a ponta da língua entre os dentes, para formar letras desajeitadas, porém corretas. Nimmo, por sua vez, distraía-se, olhava para longe deitada de lado com a cabeça apoiada na mão, fazendo letras que mais pareciam pipas retorcidas ou capim emaranhado do que as formações elegantes, curvilíneas como cisnes esperadas por Prabhjot Kaur. Assim que aprendeu a terceira letra, Nimmo esqueceu a primeira, e quando Prabhjot Kaur a incentivou a tentar de novo — "Ooda, aida, Nimmo, ooda, aida" —, ela mostrou o dente ao estampar na cara um sorriso torto de tamanha estupidez satisfeita que Prabhjot Kaur quase perdeu a paciência, desejando ter autoridade para lhe dar um tapa forte na orelha, como os coques que a professora de desenho desferia na escola com apavorante frieza. Mas Nimmo permanecia arredia, teimosamente desinteressada como um gato. E Natwar sumiu. Na primeira sexta-feira Prabhjot Kaur virou-se da lousa improvisada e na coluna do meio faltava um aluno. Ela se levantou e correu para o canto da casa, mas ele já saíra pelo portão, correndo sem virar a cabeça quando foi chamado. Nunca mais apareceu na hora da lição, mas sempre voltava após o final das aulas.

"Não se preocupe com Natwar. Ele é igual ao pai", Ram Pai disse. "Ponha alguma coisa na cabeça dos outros." Ela aparecia no final da tarde, depois de lavar a louça, quando ainda faltava algum tempo para a hora do chai, e sentava de pernas cruzadas, apoiada na parede, para ver os filhos estudarem. Prabhjot Kaur a observava também, e após uma semana concluiu que ela não demonstrava gratidão suficiente. Claro, Ram Pari gritava com os filhos: "Aprendam alguma coisa, seus ganwars!". Mas dava a impressão de que aquilo era uma espécie de brincadeira, e quando precisava de ajuda para realizar alguma tarefa determinada por Mata-ji, ela convocava todos eles, com exceção do bebê, como se pendurar dhurries e bater nos tapetes para tirar o pó fosse mais importante do que a tabuada do três. Os irmãos de Prabhjot Kaur simulavam uma admiração séria, mas quando começaram a chamá-la de "Adhyapika-ji" ela entendeu que zombavam de seu empenho e deu de ombros, insolente. Navneet-bhenji vivia devaneando e não se importava, Mani não tinha tempo para discutir o caso, por causa da proximidade dos exames. Só Papa-ji compreendia a importância das aulas. Quando Prabhjot Kaur chegou à tabuada do nove, ele já passara a tomar seu chai vespertino sentado numa cadeira de encosto alto, instalada na diagonal da classe, para apreciar o jardim onde logo haveria árvores.

"Você está fazendo uma boa ação, beta", ele disse um dia. Recostada em seu braço, ela o observava despejar o chá da xícara no pires com precisão. Como em tudo que fazia, seus gestos eram parcimoniosos, eliminando qualquer possibilidade de desperdício. O bigode e a barba que cobria o queixo eram prateados de tão brancos, mas as faces estavam cobertas de pêlos pretos, e Prabhjot Kaur adorava a transição entre o branco e o preto. Ele bebia, inclinava o pires sem que o bigode molhasse nem um pouquinho. Trabalhava para uma empresa britânica, e Prabhjot Kaur sabia o nome inglês para sua função, "*assistant-regional-mana-*

ger" de uma companhia de suprimentos médicos, em que começara como vendedor. Mas não fazia idéia do que significava "*manager*". Sabia também que eles tinham terra dada-pardada no sonolento vilarejo de Khenchi, que apesar do nome deliciosamente ridículo produzia quinze quintais de trigo de primeira por acre, anualmente, e que a generosidade do avô era de imensa valia para a família. Sabia quanto era um quintal, pois ia a Khenchi no inverno, todos os anos, desde que se conhecia por gente, e ficava na casa amarela caindo aos pedaços que se erguia solitária no meio dos campos verdejantes. Sabia que a passagem da casa amarela para aquela significava progresso, e que tudo resultava da educação, pois Papa-ji fora o primeiro rapaz do vilarejo a passar no Inter e ir para o curso superior.

"Daqui a seis meses todos estarão no nível do primeiro ano", ela disse. "E, em doze meses, no segundo."

Ele a encarou, franzindo o cenho. "Em um ano?"

"Sim."

Ele devolveu a xícara ao pires, embora ainda restasse um terço, e a entregou a ela, que acompanhou com os olhos quando ele passou a dar voltas e mais voltas no terreno, arrastando a manga no muro. Quando Mata-ji chamou Prabhjot Kaur para dentro, ele continuava lá, andando em círculos, de cabeça baixa.

Por que as pessoas velhas são tristes? Prabhjot Kaur não fazia a menor idéia. Mata-ji cultivava rusgas com tias, primos e vizinhos, por vezes resmungava contra eles o dia inteiro, remoendo uma traição ou descortesia ancestral, e havia outros momentos em que, sem razão visível, era atormentada por visões e uma tristeza imensa que lhe empalidecia o rosto. Até Navneet-bhenji era acometida ocasionalmente por uma melancolia difusa, mesmo depois do noivado e das cartas que a deixaram langorosa e apaixonada. Por isso Prabhjot Kaur não deu muita importância ao comportamento de Papa-ji. Na manhã seguinte ele parecia ter voltado a seu estado normal animado. Havia trabalhadores nos fundos da casa, e quando estava saindo Prabhjot Kaur soube que eles iam instalar grades de ferro nas janelas de madeira. Quando voltou para casa, o que encontrou foram barras, pedaços de ferro retangulares que iam de cima a baixo nas janelas. "Serão pintadas de verde depois", Papa-ji disse. "Mesma cor das janelas." Mas a janela de Prabhjot Kaur não abria mais inteira, de modo que a família de Ram Pari ficava escondida de seu olhar. Ela apontou isso para Papa-ji, destacando a ineficiência do trabalho, e por incrível que pareça só o que ele disse foi: "Não dá para consertar agora, beta. E dá para abrir quase toda a janela." Aquele era o mesmo homem que mandou quatro cargas de tijolo de volta ao fornecedor porque não eram exatamente o que pagara. Prabhjot Kaur pretendia discutir tudo isso na manhã seguinte com Manjeet e Asha, mas quando ela entrou na tanga viu surpresa que Iqbal-veerji a acompanhava, e sentou na frente, ao lado de Daraq Ali, com o bastão de críquete entre os joelhos, que segurava com força entre as duas mãos enormes. Ele não falou nada no trajeto até a escola. E as três meninas, sentadas com a cabeça virada de lado, tampouco falaram na tanga. Só depois de entrarem na escola Manjeet moveu a cabeça, sinalizando um conclave. Elas procuraram um canto onde pudessem ficar, curvaram os ombros e quase tocavam as testas umas das outras, e Manjeet sussurrou: "Houve três assassinatos em Minapur na noite passada. Três hindus foram mortos". Ela tremia. Prabhjot Kaur sentia o cotovelo se mexer, tocando em seu braço. "Uma das vítimas era uma menina."

Prabhjot Kaur não conseguiu prestar atenção na lição daquele dia. Não escreveu uma palavra sequer em seus cadernos, e durante o intervalo as meninas da escola inteira formaram grupinhos, ninguém quis saber de jogar kidi kada. Quando o último sinal tocou e todas se dirigiram ao portão, Prabhjot Kaur viu Iqbal-veerji parado ao lado da tanga, sentindo um alívio tão grande que correu em sua direção e só parou a um passo dele, quase em lágrimas, até que ele pousou a mão em sua cabeça e a levou até seu lugar. Seguiram em silêncio novamente, pesado e desagradável como um cobertor de lã no verão, e Daraq Ali não dirigiu uma única palavra a Shagufta, o que assustou Prabhjot Kaur mais do que qualquer outra coisa. As ruas pareciam menos apinhadas do que o normal, e Prabhjot Kaur via que as pessoas não trocavam palavras, ninguém perdia tempo em conversa na esquina ou na frente das lojas. Quando a tanga finalmente dobrou a esquina e ela viu o familiar retângulo alto do portão, Prabhjot Kaur sentiu uma avassaladora onda de segurança, como se um banho de mel protegesse e acariciasse sua pele. Ela correu para dentro, abraçou Navneet-bhenji e sentou a seu lado, tomando um copo grande de leite sem se lembrar dos resmungos rituais de protesto, simplesmente engolindo tudo em goles demorados. Só quando bebeu a última gota ela se deu conta de que Iqbal-veerji seguira com a tanga, para escoltar Asha até a casa dela. Naquela noite, deu graças pelas barras, pelo metal que pelo menos mantinha o perigo afastado, mesmo que não fosse capaz de eliminar o medo. Sorte não ter de dormir do lado de fora, pensou.

A luz bateu em seu rosto e ela acordou. O quintal iluminado, lá fora, mostrou que a manhã já ia adiantada. Era tarde. Quando viu a hora no relógio em cima da lareira, seu coração disparou. O primeiro sinal tocaria em menos de dez minutos. Ela pulou para fora da cama e correu até a porta. "Por que não me chamaram?", perguntou a Mata-ji. "É tarde."

Mata-ji ergueu a mão. "Está tudo bem, beta", disse com voz suave. "Não haverá aula hoje. Nem na faculdade. Tudo fechado."

"Por quê?"

"Confusão na cidade. Vá lavar o rosto e coma alguma coisa." Ela estendeu o braço e tocou a mão de Prabhjot Kaur, segurando-a pelo pulso por um instante. "Ande logo."

Foi o dia de folga mais silencioso que Prabhjot Kaur presenciara até então. Ela ficou em seu quarto, arrumando os livros, limpando a mochila escolar, mas às onze horas não agüentou mais e saiu de casa na ponta dos pés, pela porta da frente. No portão, ela sentia a completa falta de movimento nas ruas, como se todos tivessem combinado deixar a cidade ao mesmo tempo. Contudo, ela sabia que estavam todos lá. Entrou novamente, deu a volta na casa, e encontrou a família de Ram Pari aninhada, até Natwar, que costumava perambular pelas ruas descalço, entretido com uma vida secreta misteriosa a respeito da qual Prabhjot Kaur nada sabia.

"Entre, Nikki", Ram Pari disse. "Não deve ficar aqui fora. Permaneça lá dentro."

"Por quê?"

"Coisas ruins estão acontecendo, Nikki." Ram Pari olhava sem parar para o muro dos fundos, e Prabhjot Kaur viu que o terreno baldio do outro lado, um trecho insignificante de terra perpetuamente coberto por uma névoa de fragmentos de papel, se tornara, mesmo à luz forte do dia, as trevas por onde o perigo chegava. Prabhjot Kaur estudou o topo do muro, perguntando-se se era alto o bastante. Ela queria ir até lá, chegar ao pé do muro para medir sua altura e portanto o nível de proteção. Mas agora o quintal era uma selva desconhecida, ela não tinha coragem de sair da parte calçada e pisar na terra. Balançou a cabeça e voltou para dentro, sentando na cama de pernas cruzadas. Esperava, sem saber o quê.

Jantaram apressadamente, todos falavam em voz baixa, Navneet-bhenji não pronunciou uma só palavra. Papa-ji e os irmãos formaram um círculo fechado e conversavam com as cabeças abaixadas. Depois, Prabhjot Kaur voltou para a cama, sentou-se e depois se deitou, batendo com os calcanhares na colcha. "Quer parar com isso?", Mani gritou. "Está me deixando louca." Loucura era o que Prabhjot Kaur sentia entre as escápulas, naquela tarde que passou que nem uma lenta procissão de formigas subindo por sua perna. Quando ouviram o barulho metálico da corrente no portão de entrada, que ecoou pela casa e penetrou na cabeça de Prabhjot Kaur, ela sentiu um violento espasmo de medo, mas também alívio. Mani abraçara os joelhos, abrira a boca e o pescoço parecia um maço de cordas finas bem embaixo da pele. Prabhjot Kaur pulou da cama e correu. Chegou à porta, abriu-a e viu Iqbal-veerji e Alok-veerji ao portão, enquanto Papa-ji saía. Correu para fora e viu Papa-ji do outro lado da rua, esticando o pescoço, depois movimento de pés e algazarra de vozes. Em seguida, percebeu que ofegavam a seu lado, e viu que era Natwar. Ficaram juntos no portão. Seus olhos brilhavam como ágatas negras. Ele passou por ela e foi para a rua. Sem hesitar um momento, Prabhjot Kaur foi atrás dele, e logo se viu no meio de um grupo de homens que corriam. Manteve os olhos fixos em Natwar, seguiu seus movimentos dentro da multidão, as viradas e curvas súbitas no meio dos corpos furiosos. De repente pararam, formando um grupo compacto. Natwar estendeu a mão sem olhar para trás e a puxou, fazendo-a bater a cabeça em quadris e nádegas. Ela sentiu que saíam do aglomerado, avançavam, deu com o nariz no ombro de Natwar e viu o caminho livre à frente. Uma tanga estava virada para a frente num ângulo que ela jamais vira. Enrolado nos arreios havia um cavalo, o pescoço estendido para a frente, numa curva rígida, como se tentasse desesperadamente se arrastar pelo chão, para longe dali. Era Shagufta. Prabhjot Kaur percebeu na hora. Os lábios de Shagufta estavam virados, expondo os dentes num ricto de esforço. As patas dianteiras estavam dobradas, juntas. As traseiras, estendidas para trás, abertas, entre e sobre elas se derramavam tubos azulados despejados pela barriga. Prabhjot Kaur via dentro de Shagufta, na cavidade cor de jamelão maduro no inverno. As entranhas haviam espirrado com força, e embora não se movesse, Prabhjot Kaur teve a impressão de que ainda se projetava para fora do corpo, serpenteando em movimentos oleosos. A pista sob a tanga estava preta e molhada. Do outro lado da tanga, à mesma distância de Prabhjot Kaur, havia homens, todos muçulmanos, de algum modo ela sabia disso, e na frente deles viu Daraq Ali. Ele gritava e Prabhjot Kaur viu seus dentes. As bocas de todos estavam abertas, os dentes brancos brilhavam. A multidão avançava um pouco e recuava com um tranco. Um empurrão nas costas de Prabhjot Kaur a fez avançar e ver que os olhos de Shagufta estavam arregalados e úmidos. Ela pensou que Shagufta ainda estivesse viva e se aproximava dela quando a levantaram pelo braço, a puxaram e ergueram, e ela gritou de dor. Era Papa-ji. Ele correu com ela pela multidão, mantendo-a a seu lado. Correu muito. Enquanto percorriam a rua, ela sentiu que seus dedos lhe apertavam o braço. Depois de passarem o portão, do lado de dentro do terreno, novamente em casa, ele a levantou pelo ombro e a sacudiu, sua cabeça também balançava para a frente e para trás, seu rosto suava, Prabhjot Kaur via apenas uma mancha, puxada e empurrada com raiva. "Por que você saiu?", ele disse, dando-lhe uma bofetada. "Por que tinha de sair, hã?", repetiu e deu outra bofetada.

"Agora chega", Navneet-bhenji disse, e levou Prabhjot Kaur para a cama. Deitou-a e depois subiu na cama, pondo a cabeça de Prabhjot Kaur em seu colo. Acariciou o rosto e os ombros de Prabhjot Kaur, que sentiu seu coração disparado. Mani, sentada no chão, mantinha os joelhos erguidos e as costas na parede. Mata-ji entrou, fechou a porta rapidamente e passou o trinco. Sentou-se na cama com a cabeça coberta pela dupatta. Ao longe ouviam gritos incessantes e o crepitar do fogo. "Vaheguru, vaheguru", Mata-ji disse. Ficaram juntas até escurecer. Depois tudo se acalmou.

Após aquela noite as mulheres não saíram mais. Prabhjot Kaur mal se levantava da cama. Comia e logo voltava, obedecia quando Mata-ji a chamava, mas retornava assim que possível. Papa-ji veio, sentou-se de pernas cruzadas com um travesseiro no colo, brincou com ela e fez cócegas na sola do seu pé, provocando o riso. Ela entendeu que se desculpava pelo momento de pânico, e foi capaz de ir até o quintal segurando na mão dele, mas contra sua vontade sentiu muita ansiedade lá fora, um peso no meio do peito, como se uma bolha se expandisse até ficar do tamanho de uma cebola, dificultando sua respiração. Voltou logo para o quarto. Sentia-se melhor entre as paredes brancas e as barras. Olhava pela janela de vez em quando, vendo Ram Pari, Natwar e os outros aninhados, mas evitava erguer os olhos para o quintal e o que havia adiante. Quando virava e via o quarto, a cama, sentia segurança.

Lá fora homens e mulheres eram mortos todas as noites, todos os dias. Prabhjot Kaur sabia como se chamava aquilo: khoon. Prabhjot Kaur segurava a palavra na boca, para ela tinha gosto de uma peça de metal quadrada de arestas reluzentes, com um buraco no meio do qual gotejavam fluidos viscosos. Manjeet lhe mostrara aquilo num livro de história, certa vez, aquela máquina da morte, e a imagem retornou à mente de Prabhjot Kaur. Khoon. Papa-ji e os irmãos entravam em casa para informar os nomes dos que haviam morrido. Um sardar chamado Jasjit Singh Ahluwalia, na esquina de Pakmara Street com a Campbell Road, perto da Tarapore Bakery, picado miudinho por homens empunhando espadas. Ramesh Kripalani, dezesseis anos, encontrado com a garganta habilmente cortada, a cabeça na sarjeta para não sujar a Ali Jafar Road com sangue. "Disseram que foi um açougueiro de Karsanganj", Alok-veerji disse. "Eles o pegaram quando voltava para casa, depois de visitar sua Chacha." *Khoon*. Havia outros, muitos outros. Mata-ji e as filhas ouviam a lista, cada vez maior. No dia em que os exames finais deveriam começar, o marido de Ram Pari foi morto. Ele era um dos três saqueadores abatidos pela polícia na Larkin Road às seis da manhã — Prabhjot Kaur soube disso no dia seguinte, primeiro correu o boato, depois veio a confirmação. Um uivo se ergueu nos fundos da casa, um coro irregular que crescia e diminuía, não havia onde escapar dele, Prabhjot Kaur descobriu o nome dele, Kuldish. Durante aquele dia inteiro prantearam Kuldish, o homem ruim que nunca aparecera para ameaçar Ram Pari, e os gritos entravam por baixo da pele de Prabhjot Kaur e provocavam tremores.

Naquela noite, Mata-ji disse aos irmãos para ficar em casa, para não sair andando pela rua, e Iqbal-veerji riu, o som encheu o quarto como uma marretada no ferro. Os irmãos saíram assim mesmo, Alok-veerji olhou para trás ao fechar a porta, e Prabhjot Kaur percebeu que olhava para elas, para todas elas, suas irmãs e sua mãe, com raiva e um sentimento próximo do desprezo. Mata-ji passou a praguejar contra os muçulmanos. "Ninguém consegue viver com essa gente", dizia. "Eles são incapazes de conviver em paz com quem quer que seja." Seu rosto enrubescia de raiva, enchia-se de sangue. "Gente porca", disse. Prabhjot Kaur fazia mentalmente listas dos muçulmanos que conhecia. Daraq Ali, claro. O amigo de Papa-ji, Khudabaksh Shafi, que nas visitas trazia sempre cestos cheios de morangos, maçãs ou mangas, bem como todos os seus filhos e filhas; Parveena e Shaukat Shah, donas da Excellent Store, onde Prabhjot Kaur, seus irmãos e suas irmãs compraram uniformes escolares e sapatos a vida inteira; todas as meninas muçulmanas da escola, principalmente Nikhat Azmi, uma menina de rosto redondo com quem o Trio brincava sempre que ia à casa de Manjeet. A lista prosseguia, e depois que começou Prabhjot Kaur tinha a impressão de que sempre haveria mais uma pessoa, mais um rosto do qual se lembrava tarde da noite, antes que o sono viesse. E Mata-ji vociferava. Pritam Singh Hansra escrevia cartas a Papa-ji. Ele parou de escrever para Navneet-bhenji e passou a apelar a Papa-ji para que fosse a Amritsar e levasse a família inteira, principalmente Navneet-bhenji. Ele já estava em Amritsar havia um mês e meio. "O senhor sabe muito bem o que está acontecendo", escreveu. "E as coisas só vão piorar."

Mas Papa-ji estava paralisado. Pela manhã ele balançava a cabeça ao ler as reportagens sobre incêndios e assassinatos e trens cheios de refugiados emboscados, de tarde permanecia imóvel. Sentava-se de pernas cruzadas numa poltrona no quintal, sem se mexer, como se estivesse preso por correntes apertadas que o impediam até de respirar. Parou de trocar de roupa, passava o dia inteiro de banian e pijama, seu cabelo despenteado debaixo da patka e os pés descalços no piso de tijolo. Prabhjot Kaur sabia que ele estava esperando algo, viu que seu vigor se fora, sua força de vontade se esvaíra como a água de um balde despejado. Lembrou que ele ia de um lado para outro do buraco quando o alicerce estava sendo feito, sem se importar em sujar os braços de lama, pegando punhados de barro do fundo para testar o grau de umidade, limpando depois as mãos da terra grudada com gestos largos e palmas fortes que a assustavam. Não havia mais movimento nele, até o piscar do olho era lento, desolado, Prabhjot Kaur conseguia acompanhar o movimento para cima e para baixo. Um dia, ela pensou, sairei e até isso terá cessado, terminado, parado. Ela tentava não pensar nisso, mas a idéia voltava como um pernilongo ladino e persistente, seu zumbido aumentava de volume até que ela batia na testa com a palma da mão. Vou ficar louca, pensou. Vou mesmo.

Mata-ji assumiu o controle de uma vez por todas. O verão acabara, todos os conhecidos tinham ido embora, Manjeet, Asha e suas famílias também. Um dia um policial pathan sacudiu o portão. Quando Iqbal-veerji abriu uma fresta na porta, mantendo a corrente firme no lugar, o policial jogou um envelope que caiu aos pés de Alok-veerji. "Voltarei em meia hora para saber a resposta", o policial sussurrou e saiu para a rua. Dentro do envelope havia uma carta anônima:

Sardar Saab, não assinarei meu nome porque esta carta pode ser lida por outras pessoas. Mas você sabe quem sou. Aquele amigo que leva frutas da serra. Preste atenção ao que lhe diz este amigo. Você precisa partir. Falam muito em seu nome, e sua casa será atacada entre hoje e amanhã. Entenda o que estou dizendo. É sua casa, especificamente. Seus filhos são conhecidos e andam comentando o que fizeram. Eles correm perigo, muito perigo. Todos devem partir. Tomarei providências. Conhecemo-nos há trinta anos, freqüentei sua casa e você, a minha. Você precisa ir embora, meu amigo. Tomarei conta de sua casa.

Papa-ji ouviu Iqbal-veerji ler a carta em voz alta, seu rosto permaneceu impassível como um monte de barro amassado, disforme, indistinto. Mata-ji tirou a carta da mão do filho, passou a dupatta por cima da cabeça e a enrolou em volta do rosto. Esperou no portão, e quando ouviu a batida seca aproximou a boca das tábuas. "Informe a ele que vamos", disse.

"Estejam prontos amanhã às nove", o policial disse. "Alguém virá buscá-los. Mil rupias por pessoa, nem mais nem menos. Entendeu?"

"Sim", Mata-ji respondeu. "Entendi."

Passaram a noite e o dia seguinte fazendo as malas. Prabhjot Kaur ficou espantada com a quantidade de coisas que havia numa casa. Papéis, roupas, livros, jarros de prata, fotografias, cadeiras, mais roupas, colchões, pentes valiosos, sapatos, cada pessoa tinha um monte de coisas que não podiam ficar para trás. Prabhjot Kaur olhou para as bonecas enfileiradas com as quais não brincava mais, cabeças gastas que não acariciava havia anos, mas tentou enfiar todas num saco de papel, foi colocando uma a uma até o saco arrebentar com tantas companheiras de longa data, rasgando de alto a baixo. No final da tarde o quintal e o baithak estavam cheios de trouxas feitas com lençóis, malas incrivelmente pesadas e baús de ferro que exigiam quatro pessoas para serem movidos. Prabhjot Kaur tentava decidir que livros levaria quando Mata-ji entrou correndo. "Vista isso." Era um salwar-kameez em padrão geométrico, de algodão grosso, que Prabhjot Kaur concluíra havia três meses ser adequado apenas para usar em casa. Mas Mata-ji parecia impaciente. "Vista, vista logo." Prabhjot Kaur pegou a roupa e estranhou seu peso. O salwar pesava muito. Mata-ji já se fora, sumira porta afora. Prabhjot Kaur virou o salwar do avesso e viu que havia pacotinhos de pano costurados na linha da cintura, por dentro, debaixo do nada. Havia metal naqueles saquinhos, ouro, ela sentia a densidade lisa dos colares e braceletes. Quando foi para o quintal, depois de trocar de roupa, viu que Mata-ji e as irmãs usavam idênticas roupas folgadas, grossas, próprias para um tipo estranho de viagem, e que se moviam com cuidado, pesadamente, como se não conhecessem mais os limites do corpo. Mani tilintava ao passar por Prabhjot Kaur, e as tentativas de Prabhjot Kaur de caminhar sem fazer barulho não prosperaram, apesar do pisar delicado. Ninguém dizia uma palavra. O sol se pôs, afundou, e Prabhjot Kaur sentou num baú para ver os contornos de sua casa sumirem na escuridão. Iqbal-veerji chegou com os braços sujos de barro e os lavou na bomba. Quando a água bateu nos tijolos e fez barulho, como se fosse uma explosão, Prabhjot Kaur se encolheu toda. Depois, novamente, o silêncio.

"Bibi-ji." Era Ram Pari. "Bibi-ji." Ela sussurrava. Mata-ji não disse nada. Ram Pari aproximou-se e agachou no chão ao lado dela, perto do charpai. "O que vamos fazer?", ela perguntou. "O que vamos fazer?"

"Venha cá", Mata-ji disse. "Eu lhe darei algum dinheiro."

Prabhjot Kaur deu graças à escuridão que lhe ocultava o rosto. Levara as duas mãos à boca. Por vários dias, ou poderia ter sido uma semana, ela não pensara neles. Não pensara em Ram Pari, Natwar, Nimmo ou qualquer um dos outros, da família do lado de fora da sua janela. Eram seus alunos e ela os esquecera completamente. Refugiara-se na cama e os abandonara.

"Bibi-ji, para onde vamos? Como?"

"Não sei, Ram Pari. Pegue isso."

Prabhjot Kaur viu a longa sombra do braço estendido de Mata-ji. Ram Pari era o montinho escuro no final do charpai.

"Aceite", Mata-ji disse.

As sombras não se moveram, ligeiramente afastadas uma da outra, a mesma distância que as duas poderiam superar, e um sopro penetrou no peito de Prabhjot Kaur, como se o perfurasse, e na súbita dor intensa ela teve a certeza de que o mundo nunca mais seria o mesmo. Queria dizer alguma coisa, mas não havia nada a dizer.

"Você vai nos deixar, Bibi-ji", Ram Pari disse. "Vamos morrer."

"Vaheguru olhará por todos nós." Mama-ji estendeu a mão mais um pouco e a agitou para reforçar a oferta. Ram Pari encolheu-se mais ainda, e parecia ter feito uma trouxa de si mesma. Prabhjot Kaur pensou que poderiam ficar ali sentadas para sempre, sob o imenso céu imóvel. Mas Alok-veerji saiu do quarto e agigantou-se acima de todos.

"Pegue logo", disse, tomando o dinheiro da mão de Mata-ji. Ele levantou Ram Pari pelo ombro e passou por Prabhjot Kaur. "Daqui a dois dias partirá uma cáfila com milhares de pessoas a pé também. Você pode ir com elas." Prabhjot Kaur desceu do baú e caminhou atrás e junto de Alok-veerji, e embora não visse, sabia que ele pusera o dinheiro na mão de Ram Pari. "Não podemos fazer mais nada agora. Vá." Ele a empurrou porta afora e retornou a seus preparativos. Ram Pari ficou na passagem entre o quintal e a rua, bem perto do muro. Prabhjot Kaur deu um passo à frente e ergueu as duas mãos para Ram Pari, agarrando-a pelo lado, e afundou nos panos. Sentiu no rosto e nos olhos o odor exalado por outra pessoa, pungente e suado, azedo. Prabhjot Kaur aspirou com força. Depois Ram Pari a forçou a abrir a mão. Saiu pela passagem, uma sombra encostada na parede, e Prabhjot Kaur a viu partir.

O transporte, quando chegou, não era o caminhão que esperavam e sim um carro preto caindo aos pedaços. O motorista, um sujeito miúdo e calvo, estava acompanhado pelo policial que viera de tarde. "Depressa", o policial disse. "Depressa." Iqbal-veerji e Alok-veerji encheram o porta-malas do carro e o amarraram com cordas. Dois baús e várias trouxas foram para o teto do veículo, outras para dentro, no piso e nos bancos. Logo o carro lotou.

"Vamos", Iqbal-veerji chamou. Conforme passavam pelo baithak, Prabhjot Kaur viu figuras agrupadas à esquerda, no canto, não identificou seus rostos mas sabia que eram Ram Pari, Nimmo, Natwar e o resto da família. No caminho até o portão, tropeçou em bagagem que seria deixada para trás. O motor do carro já roncava. Papa-ji foi atrás, do lado direito, com Mata-ji, Navneet-bhenji, Mani e Iqbal-veerji. Prabhjot Kaur sentou na frente, entre Alok-veerji e o motorista calvo. O policial deu um tapa no capô.

"Pronto", falou. "Podem ir. Depressa."

Quando partiram, Prabhjot Kaur virou o corpo no assento e ficou de joelhos para olhar para trás. Mas só viu o policial, parado na frente do portão, Mata-ji, Navneet-bhenji e Mani aninhadas no banco traseiro, de cabeça baixa, como crianças preparadas para enfrentar uma longa jornada dormindo. "Abaixe-se", Alok-veerji disse, e a puxou para baixo pelo pescoço, com voz trêmula, o que apavorou Prabhjot Kaur. Seu rosto foi esfregado contra a lateral do corpo e o banco, mas seus olhos continuavam abertos e ela via o cotovelo do motorista, o volante e o vidro, através do qual distinguia as formas de casas e lojas, placas brancas e o súbito preto retinto de uma rua. Eles viravam e dobravam esquinas, o motor roncava e soluçava, Prabhjot Kaur seria completamente incapaz de identificar onde estavam. Depois veio uma série de estalos do céu que Prabhjot Kaur via pelo vidro sujo, ruídos do tipo fap, fap-fap-fap, parecidos com o de um balão infantil quando estourava, e depois uma série muito rápida, em sucessão. Era um som animado. Mas o carro balançava e jogava, atirando Prabhjot Kaur para a frente ao parar. Agora iam de marcha a ré. Recuaram tão depressa que Prabhjot Kaur agarrou a camisa de Alok-veerji e começou a chorar. Ouvia vozes masculinas, gritos repetidos. E Iqbal-veerji: "Entre ali à esquerda, e depois na Ravi Road". O carro seguiu para a frente, agora, entrando à esquerda, o que fez Prabhjot Kaur cair de novo. Avançavam em alta velocidade, ela sentia os solavancos no corpo inteiro. Uma luz alaranjada encheu o interior do automóvel, espiralando pelo vidro, iluminando todos os cantos, e ela viu todos os detalhes do rosto do rei-imperador na moeda de prata de uma rupia pendurada no chaveiro. Com o som de um moinho d'água enorme a triturar os grãos, as chamas subiram e por um momento encheram o pára-brisa e as janelas; ela fechou os olhos. Outra curva, dessa vez para a esquerda, som de vidro quebrado, depois um som tão alto e tão próximo que Prabhjot Kaur soube na hora que se tratava de um disparo. O carro balançava violentamente, para um lado e para outro, um grito encheu a cabeça de Prabhjot Kaur, ela foi atirada para a frente, sentiu o impacto do metal na testa, um inchaço, um eco interno que a engoliu. Depois estava deitada de lado, ouvindo vozes agitadas e um grito contínuo, não muito distante. Não sabia onde estava até a barra escura do alto girar e se afastar, tornando-se um dos raios do volante. Nova explosão ruidosa, acima da cabeça, dessa vez ela viu um relâmpago, virou de lado e afundou mais no espaço escuro sob o volante, depois outro tiro e ela fechou os olhos.

Ouviu o choro de Mata-ji. Mas, a não ser pelo ruído gutural, áspero, tudo era silêncio. Prabhjot Kaur tentou interromper o movimento dos joelhos, um tremor que começava pelas convulsões no estômago. Convencera-se de que isso a denunciaria. Segurou a coxa direita com a mão e pressionou-a com força. Arranharam o metal, ela sabia ser a porta do carro, não havia para onde fugir e ela queria gritar mas sufocou a vontade, lutou contra o impulso com todos os músculos. "Nikki, Nikki." Era Iqbal-veerji. Ele a tocou com carinho e ela saiu do piso, abraçou-o e chorou. Tirou-a do carro e a segurou. "Está tudo bem", disse. Mas Mata-ji estava sentada na rua e Mani tentava consolá-la. Papa-ji, encostado na traseira do carro, abaixara a cabeça e apoiara as mãos no joelho. Escorria muco de sua boca. Alok-veerji seguira um pouco adiante, e com o corpo inclinado para o lado tentava ver além da esquina. Mais à frente havia uma forma no chão, como se uma trouxa de roupa tivesse sido aberta e seu conteúdo, espalhado ao acaso. Era o corpo de um homem. Havia cabeça, havia mão. Era o motorista.

Alok-veerji virou-se. "Precisamos sair daqui."

"Eu não sei dirigir", Iqbal-veerji disse em voz baixa.

Os dois pareciam atônitos, como se tivessem esquecido de incluir aquela habilidade no repertório esportivo e agora se dessem conta de sua importância oculta, seu significado secreto.

Mata-ji parou de chorar e disse: "Mate-os".

Seu choro fora tão constante e tão alto que, ao cessar, levou Prabhjot Kaur a sentir que tudo silenciara novamente após o tumulto. Bem melhor. Mas o que ela quis dizer? Mata-ji olhou para o marido, para um dos filhos e para o outro.

"Mate-os", disse. "Antes que eles os levem também."

Prabhjot Kaur virou a cabeça na direção do carro, e depois da rua. Navneet-bhenji sumira. Prabhjot Kaur não notara sua falta até então, mas agora seria impossível negar o fato. Haviam levado Navneet-bhenji embora.

Alok-veerji aproximou-se de Mata-ji, e Prabhjot Kaur viu a pistola em sua mão direita e na esquerda, algo comprido e curvo. A frente da camisa estava aberta para o lado, como uma aba, revelando o arco invertido do peito. Havia sangue em seu pescoço, escuro, úmido, ela pôde ver perfeitamente. Não muito longe de seu rosto, na mão de Iqbal-veerji, havia um kirpan, não, uma espada.

"Mate-os!", Mata-ji repetiu. Prabhjot Kaur não via o rosto de Mani, obscurecido. Só distinguia seu ombro magro inconfundível e o antebraço, que segurava Mata-ji. Prabhjot Kaur afastou-se um pouco de Iqbal-veerji e ergueu a cabeça, vendo que seu pagdi se perdera e que o cabelo pendia na testa, numa espiral irregular. Sua boca tremia. Ele a encarava, ela percebeu que lutava para se controlar, mordendo o lábio inferior para conter o tremor. O medo dela agora era diferente, como uma queda longa e contínua de grande altura, mas apesar do choque ela sentiu constrangimento por causa do irmão. Baixou a cabeça e esperou. Contava com a morte, um khoon ordenado pela mãe.

"Eu dirijo", ouviu Papa-ji dizer. "Sei dirigir."

Claro, Prabhjot Kaur pensou. Ele era vendedor. O carro pegou de primeira, mas eles precisaram tirá-lo da valeta em que caíra, empurrando-o para trás antes de levantar a roda esquerda dianteira. Prabhjot Kaur girava sem parar na rua escura, incapaz de permanecer imóvel, tentando olhar para todos os lados, temerosa do que pudesse vir pelas costas. Depois todos entraram e Prabhjot Kaur agachou o máximo que pôde no banco dianteiro. Ela empurrou a trouxa à sua frente com os pés e, quando o embrulho cedeu, forçou as pernas e os quadris no pequeno espaço conquistado. Gostaria de ficar debaixo da trouxa. Desejava que houvesse um cantinho secreto sob o banco onde pudesse se esconder, onde pudesse escapar dos soluços horríveis de Mata-ji, que repetia "Vaheguru, Vaheguru", e seu Japji Sahib que superava todos os ruídos do carro e a própria respiração clamorosa de Prabhjot Kaur, que apertava as mãos com força nos ouvidos.

Ela não via nada. Manteve os olhos fechados. Mas notou uma mudança no som da rua, uma diferença na textura do negro de suas pálpebras, e entendeu que haviam deixado a cidade para trás. Quase de madrugada toparam com dois caminhões cheios de soldados e pararam ao lado de um poço. Alok-veerji ficou com medo, mas Papa-ji disse não haver alternativa. Aproximaram-se lentamente, e pouco antes de o carro parar Prabhjot Kaur abriu os olhos. O céu exibia um cinza neutro, uma cor entre preto e branco. Ela nunca havia passado uma noite inteira acordada.

"São muçulmanos", ouviu Mata-ji dizer. Eram liderados por um major chamado Sajid Farooq. Prabhjot Kaur leu isso no bolso do uniforme, sentada no charpai de um morador do vilarejo, tremendo. Sajid Farooq colocou o carro deles entre os caminhões dos soldados pela manhã, e de tarde já formavam uma caravana de trinta e um veículos. Na manhã seguinte Prabhjot Kaur viu uma linha, uma corrente, um rio de gente andando que se estendia até o horizonte. Homens, mulheres e crianças caminhavam uns atrás dos outros em silêncio, movendo-se na mesma direção dos caminhões de Sajid Farooq e de todos os carros. Avançavam muito lentamente, os caminhões e automóveis os ultrapassavam com facilidade, e mesmo assim só deixaram a fila para trás depois de três horas. Naquela noite encontraram outros soldados, com uniformes idênticos e caminhões idênticos, mas aqueles eram hindus escoltando um comboio de muçulmanos. Alok-veerji disse que os soldados eram de Madras. Foi a primeira coisa que Prabhjot Kaur o ouviu dizer em três dias. Seus olhos viviam vermelhos, às vezes as lágrimas escorriam por seu rosto, mas ele não parecia notá-las. Sajid Farooq assumiu o comboio de carros e caminhões que vieram com os soldados de Madras, pondo seus soldados na frente e no final do grupo e foi embora. Prabhjot Kaur acompanhou a passagem dos muçulmanos, a caminho do Paquistão. Depois os soldados de Madras levaram os sikhs e hindus para a Índia. Durante a viagem não ocorreram incidentes. Em dois dias atingiram Amritsar.

Ali eles viveram numa cidade de três mil barracas. As pessoas vinham da cidade com roupas e comida para os refugiados, um político apareceu nas trilhas sujas que haviam sido abertas por milhares de pés entre as paredes de lona. Prabhjot Kaur se escondeu na barraca quando viu os fotógrafos que acompanhavam o político. Envergonhada, sentia um ardor seco que passava pelos braços e ombros. Ela viu isso na fisionomia de Papa-ji quando ele aceitou meia saca de trigo de um baneane que trouxera uma carroça cheia de comida da cidade. Ela também viu a vergonha na postura de Mata-ji, agachada com a dupatta a cobrir metade da cara, e sabia que estava por trás dos longos períodos de sono de Mani, no modo resoluto com que se deitava de lado mesmo quando o sol queimava a lona e o chão parecia ter sido aquecido por baixo. Todos sentiam vergonha. Prabhjot Kaur a percebia mais nítida quando via o rosto de Mata-ji, a boca, a testa vincada, o nariz, por isso nunca olhava para ela. Desviava os olhos para cima ou para o lado, examinava suas mãos ou, quando passava, fechava um olho ou outro para não ter a chance de ver. A vergonha era insuportável em Mata-ji, mas existia em todos eles, pairava como se fosse um cheiro desagradável de sujeira. A vergonha fechava a garganta de Alok-veerji, de modo que cada palavra custava esforço aos músculos e emergia lenta, compacta.

"Foi uma emboscada", Alok-veerji dizia. "Foi o tal de Khudabaksh Shafi. Ele planejou tudo."

Prabhjot Kaur estava do lado de fora da tenda, carregando uma pilha de roupa molhada maior do que ela.

"Por causa da casa? Ele queria a casa, por isso nos assustou e espantou?" Era Iqbal-veerji.

"Isso mesmo", Alok-veerji confirmou. "A casa e o resto."

A cabeça de Prabhjot Kaur zumbia com a subida do sangue. Daquele "resto" eles nunca haviam falado. Nada fora dito, nem uma única palavra. Um nome desaparecera do mundo, levando consigo uma vida inteira.

"Não posso crer nisso", Iqbal-veerji disse. "Não consigo."

"Pois acredite", Aloj-veerji retrucou. "Eles pegaram nossa casa, roubaram nossas terras, mas não estavam satisfeitos com isso. Foi tudo planejado. O motorista nos levou direto para uma emboscada, eles nos esperavam. Havia um número suficiente deles para pegar o que queriam. Mas não esperavam que estivéssemos bem armados. Então conseguiram o que desejavam, mas não podiam matar todos nós. Por isso fugiram. Essa é a verdade a respeito daquela gente. Eu lamento não ter feito mais. Em vez de queimar três casas, eu gostaria de ter queimado mil. E eliminado um lakh deles."

"Alok. Fique quieto."

"Por quê? Por que devo ficar quieto? Vou gritar. Os muçulmanos são bhenchods e maderchods. Se as mulheres deles estivessem paradas na minha frente, eu as enforcaria e rasgaria como se fossem cabras. Arrancaria seus intestinos com minhas próprias mãos. Faria tudo com prazer. Bhenchods. Maderchods."

Prabhjot Kaur correu. Ela largou as roupas e saiu correndo. As palavras da mãe a acompanharam: "Mate-os". Tropeçou nas amarras das tendas, esfolou as palmas das mãos no cascalho preto, passou correndo por crianças que chutavam um pedaço de madeira de um lado do caminho para o outro, por mulheres agachadas na porta das barracas, remendando camisas rasgadas, por panelas fumegantes sobre choolas improvisados com seis tijolos, por tudo que havia, até chegar à borda, adiante de todas as habitações. Depois havia uma trilha de terra, e do outro lado um maidan coberto de pedras, seguido por intermináveis campos verdes. Ela parou e se enroscou, abaixou até o suor pingar de sua testa direto no chão, formando círculos escuros na terra. Endireitou o corpo. Queria fugir. Queria ter para onde ir, algum lugar distante, a centenas de quilômetros de sua família, a milhares de quilômetros de todos. *Não sabia? Uma menina nasce numa casa, mas seu lar é em outro lugar. Esta casa não lhe pertence. Sua casa fica em outro lugar.* Se eu pudesse continuar caminhando, pensou. Mas conhecia muito bem a geografia, as lições aprendidas com o Trio, as que registrara com sua caligrafia caprichada nos cadernos encapados de papel pardo. Agora ela sabia mais. Havia mares de um lado, montanhas do outro, nenhum lugar para onde ir e medo por toda parte. Era preciso atravessar o medo para chegar a lugar nenhum. O maidan estava calmo, os campos a aguardavam, silenciosos. Prabhjot Kaur ficou um pouco sozinha, na periferia da cidade dos refugiados. Depois deu meia-volta e retornou para pai, mãe, irmãos e irmã.

Conseguiram afinal chegar a Delhi. Mata-ji tirou do forro da roupa parte das jóias que transportava, e dessa vez foram de trem. Os dois irmãos conduziram o resto da família à casa de Gunjan Singh Parvana, que na verdade não era parente, mas filho de um homem do vilarejo de Khenchi. Havia uma história antiga a respeito do modo como o pai de Papa-ji salvara o pai de Gunjan Singh Parvana, um policial, da demissão sumária e do desemprego, por isso ele agora os recebia. Havia dois quartos pequenos e uma varanda nos fundos da casa. Os dois irmãos foram até o que se tornara a fronteira, e a cruzaram, entrando em país estrangeiro. Eles não queriam ir, mas Mata-ji disse, pela primeira vez: "Vão e encontrem minha filha". Prabhjot Kaur ouviu isso fingindo que dormia. Entre os mais velhos ocorriam muitas discussões a respeito do que ela e Mani deviam saber ou não. Mani realmente dormia, quase ressonava, mas Prabhjot Kaur ficava acordada todas as noites. Ela queria saber, precisava saber. Permanecer acordada tornou-se cada vez mais fácil. Determinadas práticas evitavam que afundasse involuntariamente dentro de si, como uma pluma no vácuo do descanso: prestar atenção a detalhes, manter a mente em funcionamento, agitada, atenta. E Prabhjot Kaur ouviu a voz de Mata-ji, baixa, carregada de muco, feroz: "Vão e encontrem minha filha". Os outros murmúrios eram simultâneos, dispersos, difíceis de captar, mas Prabhjot Kaur ouviu bem a ordem: "Vão e encontrem minha filha". Ninguém resistiu. Eles foram. O que Prabhjot Kaur não entendia era a relutância em ir. Claro que deviam ir, pensou, por que não querem? E sentiu instantaneamente um aperto no estômago, uma fisgada que subia e espetava seu coração de um modo que lhe dava vontade de chorar alto. Mas se manteve em silêncio, quieta e acordada, noite após noite, e esperou.

Eles retornaram um mês e meio depois, quarenta dias e quarenta e uma noites para ser exato. Prabhjot Kaur, que acompanhava a passagem do tempo com rigor, acordou de um sono que durara apenas alguns minutos e teve certeza de que haviam voltado. A porta de Mata-ji estava fechada, falavam em voz baixa, mas ela os escutou mesmo assim, e teve certeza. Levantou-se e parou à porta um minuto, apoiando a cabeça na madeira cinzenta e áspera, e as vozes penetraram por sua testa. Não havia mais esperança. Noite após noite ela imaginara o momento de felicidade, o farfalhar das barras dos salwars, um som que conhecia tão bem, e logo ela abraçaria Navneet-bhenji, afundaria a cabeça no aconchego do lar, no sangue adorado que corria nos braços que a abraçavam. Agora sabia que nada disso aconteceria. Virou, foi para a varanda. Havia uma cerca de arame e depois dela uma fileira de árvores de gulmohar, e ao longe uma elevação. Era toda a Delhi que ela conhecia. Perto da cerca havia uma mulher agachada, e Prabhjot Kaur percebeu imediatamente quem era: Ram Pari. Conhecia aquele jeito de agachar, a posição confortável bem próxima ao chão, a postura que poderia manter por horas.

"Aquela é Ram Pari?" Mani surgiu na varanda e correu até a cerca. Debruçou-se sobre Ram Pari, e Prabhjot Kaur viu o rosto de Ram Pari se revelar. Era o rosto de uma velha. A pele pendia da face, formando rugas flácidas. Ela usava uma dupatta sobre os ombros, vermelha, da qual Prabhjot Kaur se lembrava muito bem. Agora estava puída e desbotada, quase marrom-ferrugem. "De onde você veio?", Mani perguntou a Ram Pari.

"Iqbal-veerji, eu o vi na estação de trem", Ram Pari respondeu, e foi um choque ouvir sua voz rouca, o sotaque do interior. "Atravessamos a fronteira a pé."

"E... onde estão todos?"

Prabhjot Kaur queria gritar algo a Mani. Seria uma questão insuportável, ela não queria ouvir ou esperar pela resposta. Mas permaneceu imóvel, incapaz de se mexer.

Surgiu um vão na porta e Papa-ji saiu, passando por Prabhjot Kaur, seguido pelos filhos. Os três homens pararam na varanda, hesitantes, pelo jeito, a respeito de qual atitude tomar em seguida ou para onde ir. Mani pousou a mão no ombro de Ram Pari. Prabhjot Kaur obrigou-se a se mover, deu meia-volta e entrou em casa. No quartinho abafado da direita, sua mãe chorava. Estava sentada no chão, ao lado de um charpai, com os braços abertos sobre o lençol, a cabeça pousada na cama. Soluçava. O som era baixo, infantil. Sem raiva nem revolta, apenas surpresa. Prabhjot Kaur entrou e parou ao lado de Mata-ji, os joelhos sentiam a leve vibração da cama, e ela foi tomada por uma raiva mais abrangente, percebeu que crescia com essa raiva, tornava-se dura como rocha, e também uma onda de piedade aguda, um transbordamento incontrolável. Na cabeça grisalha da mãe, de cabelo muito seco e feio, havia um círculo calvo, no alto, e sob ele o couro cabeludo jovem e liso como o de um bebê. Prabhjot Kaur fechou os olhos por um momento, depois aproximou-se e estendeu a mão para tocar a cabeça da mãe. O corpo de Mata-ji curvou-se, ela se voltou para Prabhjot Kaur como um animalzinho cego, carente, e a abraçou na altura da cintura com os dois braços, e se apoiou nela. Prabhjot Kaur firmou o corpo, acariciando gentilmente os ombros e o pescoço, tentando consolar a mãe em sua dor.

Enterrando os mortos

Sartaj acordou às sete. Ma já estava sentada à mesa de jantar, lendo um jornal com óculos bifocais de lentes grossas. Saída do banho, usava um salwar-kameez branco imaculado e penteara o cabelo com esmero. Nunca em sua vida ele conseguira acordar antes dela, por vezes se perguntava se ela dormia.

"Sente-se", ela disse. E trouxe um prato e uma xícara. Ele leu o jornal: o processo de paz na fronteira avançava. Mas vinte e dois homens haviam sido mortos em Rajouri pelos militantes de Kashmir, ou mercenários estrangeiros. Os militantes haviam detido um ônibus da State Transport numa rodovia federal, e enfileiraram os homens hindus de um lado para fuzilá-los com AK-47s. Um viajante sobrevivera, debaixo dos outros corpos, com uma bala na virilha. Publicaram fotos dos cadáveres, que formavam uma linha irregular. Sartaj sentiu o cheiro de ovos fritos. Pensou, por que sempre os alinham? Por que não arrumá-los em círculo? Ou em V? Ou ao acaso, um aqui e outro ali? Sempre agiam assim em caso de muitas vítimas, alinhavam os corpos, como se isso controlasse e atenuasse o caos do evento, a explosão do metal na carne viva. Sartaj já arrastara corpos inertes para formar fileiras ordenadas, e isso o fez sentir-se melhor.

"Esses muçulmanos jamais nos deixarão em paz", Ma comentou ao pôr um prato de omelete à sua frente. Do jeito que ele gostava, fofo com muita pimenta, sem cebola.

"Ma", Sartaj disse, "é uma guerra. Não quer dizer que todos os muçulmanos sejam monstros."

"Eu não disse isso. Mas você não os conhece." Ela havia tirado os óculos, e os limpava na dupatta. Quando olhou para ele novamente, seu rosto estava impassível, fechado como uma janela de ferro. "Você não conhece essa gente. Eles são diferentes de nós. Tampouco vamos deixar que vivam em paz."

Sartaj concentrou-se no omelete. Não adiantava discutir com ela, tinha opinião definida, no final acabaria se apegando a afirmações simples, taxativas, que considerava inquestionáveis, firmes como âncoras.

Seria irritante e inútil qualquer tentativa de continuar a discussão, só serviria para aumentar a pressão dela. Sartaj virou a página e leu um artigo de interesse humano sobre um paan-wallah e seus bigodes pomposos.

Na calma compacta do gurudwara, mais tarde, ele observou a mãe. Sentada de joelhos erguidos, passara os braços em torno deles de um modo que ele sempre considerara infantil. Conforme as vozes se erguiam em uníssono e entoavam um kirtan, ela se perdeu em suas lembranças. Ele conhecia aquela expressão enlevada, suave, em que os olhos semicerrados fitavam o infinito, mas olhavam para dentro. Ela era muito pequena, muito frágil, e ao mirar seu pulso fino ele se apavorou e pensou outra vez que deveria levá-la para viver a seu lado. Por quanto tempo os temos, nossos pais? Quanto tempo? Mas ela era teimosa demais, agarrava-se à casa com o empenho de um soldado na guerra. Na última vez em que discutiram o caso, ela disse que ali era sua casa. Só sairei daqui de um jeito, quando chegar a hora. E ele percebeu subitamente o quanto alguém podia ser solitário naquele mundo gigantesco, quando o tempo leva o pai e a mãe da gente, e ele disse, gaguejando, não fale assim.

"*Tarai gun maya mohi aayi kahan baydan kaahii*", entoavam os cantores. Somos caminhantes nesta jornada, Sartaj pensou, e tombamos um a um. Do outro lado de Ma estava seu irmão mais velho, Iqbal-mama, oscilando do ombro ao quadril. Era um homem muito religioso, fiel do gurudwara, sempre dedicado a boas ações e caridade. Sartaj gostava dele, mas considerava sufocante sua religiosidade extremada. Houvera outro mama, Alok-mama, de quem as crianças gostavam mais. Sartaj ainda se lembrava do quanto o sardar elefantino apreciava comida, devorava frangos assados no café-da-manhã, almoçava rogan josh com jalebis frescos em seguida, e o jantar constituía um combate épico regado a uísque escocês, e o rosto de Alok-mama ficava vermelho. As crianças, os primos todos, brincavam dizendo que havia um alçapão dentro de Alok-mama que conduzia a uma imensa caverna onde a comida desaparecia, pois era inacreditável que um homem conseguisse comer tanto. Ele ofegava só de ir de um aposento a outro. A esposa o encontrou morto no banheiro certa manhã, a água da torneira molhando seu rosto. Isso foi quando Sartaj tinha catorze anos.

Iqbal-mama era muito religioso, e Mani-mausi, nem um pouco. Brigavam muito, gritavam quando ela soltava um comentário sarcástico a respeito da religiosidade extrema de Iqbal-mama. Ma sempre dava conselhos fraternos a Mani-mausi, tentando evitar que provocasse o irmão. Mas ninguém conseguia segurar Mani-mausi quando ela estava de mau humor. Era o escândalo da família, divorciada, professava crenças políticas comunistas radicais e ateísmo da boca para fora. Mesmo Sartaj não sabia mais em quê acreditava. Claro, mantinha a barba, o cabelo, o kara, mas não orava por sua própria iniciativa havia anos. Mantinha retratos dos gurus em casa, mas não lhes pedia mais conselhos nem esperava milagres da parte deles, nem sequer um dia mais fácil. As cores dos quadros agora lhe pareciam fortes demais, os brancos imaculados do turbante do guru Nanak, muito distantes da sujeira da vida. Apesar de tudo, Sartaj pensava, era bom vir com sua mãe ao templo. A luz lhe agradava, e a companhia dos fiéis, alinhados ombro a ombro, o confortava.

Ma ajustou o salwar nos pés e Sartaj pensou na mulher no bunker de Gaitonde, nas pernas longas e na calça moderna. Eles não encontraram sinais de religiosidade em seu apartamento, nem cruz, nem bíblia nem rosário. Talvez ela não fosse religiosa, talvez fosse indiferente. Mas se envolvera com Gaitonde, cujas longas preces e doações a causas religiosas eram lendárias. Por um tempo, no final dos anos 90, ele se projetou na mídia como o don hindu, corajoso paladino que enfrentava as atividades antipatrióticas de Suleiman Isa. Sartaj se lembrava de uma entrevista em *Mid-Day* na qual Gaitonde previra a morte iminente de Suleiman Isa. "Temos grupos atuando no Paquistão, à sua procura", Gaitonde dissera. No alto da página publicaram uma foto antiga de arquivo, em que um Ganesh Gaitonde muito jovem usava camiseta vermelha e óculos escuros. A aparência dele impressionara Sartaj. Tinha estilo, Ganesh Gaitonde, mas acabara por ser o único a morrer sem intervenção — ao que parece — de seu antigo inimigo. Por quê? Mistério curioso, uma questão interessante de se analisar, e Sartaj se dedicou a teorias a respeito disso durante o resto daquela manhã.

Ainda especulava quando Ma e ele chegaram em casa, no final da tarde. Após deixaram o gurudwara, passaram duas horas na casa de Iqbal-mama, em meio a uma multidão de sobrinhos e sobrinhas. Sartaj era filho único, crescera sozinho, e gostava — em pequenas doses — do caos acolhedor das grandes famílias. Sartaj sentia um cansaço agradável, sua mente funcionava preguiçosamente, montando histórias sobre Ganesh Gaitonde. Deitado na cama, na escuridão das cortinas, imaginava se houvera um caso amoroso malogrado entre Gaitonde e Jojo Mascarenas, alguma trama de desejo carnal e traição que levara ao assassinato-suicídio. Bem provável, concluiu. Homens e mulheres fazem essas coisas uns aos outros.

"Sartaj, quero ir a Amritsar."

Sartaj levou um susto. Ma estava parada na soleira da porta. "Como é?"

"Quero ir a Amritsar."

"Agora?" Sartaj esfregou os olhos e pôs os pés no chão.

"Arre, beta, não. Mas em breve."

Sartaj abriu um pouco a cortina, para que a luz entrasse. "Por que isso, de repente?"

Ma ajeitou o lençol. "Não foi de repente. Ando pensando nisso já faz algum tempo."

"Quer visitar Chacha e o resto do pessoal?"

"Quero ver Harmandir Sahib mais uma vez, antes de morrer."

Sartaj parou, apoiando a mão na parede. "Ma, não fale assim. Você ainda irá muitas vezes para lá."

"Você só precisa me levar uma vez."

Um peso oprimiu o peito de Sartaj, cortando-lhe a voz. Ele contornou Ma, ergueu a mala vazia e tocou em seu ombro, desajeitadamente. "Verificarei quando será possível tirar uma licença." Tossiu. "Aí poderemos ir."

Enquanto Sartaj arrumava a mala, Ma trouxe uma pilha de roupa recém-passada. Sentada na cama, ela o observava. Jamais fizera isso nas centenas de vezes em que ele se preparara para ir embora, e seu olhar o atrasava. Gostava de arrumar a mala direito, mas agora encaixava as meias no vão retangular entre as camisas e calças com cuidado fanático. Ma contava histórias sobre os parentes de Amritsar, e quando Sartaj fechou a mala já sabia que estava atrasado, passara da hora de ir para a estação. Mesmo assim, demorou-se na porta da frente, repetiu seus peri paunas e tentou não pensar na última vez em que dera adeus a Papa-ji naquela mesma porta.

Sartaj chegou a tempo de pegar o trem, por pouco, e não conseguiu dormir até a estação de Dadar, como costumava fazer. Através dos vidros sujos ele acompanhava o escurecimento da paisagem familiar, montes misturados ao relevo refletido de seu rosto. Empreendera aquela jornada inúmeras vezes, gostava do trajeto, do longo túnel de Monkey Hill a Nagnath que tanto o excitara na infância, das subidas íngremes e das viradas súbitas que abria encostas como se fossem cortinas de um palco para revelar os vales de um verde assombroso, que fazia o peito se encher de alegria e deslumbramento, e ficava contente por estar indo a algum lugar. Ainda o sentia, aquela pontada de excitação, mas agora ela dividia o espaço com uma pontadinha de perda e nostalgia. Talvez por isso as pessoas tivessem filhos, para não ter mais de viajar com os pais, os filhos renovavam todas as viagens de trem. Assim podiam avistar as luzes de Mumbai e sentir a plena felicidade de estar em casa.

"Sim, vamos prender Bunty", Parulkar disse. "Custe o que custar, peguem o sujeito."

"Devo fazer isso, senhor? Não seria melhor alguém da sua equipe?" Sartaj se referia a um dos agentes de Parulkar especializados no crime organizado.

"Não. Bunty confia mais em você. Se eu mandar um dos meus inspetores, ficará com medo."

"Certo, senhor." Estavam sentados no carro de Parulkar, em Haji Ali. Parulkar se dirigia para a central de polícia e pedira a Sartaj que o encontrasse no caminho. Sartaj achou que ele estava desanimado, que parecia derrubado. "Tem outra reunião, senhor?"

"Sim. Não faço outra coisa hoje em dia além de ir a reuniões."

"Com DIG Saab?"

"Não só com ele. Com todo mundo que eu puder falar. O governo decidiu me demitir, Sartaj. Por isso preciso visitar todos que puderem me ajudar a ficar. E corro de um lado para outro."

"Dará um jeito, senhor. Sempre fez isso."

"Não tenho tanta certeza. Dessa vez nem o dinheiro que me disponho a gastar faz diferença. Muitas histórias antigas voltaram. Eles me odeiam, coisa pessoal, acham que sou pró-muçulmano demais."

"Por causa de Suleiman Isa?"

Parulkar deu de ombros. "Disso e de outras coisas. Mas suspeitam que eu ajude Suleiman Isa, claro. São uns idiotas. Pelo jeito não entendem que, para agir com sucesso contra uma gangue, é necessário trocar informações com outra. Eles só conhecem quem odeiam. São políticos e gângsteres também, mas vêem o mundo assim. Estúpidos."

"É por isso que o senhor levará a melhor."

"Não tenha tanta certeza, Sartaj", Parulkar comentou, apontando o punho cerrado para os prédios altos, "pois a estupidez é a campeã por aqui." Atrás dele o mar se estendia, liso e calmo. O motorista e os guarda-costas estavam sentados ali perto, protegendo os olhos da claridade intensa. "Os tempos mudaram."

Não havia como rebater aquela verdade tão simples, os tempos realmente haviam mudado. "Se eu puder fazer alguma coisa, senhor", Sartaj disse, "por favor, avise."

Era todo o consolo que Sartaj podia oferecer ao velho. Sartaj observou o comboio de três carros de Parulkar se afastar do calçadão e pensou que era a primeira vez em que pensava em Parulkar como um velho. Ele sempre lhe parecera atemporal por causa de seu apetite pelo poder, pela inabalável disposição e senso de humor perante os absurdos da vida de policial, de sua energia e ascensão ininterrupta e impressionante. Talvez tenha ido longe demais, talvez fosse inevitável que nas grandes alturas profissionais sua imensa ambição o prejudicasse, o diminuísse e tolhesse, esvaziando sua confiança e ânimo. Talvez fosse melhor se manter no nível intermediário, respeitável, como Papa-ji, fazendo bem seu serviço e voltar para casa e dormir bem.

Mas não, era impossível acreditar nisso naqueles tempos de mudança, quando a falta de empenho extremado ao trabalho era considerada uma falha fatal de caráter. Sartaj passou a perna por cima da motocicleta e deu a partida no motor barulhento. Retornou pelo passeio, pela costa, passando pela entrada de Shiv Sagar Estates, onde Harshad Mehta fora dono de sete — ou seriam oito — apartamentos. Sartaj estivera ali havia muito tempo, para dar apoio a uma numerosa equipe do CBI que revistara os apartamentos de Mehta em busca de provas de suas perfídias de muitos crore. A contribuição de Sartaj para a prisão do especulador fora controlar a multidão, ele manteve o povo calmo durante a rápida aglomeração de curiosos e defensores de Mehta, impedindo que cercassem o prédio. Naquela noite e no dia seguinte, todos que encontrava — policiais, amigos, Megha — perguntaram, ansiosos: "Você viu a casa de Harshad Mehta por dentro? Como era? Deve ser incrível, não é?". Sartaj não se incomodou, a princípio, em contar que vira apenas a fachada do edifício, mas o desapontamento de cada interlocutor fez que se sentisse obrigado a inventar uma história a respeito da vida extravagante de Harshad Mehta. O mosaico montado por ele continha alguns fragmentos de fatos, pequenas lascas luminosas obtidas com policiais que entraram no prédio, mas no geral Sartaj descreveu ambientes da televisão e do cinema, citando salas com pé-direito duplo e escadas monumentais que subiam para a área íntima superior da família, portas que deslizavam para dentro da parede, quartos do tamanho de um apartamento médio, tudo revestido de mármore italiano, tudo ligado por intercomunicadores. "Três mil metros quadrados", Sartaj havia declarado. "Pode imaginar isso, alguém morando em três mil metros?" E todos os que mal podiam pagar por cinqüenta ou cem metros quadrados arregalavam os olhos e sonhavam com uma vida perfeita. Sartaj entendia a admiração que sentiam, pois ele mesmo a sentira: Harshad Mehta fora um ladrão, mas ele sonhara alto e vivera à larga. Havia sido preso, depois preso novamente, morrera de ataque cardíaco. Mas em sua época era um herói.

Sartaj acelerou, gostava do ruído do motor. A ambição se disseminara como um vírus inevitável na época de Harshad Mehta, desde então ocorreram outros colapsos da bolsa e estouros de bolhas especulativas, mas o contágio já havia ocorrido. Agora as aspirações desmedidas eram praticamente uma condição universal. Talvez fosse uma forma de saúde — afinal de contas, dava à pessoa energia, vigor, velocidade. Vira um editorial num jornal, havia pouco tempo, no qual se destacava que a seleção de críquete da Índia finalmente adquirira algum instinto assassino. Sem dúvida, conseguiram dinheiro e instinto assassino. Muito bem. Sartaj acelerou mais. Chegara a hora de caçar tarados suburbanos.

Wasim Zafar Ali Ahmad, de nome e aspiração política intermináveis, fornecera a Sartaj o nome e o endereço dos irmãos taporis que desejava disciplinar. Sartaj e Katekar foram visitá-los. Não esperavam encontrá-los em casa, mas sua intenção era provocar terror e constrangimento nas famílias, estimulando assim os irmãos a se entregar. Sartaj abriu a porta com um pontapé e rugiu: "Onde estão os dois gaandus? Onde estão?".

"O que eles fizeram?", perguntou o avô, trêmulo. "O que houve?"

Sartaj falou com a mulher. "Você é a mãe de Kushal e Sanjeev?"

"Sou."

"Onde eles estão?"

"Não sei."

"Você diz que é mãe deles, e não sabe onde estão?"

"Não sei."

Era uma mulher vigorosa, baixa, de ombros e quadris largos. Usava um sári vermelho vivo, mantinha o pallu enrolado nos ombros com uma das mãos, e com a outra segurava a filha.

"Como se chama?", Sartaj quis saber.

"Kaushalya."

"Este é seu pai?"

"Não, é pai dele." Referia-se ao marido.

"E onde ele está?"

"Na fábrica."

"Que fábrica?"

"Onde fazem mithai."

"Fica perto?"

Ela apontou com o queixo, por cima do ombro. "Perto da garagem dos ônibus."

Sartaj apontou para a menina, que parara de choramingar e segurava a mão da mãe. Ela o observava com concentração absoluta. "Qual é o nome dela?"

"Sushma."

"Sushma, vá chamar seu pai." Kaushalya puxou a mão, mas a filha não se mexeu. Sartaj estava acostumado com a antipatia da população, mas o ódio da menina o perturbou. "Ande logo", rugiu.

"Obedeça ao Saab", Kaushalya disse, e a menina saiu correndo pela porta.

Sartaj instalou-se na poltrona perto da porta. Abriu os joelhos e plantou os pés no chão com firmeza. Katekar entrou na pequena área da cozinha, à esquerda, e começou a revista, sacudindo panelas e tigelas. Pegou uma garrafa na prateleira e cheirou-a ruidosamente. Kaushalya e o sogro se refugiaram no outro cômodo. Sartaj escutava seus cochichos assustados.

Perseguir apradhis envolvia corridas de carro, cercos em ruas movimentadas, agitação e tumulto com música de suspense no fundo. Era o que Sartaj desejava, mas perseguição na verdade queria dizer intimidar uma mulher e um velho em suas próprias casas. Aquela era uma técnica policial testada e comprovada, perturbar a vida familiar e os negócios até o informante falar, o criminoso desistir e o inocente confessar. Katekar instalou-se num sofá coberto por uma manta azul vistosa, Sartaj convocou Kaushalya e pediu chai com biscoitos. Ela gaguejou algo do outro lado da parede, furiosa, mas saiu e pediu a uma vizinha que fosse até a dhaba da esquina. Voltou, passou por eles de cabeça baixa, mexendo o queixo, e retornou a seu refúgio nos fundos.

As paredes eram brancas, lisas, uma única prateleira continha a fileira de fotos que registravam o casamento e os três filhos de Kaushalya. Sushma ria contente numa moldura rosa em forma de coração. Sartaj encostou a cabeça na parede e fechou os olhos. Mas sentia agitação, muita inquietude para cochilar. Aprumou-se e viu Katekar estudando atentamente um exemplar antigo de *Filmi Kaliyan*. No canto esquerdo da capa, Bipasha Basu aparecia de braços cruzados sob os seios fartos. Sartaj instantaneamente a odiou pela pontada de desejo que atacou sua virilha. Levantou-se, ajeitou a roupa com discrição e depois precisou inclinar um pouco o corpo para disfarçar. Vá para o inferno, Bipasha. Sua última experiência sexual já completara oito meses, com a repórter de um dos jornais vespertinos em Marata. Ela o procurara para fazer perguntas difíceis sobre bares e dançarinas para uma matéria de capa, e ele se impressionara com seus ombros largos, calça jeans verde folgada, sarcasmo e extrema competência. Encontraram-se por três vezes, em três restaurantes diferentes, e ela mencionou o marido diplomaticamente, nas três ocasiões, ele também era jornalista, em outro jornal em Marata. Mas, na terceira tarde, no terceiro chá, ela esgotou as perguntas sobre bar-balas e ficou óbvio que algo mais poderia acontecer. Despediram-se desajeitadamente, ela não estendeu a mão para um aperto caloroso. Telefonou dez dias depois, aí eles passearam pela praia de Chowpatty, tocaram cotovelos. Ele não a considerou especialmente bonita, mas não conseguiu se conter, impedir que a mão pousasse nas costas dela, sob a camisa branca folgada. Fizeram sexo toda semana, durante quatro meses, sempre no quarto do PSI Kamble em Andheri East, de tarde. Ghochi karo, chefia, Kamble costumava dizer. Fazer sexo, ou amor, ou ghochi, fosse qual fosse o nome, deixava Sartaj precariamente solitário, criava um nó insolúvel em sua garganta. Sentir a pele dela contra a sua era gostoso, seus arrepios percorriam ágeis o corpo inteiro, ela era acolhedora, pouco exigente, relaxada e relaxante em sua aversão ao drama. Mesmo assim Sartaj não sentia sua falta, não sofria o desejo agonizante que um dia sentira por Megha, e sua ausência tornava insuportáveis os momentos em que ofegava, deitado nos lençóis floridos de Kamble. Sentia-se diminuído, perdido dentro de seu próprio corpo, submerso sob a pele, sufocado. Teve de parar, finalmente, pôr um fim naquilo. Ela ficou magoada, mas escondeu o sentimento sob um dar de ombros jornalístico: "*marad sala aisaich hota hai*".

Sim, os homens são assim mesmo. Antes dela, conhecera outras mulheres. Uma garota de programa, presente de Kamble no primeiro aniversário de Sartaj após o divórcio: "Finíssima, de alta classe, chefia, podia ser estrela de cinema". Sartaj falhou, e a quase estrela o consolou com tapinhas no ombro. Houve uma amiga de Megha, casada, que só ligou quando o divórcio dele estava sacramentado, foi tudo feito às claras, incontestavelmente correto. Depois do sexo ela adorava ouvir relatos de crimes, tiroteios em ruelas escuras, homens desesperados e violentos, deitada ao lado de Sartaj, gorda e dourada, com um brilho nos olhos que parecia metálico, exalando rajadas de Obsession. Chegou a sair com uma firangi, uma austríaca que fora vítima de um batedor de carteiras num trem local e se dirigira ao distrito para dar queixa. Apreciara seu sotaque rude, feito de sonoridades fortes e paradas súbitas, e do azul ilegível dos olhos, mas ela estava tão longe de sua realidade que ele não tinha idéia do que fazer, mesmo quando ela voltou à delegacia, dois dias depois. Ele confessou que não haviam feito nenhum progresso, que a solução do caso seria improvável, sentindo vergonha da ineficiência indiana. Na Áustria o ladrão já estaria preso e condenado. Numa pausa ela perguntou se ele gostaria de tomar um café. Depois de três dias de café ele perguntou se ela queria conhecer sua casa. No apartamento, ela o fez tirar o turbante. "Quero ver você de cabelo solto", disse. "Seu Amitabh Bachchan", o PSI Kamble cutucou quando soube da história, apertando a mão de Sartaj. "Seu Rajesh Khanna miserável, é o rei de todos os garanhões Sardar." Sartaj reconheceu em parte seu triunfo irrefletido no elogio exagerado de Kamble, viu a sensação prazerosa que ele mesmo sentiu ao ver a palidez pornográfica dos seios austríacos, ao descobrir os pêlos loiros e claros debaixo da calcinha branca. Ao penetrá-la, ele presenciou milhares de filmes de sexo, dentro dele habitavam os fantasmas da adolescência, saídos das imagens coloridas brilhantes das revistas, intocados pelo tempo. Depois que terminaram ela ficou calada, e ele não compreendia o significado daquele silêncio. E o Rei dos Garanhões ficou lá, de boca aberta, apavorado com o vácuo branco de desapontamento que descobria em suas entranhas.

Sartaj balançou a cabeça e levantou-se. O marido de Kaushalya gostava de ser fotografado. Aparecia sentado no meio de todas as fotos, rodeado de mulheres e crianças. Sartaj parou perto da parede, de costas para Katekar, e examinou as imagens. Ali estava o pai dos dois cafajestes. Teria outra, além da esposa? A julgar pela projeção beligerante da barriga que pressionava o kurta branco faiscante, na foto maior, Sartaj apostava que sim. Era homem, tinha mulheres. Sartaj conquistara uma sólida reputação como policial atencioso com as mulheres, e não contara a ninguém ter desistido do sexo. Kamble, Katekar e outros colegas da delegacia brincavam a respeito de ghochi, contavam longas histórias que tratavam de chut e khadda e tope e daana e hathiyar e mausambis, sim, a mulher tinha mausambis tão redondos e doces que dava vontade de chorar só de olhar para eles. Mausambis, granadas, dudh-ki-tanki, cocos. E, sim, maal, chabis, chaavi. Talvez eu seja o único, Sartaj pensou, com histórias a respeito de sexo silencioso, sexo distante, sexo doloroso, sexo maçante, sexo maldito, sexo interrompido, sexo desnecessário, sexo solitário dissimulado sofrido amargo e triste. Sexo. Que palavra. Que coisa.

O chai e o pai chegaram juntos. O marido de Kaushalya chegou apressado, logo atrás do menino descalço que entrou com as xícaras de chai, transportadas num cesto específico. O menino ergueu a sobrancelha para Sartaj, e após receber um aceno de aprovação serviu o chai, muito exuberante e profissional nos gestos. "Biskoot?", perguntou, erguendo um pacote de Parle Glucose. Sartaj pagou, deixando cair a moeda de cinco rupias no chão. O menino a apanhou com os dedos do pé direito, depois passou a moeda para a mão esquerda com um movimento de dança em que erguia a canela até ficar paralela ao piso. Pela exibição Sartaj lhe deu cinco rupias de gorjeta, o menino sorriu e foi embora.

Kaushalya apareceu, seguida pelo velho. Sartaj posicionou-se entre ela e o marido, tomou um gole de chai descontraidamente e disse: "Como se chama?".

"Birendra Prasad."

"Você faz mithai?"

"Sim, saab. Cham-cham, burfi e pedas. Fornecemos doces para restaurantes e lanchonetes."

"A fábrica pertence a você?"

"Sim, saab."

"E seus filhos trabalham com você?"

"Um pouco, saab. Ainda estão estudando."

"Isso é bom."

"Sim, saab. Quero que eles progridam na vida. No mundo atual, não se chega a lugar algum sem estudo."

Birendra Prasad conhecia o mundo atual, sem dúvida. Naquele momento não usava o kurta prateado, e sim uma camisa verde com calça preta, sua corpulência combinava com a da esposa. Era atarracado e firme, não gostava da polícia em sua casa, mas esforçava-se para manter a calma e a civilidade. A filha agarrara a barra da camisa e olhava para Sartaj. Havia muita gente na sala pequena, e Sartaj via o suor escorrendo pelo pescoço de Birendra Prasad. Sartaj sorriu, mostrando os dentes, e tomou outro gole de chai.

"Saab", Birendra Prasad disse.

Katekar contornava Prasad, passando pela esquerda e por trás dele. Sartaj percebeu que isso desconcertava profundamente o doceiro, seus olhos iam de um lado para outro, sem parar. "Já esteve preso, Birendra Prasad?", ele perguntou.

"Sim, há muito tempo."

"Qual foi a acusação?"

"Nada, saab, apenas um mal-entendido..."

"Você foi preso por nada?"

Katekar aproximou-se. "Saab fez uma pergunta", disse, com voz suave.

A menina começou a chorar.

"Fiquei um ano preso por furto", o pai respondeu.

Sartaj pôs os óculos sobre a poltrona e com um passo ficou mais próximo de Birendra Prasad. "Seus filhos também vão para a cadeia."

"Ai, saab. Por quê?"

"Sabe o que eles andam aprontando por aqui? Sabe como eles tratam as mulheres?"

"Saab, não é verdade."

Katekar cutucou o sujeito de leve, apenas um toque no ombro e um empurrão. "Quer dizer que saab não está falando a verdade?"

"O pessoal espalha esses boatos, eles são bons rapazes. Mas..."

"Mande seus filhos conversarem comigo na delegacia, amanhã", Sartaj disse. "Quatro horas. Ou virei visitar sua família novamente aqui, e passarei na doceira. Seus filhos vão para a cadeia."

"Saab, sei quem é responsável por isso."

Sartaj aproximou-se mais e falou na orelha dele: "Não discuta comigo, gaandu. Quer que eu tire sua izzat na frente da família? Na frente de sua filha?"

Para isso Birendra Prasad não teve resposta.

Katekar tocou seu ombro e ele saiu de lado. Sartaj deu a volta por trás de Sushma e saiu. Ele e Katekar atravessaram a ruela ensolarada, espantando um grupo de rapazes que vinha em sentido contrário.

"Aquele Wasim Zafar não é fácil", Katekar disse. "Ele pretende atingir o pai, tanto quanto os rapazes."

"Isso mesmo", Sartaj confirmou. "Birendra Prasad deve ser um problema para ele. Mas deveria ter contado isso para nós, o desgraçado." Pois era bem possível que Birendra Prasad tivesse seus próprios contatos. Mas Sartaj não se preocupava demasiadamente. Cada homem ou mulher preso ou apenas procurado fazia parte de uma rede, não se pode passar a vida profissional inteira pensando em quem conhece quem. Bastava tomar cuidado e, se surgisse algum problema, lidar com ele. Mesmo assim, Wasim Zafar Ali Ahmad deveria ter dito tudo a eles. "Tome", disse a Katekar, passando-lhe os biscoitos. Digitou um número no celular, e Wasim Zafar atendeu no segundo toque.

"Alô? Quem fala?", perguntou, rapidamente.

"Seu baap", Sartaj disse.

"Saab? Qual é o problema?"

"Onde você está agora?"

"Perto da estação, saab. Tenho um serviço a fazer aqui. Em que posso ajudá-lo?"

"Pode nos contar a verdade. Por que não nos informou que pretendia atingir o tal de Birendra Prasad?"

"O pai? Saab, ele realmente não incomoda. Mas mima os filhos, e fica furioso quando alguém ralha com eles. Os filhos o instigam. Ele não passa de um homem comum, um dehati, eles são os haramzadas que se acham muito superiores. Quando os rapazes forem enquadrados e se comportarem, ele também se acalmará."

"Você planejou tudo, certo?"

"Saab, eu não estava tentando esconder nada."

"Mas não nos deu todas as informações."

"Falha minha, saab. Onde está agora?"

"Em seu raj."

"Saab, aqui em Navnagar? Posso encontrá-lo em cinco minutos."

"Melhor daqui a dez. Encontre-me em Bengali Bura, na casa de Shamsul Shah."

"Sim, saab. No kholi novo?"

"Sim, no kholi novo."

"Perfeito, saab. Agora preciso desligar."

Katekar comia um biscoito. "Ele vem correndo nos encontrar?"

"Sim. É muito dedicado à causa da justiça."

Katekar riu. Sartaj pegou um biscoito e eles caminharam pelo basti, no rumo de Bengali Bura. Wasim Zafar Ali Ahmad estava ansioso para ser visto com a polícia. Isso lhe daria uma chance de exibir seu vínculo com o poder, sua capacidade de fazer as coisas acontecerem. Provavelmente espalharia que convocara os policiais, pedindo que não esquecessem a investigação do assassinato de Shamsul Shah, que se esforçassem ao máximo. Em seu relato ele seria o líder comunitário zeloso que conseguia fazer a polícia agir. Sartaj não lhe negava apoio em seu plano. O sujeito se mostrava um político hábil, apesar do erro de não contar tudo sobre Birendra Prasad, o pai inconveniente.

Sartaj parou num cruzamento. A estreita rua em frente conduzia a Bengali Bura, e a mais larga, à direita, à via principal. Limpando as migalhas com a ponta dos dedos, disse a Katekar: "Vamos falar primeiro com Deva".

Sartaj tinha um contato antigo em Navnagar, um tâmil chamado Deva. Sartaj o conhecera nove anos antes, quando detivera uma quadrilha de quatro ladrões de pneus em Antop Hill. Deva residia com os gatunos, numa varanda fechada, na entrada do kholi deles. Alegando inocência, disse que não passava de um inquilino sem nenhum envolvimento com os ladrões, era recém-chegado de seu vilarejo, nem conhecia a cidade, imaginou que guardar pneus em casa era uma prática urbana normal. Sartaj gostara da animação de Deva, do modo como cantarolava canções tâmeis de curiosa sonoridade, de sua decidida tentativa de mostrar coragem aos dezenove anos, apesar do tremor nas pernas finas como caniços. Sartaj resolveu acreditar nele, tomou conta do rapaz, não incluiu seu nome no boletim de ocorrência e falou com algumas pessoas a respeito de um emprego para ele, e agora Deva era respeitável, casado, estabelecido, com um filho pequeno e outro a caminho, agora exibia bigodinho e pança. Cuidava de uma fundição em Navnagar, onde uma equipe suarenta de tâmeis fazia enormes rodas de ferro para uso em teares manuais, cercas e peças de serralheria sob encomenda de vários tipos.

Por isso Sartaj seguiu pela direita, e enquanto caminhavam telefonou a Wasim Zafar Ali Ahmad para avisar que se atrasariam. A rua fora asfaltada e consertada recentemente, o tráfego de bicicletas e motocicletas era intenso. As casas naquela parte de Navnagar eram antigas e bem-cuidadas, todas tinham água encanada e eletricidade. Muitas delas, com dois ou três andares, abrigavam oficinas e lojas no térreo, de frente para a rua. Um rosto flutuava acima dos telhados precários, com olhos castanhos imensos, luminosos, que surgiam e sumiam por trás dos parapeitos, maiores do que as janelas, uma testa brilhante azulada, lábios semicerrados e cabelo esvoaçante, tudo muito leve e paradisíaco. Sartaj sabia que era apenas uma modelo iluminada com criatividade num enorme cartaz do outro lado da via principal, mas era interessante ser observado tão atentamente por ela. Baixando os olhos, ele seguiu em frente.

Deva pediu refrigerantes assim que os viu, não aceitava recusas. Um menino dobrou a esquina com dois Limcas, que Sartaj e Katekar tomaram perto da porta da oficina, do lado de fora. Não havia luz dentro da fundição, apenas duas listas de luz solar que entravam pelo teto, reforçando o brilho do ferro derretido que escorria para os moldes e os rostos de homens quase desnudos que acionavam os foles com os pés, subindo e descendo numa escalada interminável.

"Não se lembra de mim há muito tempo, saab", Deva disse.

"Os tâmeis andam muito comportados, Deva."

Deva gargalhou. Enfiou a cara pela soleira da porta e vociferou a tradução para os trabalhadores. Surgiram sorrisos rápidos cheios de dentes no meio das fagulhas. Era possível viver em Navnagar falando apenas tâmil. Uma resposta foi gritada acima do ruído das fornalhas e dos golpes das marretas. "Ele disse que nosso comportamento atual é tão bom que até os Rakshaks gostam de nós", Deva traduziu.

Não havia muito tempo os Rakshaks exemplificaram seu patriotismo regionalista de Mumbai perseguindo os imigrantes tâmeis. Sartaj deixou a garrafa vazia de Limca ao lado da porta. "Claro. Agora estão perseguindo outras pessoas." O chauvinismo violento ainda garantia votos, mas era preciso selecionar os inimigos com astúcia. Agora os Rakshaks protestavam contra a ameaça de Bangladesh, e consideravam "impatrióticos" os indianos muçulmanos que deixavam o país. Mesmo jogo, alvos diferentes. Sartaj chamou Deva para longe da porta e do calor escaldante e os dois caminharam um pouco pela ruela, saltando uma vala. Katekar os seguia de perto.

"Estão investigando o assassinato?", Deva perguntou. "O rapaz que foi morto pelos amigos."

"Sim. Sabe algo a respeito?"

"Não, eu não conhecia nenhum deles."

"Já ouviu falar de um assistente social chamado Wasim Zafar Ali Ahmad?"

"Claro que sim. Um patife. Sujeito malandro."

"Que tipo de malandragem? Quais são os esquemas dele?"

"O pai é açougueiro. O filho se dedica ao serviço social, creio. Mas tem muitos primos donos de oficinas mecânicas. Dois aqui perto, outro em Bhandup. São uma família bem estabelecida."

"Essas oficinas mecânicas são honestas ou não?"

"Mais ou menos, saab. Ouvi dizer que fazem negócio com peças usadas." Deva tinha um sorriso extraordinário, esticava o queixo, os olhos se estreitavam, uma fileira de dentes brilhantes rachava o rosto no meio. Peças de segunda mão poderiam vir de qualquer lugar, desde fontes legítimas até o automóvel de um pobre coitado. "Um dos primos andou metido em encrenca. Nunca foi preso, saab, mas fez umas coisas aqui e ali."

"Sabe o nome dos tais primos?"

"Não. Mas vamos descobrir." Deva levou Sartaj e Katekar até a padaria da esquina, um salão grande com teto de zinco com fornos altos numa ponta, onde vários homens preparavam a massa. Nos fundos, o corpulento dono praticamente ocupava a salinha do escritório. Ele juntou seu lungi e o estômago enorme para andar entre os empregados enquanto Deva usava o telefone. Sartaj ouviu os sons meridionais anasalados, que sempre o faziam lembrar de Mehmood e risos na infância, e tentou impedir que a respiração se alterasse. O aroma dos pães saindo do forno era delicioso, mas exagerado, forte demais, enjoativo no calor insuportável. Deva deu dois telefonemas, Sartaj sabia que usava seus contatos entre os tâmeis de Navnagar, fazendo perguntas e esperando respostas. Os tâmeis foram um dia os temidos invasores da cidade, os migrantes denunciados e odiados pelos Rakshaks como forasteiros ameaçadores que supostamente roubariam terras e empregos. Agora eram tradicionais habitantes de Mumbai.

Deva sentou-se, reclinando o corpo na poltrona. Ergueu os dedos em forma de cone e disse: "Pronto, saab? Anote tudo".

Ele deu cinco nomes a Sartaj, com as genealogias exatas e o parentesco com Wasim Zafar Ali Ahmad, bem como uma idéia de seu envolvimento com as oficinas, tanto legítimo quanto ilegítimo. Informações confiáveis.

"Bom trabalho, Deva", Sartaj disse. Katekar balançou a cabeça, benevolente. Sartaj deixou duas notas de quinhentas rupias na mesa, ao lado de Deva. Embora fossem velhos amigos, a longo prazo era melhor conduzirem os negócios com profissionalismo. Se apenas trocassem favores, o ressentimento logo se manifestaria dos dois lados. Dinheiro em troca de informações garantia o fluxo futuro.

Sartaj e Katekar se despediram de Deva e seguiram para Bengali Bura. Sartaj olhou por cima do ombro conforme subiam a ladeira, e o interminável marrom enlameado de Navnagar, pontilhado pelos telhados brancos, formava um crescente serrilhado amplo, de horizonte a horizonte, sob o sol poente. O quadro impressionou Sartaj como sempre, por seu gigantismo e melodrama sangrento, com a energia impressionante de sua mera existência. Era incompreensível que existisse um lugar assim, como Navnagar. E no entanto lá estava, em torno de Sartaj, imponente, real com sua boca rubra. Ele virou para trás. Viu que Katekar carregava um saco de papel grande, cheio de pavs frescos, para comer com a família nos próximos dias. Muito do que Katekar e todos os demais comiam provinha de Navnagar, ou passava por ali e outros nagars similares. Navnagar produzia roupas, plástico, papel e sapatos, era o motor que energizava a cidade. Wasim Zafar Ali Ahmad os esperava perto do kholi e Shamsul Shah, rodeados por um considerável grupo de suplicantes. Um telefone celular reluzia em sua mão quando ele acenou para Sartaj e Katekar. Uma mulher puxou seu cotovelo, ele falou com ela rapidamente em bengali e se afastou gesticulando, para apaziguá-la.

"Saab", disse. "Sinto muito, esta gente, quando consegue se aproximar de mim, não me deixa mais em paz."

"Fala bengali?"

"Um pouquinho só. O bengali deles tem muito urdu misturado, sabia?"

"E que outros idiomas você fala?"

"Guzerate, saab. Marati, um pouco de sindi. Quando a gente cresce em Mumbai, acaba aprendendo um pouco de tudo. E estou tentando melhorar meu inglês." Exibiu um exemplar de *Filmfare*. "Leio uma revista por dia, em inglês."

"Impressionante, Ahmad Saab."

"Arre, senhor, sou mais novo. Por favor, chame-me de Wasim. Por favor."

"Tudo bem, Wasim. Já conversou com a família de Shamsul Shah?"

"Ainda não, senhor. Pensei que gostaria de fazer isso pessoalmente. Mas um dos vizinhos declarou que o pai não está em casa, e sim no serviço. A mãe está aí."

"Lá dentro?"

"Sim."

"Mantenha essas pessoas afastadas enquanto eu falo com ela."

O rapaz assassinado comprara uma casa melhor para a família, percebia-se isso desde a sólida fachada de frente para a rua. Sartaj bateu. Parado à porta ele divisou quatro cômodos, uma cozinha separada e armários com acabamento em fórmica. A mãe do rapaz morto despachou as filhas para os quartos dos fundos e esperou, rígida.

"Você é Moina Khatun?", Sartaj perguntou. "Mãe de Shamsul Shah?"

"Sim."

As filhas de Moina Khatun observavam o purdah, mas ela relaxara um pouco as restrições devido à idade, pelo menos enquanto estava em sua própria casa. Sartaj calculou sua idade em sessenta anos, embora houvesse uma margem de dez anos a menos. Usava um salwar-kameez azul com dupatta branca na cabeça.

"Seu filho comprou um ótimo kholi para vocês." Sartaj não sabia se a inescrutabilidade de Moina Khatun era uma tática ou um traço de personalidade. Não demonstrava nada. "Ele era um bom rapaz. Como foi se meter com aqueles dois?"

Ela virou a cabeça de lado. Não sabia.

"Conhece o amigo bihari deles, um tal de Reyaz Bhai?"

Moina Khatun moveu a cabeça lentamente, outra vez.

O silêncio dominava a rua, e sob ele se estendia o vasto vácuo da perda. Sartaj tinha a sensação de quem cai num abismo, e ficou sem saber o que dizer em seguida, como pressioná-la, ou se pressioná-la era uma boa idéia. Quebrando o silêncio, Katekar manifestou-se.

"É contra a natureza que o filho morra antes dos pais. É impossível aceitar. Mas Ele", Katekar apontou para cima, "dá e tira por suas próprias razões, pois escreve nosso destino."

Moina Khatun começou a chorar. Enxugou as lágrimas, erguendo os ombros. "Devemos aceitar", disse com voz sumida. "Devemos aceitar."

Katekar mantinha as mãos juntas à frente, debruçando-se de leve, totalmente solícito, nada ameaçador. "Isso mesmo. Qual a idade de Shamsul?"

"Só dezoito. No mês que vem faria dezenove."

"Era um belo rapaz. Pensava em casamento para breve?"

"Já havia propostas para ele." Moina Khatun animou-se, a lembrança de antigas discussões atiçou seu olhar. "Mas ele disse que preferia casar todas as irmãs primeiro. Expliquei que a mais nova tinha nove anos, que ele seria um velho quando ela tivesse seu mala badol. Mas Shammu achava que casar cedo é besteira. Espere até que eu me estabeleça e tenha uma bela casa, dizia. De que adianta casar e morar com os pais, para ver a esposa brigar com a sogra? Ele não dava ouvidos para nós. Primeiro elas, depois eu, insistia."

"Era um bom rapaz. Comprou um belo kholi para vocês."

"Sim. Ele trabalhava muito."

"Sabe qual era o serviço de seu filho?"

"Ele trabalhava para uma companhia, entregando encomendas."

"Sei. Mas fazia coisas com Bazil e Faraj, também, certo?"

"Sobre isso não sei nada."

Sartaj percebeu que Moina Khatun não tentava esconder nada, ela de fato não tinha idéia das atividades do filho com os assassinos. Fazia sentido, não via razão para o filho contar à mãe suas atividades criminosas. Mas Katekar não pretendia desistir assim tão fácil.

"Eram bons amigos, os três. Cresceram juntos, aqui no basti?"

"Sim."

"E por que brigaram?"

"Faraj sentia inveja de meu filho. Ele não tinha emprego, não trabalhava. Desde menino sempre brigava com Shammu." Uma sombra cobriu seu rosto e ela ergueu o punho cerrado, falando em bengali. Os golpes furiosos que desferia no ar deslocaram sua dupatta, sua voz se ergueu, trêmula, e ela começou a gritar. A dor deu um nó na garganta de Sartaj, que recuou um passo e procurou Wasim com os olhos.

"Ela está amaldiçoando Faraj e a família dele, saab", Wasim disse. "Alega que são demônios, essas coisas."

No rosto de Moina Khatun a rigidez angulosa deu lugar a uma expressão que Sartaj não conseguia fitar diretamente. Ele pigarreou. "Nada útil?"

"Nada", Wasim confirmou.

"Tudo bem. Vamos embora."

E se afastou. Katekar ergueu a mão para cumprimentar a mulher e saiu também. Estavam quase na esquina quando ela gritou para ele, em híndi: "Não os deixe escapar", disse. "Pegue os dois. Não os deixe soltos."

Sartaj olhou para trás e seguiu adiante. A ruela se alargava no trecho próximo à rua principal, e ele sentia atrás de si a presença de Katekar. Sartaj diminuiu o passo, balançando a cabeça quando Katekar emparelhou. Chegaram à rua principal, no rumo de Gypsy.

"Wasim", Sartaj chamou.

"Sim, saab." Wasim, ao lado deles, exalava sinceridade, disposição, boa vontade.

"Preste atenção numa coisa, seu filho-da-mãe", Sartaj disse. "No que diz respeito ao tal Birendra Prasad..."

"Saab, ele realmente não é um problema. Eu já lhe disse, os dois filhos o tornam um problema."

Um muro coberto de pinturas de anúncios de cimento e cosméticos se estendia à esquerda. Sartaj virou-se e abriu o zíper da calça. "Você disse que eu era mais velho que você. Então ouça meu conselho. Não se ache mais esperto do que as pessoas com quem pretende trabalhar. Não oculte coisas que elas precisam saber." O jato de Sartaj bateu ruidoso na base do muro, só então ele se deu conta do quanto estava furioso. "Não me surpreenda. Não gosto de surpresas. Gosto de informações. Se souber de algo, me conte. Mesmo que não considere importante, conte. Informação em excesso é melhor do que falta de informação. Entendeu bem?"

"Saab, realmente, eu não tentei enganá-lo."

"Se achar que eu sou idiota, talvez eu tenha de bancar o idiota e me concentrar em certos negócios nesta área, investigar algumas pessoas. Como eles se chamam mesmo, seus primos? Salim Ahmad, Shakil Ahmad, Naseer Ali, Amir..."

"Saab, já entendi. Não acontecerá de novo."

"Ótimo. Talvez assim possamos ter um relacionamento duradouro."

"Saab, é exatamente isso que eu desejo. Um relacionamento duradouro."

Sartaj apertou e sacudiu, balançou os quadris para trás, guardou e fechou o zíper. "Você pode bancar o político com os outros. Mas não conosco."

"Claro, saab."

Sartaj apanhou o lenço no bolso, virou-se e viu que Wasim exibia seu exemplar de *Filmfare*.

"Por favor, saab."

"O que foi?"

"Há boas informações dentro desta revista, saab."

O sorriso de Wasim era discreto, mas malicioso. Sartaj pegou a *Filmfare* e abriu a revista, as páginas se abriram naturalmente numa foto de Dev Anand semi-oculta por um pequeno maço de notas de mil rupias, presas com um clipe, estendidas com capricho da esquerda para a direita.

"Apenas uma lembrancinha, saab. Uma nazrana, como estímulo a nossa futura amizade."

"Isso veremos", Sartaj disse. Enrolou a revista e a enfiou debaixo do braço. "Intimei Birendra Prasad a levar os filhos até o distrito amanhã. Caso não obedeça, siga os filhos amanhã, precisamos saber onde estão se for necessário procurá-los."

"Sem problema, saab. E, se puder mencionar meu nome a Majid Khan Saab, dar-lhe meu salaam..."

"Pode deixar", Sartaj assentiu. "Mas, por quatro mil rupias, não espere se tornar um convidado de honra na delegacia. Esse troco miúdo não passa de chillar."

"Claro, saab. Como eu disse, apenas uma nazrana..."

Deixaram Wasim ali, e Sartaj ficou satisfeito porque o sujeito compreendera a verdadeira natureza de sua dependência mútua. No Gypsy ele abriu a *Filmfare*, puxou uma nota e a passou a Katekar, que a guardou no bolso da camisa. Sartaj também daria uma parte a Majid. Não era obrigação sua passar o dinheiro aos superiores, quantias pequenas como aquela — menos de um lakh — faziam parte do faturamento do agente policial responsável pela operação, os inspetores e DCPS só recebiam uma parte se houvesse um total considerável. Mesmo assim ele transmitiria a Majid os cumprimentos de Wasim Zafar Ali Ahmad e ofereceria as mil rupias, que Majid descartaria com um sorriso. Eles se conheciam havia muito tempo, e mil — ou mesmo quatro mil — não passava de um trocado.

"Saab", Katekar perguntou, "e sobre esta noite?"

Sartaj sentiu uma onda de afeição pelo impassível e confiável Katekar. Megha costumava dizer que Katekar e ele eram como um casal de velhos, e talvez fossem mesmo, mas Katekar ainda era capaz de surpresas estonteantes. Sartaj disse: "Pensei que você não gostava do pessoal de Bangladesh".

"Gosto deles em Bangladesh."

"E aquela mulher? Moina Khatun?"

"Ela perdeu um filho. É terrível perder um filho, mesmo que seja ladrão. Como era mesmo aquele diálogo de *Sholay*? A fala de Hangal? 'O fardo mais pesado que um homem pode carregar nos ombros é o arthi do filho.'"

"Isso é verdade." E, de acordo com a lógica filmi, esse nativo de Bengala roubou para casar as irmãs sem recursos. Atravessaram um viaduto, passando por cima de um trem barulhento em que as multidões vespertinas já se amontoavam, sobrando pelas portas. O rapaz assassinado queria mais do que um bom casamento para as irmãs, ele queria aparelho de televisão, fogão a gás, panela de pressão e casa espaçosa. Sem dúvida sonhara com um carro novo, um carro exatamente igual ao brilhante Toyota Camry prateado que os ultrapassava naquele momento. O que ele sonhara não era impossível, homens como Ganesh Gaitonde e Suleiman Isa começaram com pequenos furtos e se tornaram proprietários de frotas de Opels Vectra e Hondas Accord. Muitos rapazes e moças originários de vilarejos empoeirados agora olhavam para o mundo do alto de sua fortuna, formosos e irreais. Era possível. Acontecia, por isso as pessoas continuavam tentando. "Como era a canção?", Sartaj perguntou. "Sabe, aquela cantada por Shah Rukh, não lembro qual era o filme. '*Bas khwab itna sa hai...*'" Katekar balançou a cabeça, e Sartaj viu que Katekar entendera o motivo da pergunta, eles haviam passado muito tempo juntos, atravessando a cidade de carro, aprenderam a acompanhar os saltos de raciocínio um do outro.

"Sei, sei", Katekar disse. Cantalorou a melodia, marcando o ritmo com um dedo, no volante. "'*Bas itna sa khwab hai... shaan se rahoon sada...*' mmmm, mmmmm, e depois?"

"Sei, sei. '*Bas itna sa khwab hai... Haseenayein bhi dil hon khotin, dil ka ye kamal khile...*'"

E eles cantaram juntos: "'*Sone ka mahal mile, barasne lagein heere moti... Bas itna sa khwab hai*'."

Sartaj se espreguiçou e disse: "Sabe, Shamsul Shah era um sonhador, tinha um khwab grandioso".

Katekar riu e disse: "Correto, saab, mas o grande khwab levou seu gaand, no final".

Os dois riram alto. No riquixá motorizado ao lado de Sartaj, duas mulheres viraram os rostos atônitos para o outro lado, escondendo-se debaixo da cobertura. Aquilo fez Sartaj rir mais alto ainda. Ele sabia que era assustador para outras pessoas uma gargalhada áspera vinda de dentro de um Gypsy da polícia, e isso tornava a situação ainda mais cômica. Megha costumava dizer: "Vocês contam histórias terríveis, depois riem feito bhoots, é apavorante". Ele tentara parar por causa dela, mas nunca fora totalmente bem-sucedido. Fazia-lhe bem, de todo modo, percorrer a cidade ao lado de Katekar, rindo à vontade, sem precisar se conter. Por isso riu um pouco mais.

Faziam silêncio, porém, quando estacionaram na curva de Juhu Chowpatty, saindo no bloco compacto do trânsito na hora do rush. Sartaj deu a volta pela frente do Gypsy, sentindo uma suave brisa marinha. Os luminosos de neon das barracas de chaat já estavam acesos, os fregueses entravam sem parar. "Mande lembranças aos meninos", Sartaj disse.

Katekar sorriu. "Sim, saab." Levou a mão ao peito por um momento, depois saiu andando na direção da praia.

Sartaj o observou enquanto se afastava, cabelo escovinha, caminhando confiante, gingando, balançando os ombros largos. Um olho experiente o teria identificado como policial na hora, se não fosse seu talento para passar despercebido, graças ao qual realizaram diversas prisões juntos. No caminho pela Ville Parle, Sartaj cantarolava "*Man ja ay khuda, itni si hai dua*", mas ele não se lembrava do final da canção. Sabia que a música não lhe sairia da cabeça o dia inteiro, e que só se recordaria da última antra bem tarde, entre a noite e o sono. "*Man ja ay khuda*", cantou.

Katekar encontrou os meninos e Shalini, que o esperavam no lugar combinado, nas imediações da barraca chamada Great International Chaat House. Acariciou a cabeça de Mohit e o golpeou de leve no estômago. Mohit riu nervoso, levando Rohit e Shalini a sorrir.

"Atrasados de novo?", Katekar perguntou.

Shalini torceu a boca. Katekar conhecia aquela expressão: o que não pode ser mudado deve ser suportado. Barthi e o marido chegavam sempre atrasados.

"Vamos sentar", Rohit disse. "Eles sabem onde costumamos ficar."

Katekar olhou para os lugares enfileirados e para o outro lado da rua. Dois ônibus parados, um atrás do outro, dificultavam a visão. "Rohit, vá ver, talvez eles estejam esperando para atravessar."

Rohit não gostou mas foi, batendo os chappals com força no piso de cimento. Emagrecera durante o recente estirão, mas Katekar tinha certeza de que engordaria depois dos vinte anos, depois de casar e se acomodar. Todos os homens da família atingiam um tamanho considerável, com ombros e braços intimidadores e uma barriga respeitável. Rohit voltou balançando a cabeça.

"Papa, quero sev-puri", Mohit pediu, puxando a camisa de Katekar.

"Vamos sentar", Shalini disse. "Eles nos acharão depois."

Rohit já se adiantara um tanto, e Katekar não precisou de mais incentivo. Bharti era irmã dele, e se Shalini queria sentar, Katekar sentaria.

Escolheram duas esteiras, o mais à direita possível, e se acomodaram. Katekar tirou o sapato e sentou de pernas cruzadas, suspirando. O sol ainda estava alto o suficiente para esquentar seus joelhos, mas começava a soprar uma brisa na altura do peito. Abriu a camisa e enxugou a nuca com um lenço, ouvindo Shalini, Rohit e Mohit pedirem os petiscos ao rapaz que lhes indicara o lugar. Katekar não queria comer, ainda. Saboreava a sensação de descansar, de não ter de trocar o pé de apoio como o garçom, que agora corria para buscar o pedido.

O garçom retornou, equilibrando com destreza a bandeja ao passar entre outros garçons e fregueses. "Ei, tambi", Katekar pediu, "um copo de narial-pani."

"Sim, seth", o rapaz disse antes de se afastar.

"Narial-pani?", Shalini perguntou, surpresa.

No mês anterior ele comentara com Shalini que lera num artigo do jornal vespertino que o coco continha muitas gorduras nocivas. Ela descartou a idéia com um gesto, dizendo não acreditar nessas novidades que saíam nos jornais. Quem ficou doente comendo coco, ou bebendo água-de-coco? Mas ela nunca esquecia nada e não ia deixar que ele abandonasse suas crenças científicas impunemente. Ele virou a cabeça de lado, sorrindo. "Só hoje."

Ela sorriu também e deixou por isso mesmo. Katekar bebeu a narial-pani enquanto observava Mohit se deliciar com seu sev-puri, e Rohit olhar as moças que passavam. Um navio flutuava no horizonte brilhante. Katekar olhava para ele, sabendo que se movia, mas sem conseguir ver seu movimento.

"Dada!"

Katekar virou-se e viu Vishnu Ghodke, que gesticulava freneticamente. Aproximou-se, seguido de Bharti e das crianças. Seguiu-se a costumeira troca efusiva de cumprimentos e muita movimentação até a família se acomodar em duas esteiras. Shalini fez Bharti sentar perto dela, e Vishnu ficou ao lado de Katekar. Os filhos foram encaixados entre Bharti e Vishnu. As duas meninas estavam como sempre de vestido vistoso, cheio de fitas. Mas o menino, nascido após muitas orações e rituais, parecia a caminho de um casamento. Usava uma gravata-borboleta pequena, azul-marinho, e um enorme relógio de pulso vermelho, no qual dava corda sem parar. Mohit e Rohit se debruçaram para provocá-lo, e

Katekar sentiu um imenso afeto pelos dois, por estragarem o penteado afetado do pestinha. Ele beliscou o pescoço das duas sobrinhas enquanto Shalini e Bharti logo iniciaram uma conversa animada sobre uma intriga familiar qualquer que envolvia parentes dos parentes delas. Katekar preferia a sobrinha mais velha, a menina que observara calmamente o menino se tornar o centro das atenções dos pais com resignação e capacidade de compreensão.

"Você cresceu, Sudha", ele disse. "E muito depressa."

"Ela come feito um cavalo", falou o pai, com uma gargalhada, passando a mão em sua cabeça.

Katekar notou que Sudha rilhava os dentes de raiva ao recuar para sussurrar algo no ouvido da irmã. Vishnu não precisava de amplificador para sua voz. Katekar disse: "Ela quer crescer e ficar alta como eu. Sudha, venha cá, sente aqui do meu lado. Também sinto fome. Arre, tambi".

Então Sudha sentou ao lado de Katekar e juntos estudaram o cardápio e escolheram, entre os nomes no papel muito manchado, bhelpuri, papri chaat e o prato favorito de Sudha, pav-bhaji. Comeram juntos e Katekar apreciava a transformação de azedo em doce em sua língua. A comida era o maior e mais confiável dos prazeres, estar ali em Chowpatty, comendo com a esposa e a família, era a coisa mais próxima do contentamento que Katekar conhecia. Ouviu com paciência a conversa de Barthi. Ela usava um sári verde brilhante. Novo, Katekar pensou. Era uma menina atarracada quando a viu pela primeira vez, tímida demais para falar com ele. Poucos anos depois, Vishnu lhe dera uma mangalsutra mais pesada do que qualquer outra que Katekar se lembrava em casamentos familiares, e ela nunca mais parou de falar. Usava o mangalsutra agora, junto com uma corrente de ouro que dava duas voltas em seu pescoço.

"Bipin Bhonsle é um tremendo haraamkhor", ela disse. "Antes das eleições nos disse que conseguiria uma nova tubulação de água adicional para o bairro. Agora não temos o encanamento novo, e o velho vaza a cada duas semanas. Com três filhos, é impossível viver sem água."

"Votem em outro na próxima eleição", Katekar aconselhou.

"Isso é impossível, Dada", Vishnu disse. "Ele tem muitos recursos, muitos contatos. E os outros partidos só apresentam candidatos gadhav em nosso distrito. Nenhum deles tem chance. Votar em outro significa desperdiçar o voto."

"Encontrem um bom candidato, então."

"Arre, Dada, quem tem coragem de enfrentar Bhonsle? E onde podemos encontrar bons candidatos hoje em dia? Precisamos de alguém obstinado, capaz de fazer um discurso jhakaas, atraente para o povo. Esse tipo não existe mais. Precisamos de um gigante, mas só temos multidões de anões."

Shalini virou para o outro lado e limpou as mãos, depois ajeitou o sári por cima do joelho. "Estão olhando para todos os lados, menos para o lado certo", disse.

Vishnu ficou muito surpreso. "Conhece alguém?"

Shalini apontou para Bharti com as duas mãos. "Ali, ali."

"Como é?", Vishnu perguntou.

Katekar balançava de tanto rir. Melhor que a piada de Shalini era a cara de desespero de Vishnu, antecipando com horror a abominável transformação da esposa em gigante. Os filhos logo viram a graça e caíram na risada também.

"Veja bem", Shalini disse, "minha irmã Bharti é corajosa, consegue impressionar qualquer um com seu estilo, e ninguém faz discursos melhores que os dela. Deveria transformá-la em mantri."

Vishnu finalmente compreendera que era tudo brincadeira. Forçava um sorriso, esticando o lábio sobre a arcada inferior. "Sim, Tai, ela daria um ótimo primeiro-ministro. Consegue controlar todo mundo."

Bharti tapara a boca com as duas mãos. "Arre, devaa, não quero nada disso. Tai, o que está dizendo? Já tenho muito o que fazer com os filhos, não quero ficar em cima de cinqüenta mil pessoas."

Katekar queria dizer algo sobre seu peso esmagar as cinqüenta mil pessoas, mas pensou melhor e se contentou em imaginar o rosto de Vishnu comprimido por seu enorme traseiro. Vishnu hesitou um pouco mas acabou rindo junto com ele.

Assim que terminou de comer, Katekar foi dar uma volta à beira-mar com Vishnu. Katekar enrolou as pernas da calça e deixou os sapatos com Shalini. Gostava de caminhar na areia molhada e alisada pelo mar, sentir sua umidade na sola dos pés. Vishnu andava a um metro e meio de distância, protegendo sua sandália da água. Deu um pulo para se livrar de uma onda mais forte. "Dada", disse, "você precisa me deixar pagar qualquer hora. Caso contrário, ficarei constrangido em vir novamente."

"Vishnu, não recomece esta discussão. Sou mais velho, então pago." Uma pontada de irritação cutucou o estômago de Katekar. Era estúpido seu orgulho, que não lhe permitia aceitar que Vishnu pagasse a refeição, mas não conseguia engolir a presunção de Vishnu, sua satisfação com o próprio sucesso.

"Sei disso, Dada", Vishnu disse, erguendo as duas mãos. "Desculpe-me. Tem se saído bem ultimamente?"

"Eu me viro", Katekar respondeu. Vishnu por certo observara a nota de mil rupias que Katekar dera ao garçom para pagar a conta. Ele nunca perdia nada, o atento Vishnu.

Vishnu pisou pensativo numa folha de palmeira caída no chão. "Dada, na sua idade deveria estar bem melhor."

"Que idade?"

"Seus filhos estão crescendo. Precisarão de boas escolas, roupas decentes, enfim, de tudo."

"E você acha que não posso dar isso a eles?"

"Dada, está ficando bravo de novo. Melhor eu parar de falar."

"Não, explique o que quis dizer."

"Eu só queria dizer uma coisa, Dada — o chutiya sardar que é seu inspetor jamais ganhará um bom dinheiro."

"Tenho tudo de que preciso, Vishnu."

Vishnu baixou a cabeça e falou, com humildade. "Como quiser, Dada. Mas não entendo por que continua com ele. Poderia obter outros cargos facilmente."

Katekar não respondeu. Virou-se e voltou para a família. Mais tarde, naquela noite, deitado na cama ao lado de Shalini, pensou em Sartaj Singh. Trabalhavam juntos havia muitos anos. Não eram exatamente amigos, não se visitavam com freqüência nem passavam férias juntos. Mas um conhecia a família do outro e eles se conheciam bem. Katekar saberia dizer o que Sartaj Singh sentia a qualquer momento, sabia reconhecer sua melancolia e seu deleite. Confiava no instinto do sardar. Juntos haviam resolvido casos complexos, e quando a investigação falhava, Katekar sabia sempre que havia feito o possível. Sim, não ganhava tanto dinheiro quanto poderia ganhar em outro lugar, mas havia ali satisfação com o trabalho. Isso Vishnu jamais compreenderia. Pessoas como ele não acreditavam que alguém pudesse ser policial por outros motivos que não o dinheiro. O dinheiro era bem-vindo, claro, mas havia também o desejo de servir ao povo. Sim, realmente, "*Sadrakshanaaya Khalanighranaaya*". Katekar sabia que não podia revelar sua postura a ninguém, muito menos Vishnu, pois as alegações de proteger os bons e destruir os maus, trabalho voluntário, provocavam apenas risos. Mesmo entre os colegas, jamais se falava nisso. Mas existia, por maiores que fossem as camadas de ceticismo empedernido que cobriam sua atitude. Katekar vira isso ocasionalmente em Sartaj Singh, o idealismo insensato e embaraçoso. Claro, nenhum deles seria capaz sequer de insinuar algo a respeito do romantismo do colega, e talvez por isso a parceria tivesse durado tanto. Só uma vez, quando resgataram uma trêmula menina de dez anos de seqüestradores que a mantinham num barraco em Vikhroli, Sartaj Singh cofiara a barba e resmungara: "Hoje fizemos um bom trabalho". Foi o bastante.

Ainda era o bastante. Katekar suspirou, virou a cabeça, coçou o pescoço e dormiu.

Sartaj viu a multidão primeiro, um grupo compacto comprimido na frente de uma vitrine de pé-direito duplo. O prédio fazia parte de um novo conjunto comercial, muito bonito em seu exagero de pedra cinza e aço polido. Sartaj fora até a nova agência de seu banco para depositar cheques de dividendos na conta da mãe, e saíra tonto com a quantidade de caixas e o tratamento simpático dos funcionários, algo inédito. Olhou por cima do agrupamento de cabeças escuras e viu um reflexo vermelho-escuro.

"Saab, entre e veja." Um guarda de segurança de farda azul chamou Sartaj, do lado esquerdo.

"Ganga", Sartaj disse, e entrou pela porta guardada por Ganga. Sartaj conhecia Ganga do antigo prédio do banco, onde vigiava uma joalheria com uma espingarda de cano longo e um olhar mortífero. "Você também se mudou para cá?"

"Estou trabalhando para uma nova companhia, agora", Ganga respondeu, apontando para o escudo no ombro, onde constava o nome de seu novo patrão: Eagle Security Systems.

"É uma firma melhor?"

"Paga mais, saab." Havia muitas empresas novas de segurança, e a procura por ex-policiais como Ganga era intensa. Ele fechou a porta assim que Sartaj passou, e virou-se na direção da vitrine. "Sadhus tibetanos, saab", ele disse, com orgulho de proprietário.

Havia cinco homens, calmos, serenos, de cabelo bem curto e túnicas escarlate esvoaçantes. Trabalhavam em volta de uma plataforma de madeira grande, sobre a qual havia o desenho de um círculo dentro de um quadrado dentro de um círculo.

"O que estão fazendo?"

"Uma mandala, saab. Fizeram reportagens para a tevê que foram ao ar ontem, não viu?"

Sartaj não havia visto, mas agora observava as aberturas das laterais do quadrado, e o material verde-escuro que um dos sadhus usava para encher a área interna do círculo menor. Outro sadhu enchia a pequena imagem do que parecia ser uma deusa, posta contra o fundo verde. "O que eles usam, um pó?"

"Não, saab, areia colorida."

Era repousante observar a queda da areia das mãos dos sadhus em movimentos seguros e graciosos. Após algum tempo, a estrutura geral da mandala ficou clara para Sartaj, apesar do esboço apenas delineado em branco. Dentro do círculo central fariam várias regiões independentes, em forma de elipse, cada uma com cenas de figuras humanas, animais e divinas. Entre as elipses, no centro do círculo inteiro, havia uma forma que Sartaj não conseguia distinguir. Fora das elipses se situava a muralha interna do quadrado, e dentro do quadrado outra roda, mais figuras, depois uma borda com padrão próprio, tudo hipnoticamente complexo e agradável. Sartaj se perdeu nela de bom grado.

"Quando eles terminarem vão limpar tudo, saab."

"Depois de tanto trabalho?", Sartaj perguntou. "Por quê?"

Ganga deu de ombros. "Suponho que seja como o rangoli de nossas mulheres. Se for feito de areia, não dura muito, mesmo."

Mesmo assim, Sartaj pensou, era cruel criar aquele universo circular inteiro e destruí-lo abruptamente. Mas os sadhus pareciam felizes. Um deles, senhor idoso de cabelos grisalhos, percebeu o olhar de Sartaj e sorriu. Sartaj ficou sem saber o que fazer, por isso baixou a cabeça, tocou o peito com a mão e sorriu de volta. Observou o trabalho dos monges por mais alguns minutos e se afastou.

"Volte amanhã à noite", Ganga gritou. "A mandala estará pronta até lá."

Sartaj passou o dia no tribunal, esperando a vez de depor num antigo caso de homicídio. Faltara às duas últimas convocações, o advogado de defesa fizera muito barulho, mas naquele dia o juiz estava atrasado e as partes aguardaram em silêncio. Sartaj leu sobre os tibetanos no *Afternoon*, que os descrevia como "monges" e explicava que desenhavam a mandala pela paz no mundo. O juiz finalmente chegou, depois do almoço, e Sartaj deu seu depoimento, voltando em seguida para a delegacia. Birendra Prasad e os dois filhos o aguardavam sob o pórtico.

"Espere aqui", Sartaj disse a Birendra Prasad. "Vocês dois, venham comigo."

"Saab?", Birendra Prasad chamou.

"Cale-se. Vamos logo."

Os rapazes entraram na delegacia atrás de Sartaj, que passou pelo saguão e foi para sua mesa. Estava cansado, queria muito uma xícara de chai, mas precisava lidar com os dois vagabundos. Jovens de boa aparência, robustos, usando camisetas coloridas. "Quem é Kushal e quem é Sanjeev?"

Kushal era o mais velho. Mordiscava o lábio. Entretanto, estava apenas tenso, mas não apavorado. Ainda tinha alguma confiança no pai e em si.

"Quer dizer que já comeu muito mithai na vida, Kushal?"

"Não, saab."

"Foi assim que se tornou um grande herói musculoso?"

"Saab..."

Sartaj deu-lhe uma bofetada na cara. "Cala a boca e preste atenção, seu pilantra." Kushal arregalou os olhos. "Sei que anda molestando as moças de seu bairro. Sei que fica perto dos gallis, achando ser o rajá de tudo que vê. Mas vocês não são bhais, nem chegam a ser taporis, vocês não passam de insetos. O que está olhando, bhenchod? Venha cá." Sanjeev se encolheu todo, mas deu um passo à frente. Sartaj socou-o na barriga, sem muita força, mas Sanjeev dobrou o corpo e virou de lado. Sartaj chutou seu traseiro.

Era a velha rotina da violência e intimidação, que Sartaj desempenhava automaticamente. Se Katekar estivesse ali eles teriam encenado o ritual com uma coordenação impecável que exibia até certa plasticidade. Mas Sartaj sentia calor e cansaço, por isso apressou a seqüência. Queria acabar logo com aquilo. Os rapazes não passavam de amadores, não exigiam muita sutileza ou habilidade. Em dez minutos ofegavam e gaguejavam, aterrorizados. Surgiu uma mancha na calça de Sanjeev.

"Se eu souber que vocês dois criaram problemas novamente, vou pegá-los para dar um dum de verdade. Entenderam? E vou prender seu pai. Ele também precisa de uma boa lição."

Kushal e Sanjeev se encolheram sem dizer nada.

"Fora daqui", Sartaj gritou. "Sumam!"

Eles saíram e Sartaj se recostou na poltrona para pegar o lenço, que já estava molhado. Enojado, enxugou a nuca assim mesmo e fechou os olhos.

O celular tocou.

"Sartaj Saab?"

"Quem é?", Sartaj perguntou, embora tivesse reconhecido a voz dura e rouca. Era a velha amiga de Parulkar Saab, o contato no alto escalão da Companhia-S com quem conversara dias antes.

"É sua fada madrinha, Iffat-bibi. Salaam."

"Salaam, Bibi. Pode falar."

"Soube que está interessado num chutiya chamado Bunty."

"Pode ser."

"Se ainda não decidiu, beta, então é tarde demais. Bunty morreu numa emboscada."

"Seu pessoal fez isso?"

"Meu pessoal não teve nada a ver com o caso." Parecia completamente convincente. "O sujeito não servia para mais nada, de todo modo, sala langda-lulla."

"Onde?"

"A notícia chegará pelo seu rádio em alguns minutos. Goregaon. Há um conjunto de prédios de apartamentos chamado Evergreen Valley. Foi lá dentro."

"Conheço o local. Muito obrigado, Iffat-bibi, vou para lá."

"Certo. E da próxima vez que precisar de algo, de alguém, fale comigo primeiro."

"Sim, claro, irei procurá-la correndo."

Ela riu do sarcasmo e disse: "Vou desligar". Sartaj foi de carro, dirigindo depressa, acelerando nos cruzamentos, costurando nas faixas de trânsito. Já havia uma van da polícia na frente de Evergreen Valley, além de um grupo de policiais à paisana no estacionamento dos fundos. Sartaj viu vários conhecidos do Flying Squad. Ao se aproximar do corpo, viu o chefe do grupo, inspetor sênior Samant, e isso confirmou que Bunty fora assassinado.

"Arre, Sartaj", Samant disse. "Quais são as novidades?"

"Bas, senhor, apenas trabalho." Sartaj apontou para o corpo, que jazia de bruços, virado para a esquerda. A cadeira de rodas estava a um metro dele, tombada.

"Conhece este maderchod?", Samant perguntou, erguendo uma sobrancelha. "Parulkar Saab teria algum interesse no sujeito?"

"É mesmo Bunty?"

"Sim."

"Eu me interessava por ele." Sartaj agachou. Bunty tinha um perfil interessante, muito diferente e anguloso, com um nariz bem-feito. A parte anterior da cabeça sumira, fragmentos do cérebro e sangue se espalhavam em forma de leque. A camisa xadrez estava empapada de sangue nas costas. "Um na cabeça, dois nas costas?"

"Sim. Creio que foi primeiro nas costas, depois na cabeça. Não sabia que você estava trabalhando com o crime organizado."

"Em geral, não. Mas eu mantinha contato com Bunty." Sartaj levantou-se.

"Depois que você pegou Ganesh Gaitonde, era de se esperar que Parulkar Saab lhe desse alguma missão especial."

Samant era calvo, barrigudo e próspero, e encarava Sartaj com seriedade. Diziam que havia abatido pelo menos cem homens em tiroteios, pessoalmente, e Sartaj não duvidava nem um pouco. "Não é nada disso", Sartaj disse. "O contato com Bunty tem a ver com outro caso."

"O caso Bunty está encerrado", Samant falou, rindo. "O maderchod tentou escapar de todas as maneiras. A cadeira de rodas deve andar mais depressa que um carro." Ele apontou para as marcas dos pneus que atravessavam o estacionamento e paravam no corpo de Bunty.

"Você deu um jeito nele?"

"Não, não. Teria sido ótimo, ando atrás desse desgraçado não é de hoje. Mas seu próprio pessoal o matou. Essa é nossa teoria, no momento. Ninguém viu nada, como sempre."

"E por que sua própria quadrilha o mataria?"

"Arre, yaar, Gaitonde morreu, o poder de Bunty, um aleijado, virou pó. Sozinho não era grande coisa. Talvez o pessoal tenha passado para o outro lado, e receberam dinheiro para acabar com ele."

"Suleiman Isa?"

"Sim. Ou outro grupo."

No final, Bunty não conseguira se entregar, então. Sartaj aproximou-se da cadeira de rodas. Era realmente impressionante, as rodas largas pareciam de um carro de corrida. O mecanismo era sólido, tudo feito de um aço moderno, resistente, moldado com precisão. Sob o assento se situavam o motor e a bateria, protegida por borracha preta. Um *joystick* e outros controles do lado direito deviam servir para guiar a cadeira, erguer o chassi na suspensão hidráulica para subir escadas e o que mais aquela máquina fosse capaz de fazer. Mas todos os truques estrangeiros não haviam sido capazes de salvar Bunty de seus amigos assassinos, e talvez agora a investigação da srta. Anjali Mathur tivesse chegado a um beco sem saída. Sartaj levantou. Não era caso dele, afinal de contas. "A cadeira de rodas parece intacta", disse.

"Sim. As rodas ainda giravam quando chegamos. Um dos botões desliga o motor. Vamos ficar com ela. Logo um desses gaandus levará um tiro e virará langda-lulla." Samant fez cara de doente e largou os braços. "Aí vamos usar a cadeira para levá-lo a julgamento."

"Bem pensado", Sartaj concordou, tocando a testa. "O que Bunty fazia aqui?" Evergreen Valley era composto por três prédios enormes, num terreno retangular, cercados por sobrados pequenos. O único verde que Sartaj conseguiu ver foi o dos pequenos trechos gramados entre os prédios, dispostos em ângulos curiosos.

"Ainda não sabemos. Talvez pretendesse visitar alguém. Talvez tivesse um apartamento aqui."

"Por favor, entre em contato comigo se descobrir algo, senhor."

"Claro, claro." Samant acompanhou Sartaj até o portão. "Se você agora se interessa pelas questões ligadas às companhias, Sartaj, podemos trabalhar juntos. Seria muito bom, profissionalmente inclusive. Podemos trocar informações." Samant entregou seu cartão a Sartaj.

"Claro." Samant esperava que Sartaj telefonasse quando recebesse uma dica sobre algum peixe grande, como Ganesh Gaitonde, pois era o especialista em encontros. Além das vantagens profissionais e relatos nos jornais, meter uma bala num bhai de uma grande companhia podia render muito dinheiro. Outras companhias pagariam por um serviço bem-feito. Constava que Samant bancara sozinho a construção de um imenso e moderno hospital em seu vilarejo natal, Ratnagiri. "Telefonarei se descobrir alguma coisa."

"Este é o número do meu celular. Ligue a qualquer hora do dia ou da noite."

Sartaj deixou Evergreen Valley, Samant, Bunty e a cadeira de rodas para trás. Voltou para o distrito. Sentado em sua mesa, examinou o cartão de Samant. Seu nome inteiro era "Dr. Prakash V. Samant", de acordo com as rebuscadas letras douradas. Era "homeopata certificado", além de membro distinto da força policial, agraciado com a Medalha da Polícia por Mérito em Serviço. Sartaj suspirou, pensando em sua carreira sem grandes méritos até o momento. Depois ligou para Anjali Mathur e relatou o infortúnio de sua fonte.

"Então tudo que sabemos é que Gaitonde procurava um sadhu?"

"Sim, senhora."

"Interessante, mas insuficiente."

"Sim, senhora."

"Essas coisas acontecem. Continue investigando a irmã. Pelo menos formará um quadro geral mais nítido."

"Sim, senhora."

"Shabash", ela disse, e desligou.

Sartaj ficou contente ao perceber que ela havia compreendido que coisas assim acontecem. A gente nunca pode depender totalmente de uma fonte, mesmo quando a fonte fala, pois a informação é sempre incompleta. Só se consegue elaborar uma suposição a respeito do que ocorreu. Se a fonte for um bhai, que vive constantemente driblando os ossos do ofício, torna-se inevitável que um dia ele apareça com uma bala na cabeça. Não há nada que se possa fazer a respeito. Um policial dá o tiro, ou um amigo, ou um inimigo. Se ele não deu a informação desejada até o momento em que seu cérebro recuou e explodiu com o impacto do projétil metálico, isso é seu péssimo kismet. Bas. Bunty morto, caso encerrado.

Mas Sartaj sabia que estava apenas tentando se consolar com a conversa de como essas coisas acontecem. A verdade é que jamais se acostumara com a morte violenta. Não conhecia Bunty pessoalmente, só conversara com ele durante alguns minutos, mas agora que Bunty fora abatido a tiros permaneceria com Sartaj por alguns dias. Apareceria durante a noite, balançando o nariz aquilino para Sartaj, acordando o policial em horas impróprias. Sartaj lutara a vida inteira contra aquela fraqueza, ela o impedira de tomar as decisões profissionais que homens do tipo de Samant tomavam sem sequer pensar. Sartaj matara apenas dois homens em sua carreira, e sabia que não poderia matar uma centena, ou mesmo cinqüenta. Simplesmente não tinha disposição para isso, ou coragem. Sabia que era assim.

Sentado na poltrona, Sartaj pôs os pés em cima da mesa e telefonou para Iffat-bibi.

"Então você tem o dársana de Bunty", ela disse.

Sartaj sorriu. Começava a gostar de seu estilo direto. "Sim, eu o vi. Ele não parecia muito feliz."

"Que apodreça, e sua linhagem inteira. Foi um filho-da-mãe covarde a vida inteira, por isso acabou assim: fugindo."

"Então sabe disso também, Bibi? Tem certeza de que não foi o pessoal dele?"

"Arre, já falei que não."

"Há uma teoria de que o próprio pessoal de Bunty fez o serviço."

"Foi o idiota do Samant quem lhe disse isso?"

"Samant é bem-sucedido, Bibi."

"Samant é um cão que se alimenta dos despojos alheios. Espere, e ele alegará que foi o responsável pelo encontro. E o chutiya nem sabe que o pessoal de Bunty o abandonou há dois dias. Ele não conseguia ganhar dinheiro, eles foram procurar coisa melhor."

"Sabe de tudo, Bibi?"

"Sou muito velha. Não se preocupe, logo saberemos quem liquidou Bunty."

"Eu gostaria muito de saber."

"Muito bem, beta — quando quiser saber, pergunte."

Sartaj riu alto. "Tudo bem, Bibi. Vou me lembrar disso."

Sartaj desligou, pensando em Bunty correndo pela cidade de cadeira de rodas, indo de um esconderijo a outro. Provavelmente sentira o terror e o abandono, sem os guarda-costas, e logo alguém o localizou e o matou, como era de se esperar. Um arrepio de comiseração percorreu a espinha de Sartaj, ele se virou irritado e levantou-se, batendo o pé no chão com força. Bunty causara desgraça suficiente nesta vida, e o gaandu mereceu seu destino. Quem o liquidou merecia ganhar dinheiro, ou pelo menos uma medalha. Ele esperava que recebesse o merecido.

A caminho de casa naquela noite, Sartaj mudou o trajeto para ver até onde os sadhus haviam avançado na mandala. A multidão da manhã diminuíra, mas os sadhus continuavam trabalhando ao crepúsculo, com ajuda de lâmpadas. Sartaj parou na janela e o sadhu velho daquela manhã o viu, baixou a cabeça e sorriu com o namaste de Sartaj. Ele se dedicava a uma parte difícil dos painéis internos, colorindo o flanco de um cervo. O cervo de couro claro tinha olhos escuros impenetráveis, e estava sentado contra o verde-escuro de uma floresta. Sartaj observava a queda da areia dourada. A esfera estava na metade. Uma infinidade de criaturas grandes e pequenas a habitava agora, e uma revoada de seres divinos englobava aquele novo universo inteiro. Sartaj não entendeu nada do significado, mas era lindo ver o quadro ganhar vida, por isso passou um bom tempo a observá-lo.

Ganesh Gaitonde vence uma eleição

Kanta Bai morreu numa sexta-feira de fevereiro. Quatro dias antes apenas, na manhã de terça, ela havia acordado com febre. Orgulhava-se de seu poder de recuperação e cultivava um profundo desprezo pelos médicos. Afirmava que mais pessoas morriam por terem ido ao hospital que das próprias doenças. Por isso tomava um copo de suco de mausambi atrás do outro, e foi para seu alambique de tharra como de costume. Reuniu os empregados e distribuiu tarefas. No final da tarde sentiu-se extremamente cansada, voltou para casa e dormiu. Acordou às onze da noite, tremendo, com pernas e braços doloridos, dormentes. Mesmo assim — a maluca achava que sobreviveria a qualquer coisa, bacteriana ou humana — não chamou um médico. Comeu um prato de arroz com coalhada seca, tomou dois comprimidos de Imosec e mandou os amigos embora. A irmã a encontrou às oito horas da manhã seguinte com os olhos revirados e o corpo retorcido entre lençóis ensopados. Eu soube disso às nove, depois que já a haviam levado a um hospital particular em Andheri. Tinha malária, segundo os médicos. Providenciei para que fosse transferida para Jaslok, avisei aos médicos que poderiam lhe dar qualquer medicamento estrangeiro, fazer qualquer tratamento necessário. Mas ela morreu na sexta-feira à tarde.

Levamos o corpo para o crematório elétrico de Marine Lines. Quando ela estava deitada na esteira que a levaria ao fogo, vi as maçãs do seu rosto retraídas, e que o corpo debaixo dos lençóis parecia achatado, como se tivesse encolhido com a enfermidade fulminante. A pele não exibia mais o marrom-avermelhado, tornara-se opaca como barro. Obriguei-me a olhar até que as portas de aço a separaram de nós para sempre. Depois aguardei até a irmã receber as cinzas. Não me restava nada a fazer exceto ficar sentado ao lado da irmã enquanto esperávamos, e depois lhe dar uma carona até sua casa.

Eu não fiz nada para salvar Kanta Bai — a idéia me atormentou o dia inteiro, e durante as noites seguintes. Disse aos rapazes para prestarem atenção à saúde e procurarem o médico assim que sentissem os primeiros sintomas de uma doença. Mandei que todos os meus operadores fizessem check-ups gratuitos, e iniciei uma campanha antimalárica no basti. Mandei limpar as valas e tomei medidas para remover poças de água estagnada. Mas estava apenas fazendo onda. Sabia ter sido derrotado.

Foi nessa época que eles me procuraram. Quero que saiba disso, Sartaj Singh. Nunca procurei os políticos, eles vieram a mim. Eu dominava Gopalmath, controlava toda a área que pertencera à gangue Cobra. Estava envolvido em diversos empreendimentos, ganhava dinheiro, e era feliz, exceto pela morte de Kanta Bai. Já tratara com burocratas antes, principalmente para conseguir um suprimento regular de água para Gopalmath, mas não gostava daquela gente, nasceram mentindo. Não gostava de políticos, por isso nunca tentei cultivar um relacionamento com MLAS e MPS. Mas Paritosh Shah trouxe um deles para falar comigo. Ele disse: "Bhai, este é Bipin Bhonsle. Ele vai concorrer às eleições do próximo mês e precisa de sua ajuda". Bem, o tal Bipin Bhonsle, bem-vestido, de calça azul, camisa estampada e óculos escuros, não parecia aqueles desgraçados de khadi-kurta com Nehru-topis que vemos na televisão o tempo inteiro. Bipin Bhonsle era jovem, da minha idade, mas muito respeitador.

"Namaskar, Ganesh Bhai", ele disse. "Ouvi falar muito em seu nome."

"Este gorducho andou contando coisas a meu respeito?", falei, indicando uma poltrona para Bhonsle. Levei Paritosh Shah pela mão e o fiz sentar a meu lado no divã. Ele havia engordado muito nos anos que se passaram desde que nos conhecemos, o Paritosh Shah que eu havia conhecido estava desaparecendo em uma montanha de carne mole. "Veja como seu peito chia. Estou preocupado com seu coração." Ele ofegava só de subir dois lances de escada.

Paritosh Shah tocou meu braço. "Estou adotando a medicina aiurvédica, bhai. Não precisa se preocupar."

Ele já havia falado a respeito do novo médico aiurvédico, que tinha cinco computadores e ar-condicionado na clínica. "Melhor seria você correr alguns quilômetros todos os dias", retruquei. Ele imitou os gestos de um corredor, ergueu e abaixou os braços, ficou muito engraçado com o peito balançando e a pança oscilando de um lado para outro, caí na gargalhada e ele também. Mas Bipin Bhonsle apenas sorriu de leve. Gostei disso. Boas maneiras. Um menino trouxe chá com biscoito. Bebemos e conversamos. A tarefa era bem simples, pensei. Bipin Bhonsle era o candidato Rakshak para o distrito de Morwada, adjacente ao de Gopalmath, ao norte. Quase metade da população votante da área dele se compunha de maratas empregados em escritórios, gente que morava ali antes do boom imobiliário, antes de os incorporadores começarem a erguer os condomínios de luxo nos subúrbios. Bipin Bhonsle estava tranqüilo em relação aos maratas, funcionários de grandes empresas e do governo, assim como garantia o apoio dos empresários e lojistas guzerates e marwaris espalhados por lá. O problema era a outra metade, eleitores fiéis do Congresso e do Partido Republicano da Índia que residiam no Narayan Housing Colony, nas proximidades de Satyasagara Estates e nos bastis de Gandhinagar e Lalghar. Os Rakshaks nunca conseguiram vencer uma eleição em Morwada, principalmente por causa daqueles filhos-da-mãe, gente de tudo quanto é tipo, seths e profissionais diversos, empregados de companhias aéreas e refugiados, mas Bipin Bhonsle se ressentia mais dos pobres chutiyas que viviam nos barracos de Lalghar. "Bhenchods landyas", ele disse. "Claro, nem um voto para nós por lá. A gente estende a mão em sinal de amizade e eles nos dão as costas." Lalghar era um basti muçulmano, claro que os Rakshaks não teriam votos lá. Esperar votos das pessoas que você persegue politicamente era estupidez, aliás típica dos Rakshaks, mas eu apenas sorri educadamente para Bipin Bhonsle.

"Muito bem, Bhonsle Saab", falei. "Em que posso ajudar?"

Ele baixou a xícara de chá e sentou na ponta da poltrona, ansioso. "Bhai, primeiro precisamos de ajuda na campanha. Eles intimidam nosso pessoal quando saem para pedir votos, ontem mesmo surraram nossos correligionários e tomaram os cartazes que pregavam. Pegaram duzentos e cinqüenta cartazes. Soubemos depois que fizeram uma fogueira com eles."

"Vocês, Rakshaks, não sabem se defender? Nunca ouvi falar que contratam proteção. Vocês têm seu pessoal, e bem armado."

Ele percebeu meu tom sarcástico e não gostou. Mas continuou gentil e educado. "Bhai, não temos medo de ninguém. Mas sou um novato na organização, é minha primeira eleição, e além disso não consideram meu distrito importante. Todos os recursos vão para outros lugares. Sei que os patifes do Congresso e do Partido Republicano trouxeram muita gente para brigar. Até o pessoal de Samajwadi está providenciando reforços."

"É mesmo? E daí?"

"Quando a campanha acabar, no dia da votação, serão as horas cruciais. Queremos garantir que certas pessoas não votem."

Ri. "Muito bem. Quer ser eleito de mão beijada."

Ele não ficou constrangido. Sorriu e disse: "Sim, bhai".

"Pensei que os Rakshaks quisessem acabar com a corrupção deste país."

"Quando o país inteiro é corrupto, bhai, a gente precisa se sujar para fazer a limpeza. Não podemos combater o dinheiro deles sem recursos. Quando chegarmos ao poder será diferente. Vamos mudar tudo."

"Não se esqueça de mim, então. Se esquecer, vai me incluir na limpeza geral."

Ele estendeu as duas mãos na minha direção. "O senhor, bhai? Não, não, é um amigo, um de nós."

Ele queria dizer que eu era hindu e de Maharashtra. Eu não me importava com essas coisas, não quando tratava de negócios, mas ele entendeu bem que eu era Ganesh Gaitonde. Apertei sua mão e disse: "Vamos nos encontrar amanhã ou depois. Aí falaremos de quanto dinheiro será necessário".

"Bhai, o dinheiro pode ser levantado. Por favor, pense bem no caso, e nos diga quais são suas necessidades. Creio que precisaremos de cinqüenta ou sessenta homens." Ele se levantou e cruzou as mãos. "Avise quando puder me receber."

Em seguida, saiu. Comentei com Paritosh Shah: "Um chutiya controlado".

"Meio louco, como todos os Rakshaks."

Paritosh Shah punha o lucro acima de tudo, seu deus era o dinheiro, portanto qualquer um que permitisse a interferência da religião no faturamento era obviamente maluco, em sua opinião. Os Rakshaks acreditavam num passado magnífico, em sangue e terra, essas coisas que não faziam o menor sentido para Paritosh Shah. Eu disse: "Não é tão louco assim. Ele resolveu nos contratar porque não nos quer ver trabalhando para seus oponentes, além de nos querer trabalhando para ele".

"Isso é verdade. Eu não disse que ele era estúpido. Os maratas são malucos, mas são ardilosos. Você sabe disso."

"De onde você é?", falei. "De Bombaim?"

"Nasci aqui. Meu bisavô veio de Ahmedabad, ainda temos parentes por lá." Ele ficou intrigado. Éramos amigos havia vários anos e eu nunca fizera perguntas do gênero. Mas, como perguntei, ele também quis saber. "E você? De onde é?"

Descartei a pergunta com um gesto, erguendo o braço acima do ombro. "De algum lugar." E levantei. "Quanto devemos cobrar por uma eleição?" E passamos a conversar sobre dinheiro. A mim parecia que dar a alguém a vitória numa eleição significava transformá-lo em rajá, ou no mínimo um nawab, e portanto nossa ajuda valia uma fortuna. Mas, pelo jeito, o negócio de vencer eleições era muito antigo, havia tabelas de preços definidas, nada espetacular. Vinte e cinco mil por sujeito contratado, uns cinqüenta para cada operador. Portanto, com vinte e cinco ou trinta lakhs para nós, Bipin Bhonsle poderia se tornar membro da Assembléia. "A democracia pode ser comprada assim barato?", perguntei a Paritosh Shah.

"Está pensando em entrar para a política?"

"Nem que estivessem dando os lugares."

"Por que não?" Ele sorriu, indulgente.

Dei de ombros. Sentia um nó na garganta, uma raiva insuflada por recordações, não poderia falar no momento. Então cuspi pela janela, descartando assim a idéia revoltante, os cartazes eleitorais e discursos podres, a pretensa humildade. Ele entendeu que não deveria insistir no assunto. De todo modo, também preferia tratar de negócios.

Assim que ele saiu, voltei aos livros de inglês. Tentava aprender sozinho, com livros infantis, jornais e um dicionário. Só Chotta Badriya sabia disso, pois adquirira os livros e o dicionário para mim. Fechava a porta quando estudava inglês, pois não queria que ninguém me visse sentado no chão com o dedo lento e inseguro a desenhar as letras, que eu precisava juntar penosamente, movendo os lábios, até que formassem uma palavra: "p-a-r-l-a-m-e-n-t-o... parlamento". Era humilhante, porém necessário. Sabia que em boa parte os negócios de verdade do país eram feitos em inglês. Pessoas como eu e meus rapazes usávamos o inglês, encaixávamos certas palavras com fluência nas frases, sem hesitar. "*Bole to voh edkum* danger *aadmi hai!*" e "*Yaar, abhi ek* matter *ko* settle *karna hai*" e "*Us* side *se* wire *de, chutiya*". Mas, a não ser que você conseguisse despejar frases inteiras sem ter de parar e voltar e brigar para formá-las, palavra por palavra, a não ser que soubesse contar piadas, haveria partes de sua própria vida invisíveis a você mesmo, inacessíveis. Poderia viver num mundo marata, numa colônia hindu ou numa rua tâmil, mas o que diziam os outdoors, as mensagens gigantescas que lançavam sombras quadradas sobre sua casa? Quando você comprava um xampu mais caro, "Made with American Know-how", o que vinha escrito em vermelho no rótulo? Do que riem as pessoas que passam tranqüilas em seus Pajeros com banco de couro? Muitos eram como eu, nascidos longe do inglês, contentes em viver na ignorância. Muitos também eram preguiçosos, envergonhavam-se de perguntar como, o quê e por quê. Mas eu precisava saber. Por isso estudava inglês, lutava contra a língua até agarrá-la, ponto a ponto. Era difícil, mas eu era persistente.

Fechei os livros às quatro da tarde e deitei no chão para tirar uma soneca. Tinha uma ótima cama com travesseiros macios, mas ultimamente andava dormindo mal à noite. Um tremor incontrolável nos membros me despertava assim que eu caía no sono. Por vezes conseguia dormir uma hora, durante a tarde, mas naquele dia foi difícil, com a cabeça cheia de planos, ângulos a serem considerados futuramente, planos de expansão, suspeitas em relação a um sujeito e súbitas revelações sobre outro. Comandava meu território, mas não conseguia aquietar a mente. A pressão do chão frio parecia ajudar, seu rígido desconforto me puxava à superfície da pele e me mantinha lá, numa sonolência modorrenta. Quando um menino bateu à porta, às cinco, eu me levantei com o coração apertado. Lavei o rosto, respirei fundo e saímos. Uma vez por dia, em momentos diferentes, mas todos os dias, eu saía com o pessoal para monitorar a área. Escolhíamos roteiros diferentes, eu não era estúpido, mas queria me mostrar, ser visto. Não posso dizer que não sentia medo, apenas aprendi a escondê-lo debaixo de três camadas de indiferença. Desde que a bala se alojou em mim, aprendi o quanto a morte era real. Não tinha ilusões. Vira uma mulher viva num dia, comendo carneiro, rindo e zombando de tudo, de cabeça erguida, olhos brilhantes de riso e apetite, para no dia seguinte encontrá-la inconsciente num leito de hospital, de boca aberta, sem ar. Eu sabia que ia morrer, que seria assassinado. Não havia escapatória para mim. Não teria futuro, vida, aposentadoria, velhice tranqüila. Imaginar isso era covardia. Um tiro me encontraria primeiro. Mas eu viveria como um rei. Lutaria contra esta vida, esta cadela que nos sentenciava à morte, e a devoraria, a consumiria a cada minuto de cada dia. Por isso circulava pelas ruas como o rei do mundo, ladeado pelos rapazes.

Assim mantinha o controle, assim eu reinava. O medo fazia parte do meu mundo, o medo dos comerciantes quando olhavam para mim, o medo nos olhos das mulheres que recuavam e entravam em casa para que passássemos. Mas isso não era tudo, não mesmo. Claro, o exercício do poder excita, mas há também segurança em aceitar o poder. Garanto que é verdade. Sinto isso quando me oferecem frango tikka e bhakri, perguntando se desejo chá ou uma bebida gelada, vejo isso no largo poço de suas pupilas quando puxam a melhor poltrona para eu sentar e a limpam com seus pallus. A verdade é que os seres humanos gostam de ser comandados. Falam sem parar em liberdade, mas a temem. Dominados por mim eles vivem seguros e contentes. O medo de mim lhes mostra como viver, forma um muro, e do lado de dentro está seu lar. E eu era bom para eles. Justo, não exigia dinheiro que faria falta, ensinava meus rapazes a se conter. Acima de tudo, era generoso. Um operário quebrou a perna na fábrica, ao carregar uma carga, sustentei sua família por seis meses; a avó precisava de uma operação para desentupir suas veias e salvar assim o coração, e eu lhe dei a vida, uma chance de brincar com os filhos de seus filhos. "Ganesh Bhai", disse um impressor para mim certa tarde, "vou preparar um cartão de visita de primeira para o senhor." Mas eu não precisava de cartão de visita. Meu nome era conhecido em meu raj, e muitos o abençoavam.

Naquela tarde, após a conversa com Bipin Bhonsle e a caminhada, fui até a casa de Paritosh Shah. A filha mais velha, primeira de quatro, ia se casar dentro de sete dias. A casa já brilhava, três andares de luzes em cascata, vermelhas, verdes e azuis, felizes a piscar. Era uma casa enorme, ele e os dois irmãos haviam terminado de construí-la um ano antes, viviam lá todos juntos, esposas, primos e inúmeros visitantes, mamas e kakas, uma esfuziante chakkar guzerate. Dandia raas antes do casamento estava sem dúvida fora de moda, mas, apesar de todas as inovações nos negócios, Paritosh Shah era um inabalável tradicionalista. Portanto havia grupos de meninas excitadas, farfalhar de sedas vistosas. Esperavam que eu iniciasse a dança, e assim que me acomodei numa poltrona todos os homens e mulheres formaram quatro círculos, posicionando as crianças nos dois círculos internos, e o cantor ergueu a mão para declamar, e começou, "*Radha game ke game Mira*", e os círculos começaram a se movimentar lentamente, depois mais depressa, e as palmas ritmadas ecoavam a batida animada. Quando trouxeram as varas para a dandia, eu me levantei e pedi um par. Eles riram ao me ver tropeçar, desajeitado, incapaz de acompanhar os círculos que se moviam em sentidos opostos, incapaz de seguir o ritmo. Percebi logo que a culpa era também dos outros dançarinos, principalmente dos homens, que sentiam medo de dançar comigo, ficando sem graça com a minha presença. Eles hesitavam em bater as dandias na minha, temiam golpear com muita força, e se encolhiam quando eu batia. Mas, ao verem que eu ria de mim, e quando meus rapazes riram, encostados nos pilares, todos relaxaram e a música do disco-dandia fluiu exultante, senti que meus quadris se soltavam, que meus ombros relaxavam, e logo eu seguia o ritmo, acompanhava o passo sem esforço, a dandia subia e descia, com um floreio aqui, outro ali, outro giro, outro toque, um rosto redondo virava para mim e pronto, eu estava dançando.

Em casa havia uma mulher a minha espera, por iniciativa de Chotta Badriya. Eu estava feliz por conta da dança, cantarolando, dando passinhos aqui e ali. Mas ela quebrou o encanto. Não há nada mais deprimente que uma randi deprimida. Ela era bonitinha, rechonchuda, de nariz redondinho, dezenove anos. Mas ficou deitada com cara de batata-wada inchada, tentei despertá-la com alguns agrados, toque e apertos, mas ela fez uma careta e fechou a cara, por isso a arrastei pelos cabelos e a expulsei. Depois tomei um copo de leite, deitei de lado abraçado a um travesseiro e tentei dormir, mas o sono fugia e minha cabeça estava cheia de dandia e Paritosh Shah e luzes que enchiam a lateral e o telhado da casa, virei para o outro lado e fiquei pensando nos homens que havia matado. Enfileirei todos e os comparei em termos de caráter e força, concluindo que eu era melhor do que qualquer um deles, e depois fiz planos para testar e reforçar a segurança nos caminhos que conduziam a minha casa, plantando mais rapazes nas esquinas, só para garantir. Era tarde, muito tarde, e pela primeira vez em muitos meses usei a mão para me satisfazer. Todas as mulheres que eu havia conhecido passaram por mim, e também Rati Agnihotri, com sua pele malaia. Assim que terminei virei para o outro lado, acomodei-me com conforto e passei a respirar fundo, regularmente. Mas acabei jogando as cobertas para longe, praguejei e peguei o relógio. Três e quarenta e cinco. Teria bebido, uma garrafa inteira de uísque ou rum, mas não havia nada em casa, e pediria aos rapazes que fossem buscar bebida, mas só de imaginar o que eles pensariam, sem dizer nada, me envergonhava, por isso deitei de costas e resolvi esperar. Levantaria da cama às seis, começaria meu dia mais cedo. Observei as voltas do ventilador, de repente já estava acordado, era dia, senti a rua cheia de vida lá fora. Meio-dia. Eu havia dormido seis horas, sete talvez, mas continuava cansado.

Minha exaustão aumentava conforme os dias passavam e disputávamos as eleições. Meus rapazes acompanharam os Rakshaks, levamos a campanha a todos os becos, os cartazes apelavam aos eleitores em todas as superfícies disponíveis, por quilômetros. Dois dos meus rapazes, armados com pistolas, escoltando o grupo de Rakshaks, mantinham a paz e garantiam que o serviço fosse feito tranqüilamente, sem bhangad. A reputação de violência pode fazer maravilhas pela paz. Para nós, era dinheiro fácil. Enquanto isso a data do casamento se aproximava. Antes da cerimônia fui até a casa de Paritosh Shah para a festa mehndi, vi que ele gostou disso, de eu participar de suas alegrias e tristezas. Mesmo no meio dos milhares de providências a tomar quanto a comida, presentes e reservas nos hotéis para a família do noivo, ele notou minha condição, meu esforço para permanecer acordado. "Vou marcar uma consulta com meu médico aiurvédico."

"Não pretendo chegar nem perto daquele filho-da-mãe", falei. "É só insônia. Vai passar."

"Não existe só insônia. O corpo está mandando um recado a você. Mas você não quer ouvir."

Depois ele pediu licença, precisava atender as mulheres e os joalheiros. Discutiam a respeito de quantas tolas de ouro deveriam ser usadas nos colares, braceletes e brincos do dote, e de quanto sairia o serviço. Eu o observei enquanto descia cuidadosamente os degraus do pátio e me perguntei qual era o recado do corpo dele. Como entender as camadas de gordura que subiam e desciam com seus movimentos? Esfreguei os olhos. Ele vinha sendo bom para mim. Nunca mentia sobre dinheiro, nunca fingia deixar de lado seu interesse, sempre me apoiara, na medida do possível, correndo risco de morrer, e depois mais um pouco, ele me mostrara como as coisas se relacionam neste mundo, onde os negócios se misturam com a política e bhaigiri, e como a gente deve viver. Por tudo isso, éramos amigos. Ele era um bom homem, na medida do possível, engordara de tanto trabalhar, tinha o tamanho de sua virtude. Tanto que a gordura nele não pesava.

O aroma da comida tomara a casa inteira. Estava com fome, mas cansado demais, e comer aumentaria meu cansaço, sabia disso. Mas sair sem comer nada o insultaria, por isso peguei um thali e um pouco de comida, depois me levantei e fiz um sinal para os rapazes, dizendo a Paritosh Shah para cuidar dos outros convidados em vez de me acompanhar até a porta como pretendia, e após uma rápida discussão saímos. Eu procurava meu sapato no meio da confusão de calçados perto da porta da frente quando Dipika se aproximou de mim. Dipika era a segunda filha de Paritosh Shah, uma moça tímida de rosto sério e olhos enormes. Ela estendeu uma thali cheia de puris e um copo, dizendo: "Mas você nem experimentou o ras, Ganesh Bhai". Eu já havia experimentado, mas estava disposto a aceitar outro puri dela, que se mostrava tão gentil. Quando estendi a mão, ela murmurou, de cabeça baixa: "Posso falar uma coisa com você, Ganesh Bhai?". Na borda da bandeja seus dedos estavam brancos.

Levei-a comigo até o carro, lá fora, com bandeja, copo e tudo, para conversarmos. "Eles já estão falando no meu casamento", disse, revoltada. "E minha irmã ainda nem se casou."

"Eles são seus pais", falei. "Claro que estão falando. Assim você será feliz, é uma boa coisa." Eu sabia que ela ia para a faculdade, e pensei que deveria ter alguma objeção ao casamento, essas coisas das moças modernas, vontade de trabalhar e fazer carreira, influência dessas revistas idiotas, por isso a lembrei de seus deveres e de como era a vida real. Ela se mexia, inquieta, farfalhando o ghagra verde e vermelho, e o chunni dourado.

"Mas, Ganesh Bhai", ela disse, em tom levemente lamurioso, "eu quero me casar."

Naquele momento, vendo a pequena testa franzida de tanta tensão, percebi que haveria muito mais problemas do que em meras fantasias adolescentes sobre uma carreira profissional. "Como é?", falei. "Tem alguém em mente?"

"Sim."

"Onde o conheceu? Na faculdade?"

Ela fez que não com a cabeça. "O NN College é só para moças. A irmã dele é minha amiga. Ela estuda no NN."

"Qual é o nome dele?"

Pelo menos ela teve a delicadeza de corar. Duas tentativas, gaguejantes, e ela conseguiu. "Prashant."

"Qual é o problema? Ele não é guzerate?"

"Não, Ganesh Bhai."

"O que é, então? Marata?"

Rápida negativa com a cabeça, e de novo os dedos apertaram a bandeja, freneticamente.

"Então, de onde?"

Seu rosto estava quase enfiado dentro do thali. "Dalit", disse. "E ele é pobre."

O problema era gigantesco, descomunal como o pai. Sempre considerei os guzarates mais avançados, mais tolerantes do que outras comunidades, contudo aquilo superaria a capacidade de compreensão do pai. Ele fazia negócios com qualquer um, mas casamento era outra história. Ele a mandara para a faculdade, mas não para isso, não para casar com um gaandu que além de pária era pobre. Talvez um dalit rico fosse aprovado, mas eu já ouvia Paritosh Shah dizendo: "Esta é a família para a qual vamos entrar com seu casamento?". A mãe e as tias seriam mais duras e violentas em sua desaprovação. A jovem Dipika teria uma dura batalha pela frente. "Por que você quer fazer uma coisa dessas para sua família?", perguntei. "A vida não é um filme. Seu pai vai mandar picar seu amigo Prashant em pedacinhos."

Ela me olhou diretamente então, endireitando a postura, e seu pescoço exibia a graça da fúria. "Sei que não é um filme", disse. "Mas vou morrer, Ganesh Bhai. Se acontecer alguma coisa a ele eu me mato."

Como os jovens desvalorizam a vida, logo eles, tão cheios de vida. Talvez por conhecer muito pouco a morte. Acham que não passa de uma pausa num drama, imaginam os pais batendo no peito e uivando, e perdidos nesse prazer não vêem o abismo, a finitude de sua própria passagem. Expliquei isso a Dipika, e ela riu. "Não sou mais criança", disse, e vi então até onde ela tinha ido com o tal Prashant, o esplêndido orgulho de uma jovem com os prazeres que recebera e concedera.

"E o que deseja de mim, Dipika?", falei.

"Fale com Papa. Ele ouve você." Ela pegou minha mão e a levou ao alto de sua cabeça. "Você sempre foi gentil comigo, desde que eu era pequena. Sei que não tem essas idéias antigas."

Ela queria dizer que em minha companhia havia brâmanes, maratas, muçulmanos, dalits e OBCs, todos trabalhavam juntos, sem diferenças ou desconfianças. Tínhamos OBCs atuando como operadores, soldados brâmanes, ninguém parava para pensar nisso. Muçulmanos e hindus eram yaars que punham as vidas nas mãos uns dos outros todos os dias, todas as noites. Mas isso não valia só para minha companhia, ocorria em muitas outras. Nós, bhais, éramos verdadeiros irmãos, vivíamos fora da lei mas tínhamos um vínculo. Éramos homens desesperados, e portanto livres. Mas uma companhia era uma coisa, e casamento — especialmente numa família unida como a dela — era outra. Mas como dizer isso a uma criança, que segurava minha mão entre as suas, como?

"Entre", falei. "Não faça nada. Não diga nada a ninguém, a pessoa alguma. Deixe-me meditar um pouco a respeito."

As lágrimas escorriam pelo queixo. Enxuguei seu rosto com o pallu e a despachei para dentro, com a bandeja oscilante. E avisei a Chotta Badriya que íamos de carro até Film City.

"Agora, bhai?", perguntou ele.

"Não. Na semana que vem, chutiya", respondi. "Entre logo no carro." Era um rapaz gozado, grande feito um caminhão, não temia espadas, enfrentava tiroteios sem piscar, mas morria de medo de Film City à noite, pois alguém lhe dissera que os leopardos desciam dos morros cobertos de mata quando escurecia. Sentado ao lado do motorista, com o braço por cima do encosto do banco e dedos a tamborilar nervosos, ele fechou a cara. Finalmente toquei sua mão com delicadeza e disse: "Tudo bem, tudo bem, pode parar de tremer. Você fica esperando no carro".

Ele balançou a cabeça, contente. "Ótimo, bhai. Eu tomo conta do carro."

Os outros ocupantes do carro caíram na gargalhada. Dei um tapa por trás da cabeça dele. "Bhadve, tome conta dele direito, está bem? Seja violento com os mosquitos, para evitar que roubem o carro, está bem? E, se surgir uma barata enorme, você a arrebenta com seu gullel, certo?"

Rimos até chegar a Film City. Reduzimos a marcha para passar pelos guardas do portão, depois começamos a subir a ladeira, varando o silêncio e a súbita escuridão do morro coberto de mata. Escurecia, o caminho parecia livre. Havia sombras reunidas sob as folhas, o recorte súbito dos galhos, e de repente um castelo se erguia numa clareira, com torretas altas, a exibir flâmulas ao vento naquela noite enluarada. Era feito de madeira e lona, claro, mas naquela luz era absolutamente real. Passamos pela reprodução de uma praça de Goa inteira, com igreja que exibia o crucifixo, além de um píer de pesca com barcos ancorados lado a lado. Ali, em Film City, encenavam sonhos de amor perfeito, coreografavam as músicas que Dipika e o namorado sem dúvida cantavam um para o outro. A rua fazia uma curva fechada e o motor reclamou, mas subimos até o heliporto. A lua, baixa e próxima, subira até pairar logo acima do alto dos morros, e os vales reluziam em prata e negro. Uma brisa soprava na minha nuca. Encontrava ali o silêncio de que precisava, distante da cidade, e sempre retornava ao local. Cheguei até a beira do heliporto, os rapazes não interferiram, formaram um semicírculo a certa distância e me deixaram em paz. Sentado na beira do abismo procurei um leopardo nas sombras moventes da mata. Apareça, leopardo, falei. Resolva o problema para mim. Prometi ajudar a moça, mas como? Ela foi esperta ao falar comigo antes e me atrair para seu lado. Caso contrário, se o pai é que me pedisse primeiro para fazer alguma coisa, eu não teria hesitado em mandar seqüestrar e jogar do alto de um penhasco o esfarrapado namorado dalit. Sem mais nem menos. Mas e agora? A filha pedira misericórdia, eu era Ganesh Gaitonde e o pai, um grande amigo.

Fiquei ali sentado até a lua atingir o apogeu, o leopardo não apareceu, nem uma saída fácil. Não dava para resolver o problema matando alguém, e o dinheiro não compraria a felicidade. Havia amor entre pai e filha, sendo assim odiariam um ao outro ainda mais, provocariam mágoas, cortariam nervos que nenhum assassino conseguiria atingir. Levantei-me e voltei até onde deixara os rapazes, que me aguardavam sonolentos. Eles se levantaram e foram atrás de mim até o carro. Chotta Badriya dormia profundamente, com a face esmagada contra o vidro, lábios inchados e bochecha achatada. Bati no vidro, onde estava o nariz, e ele acordou, resmungando até me ver. Na primeira impressão do mundo, ao despertar, ele sentira medo. Reconheci o pânico. Todos sentíamos medo. De sair de casa e andar na rua, exposto aos tiros que poderiam encher o ambiente a qualquer momento, e para fazer isso precisávamos deixar o medo de lado, empurrá-lo para os vales mais profundos onde a lua nunca brilhava. Mas o medo ainda se movia, vivia e comia feito um animal na noite. Chotta Badriya gostava de moças bem novas. Apreciava até mulheres pequenas, mais velhas, que não tinham quase mausambis, chatas na frente e atrás, e que usavam rabo-de-cavalo para ele, sentavam no seu colo, falavam de bonecas e riam com a cabeça virada de lado. Havia chodo às vezes, mas creio que ele só metia para evitar que os outros rapazes rissem dele. Para ele bastaria pegá-las no colo, brincar de brincar, retornar a uma infância livre de futuro. Agora limpava a garganta com força, abrindo a janela para cuspir.

"Desgraçado", falei. "Que belo guarda você foi me sair."

"Desculpe, bhai", ele disse. "Eu estava vendo leopardos por todos os lados. Por isso pensei que não ia dormir. Mas devo ter adormecido de repente."

"Isso mesmo. Dormiu feito um bebê, chutiya." E passei a mão em sua cabeça. Era um bom rapaz. Bravo e atento, inteligente e dedicado a mim. Percebia tudo, a expressão no rosto das pessoas, carros estacionados onde não deveriam estar, captava rumores com a ponta dos dedos. Mas não podia me ajudar agora, em meu dilema, no delicado quebra-cabeça que provavelmente partiria corações e cabeças. Nenhum deles podia. Fiquei com raiva ao ser sugado de volta à confusão das questões familiares. Eu me libertara, deixando tudo para trás. Vivia sozinho. Mas não via escapatória. As rodas giraram no asfalto e voltamos para a cidade.

No dia seguinte travamos a batalha final das eleições. Bipin Bhonsle telefonava sem parar, educado como em nosso primeiro contato, mas nervoso, ansioso pela confirmação de que lhe daríamos mesmo seu precioso mandato. O Congresso mandara seu pessoal aos bastis, distribuíram notas de cem rupias, rum, e assaram carneiros inteiros para os cidadãos. Carne fresca de carneiro garante muitas carreiras políticas, soube depois. Faz sentido. O pobre enche a barriga, sente prazer em comer, lubrifica as entranhas com duas doses de bebida grátis, três no máximo, sem exagero para não atrapalhar seus outros planos, transa com a mulher, e pela manhã os dois vão ao local da eleição felizes da vida, e naquele estupor seus corpos parecem flutuar, esquecem tudo a respeito dos políticos bhenchods de roupa cáqui que nunca fizeram nada por eles, exceto roubar, tirar e até assassinar. Tudo some, desaparece, quando o feliz casal deposita seus votos, e o servidor do povo se elege de novo, pronto para servir aos pobres roti, kapda e makaan, pão, roupa e abrigo. Famintos, desnudos e desabrigados, perdem a memória após comer um pouco de carne. Portanto, basta dar carneiro aos carneiros para conduzi-los na direção certa, ou seja, para o matadouro. Tudo muito simples.

Mas meu esquema estava pronto. Durante dois dias eu ordenara que espalhassem boatos. Meus rapazes foram aos mercados, bazares e restaurantes das áreas dominadas pelo Congresso e pelo Partido Republicano para comentar: "Os goondas virão no dia da eleição, contratam agitadores". O boato é a arma de melhor custo e benefício já inventada, a gente começa como quem não quer nada e ele se multiplica, muda, dá cria. Pela manhã deixamos um vermezinho vermelho nos ouvidos de um comerciante e de noite há uma centena de Ghatotkachas do tamanho de arranha-céus ameaçando a cidade. Portanto eu preparei os eleitores do inimigo direitinho, cobrindo-os com uma generosa marinada feita de medo. Era hora de acender o fogo. Tinha trinta motocicletas prontas, sem placas de identificação. Dois capangas em cada moto, com o rosto coberto por lenços dakoo, sacolas cheias de garrafas de refrigerante para meus rapazes, uma caixa por moto. Eles saíam furiosos pelas ruelas. Corriam e gritavam pelo território inimigo. Limpavam as ruas com refrigerante, bastava sacudir um pouco a garrafa e atirar contra o cidadão corajoso o bastante para sair na rua. Os cacos de vidro se espalhavam como estilhaços de granada, mas no caso dos refrigerantes a explosão causava mais impacto, o ruído despachava os trêmulos civis de volta para casa com a calça suja de mijo. Os rapazes se divertiram um bocado, passeando na frescura da manhã, exercitando a musculatura do braço como se jogassem boliche. Chotta Badriya chegou em casa vermelho de excitação, pedindo: "Quer mais, bhai?", gritou para mim da rua. Eu estava sentado na caixa d'água, no telhado. "Precisa de mais alguma coisa?"

"Bas, Badriya, bas", falei. "Calma. Já foi o suficiente. Logo mais a polícia vai chegar."

"Plaf, plaf, precisava ver como as garrafas estouravam, bhai."

"Sei."

"Muito divertido, bhai."

"Já sei. Agora descanse um pouco, talvez a gente possa repetir a dose no ano que vem."

Claro que a polícia veio, entraram correndo nas áreas afetadas. Chegaram com rifles e lathis, ávidos. O inspetor Samant dobrou a esquina, achou um telefone e ligou para mim. "DCP Saab e ACP Saab estão aqui, bhai", informou. "Você deixou todo mundo louco. Estamos patrulhando as ruas. Para prevenir distúrbios, entende?"

"Muito bem", falei. Bipin Bhonsle subornara a polícia também, até o alto escalão. Eles providenciariam o tipo adequado de paz. "Não haverá mais distúrbios. Vê alguém na rua?"

"Nem um só homem ou mulher. Só três cachorros."

"Ótimo", falei. "Típicos eleitores do Congresso. Vamos deixá-los sossegados."

Ri e desliguei o telefone. Seria o bastante para manter o inimigo em casa, garantir a posse do campo de batalha. Nada de ataque aos locais de votação, nada de fraude eleitoral, nem precisava. Enquanto isso meus rapazes seguiam para nosso território, para conduzir os votantes às seções eleitorais. "Somos do Comitê por uma Eleição Justa", diziam, e levavam o pessoal, em grupos de dez e vinte, para os locais de votação. "Está tudo em paz", diziam. "Podem vir." E o povo vinha em segurança, com escolta. O pessoal de Bipin Bhonsle, usando crachás amarelos do partido, sorria para eles na entrada da seção. Os eleitores faziam fila, entravam tranqüilamente, faziam as marquinhas pretas nas cédulas e inseriam os papéis dobrados na abertura das caixas de madeira, fazendo um barulhinho, as filas andavam eficientemente, o dia foi passando e a máquina da democracia avançava graças a nosso empurrãozinho.

Em Gopalmath, sentado no telhado, eu cuidava dos negócios cotidianos. No quintal, lá embaixo, e na rua, os grupos normais de suplicantes se formavam. Meu pessoal trazia dinheiro para eu distribuir. Traziam vidas para mim e eu as ajeitava. Administrava justiça. Comandava. O sol desceu, morreu sua morte diária. Comi e me retirei para meu quarto. Era outro dia apenas, um dia comum.

Bipin Bhonsle ganhou por uma diferença de seis mil trezentos e quarenta e três votos.

Eu temia o casamento. Claro, precisava ir, mas não sabia como encarar Dipika, aparecer na sua frente sem uma solução mágica que lhe garantisse a felicidade eterna. Aquela sensação de impotência me atormentava, era uma paralisia da vontade insuportável. O problema não me largava, agarrado à periferia de minha mente com milhares de dentinhos pontiagudos, como uma invasão de formigas famintas. Eu estava furioso com Dipika. Quem ela pensava que era? O que significava para mim, para que eu lhe devesse isso? Era uma moça insignificante que se interpunha entre dois amigos, para me assombrar e incomodar com seus olhos enormes, nem bonita ela era, por que eu não conseguia simplesmente mandá-la para o inferno com seu mashooq imundo? Por quê? Bem, eu não podia. Ela implorara e eu prometera. Não havia lógica nisso, mas era a verdade, já acontecera. Portanto, eu precisa agir. Mas ainda não sabia o que fazer.

Levei meus presentes — braceletes de ouro, brincos de ouro e um colar de ouro — e entrei na casa de Paritosh Shah no dia das bodas. Mal descalçara os sapatos quando Dipika chegou à porta correndo e só não caiu porque segurou no batente. Ficou lá, balançando em seu sári dourado, percebi que meu pessoal desviava os olhos. Eu sabia o que pensavam: o que o bhai pretende, agora? Aquilo bastaria para dar início a um mexerico que se tornaria cada vez maior e mais venenoso ao se espalhar pela cidade. "Beti", falei. E toquei paternalmente sua cabeça. Depois a abracei e entramos. No corredor, enquanto tias e primas passavam, todos coloridos e magníficos em suas melhores roupas, aproximei-me dela e fingi entregar algo tirado da carteira. "Fique calma, sua maluca", falei. "Se perder o controle nada poderei fazer para ajudá-la. Comporte-se. Quando eu puder lhe dizer algo, avisarei."

"Mas...", ela disse. "Mas..."

"Fique calma", falei. "Se quer levar adiante essa história, seja corajosa. Controle-se. Aprenda a se controlar. Deixe o medo para trás. Olhe para mim. Aprenda comigo. Você disse que não era mais criança, mas se comporta como se fosse. Não sabe ser mulher?"

Ela piscou para espantar as lágrimas e as enxugou com a ponta do pallu. Depois fez que sim.

"Muito bem", falei. "Vá agora, compartilhe com sua irmã a felicidade dela. Esteja radiante, ou as pessoas notarão." Ela ainda tremia, as emoções transbordavam em gotículas pelos poros do pescoço e do rosto. "Preste atenção", falei. "Sou Ganesh Gaitonde, e estou lhe dizendo que tudo vai dar certo. Ganesh Gaitonde afirmou isso. Acredita nele?"

"Sim", ela disse, e ao dizer começou a crer. "Sim."

"Muito bem."

Ela saiu, no final do pátio pegou duas meninas pequenas pela mão e fez roda com elas, no riso franco se notava sua felicidade, palpável como o perfume de centenas de flores penduradas nos batentes e nas paredes. Ela estava feliz. Eu lhe dera isso, algo que não tinha para dar. Não sabia como nem onde encontrar isso. Portanto, no mandap, sentado ao lado de Paritosh Shah, enquanto os sacerdotes cantavam e a grossa fumaça do sacrifício se erguia da pira, enquanto a felicidade da irmã mais velha era invocada pelos cantos, eu estava impotente para resolver a vida da mais nova. Sim, Dipika estava feliz no momento, sentada atrás da irmã, recostada no ombro da mãe, rosto afogueado a transpirar um pouco por causa do calor do fogo, olhos brilhantes e úmidos pelo ardor da fumaça. Olhando para ela, pensei: o que torna uma mulher prisioneira? Por que um homem é dalit e pobre, e outro não? Por que isso acontece, e não aquilo? Por que uma mulher morre, e não outra? Por que não somos livres? E os coros em sânscrito entraram por baixo da minha pele, senti um arrepio na alma, e a questão se impôs a mim: o que é Ganesh Gaitonde?

Após o término de todas as comemorações, depois da bebida, da comida e rituais de encerramento, despedi-me de Paritosh Shah, da esposa e dos parentes, que formavam um batalhão inteiro de guzarates, e saí. Ele foi comigo até o carro, e mesmo no meio de tanta confusão notou minha preocupação, e perguntou: "Qual é o problema, bhai? Parece cansado. Não tem dormido bem?".

"Sim, ando muito cansado", falei.

"Então escute meu conselho. Não pode viver assim. Tome um Calmpose esta noite, e amanhã cuidaremos de sua saúde."

"Amanhã precisarei pedir-lhe um favor."

"Favor? O que é? Pode dizer agora mesmo." Ele se aproximou de mim e passou o braço pelo meu ombro. Havia uma mancha grande de tikka em sua testa, e eu via grãozinhos de arroz no meio. "Pode falar."

"Não. Amanhã, Paritosh Shah. Hoje não."

"Como quiser. Que seja amanhã." Encostou em mim e me abraçou com a suavidade de seu corpo mole, dando tapinhas em minhas costas. "Farei uma visita a você de manhã."

"Não, eu virei." Apertei seu ombro e me afastei. "Por favor."

"Tudo bem, como quiser, amigo. A hora que quiser. Estarei em casa o dia inteiro amanhã." Mas ele ficou intrigado. Não estava acostumado àquele Ganesh Gaitonde. Na verdade, era um Ganesh Gaitonde que eu tampouco conhecia bem. Lutava para dormir um pouco, recentemente, mas agora fora atirado à deriva, jogado em águas desconhecidas e revoltas por uma mocinha que eu mal conhecia e a quem nada devia.

"Amanhã", falei, erguendo a mão, e fui para casa. Naquela noite não me preocupei em parecer fraco, senti minha vergonha como se fosse uma irritação distante. Tomei um Calmpose e dormi, mas sonhei com um mar negro que erguia suas ondas intermináveis contra mim, e não havia mais nada vivo, nada se mexia sob o céu branco insípido e eu estava sozinho.

Bipin Bhonsle veio me visitar na manhã seguinte, com presentes. Trouxe o dinheiro que devia em quatro sacos plásticos, mas também tinha um aparelho de vídeo Sony novinho e quatro fitas de filmes norte-americanos, e quatro caixas grandes de mithai. Ele disse: "Meu pai sugeriu trazer um bom uísque, mas eu lhe disse que Ganesh Bhai não bebe essas coisas, e compreendo o motivo. Por isso ele é tão eficiente". Ele estava sentado na beira da poltrona, sério e entusiasmado. "Sabe de uma coisa, Ganesh Bhai? Tomei uma decisão. A partir de hoje, chega de bebida para mim também. Seguirei seu exemplo. Agora, com nossa vitória, teremos muito a fazer. Não restará tempo para bebedeiras e bobeiras. Precisamos garantir os resultados."

"Isso mesmo", falei. Acordara mais cansado do que antes, sentia dificuldade para andar, um peso enorme nas pernas, como se o sangue estivesse engrossando, coagulando. Mas esforcei-me para compartilhar o entusiasmo de Bipin Bhonsle. "Muito bem, Bipin, muito bem. Um homem sóbrio tem prioridades, vive alerta e atento. Não precisa de uísque e rum. Basta-lhe a vida."

Esse discurso eu fizera muitas vezes. Mas para ele era novidade. "Certo, Ganesh Bhai, tem razão: basta a vida." Ele mostrou as fitas. "Só grandes sucessos internacionais, Ganesh Bhai. Filmes de ação. Vai gostar." Ele estava tão agradecido que demorei uma hora até me livrar dele, e mesmo assim o sujeito só saiu quando eu avisei que me atrasaria para uma reunião com Paritosh Shah. Ele foi embora declarando lealdade eterna, que estava às ordens sempre que eu precisasse dele, e que, claro, não passava de um pobre coitado, mas se eu quisesse algo bastava ligar para ele, era um especialista em prazeres internacionais. "Fitas quentes, produtos eletrônicos, charutos, qualquer coisa, Ganesh Bhai, qualquer coisa." Continuou falando enquanto descia a escada. Usava camisa laranja com flores estampadas, calça marrom de gabardine e sapato marrom-escuro avermelhado de verniz, com fivela dourada. Quando se virou para acenar no portão, o cordão em seu pescoço brilhou escandalosamente ao sol. Em tudo, um homem brilhante.

Seguimos apressados para a casa de Paritosh Shah. Eu teria preferido ir devagar, ainda não tinha um plano, não pensara nas táticas de persuasão que poderia empregar. Mas não podia dizer isso a Chotta Badriya, vá devagar, não vá, pois estou perdido. Afinal de contas, eu era Ganesh Gaitonde. Assumira o papel, agora tinha de representá-lo. Portanto desci do carro feito um herói, fui até a porta da casa de Paritosh Shah, ainda auspiciosa com suas flores e trepadeiras, e entrei. Quando cheguei ao pátio e tirei os sapatos, eu já havia perdido toda a elegância e o estilo. Entrei no escritório de Paritosh Shah com toda a humildade.

Ao telefone, ele realizava uma de suas transações internacionais, providenciando para que o dinheiro fosse daqui para lá, cruzando as notas de diversas moedas que passavam por sua mão, mantendo sempre a mão sutil e cuidadosa na corrente. O dinheiro pulava no colo dele, e ele se empolgava com a diversão. Levou a mão ao bocal, mas fiz sinal para que continuasse. Pode falar, gesticulei, com a mão na boca, depois sentei e observei-o. Atrás dele havia um quadro de Krishna com a flauta, em moldura dourada. O tampo da mesa de Paritosh Shah era de ouro, e abrigava cinco telefones. As paredes eram de ouro velho. Olhei para Krishna em sua posição tranqüila, lateral, e seu sorriso enviesado, e o odiei. Você é arrogante, deus. Mudei de lugar, mas os olhos de Krishna me seguiram. Não conseguia me livrar dele.

Paritosh Shah recolocou o fone no gancho, animado por estar ganhando mais dinheiro. "Namaskar, meu amigo", ele disse. Esfregando as mãos, reclinou-se na poltrona e parecia contente com o mundo. Krishna sorria para mim, acima do ombro dele.

Paritosh Shah lembrava-se de nossa conversa no dia anterior. "Então, bhai", ele perguntou, "qual é o problema? O que posso fazer por você?"

Naquele momento entendi de que Krishna ria. Percebi os limites de meu poder. Contei a Paritosh Shah tudo que eu sabia e pesquisara a respeito de Dipika e seu namorado, cujo nome era Prashant Haralkar. Seu pai havia trabalhado para o departamento de limpeza, a mãe o abandonara vinte anos antes, levando os filhos, pois o pai bebia. Prashant Haralkar era um aluno esforçado, passara noites inteiras estudando debaixo do poste de luz, freqüentara escolas noturnas, agora tinha emprego fixo no BMC, residia numa casa modesta porém decente em Chembur, sustentando a mãe e as irmãs menores.

Paritosh Shah cobriu o rosto com as duas mãos.

Dei a volta pelo canto da mesa, sentei no sofá a seu lado. Pus a mão em seu joelho, desajeitadamente. Ele recuou ao sentir meu toque. "E agora, quem vai querer casar com minhas filhas?", soluçou por entre os dedos.

Eu não sabia a resposta. Prometera felicidade a Dipika, mas e quanto às outras duas filhas e dois filhos de Paritosh Shah, o que seria deles? Eu podia ganhar eleições, podia fazer os homens subirem os degraus da íngreme escadaria do sucesso e matá-los no instante seguinte, podia incendiar casas e tomar terras, paralisar metade da cidade com a proclamação arbitrária de uma bandh, se me desse na telha que haveria toque de recolher. Mas quem enfrentaria as hostes de matronas cordiais que se enfileiravam empertigadas no casamento da filha de Paritosh Shah? Quem levaria seus maridos barrigudos ao esclarecimento? Os natevaik de Paritosh Shah se desculpariam alegando outros compromissos para não aceitar seu convite, se esqueceriam de chamá-lo para os eventos, casariam seus filhos e filhas em outro lugar, por mais dinheiro e amizade comigo que ele tivesse. Ele morreria de vergonha sempre que encontrasse um conhecido, cada vez que atravessasse a rua. Sentado ao lado de Paritosh Shah, humilhado por suas lágrimas, sem conseguir encará-lo, percebi a extensão de minha incapacidade. Teria surrado seus parentes, chutado cada um deles com minha bota, aberto a cabeça teimosa à força para entrar um sopro de modernidade, se isso fizesse alguma diferença. Mas os costumes flutuam por entre homens e mulheres, escondem-se no estômago das crianças, escapam, expandem-se e desaparecem cada vez que respiramos. Não se pode matar, só sofrer com eles.

"Já conheceu o maderchod filho-da-mãe?", Paritosh Shah perguntou. Agora ele estava furioso.

"Ainda não. Entenda, não vim falar com você por causa dele. O sujeito vale menos que uma formiga para mim. Mas Dipika pediu."

"Mate-o", ele disse. "Mate e pronto."

"Fácil", falei. "Darei a ordem já, em uma hora ele terá sumido, jamais encontrarão os pedaços de seu corpo, nem uma única unha. Mas e depois? Ele terá partido e ela poderá amá-lo pelo resto da vida. Além de odiar você pelo resto da vida."

"Ela é jovem. Isso tudo é insensatez. Ela chorará por uma semana e depois o esquecerá."

"Acha que conhece bem sua filha?" Seu rosto, ainda afogueado, suado, deformava-se quando ele abria e fechava a boca, enviando rugas de tormento aos olhos e testa. "Ela me disse que cometeria suicídio, acreditei nela. Compreende isso? Eu acreditei nela. Você verá sua morte."

"Então, o que fazer?"

Ele andava em círculos pequenos. "Deixe que se casem", falei. "Case-os discretamente e os faça desaparecer. Mande os dois para Madras, Calcutá, Amsterdã, para onde quiser."

"Isso não mudará nada", ele disse. "Todos ficarão sabendo mesmo assim. Se ela desaparecer de repente farão perguntas, inventarão histórias. As pessoas sempre ficam sabendo. Não se pode manter algo assim em segredo para sempre. Sou um homem muito conhecido." Era verdade. "Bhai", disse, "o que vamos fazer, bhai?"

"Não vai permitir que ela case com o sujeito?"

"Não posso. Sabe disso."

Era isso aí. Ele estava encurralado e eu nada podia fazer. "Case-a hoje mesmo com outra pessoa", falei. "Faça-a casar agora. Arranje um rapaz, chame um pandit, realize a cerimônia. Depois despache os dois para bem longe. Qualquer lugar. Talvez ela não se mate. Talvez sim, talvez não."

Ele ofegava. "Vamos ver", disse, e pegou o telefone.

Saí pela porta dos fundos da casa. Havia traído Dipika, não poderia encará-la. Ela se casou naquela tarde com um rapaz que chegou de avião de Ahmedabad. Dipika e o marido pegaram o primeiro avião para Ahmedabad na manhã seguinte. Os sogros contaram a Paritosh Shah que, após alguns dias de retraimento, ela aparentemente se ajustou à situação, passou a sorrir e dar risadas. Paritosh Shah ficou satisfeito ao ver a realidade do casamento apagar a tola ilusão do romance. Os pais do rapaz contaram por telefone que Dipika conversava muito com as moças mais jovens da família, e que fora ao cinema duas vezes com o marido, seus devars e as esposas deles. Dois meses depois Dipika e o marido partiram para a lua-de-mel na Suíça. Na quinta noite da lua-de-mel, em Berna, ela deixou a suíte do hotel enquanto o marido dormia. Passou pelo saguão, saiu pelo portão e foi para a rua. Foi atropelada por um carro que fazia a curva muito depressa. O motorista declarou depois que ela estava parada no meio da estrada, bem em cima das faixas que dividiam as pistas, ele não teve a chance de desviar, só percebeu que havia atropelado a moça no momento do choque. Parou e deu ré. Dipika morreu instantaneamente. O marido disse que ela parecia feliz, que o relacionamento era agradável entre marido e mulher recém-casados. No boletim da polícia suíça, o caso ficou registrado como acidente.

Três meses depois da morte de Dipika, eu estava assistindo a um dos filmes norte-americanos de Bipin Bhonsle quando Paritosh Shah veio me procurar. Eu havia passado a noite inteira em claro, tão dolorosamente desperto que ouvia os estalos das vigas de madeira, o clique das unhas dos cães que passavam na calçada de concreto, no lado de fora. Observei o ponteiro menor do relógio de cabeceira girar lentamente em sua interminável jornada, e senti que rasgava alguma coisa dentro de minha cabeça. Pus uma das fitas de Bipin Bhonsle, liguei a televisão e apertei os botões do controle remoto, surgiu uma tela preta, depois apareceu um leão, que bocejou com a boca cheia de dentes amarelos. Vi o filme, da primeira vez não entendi quase nada. Mas, usando a tecla de retrocesso, pela manhã já havia compreendido a história toda, quem queria o quê, os obstáculos existentes no caminho, e quem devia morrer. Era uma boa história, mas o grande prazer para mim estava nas palavras. Passava uma cena várias vezes, o herói corria para trás entre as linhas brancas finas, rápido como um palhaço, fazendo trejeitos, e sua boca se contraía quando os sons saíam intensos de raiva, e eu voltava e repetia a cena, voltava e repetia, as sílabas entravam em meus ouvidos como gotas, e de repente tudo se encaixou e entendi o sentido, ele perguntava: "Para onde ele foi?". Empunhava a pistola e perguntava: "Para onde ele foi?". Naquele momento, meu corpo inteiro vibrou de alegria. "Para lá", gritei em inglês para o herói. "Ele foi para lá."

Quando o filme terminou, passei outro e aprendi mais. Paritosh Shah chegou às nove da manhã, sentou na cama e assistiu ao filme comigo, viu outro herói e seus homens atravessarem um rio na selva, com água até o peito e rostos pintados de preto. "Esses aí são comandos", falei. "O míssil secreto do país deles foi roubado por um filho-da-mãe. Por isso precisam recuperar o míssil, que está num esconderijo na selva."

Paritosh Shah sorriu. "Num esconderijo na selva? Sairia muito caro montar e manter. Sempre me pergunto isso. Como eles arranjam óleo, atta e cebola para tantos capangas?"

Desliguei a fita. "Você é bania demais para apreciar uma boa história", falei.

"É que não entendo esses filmes estrangeiros."

"Dá para perceber. Tudo bem em casa?"

Depois da morte de Dipika a esposa dele caíra de cama, com palpitações no coração. Ainda convalescia, e sofria de acessos de choro. "Vamos levando", ele disse. "E quanto a você? Tem conseguido dormir?"

Ele sabia que eu passava a noite acordado, que via televisão até amanhecer, que cochilava no carro nas viagens. Balancei a cabeça. "Vou tomar um comprimido esta noite."

Ele fez um gesto largo no ar que nos separava, como um sujeito limpando uma janela. "Era sobre isso que eu queria conversar com você."

"Sobre remédios para dormir? Seu ved-maharaj tem receitas novas? Eu havia tentado as pílulas Dhanwantri, tive indigestão e gases, mas não dormi, e retornei ao médico alopata para conseguir medicamentos mais fortes.

"Não é isso", ele disse, muito sério. "Sabe, bhai, acho que deveria se casar."

"Eu?"

"Olhe para você. Não é feliz. Não consegue dormir. Vive irritado, faz isso e faz aquilo, nada funciona. Anda inquieto. Um sujeito precisa se estabelecer. Agora tem tudo, precisa se tornar um grahastha, iniciar uma família, tudo tem seu lugar e seu momento."

"O casamento não traz felicidade para todos."

"Você se refere a Dipika. Bhai, ela era minha filha. O erro não estava no casamento, e sim no outro problema. Depois de ter extrapolado todos os limites, qual a possibilidade de ser feliz? De todo modo, você precisa se casar. Os livros sagrados dizem que a vida tem estágios. Primeiro somos alunos, depois, chefes de família. Mas você vive como se já houvesse desistido de tudo. Olhe em torno." Ele tinha em mente o quarto de paredes nuas, os lençóis brancos, o prato de thali do jantar sujo no chão. "Chotta Badriya e os rapazes são muito legais, mas não podem ser sua vida inteira. Você precisa de uma esposa, ela lhe dará um lar."

"E quem se casará comigo, Paritosh Shah? Uma moça respeitável?"

"Você se preocupa demais, bhai", ele disse. "Temos dinheiro. Tudo é possível."

Tudo é possível. Sim, ele e eu criávamos possibilidades, tirávamos os sonhos do ar e os enchíamos de solidez. Tudo era possível. Não obstante, Kanta Bai e Dipika morreram. Olhando para Paritosh Shah lembrei-me do sorriso do deus acima de seu ombro, o conjurador azul que me espiava com seus olhos sonolentos. Ele tivera família também, muitas famílias. Agora tentava me atirar para dentro de uma. Sim, eu tenho noção de que certas coisas são impossíveis, até mesmo para mim, mas sei também que o dinheiro viabilizava os casamentos. A maior parte dos rapazes tinham chavvis, e algumas dessas chavvis se tornavam esposas. Por vezes os pais se opunham, criavam problemas por causa da profissão dos rapazes, mas no final sempre concordavam. Afinal de contas o rapaz trabalhava e ganhava muito dinheiro. "Sim", concordei de má vontade, "o dinheiro pode arranjar uma noiva. Pelo menos isso."

"Você conhece alguém com quem gostaria de casar?", Paritosh Shah perguntou com a satisfação de um jogador que rapidamente se aproxima do xeque-mate.

"Não. Tenho muitas mulheres, dançarinas, putas, aspirantes a atrizes. Nenhuma serve para casar, claro."

"Então não recuse minha oferta, bhai", ele disse. "Naquele dia você foi a minha casa pedir algo. Eu não pude lhe dar o que desejava. Mesmo assim, não me diga não agora. Estou pedindo uma coisa. Diga sim, bhai."

Sabia naquele momento que estaríamos ligados para sempre pelas conexões que vão da cabeça aos pés, que nos unem totalmente, invisíveis como a gravidade e igualmente poderosas. Não havia como fugir daquela rede. Eu havia chegado sozinho àquela cidade, para viver sozinho, mas minha solidão era ilusória, uma história que eu contava para me convencer de minha força. Eu havia encontrado uma família, e uma família me encontrara. Paritosh Shah era meu amigo, era minha família. O restante deles, Chotta Badriya, Kanta Bai e os rapazes, eles todos eram minha família. Eu fazia parte dessa família, e eles queriam que eu casasse. Não poderia lutar contra eles. Fora derrotado. Fiz que sim e disse: "Tudo bem. Farei o que você deseja".

Enquanto procurávamos uma noiva, começamos uma guerra. Paritosh Shah queria meu janampatri, queria saber tudo a respeito de meus pais, de minha gotra e minha aldeia. "Só conhecendo o passado de um homem", disse, "a gente pode ajeitar seu futuro." E eu falei: "Esqueça tudo isso. Não preciso dessas coisas, tenho dinheiro. Passado é passado. Futuro é futuro, portanto vamos cuidar do meu." Na época eu achava que um homem podia se tornar qualquer coisa que desejasse. Queria que isso fosse verdade: nenhum passado, muito futuro. Mas Paritosh Shah, o gordo desgraçado, o guzerate safado e liso, meu grande e confiável amigo, olhava para mim como se eu fosse louco, e depois sonhou um passado para mim. Encomendou um janampatri, um longo pergaminho que desenrolou na sala, cheio de estrelas e desenhos sombreados e sânscrito avermelhado e tudo mais. "Não pode ser perfeito demais", ele disse. "Caso contrário, nenhum Papa acreditará nele." Portanto, segundo Paritosh Shah, em minha infância havia momentos ruins, pobreza e riscos, quase morri por causa de um Shani maléfico, mas eu havia superado todos os prognósticos negativos, enfrentando o destino com minha força de vontade e devoção intensa a Krishnamaharaj, para modificá-lo com a força de minha interminável devoção. Ele também inventou isso, inventou tudo, minhas poojas diárias, tementes a Deus, o templo que mandei construir, o amor a Krishna. "Boa publicidade, bhai", ele comentou. "Deixe de lado sua vida de ateu, ninguém gosta disso. As pessoas vão pensar que você é algum comunista, e de todo modo seus filhos precisarão de um lar adequado, temente a Deus." O janampatri feito por encomenda previa muitos filhos para mim, uma ou duas filhas, e uma longa vida de poder crescente, estabilidade e consideração. Previa apenas um ou dois períodos de enfermidade, como verrugas num lindo rosto, e mesmo esses períodos poderiam ser evitados com o uso das pedras certas. Paritosh Shah enrolou o pergaminho com movimentos rápidos e hábeis dos polegares e indicadores, suas axilas balançavam e ele sorriu para mim. "Você é um rapaz muito apto. Arranjarei uma penca de candidatas, espere e verá."

Eu tinha lá minhas dúvidas. Mudamos os planetas de lugar para que lançassem uma luz dourada sobre meu futuro, mas restava o fato de que muitos homens morreram nas minhas mãos. Os jornais me chamavam de "Ganglord Gaitonde". Eu era temido e odiado. Sabia disso. Mesmo assim, as fotografias chegaram. Os Papas mandaram fotos das filhas, por intermediários e serviços especializados, Paritosh Shah espalhou uma pilha sobre sua mesa de ouro, como se fosse um baralho. "Escolha", disse.

Eu peguei a primeira. Estava sentada contra um fundo vermelho, usando sári de seda verde e dupatta dourada, o cabelo preso atrás revelava a testa comprida. "Esta aqui tem cara de professora primária", falei.

"Então não a escolha. Faça uma lista de preferidas. Depois levaremos em conta ambiente familiar, educação, natureza da moça, horóscopo, e iremos em frente."

"Em frente?"

"Ver as moças, claro."

"Vamos até a casa delas? E ela servirá chá, enquanto os pais observam tudo?"

"Claro que sim. O que mais?"

Devolvi a foto à mesa, ela deslizou para junto das outras. "Isso é uma loucura total", falei.

"O casamento é loucura? Bhai, todo mundo casa. Os primeiros-ministros casam. Deuses casam. E o que mais poderia fazer de sua vida? Para que um homem nasce?"

Para que um homem nasce? Eu não tinha resposta para aquilo, portanto levei as fotos para casa e as espalhei no chão do meu quarto, em fileiras de dez. Elas tremiam com o vento do ar-condicionado, os rostos lisos de maquiagem, com um suave brilho de expectativa. Era abril, e sem o impacto do ar gelado, mesmo com o ventilador no máximo, eu suava no lençol, deixava manchas úmidas nas poltronas. Meu sangue estava quente, eu precisava do ar invernal, mais frio do que aquela cidade jamais exalaria. Lá fora, sob o sol, minha calça grudava nas coxas e provocava acessos de irritação, o sapato deixava marcas vermelhas no tornozelo. Naquele estado de espírito, eu era suscetível a raiva e descuido, por isso os rapazes providenciaram novos cabos de força, abriram um buraco na parede do meu quarto para o equipamento e eu pude me refrescar. Agora estava calmo e satisfeito, mesmo assim aqueles rostos no chão eram todos iguais para mim, cada um tão bom ou ruim quanto o seguinte. Eram bonitas, sem que ostentassem uma beleza phatakdi — quem quer uma esposa fogosa e deslumbrante? Eram agradáveis, receptivas e tímidas. Tinham boa formação, eram instruídas, sem dúvida todas sabiam cozinhar e bordar, eram muito qualificadas, por que escolher esta aqui, e não aquela lá? Esperei por um sinal de uma delas, uma piscada de olho quando flutuassem pelo ar gelado. E lá estava eu, Ganesh Gaitonde, líder de minha própria companhia, senhor de milhares de vidas, mensageiro da morte e benfeitor generoso, completa e totalmente incapaz de tomar uma decisão.

"Bhai, temos problemas." Chotta Badriya batia na porta, agitado. Respondi, e ele insistiu. "Problemas sérios."

"O que foi?"

"A entrega desta noite, bhai. A polícia pegou. Estavam esperando em Golghat. Acima da praia, atrás da linha das árvores. Esperaram até que o maal fosse carregado nos caminhões, depois saíram do mato, prenderam todo mundo e levaram tudo."

Tudo eram quarenta lakhs em chips de computador, pílulas de vitaminas do complexo-B e câmeras de vídeo. O maal fora trazido até a costa do vilarejo de pesca de Golghat, num dhow de cem pés, depois transferido a barquinhos de pesca para chegar até a praia, onde três caminhões aguardavam com mantas plásticas na traseira, prontas para a preciosa carga. Mas a polícia a interceptara.

"Eles sabiam", falei. "Conseguiram a informação de algum jeito."

"Certo", Chotta Badriya disse.

"Era só a polícia? E o pessoal da alfândega?"

"Só polícia."

"Quem foi?"

"Policiais da Zona 13. Kamath, Bhatia, Majid Khan, essa turma. Pessoal de Parulkar."

Ambos sabíamos o que isso provavelmente significava. Era possível que a polícia tivesse suas próprias fontes, que a informaram, ou que nossos rivais lhe houvessem dado meu maal. Naquela época existiam quatro outras grandes companhias em Bombaim, a companhia Pathan, de Grant Road, a quadrilha de Suleiman Isa em Dongri, Jogeshwari e Dubai, os irmãos Prakash e sua companhia nos subúrbios a nordeste e a companhia Ahir, de Byculla. Qualquer uma das quatro — não, das cinco, se contarmos os Rakshaks — poderia pensar que éramos peixes pequenos, fáceis de engolir. Eu não apostava nos pathans, a longa guerra contra Suleiman Isa os enfraquecera, mal conseguiram sobreviver. Qualquer outra companhia nos consideraria um aperitivo saboroso, éramos a mais recente, a menos experiente, a menos articulada, com menos dinheiro e armamentos. Qual delas, porém?

Parulkar acabava de ser nomeado comissário assistente da Zona 13, e diziam que era próximo a Suleiman Isa. Com seus irmãos, Suleiman Isa formava uma gangue bem relacionada politicamente, armada até os dentes e maior do que todas as que Bombaim já vira. Talvez nos vissem como uma ameaça crescente, talvez estivessem tentando nos engolir.

"É tudo que sabemos?", falei.

"É, bhai."

Fiquei tão furioso que senti dor nas juntas e uma súbita pontada no estômago. Queria matar alguém. Melhor ir devagar, bem devagar. Suleiman Isa era grande. Eu precisava ter certeza. "Ligue para Samant. Encontre-o onde estiver. Preciso falar com ele."

Quem nos perseguia? Samant investigou, dentro do departamento. Ficou atento aos rumores, soltou um pouco de dinheiro aqui, uma garrafa de Black Label ali. Tinha amigos por todos os lados, entre os guardas, investigadores e escrivãos, por essas mãos o segredo finalmente passaria. Mas demorava muito. Havia um espião em minha companhia, alguém próximo a mim, algum chutiya capaz de vender o segredo do meu carregamento, e a cada minuto o perigo para mim crescia e espreitava, como uma encosta ameaçada. Eu precisava remover a montanha, caso contrário ela viria abaixo e me esmagaria. Sabia que daria conta de seu peso. Mas precisava primeiro encontrar a serpente dentro de minha casa e esmagar sua cabeça. Onde se escondia? Como obrigá-la a sair da toca? Em meu quarto com ar-condicionado eu formava desenhos com as cabeças femininas e pensava. No último dia de maio procurei Paritosh Bhai. "Preciso *fazer* alguma coisa", gritei para ele. "Estou aqui parado que nem um chutiya enquanto um bando de bhenchods ri de mim. Até meu pessoal ri de mim."

"Ninguém está rindo de você", ele disse. "Tenha paciência. É uma questão muito grande, e nada desse porte se resolve num dia."

Eu estava a ponto de berrar com ele novamente quando bateram à porta. Bada Badriya enfiou a cabeça no vão da porta e depois a abriu para a entrada de um alfaiate miúdo e tímido. Paritosh Bhai ia tirar as medidas para novos trajes de safári. O alfaiate passou a fita métrica em torno dele, enquanto Paritosh Shah fazia uma série de ligações pelo telefone sem fio. Observei tudo sentado numa poltrona. Ele andava muito ocupado ultimamente, com o lançamento de sua companhia aérea. Meu gordo amigo queria voar. Mantinha dúzias de negócios, prosperava com as construtoras, restaurantes, propriedades alugadas, fábricas de plásticos, fábrica de roupas perto da Ahmedabad, mas sonhava voar mais alto, por isso recentemente aparecia em todos os jornais, elegante e refinado, de cabelo brilhante, corrente de ouro com medalhão de Krishna, Rolex de ouro que superava a pedraria em seus dedos. Havia certo consolo para mim em imaginá-lo voando acima dos penhascos íngremes dos prédios de Bombaim, acima dos charcos barrentos de seus bastis, pairando como um balão redondo e liso acima de tudo, obscurecendo a silhueta de dente longo com a sombra benevolente de seu traje de safári azul, mais deliciosamente azul que o céu ensolarado. Talvez um dia sua sombra alcançasse o oeste e o norte, até Delhi e mais adiante. Ele tinha inteligência, ambição e um olhar frio e límpido. Mas, por enquanto, a companhia aérea viajaria de Bombaim até Ahmedabad e Baroda. Ele programava as festas e formalidades referentes ao vôo inaugural.

"Escute bem", ele estava dizendo, "entenda uma coisa. Eu conhecia aquela randi quando ela chupava um lauda a noite inteira por cinco mil rupias. Agora que virou estrela quer três lakhs para passar uma hora num avião. Para cortar a fita? Fala sério." Ele conversava com a secretária de Sonam Bhandari, negociando sua aparição pessoal. Ele ouviu, pouco depois contra-atacou com sua voz sensata de negociante. "Posso pagar um lakh. Estou inaugurando uma companhia aérea, não um fundo de amparo a estrelas em decadência. Um lakh." O alfaiate o media da cintura ao chão. "Quanto? Tudo bem, um e meio. Negócio fechado. Mandarei cinqüenta mil hoje. Certo." Ele desligou o telefone. "Feito", disse para mim. "Uma estrela do cinema participará do vôo. Vamos aparecer na televisão."

"Você vai aparecer na televisão", falei. "Não pretendo chegar nem perto de seu avião."

"Nem se Sonam Bhandari estiver a bordo?", ele perguntou. "Quando vir aqueles peitos em movimento esquecerá o carregamento."

"Nenhuma mulher tem peitos capazes de me fazer esquecer aquilo."

Ele ficou quieto até o alfaiate sair com suas anotações e amostras. "Sabe, eu não quero esperar", falei. "Preciso fazer alguma coisa."

"Em momentos assim precisamos de auxílio", ele disse, com ar astucioso. "Vamos fazer uma puja."

"Combinado."

"Sério mesmo? Para valer?" Era natural que estivesse surpreso: nesses anos todos eu jamais fizera uma prece, jamais pedira favores divinos, comia prasad como se fosse apenas um petisco. Mas ele não se interessava por meus motivos, apenas aproveitava ao máximo a brecha inesperada. Já pegara um dos telefones. "Vamos fazer uma Satyanarayan Katha. Conheço o pandit. Verá, todos os seus kathas dão frutos, sem falta. Não se preocupe. Uma piscada e estará por cima da situação." Ele sorria para mim com benevolência. Eu via a história que se formara em sua cabeça, ouvia a katha que pretendia contar ecoando em meus ouvidos como se os tivesse encostado em alto-falantes: bhai voltou ao seio do Senhor, pela graça de Deus ele acordou e a devoção em seu coração ganhou vida, como uma chama. A verdade é que eu não me sentia muito vivo, e sim inerte. Tinha a sensação de que afundava lentamente, e que a água já chegava ao meu rosto quando estendi a mão e peguei a primeira coisa que flutuava. Aquela puja era um galho, e eu o agarrei.

Eu via o pesado navio imóvel na superfície prateada do mar aberto e revolto. Paritosh Shah escolhera um bhaiyya pandit para seu puja, para que eu pudesse entender o katha em híndi sem esforço. Aquele pandit era um contador de histórias impressionante, estava fazendo o Satyanarayan Katha com intensidade e vivacidade, com vozes diferentes para os personagens e um monte de caretas à Dilip Kumar, estávamos na parte em que o mercador e seu genro voltavam para casa num barco cheio de ouro, pérolas, perfumes e marfim, lucros de uma longa e atribulada viagem a um local distante. Então um dandi-swami apareceu na beira, o ardiloso Satyanarayan velho em pessoa, disfarçado, para fazer uma pergunta simples: "Bachcha, o que há no barco?". E o negociante, com medo de ser forçado a dar alms, pois era um desgraçado sovina e míope, disse: "Nada, Swami-ji, apenas lata-pata". O swami balançou a cabeça dizendo: "Tathastu", e o navio de repente passou a flutuar como uma rolha, cheio até a metade de grama e feno seco. O dandi-swami entrou então num profundo transe meditativo, e naquele exato momento, antes que pudéssemos chegar ao arrependimento e punição final do comerciante, Chotta Badriya bateu em meu ombro e murmurou: "Vamos, bhai".

Ele me deu um telefone, fora da sala. Atendi a ligação, enquanto Paritosh Shah, Chotta Badriya e seu irmão Bada Badriya observavam. Era a nossa dica. Na noite anterior um de nossos agentes de desembarque em Golghat passara a noite com uma moça chamada Simky, em Colaba. Aquele agente, um konkani chamado Ashok Khot, estava em nossa folha de pagamentos havia quatro anos. Na noite passada viera a Bombaim para pôr a esposa num trem para Delhi, onde celebrariam o casamento da filha de seu irmão. Ela seguira no Rajdhani, bem acomodada com os dois filhos numa cabine reservada, e depois de embarcá-la Khot resolveu aproveitar as delícias da cidade. Telefonara para Simky da própria estação, depois a apanhara na frente do Lido Bar, perto de Regal, uma hora depois. Khot estava cheio de dinheiro. Chamou um táxi especial com ar-condicionado e janelas escuras, levou a moça para jantar no Khybeer e depois para dar uma volta em Marine Drive. Durante o jantar, bebeu Johnny Walker Black e contou histórias a respeito dos homens que iludira, do dinheiro que ganhara e dos altos funcionários que arruinara. No carro, entre as massagens nos mausambis e piadas que não terminava de contar, ele bebia de um copo de cristal preso a um frasco por uma corrente de prata. Ela ouvia tudo, reclinada no assento, cantarolando as músicas do toca-fitas. Comeram kulfi em Chowpatty, ele cambaleou até a beira do mar e tentou cantar uma canção, mas vomitou na água e logo tomou outro gole para mostrar que era homem de verdade. No caminho de volta ele mandou o motorista apagar a luz, e na "*Makhmali andhera*" ele abriu a choli de Simky e enfiou a cara nela, emitindo gemidos suaves e sons gorgorejantes, e acima da música ela ouviu: "Saali, melhor você ser boazinha comigo. Sabe com quem está falando? Ninguém me encara nesta cidade. Masood Meetha esteve em minha casa pessoalmente". Num quarto de hotel em Colaba, Khot a olhava sem ver direito enquanto lidava com sua saia, e depois se deitou lentamente, virou para o lado e caiu num sono profundo. Simky tirou o sapato, a meia e depois a calça e a cueca samba-canção dele. Achou vinte e quatro mil rupias em notas de quinhentas rupias espalhadas pelos bolsos, das quais pegou cinco mil e guardou na bolsa vermelha. Da bolsa ela tirou cuidadosamente um pequeno pudi de papel, e de lá pegou uma pitada discreta de heroína, aspirou-a e sentiu um arrepio de prazer a lhe percorrer os seios. Depois se deitou e dormiu. Pela manhã, Khot virou-se e se espreguiçou, ela ficou quieta apesar do cheiro de esgoto em seu hálito. Quando tentou subir em cima dela, ela virou de lado, fez uma careta e disse, numa vozinha de Simky: "Raja, você me esfolou toda ontem à noite, não agüento mais, sério mesmo". Ele riu, orgulhoso, e a deixou ir embora, magnânimo. No dia seguinte ela almoçou com um de nossos rapazes, Bunty Arora, do GTB Nagar. Quando Simky chegou a Chandigarh, Bunty tomara conta dela, fora sua chavvi. Agora não a tocava mais, ela adquirira o vício revoltante da heroína, mas restara ainda o sentimento por uma antiga mashooq, e esporadicamente, quando ia para aquele lado da cidade, lhe fazia uma visitinha. Ela lhe contou a respeito da noite com Khot. Bem, nosso querido Bunty havia apresentado Khot a Simky. Então ele disse: "Aquele bevda desgraçado, ninguém consegue agüentá-lo quando bebe". E ela disse: "Isso mesmo, ele não pára de falar, de jeito nenhum! Sou isso, sou aquilo, ninguém passa por cima de mim, Masood Meetha freqüenta minha casa. Eu fiquei com vontade de bater na cabeça dele com um taco de críquete". Ela mexeu o cabelo e por um momento revelou o antigo fogo Simky. Depois retrocedeu a seu falooda dourado e continuou cantarolando baixinho, distraída. Bunty manteve a calma, continuou conversando, falou de filmes e atrizes e outras coisas, depois que terminaram de almoçar ele se despediu, foi até a loja mais próxima e telefonou. No exato momento em que o dandi-swami dizia "Tahastu".

E foi isso. Masood Meetha era o número um de Suleiman Isa na cidade, ocupava a posição desde que Suleiman se mudara para Dubai. O inimigo que roubara nossa mercadoria fora Suleiman Isa, ele e seus irmãos bastardos. Desliguei o telefone, contei tudo para Paritosh Shah, Bada Badriya e Chotta Badriya. "Foi Suleiman", falei.

"Tem certeza?", Chotta Badriya perguntou.

"Claro que eu tenho certeza. Já tinha certeza antes, agora consegui a prova. Parulkar, aquele bhenchod, e Suleiman, eles estão unidos há anos." Disso todos sabiam, lia-se no rosto de Chotta Badriya, que baixou os olhos e calou-se. Parulkar e Suleiman foram criados juntos, ou pelo menos em paralelo. Muitas das famosas prisões e encontros de Parulkar se basearam em informações fornecidas por Suleiman, e sempre quem ia para a cadeia ou sangrava até morrer num beco eram os inimigos de Suleiman, seus rivais, ou simplesmente alguém que crescera o suficiente para ser considerado concorrente. Ele e sua quadrilha haviam devorado muita gente naquela cidade, engordaram com sua dieta diária e ostentavam sua valentia pelas ruas. Suleiman Isa e seus muitos irmãos, os nawabs de Bombaim. "Vou matar todos eles", falei.

O ventilador seguia girando em cima de nós, oblíquo em seu movimento, emitindo um estalo periódico. Era o único som. Caso muito sério. Os pathans haviam travado uma guerra contra Suleiman, mataram um de seus irmãos e muitos capangas, mas ele reagiu e fez com que sangrassem, enfraquecendo-os. Finalmente declararam a trégua, o tiroteio cessou, acabaram as execuções nos restaurantes e AK-47s em postos de gasolina, mas os pathans foram dizimados. Era loucura subestimar a disposição de Suleiman, ou seu cérebro, ou sua riqueza, ou seus contatos na polícia e nos ministérios. Por isso meus amigos se calaram. Por fim, Paritosh Shah disse: "Não há escolha".

A guerra veio a nós. Fomos conduzidos por terreno tortuoso até o campo de batalha. Podemos tentar evitá-la, só para perceber que a derradeira escolha pelo caminho florido conduz direto para a entrada da arena ensangüentada. Portanto, lá estávamos nós. "Muito bem", falei. "Mãos à obra."

No início fomos vitoriosos. Tivemos a vantagem da surpresa. No primeiro dia mandei buscar Khot. A esposa ainda estava em Delhi, os rapazes simplesmente foram até a casa dele de noite e o arrancaram da cama, carregaram para fora e o trouxeram para mim. Eu não o queria em minha casa, por isso cuidamos dele do lado de fora, atrás da casa. Primeiro ele tentou me convencer de que não sabia de nada a respeito de Suleiman Isa, como eu podia pensar que ele tentaria um golpe tão baixo e louco como este, todos sabiam que ele se mantinha fiel a Ganesh Bhai havia anos, jurou pela vida dos filhos. Finalmente o bhenchod sem-vergonha tentou uma saída religiosa. "Por que eu passaria para o lado daquele kattu desgraçado?", disse. "Ganesh Bhai, pense bem. Como você, sou um homem temente a Deus. Faço contribuições para o templo todas as semanas. Isso não passa de um complô muçulmano para destruir nossa amizade."

Eu o soquei com tanta força que esfolei os nós dos dedos. "Seu filho-da-mãe", falei, mas a raiva era demasiada. Senti o sangue subir e inchar na cabeça. "Acabem com ele", foi só o que consegui dizer. "Acabem com ele."

Ele tossiu, engasgou, gritou pelo pai. "Papa, Papa", chorava. Foi interessante. A dor torna a maioria dos homens crianças, e geralmente eles chamam pela mãe. Talvez Khot não tivesse mãe. Afastei-me para observar, esfregando a mão. Quando toquei o segundo dedo da mão direita, senti uma intensa pontada de dor. Apertei novamente. Foi um movimento cuidadoso, rápido, mas provocou uma fisgada no pulso. Era um dente liso sob a pele, beliscando. Sob os golpes contínuos e rápidos, Khot se debatia no chão. Apertei com mais força. Ele cedeu primeiro.

Contou tudo para nós. Não havia muito a contar. Masood e ele se conheciam desde rapazes. As famílias vinham de vilarejos vizinhos, em algum ponto perto da costa. Masood se aproximara dele um ano e meio depois, em Bombaim, fazendo uma visita primeiro, depois o convidou para tomar chá com biscoito em seu escritório em Dongri. Khot se recusara a encontrá-lo em Dongri, por isso tomaram chai num restaurante ordinário em Ghatkopar. No primeiro contato apenas conversaram a respeito dos vilarejos konkani, comida e o que aconteceu com fulano de tal cujo pai trabalhava no correio. Depois, transcorrido um mês, tarde da noite, Masood casualmente passou pela casa de Khot em Golghat, por impulso momentâneo, por coincidência estava ali perto, e se convidou para jantar, queria saborear os pratos tradicionais konkani que a esposa de Khot sabia preparar, e assim Bhabhi foi cozinhar e fez uma comida igualzinha à de sua mãe. A partir do jantar chegaram os telefonemas, presentes de relógios e garrafas de uísque, mas nunca contatos pessoais. Khot não era nenhum inocente, sabia desde o primeiro gole do chá de Meetha, no primeiro encontro, qual era a jogada, qual o motivo de Masood Meetha se lembrar dele depois de tantos anos. E quando chegou a época de tomar as providências para minha entrega, minha carga de quarenta lakhs, foi Khot quem pegou o telefone e ligou para Masood. "Bhai, vamos marcar um jantar?" Ele chorou e contou tudo isso para nós.

"Mate-o", ordenei. Dei as costas e me afastei, e antes que eu chegasse aos degraus que conduziam à porta dos fundos, estava feito. Dois golpes surdos e Khot morreu. Chotta Badriya seguiu-me até dentro de casa, ouvi o estalo da trava de segurança antes de ele guardar a pistola sob a camisa. "Não faça nada com o corpo por enquanto", falei. "Vamos mandá-lo de volta a Suleiman amanhã. Depois."

"Depois." Ele sorriu. Passamos à ação. Estávamos preparados. Tínhamos listas, mapas feitos à mão, informações. Escolhemos o campo de batalha. No dia seguinte, entre oito da manhã e quatro da tarde, matamos Vinay Shukla, Salim Sheikh, Syed Munir, Munna, Zahed Mechanic e Praful Bidaye. Na mesma noite Samant encontrou Azam Lamboo e Pankaj Kamath, o que lhe rendeu reportagens enormes nos jornais. "Rei dos Encontros Abate Principais Pistoleiros de Suleiman". Ganhou três lakhs de mim. Na mesma noite, a bem da verdade às quatro e meia da manhã, um carro parou na esquina do Imperial Hotel em Dongri e Khot foi atirado na calçada, com a cabeça enrolada numa toalha cheia de sangue seco. Assim, mostramos a eles quem éramos. Escrevemos nossa resposta com sangue.

O que eu queria era a cabeça de Suleiman, para chutar como uma bola de futebol. Mas ele permanecia em segurança em Dubai, para onde fora depois que os pathans mataram seu irmão, e após matar muitos deles. Bombaim se tornara perigosa demais para ele, por isso o bhadwa fugiu, mas ainda controlava as operações na cidade, por intermédio de Masood Meetha e outros. Preparamo-nos para o revide deles, esperamos um dia, e como era de se esperar, eles atacaram. Emboscaram três dos nossos rapazes que saíam da casa de parentes, em Malad. Os três morreram, todos os três, antes de conseguirem sacar as pistolas. Ajay Kumble, Noble Lobo, Amir Kendka. No dia seguinte os inspetores de Parulkar estavam de tocaia no momento de nossa coleta semanal no Darya Mahal Bazaar, onde os lojistas nos esperavam para contribuir. Os policiais, comandados por Majid Khan, o muchchad, se disfarçaram de operários. Não deram nenhum alerta, dispararam trinta e quatro tiros. Vinay Karmarkar, Shailendra Pawar, Ziauddin Qazalbash.

Enfrentamos Suleiman Isa durante o verão, até a época das monções. Quando recolhíamos os corpos no necrotério e os conduzíamos através das alvas quedas-d'água, era como se lutássemos contra eles desde sempre, como se a guerra sempre tivesse existido. Eles nos machucavam, mas não conseguiam nos matar.

E sempre reagíamos, fazendo-os sangrar um pouco a cada dia. Enquanto isso a Rajhans Airline de Paritosh Shah voava, ele fez implante de cabelo, pois achava que parecia muito velho na televisão, e me dava lições diárias sobre o poder de seu dandi-swami. "Você viu como seu apelo foi atendido. Você pediu, ele deu. Como pode se recusar a acreditar?" Eu me sentia tentado a acreditar. Mas, no início da vida, vira como a crença era uma podridão interna que esvaziava um homem e o transformava num eunuco. Sabia ser a fé uma muleta conveniente para fracos e covardes. Não, eu não queria ser contaminado por essa doença.

Por isso resisti, tudo não passara de mera coincidência, o fato de a informação ter chegado a nós durante a puja fora apenas um truque dos movimentos desconexos que se substituíam de um jeito que só fazia sentido para mim, partículas aleatórias que se mesclavam numa ilusão de forma. E quanto aos milhares de movimentos a cada minuto, em que não havia conexões, não havia sentidos a iluminar a passagem de um evento a outro? Paritosh Shah via Dandi-swami atrás das cenas que se sucediam a cada segundo, ele o adorava com dádivas e bhajans, pressionava-o com pedras preciosas, encantamentos e mantras secretos, e de vez em quando discutia com ele. Depois sempre se desculpava com Dandi-swami e voava nas asas de suas bênçãos. Convencera-se de que eu, se deixasse de resistir e encarasse um casamento, automaticamente resvalaria para a religião. "Assim que você estiver bem arranjado", dizia, "essa baboseira toda acabará. Com um estalo, e pronto." E ele estalava os dedos, um-dois. Diariamente me pedia a lista das moças escolhidas.

E assim o ano passou. Setembro, outubro. No início de novembro, Samant telefonou. Continuamos negociando durante a guerra, e os dois lucrávamos. Ele ganhava dinheiro, eu, cadáveres. Mas os encontros pessoais se tornaram mais difíceis, uma vez que nós dois não saíamos dos jornais. A fama nos restringia. Só fama em Bombaim, até agora, não na Índia inteira, mas já bastava para exigir cautela. Por isso conversávamos por telefone, usando números diferentes a cada semana.

O que Samant tinha a dizer era muito simples. Um mês após o confisco do meu equipamento, o governo distribuiu prêmios em dinheiro no valor de quase um quarto de seu valor a diversos funcionários e a um informante anônimo. Sabíamos que o filho-da-mãe não era Khot ou alguém da sua gente — mantínhamos todos sob estrita vigilância. Então, quem era o gaandu que tomara o que era meu? Samant forneceu um nome: "Kishorilal Ganpat". Eu o conhecia.

Bombaim inteira também. Era construtor, nos últimos dez anos espalhara suas obras pela região leste da cidade. Da rodovia era possível ver seus prédios apontando no meio da vegetação dos campos, acima das aldeias e das colônias antigas. Era grande. Comentavam suas ligações com Suleiman, mas a interação entre eles parecia normal, do tipo necessário, do tipo que qualquer incorporador teria necessariamente com Suleiman, no transcorrer dos eventos. Nada muito próximo ou especial. Nós mesmos conversamos com Kishorilal Ganpat quando precisamos de ajuda para desocupar cortiços de quatro áreas residenciais de Andheri. Mas, se ele tomou meu dinheiro, se roubou de mim, então seu vínculo com Suleiman era mais estreito do que as pessoas supunham. O patife era banqueiro de Suleiman, comia no mesmo prato que aquele maderchod.

Agradeci a Samant e desliguei. Sua recompensa viria depois, e não nos restava mais nenhum assunto pendente. Eu podia optar por engolir a notícia silenciosamente, esquecer o que escutara, ou agir. Guardei a informação comigo, trancada no estômago. Precisava avaliar o problema com cautela.

Pouco antes de amanhecer o telefone tocou outra vez. Mais um dos nossos fora assassinado. Dessa vez, um rapaz de Gopalmath mesmo, eu o vira crescer nas ruas que abri. Chamava-se Ravi Rathore, voltava de ônibus de Aurangabad, onde residiam parentes seus. Os capangas de Suleiman Isa o surpreenderam na estação de ônibus de Dadar. Um sorveteiro notara os empurrões e o cerco. Uma van preta estava estacionada nas proximidades. Alguém encontrou um corpo à uma da manhã numa pilha de lixo fedorenta perto da estrada, em Goregaon East, e fez uma ligação anônima para a polícia. Havia um furo de bala em cada coxa de Ravi Rathore, mais um na testa. Trouxemos o corpo de volta para seu kholi no final da tarde. Ele não tinha parentes em Bombaim, por isso acendi o fogo de sua pira. O corpo, em sua mortalha branca, era minúsculo sob a lenha, sob as chamas. Ravi Rathore era muito magro, com o peito afundado, seu cinto favorito, com uma fivela de prata imensa, dava duas voltas na cintura. Quando os rapazes jogavam críquete aos domingos no campo em aclive perto do morro, correr entre as metas fazia Ravi Rathore ofegar. Agora estava morto. Nós o cremamos e voltamos para casa. Sentado numa poltrona no terraço, observei a noite vir novamente. O vale onde vivemos e morremos é um vale de luz e sombra. Entramos e saímos dele. Ravi Rathore cedeu com facilidade o pouco espaço que ocupava lá. Recusei chá e jantar, recordando de uma monção longínqua, de Ravi Rathore de pernas finas e short, remando num canto inundado, entre duas ruas misturadas pela água. Era o que eu sabia dele, mais o cinto e o entusiasmo ofegante pelo críquete.

"Em que está pensando, bhai?", perguntou Chotta Badriya. Ele estava sentado no chão, na ponta do terraço.

"Bachcha, o que há no barco?"

"Como assim?"

"Estou pensando em Dandi-swami."

Chotta Badriya baixou a cabeça e coçou o tornozelo. Tentava discernir meu estado de espírito, e se poderia arriscar outra pergunta. Cutucou o teto, tirando uma lasca com a unha.

"Não mexa na minha casa", falei. "Quer saber o que vamos fazer? Vamos afundar um barco."

Kishorilal Ganpat era um tremendo Shiva-bhakta. Ele agradecia a Bholenath todas as manhãs, por todos os crores que desviara, pelos subornos pagos, pelo cimento misturado com areia, pela fiação vagabunda que saía das paredes malfeitas, pelos prédios ilegais e sem licença, pelas invasões, pelos andares extras muito acima dos limites do FSI, pelo dinheiro da classe média desesperada por imóveis, pelos trabalhadores famintos, pelos cortiços, pelos rapazes violentos e suas espadas, por Suleiman Isa. Kishorilal Ganpat se cuidava adequadamente naquela época ruim, mantinha dois guarda-costas fortes cujos músculos eram tão duros que eles andavam de perna aberta, como se alguém houvesse passado um elástico em volta dos golis deles. Kishorilal Ganpat também gostava de manter as aparências, por isso o motorista de seu Mercedes usava terno branco e boné, e os dois guarda-costas trajes de safári cinzentos. Kishorilal Ganpat era também fanático pelo tempo. Colecionava atalhos que lhe poupavam dois ou três minutos no trânsito maderchod da cidade, fazia discursos aos empregados a respeito da pontualidade japonesa, ia ao templo de Shiva em Satyagrahi Jamunanath Lane todas as terças-feiras pela manhã, exatamente às oito e meia, "em ponto, às oito e meia em ponto", como gostava de ressaltar a quem se dispusesse a ouvir. Tudo isso tornou o ataque brincadeira de criança para nós. Preparamos a emboscada. Seis rapazes, seis pistolas Star. Sabíamos onde Shiva sentava, em seu pedestal, conhecíamos os degraus que conduziam à rua tomada por casas e camelôs, sabíamos onde o Mercedes estaria esperando seu dono, sabíamos onde os guarda-costas estariam. Foi suave como a penetração de um lauda com óleo numa chut úmida. Kishorilal Ganpat desceu os degraus, portando seu prasad à frente numa thali de prata especial. Posicionara os sapatos com a ponta para fora, no final da escada, e calçou-os eficientemente, poupando assim uns bons três segundos. Os guarda-costas ainda estavam abaixados, de costas para o chefe, calçando as sandálias, e Kishorilal Ganpat de pé, pulando uma poça d'água, quando meu garoto, Bunty, barrou seu caminho dando um passo lateral. Kishorilal Ganpat virou a cabeça para olhar, e Bunty levantou o braço direito para afundar o olho esquerdo dele com um tiro. Um dos guarda-costas levou a mão ao cinto e foi abatido. O outro, sentado nos degraus do templo, nem chegou a tirar as mãos da pedra, que segurava com unhas exangues. Enquanto isso, Kishorilal Ganpat cambaleava e tropeçava pelos cantos da rua, de porta em porta, procurando uma saída, qualquer saída. Bunty o seguiu, esvaziando a arma calmamente em suas costas e nádegas. Por fim Kishorilal Ganpat caiu de joelhos na frente de uma porta cinabre, sob um Om elegante desenhado em branco, de cabeça baixa e gaand alta no ar, com as roupas encharcadas de sangue, verdadeiramente morto.

Bunty e os outros rapazes saíram andando, não muito depressa nem muito devagar. Retiraram-se como chegaram, sem complicações, entraram em dois carros e partiram. Depois abandonaram os dois carros num beco em Malad e passaram para uma van. Em três horas todos estavam longe da cidade. Nós que ficamos para trás passamos a tomar mais cuidado. Sabíamos que havíamos provocado uma escalada de violência, portanto nos preparamos. Agora eu vivia em três casas diferentes, passando de uma a outra a intervalos irregulares. Paritosh Shah sonhava com seus aviões num Mercedes pesadão, blindado com janelas à prova de balas. Chotta Badriya ordenou aos rapazes que circulassem por ruas distantes ao cuidar de nossos interesses. A morte de Kishorilal Ganpat passou das primeiras páginas para notinhas nas páginas internas dos jornais, antes de desaparecer totalmente. Exceto por dois encontros executados pelo pessoal de Parulkar, que nos custou três rapazes, a vida seguia como antes. Não fiquem deslumbrados, eu dizia aos rapazes diariamente. Não durmam no ponto. Eles não estão dormindo, preparam um ataque. Ele virá: o machado, a bala, a queda. Com certeza. Estamos guerreando contra Suleiman Isa. Suleiman Isa.

Ganesh Gaitonde: o nome tinha peso, uma certa firmeza. Agüentava firme, não recuava, era um nome forte. Impresso, transmitia uma solidez simétrica, soava no ouvido com um golpe duplo de nagada. As pessoas confiavam nele e o temiam. Por outro lado: Suleiman Isa. Esses sons sibilantes sussurravam astúcia. Maldade, baixeza, ardis de um rato. Fomos apanhados numa manhã do final de novembro. Telefonaram para mim minutos depois do ocorrido. Paritosh Shah saiu do escritório da Rajhans Airlines em seu Mercedes inexpugnável. Guardas de segurança fecharam os portões duplos após a passagem do carro, que acelerou feito um tanque pela rua. No banco da frente iam o motorista, um empregado antigo de confiança e um guarda-costas, mas não Bada Badriya, que tirara uma semana de férias em seu vilarejo em UP, e sim seu substituto, um sujeito chamado Patkar. Paritosh Shah ia atrás, registrando nomes em sua agenda eletrônica que recebera naquela manhã em encomenda especial vinda de Cingapura. Queria conduzir os negócios também do carro, e assim ganhar mais dinheiro ainda. A rua que saía de Rajhans desembocava na Ambedkar Road, fazendo uma curva à esquerda. À medida que o Mercedes se aproximava do cruzamento, uma van avançava por trás, e seguiu colada ao carro. Um caminhão cruzou a via, bloqueando a curva. O Mercedes ficou preso entre a lateral do caminhão e a van: não podia avançar nem recuar. A van bateu com força na traseira do Mercedes, jogando o carro de encontro ao caminhão. Tiros explodiram os pneus traseiros. Dois homens usaram marretas para golpear a janela traseira esquerda, que apesar de ser à prova de balas se partiu e curvou com os impactos. O guarda-costas sacou a pistola, mas um homem apontava um AK-47 para ele, pela janela. Para defender Paritosh Shah, Patkar teria de baixar a janela, o que daria chance para o AK-47. O guarda-costas apontou a pistola e disparou, mas a janela da frente não quebrou. Enquanto isso as marretas continuavam golpeando a janela traseira. Paritosh Shah se encolheu todo no banco traseiro e com dedos trêmulos teclou um número no telefone do carro. Nesse momento, na mossa côncava da janela traseira se abriu um pequeno orifício, sob a pressão das marretas, um buraco do tamanho de uma moeda de uma rupia. Apenas o suficiente para que o cano do segundo AK-47 entrasse. Um pente inteiro foi disparado dentro do carro. O guarda-costas tentou atirar, enfrentar a saraivada de balas que fustigava o interior do Mercedes, mas seus tiros nada evitaram, e talvez tenham ricocheteado dentro do carro.

Meus rapazes tentaram impedir que eu fosse até lá. Afastei-os e fui, eu mesmo dirigi. Cheguei minutos depois da polícia, pelo menos eles não tentaram me deter. A janela traseira e uma na lateral do Mercedes continuavam cristalinas, salpicadas por dentro com uma geléia escura. A porta da frente estava aberta. O motorista sobrevivera, esgueirando-se por cima do guarda-costas quando o tiroteio parou. Abaixei-me e enfiei a cabeça dentro do carro, firmando a mão no apoio da cabeça dianteiro acetinado, e olhei para o chão da parte traseira. Não havia Paritosh Shah ali. Apenas um monte de carne disforme, perfurada e rasgada. Não havia rosto ali. Sob a testa larga, uma bacia espatifada de carne crua onde brilhavam lascas agudas de ossos brancos. Nada de Paritosh Shah. Ele jamais conseguiria se encaixar no pequeno espaço sob o assento, não Paritosh Shah, meu amigo gordo. Havia um pé, ainda calçado com o tênis bordô. Ele me ensinara a palavra, com paciência de Jó: "Não é vermelho, bhai, chama-se *bordô*. Bor-dô". Restara um pedacinho de cabelo preto bem penteado. Mas onde estava Paritosh Shah? Ele não estava ali.

Fui até a casa dele, onde as mulheres não falaram comigo. Contudo, senti seu ódio. Ele morrera por minha causa. Morrera por mim. Eu o matei. Ninguém tinha coragem de dizer isso, nem precisava. Quando seu corpo chegou ao pátio, coberto pelas mortalhas brancas, inteiramente coberto, enquanto as filhas choravam, ninguém disse nada. Perto do calor da pira, ninguém disse nada. Retornei a Gopalmath sem ouvir isso, e mesmo assim ecoava quando eu respirava, a cada pulsação das veias. Tomei uísque. Pedi aos rapazes que me trouxessem alguma coisa, qualquer coisa, desde que fosse logo, agora. Minha garganta queimava com o uísque, eu me via morrendo. Fui esfaqueado, furado, fuzilado, enforcado. Meu corpo desabou. E depois senti tudo de novo. Balas separavam meus cotovelos, cortavam meu corpo em dois. Eu saudava cada queda. Onde estava a morte? A vida espremia minha cabeça com seu aperto férreo. A carne flácida de Paritosh Shah, esvaziada de sangue, de ar. A vida que se esvaía. Assim ela se vai. Sangue espirrado faz barulho? Ou se ouvia apenas o matraquear das armas? Ergui a mão, levei-a até os olhos, enterrei a cara nos pêlos crespos do braço, senti ali a vida. Cada folículo vivia. Um movimento do pulso quebrou o copo de uísque na mesa-de-cabeceira. Com um caco em forma de meia-lua, cortei uma elevação de meu punho cerrado. Prossegui pelos tufos serrilhados dos pêlos, e o sangue corria sem som. Virei o braço, e senti o pulsar do sangue. Fácil cortar o pulso, encerrar. Muito fácil.

Em seguida, senti nojo de mim. Paritosh Shah vivera. Em sua vida plena cuidara da mulher, dos filhos e de centenas de empregados. Alimentara o mundo, e mesmo quando ia morrer tentou telefonar, dizer algo. Tentara me ligar. Eu sabia disso. Não ia ligar para a mulher, queria falar comigo. O que teria dito, por aquele milagroso salto da eletricidade através da distância? Sua morte se avizinhava, eu não teria como salvá-lo. Ele sabia disso, com certeza. O que teria dito, no final? A mim, seu amigo? Eu olhava para o vidro curvo quebrado, salpicado com meu sangue, quando soube. Arrastei-me até a outra ponta da cama e peguei a pilha de fotografias. Do meio do monte puxei uma, sem nem olhar, na pura intuição. E telefonei para os rapazes.

"Esta é a mulher que eu quero", falei a Chotta Badriya, que limpava a pistola, sentado ao lado de uma dúzia dos rapazes. Ficaram todos intrigados. Esperavam um conselho de guerra. Sempre que perdíamos alguém naquela luta, após o funeral sempre nos reuníamos para combinar os ataques do dia seguinte, da semana seguinte. Quem mataríamos, era disso que conversávamos. Mas agora eu queria uma mulher.

Chotta Badriya pegou a fotografia de cima da mesa, onde eu a pusera. "Agora, bhai?"

"Não, não é nada disso." Percebi que ele entendera que eu queria dar uma rapidinha, aliviar a tensão, mas aquela parecia ser uma moça respeitável, ele ficou confuso. Eu bati de leve em seu ombro. "Não é nada disso, chakkar. Paritosh Bhai queria que fosse assim. E Dandi-swami. Eu quero me casar com ela."

Seu nome era Subhadra Devalekar, e nos casamos quatro dias depois. No começo o pai achou que seria muita insensibilidade casar quatro dias após a morte de meu amigo. Eu sabia que muitos rapazes pensavam assim. Mas expliquei que havia sido o último desejo de meu amigo, que eu me lembrara de todos os seus sermões, listas, pressões. Um boato surgiu, não se sabe de onde, e se cristalizou em certeza, afirmando que ele me telefonara do Mercedes, enquanto os golpes de marreta abreviavam sua vida, e conseguira me dizer: "Você precisa casar". Portanto, no momento em que caminhamos em volta do fogo, Subhadra e eu, nosso casamento se tornara um ato de cumprimento do último desejo de um amigo falecido. Os rapazes vieram, às dezenas e dúzias, de todas as partes da cidade, e acompanharam nossa austera cerimônia no templo de Gopalmath, com olhos marejados, pistolas engatilhadas e lealdade feroz.

Após a cerimônia nos sentamos na frente de casa e o povo de Gopalmath veio nos prestar suas homenagens. O pai de Subhadra colecionou envelopes. Era cobrador de ônibus, aposentado na linha 523, e tinha quatro filhas. Hesitara no início, quando Chotta Badriya o visitou, pois os tablóides sensacionalistas ainda publicavam fotos do "Mercedes da Morte", mas as pilhas de notas de quinhentas rupias em sua bandeja de chá o persuadiram. As filhas seriam encaminhadas. Agora o cobrador de ônibus sentava à minha direita e recebia os envelopes com presentes da fila de convidados. Bada Badriya chegou com um envelope vermelho recheado. Ele viera de sua aldeia correndo, assim que o avisamos, e ainda sentia muita vergonha por ter deixado o patrão sozinho, dava para perceber. Mas não visitava seu vilarejo havia cinco anos, o ocorrido não fora sua culpa. Eu lhe disse isso e o abracei.

Então eu estava sentado na cama, numa cama coberta de pétalas de rosa. Em algum lugar havia música, uma canção com acompanhamento de flauta. Num canto da cama havia a tenda vermelha de um sári, contendo um corpo magro trêmulo. Minha esposa. Eu estava casado. Minha cabeça flutuava, como se eu tivesse acordado de um sonho longo. E perguntei: como isso foi acontecer? Não recebi resposta.

Velha dor

Mary Mascarenas estava pronta para conversar. Sartaj a aguardou, sozinho, do outro lado da rua do salão Pali Hill, onde ela trabalhava. Na rua em declive circulavam animados adolescentes em roupas caras, rapazes que desfilavam em carros esporte adquiridos pelos pais ricos, moças em grupos de três ou quatro. Sartaj aguardava perto de um quiosque para venda de cigarros, ao lado de um grupo de empregados e motoristas que fumavam e fofocavam. Ele havia telefonado a Mary naquela manhã, disse-lhe amavelmente que gostaria de falar com ela. Na saída do trabalho, combinaram, e na voz da moça não havia mais revolta, apenas resignação. Sartaj esperava obter informações úteis: ela sentiria a necessidade de explicar tudo, agora, para si mesma, a respeito do que acontecera e seus motivos. Chegara meio cedo, ficou ouvindo os motoristas debaterem o mercado de capitais e a fortuna das grandes companhias. Os motoristas sabiam mais que os outros, ouviam as conversas de Saab e Memsaab no carro, conheciam seus movimentos, transportavam documentos e dinheiro vivo. Sartaj observou os flertes entre meninos e meninas, tentando manter a atenção presa à discussão sobre ações, pensando em Katekar, que não aplicava na bolsa, mas insistia em dizer que o mercado era lógico, bastava conhecer as regras. Se o sujeito conseguisse seguir seu ritmo, seria um rei. Precisava apenas de informação e treinamento. Sartaj escutava atento, mas os motoristas sabiam mais do que ele, que não acompanhava seus argumentos acalorados. Depois as memsaabs saíam renovadas e reluzentes do salão, o conjunto de motoristas se contraía e expandia, mas as brincadeiras não paravam. Fumavam e comiam pacotinhos de channa. Ganhavam bem, esses motoristas, e se vestiam com apuro para confirmar o status de seus empregadores.

Passava das sete quando Mary saiu pela porta de vidro azul do salão. Usava camiseta preta, saia justa preta até o joelho e sapato preto sem salto. Prendera o cabelo num rabo-de-cavalo, e sua elegância impressionou Sartaj. Ela era toda suave, se alguém parasse a seu lado numa fila, entre as adolescentes que passavam, nem a notaria. A não ser que o sujeito procurasse aquelas costas eretas, a simetria dos ombros com as duas mãos na bolsa preta. Ela o viu e levantou a mão.

Ele atravessou a rua, no rumo do brilho das lojas sofisticadas, Gurlz, Expressions, Emotions. "Sinto muito, me atrasei um pouco", Mary disse. "Esta noite, no Taj, haverá uma grande festa. Tive três clientes extras."

"Uma festa no Taj sem dúvida exige penteados mais elaborados."

"Nunca fui, então não posso saber. Mas cuido dos cabelos."

Seu híndi, apesar do forte sotaque, era funcional e fluente, um pouco improvisado, ela tropeçava confiante em possessivos femininos e tempos de verbo. Sartaj apostava que seu inglês era melhor, enquanto o dele enferrujara até se tornar gaguejante. Eles se entenderiam graças a uma mistura qualquer, um coquetel verbal de Bombaim. Lidamos bem com essas línguas khichdi, pensou. "Meu carro está ali", disse. Ao telefone ela pediu que não fosse buscá-la no serviço, mas ele afirmou que não usaria farda, não chegaria numa viatura policial, iria sozinho. Ele deu ré sob os olhares dos motoristas e esperou que Mary entrasse. "Vamos até Carter Road", propôs, e ela concordou com um gesto da cabeça. Também não queria que os vizinhos comentassem a presença da polícia ou de sikhs estranhos.

Ele parou numa curva mais tranqüila da avenida costeira, onde o acostamento de pedrisco estava menos atulhado de ambulantes, namorados e pedintes. "O navio sumiu completamente", ele disse. "Não se vê mais nada. Como era mesmo o nome dele?"

Um cargueiro estrangeiro encalhara quando suas máquinas falharam durante uma tempestade, nas monções. Tornara-se atração turística por algum tempo, com boa parte do casco fora d'água. Tarde da noite, Sartaj sentara num banco de frente para o navio e beijara Megha. Não tardou muito para que se separassem.

"Era o *Zhen Don*", Mary disse. "Eles o venderam como sucata. Sumiu há anos."

"Pensei que o transformariam num hotel de luxo."

"Valia mais como sucata." O céu exibia um cinza indefinido havia dois dias, e sob eles se via a vaga silhueta de navios estrangeiros, perto da linha do horizonte. Mary virou a cabeça na direção de Sartaj. "Li nos jornais que era preciso haver uma policial presente quando se interroga uma mulher."

"Não vim interrogar você", Sartaj disse. "Não é suspeita. Ninguém é suspeito. Estamos só tentando entender o que aconteceu e o motivo de sua irmã estar lá. Não creio que você queira conversar na frente de outras pessoas. Vamos considerar isso uma conversa particular. O que me disser será apenas para mim."

"Não tenho nada a lhe dizer."

"Não tem nada a dizer a respeito de sua irmã?"

"Não a via fazia muito tempo. Não falei com ela nos últimos anos."

"Por quê? Vocês brigaram?"

"Brigamos."

"Por quê?"

"Por que você precisa saber?"

"Pode revelar que tipo de mulher ela era."

"O que esclarecerá o motivo de sua presença naquele lugar?"

"Talvez."

"Ela não era uma pessoa má."

Ansiosa, ela se afastara dele o máximo possível, no banco azul encardido. Olhando para a bolsinha preta que ela pusera entre os dois, Sartaj concluiu que sentia medo de estar com ele ali, estacionada à beira-mar, e do que poderia exigir dela. Por isso perguntara a respeito da policial. Acostumara-se a encontrar pessoas que temiam sua farda, mas a idéia de aquela mulher pensar que poderia atacá-la o revoltava. Girou a chave no contato e arranhou a marcha ao engatá-la. Enfiou o pé no acelerador e parou perto de um grupo que fazia uma caminhada, ao lado de uma turma de adolescentes que tomavam sorvete e promoviam uma enorme algazarra. Mary o observava, de olhos arregalados.

"Quero um narial-pani", disse. "E gostaria de deixar claro que não vou importuná-la. Só queria conversar. Entendeu?"

Ela fez que sim, e o observou atentamente enquanto ele chamava o vendedor ambulante e pedia dois cocos. Ela segurou o seu com as duas mãos e o bebeu como quem sente muita sede, até sorver toda a água. Sartaj ofereceu o dele. "Quer mais?"

"Não", ela respondeu, mais aliviada. Ainda não estava à vontade, mas não ficou mais encolhida no canto.

Sartaj tomou sua água, observando-a, e esperou.

"Minha irmã veio para Bombaim com quinze anos", Mary disse. Olhava através da janela para o lento movimento do mar. "Eu residia em Colaba, com meu marido. Ela veio morar conosco. Crescemos na fazenda de minha mãe, perto de Mangalore. Nosso pai morreu quando eu tinha onze anos. Casei-me e mudei para Bombaim. Jojo passou a morar comigo e com o John. Ela era jovem, dizia que desejava tornar-se enfermeira, e que a escola em nosso vilarejo era muito provinciana. Passara os exames do décimo ano com louvor. Queria aprender inglês e ser enfermeira. Morávamos num lugar minúsculo, ela dormia no sofá, afinal de contas era minha irmã caçula. Era tão miúda e magra, naquele tempo. Costumava usar três rabinhos-de-cavalo. Eu achava que ela via televisão demais, comentei isso com John. Passava dias e noites na frente do aparelho, de pernas cruzadas. Mas ele argumentava que era bom para ela, precisava aprender inglês e híndi. John zombava dela, que ria quando ele dizia que só decorara os jingles, Vico-Vajradanti! Ele alegava que ela só sabia falar a respeito de dentes e cabelos. Mas ela era muito inteligente, entende? A cada dia aprendia mais alguma coisa. Pouco tempo depois já fazia todas as compras, sem sentir medo. Eu trabalhava o dia inteiro numa loja de roupas de couro, sua presença em casa era muito útil. De repente, esbanjava confiança. Parou de usar saias estampadas, mudou o cabelo e o jeito de andar. Em seis meses tornou-se outra pessoa. Uma moça de Bombaim. Um dia começou a falar em se tornar atriz. Passou a imitar heroínas de filmes e séries de tevê, e VJs. Posso fazer isso, disse. No começo, ri e esqueci. Mas ela insistia, e John lhe deu atenção. Ele disse que ela estava certa. Basta olhar para Jojo, ela é tão boa quanto qualquer uma delas, ou melhor. Por que não pode tentar a carreira? Ele tinha razão. Ela brilhava. Eu não percebia, era minha irmã menor, mas sem o rabo-de-cavalo era uma estrela. Parava na frente do espelho do armário, olhava sua imagem nos vidros das janelas do apartamento. Percebi o modo como os vizinhos a olhavam quando descia a escada do prédio pela manhã para comprar pão. Os rapazes da rua aguardavam sua passagem à tarde, só para vê-la caminhar. Passei a acreditar em seu sonho também, naquele verão. Todas as heroínas saíram de algum lugar, afinal de contas. Ninguém nasceu sob a luz dos refletores. Aquela ali era de Bangalore, a outra, de Lucknow. Algumas provinham de famílias bem comuns. Agora tinham dinheiro, agora eram famosas. Por que não Jojo? Por que não a minha irmã? Fomos todos enredados naquela fantasia. Vimos o sonho de outras moças se tornar realidade. Por que não Jojo? John tinha um amigo que trabalhava na MTV, embora fosse apenas contador. Mas o tal contador conhecia gente importante do canal. John tirou uma tarde de folga no trabalho e levou Jojo para Andheri East, para conhecer pessoas da MTV. Pegaram o trem, depois um riquixá motorizado. Voltaram excitadíssimos. O executivo da MTV, um inglês, disse que ela era encantadora e linda. Imagine. Ela não conseguiu um emprego, mas o encontro com alguém tão importante foi emocionante. Era uma distância imensa, do nosso pequeno apartamento até a MTV, e eles a venceram numa tarde. O impossível era possível. Quando o verão terminou Jojo foi matriculada na escola, mas a escola não parecia mais importante. Tinha aulas de dança e interpretação. Conversava com produtores e diretores. John a levava, às vezes, a reuniões em Bandra, Juhu e Film City. Em seu serviço ficaram preocupados primeiro, e depois contrariados. Mas, como ele dizia, grandes ganhos exigem grandes riscos. Precisamos ver o futuro sem medo. Não tenha medo. Eu tentei não sentir medo. Mas sentia. Temia por Jojo. Vi o quanto ela acreditava em seu futuro. Todos batalham, dizia. A gente tem de batalhar. Aishwarya lutou, até Madhubala lutou. Portanto, eu preciso lutar também, Jojo dizia. Mas no final vencerei, ela disse. Hei de vencer."

Uma brisa exuberante soprava do mar, agitando o sári de uma mulher que passava numa onda púrpura, lançando o cabelo de Mary em seus olhos. Mas ela estava longe, não falava com ele e sim consigo mesma.

"Fomos todos envolvidos nessa batalha. Economizei dinheiro para os cursos de Jojo. John vivia telefonando para seus novos amigos, gente do estilo MTV, marcando encontros. Ele também se tornou um novo John. Eu não o via excitado fazia muito tempo. Fui com eles, John e Jojo, a uma ou duas festas do pessoal do cinema e da televisão. Festas com rostos famosos do vídeo. Archana Puran Singh aqui, Vijayendra Ghatge ali. Vi como John apertava a mão de todos e ria, abraçava, dava tapinhas nas costas. Naquela noite na cama ele me abraçou e explicou muita coisa. Era assim que a coisa funcionava naquele ramo. Era assim que se conseguia trabalho. Tudo girava em torno de contatos, de conhecimentos. Era o único jeito. E passamos assim aquele ano, na iminência de um estouro. Dava essa impressão, pelo menos. Jojo conseguiu uma ponta como modelo, depois outra. A primeira foi para um anúncio de televisão dos sapatos Dabur, ela dançava com mais duas moças na faixa central da pista de uma rodovia. Ligamos a televisão na terça-feira à noite, para ver o comercial. Gritamos quando ela surgiu de repente na tela. Jojo dançando na televisão. Dançamos também, John conseguiu uma garrafa pequena de champanhe com seu amigo contador, cortesia de uma companhia aérea, que abriu para bebermos direto da garrafa. Depois da dança na estrada, tínhamos certeza. Nada poderia nos deter. Era só uma questão de tempo. Mas não aconteceu nada. Jojo se atormentava com as reuniões sucessivas, "Fale conosco mais tarde, ainda estamos resolvendo", mas pelo jeito a escolha recaía sempre sobre a outra moça. Ela pensava e falava nisso o tempo inteiro, por que não eu? Ela e John conversavam a respeito de roupas, maquiagem, atitude. Na próxima vez tentaremos isso. Na próxima vez usaremos aquilo. Planejavam tudo. Para a próxima vez. Aí eu os flagrei."

Ela parou de repente, afastando o cabelo do rosto. Olhava para o outro lado, mas não estava mais perdida em suas lembranças, e sim ali com ele.

"Flagrou?", Sartaj perguntou, discreto.

Ela limpou a garganta. "Estava trabalhando. Eu me sentia muito fraca, tonta. Uma febre viral circulando naquela época. Todo mundo pegou. Dava para sentir o calor na minha pele. O dono da loja me mandou ir para casa. Eu fui. Eles estavam em minha cama."

O perigo sempre se escondia naquele momento, quando a pessoa revelava pela primeira vez sua humilhação. Uma reação pesada demais, mesmo de solidariedade, e se perdia a chance, pois ela se enrolava na dor exposta, se retraía e ocultava os detalhes essenciais. "Compreendo", Sartaj disse. "Ele deve ter dito que estava tudo bem, que nada havia mudado."

Ao ouvir isso ela levou um susto, alarmou-se com suas palavras, e Sartaj viu o brilho em suas pupilas. "Sim", assentiu. "Creio que ele imaginava que poderíamos viver felizes para sempre juntos. Que eu continuaria trabalhando para eles, ganhando dinheiro para vestir os dois e pagar seus encontros."

"E ela?"

"Ela... ela ficou furiosa comigo. Como se eu tivesse cometido um erro. 'Eu o amo', disse. E continuou insistindo. Eu o amo. Como se eu não o amasse. Finalmente, falei que ele era meu marido. Ela disse que não, eu não o amava. Não pode amá-lo. Já estava gritando. Eu fiquei muito brava. Ouvir minha própria irmã dizer isso. Ver o que minha irmã e meu marido estavam fazendo. Fora daqui, falei a ela. Vá embora."

"E depois?"

"Ele foi embora com ela. Voltou dois dias depois para pegar as roupas."

"Entendo."

"Em seguida, nos divorciamos. Foi muito difícil. Eu não tinha dinheiro para o aluguel. Tentei arranjar acomodação numa hospedaria feminina, mas não havia vagas. Passei um tempo na Associação Cristã de Moças. Depois fui obrigada a morar num jhopadpatti, em Bandra East. Depois de viver num barraco, posso dizer que conhecia lugares de todos os tipos."

"Não queria voltar para casa?"

"Para minha mãe? Para a casa onde cresci ao lado de Jojo? Não poderia viver lá. Não queria voltar."

Então até um barraco era melhor do que a casa deixada para trás. "Você tem um bom apartamento agora", Sartaj disse.

"Levou um bom tempo. Comecei limpando o cabelo do chão, no salão de beleza. Lavava escovas e tesouras."

"Esteve com ela de novo?"

"Duas ou três vezes. O juiz nos obriga a fazer terapia antes de conceder o divórcio. Ela ia lá encontrar com ele, no final. Eu não falava com ela. Depois a vi quando o juiz deu a sentença do divórcio."

"E então?"

"Recebi notícias de amigos e parentes, uma vez ou outra. Moravam em Goregaon. Ela continuava tentando o cinema, qualquer coisa. Cheguei a vê-la uma ou duas vezes na televisão, em um anúncio de sáris. Bas, foi só."

"Nunca mais falou com ela?"

"Não. Minha mãe ficou furiosa com ela também. Ma adoecera, e Jojo a procurou, mas Ma disse que não queria falar com ela, com sua filha pecadora e desavergonhada. Morreu sem falar com Jojo. E eu não queria saber de nada a respeito dela."

"Nem uma notícia de alguém?"

Ela balançou a cabeça. "Uma vez só. Faz dois ou três anos. Tenho uma tia em Bangalore. Irmã de minha mãe. Disse ter visto Jojo no aeroporto."

"Sua tia falou com ela?"

"Não. Sabia o que ela tinha feito."

"Jojo ia pegar um avião?"

"Sim. Deve ter ganho dinheiro. Não sei como. Não sei de nada a respeito dela. Nada do que lhe aconteceu depois."

O que lhe aconteceu depois. Como uma moça ambiciosa e apaixonada se tornou negociante de corpos, e acabou morta, assassinada por um bhai suicida. Ele não sabia como, mas podia imaginar a trajetória, a descida das festas filmi para todos os tipos de inferno. "Também não temos informações a respeito dela", ele disse. "Trabalhou em televisão, na produção de programas. E exercia outras atividades."

"Atividades?"

"Estamos investigando. Quando soubermos, você será informada. Se ouvir alguma coisa, qualquer coisa, por favor me avise." Ela vai ligar, Sartaj pensou. Depositara alguma esperança nele agora. A partir daqueles poucos detalhes, daqueles fragmentos, talvez ela conseguisse reconstruir a irmã, e a perdoasse, além de se perdoar. "Foi bom você ter conversado comigo", ele disse.

"Ela era uma doçura", Mary disse. "Quando éramos pequenas, ela sentia medo de trovão. Costumava se ajeitar no meu lado da cama, tarde da noite, pousar a cabeça em minha barriga e dormir assim."

Sartaj assentiu. Sim, Jojo fora também a menininha apavorada, agarrada à irmã mais velha. Era importante saber disso. Levou Mary para casa. De dentro do carro ele a viu subir a escada até seu apartamento. Acendeu a luz da sala, ele deu ré para pegar a via principal. A caminho de casa, quando fazia a curva à esquerda em Juhu Chowpatty, começou a chover.

Iffat-bibi ligou para Sartaj quando ele terminava o jantar de frango afegão e tandoori roti do Sardar's Grill vizinho. "Saab, tenho uma resposta."

"Para minha pergunta?"

"Sim. Bunty foi abatido por dois pistoleiros contratados."

"Para quem trabalhavam?"

"Ninguém. Problema pessoal. Bunty roubou a namorada de um deles, faz quatro anos."

"Roubou?"

"Ela gostava mais do dinheiro de Bunty que do pistoleiro. E o idiota se apaixonou por ela."

Então Bunty morrera por causa de uma mulher, e não por terra ou ouro. Ou por seus vínculos com Ganesh Gaitonde. "Muito bem", Sartaj disse. Bunty magoara um apaixonado, e o sujeito, rejeitado, acalentou a raiva e esperou, paciente, até que a sorte de Bunty deu uma violenta virada. "Certo."

"Você os quer?"

"Quem?"

"Os dois pistoleiros contratados. Sabemos onde estão agora, onde passarão a noite. Onde estarão amanhã."

"E você quer entregá-los a mim?"

"Sim."

"Por quê?"

"Veja isso como um presente a um novo amigo." Seu urdu era impecável, e a voz se tornara suave, cativante.

Sartaj se levantou, espreguiçou-se e caminhou até o terraço. Debruçou-se no parapeito, observando o topo das árvores, que balançavam com a brisa úmida. As luzes da rua lançavam sombras de suas folhas sobre a superfície lisa dos carros.

"Saab?"

"Iffat-bibi, não mereço tamanho presente. Você mantém um longo relacionamento com Parulkar Saab. Por que não entregá-los a ele? Não costumo tratar desses casos que envolvem bhais, companhias e tiroteios."

"Verdade mesmo? Ou pensa que não vale a pena aceitar um presente de alguém indigno como eu?"

"Arre, não é nada disso, Bibi. Só temo que, quando chegar a hora de retribuir, eu não tenha nada igual para oferecer. Sou um homem humilde."

Ela soltou uma risada curta, cheia de exasperação. "O filho, igualzinho ao pai. Tudo bem, tudo bem."

"Bibi, não quis ofendê-la."

"Sei disso. Mas, realmente, costumava dizer a mesma coisa a Sardar Saab também, como pretende avançar se não fecha acordos importantes? Ele sempre respondia: 'Iffat-bibi, já avancei até onde podia. Que meu filho vá mais longe'."

"Ele disse isso?"

"Sim, sempre falava em você. Eu lembro quando você completou doze anos, ele distribuiu doces. Pedas e burfis."

Sartaj se lembrava das pedas, do sabor de açafrão que continha todo o futuro. "Talvez eu seja como ele, também. Parulkar Saab foi mais longe."

"Claro, com a ajuda de Sartar Saab. Parulkar se mostrou esperto desde o início, sabe. Sempre pensando, pensando. Houve um caso, furtos nas docas, cometidos por uma quadrilha."

Ela contou o caso daquela gangue, que tinha gente dentro e fora das docas. Desviavam mercadorias, claro, mas também levavam equipamento, combustível, tudo que valesse algum dinheiro. Parulkar solucionara o caso graças ao auxílio de Sardar Saab, de seus contatos e fontes, tudo fornecido por Sardar Saab com a maior boa vontade. Quando chegou a hora de fazer as prisões, porém, Parulkar deixou que um inspetor sênior pegasse os apradhis, e ficasse com todo o crédito. "Teria sido um caso importante para Parulkar, mas ele viu mais longe, entende? Podia perder algumas prisões agora, mas lucraria depois."

"Ele é muito arguto, sem dúvida."

"Você nunca saberá quanto. Mas você não aprendeu muito com ele." Sartaj percebeu que ela ria, e não pôde evitar um sorriso, também.

"O que se pode fazer, Bibi? Cada um é o que é."

"Sim, somos como Alá nos fez."

Despediram-se e Sartaj voltou a seu frango. Sentia muita vontade de comer peda, mas era muito tarde e ele estava cansado. Contentou-se com mais um gole de uísque e prometeu a si dois pedas no almoço. Tinha certeza de um belo dia pela frente.

Na manhã seguinte a chuva dera lugar a uma daquelas tempestades intermináveis das monções, dando a impressão de que o céu entraria em colapso sob o imenso peso da água. Sartaj correu do carro para o prédio da delegacia, mas quando chegou à área coberta tinha os ombros ensopados. Sentia a água dentro do sapato.

"Sua namorada o aguarda, Sartaj Saab", Kamble avisou de seu poleiro na balaustrada do primeiro andar. Estava debruçado, com a cabeça perto da torrente de água que caía do telhado, com um cigarro na mão.

"Kamble, meu amigo", Sartaj disse, "você tem péssimos hábitos, além de idéias equivocadas." Precisou erguer a voz para ser ouvido acima do ruído da água que tamborilava nos tijolos. Kamble riu de volta, muito à vontade em seus vícios. Quando Sartaj terminou de subir a escada ele acendia outro cigarro e tinha a resposta na ponta da língua.

"De vez em quando você precisava de uns vícios como os meus, Sartaj Saab", disse. "Para suportar o trabalho ruim que precisa ser feito neste mundo."

"Desde quando virou filósofo, chutiya? Nunca precisou de desculpas antes, não comece agora a pôr a culpa no mundo. Quem está esperando?"

"Arre, sua querida do CBI, chefia. Tem tantas que não sabe qual veio visitá-lo?"

Anjali Mathur estava no distrito. "Onde?", Sartaj perguntou.

"Na sala de Parulkar Saab."

"E Parulkar Saab está lá?"

"Não, foi convocado para uma reunião de emergência com o CM, em Juhu Centaur."

"Com o CM. Fascinante."

"Nosso querido Parulkar Saab é um homem fascinante. Mas acho que ele não gosta muito de sua chavvi, Sartaj Saab. Noto algo em seu olhar. Talvez ele a deseje também."

Sartaj bateu no ombro de Kamble. "Você tem uma mente sórdida. Vamos ver do que se trata." Ele seguiu pelo corredor. Kamble era de fato sórdido, mas a diferença talvez fosse apenas que ele sentia mais prazer com a sujeira na qual todos chafurdavam. Certamente compreendia a política do distrito, e sabia de tudo que ocorria lá dentro. Sartaj cumprimentou Sardesai, PA de Parulkar, que apontou para a porta de Parulkar. Sartaj bateu e entrou. Anjali Mathur estava sentada sozinha no sofá nos fundos da sala, no ponto mais distante da mesa de Parulkar.

"Namaste, senhora", Sartaj cumprimentou.

"Namaste", ela disse. "Por favor, sente-se."

Sartaj sentou e relatou a ela o que ouvira de Mary, ou seja, muito pouco. Como sempre, ela escutou as notícias e permaneceu perfeitamente imóvel. Refletia. Naquele dia usava um salwar-kameez vermelho-escuro. Cor de vinho, Sartaj pensou. Um contraste interessante de tom com sua pele marrom-escura, mas era um traje folgado, que a cobria impessoalmente. Não havia aberturas nem estilo. Exibia um rosto semelhante, fechado. Sem hostilidade, apenas fechado, protegido.

"Shabash", ela disse. "Todos os detalhes são importantes. Você entende isso. Nunca sabemos por onde virá a solução de um caso. Bem, tenho duas coisas para lhe dizer. Primeira, que Delhi resolveu interromper essa investigação. Estávamos interessados no retorno de Ganesh Gaitonde a Mumbai, nas razões para sua volta, no que ele queria aqui. Mas, pelo que descobrimos até agora, Delhi não acredita que haja motivo suficiente para prosseguir investigando. A bem da verdade, ninguém se importa. Dizem que Gaitonde está morto, acabou sua era."

"Mas você não pensa assim."

"Eu não entendo por que ele estava aqui, por que se matou, o que procurava. Quem procurava. Mas fui chamada de volta a Delhi. Há assuntos mais importantes a tratar, ao que parece."

"Em nível nacional."

"Sim. Em nível nacional. Mas eu agradeceria muito se você continuasse cuidando do caso mais um pouco. Valorizo muito seu esforço nesse trabalho. Se puder continuar, talvez tenhamos algumas respostas para nossas questões."

"Por que se interessa por Ganesh Gaitonde? Ele era um gângster comum. E morreu."

Ela refletiu por um momento, considerou as opções. "Não posso lhe dizer quase nada. Mas estou interessada em Gaitonde porque ele mantinha contato com pessoas muito importantes, com eventos de repercussão nacional. Os motivos que o trouxeram de volta podem provocar efeitos nos eventos futuros."

E você quer que eu arrisque meu pescoço, Sartaj pensou. Quer que eu ponha meus golis no caminho de rodas ameaçadoras, acachapantes. Quer me envolver nas questões do RAW, o Departamento de Pesquisa e Análise. Intrigas internacionais, aventuras em terras estrangeiras, no estilo James Bond. Ele sabia que a agência funcionava em algum lugar, sabia de sua existência, mas era tudo muito fantástico e muito distante de seu cotidiano. Nunca sentira que era algo real, aquela história sinistra de espionagem. Contudo, lá estava a pequena Anjali Mathur, com seu salwar-kameez vermelho-escuro, sentada no sofá, a poucos metros. E ela se interessava pela vida e morte de Ganesh Gaitonde.

A pergunta seguinte era óbvia, mas Sartaj não a formulou: desde quando o RAW se interessava por nosso amigo Ganesh Gaitonde? Pessoas importantes ligadas a Gaitonde talvez fossem do RAW, talvez tenha havido trocas entre a agência e Gaitonde, mas Sartaj não queria saber de nada disso. Não queria mais ficar naquela sala com a recatada Anjali Mathur. Queria voltar a sua própria vida. "Sei", ele disse. "Isso é verdade." E ficou quieto. Esses eventos do RAW ocorriam muito longe dele, como era desejável. Ele não tinha perguntas a fazer nem queria respostas. Estava satisfeito.

"Preciso voltar", Anjali Mathur disse finalmente. "Para Delhi. Mas agradeceria se continuasse a investigar o caso. Será totalmente lógico e esperado que você faça isso. Se descobrir alguma coisa, ligue para meu número em Delhi. Está aqui."

Ele apanhou o cartão e se levantou. "Ligarei", disse.

Ela fez que sim, mas ele sabia que havia notado seu nervosismo, seu desejo de sair da sala, de fugir. Lá fora encontrou Kamble sentado no banco dos visitantes, com uma perna cruzada confortavelmente sobre a outra. "E aí, chefia, o que aconteceu?", perguntou, com o sorriso irônico de costume.

"Nada", Sartaj respondeu. "Absolutamente nada. Não aconteceu nada. Nem acontecerá."

A vida cotidiana guarda seus prazeres saborosos. Sartaj comia um frango Hyderabadi apimentado com Kamble quando seu celular tocou e começou a deslizar lentamente em cima da mesa. Sartaj o ajeitou de volta com o nó do dedo e viu que Wasim Zafar Ali Ahmad queria falar com ele. "Arre, guardanapo, guardanapo!" Gritou para o garçom, segurando o telefone com o polegar. "Espere", conseguiu dizer antes de engasgar.

"Saab, tome um pouco d'água", disse Wasim Zafar Ali Ahmad paternalmente quando Sartaj levou o telefone ao ouvido.

"O que você quer?"

"Está almoçando, saab. Termine a sobremesa."

"O bihari e os rapazes?"

"Sim."

"Onde? Quando?"

"Eles virão esta noite, depois da meia-noite, para pegar dinheiro com um receptador."

"Depois da meia-noite, a que horas?"

"Só sei que o encontro ocorrerá depois da meia-noite, saab. Talvez tenham sido cuidadosos. Mas consegui o endereço exato."

Sartaj anotou o nome da rua, as instruções para chegar lá e o nome do receptador. Wasim foi muito preciso, mesmo. "Saab, há muitos kholis daquele lado da rua, sempre há gente passando por ali, mesmo tarde da noite. Precisa tomar cuidado, caso contrário haverá distúrbios."

"Chutiya, já realizamos milhares de prisões. Essa não tem nada de especial."

"Claro, claro, saab. Sem dúvida, tem domínio absoluto sobre essas questões. Eu não quis dizer..."

"A única coisa que importa é a informação ser verídica. O que me disse é verdade?"

"Saab, comprovada. Nem imagina o que passei para consegui-la."

"Nem me conte. Deixe o celular ligado esta noite."

"Sim, saab."

Sartaj desligou o telefone. Pegou seu tandoori roti e mordeu um pedaço grande de frango. Estava delicioso. "O que vai fazer hoje à noite?", perguntou a Kamble.

Sartaj e Katekar aguardavam disfarçados, com banians esfarrapados, calças sujas e tênis velhos de sola de borracha. Sartaj passou um patka velho por cima do cabelo e o escondeu atrás da orelha, pensando que se assemelhava a um thela-wallah afável e espirituoso. Estavam sentados, encostados num thela estendido sobre o pavimento, do outro lado da rua em que a grade de ferro acompanhava o trilho do trem. Katekar queixava-se das multidões nos trens. "Este país não tem jeito", dizia. "As pessoas têm filhos com menos responsabilidade que os cachorros da rua. Por isso nada dá certo, todo o progresso é devorado pelas novas bocas. Como pode haver desenvolvimento?" Discorria sobre um de seus temas favoritos. A qualquer momento passaria a defender uma ditadura científica, com registro universal, carteira de identidade e uma política rigorosa de controle da natalidade. Mas os dois silenciaram quando o trem passou quase vazio, linha acima. Durante o dia pencas de homens iam pendurados nas portas, projetando-se para cima dos trilhos enferrujados, suspensos pelas pontas dos dedos e dos pés. "Já passou quase uma hora desde o último trem", Katekar disse. Eram quase duas e meia. "Espere um pouco. Se cair uma chuvarada, os trens vão parar. Nesta linha central chutiya, se dez estudantes formarem fila e mijarem nos trilhos, o serviço bhenchod será interrompido."

Sartaj concordou. Era tudo verdade, assim como era bom ficar ali debaixo de um thela, reclamando. Eles já haviam se queixado da prefeitura, das corporações, das transferências de funcionários públicos e policiais honestos, do preço da manga, do trânsito, do excesso de construções, dos prédios que caíam, dos bueiros entupidos, do parlamento rebelde e selvagem, da extorsão dos Rakshaks, dos filmes ruins, da falta de programas interessantes na televisão, da interferência norte-americana nos assuntos subcontinentais, do desaparecimento de Rim-zim das barracas que vendiam refrigerantes, das disputas interestaduais a respeito das águas dos rios, da falta de boas escolas que ensinassem inglês para quem não tivesse um pai disposto a gastar um caminhão de dinheiro, da maneira como retratavam os policiais nos filmes, das horas extras sem pagamento adicional, do trabalho e do trabalho. Depois que a pessoa reclama de tudo, resta sempre o trabalho, com suas horas aleatórias, monotonia, complicações políticas, falta de reconhecimento e exaustão.

Sartaj bocejou. Perto da cerca de ferro havia uma fileira de kholis com teto de zinco. Alguns dos kholis tinham dois pavimentos e escadas apoiadas nas paredes, meros postes com travas, na verdade, que davam acesso ao andar superior. Havia uma casa de pucca que parecia sólida, a dois terços do final da rua, nova, quase terminada. Uma luz brilhava atrás da janela coberta com jornal em um dos cômodos superiores, e os apradhis eram esperados naquela sala. Não muito distante da janela iluminada, na extremidade dos kholis, o PSI Kamble e mais quatro policiais estavam deitados na calçada, enrolados em mantas velhas, tentando parecer operários exaustos em sono profundo. Sartaj podia apostar que estavam se queixando. Naquele lado dos kholis havia uma enorme pilha de lixo, mais alta do que a cabeça de um homem alto, encostada no muro de tijolo. Sartaj passara por ali muitas vezes nos últimos anos, pela montanha medonha, ela crescia e diminuía, mas nunca desaparecia, e agora, ao longe, ele divisava o azul, o verde e o amarelo neon dos sacos plásticos a reluzir em camadas arqueológicas. Na condição de oficial mais graduado da operação ele conquistara o privilégio de evitar o fedor revoltante, por isso Kamble e os colegas se encontravam diretamente sob sua influência nefasta, e Sartaj sabia que o amaldiçoavam. A imagem de Kamble com um lenço perfumado no nariz fez Sartaj abrir um sorriso.

Katekar parou no meio de uma reclamação. Dois homens desciam a rua, um apoiado no ombro do outro. "Bêbados", Katekar disse, com razão. Eram apenas dois homens, dificilmente dois apradhis de verdade cambaleariam embriagados para uma reunião com o receptador, para recolher dinheiro. Mesmo assim, Sartaj os observou, tenso. Os bêbados passaram rindo. Havia um bar *country* e salão de jogatina um pouco adiante, três ruelas para a esquerda. Os homens iam de um local a outro, depois para casa. Aqueles dois pareciam felizes, isso queria dizer apenas que só se dariam conta do que haviam perdido ao acordar na manhã seguinte. Sartaj acompanhou sua passagem, sentindo o morno formigar da expectativa de satisfação a percorrer o ombro. Ele pegaria os apradhis naquela noite. Prenderia os desgraçados, depois dormiria bem. Atendera ao pedido de Wasim Zafar Ali Ahmad, agora seria sua vez de se beneficiar do acordo.

Os motivos para queixa de Katekar se esgotaram, por isso ele contava um caso policial. Nos velhos tempos, disse, quando tinha acabado de entrar para a força, conhecera um inspetor velho e grisalho chamado Talpade. Ele grunhia e chiava, vivia manchado pelo paan que comia sem parar e também pelas quatro acusações de corrupção que enfrentara, sobrevivendo a todas. Diziam — e acreditavam — que ele havia matado mais de uma dúzia de inocentes em sua carreira, disparando contra as pessoas em distúrbios e encontros. Uma vez espancara um apradhi até a morte no xadrez, e fora suspenso por onze meses até conseguir se livrar da chacina sanguinária, em geral distribuindo dinheiro acima e abaixo na cadeia de comando, até que seus inimigos e admiradores mais ardentes se encantassem.

Dois anos antes de se aposentar, Talpade apaixonou-se por uma dançarina. Havia algo de admirável num homem daquela idade tomado por uma grande paixão. Claro, era ridículo: mandou fazer roupas novas, seu cabelo mehndi de repente ficou pretinho, os dentes brilhavam, brancos, quase fantasmagóricos. Mas era preciso reconhecer e respeitar a intensidade de sua devoção. Ele ia todas as noites orar no altar da amada, levava-a para casa quando saía do bar onde trabalhava, entregava-lhe recados dos amantes. Sim, a amada tinha outros homens, jovens e bonitos, e Talpade aceitava a dor como um preço a pagar pela proximidade dela, e a sofria em humilde gratidão. Transformou-se. Havia algo de novo debaixo das rugas de seu rosto idoso, sob os vales cavados pelo ressentimento — e bastava passar um minuto com ele para reconhecer o que era: alegria.

O pessoal ria dele. Não de seu andar de galo velho, ou dos óculos escuros. O problema era ele amar Kukoo ("nome daquela atriz antiga"), e como Talpade dizia a quem quer que parasse para escutá-lo, Kukoo era linda como uma maçã da Caxemira, ninguém poderia negar o charme frágil e fatal dos nakhras de Kukoo. Pena que ela era homem. Alegava ter dezenove anos, mas dançara em muitos bares nos últimos cinco anos, provavelmente passara dos vinte e cinco, teria pelo menos vinte e dois. Seu cabelo longo e liso batia nas nádegas roliças, clareado até quase dourar, emoldurando lábios opulentos merecedores de um poema. Mas nunca ninguém duvidou que Kukoo fosse homem. Ela nem tentava esconder. Exibia o peito liso e magro, sua voz era grossa. Mesmo assim atraía seguidores quando ia de um bar a outro, sempre ampliando os ganhos.

E por que Talpade se tornou um tremendo majnoo de Kukoo? Seria ele, no fundo — apesar do casamento duradouro e dos três filhos — um gaandu propriamente dito? A maioria dos homens e mulheres da força acreditavam que sim. Mas seus amigos e as pessoas mais próximas de Kukoo sabia que Talpade jamais a tocara. Não que ela pretendesse recusar, Kukoo sabia muito bem até onde deveria provocar um homem, e acima de tudo era prática. Mas Talpade não queria agarrá-la, apertá-la e dormir com ela, contentava-se em sentar sempre na mesma mesa, à esquerda da pista de danças, e olhar para ela. No piso prateado da pista de danças ela realmente chamava a atenção, girando vaporosa nos lótus de seu ghagra, a cintura se mexendo como um fio de água corrente. Sob os refletores favoráveis, pretos e vermelhos, ela era mais linda do que qualquer outra moça do bar, mais graciosa do que qualquer mulher que passasse na rua. Talpade sentava, bebia Old Monk e observava Kukoo. Dava-lhe dinheiro pouco antes de ir embora, jamais a chamava à mesa para entregá-lo, como os outros homens, nunca esperava nada além de um olhar e um sorriso ocasional. Conversava contente com os amigos que apareciam no clube, brincava com os garçons, sua concentração em Kukoo não era exclusiva nem obsessiva a ponto de assustar, embora fosse óbvio que ele só se importava com ela.

Seu melhor amigo, David, ficou completamente bêbado certa noite. Agarrou a mão de Talpade e disse: "Filho-da-mãe, ponha a mão no meio das pernas dela. Aí saberá o que ela é".

Talpade disse: "Sei que ela não é mulher".

"E então?"

"Gosto de olhar para ela."

"Diga-me o motivo."

"Eu me sinto bem."

E não dizia mais nada. David censurou Talpade por se expor ao ridículo público, por gastar dinheiro à toa, por não receber nada em troca, por pura estupidez. Talpade sorria e voltava a observar Kukoo.

Dois meses depois, Kukoo procurou David. Disse a ele que Talpade chorava quando a observava. Fazia isso havia três noites, passava horas a olhá-la, como de costume, e depois, no final, chorava sem emitir som algum nem dar a impressão de que era infeliz. "Agora ele ficou louco de vez", Kukoo disse. Ela queria que o amigo tirasse Talpade de perto dela. Ele a deprimia com seus olhos imensos e úmidos, e ofendia os outros fregueses, pois iam lá em busca de diversão, não tristeza.

David perguntou com delicadeza, dessa vez. "Por quê?" E Talpade disse: "Ela me faz lembrar da infância".

Eles o tiraram do bar, levaram para casa e o puseram para dormir. A família chamou médicos e o fizeram repousar, conforme as indicações. Mantinham vigilância estrita sobre Talpade. Ele voltou a trabalhar duas semanas depois, numa segunda-feira, e naquela mesma noite foi ao Golden Palace, onde Kukoo dançava. Então, quando começou o tamasha costumeiro, ela mandou que os seguranças o expulsassem, seguiu-os até a rua e gritou para Talpade: "Não ande mais atrás de mim". Antes sentira medo dele, mas agora não conseguia se conter. "Idiota, fazendo drama à toa. Não quero mais ver a sua cara por aqui."

Talpade a obedeceu. Nunca mais tentou vê-la. Passou a cuidar de sua própria vida, mas era um sujeito letárgico, que perdera a energia e a força tremendas. Morreu quatro meses depois, pacificamente, enquanto dormia.

Sartaj suspirou. Final da história. Como outros casos policiais contados por Katekar, aquele terminava abruptamente, permanecendo enigmático, sem conter moral ou propósito. Sartaj o escutara antes, de outras pessoas, e acreditava que fosse verdadeiro nos detalhes. Sem dúvida sofrera alterações e mudanças no processo de relato e repetição.

"São eles", Sartaj disse. Três figuras lançavam sombras na calçada, descendo a rua, muito distantes para permitir identificação, mas Sartaj viu que eram homens, e que eram assassinos. Sentia isso nas narinas, nos dentes. Forçou o recuo da parte superior do corpo, que se levantara na expectativa, para continuar fingindo que dormia. E esperou.

"Qual o nome deles?", Sartaj sussurrou.

"Bazil Chaudhary, Faraj Ali e Reyaz Bhai."

Ao longe ouviram o ronco agudo de um Fiat que virou a esquina, a luz do poste emitia um leve zumbido eletrônico e dos trilhos vinha um retinir metálico, que rompiam o silêncio da cidade. Os três homens passaram pela posição de Kamble, depois pela janela acesa. Katekar exalou. Os três pararam, deram meia-volta e retornaram. Um ergueu a mão e tocou a campainha do segundo andar. "Vamos", Sartaj chamou. Katekar saiu de baixo do carrinho e seguiu pela direita. Sartaj foi pela esquerda.

"Polícia", Sartaj gritou. "Mãos para cima. Não se mexam." O pessoal de Kamble se aproximava, informou a visão periférica de Sartaj, pela esquerda. Os três apradhis pararam, emaranhados como se estivessem num desenho animado, imóveis. De repente, correram para a esquerda e para a direita. Um deles seguiu rua acima, Sartaj o perdeu de vista. Concentrava-se no sujeito do meio, que correra para a frente, depois para trás. Olhava para um lado e para outro, em sua mão brilhava uma lâmina. "Solte, maderchod, solte isso. Levante as mãos ou arrebento sua cabeça." Ruído metálico na calçada, mãos para cima, e Sartaj arriscou uma espiada à direita. Katekar apontava para uma brecha entre os barracos, uma fenda que levava à cerca.

"Saia, bhenchod", Katekar disse. "Jogue isso fora."

Uma lâmina quadrada refletiu a luz. Um cutelo, Sartaj pensou. Os cretinos ainda estão com os cutelos. Ainda sentia o coração bater depressa por conta da vitória quando uma figura escura explodiu da fenda e colidiu com Katekar. Sartaj ouviu um sibilar, Katekar caiu sentado e o apradhi saiu correndo. Sartaj recuou dois passos, firmou a mão, fixou a vista no metal polido da mira, atrás e na frente, e a figura rápida reluzente do apradhi levou dois, três, quatro tiros. O apradhi caiu no chão. O brilho dos olhos de Sartaj sumiu. E Katekar continuava sentado.

Sartaj sentou a seu lado. Um líquido escuro pingava do pescoço de Katekar em gotas regulares.

"Artéria", Kamble disse, acima da cabeça de Sartaj.

"Gypsy", Sartaj gritou. "Vão buscar o Gypsy." Ele enfiou a mão no bolso, pegou o lenço e o levou ao pescoço de Katekar. O sangue desceu suave pelos dedos de Sartaj, escorrendo até o punho.

"Aqui", Katekar disse, calmo. "Aqui."

Os três carregaram Katekar até o carro. Sartaj tentava acomodar as pernas, Kamble sussurrava algo em seu ouvido, tão perto que Sartaj sentiu seus lábios na barba. "Os três apradhis morreram no encontro, certo?"

Sartaj ouviu os sons baixos no meio do rugir de seu pânico. Ele balançou a cabeça, deu a volta no carro e sentou no banco.

Kamble bateu a porta do motorista. A luz de cima iluminou seu rosto, formando triângulos em preto e ouro. "Os três", disse. "Todos os três morreram."

Não havia tempo para conversas. Logo estavam acompanhando a cerca desfocada, Sartaj tentava segurar Katekar e manter a mão no ferimento. Então Sartaj captou o sentido do que Kamble dissera. O jipe virou à esquerda e ele ouviu os tiros, pequenos estalos numa série rápida.

No Jivnani Nursing Home, às duas e quarenta e seis da manhã, Ganpatrao Popat Katekar foi declarado morto ao dar entrada na emergência.

* * *

Sartaj se sentia velho. Na papelada ficara sabendo, voltara a lembrar, que Katekar era cinco anos mais velho do que ele. Mas sempre pensara em Katekar como alguém jovem, mais jovem. Katekar tinha uma queixa para cada hora do dia, entoava antigas canções maratas, conhecia fatos científicos obscuros, contava histórias intermináveis sobre as vidas curtas dos homens ousados. Sentia um prazer visceral em devorar os vícios empedernidos da cidade, seus escândalos picantes, suas quedas amargas, suas injustiças ferozes, fazia da carne podre reluzente sua refeição. Agora Sartaj precisava escrever num campo do formulário: "Causa da morte". Desenhou as letras com cuidado, convencido talvez de que boa caligrafia em formulário departamental era uma forma de respeito pelo falecido. Escreveu com capricho, lentamente, até chegar ao ponto final, depois suas mãos começaram a tremer. A vibração começava no cotovelo, uma dor que saía dos ossos para chegar direto às palmas. Sartaj escondeu as mãos debaixo da mesa, sobre as coxas, esperando o tremor passar. Cerrou o punho e o soltou. O tremor passou, mas logo voltou. Sartaj olhou em torno. Dois policiais estavam sentados do lado de fora, podia ver seus sapatos. O inspetor de plantão, Apte, ocupava o escritório da esquerda, do outro lado do corredor. Deixara Sartaj sozinho por uma questão de respeito, solidariedade, ele precisava de um pouco de privacidade. Sartaj respirou fundo, empurrou a cadeira para trás. O tremor das mãos sobre o algodão branco encardido. Era a palavra exata: tremor. Não era um espasmo ou tiritar, mas um pequeno tremor que vinha das profundezas do corpo. Muito melodramático, Sartaj pensou. A palavra veio em inglês. *Melodramatic*. Ele a lembrava. Com esforço, conseguiu parar de tremer. Num gesto delicado mas firme, virou a folha do formulário. Ergueu a caneta e posicionou a pena, mas teve de baixá-la. As mãos são muito estranhas. Um membro protegido por almofadas de carne bulbosa, fina penugem no dorso. Sartaj dobrou um dedo contra o tampo de madeira da escrivaninha. Se apoiasse o peso do ombro, sabia que o dedo seria fraturado. A dor se ergueu aguda até o torpor da confusão mental de Sartaj, como um facho azulado na neblina. Sartaj conhecia o som produzido por um dedo quebrado. Ele ordenara a Katekar que fizesse isso uma vez, quebrasse o dedo de um apradhi, um seqüestrador, o sujeito que fora recolher o dinheiro exigido para soltar uma criança, a filha de um empresário, seqüestrada na creche. O dedo mínimo do seqüestrador, da mão direita. Encontraram a menina num hotel em Bhandup. O som de um dedo fraturado não é muito alto, mas é seco, um estalo inesperado. Um som súbito, amadeirado, crepitante. Katekar o quebrara. Sartaj ordenara que o fizesse, para salvar a menina. Katekar tinha mão pesada. Sartaj se lembrou dela, tirou a pressão do dedo e se levantou. Aquilo era auto-indulgência, tudo aquilo, as mãos, as lembranças, o formulário. Evitava seu dever, o que precisava fazer em seguida, o que postergara durante toda a manhã: a visita à família de Katekar. Ele dissera a Apte, vamos deixá-los dormir. Por que acordar a família agora, no meio da noite?

Mas a luz era inevitável. Hora de vestir novamente a farda.

A esposa de Katekar soube assim que abriu a porta. Sartaj viu isso em seu rosto. Ele batera suavemente na trava do alto, ela abrira a porta com olhos grudentos, tropeçando, e a frase que Sartaj preparara — "Bhabhi, por favor, me perdoe" — se perdeu na noção insuportável de sua própria responsabilidade. Ela fechou a porta depois que ele entrou, cruzou os braços por cima da camisola de renda branca folgada que usava. Exibia motivos florais, rosas com espinhos em hastes verdes. Sartaj a vira apenas em sáris discretamente coloridos, em ocasiões muito formais. Talvez três ou quatro vezes em muitos anos. Ela fechou os olhos por um bom tempo, depois os abriu. De repente, havia mudado. Seu rosto pétreo se projetou como uma proa, estendeu a mão e tocou o braço dele. Sartaj se deu conta de que voltara a tremer.

"O que aconteceu?", ela perguntou.

O corpo chegou a casa no dia seguinte, às duas. Deitaram Katekar em sua cama, removendo o lençol com que o cobriram após a autópsia. Em seguida o sentaram e lavaram. O ferimento, na base do pescoço, à esquerda, fora costurado. Parecia pequeno demais para causar a morte de um homem de ombros largos e barriga respeitável. O corte comprido da autópsia fora fechado com linha preta grossa. A pele de Katekar exibia cor e textura de papelão que secara depressa depois de ficar exposto à chuva das monções, e Sartaj tentava não olhar para ele. Sartaj encolheu-se num canto e evitou os olhares dos homens e mulheres que entravam, tentava ler os títulos dos cassetes empilhados ao lado do equipamento de som, do outro lado do quarto. Ouviu a mulher de Katekar falar a um parente quantas garrafas de querosene seriam necessárias, quantas peças de esterco de vaca, quanta lenha. Agora vestiam roupas novas em Katekar e punham o relógio de pulso pesado no lugar. A esposa se ajoelhou e calçou as sandálias em seus pés. Precisou se esforçar para calçá-las, segurando o calcanhar de Katekar para empurrá-las, para depois afastar os dedos, de modo que um deles se encaixasse na tira de couro. Passou gulal em sua testa, pondo depois uma tika vermelha. Virou a cabeça para trás, estava concentrada, séria. Outra mulher lhe trouxe um thali de aço, um fósforo foi aceso e desenhou um arco luminoso no ar, Sartaj sentiu aroma de incenso e óleo. Ela moveu o thali em círculos lentos, em volta dos ombros de Katekar e de sua cabeça. Chorava.

Caminharam até o shamshan ghat. Um homem, outro policial, carregava uma matka cheia de água. Sartaj ouvia o ruído ritmado da água conforme ele caminhava. A thali cheia de flores e o gulal eram levados por um policial, logo atrás. Do thali o policial tirava e atirava punhados de grãos e gulal enquanto andavam. Entraram no shamshan por um portão de ferro alto e preto. Sob o teto de zinco do abrigo alto aberto na lateral, Sartaj ouvia o ruído do trânsito, do outro lado da parede. Distinguia vozes, crianças brincando, gritos altos de um ambulante que vendia verduras. No alto da parede, através dos galhos pendentes, ele via as placas do outro lado da rua, num edifício comercial alto. Katekar foi colocado sobre a pilha de lenha. Um homem deu um passo à frente, aquele Sartaj reconheceu, Potdukhe, um policial mais velho que se aposentara no ano anterior. Potdukhe tinha uma lâmina na mão, uma lâmina de barbear. Segurou a manga branca de Katekar com uma das mãos, e com um golpe rápido cortou o pano do ombro até o pulso. Sartaj curvou os ombros: a passagem sibilante da lâmina superou todos os sons da rua. Engoliu em seco e permaneceu imóvel. Potdukhe cortou a outra manga, depois abriu os botões da calça de Katekar: não poderia haver restrições à alma.

Ao longe ouvia-se o ronco mecânico dos veículos que estacionavam, pouco depois Parulkar entrou no shamshan ghat. Seguiu direto até Katekar, parou por um momento ao lado do corpo e recuou um passo. Parou junto a Sartaj, segurou seu pulso com a mão e o apertou. E eles esperaram.

As mulheres mantinham certa distância, do outro lado do pátio, perto da parede. Um destacamento de policiais fardados entrou, marchando, ergueu os fuzis até a altura do ombro e disparou contra algo lá no alto. Muito longe. Os filhos de Katekar, ainda ao lado das mulheres, se encolheram com o ruído dos disparos. Depois foram trazidos para a frente, pelo meio dos homens amontoados em volta do corpo. Potdukhe levou a mão ao ombro do mais velho, e com ele descreveu um círculo em torno do pai. O filho — Como ele se chamava? Qual era seu nome? — portava a matka cheia de água, e a água saía por um furo, batia no chão e saltitava em gotas grandes, rápidas. Um sacerdote de dhoti exibia na mão um fragmento de madeira, que brilhava com a chama. Sartaj sentiu um desejo repentino de ver o rosto de Katekar. Deu um passo à esquerda, mas a pilha de lenha era alta, só conseguia distinguir um monte de pano branco, um queixo, a ponta do nariz. Daquele ângulo, perto do alto da cabeça de Katekar, não havia Katekar, apenas alguns fragmentos. Sartaj moveu os pés para o lado, achava importante ver Katekar inteiro, mas era tarde demais, o sacerdote segurava a mão do filho, mostrando a ele como tocar a cabeça do pai com uma vara. Foi um golpe suave, simbólico, mas logo o golpe real, do sacerdote, quebraria o crânio. Sartaj engoliu em seco. Sempre sentia náuseas naquele momento, nos funerais. Era necessário, disse para si, pois o crânio explodiria no fogo. Mas ele percebia que o estômago revirava. Alguém, Parulkar, segurou o braço de Sartaj, e com o outro homem ele recuou dois passos, três, quatro. Mesmo assim Sartaj escutou o barulho do crânio quando quebrou, abrindo-se, e agora Katekar estava aberto para o céu, total e completamente aberto. Seu filho debruçou-se, empunhando a acha incandescente. Houve um movimento pequeno dentro da pira, uma série de convulsões rápidas, curtas, velozes. Havia esse movimento e o odor suave de ghee, aquele aroma da infância, dos casamentos e festivais. Depois, com uma avidez urgente, o fogo tomou conta da madeira, do corpo, de Katekar. Agora tudo se mexia, o fogo subia, o calor atingiu o rosto de Sartaj. Ele observou a fogueira, sem desviar os olhos.

Após a partida dos amigos e parentes, depois que as cinzas esfriaram, depois que as cinzas foram recolhidas e levadas para casa, para permanecer numa matka perto da porta, depois de tudo terminado, Sartaj voltou para casa. Havia uísque, quase uma garrafa inteira, Sartaj a buscou e depositou em cima da mesa de centro, com uma garrafa d'água, mas assim que serviu a bebida o cheiro lhe provocou náuseas. Fechou os olhos e reclinou-se no sofá. Katekar estava morto, seu assassino também morrera, os amigos do assassino também, tudo acabado. Nada a fazer, ninguém a perseguir. A morte de Katekar fora um homicídio, um acidente, um ato do destino. Uma história simples, do modo como Kamble e os outros a contariam: três apradhis encurralados, deveríamos ter atirado logo, encontrado os desgraçados, mas era uma operação de Singh, Katekar chegou perto demais e não atirou, por isso morreu. Caso encerrado. Essas coisas acontecem. Faz parte do trabalho. Mas, afinal de contas, depois de tudo, Sartaj não conseguia aceitar a história, achar consolo em sua simplicidade, em sua velocidade, despojamento e resultado final. Perguntas o atormentavam: onde era Bangladesh, o que era? Onde era Bihar? Como três homens viajavam milhares de quilômetros, até uma determinada cidade, até uma certa rua, até um policial escondido debaixo de uma thela? Somos lixo, Sartaj pensou, atirados em qualquer canto, tropeçando uns nos outros, desfazendo vidas alheias. Sartaj abriu os olhos e o quarto ainda era o mesmo, as sombras lá fora, suas conhecidas, conhecidas de mil noites solitárias. Era seu cantinho do mundo, seguro e familiar. Contudo, restava aquela pergunta, como um peso em seu peito: por que Katekar morrera? Como isso pôde acontecer?

Inserção: O grande jogo

"O propósito, o sentido, o intento e a metodologia do serviço secreto é o discernimento de padrões." Os alunos esperam, ávidos pela revelação que lhes trará conhecimento, aguçando-lhes a compreensão para que, preparados, sobrevivam e triunfem. "A capacidade de identificar um método, ordem, projeto é o maior talento que um agente secreto pode possuir", declara K.D. Yadav, alcançando o fundo da sala. "O velho ditado se aplica: uma vez é acaso, duas é coincidência, três é ação inimiga. Lembrem-se disso. Se conseguirem perceber a relação entre informações desvinculadas, entender a forma que assumem, ler a história contada pelos dados, então vocês vencerão. Uma patrulha nota pegadas de bota num pico no Karakoram, um agente de campo que atua em Bruxelas redige um relatório no qual menciona a venda de quilômetros de cabos de comunicação reforçados. Quem vir um significado nisso, é o vencedor." K.D. diz "vencedor", mas há uma mulher na primeira fila, uma moça. Ele a conhece há muitos anos, a viu transformar-se de criança em jovem de fisionomia compenetrada, e um dos maiores prazeres de sua vida tem sido observar a personalidade original que o encarava do carrinho crescer para se tornar a mulher segura e independente sentada à sua frente naquele momento. Sente prazer em pensar que teve algo a ver com aquele crescimento, com o incentivo àquela coragem. Mas qual é seu nome? Como ele pode não saber seu nome? Como pode ter esquecido, depois de pronunciar o nome por anos, décadas?

Ele lembra. Compreende como esqueceu. Ele não esqueceu seu nome naquela sala da casa de Safdarjung, na sala de aula oculta num chalé discreto. Estou aqui, sou Karpuri Dwarkanath Yadav, conhecido sempre como "K.D." Estou num quarto branco minúsculo, de cortinas fechadas. Deitado numa cama de metal branca. Não estou lecionando, nem palestrando. Estou doente, por isso esqueci seu nome. Na classe real, anos atrás, eu sabia seu nome. Agora não sei mais.

Ela está sentada na frente dele agora, no quarto do hospital. Lê um livro. Ele se lembra dela na infância, sempre lendo. Ela levava o livro de um cômodo a outro, sentava-se à mesa com um livro na mão, recebendo sempre da mãe a ordem de deixá-lo de lado. K.D. lhe dava livros, via nela sua própria infância afoita por leituras, e sentia atração por sua precocidade. Deu-lhe livros clássicos ilustrados, Enid Blyton e depois P.G. Wodehouse. Ela ainda lê com a mesma concentração total, recurvada sobre o livro que segura com as duas mãos. Ele se lembra daquele arco tenso, daquela avidez, como se ela quisesse devorar as palavras. "O que anda lendo?", ele pergunta.

Ela ergue os olhos, contente com a pergunta, contente por ele falar. "Chama-se *A search in secret India*."

"Paul Brunton."

"Existe algo que você não tenha lido?"

"Este eu li há muitos anos." Ele se lembra exatamente de quando o leu, em junho de 1970, durante um exercício militar em Siliguri. O livro era um exemplar antigo encadernado em couro, com letras douradas desbotadas e três nervos na lombada. Ele o sentia nas mãos, agora. Ele o encontrou numa estante envidraçada, acima de vasos Ming, de uma antiga expedição punitiva a Pequim. Do lado de fora do refeitório do quartel há uma varanda sendo varrida por um lance-naik. Uma cerca de arame farpado. Uma estrada asfaltada e campos. Mesmo assim ele não se lembra do nome da mulher, naquele quarto de hospital amarelo. "Deve ter sido reeditado. O que está achando?"

"Baboseira orientalista. Homem branco em busca de sadhus e iluminação numa terra misteriosa e sombria. As velhas fantasias de sempre."

K.D. ri. "Só por ser a fantasia alheia, não quer dizer que não seja verdade." Trata-se de uma antiga discussão dos dois. Ele sempre lhe diz que ela precisa ser curada das fantasias da JNU, de ser cidadã do mundo, antiimperialista e conquistar a paz eterna. Ela sempre retruca que seu realismo não passa de fantasia, também. Mas a argumentação se tornou, com o passar dos anos, apenas um exercício formal, um ritual que parece discussão, mas oculta uma demonstração de afeto. E ele sabe que conta com uma vantagem. Afinal de contas, recrutou-a para a organização. Ela agora é uma de nós, um dos soldados das trevas. Não lhe resta alternativa a não ser o realismo. Eu a treinei, ensinei a base da profissão, análise, reconhecimento, ação. Introduzi-a no mundo secreto, em nossos problemas, na teia das causas secretas. Ele sorri. "Está querendo dizer que sadhus não existem? Nem a iluminação?"

Ela deixa o livro de lado, aproxima a cadeira da cama. "Estou certa de que os sadhus existem."

"Existem mesmo. Reais e falsos. Ambos são úteis." Ela concorda com a cabeça, ele sabe que ela o entende, que não esqueceu as lições. Ele insistiu no aprendizado da história da organização, de seus antecedentes, por isso falou a respeito dos Pandits, Nain e Mani Singh Rawat, e de Sarat Chandra Das, e de outros, homens triviais ignorados que há um século mergulharam nas terras proibidas do norte disfarçados de peregrinos, que caminharam ao norte e oeste do Himalaia, que mediram rotas de mil quilômetros contando seus passos. Rodas de oração escondiam bússolas, termômetros eram introduzidos em cajados, e as distâncias medidas pelos caminhantes resultaram no primeiro mapeamento daqueles territórios inóspitos. E um mapa é uma espécie de conquista, o precursor de todas as outras conquistas. K.D. contara a seus alunos: lembrem-se daquelas rodas de oração, um tipo de conhecimento pode ocultar outro. A informação se abriga na informação. Observem tudo, ouçam tudo. O útil se oculta no inútil, a verdade, na mentira. E assim aquela moça, sua aluna, está lendo agora a jornada de um inglês em busca da paz, que considera insensata. Bom. Ela é uma ótima estudante. Ótima leitora. Está segurando sua mão, agora. K.D. diz: "Por que está lendo Brunton?"

"Tio", diz ela, em voz baixa, "preciso de ajuda. Preciso saber mais sobre Gaitonde. Muito mais. Preciso saber por que ele se interessa por sadhus."

Ganesh Gaitonde era um homem mau, mas fora um dia aliado dos bons. K.D. o recrutara também. A organização precisava de homens maus às vezes, para determinadas tarefas, para missões específicas. Só homens maus tinham acesso a informações confiáveis, em certas áreas. Por isso K.D. selecionou Gaitonde na cadeia e o recrutou. E Gaitonde foi uma boa fonte, seus dados se mostraram sólidos e úteis, após checagem, verificação e corroboração. Ele realizara serviços também, executara ações com eficiência e discrição. No final tornara-se um renegado, traíra o serviço, fabricara dados e usara recursos para expandir seu império, mas no início Ganesh Gaitonde fora um homem mau do lado bom, e K.D. seu treinador. Para jogar esse jogo direito, é preciso controlar homens maus, levá-los a fazer coisas ruins que acabariam se tornando coisas boas. Era necessário. Só quem nunca esteve num campo de batalha exige virtude impoluta e feitos impecáveis. No campo, todas as ações eram apenas provisoriamente morais, e o jogo era eterno. Portanto, Ganesh Gaitonde era um homem mau? Nehru era um homem mau?

Cuidado, agarre-se à lucidez com firmeza. Não pense em Nehru, ele é uma distração. Sua mente devaneia, escapa. Você está doente. K.D. cerra o punho, ergue a cabeça. A moça presta atenção, franze um pouco a testa. Igual ao pai. Seu pai se chamava Jagdeep Mathur, eles se conheceram num dia de inverno, num salão de conferências em Lucknow, no campus da universidade de Lucknow. A mesa de conferências tem superfície de feltro verde, sendo vigiada por retratos de europeus ilustres de becas acadêmicas nos quatro cantos. Há dezessete homens sentados em volta da mesa, todos de vinte e poucos anos, todos de olhar arguto, inteligentes, instruídos. K.D. nunca vira nenhum deles, cada um recebera ordens de comparecer àquela sala às nove horas da manhã em ponto. Eles não conversavam, apenas esperavam, treinavam discrição pois todos sabiam que estavam sendo recrutados para o serviço secreto numa agência cujo nome desconheciam até o momento, e de que a maioria nunca ouvira falar. K.D. fora entrevistado duas vezes, após uma abordagem discreta feita pelo vice-reitor de sua universidade, em Patna. Ele desconfia do motivo: possui BA Honours em História e LLB, além de um certificado tipo C do National Cadet Corps, além de fama nacional como atleta. Ele é forte, rijo e recebeu formação de primeira. Pensava seguir carreira em direito, mas agora estava profundamente interessado naquele mundo distinto, nas entrevistas secretas e promessas de tarefas urgentes e importantes. Por isso esperava à mesa, com outros homens nos quais reconhecia reflexos seus, como num espelho, nos braços musculosos e olhares alertas típicos de esportistas intelectuais. As portas duplas ao final do corredor se abriram para a entrada de dois homens de cabelo escovinha. Logo atrás vem um sujeito mais velho de paletó cinzento, talvez um professor, a julgar pelos óculos de lentes grossas e aro metálico. O professor caminha até a mesa, depois se vira na direção da porta e seu pescoço se estica para a frente, ansioso. Nehru entra. K.D. percebe seu rubor. Inacreditável, mas é realmente Jawaharlal Nehru. "Senhores", Nehru diz, e sua voz é rouca, quase a falhar. Os jovens se levantam num ruidoso arrastar de cadeiras e solas de sapato, mas ele ordena que sentem com um gesto impaciente. Senta-se sem cerimônia, debruça-se e apóia os cotovelos na mesa. As mãos são brancas, e K.D. vê que as unhas estão muito limpas. Parece cansado, mas é Nehru. Seus olhos amarelaram, o rosto está flácido. É o dia 18 de fevereiro de 1963. "Senhores, todos vivenciaram a crise que a Índia enfrentou recentemente. Vivemos em uma época perigosa, tentando superar um momento crítico. Nossas fronteiras foram invadidas, nossa confiança, abalada. E pelos chineses, a quem considerávamos amigos. Precisamos garantir que isso nunca mais se repita. Por isso a nação convoca seus melhores jovens, os mais capacitados e brilhantes. Ao observá-los vejo em seus rostos a luz de um passado glorioso e ancestral, isso renova minha confiança. Pedirei muito a vocês. Em seu trabalho, o país lhes pedirá o impossível. E vocês precisam suportar tudo. O futuro repousa sobre seus ombros. Confio em sua força e na dedicação inabalável a seu dever. Jai Hind." Ele se levanta abruptamente, aperta a mão do sujeito à sua esquerda. Depois do seguinte. K.D. tem tempo de observar Nehru enquanto aguarda a vez de apertar sua mão. Percebe que respira com força, como se tivesse acabado de correr um quilômetro. Quando chega sua vez, Nehru estende a mão e diz alguma coisa. K.D. se assusta. "Senhor?" Nehru já está estendendo a mão ao seguinte, mas diz — sem olhar para K.D. — "faça o melhor possível, meu filho". Há um traço de impaciência na voz, por ser forçado a repetir a frase, mas K.D. valoriza as palavras e segue observando, mas Nehru não diz mais nada a ninguém, nem ao professor. Nehru vai embora, a porta se fecha atrás dele. Nehru falou somente com K.D., só com ele.

O professor ordena que sentem com um gesto. "Como o primeiro-ministro disse, vocês foram escolhidos por serem os melhores. Sejam bem-vindos a nossa organização." No final das contas o tal professor não era professor nenhum, e sim comissário do alto escalão do Intelligence Bureau, que — informa a eles — vem a ser o serviço secreto mais antigo do mundo. E eles, se optarem por assinar os papéis de recrutamento, serão membros, trabalhadores, soldados daquela venerável organização. Todos assinam avidamente, impressionados com Nehru.

Depois, naquela mesma manhã, cinco dos recrutas comemoram no Yusuf, no Chowk Bazaar, para onde foram levados por Jagdeep Mathur, seu colega criado em Lucknow. Pedem o que ele declara ser o melhor Kakori kabab de

Lucknow, enquanto debatem a mágica aparição de Nehru no meio deles. Mathur acusa Nehru pelo recente desastre no Himalaia, pelas derrotas e mortes. K.D. não pode deixar de concordar, mas defende o idealismo do velho líder, sua crença num futuro de paz e racionalidade. "K.D. yaar", Mathur diz, "você é como minha mãe, sempre lembrando que Pandit-ji é um sujeito de boa aparência, de boa vontade, que Gandhi-ji o amava como se fosse um filho, pois Nehru-ji é um bom sujeito. Eu acho que um bom sujeito não deveria ser nosso primeiro-ministro. Bons sujeitos em geral são idiotas. Por causa de bons sujeitos, muita gente morre. Vivemos num mundo cheio de chineses malditos, americanos malditos e paquistaneses malditos, não precisamos de homens bons, precisamos de homens que comem kakori kababs e usam cassetete." K.D. balança a cabeça e diz: "Lathis, de preferência". Mathur ri, seu rosto é um cubo perfeito, com queixo grande quadrado, mas sua pele clara chama a atenção, bem como os olhos claros, quase amarelos. K.D. acha que ele parece um Lucknow Kayastha, e sabe que Mathur notou seu sobrenome no momento em que foi pronunciado, talvez o tenha registrado na pasta reservada aos Yadavs e outras castas subalternas, como sem dúvida outros entre os novos colegas já haviam feito. K.D. percebeu que a organização era antiga, e como outras organizações antigas, era indiscutivelmente brâmane, com um leve toque de Kayasthas e Rajputs. Contudo, o sorriso de Mathur não era falso, e sem um instante de hesitação ele estende a mão por cima da mesa e soca de leve o ombro de K.D., rindo. "Bloody lathis enormes", ele diz. "Isso mesmo. Bloody lathis deste tamanho. Você é um lathait, K.D.?" "Sou", K.D. responde "Passei muitos anos em shakhas." Era verdade, ele passara muitas noites num ringue de areia mal iluminado, girando o lathi por cima do ombro, treinando ataque e defesa com os instrutores de cáqui. Mathur aprova isso, K.D. percebe. Ele passou numa espécie de teste. Mathur gosta dele.

Depois daquela manhã, Mathur passa a ser conhecido como Bloody Mathur, até seu desaparecimento, duas décadas depois. Ele deixa para trás, numa estrada a cem quilômetros ao norte de Amritsar, um Ambassador branco com dois pneus estourados, um motorista, um guarda-costas e um informante mortos, este último chamado Harbhajan Singh, todos assassinados à queima-roupa pelos disparos de pelo menos três diferentes AK-47. Naquele dia, naquele ano, K.D. está muito longe, do outro lado do mundo agitado, em Londres. Ele fica sabendo do desaparecimento de Mathur, o pessoal das operações européias de Delhi o informa, ele desliga o telefone e olha pela janela, para o ritmo ordenado das escadas da praça inglesa, para as fachadas brancas e cinzentas das casas sob o céu nublado do outono. Há um hospital de seiscentos anos numa das pontas da praça quadrada e um museu na outra. K.D. tem uma reunião em quinze minutos, num pub a três quadras dali, com um militante sikh que ele cultiva há seis meses. Precisa estar alerta e tomar cuidado, pois ele sabe que o militante também mantém contato com um agente paquistanês, um sujeito ISI chamado Shahid Khan, mas só consegue pensar em Anjali, na pequena Anjali.

Anjali. Seu nome é Anjali. Ela é filha de Bloody Mathur. Está sentada na minha frente, agora, neste hospital, que fica no Sector V de Rohini, em Nova Delhi. Não estou em Lucknow, não estou em Londres. Estou aqui, Anjali. Atenha-se a isso. Não confunda lugares e datas. Atenha-se à seqüência. Em Lucknow, no passado, você conheceu Mathur, depois ele desapareceu no Punjab, mas entre uma coisa e outra se passaram décadas. Houve NEFA, Naxalbari, Kerala, Bangladesh, Londres, Delhi, Bombaim. Lembre-se da ordem, das distâncias, a ligação entre os pontos cria uma forma. A forma é o significado. Na forma de minha vida deve haver um significado. Qual é a forma? Aplique a análise aos eventos, busque proximidade, conjunção, repetição, similaridade, localize o impulso por trás do movimento, a intenção atrás da ação. Isso é o serviço de informações. K.D. Yadav lembra-se de ter ensinado isso, numa sala de uma casa em Safdarjung. Com aquela menina na primeira fila. Anjali.

"Anjali", K.D. diz. "Anjali." Sua voz sai sem ferrugem, com uma intensidade dolorosa, e ele se pergunta quanto tempo faz desde que falou pela última vez. "Onde você esteve?", pergunta ele.

"Tio, preciso de sua ajuda com Gaitonde."

"Gaitonde está morto." Gaitonde está morto. K.D. sabe disso, mas não sabe como soube. Minha cabeça não está boa, pensa. Seu maior e mais secreto orgulho duradouro sempre foi sua memória, o olho clínico para o detalhe, a lógica afiada feito navalha, a capacidade de análise, a imensa teia de seu brilhante intelecto. Nos corredores dos brâmanes, nos jardins reais de Nehru, ele caminhava de cabeça erguida por causa de sua famosa mente. Mas o que era minha cabeça boa? Estaria NEFA com a razão, ou Londres? Na ruína de suas faculdades, na seqüência difusa e confusa de seu colapso, jaz um imenso vazio. Um vácuo absoluto, uma profunda ausência, e K.D. a teme. Mas lá estava ela, aquela perda, a suspeita de que sua vida inteira não significava nada. Ele diz isso à menininha, a Anjali, ele diz: "A aranha tece as cortinas no palácio dos Césares. A coruja chama os vigias nas torres de Afrasiab".

Ela franze a testa. "O que o sultão Mehmet tem a ver com Gaitonde?"

Ele se diverte, não consegue conter o riso. Que mente ela possui! Tem doutorado em história. Compreende as alusões mais obscuras, leu os textos mais esotéricos e inúteis, precisa deles tanto quanto ele, ela é sua herdeira, sua filha tanto quanto de Bloody Mathur. Só ela poderia ter lembrado, sem um momento de hesitação, que depois de o sultão Mehmet liderar seus exércitos na conquista de Constantinopla, depois que ele e seus homens puseram fim a um império que durou 1123 anos e 18 dias (Saiba os detalhes! Lembre-se do específico!), depois de um dia de matança e captura, de violações e saques, depois de tudo, depois de Bizâncio, o sultão entrou no Palácio dos Imperadores, onde os reis bizantinos levavam suas vidas de luxo e intriga. Ele vencera. No momento de sua vitória — os cronistas relatam —, o sultão Mehmet olha para o céu crepuscular e diz para si: "A aranha tece a cortina no palácio dos césares; a coruja chama os vigias nas torres de Afrasiab". Mas K.D., controle-se, tenha disciplina, Anjali precisa de você. O que Gaitonde tem a ver com Mehmet? O quê, mesmo? "Lamento", K.D. diz. "Sinto muito. Gaitonde."

"Isso mesmo", ela diz. "Gaitonde."

"Qual é a pergunta?"

"A informação mais recente é que Gaitonde, antes de morrer, procurava três sadhus em Bombaim. Por quê? Por que sadhus? Qual é a conexão?"

"Gaitonde estava aprendendo ioga na cadeia quando o recrutei. Os professores eram de uma escola de ioga qualquer."

"Abhidhyana Yoga. Muito antiga, muito bem estabelecida, muito respeitável. Verificamos tudo. Pelo que sabemos, Gaitonde não manteve contato com eles depois que saiu da prisão."

Os professores de ioga usavam roupas brancas, ensinavam ioga no pátio principal da penitenciária, recitando trechos do *Mahabharata* e do *Ramayana*. A ioga deveria acalmar os criminosos, torná-los cidadãos melhores. Mas K.D. sempre se perguntava a razão que levava os professores a acreditar nisso. Por que a ioga não poderia gerar criminosos melhores, mais centrados, bandidos mais calmos e eficazes em sua atividade ilegal? O mestre dos malfeitores, Duryodhana, sem dúvida era iogue. Todos eles eram, os guerreiros do mal. Gaitonde parecia calmo, bronzeado do sol do pátio, elegante no traje prisional branco, na sala do superintendente. Era um homem mau. Seria Duryodhana um homem mau? Ele fora assassinado traiçoeiramente e ascendera ao céu dos guerreiros. Haveria um paraíso militar à espera de K.D. Yadav? Fiz o máximo que pude, Nehru-ji, Pandit-ji, senhor. Não, pense, pense. Gaitonde. Por que perseguia sadhus? Ajude Anjali, ajude-a. "Gaitonde era religioso", K.D. disse. "Fazia sempre os pujas, doava dinheiro a templos. Dava dinheiro a todos os muths, temos fotos dele com representantes dos mosteiros sagrados. Ele conhecia alguns sadhus, muitos, na verdade. O que há de especial nesses três?"

"Não sabemos. Só sabemos que há três sadhus. Eles foram tão importantes que ele abandonou seu esconderijo e voltou para a Índia. Sabia que estávamos descontentes com ele, provavelmente receava sofrer sanções caso retornasse. Temia ser morto. Mesmo assim, retornou. Por quê? Sabe de alguma coisa? Lembra-se de algo, tio?"

Sim, ele se lembrava. Ela estava procurando detalhes, tramas, um ou dois aspectos particulares que, juntos, resolvessem o quebra-cabeça, dessem sentido a Gaitonde, sua vida e sua morte. Foi isso que K.D. Yadav lhe ensinou. K.D. Yadav agora tem memória, mas não em seqüência. Tem os elementos, mas não a distância entre eles. Para ele o passado não está mais separado do presente por uma fronteira distinta e cômoda, tudo pertence ao presente, todas as coisas estão ligadas e aqui. Por quê? O que aconteceu comigo? K.D. não se lembra. Mas ele pode se lembrar. Ele estava num helicóptero, sobrevoando um vale. K.D. ri, dá uma gargalhada, não consegue evitar, nunca saiu do chão antes, e agora seguem o longo rastro prateado de um rio, descrevem curvas e dão mergulhos acima da mata fechada, as sombras na beira da montanha tudo escurecem. Vê uma luz brilhante, um dourado matinal que enche o plexiglas vibrante, e o céu ao longe exibe uma cor que K.D. nunca tinha visto, um matiz vivo e saturado que se move em seu rosto, fazendo-o sentir o azul na pele. Ele sorri, um dos pilotos vira para trás e ri para ele. São aeronautas do Exército, da base de Pasighat. O piloto aponta para baixo, para uma pequena clareira marrom próxima à margem, perto dos borrifos que K.D. identifica entre as pedras. Depois o rio sobe em espiral e eles estão no solo. O helicóptero decola assim que K.D. desembarca, some num momento, invisível, levando consigo seu ronco. Então K.D. escuta outro som, um chilrear baixo mas insistente. Não é um pássaro que já tenha ouvido, com certeza. Depois outro som, que parece de alguém sacudindo uma lata cheia de pedras. E um outro, mas K.D. não sabe se é de um pássaro, um uivo longo de final súbito, estalado. Os troncos das árvores do outro lado da clareira apresentam, nos vãos, uma luz verde azulada infinitamente profunda, um mundo inteiro enevoado do qual K.D. não sabe absolutamente nada: NEFA. Ele está sozinho na North Eastern Frontier Agency, com uma sacola militar verde a seu lado, usando camisa amarela e sapato Bata de couro barato, de andar na rua. De repente sente medo, um pavor total. Dois meses de treinamento, pensa, apenas dois meses, e não me treinaram para isso, não para a selva e o céu desconhecido lá no alto.

Um pelotão de soldados do Assam Rifle chega duas horas depois, eles explicam que foram atrasados por um deslizamento de terra na estrada, a três quilômetros dali, precisaram dar uma volta. K.D. ouve atento o híndi esquisito do subedar e pergunta: até onde vamos? O subedar sorri, mas não diz nada. Entrega um par de botas a K.D., mas elas são muito grandes. Melhor do que pequenas demais. K.D. calça as botas com três pares de meias e segue adiante. Caminha durante vinte e um dias. Na terceira manhã suas pernas sofrem tanto com as cãimbras que ele não consegue agachar para fazer suas necessidades, e ele chora, encostado numa árvore. Reconhece o carvalho, tem certeza, isso o faz sentir-se melhor. Quando soube que iria para a região daquelas montanhas, comprou um livro sobre sua flora e fauna, e o estudou nas horas de folga. Por isso identifica magnólias, álamos esparsos, uma castanheira. Eles acompanhavam firmes o curso do rio, avançando a montante por uma trilha que serpenteava pela floresta, indo e vindo, mas sempre subindo. Naqueles dias pioneiros das caminhadas, na primeira semana, eles passavam por pares e grupos de casas sobre estacas rodeadas de campos cultivados, arroz e painço ainda rodeados pelas cinzas enegrecidas da floresta incendiada. As mulheres acenam, sentadas na frente dessas casas, e os jovens soldados fazem comentários sarcásticos sobre os botoques que elas usam no nariz. Todos os homens locais usam facões retos na cinta, e o subedar informa que empregavam aqueles daos para cortar cabeças, não faz muito tempo. Os homens parecem fortes o bastante para brandir os daos e decepar membros, mas não é deles que ele sente medo, não de seus olhos estranhos, puxados, nem dos chapéus cônicos de bambu. Não, é o hálito da floresta que o aterroriza, o suspiro dos bambuzais emaranhados sob os zimbros. Há uma intumescência, um inchaço que se estende através da longa luz azul sob a cobertura da mata. A floresta fala sozinha, emite longos chamados e respostas que surpreendem K.D., que o deixam nervoso, agitado. Os soldados riem quando um grito entre os galhos do alto o fazem parar, assustado, mesmo a contragosto. "É só um macaco", diz o mais jovem, ajeitando o fuzil no ombro. Seu desprezo é perceptível, e K.D. o considera justo. Sabe que é só um macaco, todavia se encolhe debaixo dos cobertores noite após noite, cobrindo a cabeça. Acorda todas as manhãs mais cansado do que no dia anterior. Logo cedo as montanhas se elevam ao longe, negras, envoltas numa névoa densa, ombreadas no céu rosado.

Atravessam uma serra e descem, chegando a outro rio coleante que engorda até se transformar numa torrente poderosa. Eles o vadeiam com dificuldade, almoçam na outra margem, o quarto do cervo que o subedar abateu com um tiro, dias antes. As montanhas dos dois lados são íngremes como muralhas, o céu, um reflexo distante nas águas do rio, uma fita lá no alto, estreita, trêmula. Eles retomam a caminhada. Sobem, K.D. sabe que dessa vez irão subir até muito mais alto. Cruzam uma floresta de pinheiros azulados, cabeças baixas pelo peso das mochilas, K.D. está cansado demais para se encantar com as orquídeas sobrenaturais que reluzem brancas na relva, o suor escorre em seus olhos. Num longo bambuzal sibilante os pássaros revoam sobre suas cabeças. Depois contornam uma série de choupos e um prado se abre à frente, em forma de meia-lua estreita. Eles o atravessam, continuam subindo, ao olhar para trás K.D. avista a serra que já atravessaram, e atrás dela dúzias de outras, sob o imenso céu vermelho. Acampam no prado naquela noite, K.D. dorme num declive, pega no sono assim que a manta cobre sua cabeça. Na manhã seguinte eles tomam um café-da-manhã frio e prosseguem, chegando a uma depressão alongada que parece um enorme V cortado na cordilheira. Precisaram de mais dois dias para atravessar aquela encosta derradeira. Cruzaram o desfiladeiro em fila única, K.D. seguia exatamente no meio. Contorna uma rocha imensa como uma fortaleza, tomando cuidado para não torcer o tornozelo nas fendas da pedra, e ao olhar para cima fica boquiaberto. Não há outros prados naquele vale, mas acima das encostas, adiante deles, os picos brancos serrilhados alcançam o céu, encimados por nuvens brancas. Os grandes picos prateados estão muito distantes, mesmo assim K.D. sente sua impressionante desumanidade, sua indiferença. Tenta regularizar a respiração, sente as emanações gélidas dos montes brancos como uma garra em sua garganta. O sujeito seguinte da fila o empurra, sem muita consideração. "O que está olhando, Raja Saab? Aquilo lá é o Tibete."

"A China", o subedar anuncia, sem se virar. "China." O subedar tem trinta e nove anos, é um veterano das recentes batalhas contra os chineses, não muito longe dali. Sua pele tem a cor e a textura de papelão encerado muito velho. Chama-se Lalbiaka Marak, um nome que K.D. nunca tinha ouvido antes. Entre os jawans há um Das e um Gauri Bahadur Rai, mas o restante do grupo atende por nomes como Vaiphei, Ao, Lushai e um estrangeiro exótico, Thangrikhuma. K.D. tem certeza de que o consideram um ser estranho. Eles resolveram chamá-lo de Raja Saab, embora ele não saiba o motivo. Não se sentia aristocrático com sua barba por fazer, lábios rachados, pés feridos e fedorentos. Parado na beira daquela paisagem grandiosa, mortífera, enfrentando-a com homens que deveriam ser seus compatriotas, K.D. Yadav se sente totalmente sozinho. Ginzanang Dowara está em pé atrás dele, bem perto, e K.D. sente o cheiro leitoso do suor do outro. K.D. levanta a mochila com um safanão, abaixa a cabeça e segue caminhando. Após vinte e um dias de caminhada, eles chegam à base.

Cento e sessenta homens habitam aquele amontoado de bangalôs de madeira e barracas, todos do Assam Rifles. Há dois tenentes e um capitão emprestados pelo Exército. "Faltam oficiais", o capitão relata a K.D. "Tempos difíceis." O nome do capitão é Khandari, cresceu em outras montanhas, em Garwahl, mas odeia aquela região. "Em Garwahl as montanhas têm alma", diz. "Aqui, até as montanhas são selvagens." K.D. ri e ressalta que são as mesmas montanhas, parte da mesma cordilheira que se estende pelo subcontinente, de leste a oeste. Mas, embora não o admita, K.D. sabe exatamente o que o capitão quer dizer: os vales que se estendem sob seus pés são estrangeiros, de um modo profundo, estão muito longe de tudo que ele conhece. O capitão Khandari participou de combates na guerra recente, não muito longe da extremidade norte de Ladakh, e odeia Nehru profundamente, pelos homens que viu morrer por falta de munição, apoio, esperança. O capitão Khandari bebe muito todas as noites, quantidades incríveis de rum fornecido pelo Exército, e todas as noites ele e os dois tenentes — Rastogi e Da Cunha — jogam cartas no chalé do capitão. K.D. se une a eles, mas não participa do jogo de cartas animado, violento, mas participa da bebedeira. O rum afasta o terrível sentimento de isolamento, de desolação por ter sido tolhido pelas montanhas e pela escuridão impenetrável. Desfruta de uma sensação de aconchego no chalé iluminado pela lareira, sente-se aquecido e tonto, conta histórias. Em quatro noites K.D. já conhece os novos amigos, suas mulheres, sabe que Da Cunha cultiva uma paixão impossível por Sahana, por seu magnífico traseiro em tecnicólor, sabe que Rastogi adora fatos matemáticos obscuros, truques e charadas, e ouviu — tarde da noite — os relatos em voz pastosa, quase ininteligíveis, nos quais Khandari conta a pavorosa retirada dos altos platôs desolados. Quando levanta e se dirige trôpego a sua barraca minúscula,

K.D. vê as brasas das fogueiras que morrem por todo o acampamento, as silhuetas das barracas alinhadas. Acima de tudo, o negro absoluto das imensas paredes de pedra e o céu frio pontilhado de estrelas.

Na quinta tarde K.D. sente-se recuperado o bastante da exaustão da longa caminhada para ir até a barraca de comando e enfrentar a impossibilidade de sua tarefa. Sua principal missão é investigar a presença chinesa na área, montar uma rede de informantes e um fundo de informação, para garantir que os chineses de fato se retiraram e não pretendem realizar novas incursões, determinando as intenções chinesas futuras e todas as intenções possíveis naquela área sensível da fronteira. K.D. não tem conhecimento sobre os chineses, sua língua, história ou política, não tem a menor experiência ou conhecimento sobre a área, seus povos e sua geografia. Está assustado, mas procura o capitão Khandari. O capitão, com certeza, saberá por onde ele deve começar. Mas o capitão está mal-humorado, de ressaca, e finalmente K.D. consegue descobrir que uma única patrulha é enviada por semana, eles seguem sempre pela mesma rota, quatro quilômetros a nordeste, até um bunker abandonado no alto de um morro. Isso constitui o total de esforços da unidade para estabelecer presença na área e coletar informações. O choque é visível no rosto de K.D., mas o capitão Khandari dá de ombros e diz, "Não tem ninguém lá, entende. Ninguém mesmo. Os chineses foram embora. Está tudo bhenchod vazio." K.D. ouve em silêncio. Tenta reunir coragem para dizer alguma coisa. Finalmente, Khandari vira a cabeça e rompe o silêncio. "Muito bem", diz, "o que você quer fazer?"

Três dias depois duas patrulhas deixam a base, seguindo rotas que K.D. elaborou a partir de mapas imprecisos. K.D. sente agora a hostilidade de homens cujo conforto foi interrompido, e passa a viver em silêncio. Até Marak — seu amigo subedar — não fala com ele, a não ser em monossílabos grunhidos. K.D. encontra um rato morto debaixo de sua cama. Rastogi e Da Cunha voltam mais cedo do que o esperado, com as patrulhas. Rastogi retorna após apenas três dos sete dias programados. Claro, relatam que não viram nada, absolutamente nada, e K.D. tem certeza de que deram a volta na primeira montanha e acamparam, passando alguns dias tranqüilos, descansando. Na semana seguinte ele convoca outra patrulha com o pelotão de Marak e Da Cunha, e os acompanha. Seus pés doem no primeiro quilômetro, mas agora tem um par de botas boas, e assim que os músculos aquecem passa a apreciar o esforço. Perdeu peso, sente-se mais forte. Dá-lhe prazer empregar seus novos conhecimentos na leitura de mapas, examina os picos distantes através dos binóculos, em todas as pausas. Os soldados observam isso divertidos, Da Cunha quase ultrapassa os limites da civilidade. K.D. suporta tudo em silêncio, está fazendo seu trabalho, e pretende fazê-lo direito. No quarto dia de expedição eles acampam sob a projeção rochosa de uma muralha de pedra que brilha, revelando veios de prata metálica, K.D. abre a mochila e tira um livro, apressado pois conta apenas com mais alguns minutos de luz solar. Ansiava por um livro, por qualquer coisa para ler. Terminou faz um bom tempo *The riddle of the sands*, que trouxe consigo para o NEFA, e ficou reduzido à leitura de rótulos dos vidros de remédio e das letras miúdas nos formulários de requisição do Exército, e quando até eles acabaram passou por uma espécie de pânico, como se afundasse lentamente na água. Então, logo antes de saírem em patrulha, no canto da tenda do comando, atrás de uma pilha de comida e suprimentos, ele encontrou dois livros, deixados por algum oficial não se sabe quando, alguém muito provavelmente já falecido. Por isso ele agora está lendo, com vista para o Tibete, *The Benham book of palmistry: A practical treatise on the laws of scientific hand reading*. Lê lentamente, saboreando cada frase, pois precisa fazê-lo durar. Detém-se nos absurdos de cada página, para distinguir a forma do futuro nas linhas do passado, pela atribuição de significados a esses hieróglifos carnais da palma da mão. Precisa estender sua leitura, pois na mochila leva o outro livro, *Palmistry: The language of the hand*, de Cheiro, com menos de três centímetros de grossura, e enfrentar aquelas montanhas sem nada para ler seria insuportável.

Marak se debruça sobre ele subitamente, cortando a luz. Marak examina as páginas do livro, nas quais Benham descreve as proporções identificadas entre os diversos montes e os dedos. Marak está maravilhado. Agacha-se, apóia os braços nos joelhos e encara K.D. "Você lê o futuro?"

"Sim", K.D. diz, prontamente. "Leio."

Marak estende a mão na frente do rosto de K.D. "Leia", diz.

K.D. segura a mão castigada de Marak entre as suas e apresenta uma visão do futuro. Não é muito difícil, na verdade. Usa algumas das estranhas indicações de Benham, mas no geral leva Marak a discorrer sobre suas ansiedades referentes à saúde da esposa e às disputas de terras com irmãos, extrapolando a partir daí, arriscando alguns prognósticos. "Seu pai foi um homem muito esforçado, até o final da vida trabalhou de sol a sol", diz K.D. a Marak, que olha para ele com renovado assombro. O espanto não caberia, pois não há leitura benhamista na afirmação, e sim pura dedução a partir dos elementos fornecidos por Marak em suas perguntas, em sua ansiedade de saber a forma de sua felicidade futura, de ter um talismã que o protegesse dos ataques que seguramente sofreria, mais dia, menos dia. K.D. o trata com cautela, percebendo que não adiantaria revelar demais, que é preciso deixar o sujeito na expectativa, tranqüilo e reconfortado, mas não satisfeito. "Por hoje chega", disse, autoritário. "Estou cansado."

"Sim, senhor", Marak diz. "Vou lhe trazer um pouco de chá."

E faz isso. Nesse meio-tempo, K.D. estuda a formidável mudança de luz na montanha à frente, as faixas profundas em vermelho e preto. Pega uma caneca de chá e diz, distraidamente: "Vamos ver chineses". Não sabe bem por que afirma isso, mas como estava prevendo o futuro, espera que realmente vejam chineses. Não que o confronto ou o combate o atraiam. Não está muito certo de sua coragem física, sabe pelas três curtas sessões de treino de tiro com pistola que é um péssimo atirador. Mas avistar chineses daria sentido a seu treinamento, substância a seus raciocínios, realidade a seus inimigos. Como não conversava com ninguém havia dias, deixou escapar em voz alta: "Vamos ver chineses". E vêem. No dia seguinte, pouco depois das três da tarde, Thangrikhuma — de sentinela — alerta; "Chineses". Eles sobem até o alto do pico e examinam o vale seco, identificando pontinhos cinzentos contra a rocha cinza. Sim, é mesmo o inimigo. Thangrikhuma tem uma visão privilegiada, K.D. mal consegue ver o batedor, mas com o binóculo logo identifica os homens, uma coluna de soldados chineses se movendo lentamente para oeste. Os outros soldados se unem a K.D., eles permanecem deitados, bem próximos uns dos outros, e vigiam. Da Cunha abre um mapa e declara: "Eles estão do lado deles, acho". O lado deles é impossível de distinguir do nosso: naquela vastidão não há marcos nem cercas. Mas eles estão lá, e nós, aqui.

Pelos dois dias seguintes K.D. e seus homens acompanham a lateral da montanha, em paralelo com o avanço dos chineses. Com cautela, evitam serem vistos, e os chineses os levam até o que é claramente um novo posto avançado, com três bunkers construídos num contraforte que controla um passo, além de uma trincheira para morteiros pesados. Trata-se de uma informação muito importante, mas os homens ficaram mais impressionados com a previsão de K.D., que não atribuem à sagacidade, treinamento ou conhecimento tático, e sim a uma visão mística. Eles o procuram durante a marcha, um a um, e logo ele adquire intimidade com suas vidas, e não apenas com sua imagem pública, mas também com seus medos e temores, que absorve conforme se tornam cada vez mais próximos. Até Da Cunha sucumbe, e quando estão voltando para a base K.D. já sabe que ele tem uma irmã deficiente, e uma certa Violet a esperá-lo em Panjim. Enquanto levantam o último acampamento antes de atingir a base, Marak ajuda K.D. a enrolar seu saco de dormir e sorri antes da confidência. "Saab", diz, "no primeiro dia de patrulha tivemos uma discussão séria. Na opinião da maioria seria fácil empurrá-lo para o abismo. O novo oficial caiu no precipício, era muito inexperiente, não pudemos fazer nada." Marak ri e puxa as tiras com força. K.D. ri também, mas está apavorado e passa o resto do dia evitando se aproximar da borda, esfregando o ombro esquerdo nas pedras e no xisto. A possibilidade de sua própria morte jamais lhe ocorreu com tanta força, com uma resposta forte do corpo, até então incapaz de sequer imaginar sua desintegração. Nas histórias de sucesso que conta para si, sai sempre vitorioso, por vezes ferido, mas sempre vivo. Contudo, ali estão aqueles verdadeiros estranhos, que cogitaram sua morte verdadeira. Alguns deles mataram antes, e matarão de novo, para eles sua morte não seria de grande importância. Um rápido empurrão e pronto. Ele se deita naquela noite em sua barraca, e treme. Tem medo de fechar os olhos.

Acorda no escuro. Ergue a mão, mas não tem relógio, não vê os números luminosos. Precisa levantar, fazer a barba, lavar-se, redigir o relatório, acordar o capitão Khandari de seu estupor de ressaca, fazê-lo transmitir o relatório por rádio, para que percorra a cadeia de comando. Que horas são? Ainda resta muita coisa a fazer. K.D. joga o lençol para o lado e levanta. Sua cabeça pesa, sente náuseas, vomita. Por que está tão fraco? O cansaço que sentia na noite anterior não era suficiente para justificar o tremor dos músculos do peito, para a fraqueza que o obriga a pousar novamente a cabeça no travesseiro. O teto branco o atira ao presente novamente, e com um gemido terrível ele percebe que não é o jovem empolgado com a primeira missão bem-sucedida nos desolados picos no norte, pois está num leito de hospital em Delhi, perdendo o juízo.

Ele pensa na expressão: perder o juízo. O que resta, depois que alguém perde o juízo? Se não houver mente, ainda haverá o eu? Lembra-se da parábola, para conhecer o eu deve haver um outro eu, um olho que observa os pássaros do ego devorando o néctar do mundo. Mas haverá ainda um observador se as estruturas da mente são removidas, se perdemos a fachada da linguagem, as bases da lógica, as narrativas de causa e efeito? O que resta quando tudo desaba? Beatitude ou entorpecimento? Uma presença ou uma ausência? "A aranha tece as cortinas no palácio dos Césares. A coruja chama os vigias nas torres de Afrasiab." De repente se revolta, com raiva da violência cometida contra sua pessoa. *Fiz* o possível. *Fiz* o que me pediram. A contração exasperante dos tendões torna-se um espasmo, seu coração dispara por um momento, a taquicardia faz seu pulso ecoar nos ouvidos como um tambor Mishmi. Tateia na escuridão que o sufoca. Estou lúcido. Consigo recordar minha vida, acompanhar as ocorrências. Aprendi meu ofício no NEFA, criando uma rede de informações onde não havia nada, desenvolvendo fontes, células e rotas. Fiz isso melhor do que meus colegas em outros locais, esforcei-me mais, corri mais riscos e fui mais *sincero* do que qualquer um deles, pois eu era um Yadav e esperavam que eu fracassasse, sei que alguns torciam para isso. Eles eram brâmanes, tinham opiniões definitivas sobre OBCs. Nunca falei sobre isso com ninguém, nem mesmo com Bloody Mathur. Mas trabalhei duro. Depois do NEFA fui para os arrozais de Naxalbari, onde viajei como vendedor para identificar os assassinos de policiais, juízes e coletores de impostos, onde persegui rapazes iludidos que abandonaram seus lares confortáveis de classe média em Calcutá e foram para o campo fazer a revolução. Matei um deles, também, um protótipo de maoísta que tentou me matar. Ainda me lembro de seu nome, Chunder Ghosh, e do sangue que esguichou de seu ouvido quando lhe dei um tiro na testa. Consigo me recordar com exatidão das operações em Kerala contra os partidos comunistas, contra suas manobras eleitorais, complôs e infiltrações, contra sua própria infra-estrutura. Fizemos isso pela filha de Nehru, ilegalmente mas de bom grado, pois sabíamos de onde esses partidos tiravam sua ideologia e orientação, e estávamos nas fortalezas, resistindo às hordas comandadas por Pequim e Moscou. Depois fui para o Paquistão oriental, para interrogar soldados bengaleses que fugiram de seus mestres do Punjab. As informações que reuni levaram à destruição de campos de pouso inteiros, destruídos pelo impacto de bombas certeiras. Depois Bangladesh, de volta a Delhi, às manobras com diplomatas estrangeiros, almoços com funcionários de embaixadas, o lento progresso de relacionamentos que finalmente rendiam informações regulares. Depois Londres, Punjab, Bombaim. Minha vida, gastei-a nesses confrontos. Essa longa guerra constante, com suas vitórias ocultas sem medalhas. Fiz meu trabalho. Posso me lembrar de cada pagamento, cada fonte, cada ataque dos inimigos. Eu defendi. E por isso a Índia continua em pé.

K.D. faz força para respirar no escuro. Ele nunca se casou. "K.D. casou-se com o serviço", os colegas diziam. Em sua maioria, eles haviam casado e formado família, tinham filhos e netos. Ele estava sozinho, era sozinho. Teve mulheres, conheceu mulheres respeitáveis e indecorosas. Apaixonou-se e pagou por sexo, foi apresentado a parentes de amigos com a clara intenção de casar. Considera o casamento uma coisa boa, não tem como argumentar contra suas virtudes. "Por que mais estamos trabalhando?", Bloody Mathur disse certa vez, exasperado, solícito. "Se não for por nossos filhos, pelo futuro deles? O que mais vale tudo isso?" K.D. não tinha nada a dizer a esse respeito, nenhuma discordância em relação ao contentamento caseiro de seu amigo, a esposa a murmurar suave ao cozinheiro, a filha Anjali, de cinco anos, debruçada sobre um livro de contos de fadas, no carpete. Contudo, não consegue responder com um "sim" as propostas trazidas pelo amigo, ou oferecer uma explicação satisfatória, ou uma descrição clara do que realmente deseja. "O que você quer?", Mathur pergunta. "O quê? O quê? Quem é essa heroína por quem tanto espera?" Mas K.D. é incapaz de identificar essa mulher, de reduzi-la a uma lista de dez atributos, de conjurar em palavras essa recusa amorfa que vem de dentro dos ossos.

K.D., deitado no leito do hospital, pensa no que estivera esperando. Agora é tarde demais, morrerá sozinho. Seu pai também falava do valor do companheirismo, mas Ma foi realmente uma companheira para ele? Ma, simples em sua timidez, sua perpétua ghoonghat, seu silêncio, sua eterna dedicação ao serviço doméstico. Ela apoiara o marido no esforço gigantesco para fugir da pobreza, falava orgulhosa do serviço de PT-chefe do marido aos parentes, levava seu almoço quente todos os dias, pessoalmente, até o minúsculo escritório ao lado do campo de futebol da escola, seus pratos favoritos em marmitas de cinco andares. Mas não conseguira acompanhá-lo na viagem às terras estrangeiras do idioma inglês, e no final da vida se confundia com telefones e controles remotos, com a verdadeira distância até os países estrangeiros, com o tamanho do mundo. Eles se casaram ainda jovens, o futuro treinador de atletas Rajinder Prem Yadav e a simples Snehlata, mal saídos da adolescência, como mostravam suas figuras ainda incipientes, para se tornarem as metades fortemente distintas da vida do jovem K.D.: os ombros cor-de-chocolate reluzentes de Papa, contrastando com o branco de seu banian, a vociferar ordens para grupos de rapazes suados, seu inglês esquisito e gaguejado, sua rigidez, seu fascínio invejoso pelo treinamento dos atletas na Rússia, e Ma com as mãos lambuzadas de besan, com seus inúmeros festivais, jejuns e cerimônias que se sucediam em ciclos intermináveis, sua risada impressionante que ela escondia atrás do pallu, seu orgulho de mulher iletrada pelas conquistas acadêmicas do filho. Passaram décadas juntos, Papa e Ma. O que diziam um ao outro, em seus momentos a sós, tarde da noite, dentro do quarto? Salvavam um ao outro daquela hora da madrugada, de sua pavorosa falta de luz? K.D. treme, lembra-se de voltar para casa correndo depois de uma briga na rua, com dois meninos de uma escola rival, com o queixo dolorido e a camisa de St. Xavier rasgada no bolso. Ma o abraçara com força, depois passara uma pomada de haldi, até K.D. afastá-la, impedindo-a de continuar com um gesto brusco. Papa observara tudo imóvel como um pilar, estreitou os olhos e disse a K.D. que encontrasse os meninos que o espancaram. "No próximo semestre teremos boxe entre os esportes da escola", ele disse. "Você precisa aprender a se defender." Naquela noite, Ma levou o copo de Ovomaltine a K.D. e o aconselhou a ignorar os moleques, os selvagens das escolas do governo. "Eles têm inveja porque você está numa boa escola. Deixe-os para lá. Beta, seja muito esforçado e progredirá. Não se envolva com essas bobagens, pense em seu futuro." Ma esperava que K.D. fosse o primeiro ou o segundo da classe, apesar de sua origem camponesa, e acalentava muitas esperanças, confiante no futuro do filho.

Eis K.D. naquele futuro, sem a menor segurança, em dúvida até sobre a dor em seu pescoço e na cabeça, atormentado por ela, mas incapaz de saber com certeza, sem dúvida nenhuma, que ela pertence ao presente, que não é uma lembrança revivida. E agora, no colapso de seu corpo, K.D. compreende que tudo o que viu na vida foram apenas fantasmas, que uma pedra na mão sadia não passa de um espectro reunido dentro do cérebro, que as ilusões são a única realidade. O futuro é uma ilusão, mas o presente é a ilusão mais escorregadia de todas.

K.D. observa o sol subir pela parede. Pensa na cor, um laranja salpicado de vermelho que ganha tons amarelados conforme se eleva. Não há uma coisa chamada cor. Há fotos saltando pelo mundo, penetrando através da fina membrana da superfície de seus olhos. Há eventos elétricos e químicos que explodem como uma estrela nova. Mas não há uma coisa chamada cor. Uma enfermeira anda pelo quarto, mexe nele, fala com ele, mas ele não presta atenção. É fácil ignorá-la e à picada sutil da agulha em seu braço, não passam de dados descontínuos fluindo pela rede de sua consciência, irreal como os matizes do reboco, que agora adquirem o tom exato da pele de um mamão de keral em volta da auréola do cabo. K.D. vê um mamão específico, o que comeu em junho de 1977, num bangalô dak em Idukki. O papaia é um presente para ele, com seu aroma de coisa podre ligeiramente enjoativo, a fruta escorrega, desliza por entre os dedos. É real como aquela parede, que por sua vez é de um branco sujo. Então ele vê que a parte inferior da parede ainda continua escura.

Não é a escuridão da noite, mas falta de visão. A metade inferior da parede desapareceu, como se alguém tivesse posto um obstáculo na frente dos olhos dele. K.D. pode mover a borda que separa a visão da cegueira se mover a cabeça para trás e para a frente, parede acima e abaixo. Essa perda de metade de seu campo visual persiste quando ele se vira para a janela, ou para o outro lado, onde fica a porta que dá para o corredor: meia janela, meia porta. Uma perda latitudinal, equatorial. Metade de seu mundo se foi.

Quando ele relata o novo sintoma à enfermeira, a equipe médica entra em ação. Mais tarde, naquele dia, a dra. Kharas é factual, seca. "Sua tomografia computadorizada revela outra lesão, menor, aqui. Acreditamos que tenha causado danos ao córtex visual." Ela apontava um corte do cérebro humano, com os segmentos aumentados e identificados. As cores são brilhantes, azul primário para o córtex cerebral, vermelho vivo para o tálamo. "O dano provocado pelo tumor está causando um escotoma, uma perda da acuidade em parte do campo visual. É só o que posso lhe dizer. Sentiu algo na noite passada? Náuseas? Dor?"

K.D. quer contar a ela, senti o ar gelado cortar minha garganta quando escalava um pico, doutora. Senti as bolhas nos pés, dentro da bota. "Não", K.D. diz. "Nada."

Ela faz que sim, escreve num bloco. Tem trinta e oito anos, a dra. Anaita Kharas, casada, dois filhos. A dra. Kharas e o marido nasceram em Delhi, cresceram aqui. Anjali checou o passado dela. Antipatizam uma com a outra, Anaita e Anjali, trocam farpas, mas K.D. percebe como são parecidas, similares em sua eficiência, roupas discretas, segurança em relação ao ambiente em que se encontram, no trabalho cotidiano em que enfrentam a agressividade e o ceticismo dos homens, para manter a dignidade e a independência em sua condição de mulheres. "Lamento, mas não há muito o que possamos fazer a respeito de sua perda funcional", a dra. Kharas diz. "Não se pode reverter o quadro com cirurgia, não há tratamento. Ainda não compreendemos grande parte do funcionamento dessa parte."

"Compreendo", K.D. diz. "Mas vai piorar?"

"Difícil prever. Um glioma é o menos previsível de todos os tumores. Episódios de regressão espontânea foram relatados. Faremos o possível. Melhor não se preocupar muito com isso."

Mas ele não procura piedade ou consolo. Sabe para onde está indo. Queria porcentagens, números. Quanto tempo sua mente agüentará, com que velocidade falhará? Ela não tem respostas. Repreende o paciente com veemência, fala em relaxamento, diz que não pode desistir nem entrar em depressão. Ele sorri para ela. Gosta da doutora. Havia um parse apenas na organização quando entrou, e nenhum muçulmano, nenhum. Ele costumava protestar contra isso, denunciando a grosseira ironia de proteger um Estado laico com uma organização não-secular, a inegável injustiça dessa postura. Mas os veteranos do alto escalão pensavam que o risco era grande demais, injustificado à luz do que havia em jogo. Pense em quem estamos enfrentando, diziam sempre. Sim. O inimigo. Ele estava lá, e nós estamos aqui. Eles e nós.

A boa dra. Anaita vai embora, seguida por um grupo de estagiários e enfermeiras. K.D. senta na cama, observa as pérolas de um líquido transparente pingarem num tubo e entrarem em seu braço. Lembra-se da pergunta de Anjali, agora: por que três sadhus, por que Gaitonde queria encontrá-los? K.D. recorda sua associação com Gaitonde, a primeira abordagem na prisão, as conversas, o entendimento a que chegaram, e depois as tarefas solicitadas, os favores trocados. Questão de necessidade. O mundo está permeado de crimes, crivado deles, apodrecendo por causa deles. Os paquistaneses e afegãos controlam um negócio de vinte bilhões de dólares de heroína que em parte passa pela Índia, por Delhi e Bombaim, a caminho da Turquia, da Europa e dos Estados Unidos. O ISI e os generais tiram vantagem do negócio, compram armas e guerreiros mujahideen. Os criminosos fornecem suporte logístico, transportando homens e dinheiro através das fronteiras. Os políticos dão proteção aos criminosos, e os criminosos dão dinheiro e votos aos políticos. É assim que funciona. A agência inimiga recruta um criminoso indiano descontente, Suleiman Isa, para plantar bombas na cidade onde nasceu, faz dele um elemento importante na guerra interminável. Para enfrentar o criminoso deles precisamos do nosso. Aço corta aço. Os criminosos têm informações precisas sobre os rivais. É necessário lidar com Gaitonde, por um bem maior. E lá está Gaitonde, de camiseta branca, calça branca, chinelo de banho azul, na sala do diretor do presídio. K.D. tenta se imaginar na época, recriar o evento. Talvez nos detalhes encontre alguma explicação para os três sadhus. Fecha os olhos e tenta retornar àquela tarde, voltar à sala cheia de prateleiras com pastas pretas, e um retrato de Nehru emoldurado em preto. Sua respiração é entrecortada, rápida, ele não sabe a razão para isso. Pare. Acalme-se. Calma, ou provocará danos a si mesmo. Pense. Por que três sadhus? K.D. não vê utilidade na religião, sempre pensou na religiosidade de Gaitonde como uma muleta para um homem aterrorizado, sempre com medo de assassinos. Mesmo homens fortes, homens rijos, comandantes de companhias, temem perante o vazio da morte, o golpe irreversível da lâmina na frágil trama da consciência. Um golpe e pronto. Acabou. Isso é insuportável, até Gaitonde, o monstro de mãos sujas de sangue, sonha com a vida após a morte. Não suportamos estas trevas. K.D. tenta examinar seu escotoma, prestar atenção nele, mas não é nada, não passa de um vazio. Como é escura esta perda sob minhas pálpebras, logo abaixo do latejar rubro de meu pulso.

"Sim, é a caligrafia de seu pai", a mãe de Anjali confirma. Anjali encontrou um antigo livro acadêmico que pertenceu ao pai, sobre história antiga da Índia, e mostra excitada as anotações em tinta azul na margem, e os trechos sublinhados. Bloody Mathur desapareceu já faz quase um ano, mas para a filha é uma presença diária, uma figura ainda maior por ter ido embora, por ser o pai romântico misterioso que não está em casa. Disseram que ele "viajou por um tempo", que foi "a serviço". Dentro da organização se acredita que ele foi apanhado pelos próprios militantes sikhs que tentava recrutar, que o enganaram e emboscaram, que provavelmente foi torturado e depois assassinado. Uma pequena minoria acredita que ele traiu, que a emboscada foi uma encenação preparada por ele, que cruzou a fronteira e passou para o outro lado. De todo modo, ninguém conta com a sua volta, exceto Anjali, para quem disseram que ele "viajou a serviço". K.D. despreza a mentira, pois percebe a expectativa nos olhos de Anjali sempre que o telefone toca, a ansiedade em sua corrida trôpega até a porta quando o carteiro chega ao portão. Mas ela tem onze anos de idade, a mãe pensa que um pai ausente é algo que ela consegue suportar e entender. K.D. sabe que as crianças enfrentam terrores diários, elas caminham por entre horrores que os mais velhos negam e sufocam. O que pode ser mais difícil de suportar do que aquela espera, aquela ansiedade? Mas sua autoridade de nada vale ali. Precisa tomar cuidado. Rekha serve chá para ele. Mostra-se formalmente hospitaleira com o amigo do marido morto que acaba de retornar de Londres, mas K.D. sabe não haver carinho nem afeição. Sempre foi educada, mas distante, como se houvesse uma dura couraça de noção de casta sob as boas maneiras. Se ele proferir uma palavra inadequada pode ser exilado, afastado de Anjali para sempre. E ele sabe que não suportaria a expulsão. Seria insuportável. K.D. não tem vínculos no mundo. Papa e Ma morreram, ele não se comunica freqüentemente com os parentes em Bihar. Não tem ninguém. Mas Bloody Mathur sempre o recebeu em sua casa, e K.D. viu Anjali crescer, desde menina. Ela o conheceu ainda pequena, ele esteve presente durante toda a sua vida. K.D. entende que aquela pessoinha veio de Bloody Mathur e Rekha, mas a considera sua filha também. De certa forma, tornou-se pai. Não possui autoridade, mas amor. Compreende que a menina, de saia azul de escola, é sua âncora no mundo. Ela o mantém íntegro, com seu olhar profundo. Ele não sabe como isso foi acontecer, nem quando ocorreu, mas sabe que é verdade. Ela se apóia em seu joelho, agarrada à boneca inglesa que ele trouxe de presente de Londres.

"Ela não quer falar, tio."

A boneca loura de olhos azuis sorri com a boca vermelho-morango e fala com voz fina. K.D. se dá conta de que não a ouviu dizer "Mama" nos últimos minutos. Ele vira a boneca de costas, e vê que a tampa está solta, sob o vestido cor-de-rosa. Remove a tampa com os dedos, os fios internos estão enrolados na pilha, e um chip verde se soltou. "O que você fez?", ele pergunta.

"Eu queria ver como ela funcionava", Anjali diz.

K.D. ri, revigorado pelo prazer e pelo amor. O sentimento que toma conta dele é completo, irrestrito, sem o pé atrás que caracterizou todos os relacionamentos de sua vida. Ela ri. "Tio, estou muito velha para ganhar bonecas", ela diz, em tom carinhoso. "Parei de brincar com elas faz muito tempo. Você não entende nada de meninas. Agora eu gosto de ler. Deveria trazer livros." Eles riem juntos, caem na gargalhada. A mãe de Anjali observa tudo, levemente desconfiada. Pelo menos no momento K.D. não se importa, e leva o calor de Anjali consigo no dia seguinte para o escritório, onde ocupa a chefia do setor de Fundamentalismo Islâmico. Em sua sala isolada sem janelas ele reúne relatórios do mundo inteiro, classifica, relaciona, peneira, analisa. As crenças e os ódios dos homens e mulheres chegam a ele em fragmentos, e ele encaixa as peças. Depois redige seus próprios relatórios, ordena que sejam datilografados em folhas imaculadas de papel-arroz branco, e neles as informações seguem adiante, para o comissário substituto, depois ao comissário, e talvez cheguem até o primeiro-ministro. A informação sobe, as ordens descem. Ações são realizadas, isso produz resultados que geram novas cascatas de informações. K.D. sente que ocupa uma interseção numa teia, no encontro das linhas de energia mundiais que passam, giram e mudam de forma. Ele toca um fio aqui, e a dez mil quilômetros de distância um homem cai na soleira da porta. Pode redigir um parágrafo, e duas semanas depois ele é parafraseado pelo primeiro-ministro num discurso. Em sua sala empoeirada ele inicia seqüências de eventos que alteram a vida de milhões de pessoas.

Mas não consegue encontrar o homem que levou Bloody Mathur. Tem uma pasta grossa cheia de relatórios da polícia e avaliações no local feitas por equipes de investigadores da organização a que pertence, que avaliam o incidente e também sua investigação pelas autoridades do Punjab. Os fatos são poucos e claros: Bloody Mathur cultivava o contato com um certo Harbhajan Singh, desempregado que cursara dois anos de faculdade, filho de um pequeno fazendeiro preso duas vezes por furto. O tal Harbhajan Singh mantinha contato com um grupo militante chamado Punjab Liberation Army, e durante meses Bloody Mathur deu dinheiro a Harbhajan Singh, que por sua vez entregava o dinheiro a um amigo íntimo que aderira ao movimento militante. Recebera em troca boas informações, material confiável que no entanto não se revelou muito útil. A fonte no PLA pediu um encontro cara a cara, disse que levaria outro descontente. Bloody Mathur compareceu, foi emboscado e sumiu. Deixou para trás um Ambassador destruído e três mortos. A pista morre ali, desaparece. Bloody Mathur evaporou e pronto.

Mas K.D. não quer encerrar o caso, deixar o problema de lado. Ele segue a família de Harbhajan Singh, segue seus amigos, faz contatos. Bloody Mathur costumava dizer: "Se não for por dinheiro, será por desejo. Se nada disso funcionar, será a segurança, a proteção da família. Qualquer homem pode ser comprado. Basta descobrir qual é seu preço". Por isso Bloody Mathur comia frango tandoori num dhabhas de beira de estrada com Harbhajan Singh, pois o inimigo realizava muitas operações no Punjab, era seu campo de batalha, seu santuário, seu acesso à Índia. E ele sumiu. Agora K.D. convoca agentes, manda seguir e vigiar o irmão de Harbhajan Singh, investiga colegas e amigos, checa contas bancárias. Emprega homens, recursos e dinheiro, pois estão numa batalha, numa guerra. K.D. reage. Não pretende esquecer. Por isso o jogo é travado nas ruas e campos do Punjab.

O jogo continua, o jogo é eterno, o jogo não pode ser interrompido, o jogo dá origem ao próprio jogo. K.D. joga, e sabe jogar bem. Tem uma memória prodigiosa, uma queda sensual pelo detalhe: um par de óculos escuros de leitura vislumbrado na foto desfocada de pregadores em Frankfurt permanece com ele por seis anos, isso lhe permite identificar o mesmo sujeito em outra foto, tirada do outro lado do mundo, em Peshawar, quando os comandantes do Talibã participam de um reunião com um major do ISI. Seus feitos prodigiosos, as ligações e reconhecimentos, a descoberta do sentido, dão a K.D. sua reputação, sua fama, seu posto na organização. Ele avança. Agora é comissário assistente, apenas o começo, tem futuro. Está em movimento. Quatro anos e vai para Berlim. Na cidade dividida dá visto de estudante a iranianos, consegue bolsas de estudos para eles, abraça solidário médicos afegãos e os convida a jantar. Envia pacotes a Anjali, que vai muito bem na escola, saltando períodos, ultrapassando sua turma com notas e avaliações inacreditáveis nos exames finais. Ela lê a respeito de Berlim e pede biografias de Hitler que não encontra em Nova Delhi, pede livros sobre generais com nomes redondos e espaçosos como salsichas rosadas no café-da-manhã.

"Há lesões no lobo frontal do paciente." A dra. Kharas pára em cima de K.D., rodeada por um grupo de residentes atentos. "Os efeitos do glioma são interessantes. O paciente apresenta amnésia reduplicativa, durante a qual se encontra em outro lugar, quase literalmente. Em geral os pacientes com esse tipo de amnésia imaginam estar em casa ou em algum lugar de que gostam. Este paciente parece estender a imaginação a locais em que esteve durante a vida, de todos os tipos, espalhados pelo mundo."

Isso ocorre porque nunca tive um lar, cara doutora Anaita. Minha casa era um lugar na imaginação, uma terra linda e próspera que não existe ainda. Em todas as jornadas era para lá que eu ia, a essa terra pacífica do futuro.

"Pacientes com esse tipo de deficiência na memória também costumam apresentar fabulação. Ou seja, dão respostas incorretas quando indagados a respeito de experiências anteriores. Até perguntas sobre assuntos triviais, como detalhes de empregos, datas e locais, resultam em respostas que parecem coerentes, mas são fantásticas. O paciente descreve experiências impossíveis ou repulsivas e aventuras. Senhor Yadav? Senhor Yadav?"

A dra. Anaita quer demonstrar os sintomas aos alunos. K.D. assente. Vai lhe conceder isso, dará qualquer coisa que ela quiser. Deve-lhe isso, deve por causa de sua curiosidade ardente, de sua capacidade, de sua paixão pelo trabalho, deve-lhe pois ela lhe dá esperança. Não esperança de sua sobrevivência, mas esperança de que ele tenha vivido direito, de que as coisas feias que fez finalmente resultem em algo bom. Ela é sua esperança.

"Senhor Yadav, pode me dizer sua data de nascimento?"

Ele não se lembra. Tudo bem, basta não desapontá-la. Pega um número ao acaso. "Nove de julho de 1968", diz. Uma onda de excitação percorre o grupo de estagiários, seus olhos brilham. Gostam de sintomas, pois os sintomas mostram o funcionamento interno de uma máquina defeituosa. Uma anormalidade do organismo, por uma lógica invertida porém impecável, revela verdades a respeito de seu funcionamento normal. K.D. se dá conta de que a data fornecida, 1968, está adiantada em muitos anos, ele é bem mais velho. Mas o que aconteceu no dia 9 de julho? A data é confusa, está impressa em sua mente como um borrão. Mas ele se lembra. Ele vê. Na parte inferior de seu mundo, na nova meia-escuridão de sua vista, K.D. distingue um vilarejo em chamas. Não é indistinto e desfocado como um vilarejo recordado, não é uma alucinação. É um vilarejo real, ele pode vê-lo. Pode ver as chamas que se movem no assoalho de tábua dos casebres, propagando-se vermelhas em um ronco, disseminando o pânico pelas fileiras ordeiras de uma horta de nabos, pode escutar os estalos secos do bambu que explode. As cores são profundas, incandescentes, iguais à realidade, e mais do que ela, ele vê o reluzir da saliva nos dentes de um cachorro preto que levou um tiro na cabeça, os pêlos nas patas traseiras estendidas. É mais real do que a realidade, aquela aldeia moribunda. Nunca esteve no vilarejo, mas sabe exatamente do que se trata. Trata-se de Chezumi Song, vilarejo do distrito de Mon em Nagaland, que em 9 de julho de 1968 recebeu a visita de uma unidade dos Assam Rifles, comandada pelo capitão Rastogi, um certo Dakshesh Rastogi que era o mesmo amigo de K.D. interessado em matemática de sua primeira missão de campo. Rastogi progrediu, foi promovido de tenente a capitão, encorpou, tornou-se um belo homem. Ele não sabe, mas age em função do trabalho de investigação de K.D., que coletou, analisou e passou adiante os dados, para a cadeia de comando, e agora persegue dois líderes da insurgência Naga, L.K. Luithui e M. Essau. Supõe-se que estejam na área, têm parentes naquele vilarejo. A unidade de Rastogi perdeu seis homens no mês passado, vítimas de franco-atiradores e minas, e os Nagas cuidaram das táticas de ataque. Os soldados vasculham o vilarejo em busca dos dois, interrogam os moradores. O capitão Rastogi recorre à pressão. O chefe da aldeia é espancado a coronhadas, depois chega a vez dos notáveis. Todos alegam desconhecer os insurgentes. Não sabem de nada. Sofrem mais pressão. As filhas do chefe, as três filhas, são arrastadas pelo centro da vila pelos cabelos. Seus nomes são Rose, Grace e Lily. São violentadas. Vinte e duas mulheres são estupradas, o vilarejo é incendiado. Três homens são abatidos a tiros, e o relato do capitão Rastogi afirma que os três terroristas foram encurralados e mortos durante o tiroteio que resultou na destruição da vila de Chezumi Song. L. K. Luithui e M. Essau, os dois insurgentes, são emboscados três dias depois num esconderijo na floresta, doze quilômetros ao norte, e morrem. O capitão Rastogi recebe uma condecoração, e a partir daí sua carreira decola. K.D. sabe o que consta nos relatórios oficiais, e sabe o que realmente aconteceu. Afinal de contas, é um agente secreto. Sabe que a denúncia do esconderijo foi feita por uma moça chamada Luingamla, que gaguejou a localização quando o capitão Rastogi apontou o revólver para a cabeça do pai dela. K.D. sabe disso. Sua função é saber disso. Não esteve lá, mas sabe. Pode ver o vilarejo de Chezumi Song agora, com clareza. Vê as chamas. Mas onde estão as pessoas? Ele não vê nenhum dos Nagas, nem os soldados. Um tiro, e ele sabe que é de um Webley-Scott 38, a arma que o capitão Rastogi portava naquele dia. Mas não há pessoas naquele vilarejo real.

"O vilarejo está em chamas", K.D. murmura.

Os residentes se aproximam. A dra. Kharas ouve com atenção. "Que vilarejo?", pergunta. "Que vilarejo?"

K.D. não diz mais nada. O que poderia dizer? Que era uma aldeia da qual nunca ouviram falar, que deixou de existir muito tempo antes de vocês nascerem? Desapareceu, mas continua a queimar. "O vilarejo está em chamas", repete. A dra. Kharas sussurra algo aos estagiários, e eles finalmente vão embora. O vilarejo segue queimando, ainda sem os habitantes ou os invasores. K.D. escuta os ruídos da conflagração, os gritos, os tiros. Na parte da tarde consegue dormir, ou sonha que dorme. Acorda exausto, suas juntas doem. Vai até o banheiro, com uma mão esticada para manter os dedos na parede durante o percurso. Chezumi Song não está mais na área cega, em sua faixa escura, e enquanto urina ele vê um tabuleiro de xadrez. Inclina a cabeça para a frente, de modo a poder ver o que está fazendo no vaso, mas não consegue ver, onde termina o piso de ladrilhos quadrados há agora um tabuleiro de xadrez. Ele o reconhece, na verdade é o tampo de uma mesa de mármore num parque de Berlim. Ele tem encontros ali, em tardes aleatórias de sexta-feira, com um estudante de engenharia afegão chamado Abdul Khattak. O tal do Khattak é muito pobre, tem quatro irmãos e três irmãs, todos amontoados num apartamento minúsculo em Neukoelln, portanto o almoço que K.D. lhe paga é muito bem-vindo, assim como as pequenas somas de dinheiro que lhe dá quando apresenta resultados. Pelos nomes de pregadores fundamentalistas e informações sobre seus nomes e planos K.D. entrega envelopes finos, e mais envelopes pela identificação dos afegãos antifundamentalistas da Europa e em seu país, e possíveis apresentações. K.D. e Khattak conversaram a respeito de vistos indianos para os irmãos menores de Khattak, e possivelmente bolsas de estudos em universidades e institutos tecnológicos da Índia. Mas onde está Abdul Khattak? Não está no banco do parque, à sombra dos carvalhos. K.D. vê os quadrados do tabuleiro, que são verdes e brancos, pintados no cimento. Khattak gosta de marcar os encontros naquele local, pois adora xadrez. Acompanhar competições internacionais é um luxo que se concede, o Khattak que corre das aulas para o trabalho na lavanderia e o cuidado dos irmãos. Khattak não gosta de entregas às cegas, embora deixar um recado debaixo do banco do jardim, num saco de supermercado, ou preso atrás de um poste, seja muito mais seguro. Khattak gosta de conversar, após duas ou três entregas insiste num encontro. Onde está o tal Khattak, por que não aparece sob o céu claro de março, que anuncia a primavera? K.D. volta para a cama arrastando os pés, de braços estendidos, e sabe exatamente o motivo: Khattak está morto, jaz num beco entre caixotes vazios, atrás de uma loja de móveis. Seus pulsos estão amarrados nas costas, o rosto e o peito, machucados pelas pancadas, e sua garganta foi cortada. Os assassinos nunca foram apanhados, a polícia não tinha pistas, e K.D. não pretendia fornecê-las. Khattak morreu, mas em grande parte as informações que forneceu eram boas, e continuam vivas. K.D. as usa, consegue acesso a redes estudantis que vão até Kabul, e consegue uma fonte em Jallalabad, o secretário de um mulá que está conquistando espaço político. Agora, naquele quarto de hospital em Delhi, em sua cegueira parcial ele vê o tabuleiro de xadrez, iluminado pelo sol, aguardando as peças do jogo. K.D. deita na cama, pensando no que teria acontecido com os irmãos e irmãs de Khattak. Eles sobreviveram, claro. Os sobreviventes sobrevivem, é isso que fazem. E lá está o tabuleiro de xadrez, verde e branco, a brilhar na escuridão.

"Quem é o primeiro-ministro?" É a dra. Kharas, debruçada sobre ele, focalizando uma luz forte em seus olhos. "Senhor Yadav, quem é o atual primeiro-ministro?" É noite lá fora, e K.D. não sabe como passou da manhã para a noite. Anjali, sentada ao pé da cama, segura com força a grade branca de metal.

K.D. sorri para ela. "Minha memória de curto prazo está falhando", diz. Tenta consolar Anjali: ter consciência de que está falhando é ter algo, no fim das contas. Mas ela não se sente reconfortada, ele percebe. Ela sabe que ele não faz a menor idéia de quem seja o primeiro-ministro. Ele se lembra do relógio que Nehru usava, um HMT comemorativo, com números pretos pequenos, e dos pêlos ralos no pulso de Nehru, mas ele não sabe quem é o atual primeiro-ministro. Sumiu, simplesmente sumiu. Não está lá.

"Está tendo alguma alucinação agora?", a dra. Kharas quer saber.

Ele deve ter contado a ela, durante o dia perdido. Não queria contar, nem a ela nem a Anjali. Sente vergonha, agora. É vergonhoso ver coisas que não estão ali, perder a noção do que é e do que não é. Não suporta o olhar de piedade de Anjali, que o considera menos eficiente. Nunca aceitou a incompetência. Mas não, ela sofre mas não sente pena, não será condescendente com ele, isso ele percebe. Ela ainda constata que ele está presente, dentro das ruínas. Ele, K.D. Yadav, ainda está ali, pensando, calculando, *compreendendo*. Olha para Anjali, mas dirige-se à dra. Kharas. "Nenhuma alucinação, no momento. Por que as tenho?"

"É o cérebro humano", a dra. Kharas diz, recostando na poltrona. Ela junta as mãos no colo, como um padre a dar lições de moral. "O cérebro humano não gosta de lacunas. Não tolera espaços vazios. Em conseqüência dos danos estruturais nos caminhos da visão, há uma falha em seu campo visual. Por isso o cérebro preenche o escotoma, a brecha. O material para isso vem de suas lembranças, das sensações e conceitos acumulados. O cérebro joga o material no espaço em branco. Isso acontece o tempo todo, até durante o funcionamento normal. Os dados que entram são misturados aos que já estavam lá, tudo se mistura, muda e transforma até se tornar uma percepção. É assim que experimentamos tudo." Ela faz uma pausa para verificar se ele acompanha seu raciocínio, se absorve todas as informações. Quer ser compreensível, a competente dra. Kharas. Ele faz que sim, ela continua. "A partir de dados externos e do material da memória, o cérebro cria uma história, e essa história é o que chamamos de realidade. O mais notável no seu caso é que está perdendo metade da informação visual externa, e o cérebro compensa a perda. No mais, o que seu cérebro faz é completamente normal. Fomos feitos assim."

"Fomos feitos assim", K.D. diz e solta uma gargalhada. É gozado, embora Anjali e a doutora não estejam rindo, não abriram nem um sorriso, nem deram sinal de alegria. Fomos feitos assim, para ver aparições, para compor uma visão do mundo dentro deste solitário palácio de ossos, para viver neste drama e sentir horror de morrer fora dele, para sofrer o pesadelo provocado pelas nossas impressões como se fosse real. A visão da realidade de um rato é tão real quanto a minha, a sua, a nossa. Mas vivemos, morremos e matamos em meio a essa fantasmagoria espectral de narrativas refletidas. Tudo isso é terrivelmente patético, ou perfeitamente hilário. K.D. não sabe qual dos dois e não consegue parar de rir. Ele ofega. Por fim chama Anjali para perto de si, a faz sentar na cama, perto dele, para que possa segurar sua mão. "Não fique triste", diz. "Trata-se de uma condição interessante, pelo menos. Muito instrutiva."

"Há um nome para a síndrome", a dra. Kharas diz, contente por dar embasamento ao caso. Ela é uma fervorosa adepta do esclarecimento do paciente como parte da terapia. "Chama-se síndrome de Charles Bonnet, em homenagem ao estudioso que a descreveu, pioneiramente. É comum nas pessoas cuja visão falha. Com freqüência pessoas idosas que sofrem de catarata, por exemplo, relatam visões de seres, objetos e fantasmas."

Seres, objetos e fantasmas. K.D. vê pessoas e objetos, e começa a se sentir feito um fantasma, uma rede inconstante de impulsos elétricos encerrada numa máquina de carne que vaza e falha. Sente que morre e ganha vida, expira e inspira seu ser a cada vez que respira. Será que a dra. Kharas vê isto, que este ego também é uma ilusão, criada pelo cérebro que procura padrões para ocupar o vazio? Ele se enche de comiseração, por si, pela dra. Kharas, por sua Anjali. A agonia de procurar e sofrer é o destino inevitável daquela alma penada perdida. Quantas manifestações de dor deve conhecer e superar, do berço à cova, aquele pedaço de nada. Anjali está triste até agora, e ele acaricia sua mão. "Não se preocupe", diz. "Não é nada." Mas ela ficou intrigada, e ele sabe que não pode fazê-la entender o quanto é inútil pranteá-lo, sofrer por algo que nunca foi nada. Ela é jovem, inteiramente carnal, dedicada a batalhas e avidamente viva. Não pode fazer que ela veja, nem deve. Talvez só os que beiram a desintegração possam compreender isso. "A aranha tece as cortinas no palácio dos Césares; a coruja chama os vigias nas torres de Afrasiab." Ela espera para lhe dizer algo. Anjali está esperando a dra. Kharas terminar a preleção e se despedir. Depois se levanta e fecha a porta. Volta à cama e senta ao lado de K.D.

"Lembrou-se de algo a respeito de Gaitonde, tio?"

"Não. Nenhuma novidade. Só as coisas que você já sabe." Gaitonde foi recruta seu, um cliente. Depois que K.D. se aposentou, Anjali queria ser sua controladora. Mas surgiram objeções na organização: muito jovem, inexperiente demais e, finalmente, o mais importante: era mulher. Que tipo de gângster aceitaria ser controlado por uma mulher, e que mulher conseguiria manipular o temível Gaitonde, aquele monstro implacável, o sedutor sem respeito pelas mulheres? Havia uma regra antiga e consagrada na organização, as mulheres não podiam ser agentes de campo por causa de sua incapacidade de tratar com o tipo de criminoso que constituía a rotina dos fornecedores e compradores de informações, uma mulher não conseguiria fechar acordos e dar instruções a contrabandistas suados, pequenos criminosos de fronteira, mulas que carregavam drogas, iletrados, vulgares e desesperados. Portanto, mulheres eram ótimas para serviços internos, dizia a regra oculta, davam analistas de primeira. Melhor ficarem só nisso. Mas Anjali se cansou do serviço interno, revoltou-se contra a antiga regra, mostrou-se uma agente de campo de qualidade em seus postos em Londres e Frankfurt. Era uma boa analista e sabia lidar com homens e mulheres, como com um certo imigrante e contrabandista paquistanês em Marselha, um pathan bigodudo particularmente brutal que a chamava de Bhen-ji e forneceu contatos vitais com transportadores de heroína afegã, com ramificações em Peshawar e Islamabad. Havia modos específicos para as mulheres controlarem homens, e mesmo assim a organização recusara o pedido de Anjali. Entregaram Gaitonde a Anand Kulkarni, muito viril e muito sério. Gaitonde acabou por se revelar pouco confiável, e Kulkarni foi criticado na organização pelo modo como lidou com ele, mas K.D. foi responsável pelo recrutamento do filho-da-mãe. Por sua culpa, e não de outros, o caso Gaitonde deu errado. K.D. pergunta: "Por que é tão importante? Gaitonde está morto".

"Sim, ele está morto."

"E então? Haverá disputa por seus territórios. Talvez sua companhia se desintegre. Talvez eles se matem. E daí?"

Ela o avalia. Tenta decidir se deve revelar algo ou não. Ele compreende que se tornou um risco, que não pode receber informações importantes. Não é mais o mesmo, pode contar algo à dra. Kharas, à enfermeira, a pessoas que passam no corredor. Mesmo assim, ele quer saber. "Diga", ele pede. "Se disser, talvez eu possa ajudar. Se me contar, vai facilitar a lembrança." Não está seguro de que isso seja verdade, se os escombros de sua memória antes invejada tenham capacidade de produzir resultados a partir de pistas mínimas, de reflexão e análise adequadas. Mas ela tem de jogar. Calcular riscos faz parte da rotina do jogo, e K.D. treinou Anjali nesses pequenos passos através do perigo: no último momento, quando você está a caminho do ponto de entrega, sem saber ao certo se foi seguida ou não, passa reto ou recolhe o material? Você descobriu que um dos agentes anda vendendo informações para o outro lado, para muitos lados, por isso várias fontes podem ter sido comprometidas, e você tem um informante numa instituição de pesquisa em defesa de Islamabad, um físico, e você liga para ele ou não? Calcule o lucro, a punição que o fracasso acarretará, e tome sua decisão.

Ela decidiu. Passou a falar depressa, em voz baixa. "Encontramos Gaitonde numa casa em Bombaim. A casa foi construída para servir de bunker, com paredes inexpugnáveis. Localizamos o arquiteto e o construtor da casa de Gaitonde. Eles nos disseram que a obra ficou pronta em dez dias, a partir de um projeto enviado por fax por Gaitonde. Ele disse que não se preocupassem com o dinheiro, era para terminar logo. Eles agiram rápido. Temos cópia do projeto. O título e outros elementos de identificação foram removidos, mas havia o suficiente em texto para uma pesquisa sobre a fonte. O projeto foi baixado da internet, de um site alternativo norte-americano intitulado "Como sobreviver ao Holocausto". Estudamos a estrutura de Bombaim. Gaitonde mandou construir um abrigo nuclear."

Seus olhos brilham, negros, assustados. Lá fora, a noite se impõe com o farfalhar de milhares de asas rápidas. O ronco do trânsito da cidade ainda é ouvido, distante, na rua. Há uma vacuidade informe naquela ameaça nuclear, K.D. pensa, uma ausência difusa que impede qualquer pensamento, qualquer ação. Anjali não consegue raciocinar a partir disso, nota. Ele indaga: "Então Gaitonde deixou o esconderijo, e fugiu?".

"Sim, voltou para Bombaim. Procurava três sadhus. Foi encontrado no abrigo, morto, vítima de seu próprio tiro."

"O que havia no abrigo? Encontraram alguma coisa?"

"Outro corpo, de mulher. Uma cafetina chamada Jojo Mascarenas que fornecia mulheres a ele. Gaitonde a matou com a mesma pistola usada em seu suicídio."

K.D. sabia a respeito das mulheres, das moças que Gaitonde consumia num fluxo constante. Ele nunca se dera ao trabalho de perguntar de onde vinham. Agora sabia. "E o que mais?"

"Um álbum de fotografias dessas moças. E dinheiro. Um crore e setenta e um lakhs, em notas novas do Banco Central."

"Investigaram a mulher?"

"Sim. Encontramos o apartamento dela, demos uma busca. Não encontramos nada de interessante. Um pouco de dinheiro. Parte dele deve ter sido dado por Gaitonde, mesmas séries, notas novas embrulhadas em plástico. Ela operava na periferia da indústria cinematográfica e da televisão, circula muito dinheiro sujo nesse meio. Havia fitas, fotos de atores e atrizes, mais nada."

Ela espera. Permite-se uma pontinha de esperança, mas K.D. não tem nada a lhe dizer. Nenhuma explicação saiu do redemoinho de sua confusão, nenhuma pista flutuou no monte de detritos de seu passado. "Vou pensar um pouco nisso", ele disse. "Vou precisar de um tempo."

Ela janta com ele, reparte a bandeja de aço da refeição hospitalar. Ele come khichdi com colher e tenta raciocinar. A ameaça nuclear pairava no subcontinente havia décadas, era preciso lidar com ela. A organização montou muitas operações para extrair informação sobre tecnologia, doutrina, tática, localização de armas, algumas com sucesso. Eles reuniram dados, conheciam a capacidade e as intenções dos paquistaneses, chineses e norte-americanos. K.D. viu algumas dessas análises e relatórios, além das fotos marrom-avermelhadas de satélite que mostram complexos de mísseis e bases aéreas, sabe que há armas reais prontas para uso, apontadas para cidades, para ele. Contudo, a possibilidade de uma explosão nuclear sempre lhe pareceu irreal, distante demais das atividades noturnas de aguardar num barraco gelado a chegada de um informante paquistanês, sentado num caixote quebrado com os pés para cima, de modo a evitar cobras e escorpiões. Fazer um homem atravessar uma cerca dupla de arame farpado, varando campos de trigo, sob a mira dos rifles com visão noturna dos Pakistani Rangers, passando pelo gado que dormia, isso era trabalho, esforço e vocação, tudo bem conhecido e bem-feito. Mas a destruição nuclear pertencia a livros de espionagem que K.D. lia antes de dormir durante as viagens longas, e que ainda lê. Na pilha de livros ao lado da cama, junto com história romana e autobiografias de agentes da CIA, há livros assim, que lê por prazer, rindo com freqüência dos cenários impraticáveis descritos, dos milhões de mortos e complôs maquiavélicos contra os heróis corajosos e altruístas. Nos livros, e só nesses livros, a bomba explodia às vezes, destruindo cidades inteiras. Só nesses livros havia um dia seguinte fumegante, um silêncio sem pássaros. Mas a gente sempre fechava o livro, devolvia-o à mesa-de-cabeceira, tomava um golinho de água, virava para o lado e dormia. Não era preciso construir bunkers medonhos no meio de Bombaim, não era preciso que um gângster abandonasse seu refúgio seguro no exterior para procurar três sadhus. Não mesmo. Mas Gaitonde morrera. Por quê?

K.D. não sabe, mas está pensando. Anjali tira a bandeja, os copos e os talheres. Parece exausta. "Vá para casa", ele diz. "O atendente cuida disso."

"Tudo bem. Na verdade, pedi para ficar aqui. Disseram que trariam uma cama de armar."

"Anjali, não precisa. Sério. Você precisa descansar."

"Posso descansar aqui. Preciso dormir um pouco, é tudo. E ficarei muito bem na cama de armar."

Ele percebe que ela se preocupa com sua condição, e também com a operação, um mundo que na opinião dela sofre uma grande ameaça. Quer ficar perto dele, de sua memória fraca e mente traiçoeira, para o caso de dizer um nome, um lugar, uma palavra que a leve até a vida oculta de Gaitonde. Ela ama o tio, claro, mas está fazendo seu trabalho também. Age conforme seu treinamento e seu instinto, é uma ótima aluna. K.D. está morrendo, ele sabe disso, ela sabe disso. Talvez um moribundo a leve apenas à terra dos mortos, mas ela está tomando cuidado — talvez K.D. lhe dê algo útil antes de mergulhar no silêncio. Ele sorri. "Tudo bem, beta. Contanto que esteja bem-acomodada."

"Trouxe até a escova de dentes", ela disse, mostrando-a. É novamente a menininha que ele conheceu um dia, e eles trocam sorrisos. É aconchegante ter alguém no quarto, usando o banheiro. Anjali acomoda-se na cama. Dizem "boa noite" um ao outro, K.D. desliga a lâmpada acima da cabeça. Ela dorme, sua respiração se regulariza quase imediatamente. Ele a observa, olha o contorno do ombro. Ela não tem ninguém para telefonar, para dizer que não voltará para casa esta noite. Uma vez teve marido, um rapaz de Kannadiga com quem se casou contra a vontade dos pais preocupados, no meio de um caso de amor idealista metropolitano em Delhi. O marido estudava economia no Zakir Hussain College, fez carreira no IAS e a largou quatro anos após o casamento, queixando-se de suas viagens incessantes e da obsessão pela carreira. K.D. não sabia se ela havia conhecido mais alguém, nunca falava nisso, não falava em desejo, em companhia. Teria preferido a solidão, como o próprio K.D.? Ele se perguntava às vezes se a solidão era preferível ao tédio ou à traição, que parecia ser o desfecho inevitável dos grandes amores, de todos os casamentos felizes. As pessoas se agarram umas às outras por medo. K.D. preferiu a integridade da vida solitária. Era um realista, ainda é. Tem forças para enfrentar a morte sozinho.

Na metade superior de seu campo visual, sua visão é acurada e sensível, ele consegue distinguir a sombra sutil do cabelo de Anjali na parede mais distante, os fios finos projetados no fundo cinza. Na metade inferior um homem chamado Palash caminha por uma trilha no meio dos campos de arroz. Usa um banian puído e um dhoti, a pele na nuca é enrugada e escura. K.D. observou o suor escorrer pelo pescoço durante quinze quilômetros. O pescoço do sujeito é mais real no presente, naquele hospital, na escuridão, do que foi naquela tarde distante. É um tom de chocolate brilhante, e o cabelo grisalho que o cobre parcialmente é formado por fios esparsos, que os raios do sol poente transformam em filamentos reluzentes, lustrosos. O caminho segue para além do arrozal, perde-se na distância, reto como uma flecha. Os campos estão alagados, os brotinhos verdes são refletidos pela superfície calma da água. Uma ave de rapina elegante descreve círculos perfeitos no alto, movendo apenas as últimas penas da ponta da asa. K.D. enxerga sua barriga marrom-dourada, o peito branco e a cabeça, sabe que é um gavião brâmane. Conhece o pássaro, conhece o dia. Adiante, haverá tiros. Ao entardecer, Palash o conduzirá a uma choupana na periferia do vilarejo de Ramota, onde um rapaz chamado Chunder Ghosh passa a noite. Chunder Ghosh dirá que seu nome é Swapan, mas K.D. o reconhecerá pelas fotos da Jadavpur University e da festa de aniversário na Kadell Road. Aquele rapaz de rosto gorducho se foi, o revolucionário encovado é Chunder Ghosh, sem dúvida, sentado ali de pernas cruzadas. Ghosh fará muitas perguntas a K.D., checará o disfarce de K.D., que é flexível e convincente: K.D. é Sanjeev Jha, pequeno comerciante de juta e simpatizante dos naxalitas, além de possível informante a respeito de grandes comerciantes capitalistas de juta que devem ser eliminados na guerra de classes. K.D. responderá perguntas sobre Patna, sobre os diversos tipos de juta, e um lampião lançará sua luz trêmula, atiçado por Palash. K.D. massageará seu calcanhar direito, onde foi picado por um inseto desconhecido, por um bicho furtivo. O pé está em carne viva, inchada no local da picada. Chunder Ghosh é um veterano de muitas picadas, muitas febres, mas dará uma olhada na ferida inesperada. As perguntas prosseguirão. As perguntas irão longe demais. K.D. se levantará para fazer suas necessidades. Levará com ele a sacola azul de fundo rígido, que havia sido revistada e continha uma garrafa térmica, uma camisa, um saquinho de amendoim, dois jornais e mil e seiscentas rupias. Lá fora, K.D. urinará de verdade. Conseguirá fazer isso apesar das cólicas constantes em seu ventre. Tomará fôlego, abrirá a sacola e encontrará bem no fundo um pano esticado que ele removerá cuidadosamente, ouvindo um som de tecido rasgado. Encontrará o compartimento secreto, e dentro dele uma pistola automática Polish 32, carregada. Voltará para o casebre com a mão de lado e a mala à frente. Atirará no olho direito de Chunder Ghosh e no peito de Palash, depois na nuca. Em sua rápida busca no casebre ele só encontrará um revólver Colt 38 antigo, que Chunder Ghosh mantinha engatilhado na mão direita, debaixo da coxa. Ele o pegará e fugirá. Mas tudo isso ainda demora. O que K.D. vê agora é Palash caminhando na sua frente, o verde incandescente do arroz, o gavião a sobrevoá-los no céu.

O que há adiante, no primeiro reflexo arroxeado da manhã, nos confins do mundo? De direções diferentes, K.D. Yadav e Chunder Ghosh caminham no rumo da mesma choupana miserável, com teto desabando e paredes de barro rachadas. Um deles ainda faz o máximo possível por Nehru, o outro deixou para trás a vida confortável do clube, comunidade e grupo de teatro por outra visão igualmente grandiosa e igualmente insana. Ambos acreditam que em algum lugar, do outro lado do casebre, do outro lado do horizonte, existe felicidade. Só isto, assim mesmo: felicidade. Mas K.D. vê tudo com clareza agora, ele vê a partir da imensa lucidez de sua doença que ambos foram traídos, que foram traídos antes mesmo de iniciarem a jornada. Um nó de desprezo se forma no peito de K.D. por causa dos dois jovens, tão confiantes na própria saúde, na profunda sinceridade de seus sonhos. Que tolos. Que egoístas. O que qualquer um deles poderia construir que não desembocasse em mais mortes, mais perdas, mais doenças? "A aranha tece as cortinas no palácio dos Césares. A coruja chama os vigias nas torres de Afrasiab." E mesmo assim planejamos, lutamos uns contra os outros, nos matamos. E continuamos a fazer isso, nunca vamos parar. Passaremos do massacre ao pogrom, tudo em nome do paraíso futuro. K.D. sente uma irritação enorme, uma exasperação pela espécie inteira, por tudo que já foi feito. A vida é uma doença, pensa. Que acabe. Que tudo acabe. Gaitonde temia a luz branca poderosa, uma explosão e um vento destruidor que arrasaria tudo que fora construído na superfície daquele charco. K.D. Yadav vira-se de costas e imagina a cena, uma explosão intensa, ascendente, a morte súbita, o silêncio posterior. Finalmente haverá quietude. Um sumiço, como o apagar da vela. Ele pensa nisso e sente a paz que contém, sente a necessidade de um final assim. Sorri, contente, e dorme.

Anjali está sentada ao lado da cama, arrumada, quando acorda. Ela sorri. "Lembrou-se de alguma coisa?"

"Não", ele diz. "Não me lembrei de nada."

Ela assente com a cabeça. Está acompanhada por um rapaz de ar inteligente, bigode aparado, rosto vulpino. "Este é Amit Sarkar", diz. "Acabou de entrar para a organização, é meu estagiário. Vai ficar com você hoje."

"Bom dia, senhor", Amit Sarkar diz, vibrando com o entusiasmo esperado de um recruta na presença de uma lenda viva.

Anjali mantém a vigilância, segue sua intuição naquele caso, que é um tiro no escuro. Para K.D., tanto faz. Deixou tudo aquilo. "Muito bem", diz, recostando no travesseiro. Quer que tudo seja fácil, voe para longe, mas algo o incomoda. O dinheiro de Gaitonde. Alguma coisa a respeito do dinheiro de Gaitonde o espicaça, a imagem ficou grudada em sua cabeça, um crore e vinte lakhs do Banco Central em maços. K.D. afasta a lembrança do dinheiro, não quer saber dele. Fixa-se na parede, na ligeira vibração da luz por causa do ventilador de teto. Desliza para uma sonolência gostosa, uma consciência leve que passa pela memória, imagem e pensamento sem se deter. Sua mente parece leve, livre da gravidade. A parte de baixo da visão de K.D. continua sendo visitada por espectros do passado, soldados mortos há muito tempo, informantes, agentes, vítimas. Ele olha tudo com sublime distanciamento. E, na parte superior da vista, os visitantes entram e saem, colegas antigos com netos. A dra. Kharas e seus residentes. Enfermeiras e atendentes. Finalmente, à noite, Anjali volta para substituir Sarkar. Eles trocam cochichos, depois ela senta ao lado de K.D. Ele come porque ela insiste, prefere evitar discussões. Poderia evitar a comida também, sem problemas. Para ele, atualmente, dá tudo na mesma. Uma noite passa, depois um dia. Ele observa tudo, a vida e a vida dentro de seus olhos, e as duas são igualmente insubstanciais, apenas fantasmas. A dra. Kharas e suas agulhas finas e seus diagnósticos, Anjali, os MIGS num mergulho sibilante na direção de um campo de pouso paquistanês, dois homens caminhando por um campo de arroz. São ilusões, aqueles homens e mulheres irreais, vivem pelas ilusões, sofrem por elas, morrem por elas. Que tudo acabe amanhã, essa cavalgada desatinada de espectros, num inescapável relâmpago de branca luz. Amanhã tudo acabará. K.D. se contenta com essa idéia, sente-se satisfeito.

Sonha. Sabe que está dormindo, e sabe que está sonhando. Tem noção de si como observador do sono, contudo sente em seus pés o impacto, através das grossas camadas do tênis, durante a corrida. Jogam futebol num platô alto que nivelaram, na encosta da montanha. Todos estão lá: Khandari, de suéter verde Garhwhali de lã rústica esfiapada, Rastogi, na ponta esquerda, Da Cunha, com seus gritos incessantes de "Passe, cara, passe!". E Ginzanang Dowara, que sempre tenta marcar, e sempre perde a bola. É domingo, o pessoal de folga formou dois times, quarenta jogadores para cada lado, que jogam um futebol desregrado no que consideram ser o campo de futebol mais alto da face da terra. Eles o escavaram na montanha em dois meses de trabalho duro a grande altura, alargando uma plataforma natural quase plana. A bola veio de Calcutá, graças a um conjunto de requisições e pedidos de favor. Agora, estão jogando. Thangrikhuma pega a bola, ele é pequeno, compacto e muito rápido, desliza através da barreira formada por uma dúzia de beques com um jogo de corpo e um passo lateral tão rápido que mais parecem truque cinematográfico. K.D. profere um grito de admiração e sai atrás dela. Thangrikhuma é rápido, muito rápido. Ele sabe que K.D. avança mas não se preocupa, apenas sorri. K.D. corre para valer. O vale abaixo é verde e cinza, as nuvens no céu são brancas e fofas. Thangrikhuma corre, Marak, o subedar, aguarda em sua posição, perto do goleiro e das duas estacas de madeira que servem de gol. Marak é velho e lento, sempre fica perto do gol, e só se manifesta em jogadas cruciais. É experiente. Espera, sabe esperar. Thangrikhuma o provoca, tenta atraí-lo com sua ginga. Marak ataca, escorrega, nosso bravo Marak. Thangrikhuma escapa, mas Marak estica a mão certeira ao cair e agarra a barra da camisa do adversário, e Thangrikhuma cai também. Falta, claro, mas aquilo é jogo de homem, tarde demais para marcar a falta, K.D. tomou a bola e segue em contra-ataque para o território inimigo. Seus companheiros o seguem, deslocando a defesa, e K.D. é veloz, sorri ao ver o delicioso quicar da bola, que volta sempre a seu pé, ele a controla com perfeição, dribla Rastogi com facilidade e deixa para trás o ruído da respiração ofegante e o corpo suado, agora está correndo livre pelo campo, sente a presença de Da Cunha a sua esquerda, enquanto Ginzanang Dowara o protege pela direita, a bola reluz em preto e branco ao bater no chão, o peito de K.D. dói, ele está contente, o ar frio, o gol à frente.

K.D. acorda chorando. Sente o calcanhar queimar. Há muito tempo, quando estava sentado no piso de terra batida de um casebre, com Chunder Ghosh, de pernas cruzadas e descalço, ele foi picado no calcanhar por um inseto. Ele se lembra agora, recorda como esfregou a mancha vermelha com o polegar, e como Chunder Ghosh interrompeu seu interrogatório por um momento, para espiar curioso a picada. K.D. se lembra e sente um soluço sair de sua garganta. Anjali se mexe na cama e K.D. tenta deter as convulsões, fazê-las cessar. Os homens e mulheres pelos quais chora estão mortos, em sua maioria, mas ele chora por suas vidas, pela brevidade de seus confrontos, pelas alegrias e agonias tão curtas. Chora pela queimação da picada, pela momentânea veemência de seus desejos.

"Tio, qual é o problema? Quer que eu chame a enfermeira? Sente dores?"

Na luz súbita de uma lâmpada incandescente Anjali se debruça sobre ele. K.D. faz que não com a cabeça e pega na mão dela. Incapaz de falar, tenta sorrir, sem parar de balançar a cabeça. Ela o acaricia. Sentada na cama, ela o aconchega em seu colo.

"O que foi?", ela diz. "Não tenha medo."

K.D. não sente medo. Não sente medo algum, pelo menos não por sua pessoa. Mas não encontra palavras para definir a imensa compaixão que inunda seu corpo, esta ilusória carcaça de carne defeituosa. Em sua mente periclitante há temores por Anjali, pela vida que se manifesta naquela jovem corajosa que o abraça. Ela valoriza a vida, agarra-se a ela, como fazem seus colegas, amigos e familiares. Preciso ajudá-la, K.D. pensa, realmente preciso. Ele repassa sua vida, tudo que sabe e recorda, e quando seu pensamento ganha objetividade os tremores acabam. Ainda no colo de Anjali, ele pensa. Retoma a antiga alegria da reflexão, a informação flui num emaranhado de fontes, viva em cores, imagens e odores. Ela se movimenta, ele nada na corrente, faz que mude de ângulo e a ajeita de várias maneiras: parece que espia através de um caleidoscópio. Recupera o antigo prazer. Quando o céu começa a acinzentar lá fora ele se agita. "O dinheiro no bunker de Gaitonde", diz.

Anjali, encostada na grade da cama, sai de seu torpor. "O que foi?", diz.

"O dinheiro no bunker de Gaitonde. Você mencionou algo a respeito dos pacotes."

"Os maços estavam embrulhados em plástico transparente, fino. Um tipo de filme parecido com o que embala alguns brinquedos ou chocolates."

"Cinco maços juntos? Em pilhas assim?"

Ela observa a forma que ele faz com as mãos, o vazio que sustenta no ar. "Sim", responde.

"Quero ver o dinheiro", ele diz.

Ela atravessa o quarto correndo, pega o celular e senta na cama, e ele acompanha o teclar nervoso. Ela dá ordens e volta a ele. "Está a caminho", diz.

Mas os dois sabem que pode demorar um pouco até a ordem atravessar a burocracia da organização, despertar pessoas, obter permissões e abrir cofres. K.D. não tem muito tempo, pode esquecer. Por isso pede a ela que sente a seu lado e lhe conta tudo, enquanto ainda retém os fatos. Quer revelar o que sabe, o que recorda. "Grande parte de nosso dinheiro costumava ser impresso na União Soviética. Os paquis iniciaram uma operação quando a União se desfez, quando tudo estava à venda. Tentaram comprar as matrizes originais dos russos. Se conseguissem as matrizes, poderiam detonar uma operação capaz de produzir notas genuínas, dinheiro perfeito. Mas ficamos sabendo e conseguimos pegar as matrizes primeiro, na fábrica. Impedimos a operação deles. Mas os paquis conseguiram pôr as mãos numa quantidade razoável de papel original. Chegamos tarde demais para impedir isso. Com aquele papel especial eles produziram grandes quantidades de dinheiro indiano, em notas altas. Contam com técnicos muito talentosos. As falsificações são brilhantes. Vi algumas notas recolhidas em Jammu e Amritsar. São muito boas. E vinham embrulhadas em plástico, em pilhas assim."

Anjali concorda com um gesto de cabeça. "Bom para o transporte em qualquer condição."

"Sim, faça chuva ou faça sol. A operação na Rússia foi comandada por um agente do ISI chamado Shahid Khan, que na época era major. Ele é bom. Já o conhecia da embaixada deles em Londres."

"Shahid Khan", Anjali repete.

"Shahid Khan", K.D. diz. "Sujeito muito religioso. Dedicadíssimo. Um dos melhores. Shahid Khan controlava o papel."

Ela anota tudo rapidamente num bloco branco. Ele ouve o riscar da pena, e quando ela termina espera que ele diga mais alguma coisa. Mas isso era tudo que ele sabia.

Esperam juntos a chegada do dinheiro. Pouco depois de uma hora, Amit Sarkar chega com uma valise. Anjali entrega um maço para K.D. analisar. "Sim", ele diz. "É isso mesmo." Ele sente que sorri. O jogo, pensa. Ele continua. Pega a caneta de Anjali de sua mão e perfura o plástico, antes de rasgar um pedaço. Pela abertura puxa uma nota, que levanta até a altura da vidraça da janela, para examiná-la contra o brilho do céu. "Sim", diz. "Sim, creio que é o dinheiro deles." Ele não faz idéia do que isso pode significar para Anjali, ou se vai ajudar em algo. Mas todos estão felizes: já é alguma coisa.

Anjali leva embora o dinheiro e seu bloco, abraça K.D. e sai apressada. Ela precisa ir, mas deixa Amit Sarkar com K.D., para ouvir e tomar conta dele. A organização ainda quer que ele jogue, mas é muito tarde. K.D. deita novamente na cama, com os braços abertos. Os travesseiros são muito confortáveis. Ele fecha os olhos. Respira fundo e dorme.

Dinheiro

Sessenta e sete mil e sete rupias e setenta e quatro paise era a soma dos benefícios, direitos e economias de Katekar. O governo imediatamente anunciou uma suplementação de dois lakhs para a família inconsolável, mas o cheque precisou de nove meses e meio para vencer os meandros de Mantralaya e as atenções rigorosas de inúmeros funcionários departamentais. Quando Shalini depositou o cheque e ele foi compensado, quase um ano transcorrera desde a morte do marido. Ela agora passa os dias correndo de uma das seis casas para outra, onde lava roupa e louça e faz jhadoo-katka, recebendo mil rupias por casa pelo serviço de limpeza. Com dois filhos adolescentes isso era insuficiente, uma queda enorme do padrão anterior, quando o marido trazia para casa maços de dinheiro. Os dois lakhs finalmente chegaram a sua conta, e dois lakhs pareciam ser uma soma enorme assim de repente, mas Shalini sabia muito bem que montes súbitos de dinheiro traziam apenas uma ilusão de bem-estar. Era o que tentava explicar à irmã.

"Bharti", disse, "dois lakhs parecem ser uma fortuna. Mas quantos dias há numa vida? Quanto tempo esses dois lakhs vão durar, para três pessoas? Tenho filhos menores. Preciso pagar escola, livros. E se acontecer alguma coisa? Podemos precisar do dinheiro a qualquer momento."

Bharti, sentada de pernas cruzadas numa almofada que pegara na prateleira, virara o ventilador de mesa para seu lado. Enxugou o rosto com o pallu e baixou a cabeça do jeito que sempre fazia quando era contrariada. "Tai, se você não vai gastar o dinheiro, de que adianta deixá-lo no banco? Precisamos dele agora, e ele diz que pagará juros maiores que os do banco." O marido de Barthi, Vishnu Ghodke, tinha dois amigos que desejavam abrir uma agência de viagens. Ele seria o sócio minoritário, e mesmo assim precisava de cinco lakhs. Mas tinha menos de três. Shalini acabara de receber dois. Por isso Bharti estava ali, numa tarde de quinta-feira, toda esbaforida e furiosa. "Ele garante que é um negócio seguro. As pessoas estão viajando cada vez mais. E os dois sócios têm contatos em Bahrein e na Arábia Saudita, milhares de pessoas querem ir para lá. Milhares e milhares."

Shalini balançou a cabeça. "Bharti, mesmo que crores e crores queiram ir à Arábia Saudita, não posso lhe dar meu dinheiro. Estou sozinha e preciso tomar conta dos meus filhos."

Bharti fechara a cara de uma vez ao ouvir isso. "E nós? Você pode contar conosco. Não confia em nós?"

"Não se trata de confiar ou desconfiar."

"E então?"

"Bharti, tudo pode acontecer. Qualquer coisa." Era na vida que ela não tinha confiança nenhuma. Foi a vida que sumiu sob seus pés, deixando-a fraca e perdida.

"Mas você está segura, tai. Vamos pagar em prestações mensais, portanto entrará dinheiro sempre. Para completar o que você ganha hoje. E você não tem de pagar aluguel. Nunca vai ficar numa situação ruim."

Shalini e o marido haviam pago seis lakhs para ter a segurança de um teto sobre suas cabeças, em dinheiro vivo, em quatro sofridas prestações, um dinheiro arrancado dos milhares de pratos e roupas lavadas, de inumeráveis propinas de cinqüenta e cem rupias. Por isso ela e seus filhos tinham um teto, dois cômodos e cozinha que lhes pertencia. Era isso que ele queria, ter um pedacinho de terra que não fosse propriedade do governo ou de um senhorio, ele queria a segurança de um lar. E lhes dera isso. E estava morto. O impacto da ausência provocou em Shalini uma pontada nas costas que foi até o estômago, como acontecia com freqüência. Ela respirou fundo uma vez, duas. "Não posso fazer isso", disse. "Bharti, não posso arriscar o dinheiro. Pense bem."

"Quem fica sempre pensando é você, tai. Pensando, pensando. Mas nós ouvimos nossos corações. Por isso viemos pedir a você. Pensamos que entenderia." Bharti se levantava para pegar a bolsa e ajeitar o sári.

"Bharti..."

"Não, pode deixar, você sempre foi mais inteligente. Sempre três passos na frente. Sempre conseguiu o que desejava, pois pensava. Mas nós não somos assim."

Shalini sabia que retrucar reabriria e retomaria uma longa e amarga discussão sobre um colar de ouro que a mãe deixara para ela, e não para Bharti, passaria por um incidente num casamento familiar em que discutiram por causa da distribuição de sáris aos convidados, e continuaria pelo valor exato gasto no casamento de Shalini e depois no de Bharti. As duas conheciam profundamente o teor dos debates, Bharti no final choraria e mergulharia numa dor ressentida, seu rosto redondo se dissolveria na infantilidade. Shalini preferiu observar em silêncio enquanto Bharti atava as tiras de uma sandália verde elegante no tornozelo. Depois, ela disse, suave: "Espere pelo menos até os meninos voltarem".

"Deixei meus filhos com Maushi. Faz tempo."

Maushi era a maushi de Vishnu Ghodke, que vivia a três prédios do deles. Confiável porém mal-humorada, e os filhos não podiam passar muito tempo sob sua feroz disciplina. Shalini achava que o menino bem que precisava de uns tapas e beliscões, mas não era o momento de criticar o filho de Bharti. Assim que Barthi cruzou a soleira da porta, Shalini a tocou acima do cotovelo, num gesto discreto, seu modo costumeiro de cumprimentar a irmã. Bharti saiu andando pela rua de cabeça erguida, rígida, enquanto Shalini se abaixava, sentava na soleira. Ela se permitiu cinco minutos de abandono, um momento de exaustão e completo relaxamento. Olhou os passantes. Eram quase sete e meia da noite, o rush da volta para casa chegara ao auge. Já escurecia mais cedo, os dias eram cada vez menores. Em pouco tempo as noites exigiriam uma colcha extra, um cobertor. Mudança de estação. Os transeuntes seguiam num fluxo contínuo, hipnótico, em seu ritmo imutável, no constante movimento de tesoura das pernas e canelas, nas sacolas pendulares cheias de cebola, batata, atta e óleo de coco. Alguns jovens carregavam pastas executivas requintadas e passavam apressados, cheios de disposição e propósitos. Todos passaram.

Cinco minutos. Shalini sabia que haviam transcorrido. Desde que se lembrava das coisas ela exibia um sentido aguçado do tempo, podia dizer a hora e até o minuto exato sem usar relógio. Sempre acordava sem despertador, todos os dias chegava ao portão da estação exatamente seis minutos antes de seu trem passar. Sabia que seu momento de descanso terminara, e levantou-se. Apenas por um instante, uma ou duas batidas do coração, seu corpo relutou em abandonar a posição de repouso, seu descanso delicioso no tijolo e na madeira. Shalini criou coragem e levantou. "Ambabai", disse baixinho, dando uma olhada para a divindade no ninho, "acorde, levante. Temos trabalho a fazer."

O jantar estava pronto quando os meninos chegaram. Rohit pegou meio balde de água e levou o irmão mais novo para fora. Shalini ouvia seus murmúrios apesar do barulho da água. Era uma exigência do pai, que eles lavassem as mãos e os pés ao voltar das brincadeiras na rua, antes de entrar em casa. Na presença dele os dois sempre reclamavam, tratavam a regra como prova de insuportável autoritarismo paterno, principalmente Rohit, que se recusava a fazer isso quando o pai não estava em casa. Agora que o pai realmente se fora, Rohit realizava as abluções da tarde com seriedade ritual, supervisionando o irmão com uma atitude rígida, policialesca, implacável. Tornara-se um rapaz muito sério, Rohit. Conversava com Shalini todas as manhãs a respeito das necessidades da casa, passava no mercado de tarde, depois da escola. Trazia o troco certo e mostrava a lista de despesas, que mantinha num caderno especial. Tinha chave de casa agora, e a usava no pescoço, presa a uma fita vermelha, tirando-a apenas para dormir. Comia, naquele momento, com a chave jogada para trás, por cima do ombro, até o meio das costas recurvadas.

"Fez toda a lição de casa, Mohit?", Shalini perguntou.

Mohit tinha dedos ágeis, curtos. Comia depressa, com o thali no colo e a cabeça baixa. "Ahn-ahn", disse. "Ahn-ahn."

"Aai, ele tem prova de matemática na sexta-feira", Rohit comentou. "E nem começou a estudar."

"Sexta", Mohit conseguiu dizer, entre dois bocados.

Dal manchava seu lábio superior. Quis dizer que ainda faltavam três dias para sexta, Shalini entendeu. Fora muito mal nas últimas provas, era de se esperar no caso de um menino que acabara de voltar do enterro do pai. Shalini supunha, como todos que o conheciam, que ele se ajustaria, se acostumaria, esqueceria e voltaria a seu jeito sereno, firme. Mas Mohit não se emendava, deixava de realizar suas tarefas para realizar alguma missão secreta. Escondia-se atrás da cama, num canto cheio de revistas de quadrinhos com capas coloridas em que aventureiros bigodudos empunhavam revólveres. Desenhava rifles nas margens dos cadernos e heróis musculosos que despejavam fogo por armas enormes. Tinha uma vida privada, um mundo secreto que Shalini não mais alcançava. Isso ocorria com os filhos, mas não tão cedo. Ela limpou a atta da mão e estendeu o braço, tocando o alto da cabeça dele com o antebraço. "Comece a estudar amanhã", disse. "Combinado?"

"Sim", ele disse.

"Quer arroz?"

"Sim", ele respondeu.

Shalini o serviu, lavou a louça, pôs os pratos para secar na prateleira da parede, pendurou a panela e as colheres no ganchos do teto. Pegou o pó dentifrício e um copo de água, depois sentou na soleira da porta. Na ruela passavam apenas pedestres esporádicos, que surgiam e sumiam na luz de cada porta. Em outra ruela, muito tempo atrás, ele disse que a repetição das luzes parecia uma cachoeira. Fora no início do casamento. Sim, ela concordara, parecia a cascata de Karla. Na época eram muito pobres, a viagem até Karla e suas cavernas fora um evento especial, um ano depois do casamento. Ele caminhara por dentro das cavernas, encantado com os tetos esculpidos para parecer vigas de madeira, parara na frente dos stupas em pose solene, apesar de seu ceticismo, que então já era radical e agressivo. Agora, naquela viela, todos assistiam a *Sabse Bada Paisa*, as cores mudavam simultaneamente na lama, rua acima e rua abaixo. Ela ouvia a voz do apresentador pular de uma televisão a outra, oferecendo a chance de ganhar muito dinheiro. Tinha televisão em casa, mas em geral não assistiam a programas àquela hora tardia durante a semana. Era a regra dele. Estudem bastante, dizia aos filhos, e quando tiverem sua própria casa poderão ver televisão quando quiserem. Ele abria uma exceção para *Kaun Banega Crorepati*, porém, pois era um programa baseado em conhecimentos. Quem respondesse corretamente as questões podia ganhar muito dinheiro, um crore, assim, sem mais nem menos. Quem soubesse tudo ficaria rico. Aprendam, dizia aos filhos, e eles viam o programa juntos, sentados em fila, de pernas cruzadas. Costumavam gritar as respostas. Ela os chamava de três macaquinhos, e eles faziam caretas de volta, imitando macacos. Agora Rohit via *Sabse Bada Paisa*, concentrado, os azuis e verdes percorriam seu rosto. Mohit fora para o quarto, para resmungar suas histórias secretas sozinho. Perdera interesse pelo programa após o enterro. Shalini sentava-se à porta. Na televisão o apresentador perguntava qual era o nome do maior projeto de irrigação já realizado na Índia.

"Arre, Shalu."

Era a vizinha, Arpana, com o marido, Amritrao Pawar, os dois voltavam para casa com roupas de sair. Aparentemente em paz naquela noite, atravessavam um dos ciclos pacíficos de sua guerra da vida inteira. Shalini se ajeitou para Arpana sentar no degrau. "Ficou fora até tarde?", disse.

"Minha sobrinha Kelvan. Em Malad."

"Filha de Sudhir?"

"Sim. Eles estão fazendo o casamento perto do kholi deles."

Arpana tinha dois irmãos mais novos, e era muito próxima do caçula. Com o do meio travava uma disputa de origem obscura. Shalini ouvira a história inteira logo que se mudou para aquela casa e conhecera Arpana, a vizinha irascível, mas não se recordava dos detalhes. Conhecia Arpana havia muitos anos, acompanhava sua briga com Amritrao Pawar, que tinha outra mulher e outra família não muito longe dali. No começo Shalini a aconselhara a desistir, mandar o marido embora. Depois viu como eles passavam das brigas para promessas de amor eterno e presentes caros, e em certa noite de monção, quando estava grávida, fora até lá tarde da noite, pedir duas cebolas a Arpana. Do lado de fora da porta da casa deles, escutou como faziam as pazes, com que êxtases extravagantes e gemidos ruidosos se perdoavam. Entendeu então por que as mulheres daquela rua riam quando Arpana se queixava da indiferença e da crueldade do marido. Ele as encarava agora, Amritrao Pawar, de mãos nos bolsos e sorriso senhorial satisfeito a enfeitar a boca. Shalini não gostava quando ele a olhava daquele modo. Ele que se divertisse com Arpana. Ela lhe deu as costas. "Que tal o rapaz?", perguntou a Arpana.

"Meio magro", Arpana disse. "Parecia uma calha de chuva, mas não tão preto. Mas a família é boa. Ele trabalha no aeroporto." Ela parou de massagear os pés para olhar para Amritrao Pawar. "O que está fazendo aí, parado feito um poste?"

Shalini temia que começassem a brigar na sua porta. Às vezes, bastava um olhar atravessado. Mas Amritrao Pawar estava feliz naquela noite, e soltou uma gargalhada. "Esperando você, rani. Mas é melhor esperar em casa."

Ele se afastou, acompanhado pelo olhar das duas. Arpana fechou a cara. "Estavam bebendo atrás de casa. Ele pensa que eu não percebo." As duas balançaram a cabeça juntas, por causa da estupidez dos homens, depois Arpana se intrometeu. "Bharti veio aqui hoje?"

"Sim. Como você sabe?"

"Chitra pegou o ônibus comigo." Chitra era outra vizinha, duas portas à direita. "Ela me disse que viu Bharti no ponto de ônibus."

E outras vizinhas a viram dobrar a esquina, percorrer a ruela, entrar na casa, notaram sua expressão e começaram a especular. "Sim", disse Shalini, "ela esteve aqui."

"No meio da semana? Aconteceu alguma coisa?"

"Nada. Só um problema de dinheiro."

Arpana não se convenceu nem se mostrou satisfeita com os esclarecimentos. Mas Shalini não pretendia contar mais nada, e desviou o assunto para Amritrao Pawar. Arpana não conseguia resistir. Começou a recitar os pecados recentes, que ele havia ido a Mahabaleshwar com a randi e a cria toda — inclusive o Kaku da randi — e portanto gastou mais dinheiro do que ganhava em dois meses, depois brigou com Arpana quando ela o censurou, quando ela lhe disse que ele não tinha nenhuma ambição, que não se dispunha a correr nenhum risco, que se agarrava ao emprego vagabundo como se fosse um idiota com medo do mundo.

"A gente não acha emprego na rua", Shalini opinou. "Deixe que ele continue no serviço, pelo menos."

"Ele não ganha absolutamente nada", Arpana disse. Ela queria dizer além do salário. "Eles nunca o promovem, nem dão aumento de salário. Não admira, são muçulmanos."

"Pensei que o gerente fosse brâmane. Um Bajpai, não é?"

"Sim, sim", Arpana respondeu. "Mas a companhia pertence a muçulmanos. E você sabe como eles são."

Shalini fez que sim. Ela não ia discutir isso, mas duvidava que Amritrao merecesse uma promoção. Arpana retornou à ladainha. Tinha ombros largos, fortes, e pescoço grosso, não era bonita e nas últimas décadas o rosto ficara flácido. Mas ela e Amritrao Pawar continuavam retornando um aos braços do outro, e se embrenhavam em sua raiva e paixão. O drama, claro, era que Arpana não tinha filhos. Por isso não conseguia provar que Amritrao Pawar estava errado, pois tinha outra mulher por esse motivo. A necessidade sofrida pelo outro, a raiva toda, e nada de filhos. Ambabai tinha seus caminhos, seus caminhos insondáveis. "Está na hora de pôr os meninos para dormir", Shalini disse.

"Certo. Eles estão bem?"

As mulheres da rua viviam de olho nos meninos, e Arpana demonstrava um interesse especial por eles, costumava sentar na soleira com Mohit de tarde, depois da aula. "Sim", Shalini respondeu, "eles estão bem."

Elas se levantaram, despediram-se e cumpriram as derradeiras tarefas do dia. Shalini arrumou a casa, mandou os meninos dormirem, armou a cama e deitou-se. Era o momento mais difícil do dia, quando sentia falta de descansar a cabeça na barriga dele, quando até seus ossos conheciam a curva que seu corpo fazia ao se ajeitar no dele. Enquanto esperava o sono chegar, sua mente devaneava, trazendo reminiscências imprevisíveis súbitas, as brincadeiras, o riso e as pequenas humilhações da parte dele, as alegrias de sua infância também, vinham misturadas, nítidas e dolorosas. Havia um poema sujo sobre Dev Anand e Mumtaz, e Shalini sorriu, ele falara a respeito milhares de vezes, com o mesmo entusiasmo. Ela respirou fundo, então sentiu a dor. Enxugou o rosto. Pelo menos tinha os filhos dele. Seus filhos dormiam perto dela. Sonolenta, confundia-se. Os muçulmanos são assim mesmo. Mataram meu marido. Um deles o matou, e agora o assassino estava morto. Ela desejava às vezes que o assassino estivesse vivo, para que pudesse matá-lo. Mas Sartaj Singh abatera o bihari a tiros. Sartaj Singh também era assassino. São todos assassinos, todos eles mataram seu marido. A raiva era como um ferro atravessado na garganta, e com um esforço supremo ela a expulsou, emitindo um ronco grave que arranhou as paredes e assustou Shalini. Ela esperou, mas os meninos já dormiam profundamente, e para lá da porta aberta só se ouvia o murmúrio de uma conversa distante.

Shalini levantou. Pegou o copo e lavou as mãos, o rosto e os pés, o mais discretamente possível. Depois sentou na frente de Ambabai e Bhavani. Está acordado, Ambabai? Bhavani, chega de tanta crueldade — não há ninguém para punir — e me conceda misericórdia. Paz. Você o abandonou, Bhavani, orei por ele todos os dias, implorando para que voltasse são e salvo, mas você o traiu. Eu não o insultarei mais. Você não me dá os motivos, e aceitarei seu silêncio. Mas conceda um pouco de paz a mim, alívio a esta dor tumultuada, ensurdecedora. Preciso de calma para cuidar dos meninos. Ambai, está me ouvindo? Dê sua bênção. Eu sinto falta dele, dê-me forças. Bhavani é luz azul cegante, até sua misericórdia vem como o luar frio, mas você, Ambai, é campos férteis e água abundante, barro e hálito de bebê e lótus de largas pétalas, você é minha mãe, tire-me deste exílio, deixe que eu viva novamente à sua sombra. Ele era um bom homem. Ele foi a pé até Pandharpur quando lhe pedi, mesmo sem acreditar que a fé curaria suas costas. Ele sofria dores, eu via como se levantava com a mão nas cadeiras no final do dia, mas ele tomava conta de nós e fazia seu trabalho. Era duro, mas nunca violento, Rohit e Mohit nunca sentiram medo dele. Ele pôs uma corrente de ouro no meu pescoço no primeiro dia de sua promoção e não a tirou nas épocas difíceis. Nunca me questionou em relação a dinheiro. Quando discutíamos ele nunca me batia, só uma vez apertou meu cotovelo, de raiva, e deixou uma marca. Éramos jovens, Ambai, ele aliviou a dor com phatkari e haldi quente, tratou de mim com carinho. Cheirava a óleo de coco e Shiva-ji bidis naquele tempo, depois parou de usar tabaco completamente. Depois saiu com mulheres, sei disso, briguei com ele, ele disse que parou mas eu sei quando realmente parou, foi quando entendeu de verdade o que era ser pai. Ele me magoou, Ambai, e eu o magoei. Sei que o fustiguei com meu frio silêncio. Mas cumpri meus deveres de esposa, dei-lhe os carinhos que os homens apreciam. Eu o alimentei. Ele me sustentou. Éramos companheiros, amigos, brigávamos sem rancor. Aai, eu ganho dinheiro, vivo um dia após o outro, mas de noite sinto um nó no estômago. Viro para o lado da cama e vejo coisas. Eu o vejo tossir na cama, ele está com febre, eu lhe trago o jornal e ele o apanha, sua mão está quente, sinto uma pontada de preocupação. Depois ele entra no kholi, Mohit engatinha de fralda molhada. Ele senta, cruza as pernas, conta o dinheiro. Estou descascando cebola, no dia seguinte é Shayani Ekadashi. Ambai, onde está você? Bhavani, você está aqui? Sinto sua proximidade, Ambai, mas estou só. Socorra-me, Ambabai. Estou sozinha.

"Aai?"

Rohit está em pé, atrás dela. Ela permite que a ponha na cama, ouve suas tentativas de consolá-la, deixa que volte para a cama e se console. Ela se lembra, novamente, daquela noite quando foi até a casa de Arpana para pedir duas cebolas emprestadas, e parou do outro lado da porta de Arpana, bem perto por causa da chuva, e ouviu os sons que Arpana fazia, algo entre amargo e doce. Com esforço e determinação Shalini afastou os pensamentos, obrigou-se a não pensar naquilo, a não pensar em nada. Mesmo assim restava uma dorzinha que voltava quando respirava. Ela a suportou, sussurrou novamente o nome de Ambabai, até dormir.

Anjali Mathur seguiu o dinheiro. Fez isso nas horas vagas, nos raros momentos ao final do dia, e de manhã bem cedo. Ela conseguira chegar cedo ao serviço naquela terça-feira, e lia os dossiês antigos. Realizara uma busca por dinheiro falso no sistema, procurava grandes somas das notas que os paquistaneses haviam produzido. Mesmo com uma data de corte arbitrária, 1º de janeiro de 1987, o banco de dados lhe dera uma lista de incidentes e menções em relatórios que chegava a setenta e quatro páginas em espaço um. Por isso, durante os últimos quatro meses, ela estudava os relatórios originais, um por um. Era tedioso, provavelmente perda de tempo, portanto não revelou a ninguém sua busca. Não tinha idéia do que procurava, além dos detalhes, de algum padrão nos detalhes. Uma conexão se revelaria através das extensões do espaço e do tempo, uma série de causas se desenrolaria de trás para a frente e revelaria um início, não, um início não, mas um ponto onde diversas histórias se juntavam, e de algum modo a morte de Ganesh Gaitonde se encaixaria na série de eventos. Anjali não queria uma explicação, desconfiava de explicações. Qualquer explicação, qualquer solução, deixaria muita coisa de fora. Mas confiava em associações, correlações e ritmos, e nas contrações e reviravoltas do tempo. Era o que K.D. Yadav tentara ensinar a eles, sentir o ritmo e o pulsar das intenções do inimigo, isso era possível prever. E era por isso que a análise, as referências cruzadas, os computadores e a matemática davam ali, na leitura de relatórios antigos, um por um. No final das contas, tudo dependia do instinto. De seu instinto, entranhado nos ossos. Anjali estranhava a volta de Gaitonde para o país, sua morte num bunker no meio de Kailashpada, com aquela mulher. Nada disso se encaixava, nada falava uma língua inteligível para ela.

Havia muito aprendera a decifrar o jargão dos relatórios, a imaginar cada evento no telegrafês convulsivo. Lia agora um relatório em folha simples, sem marcas.

ALTAMENTE SECRETO

Número de Código da Fonte... 910-02-75P de... Unidade Jammu Alpha

S.N. do relatório... 2/97 data 27.1.97

Detalhes da fonte: Fonte Rehmat Sani é fazendeiro contrabandista, c/ família em dois lados da fronteira. Info obtida junto primo Yasin Hafeez em exército paqui.

Modo de comunicação: Encontro pessoal

Confiabilidade: II

Fonte encontrou com primo no vilarejo Bhanni em 13.1.97.

Primo é Havaldar no 13º Batalhão, Regimento Punjabi, em Mandi Chappar. Seu pelotão foi destacado para escoltar caminhão particular de 3 ton. De local de impressão de notas falsas em 142 Shah Karnam Road (ver relatório 47/96) até a base de Lashkar-i-Azadi, em Hafizganj. Descarregados quatro caixotes, 4'X 4'X 4', recebidos pelo oficial em comando de Lashkar, Rashid Khan. Fonte não tem info sobre conteúdo. Alta probabilidade de conter grande quantidade de papel-moeda de valor médio para ser usado na ofensiva de primavera no Vale ou outro local. Fonte orientada a manter observação.

Anjali conhecia o autor do relatório. Fora seu colega durante o treinamento. Chamava-se Gaurav Sharme, era completamente careca aos vinte e seis anos. Em 1997 fora designado para Jammu, aquela história de "alta probabilidade" era típica dele. Vivia alardeando a teoria do caos no período de treinamento, e tentava passar aos colegas, durante chai com samosas, nos intervalos, o encantamento dos fractais e atratores estranhos, tentando torná-los impessoais e objetivos. Era assim que funcionava, a informação subia na hierarquia. A fonte era indubitavelmente um bandido suado, um criminoso de fronteira, contrabandista e assassino cujo fatalismo fora inculcado pelos projéteis de artilharia que passaram por cima de sua cabeça nos últimos cinqüenta anos, que caíram em seu vilarejo e nos campos vizinhos, matando tios e tias. Era o tipo de homem que sabia como cruzar a fronteira numa noite sem lua, que não via nada de mais em atravessar os perigos aguçados da terra de ninguém. Conseguia passar horas imóvel num campo de trigo, sob o fogo aleatório das metralhadoras, para se mover apenas no momento adequado. Sem dúvida seduzira o primo paqui a se tornar informante, tentara-o primeiro com empréstimos fáceis para casamentos e tratores, depois passou a pagá-lo de modo escancarado. Ganhava dinheiro nas duas pontas, do primo e do oficial de controle. Sem dúvida o oficial lhe dera caixas de rum ordinário, que ele levava de três em três através da fronteira, para as áreas ritualmente puras do Paquistão. O oficial o encontrara no final de janeiro de 1997, provavelmente numa choupana, em alguma dhaba fedendo a bebida barata caseira, pagara pela informação e a transmitira a seu supervisor em Jammu. Ali Gaurav Sharma preparara o relatório para o departamento interno em Delhi. A informação serviria de base para relatórios que subiriam pela cadeia de comando, e no fim talvez um ministro se convencesse de que os dados indicavam que o inimigo planejava uma ofensiva no início da primavera. Talvez o primeiro-ministro liberasse fundos, pedisse suplementação orçamentária. A cada degrau para cima a informação se tornava mais abstrata. Os detalhes ficavam de fora. Ali, em Delhi, no departamento interno, havia nomes, locais, caminhões e caixotes, Rehmat e Yasin. No alto escalão, ninguém queria saber como tudo era feito. Seu serviço, K.D. Yadav dizia, também era evitar que o comando soubesse demais. Eles não deviam saber. Precisavam estar aptos a agir, e não chafurdar nos detalhes. Precisavam preservar a capacidade de negar. Mantenha tudo limpo. Conte a eles o que precisam saber. Bas.

Anjali deixou o relatório de lado e voltou ao trabalho de rotina. Na organização, em seu círculo profissional em Delhi, a viagem a Bombaim fora considerada um tanto inútil. O tal Gaitonde se matara, após uma longa carreira matando pessoas, e daí? Bandidos como ele eram instáveis por definição, Gaitonde exibia uma trajetória de altos de baixos, com álcool, mulheres e tudo mais. Isso era sabido. E daí que construiu uma fortaleza em Bombaim? O sujeito morreu por suas próprias mãos, era o único fato importante. Qual era a necessidade de investigação, e que fatos adicionais haviam sido levantados? Nenhum. Nós avisamos, disseram os sábios veteranos da organização, é por isso que não se pode confiar em mulheres para trabalho de campo. Afinal de contas, por esse motivo Kulkarni fora designado para tratar com Gaitonde, no início. Ele aprendera o ofício no Punjab, conduzira operações na Caxemira. Fora considerado firme o bastante para lidar com o gângster grosseiro, conhecia Maharashtra muito bem, e tinha — com um leve ar de superioridade — feito a Anjali o favor de liberá-la para ler seus relatórios. "Sei que se interessa pelo sujeito", disse, sorrindo cheio de dentes para ela. "E uma boa analista sempre pode ajudar." Ela acompanhara a história subseqüente de Gaitonde, como ele usara a organização e como esta fora usada por ele, como escapara de atentados e como se tornara cada vez mais instável e paranóico, mentindo ao contato, até desaparecer de repente. Quando ressurgira como cadáver em seu antigo reduto, Kulkarni, o sorridente, fora gentil a ponto de deixá-la ir até lá investigar.

Ela não conseguira nada de aproveitável, portanto estava de volta às análises. Seu setor era o Fundamentalismo Islâmico, sua área de atuação, o mundo. Hoje ela seguia um escocês. Ele nascera em Edimburgo em 1971, com o nome de Malcolm Mourad Bruce, filho de um carpinteiro escocês e uma arrumadeira de hotel argelina. O pai abandonara Malcolm quando este tinha sete anos, sumira sem olhar para trás, e a mãe mudara para Birmingham, para morar com o irmão e a família dele. Aos dezessete Malcolm Mourad Bruce se tornara Mourad Chaker, defensor apaixonado da vida simples, ganhara fama local nas mesquitas como o rapaz ruivo que pregava bem. Aos vinte e dois aparecera no Afeganistão, lutando contra os soviéticos, sendo ferido sete vezes. Quatro anos depois os relatórios apontavam que Mourad lutava pelo GIA na Argélia, matando jornalistas, burocratas civis e oficiais do exército. Ganhou fama como o mais intransigente dos líderes salafistas, recusava-se até a falar com os djazaristas moderados de seu próprio grupo. Para o fanático Mourad, cujas crenças deram a seus olhos o fogo do cabelo, nada menor que uma revolução islâmica mundial era aceitável. Em 1999 o serviço secreto militar indiano identificou um novo grupo de militantes que atuava no vale da Caxemira, liderado por um tal de Mourad, o ruivo. Claro, era o mesmo homem. Mas sua presença no vale indicava que o GIA agora estava institucionalmente envolvido nos conflitos, que mandariam homens e armas? Ou Mourad agia por conta própria, procurando outra guerra, outra missão? Era essa a questão central. E Anjali passou a manhã inteira lendo, varou a tarde em busca de conexões, relatos de homens e mulheres e seus ideais, associações formadas por eles, jornadas realizadas através da fronteira. Leu relatórios internos da organização sobre o vale, documentos produzidos em Washington, informações compartilhadas com a CIA, enviada por um grupo de trabalho conjunto, depois três capítulos de um livro sobre a situação argelina, escritos por um acadêmico alemão, cópias xerox de artigos dos jornais e revistas argelinos, com fotos dos mortos achatadas pelo preto-e-branco impresso, além de dois anos de relatórios de campo feitos por agentes da organização no Marrocos, Egito e Argélia. Sua concentração submergia como um sino de mergulhador, era insensível ao bate-papo dos funcionários que transitavam pelo corredor externo, ao brilho do sol na janela empoeirada, ao pombo que se agarrava às barras com sua pata recurvada e a encarava. Ocasionalmente ela levava a garrafa de água à boca e bebia um gole, sem reduzir a velocidade de leitura. No colégio adquirira a habilidade de tomar notas em linha reta e legíveis, sem precisar dar mais do que uma olhada esporádica para o bloco, e agora enchia páginas com seus comentários. O dia foi passando. Bateram na porta de leve à uma e meia, e Amit Sarkar enfiou a cabeça pelo vão da porta.

"Almoço, madame?"

Amit Sarkar era recém-casado, a cada semana parecia mais próspero, graças aos dons culinários da esposa. Não exibia mais a silhueta faminta e magra dos universitários, como na época do treinamento inicial, e passara a trazer marmita tripla, para repartir. Apesar de sempre exemplarmente educado, Anjali se ressentia da crítica dele a seus hábitos alimentares, implícita nas atenções com ela, uma divorciada solitária. Reagia agressivamente às vezes, incapaz de controlar a irritação com a atitude presunçosa. Mas naquele dia gostou da interrupção. Viver sempre entre ameaças, entre agressão e retaliação, era sufocante. Com dal e bhat, Amit Sarkar apresentava um leve aroma de vida normal, de cozinha caseira. "O que temos hoje?"

"Chingri macher curry, madame. É a especialidade de Maithli."

Maithli era baixa e gorda, com um sorriso que exagerava o queixo e engolia os olhos. Anjali a encontrara em duas ocasiões, era muito convencional e desprovida do dom da conversa. Mas seu camarão era mesmo muito bom. Anjali comeu enquanto Amit descrevia seu projeto atual. Ela o encarregara de acompanhar o fluxo do capital estrangeiro, principalmente da Arábia Saudita e do Sudão, para as organizações islâmicas radicais da Índia. Ele descobrira, dois dias antes, um vínculo entre um grupo estudantil sediado em Trivandrum e um seminário de Nagpur, uma série de conexões entre um líder estudantil, um intermediário comerciante e um mulá belicoso. Um ótimo trabalho, e agora Amit aprofundava a investigação. O irmão do líder estudantil trabalhava em Dubai, e poderia ser o encarregado de repassar dinheiro, informação e ideologia. Anjali comeu e ouviu. Talvez Amit possuísse as qualidades de um bom analista: os detalhes o excitavam, as conjunções o agradavam. Ele tinha o vício de tirar conclusões precipitadas, de querer com tanto entusiasmo que suas teorias funcionassem que deixava a imaginação fornecer textura e profundidade. Mas poderia aprender a controlar isso, era tarefa para ela, tirá-lo do mundo da Lua. De todo modo, ele tinha o fervor indispensável. Ela esperou que ele terminasse, depois o trouxe de volta ao chão, aos alicerces dos fatos: o irmão, Dubai, telefonemas diários. Era só. "Interessante, mas não o suficiente para tantas suposições", ela disse. "Precisamos de mais informações."

"Podemos montar uma operação?"

Anjali não conseguiu conter o sorriso. Ele exibia o entusiasmo de um cãozinho que pegou o primeiro rato. Ela disse: "Podemos requisitar, mas não conseguiremos nada. Há outras prioridades". Ele concordou, sensatamente, mas apesar da tentativa de aparentar uma indiferença madura, Anjali notou que engolia em seco, discreto mas desapontado. Todo estagiário acalentava essa fantasia de transferir um caso de análise para operação, de levantar pistas que apontavam para uma conspiração tão perigosa que só poderia ser detida com medidas desesperadas, agentes heróicos e tiroteios na escuridão. Os estagiários chegavam pensando assim, graças a isso era possível recrutá-los para o serviço. Mas o trabalho era ler e ler mais, desencavar fragmentos de histórias, compreender que alguns perigos poderiam ser fatais, e mesmo assim não merecer alocação de recursos. Observavam certas coisas e as deixavam de lado. Ela tentou consolar Amit. "Mas a gente nunca sabe. Vamos manter o caso na lista de acompanhamento. Eles podem tentar algo, se ficarem ambiciosos."

Amit não parecia conformado, mas abriu um sorriso e recolheu as marmitas. Anjali agradeceu e retornou a sua papelada. As páginas agora cheiravam a haldi e adrak, ela imaginou que dali a alguns anos outro analista sentiria o mesmo aroma, quase imperceptível, e uma súbita saudade de casa. E seguiu lendo. A expressão de Amit permaneceu com ela. As limitações do departamento em Delhi o exasperavam, queria meter a mão na massa. Bem, logo veria bastante ação. A ambição do inimigo aumentaria, ele tentaria golpear. Atuar numa salinha nas entranhas do MEA e ler relatórios o dia inteiro significavam receber o impacto da terna agitação da humanidade, do movimento incessante do desejo, da inveja e do ódio. Ninguém, nenhum homem ou mulher, pelo jeito, se acomodara no leito do contentamento. Sempre havia um lugar para onde ir, alguém a derrotar, uma conquista pela frente. Bem, isso lhe dava um ofício, um rumo na vida. Ela continuou lendo.

Pegou a bolsa e a pasta às seis, trancou o cofre e os arquivos, pôs as chaves do carro no compartimento externo da bolsa e caminhou apressada para a garagem. Os dois policiais de Delhi em serviço, com seus bigodões, a encararam impassíveis quando ela saiu, com o olhar opaco e beligerante que uma mulher sozinha era obrigada a suportar em Delhi. Eles não gostavam do fato de ela ser mulher, estar sozinha, ter seu próprio carro e receber um salário. Houve um tempo, quando ela era mais jovem, em que retornava o olhar e perguntava, o que foi? Confrontara empresários, motoristas de ônibus, estudantes e operários, além de policiais. Os policiais eram os piores, protegidos pela autoridade, embriagados pela dieta diária de agressão e violência. Mas ela os enfrentava também, estimulada pela memória do pai, que ria de admiração por sua audácia, sua coragem, sua recusa a recuar. Ela ainda mantinha a mesma atitude, mas um dia se cansou dos confrontos. Não foi por causa do serviço solitário. Sentia uma exaustão profunda, como se uma mola de aço tivesse perdido a flexibilidade anterior. Que os jovens assumissem as posições nas barricadas, aquelas moças que circulavam pelo campus das universidades com a barriga de fora e telefone celular. Os exaustos e entediados tinham outras batalhas para travar.

Anjali fez a curva aberta para entrar na avenida, estreitando os olhos por causa do sol poente, e sorriu para si. O que a quase meia-idade lhe fizera, corroera seu fervor revolucionário com — com o quê? — longas horas de serviço, contas, o trânsito insuportável, a poluição venenosa que aplicava um filme negro em seu rosto e nos braços. E pelas derrotas profissionais, pelo divórcio, pela abrupta amputação do amor, pela compreensão profunda de que o futuro não era um prado interminável, e sim um vale estreito cercado pela noite. Ao observar as pernas tortas da mãe, seu andar dificultado pela artrite, as mãos parecidas com papel, Anjali sentia a pressão da mortalidade. Sua mãe morreria. K.D. Yadav morreria também, em breve. Só seu pai era imortal, suspenso em algum lugar na interminável juventude dos desaparecidos. Estava legalmente morto, mas ainda vivia. Anjali sentia sua presença no início da manhã, quando flutuava leve pelos mares do sono. Ele a procurava então, com seu inconfundível perfume de suor e Brylcreem, com seu ombro sólido em que ela apoiava o queixo, quando o sol quente começava a bater na janela do canto. Depois ele ia embora de novo, sumia.

Um Lexus prateado se aproximou da janela de Anjali, e os dois carros aguardaram que os veículos andassem. Atrás do vidro escuro do Lexus uma adolescente mascava chiclete sem parar. Folheava uma revista ilustrada, passando as páginas depressa, da direita para a esquerda. Parecia muito entediada, e era linda. Filha de algum ministro, magnata, médico famoso, operador que realizava negociatas na intersecção dos muitos mundos de Delhi. Ela vivia numa redoma Lexus, extremamente distante de Anjali, numa geografia de Vasant Vihar, Senso, festas em sedes de fazendas e vestidos adolescentes. Ela sentiu o olhar de Anjali, piscou, espiou de esguelha e retornou à revista, indiferente. Anjali via seu reflexo no vidro do Lexus, suada, quente, classe média típica no kameez marrom-avermelhado e chunni vermelho, incapaz de pagar o conserto do ar-condicionado do carro. O trânsito andou, o Lexus deslizou para longe. Anjali enxugou o queixo. Como era fácil ser ressentido, desejar que um comando de policiais brutos parassem o Lexus e pedissem os documentos, só para fazerem, com base na lei, objeções ao vidro escuro e acusar a máquina sofisticada de emissões de poluentes. Anjali afastou o pensamento, empertigou o corpo no assento e voltou ao mundo dos fatos, do que precisava ser feito, do trabalho. O ressentimento era inútil, e ainda mais porque policiais agressivos e mal-encarados costumavam aceitar propinas de duzentas ou trezentas rupias.

Na clínica, Anjali lavou o rosto e os braços. Quando saiu do banheiro, a cabeça de seu tio K.D. encontrava-se virada exatamente no mesmo ângulo em que o deixara, voltada para a janela. Seu perfil escuro contra o fundo brilhante revelava a testa alta, a cabeça calva, o nariz pontudo. Ele não falava uma única palavra havia cinco semanas. Mostrava-se cordato e obediente, caminhava com quem lhe estendesse a mão, sentava se o conduzissem até a cadeira. Alimentava-se lentamente, mas só se lhe dessem a comida na boca, e não demonstrava prazer se lhe ofereciam seus pratos prediletos. Revelava indiferença. Distanciara-se. Anjali sabia disso muito bem, ela reconhecia sua condição ao sentar na frente dele e falar. Por trás das piscadas lentas, não havia nem alegria nem tristeza. Apenas ausência. Ultrapassara os limites do ódio e do desejo, portanto não podia mais amar. Mesmo assim, Anjali ia lá com freqüência e lhe fazia companhia. As enfermeiras o viravam durante o dia, o ajudavam a ir ao banheiro e passear no jardim, mas Anjali gostava de virá-lo para a janela ao entardecer. Notara, desde a infância, o quanto ele apreciava a mudança das cores. Gostava de montanhas e da neve. Falara com Anjali a respeito dos picos do Himalaia, sobre a alvorada e o ocaso, quando se banhavam de dourado contra o fundo azul.

Os médicos lhe davam dois meses de vida, talvez três. Anjali testemunhara seu esforço para voltar a ela, quando lhe contou a respeito do dinheiro falso. Após o retorno momentâneo ela acabara por aceitar o distanciamento como um fato inexorável, inevitável. Quem estava ali não era K.D. Yadav. Mesmo assim, ela vinha e sentava a seu lado no final da tarde. Ela não o abandonaria em hipótese alguma.

Acomodou-se na poltrona ao lado da cama e abriu a papelada na folha marcada. Lia um xerox de artigo de jornal intitulado "Guerreiros ascetas na história da Índia". A informação de que Gaitonde procurava sadhus não levara a lugar nenhum, e até Anjali achava agora que era um despiste, uma brincadeira, uma alusão a outra coisa ou pura mentira mesmo. Mas sua leitura inicial sobre sadhus a levara a iniciar uma de suas obsessões. Chamava isso de seus "projetos", mas o ex-marido Arun dizia que eram manias: encantava-se com algo obscuro, algum processo indistinto que interessava a vinte pessoas no mundo, e aí precisava saber tudo a respeito. Seus projetos haviam incluído o ciclo vital e a organização social da formiga vermelha, a história das esculturas de terracota no subcontinente, a economia e a organização do gulag soviético, a história da locomotiva a vapor e das ferrovias. Certa vez dedicara um mês de leitura, aproveitando cada momento de folga, às campanhas de Júlio César. Nada disso poderia ser usado, na prática. Ela tentava explicar a Arun que o prazer residia nos pequenos detalhes, na descoberta do funcionamento de alguma coisa, no modo como os componentes se articulavam. Quando ainda namoravam, ele considerava seus projetos interessantes, charmosos em sua excentricidade. Depois, quando já estavam casados, Arun se cansou das leituras e reflexões intermináveis. Durante uma das brigas ele disse que a achava maçante. Claro, sempre souberam que eram diferentes, mas no início parecia que a sociabilidade dele e a calma retraída dela seriam equilibradas. Mais tarde ele passou a visitar o grupo cada vez maior de amigos, tomar uísque e ver corridas de Fórmula 1, nunca perdia uma, mesmo quando foi enviado a um recanto remoto de Madhya Pradesh. Pegara carona num caminhão de carvão para chegar até uma televisão de bom tamanho, e anos depois se convencera, também em noite de corrida, que Anjali era entediante. Ela ainda pensa que ele não a teria considerado tão entediante assim se estivesse disposta a abandonar a promissora carreira para segui-lo a cada nova transferência, como faziam as outras esposas dos IAS. De todo modo, tudo isso ocorrera havia muito tempo, coisas do passado. Anjali retornou ao artigo e leu a respeito da Rebelião Sanyasi.

No entanto, estava desatenta. Sentia dificuldade em ler sem poder discutir o material com tio K.D., sem o debate, a exegese, o questionamento. Mesmo quando viajava para locais distantes, do outro lado do mundo, sempre conversara com ele sobre suas leituras, e agora sentia a ausência, que lhe parecia uma indiferença suprema. O silêncio abria um buraco dentro dela, um vão que ameaçava expor o outro, o precipício que seu pai deixara para trás, e um espasmo de pânico revirou seu estômago. Era difícil viver sozinha, era impossível. Levantou-se para espantar a ansiedade, foi até a porta e depois andou na direção da janela. Não estava sozinha. Precisava cuidar de Ma, tinha muitos amigos, bons colegas e um trabalho essencial, crucial. Era necessária. E havia um homem, professor de sociologia, um pouco mais novo e muito gentil. Ainda tinha esperanças em relação ao amor, ou pelo menos companheirismo e compreensão, ao contrário de seu tio K.D., coitado, que passara a vida como uma espécie de asceta. Ela parou, endireitou os ombros e pensou, não seja ridícula. Doía muito a perda do tio K.D., mas uma parte dele continuava ali, ela lhe devia ao menos a serenidade e a disciplina que lhe inculcara. Sentada a seu lado, apertou a mão dele e começou a ler.

Trabalhar como cabeleireira ensinou Mary Mascarenas a natureza efêmera da felicidade. Por vezes, de vez em quando, com uma cliente, ela atingia um momento inebriante de perfeição no qual o estilo reinante, a ambição e a fisiologia se combinavam para produzir beleza, pura e estonteantemente óbvia. Nesses momentos, quando o cabelo emergia das toalhas, tranças e secadores, quando a cliente se via nos espelhos espalhados, sentia uma satisfação única, um êxtase tão real quanto o amor, a maternidade ou o patriotismo. Mas o tempo passava. A moda mudava, a cliente envelhecia cada vez mais, o cabelo crescia, e como crescia. Aumentava, alterava-se, transformava sua textura e ondulação, caía, ficava grisalho e fino. A felicidade sempre passava. Mais cedo ou mais tarde a cliente feliz olhava no espelho, incomodava-se e queria um novo corte. Os cortes iam e vinham, as franjas estavam na moda um ano e sumiam no seguinte, para ressurgir quatro anos depois. A sensação da temporada certamente seria abominada na seguinte. Cabelo loiro entrava e saía, cortes curtos eficientes davam lugar à longa feminilidade. Mary tinha certeza de que, na manhã em que foi inventada a mais velha profissão do mundo, a profissional saiu procurando uma cabeleireira. Ela era popular com as clientes do salão Pali Hill, estava segura no emprego, tinha um bom rendimento, graças às comissões, e muita informação. Clientes gostavam de falar.

Comilla Marwah falava no momento, enquanto Mary aparava seu cabelo com tesoura Yasaka e pente. "Você não faz idéia, Mary", murmurou, "de como aquela mulher vivia atrás de Rajeev. Fazendo o maior drama, dizendo que era infeliz no casamento com aquele sujeito horrível, sempre de vestidinho preto, na Indigo. Claro, começaram a ter um caso. Ela costumava freqüentar o Oberoi, dizia ao motorista que ia às compras: 'Motorista, vá almoçar. Ficarei aqui duas ou três horas'. Ela entrava pelo hotel, saía pela outra entrada e pegava um táxi direto para o prédio de Rajeev, descia no acesso lateral e subia direto para o apartamento dele. Davam uma boa transada e ela apanhava outro táxi para voltar ao Oberoi, fazer dez minutos de compras para poder exibir algumas sacolas, e voltava para casa como se fosse uma Sati-Savitri, uma esposa fiel e dedicada. E dizia a Rajeev que havia cometido um erro terrível, que jamais deveria tê-lo deixado em Londres, só besteira. Depois conhece Kamal, que é rico, mas rico do tipo empresário industrial..."

Comilla teve de parar para permitir a passagem de outra cabeleireira com sua cliente. O espaço era tão caro em Bombaim que até os melhores salões tinham cadeiras demais e clientes demais. Diariamente, os salões lotavam. Sobrava dinheiro na cidade e Comilla tinha uma boa parte dele, além de saber exatamente quem tinha quanto. Ela prosseguiu: "E então ela conheceu Kamal. Ao mesmo tempo, saía com Rajeev e continuava casada com o tal marido horroroso. Kamal é milionário, socialmente esbanja boas relações, enfim, está no centro do palco. Vamos admitir, ela é uma mulher atraente. E começa a dar em cima de Kamal. Bem debaixo do nariz do marido, entende? Eles transitam nos mesmos círculos, todos eles. Os homens não conseguem resistir. São tão estúpidos. Por isso ela está saindo com Rajeev e Kamal, ao mesmo tempo. Dá para acreditar?"

Mary acredita sem dificuldade. Acreditara nos comentários sobre os casos amorosos de Comilla Marwah, que eram — vale lembrar — seqüenciais, e não simultâneos. Mary fez o ar chocado indispensável e sussurrou, no tom exato de curiosidade: "E depois?".

"E depois o quê? Kamal apaixonou-se por ela. De acordo com Rajeev, ela chupa como ninguém. Kamal abandona a esposa e três filhos, acaba noivo da vadia. Claro, o coitado do marido fica completamente tonto. E imagine o que Rajeev sofre. Num minuto ele é herói e amante, responsável por salvá-la do casamento pavoroso, no seguinte é descartado, sem mais nem menos."

"Quando é o casamento?"

"Na semana que vem."

"Pelo jeito, Rajeev vai precisar ser consolado."

"Claro", Comilla disse. Ela se observava, emburrada, no espelho embaçado pelo calor. "Com certeza."

Mary bateu em seu ombro. "Você está mais magra. Tem malhado muito?"

"Cinco vezes por semana, de manhã", Comilla respondeu, mas nem o elogio a tirou do auto-exame. "E tudo isso, para quê? Os homens são estúpidos. Quer saber qual a moral dessa história, com ela, Rajeev, Kamal e os outros?"

"Qual é?"

"Se você chupa feito uma puta e tem cara de santa, os homens largam a mulher para ficar com você." E soltou uma gargalhada tão estrepitosa que Mary riu também. Comilla recostou na cadeira e riu alto, Mary teve de deixar a tesoura de lado, e se apoiar na mesa para rir também. Logo o salão inteiro ria com elas, ria das gargalhadas de Comilla. O humor de Comilla melhorou muito, e ela deixou uma gorjeta de cento e cinqüenta rupias para Mary, que fizera um bom trabalho. Cortara o cabelo de modo a valorizar o formato delicado da cabeça e o longo pescoço. Ela estava sensacional, mas nem se passasse um século fazendo mil cortes pareceria uma santa. Parecia uma mulher esguia de trinta e poucos anos, experiente, divertida, brilhante, curiosa e bem-vestida, com o brilho que só o dinheiro consegue comprar. Mary sabia de muita coisa a seu respeito, assim como da vida de muitas clientes. Ela sabia, por exemplo, que Comilla, muito tempo atrás, aos vinte e poucos anos, havia sido a outra, que seu namorado marwari abonado a deixara para casar com uma boa moça marwari escolhida pelos pais. Mas o namorado continuara a encontrar Comilla nos fins de semana em Goa, apesar dos dois filhos e das declarações de amor eterno e juras de que não dava a mínima para a esposa gorda e maçante. Ele sempre prometia largar a esposa no próximo verão, depois no outro. Claro, nunca largou. Comilla acabou encontrando um jeito de se afastar daquele amante desastroso, mas ficou sozinha aos trinta anos, era uma mulher atraente bem-sucedida na profissão, ganhava um ótimo salário, mas fatidicamente solteira. Havia muitas como ela em Bombaim, até demais. Ela viveu assim um ou dois anos, e tivera a sorte de arranjar marido, um viúvo dezenove anos mais velho. O próspero esposo se encantara com o estilo dela, e tinha investimentos em imóveis e agências de viagem. Casaram-se, tiveram dois filhos, e Comilla conseguiu sua casa sólida, segura, apesar das inevitáveis decepções. Depois que os filhos nasceram ela havia arranjado dois amantes. Era o que Mary sabia.

O momento favorito de Mary era o crepúsculo, e como costumava fazer depois do serviço, caminhou pela Carter Road até a beira do mar. Seguiu lentamente pelo passeio, por entre corredores, adolescentes em turma e avós ríspidos de vermelho que se exercitavam. Havia um matiz esverdeado no céu naquela tarde, passando de turquesa esfumaçado até chegar a um jade subaquático estonteante no horizonte. Mary gostava disso, na luz reduzida da tarde, a mistura de cores e de pessoas. Estar sozinho na confusão cordial da cidade era contar com a companhia de milhares de desconhecidos. Claro, ela tinha amigos, por vezes caminhavam juntos pelo passeio. Com freqüência, porém, estar sozinha e livre era a dádiva que pedia a Bombaim. Ela havia aprendido a viver sozinha, enfrentar as noites terríveis de medo e nostalgia, e agora valorizava sua liberdade. Atingira uma sóbria serenidade em ser responsável por si mesma.

Contudo, havia mulheres como Comilla, que apesar de todos os privilégios buscavam outro tipo de segurança, cheia de mentiras, dramas e compromissos obscuros, mal explicados. O marido de Comilla sabia de seus casos? Meio mundo sabia, pelo jeito, ou pelo menos quem entrava e saía daquele salão. Sem dúvida muitas mulheres comentavam as aventuras de Comilla entre si e com Mary. Talvez ele soubesse. Talvez soubesse e olhasse para o outro lado, ou compreendesse. Mary acreditava compreender um pouco também, mas nunca confundiu compreensão com amizade. Comilla revelava todos os tipos de segredos, mas Mary sabia que ela só falava porque sentar na cadeira e oferecer a cabeça para as tesouras de Mary criava uma intimidade momentânea, uma proximidade limitada que prescindia da escuridão do confessionário. Mas as trinta e cinco ou quarenta mil rupias que Mary levava para casa todos os meses não a tornavam membro do círculo social de Comilla, não mesmo, apesar de ser mais dinheiro do que muitos executivos de pastinha na mão ganhavam. Comilla preferiria chamar o chofer para sentar à sua mesa a convidar Mary para um de seus jantares festivos. Mary era ótima cabeleireira, e só. Mary não alimentava ilusões, não tinha sonhos fantásticos a respeito de quem era e do que poderia se tornar. Havia encontrado seu lugar, vivia nele em paz.

Um trio de meninas esfarrapadas passou por Mary, batendo os pés na calçada, e cercaram um estrangeiro alto e louro, uns três metros adiante. Mary passou por ele, sorrindo enquanto as meninas estendiam as mãos abertas na cara dele. "Tudo bem, tio? Por favor, tio. Tudo bem? Por favor, tio. Fome. Fome. Comida, tio." Elas saltavam, tentavam aproximar a mão do nariz adunco. Ele demonstrava contrariedade. Viajara até ali, até a Índia, e agora se defrontava com sua proverbial miséria, que aprendera inglês. O estrangeiro balançava a cabeça, não, não, mas depois parou e Mary teve certeza de que enfiaria a mão no bolso a qualquer momento. Um bando de meninos mendigos passou correndo na direção do estrangeiro. Todos passariam a segui-lo até ele entrar num táxi e fugir. O privilégio da pele clara e do dinheiro lhe custara aquele aborrecimento menor, a cauda do cometa dos necessitados. As crianças no passeio à beira-mar eram enérgicas e persistentes, mas haviam aprendido a ignorar Mary havia muito.

Mary conversava com elas mas não dava dinheiro, e elas eram profissionais. Estavam trabalhando, não tinham tempo para conversa fiada logo no início da jornada vespertina.

Vinte minutos de caminhada a levaram ao final do passeio, quase até o ponto de ônibus de Otter's Club. Sob a escuridão da noite, a maré baixa puxara as ondas para longe da costa, deixando uma faixa de pedra e lixo. Acima dela, olhando para a água, estava Sartaj Singh. Mary desviou o rosto e afastou-se, seguindo pela esquerda. Arriscou uma espiada de esguelha, rápida, ele não a vira. Fixara a atenção na faixa de luz derradeira, no horizonte. Ela seguiu em frente, até o ponto, onde um ônibus estava parando. Correu alguns metros, olhou para trás novamente apenas quando já estava segura dentro do ônibus, pela janela traseira. Ainda podia distinguir sua figura solitária no parapeito do calçadão, com os pés balançando acima das pedras. Ela achou um lugar vago e sentou com a bolsa cinza firme no colo. Seu pulso disparara, ela percebeu que não era só por causa da corrida. Por que sentira aquela vontade imensa de evitar um encontro com ele? Ela não havia feito nada de errado. Não era culpada de nenhum crime. Mas ele era policial, a polícia levava consigo a dor, como uma infecção. Melhor se manter longe dele.

Agarrou-se a essa justificativa até chegar em casa, aliviada por ter evitado um encontro com algo turbulento e obscuro. Mesmo na rápida olhada sentira nele o peso de uma imensa tristeza. Ele observava o mar e o céu com uma tensão palpável em seus ombros e na nuca, dolorosa, como se esperasse uma resposta. Melhor correr de um homem assim.

Mary fechou a porta do quarto, passou a tranca e a fechou à chave. Acendeu a única lâmpada, perto da parede, baixa para que a sombra lhe desse a impressão de aconchego de uma vela. Sobrara um pouco de peixe ao curry do jantar da noite anterior, ela preparou um pouco de arroz com eficiência e rapidez. Comeu sentada na cama, bebericando num copo grande com água que mantinha na mesa-de-cabeceira. Gostava de programas sobre animais no canal Discovery, do eterno ciclo de nascimento, migração e reprodução. Contra o domo celeste africano, até a matança dos cervos e zebras pelos leões parecia encaixar, um elo necessário no enorme ciclo da harmonia. Jana, amiga de Mary, viciada em séries televisivas noturnas sobre famílias problemáticas e maridos arredios, a chamava de mórbida e esquisita, obrigando-a a mudar de canal quando a visitava. Mas os sofrimentos intermináveis e as traições das séries ofendiam a sensibilidade de

Mary, que ficava inquieta, revoltada e ofendida. Os tubarões pelo menos eram honestos em seus apetites, e além de tudo, belos.

Ela lavou o prato e as panelas, depois apanhou o chocolate no fundo da geladeira. Tinha meia caixa de bombons de rum do Rustam's de Colaba, magníficos na embalagem individual dourada. Permitia-se um bombom após o jantar, e só ela sabia a suprema força de vontade necessária para não comer a caixa inteira de uma só vez. Levou o bombom para a cama e aumentou o som na hora em que o leopardo deslizava pelo mato. O papel de alumínio soltou-se lentamente, na ponta dos dedos, deliciosamente encolhido, tão delicado. Depois sentiu o aroma dourado do chocolate, que aspirou com avidez, para depois recuar a cabeça e poder desfrutá-lo outra vez. A primeira mordida era sempre pequena, não mais que um pequeno bocado, de modo a permitir que o palato silvasse com a claridade do sabor morno, e que uma pontada atingisse o fundo dos maxilares. Só após o desaparecimento do sabor inicial ela se permitia um bocado mais substancial. Que era divino. O sabor escuro do rum redemoinhava em sua língua, e ela emitiu um suave silvo de satisfação para o leopardo.

Assim ficou pronta para dormir. Não usava maquiagem nunca, portanto seu ritual noturno era curto: lavar-se rapidamente com sabonete neem e escovar os dentes com pasta Meswak. Vestiu um roupão rosa desbotado, macio de tantos anos de lavagem, e se deitou de costas com as mãos estendidas ao longo do corpo. Quando eram crianças, Jojo costumava zombar de sua pose de morta, da postura imóvel de cadáver. Mas Jojo era um redemoinho mesmo dormindo, e freqüentemente acordava com os pés no travesseiro. Ela chutava e virava, mas queria dormir perto da irmã, e Mary vivia resmungando sobre o sono prejudicado, no café-da-manhã.

Mary levantou, foi até o banheiro, voltou e deitou de novo. Tentou respirar suave e pausadamente. Mas sua mente continuava agitada, inquieta. Durma, murmurou. Amanhã terá um dia cheio. E, e. E Jojo adorava os bombons de rum do Rustam's, mas elas não tinham dinheiro para comprá-los mais do que uma vez por mês. E naquele dia encontrara Sartaj Singh, agachado feito um sapo em sua praia. Conversaram no carro dele, na última vez, quando ela contou tudo sobre Jojo e John. Ela dormira muito mal depois que ele a procurara para dar a notícia da morte de Jojo, por um mês vivera com o coração apertado, sentindo tontura durante o dia. Finalmente a aceitação se integrara à estrutura de seu novo mundo: sua irmã morreu. Era assim mesmo quando a pessoa se defrontava com uma situação impensável — seu marido dorme com sua irmã —, primeiro a náusea, a perda de todas as referências. Sua própria casa se torna uma zona de fronteira hostil. E um dia a pessoa descobre que a terra arrasada, a luz cegante desconhecida, era seu lar. Bastava ter paciência e força de vontade suficiente para superar o terror inicial.

Mary sentou-se, apoiou um travesseiro na parede e ligou a televisão. Escolheu um documentário sobre estações espaciais, abaixou o som e viu máquinas aracnídeas girarem contra o fundo de estrelas. Embora feitas pelo homem, a acalmaram. Jojo sempre fora mais religiosa, aos onze anos já dormia com a cruz debaixo do travesseiro, e sempre arregalava os olhos para o altar da igreja. Mais tarde, transferira o mesmo fervor exacerbado para a celebridade e perseguiu seu graal com igual devoção maravilhada. O mais perto que Mary chegara da sensação *imensa* de que Jojo falava foi quando viu um bando de gnus disparando num vale, ou fotos que uma nave espacial não tripulada fez dos anéis de Júpiter. Ela economizou dinheiro por três anos e cinco meses para fazer um safári na África nas férias.

"Chutiya, você poderia ir para a África amanhã se reclamasse o que lhe pertence", Jana disse, vibrando de desejo imobiliário pelo apartamento de Jojo, que não conhecia. "Trata-se de um apartamento na Yari Road sobre o qual conversamos antes, e não de um kholi fedorento qualquer."

"Não me pertence."

"E por acaso pertence a mim? Obrigada", disse em inglês, com uma mesura. "Muito obrigada."

"Pode ficar com ele."

"Até parece que o entregariam a mim. Entenda, gaandu, os fatos: ela era sua irmã. Ela morreu. Não há outros parentes próximos vivos. Portanto, fica tudo para você. Apartamento, dinheiro no banco, o que houver."

Jana tinha um gaali para cada ocasião ou frase, mas era ótima manicure, especialista em unhas exóticas. Não escondia seu espanto indignado com os escrúpulos de Mary. "Ora, sua irmã era uma randi. Sabemos muito bem de onde vinha o dinheiro. Ela também fazia programas de televisão, certo? Então, você pega o dinheiro e pensa que veio da televisão. Qual é o problema? Afinal de contas, ela roubou seu marido, na?"

Isso, para Jana, significava justiça: um bom dinheiro pelo marido perdido. Nada mais justo. Não havia meio de fazê-la compreender que era exatamente isto que Mary não queria, calar-se por dinheiro. Ela não queria pôr as mãos no dinheiro sujo de Jojo, feito de sujeiras com homens sujos sobre lençóis sujos de hotel, ela não queria aceitar dinheiro em troca de marido, felicidade ou infância. Talvez Mary nunca houvesse acreditado totalmente no céu, mas um dia acreditara, com fácil naturalidade, que a vida na terra era boa, que o futuro seria uma longa história feita de marido, filhos e netos, manchada apenas por joelhos ralados e gripes, mas sempre abundante em termos de amor. Apesar da morte prematura do pai, ela acreditava que encontraria o contentamento que faltara à mãe. Jojo a expulsara para sempre do jardim da inocência, sem possibilidade de retorno. Para isso não poderia haver perdão, nem compra de indulgências. Mary podia jurar.

Mary livrou-se das naves espaciais e se deitou. Respirou fundo e soltou o ar lentamente, tentando encontrar um ritmo fácil, regular. Mas Jojo voltou naquela noite e a perturbou, manteve-a acordada como nas noites em que virava na cama e a chutava, mais até. Mesmo depois da morte de Jojo, na primeira onda de choque, ela nunca passara uma noite em claro daquele jeito. Recentemente, nos dias em que não pensava em Jojo uma vez sequer, Mary começara a crer que se livrara dela. Mas a questão do apartamento e do dinheiro continuava pendente. Mary não gostava de deixar pontas soltas, sempre fora a irmã responsável. Por isso teria sido uma boa mãe. Novamente, a pontada de raiva em seu peito. Esqueça. Respire, respire. Largue. Deixa estar.

Mary acordou na manhã seguinte, quando o despertador tocou, com a cabeça pesada, sentindo a exaustão no momento em que seus pés tocaram o chão. Quatro ou cinco horas de sono não eram o bastante, em comparação com as nove horas costumeiras, e tinha o dia pela frente, com muito trabalho a fazer. Sendo assim, mãos à obra. Jana notou na hora. Na hora da folga, entre clientes, ela passou por Mary e sussurrou: "Arranjou um namorado finalmente, sonâmbula?".

Mary fez que não com a cabeça, mas Jana riu e movimentou os quadris para a frente e para trás. Mary desviou a vista rapidamente, passando para o outro lado de sua cliente, temendo provocar Jana e levá-la a mais inconveniências. Só por milagre não fora despedida ainda. No almoço, que comiam direto da marmita do lado de fora do salão, Mary tentou convencer Jana de que passara a noite em claro por insônia. Jana não queria aceitar.

"Você dorme feito uma pedra, mesmo que alguém derrube o prédio vizinho, sabe? Então, tente fazer outro de mamoo. Alguma coisa anda acontecendo, que eu sei."

Alguma coisa andava acontecendo, mas Mary não pretendia comentar com Jana a incômoda volta noturna de Jojo. Ela já conhecia a opinião de Jana a respeito e não pretendia escutá-la outra vez. "Foi só uma noite ruim, Jana", disse. "Nada demais. E Naresh-Suresh, como vai?" Naresh era o filho de dois anos de Jana, e Suresh o marido dela, com quem se casara apesar da intensa oposição dos pais de ambos. Ela chamava pai e filho de "meus bachchas", e adorava contar longas histórias que provavam sua paciência impecável, sabedoria feminina e firmeza materna. Suresh era cinco anos mais novo que ela, e sua pacata aceitação do temperamento de Jana era simplesmente heróica. Eles davam certo, juntos, ele plácido, ela intensa.

"Não banque a esperta", Jana retomou, jogando picles de manga inadvertidamente na saia de Mary com o dedo em riste. "Conte tudo."

"Não tenho nada a contar, sua tonta", Mary disse, afastando a mão de Jana, que tentava limpar a mancha de óleo. "Nada mesmo. Eu juro."

Mas o nada manteve Mary acordada até o final da semana. Ela acordava mais cansada a cada manhã. Na sexta-feira recusou o convite para sair com as colegas, ir ao cinema e jantar, voltando para casa, onde tomou um Calmpose. No início, uma sensação suave de aconchego tomou conta de seus braços, ela recostou a cabeça no travesseiro, ansiando pelo sono como se fosse um pedaço de chocolate. Mas o suor grudava nas axilas, ela precisou se ajoelhar para aumentar a velocidade do ventilador até o máximo. Deitou sob o vento, o tempo foi passando. Tentou pensar em coisas agradáveis, em Matheran num dia de chuva, no *Kaho Na Pyaar Hai* e na canção do iate, nas clientes satisfeitas. Virou a cabeça e olhou para o relógio. Uma hora transcorrera. Tateando na mesinha, localizou a cartela de Calmpose e pôs outro na boca. Isso a derrubaria, nunca tomava remédio, cuidava bem da saúde. Mais uma vez, esperou. Um riquixá motorizado passou na rua e entrou num beco adiante, ela ouviu o ruído do câmbio. Alto, muito alto. Ele parou bem perto, escutou o barulho do taxímetro quando o condutor o acionou, depois o motor roncou e acelerou novamente. No silêncio que deixou, um ar-condicionado zumbia e vibrava. Mary nunca havia notado aqueles sons noturnos. Virou de lado e pôs o travesseiro em cima da orelha. Sentia a raiva se acumular no estômago, que nem um peso morto. Pare, não deixe a pressão aumentar. Relaxe, relaxe. Mas lá estava ele, o peso morto da raiva acumulada.

Mary sobreviveu à noite. Pela manhã, na primeira luz, ela saiu da cama coberta de suor frio. Tomou uma ducha, mas o zumbido não saía de sua cabeça, uma leve tontura que persistiu depois do chai com torrada. Ela esperou até nove e meia, depois ligou para o número que Sartaj Singh lhe dera, meses antes.

"Não está", um policial respondeu rispidamente.

"O turno dele já começou?"

"Começa às oito. Bola na, ele não está aqui."

Singh não estava na delegacia às nove, nem às onze. "Arre, ele saiu em diligência", disse um outro policial, com exatamente a mesma mistura de agressividade e tédio. Precisou soletrar seu nome para ele lentamente, e ficou convencida de que ele havia atirado o recado na lata de lixo na mesma hora.

Claro, ninguém ligou de volta, do meio-dia à uma. Como a polícia consegue resolver alguma coisa neste país? Mary estava mais amargurada ainda, às duas. Sentiu que revivia, telefonou para Jana, que foi encontrá-la na estação Santa Cruz para fazer compras. Jana comprou dois shorts com âncoras azuis bordadas para os filhos, além de três camisetas pequenas e um tênis para ela. Mary, distraída, sentiu um súbito cansaço. Jana barganhava ferozmente com os thela-wallahs, rupia por rupia. Mary puxou Jana pelo braço e a arrastou através da multidão. Jana a olhou de soslaio, como quem entendeu tudo. "Sabe do que você precisa?", ela disse.

"Jana, não comece com essa história de namorado de novo."

"Ora, yaar, você acha que não tem nada além de homem na minha cabeça? Eu ia dizer que você precisava sair da cidade por um tempo. Quando visitava sua mãe, você sempre voltava com ar descansado e revigorado. Se a gente vive tempo demais num lugar como este, acaba esgotada."

Mary apertou o braço de Jana e fez que sim. A ragda a que a pessoa era submetida vinha daquelas ruas, lojas, ruídos, ar. Sair para fazer compras com uma amiga tornava-se uma missão cansativa, exigia vencer multidões compactas, desviar de carros que vinham por todos os lados. A cada minuto se respirava um pouco de veneno. No entanto, não havia mais mãe ou fazenda para visitar. Ela sabia, apesar de tudo, não haver escapatória para ela no labirinto de casas e barracos, naquele emaranhado de ruas. Ela não podia voltar atrás, recusar-se a viver.

Por isso, após a morte da mãe, ela havia vendido a casa e a fazenda, bem como as máquinas, móveis e equipamentos. Com o dinheiro comprara seu quarto na cidade e guardara um pouco no banco. Pelo testamento ela ficava com tudo, mencionada especificamente pelo nome, assim como uma referência específica excluía a irmã da família e da herança. "Para onde eu iria?", Mary perguntou. "Você quer que eu vá para Matheran? Para Ooty?"

"Ooty está ótimo, não acha?", Jana disse, saudosa. "Montes azuis."

"Chal", Mary assentiu. "Então, vamos."

Mas um segundo foi o bastante para Jana admitir a inevitável derrota. "Não, yaar. Como faríamos?" Jana precisava economizar para muitas coisas. As duas sabiam disso muito bem, não precisavam discutir mais a respeito. Mas os montes azuis eram uma boa idéia, em tese.

Os morros do sul ficaram com Mary na volta de carro para casa. Havia morros na fazenda da mãe também, mas não tão altos quanto as montanhas azuis. Mesmo assim, eram montes. Atrás da propriedade deles, no rumo oeste, Alwyn Rodríguez tinha uma cachoeira em sua fazenda. Não era bem uma cachoeira, apenas um fio de água que caía em cima da rocha preta, com um metro de altura. Mas reluzia ao sol e em certas épocas ela e Jojo dançavam debaixo da queda. Mesmo depois, maiores, elas se sentavam na margem com os pés na água, observando o riacho bater nas pedras ao cair, e apoiavam os pés em sua curva suave, gasta. Consideravam o vilarejo um lugar tranqüilo, pequeno e sufocante, com Alwyn Rodríguez e suas disputas intermináveis, com as tardes longas de matar, quando o rádio parava de pegar a estação All-India e não havia nada, mas absolutamente nada para fazer. Mary puxou a chunni por cima da cabeça, para se proteger do vento, da fumaça e dos carros, afundando num canto do assento.

O automóvel chegou à última curva antes da casa de Mary. Sartaj Singh estava sentado nos degraus da entrada, na mesma posição de sapo agachado que assumira na beira do mar. Mary desceu do carro e pagou a corrida. Seus dedos tremiam, ela deixou cair uma nota de dez rupias e teve de abaixar para pegá-la. Estava muito irritada. Ela apenas telefonara para ele, como ele se atrevia a aparecer na casa dela assim, sem mais nem menos? Só porque eles eram policiais pensavam poder fazer qualquer coisa. Pegou o troco e resolveu que agiria com dureza, mostraria que era ela quem pagava seu salário, e que conhecia muito bem seus direitos. Ele ficou de pé. Na luz indireta do alto, Mary via os fios brancos de sua barba. Ele havia sido um homem bonito, mas agora parecia estar meio gasto nas beiradas. Um dia fora só encanto e segurança, mas agora a vivacidade dera lugar a um cansaço controlado. Sua calça azul civil não tinha vinco. Ele havia engordado.

"Olá, senhorita Mary", disse.

"Faz quanto tempo que você está aqui?" Mary disse, apontando para o degrau com o queixo.

"Uma hora", ele respondeu.

Sua voz estava diferente. Como se estivesse todo desfocado. "Os vizinhos", Mary disse, secamente. "Você poderia ter telefonado."

"Fiz isso, você não estava em casa."

"Mesmo assim."

"Claro. Lamento. Mas pensei que pudesse ser urgente. A respeito de sua irmã. Desculpe-me."

Ele estava inseguro demais para uma briga. Mary balançou a cabeça. "Entre." No quarto ele parou à porta, até que Mary lhe indicasse uma cadeira. Não sentia mais medo dele, de sua autoridade ou de suas intenções, mas deixou a porta entreaberta. Ele sentou, ela notou que ele ainda mostrava aquela curiosidade policial descarada, examinava o quarto metodicamente, da esquerda para a direita, depois voltou os olhos para ela. "Água?", perguntou.

"Sim."

"Gelada?"

"Sim."

Ela abriu a geladeira, serviu a água e cruzou o quarto para dar o copo. Ele acompanhou seus passos com o mesmo interesse franco, ela se deu conta de que, embora cansado e gasto, ele continuava sendo em grande parte um policial. Quando se debruçou para entregar o copo, ela sentiu por um instante o cheiro do suor de um dia inteiro, dos trens, das multidões, do sol forte.

"Obrigado", ele disse em inglês, antes de beber. Esvaziou o copo, depois olhou para dentro, distraidamente. "Eu estava com muita sede."

"Preciso de sua ajuda", Mary pediu. Falou em tom mais alto do que o pretendido, muito agudo. Não estava acostumada a pedir ajuda.

"Sim", ele disse. "Pode falar."

"O imóvel de minha irmã. Você prometeu que me ajudaria."

"Quer tomar posse?"

"Sim."

"Há outros parentes próximos vivos?"

"Não."

"Não deve ser muito difícil. Precisa provar que é realmente a irmã, em juízo. Não deve ser difícil, mesmo que não tenha mantido contato com ela nos últimos tempos. Daremos uma declaração da polícia, dizendo não haver objeção, afirmando que não interfere na investigação em curso. Pedirei que Parulkar Saab, meu chefe, faça isso. Bas, é tudo. Pode levar algum tempo, afinal de contas é um procedimento jurídico. Precisará de um advogado para cuidar da papelada."

"Conheço uma advogada."

"Do seu divórcio?"

"Isso mesmo."

"Sabe como é, dizem em Bombaim que a gente precisa ter entre os amigos um político, um advogado e um policial."

"Ela ficou minha amiga, a advogada. Mas não conheço nem políticos nem policiais."

"Agora você me conhece."

Ele sorria. Mary sabia que deveria protestar debilmente, dizer que ele não era seu amigo, e que por sua vez ele argumentaria que era sim, claro que era. "Pedirei à advogada que providencie os documentos", ela disse. "Quando poderei pegar a tal declaração com você?"

Ele deixou o sorriso de lado. "Não precisa ir buscar", respondeu. "Posso trazer, sem problemas."

"Não me importo de ir."

"Até o distrito? Não precisa."

Uma delegacia não era lugar para mulher, era o que ele insinuava. "Sabe", Mary disse, "ando para baixo e para cima desta cidade. Posso ir até a delegacia. Avise quando estiver pronto, apenas."

"Certo." Ele permaneceu calado por um momento, muito sério. "E... tem mais alguma informação a respeito de sua irmã?"

"Já lhe contei tudo."

"Sei. Mas depois de tantos meses, talvez tenha se lembrado de mais alguma coisa."

"Não, nada."

"Mesmo que seja um pequeno detalhe. Que pode não parecer importante, mas que seja capaz de lançar uma luz no nosso caso. Por favor, reflita."

Ela pensara no caso durante aquelas longas semanas e meses. Que tipo de detalhe? Como contar a respeito da inexplicável adoração por Rishi Kapoor e sua dança flácida o ajudaria a desvendar o caso? Tinha tudo a contar, e nada. "Se eu soubesse de alguma coisa, contaria. Mas eu nem sei o que deseja saber."

Ele assentiu, parecendo tomar uma decisão. "O problema é que não sabemos exatamente o que estamos procurando. A investigação da morte de Ganesh Gaitonde continua. É uma questão de segurança nacional, e não sabemos por que ele voltou para a Índia, por que se matou. Portanto, procuramos informações relacionadas a Gaitonde. Sabemos que ela arranjava mulheres para ele. Muitas moças, durante um longo período, de Bangcoc, Cingapura, lugares assim. Se descobrirmos algo a respeito de sua irmã, de sua movimentação e seus contatos, talvez seja possível obter informações sobre Gaitonde. Por isso perguntei."

"Sei", Mary disse. "Tudo bem."

Ele se levantou. Ela percebeu o esforço que lhe custara. "Está certo", ele concordou. "Telefonarei."

Mary se deu conta subitamente de que fora muito ríspida. "Obrigada", disse. "*Thanks.*"

"*Don't mention.*" Ele fechou a porta com cuidado atrás de si, e Mary ouviu seus passos na escada.

Don't mention. Quando Mary começou a aprender inglês, dizia "*Mention not*". Dissera "*mention not*" por vários anos, até Jojo corrigi-la. Jojo aprendera inglês mais depressa, seu inglês era mais fluente e mais correto, além de incorreto do modo correto. Ela era muito boa em idiomas. O inglês de Sartaj Singh era ambicioso, mas apenas parcialmente bem-sucedido, ele gaguejava muito. Talvez achasse que sabia mais do que de fato sabia. Ainda restava muita arrogância naquele homem.

Mary deu de ombros. Tomou uma ducha demorada, apreciou a água que caía nas costas. Gostava da água fria, dos arrepios, até mesmo no inverno. Cresci num vilarejo, dizia a John quando ele demonstrava espanto. Não tínhamos água quente como o pessoal da cidade, quem quisesse tinha de esquentar e carregar.

As lembranças vieram, mas não a atormentaram, naquela noite. Ela deitou na cama e deixou que a invadissem. Depois de falar com Sartaj Singh, sentia um certo alívio. Tomara uma decisão. O que pudesse dever a Jojo seria pago. Sim. Ela se lembrou de um espetáculo em que vira elefantes africanos, e dormiu pensando nos pequenos elefantes que corriam atrás de suas mães.

Ganesh Gaitonde é recrutado

Fiquei impotente durante todos os dias e noites de minha lua-de-mel. Conforme o chão oscilava debaixo de nós eu me empenhava, debruçado por cima dela, e a maldizia, e maldizia o oceano pela puta infecta, mas apesar de todos os esforços eu continuava inevitável e espantosamente mole. Viajávamos para Goa num navio chamado *Peshwa*. Meus rapazes me forçaram a fazer a viagem. Depois da morte de Paritosh Shah, matamos sete homens de Suleiman Isa, em retaliação imediata, inclusive Phul Singh, um dos melhores atiradores, importado diretamente de UP. Depois eles pegaram dois dos meus rapazes, mas faltara força à resposta, e eu tinha certeza de que mais alguma coisa estava por vir. Enquanto isso, nos dias seguintes ao meu casamento, Chotta Badriya se mostrava cada vez mais horrorizado por minha falta de interesse numa lua-de-mel. "Como você tem coragem de ficar aqui neste buraco imundo, em sua suhaag-raat, numa linda manhã? Tudo tem de começar pela beleza. Suíça!" Ele insistiu na história da Suíça até eu ameaçar enviar as golis dele na frente. Seria loucura da minha parte abandonar o local no meio de uma guerra. Mesmo assim a campanha diária de Chotta Badriya pelas noites matrimoniais e dias maravilhosos surtiu efeito gradualmente. Estamos na era moderna, ele dizia, manterá contato constante por telefone. Afinal de contas, até Suleiman Isa comandava as operações dele por controle remoto, de Dubai, alegou. E você só se afastará por alguns dias. Ademais,

Paritosh Shah era um homem conhecido pela devoção aos rituais e costumes, ele acreditava que tudo devia ser feito do modo como era feito anteontem e ontem, conhecia todos os ritos que marcavam o progresso de um homem, da concepção aos banquetes após sua morte. Depois da morte de Paritosh Shah, havíamos seguido as prescrições nos mínimos detalhes, alimentamos uma centena de brâmanes, quando uma dúzia teria bastado, e agora Chotta Badriya alegava que, se eu havia casado por causa de Paritosh Shah, era bom realizar a lua-de-mel por Paritosh Shah. Ele tentou me pôr num avião para Cingapura, mas acabei decidindo por um cruzeiro a Goa. Muito romântico, ele disse, ir de navio em vez de ficar num hotel maçante. Claro, falei. A idéia me desagradava menos por tomar poucos dias, e a qualquer momento eu podia desembarcar e voltar correndo, se fosse necessário. Três dias lá, dois em Fort Aguada, três para voltar, fim da lua-de-mel. Só que eu não estava comparecendo.

Eu não podia me abrir com os rapazes que viajavam na cabine ao lado, claro que eu não falaria nada com eles. Na segunda noite vi que não aconteceria nada novamente, que apesar de eu me tocar e convocar a minha cabine balouçante todas as mulheres, todas as moças, todas as putas que eu já pegara, além de imaginar todas as artistas de cinema que eu já despira em meus sonhos, nada provocaria a menor reação em meu lauda inerte. Ele se escondia envergonhado na coxa, irritado com tanta esfregação, e eu afundava no canto da cabine. Finalmente, consegui dizer: "Isso nunca aconteceu comigo. Deve ser o barco, esse balanço de vaivém e sobe-desce de mela me enjoa".

Ela ficou quieta. Deitou-se de costas para mim, o ombro recurvado sobre a escotilha redonda iluminada. Seu nome era Subhadra. Pelo menos isso eu sabia a seu respeito. Olhei para seu braço, para o ombro ossudo estreito, e quando ela virou tive certeza do desprezo, da zombaria. Sentei-me, as costelas doeram quando respirei fundo, de tanta raiva engolida. Quando virei a cabeça para ficar de frente para ela, tive de forçar os músculos, de tão tensos de fúria. Queria dizer é por sua causa, sua chut magrela, com suas costelas de kutti faminta. Queria apertar seu pescoço e sacudir a cabeça enquanto gritava, como ele poderia se levantar para você? Eu a teria assassinado, atirado na água, longe de tudo, esquecendo para sempre essa história de casamento, deixando de lado o que meus amigos diziam e queriam. Meu corpo queria morte, uma pressão na base da espinha vibrava e pulsava, eu queria partir a mulher ao meio. Eu a teria estrangulado. Mas aí ela falou.

"Você já viajou de navio antes?"

Sim, eu havia embarcado antes. Percorrera vales de águas profundas a bordo de um barco precário, matara um amigo, roubara seu ouro. Eu queria contar de uma vez minha jornada anterior pelo mar. "Sim, já viajei", falei. "Muito tempo atrás, quando era rapaz, quando cheguei a Bombaim. Fiz uma viagem." Ela se virou para me encarar. Surpreendeu-se, creio, com a veemência com que falei, pois não pronunciara mais que meia dúzia de frases em três dias. "Foi minha primeira viagem de navio, e a primeira vez que saí do país", falei. Contei-lhe a respeito de Salim Kaka, Mathu, mas quando vi que me escutava com o queixo apoiado nas mãos juntas, percebi que não conseguiria relatar o final da história, não poderia falar dos tiros no escuro, nos pés de Salim Kaka chutando a água, no final verdadeiro que representou o começo de tudo para mim. Eu nunca havia contado a ninguém, não poderia dizer a ela, a frágil Subhadra que se espantava com minha coragem. Contei o final alternativo, a versão pública: seguimos para casa, ansiosos pela segurança e aroma de nossa terra, mas no caminho fomos emboscados pela polícia daquele país estrangeiro, devido a uma denúncia de Suleiman Isa, claro, e Salim Kaka caiu durante a batalha, tombou com o peito crivado de balas de metralhadora, mas conseguimos fugir e voltar para casa. Com o ouro. Ela suspirou quando terminei, emitiu o primeiro ruído de satisfação desde que eu a conhecera. Toquei seu ombro, senti que enrijecia. Ela pensou que eu ia começar de novo a esfregação contra seu corpo, mas eu não tinha ânimo para tanto. Não ousaria tentar outra vez. Mantive a mão em seu ombro, levantávamos e descíamos juntos, o movimento amplo da água nos engolfou e lentamente ela se sentiu segura com meu toque, relaxando. "E você?", perguntei. "Já tinha andado de navio antes?"

Ela me contou a respeito de uma viagem a Elephanta na infância, quando enjoou no barco, tentou chegar à amurada mas não conseguiu, estragando o vestido novo amarelo, recordou o calor implacável na água, que parecia um espelho cristalino de tão plácida, doendo nos olhos. Bateram a carteira de seu pai na volta. Mas eu havia lucrado com o mar. O oceano talvez significasse tanto sorte quanto desastre. Disse isso a ela, ouvi quando soltou um débil "Sim", e depois dormimos.

Depois que ela começou a falar não parou mais. Acordou falando e seguiu falando. Difícil definir o que dizia, pois falava de tudo, da dor de estômago da irmã, de Indira Gandhi, dos passeios ao aeroporto para ver os aviões pousarem e decolarem, *Kati Patang*, um ventilador de mesa barulhento que o pai se recusava a jogar no lixo, o perigo da malária na época das chuvas, o melhor vendedor de bhelpuri em Juhu Chowpatty, naufrágios em rios revoltos. Passava de um assunto para outro de um modo que fazia perfeito sentido quando a gente ouvia, mas que se tornava alucinadamente incoerente e impossível de recontar cinco minutos depois. Passávamos horas perdidos no alvoroço de sua conversa. Aquilo me acalmava. Sentávamos no convés, sob um toldo listado de azul e branco, ambos de óculos escuros, ela ainda esplendorosa com as jóias do casamento, eu escutava o cantarolar da água no costado do navio e ela falava. O murmúrio agradável esvaziava minha mente, conservava a humilhação noturna a uma distância segura. Os rapazes mantinham uma distância respeitosa, ficavam onde eu poderia alcançá-los com um chamado, mas fora da vista. Eu acreditava que estava pensando, planejando, analisando, que enquanto as horas passavam eu me dedicava ao problema de Suleiman Isa, à expansão futura da companhia, ao gerenciamento, mas na verdade mergulhava numa modorra agradável. Imóvel. Completamente relaxado.

A meio dia de Goa minha meditação entorpecida foi interrompida por Chotta Badriya. Ele subiu a escada de metal ruidosamente, e havia medo em seu passo rápido, percebi. Encontrei-o na escada, a um terço do final.

"O que foi?"

"O capitão disse que acabou de ouvir as notícias. A coisa está feia, bhai."

"O que foi?"

"O capitão disse que a masjid foi arrasada ontem à tarde."

Ele não precisava explicar qual masjid, pois havia meses só se falava numa masjid, no velho e distante prédio decadente que agora servia de desculpa aos partidos políticos agressivos, local de peregrinação de milhares de pessoas, símbolo destacado de antigas iniqüidades. Eu considerava aquilo tudo besteira, a questão inteira e os conflitos não passavam de jogadas políticas. Mas, se fosse destruída, arrastaria todos nós em sua queda. Isso estava bem claro. "E então?", falei.

"Em Bombaim, bhai, as coisas estão péssimas", Chotta Badriya disse. "Distúrbios."

Em Goa fomos direto do cais ao aeroporto e voamos de volta a Bombaim naquela mesma tarde. Do aeroporto de Goa tentei localizar nossos operadores em Bombaim, mas os doze números que disquei estavam mudos. "A polícia deve ter desligado os telefones", Chotta Badriya disse. Bem provável, costumavam fazer isso quando a confusão começava. Os rumores no aeroporto citavam ônibus incendiados, atiradores no alto dos prédios, disparando contra a multidão na rua, homens e mulheres caçados nos becos e assassinados. Eu queria voltar a Bombaim antes que Suleiman Isa se aproveitasse, antes que os filhos-da-mãe avançassem contra nós com toda a sua força, encobertos pelo caos. Durante um tumulto a guerra era aberta, quando um corpo cai ou uma casa pega fogo, ninguém é responsável. Um tumulto significa licença para matar à vontade. Não era hora de deixar meus companheiros sem orientação, por isso voltei depressa. Quando entramos no avião, senti meus golis encharcados de suor. As fileiras de assentos estavam todas vazias, todos os passageiros haviam cancelado a passagem, só nós queríamos ir para Bombaim no meio da desordem. Sentei-me trêmulo no meu lugar, meu saco estava úmido — essa porcaria vai voar, este ônibus alado maderchod? Voou. Varamos o espaço no rumo de Bombaim e de minhas responsabilidades. Entramos na pista de asfalto negro, balançando e tremendo, e eu pedi a Subhadra: "Fale, fale". Com um esgar de pânico ela começou, e seu medo não vinha da súbita decolagem do avião, mas sim de me ver ensopado de suor de tanto medo, seu marido Ravana transformado num hijra vomitão ranhento. Vomitei no saco de papel, ela se manteve ereta no banco, com a mão no meu ombro. Eu sabia que ela achava aquilo desagradável, o suor pegajoso e frio do medo do marido. E que marido, não um poderoso rakshasa que ela imaginava, entrando em seu leito nupcial, cuja reputação tanto a impressionara, não um rei, mas um palhaço impotente. Mas ela cumpriu seu dever. Falou.

Quando o avião sobrevoou Bombaim, ela se calou. Debrucei-me por cima dela e nós dois apertamos o rosto contra o plástico, e da costa barrenta surgiram ilhas esparsas, depois vi nitidamente estradas, prédios, a forma das povoações e as manchas marrons dos bastis. Atrás de nós os rapazes discutiam. "Andheri fica ali." "Maderpat, onde está Andheri? Aquela é a ilha de Madh, não está vendo?" Mas eles logo se calaram. Uma coluna de fumaça negra se elevava de uma área urbana na costa e se espalhava na direção do centro, no rumo de outra coluna escura, curva — a cidade estava em chamas.

Até aterrissar ninguém disse uma só palavra. Os prédios vinham em nossa direção em grande velocidade, mas eu não sentia medo, tentava ver o que fora destruído, o que estava pegando fogo. Todos nós ficamos quietos. Os prédios do aeroporto estavam lotados de passageiros presos ao solo, dormindo com as cabeças apoiadas em malas e sacolas. Não havia táxis nem automóveis. Os telefones continuavam mudos, não havia como chamar alguém em Gopalmath. Por um tempo pareceu que não chegaríamos a Gopalmath, mas Chotta Badriya foi até a rua e procurou os motoristas entre as filas de táxis, foi encontrá-los perto da chowki da polícia, reunidos. Depois de uma hora de persuasão, em que acenou com milhares de rupias, um deles ficou tentado, e Chotta Badriya o puxou de lado para dizer que não precisava se assustar, ele ia transportar Ganesh Gaitonde. Isso tranqüilizou o motorista, claro, e nos esprememos no táxi, nós seis, para seguir no rumo da enorme quietude. O motor roncava alto com o esforço, mandei o motorista ir mais depressa, mais depressa, e me dei conta de que estava sussurrando. Todas as ruas estavam silenciosas, não havia ninguém, nem uma só pessoa, os bastis perto do aeroporto estavam desertos, os hotéis na via expressa, vazios, as janelas dos prédios de apartamento, fechadas. Eu sentia medo, todos nós sentíamos, menos o chofer do táxi, que adquiria confiança a cada esquina, graças a minha proteção. Mas eu sabia que não tínhamos armas, que se uma multidão formada por centenas de pessoas avançasse contra nós e nos cercasse com facas, paus, barras de ferro e espadas, todos teríamos morrido. Naquele silêncio trêmulo assassino eu poderia gritar meu nome e a multidão assim mesmo me cortaria a garganta. Contra a fúria sanguinária não existe proteção. Perto de Gopalmath vimos cadáveres, dois corpos. Estavam na beira da estrada, perto de uma loja de sapatos. O sangue respingara na vitrine fechada, acima do parapeito.

"Tiros na cabeça", Chotta Badriya falou.

Ele tinha razão. Ambos foram mortos com tiros na cabeça. Eu me perguntava se eram muçulmanos. A placa na porta da loja dizia que aquele era o Zuleikha Shoe Emporium. Seguimos pela rua, por entre os cacos de vidro, sapatos, varas, vi um caderno escolar pautado folheado pelo vento. Subhadra mantinha os olhos fechados. Entramos à esquerda numa rua conhecida, no rumo do basti. A rua era lisa, fora asfaltada dois meses antes. Mas agora estava coberta de pedras soltas e tijolos. Uma batalha fora travada ali. Vimos o esqueleto de um carro incendiado, ao lado de um poste. Alguém gritou a nossa esquerda, na primeira fileira de casas de Gopalmath um homem surgiu, apontando o dedo acusador para nós. Em sua outra mão ele empunhava uma espada, um risco curvo prateado.

"Oi, Bunty", Chotta Badriya gritou, e Bunty abaixou a cabeça, surpreso. Saiu correndo na direção do táxi, seguido pelo pessoal de Gopalmath. Bhai, bhai, gritavam. Estavam todos armados, empunhavam espadas, lathis, lanças, canos, facas e pistolas. Perguntei, o que aconteceu aqui? Os landyas chegaram, bhai, vindo do basti de Janpura, ali adiante, disseram que um dos nossos rapazes esfaqueou um deles, então mostramos nossa força, obrigamos os invasores a recuar até o monte de lixo onde vivem. Os dois mortos na Naik Road, bhai, foram vítimas da polícia, pá pá dois tiros na cabeça, até a polícia entendeu quem estava certo e quem estava errado dessa vez. E eles batiam no ombro uns dos outros, todos eles, empurrando e caindo e rindo como se tivessem ganho um jogo, os rostos brilhantes de suor, juventude e vitória. Eu perguntei, e os muçulmanos de Gopalmath, o que aconteceu com eles, estão bem? No lado leste do basti tínhamos umas sessenta famílias muçulmanas, em sua maioria formadas por alfaiates e operários, alguns filhos deles trabalhavam para mim. Mas quando perguntei meu pessoal deu de ombros. Então, insisti, eles estão bem? Eles foram embora, bhai, disseram.

"Para onde?", falei. "Para onde foram?"

Ninguém sabe, bhai. Foram embora. Fugiram. Saíram correndo.

"Alguém fez mal a eles? O que aconteceu?"

Eles fugiram, bhai.

"E as casas?"

Foram ocupadas, bhai. Há outras pessoas morando lá agora.

"Quem? Alguns de nós?"

Sim, alguns de nós, bhai.

O rosto de Chotta Badriya endureceu. Ele era imensamente respeitado em nossa companhia, e até aquele momento sua religião não fizera diferença. Eu o peguei pelo braço, e nos afastamos. "Não dê ouvidos a esses idiotas", falei. "Não os leve a sério. São jovens, os acontecimentos viraram a cabeça deles. Eles não sabem o que estão dizendo."

Mas os olhos dele traíam a cólera. "Eu daria a vida por qualquer um deles", disse. "E agora não passo de um landya para eles? Filhos-da-mãe. Vão querer tomar minha casa, também?"

"Badriya", falei, "esta é uma época ruim. Não fique nervoso. Mantenha o controle, raciocine. Escute o que eu digo. Confie em mim, só em mim."

Eu mantinha a mão em seu ombro, e ele finalmente permitiu que o abraçasse. Mandei-o de volta para casa, para ficar com a família, acompanhado de quatro dos meus melhores homens, dizendo a eles que os mataria pessoalmente a tiros caso acontecesse algo a Chotta Badriya e sua família.

Depois olhei em torno, para as casas de Gopalmath. Durante o intervalo em minha própria batalha deixei meu lar e voltei para ver que se tornara o campo de uma batalha muito maior. Eles, alguém, traçara fronteiras em meu vatan. Meus vizinhos se tornaram refugiados, fugiram das espadas desembainhadas, dos corpos abatidos a tiros. Ali estava Gopalmath, moradia do meu coração, a cidade que eu fiz construir tijolo por tijolo, onde eu caminhava abraçado com meus amigos, sentindo o aroma de gajras e da água no ar, onde eu descobrira minha vida, minha masculinidade. Ali se estendia a luminosa colcha de retalhos dos telhados que se estendiam do fundo do vale ao alto dos morros, uma mancha vibrante marrom, azul e vermelha, tecida pelo fio das ruelas entrelaçadas, onde as antenas de televisão numerosas refletiam ferozmente a luz do sol a pino. Tudo desolado. E, na fímbria do horizonte, ao sul, uma mancha de fumaça. Sob o céu insuportavelmente claro levei minha mulher para casa.

Os conflitos cessaram três dias depois. Minha impotência continuou. Limpamos as ruas, cuidamos dos feridos, eu dei dinheiro às famílias que tinham parentes nos hospitais, e enquanto isso Subhadra se instalou em minha casa e se tornou "Mummy" para os rapazes. Em poucos dias conquistou sua confiança e simpatia, encarregando-se de trazer a mim os problemas deles e servir de mediadora se eu estivesse com raiva. A casa ficou limpa de repente, deus e deusas surgiram em todos os cômodos, sentia o estômago mais leve e contente graças à comida caseira, todas as camisas estavam empilhadas limpas e passadas no guarda-roupa, e mesmo assim eu sentia medo o tempo inteiro. Quando ouvia sua voz no quarto ao lado, gentil e suave, num ritmo que lembrava sinos, eu temia que ela estivesse comentando com alguém que eu era inútil, que nem chegava perto dela, que eu me deitava no meu lado da cama com os braços por cima da cabeça e lhe dizia para continuar falando até eu pegar no sono. Não, ela não ia contar. Mas talvez escapasse, uma mulher do basti faria um comentário, uma brincadeira provocante a respeito da felicidade de Subhadra, um trocadilho meio picante sobre camas, noites, homens cruéis e membros doloridos, e Subhadra riria, completamente inocente como era, e diria nós não fazemos nada disso. Ele não consegue. Eu fugia de sua voz, do não posso, do perigo, e passava o dia correndo de uma reunião para outra. Almoçava em restaurantes elegantes ou populares, freqüentava bares de dançarinas e observava as piruetas das moças, desanimado. Nenhuma delas me animava.

Chotta Badriya notou isso. Ele andava meio quieto, ressabiado com os acontecimentos recentes, pelo masjid e os dias seguintes, percebi. Por isso eu o mantinha próximo, levava-o comigo aonde fosse. Vi que lutava, que ia contra sua natureza por minha causa. Ele tentava cuidar de mim. "Bhai, essas dançarinas são de segunda linha. Tenho coisas muito melhores para você."

"Muito melhores? Onde?"

"Atrizes, bhai. Estrelas."

"Todas elas querem ser estrelas, chutiya."

"Nada disso, bhai. Atrizes de verdade. Prometo." Naquele tempo todo mundo estava virando produtor de televisão. Vendedores de óleo e donos de táxi de repente faziam séries televisivas. Um deles era primo de Chotta Badriya, e falou com ele a respeito de uma mulher que era modelo e coordenadora de atores, além de sonhar em ser produtora. Naturalmente aquela mulher mantinha contato com muitas moças, todas adoráveis, jovens, novas na cidade, lutando para fazer fortuna.

"E ela as ajuda a lutar um pouco com os homens e ganha um dinheirinho extra, certo?", falei.

"Exatamente, bhai. Sabe como a vida é dura nesta cidade. Como uma jovem atriz poderia sobreviver sozinha nesta cidade? Ela as ajuda, bhai, e muito."

"Precisamos ajudá-las também. Qual é o nome desta santa criatura?"

"Jojo."

Jojo. Um nome estranho, mas as moças enviadas por ela estavam mesmo bem acima da média das randis. Eram instruídas, algumas falavam inglês. Com elas não tive problemas. Com elas ficava duro facilmente, e muito capaz. Com elas eu realizava acrobacias, pelejava até que tombassem no campo de batalha. Mas em casa não fazia nada. Examinei minha esposa com atenção, avaliei seu sorriso ligeiramente irônico, as sobrancelhas retas como um corte, o odor de cosmético e pasta de dente, e concluí que gostava. Eu a queria. Mas não havia como conseguir com ela. Minha força se esvaía sem apelação quando eu chegava à segurança de minha própria cama. Li anúncios de clínicas em cartazes na rua e na contracapa das revistas, que prometiam vigor com pílulas e poções, mas era incapaz de falar daquilo a Chotta Badriya ou a qualquer outra pessoa. Sentia vergonha. Peguei o telefone e liguei para uma das clínicas, pedi para falar com Vaid, mas queriam dinheiro e saber meu nome, a mulher na linha era rápida e brusca, eu a chamei de gaandu e bati o telefone na cara dela. Subhadra entrou com um copo de leite, tomei tudo pensando, amargurado, com aquela randi ao telefone eu teria metido, mas com a minha mulher só o que consigo é tomar leite. Por isso usava as moças de Jojo, uma após a outra.

Depois percebi que sentia ainda mais medo quando estava longe de Subhadra, fora do alcance de sua conversa. Ficar em casa talvez fosse o melhor a fazer, talvez minha presença a constrangesse um pouco, evitasse que comentasse meus fracassos com alguém. Por isso voltei. E a encontrei feliz da vida, em casa. Pura verdade, ela parecia feliz, era feliz. Seu casamento não passava de uma piada, no centro dele havia um nada flácido, mas ela circulava com as chaves no pallu, remexia as panelas na cozinha, comandava os empregados e me atormentava por causa da comida, exalando felicidade. Ela se animava quando mencionávamos as ruínas da mesquita, quando os jornais retomavam velhas histórias de confronto e publicavam discursos inflamados dos políticos. As revistas exibiam mapas do país enfeitados com explosões de história em quadrinhos, estreladas, cada uma das pequenas detonações representava um tumulto, corpos, tijolos, espadas, e enquanto eu era infeliz ela era feliz. Certa noite ela entrou no quarto e sentou a meu lado.

"Ouvi falar em seu amigo", Subhadra disse.

"Quem?"

"Paritosh Shah." Sentada a meu lado, ela ergueu a manga de minha kurta. "Os rapazes vivem dizendo que ele fez você casar comigo, que era uma boa influência. Conte mais a seu respeito."

E contei-lhe tudo a respeito do ouro, da barriga enorme, da intuição para o dinheiro, do amor pela vitória, de nossas aventuras juntos, de seu prazer pelos festivais, rituais e celebrações, de sua necessidade de alçar vôos mais altos. Ela me escutava com a mão na minha manga, de cabeça baixa, mas com os olhos acesos, com fios soltos do cabelo iluminados por trás pela lâmpada, cada filamento reluzente criando um pequeno halo acima da cabeça. "Aquele meu amigo motu não fazia nada sem orar primeiro, se precisasse ir de Colaba a Worli, rezava primeiro, se precisasse roubar um crore, ele antes rezava. E depois o mataram."

"Você os matou?"

"Matei quem?"

"Os homens que o mataram!"

Como explicar a ela que descobrir quem puxou o gatilho e usou as marretas não era exatamente fácil? O que ela entendia de espionagem, casas seguras, blefes duplos e triplos, campanhas e emboscadas? Ela havia feito uma pergunta simples, você puniu quem cometeu o assassinato? Mas não havia uma resposta simples. E então eu me dei conta, ao olhar para o sindoor em seu cabelo e sentir a confiança em seus olhos, que ela formulara a única questão que valia a pena responder. Eu havia traído Paritosh Shah. Matara alguns capangas de Suleiman Isa, e considerara isso vingança. Mas acertar homens ao acaso e destruí-los não era vingança. Paritosh Shah se preocupara comigo, ele me amara, ele me casara e fizera que eu sossegasse, mesmo assim eu traíra sua memória, inventara desculpas para sua alma a respeito da punição que eu dera a seus inimigos, enquanto os reais assassinos permaneciam livres. Eu não poderia consumar meu casamento enquanto sua alma não pudesse se consumar, enquanto buscasse a paz. Minha incapacidade era um reflexo direto disso. Ri. Fora preciso que Subhadra me mostrasse isso. Subhadra também era o nome da irmã do deus que Paritosh Shah adorava. Fazia certo sentido, sério mesmo. Levantei-me num pulo. Debrucei-me e beijei minha esposa. Sentia-me rejuvenescido, renascido. Corri para a sala de reuniões, chamei meus rapazes, acordei Chotta Badriya.

"O que temos feito para descobrir os pistoleiros que pegaram Paritosh Shah? Oferecemos dinheiro? Quanto dinheiro? A quem perguntamos? Quem conseguimos pegar?"

Em uma hora eu havia feito novos planos, estabelecido esquemas de ação, dobrado e triplicado o fluxo de dinheiro que amoleceria a língua dos homens, conversei com policiais, membros das gangues e khabaris, colecionei nomes e apelidos e vestígios de apelidos, endereços, rumores de insatisfação e intrigas. A casa zunia e cantava e eu sentia minha força manifestada através de Bombaim como uma corrente elétrica, pois mulheres e homens estavam falando, correndo, movendo-se conforme padrões que eu havia iniciado. Lançara longe a rede da minha pessoa, e nela apanharia os assassinos, e os recolheria. Eles não tinham como escapar. Olhe para mim, Paritosh Shah, bhai, gordo. Você terá de me devolver a mim mesmo. Eu lhe darei seus assassinos, e você me dará Subhadra, meu casamento. Você o devolverá para mim.

Mas os tumultos recomeçaram. Notícias de assassinatos chegaram até nós, vindas das ruelas agoniadas, das ruas que ainda choravam perdas anteriores: um muçulmano esfaqueado aqui, um hindu morto ali, trabalhadores mathadi esfaqueados e mortos, uma família queimada, o redemoinho nos levou novamente. Voltaram as ruas desertas e longas tardes silenciosas, o ruído de muitos pés no chão, a correr, o sol atravessando o céu e gritos, muitos gritos que balançavam de leve nossas janelas, notícias de homens, mulheres e crianças encharcados de gasolina e queimados vivos, e Subhadra agachada num canto, e o tiroteio repentino noite adentro. Pus meu pessoal na periferia de Gopalmath, em turnos, ordenei a eles que ficassem atentos, montando guarda. Três dias depois Bunty me procurou, preocupado. "Não consigo controlar os rapazes, bhai", disse. "Querem *fazer* alguma coisa."

"Fazer o *quê*?", retruquei. "Matar mulheres idosas? Para quê? Tomar um prédio velho?"

Ele baixou a cabeça. "Eles estão nos matando."

"E?"

"Bhai?"

"O que mais você queria dizer?"

"O pessoal comenta... alguns perguntam se o bhai está conosco ou com os muçulmanos."

Então, inevitavelmente, chegamos lá: nós ou eles. Eu era nós ou eles? "Estou do lado do dinheiro", falei. "Não há lucro nisso. Diga a eles."

Mesmo assim a pergunta ficou no ar, durante as noites de matança. Nós ou eles? Quem era eu, que sempre considerei os atacantes de mesquitas e seus defensores igualmente tolos? Agora a mesquita fora derrubada, todos se tornaram incendiários e defensores disto ou daquilo, era preciso escolher entre nós e eles. Mas quem era eu? Pensei nisso, esperei que Paritosh Shah me dissesse algo e me mantive distante do sangue. Alguns rapazes me abandonaram. Frustraram-se com minha neutralidade, com minha inação. Atraídos pelos vapores densos de raiva que se erguiam das lojas incendiadas, dos corpos nas sarjetas, eles saíram armados de espadas e pistolas. Arrancaram homens de dentro dos carros e os retalharam, violentaram mulheres que encontraram em barracos e cortaram suas gargantas, usaram querosene e palitos de fósforo para queimar mendigos errantes, atiraram em crianças. Naqueles dias de inverno, perdi meus soldados leais para o nosso massacre, para a carnificina que não era uma guerra. Eles me abandonaram sentindo desprezo, pois fiquei longe de tudo. Não precisava que Bunty me dissesse isso. Estava perdendo izzat, perdendo poder, perdendo a companhia que construíra e defendera de tantos predadores.

Bipin Bhonsle ofereceu-me uma saída. Ele chegou num domingo pela manhã, em um jipe enfeitado com bandeiras cor de açafrão. Acompanhavam-no dois Ambassadors, também cheios de Rakshaks fortemente armados. Bipin Bhonsle empunhava uma espada, que deixou apoiada na lateral da poltrona, em meu baithak.

"Um MLA armado no meio da rua", falei. "Como o mundo mudou."

"E hoje vamos fazê-lo mudar novamente, bhai", disse, esfregando o rosto. Estava inchado, exausto, fedorento. A camisa roxa manchada e amarrotada para fora da calça, eu via o suor escorrendo por sua barriga. "Agora já chega. Vamos mostrar para esses landya filhos-da-puta."

Esperei. Mas ele parecia ter dormido de olho aberto, com o queixo apoiado no peito. Mechas de cabelo grudaram na testa molhada, o topete do penteado se desmanchara totalmente. O que ele queria mostrar para os muçulmanos permanecia um mistério. Por fim falei: "Bipin Saab?".

Ele falou sem piscar, sem se mover de sua pose de estátua. "A ordem veio de cima: mostrem aos maderchods. E nós mostramos."

"A ordem veio de cima?"

"Do mais alto escalão." Ele bocejou. "Eu cortei uma cabeça. Sabe, decapitei, plaf, assim. Empunhei a espada com as duas mãos. Ela quicou duas vezes, a cabeça. O mais gozado é o sangue. Parecia de um pichkari, espalhado pelo lugar. A cabeça não parecia surpresa nem nada. A cabeça não tinha expressão."

"Você mostrou para eles."

"Sim. Mas você continua aqui sentado na sua casa, em segurança, Ganesh Bhai."

"A ordem não veio do meu alto escalão, Bipin Saab."

"Os landyas mataram Paritosh Shah. E mesmo assim você não quer fazer nada."

Eu poderia ter apontado que Suleiman Isa era muçulmano, embora muitos hindus trabalhassem para ele. E também que Suleiman Isa não tinha nada a ver com as famílias muçulmanas que viviam na beira da estrada, e que cortar as cabeças dos pobres não faria que ele sangrasse. Mas falei apenas: "Não ganho nada fazendo isso".

Ele me encarou, piscou os olhos congestionados. "Eu lhe darei lucro. Estou muito ocupado, por isso oferecerei um acordo rápido. Existe um basti muçulmano em Abarva. Conhece?"

"Atrás do prédio branco da companhia de seguros? Conheço."

"O terreno pertence a um companheiro meu. Ele o adquiriu há três anos, por um bom preço, é uma ótima área para incorporação. Ligação de água, eletricidade, ali tem tudo. Eles dizem que estão ali há muito tempo, aquelas besteiras bhenchod de sempre. Tire-os de lá. Queime tudo. Pagaremos vinte lakhs."

"Bipin Saab, Bipin Saab. Aquela terra vale quatro crores, no mínimo."

"Vinte e cinco, então."

"Precisarei de muita gente."

"Seu pessoal pode ficar com tudo que conseguir pegar."

"Dentro de um barraco miserável, enquanto o fogo destrói tudo?"

"Trinta."

"Um crore."

Ele riu. "Eu lhe darei sessenta lakhs."

"Negócio fechado."

"Quando?"

"Amanhã."

"Tudo bem. Aja depressa. Vamos manter a pressão enquanto for possível, mas em algum momento o Exército começará a atirar, em vez de apenas desfilar, e as coisas ficarão mais complicadas." Ele apoiou a mão no joelho e antes de se levantar permaneceu curvado por um momento, relaxando as costas. "Não vai me oferecer um drinque?"

"Bipin Saab, eu deveria ter oferecido." Gritei, no corredor. "Arre, tragam água, chá, alguma coisa gelada."

Bipin Bhonsle sorriu. "Eu estava pensando num uísque. Ou rum. Mas você não muda, bhai. É sempre água."

"Assim permaneço alerta."

"O uísque me dá forças", Bipin Bhonsle disse, e apanhou a espada. "A água faz mal ao meu coração." Ele empunhou a espada e a apontou para mim. "Ainda bem que está conosco", continuou. E depois desceu a escada, seus pés estalavam com força nos degraus. E agora eu estava conosco, contra eles.

Eis o modo elegante de queimar um basti: agir de noite, levando uma dúzia de veículos lotados de rapazes para o lado leste, na ponta do basti que fica perto da companhia de seguros, e lançar um ataque frontal ruidoso. Os rapazes dão tiros e desembainham as espadas contra os homens do basti, que saem dos barracos dispostos a uma resistência desesperada, os rostos, uma caricatura apavorada sob os faróis dos carros. Enquanto isso, no canto sudoeste do basti, outro grupo de sua companhia se aproxima das casas e barracos. São hábeis e furtivos, aproximam-se e ouvem os gritos e pragas do lado da seguradora, eles portam garrafas cheias de gasolina, fechadas por um pano ensopado. Acendem a mecha e atiram a garrafa, ouve-se o barulho de vidro quebrado e as chamas tímidas desabrocham em rios de fogo que percorrem telhados, descem muros, penetram pelas janelas. O fogo fala, ronca alto e alegre conforme devora tudo, não há como detê-lo. Não há telefones, o corpo de bombeiros não aparece, nem a polícia. Os defensores deixam de defender, correm e se escondem nos cantos, iluminados agora pelo brilho acima dos telhados. Seus rapazes os caçam, matam alguns, os outros fogem para buscar as mulheres e crianças que choram, correm todos do fogo, cambaleiam, tombam e levantam, depois desaparecem. Vão embora. As chamas passam facilmente de um casa a outra, e o trabalho está terminado.

Pela manhã, a face oeste do prédio da companhia de seguros está manchada de fuligem preta, e onde havia uma favela resta um campo de cinzas fumegantes, de onde se projetam, aqui e ali, um batente de porta enegrecido, um cano de ferro retorcido.

Dois dias depois meu pagamento chegou, inteiro. Veio em maços de notas novas embrulhadas em plástico, que eu abri para distribuir entre os rapazes. A essa altura praticamente todos haviam retornado. Nos quatro dias seguintes limpamos mais duas áreas invadidas. E ficamos todos satisfeitos; eu, os rapazes, Bipin Bhonsle. Os tumultos são úteis de várias maneiras, para todos os tipos de pessoas.

Finalmente, na terceira semana de janeiro, os incêndios e assassinatos cessaram, sob as balas da polícia e do Exército, sob as ordens dos chefes de Bipin Bhonsle e dos chefes deles. Finalmente havia corpos suficientes até para o mais alto escalão, o estardalhaço do caos iminente tornou-se ensurdecedor, era hora de parar. A cidade sacudiu a poeira e começou a tirar o entulho, máquinas de terraplenagem nivelaram o solo e cavaram buracos para alicerces, cadáveres foram retirados das valas de esgoto, dos montes de lixo, e o tráfego voltou a entupir as ruelas. Lentamente, voltamos ao normal. E eu me senti renovado. Sim, era potente. Voltei para casa tarde da noite, de um encontro com Bipin Bhonsle, quando fui buscar mais dinheiro que ele devia pelo serviço na época do tumulto, e para discutir novos projetos. Tirei o sapato, sentei na cama, apoiei a cabeça nos travesseiros novos bordados por Subhadra, vermelho-escuros. Ela havia mudado a disposição dos móveis do quarto para que pudéssemos olhar pelas janelas duplas deitados na cama. Eu via meu basti escurecido e as estrelas no céu. Subhadra trouxe meu leite, depois sentou de pernas cruzadas na cama para me ver beber. Eu tomei tudo e ela apoiou o queixo em minha mão, cantarolando suavemente.

"Que canção é essa?", sussurrei. A noite estava tão silenciosa, tão frágil e fresca, tão cheia de sombras, que eu só conseguia sussurrar.

Subhadra olhou para mim e continuou cantarolando.

"Então, saali? Qual é a canção?"

Ela sorriu, maliciosa, e mostrou a língua para mim. E continuou cantarolando.

Eu segurei seu braço, de brincadeira, ela soltou um gritinho teatral e se afastou. "Largue", disse, "está me machucando."

"Não precisa dar escândalo", falei. "Eu mal toquei você."

"Você que pensa", ela disse. "Você é muito forte." Ela esfregou o braço. "Está vendo? Deixou uma marca."

"Não estou vendo nada."

"Até os rapazes sabem disso."

"Sabem o quê?"

"Que você desconhece sua força. Ontem disseram que você finalmente mostrou seu verdadeiro poder. Agora sabemos que é um verdadeiro líder hindu."

"Hindu?"

"Sim." Ela fitava seu braço claro, de cabeça baixa, onde a pele se elevava um pouco, pressionada por meus dedos. "Eles dizem que você mostrou aos desgraçados o que um bhai hindu é capaz de fazer."

Havia um rio descendo do céu, uma curva sinuosa de luz. Havia um céu lá no alto e nós aqui no chão. Havia hindus e muçulmanos. Tudo se organiza em pares, opostos, tão brutais e tão adoráveis.

"Feche a porta!", falei.

Ela disse: "O quê?".

"Você me ouviu."

O que aconteceu comigo naquela hora? Até então, durante minha vida inteira, eu me sentira como um espectro, com mil fantasmas a correr em meu corpo, cada um igualmente possível e cada um mais perdido que o outro. Eu havia chegado, vindo de lugar nenhum, fizera meu nome mas sempre me parecia estar desempenhando um papel, que poderia mudar meu nome para outro facilmente, que era Ganesh Gaitonde hoje e poderia me tornar Suleiman Isa amanhã, e também qualquer um dos homens que matei. Sentia raiva, dor, desejo, mas sempre evitara permitir que os fragmentos soltos dentro de mim tomassem forma. Fizera que muitos homens acreditassem em mim, Ganesh Gaitonde, e sempre os desprezara secretamente por acreditarem em mim, pois eu não era nada. Eu não acreditava em nada. Eu não me comprometia com nada. E por isso era um fantasma humano, capaz de sexo frenético com putas, em cujas chuts ensopadas eu tentava parecer real, mas não prestava para o casamento. O casamento é crença. O casamento é fé. O casamento é integridade. Eu via isso, que fora incapaz no casamento, por incompleto, imperfeito e portanto impotente. Mas em todas as estradas que percorri, achando estar sozinho, todos os caminhos errados me levaram inevitavelmente para onde eu participaria, para a certeza de me tornar alguma coisa, uma coisa. Eu havia incendiado bastis, fizera uma escolha, fora forçado a escolher um dos lados na batalha, o velho sábio Paritosh Shah conseguiu o que queria, no final das contas. Eu era um bhai hindu. E por isso montei tranqüilo em minha mulher, sentindo a batida confiante de meu pulso no corpo inteiro. Penetrei-a. Seu grito encheu meus ouvidos. Depois houve sangue nos lençóis, em minha coxa. Fiquei contente. Disse a Paritosh Shah, não me esqueci de você. Encontrarei seus assassinos. Dormi profundamente, aconchegado na confiança de minha vitória, até quase escurecer.

Eu havia acordado, e por ter despertado para mim fui recompensado. A recompensa continha uma maldição. Era uma fita de vídeo, e nela aparecia de relance, por um momento, o homem que traíra Paritosh Shah, que o entregara a nossos inimigos. A fita de vídeo chegou graças a uma de nossas fontes em Dubai, um sujeito chamado Shanker, que trabalhava numa loja de equipamentos eletrônicos chamada Mina Television and Appliances. O chefe de Shanker, dono da Mina Television, trabalhava com a filmagem de eventos como festas, casamentos e noivados, em novembro ele fora chamado para filmar uma festa shaandaar no restaurante giratório no alto do Embassy Hotel, para a qual Govinda fora de Bombaim de avião, para dançar. O dono da Mina Television gravou tudo, inclusive os brindes com champanhe dos convidados embriagados, homens de terno brilhante formando rodinhas, com os dedos em volta de copos largos cheios de uísque. As mulheres, sozinhas, formavam um grande grupo nos sofás, com diamantes ofuscantes, a apunhalar as lentes com seus reflexos rápidos; e Govinda dançava, com seus saltos e viradas, enquanto o sapato branco refletia no piso de mármore negro; o aniversariante, Anwar, era o terceiro irmão de Suleiman Isa. E o próprio Suleiman Isa, o filho-da-mãe, balançando ao som da música de Govinda, mas com o rosto inexpressivo, sem vida. O sujeito da Mina Television levou a fita de volta para a firma, recebera ordens de tirar três cópias. Entregou-a a Shanker, pedindo que as copiasse. Shanker fez quatro cópias. Guardou uma e a levou a Bombaim em sua visita à cidade, no início de fevereiro. Entregou-a a Bunty, que lhe deu dinheiro. E lá estava a fita, passando na minha televisão, em meu escritório.

Suleiman Isa tinha uma cara grande, larga, com um pouco de barba rala na virada do queixo e um bigodinho fino. Na fita ele usava camisa branca de gola redonda e terno cinza-escuro bordado na lapela. Não dava para saber o que bebia, mas ele comia kebabs de uma travessa e alinhava os palitos de dente numa fila uniforme, na beirada da mesa. Organizado, metódico. Eu vi a fita tarde da noite, repetindo seguidamente as partes em que aparecia Suleiman Isa. Chotta Badriya viu comigo, contamos quatro dos irmãos na festa, conhecíamos sua fisionomia graças às fotos do arquivo da polícia. Por fim Chotta Badriya começou a bocejar a cada minuto, e eu o mandei dormir em casa. Vi Suleiman Isa novamente, como ele lavava as pontas dos dedos numa vasilha pequena de latão, para enxugá-las com um guardanapo. Era tarde agora, e era tarde também na fita. Govinda partira havia muito, e até Suleiman Isa saíra. Mesmo assim a câmera permanecia no local, focalizando homens largados nos sofás, descalços, com as gravatas afrouxadas. Um deles viu a câmera, tentou levantar, conseguiu na terceira tentativa, ergueu os braços e quis rodopiar como Govinda, mas caiu e chutou a mesa com os pés. Um copo de vidro se espatifou no chão. Risos abundantes. Eu não havia visto aquela parte ainda, sempre voltava a Suleiman Isa e seus irmãos. Mas resolvi assistir até o final, queria dar uma espiada em tudo antes de dormir. O homem embriagado foi erguido do chão por dois amigos, que também acabaram caindo, escorregaram de pernas abertas, com os braços nos ombros uns dos outros. A câmera virou para a esquerda, para acompanhá-los, perdeu os três, e um homem sentado numa cadeira se escondeu dela, saiu da cadeira e de cena, o ombro esquerdo subiu e o rosto se afastou da câmera e de mim, rapidamente. Depois a câmera se moveu para a direita e reencontrou os três amigos que dançavam.

Mas eu voltei a fita. Apanhei o controle remoto, apertei os botões. Alguma coisa atraiu minha atenção no ombro enorme do sujeito, no modo como movia o corpo para longe da câmera com suavidade e confiança. Não mostrava medo, estava relaxado, só por garantia preferia não sair na fita. E lá estava ele, apenas por um segundo, desfocado, ele era bom, mas não tão bom assim, não bom o suficiente — atrás dele havia um espelho de cristal escuro, uma janela que dava para a escuridão lá fora, e na beirada eu via as luzes da rua, no solo distante, e também vi um rosto refletido na confusão, um nariz comprido, um queixo longo, um pescoço forte e a rápida ondulação da corrente de ouro com um medalhão reluzente na ponta: era Bada Badriya. O irmão mais velho do nosso Chotta Badriya, o guarda-costas de confiança de Paritosh Shah. Era ele. Era ele. Foi tudo muito rápido, de relance, mas eu tinha certeza. Depois não tinha mais. Quando reduzi a velocidade da fita, voltei a cena e a passei quadro a quadro, o rosto se rompeu em blocos de luz e faixas escuras, perdendo a forma sob meus olhos mareados. Aproximei-me da tela. Apenas uma figura indistinta na luz enganadora, ou era ele? No quadro a quadro havia apenas uma nuvem disforme, quase nada. Mas quando eu passava a fita em velocidade normal, lá estava ele, era mesmo Bada Badriya, eu tinha certeza.

Fiquei acordado até amanhecer, ignorando os apelos sonolentos de Subhadra, vendo e revendo aquele momento, da cadeira até o que havia para lá do alcance da câmera, até sentir seu movimento em meus ombros e quadris, eu sabia como era levantar com leveza de uma cadeira, apresentando reflexos que mostravam claramente a agilidade perante uma ameaça que se aproximava, fossem lentes ou o cano de uma arma, e músculos que flexionavam e agiam com imensa graça, era ele, e eu sabia por que fizera aquilo. Foi pelo dinheiro, para subir na vida, por raiva de ser eternamente um guarda-costas, pelo desprezo que sentia pelo homem que protegia, pela consciência de seus músculos poderosos, pela sensação de que merecia coisa melhor. E Suleiman Isa lhe dera dinheiro, eu sabia, e lhe prometera muito mais. Suleiman Isa oferecera a Bada Badriya uma nova versão de Bada Badriya, maior e melhor. E por isso Paritosh Shah morrera. Vendo a fita, entendi tudo.

Ejetei a fita, apaguei a luz, caminhei pelo corredor até meu quarto. Parei no meio do caminho, atônito, segurando a fita no peito com força. Sabia o que precisava fazer, no que dizia respeito a Bada Badriya, era simples. Já estava feito, inclusive. Mas e o caçula, e o irmão menor, Chotta Badriya, meu Chotta Badriya? O que seria dele, do rapaz que me chamava de "bhai" diariamente? Que naquele momento dormia em sua casa, a menos de cinco metros da minha, na casa que havíamos construído juntos? Eu confiava nele, não duvidava do rapaz nem por um segundo. Mas o que fazer com ele, com o irmão que era leal a mim? Quando seu irmão morresse, quando eu matasse seu irmão, ele saberia. Mesmo que Bada Badriya fosse encontrado sem cabeça numa vala distante, em Thane, em maderchod Delhi, mesmo que eu dissesse a Chotta Badriya que Suleiman Isa fora o responsável, ele olharia para meu rosto e duvidaria — Suleiman Isa mandaria um recado para ele, forneceria fotos e fitas de vídeo de Bada Badriya a confraternizar com eles em Dubai, e Chotta Badriya se lembraria de Paritosh Shah e de mim, olharia para mim e saberia que não tivera escolha, que eu fora obrigado a agir assim, e me odiaria. Talvez aceitasse que seu irmão errara, mas me desprezaria assim mesmo, ficaria para sempre a meu lado, odiando. Não poderia ser diferente. Os irmãos são assim, isso nasce no útero, esse vínculo inevitável, esse ódio. Ele permaneceria leal se eu deixasse seu irmão escapar? Ficaria a meu lado se eu esquecesse, perdoasse?

Fechei a porta do quarto. Subhadra disse, sonolenta: "É você?".

"Quem mais poderia ser, sua idiota?", retruquei. "Suleiman Isa?" Deitei-me a seu lado, rígido, incapaz de suprimir a respiração ofegante. Ela se aproximou, tímida, temerosa. Eu mantinha a fita sob meus dedos, os pés de Govinda a dançar, e sabia até a medula dos ossos que todos os presentes são traições, que nascer é ser enganado, que nada nos é concedido sem que algo maior nos seja tirado, que me tornar Ganesh Gaitonde, o bhai hindu, era em si um ato homicida, significava a morte de mil e uma pessoas, e havia água em meus ouvidos, o gemido enluarado da água que cai, e uma coisa subiu até minha garganta, um gemido rouco.

"O que foi?", minha esposa murmurou.

Virei-me para ela, subi em cima dela, puxei sua camisola e ouvi o estalo dos botões e o rasgar do pano, e entrei à força. Seus soluços, seus gritos se perderam na exultação de minha raiva, nos roncos que emergiam de minha amargura.

* * *

Fiz que Bada Badriya fosse conduzido a minha presença no dia seguinte. Meus rapazes o pegaram em seu novo posto de gasolina, em Thane. Ele tinha uma reputação, era conhecido pelos ombros, pelo truque de erguer uma cadeira com um homem sentado até acima da cabeça. Seis rapazes foram buscá-lo. Se ele der problema, ordenei, atirem na perna dele, mas tragam o sujeito vivo. Eles o esperaram numa dhaba perto do posto de gasolina, ele passou pelo grupo a caminho do carro, com um guarda-costas a seu lado. Tornara-se empresário, o guarda-costas tinha guarda-costas agora. Bada Badriya estava se abaixando para assumir o volante quando meus rapazes abateram o pistoleiro dele, o nocautearam com um cano de ferro de um metro. Depois todos sacaram as pistolas para Bada Badriya, apontaram para sua perna, se ele reagisse teria morrido naquele momento, com as coxas estraçalhadas por dúzias de tiros. Estavam todos trêmulos, nervosos. Mas ele ficou imóvel. Os rapazes estavam agitados e arrogantes quando o trouxeram, muito cheios de si, aliviados por não ter sido necessário um tiroteio. Bunty, que os liderara, colocou a arma sobre a mesa e disse, com seu sotaque do Punjabi: "Bhai, ele tinha uma Glock mas nem chegou perto dela. E o chodu se considerava um guarda-costas. Ele veio sem chiar".

E quieto continuava ele, Bada Badriya, sentado numa cadeira no depósito para onde os rapazes o conduziram. Levantou-se quando eu entrei, e tive de olhar para ele.

"Por que fez isso?", perguntei.

"Fiz o quê?", ele disse, erguendo a mão para mim, com a palma para cima.

Até aquele momento eu não tinha um plano exato. Só queria olhar nos olhos de Bada Badriya, mas agora, ao ver a simulação de inocência com que buscava encobrir o medo, ao ver a encenação patética que tentava impingir, agora só sentia a raiva crescer. Ela tomou minha barriga e fez as costelas doerem, e eu gritei, rugi: "Eu vi você. Eu vi você, maderchod. Eu vi você dançando".

"Dançando? Onde?"

Eu não agüentei mais aquele tórax largo, a vida vigorosa, o rostinho de criança. "Mate-o, Bunty. Mate-o."

E Bunty obedeceu.

* * *

Chotta Badriya me esperava em Alibag. Eu o despachara para lá na noite anterior, para recolher quatro lakhs em dinheiro que um de nossos operadores reservara para nós. Vá buscar o dinheiro, falei, e investigue esse operador, não confio nele, o sujeito parece meio liso. Tenho uma má impressão daquele desgraçado, disse a Chotta Badriya. E disse-lhe para permanecer em Alibag, eu tinha uma propriedade lá, um bangalô na praia, e o encontraria lá. Queria tirar Chotta Badriya do caminho, deixá-lo sem meios de contato, não queria que alguém apanhasse o telefone e ligasse para contar que o irmão fora capturado. Fique um pouco lá, na minha casa, relaxe, divirta-se, falei. Eu o encontrarei lá. Ele disse isso mesmo, bhai, vá para lá, precisa relaxar.

Fui para a casa de praia com Bunty e três rapazes. A viagem de carro durou três horas, na tarde cheia de trânsito e pó. Fechei os olhos assim que saímos de Kailashpada. Quando os abri novamente, os campos se estendiam a perder de vista, cheios de novas construções. Vi um morro se erguer no meio da camada de poeira, à direita. Seguimos para o leste, acompanhando a rodovia, depois para o sul. Dormi. E de repente o mar reluzia à nossa frente, como uma imensa planície a refletir em alguns pontos ofuscantes a luz do sol.

Chotta Badriya nos chamou do terraço do bangalô. Descemos do carro, esticamos as pernas, sorrimos para ele. Usava calção de banho vermelho, vistoso contra a parede branca inclinada do bangalô, e sua barriga caía por cima da cintura de elástico vermelho. Como ele engordou tanto? Quando? Na última década? A gente se via tanto, e de tão perto, que eu havia parado de prestar atenção nele. Será que vemos a pele de nossa mão direita? Mas agora eu via seu cabelo curto, a barriga, o casamento, os filhos, o amor pelos filmes, a paixão por roupas finas, a lealdade a mim.

Dentro do bangalô, no andar superior, ele mostrou o dinheiro, em cima da cama. "Nenhum problema, bhai", ele disse. "Está tudo aqui. Acho que não vamos ter dificuldades com o sujeito."

"Isso é ótimo", falei. "Preciso mijar."

"Ali", ele disse. E, quando eu me dirigia ao banheiro: "Você quer um pouco de chai?".

"Sim", falei, e fechei a porta. Eu o ouvi chamar no corredor, pedir dois chais e alguma coisa para comer, depressa. O espelho em cima da pia estava quebrado, metade se fora, deixando apenas a base de madeira. Tentei urinar, mas após três horas de viagem não havia nada, estava seco. Despejei dois canecos de água no toalete, assim mesmo. Aja com naturalidade, pensei. Não o assuste. Você lhe deve pelo menos isso. Conferi a pistola, que guardei de novo debaixo da camisa, nas costas. Eu não usava uma arma havia anos, sem exagero. E minha experiência era com revólveres baratos, e não com a automática austríaca requintada que eu possuía agora. Bunty precisou me orientar: é assim que o pente entra, bhai, depois você puxa aqui, para trás. Em solidariedade ele disse, você não precisa fazer isso, bhai, sabe que eu posso cuidar de tudo, bhai. Mas eu disse não. Não.

Abri a porta. Chotta Badriya, sentado na cama, guardava o dinheiro com cuidado numa sacola azul de viagem. "Está tudo bem, bhai?"

"Tudo bem?"

"Você parece cansado. Problema de estômago?"

"Sim, não me sinto bem."

"A gente precisa tomar cuidado com este clima. Há germes demais por toda parte, a comida estraga depressa. E nós comemos fora com freqüência excessiva, sabe, e sempre pratos cheios de gordura. Se a gente comesse em casa e fizesse uma dieta mais leve, seria melhor para seu estômago."

"E você, mesmo com uma dieta leve, ainda teria isso aí", falei, apontando para sua barriga.

Ele virou a cabeça para trás e riu, segurando as dobras da barriga com as duas mãos, para levantá-las. "Isso mesmo, bhai", disse sorridente. "Esta eu já tenho. O que fazer? Ficamos ricos."

"Envelhecemos."

"Ainda somos jovens, bhai", disse, e ia prosseguir, mas abriram a porta e Bunty entrou com uma bandeja. Ele a colocou sobre a cama, passou-me uma xícara de chá, suas pupilas se fecharam e pareciam um pontinho de interrogação. Não falei nada, ele fechou a porta delicadamente ao sair, um zumbido de tensão encheu o quarto, provocado pelos passos cautelosos de Bunty. Ou talvez fosse meu pulso disparado. Chotta Badriya ainda olhava para a porta.

"O que estava dizendo?", perguntei, e minha voz saiu alta demais.

Ele olhou para mim, a boca pequena e contraída, como se procurasse as palavras, e depois relaxou, abrindo um sorriso amplo. "Esqueci completamente, bhai."

"Idiota", falei. "Beba seu chai."

"Isso sim engorda, bhai", ele disse, bebericando da xícara. E pegou uma bhajiya da pilha em cima da bandeja. "Tem mais óleo nessas coisas do que o corpo da gente precisa durante um ano." Ele a colocou delicadamente sobre o prato e tomou um gole longo de chai.

"Coma."

"Como é?"

"Coma", falei.

Ele odiava pilhas de bhajiyas, uma atração assassina por elas, que conheciam exatamente o poder que tinham sobre ele. Afastando a travessa, fechou a cara. "Fazem mal para mim, bhai. Eu engordei."

"Coma, coma bastante", falei. "Tem a minha permissão."

"É mesmo?"

"É mesmo."

Ele pegou uma e a ergueu contra o sol, examinando as curvas marrons e laços complicados. Deu uma mordida pequena, fechou os olhos por um momento.

"Hummmm", disse. "Pegue uma, bhai."

"Não, pode comer tudo. Consegue acabar com o prato?"

"Inteiro?"

"Sim."

"Claro. Não tem muito, aí."

"Então coma tudo."

"Sério? Tudo?" Ele parecia chotta mesmo, com os lábios brilhantes, rosto surpreso e ar franco de menino, iluminado.

"É uma ordem."

Ele começou a comer, sentado de pernas cruzadas sobre a cama. Despejava o molho vermelho brilhante da garrafa em cima das bhajiyas, depois levava o prato até a altura do peito e abaixava a cabeça para comer. Agora, pensei. Mas a pistola enganchou em algum lugar, nas minhas costas, eu sentia sua pressão contra a espinha. Precisava levantar para sacá-la. Não, não. Melhor esperar até que ele termine. Quando terminar. Não agora.

A pilha já estava pela metade. Levantei-me, fui até a janela. A capota branca do meu carro lançava um brilho ofuscante contra meus olhos, virei-me e os fechei. O sol se punha, a linha escura do mar se estendia à direita e à esquerda, cheia de pedras e elevações angulosas. As árvores estavam completamente imóveis, nem uma única folha se mexia. Do outro lado havia países, milhões de pessoas dormiam. Eu as via grudadas umas nas outras, nuas, os rostos calmos. Atrás de mim, Chotta Badriya comia. Eu precisava me virar. Talvez ele ainda não tivesse acabado. Mas, se tivesse terminado, olharia para cima, estaria olhando para mim. Concentrei-me, respirei uma vez, duas, senti o aroma do mar, e me virei. Ele ainda estava comendo. Restavam duas bhajiyas. Sua boca estava cheia, estufada, e se mexia. Agora só restava uma bhajiya. A pistola veio facilmente para as minhas mãos. Vibrava. Segurei-a com cuidado, fui formal e correto. Sinta o equilíbrio. Mire bem. Não ouça nada. Olhe apenas para o alvo. Para o pequeno espaço um pouco acima da orelha, exatamente onde o cabelo começa.

Seu sangue esguichou. O tiro deve ter ecoado alto, mas eu não ouvi nada, concentrado no túnel longo da mira, e no momento seguinte o sangue brotava do crânio recém-quebrado aos borbotões, emitindo um som meio sibilante. Era um chiado rápido, soluçante. Durou só um instante.

Bunty abriu a porta lentamente, com a arma na mão, que logo abaixou. Não houve necessidade do tiro de misericórdia.

Eu era feliz. Compreendera finalmente o que Paritosh Shah queria dizer quando me falou que eu precisava me estabelecer, por que sempre exaltava as virtudes do casamento. Eu me estabelecera, sentia que estava no meu lugar, enraizado, preso a meu solo de um modo que nunca experimentara antes. Sabia quem eu era, não sentia mais que a cada momento tentava ser Ganesh Gaitonde, que precisava me encaixar na forma de Ganesh Gaitonde. Com Subhadra a meu lado, e a aceitação de que eu era um bhai hindu, uma espécie de hindu, portanto, eu me sentia real. Não era um marido cansado, desanimado — ainda pegava as mulheres de Jojo — e não era um adorador de deuses e deusas, mas agora os rapazes me entendiam, reuniam-se em torno de mim, confiantes. Eu era um líder com o qual podiam se identificar. Nossos papéis retomaram sua força natural. Pela primeira vez em minha vida, experimentei o contentamento. Aquilo me intrigou no começo, a sensação calorosa dentro do peito. Subhadra dedicava-se diariamente aos atos relacionados a ser esposa, ela arrumava e rearrumava os utensílios da cozinha, até que formassem fileiras reluzentes, bem organizadas, borboleteava pela casa, escolhendo minha roupa pela manhã, e a recolhia no chão de bom grado, à noite. Circulava com eficiência pela casa, com as chaves balançando na cintura. Era magra, não exatamente bonita, tinha boa aparência, e quando eu a fitava não sentia o desejo raivoso que algumas randis despertavam em mim. Eu gostava de me sentar ao lado de Subhadra, de olhar a noite de nosso terraço, comendo ghavan e tomando chai. Lá fora, nossas batalhas e guerras seguiam como antes, mas as lutas não me consumiam como antes. Ganhávamos, às vezes perdíamos, mas continuávamos fortes e crescíamos. Por tudo isso, eu me considerava feliz.

Mas vivia atormentado por problemas de saúde. Meu estômago não melhorava, eu sentia uma dor forte, freqüentemente no final da tarde, com uma congestão do baixo-ventre seguida de expansão, como se alguma coisa tentasse sair. Gases, diagnosticaram os médicos, e receitaram pílulas com uma dieta leve. Mas só uísque escocês me aliviava, acalmava os tecidos, acabava com a pressão súbita que ameaçava me rasgar. Eu não podia deixar que os rapazes me vissem bebendo, por isso Bunty arranjou outro bangalô para mim, de fácil acesso, em Juhu, a poucas quadras do Holiday Inn. Eu ia até meu refúgio à beira-mar dia sim, dia não, e Bunty mantinha uma garrafa de Johnny Walker trancada num armário, bem como club soda na geladeira. Sentado sozinho no terraço, ao entardecer, eu bebia. Duas doses pequenas, era a porção que eu me permitia. A bebida acalmava, mas provocava espasmos de nostalgia. Em certas noites chorava pelos dias iniciais, com Paritosh Shah, quando éramos jovens e pobres, quando enfrentávamos probabilidades contrárias insuperáveis e derrotávamos inimigos monstruosamente poderosos. Para onde foram aquelas manhãs, quando juntávamos nossas armas para o bom combate? Onde estavam nossos companheiros daquelas tardes luminosas? Onde estavam as canções de nossa fugaz primavera? Eu bebia, ouvia músicas antigas e me lembrava. *"Chala jaata hoon kisi ki dhun me, dhadakte dil ke tarane liye..."*

Enquanto isso Bunty tentava aprender tudo que precisava para conduzir nossos negócios, sempre complexos. Começara como pistoleiro, destacara-se no início de nossa guerra com Suleiman Isa, agora era meu braço direito. Era confiante e vigoroso. "Todos sabem o que fez, bhai. De Matunga a Dubai, todos ouviram. Eles sabem que você identificou os miseráveis de Suleiman Isa e os abateu. Seu sócio foi plenamente vingado. Você venceu mais uma." Ele disse isso para me animar, eu passei longas horas em silêncio, no carro. Sabia que havia vencido. E também sabia que não havia vitória neste mundo que não ocultasse uma perda maior dentro de si, que nosso triunfo já estava sendo assombrado por algum desastre. Eu tinha certeza de que algo estava a caminho. Suleiman Isa estava a caminho. Pedi aos rapazes que tomassem cuidado, reforcei a segurança em Gopalmath, proibi Subhadra de sair de casa. Nem para ir ao templo, alertei-a. Fique em casa. Ela obedeceu, mas amarrou a cara.

Vinte e um dias após a morte de Chotta Badriya, numa sexta-feira, as bombas explodiram. Soube da primeira minutos após a detonação, um dos rapazes telefonou da cidade soluçando, bhai, tem um pé na calçada, escutei o som, um barulho enorme, eu não sabia o que era, as pessoas começaram a correr, ninguém entendia o que estava acontecendo, eu corri, dobrei a esquina com eles, vi o pé na calçada, bhai, largado lá, cortado na altura da canela, não havia sangue, depois alguém apontou para a esquina, olhei, a bolsa sumira, bhai, o prédio da bolsa explodiu. Foi uma explosão, bhai, uma bomba, uma bomba.

Eu o acalmei e ordenei que voltasse para casa. Outras explosões ocorreram, no mercado de cereais Masjid Bunder, em Nariman Point. Mandei Bunty para o telefone, falar com a delegacia de polícia de Goregaon, enquanto eu ligava para a central, mas só ouvia o sinal de ocupado, repetidamente, depois os telefones emudeceram, as notícias chegaram mesmo assim, uma explosão perto do quartel-general dos Rakshak, e o silêncio entorpecido da rua foi rompido por gritos sucessivos, rápidos. Rapazes correram para os dois lados da rua, mães recolhiam os filhos, um carro parou, ouvi o som das passadas na rua e Bunty entrou trazendo mais notícias, pescadores morreram durante um ataque em Mahim, as bombas caíam do céu, homens armados de metralhadora vinham pelo mar. Eu mandei que todos entrassem e trancassem as portas, pus meus rapazes de sentinela, armados, postados nos limites de Gopalmath. Ao anoitecer já tínhamos uma noção do que ocorrera: não havia invasores armados vindos do mar, mas atiraram granadas contra a Colônia dos Pescadores, e doze bombas levantaram nuvens de concreto em diversos pontos da cidade, doze explosões em duas horas, um zumbido surdo, cataclísmico, penetrava pelas cabeças dos homens, mulheres e crianças, matando centenas e ferindo milhares de pessoas. Na televisão os prédios destruídos apareciam eviscerados, cheios de entulho e metal retorcido, enquanto os ministros e policiais informavam que uma investigação já estava em andamento, repetiam isso sem parar. Mas em Gopalmath, com minha esposa aninhada contra meu corpo, tranqüila e grata, eu sabia o que eles cochichavam nas ruas: bhai sabia, ele sabia que algo estava para acontecer. Sim, eu sabia. Sim, estava no campo de batalha fazia muito tempo, conhecia seu ritmo, os momentos em que era atravessado, e sua história. Fomos levados pela correnteza da história, muitos morreram, eu sobrevivi. Cavara buracos fundos para muita gente, mas sobrevivi porque aprendi a sentir as seqüências subterrâneas das causas e conseqüências, sentia na carne onde o raio branco cegante cairia em seguida. Estava desperto. Estava jogando o jogo.

Era perfeitamente lógico, encaixava-se como uma roda num sulco de estrada de terra, que a investigação da polícia apontasse Suleiman Isa e sua gangue como responsáveis pelo planejamento e execução dos atentados. Claro, mas é claro. Eu soube de tudo pelos nossos policiais paltu, antes de ser anunciado pela televisão. Na seqüência da destruição da mesquita e dos massacres, a raiva acumulada e contida dos jovens muçulmanos de Bombaim fora canalizada para Dubai, e de lá para o Paquistão, onde foram treinados pelos paquistaneses. Os pacotes gordurosos de RDX foram enviados por mar pelos tarimbados contrabandistas de Suleiman Isa, os novos recrutas prepararam bombas-relógio com o RDX e as puseram em carros e motos, espalharam os veículos pelos pontos mais conhecidos e movimentados da cidade, e o massacre ocorreu. Foi a vingança deles pelos tumultos, quando muitos muçulmanos foram assassinados.

Havia uma guerra menor, minha inevitável guerra contra Suleiman Isa, a disputa entre nossas companhias. O combate era antigo, eterno. Agora suas conexões com uma guerra maior se revelavam. O jogo tinha múltiplos aspectos, formando uma teia sedutora e infinitamente perigosa. Ouvi falar que Suleiman Isa pusera as bombas e ri, dizendo, mas é claro. E me perguntei, para onde *eu* vou agora? Qual é o próximo lance? O que me aguarda?

Levou algum tempo, vários meses, mas veio, sem dúvida. No dia seguinte ao nascimento de meu filho. Gopalmath se animara com a comemoração ruidosa, minha casa se encheu de visitas. Eu estava meio apalermado com a sensação de estranha felicidade que me enchia as entranhas, com a abrangência do regozijo sem precedentes que sentia ao olhar para o rostinho enrugado de meu filho.

No meio da comoção Bipin Bhonsle telefonou para marcar uma reunião. Deixara de ser apenas MLA, tornara-se um dos líderes do partido, por isso precisávamos tomar cuidado, dobrar as precauções, e nos encontramos num resort em Madh Island. Eles haviam alugado um bangalô particular, afastado dos chalés, e nos aguardavam quando chegamos ao entardecer. Sentamos debaixo das palmeiras, sob o céu que parecia sufocado de estrelas. Bipin Bhonsle tomava cerveja, que recusei. Com ele havia um homem que dizia se chamar Mr. Sharma. O tal Sharma era um daqueles brâmanes UP de pele clara, fala mansa em tom All-India Radio Híndi. Usava um kurta marrom comprido, e sentou-se de pernas cruzadas numa cadeira, muito aprumado, como se praticasse ioga.

"Sharma-ji é um companheiro nosso de Delhi", Bipin Bhonsle disse. Ele mexia os dedos dos pés, enchia a boca de castanha-de-caju e bebia. Por alguns minutos falou sobre os conflitos políticos recentes, rivais que humilhara, dinheiro que ganhara. Depois mandou seu pessoal para longe, aproximou a cadeira de alumínio barulhenta de mim e se debruçou confidencialmente. Seu peito era gordo e farto sob a camisa vistosa.

"Sharma-ji precisa de sua ajuda, bhai", disse. "Ele é meu amigo íntimo. Não está em nosso partido, claro, mas nos entendemos bem."

"Que tipo de ajuda?"

"Por causa dos muçulmanos, sabe."

"Sim, eu sei", falei. "O que há com eles?"

"Essa guerra não acabou, bhai", disse. "Eles estão aqui. Crescem a cada dia. Vão se levantar contra nós outra vez."

"Ou vocês os atacarão."

"Depois do que o maldito Suleiman Isa fez, temos de esmagá-los. Eles moram aqui mas no fundo são paquistaneses, bhai. Essa é a verdade."

"E o que deseja de mim?"

Foi a vez de Sharma-ji falar. "Precisamos de armas."

"Os pathans passam armas por Kutch e Ahmedabad. Eles venderão as armas que quiserem."

"Eles são pathans, bhai", Sharma-ji disse, e sob a fala mansa havia aço. "Não podemos confiar neles. Queremos nosso próprio canal. Precisamos de um suprimento regular."

"Deve haver companhias no norte."

"Ninguém possui uma organização como a sua. Queremos trazer o material pelo mar. Precisamos de alguém que transporte as armas. Eles têm Suleiman Isa."

"E vocês querem que seja eu?"

"Exatamente."

Recostei na cadeira. Suleiman Isa era um chefão muçulmano, e eu era o bhai hindu. Era necessário. A luz baixa nos iluminava, redonda e suave. Respirei fundo, aspirei a fragrância do jasmim. Tão lindo, pensei. Um mundo terrível, mas perfeito.

"Tem muito dinheiro na história, bhai", Bipin Bhonsle disse. "E você sabe que seu lugar é do nosso lado. Precisamos proteger o dharma hindu. É necessário."

"Relaxe", falei. "Farei tudo. Sou um dos seus."

Uma mulher aflita

Na manhã de terça-feira havia cinco mensagens aguardando Sartaj, da parte da sra. Kamala Pandey. Sartaj fechou os olhos e através do liso e alvo véu da dor de cabeça tentou se lembrar de Kamala Pandey. Era ressaca de uísque, lancinante, uniforme, persistente. Os sons matinais do distrito ecoavam no crânio de Sartaj, a discussão dos guardas no corredor externo, os jatos de água no concreto, o raspar exasperante de um jhadoo, a algazarra insistente dos corvos, os gemidos angustiados de um prisioneiro arrastado de volta à cela após o interrogatório. Sartaj queria ir para casa dormir. Mas o dia mal começara.

"Essa tal de Kamala Pandey informou qual era o assunto quando ligou?", Sartaj perguntou a Kamble.

Kamble revirava as gavetas de sua escrivaninha. Conversara com seu contato no Flying Squad naquela manhã, havia uma vaga no grupo e ele já agia como se os casos simples e o caos informal de uma delegacia suburbana estivessem para trás. "Não, ela não disse nada. Eu perguntei. Ela falou que era pessoal. E deixou apenas o número do celular." Ele ergueu a cabeça para mostrar o sorriso. Kamble sempre encontrava tempo para a galhofa. "Parecia muito ansiosa, chefia. Sotaque de colégio de freira, coisa fina. É sua namorada, por acaso?"

"Não. Mas o nome não me é estranho."

Kamble fechou as gavetas com força. "Aposto que terá problemas com ela, chefia", disse, e virou-se para conferir as estantes atrás da mesa. "Uma mulher que telefona cinco vezes num dia ou está apaixonada por você ou se meteu numa ghotala qualquer. Perguntei se eu poderia ajudá-la, mas ela insistiu, não, somente o inspetor Sartaj Singh." Ele virou de frente, tendo encontrado a pasta que procurava. "Este distrito maderchod é pior que um depósito de lixo bhenchod", falou. Seu sorriso era amplo e alegre.

"E você nos deixará em breve?", Sartaj perguntou.

"Sem dúvida", Kamble disse. "Muito breve."

"Qual é o problema?"

"O preço subiu. Não tenho todo o dinheiro. Ainda falta um pouco."

"Tenho certeza de que está fazendo o possível para superar isso."

Kamble mostrou a pasta a Sartaj. "Um pouquinho aqui, um pouquinho ali. Vou para o fórum", Kamble disse, guardando a pasta numa maleta de couro sintético marrom. "Vamos sair hoje à noite, chefia. Posso apresentá-lo a algumas moças legais."

"Tenho um compromisso. Vá sozinho." Kamble passava as noites com um grupo sempre renovado de garotas de bar. Havia sempre uma ficando velha, outra no auge e uma jovem a quem ajudavam a aprender o ofício. "Divirta-se. Tome cuidado", Sartaj aconselhou. Mas ele sabia que Kamble não tomaria o menor cuidado. Ele era ousado e confiante, contente por achar que conseguiria o dinheiro necessário para entrar no Flying Squad, ávido para entrar no mundo de aventura e muito dinheiro. Era jovem, sentia-se forte, tinha uma pistola na cinta e sabia que poderia agarrar a vida e moldá-la conforme sua vontade.

"Cuide-se bem você, Sardar-ji", Kamble disse, todo saudável e rosado em sua camisa de sarja e calça jeans preta nova. "Ligue para meu celular se mudar de idéia a respeito. Ou se precisar de ajuda." E saiu com a maleta debaixo do braço.

Sartaj largou o corpo na poltrona. Não se importava com o desdém. Ele mesmo já estava se acostumando com a idéia de ter chegado ao fim da linha, de que o auge de sua carreira já passara, e que não iria subir mais do que o pai na hierarquia policial. Sabia que não seria astro de nenhum filme, nem do filme de sua vida. Fora um dia o rapaz promissor inteligente, marcado para subir. Até o fato de ser um sikh num departamento cheio de maratas lhe servira como vantagem, além de ser um fardo, pois o marcava como alguém diferente. Destacara-se, era amplamente conhecido, os jornalistas adoravam escrever sobre o inspetor boa-pinta. Mas seu brilho esmaeceu com os anos, ele se tornara apenas mais um entre mil outros servidores do departamento. Tinha seus privilégios, e ia suportando a jornada. Talvez até a memória estivesse falhando pouco a pouco. Era verdade. Era uma verdade que Kamble sem dúvida via, enquanto percorria sua trajetória ascendente. O Flying Squad fora muito bem-sucedido recentemente, também. Eles estavam matando o pessoal de Suleiman Isa sem parar. E não eram os taporis de segunda linha de costume. Os jornais publicaram histórias de operadores e pistoleiros do alto escalão, abatidos um a um pelos projéteis do Flying Squad. Suleiman Isa, anunciara o primeiro-ministro orgulhosamente, na semana anterior, está se retirando. O Flying Squad seria um lugar excitante para Kamble, e ele tinha certeza de que seria aceito.

Mas aquela era a vida de Sartaj, à sua frente, inescapável. Não tinha para onde ir, estava ali na confusão imunda da delegacia. E tinha serviço. Em sua lista corrente de investigações havia três arrombamentos, duas adolescentes desaparecidas, um caso de estelionato e fraude e um assassinato doméstico. As desgraças de costume. E agora, os telefonemas da sra. Kamala Pandey. Quem seria?

Ele teclou o número. Ela atendeu no primeiro toque, e estava apavorada.

"Alô?", disse. "Alô?"

"Senhora Pandey?"

"Sim. Quem fala?"

"Inspetor Sartaj..."

"Sei, sei. Preciso falar com o senhor pessoalmente."

"Algum problema?"

"Por favor, entenda..." Ela parou. "Preciso encontrá-lo."

Ela estava acostumada a fazer tudo do seu jeito. Sartaj lembrou-se logo de quem era. O marido jogara o cachorro pela janela. Sartaj recordava-se do cão, um animalzinho branco com o crânio aberto no asfalto. O sr. Pandey desconfiava que a sra. Pandey era infiel, por isso matara seu cachorro. A sra. Pandey recusara-se a dar queixa do marido, e este se recusara a confirmar os ataques com faca e porrete. Sartaj não gostara de nenhum dos dois, e Katekar, menos ainda. Ele queria prender o casal por uma noite, acusando-os de perturbar a paz. Ou pelo menos pressioná-los um pouco, ensinando os dois ricos mimados a calar a boca graças a um belo susto. Um deles vai acabar morto, Katekar disse. Talvez por isso a sra. Kamala Pandey estivesse telefonando agora, talvez o marido já estivesse morto, dobrado e empurrado até caber no guarda-roupa do quarto. Não seria a primeira vez. "Do que se trata, senhora Pandey?", Sartaj perguntou. "Qual é o problema?"

"Não posso falar pelo telefone."

"Está em apuros?"

Ela hesitou. "Sim", respondeu. "Não posso ir ao distrito."

"Certo", Sartaj disse. "Conhece o restaurante Sindoor?"

Assim que saiu da delegacia, a caminho da passagem subterrânea, Sartaj foi chamado por Parulkar, que gesticulou quando seguia em sentido oposto, escoltado, num carro oficial novo. Sartaj fez o retorno e seguiu Parulkar, que reduziu a velocidade no primeiro trecho de acostamento livre e parou. Os seguranças de Parulkar desceram depressa dos jipes, formaram uma barreira e empunharam seus rifles automáticos, alertas. Seu número aumentara nos dois últimos meses, desde que Parulkar realizara mais um de seus incríveis milagres de sobrevivência. A disputa com o governo Rakshak, fosse qual fosse, acabara. De repente Parulkar era a menina-dos-olhos deles, o primeiro-ministro e o ministro do Interior o consultavam diariamente. Os inimigos tornaram-se aliados, e os dois lados lucravam. O crime organizado se retraía, bhais, operadores e pistoleiros estavam sendo mortos num ritmo tão intenso que logo não restariam muitos mais para matar, pelo menos até que a geração seguinte se instalasse. Estava tudo bem no mundo de Parulkar. Graças a ele mesmo, que mais uma vez provara sua versatilidade. Corria o boato de que pagara vinte crores só para o primeiro-ministro, e muito mais a diversos funcionários. De qualquer maneira, Parulkar estava de volta, novamente espetacular e jovial.

"Entre, entre", chamou. "Depressa."

Sartaj acomodou-se a seu lado. Havia um aroma novo no carro, algo muito delicado.

"Gostou?", Parulkar perguntou. "Chama-se Néctar Refrescante. Veja, ali."

Num tubo fino de alumínio com barbatanas, no ventilador do painel, piscava uma luz vermelha que Sartaj calculou sinalizar a liberação do Néctar Refrescante. "Veio dos Estados Unidos, senhor?"

"Sim, claro. Tudo bem com você, Sartaj?"

Parulkar acabara de voltar de uma visita de duas semanas a Buffalo, onde uma de suas filhas trabalhava como pesquisadora na universidade. Parecia descansado, contente, animado, tal como o Parulkar de antigamente. "Parece muito saudável, senhor."

"É o ar limpo de lá. Caminhadas matinais revigoram a gente, realmente. Você nem imagina."

"Sim, senhor, nem imagino."

"Trouxe uma coisinha para você, também, um aparelho de DVD portátil. É tão pequeno" — ele formou um quadrado de dez centímetros com os polegares e indicadores — "e a imagem é bem nítida, perfeita. Você pode levá-lo consigo para onde quiser, e assistir os filmes, entende. Muito adequado a um policial."

"Que coisa maravilhosa, senhor. Não havia necessidade..."

"Arre, não me venha falar em necessidade. Sei o que você precisa. Passe lá em casa amanhã, ou depois de amanhã, e conversaremos. O aparelho está lá."

"Sim, senhor. Muito obrigado, senhor."

Parulkar bateu nas costas de Sartaj e o despachou. Sartaj pensou no novo aparelho de DVD, e ficou preocupado. Agora teria de comprar, ou pelo menos alugar, DVDs, e depois assisti-los. Tudo bem, talvez. Quem sabe Parulkar conhecesse suas necessidades melhor do que ele. Um pouco de entretenimento poderia ajudá-lo, revigorá-lo como uma bela caminhada matinal em Buffalo. Onde ficava Buffalo, nos Estados Unidos?

E por que se chamava Buffalo? Sartaj não fazia a menor idéia. Mais um dos mistérios da vida.

Sartaj acomodou-se no reservado de costume no restaurante Sindoor e pediu uma Coca. Na reforma mais recente, o Sindoor ganhara mesas novas vermelhas, vistosas, e um novo cardápio que incluía pratos de Bengala e Andhra. Sartaj consultava as sobremesas bengalesas quando Shambhu Shetty entrou. "Olá, saab", ele disse, e sentou-se. Seu último encontro ocorrera uma semana antes, quando Sartaj passara para pegar a contribuição mensal rotineira do Delite Dance Bar ao distrito. Shambhu queixara-se como sempre da necessidade de batidas e dos preços altos, contara a Sartaj a viagem de seus sonhos, pelas florestas de Arunachal Pradesh. Agora Shambhu tinha notícias auspiciosas. Estava noivo. Experimentava as delícias femininas em rodízio que o bar apresentava todo dia, mas agora alegava desejo de se acomodar. "Aquelas eram só trailers, chefia", disse a Sartaj. "Agora chegou a hora do filme." A heroína do filme-vida de

Shambhu era uma boa moça encontrada pelos pais, obviamente na comunidade Shetty. As duas famílias tinham amigos comuns em Pune, conheciam-se de vista havia décadas. A moça tinha um diploma de engenharia, mas não pretendia trabalhar depois de casada. Era virgem, isso nem precisava dizer ou perguntar.

"Muito bem, Shambhu", Sartaj disse. "Já marcaram a data?"

"Maio. Encomendaremos os convites no fim do mês. Você receberá um."

O restaurante estava quase vazio, passava das quatro e meia da tarde. Um par de colegiais namoravam no mesmo banco de um reservado, juntinhos, tomando Coca e esfregando as coxas. Shambhu estava tranqüilo, mas esbanjava energia. Tinha planos para o casamento, e também pretendia abrir outro bar, em Borivili East. O novo bar seria inspirado no cinema, com fotos de estrelas da tela por todos os lados. Haveria salões diferentes para as dançarinas, cada um com decoração original. Fariam um salão Mughal-e-Azam, e um DDLJ. "Você deveria investir", Shambhu disse. "Garanto um ótimo retorno. Invista em seu futuro."

"Sou um homem pobre, Shambhu", Sartaj afirmou. "Aposto que não se interessa por investidores que só possuem quinhentas rupias."

"Você, pobre? Depois de pegar Gaitonde?"

"Não peguei ninguém, Shambhu. O cara se matou."

"Claro, claro." Shambhu sorria, conhecedor do estilo policial. "E como você conseguiu encontrá-lo?"

"Telefonema anônimo. Uma dica."

"Se alguém lhe der uma dica sobre dinheiro fácil, saab, venha falar comigo. Este é um bom momento para investir." Shambhu levantou-se e saiu do reservado. Seu rosto crescia no rumo do queixo, seus olhos eram próximos demais, mas seu porte era admirável. Movia-se com facilidade no mundo. "Estou esperando uma entrega de cerveja", disse.

Shambhu apertou a mão de Sartaj e seguiu apressado em direção à porta. Parou e saiu de lado para que a sra. Pandey passasse. Ela parou para tirar os óculos escuros finos e marchou direto para Sartaj.

"Olá", disse. Sartaj levantou-se e a levou a um canto fechado, com uma mesa, perto da porta da cozinha. Ali teriam privacidade, ficariam sozinhos.

Ela assoava o nariz com um lenço de papel, e Sartaj viu que estava cansada, tensa, mas bem tratada. O cabelo brilhava, caindo pelo ombro. Usava calça jeans branca e top branco de manga bem curta e um decote que mostrava o colo bronzeado. Era menor do que em sua lembrança, mas tinha um corpo espetacular, que enchia o top de modo muito agradável. Não era exatamente o traje que Sartaj recomendaria para um encontro particular com um policial calejado num restaurante suburbano de classe média, mas as mulheres têm suas próprias razões. Talvez todo o jhatak e matak lhe dessem confiança. Talvez gostasse de ser admirada pelos homens.

Ela falou, finalmente: "Obrigado por me encontrar", disse. Seu híndi revelava apenas uma ligeira insegurança de quem passa a maior parte do tempo falando inglês. "Pani", pediu ao garçom que se aproximava. "Bisleri pani."

Sartaj esperou até que o garçom servisse a água e se afastasse. Os dedos da sra. Pandey exibiam o esmalte grosso que Megha usava às vezes. Megha a teria descrito como "um pedaço de mau caminho", e afastado Sartaj de sua companhia. Mas Sartaj não sentia desejo algum no momento, apenas curiosidade. "É meu dever", disse. "Mas qual é o problema?"

Ela fez um sinal com a cabeça. "Problemas", disse. Seus olhos eram o que tinha de melhor, grandes, amendoados, da cor de um copo de uísque de boa qualidade com um par de cubos de gelo derretendo. Megha teria dito que ela não era uma beldade clássica, mas que se esforçara muito para se tornar atraente. Ela estava metida numa encrenca séria, e sentia dificuldade em falar a respeito.

"Você trabalha como aeromoça", Sartaj disse.

"Sim."

"Para quem?"

"Para a Lufthansa."

"Uma boa companhia aérea."

"Sim."

"Pagam muito bem."

"Sim."

"Aconteceu algo a seu marido?"

"Não, não." A pergunta inesperada a fez encolher-se, cruzar os braços sobre a barriga. "Não é nada disso."

Mas o problema se relacionava ao marido, de algum modo, disso Sartaj tinha certeza. "Então, o que foi?", perguntou, com muita cautela. Ficou em silêncio depois, tomou um pouco de água. Estava disposto a esperar.

Ela se recuperou e despejou: "Alguém está me chantageando".

"Alguém. Não sabe quem é?"

"Não."

"Como eles fazem contato?"

"Ligam para o meu celular."

"Sempre a mesma pessoa?"

"Sim. Mas percebo que fala com mais alguém, às vezes."

"Outro homem?"

"Sim."

"E o que usam para chantageá-la?"

Ela ergueu o queixo. Tomara uma decisão, e não sofreria intimidação nem constrangimento. "Um homem", disse.

"Que não é o seu marido?"

"Não."

"Conte-me", Sartaj pediu. Ela odiava ter de se explicar ou justificar algo. "Senhora", Sartaj disse, "se espera que eu a ajude, precisa dar detalhes. Contar tudo." Ele serviu água. "Trabalho como policial há muito tempo. Não há nada que eu não tenha visto. Nada do que possa me contar provocará um choque. Em nosso país, fazemos de tudo e não dizemos nada. Mas precisa me contar."

Ela finalmente contou tudo. Havia um homem, o marido não se equivocara em sua suspeita. Na verdade, estava coberto de razão. O sujeito era piloto, sim. Só que não voava na Lufthansa, não faziam farra nas escalas em Londres. O piloto de Kamala Pandey trabalhava para a Sahara. Seu nome era Umesh Bindal, era solteiro, ela o conhecera numa festa em Versova, três anos antes, o caso começara um ano após seu primeiro encontro, e ela rompera com ele seis meses atrás. Os encontros ocorreram todos em Bombaim, Pune e Khandala. Os chantagistas a procuraram pela primeira vez havia um mês.

"O que eles têm?", Sartaj perguntou.

"Sabem muitos detalhes a respeito de um hotel. E de quando fui à casa dele."

"Isso não basta. Eles devem ter mais alguma coisa."

Ela sentiu dificuldade em dizer o que precisava. "Vídeos."

"Do quê?"

"De nós, dentro do quarto." Parecia que os vídeos haviam sido feitos com uma câmera oculta, numa pousada em Khandala. Os amantes usavam a casa com freqüência, o pessoal pensava que eram um casal que gostava de passar uns dias na serra. Os vídeos mostraram os dois entrando e saindo do quarto. Também os mostrava de mãos dadas, e trocando beijos e abraços ao entrar e sair, no pátio do hotel. Os chantagistas deixaram a fita de vídeo no banco do carro de Kamala Pandey, num envelope pardo. Depois telefonaram para ela.

"Quanto pagou a eles?", Sartaj perguntou.

Um lampejo de surpresa pairou em seu rosto liso. Sartaj riu. "Não é incomum, madame. Todos pagam, da primeira vez. Os chantagistas mandam vídeos, fotos, o que tiverem. Um mês depois, voltam com mais material. Qual foi a quantia?"

"Um lakh e mais cinqüenta mil. Eles queriam dois lakhs, mas Umesh me ensinou a negociar com eles. Agora mandaram outra fita."

"Quanto querem agora?"

"Dois lakhs."

"E onde está a fita inicial?"

"Eu a queimei."

"Os dois vídeos? Tudo que mandaram?"

"Sim."

"Minha senhora, isso não foi uma boa idéia. Poderíamos ter descoberto algo nas fitas. Ou mesmo no envelope."

Ela fez que sim. Os vídeos deviam ser assustadores demais para que os guardasse. Foi só mencioná-los para que seus olhos ficassem marejados e tremessem de leve. Mas ela mostrou ter fibra. Abriu a bolsa prateada e tirou um pedaço de papel dobrado. Abriu-o sobre a mesa e o alisou. "Mantenho uma lista dos números deles", disse. "Cada vez que ligam, eu os anoto. E marco também a hora."

"Isso é bom", Sartaj disse. "Muito bom. Se enviarem mais alguma coisa, guarde. E tente não manipular muito o material."

"Digitais."

"Sim, digitais. Precisa nos ajudar a ajudá-la. Onde está Umesh hoje?"

"Voando. Ele teria vindo comigo, mas você só retornou minhas ligações hoje."

"Quero conversar com ele."

"Darei os telefones." Ela os anotou num pedaço de papel. "Ele queria procurar a polícia quando ligaram pela primeira vez. Mas eu não quis."

"Você queria que tudo terminasse."

"Sim."

"Mas eles não desistem. Temos de fazê-los desistir."

"Foi o que Umesh disse. Mas na hora eu não queria contar para ninguém."

"Por que rompeu com Umesh?"

"Porque me dei conta de que ele não se interessava realmente por mim. É um sujeito interessante, mas tem namoradas demais. Só quer se divertir, e eu o divertia. Mas eu não via mais graça nenhuma."

"Ele é bonito, como se fosse um artista de cinema?"

"Sim." A beleza dele ainda conseguia despertar a paixão dela, embora maculada por uma pontinha de tristeza. "Muito."

"Quando foi que os chantagistas a procuraram pela última vez?"

"Ontem."

"Telefonarão de novo hoje. Passe a prestar muita atenção na conversa. Quero saber o que dizem, exatamente. Tome nota de tudo. Fique atenta para os sons do ambiente. Qualquer coisa. Você precisa começar a pensar como um wallah da polícia. Uma walli da polícia."

Isso a divertiu um pouco, assumir o papel de uma reles policial. "Eu, policial?", disse. "Posso tentar."

"Diga a eles que precisa de tempo para recolher o dinheiro, que está providenciando tudo. Como foi feita a entrega, da primeira vez?"

"Pus numa sacola de compras e fui de carro até o cine Apsara de Goregaon às seis da tarde. O filme estava terminando, havia muita gente. Eles disseram para eu esperar na rua, do lado de fora. Então telefonaram. Disseram que um chokra de camiseta vermelha me abordaria, e um segundo depois ele bateu na janela do carro. Abaixei o vidro e ele pediu o pacote, pegou a sacola com o dinheiro e sumiu no meio da multidão. Foi só."

Uma área movimentada, um moleque de rua para pegar o dinheiro — procedimento padrão do chantagista comum. "Umesh não a acompanhou na entrega do dinheiro?"

"Não, eles não sabem que ele sabe de tudo. Ordenaram que eu não contasse a ninguém, fosse quem fosse. Disseram que iam me machucar."

Aquilo era incomum, chantagistas fazendo ameaça de violência. Não havia necessidade de bater, se têm fotos. "E o chokra, como ele era?"

Kamala Pandey mostrou-se confusa. "O menino? Sei lá. Era só um pivete." Um moleque de rua era exatamente igual a qualquer outro selvagem sem teto, apesar da camiseta vermelha. A gente encontra dúzias assim, nas esquinas de Mumbai.

"Tente, madame. Lembra-se de algo a respeito dele? É muito importante."

"Sim... uma coisa." Ela parou por um instante. "A camiseta. Era uma camiseta DKNY de gola redonda. O logotipo estava na frente."

"Deekay NY jeans?" Sartaj anotou em seu bloco.

"Não", ela disse, com a paciência irônica de alguém que trata com as classes inferiores. "Primeiro as letras D, K, N, Y, depois 'jeans'. Tudo em maiúscula, uma palavra só. Assim." Ela pegou a caneta e escreveu em letras grandes: DKNY JEANS. "As letras estavam bem desbotadas."

As testemunhas devem ser elogiadas por qualquer contribuição, e estimuladas a fazer novas descobertas. "Muito bem, madame", Sartaj disse. "Isso vai nos ajudar muito. Mais alguma coisa? Tente se lembrar, por favor. Um detalhe ínfimo pode solucionar o caso."

Ela fez um beicinho pensativo e tocou o dente, dois depois do canino elegante, perfeito. "O dente, este aqui. Parecia sujo. Cinzento, escuro, em vez de branco."

"Excelente. Deste lado?"

"Sim."

"Muito bem", Sartaj disse. "Foi bom ter anotado os números dos homens que telefonaram. Provavelmente são PCOs. Assim que der queixa vamos grampear os números."

"Não posso."

"Não pode o quê?"

"Não posso dar queixa."

"Madame, sem registro da ocorrência, sem um FIR, como poderei agir?"

"Por favor, compreenda. Se eu formalizar isso, as pessoas descobrirão tudo. Ficarão sabendo."

"Madame, compreendo o receio, seu marido pode descobrir. Mas precisa entender que, sem registro, a polícia não pode atuar. Não temos motivo para interferir, nem base para agir."

"Por favor."

Ela se debruçou sobre a mesa, apoiando as duas mãos no queixo. Grande atriz, aquela ali. "Madame, nada posso fazer", Sartaj repetiu. E endireitou o corpo, relaxando os ombros tensos. Estava bravo com ela, e já fazia algum tempo. A raiva queimava-lhe o peito. Não sabia a razão.

"Por favor", ela disse. "Pense bem. Perderei tudo."

"A senhora deveria ter pensado nisso há muito tempo, não acha?"

"Sim." O comentário a fez parar, cortou seu ímpeto. "Sim."

Ela cobriu os olhos, e quando afastou as mãos eles estavam cheios de lágrimas. Ela as enxugou. Sartaj sabia que a pressão correta nas pálpebras provocara as lágrimas, embora ela parecesse genuinamente triste. Havia nela um desgaste que ele reconhecia, uma exaustão causada pela perda de algo construído durante anos. Quando a pessoa tem algo que valoriza pouco, pode perder a noção de sua importância e abusar, por excesso de liberdade. Mas descobre que aquilo, aquela ligação, aquela construção precária, fincou raízes profundas em sua pele, até seus ossos.

Kamala Pandey recuperou o controle. Preparando-se para um ataque direto, ela endireitou os ombros e se aprumou um pouco. Sartaj recordou-se da bengala que ela havia quebrado nas costas do marido, e se perguntou se a sra. Pandey aprendera a reconhecer seus limites e se controlar.

"Bem", ela disse, "eu posso pagá-lo."

Sartaj não disse nada. Ela procurou algo dentro da bolsa, bem no fundo, e tirou um envelope branco comprido. Fez uma pausa, esperando a reação dele. Sartaj não disse nada. Ela empurrou o envelope para perto dele, sobre a mesa, deixando-o perto da água, ao alcance da mão.

Sartaj esticou o dedo indicador para abrir a aba. Notas de cem rupias. Dois maços. Vinte mil rupias.

Ele se enfureceu. Fechou o envelope. Apertou-o até as unhas ficarem brancas e vermelhas. "Isso não é o bastante", resmungou.

"Sim, eu sei. Serve só como sinal. Prefiro pagar a você do que a eles. Por favor, me ajude. Impeça que isso continue."

"Tem muito dinheiro seu, pessoal?"

"Eu trabalho. Meus pais me ajudam de vez em quando."

Ela mantinha uma conta corrente separada, e seus pais tinham dinheiro. "Sua família mora em Bombaim?"

"Em Juhu."

"Tem irmãos e irmãs?"

"Não."

Era uma filha única mimada de pais ricos que se viu de repente encrencada. Acreditava piamente ter direito a seus privilégios. Seria um prazer tomar dinheiro dela. Mas Sartaj estava muito contrariado. "Madame, não posso ajudá-la se não der queixa."

"Quanto quer?"

Ele empurrou o envelope para o outro lado da mesa. "Eu poderia prendê-la agora mesmo, por tentar subornar um policial."

Aquilo a calou. Ela levou a mão à boca e começou a chorar. Sartaj viu que dessa vez era real. Levantou-se e foi embora.

Por que sentira tanta raiva dela? Não era só por causa do dinheiro. Acostumara-se a pegar dinheiro, a ser comprado. Compravam e vendiam coisas e pessoas diariamente, naquela cidade. Sartaj seguiu pulando pela ruela esburacada até a casa de Katekar, mantendo a motocicleta o mais possível no meio da rua. As sarjetas estavam lotadas, e por vezes o lixo flutuante ocultava enormes buracos no asfalto. Naquela escuridão irregular os khuds da rua surgiam de repente e seriam capazes de derrubar um homem. Restava um retrogosto teimoso de indignação na boca de Sartaj, um rancor amargo que não tinha nada a ver com a criança irritante e mimada que ela havia sido. Teria sido por causa da infidelidade, por ela ter feito algo que uma mulher não deveria fazer? Os homens faziam isso o tempo inteiro, Sartaj sabia muito bem. Industriais faziam, operários faziam. Por vezes, as mulheres também faziam. Ele sabia. Testemunhava freqüentemente as conseqüências, como ocorrera naquele dia. Vira casamentos desfeitos, corpos quebrados, ouvira gritos e soluços. Nada de novo, em seu serviço vira de tudo. Por que se irritara tanto?

Sartaj percorreu os últimos metros até a esquina de Katekar. A casa ficava numa viela que estreitava e dobrava para a esquerda. Sartaj estacionou na esquina e levantou o banco traseiro para pegar as coisas, guardadas numa sacola plástica lotada. Afastou a raiva, a dúvida, e caminhou pela viela, virando o ombro para desviar dos grupos de pedestres. Alguns o cumprimentaram. Visitava o local regularmente havia alguns meses, e já o conheciam naquela altura. Ele sabia que alguns ainda achavam que Katekar morrera por sua culpa, mas em sua maioria o tratavam com amabilidade.

Os filhos de Katekar estavam sentados perto da porta do kholi, estudando. A lâmpada fluorescente interna lançava as sombras deles na rua, e Sartaj reconheceu as silhuetas familiares bem antes de avistá-los. Rohit sempre sentava do lado esquerdo da porta, com as costas encostadas na parede e o livro erguido à frente. Mohit estava sempre em movimento, balançando a cabeça mesmo quando escrevia. Quando Sartaj se aproximou, Mohit passou de sentado de pernas cruzadas para agachado e recurvado sobre o caderno. Fazia desenhos na página.

"Olá, Rohit-Mohit", Sartaj cumprimentou.

"Oi", Rohit disse, sorrindo. Mohit manteve a cabeça baixa. Escrevia furiosamente no meio dos desenhos que tomavam as duas páginas abertas do caderno.

Sartaj abaixou-se, apoiado no batente da porta, apoiando as costas na madeira dura. "Onde está a mãe de vocês?"

"Aai foi à reunião."

"Que reunião?"

"Do Grupo de Apoio às Famílias. Ela é voluntária, precisa ir lá uma vez por semana."

Aquilo era novidade. Pouco mais de duas semanas haviam transcorrido desde que Sartaj os visitara, e Shalini já mudara sua rotina. A vida continua. "Voluntária para quê?"

"Eles dão informações. Aai conversa com as mulheres do bairro."

"Sobre saúde?"

"Sim. E também a respeito de como economizar dinheiro. E limpeza. Eles estão querendo limpar as vielas. Ela trouxe alguns panfletos, se quiser ver posso pegá-los."

"Não, não." Sartaj conhecia os grupos e as ONGs que trabalhavam com eles, normalmente com fundos do governo ou do Banco Mundial. Os grupos serviam de fachada para um esquema qualquer, para as ONGs, governo ou Banco Mundial, mas faziam um bom trabalho, às vezes. E Katekar era entusiasta da limpeza, portanto o serviço de Shalini servia como tributo adequado. "Tomem", disse, entregando os pacotes que havia trazido.

"*Thank you*", Rohit disse em inglês. Estava estudando inglês com afinco nos últimos tempos, e pretendia se matricular num curso de iniciação aos computadores, dentro de um mês, aproximadamente, logo após os exames. Sartaj garantira a reserva de uma vaga no Prabhat Computes Classes, considerado o melhor curso da região. "Aprenda computação e internet por apenas 999 rupias", diziam os cartazes coloridos colados nos muros. Rohit remexia na sacola, retirando os saquinhos de dal, atta e arroz. "Ei, tapori", disse a Mohit, entregando-lhe duas revistas em quadrinhos. "Último Homem-Aranha. Agradeça."

Mohit não largava a revista, mas não disse obrigado. Sartaj ficou pensando no que os vizinhos poderiam ter dito a respeito da morte do pai, e a quem ele aprendera a culpar. Ele era um menino estranho, carrancudo, grosseiro, nervoso, muito agitado por dentro. "Mohit gosta do Homem-Aranha", Sartaj disse, "mas é um indiano patriota. Ele não gosta de dizer obrigado o tempo inteiro, como os americanos."

Rohit riu. "Sim, nossa falta de educação foi uma herança." Ele tocou o nariz de Mohit, que cuspiu de lado e correu para o outro quarto. "Ele gostaria de ser o Homem-Aranha. Vai passar dois dias dormindo com as revistas. Kartiya sala." Rohit bateu na testa.

Sartaj desabotoou o bolso de cima e tirou um envelope. "Dez mil", disse. E o entregou, coçando a barba. Fazia cada vez mais calor, chegavam aos meses pré-monção de absoluta imobilidade e desânimo. Seu colarinho estava empapado de suor.

Dessa vez Rohit não disse obrigado. Ergueu-se, segurando o envelope na altura do peito, e depois Sartaj ouviu o rangido metálico de um armário sendo aberto e fechado. Rohit voltou com um copo d'água. Sartaj bebeu. Rohit era um bom menino, muito novo ainda para guardar dinheiro em armários e pensar na educação do irmão caçula. Mas havia crianças de seis anos ganhando a vida em cada esquina, até Colaba.

Eles ficaram ali sentados por algum tempo, falando de computadores, do Oriente Médio e na possibilidade de Kajol fazer mais filmes. Rohit considerava Kajol a melhor atriz desde Madhubala. Sartaj não ia ao cinema fazia bastante tempo, mas apressou-se em concordar. Quando Rohit falava em Kajol ficava animado, feliz, e gesticulava enfaticamente com as mãos próximas ao peito de Sartaj, enquanto descrevia as virtudes de Kajol. Ela não era apenas uma grande atriz, era também um exemplo como mãe e esposa. Sartaj se pegou sorrindo, contente em ouvir o menino, concordando com ele enquanto a noite caía.

Na manhã seguinte Sartaj encontrou Mary no apartamento da irmã. Como esperava, foram necessárias várias semanas para providenciar a entrega do apartamento de Jojo para Mary, a única parente viva. Agora, como anunciara orgulhoso pelo telefone, estava com tudo pronto e as chaves na mão. Terça-feira era o dia de folga de Mary, e ele concordara em encontrá-la de manhãzinha, antes de ir para o distrito. Levantou cedo, arrastou-se para o chuveiro e chegou ao prédio às seis e meia, pontualmente. Ela o aguardava ao lado do elevador, como combinado. A seu lado havia uma mulher muito alta e magra, que olhou para Sartaj com ar divertido.

"Esta é minha amiga Jana", Mary disse.

Sartaj não esperava a amiga Jana, mas fazia sentido Mary ir acompanhada de alguém. "Namaskar, Jana-ji", disse.

Jana percebeu o tom sarcástico e pareceu se divertir também com isso. "Namaskar, Sartaj-ji", respondeu.

Sartaj sorriu e inesperadamente Mary sorriu também. Seu queixo projetou-se um pouco, os olhos se estreitaram, o rosto transformou-se. A seriedade persistente foi embora, sumiu. Sartaj não entendeu o que ela considerou engraçado, exatamente, mas foi um alívio e uma revelação perceber que ela conseguia se divertir. "Vamos?", chamou, apontando para o elevador.

"Sim, vamos", Mary disse. "Jana veio para tomar conta de mim."

Parado ao lado das duas, no elevador, Sartaj reparou que Jana era muito habilidosa. Usava um pouquinho de sindoor no cabelo caprichosamente repartido, e um kurta vermelho fosco sobre os salwars pretos. Os sapatos eram confortáveis, e ela levava no ombro uma bolsa grande quadrada com alças largas. Dentro da bolsa havia uma garrafa plástica, sem dúvida cheia de água fervida. Sacola típica de mãe, elegante mas espaçosa e resistente. Caberiam ali almoços, chocolates, medicamentos, legumes e livros escolares. Era uma bolsa confiável.

A fechadura do apartamento de Jojo fora lacrada com lona rústica, que cobria também o trinco, e por cima de tudo havia o lacre da polícia de Mumbai, em cera vermelha. Sartaj entregou a chave a Mary, e pegou dentro de sua sacola esportiva a tesoura grande e preta. Viera preparado, o lacre foi removido ruidosamente, e Sartaj observou Mary lidar com a chave, que engripou na fechadura. "Espere", ele disse, e Mary balançou a cabeça rispidamente, usando os ombros para forçar a porta. Jana olhou para Sartaj, pesarosa, como quem diz: ela é assim mesmo, não tem jeito. Eles esperaram. A fechadura rangeu mas abriu, e eles entraram.

Jana correu para abrir as janelas, iluminando parte da sala. Mary parou perto da porta. Sartaj esticou a mão por trás dela e apertou os interruptores enfileirados. Nada de luz, não havia eletricidade. "Yaar, este é um belo apartamento", Jana gritou da cozinha, misturando surpresa e uma boa dose de indignação.

As mulheres sempre ficam indignadas quando mulheres oficialmente perdidas ganham dinheiro, têm bom gosto e desfrutam de alguma felicidade, Sartaj pensou. Mas Mary era inescrutável. Entrou no apartamento, parou em cada quarto, observando tudo, sempre quieta, muda. Os comentários de Jana se sucederam: no quarto, a magnífica coleção de calçados de Jojo exigiu um minuto de silêncio atônito, depois dois minutos de referências insultosas a Jayalalitha e Imelda Marcos, seguidos de um complicado inventário. Mary, parada na porta, mantinha as mãos soltas ao longo do corpo.

Sartaj abriu uma janela. "Há álbuns de fotografias aqui", disse. "Devem estar em algum lugar." O quarto estava uma bagunça, com sapatos e roupas espalhados, revistas sob uma grossa camada de poeira. "Ali", Sartaj mostrou, dando a volta na cama para chegar à penteadeira. Pegou o álbum de cima e o bateu na superfície do móvel. Uma nuvem de poeira fina se ergueu da capa, e Sartaj se deu conta de repente do quanto sua voz estava alta, triunfal. A luz direta da janela não batia em Mary, ele não conseguia ver seu rosto. "Você precisa ir até o escritório da BSES e pedir para religar a energia." Ele recolocou o álbum na penteadeira. "Deve haver contas altas. Bem, preciso ir." Inclinou a cabeça, deu um passo e parou.

Mary recuou até o corredor para deixá-lo passar. Sartaj ergueu a mão para cumprimentar Jana, e ela retribuiu a saudação, mas observava Mary. Sartaj chegava ao final do corredor quando Mary falou. "Obrigada."

"De nada", Sartaj disse. "Nem precisa agradecer."

"Eu não me esqueci."

"Do quê?"

"De sua investigação sobre Ganesh Gaitonde. Tentei pensar em Jojo, ver se me recordava de alguma coisa."

"Obrigado."

Ela sorriu de novo, dessa vez o sorriso se abriu repentinamente, sem avisar. Ela ergueu a mão esquerda num cumprimento desajeitado, mantendo a mão estendida na direção dele, mexendo apenas o pulso. Sartaj fez um gesto com a cabeça e saiu, fechando a porta atrás de si.

Uma hora e meia de viradas e reviradas na cama exauriram Sartaj, e o deixaram mais alerta do que na hora em que entrara na cama. Recolhera-se pouco depois da meia-noite, sentindo-se virtuoso em função do adiantado da hora e limpo depois de uma longa ducha. Agora, porém, uma agitação menor e teimosa agia sob sua pele. Ele havia bebido três uísques com água. Mesmo assim, nada de dormir. Sentou-se. Sombras dos fios balançavam do outro lado da janela. Ele não se lembrava do nome do cão. Do cachorrinho branco que o marido de Kamala Pandey jogara pela janela. Sartaj recordava-se de sua postura rígida, de pernas abertas, no estacionamento, mas não se lembrava do nome daquela coisa gaandu. Ainda tinha o telefone dela. Podia telefonar para Kamala Pandey e perguntar a ela qual o nome do cachorro que seu marido matou, que vocês dois mataram juntos enquanto disputavam seus jogos sórdidos?

Sartaj pisou no chão e esfregou os olhos. Não podia fazer isso, seria constrangimento policial, perseguição, algo do gênero. Mas ele sabia quem estaria acordado às duas da madrugada. Teclou, pressionando os botões iluminados com o dedo trêmulo. Ouviu o toque de chamada e esperou, com a mão erguida. Estava muito tenso. Preciso medir a pressão sanguínea, pensou. Havia histórico familiar: o pai de Sartaj lutara contra a hipertensão e o colesterol alto a vida inteira. Sobrevivera a um ataque do coração, e acabou morrendo durante o sono, tranqüilamente, nove anos depois, de causas naturais, segundo os médicos.

"Peri pauna, Ma", Sartaj cumprimentou.

"Jite raho, beta", ela disse. "Você acabou de chegar em casa?"

"Sim, investigava um caso." O trabalho era um motivo aceitável para telefonar tão tarde. Admitir a insônia levaria a um questionamento de seus hábitos alimentares, do consumo de álcool e de sua saúde. Adotaria uma defesa preventiva. "Ma, sua voz está rouca. Resfriou-se?"

"Eu, resfriada? Nunca me resfrio. Seu pai sempre pegava resfriados. Tinha o sangue fino de Bombaim. Crescemos num clima bom, limpo, acostumados a invernos frios agradáveis." Um tema recorrente, ser o sardar do noroeste mais forte que o sardar de Bombaim. As irmãs eram as mais rijas de todos, e Navneet-bhenji era a mais velha e forte das irmãs. Lá vinha a história da tia robusta que se perdera. "Navneet-bhenji costumava tomar banho frio mesmo nas manhãs de janeiro. Ela precisava ir para a faculdade, as aulas começavam cedo, levantava às seis e meia. Até Papa-ji lhe dizia para esquentar um pouco de água, mas ela nunca lhe dava ouvidos. Se a gente olhasse para ela pensaria que era uma pessoa delicada, linda! Estudava literatura, a julgar por sua aparência deveria estar contando pérolas num palácio, mas era forte como uma camponesa. Pintava muito bem, além disso. Cenas campestres do vilarejo, casas, vacas. Fez uma da nossa nova casa que ficou maravilhosa, perfeita."

Seguiu-se uma pausa. Aquele era um intervalo familiar, para Ma prantear a irmã morta. Navneet-mausi fora assassinada durante a divisão da Índia e do Paquistão, mas Ma falava nela desde que Sartaj se conhecia por gente. Todos os filhos e netos da família a conheciam bem, essa mausi ausente. Viveram com ela, com as histórias e com a rigidez que tomava conta da fisionomia dos mais velhos quando mencionavam seu nome. Sartaj tentava de vez em quando varar aquela contração de músculos e nervos, aquele congelamento das emoções, para saber o que realmente acontecera naqueles dias sangrentos. Mas tudo que Ma dizia era "Foram dias ruins, muito ruins". E isso era tudo. E era isso que todos diziam, todos os tios e tias e avós. Isso e uma praga ocasional contra os muçulmanos: beta, você não sabe, aquilo é gente má, muito má.

Mas naquela noite Ma não se mostrou contrariada por causa de velhas feridas, nem amargurada, estava quieta, apenas. Sartaj disse, finalmente: "Não sei como ainda se lembra de uma história tão antiga. Motivos dos quadros, esses detalhes. Eu não consigo nem lembrar o nome de um cachorro".

"Que cachorro?"

Sartaj contou a história do marido, da mulher e do cão atirado pela janela.

"Mas que homem horrível!", Ma disse. Ela gostava de cães, que gostavam dela. "Você o prendeu?"

"Não."

"Por quê?"

"A esposa não quis dar queixa."

"Arre, houve violência contra um animal inocente."

"Ela se recusou a confirmar que ele jogou o cachorro pela janela."

"Talvez por medo dele."

"Ela também não é inocente."

"Como é? Esteve com ela novamente?" Ma passara décadas enfrentando um policial, dois policiais, e desenvolvera sua própria capacidade de captar nuances e verdades omitidas. "Qual é o problema dela?"

Era uma história ruim de contar no meio da noite, mas Sartaj contou assim mesmo. Apresentou um breve relatório sobre a esposa, o piloto, a câmera e a chantagem. Deixou de fora a propina oferecida pela mulher, assim como o top justo. Ma tinha opiniões muito conservadoras a respeito de pouca-vergonha de qualquer tipo, e ele não queria predispô-la abertamente contra Kamala Pandey. De todo modo, a esposa infiel seria condenada. "Claro, eu disse que não poderia trabalhar no caso sem que houvesse queixa formal. Ela é uma tola", disse. "Uma tola que pensa poder conseguir qualquer coisa e fazer qualquer coisa que lhe dê na telha."

"Sei", Ma disse. "O pai deve ter atendido a todos os desejos de sua filhinha, sem a menor disciplina. As pessoas mimam demais os filhos, hoje em dia."

Sartaj riu alto. Para isso telefonava a sua mãe no meio da noite, para confirmar suas suspeitas com as súbitas conclusões a partir de dados insuficientes. Ela o surpreendia, muitas vezes. "Sim, ela é mimada. Muito irritante." Sentado na cama, ele tomou um gole de água. Sentia-se melhor ao ouvir a voz dela e sua respiração. "Você e Papa-ji conversavam muito sobre os casos?"

"Não, não. Ele não gostava de discutir o trabalho comigo. Dizia que a vida de policial não o deixava se desligar do serviço até meia-noite. Se ainda fosse para casa e continuasse pensando e falando sobre os casos, enlouqueceria. Por isso conversávamos sobre outras coisas, ele alegava que isso o acalmava. Pelo menos era isso que ele dizia." Seu tom seco traía uma certa ironia. Ele viu o movimento do queixo, o olhar baixo. "A bem da verdade, ele agia à moda antiga. Pensava que eu ia me assustar com os assassinatos e coisas sórdidas que eles precisavam investigar. Acreditava que as mulheres não deviam ser expostas a coisas do gênero."

"E você concordava?" Ela adorava filmes de ação, nos últimos anos desenvolvera uma preferência inexplicável por seriados de tevê realmente violentos, com muito sangue e gritos. Lia a página policial do jornal todos os dias, com gosto, e comentava as notícias, repetindo o comentário que o mundo era um lugar ruim, cada vez pior.

"Beta, a gente se acostuma. *Acostuma*. Ele não queria comentar o trabalho, então eu não perguntava. É assim que a gente se entende. Mas a nova geração não compreende isso."

Ela se referia à geração de Sartaj e Megha. Sabia que Megha se casara de novo, estava definitiva e completamente fora do alcance de Sartaj, mas de vez em quando ela repassava o que havia acontecido, o que deveria ter acontecido, o que Sartaj deveria ter feito. Sartaj desistira de argumentar havia muito, e não ia muito além do "Sim" esporádico na resposta. Ele recostou e ouviu. Era sua mãe, ele se acostumara.

"Achcha, vá dormir agora", ela disse, "ou estará muito cansado no seu plantão."

"Sim, Ma", Sartaj disse. Despediram-se, ele virou o corpo na direção da janela, para sentir a brisa no rosto. Pegou no sono com facilidade e sonhou. Viu uma planície enorme, um céu sem nuvens, uma interminável fileira de pessoas caminhando. Acordou abruptamente. O telefone tocava.

Ainda não eram sete horas, soube disso sem abrir os olhos. Tudo estava calmo, apenas um passarinho cantava. Esperou, mas o telefone não parou de tocar. Atendeu.

"Sartaj", sua mãe disse, "você precisa ajudar aquela moça."

"Como é?"

"Aquela mulher da noite passada, sobre a qual você falou. Deve ajudá-la."

"Ma, você dormiu?"

"O que ela vai fazer? O que poderia fazer? Está sozinha."

"Ma, preste atenção. Você está bem?"

"Claro que estou bem. O que poderia haver de errado comigo?"

"Ótimo. Mas por que tanto alvoroço por causa daquela mulher estúpida?"

"Eu levantei pensando nisso, hoje de manhã. Você precisa ajudá-la."

Sartaj esfregou os olhos e ficou ouvindo o passarinho cantar. As mulheres eram misteriosas, e as mães, mais ainda. Ma parou de falar, mas era seu silêncio imperativo. Uma calma que não tolerava resistência ou reação. Ele queria muito voltar a dormir. "Está bem. Certo. O.k."

"Sartaj, estou falando sério."

"Eu também. Vou ajudá-la, mesmo."

"Ela está sozinha."

Assim como todo mundo, Sartaj sentiu vontade de dizer. Mas esforçou-se para obedecer. "Compreendo, Ma. Prometo que a auxiliarei."

"Agora vou para o gurudwara."

Ele não fazia idéia do que isso tinha a ver com o fato de acordá-lo de seu sono profundo, mas murmurou "Sim, Ma", e desligou o telefone. A cama de Sartaj moldara-se a seu corpo, o pássaro não cantava muito alto, a manhã estava fresca graças ao ventilador silencioso, mas o sono se fora. Ele xingou Kamala Pandey. Saali Kamala Pandey, ela é uma kutiya, disse ao passarinho, uma raand ordinária, e levantou-se.

Sartaj passou a manhã redigindo relatórios redundantes sobre pequenos arrombamentos, que seriam burocraticamente investigados e nunca solucionados. Gastou a tarde no fórum, com dois magistrados e três casos. Tomou uma xícara de chá às cinco, no restaurante do outro lado da rua, onde comeu um omelete engordurado. O restaurante se chamava Shiraz e estava cheio de advogados mexeriqueiros. Sartaj se escondeu no fundo do anexo do primeiro andar, que tinha ar-condicionado, e evitou trocar olhares com os advogados que iam lavar a mão. Tomou um copo grande de chaas, limpou o bigode e começou a se sentir melhor. Conseguiu atravessar o anexo sem falar com ninguém, e descer a escada. Mas a meio caminho da porta um rosto bexigoso ergueu-se e o interceptou.

"É Sartaj Singh?"

Não era advogado. Usava camisa cinza manchada de suor, exibia a deferência falsa e ardilosa de alguém acostumado a ver as pessoas desviarem dele. Mas a voz combinava com o corpo, pesada e grave. "Quem é você?", Sartaj disse.

"Você não se lembra. Eu o encontrei no funeral. E duas ou três vezes antes disso."

Claro. A voz. "De Katekar. Você é marido da irmã de Shalini."

"Vishnu Ghodke, saab."

"Vishnu Ghodke. Sim, sim." Sartaj se lembrava dele do funeral, mas não de ocasiões anteriores. Ele apareceu muito, trazendo coisas, organizando os presentes, orientando os sacerdotes. "Tudo bem, Vishnu?"

Vishnu Ghodke tocou o peito. "Graças a Deus, saab. No entanto..."

Sartaj balançou a cabeça. "Entendo. Katekar era um bom sujeito." Esperou até que Ghodke saísse de lado. "Foi um prazer."

Mas Ghodke não se mostrou disposto a permitir que Sartaj fosse embora. Virou de lado para que passasse, mas o seguiu até a calçada. "Tem visto os meninos de Dada?", perguntou por trás de Sartaj.

Sartaj se deu conta subitamente de que não gostava nem um pouco de Vishnu Ghodke. Não sabia bem o motivo, mas sentia vontade de enfiar a mão na cara dele e o empurrar contra a parede. "Sim, estive com eles ontem. Na noite de ontem. Estão bem?"

"Claro que sim, saab. Não se preocupe."

"Qual é o problema?"

"A Aai deles estava lá?"

"Não. Havia saído."

Vishnu Ghodke virou a cabeça para o lado, espiando o movimento intenso dos carros no final da tarde, no rumo do fórum. Acima de sua cabeça a placa anunciava "Shiraz", com letras caprichosamente desenhadas em quatro idiomas. "O que quer dizer isso, saab?", ele disse, voltando a face para Sartaj outra vez. "De que se trata? Uma mulher deve permanecer em casa. Uma mulher deve cuidar da família."

"Ela tem de trabalhar, Vishnu."

"Mas aquilo não é trabalho, passear de noite, deixando os filhos com fome." Ele gesticulava na direção da rua e do fórum, como se Shalini corresse feito louca por entre os trajes negros e arcadas manchadas.

Os ombros de Sartaj subiram, ele sentiu o pulsar intenso da violência em seus antebraços. Aquele filho-da-mãe tinha de aparecer logo hoje. "Os meninos estão felizes e bem alimentados", ele disse. "Sua casa é bem cuidada. O que está fazendo seu gaand formigar, afinal?" Vishnu Ghodke encolheu-se todo, até encostar na parede atrás dele. "Haan? Diga logo."

"Saab, eu só estava dizendo..."

"Dizendo o quê?"

"Ela anda freqüentando aquelas reuniões." Vishnu falava em tom baixo, agora, tentando forçar intimidade. Queria bancar o homem razoável, conversando com outro homem.

"Eles conversam sobre saúde. E daí?"

"Saab, saúde é uma coisa. Mas eles falam muitas coisas, aquelas idéias não civilizadas. Aquelas coisas impróprias para mulheres decentes. E eles dizem para elas saírem e conversarem com as meninas, e espalhar aquilo na comunidade. Por que uma moça solteira precisa saber a respeito de gravidez e nirodh e tudo mais? Tenho filhas pequenas, sou pai, está ficando muito difícil. Do jeito que anda, a gente não sabe mais o que vai aparecer na televisão, bem no meio da tarde. É impossível para uma família sentar e assistir. E depois vem essa gente, pessoas instruídas que pegam mulheres como Shalini e viram a cabeça delas."

Sartaj cogitou esbofetear aquele defensor da cultura, um tapa em cada face rugosa. Mas isso não enfiaria juízo na cabeça dele, só o levaria a militar com mais intensidade em defesa das filhas. "Não se preocupe com a cabeça de Shalini", ele disse. "Ela não vai falar nada para suas filhas. E, se tocar em algum assunto que o desagrada, ordene que pare."

"Aquela mulher não escuta ninguém, saab. O marido morreu, agora ela pode fazer o que bem entender."

"Quer dizer que ela não lhe dá atenção? É por isso que está tão bravo?"

Vishnu limpou o ombro no local que o reboco do muro deixara uma listra. Ganhava confiança conforme falava, esquecendo em parte seu medo. "Saab, não me preocupo comigo. Só estou pensando nos meninos, naquela casa. O lar sofrerá. Temos um ditado: '*gharala paya rashtrala baya*'."

Sartaj ergueu o braço e pousou a mão no ombro de Vishnu. Sorriu. Para os pedestres que passavam eram apenas dois amigos matando o tempo em conversa cordial. Mas Vishnu já se encolhia com a pressão do polegar de Sartaj logo abaixo da clavícula. "Então agora você se preocupa também com a pátria?", Sartaj perguntou. "Preste bem atenção, Vishnu. Não gosto de ver você andando por aí criando problemas para ela. Acha que é algum santo bhenchod? Você mais parece um alto-falante ambulante, espalhando mentiras."

"Mas é tudo verdade, saab."

Sartaj apertou, e Vishnu ficou com medo de verdade. "O fato é que ela está cuidando bem dos meninos. E fazendo coisas boas. Você é um sujeito medíocre, Vishnu. Seu cérebro é pequeno, seu coração é pequeno, por isso só sabe pensar mal das pessoas. Você é um filho-da-mãe mesquinho, Vishnu. Não gosto de você. Portanto, cale a boca. Mantenha a boca fechada. Entendeu bem?"

Os olhos de Vishnu brilhavam, lacrimosos. Sua mão segurou o pulso de Sartaj, mas não conseguia se livrar da dor.

"Entendeu?"

"Sim", Vishnu disse. Mas ele exibia a persistência de um rato encurralado, aquele Vishnu. Murmurou, olhando para o outro lado. "Mas eu não sou o único a falar. Outras pessoas andam comentando, também."

Sartaj o soltou e aproximou-se mais. "Sei, outros maderchods como você sempre falam isso e aquilo a respeito de mulheres sozinhas. Principalmente você, um cunhado tão decente que começou a espalhar esses boatos. Acho melhor calar a boca." Vishnu balançou a cabeça, mantendo os olhos baixos. Claro que ele não pretendia parar. Claro que continuaria a falar, aumentando e enfeitando o caso. Mas agora sabia que haveria conseqüências. "Se eu souber que andou criando problemas, vou atrás de você, Vishnu. Ela precisa de sua ajuda no momento. Conviva com ela como deve, é sua parente. Ajude-a a fortalecer o lar, não o destrua com suas palavras, Vishnu."

Vishnu movia a boca, mas a mantinha fechada e continuava de olhos baixos, como ordenado. Sartaj não tinha a menor dúvida de que a abriria novamente assim que se sentisse seguro para tanto. Sartaj deu um tapinha de leve em seu rosto. "Vou ficar de olho em você", disse, e seguiu seu caminho.

* * *

Gharala paya rashtrala baya. Então, se a estabilidade e a prosperidade de um lar dependiam de suas fundações, e as de um país, de suas mulheres, o que Sartaj devia fazer a respeito de Kamala Pandey, vulgar e indigna de confiança? Recebera instruções definitivas de Ma, e apesar da distância e de sua idade, ele normalmente fazia o que ela queria. Em geral. Mas ela era sentimental, queria salvar mulheres perdidas de seus problemas. Pertencia a outra geração, não fazia idéia do tipo de encrenca em que Kamala Pandey se metera. Ela não tinha noção do quanto Kamala Pandey incomodava Sartaj. Era fácil dizer, você precisa ajudar aquela mulher. Mais difícil seria tolerar a vagabunda.

Sartaj deixou a história remoer em suas entranhas por três dias. Cuidou de seu serviço, investigar, prender, redigir relatórios, beber, dormir. Kamala Pandey continuava com ele, era agradável pensar em seus problemas, em imaginá-la retraindo-se, assustada com a linguagem abusiva que chegava pelo telefone celular, perdendo dinheiro. Sim, ela precisava aprender que o mundo não fora feito para seu deleite. No quarto dia o prazer recuou e foi naquela noite substituído por uma sensação pesada de responsabilidade.

"Qual é o problema, Sartaj?", Majid Khan perguntou.

Conversavam no terraço de Majid, esperando o jantar. Sartaj saboreava a segunda dose de Black Label. Majid usava short vermelho e tomava suco de mausambi feito na hora, falando com o conhecimento de causa de um velho amigo que sabia exatamente quando Sartaj estava mais taciturno do que o normal. Ele pressionaria Sartaj até que este se abrisse. Por isso Sartaj lhe contou a respeito de Kamala Pandey, a história inteira. "Ela é um caso sério", disse. "Ostenta sua riqueza. E alguém resolveu ajudá-la a se livrar do dinheiro."

Majid alisou o bigode para cima. Realizava um movimento específico com o polegar e o indicador quando se concentrava. "Muito interessante. Não creio que haja problemas reais neste caso." Ele queria dizer que manter a ocorrência longe da delegacia não seria difícil ou inusitado. Havia a possibilidade de ganhar um bom dinheiro, o que sempre favorecia a discrição. Majid ergueu o copo. "E, Sartaj, se ela é tão namkeen, a investigação promete um bom divertimento."

"Arre, Majid, não estou interessado nela."

Majid endireitou o corpo, virando-se para Sartaj. "Yaar, você disse que ela era sexy. Está dando por aí. Tem chaska para tanto. O que interesse ou falta de interesse tem a ver com isso? Aproveite um pouco."

A lógica era impecável: se uma mulher foi infiel uma vez, estava indubitavelmente à disposição. Chantagistas usavam o conhecimento de um caso amoroso para avançar e pegar um pouco do que vinha sendo distribuído. Os chantagistas de Kamala Pandey ainda não haviam tentado isso, mas talvez tentassem quando o dinheiro dela acabasse. Era assim que a economia funcionava, havia muitos jeitos de pagar. Sartaj cuspiu por cima do parapeito. "Ma disse que eu devia ajudá-la."

"Claro que deve."

"Mas..."

"Se não tem interesse no dinheiro, nem tem interesse na mulher, então não a ajude." Majid deu de ombros.

"Certo. Mas e quanto aos chantagistas? São uns filhos-da-mãe."

Eles fizeram que sim, rindo. Conheciam muito bem um ao outro. A despeito de sua opinião sobre Kamala Pandey, Sartaj odiava chantagistas de modo absoluto, definitivo, inegável. Não gostava que operassem em sua zona, em sua localidade, em seu mohalla. Maderchods, benchods, queria apertar seus golis e ver se gritavam. Majid coçava a coxa sob o short, e compartilhava aquele sentimento. Majid defendia uma teoria segundo a qual todos os policiais bons de verdade vinham de mães enérgicas. Conhecera a mãe de Sartaj, e sua própria Ammi era uma megera miúda que aterrorizava as noras e providenciava casamentos para os netos sem consultar ninguém. Majid acreditava que uma mãe capaz de manter uma casa em ordem, sempre limpa, com regras a respeito do que era certo e do que era errado, acabava por treinar os filhos para serem policiais. Ele listava o nome dos colegas de departamento que admirava, e falava sobre as mães deles. Sartaj concordava em parte com a teoria de Majid. A mãe de Katekar, por exemplo, fora uma rígida matriarca de amplo traseiro. Anos após sua morte, Katekar ainda falava, assombrado, de sua ira.

"Eu acho", Majid disse, debruçando-se para brindar com o seu copo, "inspetor Sartaj, que, se recebeu uma ordem de sua mãe, tem o dever de tirar os chantagistas de cena."

Sartaj foi obrigado a concordar. "Telefonarei para a mulher do Pandey", disse. "Depois do jantar."

Durante o jantar Sartaj ouviu Majid e Rehana brigarem. Discutiam sobre os pais de cada um, disputando para vez qual par era mais excêntrico. Até os filhos riram. Majid contou histórias sobre a mãe de Rehana que Sartaj já ouvira, mas ele riu de novo. Rehana era carinhosa com os filhos, Farah e Imtiaz, e Sartaj calculou que nenhum deles daria um bom policial. Ele não duvidava que Rehana fosse uma mãe eficiente e gentil, mas ela não controlava a vida dos filhos ao estilo antigo mencionado por Majid. Era amiga deles. De todo modo, os dois filhos pareciam ambiciosos demais para cogitar a possibilidade de uma carreira na polícia, que produzia tipos decrépitos como o amigo sardar do pai.

Sartaj voltou para casa, arrotando alto no caminho. Foi bem devagar, consciente da embriaguez. Uma lua perfeitamente redonda se ocultava atrás dos prédios e se mostrava entre outdoors sobre a estréia na próxima semana do novo filme de Shah Rukh Khan, uma história de amor majestosa. Sartaj desviou com cuidado de um engarrafamento, pensando que os cartazes estavam mais brilhantes e coloridos do que na época de sua infância, quando eram pintados à mão, que faziam Dharmendra parecer um alienígena cabeçudo. O amor brilhava mais agora, ou pelo menos exibia mais brilho. Kamala Pandey descobrira o quanto poderia ser sórdido e o quanto um quarto de hotel era árido e triste visto pelas lentes de uma câmera. Parado no sinal, sob outro cartaz de Shah Rukh, Sartaj refletiu sobre as possibilidades de lucro do caso: queria dormir com Kamala Pandey? De verdade? Sartaj acreditava que não. Ela era irritante, egoísta, mimada. De todo modo, chodoing seria espantoso, exigiria muita força de vontade e o deixaria exausto, seria qualquer coisa menos agradável. Não, se a ajudasse seria pelo dinheiro, e olhe lá.

Sartaj chegou em casa, tirou os sapatos e as meias antes de ligar para o número de Kamala. Ela atendeu no primeiro toque, e Sartaj notou o pânico em seu "Alô?".

"Aqui é o inspetor Sartaj Singh", ele disse. Ouviu o suspiro que ela emitiu, como se alguém a golpeasse na boca do estômago, com força.

"Sim", ela disse. "Sim." Sob a voz havia conversas e música. Um homem falava, perto dela. O jovem casal bem-sucedido estava num restaurante.

"Quero encontrá-la novamente. No mesmo lugar, às quatro da tarde." Ela não disse nada. "Está ouvindo?"

"Sim."

"Não se preocupe. Vou ajudá-la."

"Certo. Obrigada." Ela se esforçava muito para parecer descontraída, como se tratasse de uma ida ao cabeleireiro com uma amiga.

"Ligaram para você de novo? Diga apenas sim ou não."

"Sim."

"Falaremos a respeito amanhã. Relaxe. Leve a lista dos números. Quatro da tarde, mesmo local."

"Certo, combinado."

Sartaj desligou. Apoiou os pés na mesa de centro, afrouxou o cinto. Quando fosse pago pelo serviço talvez levasse Ma a Amritsar. Ele a levaria até Harmandir Sahib e a veria orar. Era reconfortante sentir a intensidade de sua devoção, ela o invadia com a força do calor familiar. Ele não sabia ao certo se isso se devia ao fato de ter crescido ouvindo sempre suas preces murmuradas, que sempre pareciam próximas, ou se dentro dele havia um resquício de crença esquecida, enterrada, que recuperava em parte sua força quando ela orava e cantava. De todo modo, ele a levaria a Amritsar, ignoraria os comentários precipitados de que seria sua última visita. Se Ma desejava que ele ajudasse a revoltante Kamala Pandey, merecia compartilhar o resultado. Era justo, adequado.

Kamala Pandey usava roupa preta no encontro seguinte no Sindoor. Estava acomodada na mesa perto da cozinha quando Sartaj entrou no restaurante, alguns minutos depois das quatro. Havia uma garrafa de água mineral à sua frente, e um telefone celular inacreditavelmente pequeno. O cabelo, preso atrás em rabo-de-cavalo alto, combinava com a blusa preta informal, e Sartaj pensou que ela ainda tinha um corpo adequado para aparecer na televisão, em algum canal musical.

"Boa tarde", ela disse. "E obrigada." Ela baixava a cabeça de leve quando sorria, para encarar o interlocutor com seus olhos enormes.

"Trouxe o dinheiro?", Sartaj perguntou. Ele queria manter apenas conversas curtas com ela, limitadas às exigências e preocupações profissionais. Ela abriu a bolsa, que não era a prateada da outra vez. Aquela era um triângulo preto de um material reluzente. "E os números?"

"Tem mais dinheiro agora que da outra vez", ela disse.

Havia trinta mil no envelope. Sartaj assentiu. "Eles telefonaram ontem à tarde?"

"Sim, à uma e vinte e cinco. Eu disse tudo que você mandou dizer, pedi tempo para levantar o dinheiro. Eles não são educados."

"Eles a insultaram?"

"Disseram coisas muito ruins."

Sua caligrafia esbanjava floreios, curvas e traços largos, mas registrava meticulosamente as datas e horários dos chamados, em colunas organizadas por título. "Quando realizou o primeiro pagamento?", Sartaj perguntou, fazendo uma anotação na folha. "E, quando eles ligaram, você ouviu algo interessante? Qualquer coisa?"

"Não. Bem que tentei. Um carro ou scooter passando, às vezes. Mais nada."

"Siga tentando. Eles serão muito agressivos, farão ameaças. Continue adiando. Preciso de algum tempo para investigar isso. Telefonarei em breve." Sartaj pegou o envelope e empurrou a cadeira.

"Espere!" Ela ergueu a mão, autoritária, mas a baixou quando Sartaj a fulminou com um olhar. "Por favor. Você disse que queria conhecer Umesh. Ele está a caminho."

"Daqui?"

"Sim. Deveria ter chegado às quatro. Lamento." Ela se mostrava respeitosa agora, submissa.

"Certo", Sartaj disse. Depois de consultar o relógio, sentou-se. Sartaj não tinha nada a dizer a ela. Kamala lidou com o telefone, pressionou algumas teclas, leu uma mensagem de texto. Depois o deixou de lado, e ficou olhando para a bolsa. Espiou Sartaj, que se mantinha impassível, e retornou a sua investigação. Estava ficando nervosa, inquieta. Era o tipo de mulher que não estava acostumada a ter homens silenciosos em volta. Sartaj começava a se divertir. Era cruel, mas ele se manteve absolutamente calado, e os minutos foram passando.

Quando Kamala Pandey já estava de ombro caído e olhar melancólico, ficou com pena dela. Era demais assistir sua derrocada. "Umesh sempre chega atrasado?"

Aquilo a despertou como se fosse uma dentada num limão azedo. "Ele sempre chega na hora para os vôos, mas vive atrasado para todo o resto. Demora mais tempo do que eu para se arrumar. Devia ver o banheiro dele, parece uma perfumaria. Tem mais perfumes, condicionadores e colônias do que eu, sua esposa e mais cinco mulheres juntas.

Sartaj deixou passar a indireta sobre a esposa. E disse: "Ele sempre liga e diz que está a caminho, no carro, correndo muito, e que chegará em quinze minutos?".

"Isso mesmo. E aparece duas horas depois, com alguma história. Isso me deixava louca."

Ela era incapaz de ajudar, sendo um pouquinho otimista. Sartaj a compreendia: drama e maluquice eram dolorosos, mas a pessoa podia sentir falta da maluquice como sentia falta da água ou da comida. Até chegar à calma mortífera da desesperança sem desapontamentos. Mas Kamala Pandey ainda gostava de falar dos pecados de seu ex, aquilo a reanimava. "Talvez ele faça escalas no caminho, não é?", Sartaj perguntou.

Ela riu alto. "Umesh sempre mantém duas ou três idiotas na fila. Nem tenta esconder isso. Só faz a gente sentir que ele ainda não encontrou a pessoa certa, e que talvez você seja essa pessoa, quando a busca terminar. Ele é tão sincero que a gente acredita."

"Mas você acabou vendo a verdade."

"Depois de um longo tempo."

E, apesar das descobertas, ela seguia sendo incapaz de cortar o desejo por ele. Sartaj viu isso assim que Umesh entrou. Ele apertou a mão de Sartaj com firmeza, e tocou no braço Kamala Pandey na parte descoberta. Ela se manteve firme, dura feito pedra. Sartaj recordou-se abruptamente de como combateu a vibração que percorreu seu braço quando Megha o tocou no pulso, depois da separação, ao se aproximar dele. Lutou com todas as forças para manter o ombro e as costas duras, evitando dobrar o corpo na direção dela, e agora não conseguia evitar uma pontada de pena por aquela esposa desvirtuada.

"Boa tarde", Umesh falou. "Eu poderia inventar uma desculpa sobre ter ficado preso no trânsito, mas na verdade tudo atrasou para mim hoje, desde cedo. Lamento."

Sem dúvida ele era bonito. Usava calça jeans bordô com camiseta branca justa que destacava o tórax malhado. A calça era escandalosa, mas caía perfeitamente em Umesh. Ele brilhava, dourado, dos braços compridos até os olhos castanho-claros, muito parecidos com os de Kamala. Ela deve ter olhado para eles e visto os seus. "Sente-se", Sartaj disse. O sujeito tinha um charme alegre, descompromissado, mas Sartaj não pretendia ceder aos encantos.

"Vou ao banheiro, volto logo", Umesh disse. "Demorei muito para chegar aqui." Ele depositou o telefone e o chaveiro em cima da mesa e afastou-se apressado. O telefone era do mesmo modelo do celular de Kamala, pequeno e acetinado. As chaves estavam num chaveiro com a miniatura de um carro baixo e rápido.

"É um Porsche", Kamala disse. "Umesh adora carros."

"Sei", Sartaj disse. "E anda muito depressa, certo?" Ela fez que sim. Era assim que iam para a pousada na serra, Sartaj pensou, muito depressa, costurando no meio do trânsito, excitados pela alta velocidade. "E que carro ele tem?"

"Um Cielo."

"Vermelho?"

"Não. Só a calça é vermelha. Já lhe disse que vermelho não fica bem, mas ele gosta de ser notado. O carro é preto."

Umesh retornou ao salão e sentou na cadeira em frente a Sartaj. Era alto, um metro e oitenta e tanto, e exibia a cintura mais fina que Sartaj via num homem havia muito tempo. Ela se estreitava, como num triângulo invertido, do ombro ao quadril, e a descida do ombro largo malhado até a ausência de barriga lhe dava um ar de personagem de desenho animado. Kamala gostava daquele super-herói, pensou. Estava tensa novamente.

"Pronto, inspetor saab", Umesh falou. "Agora estou inteiramente a seu serviço.

"Já conheço as linhas gerais do caso", Sartaj disse. "Mas quero informações sobre a tal pousada na serra. Como se chama?"

"Cozy Nook Guesthouse. Fica em Frichley Hill, perto de um Fariyas Resort. É um lugarzinho aconchegante, pouca gente conhece, tem uma vista linda. Não passa de um bangalô para alugar, na verdade. Ce-o-zê-ípsilon."

Ele olhava para o bloco de anotações de Sartaj, no qual escrevera "Cozy Nook Guesthouse". Sorria calorosamente, e como a brincadeira foi sobre a impenetrável língua inglesa, seria impossível alguém se irritar com ele. Era muito bonito, e também um sujeito agradável. Sartaj entendeu por que ele encantava as mulheres, poderia contar a elas todos os seus defeitos, lançando faísca com aqueles olhos iluminados, e sorrir para as moças embevecidas. Qualquer um ficaria encantado. "Sei", Sartaj disse. "Como o descobriu?"

"Um amigo meu tinha casa ali perto, eu passava sempre por lá de carro. É um bangalô antigo."

"Notou garçons novos? Mudanças no pessoal?"

"Não, creio que não. Eu não prestava muita atenção, entende. Mas, salvo erro, o pessoal não mudou."

"Alguma idéia de quem pode ter feito os vídeos?"

"Não, senhor. Talvez o pessoal que trabalha lá. Ou um hóspede. Não me lembro de ninguém específico, porém."

"Nunca identificou os outros hóspedes?"

"Não, nunca. Se conhecesse alguém, eu me lembraria."

"Sabe em que datas os vídeos foram feitos?"

"Não, difícil dizer com certeza. Eu não anotava as datas quando íamos para lá."

"Quantas vezes foram ao Cozy Nook?"

"No decorrer desses meses todos? Não sei, umas seis ou sete vezes."

"Mais provável onze ou doze vezes", Kamala disse. "A última vez foi no início de maio."

"Pensei que tinham terminado tudo há seis meses."

"E terminamos."

Então eles foram até o Cozy Nook para fazer as pazes. Provavelmente discutiram no caminho de ida e voltaram em silêncio. A julgar pela amargura estampada no rosto de Kamala, iam brigar de novo. Talvez fizessem as pazes em seguida, embora Sartaj torcesse para que isso não ocorresse, para o bem de Kamala. Pouco aconchego se conseguia com esses encontros, principalmente se envolvia um homem como Umesh. Bom sujeito, mas não era confiável. Nada a ver com o sr. Pandey, sem dúvida feio, mas confiável.

Sartaj perguntou à sra. Pandey: "Alguém a odeia?".

"Como é?" Os ombros de Kamala caíram, ela se debruçou, tombando um pouco para o lado de Umesh.

"Quem são seus inimigos?", Sartaj perguntou, sem alterar o tom de voz.

"Kamala é uma pessoa maravilhosa", Umesh disse. Passara o braço por trás de Kamala, tocando seu ombro com a ponta dos dedos. "Duvido que tenha inimigos."

"Claro que não tenho", Kamala disse. "Bem, tive algumas discussões com certas pessoas, mas não são inimigos."

"Todos têm inimigos", Sartaj disse. "É melhor saber quem são eles."

Aquilo os calou por um momento, para que cogitassem quem, entre os amigos e conhecidos, poderia odiá-los secretamente a ponto de se qualificar como inimigo genuíno. "Acha que é algo pessoal?", Umesh perguntou.

"Chantagem normalmente se faz por dinheiro. Mas vale a pena pensar nos amigos e adversários. Qualquer um em posição de obter informações, que tenha sido contrariado por algum motivo, ou precise de dinheiro com urgência."

Umesh mostrou-se chocado. "Até mesmo alguém ligado a mim? Não teriam me procurado também, nesse caso?"

"Você é homem, e solteiro."

"Mas sustento meus pais e minhas irmãs. Não tenho muito dinheiro. Portanto, eles escolheram o alvo mais fácil."

"E quem poderia ser?"

Os dois homens olharam para Kamala. Contraíra o rosto e enrubescera. Sartaj pensou que fosse chorar. Dessa vez acreditaria nela, provavelmente. Mas ela se conteve e citou sua inimiga. "Tenho uma amiga chamada Rachel."

"Vocês brigaram?", Sartaj disse.

"Sim."

"Qual o motivo?"

Kamala riu de sua estupidez. Um som desagradável. "O que acha?"

Claro. Elas brigaram por causa de Umesh. Antes houvera amor fraterno, talvez durante vários anos, depois o belo Umesh se interpôs entre elas. "Rachel era sua melhor amiga?"

"Sim."

"E aí?"

"Conhecemos Umesh juntas, numa festa."

"E Rachel gostou dele?"

"Arre, chefe", Umesh interrompeu, estendendo a mão por cima da mesa. "Eu nunca fiz nada com aquela mulher. Eu a encontrei algumas vezes, com Kamala, e só Deus sabe o que Rachel presumiu."

O que Umesh pensava não fazia diferença, nas circunstâncias. "E qual foi o sentimento de Rachel?", Sartaj perguntou a Kamala.

"Ela gostou dele."

"Desde o começo?"

"Sim. Conversamos a respeito dele, depois do primeiro encontro, na festa. Ela insistia que era o homem perfeito. Masculino, porém sensível." A última frase veio acompanhada do erguer dos olhos.

"Então?"

"O que tinha de acontecer, aconteceu."

"E quando contou a Rachel?"

Ela se lembrava exatamente. "Num domingo, dois meses depois. Voltei de um vôo e fui direto para a casa dela. Não suportava mais."

"E então?"

"Ela me pôs para fora. Nunca mais falou comigo."

"Ficou muito revoltada?"

"Já estava divorciada havia dois anos. Desde então, não se interessara por ninguém."

"Até conhecer Umesh."

"Até conhecer Umesh."

Em seu benefício, vale dizer que Umesh não se mostrava presunçoso por causa do charme fatal que levava mulheres a se odiarem. Parecia ansioso e incrédulo. "Mesmo assim", ele disse, "é difícil acreditar que alguém como Rachel possa descer tanto. Quero dizer, chantagear alguém..."

"Ela é a única a saber do nosso caso", Kamala disse, seca.

Claro, Kamala sabia mais a respeito da raiva, dos restos podres de sua amizade guardados no fundo dos almirahs, fotos antigas e camisas presenteadas, lembranças de férias de inverno na adorável Cingapura, tudo isso cozido até se tornar uma amargura que a queimava de manhã, de dia e de noite, até que finalmente o único alívio seria a chantagem. Não para obter dinheiro, mas para causar dor e humilhação. O dinheiro era bem-vindo, mas a paz e o esquecimento viriam de outra fonte. Sim, Kamala compreendia. Motivo e oportunidade. Não era o bastante para abrir um processo, mas certamente merecia ser investigado.

"Passe os dados de Rachel, por favor."

Kamala anotou tudo rapidamente, de memória, com sua mão ágil e delicada.

"Muito bem", Sartaj disse. "Investigarei. O número de seu celular, por favor, senhor Umesh."

"Isso é tudo?"

"Por enquanto."

"Pensei que fosse perguntar um monte de coisas."

"Se tiver alguma pergunta, telefono. Número?" Sartaj anotou o número de Umesh e fechou o bloco. "Lembre-se do que eu lhe disse", falou a Kamala. "Preste atenção em tudo. Não tenha medo deles. Podem parecer violentos, mas precisam de você. Manterei contato."

"Agora investigará os telefonemas?", Umesh perguntou. "Tentará localizar os números de quem ligou?" O processo investigativo o encantava pelos prazeres potenciais da história, mesmo que o envolvesse diretamente.

"Mais ou menos por aí", Sartaj disse. "Gosta de filmes de detetive?"

"Só se forem de Hollywood. Nossos filmes indianos são malfeitos."

Não havia como negar isso. "É verdade", Sartaj concordou. "Mas de vez em quando os detetives indianos solucionam o caso, também."

Umesh não acreditava nisso, obviamente, mas deixou passar. "Por que não pede a Kamala que diga a eles que vai pagar, e depois os prende quando fizerem a coleta?"

"Porque já esperam isso, e estão trabalhando para evitar que aconteça. Por isso mandaram o chokra recolher o dinheiro, da primeira vez. Esses elementos são cautelosos. Não precisamos alertá-los."

"São tão bons assim?"

"Bons, mas não tão bons assim", Sartaj disse. "Vamos pegá-los. Espere e verá."

Umesh parecia cético. Sartaj ergueu a mão em sinal de adeus e os deixou sentados, juntos, constrangidos mas formando um bom par. Lá fora ele pôs os óculos escuros por causa do sol do final da tarde. Os óculos estavam fora de moda, ele se deu conta, pois tinham pelo menos dois anos, talvez mais. Era hora de comprar um novo par. Mas ele sentia certa afeição por aqueles velhos óculos pretos. Enfrentaram muita coisa juntos, e havia um lado positivo no velho, familiar e confortável. Estilo exigia muito esforço e também investimento. Ele era muito pobre e estava muito velho para se dedicar a isso. Sartaj riu sozinho — mas que buda velho e maçante você se tornou — e foi embora.

Kamala Pandey guardava detalhes específicos, mas os chantagistas haviam tomado muito cuidado. Os telefonemas partiram de vários pontos dos subúrbios a nordeste e noroeste, apenas uma ligação por número. O único padrão identificado por Sartaj foi que os chamados ocorriam no início da manhã, entre oito e dez horas, ou depois das seis da tarde. Isso sugeria que os chantagistas tinham empregos. Além de trabalharem para viver, dedicavam-se ao rendoso negócio.

"São todos PCOs", Kamble disse. "Tenho certeza."

"Sei disso", Sartaj concordou. Recrutara Kamble para a investigação naquela tarde, assim que calculou exatamente quanto esforço seria necessário. Kamble aceitou facilmente a convocação, por um preço: quarenta por cento do bruto. Mas trabalhar com Kamble significava também beber em sua companhia no

Delite Dance Bar, e servir de álibi com as namoradas. Sartaj já mentira, como instruído, a duas dançarinas a respeito do paradeiro de Kamble naquela tarde. Sartaj dizia: "Foi só um telefonema de cada local, duvido que os operadores se lembrem de quem ligou. Mas vamos cobrir os PCOs, começando pelos telefonemas mais recentes. Quer o leste ou o oeste?".

"Oeste, chefia." Kamble olhava com avidez para as três dançarinas na pista, que giravam languidamente ao som de *"Aaja gufaon mein aa"*. O azul, o rosa e o verde de seus ghagras enfeitados de lantejoulas era agradável de olhar, Sartaj tinha de admitir. Elas eram jovens. Mas ainda era cedo, o Delite estava quase vazio, elas não se mostravam muito animadas em suas evoluções sedutoras. Kamble parecia querer estimulá-las, usando os recursos necessários. Sem dúvida, conseguiria.

"Muito bem", Sartaj disse. "Fico com o leste. Vejo você amanhã."

"Calma", Kamble disse. "Fique mais um pouco."

"Preciso levantar cedo amanhã. Muito trabalho extra a fazer."

"Todos os dias há muito trabalho extra a fazer. Tome mais um drinque comigo."

"Já cheguei no meu limite." Sartaj levantou.

"Você precisa de um pouco de sexo em sua vida."

"Com quem?"

"Qualquer uma delas."

"Sem chance."

"Acha que não gostam de você, chefia? Não se preocupe. Elas vão devorá-lo."

"Exatamente."

"Muito fácil? Então escolha a que não quer você. Mas precisa voltar ao campo, senhor Singh."

"Preciso? Por quê?"

Realmente. O que mais lhe restava? Aposentadoria, ou fuga? Ma encontrou a religião, mas só depois de uma vida inteira ao lado de Papa-ji. Seria possível fugir do jogo na juventude, como um sanyasi que desistia de tudo e ia viver nas montanhas? Não, Sartaj sabia que não poderia fazer isso. Mas ele pretendia sair do Delite naquele momento. Estava cansado, só queria ir para casa. Ergueu o copo e esvaziou seu conteúdo. "Obrigado", disse. "Até amanhã."

Kamble, mesmo contrariado, desistiu de insistir. Abriu seu imenso sorriso cheio de dentes. "Até amanhã", disse. "Amanhã começaremos."

* * *

Sartaj telefonou para Iffat-bibi naquela noite, pouco antes de dormir. Ela ligara logo após a morte de Katekar, para dar condolências. Sabia que trabalhavam juntos havia muito tempo, e também sabia dos filhos pequenos de Katekar, tanto que oferecera uma soma razoável para ajudar a família. Sartaj recusou novamente, mas depois disso conversaram algumas vezes. Ela era esperta, divertida, contava inúmeras histórias a respeito de apradhis e policiais do passado. Fornecia algumas informações, citava rumores, locais e nomes, sem pedir nada em troca, mas Sartaj facilitou o contato com familiares, sempre que possível, aos rapazes da companhia que passavam pelo xadrez do seu distrito. As informações costumavam ser precisas e úteis, mas nunca se referiam a casos importantes ou apradhis notórios. Só coisas pequenas, inofensivas, e Sartaj considerava que seu trato era justo, sem que restassem obrigações e dívidas de parte a parte. Além disso, sentia prazer em ouvi-la falar de Papa-ji. Papa-ji conversava com ela a respeito dos casos, pelo jeito, e Sartaj esboçava aos poucos um retrato do pai que não poderia fazer em nenhum outro lugar. Papa-ji, pelo que soube, não era apenas elegante, como fazia questão de parecer com sua paixão por jaquetões e sapatos sob medida. Era vaidoso, mas não cheio de si no que dizia respeito ao trabalho. Conhecia sua profissão, seu instinto lhe dizia o que apradhis e vítimas fariam em seguida. As prisões não eram espetaculares, mas freqüentes, firmes e reais, e não armações para apimentar o relatório anual. Era respeitado, apesar de suas extravagâncias com as roupas. A vaidade o mantinha honesto, pelo menos nos casos que contavam e faziam diferença em sua carreira. Não suportaria a idéia de que ele, Sardar Tejpal Singh, pudesse ser comprado feito um pão de fôrma na prateleira, feito um maço de cigarro. Seu orgulho o impedia de ser obsequioso com os superiores: podia até pedir um favor, mas parava por aí. Não conseguia persuadir, adular, implorar ou subornar.

"Um sujeito para lá de teimoso", Iffat-bibi comentou, "mas andava de cabeça erguida, como gostava. Não que isso o ajudasse muito."

"Ora, Bibi", Sartaj disse. "Nem todo mundo quer faturar uma fortuna, como seu bhai. Quanto é?"

"Um jornal disse ontem que são oito mil crores."

"Isso saiu no jornal. O que você acha?"

Ela resmungou: "Bachcha, não passo de uma velha. Não cuido da contabilidade. Mas acho que chega".

"Chega para quê? O que alguém pode fazer com oito mil crores?"

"Todo mundo precisa de um extra. Não só para as necessidades. Para os gostos. Até seu Sardar Saab."

"O que quer dizer?"

"Arre, nada. Falei só por falar."

Um arrepio de inquietude percorreu o braço de Sartaj. Ele sentou. "Não falou, não. Explique o que quis dizer."

"Nada, absolutamente nada."

"Pode falar, Iffat-bibi. Não tente me enrolar. O que é?"

"Beta, está fazendo muito barulho por nada. Prometi a ele que não ia contar a ninguém."

"O que era? Uma mulher? Várias?"

"Arre, que mente suja, não era nada disso!"

"Então o que era? Conte logo."

"Está fazendo tempestade em copo d'água."

"Conte."

"Ele gostava de jogar."

"Jogar?"

"Sim, adorava cavalos. Gostava de apostar nos cavalos, nas corridas."

"Ele ia ao hipódromo?"

"Nunca, alguém poderia vê-lo e contar para sua mãe. Eu pedia a um dos meus rapazes que apostasse para ele."

Claro, pois Mama-ji, com sua frugalidade de refugiada, jamais aceitaria jogatina em seu lar. Ela se recusava a comprar bilhetes de loteria por considerá-los total desperdício de dinheiro, e qualquer pessoa que contasse ganhar um crore gastando uma rupia não passava de um completo jhalla. E Papa-ji era um perdulário contumaz, um jogador idiota. E, realmente, ele adorava cavalos. Uma de suas maiores frustrações era nunca ter aprendido a montar. Na mesa, durante o café-da-manhã, ele alisava o jornal com muito cuidado e apontava para a foto de um cavalo na página de esportes, dizendo: "Veja que lindo". Sartaj e Ma nunca respondiam, comentavam ou sequer escutavam, pois ele dizia isso sempre. E, fora de casa, ele tinha uma vida secreta, ou pelo menos um lado secreto. Sartaj tossiu, para descongestionar a garganta, e perguntou: "Ele perdia muito?".

"Perdia? Para começar, não apostava muito. Estabeleceu um limite de quinze rupias, que depois aumentou para cem rupias. Mas sabia acompanhar as notícias do turfe, e ganhava mais do que perdia. Na verdade, bem mais."

Papa-ji ganhava. Vivia nesse outro universo, com suas próprias regras e sistemas, suas histórias específicas de tragédias e triunfos, onde era um vencedor. Superara os prognósticos, derrotara o jogo. Uma onda agridoce de afeição, nostalgia e arrependimento encheu a boca, o nariz e os olhos de Sartaj, que precisou afastar um pouco o telefone, para evitar que os sons de seu sentimentalismo chegassem a Iffat-bibi.

"Sartaj?"

"Sim, Bibi. Eu só estava pensando, meu pai era mesmo uma figura e tanto."

"Completamente namoona. Mas, veja bem, não mencione nada disso a sua mãe, está bem?"

"Claro que não."

Mais tarde, naquela noite, Sartaj se perguntou se Ma já sabia. Ela e Papa-Ji tinham lá suas dificuldades, silêncios que Sartaj nunca conseguiu decifrar. Ele ouvira vozes alteradas atrás de portas fechadas, e uma das brigas durou três dias, mas Sartaj nunca soube como começou ou terminou. Tudo isso era bem normal entre marido e mulher, e os dois se dedicaram um ao outro por mais de quarenta anos. Vai ver Papa-ji se interessava por cavalos e Ma sabia, mas fingia que não. Talvez graças a isso fossem felizes juntos. Mas o que ela teria pensado naquele dia, no aniversário de Sartaj, quando Papa-ji trouxe o maior e mais caro brinquedo de montar Meccano que existia? Papa-ji levou Sartaj ao ombro, e Sartaj repetia os Hello-jis que Papa-ji dizia, todos riram e se sentiram felizes. Talvez um dos cavalos de Papa-ji tivesse vencido naquele dia. Ele e Sartaj ficaram acordados até tarde, construindo uma casa verde e vermelha com um muro enorme em volta, e Ma, agachada ao lado deles, mostrava onde deveria ser o quintal, além do local adequado ao portão principal. Papa-ji queria incluir um mastro com bandeira no teto, mas Ma disse que isso daria à casa aparência de repartição pública, e não de um lar. Papa-ji e Sartaj capricharam nos retoques finais, que incluía um portão que abria e fechava, além de um barracão para o chowkidar. Mama permitiu que Sartaj terminasse a obra inteira antes de levá-lo para a cama.

Na manhã seguinte uma mensagem o aguardava no distrito. Era de Mary: "Vá amanhã à noite ao apartamento de Yari Road". E mais nada. Sartaj virou e revirou o recado, intrigado, depois o dobrou cuidadosamente no meio e o guardou no bolso. Aliviado, pois Kamble não o vira, se visse ele teria de aturar pelo menos meio dia de brincadeiras sobre ghochi, Mary e encontros amorosos secretos.

Sartaj passou a tarde indo de um PCO a outro, recolhendo a cota costumeira de olhares vazios e espantos. A dona sessentona de uma loja perto de Film City levou um pedaço de paan à boca e disse, sem rodeios: "Baba, sei que o chamado foi feito anteontem. No entanto, muita gente telefona daqui, num dia. Eu não fico olhando para a cara deles. Entram, fazem as ligações, pagam. Bas, eu não me lembro nem dos que vieram aqui hoje". Ela se abaixou para forçar a vista e consultar o marcador eletrônico sobre a mesa. "Hoje já foram cento e trinta chamadas. E o movimento maior acontece de noite." Seu cabelo chegava a assustar, de tanta hena, mas ela dizia a verdade.

"Você tem um bom movimento", Sartaj disse.

"Todo mundo quer ligar para casa", ela disse.

Havia uma pequena fila de carpinteiros esperando a vez para usar os dois telefones, fingindo que não ouviam o interrogatório policial. Eram punjabis de barba rala e músculos bem delineados. Chegaram a pé, vindos da academia vizinha, onde estavam malhando. Interessaram-se pelo jeito do policial sikh de Bombaim, mas temiam os inspetores e não falaram com ele. As famílias provavelmente viviam em Gurdaspur, ou Amritsar, aprenderam a tomar cuidado.

Sartaj seguiu para o PCO seguinte. Visitou dezenove, no total, e em todos havia os mesmos homens e mulheres que telefonavam para gente do outro lado da cidade ou do país. Nenhum dos donos ou atendentes se recordava dos dois homens que procurava, entre os milhares de fregueses. Sartaj parou às sete e seguiu para Yari Road. O trânsito estava engarrafado, e quando Sartaj cruzou a passagem subterrânea o céu perdia as fantásticas tonalidades alaranjadas. A lâmpada do elevador queimara, Sartaj teve de tatear para achar o andar. Mas Mary já tinha luz. Ela abriu a porta da sala bem iluminada e sorriu para Sartaj. De vassoura na mão e chunni amarrado no cabelo, exibia um certo ar de Rani-of-Jhansi. "Boa noite", ela disse. "E sat-sri-akal. Entre."

"Boa noite", Sartaj respondeu. A sala estava cheia de caixas de papelão, mas passara por uma bela faxina. Mary trabalhara o dia inteiro, sem dúvida, mas parecia tranqüila, contente. "Você tem eletricidade."

"Uma amiga de Jana trabalha na BSES. Paguei as contas atrasadas e a amiga conseguiu a religação."

Jana, uma mulher tão prática, certamente tinha uma amiga capaz de conseguir uma ligação da BSES em poucos dias, em vez de poucos meses. Música de cinema, muito alta, vinha do final do corredor, do quarto. "Jana está cuidando dos sapatos?"

Mary fez que sim, piscando o olho. "E das roupas. Ela reclama a cada dois minutos, pois Jojo era pequena e nada serve para ela. Vamos." Ela passou por Sartaj e gritou: "Jana! Jana!".

Jana também amarrara um chunni na cabeça, e seu olhar era o de uma mulher concentrada em sua tarefa. Cumprimentou Sartaj com um movimento rápido da cabeça e disse "Boa noite", a caminho do escritório. "Começamos a faxina por aqui", explicou. "Pretendíamos jogar fora a papelada e as pastas do arquivo."

"Estávamos jogando fora", Mary disse. "Mas Jana notou uma coisa."

Elas demonstravam contentamento com a descoberta, estavam ansiosas para mostrar tudo a Sartaj. Mas também sentiram prazer com o conhecimento em si, com o prazer da investigação. Sartaj disse, dosando o teor de ansiedade: "O que ela notou?".

Do alto do arquivo, Jana puxou um envelope. Tirou uma fotografia de dentro, com um floreio, e a mostrou. "Isto." E outra foto. "E mais isto."

Sartaj estendeu a mão para pegar a foto posada que ela mostrava. Uma moça. Fazendo pose de modelo, olhando por cima do ombro. Não era uma moça especialmente atraente.

"A foto estava na gaveta de baixo da mesa de Jojo", Mary disse. "Debaixo de algumas contas."

"Certo." Sartaj tentou se lembrar das fotos, não sabia se as examinara quando Katekar e ele revistaram o escritório. Não havia nada de especial nelas, nada que chamasse a atenção. "E o que têm essas fotos?"

Jana ficou chocada. "Não a reconhece?" Ela mostrou outra foto.

Sartaj pegou as imagens. Um retrato mostrava a moça com o cabelo caído para a frente e olhar sonhador. O nome fora anotado em letras caprichadas. "Jamila Mirza." Não significava nada para Sartaj. "Quem é?"

Jana e Mary o encararam com o ar tolerante e maternal que as mulheres adotam perante a estupidez masculina. Jana pegou outro pedaço de papel. "Esta é a lista de pagamentos. Creio que abrangem muitos meses, anos até. Cópias de páginas de passaporte, veja, a mesma moça. E cópias de passagens de avião para Cingapura. Ela ia muito para lá, entende, mensalmente em certas épocas. Não era um caso qualquer. Esta era uma namorada freqüente."

"Mas já sabemos que Jojo mandava moças para Gaitonde. Esta aí é apenas mais uma delas."

"E você não sabe quem é esta moça?", Jana disse.

"Jamila Mirza?"

"Nome original. Depois ela se tornou Zoya Mirza."

"A Miss Índia? A atriz?"

"Sim, ela mesma."

Sartaj admitiu a semelhança, e mesmo assim duvidou. Apontou para a cintura de Jamila Mirza. "Ela é muito gorda."

"Lipoaspiração", Jana disse. "Talvez tenha removido as últimas costelas."

Mary passou o dedo pelo retrato. "Sem dúvida operou o nariz. E modificou a linha do cabelo."

"Fizeram alguma coisa no queixo, também", Jana continuou. "Veja, está mais comprido. E os maxilares estreitaram. Agora que descobrimos a Zoya original, pode ficar com ela. Mas precisa nos contar o que vai acontecer, certo? Promete revelar a nós tudo que descobrir?" Jana era uma leitora antiga e habitual de *Stardust*, sem dúvida, e estava louca por fofocas sobre celebridades.

"Mas você tem certeza de que é ela?"

"Sim", as duas responderam juntas.

Falaram com a firmeza de especialistas, tinham certeza absoluta. Mérito delas. A Sartaj só restava acreditar. "Impressionante", disse. "Eu jamais teria percebido."

Mary riu e tocou a mão dele, perto do punho. Ela disse: "Tudo bem. Os homens nunca percebem".

Ganesh Gaitonde é novamente recrutado

Fui preso numa quinta-feira à tarde. Eles me pegaram em Gopalmath, em casa. Em meu darbar era comum a presença de policiais, conheciam muito bem meu endereço exato, sabiam onde eu morava. Nunca me escondi. De vez em quando eles apareciam, procurando um dos rapazes, ou me interrogavam. Também vinham pedir favores, discretamente. Sempre os recebia de braços abertos, oferecia chai, biscoito, e dava respostas, depois os despachava. Dessa vez veio o muchchad Majid Khan com três subinspetores que eu desconhecia, acompanhados de dez policiais, todos à paisana. "Sentem-se, sentem-se", falei. "Arre, tragam uma bebida gelada para eles", pedi.

Mas Majid Khan não quis sentar. Seu pessoal se espalhou pela sala, e Majid Khan falou: "Parulkar Saab recebeu um mandado de prisão esta manhã. Terei de levar você".

"Parulkar Saab ficou louco, o maderpat", falei. "Ele não tem provas contra mim. Nem testemunhas."

"Agora ele tem", ele disse. "Pegamos um chutiya chamado Nilesh Dhale na semana passada, em Malad. Ele portava uma pistola na cinta e outra na mala. Portanto, Parulkar Saab pode prendê-lo por acobertar criminosos e cumplicidade em atos ilegais, além da posse de armas de fogo clandestinas. Como a arma estava na mala, ou seja, sendo transportada, então pode acusá-lo de traficar armamentos também. E acrescentar atividades antinacionais. O que mais ele precisa? Após dois tapas na cara, Dhale cantou feito um pássaro. Até amanhã Parulkar o envolverá na conspiração para assassinar Mahatma Ghandi."

"Eu não entreguei nenhuma arma para aquele desgraçado do Dhale, entreguei? Ele vai me prender por essa mixaria? Parulkar não conseguirá me segurar com tão pouco."

"Não será preciso segurar você por muito tempo. Ele só precisa de pouco tempo, você sabe disso."

Eu sabia muito bem: vivia sob a TADA, e sob a TADA pouco tempo pode durar uma década. Graças a esse ato eles podiam me manter na cadeia até o final do julgamento, sem fiança, sem recurso, sem nada, mesmo que o caso durasse seis ou dez anos. No final eu seria completamente inocentado, mas já teria passado anos atrás das grades. Por isso Suleiman Isa e seus principais substitutos fugiram para o estrangeiro, por medo da TADA e dos falsos encontros fatais. O tal de Majid Khan demonstrava respeito, pois era um inspetor insignificante e conhecia minhas ligações com os Rakshaks, que poderiam chegar ao poder já nas próximas eleições, no ano seguinte. Mas no momento um governo do Congresso mandava no estado, e Parulkar Saab era próximo a eles, por isso eu tinha de ir para a cadeia.

"Vá sem criar problemas", Majid Khan disse, muito atencioso. "Temos mais dez homens à paisana lá fora, todos armados. E duas vans na esquina, a dois minutos daqui. Qualquer problema e começará uma guerra que nenhum de nós deseja."

Ele dizia isso porque Bunty e mais dois rapazes estavam à porta, encarando os policiais. Pela minha fisionomia eles puderam ver que havia algo errado. Ouvi gritos ansiosos do lado de fora, e ruído de passos. Bunty e os rapazes poderiam resistir, mas eu morreria. Olhando para Majid Khan, entendi isso. Ele se mostrava cauteloso por temor pelo seu futuro, mas se fosse necessário atenderia às ordens de seu chefe e sacaria a pistola. Muita gente adoraria me ver morto a tiros: Suleiman Isa, Parulkar e seus amigos da polícia, o governo do Congresso, cheio de aliados de Isa, uma dúzia de industriais que nos pagavam taxas mensais. Não, resistir seria estupidez, e nesta vida, não importa com quem eu estivesse casado, a cadeia era meu sasural. Eu sobreviveria a ela, com certa facilidade até, pois eu era Ganesh Gaitonde. Ordenei portanto que Bunty se acalmasse e assumisse o comando, tomando muito cuidado. Despedi-me rapidamente da esposa e do filho e fui embora.

A polícia tinha uma ordem de prisão para catorze dias, que prorrogaram seis vezes. Por oitenta e quatro dias eles me mantiveram num xadrez da polícia em Savara, perto de Kailashpada. Havia apenas uma cela de três metros por três, uma matka de água da torneira, sem filtrar, um balde e um buraco fedorento no chão que servia de latrina, além de mim. Parulkar me isolou, fiquei longe dos rapazes que passavam pelo xadrez a caminho da penitenciária, longe dos amigos e também dos inimigos. Eles me levavam para o fórum com um capuz na cabeça, algemas nos pés e punhos, sozinho num jipe com cinco policiais armados com fuzis. "Você é nosso hóspede especial", Parulkar me disse. "Nosso convidado VIP." As idas ao fórum eram as únicas oportunidades para eu sentir o calor do sol, e mesmo assim eu tinha medo, pois se pretendessem me encontrar, seria durante aquelas saídas. A história eu já sabia: a quadrilha de Gaitonde tentou resgatá-lo, Gaitonde tentou escapar, fomos obrigados a atirar nele. Eu passara muitos anos rodeado pelos rapazes, pela presença reconfortante de suas armas, e agora era forçado a reaprender o que significava de fato estar sozinho. Acordava diariamente com o zumbido da lâmpada fluorescente do lado de fora da cela, e achava que ia morrer. A morte me acompanhava de perto fazia muito tempo, mas agora eu sentia que caminhava, momento a momento fugaz, na beira de um abismo imenso, e que a diferença entre o caminho ensolarado e o precipício era um empurrão rápido dos homens de Parulkar. Eu receava dormir, todas as noites, pois não sabia se ia acordar.

E eles me interrogavam todos os dias. Nos momentos em que vinha Majid Khan ou outro dos inspetores o tempo passava depressa, com rodadas de chá e histórias inventadas por mim sobre pistoleiros mortos. Eles me pressionavam, faziam perguntas ardilosas, tentavam me pegar em erros e contradições. "Mas ontem você disse que Sandeep Aggarwal levou o dinheiro a Bada Badriya em junho, como ele poderia ter pago suas dívidas em abril?" Eles eram espertos, mas não tanto quanto eu, e eu me divertia contando-lhes histórias. Tinha boa memória, lembrava todas as conexões entre os casos que inventava, portanto mantinha a coerência, e os frustrava e intrigava. Era melhor estar na sala de interrogatório, vendo as árvores lá fora pela janela, sentindo o ar fresco no rosto, do que trancado naquela cela sepulcral abafada. E, apesar de toda a curiosidade policial, do desejo urgente de saber tudo que eu sabia, eles nunca tocaram em mim. Pensavam em preservar a vida e a carreira. Se meus amigos Rakshaks se tornassem ministros amanhã, e eu me lembrasse daqueles policiais irrisórios com ressentimento, amanhã mesmo seriam transferidos para Aurangabad. Éramos portanto homens confinados, eles me traziam comida do hotel do outro lado da rua, e paan, e roupas limpas. Para as dores de estômago, que começaram no primeiro dia de xadrez, eles deram comprimidos de podhina e jaljira.

Mas quando Parulkar conduzia o interrogatório o jogo mudava completamente. Era sempre à noite. Ele sentava na poltrona e tirava o sapato, bem à vontade. Obrigava-me a ficar em pé no meio da sala, debaixo da lâmpada do teto, e mantinha sempre dois inspetores atrás de mim. Fazia as perguntas como se estivesse conversando com um amigo sobre a viagem a Lonavla no próximo sábado, sossegado, em voz baixa. Mas logo começava a surra, chicotadas repentinas nas panturrilhas que me faziam dobrar a perna, súbitos socos nas costas que me tiravam o fôlego. Caía seguidamente de joelhos no chão, ofegando, e o odiava. Eles me levantavam todas as vezes, e recomeçavam. Perguntas, perguntas. Seu rosto se escondia atrás do círculo luminoso, a barriga se projetava para cima de mim. Eu suportava tudo. Mas o insulto dos tapas por trás eu não agüentava, as bofetadas que me enchiam os olhos de lágrimas, os golpes atordoantes que acendiam meus olhos por dentro. Quando Majid Khan estava presente, durante uma das sessões de Parulkar, senti seu ódio nos socos nas costas, a raiva que ocultava por razões de sobrevivência. Quando liberado pelas ordens diretas de Parulkar, ele batia com gosto. Durante o quinto interrogatório Parulkar, o gordo filho-da-mãe, começou a zombar de mim. "Vejam o grande Ganesh Gaitonde chorando feito uma menina", ele disse. "Olhem como ele berra." Eu não chorava. Não gritava. Limpava as lágrimas do rosto, mas elas resultavam dos tapas na orelha, que provocavam lágrimas instantâneas. Era automático, meu corpo reagia do mesmo jeito que reagiria a pó de carvão nos olhos, não tinha nada a ver com choro. Mas Parulkar, o maderchod, sabia de tudo. Ele se inclinou para a frente na poltrona para rir de mim, e ao olhar para o nariz de porco gordo, para os dentinhos miúdos, entendi que ele queria me matar. Não passava de um lacaio de Suleiman Isa, dependia de seus mentores políticos, e ao contrário dos subordinados queria mesmo me machucar, ia acabar fraturando meus ossos, não pararia nos tapas e patta, bateria nos meus pés com lathis e prenderia eletrodos em meus golis. Fora longe demais na relação com seus aliados para sentir medo de mim. Entre nós não poderia mais haver acordo, e ele me faria sofrer.

Por isso decidi chorar para ele. Precisava atuar do modo exato, ele era um velho khiladi, interrogara milhares de homens, dobrara todos eles. Subira na vida por ser ladino como um corvo velho, desviara-se de inúmeras armadilhas, atento, vendo tudo com aqueles olhinhos de aço. Se eu chorasse demais, ou facilmente, ele perceberia que era uma fraude. Por isso agi de modo oposto, fingindo que sentia vergonha, que tentava segurar o choro, bancar o corajoso. Eu me retraía na hora dos golpes, como se isso fosse involuntário, e como se eles me fizessem fraquejar pouco a pouco. Dei-lhe a vitória que desejava, uma vitória fácil mas que lhe dera trabalho, mesmo assim. Quando finalmente implorei, ele parecia que ia explodir de tanto orgulho e satisfação. "Confesse alguma coisa então", ele disse. "Entregue alguém e eu o mando de volta para sua cela. Amanhã você poderá até receber a visita do médico, que lhe dará algo para sua dor de estômago. Consulte-o sobre todas as suas dores e seus achaques." Obedeci. Entreguei dois pistoleiros independentes que qualquer um poderia contratar por três mil rupias. Eles trabalhavam para todo mundo, para Suleiman Isa, para nós, para qualquer um, eram venais. Por isso eu os troquei por um pouco de paz, por um rádio em minha cela e pelas consultas do médico. Ele ficou muito contente quando eu apontei os lugares onde os três dormiam, e mais ainda quando eles foram surpreendidos, naquela mesma noite, e morreram num encontro antes de o sol nascer. Eles devem ter alertado os repórteres na mesma tarde, pois a história saiu nos jornais vespertinos do dia seguinte, com fotos dos três pistoleiros mortos.

A partir daí ele passou a confiar em seu poder sobre minha pessoa. No dia seguinte à tarde, permitiu que eu falasse com o médico, que veio à delegacia e me recebeu na sala vizinha ao escritório de Parulkar. Ele apalpou minha barriga, fez uma receita, disse que eu estava muito tenso e foi embora. Passei a receita ao guarda que me levara até a sala e acompanhara o exame. Era um sujeito chamado Salve. Conversei com Salve. Disse-lhe para ir buscar meu remédio, e que meu advogado lhe daria algum dinheiro. Meu advogado poderia ajudá-lo em qualquer coisa que precisasse, Salve podia contar comigo. Seríamos amigos. É importante ter amigos neste mundo, neste kaliyug em que vivemos. Salve estava apavorado, mas escutou-me. Meu advogado pagou os remédios e acrescentou uma gorjeta dez vezes maior do que seu preço. Presente do bhai, disse a Salve. Um sujeito como Salve precisa de dinheiro, com mulher e três filhos, além de uma família imensa, pai e mãe aposentados, irmã viúva cheia de filhos. Precisa muito. Sendo assim, Salve aceitou meu dinheiro e consegui uma forma de me comunicar com os rapazes lá fora. Meu advogado transmitia recados antes disso, e trazia notícias, mas era bom contar com Salve. Passava o dia no xadrez, escoltava-me para lá e para cá, trazia comida, água e o que mais eu pedisse. No início hesitei em usá-lo, mas ele ia passando para o nosso lado conforme ganhava dinheiro. No final dos meus dias de cadeia, com a ajuda dele e do advogado, eu já sentia que comandava novamente minha companhia. Conseguira fazer, refazer, o contato.

Mas as mensagens transmitidas não me livravam das quatro paredes da cela, do silêncio noturno, quando na escada do fundo eu ouvia passos que ecoavam no fundo do crânio, e me inquietava a ponto de impedir o sono. Passava as tardes suando, deitado no chão de pedra da cela, tentando refrescar pelo menos ombros e quadris. Havia esquecido o que era ficar sozinho. Vivera muito tempo rodeado pelos rapazes, próximo de minha mulher e filho, de modo que na cela eu tinha a impressão de pairar no vácuo, de flutuar eternamente numa nuvem sombria. Eles me puseram no final do corredor sem saída, atrás de uma porta que me isolava dos outros prisioneiros. Eu estava sozinho. O rádio chiou, mas consegui sintonizar uma estação depois de posicionar a antena em mil lugares diferentes. Eu o deixava no canto da parede onde o som era mais nítido. Quando conseguia ouvir uma canção, eu me enchia de nostalgia. Ao som agudo e trêmulo das músicas dos anos 1960, eu revivi meus dias naquela década. Quando a música parava eu via as dúvidas me assaltarem a cabeça, como um enxame de parasitas: o que me aguarda, no futuro? O que dera errado no passado, para me levar até ali? Por que não era mais poderoso e mais famoso que Suleiman Isa? Por que minha companhia ocupava apenas o terceiro ou quarto lugar em termos de força e importância? O contrabando de armas me traria mais poder, mais contatos? Eu cresceria? Desde que começara a trabalhar para Bipin Bhonsle e Sharma-ji, sentia que disputava um jogo muito maior, tão grande que, apesar de meu avanço recente, ocupava uma posição insignificante. Eu me tornara novamente pequeno, isso era ao mesmo tempo assustador e emocionante. Naquela imensa batalha alucinada, Bhonsle e Sharma-ji eram meus aliados, eu tinha vínculos com os dois, escolhera-os como eles me haviam escolhido. Eram meu lado, meu time. Mas qual seria o objetivo? Onde acabaria aquela guerra? Por quê? Por quê? Aquele "por quê" não saía da minha cabeça, girava sem parar, feito um rato preso numa caixa de metal. Por quê? E em seu rastro o "por quê?" deixava uma marca funda, feita por suas garras rápidas, um vazio dolorido e agudo. A única coisa a preencher esse vazio, capaz de atenuar sua dor até a manhã seguinte, era o amor.

Uma vez por semana Subhadra visitava a delegacia, levando meu filho. Se pudesse ela iria todos os dias, mas Parulkar usava essas visitas para me pressionar. Ele só me concedeu a visita semanal depois que eu passei a lhe fornecer informações, dizendo que me deixaria ver a família mais vezes se eu cooperasse plenamente. Mas eu não pretendia lhe dar muita coisa, ele se achava muito esperto mas eu era seu baap. Jogávamos assim, Parulkar e eu, que esperava a chegada da segunda-feira para ver minha família.

Eu amava meu filho. Seu nome era Abhijaya, ele me deixava sem ação. Pensei que havia amado pessoas antes, mas descobri que ou as desejava ou dependia delas, só isso. Não sabia o que era o amor de verdade. Quando falavam a respeito do amor nos filmes, dizendo que no verdadeiro amor a gente não queria nada para si, desejando apenas a felicidade do outro, eu descartava tudo como baboseira sentimental, coisa de homens e mulheres fracos que não tinham coragem de pegar o que queriam. Mas agora, tendo nos braços aquela trouxinha miúda, descobri que era tudo verdade. Ele tinha um ano, era muito confiante, estendia a mão para tocar meu rosto, esfregava os dedinhos na barba que crescia e ria. Eu sentia que uma força irresistível abria meu peito e tomava conta de mim, e eu ria baixinho, sentindo um arrepio percorrer a espinha: um homem possui um vínculo com seu próprio sangue que vai até seu centro pulsante, até os nervos e ossos. Eu me tornara pai distraidamente, de passagem, mas nada do que eu conhecera se assemelhava àquela tempestade elétrica de contato que passava do molequinho para mim. Eu o deixava fazer o que quisesse comigo, e faria qualquer coisa por ele. Com ele não havia grandeza de estadista a proteger, nem poderes a ampliar.

Mas falei a Subhadra que ela devia tomar cuidado com sua dignidade naqueles buracos nojentos cheios de polícia, que precisava aprender a ser forte, uma boa mãe para os rapazes, pois tinha outros filhos além de Abhijaya, centenas deles, a espinha dorsal da companhia. Eu lhe disse que ela precisava proteger minha izzat tanto dentro quanto fora da cadeia, precisava ser forte. Ela parecia mais madura, não mais velha, e sim cheia de experiência, oculta sob seu rostinho de menina. Ela havia crescido, como se as partículas dispersas da menina etérea que fora se combinassem para formar um ser mais denso e rijo. E agora eu tinha aquela Subhadra que me ouvia atentamente, dava bons conselhos e dizia aos rapazes como proceder. Bunty era meu principal suporte, mas Subhadra não ficava atrás, e todos sabiam disso. Os rapazes consideravam a situação natural, mas ela me surpreendera, logo a mim, que me orgulhava de nunca ser surpreendido, e me espantara com ela e com o filho, e não me importava que minha meta tivesse sido tomada por aquelas duas frágeis criaturas.

Eles brincavam, agora. Subhadra escondia o rosto atrás das mãos e depois se mostrava, e Abhi ria sempre que isso acontecia. Eu gostava de ficar olhando para eles. "Seu estômago melhorou?", Subhadra perguntou, por trás das mãos. Era uma boa moça. Tentava me fazer comer cestas cheias de ameixa, insistindo que me fariam ficar livre das dores. Eu ralhava com ela, brincava com meu filho, era feliz.

E quando minha esposa e meu filho iam embora, quando Parulkar terminava suas atenções para comigo, quando Majid Khan saía, levando sua gentileza ressentida, quando Salve saía com sua obediência interessada, quando estava sozinho, andando nos meus três metros de espaço, eu era assombrado pela figura daquele desgraçado do Salim Kaka, que certa vez me levara no barco para buscar ouro. Eu o matara fazia muito tempo, nunca pensava nisso, mas agora não conseguia me livrar dele. Ele estava em minha cela, caminhava a meu lado, dando um passo enorme a cada dois passos meus, elegante em seu lungi vermelho. Eu o matei a tiros, isso mesmo, e roubara seu ouro para começar minha vida, e daí? Ele fora estúpido o suficiente para me deixar atrás dele, sem conhecimento que justificasse tamanha confiança. Não inculcou em mim, cuidadosamente, o medo e a lealdade, como fiz com meus rapazes. Fora desleixado e morrera por isso. Por que eu me recordava dele agora? Não sabia, mas ficava lembrando como ele me ensinara a atirar, as piadas sujas, os presentes inesperados em dinheiro. "Tome cem, bachcha, vá ver um filme, pegar uma mulher", dizia. E eu obedecia. Mas agora não precisava mais do dinheiro de Salim Kaka, e ali estava ele.

Finalmente a polícia me soltou, e saí da cadeia. Pouco me importava a longa lista de acusações que estavam reunindo — assassinato, abrigo a criminosos, extorsão, ameaças. Eu estava contente por voltar a ver meu pessoal. O confinamento solitário abalou minha mente, pensei, provocando aquele ataque de lembranças inúteis. Afinal de contas, eu havia sido arrancado de meu lar, de toda a minha rede de apoio psicológico, e empurrado para a companhia de Salim Kaka. Agora eu seria posto sob custódia judicial, e do fórum segui direto para a prisão. Eles não me fizeram esperar no estacionamento no porão, como acontecia com centenas de outros detidos a caminho da prisão. Arranjaram uma escolta especial para mim, além de um veículo para me transportar. Durante os procedimentos eu pensava em Salim Kaka. Na van, a caminho da penitenciária, eu sorria de minhas maluquices. Majid Khan e outros inspetores que me escoltavam se mostraram intrigados. "Não se anime muito", o muchchad disse, deixando de lado naquele momento suas cautelas. "Você não vai sair facilmente." O que ele não sabia era que eu já estava saindo de mim. Na cela solitária, eu aprendera a conhecer muito bem a minha prisão. Estava pronto para ser sufocado pela proximidade de meus rapazes, por seu amor. Os carcereiros e Majid Khan me conduziram através dos portões vermelhos duplos monumentais da penitenciária, e pelo portão interno menor. Fui recebido na prisão, registrado e levado à sala do superintendente para uma longa espera. O sujeito era um velho bandicoot chamado Advani, que fez um sermão sobre a importância da cooperação na vida. Meus rapazes estavam no Pavilhão Quatro, ele me disse, e o pessoal de Suleiman Isa, no Pavilhão Dois. Ele dependia de mim para manter a paz, disse. Os conflitos cresceram nos últimos tempos, ocorriam muitas brigas, e ele tentava manter os inimigos afastados o máximo possível. Como todos nós precisamos tirar o melhor proveito da situação, ele disse, o melhor era viver em paz. Para isso dependia de mim.

Escutei em silêncio. Concordei com tudo que ele dizia. Apesar de já ter ouvido muitas histórias de cadeia, aquele era um novo mundo para mim, e até saber onde pisava pretendia bancar o mudo. Advani era um sujeito muito satisfeito consigo, o careca desgraçado pensou que havia impressionado Ganesh Gaitonde com a força de sua personalidade e a densidade de sua lógica. "Se tiver algum problema", disse, "não receie me procurar."

"Sim, superintendente saab", falei. "Mas é claro." Obviamente ouvira falar que o famoso Gaitonde fora alquebrado por Parulkar, que o temível chefe mafioso não passava de um cão vira-lata apavorado, sujo e machucado, que correria para ele ao primeiro indício de problemas. Suportei seu ar superior de olhos baixos, e fui levado por dois guardas para a prisão. Passamos por três portas de ferro enormes, chegando a um pátio comprido, onde os pavilhões reluziam brancos, rodeados pelas muralhas. O superintendente saab mandara pintá-los recentemente, um dos guardas comentou comigo. O superintendente saab gostava de limpeza. Os caminhos eram marcados por faixas brancas, havia vasos com flores nos cantos. No final da tarde os prisioneiros eram confinados no alojamento, ninguém andava pelos caminhos nem estava no pátio existente entre os pavilhões, ou debaixo das oito árvores que davam sombra ao complexo. Mas quando passamos pelo Pavilhão Dois iniciou-se uma gritaria formada por zombarias e insultos. "Por favor, Parulkar Saab, por favor", gritavam. "Não quero sujar a calça, Parulkar Saab", diziam. Eles sabiam, os filhos-da-mãe de Suleiman Isa. Tudo bem. Segui em frente.

No Pavilhão Quatro meus rapazes me aguardavam. Eles fizeram uma coroa de flores com folhas de neem e flores de gulmohar. Deixei que pusessem a coroa em mim, abracei todos e os pus a trabalhar. Limpem o local, falei, vocês são uma vergonha. Eles riram e obedeceram. Bhai não gosta de bagunça, disseram. Gostavam de receber ordens, orientação. Havia cinqüenta e oito presos ali, membros conhecidos e respeitados da companhia, de um total de trezentos e nove pessoas naquele pavilhão, um dos menores, construído originalmente para abrigar cem detentos. Meus rapazes comandavam o pavilhão, controlando os melhores espaços e as boas camas. Cuidavam da jogatina e determinavam o que entrava e o que saía. Um pequeno grupo de homens leais e comprometidos entre si sempre comanda uma maioria numerosa, mas desorganizada, e com minha chegada ali sua força aumentou dez vezes. Dizem que os covardes sempre são derrotados, e que a massa sempre sente muito medo. Meus rapazes começaram a limpar e arrumar tudo, logo o pessoal todo do pavilhão começou a ajudá-los, sem que tenha sido necessário fazer a convocação. O salão comprido, com suas camadas duplas de dhurries azuis finos a cobrir as paredes, foi varrido, lavado e limpo. Não se podia fazer muita coisa a respeito das camisas penduradas em varais improvisados e roupas de baixo penduradas na parede, nem com as pilhas de papéis, fotografias e revistas. Mesmo assim, eu já conseguiria morar no local, tendo dado a ele a minha cara. Os rapazes arrumaram a cama para mim no fundo do pavilhão, o mais longe possível da porta de entrada, lá era mais seguro. Espalharam-se em volta de mim, numa série de círculos concêntricos de proteção, e no centro puseram três dhurries novos, um em cima do outro, para servir de colchão, e um travesseiro, além de uma estantezinha feita de madeira compensada tirada da oficina da penitenciária. Eram bons rapazes.

Os líderes se chamavam Rajendra Date e Kataruka, eu já conhecia os dois de operações externas. Ambos haviam sido pistoleiros de primeira, e embora eu só me relacionasse com as atividades deles por intermédio dos operadores, havia conversado com os dois pelo telefone, e os recompensara. Ambos cumpriam pena por homicídio, portanto eram veteranos da cadeia: Date cumprira cinco anos, e Kataruka, sete. E nenhum dos dois cedera, nenhum entregara seus operadores ou outra pessoa, cumpriam seu dever com honra. Por isso apoiamos as famílias que deixaram lá fora, com salários mensais regulares e bônus, cuidamos de casamentos, contas de hospital, dívidas imobiliárias. Agora estavam sentados comigo, joelho a joelho, e me contavam tudo sobre a rotina diária daquele presídio.

Date falava a maior parte do tempo, enquanto Kataruka concordava com a cabeça e grunhia ocasionalmente. "Dentro do campo, bhai, dentro da muralha principal, há oito pavilhões, bhai, cada um com seu muro chotti. O Pavilhão Um é para os detentos recém-chegados, mas você não precisou ficar lá. É o mais cheio, deve haver setecentos ou oitocentos homens lá dentro. Dali os prisioneiros vão para outros alojamentos. O Pavilhão Dois é para a Companhia Suleiman, bhai. O número Três é para os babas, só rapazes e crianças. O Quatro é o nosso. O Cinco abriga os velhos, todos de cabelos brancos. Tem um sujeito ali de oitenta e quatro anos, matou a mulher de repente porque não agüentava mais ela roncando. Os pavilhões Seis e Sete são para qualquer um, o prisioneiro comum vai para lá. Do outro lado do arame farpado ficam as mulheres e meninas. Bem perto, mas não há contato." Ele riu. "Só os maderpat carcereiros e inspetores podem visitá-lo, jamais o cidadão comum. Mas aqui, em nosso pavilhão, tomamos providências para quase tudo. Conseguimos óleo, chá, masala, comida de todos os tipos, por intermédio dos guardas. Já acertamos para você receber marmita de casa, bhai, assim não precisará comer a bóia suja da cadeia. Vai começar a chegar dentro de um ou dois dias. Mas, se estiver com fome, podemos improvisar um handi com um latão e cozinhar com óleo de coco. Se os guardas virem o fogo, porém, eles gritam, e os filhos-da-mãe às vezes acorrentam os infratores. Mas eles não nos incomodam, bhai, podemos preparar chai quando quiser. Avise sempre que precisar de alguma coisa. Os guardas são nossos, neste pavilhão, todos cumprem prisão perpétua. Graças aos advogados conseguimos um acordo com muitos juízes locais, e dá para transferir a data de um depoimento. Se o juiz receber o suficiente, obtemos até autorizações de emergência para sair sob fiança. Mas não é o seu caso, bhai." Meu caso era muito pesado, saíra nos jornais, não daria para arrumar uma saída via fiança. Já sabíamos disso. "Faz calor aqui, bhai, no verão. E no inverno, muito frio. Por outro lado, tem um hospital do lado do Pavilhão Um, com camas de verdade, colchões e ventiladores. Temos acordo com os médicos, por uma pequena taxa você pode passar uns dias lá. A comida é melhor, também. Se quiser, pode passar uns dias descansando, de férias no hospital. Isso é fácil."

Eu não queria tirar férias, queria pegar Suleiman Isa, ou alguns dos homens dele. "Quero acertar os desgraçados do Pavilhão Dois", falei. "Eles estão contentes por me ver aqui. Vamos mostrar a eles o que minha presença significa."

"Não vai ser fácil, bhai. Eles nos mandam para o pátio em momentos diferentes. Quando estamos trancados, eles saem. Depois do confronto do ano passado eles passaram a fazer assim. É uma regra da penitenciária, os guardas e funcionários não a podem desobedecer. Se fosse possível, já teríamos atacado."

Date e Kataruka ficaram contentes ao me ver enfurecido. Claro, também tinham ouvido os boatos de que eu cedera sob a pressão de Parulkar. Eram meus homens, os pilares de minha companhia, mas eu aposto que uma pontada de dúvida penetrou a densa muralha de sua fé. Era hora de pôr as coisas nos eixos novamente, o mundo de volta a girar. Eu os interroguei mais um pouco sobre os procedimentos e costumes na prisão, depois pedi que me deixassem dormir em paz. Ainda estávamos no final da tarde, faltavam horas até a luz apagar, às oito. Mas Date e Kataruka mandaram fazer silêncio no pavilhão e eu me deitei nos dhurries, virando para o lado direito. Cobri a cabeça com o braço e peguei no sono no mesmo instante. Após semanas virando na cama sem conseguir descansar, acordando a todo momento, dormi profundamente por um bom período.

Acordei com o apito matutino, às cinco da manhã, sentia-me disposto e descansado, pronto para guerrear. Os rapazes conheciam meu gosto pela limpeza, por isso deram um jeito de livrar as latrinas da sujeira habitual, e nos banheiros baldes cheios de água me aguardavam, bem como uma toalha limpa. Fui rápido, logo depois Kataruka e Date me procuraram. "Os mamus chegaram", Date disse. Dois guardas esperavam na porta, levaram-nos para fora, em fila dupla, para a contagem. Andavam de um lado para outro sob o céu nublado, contando, e enquanto essa ginti prosseguia, discuti o plano com meus dois operadores. Já tinha um plano, ou o esboço de um plano. Durante a ginti e o café-da-manhã nós o analisamos minuciosamente, resolvemos detalhes pendentes e o adaptamos. Comecei a achar que poderia ser posto em prática. Depois do café-da-manhã os havaldares nos devolviam aos alojamentos, onde a maioria dos prisioneiros formavam fila e discutiam a respeito dos banhos e banheiros. Uma algazarra enorme se disseminava sob o mesmo teto, um barulhão de homens que contavam histórias, discutiam, jogavam cartas e oravam. No canto norte dos pavilhões havia um templo improvisado, com retratos coloridos de Rama, Sita e Hanuman pregados na parede, onde os homens se sentavam enfileirados e cantavam bhajans. Na ponta sul os muçulmanos se ajoelhavam em namaaz, de frente para uma parede branca. E ao longo do salão comprido os homens se sentavam em grupos, e se distraíam durante as longas horas que faltavam para o almoço. O carcereiro e quatro guardas sentavam-se em lugar de destaque, perto de um rádio enorme ligado no volume máximo. As músicas chegavam até a extremidade do pavilhão: "*Mere sapnon ki rani kab aaye gi tu, aayi rut mastaani kab aaye gi tu...*".

Em três semanas consegui executar meu plano. E, nessas três semanas, aprendi o ritmo da nova vida: chamada às cinco da manhã; fileiras sonolentas do lado de fora, para a ginti; ruído dos pratos e tigelas de alumínio, o frigir do tari no dal, sendo que pelo tari se pagava extra; as longas horas matinais e depois o aroma da comida do bissi, onde eles sovavam a atta com os pés e jogavam legumes podres em imensos tachos; depois, almoço às dez, conversas murmuradas, ronco e o cheiro de centenas de homens suados; fumantes com suas preciosas bolinhas de charas e os longos rituais para esfarelar, enrolar e queimar; os jogos de xadrez, teenpatti e Ludo, as pragas e risos em torno dos dados; meus rapazes se espalhavam em torno das duas únicas mesas de bilhar do pavilhão, acompanhando entusiasmados os resultados dos jogos do campeonato que haviam organizado, com direito a quadros com os resultados de simples e duplas; os conflitos e súbitas inimizades que irrompiam entre homens confinados, espalhando-se como fogo pelas camas enfileiradas. Os gritos e ameaças de dois homens que se enfrentavam, sob os olhares de centenas de outros, cada um assustado demais para recuar. Os kalias musculosos da Nigéria, vendendo pacotinhos minúsculos de *brown sugar* no pátio. E seus clientes, acocorados, tocando os joelhos, formando círculos compactos em volta de seus chaser-pannis, respirando a fumaça com a expressão enlevada de homens que viram um outro mundo muito melhor. E a longa espera pelas cinco da tarde, pelo jantar constituído pelo mesmo dal aguado, arroz empelotado e chappatis borrachentos, seguido do toque de recolher, às oito.

Encarávamos aquela vida, sonhando com o lado de fora. Mas vivemos a vida que temos, e somente uma vez. Por isso contei a Date e Kataruka parte dos meus planos, e lhes disse que precisava de dois homens novos, dois homens sem ligações com nossa companhia. Mas precisava de rapazes rijos, capazes de agir, não do tipo que vivia contando vantagem e gelava ao ver sangue. Date e Kataruka reclamaram, balançaram a cabeça, disseram ser impossível depender de homens que não haviam sido testados, confirmados. Era exatamente por isso que dificultávamos a entrada de alguém na companhia, alegaram, precisamos primeiro saber se o interessado tem estômago para as tarefas. Por isso os mandamos fazer serviços simples, depois um ou dois espancamentos, assim podem provar seu valor, subir na vida do modo correto. Mas eu insisti. Quero gente nova, sem nenhum vínculo anterior conosco.

De qualquer modo, eles encontraram dois rapazes, Dipu e Meetu. Irmãos vindos do norte, chegaram a Bombaim com diplomas de faculdades de gaandu Gorakhpur. Tinham vinte e dois e vinte e um anos, eram bhaiyyas de verdade, filhos de fazendeiro. Moraram com um motorista de táxi de Gorakhpur, e pulavam de um emprego para outro. Dipu vendia detergente de porta em porta, Meetu trabalhava como vendedor numa loja de equipamento para banheiro. Eram rapazes ambiciosos, cheios de energia, andavam de um lado para outro na cidade inteira, pendurados nos trens, vendo tudo. Quando se desencantaram um pouco, quando começaram a entender que nem todos os sonhos se tornavam realidade em Mumbai, que nem todos os tolos de UP se transformavam em Shah Rikh Khan, eles receberam o chamado de um primo em segundo grau de Lucknow. Ele tinha um projeto, um esquema. Disse que ia abrir um negócio em Lucknow, e precisava comprar e vender coisas em Bombaim. Para tanto necessitava de uma conta bancária na cidade, deixar um certo valor disponível ali. Por isso pediu a Dipu e Meetu que abrissem uma conta conjunta. Ele mandaria o dinheiro para ser depositado na conta, e instruções adicionais para quem destinar os pagamentos e tudo mais. Uma semana depois receberam por um emissário uma ordem de pagamento de um lakh e meio, ao portador. O valor foi depositado e eles pegaram quarenta mil para despesas, conforme as instruções. Divertiram-se a valer até a semana seguinte, quando chegou outra ordem de pagamento, dessa vez de dois lakhs. O gerente do banco explicou que os procedimentos exigiriam um dia, e que o dinheiro estaria disponível na manhã seguinte. Os irmãos voltaram ao banco. Foram ao caixa, sorridentes, e no segundo seguinte estavam deitados no chão, com as pistolas dos policiais encostadas no pescoço.

"Fizeram a gente de bobo, bhai", Dipu disse. Ele estava contando a história. "Caímos numa cilada. As ordens de pagamento eram roubadas, eles disseram enquanto nos espancavam, na delegacia. Fomos traídos por nosso próprio primo."

"Espere um pouco, bhenchod", falei. "Banque o inocente na frente do juiz. Se me disserem mentiras, arranco seus golis. Querem me convencer de que abriram a conta e fizeram o depósito na maior inocência? Que tipo de negócio ele ia abrir?"

Ele engoliu em seco. "Não sei, bhai."

"Você não sabia, e mesmo assim obedeceu cegamente às ordens de seu primo? E pensou que ganharia quarenta mil só para ir ao banco de calça e camisa limpinhas? Maderchod, não minta para mim. Vocês sabiam muito bem que eram ordens de pagamento roubadas."

Ele e o irmão tinham o mesmo rosto largo, caipira como uma enxada. Ele piscou, pensou e desistiu. "Sim, bhai. Só pensamos que mais um depósito não ia dar problema."

Eles não passavam de camponeses ambiciosos que se achavam mais espertos do que eram, por isso caíram facilmente na mão da polícia. Dipu me contou o resto da história. A polícia arrancou deles o nome, telefone e endereço do tal primo, mas obviamente ele já havia fugido de Lucknow. Depois os policiais os espancaram mais, na sola dos pés com pattas, nas mãos com bastões, nos rins com os punhos. Ameaçaram levá-los a um encontro, disseram que os levariam até a beira do mar e os matariam com tiros na cabeça. Disseram que mandariam a polícia de UP até a fazenda do pai, até a cozinha da mãe. "Bataa re", o inspetor disse. "Kaad rela." Mas os dois irmãos não tinham mais nada a contar, o primo havia sumido, e finalmente a investigação foi encerrada. Dipu e Meetu estavam presos, aguardando julgamento. O inspetor do caso disse a eles que, se lhe pagassem um lakh, não se oporia ao pedido de fiança no tribunal, e que, por cinqüenta mil, o promotor público também ficaria quieto, o advogado deles entraria com uma petição e eles sairiam sob fiança. E apesar de haver acusações sérias, e não apenas um 420 por estelionato, mas também 467 e 468 por fraude, o inspetor conseguiria a fiança para eles. Por um preço mais alto, até o caso todo seria encerrado. Mas Dipu e Meetu já haviam gastado tudo que restara dos quarenta mil para pagar o advogado, além do pouco dinheiro que o pai conseguiu levar. Por isso estavam ali, sob custódia judicial, esperando pelo julgamento, esperando pela sentença. Já haviam passado seis meses na penitenciária. Alguns homens ali esperavam mais de um ano. E desgraçados que passaram três, quatro anos sem julgamento, ou até mesmo sete, embora isso fosse raro. Portanto, Dipu e Meetu, que bancaram os idiotas mas eram capazes de aprender, se aproximaram de meus rapazes. Agora conversavam comigo, no banheiro do Pavilhão Quatro, bem depois de anoitecer.

Eu os aceitei. Eles disseram ter condições de realizar missões violentas, pois crescer em Gorakhpur os fortalecera, a política no meio estudantil era feita na base da faca e do lathi, o bairro produzira muitos dakoos famosos, aquilo estava em seu sangue. Não tinha oportunidade de testá-los, pois precisavam ficar quietos, sem que os notassem, afastados de minha companhia. Mas eles me pertenciam.

Uma vez por semana eu ia a um tribunal especial para ser interrogado. Os carcereiros sempre punham outros presos na van, qualquer um que tivesse audiência no fórum naquele dia. Por isso Dipu e Meetu foram para o fórum na mesma van que eu, acertamos isso com os advogados e juízes. Íamos eu, os dois irmãos e Date ou Kataruka. Alternávamos os dois últimos, e sempre havia um deles sentado à minha esquerda, no banco que acompanhava a lateral da van. A meus pés, no chão, no meio dos presos comuns, iam Dipu e Meetu. Do outro lado, de frente para nós, no outro banco, homens das outras companhias. Era sempre assim na van: bhais sentavam no banco, os prisioneiros comuns no chão. Date e Kataruka preferiam que eu não estivesse no veículo quando o plano fosse executado, pois não queriam me expor ao perigo. Tentaram me persuadir a deixar tudo por conta deles, mas eu lhes disse que minha presença ali seria crucial, sem mim não havia necessidade do plano. Depois mandei que se calassem. E, dia após dia, eu esperava a hora, na van.

Nas primeiras duas semanas, no banco oposto, havia homens de outras companhias, mas não de Suleiman Isa. Na terceira, Kataruka e eu já estávamos acomodados no banco quando dois capangas de Suleiman Isa entraram na van. Havia quatro homens, eu não conhecia nenhum deles, mas Kataruka sentou à minha esquerda, flexionando a corda em seu punho. Íamos ao fórum amarrados uns aos outros, feito animais, na altura do pulso. Mas havia corda suficiente para executar o plano. Os homens de Suleiman Isa se acomodaram, sorrindo para mim, satisfeitos. Estavam animados e não demonstravam medo.

"Do que está rindo, maderchod?", Kataruka disse. Ele era claro, meu amigo Kataruka, mas muito marcado de varíola. Não costumava falar muito, mas gritou com eles.

"Não precisa ficar tenso", falei. Eu mesmo estava bem calmo. Sentia meu sangue pulsar, mas estava tranqüilo. O pessoal de Suleiman Isa também estava relaxado, pois eram quatro e nós, apenas dois, e haviam sido informados da minha covardia.

"Seu gaand ainda dói?", um deles me disse. "Soubemos que Parulkar comeu você todas as noites, durante meses. Que você era um bom gaadi para montar, que gemia feito uma moça."

Sorri para ele. "Parulkar é um policial honesto", falei. "O que ele diz deve ser verdade." Encostei novamente no banco, ergui o joelho, pus o pé em cima do banco e cocei o tornozelo.

Eles riam, todos eles, As portas da frente da van foram fechadas, o motor roncava e vibrava, abafando seu riso, e a van avançou. Eu falei, baixinho: "Dipu".

Dipu foi rápido, sem sombra de dúvida. Mal vi sua mão se mexer, ela apenas passou e o capanga de Suleiman Isa da direita sofreu um corte sem nem perceber. Ele continuou sentado e o sangue correu na van. E nós pulamos em cima deles, retalhando. Tínhamos lâminas, mas não de barbear, e sim lâminas largas de estilete usadas para cortar papelão e carpete, subtraídas da oficina do presídio. Partimos cada lâmina no meio, cobrimos uma ponta com borracha derretida para improvisar um cabo, e depois escondemos as lâminas na lateral de nossos chappals Kito de borracha. Bastava enfiar o dedo e num segundo retirar a lâmina do chappal, sem dificuldade. E pular em cima deles, cortando.

Foram fatiados antes de poderem levantar a mão em defesa. Esperavam dois, éramos quatro. Faça um homem sangrar e acabará com a sua coragem. Meus rapazes receberam instruções de atacar os olhos. Uma lâmina não mata, mas cega e enche os olhos de sangue. Por isso apenas dois reagiram, os outros dois gritavam e tentavam se soltar da confusão de presos. Eu mantive a calma. Recuava, esperava e cortava. E cortava. Há uma imensa quantidade de sangue na cabeça de uma pessoa, a gente nem imagina. Esguicha como um pichkari, em golfadas no ritmo do coração. Nosso ataque deve ter durado um minuto, se tanto, mas no prazer de cortar e furar o tempo se expandiu numa imensidão de oportunidades. Eu acompanhava a confusão e percebia a oportunidade antes de ela existir, esperava a brecha e cortava com precisão. Em minha calma eu sabia que a van havia parado, que os havaldares e inspetores tentavam abrir as portas. Recuei, afastei-me da confusão, voltei ao banco e fiquei sentado. "Passe a lambi", ordenei a Meetu.

Depois de erguer os olhos ele a colocou em minha mão esquerda, a lambi que levava dentro da pasta azul do processo, escondida no meio dos papéis, relatórios e intimações. A lambi era na verdade uma dobradiça da porta do banheiro do pavilhão, cuidadosamente desparafusada e depois passada na pedra até adquirir a forma adequada e pegar fio, com um cabo de fio elétrico. Com ela na mão fui de joelho em joelho, na confusão dos corpos. Eu vira o sujeito que desejava, vi o rosto escuro de sangue. Ele ergueu a mão quando avancei contra ele.

Desferi um único golpe, com auxílio do ombro, e soube que acertaria antes até de atacar. Passei a lambi em seu pescoço. E a polícia caiu em cima de nós.

Eles nos arrastaram para fora com tremendo alarde, gritando, e havia dúzias de policiais. Sorríamos um para o outro. Havia um corte nas costas da mão de Dipu. "Eu me cortei, bhai", ele disse. "Mas cortei os outros muito mais."

"Chutiya", falei sorridente.

Eles nos trancaram em celas anda. Entramos no prédio alto em forma de tanque, para as celas sem janelas. Os outros eles empurraram em pares, pela porta estreita das celas, mas no meu caso fui conduzido para o andar inferior, obrigado a me abaixar e entrar sozinho. Era escuro, muito escuro. Finalmente distingui duas superfícies de concreto dos dois lados da cela circular, e um buraco no chão, no meio delas. Duas camas e uma latrina. Eu suava. Apalpei as paredes, erguendo a mão o máximo possível. Nenhuma janela, interruptor, prateleira ou tomada, apenas o concreto liso feito um ovo. Passei um bom tempo sentado numa das camas. Depois tirei a camisa, dobrei-a e a usei como travesseiro. Deitei-me. Depois comecei a rir.

Eles me obrigaram a passar duas semanas na cela anda. Passavam comida e água pela abertura, e eu vivia sozinho naquele buraco fedorento. É o escuro, é o escuro que sufoca o coração, que vara o cérebro. Tentava preservar a noção das horas, caminhava em círculos pela cela, o que me ajudava a manter a forma. Tentava dormir e permanecer acordado nas horas que eu julgava pertencerem ao dia. Tentei calcular o tempo pelas refeições, mas eles me alimentavam quando queriam, vinha tudo frio e duro, eu jurava que muitos dias e noites transcorriam até abrirem a porta outra vez. E havia o ruído de minha própria respiração, inspirando e expirando, por séculos. Eu abria os olhos e apenas um minuto se passara, ou dois. Mesmo assim eu caminhava por uma eternidade numa costa pantanosa. Outro longo minuto de espera, a estender sua maldição à minha frente. E outro mais. Tentei imaginar um relógio, bati um prego na parede e pendurei um relógio dourado, desses que têm pêndulo, pensei que poderia fazê-lo marcar as horas para mim. Mas meu relógio derretia, sumia, seus ponteiros enrolavam e giravam. Eu tinha ouvido dizer que as celas anda levavam um homem à loucura, e agora aquele quarto negro me desafiava.

No escuro, as mulheres vinham a mim. Elas se aproximavam, tilintando as pulseiras. Deitado de costas, eu as via flutuar por cima de mim, com seus pés magros, avermelhados, e as canelas cheias de sardas. As barras de seus ghagras raspavam em meu rosto, eu sentia seus pés em meu peito, leves como uma bênção. Naquele sonho indistinto, com o toque suave de seus trajes, eu me libertava da prisão. Elas conversavam entre si, num murmúrio quase inteligível, em sussurros que se tornavam música baixinha. Eu flutuava. Fora de mim.

Quando me tiraram da cela anda, eu não sabia mais quanto tempo passara lá dentro, se duas semanas ou dois mil anos. Protegi os olhos e não perguntei nada ao pessoal do presídio, nem aos policiais. Parulkar estava lá, ofensivo e inchado, com aquele jeito de galo de briga, e sob suas ordens eles nos arrastaram pelo pátio até o escritório do superintendente. Sofremos ali mais insultos e ameaças de novas acusações e aumento da pena. Mas tudo não passava de uma inútil exibição de força, pois eles sabiam e nós sabíamos que havíamos vencido. Apenas uma escaramuça, mas vencemos. E, por menor que tenha sido nossa conquista, fez uma tremenda diferença para meus rapazes e para mim. Às vezes, é assim mesmo. Portanto, ali, no meio da confusão que Parulkar e os carcereiros faziam, eu voltei a mim. Na mesa havia um calendário que me informou a data, 28 de dezembro. Eu havia passado treze dias e uma noite na cela anda. O tempo se estabeleceu novamente para mim, com o som do metal contra metal. Permaneci em pé, ereto. Mantive silêncio, o rosto virado para a frente, os olhos baixos, mas recuperara as forças. A julgar pela comoção que promoviam, estava na cara que pretendiam roubar minha vitória moral. Eu sabia que todos os rapazes, no pavilhão e do lado de fora, tinham ouvido falar em nossa batalha, e que éramos novamente fortes. Fiquei em silêncio. Estava satisfeito.

Só ao retornar ao pavilhão fiquei sabendo dos detalhes de nosso triunfo. O filho-da-mãe cujo pescoço furei era um dos principais operadores de Suleiman Isa, diretamente subordinado ao pessoal de Dubai. Por milagre o maderchod sobrevivera, mas continuava no hospital, coberto de pontos. Os médicos calculavam que teria seqüelas nos nervos pelo resto da vida. Os outros estavam de volta aos alojamentos, com a cabeça raspada, cobertos de ataduras, e meus rapazes se divertiam a valer sempre que conseguiam se aproximar o suficiente das janelas deles para gritar: "Alguém está com dor de cabeça? Alguém precisa de um champi?" Nossos ferimentos foram insignificantes: um cortinho na mão de Dipu, um corte na coxa esquerda de Kataruka, provavelmente feito por Dipu ou Meetu quando golpeavam às cegas na van. Mas todos pareciam meio apalermados por causa da cela anda. Meetu tremia, tentava se controlar mas tremia muito em pleno calor da tarde. Eu precisava assumir o comando. "Muito bem", falei aos rapazes que me rodeavam. "Vamos comemorar depois. Peguem chá para nós. Depois, todos vão para o banho. Busquem água."

Foi feito. Finalmente nos reunimos, formando um círculo, com os pés para dentro, como se os corpos fossem raios de uma roda, enquanto o resto do pessoal se revezava para nos abanar. Era um prazer falar, olhar para as vigas do teto e ver a luz, saber em que ponto do dia estava. Dipu e Meetu falavam de mulheres, dos prodígios de chodo que fariam quando saíssem. Kataruka ria deles. "Seus ganwars", disse. "Acha que as putas de Lamington Road são mulheres? Elas são bhenchod piores que animais. Vocês se dariam melhor no chodo com as cadelas que fuçam os montes de lixo. Nunca conhecerão o verdadeiro prazer de uma mulher, a não ser que a cortejem até ela se apaixonar por vocês e dar de livre e espontânea vontade. Uma moça educada num convento, que foi criada como se deve, tornando-se reservada e tímida — eis o verdadeiro teste para um homem. Mas de que adianta falar nisso com vocês, nunca na vida chegarão perto o bastante para sentir o perfume de uma mulher assim." Mas, claro, eles imploraram e choraram para que os instruísse, aqueles meus irmãos dakoo perigosos. Deixei Kataruka falar à vontade, e no final da tarde ele revelou os segredos da sedução. "Quando estiverem cortejando", ele disse, "devem ser como Kishore Kumar. Não quero dizer para cantar as músicas de Kishore para ela, não. Você precisa deixar a voz de Kishore Kumar passar por você, que se transformará no confidente solidário, feliz, divertido, suave. Se conseguirem fazer isso com classe, ela virá até vocês. Mas, quando isso acontecer, quando ela se entregar a vocês de coração, cantem Mohammed Rafi, e só Rafi."

"Por quê?", Meetu perguntou, bocejando. "Depois de transar, para que cantar?"

Kataruka levantou-se e deu um cascudo na cabeça de Meetu. "Preste atenção, gaandu. Muita atenção. Você canta Rafi, caso contrário com ela nunca mais. Rafi é nosso caminho dourado de volta para a chut dela." Ele se virou para mim. Eu ria. "O que vamos fazer com esses matutos, bhai?"

Balancei a cabeça. "Depois de Rafi, o que a gente deve cantar?"

"Eis aí um homem que conhece a vida", Kataruka disse. Ele recostou o corpo novamente e se espreguiçou. "Quando acabar, depois que ela abandonar vocês, ou que vocês a abandonarem — estão ouvindo, chutiyas? —, quando sentirem que seu coração está sendo arrancado pela boca com um gancho, então cantem Mukesh. Pois Mukesh é a única escapatória, o único jeito de sobreviver para ver a próxima monção. Mukesh curará suas feridas, para que possam cantar Kishore novamente. Assim, terão uma nova chance. Entenderam, desgraçados? Kishore, Raki, Mukesh."

Meetu e Dipu balançaram a cabeça, mas percebi que não haviam entendido praticamente nada. Eram jovens demais para saber que precisavam de Rafi, quanto mais de Mukesh. Sorriam, porém, com seus enormes dentes de coelho. "Vamos cantar Kishore", falei. E foi uma noite assim. Estávamos todos felizes.

Date acabou por se revelar como cantor. "*Khwaab ho tum ya koi haqiiqat, kaun ho tum batalaao*", entoou. E depois, "*Khilte hain gul yahaan, khilake bikharane ko, milte hain dil yahaan, milke bichhadne ko*". O pavilhão inteiro se calou para ouvi-lo cantar. Sempre que terminava uma canção pediam mais, solicitavam músicas favoritas, riam. Logo se formou um grupo de vocalistas e apareceram dois tocadores de tabla, que usaram latas vazias de Dalda. Date cantava com a mão no ouvido, feito um profissional, e em algum momento, entre as canções, eu soube que ele havia estudado música na infância, que pertencia a uma família de músicos. O pai tocou trompete num conjunto de casamento até a idade enfraquecer seu pulmão, e o sonho de Date era ser cantor de playback. Ele cantou, "*Pag ghungru baandh Mira naachi thi*" e "*Ye dil na hota bechaara*", depois chegou a hora do jantar.

Mais tarde, naquela noite, Date aproximou-se de mim e tocou meu ombro. "Bhai", ele disse, "não consegue dormir?" Eu estava rolando na cama, tentando encontrar uma posição confortável para meu corpo, um repouso que me fizesse sonhar. Tentava respirar demorada e regularmente.

"O que foi, Kishore Kumar?", falei.

"O problema, bhai, é que precisamos de mulher."

"Claro que precisamos de mulher, sala. Vai me arranjar uma, maderpat? Do pavilhão feminino?"

"Não, bhai, isso é impossível. Os carcereiros não se arriscariam, têm muito a perder. Os guardas não têm acesso a elas. Em prisão nenhuma. Só aconteceu uma vez — lembra-se daquela mulher, Kamardun Khan?"

"Traficante de drogas? Claro."

"Bem, ela era independente, traficava *brown sugar*. Estava no presídio de Arthur Road, e o namorado dela, Karan Pradhan, no pavilhão masculino."

"Na companhia Navlekar?"

"Ele mesmo, o Karan. Bhai, Kamardun Khan estava apaixonada por Karan Pradhan. Ela escalava o muro de três metros do pavilhão dela e pulava para o pátio principal. Subornava sentinelas e guardas, entrava no pavilhão masculino e passava várias noites da semana com seu chhava."

"Isso é que é mulher."

"Alguns dizem que os sentinelas também tiravam uma casquinha, e ela deixava, só para chegar a Karan Pradhan."

"Isso é que é amor."

"Depois que saíram ela deu um carro para ele. Um Contessa zero quilômetro."

"Ele morreu?"

"O pessoal de Dubai o pegou. Eles o mataram no Contessa."

"E ela?"

"Enlouqueceu. Tentou enfrentar Suleiman Isa. Aprendeu a atirar, envolveu-se com um inspetor da polícia. Ela calculou que o inspetor a ajudaria em sua vingança."

"Mas?"

"O pessoal de Dubai a matou a facadas. Alguns dizem que o tal inspetor a entregou para a companhia S, disse onde ela estava por dinheiro."

"Isso é que é tragédia."

Ele suspirou. Por um momento pensei que fosse começar uma canção de Mukesh. Mas ele se controlou e disse: "Nessa história temos drama, temos emoções, temos tragédia". E caímos na gargalhada por um bom tempo. Rimos até os rapazes começarem a rir também de nossas gargalhadas frenéticas.

"Então", falei, "quer dizer que a companhia Navlekar tem rapazes tão bonitos e ousados que as mulheres pulam muros para encontrá-los. E o que os meus rapazes farão por mim?"

"Não posso arranjar uma mulher", Date disse. "Mas tem o outro pavilhão."

Eu sabia aonde ele queria chegar, claro. "O salão baba?"

"Conheço um rapaz de lá, bhai", ele disse, "que tem um traseiro inacreditável, a gente vê e é capaz de jurar que é a gaand de Mumtaz."

"Quanto custa?", perguntei.

"Trezentos para o guarda, quinhentos para a sentinela. Uns cem para o gaadi."

"Tudo bem. Traga cinco gaadis."

"Cinco, bhai. Para você, para mim e para Kataruka?"

"E dois para os irmãos heróis."

"Mas Mumtaz é seu, bhai. Espere e verá."

Assim que eu contei o dinheiro, foi preciso menos de meia hora para trazê-los. Ouvi muitos sussurros e batidas de pés, no escuro. Debaixo de mim o gaadi realmente parecia Mumtaz. Nos meus primeiros tempos na cidade, quando vivia na rua e dormia no cimento, eu pegava meninos. Mas agora conhecia bem as mulheres, por isso fechei os olhos e vi Mumtaz. Ela gemia sob meu corpo. Depois relaxei e dormi bem.

Na manhã seguinte, em meu tiffin, embrulhado com plástico, escondido no meio do arroz, veio um telefone. Parecia um tijolinho, pesado e denso, com fio e tudo. Date e Kataruka sentaram perto de mim enquanto eu desembrulhava o pacote. Havia uma folhinha de papel presa com elástico ao telefone. "O botão PWR liga o aparelho. Disque 022, depois o meu número, depois aperte O.k.", dizia, com a caligrafia de Bunty. Procedemos conforme as instruções e ele atendeu no primeiro toque. "Quem é?", falou.

"Seu baap."

"Bhai!"

"Onde arranjou isso?"

"Acabou de chegar de navio, bhai. Custa uma fortuna. Mas é ótimo, não é?"

"Sensacional."

"Você é o primeiro homem a ter um nesta cidade."

"Sou mesmo?"

"Segundo ou terceiro, no máximo."

Ele exagerava, claro. Imagino que algumas dúzias de milionários filhos-da-mãe já tivessem telefones celulares naquela época, mas entre as companhias a nossa foi a primeira a usá-los intensivamente. E, naquele presídio, o nosso foi pioneiro. Fiquei muito contente com Bunty e disse isso a ele. Era o tipo de homem de que eu gostava, sempre pensando a longo prazo, antenado em sua época. Falamos de negócios, tínhamos muito o que discutir. Precisávamos cuidar dos problemas rotineiros — coletas das diversas indústrias e lojas, investimentos em imóveis, importação de equipamentos eletrônicos e componentes de computadores, investimentos em dinheiro na indústria do entretenimento. Ademais, havia o projeto novo, contrabando de armas, que exigia muita cautela, precisávamos fazer planos infalíveis, prestar muita atenção aos detalhes. Trazíamos apenas um carregamento a cada seis meses, mas cada lote atingia vários crores, e o produto em si era pesado, difícil de esconder e transportar. Mesmo assim obtivemos sucesso total, e até o momento nosso cliente se mostrava satisfeito. Usávamos meus velhos amigos Gaston e Pascal, só o barco deles com tripulação mínima. Como resultado, minha companhia ficou mais bem equipada. Confiávamos em nossa força. Bunty e eu falamos muito nisso, sempre usando códigos: AK-47s eram jhadoos, munições eram docinhos, e uma traineira virava ônibus. Nas negociações com armamentos, nosso único cliente era Sharma-ji, que sempre chegava na hora, sendo muito pontual nos pagamentos substanciais, e sempre usava dhotis imaculadamente brancos. Bunty estava satisfeito com Sharma-ji, e eu também. Depois restava a questão do apoio a algumas companhias menores que transportavam drogas para a Europa e outros países a partir de Bombaim. Bunty no passado defendera nossa entrada direta no tráfico internacional, pois havia muito dinheiro envolvido, e poderíamos disputar o controle com os pathans. Mas sempre resisti: como não havia produção local, o lucro não justificava abrir mão da publicidade desfrutada com a afirmação "Não mexemos com drogas". E disputar por disputar era arroubo juvenil. Eu me considerava maduro o bastante para saber que uma expansão rápida demais podia prejudicar uma companhia. Consolidar, consolidar, eu dizia a Bunty com freqüência. Portanto, eu lhe disse para ir em frente, fornecendo apoio logístico e tático aos traficantes. Mas tome cuidado, falei, mantenha distância.

"Sim, bhai. Sua bateria vai acabar logo, bhai", ele disse. "Mais alguma coisa?"

"Quero uma televisão", falei. "E um templo de verdade."

"Sem problema. Posso mandar uma esta tarde. Mas as permissões podem demorar um pouco."

"Não se preocupe com isso", falei. "Mande a tevê para o portão principal." Desliguei o telefoninho letal, gostei da lateral fina, da linha pulsante que mostrava a intensidade do sinal. Chamei Date. "Carregue esta coisa", pedi. "E diga ao sentinela que preciso falar com o superintendente. Esta tarde, sem falta."

Depois do almoço deitei-me para descansar e pensei em Bunty. Era um sujeito modesto, não se destacava pela beleza mas era inteligente e frio nos momentos de crise. Estava comigo fazia muito tempo já, progredira até ser o auxiliar mais próximo de mim em toda a companhia. Avançara depressa, mas eu não me sentia ameaçado por ele. Sabia que era ambicioso, mas também sabia que suas aspirações eram viver bem e ser respeitado, não comandar sua própria companhia. Eu não temia que ele quisesse me desbancar, ou se distanciar para começar seu próprio grupo. Por que ele era assim? Por que se contentava em ser o segundo no comando, enquanto eu sempre quis ser o primeiro? Eu não era mais forte, fisicamente, nem mais bonito ou mais esperto. Seu apetite pelas mulheres era intenso como o meu, nem mais, nem menos. Ele crescera com a mãe viúva, dois irmãos e uma irmã, a família sempre vivera na beira do precipício da miséria. Mas eu também sobrevivera sem dinheiro no bolso. Em muitos aspectos éramos similares, ele virou meu braço direito, e eu me tornei seu chefe. Ele aguardava minhas instruções todas as manhãs, e as recebia com alegria. Por quê? Conjurei o rosto de Bunty, com seu nariz do Punjabi e topete caído na testa, sua voz rouca e sua postura meio inclinada para a frente, sem conseguir uma resposta que não fosse a mais simples: alguns homens foram destinados à grandeza, outros, a abrir caminho. Não via vergonha em ser como Bunty. Era um bom homem, sabia seu lugar. Essa conclusão era satisfatória, relaxei e cochilei. Acabei dormindo profundamente, afundando na memória e na escuridão onde se escondia uma massa ameaçadora que falava com muitas vozes, e me tornei a criança febril na cama quente, uma mulher sorriu para mim e puxou o cobertor até meu queixo, tocou minha testa, eu encolhi os joelhos e virei de lado, para o lado dela.

Obriguei-me a acordar, sentei. Era um homem ocupado. Não tinha tempo a perder com sonhos. Chamei os rapazes, repassei os planos para as semanas seguintes, e pedi sugestões para melhorar as condições do pavilhão, além de ouvir queixas sobre advogados e juízes.

Encontrei-me com o superintendente Advani às três da tarde, em sua sala. Sentado debaixo de um retrato de Nehru, ele me passou um sermão em seu híndi pomposo. "Foi um incidente muito problemático", ele disse. "Precisamos trabalhar juntos para evitar tais ocorrências no futuro. As conseqüências são dolorosas para nós dois." Olhei para ele, apenas. Deixei que falasse à vontade, encarei-o e depois de um tempo ele ficou constrangido, olhou para o lado, mas continuou falando. Mas eu mantive os olhos na lateral de seu crânio pequeno mirrado, ele foi parando, limpou a garganta e desistiu. O ventilador de teto seguia com seu zumbido, ele tentou enfrentar meu olhar e perdeu. Suava.

"Posso fazer algo por você, Advani Saab?", perguntei, gentil. "Posso fazer algo por sua família?"

Ele balançou a cabeça lentamente, e tossiu. Por fim, conseguiu falar. "E o que eu posso fazer por você, bhai?"

"Fico contente em saber que estamos — como dizer? — cooperando. Vou lhe dizer o que preciso. O pessoal no pavilhão está entediado, os rapazes precisam de informação e entretenimento. Por isso vai chegar uma televisão esta tarde. Precisamos da instalação elétrica e ligação a cabo. Além de um templo."

"Mas isso é muito bom. Espiritualidade e informação, coisas que formam bons cidadãos. A permissão pode ser dada, claro. Boa idéia."

Ele estava tentando se convencer, mais do que me adular. Olhando para suas mãos compridas e trêmulas sobre a mesa, vendo seu sorriso aguado, senti nojo. Os seres humanos são fracos, patéticos. Como um homem assim se tornou superintendente? Sem dúvida tinha algum tio no serviço público, um primo amigo de um MLA. Sujeitos como ele sobravam no funcionalismo. Eram o material disponível para o serviço, neste mundo. "Foi idéia sua", falei. "Você mesmo sugeriu isso, três semanas atrás. Queria melhorar as condições de vida dos presidiários. Eu apenas tomei as providências."

Ele demorou meio minuto para entender, o maderpat era burro de doer. "Mas é claro, isso mesmo", disse. "Obrigado, bhai."

"Posso fazer algo por você, Advani?", falei, de modo incisivo. "Pode dizer."

"Nada, bhai, obrigado."

"Dinheiro?"

A palavra o fez entrar em pânico. Olhou em volta, como se houvesse alguém escondido no armário. Mas foi um movimento óbvio e direto demais, da minha parte. Todos querem dinheiro. Ele ia aceitar, mas eu era muito conhecido, uma ligação explícita comigo arruinaria sua carreira. Ele precisava pensar melhor, ser instigado.

"O que, então? Uma recomendação a seu chefe? Admissão de sua filha em uma escola? Uma linha telefônica extra em sua casa?"

"Nada", ele disse. "Para o funcionamento adequado do presídio, eu coopero de boa vontade. Nada mais."

Ele mantinha as mãos no colo, sentado bem ereto, sem dizer nada, mas os olhos não escondiam o brilho da dor de ter recebido a oferta de seu desejo mais secreto, e lhe faltar coragem para aceitá-la. Eu já tinha visto isso antes, a pontada de avidez, a hesitação acima do desejo. Eu tinha o poder de dar a homens e mulheres o que eles quisessem, ir até o fundo de suas entranhas e extrair fosse qual fosse o sonho secreto que mantiveram escondido a vida inteira, e torná-lo real. Isso os amedrontava. Eu havia auxiliado homens a dizer que queriam matar o próprio pai, mulheres que confessaram desejar o espancamento dos irmãos que as roubaram. Por isso, sabia como proceder. "Conte um pouco de você, Advani Saab", falei. "Onde nasceu."

Seu autocontrole todo desvaneceu num enorme sorriso de alívio. "Nasci em Bombaim, em Khar. Mas meu pai veio de Karachi. Perderam tudo na Divisão, entende?" E ele contou tudo sobre a mãe, também de Karachi, separada do pai quando incendiaram o trem em que estavam. Falou do reencontro dos dois na plataforma do trem, em Delhi. "Foi igual a um filme", ele disse. "Estavam em plataformas diferentes, número três e número quatro, e quando o trem do correio de Amritsar partiu, eles se viram. Papa-ji saiu correndo pelo meio dos trilhos." E foi embora, relatando a mudança para Bombaim, o nascimento de dois filhos e três filhas, seus estudos no National College. A batalha até se realizar. Enquanto isso eu andava pela sala dele, olhando os armários e pastas. Não havia fotos de sua família, só uma dele com Raj Kapoor. Ele falava agora sobre os filhos, a filha casada com um rapaz que vivia nos Estados Unidos, mas acabou voltando ao pai, que conhecia artistas de cinema. "Papa-ji conheceu Pran Saab em Karachi", contava. "Eles jogaram críquete juntos." Então Pran era langotiya yaar de Papa-ji, e a família inteira ia ver as filmagens, muitas vezes. Eles conheceram muitos astros da tela.

"Chegou a conhecer Mumtaz?", falei.

"Sim, conheci", ele disse. "Estive com ela duas vezes. Arre, como era linda. Muitos artistas de cinema são só luz e maquiagem. Parecem claros e adoráveis na tela, mas quando a gente os encontra vê que tudo não passa de truque, ninguém os notaria num trem local se não fossem famosos. Mas Mumtaz, vou lhe contar uma coisa, ela era excepcional, clara como uma rasgulla, que cor linda, suculenta como uma maçã." Ele movia as mãos em círculos.

Aquele ali já era meu. Chamei-o para perto da mesa e sussurrei: "Advani Saab, já comeu uma maçã assim?". Ele riu, balançou a cabeça e ergueu as mãos, negando a possibilidade. "Espere, estou falando sério, muitas estrelas podem ser desfrutadas."

"Não", ele disse. "Não acredito nisso. Todos falam essas coisas."

"Está me chamando de mentiroso?"

"Não, claro que não. Mas..."

"Não se preocupe, Advani Saab. Espere e verá. Eu lhe trarei uma deliciosa maçã."

Ele pigarreou e negaceou como um convidado que recusa algo por educação, mas eu já sabia. Saí e voltei para o alojamento. Telefonei para Bunty e lhe disse que precisava de uma estrela de cinema para o diretor do presídio. "Mas, bhai", ele disse, "onde vou arranjar uma atriz de cinema?"

"Cretino", falei, "você é o rei de Bombaim e não consegue uma estrela de cinema? Ligue para aquela mulher."

"Que mulher?"

"Chotta Badriya costumava conseguir moças com ela. Veja na agenda dele, deve ter o número. Se não estiver lá, está guardado em algum lugar. Encontre-a. Chama-se Jojo, Juju, algo assim."

"Certo, bhai. Mais alguma coisa, bhai?"

Fiquei calado. Sim, havia mais uma coisa, mas era delicada, pulava feito uma pedrinha nas engrenagens de meu cérebro. Eu havia aprendido a prestar atenção a essas desconfianças. E Bunty, a esperar. Deixei que subisse à superfície. "Bunty, é o seguinte. Tem mais uma coisa, sim. Quando Sharma-ji faz o pagamento e pega a mercadoria, ele vem acompanhado?"

"Motoristas para as vans ou caminhões, dois ou três guardas. Veículos com placas de UP."

"Sabemos algo a respeito dele, e de seus chefes?"

"Não, bhai."

"Precisamos saber mais. Não gosto disso, de fazer negócio com gente que eu não conheço. Investigue."

"Pode deixar, bhai."

"Tome cuidado. Não deixe que percebam. Vá com calma, não tenha pressa. Mas descubra tudo."

"Entendi, bhai."

Tirei minha soneca da tarde. Pouco depois de eu acordar os rapazes trouxeram meu templo e o aparelho de televisão. Oito pessoas carregaram o templo. Era feito de mármore, com uma base especial de granito, para suportar bem o peso. Havia uma graciosa estátua de Krishna tocando flauta, o dhoti de ouro a flamejar atrás de si. Apoiava-se nas pontas dos pés, e um deles, recuado, estava cruzado sobre o outro. Ele dançava. Os rapazes ergueram o templo e o instalaram lá, enquanto os presidiários aplaudiam, contentes. Depois todos nos sentamos para o primeiro puja. Meetu e Dipu cantaram um bhajan. Date pôs uma tika grande na minha testa e Kataruka trouxe uma guirlanda para mim. Eu peguei a coroa e a coloquei aos pés de Krishna. Em seguida, ligamos a televisão. Ocupei o lugar de honra, bem na frente do aparelho, no meio da sala. O pavilhão inteiro se espalhou num semicírculo enorme, atrás de mim, deixando meus rapazes na primeira fila. Ligamos a tevê bem na hora, *Deewar* estava começando, no Zee. Não precisamos discutir a respeito, todos queriam assistir. Cada um dos homens daquele pavilhão já vira o filme, mas ninguém disse uma única palavra durante a exibição, a não ser para adiantar algumas falas antes que os personagens as pronunciassem, e para aplaudir com entusiasmo. Estávamos todos ao lado de Amitabh, nós o acompanhamos durante a subida, até ele alcançar o topo, e quando o irmão inspetor disse: "Ma está comigo", o pavilhão inteiro falou junto com ele. O filme só acabou depois da hora do jantar, mas uma consulta rápida a meu novo amigo Advani resolveu o problema, e o jantar foi atrasado, só naquele dia. Naquele dia estávamos todos juntos, éramos um.

Era assim que eu passava os dias, melhorando as condições dos presos, cuidando dos negócios da companhia. A corte especial gaandu sempre recusava meus pedidos de fiança, e meus advogados insistiam. Por isso eu suportava os rigores da TADA, e meu sofrimento prosseguia. Falava com Bunty todos os dias. Ninguém imagina o trabalho que dá dirigir uma companhia, todas as coisas em que a gente tem de pensar: finanças, contabilidade, problemas legais, pensões, distribuição, publicidade, benefícios, equipamentos e transporte, entrada e saída de dinheiro, problemas disciplinares. Mas eu tinha serviço, estava cuidando de novo da companhia e dormia bem de noite. Pela manhã a televisão começava a funcionar assim que voltávamos da contagem e entrávamos no pavilhão. Os rapazes sempre a ligavam num programa bhajan, eu sentava e assistia por um tempo. Depois mudávamos para o noticiário. Certa manhã, Date veio me procurar, revoltado.

"Aqueles landyas filhos-da-mãe", disse.

"O que foi?"

"Eles estão reclamando do templo e da televisão."

"Reclamando? Como assim?"

"Eles dizem que você é um don hindu, no final das contas. Consegue templos enormes e aparelhos de televisão para passar bhajans."

"Eu não ouvi nenhuma reclamação quando estavam vendo *Dewaar*, na noite passada." O filme fora novamente reprisado pelo canal.

"A bem da verdade, alguns se queixaram, sim. Gostam do filme e de Amitabh. Mas dizem também que a história é realmente sobre Haji Mastan, mas tiveram de transformá-lo em Vijay, pois um filme sobre muçulmano não pode ser feito nessa indústria."

"Então é culpa do produtor ter de pensar em todo o dinheiro que investiu nas estrelas? Aqueles filhos-da-mãe vão pagar a conta, se o filme der prejuízo?"

"O jaat deles é assim mesmo, bhai. Ingratos filhos-da-mãe. Se fizer qualquer coisa pelos hindus, sempre vão achar que é contra eles."

Irritei-me, mas fiquei pensando. Não se pode mudar o modo de pensar das pessoas na base da pancada, e aquele era um problema de crença. Mesmo após os atentados à bomba e os distúrbios, os rapazes muçulmanos seguiram trabalhando para mim. Afinal de contas, publicamente eu era um don secular. Date resmungava palavrões. "Descubra o que eles desejam", falei. "Veja se querem exemplares do Corão, o que for. Vamos cuidar um pouco deles."

"Estou avisando, eles não mudam, bhai. Só sabem reclamar, reclamar."

"Faça o que falei."

Ele saiu com os ombros cavados e cabeça baixa, feito um touro. A irritação permaneceu comigo, debaixo da pele. Bunty ligou às nove e meia, com mais irritação. Preocupado com Jojo.

"Bhai", disse, "aquela vaca precisa de uma lição."

"O que ela fez?"

"Faz semanas que ela só me dá trabalho. Não quer mandar moças para Advani na prisão, diz. E não aceita negociar o preço. Mas o problema está na atitude dela, bhai; age como se fosse poderosa, não tem medo de ninguém. 'Se não quiser fazer negócio, não faça', ela me disse. Eu perguntei se sabia com quem estava falando, e ela disse: 'Sei, você é o Bunty, queridinho de Gaitonde'. Foi o jeito como falou, bhai. Eu a xinguei e ela começou a rir. É maluca. Fiquei com vontade de meter os dois golis na gaand dela, bhai."

"Mas em vez disso ligou para mim. Parabéns, Bunty. Mantenha sempre o controle."

"Só por sua causa, bhai. Disse que teríamos de tratar com ela. Não sei como Badriya a suportava. Ordenei que tratasse seu nome com respeito, e ela disse: 'Ou o quê? Ele vai me matar?'."

"Ela disse isso? E você, o que respondeu?"

"Falei que ela não passava de uma randi com um parafuso faltando. E depois telefonei para você. Posso dar uma lição nela, bhai? Uma surra?"

"Qual é o telefone dela?"

"Quer dizer que vai falar com ela pessoalmente?"

"Não, vou fazer o pessoal do pavilhão cantar para ela. Diga o número."

Liguei para Jojo. Ela atendeu no segundo toque. "Haan? Pode falar", disse, meio em inglês, meio em híndi.

Respondi em híndi: "É assim que diz alô?".

"Quem fala?"

"Seu baap."

"Ele morreu há muitos anos, o frouxo desgraçado."

"Você não respeita nada?"

"Os homens são piores que cachorros. Principalmente os que me fazem perder tempo. Como você."

"Acho melhor prestar atenção em mim."

"Por quê?"

"As pessoas que me irritam sofrem um bocado."

Ela caiu na gargalhada, e não fingia: seu riso era amplo e solto, ao ouvi-lo comecei a sorrir.

"Não acredito nisso", ela disse. "Conversa mole. Sei quem está falando. É o grande Gaitonde, que resolveu me telefonar pessoalmente."

"Veja bem, saali", falei. "Quer acabar numa vala? Farei você cavar sua cova pessoalmente, antes de jogá-la lá dentro."

"Isso é um papo de dhaansu", ela disse, rindo novamente. Em seguida calou-se. "Quer me matar, Gaitonde?"

"Seria fácil."

"Ótimo. Faça isso, então."

E desligou.

Ergui a mão para jogar o telefone longe, depois a abaixei lentamente. Apertei a tecla de rediscar e esperei.

"Sim? Pode falar", ela disse. Estava muito calma.

"Você é completamente maluca."

"Muita gente acha que sim."

"Tem sorte de ainda estar viva."

"Penso isso todas as manhãs."

Gostei dela. Desde a primeira conversa, desde a primeira vez em que ouvi sua voz, áspera como a de um homem, gostei dela. Ela ria de mim, e eu simpatizava com ela. Mas endureci a voz e disparei: "Você sempre foi assim? Nasceu doida?".

"Nada disso, Gaitonde. Dei duro para ficar louca. E quanto a você, Gaitonde? O que fez seu parafuso soltar?"

"Saali, controle sua língua." Era estranho, estava furioso com ela, mas animado. "Meus parafusos vão bem, obrigado."

"Claro, claro. Por isso está preso na cadeia, matando gente e bancando o Hitler."

"Tem sorte de não estar aqui na minha frente."

"Tenho certeza de que pode mandar me matar sem problemas, poderoso chefão." E ela caiu na gargalhada de novo, em sua hilariedade assombrosa e sincera.

"Não gaste meu tempo e a bateria", falei. "Bunty disse que você andou dando trabalho."

"Bunty é um chutiya. Não vou mandar nenhuma menina para aquela cela. Uma mulher como a que você quer não freqüenta cadeia, para começo de conversa."

"Bunty é um rapaz inteligente, e teria ouvido seus argumentos se não parecesse uma..."

"Uma o quê?"

"Você pode arranjar a mulher que queremos? Uma estrela de cinema?"

"Posso conseguir uma atriz da televisão. Mas não na cadeia."

"Esqueça a cadeia maderchod."

"Vai custar muito dinheiro."

"Tudo custa dinheiro. Seja razoável, não tente se aproveitar de nós."

"Faço negócios honestamente."

"Aja direito comigo e fará muitos negócios."

"Ótimo."

"E não me chame de Hitler novamente. Você não tem idéia do quanto eu trabalho para..."

"Já sei, já sei, você é o grande benfeitor dos pobres. Generoso como um rei. Bem, preciso desligar, estou cheia de trabalho. Entrarei em contato com o Bunty para tratar das providências."

E desligou. Louca e enervante. Mas era uma empresária correta — nos conseguia atrizes da televisão, ou pelo menos atrizes que apareciam de vez em quando na tevê, como Apsara, que era também atriz de cinema. A garota aparecera em alguns filmes com Rajesh Khanna durante a fase decadente de sua carreira, quando ele mais parecia um Gurkha gordo. Apsara estava no mercado desde essa época, era um daqueles rostos que a gente se lembrava de ter visto, mas não conseguia associar a um nome. "Está querendo que eu pague cinqüenta mil por isso?", perguntei a Jojo. Ela fechara negócio com Bunty, mas eu telefonei para rediscutir o preço. Foi uma desculpa, admito. Queria falar com ela. Disse: "Pelo menos poderia conseguir uma estrela daquele tempo, como Zeenat Aman".

"Gaitonde, este é o problema com os homens. Sonham que todas as mulheres famosas, no fundo, estão à venda. De que período quer? Por que não Indira Gandhi?"

"O quê? Tem coragem de dizer isso a mim? Está negociando essa mulher, e vem me dizer que ando imaginando as coisas?"

"O negócio acontece porque os homens imaginam as coisas. Coitada da Apsara. Ela precisa de dinheiro."

A coitada da Apsara era bêbada, mas uma bêbada alegre. Providenciamos tudo: Advani foi ao Juhu Centaur no dia seguinte, para encontrar um dos nossos rapazes, que reservara uma suíte em nome de Mehboob Khan. Advani tomou um drinque na suíte, meu rapaz deu-lhe o envelope pardo contendo cinco lakhs e o deixou sozinho. Uma porta se abriu, Apsara entrou esvoaçante, vestindo uma garara branca, tipo Meena Kumari. Engordara, mas a pele ainda era brilhante e clara, e Advani deve ter pensado que estava no paraíso. Ela pediu uma bebida, depois cantou algumas músicas. Ele disse que era seu maior fã. Ela fez algumas cenas, ele representou o papel de Rajesh Khanna no trecho de *Phoolon ki Rani* em que a mulher fatal tomava o tiro no lugar do playboy milionário, pois estava apaixonada por ele. Advani sabia todas as falas daquele diálogo.

Soube de tudo isso por Jojo, no dia seguinte. Ela não conseguia parar de rir. "Então eles representaram juntos?", falei. "E depois? Ele conseguiu fazer alguma coisa?"

"O velho tem um bocado de disposição para alguém tão magro e idoso, foi o que Apsara contou. Acho que ela gostou do jeito dele."

"Ela pensou que ele era Rajesh Khanna, um velho búfalo embriagado saali. As mulheres são malucas."

"Tanto quanto os homens."

E rimos juntos. Naquela altura já estávamos conversando todos os dias. Por qualquer razão, tornou-se uma rotina: no começo eu ligava para ela, geralmente pela manhã, depois que terminava o primeiro telefonema a Bunty. No dia da audiência não a procurei, dormi quando voltei ao pavilhão e fui acordado pelo telefone. "Onde você se meteu, Gaitonde?". Era ela. Conversamos. Depois de Apsara fechamos outros negócios. Advani queria mais agrados, assim como advogados, policiais e juízes. Jojo e eu conversávamos, os negócios ocupavam apenas uma pequena parte do tempo. Falávamos sobre tudo.

Treze meses se passaram.

Treze meses se passaram de repente. Um dia deslizava para o outro. Fui a julgamento, cuidei de minha companhia. As coisas mudaram, as coisas continuaram iguais. Conseguimos que retirassem as acusações contra Dipu e Meetu. Date foi para a penitenciária de Nashik para cumprir o resto de sua sentença, Kataruka foi solto. Prenderam Bunty, que ficou em nosso pavilhão. A ocupação do pavilhão dos jovens mudou, apareceu uma nova Mumtaz para mim. Bunty foi solto. Nossa guerra contra Suleiman Isa continuava. O governo de Maharashtra mudou, o governo de Delhi mudou. Eu comandava e resolvia conflitos na cadeia. No pavilhão, precisei formar um comitê para tomar as decisões relativas à televisão, pois as manhãs de domingo cheias de *Mahabharata* e *Ramayana* faziam que muçulmanos e cristãos se sentissem excluídos. Eles queriam ver seus programas, os rapazes de origem tâmil e malaia pediam para assistir *Hot songs*, com suas músicas, à meia-noite, e depois os maratis exigiram horários fixos para verem seus filmes. Providenciamos cabras inteiras para os presidiários muçulmanos em suas datas festivas, dissemos que tomaríamos as providências necessárias nos dias de jejum, para que os carcereiros não interferissem. Assim, todos viviam felizes. Fora da penitenciária, dávamos as maçãs a Advani, e lá dentro ele nos supria e se ajustava a nós. Meu filho cresceu, aprendeu a andar, nas visitas semanais eu brincava com ele na sala de Advani, e o pegava no colo, sentindo o aroma de orvalho no alto da cabeça enquanto ele esperneava e ria e me falava em línguas que eu não compreendia. Também mudei, dentro da cadeia. Talvez por causa do tempo disponível, tornei-me mais reflexivo, mais interessado no mundo. Lia os jornais regularmente, via todos os noticiários da televisão e os debates políticos aos domingos, além de filmes norte-americanos em inglês. Instruí-me na prisão, tomei consciência de meu passado, da longa história de meu país. Mas, apesar das reflexões, ou por causa delas, surgiu uma moléstia constrangedora: hemorróidas. Uma indisposição menor, nem chegava a ser uma doença, mas como eu sofria. Levantava trêmulo da latrina, tonto de dor, nauseado pelo sangue rubro. Consultei médicos, mudei minha dieta, ingeri ervas receitadas por famosos sábios aiurvédicos, e nada, ainda me retorcia, revirava e sofria. Eu sofria.

"Você anda muito tenso", Jojo disse. "Sua vida é pura tensão. Seu problema é carregar todas as tensões na gaand. Precisa relaxar."

"Entenda bem, minha querida guru", falei. "Sou um don, estou preso, muitas pessoas querem que eu fique aqui, outros tentam me matar. Quer que eu relaxe? Como acha que posso relaxar?"

"Você acha que só a sua vida é dura."

"Não comece com essa história de novo. Vamos supor que eu concorde com você, tudo bem, preciso relaxar. Como posso fazer isso?"

Ela me convenceu a fazer exercícios regularmente, e duas semanas depois introduziu a ioga na cadeia. Advani ficou muito contente com a idéia. Ele conseguiu uma reportagem no *Bombay Times*, com foto colorida e uma legenda que o descrevia como "o diretor de presídio mais progressista do momento". Bunty e meus rapazes gostaram, pois a maioria dos mestres de ioga eram mulheres, e eles passavam uma hora inteira olhando para elas, que se contorciam, viravam e abaixavam. Mas eu proibi as risadinhas e mandei que se concentrassem e seguissem as instruções. Eu precisava confiar na ioga e manter a esperança, pois meu gaand parecia pegar fogo. E afirmo, funcionou. Senti-me mais calmo e relaxado. Não relaxava apenas os músculos, mas no fundo da alma. Aquela inspiração e expiração toda soltou um nó dentro de mim. As hemorróidas melhoraram. Não vou mentir e declarar que fiquei completamente curado, mas afirmo que melhorei setenta por cento.

"Está vendo? Ouça sempre o que digo", Jojo retrucou quando contei a ela. "Setenta por cento é bastante."

"Certo. Agora só de vez em quando sinto que estou soltando lâminas de barbear."

"Gaitonde, para um sujeito durão você choraminga um bocado. Tem idéia de como é dar à luz?" E desligou. Era um de seus temas prediletos: o mundo sofria, as mulheres sofriam mais ainda, e o sofrimento das mulheres passava despercebido. "Os homens, miseráveis, fazem do sofrimento um dever feminino", dizia. "Vejam as mães sofredoras nos filmes. E as mulheres são umas chutiyas por acreditar nisso." No início de nossa amizade, tentei discutir com ela. Perguntava: acha que os homens não sofrem? Vou lhe contar alguns casos de homens destruídos, moribundos, trabalhando a vida inteira por uma miséria, comendo coisas que um cão recusaria. Mas ela sempre tinha quatro histórias para cada uma das minhas, e acabei apreciando seus casos, no meio daqueles relatos escabrosos havia pequenos fragmentos interessantes a seu respeito. Descobri que nascera num vilarejo, fora criada só pela mãe, tinha uma irmã sobre quem jamais falava. O pai morrera cedo. Quando viera para Bombaim, ainda menina, falava só túlu e um pouco de concani, nada de híndi ou inglês. O marido da irmã de Jojo fugira com Jojo ainda jovem, prometendo que a transformaria numa estrela de cinema, mas após meses e meses de visitas aos escritórios dos produtores, ele a forçara a se prostituir com um deles. Disse que todas as moças tinham de fazer assim, ceder era o preço da fama, era parte do negócio, todo mundo se prostituía. Ela havia aprendido isso, e feito isso, mas o tal filme nunca se materializou. Surgiu outro produtor, e mais outro. Ele, o tal namorado, começou a bater nela. Ela já falava híndi fluente, e um pouco de inglês. Fugiu. O namorado a encontrou e espancou. Ela quebrou o queixo dele com a mão do pilão, e ele a deixou em paz depois disso. Mas restava a questão de como ganhar a vida. Ela lutou, passou fome, procurou um dos produtores e cedeu, depois outro. Ficava com o dinheiro para ela, e economizava. Entrou para o sindicato das dançarinas, trabalhou em alguns filmes, como bailarina nas coreografias grandiosas. Por um tempo sustentou o sonho de que seria atriz, uma Mumtaz que galgara os degraus de figurante até os closes gigantescos. Mas não era tão tola para acreditar nisso por muito tempo. Pelo contrário, era bem esperta para compreender a questão da oferta e da procura: conhecia homens ricos, conhecia jovens que precisavam sobreviver na cidade. E assim começou seu negócio. Mas não trabalhava apenas com sexo. Conseguia papéis para as moças. E acabou por se tornar produtora. Com um pouco de dinheiro dela e um pouco do meu, naquele ano pretendia começar o planejamento da produção de uma série para tevê sobre duas moças, amigas do tempo de escola, quando uma delas era a milionária queridinha dos professores, e a outra, uma pobre coitada. As duas iam juntas para a cidade grande e sofriam, sofriam. Jojo foi muito clara a respeito da parceria: "Veja bem, Gaitonde", ela me disse. "Trata-se de um negócio, nada mais, nada menos. Quero todo o dinheiro limpo, em cheque. Nada de gracinhas. Só lhe devo dinheiro, mais nada. Você ofereceu, eu não pedi nada."

"Achcha, baba", falei. Você não me deve mais nada. Relação profissional, só isso." Ela mandou o roteiro do piloto, e eu o li. Nunca mais quero ler um roteiro. Bunty tinha razão. Como ele alertara, que homem suportaria ver cena após cena de mulher chorando por bobagem e abraçando outra? Disse a Jojo que havia gostado. Se queria fazer uma série sobre choradeira, se era isso que as mulheres queriam assistir, então tudo bem. Eu sabia que Jojo, apesar de toda a disposição, dos palavrões irreverentes, em certos dias não saía da cama, não falava com ninguém, e o mundo inteiro lhe parecia uma selva cinzenta, um crematório cheio de cadáveres ambulantes. A sensação pavorosa tomava conta dela por um tempo, e Jojo sobrevivia apenas por se prometer a morte. Foi o que me contou certa manhã.

"Digo a mim mesma que vou me matar se tudo ficar ruim demais. E deixo as pílulas à mão. Depois relaciono as coisas boas da vida. A dor ainda me machuca, mas sei que não é interminável, pois tenho as pílulas. Depois enfrento outro dia. Depois outros."

Ela me assustava. Tentei convencê-la a consultar um padre, um mago ou um médico. Eu tinha visto programas sobre depressão na tevê. Ela me mandou cuidar da vida. "Leia os roteiros da minha série", ela disse. "Quem sabe assim você aprende alguma coisa sobre as mulheres, Gaitonde."

Eu não os lia mais, embora continuasse conversando com ela. Desde o início, recusou-se a me visitar na cadeia. "A única razão de podermos conversar desse jeito é não nos conhecermos, Gaitonde. Não entende isso?" Eu sabia que os homens e o sexo não a intimidavam. Na verdade, era o contrário, ela pegava os homens, escolhia-os e saía com eles. "Por que os homens têm sempre de escolher, perseguir e pegar? Eu ganho meu próprio dinheiro, também quero me divertir. Não sinto vergonha do que desejo." Ela escolhia um homem, de vez em quando, e o levava para a cama. Contou-me isso depois que nos tornamos amigos, com franqueza, sem medo ou vergonha. Quando me contou, senti que a excitação assustada me subia à garganta, como se chegasse à beira do telhado no escuro. "Isso é nojento, Jojo", murmurei ansioso pelo telefone. "Por quê?", ela rebateu na hora. "Você pode pegar os rapazes aí na prisão, por ser homem e precisar se aliviar? Isso não é nojento? E eu sou? Você me faz rir." Claro, eu lhe disse que era diferente, no caso de uma mulher. Ela respondeu: "Sim, sou mulher, e uma mulher pode ter dez vezes mais prazer que um homem. Sabia disso?" Pior que era verdade. Todos sabiam disso. Falei: "Por isso as mulheres saali precisam viver trancadas, não passam de randis". E ela caiu na gargalhada, dizendo: "Mas, meu bhai, você está trancado e eu, solta. Sou livre". Ela era livre. Pegava os homens, dizia que eram seus thokus. Eu ria com as histórias a respeito deles, do jeito como choravam quando ela os abandonava, do tamanho de suas partes, de suas vaidades. Ela se recusava a me encontrar. "Agora não", dizia, "nem depois. Não pretendo me tornar uma de suas thokus, e você não ia querer ser um dos meus. Somos bhidus, bhidu." Era verdade. Amigos.

Em maio a TADA caiu, mas continuei preso. A lei não valia para o resto dos cidadãos, mas como fora acusado durante sua validade, continuava sujeito a ela. Meu caso seria conduzido conforme suas regras, que não eram leis e sim decretos arbitrários. Esbravejei com meus advogados, ameacei contratar outros. Vivemos numa ditadura?, indaguei. Eu não tenho direitos, como cidadão? Quem são vocês, grandes advogados ou bhangis? Para que estou pagando uma montanha de dinheiro?

Finalmente, finalmente levaram meu caso à instância superior, em Bombaim, onde combatemos o bom combate até a vitória. O juiz disse que me deixaria livre com a condição de eu não ameaçar nem tentar fazer contato com as testemunhas da promotoria nos outros casos pendentes contra minha pessoa, e que eu não saísse dos limites da cidade, e mais isso e aquilo. Concordei, disse que concordava com tudo e qualquer coisa, meritíssimo. E de repente eu estava na rua. Fui ao fórum certa manhã e tudo terminou, eu estava no carro, na estrada, a caminho de casa. Foi simples assim. No mesmo instante eu estava no meu quarto, com Subhadra a minha esquerda e meu filho correndo em volta da cama. Tudo parecia assustadoramente calmo, os quartos pareciam imensos, muito maiores do que em minhas reminiscências. Vieram visitas, mas Kataruka não permitiu que entrassem. Tinha muita experiência em ir preso e sair da cadeia. Insistiu que uma festa, visitas e barulho seriam ruins, por mais apropriado que parecesse. Uma noite tranqüila era tudo que eu queria, na verdade. Saboreei o jantar que Subhadra preparou para mim e pus Abhi na cama. Quando a porta se fechou à saída de Kataruka e dos outros, procurei por Subhadra. Ela se entregou, dócil, e aí sim cheguei em casa.

Depois que ela dormiu vesti um kurta e abri a porta. Fui para o telhado, até meu canto predileto, ao lado da caixa d'água. Noite nublada, sem estrelas, só havia o brilho das luzes espalhadas. Eu tinha vinte e sete anos e estava em casa novamente. Sentia o cheiro antigo de óleo, fogo e lixo, um tanto pungente nas narinas, mas vivo, tão cheio de vida. Respirei fundo e liguei para Jojo.

Ela atendeu no primeiro toque. "Gaitonde."

"Estou fora."

"Sei disso."

"Vai se encontrar comigo?"

"Não. Como vai Subhadra?"

"Tudo bem. Não fale nela."

"Tudo bem. Não vamos falar nela."

"Então você se recusa a me conhecer?"

"Eu me recuso totalmente."

"Posso mandar que a peguem a tragam até mim."

"Claro que pode. Fará isso?"

"Claro que não."

"Ótimo. Quer saber de uma coisa, Gaitonde? Vou lhe mandar uma moça."

"Como é?"

"Não banque o tímido comigo, Gaitonde. Sei o que precisa. Vai gostar dela. O preço é alto, mas vai ser bom para você."

"Sabe mesmo o que preciso?"

"Veremos."

Eu vi. Na manhã seguinte ela me mandou uma moça. O nome dela era Suzie, disse que tinha dezoito anos e vinha de Calcutá. Era mestiça de chinês de Calcutá com brâmane bengalês, tinha cabelo preto comprido, braços longos delicados que cruzava e dobrava quando ria, e pele como o mármore mais branco e fino. Eu a fiz deitar de bruços e beijei sua nuca enquanto estava dentro dela. Ela gemeu e apertou o corpo contra o meu.

Depois, do carro, liguei para Jojo. "O que eu falei para você, Gaitonde? Ela não é demais?"

"Você tinha razão."

"Daqui a dois anos terá um programa na MTV, você vai ver."

"Pode até ser. Mas eu pensei em você quando estava em cima dela."

"Você trepa com uma garota de dezoito anos e pensa numa velha como eu? Gaitonde, você é um idiota, como todos os homens deste mundo."

Não pude evitar, ri com ela. Esperara por Suzie num hotelzinho perto de Sahar, agora seguia para casa, pela via expressa. O trânsito andava rápido, o sol refletia no teto dos carros. Eu estava livre. "Estou me sentindo muito bem", disse a Jojo.

"Aproveite", Jojo disse. "Aproveite bastante."

Cheguei em casa às onze. Na prisão costumava acordar cedo, por isso já havia praticado ioga, comido, saído com Suzie. Sentia-me leve. Mas alguns dos rapazes bocejavam. Ordenei que fossem trabalhar. Brinquei um pouco com Abhi, que agora balbuciava palavras e sons sem sentido, apalpava meu rosto e tentava me dizer alguma coisa. Não sabia gramática, nem distinguia passado e futuro, mesmo assim eu o escutava completamente fascinado, com o coração cheio de amor. Ao meio-dia Kataruka entrou na sala onde eu estava com alguns solicitantes. Aproximou-se para sussurrar: "Os nau-numberis estão aqui. Dizem que precisam levá-lo ao distrito. Interrogatório para outro caso".

"Quem é? Majid Khan outra vez?"

"Não conheço esses chutiyas. Dizem que trabalham com Parulkar."

"Filhos-da-mãe. Diga a eles para mandar as perguntas aos meus advogados."

"Já disse. Eles têm uma ordem do juiz."

"Sei. E o juiz pega a mãe deles pelo gaand todas as noites. Diga que esperem um pouco. Irei quando puder. E mande um advogado vir para cá."

"Sim, bhai." Kataruka sorria. "Os maderchods não têm modos. Não sinto vontade nem de lhes oferecer chai."

"Não têm modos?"

"Eles estacionaram a van na frente da casa e se recusaram a tirá-la de lá. Muito arrogantes, bhai. Tragam Gaitonde aqui agora mesmo, falaram. São de alguma unidade especial, tipo comandos, dois deles têm carabinas, um tem jhadoo. Acham que são heróis."

E saiu, assobiando uma canção. Dei as costas aos suplicantes, pais que pediam emprego para os filhos. Estava distraído, pensando naquele aborrecimento. Comandos com Sten e AK-47s significavam que havia uma nova unidade de elite, alguma iniciativa do governo para passar a impressão de que combatiam seriamente o crime organizado. Não ia dar em nada a longo prazo, mas poderiam aborrecer agora. Fiz promessas aos visitantes, pedi que voltassem dentro de uma semana. Quando um dos rapazes abriu a porta para eles, ouvimos claramente as vozes alteradas, iradas, um grito e a resposta de Kataruka. Falava alto, com dureza. Polícia bhenchod, berrando dentro da minha casa. Maderchods. Levantei, percorri o longo corredor, passando pela família de solicitantes, pai, mãe, tios e filho. Mesmo com raiva eu senti o aroma de casa, de cebola frita, haldi e óleo do almoço que preparavam na cozinha. Respirei fundo. "Tragam Gaitonde aqui *agora*", o policial rosnou. Entre mim e eles eu via alguns dos rapazes e outros visitantes, todos reunidos para acompanhar a discussão. Pelo meio vi o rosto e os ombros do policial, outro vinha atrás dele, empunhando o AK-47 reluzente. "Quando ele estiver pronto virá falar com vocês", Kataruka respondeu, no mesmo tom raivoso do policial. Tentei passar pelas pessoas aglomeradas. Queria participar da gritaria também. Via apenas dois policiais. Na minha frente estava Dipu, sofisticado e metropolitano depois que entrou para nosso serviço, de cabelo cortado.

Perguntei a Dipu, ao passar por ele: "Quantos policiais vieram?".

Ele disse, no meu ouvido: "Quatro, bhai".

Vi o terceiro policial, parado à esquerda. Ele mantinha a carabina pronta, no ombro, com o dedo no gatilho. Ao dar um passo, entendi tudo: quatro policiais, apenas quatro, com armas automáticas, chegando de van para pegar Ganesh Gaitonde. Não fazia o menor sentido. O policial que gritava aproximou-se mais de Kataruka, e ao se mover ele me viu. Nossos olhos se cruzaram. Virei e saí correndo.

Abaixei-me e avancei por entre os disparos das armas, corpos caindo e gritos. Cheguei ao meu quarto, ofegante, procurando a pistola atrás da guarda da cama. Fechara a porta ao passar, mas os tiros varavam paredes, lascando o reboco, e eu tinha pouco tempo. Pulei a janela do lado direito da cama. Caí entre a parede lateral da casa e o muro, percebi que fraturara algum osso do braço, mas precisava continuar correndo. Saí pelo portão dos fundos, dois dos rapazes surgiram e me levaram para as vielas próximas. Viramos duas vezes, entramos numa casa e a porta se fechou atrás de nós. Deitamos os três no chão, derrubados pela exaustão, como se tivéssemos corrido dez quilômetros.

O tiroteio prosseguia ali perto, mas agora, além do matraquear das carabinas e dos AK-47, havia os disparos dos rapazes, que reagiam com tiros individuais. De repente, acabou. Cessaram os tiros, só os gritos eram ouvidos, uivos desesperados a percorrer o basti. Eu estava vivo.

Saí do beco segurando o braço. Só naquele momento, quando comecei a andar, senti uma queimação dolorida na parte inferior do corpo, como se alguém tivesse enfiado um ferro quente no meu traseiro. "Está sangrando, bhai", alguém me disse. Empurrei-o para o lado e entrei na casa. "Pegamos um deles", um dos rapazes disse. Eles acertaram um deles, caiu perto do portão da frente com a perna dobrada debaixo do corpo. Dentro de casa, no salão da frente, havia sangue no teto, pedaços de carne na parede. Dipu estava morto, e Kataruka também.

Dezessete homens morreram na minha casa naquele dia, além de quatro mulheres e uma criança. Mas naquele momento ainda não tínhamos feito a contagem, só vi corpos amontoados. Só quando começamos a pegá-los para levar para fora encontramos Subhadra e Abhi, quase no final do corredor, na cozinha, aninhados debaixo de seu sári azul. Os dois morreram pela mesma bala de AK-47 que varara a porta e os acertara. Estavam mortos. Minha esposa estava morta. Meu filho estava morto.

Voltei para a cadeia. Depois que engessaram meu pulso e costuraram meu ferimento, depois que cremamos nossos mortos, consideramos as opções. Já sabíamos que os policiais que nos tinham atacado não eram policiais, e sim homens de Suleiman Isa, que os uniformes haviam sido comprados na Maganlal Dresswallah, que a van era roubada — pelo menos foi o que a polícia de verdade declarou — do quartel na Zona 13. Sabíamos, por fonte confiável, que o supari pago àquela missão suicida era dois crores, de modo que os quatro maderchods que invadiram minha casa saíram com cinqüenta lakhs cada um. Mas dois deles não conseguiram escapar, um morreu bem ali no meu quintal, o outro cobriu o interior da van com o sangue que vomitou. Morreu no mesmo dia. Mesmo assim, meus inimigos quase conseguiram o que queriam. Eles não podiam dizer que haviam abatido Ganesh Gaitonde em seu próprio basti, em sua própria morada, mas se gabaram de terem me atingido em meu covil, de me terem feito fugir correndo, um covarde com uma bala na gaand. Envergonhavam-se de ter quebrado uma regra tácita das companhias, que proibia ferir membros da família, mas podiam alegar que havia sido um acidente, e podiam dizer que tinham acertado minha gaand.

Mas eu havia sobrevivido. Era o que importava. O mundo podia falar qualquer coisa, eu continuava vivo. E é só isso o que importa, no final das contas. Honra e orgulho são sonhos que alimentam os homens, sonhos pelos quais eles morrem, mas meus rapazes entenderam que, até mesmo para eles, era melhor que eu seguisse vivo. Ainda estava lá, para me recuperar, planejar, vingar. Precisava continuar vivo. Por isso voltei para a cadeia. Foi fácil providenciar. Entrei no carro com alguns rapazes e fui para Mulund. Paramos o carro na barreira de

Mulund e os rapazes puxaram briga com os guardas. Desci e gritei também, os rapazes me chamavam ostensivamente de "Ganesh bhai", só para ter certeza de que os mamus estúpidos vissem quem eu era. Voltamos a entrar no carro e fomos em frente, ultrapassando os limites da cidade.

Assim descumpri as condições para minha soltura sob fiança, e deveria ser reconduzido ao único abrigo seguro para mim no momento. Eu sabia que dessa vez haviam sido falsos policiais, mas na próxima os verdadeiros poderiam ir me buscar para dar uma volta numa van preta, um passeio que terminaria com uma bala na minha cabeça. Cada porta da cidade ocultava um assassino, cada dia era uma batalha. Eu me tornara importante demais para continuar vivo. E a cadeia seria meu castelo inexpugnável, onde os muros, as regras e as imposições criavam um lar para mim, onde os carcereiros eram responsáveis por evitar qualquer ataque e onde eu continuaria a cuidar dos negócios, sem interferências.

Retornei à antiga rotina. Havia rostos novos nos pavilhões, mas o mesmo arranjo de dhurries se fez em torno do meu próprio tapete, por ordem de antiguidade. A vida seguiu como antes. Mas eu estava sozinho, completamente sozinho. Meus rapazes eram a família que restara, sempre muito gentis, por respeito a meus ferimentos e minhas perdas. Eles cuidavam de mim e eu, dos negócios. No fundo do coração, porém, eu estava sozinho. Muitos haviam morrido, e não apenas no derradeiro ataque, mas a cada dia, nas batalhas. E eu continuava vivo. Por quê? Por quê? Esperava uma resposta. Praticava ioga pela manhã, de tarde fazia pranaiama. Mas perdia a calma duramente conquistada quando o riso de Abhi chegava com o sol da tarde. De noite eu repousava ansioso a cabeça no travesseiro, pois sabia que ele apareceria nos meus sonhos, mas a própria espera espantava o sono. Sentia a cabeça leve. Andava pelo mundo como um homem flutuava dentro de um sonho.

"Tudo é estranho demais", falei a Jojo, tarde da noite, ao telefone. "Sinto-me como um espectro errante. Como se vivesse uma história alheia. Como se um projetor matraqueasse e eu me movesse na tela."

"Vai passar, Gaitonde", ela disse. "A dor passa. Sempre passa."

Ela parecia muito próxima, como se estivesse na cama ao lado. Eu a fiz comprar um celular novo, e arranjei um para mim também, falávamos apenas por meio dessa nova conexão. Deixara outros números para os negócios. Meus inimigos não pretendiam assassinar minha família, eu sabia, mesmo assim temia por Jojo. Disse a ela que nossa ligação deveria ficar ainda mais invisível para o mundo, pois pegaria mal para sua imagem na mídia se corresse a notícia de nossa amizade. Isso ela entendeu, e passou a agir de modo mais discreto ainda. Conversávamos tarde da noite, pelos telefones especiais.

"Gaitonde?", ela disse. "Alô?"

"Oi", falei. "Estou aqui." Mas não tinha certeza de que estava realmente ali. Um filho enraíza um homem no mundo. Arranque essa conexão e ele se perde. "Sabe do que sinto falta? Do cheiro do cabelo dele após o banho."

"Sei. E do que sente falta, de Subhadra?"

Encontrava dificuldade em visualizar seu rosto, em lembrar como ela era. Claro, não contei isso a Jojo. "Ela costumava me levar leite de noite, na cama", falei, mas Jojo percebera a hesitação. Não comentou nada, porém, e não fez outro sermão sobre homens e mulheres.

"Gaitonde. Você nunca fala de seu pai e de sua mãe."

"Não."

"Quem era sua mãe?"

"Uma mulher, ora."

"O que mais? Como ela era?"

"Era minha mãe e pronto. Esqueça. Chega dessa conversa maderchod."

Ela sentiu a contrariedade em meu tom de voz e ficou quieta. Eu não queria cortar a conversa, não queria o silêncio, não o suportava. "Fale você sobre seu pai e sua mãe", pedi. Ouvia sua respiração. "Jojo?"

"Estou tentando não xingar você. Afinal, já anda bastante tenso."

"Se eu não estivesse tenso, você me daria gaalis?"

"Qualquer um que fala assim comigo ouve gaalis."

Eu estava deitado no chão, num canto do alojamento. Gostava de sentir o frio do cimento na nuca. Através da janela eu via o muro negro com cacos de vidro reluzentes no alto a refletir o luar. Sorri de leve, não pude controlar. A raiva de Jojo, sua impetuosidade me faziam sorrir. Ao vivo eu a teria odiado, suponho. Mas, pelo telefone, eu aqui e ela lá, dava vontade de rir. "Sabe, madame", falei. "Já tenho tensão de sobra. Desculpe-me. Fale sobre sua mãe."

Jojo contou a história do pai, capitão de navio. Comandava navios pequenos para uma grande companhia, passava meses fora de casa. Quando voltava para casa queria silêncio. Os papagaios no pomar atrás da casa provocavam ataques de fúria, disparava fogos de artifício na copa das árvores, e acabou comprando uma espingarda. Mas a matança de cucos e pardais não espantava os papagaios, eles pousavam na cabeça dos espantalhos, faziam ninhos em sua barriga. Finalmente ele se refugiou na poltrona do quarto, com tampões nos ouvidos e um lenço preto nos olhos. As filhas andavam na ponta dos pés, tentavam ficar acordadas até tarde para ouvir trechos das conversas entre ele e a mãe delas. Nunca ouviram nada que lhes revelasse algo a respeito dele, nem mesmo durante as refeições, quando ele dizia no máximo que o peixe com curry estava salgado e que não havia dinheiro para os vestidos de Páscoa. Assim viviam até ele sair de novo, por alguns meses. Quando Jojo tinha onze anos, o pai barbudo morreu de ataque cardíaco na ponte de seu novo navio, num dia chuvoso, no golfo Pérsico. Morreu sentado na cadeira do capitão, com um lenço preto nos olhos, de modo que os marinheiros pensaram que dormia. Finalmente encontrara o silêncio, Jojo pensou. Mas não houve calma para elas, pois descobriram que a pensão dele era pequena. Empobreceram, mas a mãe de Jojo não se intimidou nem esmoreceu. Tenho minhas terras, disse, recuso-me a viver na miséria, chorando, só porque Deus levou meu marido. Deus é misericordioso e tomará conta de nós. Ela as criou com trabalho duro, dificuldade e disciplina. Vocês têm de pagar por sua comida neste mundo, ela dizia, lembrem-se disso.

"Perguntei certa vez a respeito deles, marido e mulher, os dois juntos", Jojo disse. "Como ela conseguiu aturá-lo por tantos anos, sempre em silêncio. Por quê?"

"E ela, o que disse?"

"Ela não disse nada. Costumava fazer um movimento com a boca, fechá-la como se estivesse irritada, e erguer a mão num gesto. Como se você fosse tola por perguntar. Depois voltava ao trabalho. Vivia trabalhando."

"Quando ela morreu?"

"Depois dos problemas que tive com minha irmã. Só fiquei sabendo um ano depois do ocorrido."

O problema fora com o marido da irmã, mas deixei passar. Quando as mulheres falam de seus problemas, é melhor ignorar certas coisas. Aprendi isso nas longas conversas com Jojo, a paladina das mulheres. Se você discute, ouve argumentos aos gritos, depois vem o silêncio. E eu queria que Jojo falasse, precisava ouvir sua voz. Tarde da noite, ela me salvava com sua conversa.

De manhã, eu lia os jornais. Começava pelos escritos em marati, depois lia os hindus e finalmente os ingleses. Minha leitura em inglês era muito lenta e entrecortada, eu precisava interrompê-la com freqüência e perguntar aos rapazes a respeito do sentido ou da construção. Tinha um dicionário inglês-marati, mesmo assim dava muito trabalho, e no final eu acabava por me exasperar. "Grupo de Gaitonde tenta superar perdas", disse o *Times of India*, e no final do artigo eu sentia vontade de matar o anônimo "correspondente especial". Não apenas por causa dos erros a cada duas frases, da reportagem descuidada, mas pelo tom, a insinuação arrogante de que o autor sabia de tudo, até mesmo o que se passava dentro da cabeça de Gaitonde: "Enquanto Gaitonde pranteia a esposa e lambe as feridas numa cela, Suleiman Isa consolida seu poder". Aqueles wallahs que sabiam inglês sempre se achavam superiores, como se o mundo em que viviam fosse muito distante do meu pavilhão, das minhas ruas, da minha casa. Quando eu me irritava os rapazes sorriam e perguntavam, se isso o incomoda, bhai, para que ler essas bobagens?

Eu não lhes contava, mas lia aqueles bobagens porque me faziam sentir vivo. Naquele Gaitonde retratado nas colunas do jornal havia uma vitalidade que eu não sentia visceralmente. Era um sujeito duro, confiante, ferido mas implacável, que planejava seu retorno. Ao olhá-lo, eu sentia orgulho. Aquilo sim era um homem. Por isso não matei nenhum repórter. Na verdade, concedia entrevistas. Mandava garrafas de uísque para eles, agraciava-os com minhas confidências. Todos queriam saber a história da minha vida, e eu lhes contava muitas histórias. Imprimiam tudo. Nosso rendimento cresceu, e vinham mais rapazes do que nunca, interessados em participar.

Foi nessa época de fama crescente na Índia inteira que um dos guardas me procurou. "Bhai", ele disse, "tem um chutiya maluco no Pavilhão Quatro que fica dizendo que o conheceu antes de você ser Ganesh Gaitonde."

"Quando eu tinha outro nome? Nunca tive outro nome. Sempre fui Ganesh Gaitonde."

"Eu não sei o que ele quer dizer, bhai. Ele é maluco. Mas não pára de falar nisso."

"Então esquece. Por que veio me incomodar com esse assunto?"

"Lamento, bhai." Ele se afastou, de cabeça baixa, rindo. "Desculpe-me. Ele é um vediya, acredita ser Dev Anand. Vive com o dedo no nariz, assim, o desgraçado."

"Espere", falei. "Espere. Esse sujeito. Ele está com os budhaus? Já é velho?"

"Sim, bhai. Não é muito velho, mas tem cabelos brancos. Ele faz um topete igual ao de Dev Anand."

Abri a boca, depois a fechei. Falei, com tranqüilidade: "Traga-o aqui".

"Vou lhe dizer que você quer dar papel a ele, bhai. Assim virá correndo."

"Papel?"

"Ele desenha, bhai."

"Desenha? Tudo bem, vá buscá-lo logo de uma vez. Já. Vá, vá."

Esperei durante dez minutos, enquanto os diversos guardas recebiam instruções. E logo lá estava ele. Reconheci-o assim que entrou pela porta do extremo oposto do alojamento, passando por centenas de homens. Corcunda, mais magro ainda, sem dúvida ali estava Mathu. Sim, o mesmo Mathu que me acompanhara no barco, havia muito tempo, que viajara comigo através dos mares para buscar ouro, que fora meu parceiro na destruição de Salim Kaka. Aproximou-se lentamente, ladeado por dois dos meus rapazes, me observando com olhos vivos sob as sobrancelhas desgrenhadas. Tinha barba curta, e o penteado caprichado sumira. Não usava mais talco em seu nariz de roedor, mas mantinha o topete de Dev Anand, que formava uma curva suave. O cabelo era branco, totalmente branco. Havia sujeira nas canelas e joelhos descobertos, e quando chegou precisei de força de vontade para agüentar o fedor de velhice, suor e tristeza.

"Mathu", falei, dispensando os rapazes com um gesto.

Ele agarrou o maço de papel entre as mãos, balançou a cabeça de um lado para outro e disse: "Sim, é Ganesh". Depois ficou em silêncio, paradinho ali. Olhava para mim como se me medisse. Não era hostil, nem medroso, apenas avaliava. Depois se mostrou satisfeito e perdeu o interesse por mim, que concentrou no nariz. Atirou longe uma meleca esverdeada e depois olhou em volta do pavilhão e começou a examinar o saco cheio de papel que levava consigo.

"Mathu, seu malandro", falei. "Por onde andou? O que aconteceu com você?" Ele me irritava, muito tempo atrás, mas agora afeição, surpresa e preocupação me moviam, levantei-me e dei um tapa em suas costas, parando quando os ossos machucaram minha mão. Ele tremia de fome. "Mathu, quer comer alguma coisa?"

A pergunta atraiu sua atenção. "Quero, Ganesh."

Arranjamos comida para ele. Recurvado sobre o bhakri com chutney de alho, ele comeu. Seus papéis estavam firmemente seguros sob a coxa direita. Chamei o carcereiro e o interroguei a respeito de Mathu. "Está aqui desde que cheguei, bhai", o guarda disse. "Já faz quase cinco anos. Sei que já vivia aqui fazia tempo, veio para cá transferido de Arthur Road, onde passou pelo menos um ano."

"Por quê?"

"Pelo que sei, bhai, foi acusado de matar o irmão."

"Por que não foi julgado, então?"

"A família alega que ele é mentalmente incapaz de ir a julgamento, bhai. Conseguiram que um médico subserviente declarasse isso. Por isso eles o transferem de uma prisão a outra."

Eles continuariam evitando o julgamento, e manteriam Mathu na cadeia por mais tempo do que se fosse condenado por homicídio e cumprisse a sentença. Filhos-da-mãe. "Quem foram os responsáveis por ele vir para cá?"

"Ele tem outro irmão, e uma irmã. Foi tudo por causa dos bens."

Fiquei sabendo que Mathu pegou sua parte do ouro e voltou para casa, para Vasai. Disse à irmã e aos irmãos que estivera em Dubai, fizera bons negócios e retornara para cuidar de todos. Então fizeram dele chefe da casa, claro, mesmo sendo o mais novo. O gaandu gastou dinheiro com os parentes: comprou casas para todos, vizinhas, depois montaram um negócio juntos. Eles fizeram que se casasse. Depois, claro, os irmãos, as irmãs, as cunhadas e o cunhado começaram a brigar. Desentenderam-se por causa do terreno, do dinheiro e de quem era a responsabilidade pelas perdas no negócio. Finalmente tomaram a decisão de desfazer a sociedade. Mathu não queria, viu que seu ouro todo ia sumir, mas havia passado escritura de tudo em nome dos irmãos, e a empresa tinha vários sócios. Eles fizeram alianças e conspiraram contra ele, enquanto Mathu procurava um por um, pedindo que fossem bons uns com os outros, deixassem a raiva de lado, se lembrassem do pai e da mãe. Mas as disputas pioraram, e finalmente o irmão mais velho foi assassinado. Encontraram o sujeito certa manhã, no escritório dele, com um fio elétrico enrolado no pescoço, tão apertado que cortara a carne. Levara trinta e duas facadas. Nada fora roubado, não mexeram em nada. A única porta do escritório estava trancada. Os policiais concluíram que o assassino era algum conhecido da vítima. Encontraram a faca suja de sangue na casa de Mathu. Ele não apresentou testemunhas que comprovassem sua presença em outro lugar naquela noite. A esposa estava visitando os pais. Os parentes de Mathu declararam que ele vinha agindo de modo estranho recentemente, que ofendera e insultara o irmão morto, ameaçando matá-lo. Por isso Mathu foi detido para investigação, enviado para a penitenciária para aguardar julgamento, e continuava esperando isso ocorrer. Não lhe restava mais nenhum dinheiro, e de todo modo, não poderia contratar um advogado. Era maluco.

"O que há nos papéis, Mathu?", perguntei.

Ele se encolheu todo, dobrou o corpo e começou a gemer baixinho.

"Ele teme que você queira tomar os papéis. No pavilhão geral os prisioneiros zombam dele, pegam os papéis, os lápis e as canetas. Por isso o pusemos com os velhos. Ele passa o dia inteiro sentado, desenhando."

"O que você desenha, Mathu?" Passei a mão no ombro dele. "Vamos lá, você se lembra de mim. Saímos juntos naquele barco. Você disse que me conhecia. Você me conhece. Sou Ganesh Gaitonde."

Ele se voltou para mim, permitiu que eu o erguesse para puxar os papéis que estavam sob sua perna. Havia pedaços de papel, jornais velhos, envelopes abertos e esticados, recibos e documentos da prisão. Todos os espaços em branco dos pedacinhos de papel haviam sido cobertos de desenhos de homens, mulheres, animais e prédios minúsculos. Mathu era um grande artista. Dava para perceber o que um homem sentia, e se um animal tinha medo. As árvores se curvavam com a força do vento forte, e a luz da rua iluminava trechos de uma ruela escura. As pessoas conversavam por meio de balõezinhos, mas os desenhos eram tão pequenos e amontoados que mal dava para decifrar o que diziam, mesmo se aproximássemos os olhos a poucos centímetros da folha. Era uma espécie de história em quadrinhos gaandu maluca, dava tontura só de olhar para ela, para o monte de figuras indo para cima e para baixo no papel, passando de uma folha a outra, cada centímetro quadrado lotado de discussão, briga ou declaração de amor, percebia-se que estava tudo conectado, que de algum modo aquilo fazia sentido.

"Isso é muito bom, Mathu. O que está desenhando?"

Ele ficou excitado com minha pergunta. Vi o Mathu que conhecera um dia, o Mathu fiel a Dev Anand, mesmo no tempo de Amitabh Bachchan, que gostava de empinar pipas do amanhecer até o anoitecer, no caminho para Sakranti, que adorava azul-marinho porque uma amiga da irmã um dia afirmara que ele ficava bem com a cor. Ele abriu um sorriso largo, mostrando as falhas nos dentes amarelados, e disse: "Minha vida, Ganesh".

Ponderei um pouco. Depois que ele falou notei um menino de uns cinco anos, de short e chappals, caminhando na borda irregular de um envelope rasgado. "Este aqui é você?"

"Sim."

"Por quê?"

A pergunta o fez calar. Não tinha resposta para ela. Abaixou a cabeça e depois de um tempo começou a chorar. Abracei-o e o trouxe para perto de mim, pedindo a um dos rapazes que trouxesse um bloco que costumávamos usar. "Aqui está, Mathu. Bastante papel. Quer mais?"

"Sim." Seu nariz escorria, pingando no bloco. Ele olhou para o papel pautado. "E canetas. De cores diferentes."

"Vamos providenciar tudo isso. Não se preocupe."

Ele fez que sim, feliz, e naquele gesto vi o jovem Mathu quando dizia "sim" à proposta de ir ao cinema, dizendo "sim" a falooda e passeios. Ordenei que fosse lavado e o mandei de volta para o alojamento dele com papel, escoltado por dois dos meus rapazes. Depois, tremendo, ergui os joelhos e comecei a pensar. Eu poderia ter providenciado sua soltura, claro, mas o guarda contou que ele mal conseguia sobreviver sem ajuda, ali na cadeia. Dava sua comida a quem quer que lhe fornecesse uma caneta, esquecia-se de comer quando serviam a refeição. Só queria desenhar sua vida. Com o ritmo atual — após sete ou oito anos de desenhos ele estava no primeiro dia de aula do segundo ano do ciclo básico — chegaria a nossa viagem com Salim Kaka em vinte ou trinta anos. Não representava perigo para mim. Por isso, na manhã seguinte dei algumas ordens e designei o guarda que trouxera Mathu até minha presença como seu guardião perpétuo. Dei a Mathu uma pensão mensal, considerável se levássemos em conta que tinha pensão gratuita, ele realmente só precisava de papel e material de desenho. Deveria ser alimentado, vestido e conduzido ao hospital uma vez por mês. Qualquer um que o incomodasse quando estivesse desenhando teria de se ver comigo.

Então, Mathu desenhava sua vida. Eu tinha tempo para pensar na minha, na cadeia. Apesar das tragédias, minha vida era boa, isso eu podia ver. Eu tinha fama, poder, e avançava. Sofrera derrotas, mas sabia me recobrar e reagir. Aprendia com meus erros. Seguia em frente. Mas para onde? Para onde eu ia? Se tivesse de desenhar minha vida, para onde rumaria após o encontro com Mathu?

Então, no meio da digressão, Bunty veio fazer um relatório. Não quis dar as informações por telefone, e não queria mandar nada por escrito. Nosso esquema era evitar a presença dos gerentes na penitenciária. Havia muitos casos pendentes contra Bunty, e mesmo assim ele veio até a sala da carceragem. Fechou a porta e puxou uma cadeira para perto de mim. "Bhai", ele disse, "é sobre Sharma-ji."

"Descobriram finalmente para quem ele trabalha?"

"Primeiro o encontramos, bhai. Um dinheirinho aqui, uma perguntinha ali... o nome de Sharma-ji é Trivedi, na verdade. Ele é dono de postos de gasolina em Meerut, mantém um relacionamento antigo com os políticos de lá. Costumava ser Jana Sanghi, mas abandonou o partido no início dos anos 80. Ele, o primo e alguns outros fundaram um partido novo, Akhand Bharat. O partido ainda existe, mas conseguiu eleger apenas alguns vereadores, nunca chegaram à assembléia estadual ou ao parlamento."

"E então?"

"Ele vive bem, bhai. Tem uma mansão chamada Janki Kutir, três pavimentos, grande feito um cinema. Tudo em mármore branco. E o partido Akhand Bharat ainda funciona, gastando dinheiro demais para seu pequeno porte. Nem tudo vem dos postos de gasolina. E não daria para pagar as encomendas que trazemos. Por isso investiguei um pouco mais. Seguimos o sujeito durante alguns meses. Nada. Sua rotina é sempre a mesma, templo e postos de gasolina pela manhã, escritório do partido à tarde. Nove filhos, muitos netos, família grande e unida. Tem um escritório em casa, passa as noites lá."

"E daí?"

"Arranjamos uma fonte no departamento de telefone, não precisamos gastar muito. Conseguimos uma lista de todas as ligações feitas a partir de seu escritório. Investigamos os números repetidos, ele ligava para um celular todos os sábados. Na época da última entrega ele passou a telefonar para lá todos os dias. Por isso precisamos arranjar alguém dentro da companhia de celular. Demorou mais, exigiu mais dinheiro."

"Conclusão?"

"Descobrimos que o celular pertence a um tal de Bathia, Jaipal Bathia, que reside em Delhi, na South Extension. Num belo bangalô, mora Bathia. Sua única ocupação e atividade é trabalhar como secretário particular de Madan Bhandari."

"E quem vem a ser Bhandari?"

"Bhandari não é ninguém. Não passa de um empresário do ramo de plásticos e têxteis. Faturamento de vinte, trinta crore. Só se torna interessante porque, além das fábricas, tem um grande amor na vida, acima até da esposa e dos filhos. Ele é o principal discípulo e bhakt de Shridhar Shukla."

"Shridhar Shukla, o swami?"

"Ele mesmo. Ele é o chefe. O líder. Disso eu tenho certeza."

Aquilo realmente mudava o jogo inteiro. Swami Shridhar Shukla era um swami internacional, almoçava com presidentes e primeiros-ministros, lia a sorte de ministros, as estrelas de cinema compareciam às dúzias a seus darshans. Falava hindu brâmane perfeito, além de inglês fluente. Um sujeito impressionante. Tinha altas conexões.

"Maderchod", falei. "Maderchod."

Bunty balançou a cabeça. Ele entendia nosso problema, que era não ter a menor idéia de qual era nosso problema. Não sabíamos em que mar navegávamos. Levantei-me, dei uma volta pela sala. Nehru olhava para mim. Encarei-o também: andei descobrindo umas coisas, seu safado, você não foi tão bom assim para o país. "Vamos agir diretamente", falei. "Ponha aquele desgraçado no telefone. Como é o nome dele?"

"Trivedi."

"Isso, Trivedi. Diga a ele que eu quero falar com o tal Shukla. No máximo, até amanhã à noite. Sem discussão, sem conversa fiada. Quero falar diretamente com Shukla. Caso contrário, haverá confusão."

Eu o abracei. Fizera um bom trabalho. Voltei ao pavilhão, passei uma noite agitado, inquieto. Jojo notou isso. "Você está diferente", ela disse. "Está difícil conversar. Distanciou-se muito. Hoje está diferente."

"Não consigo dormir." Eu andava pelo alojamento, de uma ponta a outra, na minha parte, longe do revoltante amontoado de presos adormecidos para lá dos limites de nossa companhia.

"Não é só isso. Está diferente. Furioso ou algo assim."

Não era fúria, era algo assim. Estava excitado, como se fosse entrar por uma porta misteriosa. Falei com Jojo, depois dormi de leve. Meu outro telefone tocou às seis da manhã, atendi no primeiro toque.

"Ganesh", disse uma voz.

Fiquei calado. Reconhecia a voz, mas não de onde.

"Ganesh", ele disse novamente. Era uma voz profunda, séria. Uma voz clara, cara, e muito suave.

"Swami-ji", falei. Não pretendia incluir o "ji", mas acabou saindo.

"Não pronuncie meu nome ao telefone, beta."

"Meu amigo passou este número?"

"Sim, ele o passou para mim."

"Precisamos conversar."

"Concordo. Mas não assim. Cara a cara."

"Talvez não seja muito em breve."

"Não se preocupe. Vi seu mapa. A liberdade consta em seu futuro, beta."

"Como?"

"Desconheço os detalhes, beta. Sou sempre honesto quanto a isso. Mas posso ver. Sairá da cadeia em breve. Depois nos encontraremos."

"Você tem meu mapa?"

"Ando observando você. Esperando você. Agora você me descobriu."

"Estava esperando?"

"Sim. Agora você está pronto. A vida precisava ensinar-lhe algumas lições, sua ioga precisava aprofundar sua consciência. Então, estaria pronto. E viria a mim, como veio."

Era impossível discutir com ele. Havia uma força irresistível no fluxo suave daquela voz. Senti a garganta apertada, pisquei para afastar a névoa dos olhos. "Sim", falei, "isso mesmo."

"Não se preocupe, Ganesh", ele disse. "Mantenha a calma, fique tranqüilo. Pratique sua ioga. Aguarde. O tempo passará e mudará seu rumo. O tempo dará muitas voltas. Tenha paciência."

E depois disso ele desligou. Eu o vi na televisão naquela tarde. Sentado de pernas cruzadas em cima de um estrado, apoiado em almofadas brancas redondas, falava por um microfone prateado resplandecente. Fora de foco, no fundo, atrás de sua cabeça, eu via o reflexo metálico dos raios de uma das rodas de sua cadeira. Não notara antes que ele era um homem extremamente bem apessoado, com cabelos brancos abundantes mas não compridos demais a emoldurar a cabeça, destacando a vivacidade saudável de seu rosto bem barbeado. Não saberia dizer sua idade. Os discípulos estavam sentados em fileiras regulares, homens de um lado, mulheres do outro. A fala do dia abordava o sucesso. Por que, ele perguntou, o fracasso nos atormenta tanto? E depois, por que o sucesso tantas vezes nos deixa novamente insatisfeitos? Por que a chegada nos decepciona, apesar de ter sido avidamente esperada, de ter sido tão duro e difícil percorrer uma estrada cruel? Por quê? A resposta em todos os casos, Shukla-ji disse, é que acreditamos na ilusão do eu. Eu sou o autor, acreditamos. Exclamamos isso ao mundo, eu estou fazendo isso, eu aquilo, eu, eu, eu. Acreditar nisso é a mais ardilosa das ilusões, pensamos que nossos malogros são culpa nossa, que resultam dos traços da personalidade. Acreditamos em nossas vitórias. Contudo, quando triunfamos, descobrimos que tudo não passa de ilusão, a ilusão do eu, que só pode existir no futuro ou no passado. Ela se mantém eternamente alienada do presente, e enquanto acreditarmos nisso só conheceremos a derrota. Apenas quando transcendemos essa ilusão e rimos dela conseguimos desfrutar o prazer do momento, e rir por estarmos realmente vivos. Swami-ji disse, meus filhos, doem suas ações e descubram sua verdadeira natureza. Conheçam a si mesmos.

Tive de me afastar da televisão. Era como se ele falasse comigo, só comigo. Precisei me controlar, fingir que ouvia distraidamente, fazer piadas sobre gurus e swamis, e não consegui ficar com ele por muito tempo. Tínhamos uma conexão secreta, ele e eu, e por causa disso eu não poderia ter uma ligação pública com ele. Era arriscado demais, perigoso demais. Não só para mim como também para ele. Portanto, levantei-me e fui embora. Os rapazes mudaram de canal, para a parada de sucessos musical.

Permiti que escutassem as canções dos filmes, mas segui o conselho de Swami-ji. Aprofundei a meditação, aumentando a concentração e a duração. Meus rapazes se impressionaram com minha calma interior, com a melhoria da memória e da capacidade de amar. Eu perguntava sobre suas famílias, lembrava o nome de suas esposas e chaavis, interessava-me pelos filhos. Providenciamos para que Date fosse transferido da cadeia de Nashik e pudesse ficar comigo no pavilhão. Ele me abraçou quando me viu, foi um longo abraço. A primeira coisa que disse: "Bhai, você parece mais novo. Está tão jovem como um menino".

Sentia-me exaurido, como um campo antigo muito arado. Mas ele estava vendo os primeiros brotos da nova semeadura. Lá fora as monções haviam começado, sentávamo-nos perto da janela e olhávamos a água bater nos telhados. Os negócios iam bem. O dinheiro entrava, o dinheiro saía, mais dinheiro entrava. Nossa guerra contra Suleiman Isa prosseguia. Sabia que os rapazes ansiavam por um golpe decisivo, uma desforra terrível contra nossos inimigos. Disse a eles para ter paciência. Quando a safra estiver pronta, poderá ser colhida. Esperem. Eu esperava. Muito calmo.

No final de julho recebi um chamado da sala de Advani. "Saab quer vê-lo em seu escritório", o guarda falou. "É muito urgente."

Senti um receio súbito, ainda era cedo, eu ainda estava no horário de minhas orações matinais. Advani jamais me incomodava naquele momento, e algo muito sério deveria ter acontecido para ele me chamar. Calcei os chappals e pulando de pedra em pedra percorremos o pátio, que agora era uma lagoa de água da chuva. As nuvens pairavam sombrias lá no alto, estava tudo calmo, o mundo inteiro lotado apenas da água que caía. Ao lado do escritório de Advani, três homens de camisa branca aguardavam, enfileirados. Passei por eles, Advani estava sentado atrás da escrivaninha, de costas retas, em pose oficial. Ele não se levantou.

"Saab", falei humildemente. Eu era um grande ator quando meus subordinados precisavam disso.

Um homem me examinava com atenção, à direita de Advani. Vi primeiro sua cabeça calva em domo, marrom à luz fraca das monções. Depois seus olhos, que me observavam.

"Este é o senhor Kumar", Advani disse. "Ele deseja falar com você."

Advani levantou-se e saiu, sem dizer mais uma palavra, nem olhar para mim. Então o tal sr. Kumar era um sujeito poderoso. Um burocrata do alto escalão, talvez. "Sente-se", ele disse.

Sentei-me.

"Trabalho para um setor do governo. Do governo central", ele disse. "Temos acompanhado sua luta contra Suleiman Isa."

Continuei calado, nem confirmei. O homem que explicasse tudo. Era muito magro, de nariz aquilino, parecia uma estátua de Buda desnutrido que vi na televisão. Emanava muita energia, porém. Uma espécie de certeza absoluta. Aquele homem sabia quem era.

"Estou a par de suas dificuldades atuais. Mas valorizo o esforço contra Suleiman Isa e seus amigos paquistaneses."

Ele esperava que eu dissesse algo. Dei-lhe uma resposta: "Sim, saab. Aquele traidor desgraçado. Um cão que vive dos restos jogados pelos paquistaneses." Ele fez que sim. "Ele é inimigo de nosso país", falei.

"E você, Ganesh Gaitonde? Você é um patriota?"

"Sou", respondi.

Sou. É simples assim. Naquele momento, me dei conta de que eu era um patriota. Fora um dia um rapaz ignorante, interessado apenas no dinheiro, em meu sonho de fama e luxo. Mas desde então aprendera muito, compreendera muito. Neste mundo nenhum homem pode seguir sozinho, afirmando estar livre de tudo, menos de si. Eu era um patriota. Ao olhar para o sr. Kumar, reconheci nele um patriota, e soube que eu também era um.

"Posso ajudá-lo", ele disse. "Se nos ajudar."

"Como posso ajudá-los?"

"Se permanecer na Índia, continuará a sofrer ataques violentos. Além disso, seus problemas legais prosseguirão. Não existe mais TADA, mas para você

TADA é para sempre. Um dia dará um jeito de sair, e logo voltará. Talvez aprovem uma nova lei, mais dura ainda, e a usem contra você."

"Sim. Sem dúvida."

"Portanto, vá para outro país."

"Já pensei nisso. Mas minha base é aqui. Tenho algumas conexões e facilidades no exterior, mas não basta, saab. Precisarei de muito dinheiro, esforço e tempo para montar uma operação em outro lugar."

"Para isso terá nossa ajuda. Podemos fornecer informações, auxílio. Providências iniciais, claro, e logística. Talvez até dinheiro."

O sujeito oferecia muita coisa. E oferecia tudo aquilo como alguém capaz de cumprir suas promessas. Mas eu precisava decifrá-lo. "E, saab, o que deseja de mim?" "Cooperação. Você nos passará informações sobre atividades antinacionais. O que eles fazem, o que andam planejando. De vez em quando precisaremos que realize algumas tarefas. Precisamos de um parceiro que possa fazer qualquer tipo de trabalho."

Sim, qualquer tipo. Sem dúvida eles precisavam de alguém para fazer as sujeiras que, de acordo com a lei, não poderiam. Precisavam de um braço forte, mas alguém de quem se mantivessem publicamente distantes. Era hora de ele saber que não estava se oferecendo para ajudar um idiota. Debrucei-me um pouco. "Mas, Kumar Saab", falei, "Chotta Madhav já trabalha para vocês." Chotta Madhav era um dos capangas de Suleiman Isa, ele saíra do bando e montara sua própria companhia, depois dos atentados à bomba. Atualmente operava a partir da Indonésia e lutava contra Suleiman Isa. Como era inimigo do meu inimigo, tínhamos um relacionamento cordial, sem ódio e tampouco sem amizade. Sabíamos que ele mantinha algum contato com uma organização chamada RAW. Era isso que eu queria que o sr. Kumar soubesse, que eu não precisava raciocinar muito para descobrir quem ele era.

O sr. Kumar ficou surpreso. Seu sorriso foi como uma leve ondulação que passou rapidamente pela cabeça. "Ele trabalha para nós?"

"Isso mesmo. Assim como Suleiman Isa trabalha para o ISI."

"Talvez Madhav trabalhe para nós. Mas vivemos um momento de extremo perigo. Precisamos de mais patriotas."

Fiz que sim. "O que deseja que eu faça, saab?"

Ele me disse. A chuva caía lá fora. Fizemos nossos planos. Assim, tornei-me um guerreiro que defendia meu país e meu povo.

Encontro com a beleza

Zoya Mirza era uma mulher difícil. Difícil de encontrar, difícil de conversar por telefone, difícil de visitar. Sartaj tentou explicar isso a Anjali Mathur, para quem um inspetor de polícia, armado com a magnífica imponência da lei e fotos incriminadoras conseguiria interromper a vida de requintes e viagens da estrela do cinema e submetê-la a um interrogatório. "Eu talvez pudesse fazer isso", Sartaj disse, "se a investigação fosse oficial. É oficial?"

"Não, ainda não tenho nada para levar a meu chefe", Anjali disse. "Só a possibilidade de uma vaga ligação entre um gângster e uma estrela de cinema. Nada especial."

Sartaj não tinha como argumentar. O fato de o pessoal do cinema com freqüência manter vínculos com bhais era algo que até as crianças dos vilarejos remotos sabiam. Nenhuma novidade. A informação prejudicaria a imagem impecável de casta sensualidade de Zoya Mirza se chegasse ao público, claro, e talvez perturbasse sua carreira em constante ascensão, mas ainda não havia explicação para a volta de Ganesh a Bombaim. Nem o menor vestígio de justificativa para a construção do cubo de concreto em Kailashpada, para ele ter atirado em Jojo e depois estourado os miolos. "Você quer que eu siga investigando discretamente. Por isso não posso pedir a meu chefe que a intime a vir até o distrito. Quer que eu converse com ela em particular, que a visite e intimide. Mas as estrelas do cinema possuem amigos poderosos", Sartaj disse. "Se ela ligar para um ministro e eu for suspenso, não poderá levar isso a seu chefe, tampouco."

"Ela não fará isso. Você tem as fotos."

"Correrei riscos."

"Pequenos."

O risco ainda era maior do que meus benefícios por realizar essa investigação, Sartaj sentiu vontade de dizer. Ele havia telefonado para Anjali Mathur no número de Delhi fornecido por ela, que atendeu ao primeiro toque. Seus modos ao telefone eram ríspidos, ela ouvira o relatório e sugerira calmamente que ele falasse com Zoya Mirza. Muito simples, muito eficiente. Sartaj respirou fundo e soltou o ar. "Talvez tudo pareça pequeno, visto de Delhi, senhorita Anjali. Mas eu sou um homem sem importância. Até os pequenos riscos são enormes para mim."

Ela permaneceu em silêncio por um momento. Era uma mulher discreta em tudo, até no jeito de falar e vestir. Mas agora Sartaj sentiu que tomava uma decisão, e quando ela falou havia uma urgência inconfundível em sua voz. "Compreendo. Mas você precisa saber de alguns fatos."

"Preciso de todos os fatos. Não me disseram absolutamente nada."

"Vou contar agora. Preste atenção. A casa em que encontramos Gaitonde era um abrigo nuclear."

"Como?"

"Um abrigo capaz de proteger alguém de uma bomba. De um artefato nuclear. O prédio foi construído conforme um modelo arquitetônico bem conhecido. Está nos livros, pode ser encontrado na internet."

"Para que ele precisava disso? Aqui?"

"É o que pretendo descobrir."

Sartaj sentia o telefone quente no ouvido. Sentado nos fundos de um pequeno café na rua do mercado de Kailashpada, via passar o tráfego matinal. Um ônibus escolar guinou para a direita e passou perto da calçada, onde as meninas de uniforme azul enfileiradas erguiam suas mochilas pesadas. Um riquixá motorizado passou entre elas e o coletivo. A rotina da vida, numa manhã comum. Sartaj pensou no cubo de Gaitonde, naquele terreno a duas ruas e três esquinas de distância dali, e sentiu um peso enorme no peito, como um jato de água fria. Tossiu, limpando a garganta. "Houve alguma ameaça? O que mais sabe?"

"Temos alguns indícios, um grupo militante pode tentar detonar um artefato portátil em área urbana. Um dos grupos da Caxemira. Ou do nordeste. Não temos informações específicas. Não há uma ameaça concreta."

Haviam feito um filme. Sartaj não o assistira, mas vira trechos da divulgação pela televisão. O grupo radical pôs às escondidas uma bomba atômica em Delhi. O herói evitava o desastre por alguns segundos, detinha a contagem do mostrador verde-neon bem no momento em que chegaria ao zero. Era um filme apenas, mas o cubo de Gaitonde era real. Sartaj havia tocado nele. Levantou-se, soltou os ombros. Tentou raciocinar. "Madame", disse. "Madame, se Gaitonde sabia de algo sobre a ameaça, por que não informou seu departamento? Pelo que sabemos, mantinham vínculos."

"Não havia vínculos." Ela respondeu depressa, laconicamente. Sartaj compreendeu que ultrapassara os limites do decoro departamental, que ela não podia e não iria admitir ligações com Gaitonde, sobretudo pelo telefone. "Acompanhamos seus movimentos", ela disse. "Descobrimos que ele contrabandeava armamentos para um cliente de nosso país. Depois perdemos sua pista. Aí ele apareceu em Bombaim."

"Naquela casa?"

"Sim. Falando com você. Talvez estivesse tentando falar da ameaça, antes que entrasse."

Então talvez ele fosse responsável, se houvesse uma bomba de verdade na cidade. Uma bomba real naquela cidade real. Seria isso que Gaitonde tentava lhe dizer no final, quando Sartaj se afastou para a passagem da escavadeira? Sartaj cortara Gaitonde no meio da frase, interrompeu sua história e depois o encontrou morto. Mas fazia muito calor, Gaitonde era muito arrogante, atrás da porta de ferro. "Faz muito meses", Sartaj disse. "Não aconteceu nada. Você disse que não havia uma ameaça específica."

"Certo. Mesmo assim quero saber o que ele fazia lá dentro. Por que construiu a tal casa."

Sartaj sentia um frio estranho. "Conversarei com Zoya Mirza", ele disse. "Vou tentar."

"Ótimo. Certamente conseguirá. Temos outro ponto interessante."

"Sim?"

"O dinheiro encontrado no apartamento de Jojo era falso."

"Aquelas cédulas? Todas elas?"

"Sim. Falsificações de primeira linha. Foram impressas do outro lado da fronteira, no Paquistão. Introduzidas em nosso país em grande quantidade, nos últimos oito, dez anos. São usadas freqüentemente para financiar operações que o pessoal deles realiza aqui. Têm ampla circulação."

"Jojo tinha muitas. Em pacotes fechados."

"Isso mesmo. Muito interessante. Mas também notamos que a tinta e o papel são bem melhores nas notas mais recentes. As notas de Jojo provinham de um dos novos lotes, que ainda não são comuns. Uma das poucas vezes em que as localizaram foi durante uma operação conjunta da IB e da polícia de Meerut contra pessoas envolvidas no contrabando de armas. Aconteceu o seguinte: uma van Matador foi atingida por um ônibus do transporte público estadual nas imediações de Meerut, o motorista da van morreu. A polícia local encontrou um passageiro ainda com vida e vinte e três rifles de assalto debaixo do assoalho. Interrogaram o passageiro no dia seguinte, ele informou que não sabia para quem trabalhava, sua parte era pegar a van em Delhi e levá-la para Meerut. Não sabia de mais nada. Mas podia informar o paradeiro dos sujeitos que o contrataram para o serviço em Delhi. A polícia invadiu uma casa em Delhi. Pegaram mais três homens, cento e trinta e nove rifles AK-56, quarenta pistolas, quase dezoito mil cartuchos de munição e dez lakhs em dinheiro.

"O interrogatório dos outros apradhis revelou novos nomes e conexões. Quando as pistas foram seguidas, depois que identificamos vários níveis, finalmente descobrimos que o fornecedor original das armas em Bombaim era Gaitonde. Os desdobramentos do caso, portanto, nos levaram até o contrabando de armas de Gaitonde. Após sua morte, em minha investigação, reli os registros do caso. Achei melhor dar uma nova espiada no dinheiro apreendido. E os dez lakhs eram todos em notas paquistanesas novas."

"E quem eram os sujeitos detidos em Delhi?"

"Membros de uma organização hindu clandestina chamada Kalki Sena, da qual nunca havíamos ouvido falar. Preparam-se para uma guerra, dizem em seus boletins internos. Li parte do material encontrado na batida. Querem fundar um rashtra hindu, ao que parece. Após a guerra, que representará o terrível final de Kaliyug, surgirá uma nação perfeita, governada conforme os antigos preceitos hindus."

"Ram-rajya."

"Ram-rajya, isso mesmo."

"E contra quem será travada essa guerra?"

"Muçulmanos, comunistas, cristãos, sikhs. Todos que não gostam da nação perfeita. Militantes dalits também. Os fuzis estavam a caminho de Bihar, iam para uma milícia de extrema direita comandada pelos donos de terras."

"Acredita que Gaitonde pertencia à organização? Mas ele sempre se apresentou como um chefão secular."

"Certo. Talvez negociasse com os Kalki Sena-wallahs só isso, sem ter envolvimento na parte política. Os apradhis de Delhi não souberam dizer mais nada, pertenciam a uma célula que tinha função específica. Quem comanda o esquema age com competência, fragmentando as operações. Gaitonde talvez estivesse envolvido em termos ideológicos, talvez não. Quero descobrir. E quero saber por que fez o abrigo nuclear."

"Entendo. Falarei com a atriz." Sartaj agora também queria saber, precisava das respostas para aquelas questões todas, a razão para a construção do cubo. Se alguém pretendia iniciar uma guerra contra ele, sua família e sua gente, queria saber quem eram os malditos e qual sua ligação com Ganesh Gaitonde.

"Muito bem."

Sartaj despediu-se com um rápido "Até logo" e saiu. Era bom sentir o calor do sol forte matinal. Suas costas doíam da noite anterior, dera um mau jeito no ombro, mas até o desconforto era bem-vindo. Era bom estar vivo. Sentia benevolência em relação aos comerciantes, com suas calculadoras na mão e seus altares ao gorducho Ganesha, pelos cartazes com listas de produtos e serviços, pelas mulheres maratis vigorosas a caminho do trabalho com passo enérgico, em seus trajes azuis e verdes, pelos três moleques que jogavam críquete com uma bola de borracha e um taco de pau. Sartaj forçou a vista, tentou imaginar o dia seguinte de uma explosão nuclear, o que restaria do mercado. Não conseguiu. Lembrava-se das imagens do filme da bomba atômica, da nuvem marrom que mostraram num filme dentro do filme, do vento mortal. Mas era difícil tornar aquilo tudo real ali, naquela rua. Impossível de imaginar, impossível de acreditar. Contudo, estava ali. Em Kailashpada.

As lojas do mercado de Rajgir Road estavam apinhadas de uma legião de moças que compravam roupas especiais para as nove noites de Navaratri. Sartaj reduziu a velocidade e inclinou a motocicleta para a esquerda, avançando pela beirada da rua, divertindo-se com a alegria e a animação das jovens que passavam perto dele a caminho das butiques. Sem dúvida Devi apreciaria toda aquela energia e felicidade da juventude feminina. Animou Sartaj, pelo menos o distraiu da bomba. Alguém riu, o som foi como uma música que se elevasse de surpresa acima do alarido das pessoas e do ronco do trânsito. Sartaj virou a cabeça para procurar o riso, vendo de repente olhos escuros enormes refletidos na janela de um carro, um movimento súbito, só isso, logo a moto estava a centímetros da traseira de um riquixá motorizado e ele teve de guinar na direção da calçada. O motor morreu e Sartaj parou em segurança, sem ver mais nada da rua exceto a longa lateral vermelha de um ônibus, e à sua esquerda uma placa que se elevava a quase dez metros de sua cabeça, exibindo o rosto iluminado de azul de uma modelo contra o céu. Passou um instante imóvel, quieto, rindo da própria estupidez, com o coração ligeiramente disparado por conta do perigo. Uma escora do outdoor formava um triângulo que apontava para baixo com outro pilar de metal, e através do triângulo Sartaj via o topo de sua cabeça, refletida numa vitrine. Oy, Sardar-ji, disse com seus botões, controle-se, yaar. O que há de errado com você?

Ele seguiu, decidido a pensar apenas em questões profissionais, com mais calma e lógica. Encaminhava-se para um encontro com Rachel Mathias, a tal Rachel ex-amiga de Kamala, um exército inimigo em potencial, e armado com uma montanha de informações. Ainda não sabia como conduzir a conversa. Não havia um inquérito oficial, ele não tinha provas para acusar a ressentida Rachel, portanto a intenção da visita era apenas reunir informações, no máximo remexer águas barrentas para ver se algo subia à superfície. Poderia bancar o policial assustador, agressivo, ou um novo amigo discreto que servia ao interesse de Rachel e não de Kamala, a perturbada. O trabalho de investigação freqüentemente exigia desempenhar diversos papéis, às vezes ao mesmo tempo. Se fosse possível se encaixar nos preconceitos da suspeita, apresentar-se como solução para seus problemas, ela falaria. Sartaj agia sempre assim, não precisava se preparar muito, pensar em tudo antecipadamente. Uma rápida passada pelos fatos essenciais enquanto conduzia a moto bastava: duas amigas, uma delas casada, a outra muito solitária; um homem; uma briga. Muito simples. Sartaj conhecia as disputas femininas o suficiente para saber que nunca eram tão simples quanto pareciam no resumo. Talvez o formoso Umesh tenha sido apenas o estopim que detonou aquela guerra específica, talvez as tensões se acumulassem havia anos. As hostilidades se deviam a outra razão, no fundo. Não pressuponha nada, ponderou ao estacionar. Mantenha-se alerta. Pare de pensar em Navaratri e Durga e Lakshmi e Saraswati.

Mas as deusas estavam bem representadas na sala de Rachel, atulhada do que sem dúvida eram obras de arte caras, algumas antigas. Havia esculturas e pinturas e, na parede mais distante da janela, uma porta dupla gigantesca que devia ter sido tirada de um grande haveli. Encostada na parede em ângulo agudo, removida de seu contexto, mas ainda assim excepcionalmente bela com seus azuis e vermelhos intensos, entre o amarelo e as faixas de ferro entrecruzadas presas por rebites. Sartaj sabia que as pinturas da parede, até as modernas, custavam mais do que sua renda anual. Megha saberia o nome dos artistas, de todos eles, mas a única obra de arte que Sartaj reconheceu foi um quadro de Raja Ravi Varma de Lakshmi coberta de jóias, graciosa e voluptuosa. Havia muito tempo, num de seus primeiros encontros, Megha o levara a uma exposição de arte e falara a respeito de Raja e sua obra. Desde então, Sartaj adorava Lakshmi.

Sem dúvida Lakshmi abençoava aquela casa, um apartamento dúplex em Juhu. Isso deu a Sartaj a idéia para um ângulo de ataque. Quando Rachel Mathias apareceu, ele se apresentou e disse, sem alterar a voz: "Estamos procurando pessoas com patrimônio incompatível com sua renda".

"Dinheiro sujo, quer dizer? Sonegação de impostos?"

Rachel era rechonchuda, mas não dava a impressão de ser preguiçosa ou indisciplinada. Ganhara honestamente sua corpulência, por hereditariedade e idade. Muito atraente, usava cabelo curto, eficiente, e tinha mãos bem-feitas. Olhou com firmeza para Sartaj, sem nada revelar. Sim, aquela mulher exibia autocontrole, embora pudesse ter emoções profundas, era uma pessoa capaz de sentir um insulto penetrar até os ossos, para depois se vingar corajosamente. "Sim, madame", Sartaj disse. "São apenas passos preliminares, compreende? Damos às pessoas a chance de se explicar."

"Está dizendo que tenho muitos bens? Que gasto muito dinheiro?"

Sartaj ergueu os braços num gesto largo. "Este apartamento, madame. Tantas pinturas e obras de arte. Seu modo de vida."

"*Meu* modo de vida? Meu ex-marido está por trás disso, é? Ele não desiste de me fazer sofrer, por ter sido obrigado a nos deixar o apartamento. Depois de abandonar a esposa e dois filhos, para ficar com uma vagabunda de vinte anos, ele ainda acha que devo passar todas as noites em casa?"

"Madame..."

"Escute bem o que estou dizendo. Ele não dá o bastante para um quarto das despesas dos filhos. Fora isso, cada paisa gasto aqui foi ganho por mim. A mobília e as obras de arte que está vendo são meu negócio. Trabalho duro."

"Decoração de interiores?"

"Sim. E agora pretendo abrir uma galeria de arte com mais dois sócios."

"Muito bem. Mas ainda resta a questão do dinheiro. Foram levantadas algumas questões."

"Onde? Escute bem, só fazemos negócios legítimos. Meu contador guarda todos os recibos e cópias dos cheques dos clientes. Podemos mostrar o que quiser ver."

Rachel usava uma blusa de linho branco folgada, com calça cinza no mesmo estilo. O traje destacava o tom moreno de sua pele lisa e o âmbar suave dos olhos. Mantinha as mãos sobre os joelhos, com elegância, mas seus modos traíam alguma preocupação. Sartaj insistiu. "Madame, nenhum negócio é tocado de modo totalmente legítimo. Em especial a decoração de interiores. Mera questão de proporção. Se percebermos que não há cooperação suficiente, é claro que teremos de aprofundar as investigações."

"O que deseja?"

Sartaj suspirou e disse, com toda a calma: "A senhora tem uma câmera de vídeo?".

"Como assim?"

"Tem uma câmera de vídeo, madame? Para filmar casamentos, eventos sociais, festas." Ele imitou o gesto de filmar. "Hoje em dia é muito comum."

"Sim, temos duas. Uma é velha, e a outra, nova. Mas o que isso..."

Ela ficou muito confusa — Sartaj pensou — e um pouco receosa. Era hora de tentar o velho lathi policial. Ele se debruçou e passou a encará-la, até ela começar a se ajeitar no pequeno divã estilo mongol. A hostilidade em seus olhos vinha fácil quando a convocava, varrendo um reservatório inesgotável de desprezo por contraventores e vigaristas. Sabia também que isso enrijecia seus ombros e corava sua face. "Por que duas câmeras de vídeo, madame? Por que precisa de tantas?"

"Comprei a nova com cartão de crédito, posso mostrar..."

"Não foi isso o que perguntei. Para que usa duas câmeras?"

"Como disse, comemorações. Quando saímos de férias. Essas coisas."

"Entregou a câmera a alguém? Emprestou-a?"

"Não. Mas por que está perguntando?"

"Estou investigando um caso de chantagem. Usaram uma câmera de vídeo." Ele a observou com cuidado, agora tinha certeza de ter atingido uma veia potencialmente rica em medo. Ela estava na beira do divã agora, deixara de lado a pose. "Existem indícios de que a senhora pode estar envolvida no caso."

"Eu? Do que está falando?"

Sartaj balançou a cabeça. "Madame, acho melhor a senhora falar agora."

Rachel queria, percebeu isso, mas apertou uma das mãos contra a outra, engoliu em seco e finalmente gaguejou: "Não tenho nada a dizer".

Ele tinha certeza de que ela ouvira a frase em algum programa de televisão. Levantou-se. Não obteria uma confissão completa assim, só de bater na porta da casa do suspeito. Teria de aplicar mais pressão, talvez confrontá-la com uma prova obtida em outro lugar. Enquanto isso Rachel Mathias se preocuparia, até chegar ao nervosismo apavorado que a levaria a confessar. "Como quiser", Sartaj disse. "Vou deixar meu cartão. Por favor, ligue para mim se mudar de idéia."

A caminho da porta Sartaj viu sobre a mesa de tampo de mármore uma foto de dois meninos que riam, tendo ao fundo montanhas esverdeadas. "Seus filhos", disse. "Meninos muito bonitos."

Mas isso só pareceu assustar Rachel mais ainda. Ela se encolheu. Sartaj se divertia um pouco. "E a moldura não é ruim, tampouco", disse. "Prata, muito pesada. Uma antiguidade, se não me engano. Mesmo que não seja, é cara." Ele passou o dedo pelas folhas da trepadeira que ornava a lateral do porta-retratos e partiu. "Estaremos vigiando sua casa."

No elevador, sentiu-se vitorioso. Era um suspeito interessante, aquela mulher que refez a vida depois de ter sido abandonada pelo marido, que fora capaz de reorganizar sua existência. Quem seriam os outros conspiradores, que davam os telefonemas para Kamala? Como os encontrara, como os contratara? Seria muito interessante descobrir.

Sartaj e Kamble caminhavam por lados diferentes da rua, na frente do cinema Apsara, na hora do rush. Procuravam o moleque de Kamala Pandey, um menino de idade e aparência indeterminada que usava camiseta JEANS DKNY vermelha quando recolheu o dinheiro da chantagem havia um mês e meio, e tinha um dente escuro na boca. Kamble mostrara-se cético quanto à possibilidade de sucesso, e emburrara, mas assim mesmo saíra para procurar o menino. Quase seis horas, a multidão agitada invadia as calçadas, com pressa. Sartaj gostava da fanfarra das buzinas dos carros. *Pyaar ka Diya* era o filme em cartaz no Apsara, um sucesso. Sartaj percebia isso na postura relaxada pós-clímax dos espectadores que saíam do cinema, e na alegre ansiedade dos que entravam. E naquele Apsara, pelo menos naquela noite, a chama do amor ainda tremulava. Sartaj desviou de lado da turma de colegiais requintados que digitavam febrilmente nos celulares. "Um filme jhakaas, yaar", um deles disse ao telefone.

Meninas e meninos mendigos andavam na multidão com as mãos erguidas, tentando a sorte. "Ei, tia, me dá uma rupia, tia. Uma rupia, tia, estou com fome. Por favor, tia." Os chokras usavam camisas rasgadas e banians, mas não havia camiseta vermelha. Sartaj abriu caminho através da multidão, até chegar à esquina, onde o movimento diminuía, e depois voltou. Já conhecia as caras dos cambistas, que percorriam a calçada anunciando: "Bolo, balcão dois e cinqüenta, platéia um e cinqüenta".

Kamble atravessou a rua, desviando dos carros. Usava roupa inteira preta, incluindo sapato preto novo com enfeite prateado no salto rebuscado. Ergueu o queixo para Sartaj, que deu de ombros. "Nada?", Kamble disse. "Vi três camisetas vermelhas, mas não em um chokra. Uma delas era uma gracinha, cabelo até a gaand, e os..." Ele ergueu as mãos em concha na frente do peito. "Beleza. Viu os cambistas?"

"Sim."

"Também há um toli de pocket-maars do outro lado. Está vendo o chutiya de calça azul? Ele faz a abordagem. E ali, à esquerda, vê o velho com o jornal? Não, lá. É o batedor de carteira." Sartaj localizou o senhor de barba bem-feita e ar de vovô que caminhava discretamente, de camisa branca impecável. "E adiante fica o cara que pega a carteira." Era um rapaz esguio e elegante, de óculos escuros e camiseta cinza folgada. "Lá vão eles."

O de calça azul aproximou-se de uma família, mãe, pai executivo e dois filhos, para falar com o pai. Pediu indicação de um endereço, pelo jeito. O pai apontava para a rua, gesticulando: entre à direita, entre à esquerda. O de calça azul tocou em seu ombro, obrigado. Naquele momento o vovô entrou em ação, passando por trás do pai.

"Pegou", Kamble disse. "Você viu? A carteira." Sua voz tremia de admiração.

Sartaj acompanhara o movimento da mão do vovô entre os dois corpos, mais nada. "Budhau é muito bom", ele disse. "O papai ainda não percebeu nada."

"Ele só vai notar quando for pagar o sorvete. Espero que não tenha deixado os ingressos para o filme na carteira. Lá vai o pegador." O vovô e o rapaz de óculos se cruzaram na calçada, seus ombros se tocaram. O de óculos se afastou, já com a carteira debaixo da camiseta. "Vamos lá?", Kamble chamou. "Pegar os malandros?"

"Não, deixe para lá. Temos outras preocupações." Um flagrante era sempre bem-vindo, mas Sartaj não queria provocar uma comoção na frente dos chokras. Qualquer um deles podia ser o menino de camiseta vermelha. Sartaj só pretendia se identificar como policial quando o pegasse.

"Não vamos pegar o menino da camiseta vermelha assim", Kamble disse. "Vamos apertar os amigos dele. Não faltam pivetes correndo por aqui. Perguntamos a eles. Dois minutos, dois tapas, eles falam tudo."

"E talvez não falem. De qualquer jeito, você vai mandar ele correr até Nashik. Tenha paciência, meu amigo. Ele é um menino pobre que vive nas ruas. Ele vai usar sua camiseta vermelha amanhã, se não usar hoje."

"Talvez. Ou ele comprou uma camiseta nova azul, com o dinheiro que os apradhis lhe deram. Quanto tempo ficaremos aqui?"

"Até o fim da hora do rush. Mais meia hora. Quando o público sair, nós vamos embora."

"Tudo bem."

"Espere um pouco." Sartaj enfiou a mão no bolso e pegou o telefone, que já estava meio gasto. Digitou um número das pequenas teclas. "Alô, Saab?"

"Sartaj, como vai?", Parulkar disse.

"Muito bem", Sartaj respondeu. "Estou realizando uma investigação, senhor, e preciso de ajuda."

"Diga."

"Em Goregaon, senhor. Na frente do cinema. Um time de pocket-maars está trabalhando no meio da multidão, um senhor idoso e dois rapazes. O velho é o batedor de carteiras, deve ter sessenta e cinco, setenta anos. Exímio."

Parulkar ponderou em silêncio por um momento. Um de seus talentos como policial era ter a memória de um dos assistentes de Yama, nunca se esquecia de um crime, por menor que fosse. Recordava-se de apradhis de quarenta anos atrás, era capaz de contar sua história familiar. Um jovem que furtou uma bicicleta para dar uma volta poderia descobrir seu pecado registrado permanentemente nos arquivos inescapáveis das lembranças de Parulkar, para ser confrontado com isso quando fosse avô. "O pocket-maar", Parulkar disse afinal, "é calvo? Corpulento?"

"Não, senhor. Cabelos brancos, corte bem-feito. Ar respeitável."

"Já sei. Um metro e setenta. Inclina-se um pouco para a frente, como se fosse cair?"

"Sim, senhor. Parece totalmente inofensivo."

"É Jayanth. K. R. Jayanth. Tem mãos muito hábeis. Só o pegamos duas vezes, em 79 e em 82. Vivia em Dharavi, na época, costumava agir nos trens da linha oeste, com passe de primeira classe. Usava óculos grossos para ficar com ar sério, portava valise e tudo mais. O filho foi para os Estados Unidos via México, creio. Trabalhava como taxista, conseguiu visto permanente. Jayanth disse que ele ganhava oitenta mil dólares por ano, com o táxi. E me falou que se aposentara. Isso foi em 88, 89. Nunca mais o vi."

"Ele voltou à ativa, senhor."

Parulkar riu. "É duro ficar sentado à toa, depois da aposentadoria. E Jayanth tem o dom. Restam poucos como ele, hoje em dia. Agora só querem saber de bater e correr. Ninguém mais tem dedicação."

"É verdade, senhor."

Sartaj agradeceu a Parulkar e guardou o celular. Kamble deduzira algumas informações de Parulkar pelo que escutara da conversa, e Sartaj forneceu os detalhes. "Maderchod", Kamble disse. "Parulkar é muito bom."

"Sim. Ele é o melhor."

"Em ascensão, de novo. Parece uma jhamoora de circo, alguém o derruba, ele levanta outra vez."

"Muito hábil, Kamble. Tem muita experiência e malícia."

"Claro que lhe sobra malícia, meu amigo, ele é um brâmane. Sendo brâmane, tem malícia, recursos e familiares em postos importantes."

Sartaj riu. "E você não passa de um simples rapaz dehati?" Kamble era dalit, mas nunca mencionava isso, embora criticasse OBCs, maratis e brâmanes.

"Estou aprendendo, Sardar-ji, estou aprendendo com pessoas como Parulkar, principalmente." Kamble abriu um sorriso. "Dizem que ele se distanciou da companhia de Suleiman Isa, e se alinhou com os Rakshaks. Depois de tantos anos de proximidade com a Companhia-S, passou para o outro lado, de armas e bagagens. Por isso os Rakshaks de repente estão morrendo de amores por ele. É verdade?"

Sartaj também ouvira aquele rumor. Deu de ombros. "Acho melhor perguntar a ele."

"Chefe, não precisa perguntar. Ele já me ensinou muita coisa. Aprendi que a gente ganha dinheiro, faz contatos, sobe na vida, ganha mais dinheiro, conhece mais gente, adquire poder real, depois ganha mais dinheiro, então..."

"Já entendi", Sartaj disse. "Entendi tudo, guru."

"Não, não sou guru de ninguém, ainda não. Mas Parulkar Saab é o meu guru, mesmo que não saiba. Sou como Eklavya, com a diferença de que conservarei meu polegar, meu lauda e todas as outras coisas maderchod." O sorriso de Kamble estava mais amplo, quase desagradável.

Sartaj não pôde evitar um sorriso, também. Kamble conseguia ser profundamente sério e galhofeiro ao mesmo tempo. Tinha um lado badmash assumido, mas era encantador. "Vamos voltar ao trabalho."

Mas Kamble enfiou os polegares nos passadores da calça e balançou para a frente e para trás, apoiado nos saltos. Olhava para baixo, para seus sapatos científicos. "Chefe", disse finalmente, "acha mesmo que há uma bomba na cidade?"

Sartaj havia contado a Kamble a respeito do abrigo nuclear de Gaitonde, no caminho para Apsara. Sentia muito receio, naquele final de tarde, e precisava se abrir com alguém. Katekar estava morto. "Não sei", disse. "Talvez Gaitonde pensasse que existia o risco da bomba."

"Mas isso foi há vários meses. Se eles quisessem nos explodir, teriam feito isso na época. Um dia, phataak, pronto. Ainda estamos aqui, significa que não há nenhuma bomba."

"Parece lógico." Era um raciocínio lógico. Talvez Gaitonde tenha sentido uma intuição forte de ameaça. Mas o tempo passou, Gaitonde morreu e a ameaça não se concretizou. Portanto, ele pode ter sido iludido, ou perdido o juízo. "Nada de bomba, yaar."

"Idéia maluca."

Kamble meneou a cabeça para Sartaj, que retribuiu o gesto. Em seguida, Kamble voltou para seu lado da rua. Sartaj realizou outra varredura da calçada, avançando diagonalmente no sentido do muro e depois de volta ao meio-fio. Ele sabia que os dois tentavam se tranqüilizar mutuamente quando balançaram a cabeça, e sabia também que os dois estavam com medo. Eram ambos policiais, conscientes de que o desastre não era sempre anunciado nem ocorria de modo previsível, como nos filmes. Uma mulher foi a Bandra Reclamation com a família, ao parque de diversões. Os filhos queriam andar na roda-gigante, os pais concordaram. A mãe era jovem, bonita, muito orgulhosa de seu cabelo perfeito, comprido, preto e reluzente. Naquele domingo ela o deixara cair até a cintura, como um jorro de água perfumada. A roda-gigante os levou até o alto, ganhou velocidade, o vento fez o cabelo da mãe esvoaçar, e a roda capturou o cabelo em suas engrenagens, arrancando o couro cabeludo da mãe. Um pai, perto da aposentadoria, cuidava da vida certo dia, tranqüilamente, comprando legumes e chocolate, quando a chave inglesa de um eletricista caiu do sétimo andar do novo prédio da Daihatsu, passou por dois níveis de andaimes e afundou seu crânio. Isso ocorrera em Worli, quando Sartaj era subinspetor havia dois meses. As bombas explodiam assim, abruptamente. Não se pode sentir sua presença antes da detonação, elas não davam arrepio no braço, não cheiravam a nada. E naquele dia, numa sexta-feira distante de 1993, os telefones começaram a tocar na delegacia, em Worli. Sartaj saiu na motocicleta, seguido por uma van, subindo pela calçada, costurando no trânsito pesado, no rumo do Passport Office. Viu homens e mulheres caminhando, correndo, andando novamente. E uma grossa coluna de fumaça cinzenta adiante, um silêncio sem pássaros. Sartaj acionou o suporte da moto, correu pela rua, passou por um Fiat verde que expunha as entranhas enferrujadas feito um caranguejo emborcado. Sentiu que seus pés escorregavam, olhou para baixo, caminhava sobre o sangue, fazendo-o respingar.

Chega. Pare com isso. Sartaj estalou os dedos, o ruído seco o trouxe de volta ao passeio por onde caminhava agora, a Apsara e *Pyaar ka Diya* e seus cartazes, no qual o par romântico prestava homenagem ao encurvado Raj-Nargis de *Awaara*. Concentre-se no problema imediato, Sartaj disse a si mesmo. Cumpra sua missão. Observe a multidão, olhe atentamente para os rostos. Sartaj fez isso, embora incapaz de se livrar completamente das memórias, dos pedaços de corpos espalhados pela explosão. A parte superior de um braço, um pé. Sim, as bombas explodiam. Eram detonadas. Sartaj chegou ao final do percurso determinado e deu meia-volta.

Kamble aproximou-se, atravessando a rua pouco antes de se esgotar a meia hora combinada. O público fora em grande parte sugado pelo Apsara, muitos foram para casa, mas alguns chokras continuavam perambulando por ali. Sartaj observou Kamble cruzar a faixa do meio da pista, irritado com sua falta de paciência. Era bom ser forte, a coragem se fazia necessária por vezes, mas a principal exigência do serviço era a capacidade de passar horas intermináveis realizando tarefas maçantes, insignificantes e até inúteis. Katekar jamais deixaria Apsara tão cedo. Mas Katekar morrera.

"Você acha que os kattus são responsáveis?", Kamble perguntou.

"Como é?"

"A bomba. Se houver uma bomba na cidade, só pode ser coisa dos muçulmanos."

"Sim. Isso é verdade. Deve ser coisa dos muçulmanos."

"Então vamos falar com a tal Zoya kutiya. Talvez ela saiba alguma coisa. Se formos direto a sua casa, ela não poderá nos evitar. Afinal, somos policiais."

Afinal. Era verdade. "Calma. Não precisamos de tanta pressa. Temos tempo. Como você mesmo disse, vários meses se passaram. Se houver uma bomba, ainda não detonou. E não vai explodir esta noite. Nem amanhã de manhã."

Kamble cuspiu na sarjeta. Endireitou os ombros. "Claro. Não estou dizendo isso. Mas bem que podíamos ir lá falar com a randi. E daí que ela banca a estrela de cinema? Ela não passa disso, de uma randi. Bem, você me liga e avisa quando for hora de entrar em ação."

"Pode deixar. Não podemos intimá-la a ir até o distrito, temos restrições. Precisamos descobrir um jeito de nos aproximarmos dela. Não queremos assustá-la."

"Tudo bem, tudo bem. Já terminamos por aqui? Eu quero sair e arranjar uma mulher. Muita tensão por causa da bomba, bhai saab."

"Só mais um minuto. Tenho uma idéia." Sartaj observava, do outro lado da rua, o distinto pocket-maar K. R. Jayanth a caminho do ponto de ônibus, tomando sorvete enquanto caminhava tranqüilamente. Todo mundo queria se dar um pequeno prazer após o serviço, pelo jeito. "Vamos lá."

Sartaj atravessou a rua e aproximou-se de Jayanth pela direita. Acertou o passo com o de Jayanth, passando a caminhar muito perto dele, como se fossem amigos dando uma volta para apreciar o frescor da tarde. Jayanth manteve a calma, Sartaj notou, contente. Era um veterano, tenderia a ser razoável. Jayanth desviou ligeiramente para a esquerda, entretido com seu sorvete de casquinha. Mas agora tinha Kamble a pressioná-lo pelo outro lado.

"Namaste, tio", Sartaj cumprimentou.

Jayanth balançou a cabeça. "Vocês são da polícia", disse.

Sartaj não pôde conter o riso, o puro prazer de encontrar um profissional tarimbado. "Sim", confirmou. "Ganhou muito dinheiro hoje?"

Jayanth mordiscou o sorvete. "Não faço a menor idéia do que você está falando."

Sartaj levou a mão ao ombro dele. "Arre, tio. Observamos você trabalhar a tarde inteira. Com os dois rapazes. São muito bons."

"Que rapazes?"

"O roupeiro de camiseta azul e o de óculos escuros. Vamos lá, tio Jayanth, não me irrite. Você desistiu da aposentadoria, voltou a trabalhar para valer. Mas não tem problema, não."

"Meu nome não é Jayanth."

Sartaj golpeou Jayanth no rosto. Foi um tapa seco, com as costas da mão que repousava sobre o ombro de Jayanth, mas o acertou com os nós dos dedos e isso fez o punguista recuar. Kamble olhava enojado para seu pé direito, que exibia uma mancha enorme de sorvete no bico.

"Vamos levar esse malandro para o distrito", disse. "Lá ele vai lembrar quem é."

Na rua movimentada apenas uma mulher viu o tapa. Ela se afastava apressada deles, lançando olhares horrorizados para Sartaj. Levava uma sacola de redinha cheia de legumes e usava um sindoor vermelho vivo no cabelo. Sartaj ignorou o impulso de explicar, *esta é a linguagem que falamos, não vai acontecer nada de ruim com o velho simpático*. Voltou-se para Jayanth: "Então, tio. Quer ir até a delegacia conosco?".

"Tudo bem." Jayanth jogou fora a casquinha vazia. "Sou Jayanth. Não conheço vocês."

"Sartaj Singh."

"Não trabalha nesta zona. Quanto querem?"

"Você tem um acerto com a polícia local?"

Jayanth deu de ombros. Claro que fizera acordo com o pessoal da área, mas não pretendia dar nenhuma informação. "Não queremos incomodar você", Sartaj disse. "Nem prendê-lo. Nada disso. Mas precisamos que faça um servicinho para nós."

"Sou um senhor de idade."

"Claro, tio. Mas não vai precisar trabalhar de verdade. Mantenha os olhos abertos, só isso." Sartaj contou que procurava um chokra de camiseta vermelha com logotipo assim e assado, com um dente escuro. Ordenou que descobrisse o nome do chokra, e se possível seu endereço. Não deveria alertar o menino da camiseta vermelha, nem insinuar que policiais enormes, feios e violentos procuravam por ele. Deveria telefonar para Sartaj ou Kamble, nos números tais e tais, assim que reunisse as informações sobre o menino.

"Não posso sair por aí espiando dentro da boca desses meninos", Jayanth disse. "Eles vão pensar que sou tarado, são muito espertos."

"Sei disso, tio. Basta ficar de olho na camiseta vermelha. Depois, converse com ele. Seja paciente. Não force nada. Continue com suas atividades normais, mas fique de olhos abertos."

"Certo", Jayanth disse.

"Ele vai voltar aqui", Kamble garantiu.

"Claro", Jayanth disse, rabugento. Chokras são muito territoriais, marcam suas áreas e esquinas, chegam a riscar o meio da rua. E defendem sua região com a ferocidade de generais em disputa pela terra santa, todos sabem disso. "Mas acha que ele vai usar a mesma camiseta?" E depois, para Kamble: "O que está fazendo?"

Kamble mantinha o bolso da calça de Jayanth puxado, e enfiava a mão lá dentro. "Não se preocupe", disse, "não vou bater sua carteira. Não se preocupe. E não se preocupe com o chokra. Fique de olhos abertos, alerta. Ele vai aparecer." Ele mostrou uma carteira de couro marrom gasto até perder o verniz. "Não anda com muito dinheiro, tio."

Jayanth não perdeu a compostura. "Muito crime nas ruas, atualmente."

Kamble riu. "Seiscentas rupias e uma imagem de... que deus é este?"

"Murugan."

"Nada de identidade, documentos."

Do lado oposto, no outro bolso de Jayanth, algo cedeu quando Sartaj o apalpou suavemente. Sartaj enfiou o anular e puxou uma carta dobrada duas vezes.

"Malad", Sartaj disse. A carta estava em escrita sulista incompreensível, mas exibia endereço em inglês. "Está trabalhando muito perto de casa, tio."

"Sou um senhor idoso. Não posso viajar para muito longe."

Kamble devolveu a carteira. "Você saiu de Dharavi, de qualquer maneira. Aposto que tem um belo apartamento em Malad. Para um senhor idoso, ganha bastante dinheiro. Mesmo que não o leve consigo." Jayanth se encolheu um pouco perante a hostilidade escancarada de Kamble, e baixou a vista.

Sartaj anotou o endereço. "Por que está aqui, afinal, tio? Com esta idade! Seu filho americano não o ajuda mais?"

Jayanth balançou a cabeça de um lado para o outro, exibindo uma expressão sofrida como a de um pai cinematográfico que suportou uma vida inteira de desavenças, ingratidões e tragédias familiares. "Ele tem seus próprios filhos agora", disse. "Suas próprias responsabilidades."

"Casou-se com uma americana?"

"Sim."

Sartaj consolou o punguista com um tapinha no ombro, repetiu as instruções e o despachou para casa. Kamble não ocultava sua contrariedade, e Sartaj sabia que ele estava pensando nas seiscentas rupias da carteira de Jayanth. "Mulher?", Sartaj perguntou.

"Como é?"

"Pensei que você ia sair atrás de uma mulher. Para aliviar a tensão da bomba."

"Isso mesmo. Tensão em excesso, hoje em dia. Até os apradhis contam histórias de suas tensões."

"Então talvez seja melhor pegar duas mulheres. Para aliviar a tensão extra."

Kamble jogou os ombros para trás e levou os punhos cerrados à cintura, exatamente como Netaji no pedestal. "Tem razão, meu amigo", disse. "Não vou pegar duas mulheres esta noite, e sim três. Para a tripla tensão."

Sartaj o observou enquanto se afastava gingando, obrigando os passantes que faziam compras vespertinas a lhe abrir caminho, como para um imperador. Talvez se tornasse um bom policial quando envelhecesse um pouco e sofresse mais derrotas. No momento, era vaidoso e estava assustado por causa do novo perigo que lhe fora revelado naquele dia. Sartaj também temia, mas passara muito tempo com medo e não esperava alívio. A ação rápida e decisiva poderia produzir uma ilusão de consolo, mas seria apenas temporária. Era preciso aprender a viver com medo, com sua língua vermelha e guirlanda de crânios. Sartaj virou à esquerda e saiu caminhando pela calçada. Estava em ação, passaria mais meia hora por ali. A bomba podia esperar.

A ciência e a arte da abordagem foram aprendidas por Sartaj em tenra idade, na sua própria casa. Muitos tentavam abordar seu pai, o inspetor, eram no geral pessoas com problemas, que precisavam de ajuda. Recorriam a amigos, parentes e colegas, amigos dos amigos e contatos políticos. Certa vez, uma mulher ameaçada pelo marido hostil o procurou por intermédio do diretor da escola secundária de Sartaj. O interessado descobria alguém ligado ao sujeito de interesse, providenciava favores e gentilezas com ajuda desse intermediário, de modo que a pessoa abordada sentia a obrigação de ajudar, ou pelo menos de ouvir. Era assim que a vida funcionava, avançar na vida significava percorrer essa rede, movendo-se por seus inúmeros caminhos.

Portanto, Sartaj dominava a abordagem, mas seu problema era que nunca antes tentara interrogar uma estrela de cinema. Como qualquer pessoa de Bombaim, ele conhecia um cozinheiro que esporadicamente fornecia comida para filmagens, dois extras nível A e um primo distante cujo melhor amigo do tio era produtor de cinema. Nenhum deles conseguiria colocá-lo numa sala com Zoya Mirza sem irritá-la. Foi o que contou a Mary e Jana naquela noite, num maidan cheio de dançarinas e luzes fortes. Só conseguira sair do distrito tarde da noite, mas elas haviam insistido num relatório de corpo presente sobre a situação de Zoya Mirza. Por isso fora encontrá-las em Juhu, nas Celebrações do Guru-ji Patta Mandal's Grand Navaratri. Os cartazes do lado de fora prometiam "A maior Dandia Raas de todos os tempos", e embora Sartaj achasse isso um exagero, calculou a presença de mais de três mil dançarinos naquele descampado. Assim que chegou ao local ele ligou para o marido de Jana, usando o celular, e mesmo assim levou quinze minutos para encontrá-los do lado da barraquinha de Coca-Cola. Sartaj percorria encantado, numa espécie de torpor, o mar brilhante de ghagras em vermelho, azul e verde. As dançarinas giravam e agitavam seus bastões dandiya, e Sartaj sentia a cabeça leve de perfume e risos cristalinos, da cantora e seu "*Pankhida tu uddi jaaje*". Então avistou Jana acenando acima do rio ondulante de cabeças ornadas com jóias. Só viu Mary quando ela estava do seu lado, e quando a viu não a reconheceu antes de um longo olhar. Só quando ela sorriu e disse "Oi" ele a identificou.

Jana sorria. "Ela está parecendo uma gujju behn de verdade, não é?"

"Sim", Sartaj concordou. Mary vestia um ghagra azul com chunni azul-escuro com reflexos prateados brilhantes, e seu cabelo estava atado com presilhas cor de pérola. Seus lábios exibiam um vermelho intenso. "Não a reconheci."

"Sei que não. Mas não é um disfarce dos mais complicados."

Sartaj o considerava muito eficaz, mas balançou a cabeça e apertou a mão do marido de Jana, Suresh, resplandecente em seu kurta vermelho vivo e meio-paletó jari. Suresh carregava o pequeno Naresh, vestido exatamente como o pai.

Sartaj acariciou a cabeça do menino, consciente o tempo inteiro de que Mary o olhava.

"Tome", Jana disse. Entregou uma Coca a Sartaj e depois liderou o grupo até um conjunto de cadeiras à esquerda. Naresh ficou com Suresh, ela se acomodou confortavelmente, chamou Mary para perto de si e voltou-se para Sartaj: "Agora conte".

As duas não ocultaram seu desapontamento quando ficou claro que Sartaj não tinha nada a dizer a respeito de Zoya Mirza. "A polícia é sempre assim, tão *lenta*?", Mary perguntou. Mantinha as costas retas e as mãos sobre os joelhos, como uma professora primária.

"Claro que são, baba", Jana disse. "Já tentou dar queixa numa delegacia?"

As duas zombavam dele amigavelmente, e Sartaj aceitou a crítica com um sorriso. Ergueu as mãos e disse: "Seria diferente, se fosse oficial. Preciso tomar muito cuidado".

"Obviamente, teremos de cuidar disso para você, também", Mary disse. "Jana, aquela moça, Stephanie, que trabalhava para Nalini e Yasmin, não tinha uma irmã que costumava fazer maquiagem para a Kajol?"

"Sim, claro. Mas onde ela está trabalhando agora?"

Sartaj recostou na cadeira e as observou admirado enquanto Jana tapava um ouvido com a mão e levava o telefone celular ao outro. Os alto-falantes despejavam uma versão meio garba de "*Chainya chainya*", e enquanto isso Jana localizava a tal Stephanie. Ela passou o telefone a Mary, que seguiu algumas pistas. Sartaj as observava contente, admirando a maneira como as duas conduziam a investigação. Era uma abordagem indireta, um questionamento que não as conduzia necessariamente para mais perto de Stephanie, mas girava em torno dela. Jana e Mary tiveram uma longa conversa sobre a ex-melhor amiga de Stephanie, que também trabalhava para Nalini e Yasmin. Falaram do namorado dessa moça, de uma viagem de compras da qual ela participou, para o novo shopping de Goregaon, e de seu plano de viajar para Goa no inverno. Pelo que Sartaj podia perceber, nada disso tinha a ver com Stephanie ou Zoya Mirza. Mas Jana e Mary se aproximaram e falaram sobre a ex-melhor amiga com muito interesse e imenso prazer. No decorrer de diversos telefonemas, ficaram sabendo da vida de outras mulheres, de seus casamentos, empregos e filhos. Mary conversava com uma mulher sobre a angioplastia da avó dela. Desligou e disse a Sartaj: "É muito tarde, todo mundo já foi dormir. Mas teremos um contato com essa Zoya Mirza até amanhã".

"Um contato via maquiagem", Sartaj disse.

"Está querendo zombar de nós?", Mary perguntou. "Tentamos ajudá-lo, e você faz gracinhas?"

"Não é gracinha. Admiro vocês duas, na verdade. É impressionante a maneira como descobrem as coisas."

"Suresh vive dizendo que falo demais", Jana disse. "Ele se queixa de que falo sem parar sobre coisas completamente irrelevantes. Diz que não preciso falar sobre L, M e Z para ir de A até C."

Mary imitou a postura de Suresh, plena de desprezo arrogante. "Vocês, mulheres, para ir de Churchgate a Bandra, passam por Thane."

Sartaj e Jana não conseguiram conter o riso. Foi uma ótima imitação de Suresh, captou bem sua postura e imitou com exatidão a fala rápida, agitada. Mesmo tendo conversado apenas dois minutos com Suresh, Sartaj percebeu isso. Suresh surgiu naquele momento, no meio da multidão, e disse: "Deixei Naresh com Ma", e ficou muito espantado quando a esposa, Mary e Sartaj caíram numa gargalhada incontrolável.

Jana levantou-se e levou a mão ao ombro de Suresh. "Vamos dançar", ela disse. "Quer ir?"

Sartaj viu aliviado Mary balançar a cabeça. Fazia muito tempo que não dançava, e com certeza não queria se envolver com aquele mar de especialistas a girar.

"Vá você", Mary disse. "Estou meio cansada."

Jana e Suresh desapareceram no meio dos dançarinos, que agora formavam quatro círculos, um dentro do outro.

"Lindo", Sartaj comentou. E era mesmo, aquele brilhante círculo de dançarinos em círculos, sob a luz amarelada dos refletores.

"Eles se conheceram aqui", Mary disse. "Jana e Suresh. O pai dele é um dos organizadores."

Sartaj lembrou-se de ter conhecido Megha em noites de garba, num tempo remoto, muito distante. A música não era de discoteca, na época. "Faz muito tempo que você vem aqui?"

"Desde que conheci Jana, faz quatro anos. É divertido. Gosto de me vestir para sair."

Ele riu também, assim que ela abriu um amplo sorriso. "Confraternizando com os guzerates."

"São ótimas pessoas."

"Exceto quando estão matando muçulmanos."

"Isso vale para todos, não é? Até os muçulmanos matam pessoas, de vez em quando. E os cristãos também."

"Sim. Não quis dizer isso... Lamento. Suresh me parece ser um bom sujeito."

"Tudo bem." Ela virou o corpo na cadeira, para encarar Sartaj. "Vocês acham que todo mundo é assassino."

"Qualquer um pode vir a ser. Sinto muito. Não é o tipo de conversa adequado a uma garba. Os policiais vêem as coisas assim, não tem jeito."

Mary não parecia nem um pouco perturbada. "E o que mais você vê numa garba? Conte-me."

"As noites de Navratri são ótimas para batedores de carteira, sem dúvida. Ladrões de correntinhas, também. Muito dinheiro vivo correndo, entende? A quinhentas rupias por ingresso, em alguns lugares, junta-se muito dinheiro. As pessoas que lidam com o dinheiro ficam tentadas."

"A vida é assim, cheia de tentações."

"Verdade. E de outras coisas. Rapazes e moças, por exemplo. Até as famílias mais ortodoxas trazem as filhas solteiras para essas garbas. Não se pode vigiá-las depois que entram nessa... nessa bagunça. E os rapazes as descobrem. Sabe, todos os anos, durante dois ou três meses após Navratri, todas as clínicas da cidade registram um aumento no número de abortos."

"Sério?"

"Sério. Realmente, a polícia deveria dar um jeito nessas coisas."

"Espera que a polícia vigie rapazes e moças nas garbas?"

"Se houvesse policiais em número suficiente, até que não seria uma má idéia. Está piorando."

"Talvez os rapazes e moças pensem que está melhorando."

Ela se mostrava exageradamente séria, e Sartaj se deu conta de que estava brincando. Surpreendentemente, percebeu que corava. "Você tem razão", ele disse, olhando para baixo enquanto esfregava a nuca. "É muito fácil ser conservador hoje em dia. Você fala que nem meu pai. Ele também era policial."

"Aqui em Bombaim?"

"Sim. Aqui mesmo. Sabe, Suresh não gostaria de ouvir as histórias dele. Ele também era uma daquelas pessoas que não conseguem ir até Bandra sem visitar Thane.

"Pensei que os policiais fossem lacônicos."

"Ah, ele sabia ser breve. Mas sempre dizia que as informações que ficavam de fora do relatório final de um caso eram o caso. Por isso contava a respeito de um roubo em Chembur, e de repente a gente estava em Amritsar. Minha mãe costumava rir dele."

"Onde está sua mãe agora?"

Sartaj contou a respeito da casa em Pune, falou das vantagens de ter Ma perto da família e do gurudwara, depois relatou um dos casos interessantes de homicídio de Papa-ji, que teve implicações de Colaba a Hyderabad. Talvez não chegue a Amritsar, mas ele achou que ela havia entendido seu raciocínio. Ela não falava muito, mas as duas perguntas diziam respeito a aspectos fundamentais do crime sangrento. Só quando Jana e Suresh voltaram, com o filho dormindo no ombro de Suresh — Sartaj se deu conta de que uma hora transcorrera, ou até mais. Passava bastante da meia-noite. Sartaj os acompanhou até a saída, chamou um táxi e se despediu do pequeno grupo. Ficou de costas para o portão enfeitado com flores do garba, com as mãos nos quadris, apreciando Mary Mascarenas. Ela era quieta e complicada, mas surpreendentemente fácil de conversar. Era inteligente, embora não gostasse de exibir isso. Tinha opiniões formadas, era teimosa. Numa ghagra guzerate ela parecia brilhar, mas era modesta, miúda e exuberante. Era encrenca, seja como for. Ou pelo menos perturbadora. Ela era perigosa. Melhor ficar de olho.

Durante o chai, na manhã seguinte, Sartaj concluiu que ter medo da bomba era ridículo. Sentiu vergonha de seu pavor, de ter acreditado em algo que obviamente fora imaginado por uma mulher crédula que por acaso era agente de informações. Esses espiões pertenciam a uma tribo de paranóicos, de todo modo, uma casta de guerreiros secretos que sempre viam mãos estrangeiras em todos os crimes, e um terrorista em cada esquina. Sartaj tomou o chai, sem sentir medo. Era uma manhã excepcionalmente fresca para o final de setembro, ele se sentia animado e cheio de energia. Sentou-se perto da janela com a segunda xícara e o *Dainik Jagran*, observando os passarinhos voarem do brejo para onde havia luz. As notícias eram ruins, ou ruins como de costume, mais tensão na fronteira, ocorrera um forte ataque com granadas em Jammu, a coalizão no poder, de centro, fora novamente abalada e ameaçava se desintegrar. Tudo estava desmoronando, Sartaj tomou uma ducha longa, ensaboando o peito enquanto cantava "*Bhumro bhumro*", acompanhando o rádio do andar inferior. Ouvia as crianças brincando no apartamento de cima, além de risos e cantoria. Era uma bela manhã.

O celular tocou bem no instante em que ele trancava a porta da frente. Ele sentia confiança, naquele dia. Tinha certeza de que era Mary, e não alguém do distrito. Apertou uma tecla e atendeu: "Alô?".

"Alô", Mary disse, e Sartaj riu alto. "Você parece muito contente, hoje."

"Olá, Mary-ji", Sartaj disse. "Desculpe. Acabei de ouvir uma canção no rádio, e algumas crianças a cantavam, também."

"E isso o fez rir?"

Sentiu que ela sorria. "Sim. Parece bobagem, entende? Você sabe o que dizem sobre sardars."

Ela riu, mas se conteve. "Ainda não é meio-dia, porém."

"Você devia me ver ao meio-dia."

"Já o vi no meio do dia, e você não parecia nem um pouco feliz. Chegava a assustar."

"Estava investigando. Precisava adotar aquela postura."

"E vai adotar outra postura para Zoya Mirza, não é? Caso contrário, ela fugirá de você correndo."

"Zoya? Conseguiu alguma coisa?"

"Claro. Sei onde vai filmar hoje e amanhã. Anote o endereço." Sartaj anotou em sua agenda o nome do maquiador de Zoya Mirza, o número de seu *pager*, o nome e o celular do responsável pela produção. "Vivek, o maquiador, é nosso principal contato. Ele sabe que você vai passar lá, e conversou com o encarregado da produção. Eles só sabem que você é policial e um tremendo fã de Zoya Mirza. Quer muito conhecê-la."

"Isso é verdade."

"Você é fã dela?"

"Sou."

"Você e todos os homens da Índia. Mas não se esqueça de quem tornou possível seu encontro com Zoya. Ligue para nós assim que voltar da conversa com ela. Hoje, não deixe para amanhã. Não se esqueça."

"Pode deixar. Muito obrigado. Pelo jeito, você também é fã dela."

"A gente só quer saber. Tudo."

"Não se preocupe, telefonarei."

"Estarei aguardando."

Meia hora depois, parado num sinal de trânsito em Andheri, sufocado pelo escapamento malcheiroso de um ônibus BEST, Sartaj continuava pensando em Mary. Ela estava ansiosa para saber da vida das estrelas de cinema. Todos queriam saber da vida dos artistas, descobrir o que faziam ou deixavam de fazer. Até quem declarava detestar filmes e pessoal do cinema, os anti-filmis, criticavam as estrelas com uma intensidade peçonhenta que revelava um profundo conhecimento, tanto atual quanto histórico. E Mary sentia curiosidade pessoal, perdera uma irmã, e talvez Zoya Mirza revelasse algo essencial e esclarecedor sobre Jojo. Portanto, Mary tinha dúzias de razões para ansiar pelo telefonema. Mas ele precisava enfrentar um dia inteiro de trabalho, investigar furtos e cuidar da bandobast antes de poder falar com estrelas de cinema, mesmo que sentisse uma vontade enorme de fazer certas perguntas a Zoya Mirza. Ele queria informações. Mas atrizes e Mary teriam de esperar. Sartaj suava, sentindo que acreditava um pouco na história da bomba, que retornara e pairava a certa distância, como um rato de dentes pontiagudos oculto na grama alta. Percebia que estava próxima, sentia sua presença nos antebraços e nas costas, logo abaixo da nuca. Ele a amaldiçoou com veemência e seguiu para o trabalho.

Na verdade, Sartaj e Kamble puderam ir a Film City naquela mesma tarde, pouco antes do final das filmagens de Zoya Mirza. Passaram pelos AdLabs e subiram o morro até um lugar imenso. Zoya era a diva de uma época plena de estrelas, uma das principais nos filmes de capa e espada e heróis balançando em candelabros que voltaram após várias décadas. Vivek, o maquiador, acomodou-os em cadeiras dobráveis atrás do palácio e lhes serviu chai enquanto falava sobre o projeto. "Este filme é muito diferente. Parece *Dharamveer*, só que é totalmente moderno e atualizado. Efeitos especiais alucinantes. O palácio inteiro vai pairar no ar, depois voar e pousar no meio de um lago. Incluíram cenas de batalhas enormes, todas elas geradas em computador. O herói luta contra uma naja gigante de cem cabeças."

"E qual o papel de Zoya?", Sartaj quis saber.

"Madame é a princesa", Vivek disse. "Mas seus pais, o marajá e a marani, foram assassinados quando ela era menina. A princesa cresce na selva, criada pela família do chefe da aldeia. Ninguém sabe quem ela é."

Kamble sorveu ruidosamente um gole de chá. "Uma princesa na selva?", perguntou. "Ótimo. Que roupa ela usa?"

Vivek usava óculos, era magro e muito compenetrado. O tom francamente debochado de Kamble o constrangia visivelmente. Claro, jamais poderia chamar o policial de gaandu nojento, por isso se encolheu um pouco e disse: "O guarda-roupa é de primeira, Manish Malhotra está cuidando de tudo".

Sartaj tocou o braço de Vivek. "Manish Malhotra é o melhor. Certamente a madame ficará maravilhosa. Como é trabalhar para ela?"

"Ela é uma pessoa muito boa."

"Acha mesmo? Bem, é o que parece", Sartaj disse. Vivek olhou para Sartaj através de seus estilosos óculos azuis, e Sartaj sorriu inocente, de volta. "Claro que ela é linda. Mas sempre pensei que fosse mesmo uma boa pessoa, pelos papéis que costuma fazer."

A desconfiança de Vivek diminuiu, e ele sentou. "Sim. Muito generosa, sabe?"

"Ela o ajudou?"

"Ela me deu uma chance. Eu a conheci quando filmava um comercial. Quando se tornou uma grande estrela, não se esqueceu de mim."

"Está com ela faz tempo, então."

"Sim."

"Tem um bom emprego, viaja pelo mundo com uma estrela de cinema. Eu nunca saí do país."

"Trinta e dois países, até agora", Vivek disse, animado e excitado. "Na semana que vem iremos à África do Sul."

Kamble perguntou, distraidamente: "Passam muito tempo em Cingapura?".

"Sim, claro. Madame filma muito por lá." A pergunta não provocou ansiedade nem medo capaz de ressabiar Vivek, animado com a devoção à madame. "É um lugar maravilhoso. Fizemos muitos editoriais de moda lá, madame adora, é tudo muito limpo e organizado. Passamos férias lá, também, às vezes."

Sartaj terminou o chá e se espreguiçou. "Então ela deve ter muitos amigos lá."

Vivek estranhou. "Não sei. Ela e eu não ficamos no mesmo hotel. O que quer dizer com isso?"

Sartaj bateu no joelho. "Nada, yaar. Vou a Pune de vez em quando, fiz amigos por lá. Acredita que ela possa nos receber agora?"

"Acho que a entrevista ainda não terminou. Mas o cenário está quase pronto. Vou ver."

Sartaj manteve a expressão de gratidão entusiástica até Vivek desaparecer atrás de uma parede do palácio. Três operários pintavam um trecho da parede de dourado. Uma dúzia de homens descansavam espalhados no gramado perto deles, e havia algumas mulheres sentadas em círculo na sombra de uma van grande. Sartaj não percebera que preparavam a filmagem de uma cena, e muito menos que estava tudo quase pronto.

"Este chashmu filho-da-mãe não sabe de nada", Kamble disse. "Falou de Cingapura tranqüilamente."

"Sim. Eles devem ter tomado muito cuidado, ela e Gaitonde."

Kamble coçou o peito. Havia um bracelete de cobre em seu braço. "Gaitonde, o grande don hindu", disse. "Claro que precisa tomar cuidado com a namorada muçulmana. Maderchod mentiroso."

"Ter uma namorada muçulmana não prejudica a reputação de ninguém. E Suleiman Isa, que tem mulheres de todas as religiões? Eles não pretendem casar com elas, certo? Talvez Gaitonde quisesse proteger Zoya. Você não consegue ser Miss Índia namorando um bhai."

"São todos chutiyas mentirosos, se escondem aqui, se escondem lá", Kamble disse. "Eu tive uma chavvi muçulmana, faz dois anos. Não escondíamos nada de ninguém. Yaar, ela era linda. Eu teria me casado com ela."

"O que aconteceu?"

"Eu não tinha dinheiro para casar. Uma moça daquelas precisa de apartamento, boas roupas, vida tranqüila. A família encontrou um chutiya que trabalhava para uma firma em Bahrein. Ela está lá agora. Tem uma filha."

"É feliz?"

"Sim." Kamble debruçou-se para apoiar o cotovelo no joelho, olhando para o pequeno vale entre os morros. Subitamente melancólico, perdera-se nas lembranças da moça perdida.

"Ei, Devdas", Sartaj disse. "Você não teria casado com ela, de qualquer maneira. Precisava cuidar das outras cem chavvis."

Mas Kamble não queria esquecer, e Sartaj pensou que ele ia começar uma canção triste a qualquer momento. Se tirássemos de cena os ruidosos carpinteiros e as pilhas de tábuas ao lado do palácio, além das mulheres que conversavam, era um cenário adequado a um número musical, colorido de açafrão suave pelo sol poente. Havia grama, árvores e colinas que serviam, nos filmes, como substituto aos picos do Himalaia. Sartaj tentou pensar numa canção melancólica adequada a Kamble, mas só se lembrou dos sucessos de Dev Anand: "*Main zindagi ka saath nibhaata chala gaya*". Sentiu que o medo o cercava novamente, o pavor da bomba, oculto em algum lugar do muro do palácio. Talvez fosse apenas a ansiedade reprimida que voltava por ele estar em Film City, perto de onde vários adultos e crianças foram mortos e devorados pelo dinâmico complemento de leopardos muito selvagens do parque. Eram leopardos de verdade, não de cinema. Talvez por isso sentisse medo. Mas sentia-se também incontrolavelmente excitado. Era tudo muito curioso.

"Vamos, vamos, por favor", Vivek disse, do portão. "Madame estará em cena em um minuto. Querem ver a tomada?"

Dentro do palácio a atividade era intensa. Sob as abóbadas e janelas em arco os operários serravam e martelavam. Sartaj saltou os cabos estendidos e enrolados, desviou dos suportes de metal. Precisou agachar para passar por baixo de uma lona, e uma voz gritou pelo alto-falante, "Luzes", e Sartaj chegou a um salão de recepções colunado, reluzente de verdes e dourados, no qual metade do teto estava coberto por uma treliça de cristal brilhante. Havia dois candelabros enormes, uma multidão de cortesãos vestidos de cetim e um trono. Sartaj prosseguiu através de outro grupo de trabalhadores até a fileira de cadeiras dobráveis, e Vivek gesticulou: espere um pouco.

"Aquele ali é Johnny Singh", Kamble disse.

"Quem?"

"O diretor." Ele se referia a um homem corpulento sentado numa das cadeiras, que olhava atento para o monitor. "E aquele ali é o cinegrafista, Ashim Dasgupta."

"Você é especialista em filmagem", Sartaj disse.

"As moças gostam muito de ir ao cinema."

Sim, muitas das balas dos bares de Kamble, muitas mesmo, gostariam de ser Zoya Mirza. Fariam qualquer coisa, arriscariam tudo para estar no lugar dela. Quando o brilho das luzes deixou de ofuscá-lo, Sartaj viu que as estátuas eram de gesso pintado, e não de pedra. A tinta dourada dos pilares era grossa, pastosa. O cristal do teto não passava de vidro ordinário ou plástico. Acima de tudo, entre as fileiras de refletores alinhados às passarelas metálicas oscilantes, havia pernas que balançavam e rostos curiosos. Contudo, na tela aquilo tudo se cristalizaria num brilho etéreo, num palácio perfeito. Sartaj pensou que Katekar teria adorado aquilo, gostaria até do chão sujo e dos diamantes baratos dos turbantes dos nobres.

"Silêncio! Silêncio!", os alto-falantes rugiram, e no meio da confusão Zoya Mirza pousou no cenário. Entrou andando pela esquerda, a bem da verdade, mas bem que poderia ter descido do céu tecnicólor em meio a uma chuva de flores perfumadas. Era muito alta, magra e forte, mas vinha embrulhada numa capa dourada, seus cabelos soltos eram muito compridos, e a extensão de seu longo pescoço tirou o fôlego de Sartaj.

"Baap re", Kamble sussurrou. "Mai re."

Sim, Sartaj recuperou imediatamente a crença no encanto do cinema. Eles observavam Zoya, que falava com o diretor e dois assistentes, enquanto Vivek se entretinha com seu cabelo e seu rosto. Uma mulher, ajoelhada, cuidava de algum detalhe na barra da saia de Zoya, que chegava até a metade do joelho. Entraram mais dois atores, um casal idoso em trajes reais; o diretor conversou com eles e com Zoya, com gestos angulares das mãos. Kamble assoprou seus nomes, sabia o nome dos atores e sua história, seus papéis e sucessos. Zoya tirou o robe e Kamble emudeceu completamente. Era o tipo de roupa de princesa das selvas que Sartaj se recordava de ter visto em calendários na infância, com a parte de cima do biquíni de couro castanho macio preso nas costas por cadarços, e uma saia do mesmo material que começava bem abaixo do umbigo, na frente, e descia pelas coxas, muito justa. O marajá e a marani ocuparam suas posições nos tronos, e Zoya virou-se na direção deles e caminhou, a interminável curva de seus quadris fez Sartaj sentir um nó na garganta. Sim. O cenário era falso, mas não Zoya Mirza. Claro, Mary e Jana tinham razão a respeito dos múltiplos procedimentos, dos milagres da tecnologia que lhe deram uma beleza de nível internacional, mas Sartaj não ligava. Zoya Mirza era artificial, e sua impostura era mais verdadeira que a própria natureza. Ela era real.

A cena era a seguinte: a princesa, que ignorava sua ascendência real, chegava à capital e à faustosa corte, em busca do misterioso guerreiro que a cortejara nas encostas bravias de suas montanhas e depois desaparecera. E lá estava ela na corte do marajá — a quem ela ainda não conhecia —, o usurpador, assassino de seus pais crédulos. Havia duas falas: "Quem é você, kanya?" e "Sou a filha de Sardar Matho, que governa a floresta a oeste de seu reino". Para a segunda frase, filmada primeiro, fizeram oito tomadas em quarenta e cinco minutos. Zoya a dizia ao subir os degraus suaves que conduziam ao trono. Era uma heroína e tanto. Depois houve uma pausa de vinte minutos para mudança de câmera. Vivek ofereceu mais chá com biscoito. Madame não queria ser incomodada por enquanto. Estava representando.

"Esta história é parecida com a de uma série da televisão", Kamble disse. "Qual era, mesmo? Com os rajás, ranis, traidores e espiões?"

"*Chandrakanta*", Sartaj disse. "Um ótimo programa."

"Este filme é muito mais importante que *Chandrakanta*", Vivek disse, ostensivamente orgulhoso. "Os efeitos especiais de *Chandrakanta* eram muito pobres. Contratamos dois especialistas de Hollywood para fazerem a cena principal. E, de todo modo, os roteiristas disseram que se inspiraram mais em Bankim Chandra."

"Quem?", Sartaj perguntou.

"Um escritor bengalês antigo", Vivek respondeu. "Escreveu um romance chamado *Ananda Math*."

"Pensei que já haviam feito um filme bengalês com essa história", Kamble disse. Ele mastigava um biscoito de coco.

"Nunca ouvi falar", Sartaj disse. Era agradável discutir num estúdio coisas como efeitos especiais, diálogos e antigos romances bengaleses. Até Kamble perdera a impaciência. Olhar para Zoya Mirza era mais do que um passatempo, acalmava as pessoas de uma maneira muito profunda.

A filmagem do contracampo, no marajá, exigiu apenas duas tomadas. Depois recomeçou a movimentação e a gritaria, enquanto lâmpadas e refletores eram movidos. Vivek acompanhou Zoya na saída de cena, e voltou apressado dez minutos depois. "Venham", ele disse. "Madame vai recebê-los agora."

Em close-up ela era ainda mais extraordinária. Exageraram um pouco na maquiagem, mas Sartaj compreendia que isso atendia às necessidades da iluminação e da câmera. Entre a mortífera projeção da maçã do rosto e os lábios carnudos havia uma tensão perfeita que independia totalmente dos cosméticos. Sartaj e Kamble sentaram lado a lado no trailer de Zoya, num sofá de couro macio preso à parede. Ela surgiu do camarim particular num impecável robe branco e sentou numa cadeira. Vivek parou do lado da escada, corado de admiração pela madame.

"Aquela saia estilo selva ficou maravilhosa", disse a ela, sempre de olho em Sartaj.

"Isso mesmo", Sartaj concordou.

"Didi, eles são fãs entusiasmados", Vivek disse. "Vieram me procurar por causa de Stephanie, lembra-se dela? Só para conhecer você."

Zoya empregava o sorriso que os acostumados a atenções e poder usavam para informar humildade. Sartaj o vira muito nos políticos. "Vou fazer o papel de policial no ano que vem", ela comentou, "no novo filme de Ghai-sahib. Sou fã da polícia, também. Participei de uma première de caridade para a Associação dos Policiais quando era Miss Índia."

"Eu me lembro. Precisamos de sua ajuda, novamente."

"Claro, tentarei ajudar no que for possível. Mas estou muito ocupada nos próximos seis meses..."

"Não viemos pedir uma apresentação", Kamble disse, em tom controlado. Não se mexia, mas os ombros pareciam um pouco inchados, e transmitiam uma impressão ameaçadora, reforçada pelos olhos inexpressivos e o queixo rígido. "Nem doações."

Zoya captou a mudança de atitude imediatamente, mas Vivek riu. "Eles só querem seu autógrafo, Didi", disse.

Sartaj segurou o braço de Vivek para se levantar. "Só queremos fazer algumas perguntas", ele disse a Zoya, dando um passo em sua direção. Ela não gostou da proximidade, mas não recuou. Ele murmurou em seu ouvido: "Sobre Ganesh Gaitonde".

"Vivek", ela falou rispidamente, "espere lá fora."

"Didi?"

"Lá fora. Não quero ser incomodada."

Sartaj empurrou Vivek porta afora, e a bateu em seus olhos arregalados antes de puxar a cortina vermelha com firmeza por cima da tela contra insetos. Zoya calculou que deveria demonstrar indignação, e levantou-se. Recuou os ombros e os encarou, altiva. Pena que tivesse de abaixar um pouco a cabeça, por causa da curvatura do teto baixo. Sartaj considerou que isso prejudicava um pouco o efeito.

"Por que me perguntar algo a respeito de um homem como ele?", perguntou. "O que pretendem com isso?"

"Não se preocupe", Kamble disse. Mantinha as mãos apoiadas nas coxas e os pés firmes no chão, afastados. "Sabemos de tudo. Sabemos a respeito de Jojo. Sabemos que Gaitonde mandou buscá-la de avião para ir a diversos lugares."

"Madame", Sartaj disse, "precisamos apenas de um pouco de cooperação de sua parte."

"Sabe, eu era modelo, conheci muita gente..."

O riso escarnecedor de Kamble foi magnífico, ele olhou para Sartaj como se fosse um sujeito cínico, repulsivo. Emitiu uma risada gutural que arrepiou o braço de Sartaj, e ergueu o dedo para Zoya. "Veja bem", Kamble disse. "Você pode pensar que, por ser uma estrela de cinema, pode se dar bem sempre. Não queríamos causar constrangimento, obrigando-a a comparecer ao distrito, por isso viemos até aqui. Mas não pense que pode escapar da gente. Não nos tome por idiotas. Mandamos Sanjay Dutt para a cadeia, você pode acabar lá também. Seis meses numa cela minúscula, sem ar-condicionado, e seu charbi desaparecerá."

"Bas, bas, já chega", Sartaj disse a Kamble. Para Zoya, reservou sua expressão mais gentil e compreensiva. "Madame, entendemos seu receio. Quer privacidade em sua vida. É um direito seu. Mas ele tem razão, sabemos muita coisa a respeito de sua ligação com Gaitonde, não adianta querer esconder nada de nós. Temos provas de que ele pagou suas viagens. Temos cópia de seu passaporte anterior, com o nome de Jamila Mirza. Cópias das passagens de avião."

Kamble puxou um maço de cópias de um envelope pardo e o sacudiu na cara dela. "Sabemos a respeito de Cingapura", ele disse. "Aqui está."

Ela pegou os papéis. Era muito forte, tinha — sob a aparência sinuosa — uma determinação inflexível. Sartaj podia sentir isso, sabia que o passo altivo da princesa da selva era também o de Zoya. Mas nem todo o controle sobre si, nem toda o domínio da arte de representar conseguiam disfarçar a raiva e o medo de seus olhos. Algo ocorrera em Cingapura, sem dúvida. Kamble acertara o alvo. Agora era hora da solidariedade. "Madame, acredite, não precisamos de nada além de informações. Não há envolvimento de sua pessoa, nenhuma acusação, nada. Por favor, sente-se." Ela continuou em pé, imóvel. "Ninguém em nosso departamento, exceto este policial aqui presente, tem conhecimento de sua ligação com Gaitonde. Não revelaremos isso a ninguém. Só queremos que nos fale um pouco a respeito dele, qualquer coisa que saiba sobre as amizades, os contatos e os negócios dele. Não precisamos saber de nada a seu respeito."

"A não ser que nos cause problemas", Kamble disse.

"Sofremos muitas pressões para descobrir informações sobre as atividades de Gaitonde", Sartaj disse. "Se voltarmos sem nada, seremos forçados a informar nossos superiores a respeito de sua ligação com ele. Isso poderia se tornar uma fonte de constrangimento para você." Ele respirou fundo. "Temos uma fita de vídeo, madame."

"Uma fita de vídeo?", ela falou com voz sumida.

"Gaitonde registrava suas atividades." Sartaj sentia o olhar penetrante de Kamble em sua nuca, mas manteve a atenção fixa em Zoya, resoluto. "Existe uma fita sua. Com ele. Fazendo certas coisas."

Ela sentou e afundou na poltrona, sem controle, sem graça. Seus joelhos torceram sob seu peso, como se fossem de borracha, quando sentou. Desabara, eles a tinham na mão. Sartaj sentiu um gosto como de cola velha na boca e sentou na beira do sofá, ao lado de Kamble. Zoya mantinha os olhos baixos, os tornozelos virados. Sartaj debruçou-se. "Trata-se de uma fita muita explícita. Dá a impressão de que você não sabia que estava sendo filmada, que foi feita com uma câmera escondida. Mostra tudo, simplesmente tudo."

Ela não conseguiu mais ocultar sua fúria. "Onde está a fita?", perguntou. "Pagarei por ela. Quanto querem?" Mostrava desprezo não apenas por Ganesh Gaitonde, o namorado traidor, mas também pelos dois policiais que ameaçavam tudo que construíra em sua vida.

"Você já sabe que não queremos dinheiro", Sartaj disse. "Apenas informações."

"E me entregarão a fita? E o resto?"

"Sim. Entregaremos tudo, madame. Não temos panga com você. Desejamos muita paz e muitos filmes. Somos seus fãs."

Zoya não se consolou com tamanho fervor. Ergueu a vista, ajeitou as pernas e tornou-se novamente uma estrela de cinema. "Aqui não", ela disse. "Meu costureiro chegará em poucos minutos."

"Concordo, madame. Aqui tem gente demais." Sartaj levantou-se. "Diga onde quer nos encontrar."

"Meu trabalho termina às onze e meia. Cheguem à meia-noite." Ela lhes deu um endereço, o número de seu celular e os dispensou. "Muito bem", disse. "Podem ir." E fechou a porta com firmeza.

"Randi", Kamble disse. "Vagabunda. Deveríamos ter tomado um bom dinheiro dela."

Sartaj se espreguiçou. O ângulo em que via o palácio revelava os suportes e andaimes atrás das paredes. A estrutura cheia de pontas era inesperadamente bela à meia-luz, como se fosse um cacto artificial gigante enraizado na encosta. "Não seja ganancioso. Já corremos perigo demais assim. Vamos embora daqui."

Vivek sumira, eles acharam o caminho entre os cenários, passando pela inexplicável multidão de operários ociosos. Kamble esperou até que chegassem às motocicletas. "E vai ficar mais perigoso", ele disse, "quando ela descobrir que não existe nenhum vídeo."

"Não", Sartaj disse. "Ela já se entregou ao admitir que pode haver um vídeo."

"Certo. Foi uma boa idéia." Kamble bateu no capacete verde. "Então, depois que tudo isso acabar, quando não houver mais perigo... Poderemos tomar um dinheirinho dela?"

Sartaj pisou no pedal, ligou a moto e esperou. "Esta aí sobreviveu a Ganesh Gaitonde, meu caro. Você conhece muitas mulheres, mas eu sou mais velho. Entenda uma coisa. Se ela se sentir muito ameaçada, reagirá com intensidade. Procure dinheiro em outro lugar."

"Tudo bem, tudo bem, você quer ser amigo dela. Foi simpático." Kamble abriu um sorriso maroto. "Não pegará dinheiro. Mas pode conseguir outras coisas com ela. Vejo você no distrito."

Ele saiu acelerando, mas virou a cabeça e acenou para Sartaj, que apontou a moto para a rua e o seguiu. Não adiantava rebater a acusação, Zoya era linda, espetacular. Sartaj sentira o impacto de sua beleza, mas de um modo claramente impessoal. Não havia esperança em seu prazer, nem a dor das pontadas do desejo. Sua força e versatilidade o impressionaram, admirável o modo como lidara com o problema de dois policiais hostis, com a ameaça inesperada a sua carreira, sua fortuna, sua vida. Ela procurava uma saída. Impressionante. Zoya Mirza resolvia seus problemas. Deparava-se com uma dificuldade, curvava-se por um momento e começava a procurar a solução. Era melhor tomar cuidado ao lidar com uma pessoa tão forte, principalmente quando você é o problema.

Sartaj seguiu na direção da via expressa. Kamble já havia sumido entre os caminhões e o enxame dos riquixás motorizados do fim de tarde. Talvez uma moça o aguardasse. Duas moças. Ele era um grande admirador da beleza, como Sartaj já fora. Quando uma Zoya Mirza não o embriaga de luxúria, Sartaj pensou, você está ficando velho. Um senhor idoso. Um sujeito gasto, cansado. Mas não sentia tristeza, apenas um estranho alívio. O tempo o visitara com sua devastação, o desgastara, mas ele gostava da sensação de ser dilapidado. Era repousante. Seguia pela via expressa tranqüilamente, apreciando o crepúsculo enquanto cantarolava "*Vahan kaun hai tera, musafir, jayega kahan?*".

Na delegacia, Sartaj dedicou-se a preparar papelada para audiências, telefonar e terminar relatórios. Kamala Kandey telefonou pouco depois das onze. Não recebera novos chamados dos chantagistas, mas queria saber dos progressos de Sartaj.

"Estamos trabalhando no caso, madame", Sartaj disse. "Não se preocupe."

"O que estão fazendo?", ela perguntou.

"Seguindo pistas. Temos algumas linhas de investigação. Estamos interrogando os informantes." Sartaj explicou isso calmamente, enquanto preenchia o formulário de um caso de arrombamento. Era a resposta-padrão, ele a declamara milhares de vezes. Mas Kamala Pandey não se satisfez com isso. Após um murmúrio no fundo, ela insistiu com Sartaj, agora petulante.

"Mas quem? Você tem algum resultado concreto?"

Resultados concretos? Sartaj sentou-se. "Com quem está falando?"

"Onde?"

"Está falando com alguém, madame. Quem é? Não deveria comentar o caso com outras pessoas."

"Não estou comentando o caso com ninguém. Estou num restaurante, com amigos, e um deles perguntou algo. Ela já se afastou. Pode me dar os detalhes."

"Madame, não posso fornecer informações específicas sobre investigações em andamento", Sartaj rebateu, ríspido. "Mas pode ficar tranqüila que estamos trabalhando firme no caso. Na verdade, estou cuidando dele neste momento." Não era exatamente verdade, mas dedicara várias horas ao caso, estava cansado e a ponto de perder a paciência.

Ouviu novos murmúrios do outro lado da linha, mas Kamala desistiu de pressioná-lo. "Lamento", disse. "Estou meio nervosa."

"Não há motivo para nervosismo", Sartaj afirmou. "Entrarei em contato assim que souber de algo. E, madame, preciso de uma foto sua para mostrar a testemunhas que podem ter visto a entrega do dinheiro. Não tema, serei muito discreto. Não direi a ninguém quem você é. Providencie para que seja enviada a minha casa por um portador. Hoje, se possível. No mais tardar, amanhã." Ela hesitou, mas Sartaj insistiu com firmeza. Forneceu o endereço, desligou e retornou à papelada.

Kamble portou-se com evidente hostilidade quando Sartaj contou a respeito do telefonema de Kamala Pandey. Encontraram-se à meia-noite e meia, como combinado, do outro lado da rua, na frente do prédio de Zoya Mirza, em Lokhandwalla. Kamble tomou uma cerveja rápida antes de subir para o apartamento de Zoya. Trabalhara em dois casos desde que se separaram, estava exausto e rabugento. Insistiu em beber uma cerveja antes de continuar o serviço. Por isso estavam sentados numa mureta, na frente do portão de Zoya, como dois amigos em breve descanso na escuridão. "Então a kutiya metida anda circulando pela cidade, percorrendo bares e restaurantes", Kamble disse, referindo-se a Kamala. "Aposto que vai achar outro mashooq logo, logo. Elas são assim mesmo, as mulheres ricas desavergonhadas, dão de graça. Depois que começam a dar, sabe, não param mais."

"Acho que ela sentia amor por Umesh."

"Então por que continuar com o marido gaandu? Só por causa do apartamento e do dinheiro?"

"Ela estava tentando se distanciar de Umesh."

Kamble tomou um gole longo, gorgolejante. "Se o ama, então por quê?"

"A gente nem sempre gosta de quem ama."

"Isso é verdade." O luar clareava o rosto largo de Kamble, entremeado com a sombra das palmeiras sobre suas cabeças. "Tive uma namorada, pensei que ela ia morrer nas minhas mãos."

"Uma das dançarinas?"

"Sim. Era dançarina, aquela que veio de Rae Bareli. Quase acabou comigo. Fiquei louco por ela, que parecia inocente como uma deusa. O rosto gosta de malai fresco."

"Então você não a matou?"

"Não, apenas a dispensei. Isso foi depois que ela gastou até a última rupia que eu possuía, durante sete meses. Ela e sua família bhenchod. Eram ótimos para tomar meu dinheiro. Essas meninas trazem isso no sangue, desde que nascem, o talento para ganhar dinheiro. Como Zoya. Investiguei, um apartamento no andar dela custa um crore e oitenta lakhs."

"Parte deve ser dinheiro de Gaitonde."

"Claro. Mesmo assim. Um e oitenta. E ela faz filmes há quanto tempo? Três, quatro anos? Essa gente é incrível."

"Que gente? Atores?"

"Arre, não, chefe. Muçulmanos. O império mogol acabou, o Paquistão foi criado para eles, mas vivem aqui feito reis."

"Kamble, saala, esteve em Bengali Bura recentemente? Ou em Berampada? Aqueles gaandus miseráveis não moram em palácios."

"Mas moram aqui, na? E tomam mais terras a cada dia, e a população deles continua crescendo. Pense em quantos khans há nos filmes, sempre como heróis."

"Mas os Khans têm boa aparência. Não são bons atores?"

"Sim, baba, têm boa aparência. Esta Zoya é uma bela chabbis."

"E sua namorada muçulmana?"

"Ela era uma phatakdi, sem dúvida. Não estou querendo dizer que elas não são atraentes como mulheres, ou que não podem ser boa gente. Sei de sua amizade com Majid Khan. Ele é um bom sujeito. Mas, entende, como povo..."

"O que tem?"

"Eles não querem viver em paz com ninguém. São agressivos e perigosos demais. Para um sardar, você é muito mole com eles."

Sartaj estava cansado. Era tarde, acordara às seis, ouvira aqueles argumentos a vida inteira. "Acho que você é louco e bem agressivo", disse ao se levantar. "Eu sou muito mole com todo mundo."

Kamble concordou. "Mole demais para um policial." Ele virou a garrafa para tomar o último gole e a dispensou no mato. "Agora eu me sinto pronto para Zoya."

Atravessaram a rua e passaram pelos imensos portões em preto e dourado de Havenhill. O porteiro os aguardava e acenou para que entrassem direto. O prédio, um enorme bloco rosa pastel, erguia-se a trinta andares, contrastando com as casas térreas ao redor. Havenhill era uma construção recente, mais recente até que as casas que ocupavam o lugar de um charco havia dez anos. Uma residência digna de estrela de cinema, Havenhill, com seu saguão cavernoso em mármore italiano e seus elevadores de aço escovado. Sartaj e Kamble subiram num prodigioso sussurro de tecnologia de ponta até a cobertura, e quando saíram do elevador uma voz feminina com sotaque informou que haviam chegado ao trigésimo sexto andar. A porta de Zoya era simples, de madeira preta decorada com uma treliça metálica preta, mas dava para uma sala vasta. Dois candelabros enormes pendiam acima de duas áreas distintas, com sofás, e uma mesa de jantar comprida e reluzente exibia um arranjo de flores brancas. O senhor idoso que os recebeu — Sartaj não soube dizer se era o pai, um tio ou empregado antigo — os fez sentar num sofá branco e sumiu. As cortinas leves eram brancas. A cor favorita de Zoya, pelo jeito, era o branco.

Ela entrou descalça, mas de princesa da selva agora não tinha nada. Usava uma blusa branca diáfana folgada e calça comprida branca. O cabelo preso atrás emoldurava um rosto completamente desprovido de maquiagem. Mesmo assim era magnífica, não havia outra palavra para defini-la. Sartaj percebeu que Kamble estava tenso a seu lado. Fossem quais fossem seus pensamentos a respeito daquele povo, tomado coletivamente, não havia como escapar do encanto atordoante daquela pessoa, sobretudo no caso de um jovem vaidoso cheio de músculos.

"Venham", ela disse, e os conduziu a outra sala branca com duas paredes de vidro que iam do piso ao teto. Sartaj sentou-se numa poltrona de aço inexplicavelmente confortável e sentiu que flutuava muito acima das luzes fulgurantes e do mar distante. Kamble, em silêncio, parecia subjugado. Sartaj pensou, isso mesmo, saala, é assim que os ricos vivem. Uma empregada, dessa vez mulher, trouxe água em copos numa bandeja, saiu e fechou a porta. Zoya sentou-se numa pose perfeita, iluminada, de costas para a noite. "Eu acho que não existe nenhuma fita", disse.

Sartaj permaneceu imóvel e silencioso. Não tirava os olhos dela, mas sentiu Kamble vacilar. "Quer dizer", falou num tom duro, "que acha que estamos brincando com você?"

Zoya não se intimidou. Ajeitou o caimento da calça. "Não, acho que isso é sério. Mas andei pensando. Se tivessem uma fita, teriam mostrado um trecho, como me mostraram as fotos. *Ele* nunca revelou interesse em nos filmar, e eu conheço seu gosto. Nunca sentiu vergonha a meu lado, teria dito que desejava fazer a fita. Jamais usaria uma câmera escondida. Portanto, não há fita nenhuma. A não ser que estejam fazendo uma agora, é isso?"

"Não." Sartaj permitiu-se um olhar de esguelha: Kamble estava atônito, impressionado com Zoya Mirza.

"Nenhuma câmera oculta?", Zoya perguntou. "Estilo *Tehelka*? Vocês são obrigados a me informar, sabia?"

"Não estamos gravando nada", Sartaj disse. "E você?"

Ela riu, foi um riso genuíno, de surpresa. "Não sou idiota a tal ponto. Fui surpreendida por vocês antes, e cometi o erro de admitir uma ligação com aquele homem. Mas não quero que nada disso chegue ao público, nem desejo torná-los meus inimigos. O que desejam? Dinheiro? Quanto?"

Kamble falou, finalmente. "Não, madame", disse, afável. "Não queremos dinheiro. Apenas informações. Para uma investigação sobre o crime organizado. Não tem nada a ver com sua pessoa."

Rapaz esperto, Sartaj pensou. A paz era muito melhor que a guerra, especialmente quando o antagonista revela recursos inesperados. "Madame, não queremos deixá-la em situação constrangedora. Mas precisamos de sua ajuda para resolver nosso problema."

Ela permitiu que uma ponta de desprezo surgisse em seus olhos. "Não precisa ser tão gentil. Não passam de policiais, e eu não tenho muita escolha. Se falar com vocês conseguirei o material que reuniram?"

"Sim."

"E não haverá mais nada?"

"Não."

Ela não acreditou nele, e fez questão de mostrar isso. Mas estava pronta para contar tudo. Cruzou os braços em cima do estômago e recostou. "O que desejam?"

"Quando conheceu Gaitonde? Como?"

"Faz muito tempo. Oito, nove anos. Por intermédio de uma amiga."

"Que amiga?"

"Não sabem?"

"Pode ser. Mas quero ouvir de você."

Ela o encarou com firmeza antes de ceder. "Jojo", disse.

"Certo", Sartaj disse. "E qual era a natureza de seu relacionamento com Gaitonde?"

Ela demonstrou claramente que considerava a pergunta estúpida, mas compreendeu que precisava responder até as questões mais óbvias. "Ele me sustentava. Eu vivia sozinha em Bombaim."

"Jojo levava algum?"

"Eles tinham o acerto lá deles. O que ele me dava era um problema nosso."

"Como o conheceu? Onde? Com que freqüência se viam?"

Zoya tinha memória precisa, e lhes deu um relatório eficiente: no início saía com ele uma vez por mês, aproximadamente, sempre em Cingapura. Ficava sempre no mesmo hotel. Um telefonema, tarde da noite, era o sinal para descer até a garagem do hotel, onde uma limusine a esperava. Passava algum tempo com Gaitonde num apartamento pertencente a um de seus companheiros, Arvind. No apartamento encontrava apenas a esposa de Arvind, Suhasini, e mais ninguém, nem mesmo os empregados. Nunca se encontrou com Gaitonde em Bombaim, nem em qualquer outro lugar da Índia. O apartamento era imenso, e Gaitonde ocupava o andar de cima da cobertura dúplex. Do pessoal de Gaitonde ela só conhecia Jojo e Arvind. Depois que se tornou Miss Índia vivia muito ocupada, e seus encontros rarearam. Quando fez o primeiro filme eles conversavam freqüentemente pelo telefone, depois da estréia até esse contato declinou, mas ela o encontrou algumas vezes depois disso. Nunca romperam o relacionamento, nunca houve brigas ou desentendimentos, apenas um afastamento lento. Gaitonde parecia muito preocupado no final, depois desapareceu por completo. Até aparecer em Bombaim, morto ao lado de Jojo. Isso era tudo.

Sartaj a fez repassar os contatos de Gaitonde, e ela tinha certeza — foram só Jojo, Arvind e Suhasini. Nunca vira o motorista da limusine. Gaitonde providenciara um esquema logístico eficiente, tranqüilo, exatamente igual todas as vezes. "Tínhamos de manter nossa privacidade", Zoya disse. "E ele era muito bom em matéria de segurança."

"Sobre o que ele falava? Deve ter mencionado nomes, pessoas."

"Ele não falava comigo."

"Como assim? Passavam muito tempo juntos. Você era a namorada secreta. Ele gostava de você. O que lhe contava?"

"Já expliquei, quase nada. Eu não falava nada. No começo, não falava por medo dele. Depois percebi que gostava do meu silêncio, que preferia assim. Portanto, calei-me."

"Mas deve ter ouvido um bocado. O que ele dizia?"

"Para mim? Quase nada. Maquiagem, minha carreira. Filmes, indústria cinematográfica. O que eu deveria fazer em seguida." Ela baixara o olhar para as mãos, e naquela luz seu rosto era uma máscara dourada. "Ele achava que sabia tudo. Eu só dizia sim e confirmava com a cabeça."

"Como ele era? Gaitonde?"

"O que espera? Era Ganesh Gaitonde. Ele era o que era."

"Ora, você realmente o conhecia. Deve saber coisas a respeito dele que o resto de nós não sabe. Detalhes."

"Ele representava o papel de Ganesh Gaitonde até quando estava sozinho. Creio que era a mesma pessoa sempre, quer estivesse sozinho comigo, quer estivesse em seu durbar com os rapazes. Aquela voz, o jeito de sentar, assim." Ela largou o corpo na poltrona e ergueu os ombros, a mão agressiva em concha gesticulou na direção de Sartaj, como se quisesse espremer seus testículos. "Ay, Sardar-ji, acha que pode invadir meu navio e me pressionar, shanne? Sabe quem eu sou? Sou Ganesh *Gaitonde.*"

Ao ouvirem a pronúncia exagerada do nome, Sartaj e Kamble caíram na risada. Ela imitara a voz corretamente, a voz que Sartaj ouvira naquela tarde distante, a esbanjar arrogância, mesmo pelo alto-falante vagabundo. "Madame", Sartaj disse, "é muito boa."

Zoya aceitou o elogio com graça, inclinando levemente a cabeça. Ela ainda era Gaitonde, porém. Pegou um telefone imaginário, discou com o dedo mínimo. "Arre, Bunty! Maderchod! Você passa o dia sentado em Bombaim comendo malai, engordando, e leva meses para fazer um serviço que deveria estar pronto em uma semana. O que aconteceu com o khoka que estávamos esperando de Kilachand, esta semana?"

Sartaj riu novamente, divertido. "Madame", disse, "então ele falava com um certo Bunty, em Bombaim?"

"Freqüentemente."

"Lembra-se dos detalhes?"

"Que detalhes?"

"Do que conversavam."

"Não, eu preferia não escutar. Sabia que era sempre sobre khokas e petis e procure alguém e chame fulano. Eles conduziam a maior parte dos negócios no apartamento de Arvind, no andar de baixo. Mas de noite, quando achavam que eu já estava dormindo, por vezes Gaitonde sentava no terraço e conversava pelo telefone. Eu ouvia alguma coisa, em geral desinteressante. Não me lembro dos detalhes. Costumava fingir que dormia sempre, ficava lá deitada de olhos fechados, pensando na minha carreira. Nesses momentos ele conversava ao telefone."

Gaitonde planejava homicídios, guerras e extorsões, mas para uma bela jovem que sonhava com o estrelato, tudo isso devia ser muito maçante. Sartaj sorriu, para encorajá-la. "Então ele conversava com Bunty. Com quem mais? Por favor, reflita, qualquer coisa pode nos ajudar. Outros nomes."

Zoya ajeitou-se na poltrona, deixando de lado a pose Gaitonde. Levou a mão ao queixo e encenou concentração. "Não me lembro, realmente. Havia sempre três ou quatro telefones. Um só para Bunty. Espere, eu me lembro. Havia um Kumar em telefone separado, um Kumar Saab ou Mister Kumar."

"Muito bem, madame", Sartaj disse. Kamble fazia anotações num bloco pequeno. "Isso é muito bom. Mister Kumar."

"Creio que havia outras pessoas de Bombaim, em Nashik. Claro, ele conversava freqüentemente com Jojo. Por vezes, dizia para eu dar alô para ela. Havia ainda alguém em Londres, um Trivedi-ji ou algo assim. Poucos. Não me lembro. E havia um telefone só para falar com o guru."

"Gaitonde tinha um guru?"

"Sim, conversava com ele tanto quanto com Jojo, ou quase, eu acho."

"Quem era esse guru?"

"Não sei. Ele o chamava de Guru-ji."

"De onde o guru ligava?"

"Não sei. Vários lugares, suponho. Lembro-me de Gaitonde sugerir a ele uma vez que fosse à Disneylândia."

"Disneylândia?"

"Disneylândia ou Disneyworld. Um dos dois. Em outra oportunidade Guru-ji estava na Alemanha."

"Sobre o que conversavam?"

"Assuntos espirituais. Passado e futuro. Deus, acho. Gaitonde consultava o guru sobre shaguns e mahurats, e quando deveria iniciar um projeto, essas coisas."

Então Gaitonde tinha um guru. Era famoso por sua caridade, pelos pujas de quatro horas, pelas doações a festivais religiosos e centros de peregrinação, portanto fazia sentido que tivesse um guru. Claro que tinha um guru.

Sartaj reconduziu Zoya ao início, a seu primeiro encontro com Jojo, depois pelo contato com Gaitonde e os dias passados com ele, bem como pelas noites em que fingia dormir enquanto ele telefonava. Os detalhes eram coerentes, os mesmos nomes voltaram: Arvind, Suhasini, Bunty. Pelo jeito, Zoya Mirza realmente mantinha contato com Ganesh Gaitonde apenas nos encontros neste apartamento de Cingapura, e por telefone. Ele financiara sua carreira de modelo, depois bancara o primeiro filme. O modo exato como Zoya se beneficiava de suas viagens ao exterior emergiu lentamente, conforme Sartaj a estimulava a vencer a relutância. Ela se mostrava reticente a respeito das colegas da indústria cinematográfica, mas Sartaj sabia ser tão implacável quanto educado. Ela se revelara uma oponente à altura, ele tinha uma mão fraca, estava na casa dela, por isso havia avanços e recuos. Mas ele afinal obteve o que considerou um bom resumo da história toda. Trocaram um olhar, Zoya e ele estavam exaustos.

"Mais nada, madame?", ele perguntou. "Mais alguma coisa a respeito de Gaitonde?"

"O que mais há para dizer?"

"Mais nada sobre o grande Ganesh Gaitonde? Como ele era?"

"Grande?" Ela deu de ombros. "Ele era um baixinho metido a grande herói", disse.

Somos todos, Sartaj pensou, e que Vaheguru nos poupe do julgamento de nossas namoradas. "Certo", disse. "Muito obrigado, madame."

"Tem os papéis?"

Kamble levantou-se e entregou um envelope, observando Zoya embevecido, enquanto ela folheava as páginas e fotos. "Você é realmente muito alta", disse.

"São originais?", perguntou a Sartaj.

"Sim. Tudo que encontramos no apartamento de Jojo."

Era mentira e ela sabia disso. Mas Sartaj já estava em pé, deixara de lado a postura gentil e flexível, não ganharia nada se o confrontasse agora. Zoya depositou o envelope sobre uma mesinha de tampo de vidro, pôs os braços para trás e se tornou subitamente uma garota cansada. "Vou confessar uma coisa", disse. "Na verdade, não tenho um metro e oitenta."

"Arre, sério mesmo?", Kamble perguntou. "Tem sim, sou capaz de jurar."

"Não." Ela os acompanhou até a porta e o hall. "Na verdade, tenho apenas um e setenta e oito. Mas Jojo dizia a todos que eu tinha um e oitenta, e todos acreditavam. A mídia fez muita onda em torno disso. Agora não consigo mais me livrar desse mito de um metro e oitenta."

Sartaj percebeu que Kamble comparava sua altura à dela, pelo ombro. Kamble disse: "E qual é o problema?"

"Alguns astros não querem contracenar com uma moça muito alta. Faz que pareçam pequenos."

"É mesmo?", Kamble disse, indignado.

Sartaj viu no fundo do corredor, perto da porta da cozinha, o senhor que lhes abrira a porta. Lustrava uma travessa de prata e os vigiava.

"É verdade", Zoya insistiu. "Sei que perdi papéis muito bons só por causa disso. Os homens são muito medrosos, e ainda dominam a indústria cinematográfica." Ela ergueu os ombros e os fez cair.

"Vivemos em tempos difíceis", Sartaj disse.

"Num verdadeiro Kaliyug", Kamble disse, taciturno, com certa espiritualidade.

Zoya espantou-se. "Ele costumava falar isso o tempo inteiro."

"Quem? Gaitonde?", Kamble disse.

"Sim. Ele e seu Guru-ji conversavam sobre Kaliyug o tempo inteiro. Sobre isso e sobre o fim do mundo."

Sartaj deixou passar o momento, cauteloso, para não denunciar sua ansiedade. "O que mais eles diziam a esse respeito?", perguntou, suave.

"Sei lá. Usavam uma palavra em híndi para isso, como é mesmo? Para qayamat?"

"Pralay?", Kamble arriscou.

"Isso. Pralay. Eles conversavam a respeito."

"O que diziam?" Kamble também tentou parecer descontraído, mas Zoya já notara a atenção em suas palavras.

"Por quê? O que tem isso?"

"Por favor, madame", Sartaj insistiu. "Estamos interessados em tudo que Gaitonde fazia ou dizia. Conte-nos."

"Não me lembro exatamente o que falavam. Fingia dormir. Era tudo muito maçante. Eu não prestava atenção."

"Mesmo assim", Sartaj disse, "deve ter ouvido alguma coisa. Sobre pralay."

"Não sei. Acho que falavam a respeito do modo como chegaria. Gaitonde costumava perguntar se era, e Guru-ji dizia que sim. Algo a respeito dos sinais que estavam por toda parte."

"Eles falavam a respeito do modo como pralay chegaria... E quais seriam os sinais?"

Sartaj esperou. Zoya balançou a cabeça.

"Tudo bem, madame. Obrigado por nos receber." Sartaj disse. "Caso se lembre de mais alguma coisa a respeito disso, ou de qualquer fato referente a Gaitonde, por favor, ligue para mim. É muito importante. E, se pudermos ajudar em algo, ligue também. Qualquer problema, por favor, fale conosco."

Zoya pegou o cartão dele, mas demonstrava preocupação. "Por que estão tão incomodados com tudo isso? Por que querem saber de tudo a respeito de Gaitonde? Ele já morreu."

"Estamos realizando uma investigação a respeito das atividades de sua quadrilha, madame", Sartaj disse. "Não há motivo para preocupação. Ele está morto, sim."

Eles a deixaram ressabiada, pensando na morte de Gaitonde. Permaneceram em silêncio no elevador, suando subitamente após a frescura uniforme do apartamento branco de Zoya Mirza. Sua imagem na mídia era de fato impecável: nada de casos e escândalos, e quando outras estrelas a provocavam com maldades nas revistas, ela jamais respondia. Tudo isso ela construíra sobre alicerces fornecidos por Ganesh Gaitonde. Ela é brilhante, Sartaj pensou. Os guardas cochilavam no portão, a lua sumira, deixando para trás apenas os círculos alaranjados das luzes da rua. Perto das motos, Kamble por fim falou: "Não temos nenhum fato, na verdade".

"Só que Gaitonde tinha um guru, é o único fato novo. Nada que justifique incomodar Delhi agora, realmente. Telefonarei pela manhã."

"Não precisamos nos preocupar."

"Não sabia que você era um sujeito religioso, Kamble."

"Como assim?"

"Falou em Kaliyug."

"Acha o mundo em que vivemos diferente de Kaliyug? Está tudo de pernas para o ar, chefia. Aquela mulher lá no alto, morando num apartamento enorme, sozinha. Ela recebe dois policiais em sua casa, fala conosco sozinha, no meio da noite. Não havia pai ou irmão lá, ninguém."

"Acho que ela sabe se cuidar."

"Essa é a questão, bhai. Sim, eu sou."

"O quê?"

"Religioso."

"Budista?"

"Por que deduziu isso? Não, sou teimoso. Não pretendo abrir mão de nada, exijo respeito e pego o que puder desses Manuvadi filhos-da-mãe. Quem são eles para dizer o que é um homem, a que nível pertence, como hindu? Bhenchods. Meu pai era assim também. Por isso algumas pessoas em nossa comunidade o hostilizavam."

Despediram-se com um aceno. Correndo pelas ruas vazias de Goregaon, Sartaj tentava imaginar pralay. Tentou ver a tempestade de fogo que destruía os corpos dos que dormiam nos degraus e calçadas, o vento terrível que derrubava prédios, pulverizando-os. As imagens não perduravam, o medo bruxuleava. Havia vida em torno, vida demais. Mesmo assim, Sartaj não conseguiu dormir por mais de uma hora e meia. Virava na cama, inquieto. Gaitonde tinha um guru. Algo espicaçava a mente de Sartaj, oculto pouco além de seu alcance, mas que o incomodava. Bebeu um pouco de água, espreguiçou-se e virou para o lado esquerdo, de costas para a janela. Pralay sumiu completamente, deixando em seu rastro um vácuo no qual fragmentos aleatórios do passado de Sartaj se entrechocavam, um vazio no qual sua mente perambulava. No meio da modorra difusa surgiu um rosto que permaneceu com ele, Sartaj agarrou-se com facilidade à imagem de Mary Mascarenas e dormiu.

Na manhã seguinte Sartaj deu dois telefonemas bem cedo, o primeiro para Anjali Mathur em Delhi. Anjali Mathur ouviu seu relatório sobre Zoya e o guru de Gaitonde e pralay, disse algumas palavras de incentivo e um discreto obrigada. Pediu que ele continuasse a investigar e desligou. Na luz ofuscante da manhã, pralay parecia um absurdo total; Sartaj sentiu desprezo pelo equivocado Gaitonde e seu guru equivocado.

Sartaj recostou na poltrona, estalou os dedos e se preparou para a ligação seguinte. Não sentia nervosismo, exatamente. Queria telefonar para Mary, e se sentia um urso saído de uma hibernação longa demais para a desorientação da luz do sol ofuscante. Um dia fora todo suave, capaz de flertar com as mulheres a qualquer momento, de convidá-las para sair por impulso. Agora, sentado à mesa tomando café, tentava preparar um roteiro mental. Resistiu ao impulso de anotar algumas frases e pensou, Sartaj, que lallu você se tornou. Erga logo o telefone e fale de uma vez. Mas ele não fez isso. Levantou, tomou um copo d'água e sentou de novo. Agora era obrigado a admitir que, embora não estivesse nervoso, não do modo como ficava aos treze anos, sentia receio. Do que tinha medo? Não só dos possíveis desastres, da rejeição, antipatia ou traição, como também das coisas boas. Temia o riso súbito de Mary, o toque de sua mão. Melhor viver no fundo de uma caverna, protegido e satisfeito.

Gaandu covarde, devia ter vergonha de si mesmo. Sacudiu os braços do ombro até o pulso, pegou o telefone e ligou. Mary atendeu, ele disse de supetão que no dia seguinte, amanhã, iria até Khandala para realizar uma investigação, e queria contar a ela tudo sobre o encontro com Zoya Mirza, e pensou que ela talvez quisesse ir até Khandala, pois amanhã era segunda-feira, dia de sua folga, e eles podiam sair um pouco da cidade, para uma espécie de piquenique temperado por Zoya Mirza. Ao dizer tudo aquilo se deu conta de que exagerara, o que tinha a dizer sobre Zoya Mirza não exigia um longo passeio para comer num café das montanhas. Parou de repente. Esperava que ela recusasse, ou precisasse ser persuadida, mas ela concordou sem rodeios e perguntou a que horas ele passaria para pegá-la.

Sartaj não dirigia seu carro havia meses, por isso naquela tarde saiu com ele para dar uma volta. Quando o estimulou com palavras gentis, ele pegou. Passeou pela região por uma hora e meia, até se convencer de que o velho khatara não o deixaria na mão. Lavou o carro, mandou checar óleo e bateria. Na manhã seguinte sentiu-se totalmente preparado. Partiram às sete e meia. Mary usava calça jeans preta e blusa branca. Sartaj percebeu a presença de sua mão no banco, ao lado dele, não muito distante, e o aroma do xampu. Seguiram por Sion, relativamente tranqüila naquele horário. Em Deonar a densa muralha de prédios por fim se espaçou, o sol surgiu de repente, vasto e cinzento, e na paisagem que se estendia Sartaj avistou as montanhas. Sentiu aquela vibração infantil no estômago, queria cantar, vamos sair de férias, vamos sair de férias. Não, Mary pensaria que ele era maluco. Sorria, de qualquer maneira, e ao vê-lo sorrir Mary riu também. Passaram em velocidade pela água barrenta do mar, vista do alto da ponte, e depois pelos conjuntos de prédios de apartamento. Sartaj finalmente viu os prédios brilhantes em tons pastel à frente, altos e muito novos, e percebeu que estavam quase na via expressa.

"Parecem bolos", Mary comentou. "Um prédio deve dar a impressão de que alguém mora nele, e não de bolo."

"É o estilo moderno", Sartaj disse. "Está com fome? Quer comer alguma coisa no McDonald's?"

"Não, obrigada. Vamos em frente."

Ela gesticulou para cima, na direção de Ghats, e Sartaj entendeu que ela desejava subir a serra tanto quanto ele. "Vamos lá, então." Pagou o pedágio e seguiu adiante.

Havia pouco trânsito na via expressa, era bom viajar numa estrada larga, lutando contra o vento. O khatara pelo jeito também estava gostando daquela inesperada rodovia ao estilo estrangeiro, lisa, espaçosa, aplicada à paisagem de Ghati. O carro avançava, vibrando com força conforme Sartaj acelerava.

"Que idade tem esta coisa?", Mary perguntou.

"Muitos anos. Mas funciona bem." Ele reduziu a velocidade e mudou de pista. Até a mudança de pista era prazerosa, os motoristas pareciam mais civilizados depois que entravam na via expressa. E havia muitas pistas, todas amplas, agradáveis, bem planejadas.

Contudo, mais adiante, quando chegaram ao início da subida da serra, os carros foram retidos por um monstruoso caminhão atravessado na pista. O trânsito ficou lento, mas não parou, e quando passaram pelo acidente viram que a traseira do caminhão estava amassada e rasgada, e que um mar de laranjas escapara para o asfalto. As rodas do carro deslizaram um pouco, mas logo passaram.

"Na última vez em que passei pela via expressa", Mary disse, "vi cinco acidentes."

"Esses idiotas nunca andaram numa rodovia na vida, só dirigem em estradas indianas. Quando se deparam com uma via grande, perfeita, ficam excitados, aceleram demais e perdem o controle do veículo. Bas, batem."

"Pelo menos este aí não fechou a estrada inteira."

E ponto final. Mary Mascarenas era otimista, ou pelo menos não era pessimista. Sartaj sentiu uma onda de bem-estar sentado a seu lado. Sim, a via continuava livre. Não falavam muito, ele se contentou em apontar para ela a inexplicável fileira de camelos que caminhava pelo acostamento, uma moça rechonchuda andando pela elevação entre campos cultivados. Atravessaram túneis e saíram no sol, acompanhados pelo ronco suave do motor e pelo sibilar dos carros que os ultrapassavam.

Chegaram ao Cozy Nook às nove e meia. O Nook se compunha de cinco bangalôs amontoados no final de um conjunto habitacional, com recepção nova de concreto pintada de rosa-shocking. Havia casas novas na encosta, dos dois lados do Cozy Nook, portanto não era mais tão aconchegante assim. Sem dúvida consideravam a vista ao longe, dissecada pelos fios elétricos, como um panorama magnífico do rio. Khandala estava lotada de novas construções, deixara de ser o paraíso verdejante para o qual Sartaj viajava com as namoradas da faculdade. Pelo menos o recepcionista cheio de pêlos na orelha e calvo continuava lá, familiar em sua aspereza e fastio.

"Anotem os nomes", disse, empurrando o livro de registro em cima do balcão.

Sartaj sorriu para Mary, explicando que era policial, que não queria um quarto, apenas fazer algumas perguntas. O careca de orelha peluda se mostrou confuso com a presença de Mary. "Ela é minha assistente", Sartaj disse. "Agora pegue seus registros."

A investigação durou uma hora e meia. Sartaj encontrou o nome de Umesh Bindal sem dificuldade, ele assinava com um floreio e dois pontos sob a curva maior. Os outros nomes e datas estavam freqüentemente ilegíveis, e Sartaj apostava que eram inventados, em sua maioria. "S. Khan" deu como endereço "Bandra, Mumbai", sem fornecer outras informações. Se ele era o sujeito com a câmera, observando Umesh e Kamala em seu passeio de amantes saciados pelo caminho, não havia como localizá-lo. Sartaj mandou o Careca guardar os registros e levá-los até os chalés. Mary os acompanhou em silêncio.

Ela só falou quando já estavam do lado de fora, no carro, a caminho da montanha. "Encontrou o que desejava?", perguntou, batendo com o braço no dele quando fizeram uma curva fechada.

Ele balançou a cabeça, esperando até que estivessem sentados à mesa de um restaurante na beira do penhasco. Uma brisa soprava do vale abaixo, pela encosta íngreme, e Sartaj, maravilhosamente descontraído, sentia fome. "Eu não esperava encontrar nada", disse. E depois contou a ela a respeito das investigações, da intuição que o levava adiante, tateando no escuro até topar com pistas quase incompreensíveis, com provas que não funcionavam como provas, mas que ele sabia serem verdadeiras. "Não é como nos filmes", disse. "Na verdade, metade do trabalho do detetive é acidental. Como no caso em que deixamos passar as fotos de Zoya, quando você sabia exatamente onde estavam."

"Então depende de mulheres desconhecidas para pegar bandidos por acaso? Isso não é muito reconfortante para o público, coitado." Seus olhos brilhavam, zombeteiros.

"Aaaah, mas é preciso dar uma chance às mulheres desconhecidas, entende? A gente deve ser capaz de ouvir e ver de verdade."

"Pelo jeito você passa um bocado de tempo ouvindo mulheres."

Ele sabia que ela estava brincando, mas não pôde evitar um protesto. "Não, não é nada disso, de jeito nenhum."

Ela abriu um sorriso e ele riu também. Pediram neer dosas, ou panquecas de arroz, enormes com sambhar apimentado. Sartaj limpou o prato e recostou na cadeira. Sentia um imenso contentamento, estava em paz com o mundo. Gaitonde morrera, se fora para longe, e se houvesse uma bomba ela era quimérica, apenas um elemento de um conto de horror. Sartaj ergueu os olhos para a encosta coberta de mato baixo verdejante, até os cumes distantes das montanhas, e disse: "A gente relaxa de verdade, longe do centro. Seria gostoso morar num vilarejo, sabe? Perto da terra, com ar limpo. A tensão seria muito menor".

Mary, ligeiramente inclinada, apoiava o queixo numa das mãos. "Você, num vilarejo. Essa eu gostaria muito de ver."

"O que tem? Eu daria um ótimo fazendeiro."

Ela balançou a cabeça de leve. "Não estou dizendo que é só você. Cresci num vilarejo, mas não conseguiria voltar. Sabe como é a vida lá?" E ela contou que acordava numa casa de tijolos vermelhos com cobertura de telhas de barro, ouvindo o matraquear dos papagaios e saía cambaleando de sono para ir até o curral das vacas, atrás da casa. O banheiro era uma cabana sem porta ao lado do curral, com água numa baan de cobre embutida na parede, aquecida à lenha. Não havia vaso sanitário, só os campos de usal. Atrás do curral havia um poço também, e depois do coqueiral uma plantação de arroz. O rio serpenteava no rumo do mar, brilhante, carregando o perfume das flores de jasmim. Café e appams às oito, pães às dez. Dia passado na escola, as conversas de concanis, kannadas e túlus na estrada de terra sinuosa. Almoço, a eternidade da tarde, escorregar com Jojo no piso vermelho do pátio na frente da casa. O rosário pendente da mão da mãe, a prece vespertina de uma hora, as bênçãos dos mais velhos. Jantar no chão encerado, a mãe de monai curvada sobre o prato. A escuridão absoluta, assustadora, quando apagavam a lamparina. Na cama às nove. Para dormir.

"Sem eletricidade, sem televisão. Pelo que me lembro, só compramos um rádio quando eu tinha catorze ou quinze anos."

"Tem razão", Sartaj disse. "Tudo parece muito tranqüilo, mas duvido que eu conseguisse viver lá."

"Não conseguiria", Mary disse. "O vilarejo para o qual gostaria de voltar não existe mais. Tudo mudou."

Sartaj esticou os braços acima da cabeça, endireitou a coluna e suspirou. "Está ficando tarde. Tenho muito serviço na delegacia. Precisamos ir embora", disse. "Voltar a Bombaim."

"Ainda não me contou nada a respeito de Zoya Mirza. Jana ficará furiosa se eu voltar sem notícias."

Então ele relatou o encontro com Zoya Mirza no carro, enquanto voltavam sem pressa, sem correr. A cidade se aproximava sem drama, apenas inevitável. As casas e barracos espalhados aos poucos se juntavam numa massa densa. Sartaj tinha a impressão de que uma gravidade mais forte o atraía, e se sentia bem com isso. Era seu lar. Mary, confortavelmente acomodada, com os joelhos para cima, não estava mais tão distante dele no banco quanto antes.

Na casa dela ficaram frente a frente, subitamente encabulados. Sartaj apoiava-se no carro com uma das mãos, enquanto a outra pendia ao longo do corpo.

"Zoya é bonita?", Mary disse.

Sartaj deu de ombros. "Acho que sim. Nada de excepcional."

Mary o cutucou com o cotovelo. "Você é mais esperto com as mulheres do que demonstra. Sério mesmo, ela é linda, não é?"

"Arre, não estou dizendo isso. Ela é razoável, bas. Muito alta, mas normal. Se quer saber, não mede um e oitenta. Jojo inventou isso. Tem pouco mais de um e setenta."

"Ahhhhhhhhh", Mary disse, animada com o detalhe. "Jojo gostava de inventar essas coisas."

Eles trocaram um olhar tímido e o silêncio se alongou.

"Preciso ir", Sartaj disse.

"Tudo bem", Mary disse. "Gostei do passeio."

"Eu também."

"Tchau."

Ela deu um passo em sua direção. Após um momento de hesitação, ele estendeu a mão. Ela sorriu e o cumprimentou. Deveria beijá-la no rosto, Sartaj pensou, mas ela já tinha dado as costas e se afastava. Ele a acompanhou com os olhos enquanto subia a escada, acenou para se despedir e seguiu para a delegacia, rindo de sua atitude. Para onde fora toda a sua lábia, a abordagem Sartaj-o-Singh-irresistível? Desaparecera completamente, fazendo dele um bhondu absoluto. Não estou envelhecendo bem, pensou. Mas a sensação de inegável bem-estar o levou a cantarolar "*mehbooba mehbooba*" no caminho inteiro para o serviço.

Anjali Mathur o procurou às onze da noite, quando ainda trabalhava no distrito. "Não há menção a um guru em nossos arquivos sobre Gaitonde", ela disse. "A mulher tem certeza absoluta em relação a isso?"

"Sim. Ela mencionou diversas conversas por telefone."

"Estranho. Ele deve ter mantido isso em segredo."

"Em segredo absoluto. Zoya também foi escondida. Ele deve ter ocultado muitas coisas. Sua especialidade."

"Sim. E fiz uma busca em nossos bancos de dados, usando a palavra 'pralay'. Não localizei nada. Depois procurei 'qayamat'. Aparece três vezes, sempre em escritos de mesma origem. Trata-se de um grupo militante chamado Hizbuddeen. São muito obscuros, ainda não conseguimos capturar ou matar um de seus integrantes. Não sabemos nem onde é a base deles, a partir da qual operam. Mas encontramos material em operações contra outros grupos islâmicos no vale de Caxemira, no Punjab e no nordeste, ao longo da fronteira com Bangladesh. O Hizbuddeen forneceu armamento e dinheiro a esses grupos, mas nada sabemos a respeito dele, a não ser isso. Parecem ter começado a agir na época da guerra de Kargil. Bem, seus panfletos prometem 'Qayamat' e mencionam sinais dos últimos dias. Citam versículos do Corão: 'Mais e mais perto da humanidade chega o Juízo: contudo, eles não se acautelam e dão as costas'. Um aspecto interessante: mencionam Mumbai, especificamente, em cada um dos panfletos."

Sartaj ouviu o farfalhar dos papéis que ela consultava. Pela porta aberta via o fim de um banco, o corredor deserto e o jardim descuidado que acabava no muro.

"Aqui está", Anjali falou. "Diz o seguinte: 'Um fogo poderoso levará os infiéis, e começará em Mumbai'. A frase se repete em outros panfletos, com pequenas variações. 'O fogo começará em Mumbai e tomará conta do país.' Sempre mencionam Mumbai."

Sartaj indignou-se. "O que esses malditos têm contra Bombaim? Eles não mencionam outras cidades?"

"Não, apenas chamam a Índia de nação de dar-ul-harb, e falam da destruição iminente. Insistem na destruição. O nome da organização vem de 'hizbul', que é 'exército', e 'deen', que no caso tem o sentido de Juízo Final, creio. A palavra também pode significar 'religião' ou 'conduta', mas nesse caso se refere ao terceiro versículo do primeiro capítulo do Corão. Portanto, Hizbuddeen é o 'Exército do Juízo Final'. De todo modo, isso tudo é pouco para estabelecer uma conexão. Mas eu pensei que o nome da organização soava familiar. Eu havia analisado os registros sobre o dinheiro falso que entra pela fronteira, voltei ao banco de dados e cruzei as informações. O Hizbuddeen foi citado como destinatário de largas somas de dinheiro falso em cinco oportunidades. As amostras que conseguimos nesses incidentes são exatamente as mesmas de Kalki Sena, do apartamento de Jojo e do bunker de Gaitonde."

A cabeça de Sartaj estava começando a doer. Que ligação poderia haver entre Jojo e aqueles extremistas raivosos que prometiam aniquilação? Entre Gaitonde e aquela organização militante islâmica? Talvez não houvesse nenhuma conexão. Ele pressionou a testa com os dedos e disse: "Tudo isso é muito vago".

"Concordo. Não há razão para concluir que o dinheiro indica uma conexão. Levantamos possibilidades, apenas. Nada disso se sustenta. Só nos fornece novas perguntas. Quem é o guru? Qual o relacionamento de Gaitonde com ele?"

"Vou cuidar disso."

"Certo. E eu investigarei por aqui."

Portanto, eles iam dar prosseguimento à investigação. Sartaj passou mais uma hora trabalhando no distrito, depois foi para casa. Apoiou os pés na mesa de centro e bebeu uísque, hoje uma dose só, e pequena. Ele se deu conta de que ainda pensava no serviço, em Gaitonde e Jojo, e nos grossos maços de dinheiro. Era uma das coisas que Megha odiava, ele não conseguia deixar de lado a preocupação com o trabalho. Tomava chá, falava sobre os parentes, assistia um filme, e lá no fundo os fragmentos de um homicídio tentavam se encaixar. Procurara mostrar sempre que isso não era proposital, que pararia se pudesse. Por algum motivo, assim era pior ainda para Megha, agir por impulso, por instinto. Mas o instinto lhe ensinara lições inevitáveis, e ele tentava confiar nele. Agora o instinto lhe dizia que essas peças formavam um mosaico. A gente sabia disso, às vezes, sentia o gosto de verdade na boca sem ter provas na mão. E às vezes agia conforme esse conhecimento, plantava provas, redigia um FIR deixando de lado certos fatos para incluir outros. A justiça precisava ser manipulada para se tornar adequadamente cega.

No caso Gaitonde não haveria justiça nem redenção. Só a esperança de uma explicação parcial para a ocorrência, e o inevitável pavor. Sartaj sentia medo agora, de verdade. Quando pôde descansar, o medo voltou, amplificado pelas imagens do desastre em um filme inglês, em que cidades inteiras eram consumidas pelo fogo dos efeitos especiais. Trabalhe em cima disso, disse com seus botões. Faça sua parte. Sartaj fechou os olhos e repousou a cabeça no encosto do sofá. Ergueu o copo enquanto os fragmentos e resíduos de informações circulavam pelo corpo e pela mente. Não podia forçar nada, nem exigir uma resposta. Se relaxasse o bastante, se perdesse o medo, se abrisse a mente, o coração e o estômago, surgiria uma forma. Ele só precisava ter paciência.

Ganesh Gaitonde explora o Ser

No iate víamos muitos filmes. Era um barco de cento e trinta pés (precisaram me ensinar a chamá-lo de iate) com três deques e espaço suficiente para uma sala consideravelmente grande, na qual mandei instalar a maior televisão que nela cabia, e uma pilha de aparelhos para imagem e som. Naquela sala assistíamos filmes, em centenas de vídeos, *laserdiscs* e DVDs. Claro, trabalhávamos: eu acordava às seis todas as manhãs, fazia exercícios e ioga, meu puja também, para estar ao telefone às sete e meia, telefonando enquanto tomava café-da-manhã. Dirigir minha companhia a distância foi no início um difícil aprendizado — precisei delegar, parar de me preocupar com detalhes, confiar na responsabilidade dos outros e não dizer como o serviço deveria ser feito. Sentia-me um deus, distante do mundo, a conduzi-lo do alto. Por volta das dez e meia, onze horas, eu já havia terminado as tarefas urgentes do dia, e pouco depois Bunty ligava de Bombaim para passar informações sobre a coleta e o balanço do dia anterior. Almoçava algo leve ao meio-dia, com os rapazes, depois tirava uma soneca de meia hora. Dependendo de onde estávamos, da proximidade de um porto conveniente, eu às vezes tinha uma moça para me acordar no final da sesta, indonésia, chinesa ou tailandesa. De todo modo, às duas eu estava de pé, e o dia se estendia à minha frente.

Por isso víamos filmes: *Hum apke hain kaun* e *Dilwale dulhaniya le jayenge* e *Sholay* de novo, e *Dil to pagal hai* e *Hero nº 1* e *Auzaar.* Além de *Mother India* e *Anarkali* e *Sujata.* Fora milhares de outros que eu nunca ouvira falar, *Bahu begum* e *Anjaam* e *Halaku.* Eu gostava também de ver filmes ingleses, não apenas os bangue-bangues que os rapazes apreciavam, mas também os cheios de diálogos, para melhorar meu inglês. Contudo, esses filmes deixavam os rapazes inquietos, entediados, os ganwar miseráveis imploravam para voltarmos aos filmes bundal maderchod no qual podiam ver Raveena Tandon balançar os quadris como se fosse uma máquina maluca. Víamos muitos filmes indianos, mesmo que fossem tâmeis ou punjabis. Mukund, um dos rapazes, era tâmil e traduziu *Nayakan* para nós, ele tinha razão, a versão tâmil com Kamalahasan era bem melhor. Era estranho ver Bombaim em tâmil, mas o filme tinha dum. Era verdadeiro, como na vida real. Vimos a vida de Vardarajan em completo silêncio, desde o início na favela até a ascensão ao poder e à fama. Quando seu filho foi morto, quando o grito pavoroso saiu da garganta de Kamalahasan, sentimos aquela dor, era nossa. Também perdemos entes queridos. As lágrimas escorreram pelo meu rosto. E pelo de todos.

No dia seguinte pedi a Bunty para mandar flores a Kamalahasan e Mani Ratnam, sem nome no ramalhete, só com um cartão escrito "De um fã de *Nayakan*". E naquela noite, quando Jojo ligou, contei a ela o quanto todos nós havíamos apreciado o filme.

Ela caiu na gargalhada. "Então juntaram um bando de bhais da pesada para chorar em roda?"

"Kutti, foi uma grande atuação. Uma bela história."

"A última cena, no funeral do nayakan, aposto que choraram sem parar."

"Havia milhares e milhares de pessoas no funeral. Claro que chorei. Foi muito comovente."

Ela riu de novo. Finalmente, conseguiu parar. "Uau, os homens são tão sentimentais. Não se preocupe, haverá milhares em seu funeral."

"Randi, não se preocupe com meu funeral. Como e quando ocorrer, já foi escrito por Parmatma. Já aconteceu, mas somos enganados pela ilusão do tempo. Ele tem seu plano. Somos meros atores em sua peça."

"Ora. Atores em uma peça?"

"Sim. Dançamos conforme as linhas de seu leela. Nascimento, vida, morte, tudo tem sua forma, mesmo que não possamos ver."

"Virou filósofo hoje, Ganesh Gaitonde. Você mudou, fala sem parar em destino, carma e mais bhenchod gandugiri do gênero. O que houve com você?"

"Nada, só que comecei a compreender um pouco da verdade universal." Ninguém além de Bunty sabia de minhas conversas com Guru-ji. Eu precisava manter os compartimentos de meu mundo isolados, Jojo de Guru-ji, Guru-ji do sr. Kumar, e parte de mim de tudo.

"Chutiya, você virou um desses hindus sagrados." E ela fez um barulho gutural, como se expelisse algo ruim.

"Jojo, você deveria pensar nessas questões também. Vá a sua igreja, talvez encontre paz por lá."

"Gaitonde, agora você parece a minha mãe falando. Vivemos num mundo de ponta-cabeça, mesmo."

"Exatamente. Por isso a busca espiritual..."

"Arre, maderchod, você quer que eu vá à igreja para um padre fedorento vasculhar minha cabeça, dizer que sou uma mulher má e me encher de penitências? E o que o deus dele, ou o seu, me dará? Paz? Não quero paz. Quero dinheiro, quero um apartamento, quero ver meus negócios crescerem. Paz! Por que não dá um pouco de paz às moças com quem thoko todas as tardes, meu mestre espiritual?"

Ela rolou na cama, rindo. Eu abri um sorriso, de leve. De repente, ela parou. "Você também lhes faz sermões edificantes?"

"Arre, não."

"Conte a verdade, Gaitonde."

"Saali, como posso dar lições a elas, se não falam híndi?"

"E elas não entendem seu inglês toota-phoota."

"Meu inglês melhora a cada dia."

"Não mude de assunto, Gaitonde. Tentou falar com elas sobre o caminho para... onde mesmo? Mokha?"

"Moksha."

"Tentou?"

"Não."

"Vamos lá, Gaitonde. Fale a verdade. Você sempre foi sincero comigo, mesmo que minta para todos os outros."

Fiquei quieto. Era mesmo verdade, eu sem querer lhe contava coisas a meu respeito, falava de medos e preocupações, de coisas que não revelava a mais ninguém.

"Gaitonde."

"Tudo bem. Mas foi só uma vez."

"A manchete de amanhã do *Mid-Day* será: 'Gângster internacional Ganesh Gaitonde vira professor de puta!'". Ela não conseguiu dizer uma frase coerente por uns bons cinco minutos. Quando finalmente voltou à linha, disse: "Está vendo, eu já falei, aconteceu alguma coisa com você".

"Foi só porque... sabe, era uma menina da Tailândia, levava uma estatueta do Buda na bolsa. Por isso tentei falar com ela sobre o nirvana. Entendeu a palavra nirvana e mais nada."

Ela já havia rido demais, dessa vez passou apenas um minuto gargalhando. E disse: "Conheço você melhor do que qualquer outra pessoa no mundo, admita".

"Eu admito, yaar." Eu sorri. Quando estava de bom humor, ela fazia que eu me sentisse leve e solto como ninguém mais. "Então, se me conhece assim tão bem, venha me conhecer um pouco melhor. Passe umas férias no meu iate."

"Gaitonde, não comece com isso de novo. A única razão para você permitir que eu o conheça é eu não deixar que se aproxime de mim."

"Jojo, não encostarei um dedo em você. Dou minha palavra. Kasam."

"Tocar não é o problema, Gaitonde. Você sabe que, se nos conhecermos pessoalmente, a idéia de nos tocarmos estará lá, entre nós. Não somente de sua parte, mas da minha também, reconheço. E isso arruinaria o yaari de vez. Sei do que estou falando."

"Homens e mulheres não podem pensar nisso e continuarem amigos?"

"Alguns homens e mulheres, talvez, em outro continente. Mas não você e eu."

"Haramzadi, não é verdade."

"É sim, e você sabe disso." Ela sorria, pude perceber. "Está escrito em seu Parmatma. Faz parte do seu plano."

"Você é minha dor de cabeça diária. Não sei por que agüento isso." Mas eu ria ao falar, e ela percebeu.

"E eu lhe arranjo mais thoko do que qualquer namorada."

"Verdade." A cada mês, ou mais, ela mandava moças de Bombaim. As meninas vinham de avião para Cingapura ou Jacarta com visto de artista, como parte de um grupo de música e dança. Em sua maioria, eram realmente dançarinas, ou quase. Após o espetáculo eram despachadas para onde estivesse o iate.

Vinham algumas para os rapazes também, mas as melhores eram guardadas para mim. Jojo já conhecia meu gosto, naquela altura. "Isso mesmo. Você é como uma namorada que aparece em nova versão todos os meses", falei. "Você é a chaavi mais generosa que já existiu."

"Sou a chaavi mais perfeita da história da humanidade, Gaitonde. E depois do presente especial que vou mandar agora você se lembrará de mim nas preces para seu Parmatma todos os dias."

"Que presente?"

"Primeiro agradeça."

"Agradecer o quê?"

"Você deveria dizer obrigado para mim todos os dias, depois de tudo que já fiz em seu benefício."

"Uma moça?"

"Não é só uma moça. Essa é... essa é deslumbrante, Gaitonde."

"Diga logo."

"Para começar, ela é virgem."

"Sim, claro, como todas as randis de Bombaim."

"Sério. Mande um médico examiná-la, se quiser. Vem de uma família muito rigorosa, de Lucknow."

"Se ela é tão rigorosa, por que se meteu com você?"

"Arre, baba, ela quer ser atriz."

"Claro."

"Claro. Ela tem um metro e oitenta, Gaitonde."

"Você está querendo mandar o minarete Qutub Minar para mim, saali."

"Você é um grande bhai, precisa de uma mulher alta. Já viu aquelas modelos estrangeiras? Um e oitenta não é nada."

"Ela é bela como as modelos?"

"Será, um dia."

"Maderchod, então agora ela é feia? E mesmo assim quer que eu diga obrigado, obrigado?"

"Gaitonde, em sua maioria os homens são estúpidos. Mas você não precisa ser. Preste atenção. Pense bem. Eis uma moça de uma família totalmente normal de Lucknow. O pai toca o pequeno restaurante familiar, a mãe faz papel de mãe. A vovó mora com eles. Há outros irmãos, maiores e menores. Os pais conseguiram mandar os filhos para escolas inglesas."

"E daí?"

"Imagine só essa moça, imagine como é sua vida em Lucknow. Freqüenta escola só para meninas, volta para casa, fica com a mãe e a avó. Não conversa com rapazes, nem mesmo com quem zomba dela na rua por ter mais de um e setenta na sexta série. Contudo, trata-se de uma moça muito inteligente. Ela estuda e espera. Chega à conclusão de que tudo aquilo não é o suficiente. Lucknow e casamento aos dezoito anos não bastam."

"A Índia inteira está cheia de idiotas como ela. Péssima influência dos filmes e da televisão." Jojo riu ao ouvir aquilo, por alguns segundos ela deixou o bhashan de lado e riu comigo.

"Fique quieto, Gaitonde. Bem, foi o que ela resolveu. Tomou a decisão aos dezoito anos. Deu um jeito de ir embora. Abriu caminho mundo afora e acabou batendo na minha porta. Tem idéia do que é isso?"

"Claro, trata-se de uma heroína. Eu deveria dar-lhe o comando do meu pessoal em Bombaim."

"Gaitonde, você é homem, no final das contas. Um homem não consegue entender a coragem necessária para ir contra tudo, ser uma mulher capaz de exigir respeito, de viver seu sonho. Todos os seus capangas juntos não têm um milésimo dessa coragem."

"Certo, então ela é a rani de Jhansi. E daí?"

"Compreenda bem. A moça quer tudo. Ela tem a força e a coragem necessárias para ir à luta. Não é feia no momento, mas se tornará uma linda mulher, pois deseja isso. Quer ser modelo e atriz. Vai conseguir, acredite em mim. Fracassei, não consegui chegar lá, mas ela triunfará."

"Como pode ter certeza?"

"Tenho certeza, pois ela me faz lembrar você."

"Haramzadi, uma mulher a faz lembrar de mim?"

"Gaitonde, trata-se de um elogio. Você sabe o que eu quis dizer. Ela me faz lembrar você por me assustar um pouco."

"Pensei que não tivesse medo de nada. Nem de mim."

"Arre, não tenho medo de você. Sabe disso, chutiya. Quero dizer que ela é tão grande, decidida e focada que parece uma mulher rakshasa da série *Ramayana*. Você é o único capaz de lidar com ela. Considere isso um elogio."

"Está querendo dizer que sou o único capaz de pagar pela virgem gigante. Quanto custa?"

"Um bocado."

"Claro é que é um bocado. Diga o preço."

"Ela não quer muito dinheiro, na verdade."

"Quer o quê?"

"Levei um tempo para entender, quando ela veio conversar comigo. Não quer apenas um homem. Quer um investidor."

"Um investidor em quê?"

"Nela. Em seu futuro."

Naquele momento senti o primeiro sinal de interesse genuíno na criatura de Jojo. Talvez fosse realmente esperta, como Jojo dizia. "Ela disse isso?"

"Sim, disse. Gaitonde, ela sabe que uma carreira nesse mundo de modelos e atrizes não sai do nada. Se a moça tem pais ricos eles pagam as roupas, aulas de teatro e dança, academia, celular, apartamento em Andheri e carro. Se for uma moça simples de Lucknow, sem dinheiro, será apenas mais uma entre milhares de outras a correr de um produtor a outro em riquixá motorizado, e todos os fotógrafos que aceitarem fazer imagens para seu portfólio tentarão levá-la para a cama no mezanino do estúdio. E o que se consegue é muita cama e quem sabe uma aparição ou duas em vídeos, como dançarina. Bas. Quem quiser ser estrela primeiro precisa ter a capacidade de dizer não, depois obter dinheiro para se sustentar e se apresentar de um modo que provoque o respeito dos sujeitos que decidem tudo. Por isso essas filhas das estrelas dominam o mercado, pois têm recursos, além de contatos."

"Então ela precisa de recursos para gerar lucros. Bom que entenda isso."

"Claro. Mas são muitas exigências, Gaitonde. Ela quer mudar tudo. Custa caro."

"Mudar?"

"Cirurgia plástica. Ela me mostrou seu projeto. Pesquisou muito. Tem um quadro com o corpo e marcou tudo lá. Com os preços para cada operação. E ela sabe exatamente qual é o médico e quais são os procedimentos necessários. Coleciona fotos de atrizes, modelos e mulheres ricas. Gaitonde, ela sabe o que cada uma delas fez. Não acreditaria nas operações que essa gente famosa faz, Gaitonde, nem no quanto essa moça sabe. Este nariz é bom, ela diz, mas aquele ali é melhor. Trata-se de uma especialista. Colocou tudo na pasta com a etiqueta 'Corpo'."

Muito interessante, pensei. Uma mulher de mente sistemática. "Tudo bem", falei. "Vamos ver esse prodígio. Quanto custa?"

"Gaitonde, não tente nenhuma gracinha com ela. Se pensar que você está tentando passar-lhe a perna, vai se matar antes de deixar que faça qualquer coisa."

"Claro, claro. Quanto é?"

"Por um encontro, nada. Veja você mesmo. Pagarei a passagem aérea."

Era realmente surpreendente. "Jojo, parece até que você se apaixonou. Depois de velha se tornou uma chut-chattoing de menininhas. Bhidu, pagarei sua passagem. Traga a moça."

"Gaitonde, pare de falar feito um idiota. Se eu gostasse de mulher, teria dito a você. Acontece que também estou investindo nela. E não apenas para persuadir você. Acredito na garota. Ela sabe se vender." Jojo usou a palavra inglesa, "*sell*", cheia se sensualidade nos sons sibilantes em sua boca. Cheia de esses, como aquela outra palavra inglesa, "*sexy*".

"Você comprou ações dela? Antes mesmo do lançamento na bolsa?"

"Gaitonde, você também vai comprar. Se for esperto, também vai. Mas tem um detalhe."

"Qual?"

"Você é laico como vive me dizendo?"

"Eu aturo você, não é? Isso me torna mundano e tolerante."

"A moça é muçulmana. Seu nome é Jamila Mirza."

"Jojo, ainda tenho muitos muçulmanos trabalhando para mim na Índia. E quando foi que fiz restrições a moças muçulmanas? Pego mulheres de todos os tipos, tamanhos e crenças. Sou imparcial."

"Isso é diferente, Gaitonde. Até seu amigo Suleiman Isa é tolerante nesse sentido, ele não vê problema nenhum em pegar moças hindus, jainistas ou cristãs. Todos os homens são mundanos da cintura para baixo. Esse caso é diferente. Veja bem, investir nela significa realmente ajudá-la. Manter um vínculo com ela. Não por um dia ou dois, ou mesmo por uma semana, no iate. Falo a longo prazo."

"Certo. Já entendi. Vou pensar no assunto. Quando ela nasceu?"

"Vai embarcar na astrologia de novo?"

"Sim."

"Você é maluco."

"Diga a data e o local."

Ela me passou os detalhes do nascimento, que anotei. Jojo era cética radical, como eu havia sido, antes de Guru-ji abalar minhas defesas. Agora eu estava me reconstruindo.

Jojo disse: "E quanto aos rapazes?".

Combinamos as moças que meu pessoal receberia. Depois Jojo precisou ir a uma reunião de produção, e eu subi ao deque. Os rapazes jogavam cartas sob o toldo azul. Havia seis a bordo, além do contador, do especialista em computadores e do cozinheiro de Maharashtra. Completavam a equipe cinco marinheiros de Goa (inclusive três ex-militares). Os rapazes faziam turnos, sempre havia três acordados, de guarda, o que implicava jogar partidas intermináveis de teen-patti, com apostas baixas, como agora. Arvind levava os dez minutos habituais para escolher o que descartar, enquanto Ramesh e Munna lhe davam gaalis. Tudo como de costume. De onde estávamos ancorados eu via os guarda-sóis coloridos da praia de Patong.

Os rapazes se levantaram quando me aproximei. "Bhai", disseram todos, e tocaram meus pés.

"Quem está ganhando?"

"Este gaandu miserável aqui. Por causa dele, uma partida dura anos."

Também era habitual que Arvind ganhasse. Era lento, mas firme. Contudo, estava de mau humor naquela manhã, percebi logo. Quando estávamos em Bombaim, todos os rapazes imploravam para trabalhar fora. Queriam jeans estrangeiros, mulheres estrangeiras, salários em moedas fortes. Competiram para ver quem me acompanhava à Tailândia, embarcava no iate, participava das operações no exterior, demonstrando sua disposição e capacidade de trabalho a todo momento. Após dois, três, cinco meses naquelas águas desconhecidas, eles sempre ficavam deprimidos. Emburravam. Seus corpos sentiam falta de Bombaim. Sei disso, pois após um ano de ausência de Mumbai eu sofria de ataques de saudades. Sentia falta das ruas cobertas de cuspe da grande puta que é aquela cidade, de sentir ao acordar o odor pungente dos escapamentos e lixo queimado nas narinas, ouvir o ronco do trânsito da cobertura de um hotel de luxo, o som distante que fazia o sujeito se achar rei. Quando se está longe do barulho dos carros engarrafados, da agitação das favelas, dos trilhos dos trens e das multidões, da música do rádio nos bazares, a gente sofre com a falta da cidade. Durante a tarde, de vez em quando, parecia que eu estava morrendo. Sob o céu estrangeiro, era como se minha alma se esvaísse pouco a pouco. Sentia uma solidão que jamais imaginara possível, na qual não teria acreditado antes. Só depois de me afastar da Índia eu me dei conta de que em casa jamais estivera realmente sozinho, que lá vivia seguro no ambiente familiar, da companhia e dos rapazes. Mesmo quando estava por minha conta, continuava ligado, inteiro. Mesmo quando me trancaram sozinho na cela anda, eu continuava a fazer parte daquela rede vasta, invisível, abrangente. Em solo indiano a pessoa não conseguia ficar sozinha de verdade, nem mesmo quando a trancavam numa masmorra fétida. Só depois de navegar por aquelas águas negras eu captei o significado desta palavra: *sozinho*.

Eu mandava buscar esses rapazes de avião, e para eles trazíamos moças indianas, filmes indianos, música indiana, além de permitir telefonemas quinzenais para a Índia. Normalmente, no primeiro mês, os recém-chegados ficavam sôfregos para pôr as mãos em qualquer moça chinki disponível. Gastavam todo o dinheiro em maal da Tailândia, Indonésia e China, ficavam alucinados com as louras alemãs que mostravam os seios na praia. Assim que o ímpeto inicial passava, porém, desejavam moças indianas como os biharis famintos que aguardavam comida do governo na época das enchentes. Era gostoso pegar uma Ghaatan rechonchuda, assim como era agradável cantarolar uma canção de Kishore Jumar para uma punjabi risonha e ver que ela entendia, simplesmente entendia, sem qualquer esforço. Assim a gente se sentia em casa.

Por isso revelei aos rapazes que jogavam cartas a chegada das moças em duas semanas, e eles se animaram bastante. Agora estavam ansiosos. "Não percam a cabeça por causa delas", falei. "Não banquem os idiotas, essas moças sabem tirar dinheiro de um homem. Uma chappan-churi diz: compre uns sáris para mim, este colar de ouro não fica lindo no meu pescoço, e você resolve bancar o poderoso bhai. Quando volta para casa, está de bolso vazio. Divirtam-se, mas não percam a cabeça."

"Sim, bhai", diziam, como se fossem alunos respondendo ao professor.

"Chutiyas, não adianta repetir isso muitas vezes, não adianta. Vamos ver se bancarão os espertos daqui a duas semanas."

Quatro semanas depois, o lento e firme Arvind estava casado. Naquele lote havia uma moça chamada Suhasini, um pouco parecida com Sonali Bendre, por isso adotava no palco o nome de Sonali e fazia pose de atriz. Pegamos as meninas no aeroporto de Phuket, e quando a van chegou ao Orchid Seaside Hotel nosso amigo Arvind imediatamente pegou a tal Sonali-Suhasini. Era natural que os rapazes e as moças formassem casais, e naqueles encontros curtos, de férias, obviamente alguns afetos se desenvolviam. Aquela ali era a garota de Mukund, a outra, de Munna. Ramesh sempre queria todas, mas até ele se continha se via que um dos rapazes se interessava apenas por uma delas. Sendo assim, pelo menos por alguns dias Munna ou Mukund podiam fingir que tinham uma chaavvi de verdade, e se sentirem seguros. Isso a gente sempre notava, mas nunca vimos nada parecido com o caso de Arvind com aquela moça. Bem, ela tinha pele bonita, um nariz grande que, sob certo ângulo e certa luz, lembrava o de Sonali Bendre, mas no fundo não passava de uma magricela de Ghatkopar. E era randi. Não havia como negar isso. Arvind sabia muito bem. Afinal de contas, seu lauda era lasoonado todas as noites.

Quando ele e a moça vieram pedir minha bênção para o casamento, a teoria predominante entre os rapazes era que Suhasini tinha uma boa conversa e Arvind não passava de um idiota completo, um poora akha. Ela seduzia aquele chotta bhai todas as manhãs e todas as noites, como resultado, o cérebro dele sofrera um curto-circuito. Eu os acalmei, mandei que se calassem e não provocassem conflitos. Arvind inflamou-se, quando ele metia uma coisa na cabeça era perigoso. Por isso o contratamos. Chamei-o para uma conversa a sós e disse: "Pense bem. Há dois tipos de mulher, um tipo para mauj-maja e outro para casar. Uma coisa é se divertir, ficar louco por uma garota durante uma semana ou duas. Esse tipo de coisa acontece a um homem, a verdade é que, quando a gente transa de manhã e de noite, nosso cérebro acaba sendo seqüestrado por nosso lauda. Mas o casamento é muito importante. Você precisa pensar nele de cabeça fria. Pense nos seus pais, na sociedade. Você e sua família precisam conviver com os parentes, afinal de contas. Não pode manter um negócio desses em segredo para sempre, esconder quem ela é. Não se empolgue demais só porque ela parece com Sonali Bendre. Divirta-se e dispense a moça."

"Bhai, não dou a menor importância a Sonali Bendre. Para mim, ela se parece com Suhasini. Pensei muito nesse caso. Sei que é a atitude correta."

"Como sabe?"

"Sei, e pronto, bhai. Sinto isso aqui." Ele levou a mão ao peito, um jovem enamorado, apaixonado por gestos largos, dramáticos. Não fazia idéia de que tudo parecia uma comédia. Mesmo que soubesse, creio que não se importaria.

"Foram apenas dez dias, percebe?"

"Quando a gente sabe, sabe."

Ele era orgulhoso. Um do seleto grupo dos especialistas. Agora se considerava parte do time de Majnu, Farhad e Romeu. Estava calmo. "Tudo bem", falei. "Vou pensar no assunto. Quais são os detalhes a respeito dela?"

Ele abriu um sorriso enorme e tirou uma folha de papel do bolso da camisa. "Eu sabia, bhai. Todos os detalhes estão aqui, os meus e os dela."

Peguei o papel e o dispensei. Como seguidor de Guru-ji, eu havia adquirido certos conhecimentos da ciência da astrologia. Claro, não chegava a um milésimo do que Guru-ji sabia, mas eu conseguira aprender uma técnica aqui, outra ali. O próprio Guru-ji havia dito: "Você aprende rápido. Tem instinto para a ciência, traz dentro de si o conhecimento. Por meu intermédio, você o está redescobrindo". Ele me explicou que eu sobrevivera tanto tempo graças a isso, enquanto muitos outros morreram. Eu possuía o sentido do futuro, podia ver através das espirais do tempo e perceber quando o perigo se aproximava. Por isso sobrevivera. Agora estava aprendendo a controlar esse conhecimento, acrescentá-lo a tudo que Guru-ji considerava apropriado à minha pessoa. Treinava com os rapazes, eles confiavam em mim. Consultando o local e o momento do nascimento de Arvind e Suhasini, tive a impressão de que os dois combinavam, que as influências de suas respectivas estrelas seguiam em paralelo e se sobrepunham quando necessário. Eles ricocheteavam pelo mundo, impulsionados por seu destino, e se encontraram no meu iate. Quem poderia afirmar que o par perfeito não se formaria em meu barco, que afinal de contas se chamava *Lucky Chance*? Tive uma boa impressão a respeito de Arvind e Suhasini, e seria auspicioso realizar um casamento. Mas eu não daria meu consentimento sem consultar Guru-ji, claro. Nenhum dos rapazes sabia a respeito de Guru-ji, exceto Bunty, mas ele sabia tudo a respeito do meu pessoal. Aqueles eram meu círculo íntimo, como estavam próximos era importante que fossem analisados e investigados minuciosamente por uma mente superior. O cuidado com esses detalhes poderia salvar minha vida um dia.

Normalmente eu esperava Guru-ji telefonar para meu escritório às cinco horas, ele ligava quando podia. Eu tinha um celular por satélite especial e exclusivamente para ele, com misturador de voz embutido. Ele usava misturador em suas viagens também, portanto falávamos com total segurança. Eu havia adquirido essa nova tecnologia de segurança com meu amigo careca da RAW, o sr. Kumar, era a cautela da elite. Ele me dera um telefone seguro por satélite, e com meu pessoal adquiri mais dois, um para Guru-ji, outro para Jojo. Portanto, estava triplamente seguro: com o patriotismo, com a espiritualidade e com o sexo. O *Lucky Chance* também fora projetado para ser inviolável. Meus velhos amigos Gaston e Pascal haviam encontrado aquele khatara antigo arrebentado de um velho xeique do golfo, e como ele era um velho degenerado a quem fornecíamos uísque e meninos, e como se aborrecia em discutir somas tão triviais, ele nos vendeu o barco pela pechincha de sete crores de rupias. Gaston e Pascal o rebocaram para um estaleiro em Cochin e o reformaram, instalando armários para armamentos, portas de segurança e um radar especial de curto alcance, tudo sob a supervisão técnica dos olhos pacatos do sr. Kumar. Em Bombaim todos diziam que Gaitonde queria um iate porque Chotta Madhav possuía um havia anos, mas isso era uma completa inverdade. Eu queria morar num barco para me sentir seguro. No iate eu sabia quem vinha e quando vinha. Com poucos homens eu garantia a segurança do barco. E Guru-ji afirmara que na água eu estava tranqüilo, que meu destino avançava e subia nas ondas.

Além disso, Chotta Madhav tinha apenas um barco ordinário de noventa pés, que navegava nas águas da Malásia. Eu levava o *Lucky Chance* aonde quisesse, graças ao armamento pesado, cruzando estreitos indonésios se fosse necessário, e em duas oportunidades fizemos lanchas piratas voarem para fora d'água com o fogo das metralhadoras pesadas. Os filhos-da-mãe pensavam que não poderíamos vê-los se aproximar no escuro. Enquanto eu tivesse a tecnologia e Guru-ji do meu lado, ninguém poderia me atingir na água. Por isso, esperei a ligação de Guru-ji.

Como sempre eu passava o tempo de espera com meu contador. Partha Mukherjee era um contador formado, um rapaz bengali criado em Bandra East. Prosperara comigo, instalara os pais e a irmã num apartamento em Lokhandwalla e já arranjara noivo para a irmã. O casamento seria realizado em novembro, com uma recepção cinco estrelas. Eu pagava muito bem a Partha Mukherjee, com bônus em dobro, pois era exatamente o que valia para mim. O faturamento anual da minha companhia na época era de trezentos crores, e controlar esse dinheiro, encaminhá-lo para um lugar e para outro, investi-lo e fazer que aumentasse já era um serviço e tanto. Mas ainda ganhávamos dinheiro à moda antiga, cobrando taxas de negociantes e produtores de cinema, ganhando comissões de senhores respeitáveis de classe média que precisavam desalojar dos apartamentos que lhes garantiam a aposentadoria os inquilinos caloteiros, transportando substâncias e equipamentos através da fronteira, cobrando comissões de agentes e informantes de turfe. Mas tínhamos investimentos legítimos espalhados por Bombaim e pelo resto da Índia, compostos de fundos de investimento, ações, imóveis e empresas em ascensão. Partha Pukherjee gerenciava tudo isso com seus computadores e assistentes em diversas cidades asiáticas. Eu lhe concedia meia hora, todas as manhãs, para resumir as andanças de meu dinheiro por diversos países. Ele me mostrava planilhas, riscava mapas em mapas desenhados à mão para explicar para onde o dinheiro ia, de Kuala Lumpur a Bangcoc e Bombaim. Eu entendia tudo e dirigia o fluxo. Meu velho amigo gordo, Paritosh Shah, teria sentido orgulho de mim.

Quando recebia um telefonema de Guru-ji, eu mandava Partha Mukherjee sair. Mas naquele dia não foi o telefone dele que tocou, e sim o da outra linha segura, a seu lado. Mukherjee se levantou sem que eu precisasse mandar e recolheu seus papéis. Os rapazes já sabiam, quando os telefones cinza especiais tocavam, deviam me deixar sozinho. Depois de fechar a porta e ouvir o ruído discreto, reconfortante, do fechamento a vácuo e do estalido metálico ao final do processo, digitei meu código no teclado para iniciar o embaralhamento. Os telefones eram seguros nas duas pontas.

"Ganesh." Era o sr. Kumar, gentil e furtivo como sempre.

"Kumar Saab."

"A informação sobre Bhavnagar era boa. Pegamos quatro agentes deles."

"Incluindo o contato local? Morreram todos?"

"Sim. Shabash, Ganesh."

"Foi apenas meu dharam, senhor." E não haveria exposição pública para mim ou para o sr. Kumar. Talvez a polícia local, em Bhavnagar, divulgasse ter desarticulado uma célula de agentes da ISI e capturado um arsenal. Mas para nós, que havíamos articulado toda a operação, haveria apenas aquele shabash discreto entre colegas, num telefone particular. Era assim que os serviços secretos funcionavam. O sr. Kumar havia explicado para mim: quando fazemos um bom trabalho, ninguém fica sabendo. Quando falhamos, todos ficam sabendo. Aquela operação fora bem-sucedida, agora planejaríamos outra.

Ele disse: "Vamos atacar Maulana Mehmood Ghouse".

"Saab, esta é uma meta muito ambiciosa." Mehmood Ghouse era um mulá paquistanês, um pregador muito ativo no vale da Caxemira. Vangloriava-se publicamente de ter assassinado muitos infiéis com as próprias mãos. Por um tempo todos os canais de televisão mostravam um clipe granulado feito durante uma oração da jihad em Multan em que ele exibia a cabeça putrefata de um soldado indiano, segurando-a pelos cabelos.

"Sim, ele é importante", o sr. Kumar disse. "E cresce a cada dia. Pretende disputar as eleições. Virou político, e anda dizendo que o sujeito naquele vídeo não é ele, de jeito nenhum."

"Ninguém vai acreditar nisso."

"O governo britânico vai. Ficaram muito impressionados com o fato de ele ter sido engenheiro elétrico, de usar computadores, de ser um mulá moderno. Deram-lhe um visto de entrada."

"Maderchod."

"Ele passará uma semana lá. Participará de reuniões públicas, tentará encontros com políticos britânicos."

"Ninguém vai querer falar com ele, saab."

"Talvez sim, talvez não. Mas ele está indo para campo aberto. Acredita que voltará com malas cheias de libras e chelas e uma imagem internacional. Portanto, vamos colocá-lo no noticiário internacional. Ponha algumas unidades de sobreaviso em Londres."

"Como está a agenda?"

"Sabemos que ele chegará a Londres daqui a quatro semanas."

"Quatro semanas. Fácil." Tínhamos uma base em Cannes, realizávamos negócios na Europa rotineiramente. Havia pouco tempo assumíramos posições na Eslovênia e nos países bálticos. Aprendíamos, expandíamos.

"Passaremos as informações assim que as recebermos."

"Estaremos prontos, saab. Mas por que agora, saab?"

"É um recado. Essas pessoas acham que podem se exibir na televisão. Bas."

"E de quem seria a mensagem?"

"A essa altura, anônima. Bem, vamos ver como a operação progride. Talvez possamos mandá-la do seu endereço."

"Claro, saab."

"Até logo, Ganesh."

"Salaam, saab."

Ele era sempre lacônico, objetivo, o sr. Kumar. Apenas a conversa necessária, mais nada. Não era meu amigo, apesar de vários meses de contato. Sua ordem naquele dia, porém, refletia sua confiança. Tudo que eu havia feito até então era mínimo comparado com a missão, o que me satisfazia. Não só porque receber tarefas sensíveis significava poder pedir mais em troca, como também por eu me sentir genuinamente envolvido naquela guerra. Agora eu combatia num nível mais alto. Os homens de Chotta Madhav haviam liquidado um político nepalês, anos antes, pois ele apoiava os paquistaneses. Mas atacaram em Katmandu. Eu trabalharia no centro da Europa, na elegante vilayati de Londres. Não ia falhar. Atingiria o alvo, apesar dos batalhões de guarda-costas e de toda a Scotland Yard. Passei a me dedicar à logística da operação.

Convoquei Arjun Reddy, meu wallah da computação, e ele distribuía minhas ordens por e-mail seguro. Garantiu, como fazia semanalmente, que usávamos a tecnologia mais avançada de codificação, mudando as senhas com freqüência, de modo que até a CIA e a totalidade do governo norte-americano, se gastasse um bilhão de dólares e empregasse sua capacidade de processamento inteira em um único e-mail nosso, mesmo assim levaria duzentos anos para decifrar o código. Mas e-mail me enervava. Por mais que Reddy garantisse uma proteção inviolável, eu não conseguia me livrar da imagem das minhas palavras trafegando pelo estômago dos computadores do planeta, solitárias e vulneráveis. Por via das dúvidas, escrevi ao pessoal de Cannes: "*Londres mein campo lagao. Preparar grupo bhejo, Sachin e Saurav dono. Pronto rehna, instruções baad mein.*" A operação aconteceria dali a quatro semanas, mas eu havia aprendido por experiência própria que precisava ter os elementos no local com antecedência. Por vezes os acontecimentos se precipitavam, e de todo modo era melhor que os rapazes conhecessem bem a região do ataque, se acostumassem com a linguagem, os ônibus e os vizinhos, e estes com eles.

Assim que o trabalho sério terminou, Reddy continuou a me ensinar a usar computadores. Eu já sabia acessar o Windows e, em teoria, como abrir ou criar um documento, como consultar uma planilha com múltiplos níveis. Mesmo assim, com freqüência me sentia perdido. Muitas vezes não conseguia localizar o documento desejado, ou ficava preso numa determinada tela e não havia meio de sair. Não era apenas o idioma inglês que me confundia, mas o universo inteiro apresentado na tela. Não conseguia entender onde era o chão e onde era o céu. Reddy desenhava diagramas no papel, mas eu não entendia a geografia, e isso me perturbava, principalmente quando ele digitava com seus dedos de vinte e três anos e navegava pela internet, fazendo que a máquina e o sistema mundial inteiro desempenhassem tarefas, realizassem tudo que ele queria. Eu havia atirado coisas no computador em diversas oportunidades, como xícaras de café e pratos. Mas sempre me acalmava e voltava para o computador. Aquela caixa comandava tudo agora, eu admitia. Precisa entendê-la. Precisei contratar Reddy, e se fosse necessário empregaria uma centena de outros como ele.

Naquela noite mandei Reddy se calar e observar enquanto eu ligava a máquina, digitava minha senha, acessava a rede e consultava alguns sites. Ele mantinha silêncio absoluto, mas vibrava de impaciência com meus movimentos lentos e digitação idem, com um dedo só no teclado. Sem tirar os olhos do www.myindianbeauties.com, que divulgava fotos diárias de novas atrizes e modelos, falei: "Calma, chutiya. Você está me deixando nervoso. Saia".

"Perdão, bhai."

"Não suma. Se precisar, chamo você."

"Claro, bhai."

Ele saiu, cabisbaixo. Muito ambicioso, tentara me convencer a investir num site com ele e o irmão. Ainda precisava me mostrar como faria para ganhar dinheiro, uma vez que eu nunca havia pago nada para ver as beldades indianas na rede. Mas ele insistia, trazendo novas idéias a cada dois dias. Quando a porta foi fechada novamente, eu a tranquei. Em seguida fui para o site de Guru-ji, www.eternalsacredwisdom.com.

Guru-ji viajava pelo mundo inteiro, vivia viajando. Mantinha centros em cento e quarenta e dois países e construía outros em mais doze. Mas, onde quer que estivesse neste mundo, fazendo o que quer que fosse, sempre havia um novo pravachan em seu site, a cada três dias. Era possível ler em mais de cem idiomas, incluindo, claro, híndi e marati. Mas ultimamente eu o lia em inglês, em "Discursos". Precisava de um bom tempo, muito esforço e sofrimento, mas sempre chegava ao final. Mantinha a versão em marati em outra janela, como referência, mas insistia sempre no inglês, desse modo captava não só os ensinamentos, como a língua. Guru-ji elogiara minha diligência, e mencionou meu caso em um de seus discursos de verão sobre administração do tempo, sem mencionar meu nome, claro. "Um homem de sucesso nunca pára de aprender", dissera. "Tenho um bhakt muito bem-sucedido, que controla recursos e impõe respeito através dos mares. Mas, apesar de todas as suas conquistas materiais, ele não é arrogante. Tem noção do que não sabe. Um sábio disse há muito tempo que a consciência da própria ignorância é o início da sabedoria." E passou a contar a história de minha leitura do discurso numa língua que não dominava.

Naquele dia a mensagem tratava do sexo. Guru-ji nunca fugia de tópicos controvertidos, nunca deixava de falar a respeito de um tema por medo de ofender alguém. Era destemido. Li: "O celibato é considerado ideal pela tradição espiritual". Tive de olhar o significado de "celibato" no dicionário inglês-marati. "Mas adotar o celibato sem estar pronto é um equívoco. O celibato virá quando estiverem prontos para ele. Um celibato imposto é em si uma forma de sensualidade. A luta contra o corpo se torna uma paixão. E o desejo se expressará, pois não se pode contê-lo, não se pode bloqueá-lo, não se pode matá-lo. Até as imagens que se projetam do celibato são formosas como quadris femininos, e os hinos entoados, iguais ao beijo de um amante."

Essas seis frases exigiram quinze minutos da minha atenção, e não foi só por causa do inglês. Parei para refletir, absorver, admirar. Ele dizia tudo com simplicidade, numa linguagem direta, poderosa, e as palavras calavam fundo. Sentia seu peso no coração, no estômago. Mas que cabo-de-guerra interminável travamos contra o desejo, pensei. Quanto mais puxávamos para cá, mais ele puxava para lá. Quantos tormentos e quantos êxtases em nossos tormentos.

Confesso que até para mim era estranho que Ganesh Gaitonde, que um dia zombara de qualquer menção aos deuses e considerava o recurso ao consolo da religião prova de fraqueza, fosse agora discípulo fiel de um guru. Como acontecera? Começou quando Guru-ji e eu começamos a conversar. Depois de nosso primeiro contato, quando insisti para que me telefonasse na cadeia, eu não esperava ouvir mais sua voz. Afinal de contas, ele precisava proteger sua imagem pública, a missão que alcançava o mundo inteiro. Mas ele me telefonou dez dias após minha libertação e saída do país. Pediu a seu pessoal que conseguisse o número com Bunty, e de repente sua voz surgiu no meu celular, Shridhar Shukla em pessoa, com sua sólida voz de bronze e sua pontuação sofisticada. Milhões procuravam aquele homem, avidamente, e mesmo assim ele arranjava tempo para me telefonar, perguntar se eu estava bem. Eu era descrente, esperava que me pedisse algo, como todos faziam. Mas ele não precisava resolver problemas, arranjar dinheiro ou se vingar, só queria conversar comigo.

"Entendo. Você quer conversar comigo", falei. "E sobre o quê deseja falar comigo?"

Ele certamente percebeu a ironia em minha voz, mas respondeu com calma: "Sobre qualquer coisa que lhe passe pela cabeça".

"Tudo bem. Tenho uma pergunta a fazer."

"Faça."

"Não creio que seja um guru de verdade."

Ele riu. "Isso não é uma pergunta. Mas tudo bem. Você não precisa acreditar em nada a meu respeito."

Em seguida, calou-se. Fiquei irritado ao perceber que não havia meio de provocá-lo. Esperei, pensei em bater o telefone, e por fim falei, pois estava bastante curioso. "Você não pode ser um verdadeiro guru, tendo em conta os serviços que eu lhe presto." Eu me referia, obviamente, aos carregamentos de armas que contrabandeava para ele. "Pessoas avançadas espiritualmente são pacíficas. São contra a violência."

"Quem lhe disse isso?"

"Todo mundo sabe."

"Então você não se considera uma pessoa espiritualmente avançada?"

Sentei-me, contrariado. "Estamos falando de você."

"Tudo bem, Ganesh, tudo bem. Mas eu estava curioso para saber de onde tirou essa idéia a respeito da evolução espiritual e o que todos chamam pacifismo. Todos repetem isso, está por toda parte, mas ninguém sabe dizer por que acreditam."

"É óbvio, não é?"

"Não."

Ele ficou calado novamente. Filho-da-mãe. Reagi. "Não brinque com isso. Diga logo. Farei a pergunta, está bem? Diga como você pode ser um guru de verdade e fazer o que faz."

"Sabe o que faço?"

"Sei um pouco. Conheço a minha parte, e não é pacífica."

"Sim, você sabe qual é a sua parte. Conhece o pouco que vê. E lhe disseram que alguém, para ser um mahatma, precisa ser pacífico, seja lá o que isso signifique. Mas, Ganesh, você consegue imaginar o quadro completo?"

"Eu não sei qual é o seu plano, claro."

"Pense num quadro ainda maior que este. Pense na própria vida. Acha que não há violência nela? A vida vive da vida, Ganesh. E o princípio da vida é a violência. Sabe de onde vem nossa energia? Do sol, certo? Tudo depende do sol. Vivemos graças ao sol. Mas o sol não é um lugar pacífico. É um local de inacreditável violência. É uma imensa explosão, uma série de explosões. Quando a violência cessa, o sol se apaga e nós morremos."

"Isso é diferente. Não é o mesmo que matar um homem. Ou muitos."

"Todos os homens morrem."

"Mas eles não precisam morrer porque você explodiu a cabeça deles a tiro."

"Então, ao deixar de matar, você consegue a paz?"

Eu sabia que não era verdade. Queria discutir com ele, mas sabia que a não-violência jamais gerara a paz. Se havia algo óbvio, era isso. Aquele guru miserável não passava de um filho-da-mãe frustrante. "É diferente", falei. "Vivemos em Kaliyug, condenados a lutar. Mas você que banca o santo deveria nos dizer para não lutarmos."

"Por quê, Ganesh? Você é um sujeito muito inteligente, mas também caiu na armadilha. Até você. Mas não é culpa sua, trata-se de uma propaganda muito difundida em nossa época, no mundo inteiro. E se pensarmos em nossa própria história, Ganesh. Homens santos nunca lutaram? Nunca incentivaram os guerreiros antes da batalha? O avanço espiritual significa que não devemos usar armas quando enfrentamos o mal?"

Ele mencionou Parshurama, o grande sábio que usou seu machado para limpar a terra. E o próprio Rama, o mais perfeito dos homens, que usou seu arco para lutar, mesmo com poucas chances. "E quanto ao conselho dado por Krishna a Arjuna no campo de batalha?" Aquele estranho guru me perguntou. "Arjuna queria ser pacífico. Queria se retirar do mundo. Ele deveria ter ido? Krishna deveria ter permitido?"

Tive de concordar com ele, não deveria, Krishna estava certo. Disse isso e Guru-ji me falou a respeito do grande Shankaracharya e sua derrota perante o exército kapalika de Krakaca. E também da rebelião Sanyasi, durante a qual sadhus e faquires lutaram contra a East India Company. "Devemos resistir a isso que chamam paz, pois emascula a espiritualidade e nos enfraquece, Ganesh", ele disse. "Precisamos ver o quadro geral. Devemos entender que temos de lutar para conseguir a paz. Precisamos ser fortes em nossa fé. Nossa história inteira, por milhares de anos, nos dá exemplos disso. Se eu sou um santo, Ganesh, você também é."

"Eu?"

"Você mesmo."

Eu estava muito confuso e cansado — por algum motivo aquela conversa me exaurira — para dizer que eu não acreditava em fé, nem em espiritualidade. Desliguei, tentei trabalhar, mas passei o dia inteiro atormentado por aquele enigma, eu como homem santo, como mahatma. Sonhei naquela noite com os grandes akharas de sadhus naga que iam a Nashik durante o Kumbh Mela, com seus corpos desnudos cobertos de cinzas, os jatas marrons a cair pelo ombro, e abaixo dele, com tridentes e espadas. Sonhei com o alarido formidável que se ouvia quando os regimentos de sadhus naga avançavam na direção das águas sagradas para seu banho, e do brilho feroz nos olhos dos sadhus enquanto corriam. Vi um homem miúdo, um sujeito pacífico, no meio daqueles sadhus, grandes e bons, sentindo um profundo desprezo por ele, e acordei com o coração disparado. Distanciei a mente de Nashik, mas durante a noite inteira uma questão me perseguiu: o que significa ser sagrado? O que é a virtude?

Na ligação seguinte de Guru-ji, conversamos sobre Deus. Eu disse a ele que não acreditava numa coisa dessas, e que não tinha necessidade dessa crença. Disse que a religião era um instrumento com que os políticos açoitavam seus eleitores e os conduziam feito manada até o matadouro. Disse que a fé era para homens que não tinham fé em si. Ele não discutiu comigo. Ouviu atentamente e depois disse: "São argumentos razoáveis. Você está certo, dentro de sua lógica".

Ele me calou com suas palavras. Esperava que discutisse, reagisse e tentasse me intimidar, talvez até me amaldiçoasse por ser um homem desprezível. Mas ele não fez nada disso. Ouviu-me com atenção e me tratou com respeito. Depois disse: "Mas, Ganesh, o que diz de todas as simetrias do mundo?".

Eu não fazia a menor idéia do que ele estava falando, e ele explicou. Mostrou que para cada fogo existe água, para cada predador, uma presa, para cada amor, um ódio. Falou de elétrons e suas cargas, de estranhas atrações e repulsões. Parte do que ele dizia penetrava em mim apenas como um hino melodioso, mas eu compreendia instantânea e profundamente o que ele queria dizer. Sim, para cada Ganesh Gaitonde havia um Suleiman Isa. Para cada vitória, uma derrota. "Sim", disse a ele, "compreendo. Tudo vem aos pares, em repetições dos pares e assim por diante. Tudo se choca, se afasta, contorna e retorna outra vez."

"Claro, mas é claro, Ganesh", ele disse, sem ocultar o prazer na voz. "Pronto, você já sabe. Não preciso explicar nada. Você já sabe e está no caminho certo."

"No caminho para seu Deus? Duvido muito."

"Você não deve pensar que estou argumentando em favor de Vishnu ou qualquer outro criador, Ganesh. Sei que nada é assim tão simples. Entenda bem: por meio dessas simetrias, alcance alturas ainda maiores. Você consegue enxergar os padrões do mundo, do universo? As ondas sob seus pés, sob o barco, parecem caóticas, mas serão mesmo? Não, só num sentido menor. Existe uma ordem que às vezes vislumbramos, às vezes deixamos escapar. Mas a ordem está aí. Além do local e do imediato, há uma ordem maior. Ganesh, vá a terra firme e observe um capinzal. Veja como o sol alimenta o capim, como a terra o sustenta. Veja como a vegetação abriga outras criaturas, e as alimenta também. Veja como tudo se encaixa. Finalmente, depois de tudo isso, Ganesh, você vê a beleza?"

Confesso, minha cabeça parecia que ia estourar. Eu tocava as bordas fugazes do sentido com os dedos, mas ele me escapava a cada inspiração. Ele sabia disso. Aconselhou-me a não me preocupar, apenas observar tudo durante a semana seguinte. "Faça tudo normalmente. Mas, ao mesmo tempo, tente ver adiante. Na semana que vem conte-me o que viu, tudo ao acaso ou havia um padrão? Caos, ou ordem?"

Cinco minutos depois de desligar o telefone eu ria de mim. Pensei, seu frouxo, ouvindo as baboseiras de um velho idiota. Mas ele havia semeado algo em mim. Eu não queria, mas me peguei procurando conexões, reflexos. E os encontrei. Pensei no modo como homens e mulheres precisam uns dos outros, e como a espécie humana avançava apesar de todos os conflitos e decepções. Aquilo era óbvio, banal até se a pessoa se afasta por um minuto. Mas aquilo me levou à concepção e ao nascimento, ao verme minúsculo de cabeça de alfinete abrindo caminho para a enormidade do óvulo, e a mistura de seus respectivos códigos de instruções para formar uma nova criatura que um dia seria íntegra, produzindo novos emissários. Lugares-comuns e, contudo, tão complicados e surpreendentes. Sentia-me um idiota por causa do espanto que tomava conta da minha cabeça, por causa da capacidade de ver essas superfícies mundanas que ocultavam verdadeiros universos e complicações. Perto do fim de semana minha mente passou das coisas para as seqüências. Vi programas de televisão sobre dinossauros e sua extinção, a ascensão dos mamíferos (enquanto os rapazes reclamavam e pediam outro aparelho de televisão para que pudessem ter de volta suas heroínas rebolativas), os macacos peludos de antigamente matarem suas primeiras vítimas nas planícies africanas. Era a trajetória da vida no planeta, até chegar aos seres humanos, a mim. A curva tinha direção e velocidade, seguia para cima na direção da lua e das estrelas. Mas e a minha vida? Tinha uma forma? Haveria beleza em sua progressão, se alguém se afastasse o suficiente para ver? Pensei nisso, preocupei-me com a questão. Seria realmente possível que eu estivesse sendo jogado de um lado para o outro, aleatoriamente, pelas sucessivas ondas dos eventos? Que um dia viesse após o outro só porque tinha de ser, sem motivo? Eu não podia aceitar isso. A cegueira ensurdecedora do caos doía em mim, provocava cólicas no ventre, dor de cabeça, e mais uma vez as hemorróidas me atacaram, levando-me cambaleante e trêmulo ao banheiro. Meu corpo protestava contra a afirmação de que minha vida nada significava. Não, minha vida tinha forma. Eu havia começado pobre e sozinho. Eu havia lutado, vencera, subira, tinha um lar e muitas pessoas me amavam. Mesmo agora eu estava aprendendo, progredindo, tinha uma missão a cumprir para meu país, um mestre, seguia para algum lugar. Eu tinha uma história.

Foi o que eu disse a Guru-ji na conversa seguinte, e ele me elogiou. "Seu instinto é infalível, Ganesh. O atmã conhece a natureza do universo, compreende suas intricadas conexões, do menor ao maior: o atmã sabe porque *é* o universo. Mas a mente interfere. A estrutura incompleta que chamamos de lógica científica bloqueia nossa visão e, paradoxalmente, nos mantém ignorantes. Caso contrário, como você poderia ver essa imensa teia de conexões e não acreditar que existe um autor?"

"Quer dizer Deus, Guru-ji?"

"Quero dizer consciência."

Foi assim que começamos, e ele me ajudou na jornada rumo ao conhecimento. Não, ele me pegou no colo e carregou até o alto da montanha da sabedoria. Suportou meu peso sem dificuldade, e enquanto subíamos ele me mostrou as verdades eternas e fatos eternos. Apontou os ciclos da história, e os que estavam além dela, os ritmos da evolução, das estrelas que nasciam e rumavam para sua inevitável dissolução, do universo se expandindo e depois chegando a um ponto em que explodiria novamente.

Então, meses depois de nossa primeira conversa, ele revelou o poder que esse conhecimento lhe dera. Ele revelou meu futuro. Eu havia lido depoimentos de centenas de pessoas em seu site, confirmando que ele conseguia fazer isso, e que o fizera para elas. Lera diversas páginas, encantado com a necessidade desesperada de apoio e aceitação que os seres humanos sentem. Os testemunhos detalhados incluíam nomes e circunstâncias: havia um médico de Siliguri cuja filha sofria de vitiligo e não conseguia casar; Guru-ji disse a ele para não se preocupar, que nos três meses finais do ano surgiria uma solução para seu problema. Dito e feito, no inverno um engenheiro alemão veio trabalhar num projeto agrícola, fascinou-se com a alvura e a graça da beldade e a levou para uma vida feliz em Düsseldorf. Li tela após tela desses relatos, e não somente a felicidade fora prevista, Guru-ji era franco a respeito dos momentos ruins, falava em acidentes envolvendo água, divórcios e reveses nos negócios. Concluí que tudo não passava de obsessão de pessoas medíocres que não tinham recursos, internos ou externos, para lutar com a vida e vencer. Mas Guru-ji me disse, certa noite: "Tome cuidado com os tailandeses".

"Como é?"

"Vejo que você tentará fechar um negócio com os tailandeses nos próximos dias. Tome cuidado. Não confie neles. Querem prejudicá-lo."

Era verdade que estávamos a ponto de fechar uma venda com o pessoal da província de Braki, tínhamos trazido quatro milhões de comprimidos de metanfetamina para os tailandeses, mas Guru-ji poderia ter adivinhado isso: em qualquer período teríamos algum negócio em andamento com grupos tailandeses, não havia nada de excepcional nesse palpite. Por isso não o levei muito a sério, agradeci educadamente e esqueci o conselho até a manhã da transação. Preocupado e inquieto, por me lembrar da previsão de Guru-ji, acordei e telefonei para os rapazes — que já haviam partido — e lhes disse para tomar cuidado, deixar um pistoleiro de reserva. E os tailandeses, aqueles idiotas, tentaram fugir sem pagar, no golpe mais vulgar e mesquinho dos últimos quinze anos. Levaram mais alguns capangas e os esconderam numa casa perto da praia, pensando que fosse o suficiente para superar nossa equipe. Claro, nós os surpreendemos, o pistoleiro que ficou de reserva os pegou quando saíram correndo da casa quando foram chamados, e fim de linha.

Portanto o fato aconteceu, deixando a questão das previsões de Guru-ji pairando no ar, como uma bomba detida no meio da queda. Eu temia aceitá-la, permitir que caísse e explodisse minha mente. Os grandes círculos da criação e destruição eram muito interessantes, mas — maderchod! — como um homem poderia ser capaz de ver o futuro? Era impossível. O tempo corria, do antes para o depois, e fisicamente ninguém conseguia alcançar o que estava para acontecer.

Guru-ji me ouviu com paciência. Depois, disse: "Então você acredita saber o que é o tempo?".

"Guru-ji, o que mais há para saber a respeito? O tempo é o tempo. Vai daqui para a frente, vivemos dentro dele. A estrada está marcada, não se pode retornar."

"Ganesh, você sabia que os cientistas descobriram partículas que podem viajar no tempo? E sabia que o tempo não é uma constante, que ele se dobra, estica e comprime? Se um avião a jato passar sobre sua cabeça bem depressa, o piloto envelhece mais lentamente que você. Para ele, o tempo passa mais devagar, em comparação com o seu tempo."

"Não pode ser."

"Mas é. Até os cientistas sabem disso, faz mais de cem anos. Eles admitiram que uma partícula de luz em movimento, originada há bilhões de anos, durante o Big Bang, não envelheceu um segundo sequer desde então. Portanto, Ganesh, se você puder viajar à velocidade da luz permanecerá jovem para sempre."

Eu não entendia nada daquilo. Não compreendia os artigos que me enviava por e-mail nem os vídeos que me fazia assistir sobre Einstein, relatividade, buracos negros e um universo que se curvava sobre si mesmo, tudo aquilo que atordoava, como se fosse uma criança pequena olhando para o sol. Mas ele me convenceu de que o mundo que eu julgava conhecer não passava de uma ilusão rasa, que as coisas eram vistas e sentidas como num sonho, sem serem irrelevantes, sem serem tampouco essenciais. E me convenceu de que algumas pessoas, alguns homens e mulheres, e até crianças, conseguiam ver através da espiral do tempo. "Trata-se de um dom inato", explicou. "Horóscopo e leitura da mão são elementos de apoio, que favorecem essa habilidade, fazendo que se manifeste e se acelere. Se a pessoa tem essa habilidade e a desenvolve, treina, exercita, tornando-a forte e firme, aprende a ler a narrativa do universo e por vezes enxerga para onde vai a história, vislumbra fragmentos dos eventos futuros, pois o futuro já existe. Se você for um verdadeiro mestre, nada pode ser ocultado de você. Eu possuo um dom modesto. E se você sente constrangimento ao dar atenção a um jyotishi, um astrólogo védico, se acha que caiu nas mãos de um vigarista fraudulento, então pense em mim apenas como um amigo que lhe oferece conselhos esporadicamente, na melhor das intenções. Não me leve muito a sério. Posso me enganar de vez em quando, interpretar incorretamente as imagens e intuições dispersas que recebo. Aproveite como puder, Ganesh. Talvez a informação lhe seja útil. Não confie nela sem ter corroboração, trate-a como qualquer outro dado de inteligência que obtém."

Foi o que ele disse. Em seguida, recolheu fragmentos do que estava para acontecer e os largou em meu colo. Não fazia isso todos os dias, e nem sempre tinha informações cruciais capazes de salvar minha vida. Ele me disse que uma carga vinda de Roterdã com atraso chegaria em tal dia, e aconteceu. Disse que um dos rapazes teria problemas de saúde no final de julho, e um porco idiota desenvolveu uma infecção monstruosa entre os dedos dos pés, causada por fungos, que o impedia de andar. Guru-ji também cometia enganos, em duas oportunidades previu coisas que não ocorreram. Mas elas aconteceram nas outras cinqüenta e duas vezes. Sim, contei as previsões, tomava nota de tudo em minha agenda. Os números indicavam que ele falava a verdade, que não estava mentindo. Ele tinha talento. Acredite se quiser, eu resisti o quanto pude. Agora acredito.

O telefone de Guru-ji tocou. Limpei a mão na calça e atendi. Digitei o código de segurança de dezoito números e ele falou comigo.

"Pensei em você quando escrevi o pravachan de hoje, Ganesh."

"Pranaam, Guru-ji. Eu acabei de ler."

"Sei disso."

Ele sabia, às vezes. Sabia o que a pessoa estava fazendo, no que pensava ou o que queria mas temia admitir até para si mesma. Certa vez, já faz muito tempo, fui acometido por um surto de ceticismo, mas a força de suas visões estraçalhou e derrotou minha profunda descrença. Ele me conhecia melhor do que eu mesmo, via dentro de minha vida, conhecia meu passado e meu futuro, mas nunca emitia julgamentos. Esta era a coisa mais intrigante a respeito de Guru-ji, ele era pessoalmente o mais sattvic dos homens, menos desejoso das coisas essenciais da vida do que o próprio Buda, mas nunca olhava com desdém os que como nós ainda se debatiam nas redes do desejo. Perguntei-lhe certa vez se meus dhandas o incomodavam, as diversas atividades com que ganhava a vida. Perguntei por que ele não tentava me fazer desistir das atividades que o mundo chamava de criminais. Um tigre é glorioso enquanto tigre, ele disse, mas um tigre que tenta se tornar uma ovelha vegetariana é uma abominação lamentável. Em Kaliyug não há atos simples, disse, e nunca houve um caminho claro para a salvação. "Então, Guru-ji", falei sorridente, "andou pensando em mim. O que pensou? Estou pronto para o celibato?"

Ele soltou seu riso costumeiro, livre e alto como o de um bebê nos braços da mãe. "Beta, você é um guerreiro. Você é meu Arjun. Não só precisa de seu Draupadi, como também das outras dádivas da terra, em sua jornada. Censurar sua natureza seria um crime, e o tornaria incapaz de fazer o trabalho que precisa ser feito."

Eu já tinha ouvido tudo aquilo antes, mas prestei atenção nele de novo. Havia algo de dourado em seu timbre de voz, algo denso, que penetrava no fundo do meu peito e me reconfortava. Eu me acalmava quando o escutava, por vezes perguntava algo só para ouvi-lo falar. Mas naquele dia eu tinha uma questão séria. "Consultou os papéis, Guru-ji?" Eu me referia aos mapas e dados de Jamila, dois metros de fax enviados para ele na Dinamarca. Claro, para ele não havia problema no fato de ela ser muçulmana, mas era preciso levar em conta as estrelas e seu futuro.

Senti que sorria. "Está impaciente, Ganesh."

"Não, não, Guru-ji. Sei que é muito ocupado. Não tem pressa."

"Ganesh, eu compreendo. Já faz algum tempo. Bastante tempo."

Fazia um bom tempo que eu não ficava com uma mulher. Claro, não compartilhava as moças simples que vinham para os rapazes. Para mim Jojo só mandava figuras especiais, e todas eram aprovadas por Guru-ji. Mas eu não estava fraco a ponto de perder a paciência com ele. "Guru-ji, não é nada disso. Essa é mais interessante que as outras, só isso."

"Concordo com você, Ganesh. As estrelas, signos e linhas dela são muito interessantes. Essa mulher vai longe. Tem inteligência, mas acima de tudo, tem sorte. Sempre que precisa de alguma coisa alguém surge em sua vida para atendê-la. Seu caminho será suavizado e previamente aplainado para ela."

"Mas ela trará sorte para mim?"

"Não tenho certeza, ainda. Andei consultando os mapas, no geral combinam. Mas ainda não consegui formar uma boa imagem da interação. Algo está a ponto de acontecer."

"Não tem problema, Guru-ji", falei. "Não tenho pressa."

Primeiros-ministros e presidentes de empresa faziam fila para consultá-lo, e ele arranjava tempo para mim. Pensava em mim, preocupava-se. Por vezes eu sentia um nó na garganta ao me dar conta. Como agora. Ele percebeu a emoção intensa em minha voz, e disse, cordialmente: "Quais são as novidades?". Ao falar em novidades ele se referia aos dramas dos rapazes e suas vidas. Gostava de ouvir histórias sobre eles, seus divertimentos e paixões, e mesmo sobre os problemas com mães e irmãs e a ação que um tio movera contra o irmão. Ele era um mestre consagrado, mas se interessava por tudo, pelos problemas mais corriqueiros e banais. Eu fazia os relatos, ele ouvia tudo com atenção, oferecendo comentários e sugestões. "Guru-ji, hoje tenho um caso sério. Meu gadha lento, Arvind, encasquetou que está apaixonado por uma das randis. Ele quer se casar com ela."

"É mesmo? E você, o que acha?"

"Consultei os mapas. Nenhum problema."

"Explique-me."

Li as datas, locais e épocas, e antes de eu terminar ele havia analisado o caso profundamente. "A moça é muito dinâmica", disse. "E Arvind possui força e inteligência, mas é bem passivo. Uma personalidade muito tamásica. A moça o estimula, faz que se mexa. Tem razão, não vejo maiores problemas aqui. Mas eles só terão meninas. Seu fígado lhe dará trabalho. No mais, os mapas combinam. Permita o casamento, Ganesh. Os outros rapazes podem zombar, mas como líderes devemos olhar para o futuro. A moça pagou suas dívidas de encarnações anteriores, e dessa vez será resgatada da condição de vender seu corpo. A existência inteira é um movimento para a frente, de baixo para cima, e nossa tarefa é facilitar essa evolução. O casamento é uma ocasião auspiciosa, e esse será um ótimo casamento."

Assim que ele falou vi a verdade, óbvia e faiscante. Era exatamente a atitude que eu tomava perante os rapazes. Naquela noite, depois que me despedi de Guru-ji, liguei para Arvind e Suhasini e lhes dei minha permissão, além de um sermão. Disse a eles que estavam para empreender uma jornada importante, e que precisavam ser duplamente fortes e discretos por causa dos mexericos que os acompanhariam. Tentei em particular reforçar para ela o dever com o marido, que estava fazendo algo louvável e grandioso. Suhasini tinha a altura e a elegância de Sonali Bendre, por causa das pernas compridas, mas seus traços eram mais densos, escuros. Ela me ouviu de olhos baixos, mas eu captei o que Guru-ji via nela, a imensa energia. Sim, ali havia movimento, sem dúvida.

Portanto, foi tudo combinado. Em menos de uma semana eles estavam casados. Claro, chamei Jojo antes do casamento e informei-a de minha decisão. Ela disse: "Gaitonde, pela primeira vez na vida você está fazendo uma coisa totalmente boa". Ela deu sua bênção também, mandando um presente para o casal, anéis de diamante para os dois, com pedras de tamanho decente cravadas em ouro branco. Alugamos um salão e mandamos vir um pandit de Bangcoc. Eu havia feito um belo discurso para os rapazes, pedindo que respeitassem a solenidade da ocasião, mas percebi que eles se acalmaram cantando shlokas. O ar sério e decidido de Arvind e Suhasini quando formalizaram a união calou até

Ramesh, que estava embriagado. Sentados de pernas cruzadas, num círculo fechado, eles observavam. Eu senti melancolia. As chamas crepitavam, mergulhei nas lembranças enquanto as observava. Meu peito doía por Abhi, eu me lembrei de como ele costumava esmurrar meu rosto com seus pequenos punhos cerrados, e como me beijava quando eu pedia.

Meu estado de espírito permaneceu assim mesmo depois que despachamos o afortunado casal para sua lua-de-mel, uma semana num bangalô em Koh Samui. Naquela noite meditei, girei a respiração na barriga, em círculos, e mesmo assim não consegui afastar o arrependimento que me perseguia como os dentes afiados de um tubarão tentando morder meus calcanhares. Liguei a televisão e sintonizei um canal indiano. Uma VJ loura falava com sotaque híndi, apresentando músicas movimentadas. Desliguei o aparelho. Fiquei deitado na cama, acordado, sentindo que estava sozinho, apesar dos rapazes que moravam comigo. Ficavam a poucos metros de distância, separados de mim apenas por um pouco de metal e madeira. Com meus rapazes eu precisava ser forte sempre, bancar o pai deles, ser distante, poderoso e por vezes irado. As pessoas a quem eu podia confessar meu descontentamento e carência estavam muito longe. Só me mantinha próximo delas pelas palavras, graças às transmissões e à eletricidade. Eu estava longe de Guru-ji e de Jojo.

Ele me telefonou, então. Meu Guru-ji ligou. Pulei da cama, atendi o telefone no segundo toque. "Guru-ji?"

"Encontre-se comigo", ele disse.

"O quê?"

"Você tem sido um bom aluno, beta. Tem meditado, e creio que agora está pronto para mais conhecimento. Mas, para conduzi-lo nesse caminho até os segredos de Paramatma, preciso iniciá-lo. Estarei em Bombaim na próxima semana, para Ganesha Chathurthi. Passarei duas semanas lá. Conduzirei um yagna muito grande lá, muito importante. O yagna mais importante de minha vida, na verdade. Depois disso seguirei para Cingapura, por uma semana. Vá ao meu encontro em Cingapura."

Desde nossa primeira conversa, meses antes, eu nunca o encontrara. Conversava com ele talvez mais do que qualquer dos outros discípulos, e o vira na televisão, mas nunca sentara cara a cara com Guru-ji. Agora ele me convidava, e eu sentia raiva. Não dele, mas de minha vida, de mim. Se ele ia fazer o yagna mais importante de sua vida em Bombaim, durante o festival de Ganapati, por que não podia encontrá-lo lá? Por que Cingapura, aquele inferno de limpeza que me entediava mais do que qualquer outro lugar na face da terra? Bombaim era o lugar que eu queria, seria perigoso para mim, mas era também meu Kurukshetra. E meu Guru-ji estaria lá.

"Ganesh", Guru-ji disse calmamente, "você irá?"

Naquele momento eu entendi, fui atingido no estômago como se tomasse um tiro. Senti a verdade penetrar em mim e subir até minha boca, saindo como risada. Ele estava me testando. Era meu último teste. Ri e disse: "Guru-ji, mas é claro. Eu vou encontrá-lo. Providenciarei tudo. Em Cingapura".

"Em Cingapura", ele disse, "estarei à sua espera."

"Pranaam, Guru-ji."

Desliguei, acordei Arvind em seu leito de lua-de-mel e comecei a planejar. Só Arvind, e Bunty em Bombaim, saberiam para onde eu ia. Os rapazes restantes pensavam que eu faria uma viagem de emergência a Jacarta. E Guru-ji pensava que nos encontraríamos em Cingapura. Mas eu havia tomado uma decisão. Ia para Bombaim, participar daquele yagna. Foi tudo meticulosamente planejado. Eu tinha certeza de que o sr. Kumar, o astuto Kumar, ordenara a seu pessoal que me vigiasse. Estava proibido de entrar na Índia. Eu me tornara muito valioso para a organização do sr. Kumar, e correria grande perigo no país por causa de Suleiman Isa e outros. Também havia riscos para o sr. Kumar e seu pessoal: se eu fosse detido na Índia, talvez confessasse, sob pressão policial, contando a todos as tarefas realizadas para o sr. Kumar. Tinha plena noção dos milhares de perigos que me espreitavam, por isso planejei tudo com cuidado. Fiz tudo isso cheio de admiração pelo Guru-ji, por seu desejo de me conhecer. Tudo que eu tinha a perder era a vida. Ele arriscava sua importante missão, sua posição no mundo, suas ligações com o pequeno e o muito grande. Se eu fosse apanhado e o relacionamento dele comigo, exposto, perderia seu bom nome e honra imaculada. Eu era um bandido, ele era um santo. Mesmo assim arriscava tudo por mim, por minha vida miserável, de verme rastejante. Por quê?, eu me perguntava, e só havia uma resposta: ele me amava. Então, apesar de Arvind e Bunty resmungarem por conta dos riscos, falando em polícia, inimigos, agentes de imigração e tiros, eu me sentia leve. Confiante, destemido no aconchego gentil do amor de meu Guru-ji. Três dias depois fui para Bombaim de avião, num vôo da Lufthansa que partia de Frankfurt, com a cabeça raspada, uma barbicha, óculos de aro metálico, passaporte novo, mala cheia de artigos para o bebê de uma sobrinha inexistente. Portava jornais de negócios e notas, meu disfarce era completo, eles me deixaram passar na imigração sem pausa nem perguntas, carimbaram o passaporte e eu cheguei à calçada lotada antes de conseguir acreditar que estava de volta a Bombaim. Ergui o braço para Bunty me achar no meio da multidão que procurava seus parentes, e ele me reconheceu, assustado. Não trocamos uma só palavra até o carro sair do estacionamento e passar os hotéis da região do aeroporto.

"Isso é loucura", Bunty disse. "Bhai, esta noite tem nakabandi. Fui parado duas vezes no caminho para cá."

Estiquei o corpo e levei a mão até seu ombro. "Pelo menos diga oi primeiro", falei.

Ele emitiu um som parecido com uma risada, mas nervoso, agitado, e segurou minha mão. "Perdão, bhai. Não consigo acreditar que esteja de volta, e desse jeito."

"E de que outro jeito eu poderia voltar, chutiya? Num tapete mágico?"

Ele balançou a cabeça. "Isso foi simples demais."

Bunty tinha medo de andar sozinho, sem guarda-costas. Eu havia dito a ele que fosse sozinho e desarmado. "Simples é melhor. Para que é o nakabandi?"

"Ocorreram dois grandes assaltos a lojas nos últimos dois dias. Soube que conseguiram informações sobre os ladrões, ex-funcionários. Arraia-miúda, bhai."

Nada a ver conosco, portanto. Mesmo assim havia policiais reunidos em torno de cercas de metal em alguns cruzamentos. Passamos por dois comandos para chegar à pista expressa. Eles espiavam dentro dos carros que passavam devagar, e no segundo bloqueio um policial mirou a lanterna direto na minha cara. Mandou que seguíssemos em frente, com um sinal. Bunty exalou o ar sibilando agudamente.

"Calma, Bunty. Eles não podem achar que sou eu, pois sabem que estou muito longe daqui."

"Perdeu peso, bhai, mas mesmo assim..."

No barco eu fazia uma dieta saudável e praticava exercícios regularmente, fiz regime para purificar o corpo, perdendo os quilos adquiridos na cadeia e no casamento. "E você engordou", comentei. Era verdade. Passamos por um pequeno grupo de peregrinos que empurravam um Ganesha de um metro e meio numa carroça. Homens e mulheres dançavam na frente de Ganesha, animados por dois tambores. Estavam contentes. Senti na nuca e no ombro o ritmo dos tambores, tão conhecido. "Há mais jhopadpattis agora", falei. "Veja só." Os barracos haviam avançado até a beira da pista, onde antes havia mato e acostamento, pelo que eu me recordava.

"Acha mesmo, bhai? Para mim parece tudo igual."

Passei mais de dois anos fora. Nada parecia igual para mim. Sob a luz alaranjada das lâmpadas da rua as favelas dormiam seu sono agitado, mais escuras e numerosas do que eu lembrava. Passamos por uma fileira de caminhões grandes pintados de verde e vermelho, depois por um mercado com pilhas de restos de legumes nas duas extremidades. O lixo sempre estivera ali, mas agora eu o notava. Vi muitos prédios novos, mais altos, um deles branco, com gigantescas estacas de concreto em volta, para sustentar três novos andares em cima dos quatro existentes.

"Este é um dos novos prédios fora do FSI, bhai", Bunty explicou.

Alguns construtores subornaram burocratas para encontrar uma brecha nos regulamentos para erguer mais andares, driblando o Floor-Space Index, e de repente aquelas estruturas estranhas, parecidas com pernas de guindaste, espalhadas pela cidade inteira. "Três andares novos", falei. "Muito dinheiro."

"Conhecemos o dono", Bunty disse, sorridente. "Ele é nosso parceiro."

Ele ajudava meu faturamento, o comprador do FSI, mas a novidade me incomodou um pouco. "Eu não moraria no térreo daquela coisa", falei a Bunty. "As estacas parecem palitos de fósforo."

Ele soltou uma longa gargalhada. "Se desabar, bhai, melhor ainda", ele disse. "Pois pode-se construir de novo, sem o prédio velho embaixo. Quem sabe a gente possa dar um jeito nisso. Ele construiria de novo, venderia pelo dobro do preço, bom para nós."

"Chutiya", falei, mas sorria. Os outdoors anunciavam provedores de internet e websites em letras enormes, inclinadas para sugerir velocidade. Grupos de riquixás motorizados se aglomeravam, roda com roda, como insetos gregários. Quando me dei conta que pensava neles como *insetos*, vi que passara muito tempo fora.

"Aqui", Bunty disse.

Ele havia providenciado um quarto para nós nos fundos de uma casa em Santa Cruz. A rua era bem calma, o dono, um comerciante de móveis com duas filhas em idade escolar, muito respeitável e ortodoxo. Tínhamos duas camas de solteiro, uma mesa de centro e um banheiro limpo. Bunty franziu o nariz. "Tudo certo, bhai?", disse, fingindo preocupação comigo. Mas quem sentia falta do luxo era ele, que aprimorara o gosto com o aumento de renda e nova função.

"Por mim tudo bem", falei. "Vamos dormir."

Acordei-o às seis, na manhã seguinte. Ele gemeu quando informei a hora, mas não tive pena. Fiz que acordasse e saímos, caminhamos pela rua até um restaurante. Tomamos chai do primeiro bule do dia, e comemos idlis. Uma fila de funcionários de escritório tomara conta do ponto de ônibus, na névoa formada pela poeira dos ônibus e automóveis. Estudantes passavam por nós, balançando as mochilas. Pedi a Bunty que me arranjasse um scooter, às oito e meia. Ele protestou: "Arre, por que, bhai?", disse. "Posso levá-lo de carro."

"Você não vai me levar", retruquei. "E quero um scooter."

Ele tentou discutir comigo, mas calou a boca ao ver meu olhar. Saímos. Claro, ele se preocupava com sua vida, com o futuro, pois as possibilidades se reduziriam muito se eu fosse atirado numa cela ou assassinado. Mas ele gostava de mim, também. Havíamos enfrentado muitas batalhas juntos, naquela altura, e eu o transformei num homem acomodado, com mulher e dois filhos, responsabilidade, investimentos e dinheiro. Por isso ele me odiava um pouco agora, por obrigá-lo a arriscar tudo sozinho num quarto de hotel em Goregaon, sem armas e sem guarda-costas. Mas às nove e meia o scooter já estava no meu quarto, uma Vespa verde com espelhos vistosos, prateados. "Precisei pedir emprestado a um amigo", desculpou-se.

"Os mamus vão me parar por causa dos retrovisores", falei. "Seu amigo acha que tem uma moto de corrida?" Mas dirigir era difícil para mim, mesmo uma Vespa, pois não fazia isso havia muitos anos. Derrapei ao arrancar, e Bunty correu atrás de mim até eu dispensá-lo com um gesto. Os primeiros dez minutos foram terríveis, mas eu me diverti com a emoção de guiar, com o vento a deslizar por entre os dentes. Passei por três mandaps com Ganeshas altos, todos cor-de-laranja berrante. Quando cheguei a Juhu estava melhor, correndo confiante por entre os automóveis, trocando as marchas sem arranhar. Era ágil. Eu me via nos espelhos retrovisores, era um homem resoluto a desfrutar a manhã. Estava em Bombaim, era intrépido. E ia encontrar meu Guru-ji.

Assim que cheguei ao yagna-sthal de Andheri West, porém, a coisa mudou. Havia um bandobast da polícia a uns cem metros, não iam deixar passar um taklus sozinho num scooter. Tive de estacionar e andar na direção da mansão com centenas de outros devotos. A casa pertencia a um produtor de cinema adepto de Guru-ji, um sujeito com muitos vínculos políticos e imóveis espalhados por Bombaim. O terreno na frente da casa fora cercado e coberto com uma série de shamianas sem laterais. As providências eram perfeitas, abriram alamedas largas entre as shamianas, os sadhus guiavam as pessoas para os assentos. Havia aparelhos de televisão espalhados pelas shamianas, e alto-falantes possantes, de modo que as pessoas sentadas longe do palco central — como eu — podiam ver Guru-ji e o que fazia com muita clareza. Mas ele ainda não estava lá, só um grupo de sadhus arrumava o material da yagna no palco. Ele entrou exatamente às onze horas, caminhando com firmeza pelo corredor central, seguido por um grupo de sadhus. Eles haviam erguido uma rampa até o palco, e ele a subiu. Quando dei por mim estava dançando, lado a lado com meus irmãos devotos, gritando "Jai Gurudev". Ele nos deixou cantar, depois ergueu as mãos. Fizemos silêncio. "Sentem", disse, e sozinho saiu da cadeira de rodas e ocupou sua poltrona na frente dos microfones. Tinha braços fortes, isso eu pude ver.

Ele nos falou a respeito de sacrifício, a respeito do altar. As dimensões do altar devem ser baseadas nas medidas do sacrificante: o comprimento da seção medial do dedo médio do sacrificante era um angula, e cento e vinte angulas faziam um purusha. Os sadhus precisavam formar um quadrado com dois purushas de lado, ou seja, duzentos e quarenta angulas. Quem era o sacrificante? Guru-ji perguntou: "Quem será o sacrificante? Somos apenas sacerdotes, quem será o yajman?". Fez uma pausa, depois respondeu sua própria pergunta: "Nos velhos tempos, os imperadores charkravartin eram os patronos dos sacrifícios que estamos realizando. Mas a época dos imperadores já passou. Quem é o imperador, hoje? Quem tem poder, quem dirige? São vocês. Vocês, o público. O poder hoje emana de vocês, de seus votos. Portanto, hoje vocês são os sacrificantes, os yajman. Cada um de vocês é o sacrificante. Portanto, tiramos a média, cientificamente. A partir de uma amostra de dois mil homens indianos de todos os cantos do país, de todos os estados, os médicos tiraram medidas precisas, e vamos usar a média como nosso angula. Vocês, meus amigos, são nosso purusha".

Sendo assim, usando cabos e varas, orientados pelo sol, os sacerdotes desenharam o quadrado, sua periferia, seus círculos interligados. Enquanto isso Guru-ji nos falava a respeito do sacrifício. Ele nos disse que o universo foi criado por meio do sacrifício, que os deuses sacrificaram Purusha, de seus membros e de sua carne veio a criação. Tudo que existe, tudo que já existiu e existirá foi criado pelo sacrifício inicial. Em qualquer sacrifício o sacrificante emula a primeira grande entrega do ser, a primeira imolação. O sacrificante encena o sacrifício, e ao fazer isso sustenta o universo. "No sacrifício o sacrificante torna-se Purusha, ele se transforma no ser original que se divide para criar todas as coisas. Sendo assim, em termos estritos, no final do sacrifício o yajman deve se imolar. Se ele é Purusha, deve morrer para conceder a vida. Mas não pediremos isso a vocês, e não é assim que o sacrifício vem sendo conduzido há muitos anos. Em vez da pessoa levamos ao fogo sagrado certos objetos dignos de sacrifício. Em vez de seres humanos, costumavam sacrificar vacas, cavalos, cabras e ovelhas. Usaremos cereais, flores, gorduras. Mas, lembrem-se, quando atiramos tudo isso ao fogo, quem está sendo sacrificado é o eu. Se você for o yajman, se todos vocês o forem, então estão sacrificando seu próprio eu, seus corpos, suas personalidades. O que levamos ao fogo são meros substitutos que os deuses aceitam. Mas quem está sendo sacrificado são vocês. Vocês são Purusha. Devem morrer para que o universo possa viver."

Enquanto isso, os sacerdotes erguiam o altar. Nós os observamos pela televisão. Num ponto determinado do terreno medido e orientado com exatidão, eles puseram um lótus. Sobre ele, um disco dourado. Eram as primeiras águas e o sol. Sobre eles equilibraram delicadamente uma pequena figura dourada, que era Purusha, o yajman, que era todos nós. Sobre Purusha construíram o altar, com cinco fiadas de tijolos, no formato de uma águia enorme. "Uma águia trouxe pela primeira vez o soma sagrado do céu para a terra", Guru-ji nos disse. "E assim, por meio do sacrifício, tomaremos novamente a divina beatitude. Por meio do vôo do sacrifício, provaremos o conhecimento. Conheceremos o eu e o universo."

Sob a lona colorida das barracas havia uma luz radiante, clara. Era um dia nublado, bem fresco para um dia já distante do final das monções. Reinava o silêncio na multidão. As pessoas chegavam, sentavam, contornavam outras com uma mão amiga no ombro, saíam quando precisavam. A voz calma de Guru-ji nos unia, profunda como o mar, e as ondas lentas dos slokas, eternas, firmes, inabaláveis. Guru-ji traduzia e explicava alguns slokas para nós.

O sacrifício é um tear
Seus muitos fios são estes rituais
Os Pais sentam na frente do tear
E tecem o tecido
Eles gritam: "No comprimento! Na largura!"

Este Homem desenrola o fio e o prende no tear,
Ele os prende nos engates da barra do céu.
E os pinos são presos a este altar.
Neste tear estendido no céu,
Os hinos Sama são as lançadeiras,
Indo e vindo, reluzentes.

"Cada deus se resguardava com uma métrica poética", Guru-ji disse, "e essa métrica se tornou a fonte de seu poder como sacrificantes. Agni foi difundida pela métrica Gayatri; e Savitar, pela Usnih. A energia de Indra vem de Trishtubh. A métrica Jagati circula por todos os deuses. Portanto, a partir da métrica, por meio do sacrifício, por urdidura e trama, pelo tecer, essa geometria, essa forma, essa poesia, o universo nasceu." Sentado no chão de pernas cruzadas, sozinho e anônimo, eu via — na tela de cinema de minha mente — o momento da criação, os hinos a deslizar uns pelos outros como ghee e sândalo, as fagulhas incendiadas das métricas, as chamas do universo ao nascer. "Quando sacrificamos", Guru-ji disse, "quando cantamos, quando permitimos que as métricas passem por dentro de nós, tecemos o mundo. Somos os criadores. Sustentamos tudo que existe, mantemos tudo, fazemos tudo. Somos o universo."

Quando voltei ao quarto, vi que Bunty providenciara um belo jantar para mim, vindo da cozinha de sua esposa. Tratamos de negócios enquanto comíamos, dei instruções e resolvi pendências. Naquela altura os rapazes do iate provavelmente já haviam concluído que eu não estava em Jacarta, que não atendia o telefone lá. Mas ninguém imaginava que eu estava ali, freqüentando um yagna em Andheri ou saboreando parathas em Santa Cruz. Eles mandavam relatórios, Bunty retransmitia minhas ordens. Com referência a nosso serviço para o sr. Kumar, o pessoal já estava em Londres, em casas protegidas, aguardando a chegada do mulá. Ordenei a Bunty que garantisse comunicação segura com eles, além de arranjar armas e cuidar da logística. Dormi um sono profundo, relaxado, dormi confiante e feliz como uma criança muito amada e bem alimentada que sabe que vai acordar para o amor, o riso e o zelo. Acordei sorridente.

Voltei, logo voltei para Guru-ji. No segundo dia cheguei mais cedo, fui um dos primeiros no maidan, com exceção dos policiais e voluntários. Abri caminho até o primeiro shamiana, consegui um lugar bem atrás da ala VIP, perto do altar. Os sadhus sentavam em volta do fogo, que não se apagara e não se apagaria por doze dias. O yagna prosseguira noite adentro, graças ao grupo de sacerdotes. Mas naquele momento, pela manhã, eles estavam começando a ligar os alto-falantes. Guru-ji chegou às onze horas em ponto. Agora eu podia vê-lo de perto. Por vezes, quando aparecia em programas de televisão, ele usava trajes como os de Nehru, feitos com esmero, mas casacos simples de seda e linho. Eu mesmo havia encomendado alguns semelhantes em corte e tecido. Naquele dia, porém, ele usava um dhoti branco e uma capa branca diáfana sobre um dos ombros fortes, deixando o outro à mostra. Seu cabelo esvoaçava. Ele era formoso. Tinha sessenta e quatro anos de idade, mas sua pele era lisa e limpa, os olhos alertas e vivos.

"Este é um sacrifício que inclui todos os tipos de pessoas", ele nos disse naquele dia. "Não é um sacrifício apenas para rishis ou munis ou imperadores. Seja você da mais alta classe da sociedade, ou da mais baixa, pode participar de nosso sacrifício Sarvamedha. Todos estão convidados. Vocês são o yajman. Mas precisam dar. Esse é o sentido do sacrifício de Sarvamedha. Precisam dar tudo. Sarvamedha é o sacrifício universal, é o sacrifício completo. Nos velhos tempos, animais de todos os tipos eram imolados aos deuses durante este sacrifício, bem como seres humanos de todos os ramos, de todas as profissões, que se entregavam ao fogo sagrado, que morriam durante o Sarvamedha e eram abençoados. Nos velhos tempos, brâmanes e alfaiates, dhobis e guerreiros, todos eram imolados no fogo de Sarvamedha. Nos velhos tempos o yajman do sacrifício de Sarvamedha entregava todas as suas posses como dádiva, dava tudo que possuía. Quando o pai de Nachiketas hesitou no *tudo*, Nachiketas lembrou ao pai que o filho era seu último bem. Nachiketas entregou-se à morte e assim garantiu o paraíso ao pai, e por meio desse confronto com a morte nos revelou os segredos da morte e da vida. A sabedoria pertence aos que podem se queimar e descobrir assim sua verdadeira natureza." Reinava silêncio absoluto nos shamianas, ninguém nem respirava durante a pausa, apenas ouvia. Guru-ji riu. "Não se preocupem", falou, "não pedirei a vocês que entreguem seus filhos, não pedirei que pulem na fogueira." O fogo elevava-se acima da cabeça dos sacerdotes. "Os tempos mudaram. Vamos completar o Sarvamedha e sacrificaremos seres humanos e animais, tudo que vive. Mas faremos isso apenas simbolicamente. Vamos substituí-los. Vamos queimar só efígies, só imagens de vocês. Como esta."

Ele ergueu a mão, palma para cima, mostrando uma pequena figura humana. Com o movimento de sua mão notei, do outro lado das chamas, do outro lado da fogueira, um policial. Eu devia ter visto aquele policial antes, no bandobast na entrada ou debaixo de uma tenda, mas agora ele atraiu minha atenção. Era um sardar, usava turbante cáqui alto com patka verde sob ele. Escoltara alguém até o setor VIP e voltava, mas parou para ouvir Guru-ji. Por um instante, entre uma labareda e outra, o policial e eu trocamos um olhar. Depois voltamos a Guru-ji.

Os sacerdotes cantavam enquanto Guru-ji atirava a figura ao fogo. Assim, sem mais nem menos, durante a tarde, até o final do dia, imagens pequenas de vacas, touros, homens e mulheres — feitos de açúcar cristal ou gesso — eram atirados no fogo sagrado. O fogo era aromático, subia alto. Eu estava tão próximo que ouvia o barulho. Tinha um ritmo constante, aquela música.

Naquela noite esperei até tarde na longa fila para encontrar Guru-ji. Ele deixou o altar às onze, recolhendo-se à casa do produtor de cinema para passar a noite. Das onze até a meia-noite ele recebeu integrantes do público em audiências privadas. Havia uma fila no portão da casa que dava duas voltas no maidan. Eu estava lá no meio. Um policial apareceu à meia-noite para nos dizer que Guru-ji precisava dormir, e solicitou que fôssemos para casa. Apesar do alarido, as pessoas se dispersaram sem protestar. Dava para imaginar o quanto Guru-ji estava cansado, o quanto sua força monumental fora exaurida por um dia inteiro de conversa conosco, quando nos conduziu em sua jornada, lado a lado. Os policiais não esconderam seu alívio. Também sentiam cansaço, e estavam acostumados à energia corporal, ao contato intenso das procissões Ganapati, nas quais milhares de homens jovens de calção e banians dançavam para Ganesh, embriagados de suor e irmandade e goles sub-reptícios de cerveja e bhang. Mas fomos para casa ordeiramente, todos nós, discípulos de Guru-ji.

Bunty me esperava no quarto, com comida e telefones celulares. Tratamos de negócios. "Bhai, minha mulher pensa que arranjei outra", Bunty disse quando terminamos de fazer as ligações. "Digo a ela que estou muito ocupado no momento, que preciso executar tarefas noturnas, mas ele me viu pegando picles adrak para você, e agora está convencida de que alimento minha amante com sua comida."

Ele ria, mas eu conhecia Priya, uma punjabi rechonchuda educada em escola de freira e com jeito de tanque do Patton. Bunty tivera outras mulheres, claro, mas sempre muito discretamente. Enfrentar a fúria de Priya para poder cuidar de mim era uma prova de sua total dedicação. "Eu lhe darei um bônus duplo em Diwali, beta", falei. "Compre pulseiras para ela."

"Bônus triplo", ele disse. "Ela deu escândalo hoje à tarde. No meio do Forte Vermelho, bhai. E não parou mais. Precisei acertar a orelha dela para fazer que calasse a boca."

Naquele ano, para o festival, havíamos gasto um crore e meio para construir a réplica do Forte Vermelho, com direito a um Trono do Pavão reluzente no qual Ganesh sentava. Usamos mármore de verdade no piso, até os entalhes eram exatos, feitos a partir de fotografias. As pessoas vinham de todos os lados de Bombaim até Gopalmath para ver nosso Forte Vermelho. Foi um tremendo sucesso, maior e melhor do que qualquer outro pandal da cidade. Imaginar Bunty e Priya no meio do salão darbar era hilário. "Priya deve ter feito os mogóis rolarem no túmulo. Deveríamos mandá-la para o Paquistão, ela liquidaria todos os filhos-da-mãe da Companhia-S."

Bunty precisou segurar a barriga de tanto rir a pensar em Priya lutando na fronteira. Quando conseguiu falar novamente, disse: "Todos em Gopalmath se lembram de você, bhai. Os rapazes pensam que está em algum lugar da Europa, e todos gostariam de agradecer-lhe, pelo menos por telefone".

Balancei a cabeça. "Diga a todos que penso neles. Mas não posso manter contato com ninguém, Bunty. Este é meu momento com o Guru-ji."

Era verdade: eu não havia telefonado para Jojo nem uma vez, e sabia que ela devia estar preocupada. Ela fora informada que eu viajaria, mas sempre que viajava eu telefonava para ela. Dessa vez não havia ligado. Não tinha como. Precisava me concentrar, me purificar. E assim os dias passaram, em contemplação e oração. Eu ia cedo para o maidan, todos os dias, para conseguir um bom lugar. Ficava até tarde todas as noites, suportava a fila para tentar um darshan pessoal de Guru-ji, como qualquer outro devoto. Mas havia muitos, gente demais, e nunca dava tempo de atender a todos até meia-noite. Mas eu era paciente, e voltava no dia seguinte. Guru-ji nos conduziu através do sacrifício, eu passava os dias a ouvi-lo, atento às explicações sobre os Vedas e Brahmanas. Percebi que aprendia coisas novas todos os dias, e a cada dia sentia meu corpo mais leve, como se um sedimento grosso tivesse sido removido. Ou, como Guru-ji dizia em seus discursos, uma parte de meu carma estava sendo queimada no fogo do sacrifício.

"Até seu cheiro melhorou", Bunty disse na décima primeira manhã.

"E por acaso eu cheirava mal antes, seu miserável?" Mas eu estava sorrindo. Sentia o perfume do aperfeiçoamento também. Talvez fosse só a fumaça do samagri a queimar no sacrifício que penetrava nos meus poros, ou talvez fosse esse o aroma de uma alma aliviada. Eu o abracei, subi no scooter e fui embora. Cantarolava uma música de cinema, uma canção Koli: "*Vallavh re nakhva ho, vallavh re Rama*". Cheguei e me instalei no que se tornara meu lugar de costume. Naquela hora da manhã as tendas estavam vazias, os alto-falantes e televisões desligados, eu me sentia como o yajman, como se tudo fosse para mim.

"Você chegou mais cedo ainda, hoje."

Era o inspetor sardar. Estava em pé atrás de mim, com os polegares no cinto, mantendo assim a camisa lisa. Claro, era você, Sartaj. De farda cáqui impecável e pagdi alto, e sorria. Mas naquela época eu só conhecia o inspetor sardar. Era um policial divertido e simpático, aquele inspetor.

"Preciso chegar cedo", falei. "Caso contrário, teria de sentar lá no fundo." Mantive a voz baixa e cordial.

"Você pode ver tudo pela televisão, se estiver longe", ele disse. "Nos closes você vê até os pêlos dentro do nariz." Ele ergueu o queixo na direção dos sacerdotes. Era um sardar de boa aparência, muito elegante em seu patka azul combinando com a meia.

"Mas não é a mesma coisa", falei, e ao dizer isso me dei conta de que fora muito incisivo, muito rápido na resposta. Precisava ser deferente, como um espectador quando abordado por um policial. Fazia muito tempo que eu não me assustava com um inspetor, mas precisava fingir isso agora. "Quero dizer, Sardar Saab, que hoje em dia as pessoas acham que podem ter darshan pela televisão ou pelo telefone. Mas a gente só consegue os benefícios todos do darshan se for cara a cara, olho no olho. O olhar de Guru-ji precisa penetrar na pessoa, sua voz precisa ser ouvida. Eu nunca o vi antes, posso dizer que mudei muito nos últimos dias. Toda a televisão que assisti de longe não vale um instante de darshan real. Ver o Templo Dourado numa foto é uma coisa. Ir a Amritsar é outra, uma bênção incomparável."

"Você não é de Bombaim?" Ele usava o truque policial das perguntas súbitas, e exibia um olhar calculista. Debaixo daquela elegância de artista de cinema chikna jazia a brutalidade implacável de milhares de interrogatórios. Eu conhecia o tipo.

"Não originalmente. Mas mudei para cá faz muitos anos."

"O que faz?"

"Trabalho numa companhia de importação e exportação." Ele transformara a conversa numa sessão de perguntas e respostas, o filho-da-mãe desconfiado. Típico, bem típico. Virei-me ligeiramente para o lado do yagna. Mas ele não pretendia desistir de mim ainda.

"Já vi você antes", ele disse. "Em algum lugar. Seu rosto parece familiar."

Continuei parado, sem me permitir nem mesmo alguma tensão. Encarei-o por cima do ombro e sorri. "Tenho um rosto muito comum, saab", falei. Mantinha a cabeça raspada e deixara a barba crescer. Parecia um pouco um daqueles mulás afegãos. No espelho, era a figura mais estranha para mim mesmo. Mas o maderchod tinha um olho e tanto. "As pessoas sempre dizem que pareço com alguém. Minha esposa costumava rir disso."

"Costumava? Não ri mais?"

Ele prestava muita atenção, o inspetor chikna, não tinha nada a ver com o sardar burro das piadas. Era preciso manter um estado de alerta total com ele. "Ela morreu", falei em voz baixa. "Faleceu num acidente de carro." Ele balançou a cabeça e olhou para o outro lado. Quando falou comigo novamente ainda era o inspetor maderchod, mas eu havia conseguido um mínimo de solidariedade. Eu também sabia ser esperto. Também aprendera a interpretar os homens durante a minha vida. "Você também perdeu alguém", falei. "Quem foi, sua mulher?"

Ele me olhou com dureza. Era um sujeito orgulhoso, claro, e usava uniforme. Não ia me dizer nada. "Todo mundo perde alguém", disse. "A vida é assim mesmo."

"Se aceitar a proteção de Guru-ji, a dor acaba."

"Fique com seu Guru-ji", ele disse, novamente simpático, abrindo um sorriso bem leve. Ergueu a mão e saiu caminhando para a parte traseira das tendas, fazendo seu serviço. Guru-ji chegou na hora como de costume, e naquele dia nos levou até o final do sacrifício, até sua completude.

"Empreendemos juntos uma grande jornada", ele disse. "Durante os muitos dias em que caminharam comigo. Ao participar deste grande yagna, queimaram a inércia de centenas de vidas passadas. Enquanto yajmans deste sacrifício, desfrutarão de seus benefícios, de seu poder. Mas lembrem-se do que eu disse sobre o Sarvamedha: o yajman abre mão de tudo. Para se sacrificarem, vocês precisam sacrificar seus pertences. Por isso hoje, no dia mais importante, se entreguem."

Era um dia quente, o último do Sarvamedha. Após vários dias nublados, o sol brilhava forte e deslizava pelas tendas, suas faixas luminosas de fogo percorriam nossas pernas, nossas cabeças. A fumaça perfumada engrossava, crescia, os slokas passavam por nós, a voz de Guru-ji afundava no meu peito, a multidão estava mais compacta, o suor escorria pelos meus ombros, muita gente chorava. Claro, eu também chorava. Não estava triste, não lamentava. Era feliz e soluçava. Dei o que havia em minha carteira e o relógio. Durante os dias do sacrifício os devotos haviam doado dinheiro e valores, que deixavam nas cabines espalhadas por entre as tendas. Naquele dia, porém, demos tudo. Vi mulheres entregando jóias, mangalsutras, homens lidando para tirar dos dedos inchados anéis de ouro e diamantes. Naquela tarde nos tornamos verdadeiros yajmans, sentimos o poder de Sarvamedha.

Então, acabou. Guru-ji juntou as mãos às dez horas, num pranaam para todos nós, e baixou a cabeça. Em seguida, voltou para dentro de casa. Naquela noite eu estava bem na frente da fila para darshan. Eu havia planejado tudo, tinha certeza, mas após uma hora de espera ficou claro que eu não conseguiria. Naquele dia os VIPs chegaram, havia um ministro, dois atores e três atrizes, empresários e locutores de televisão, produtores de filmes e um general. Os carros chegavam, um após outro, formando uma fila reluzente na frente da casa, e nossa fila mal se movia. Para as pessoas comuns o darshan vinha muito devagar, e naquela noite eu estava entre elas. Esperei. Era quase meia-noite.

"Já falou com seu Guru-ji?" Era o inspetor sardar. Era alto, uma cabeça mais alto que eu. O crachá preto em seu peito informava o nome, em letras brancas: "Sartaj Singh".

"Não", falei. "Hoje vieram muitas pessoas importantes."

Dei de ombros. Estava calmo, mas desolado, minhas pernas pareciam falooda, sentia tontura. O inspetor também parecia exausto. Vi marcas escuras do suor do dia em sua camisa, e sob as luzes brancas fluorescentes ele não era muito chikna, apenas alto, magro e cansado. E disse: "Venha comigo".

Ele passou comigo pela fila, pelos Toyotas e BMWs estacionados, pelos policiais e seguranças enfileirados. Mexeu a cabeça de leve para um inspetor parado na frente das portas duplas altas da casa do produtor, depois atravessamos uma sala lotada e seguimos pelo corredor de mármore. Sartaj Singh conversou com um guarda, depois me levou por um corredor cheio de sadhus e discípulos, até chegar ao jardim. Fomos até o começo da fila. Havia três sadhus enfileirados na entrada, permitindo a entrada dos devotos, um a um. Atrás deles, no centro do jardim, o inconfundível perfil de Guru-ji, na cadeira de rodas, em conversa com uma mulher.

"Muito bem", Sartaj Singh disse no meu ouvido. "Eu o trouxe até aqui. Agora está por sua conta." E disse aos sadhus, severo: "Ele é o próximo".

Senti um tapa nas costas e, antes que pudesse virar para agradecer, ele havia sumido. Isso mesmo, eu estava por minha conta. Encarei calmamente os atendentes de Guru-ji, dei um passo para a direita e me posicionei bem na frente deles. Era o próximo. Havia um sadhu firangi alto, de cabelo amarelo, que parecia ser o chefe, por isso sorri simpático para ele e o encarei até ele me recompensar com um sorriso duvidoso. Posso ficar na fila para ver Guru-ji, mas continuo sabendo como mostrar aos assessores com quem estão lidando.

Após tantos dias de espera houve uma pausa de apenas dois minutos. A mulher que falava com Guru-ji levantou-se, virou para sair e eu passei pelo sadhu firangi. Num instante estava com Guru-ji, finalmente a sós com ele. Ajoelhei-me na sua frente, toquei seus pés, levei a cabeça até seus pés.

"Jite raho, beta", ele disse, pousando a mão sobre minha cabeça. "Venha, venha."

Ele me fez levantar, apontou para a cadeira, onde sentei. Sabia estar sorrindo feito uma criança feliz, como um louco alucinado de coração leve. Sentei com as mãos no colo, olhando para ele.

"Diga o que você deseja", ele falou. "O que precisa."

Soltei uma gargalhada. "Não preciso de nada, Guru-ji. Desejo apenas estar com você."

Ele me reconheceu imediatamente. Havíamos passado horas ao telefone, e ele conhecia minha voz tão bem quanto eu conhecia a dele. Revelou um controle supremo, não se encolheu, não demonstrou a menor surpresa, não piscou. Por um bom tempo ele me olhou, analisou-me com olhos duros que me penetravam, e eu olhei para ele também. Ele virou para o lado, mudou de posição na cadeira de rodas para me observar sob a luz, e ergui o rosto para que ele o apreciasse.

"Ganesh", ele disse. "Ganesh."

"Eu vim, Guru-ji." Falei, mas agora estava nervoso. Ele se manteve indecifrável, perfeitamente imóvel, duro como um trovão. Eu não podia dizer que ficou contente, e temi que estivesse com raiva. Arriscara a minha vida, claro, mas ele também corria perigo. Eu havia posto tudo à prova. "Eu vim porque queria participar de seu yagna."

"E esteve aqui o tempo inteiro?"

"Todos os dias. Do começo ao fim."

Então ele mudou. Ficou caloroso como um sol súbito. Não se moveu, mas senti que me envolvia. "Você é maluco, Ganesh", ele sussurrou. "Mas é um bom maluco."

"Você disse que seria o yagna mais importante de sua vida", falei. "Por isso eu tinha de vir, Guru-ji."

Ele estendeu a mão e bateu de leve no meu rosto. "Bachcha, você veio porque eu o chamei."

"Sim."

"Este Sarvamedha foi uma espécie de iniciação para você."

"Sim."

"Estou contente que tenha vindo, Ganesh. Mas agora precisa sair daqui, deixar o país. Corre muito perigo."

"Sim."

"Mas, antes que vá, tenho uma pergunta para fazer a você."

"Diga, Guru-ji, responderei."

"O que aconteceu a seu pai?"

Suas palavras foram um inferno que começou de um ponto rígido no fundo do meu ser, depois um fogo rubro subiu e explodiu em meus olhos, e me queimou até esvaziar. Não restaram nem as cinzas, nem mesmo cinzas para tirar do altar, eu simplesmente entrei em combustão e onde estivera restou um buraco apenas. Não havia mais Ganesh Gaitonde. Eu havia escondido algo tão profundamente, tão bem, que quase me esquecera do que havia por trás das barreiras inexpugnáveis. Como pôde aquele homem à minha frente cavar na minha carne e encontrar aquela bolinha sob a carapaça, que guardava em si a energia imensa de uma bomba? Naquele momento eu não tive cabeça para perguntar ou responder, mas sabia que Ganesh Gaitonde fora simplesmente destruído. Não existia mais. Eu havia escondido meu pai para sempre, até de mim, e me esquecera de minha mãe. Mas agora Guru-ji perguntava, ele sabia que algo acontecera. E minha resposta costumeira — "Meu pai morreu, minha mãe morreu" — não seria mais possível. Ele rompera a casca, e não havia como fechar a brecha. Por isso fiquei calado.

Ele me puxou para mais perto de si. Eu estava mole, não tinha forças para resistir. Sentei no chão e encostei o ombro em seu joelho. Ele pôs a mão sobre minha cabeça calva, senti o pulsar de sua palma carinhosa.

"Vejo um muro amarelo", ele disse. "Vejo sangue, um filete de sangue escorrendo pela parede, pingando no chão."

Eu chorava. Ele sabia, Guru-ji sabia e eu não podia esconder nada dele.

"Mas é só o que vejo, Ganesh. Conte o resto. O que aconteceu?"

Então eu falei sobre meu pai, Raghavendra Gaitonde, filho de um sacerdote pobre de um templo em Karwar, um brâmane miserável, casado com Sumangala. Eu não queria me deter no caso daquele sujeito infeliz ou da mulher desonesta, por isso contei logo a terrível história. Raghavendra passava fome em Karwar, tentando realizar casamentos e pujas, sem conseguir muitas oportunidades, pois era muito jovem, tímido e ineficaz. Por isso atendeu o chamado do primo Suryakant e foi para Nashik. O primo, Suryakant Shenoy, tinha algumas terras, atuava na construção civil e flertava com a política local. Servira de secretário distrital para a sede local do Congresso por um tempo. Recentemente terminara de construir uma escola para o governo, numa vila chamada Digadh, e após o término do projeto ele doou uma soma substancial ao novo templo de Lakshmi-Narayan. Por isso Raghavendra foi nomeado sacerdote do templo, tinha uma casa pequena mas pucca, também cortesia do primo, e ganhava a vida direitinho, sem ficar rico, e Sumangala finalmente se sentiu feliz. As condições do pessoal do vilarejo melhoraram um pouco, beneficiadas por um projeto de irrigação que Suryakant Shenoy apoiara, e assim Raghavendra e Sumangala conheceram algum conforto, pois as doações ao templo aumentaram. Além disso, Suryakant Shenoy os visitava com freqüência, sempre trazia um cesto cheio de legumes, ghee, manteiga, além de meio potli de arroz. Ele trabalhava muito nos vilarejos da área, gostava de ver os primos, não havia necessidade de cerimônia, estava ali para ajudar. Sob sua proteção a vida seguiu, um ano e meio mais tarde um filho nasceu naquela casa. Claro, houve comemoração, rituais, e Suryakant tomou parte em tudo. O menino recebeu o nome de Kiran, por sugestão de Suryakant. Kiran cresceu, inteligente e dinâmico. Andou com oito meses e uma semana, falava ao completar dois anos, aos quatro já lia, não só desenhava as letras nas costas do pai como conseguia formar palavras inteiras. Mas foi também nesse ano que o menino perdeu parte de sua alegria natural, tornando-se observador, retraído. Chegara à idade em que entendia a maneira como o mundo exterior via seu pai. Entre as crianças, suas amigas, e nos pais delas ele percebia um desprezo zombeteiro pelo pandit, desconsiderado como uma força desprezível, não chegava a ser um idiota, apenas um infeliz merecedor de piedade, não solidariedade. Kiran não tinha palavras para definir tudo isso, mas sabia de tudo, assim como sabia que consideravam sua mãe uma beldade. Foi nesse ano que o Kumbh foi a Nashik novamente, após uma ausência de doze anos. Kiran foi, claro, com a mãe, Suryakant Kaka e alguns vizinhos, para mergulhar nas águas do rio sagrado, para ficar espantado e atônito com o número inimaginável de peregrinos, para se deslumbrar com as glândulas de almíscar vendidas pelas ciganas. Suryakant Kaka comprou sorvete para Kiran, e aquele presente sem precedentes encheu Kiran de alegria prandial, e ele segurou o braço forte de Suryakant Kaka. Finalmente chegaram até o Ramkund, onde Shree Ram tomava seu banho diário, pelo que diziam, e lá, no meio da floresta de cotovelos e quadris, Kiran viu o pai. Raghavendra estava em pé sobre uma pedra molhada escorregadia que levava ao rio, segurando um thali com kumkum branco amontoado numa das mãos e um pequeno selo de metal na outra. Oferecia-se para pôr tilaks nos peregrinos, como aquele que exibia na testa. Um romeiro parou e Raghavendra pôs o naamam nele, e quando seu pai ergueu o braço Kiran viu o quanto era magro, como a pele pendia frouxa no braço, como sua postura indicava deferência, uma humildade que encheu Kiran de raiva. O romeiro deixou cair algumas moedas nas mãos de Raghavendra, e pela primeira vez Kiran sentiu um nó na garganta, sentiu a amargura do desprezo, de desdém pelo pai. Aquele era um sujeito fraco, incapaz. Kiran entendeu por que os vizinhos riam de seu pai, por que gritavam "Ay pandita" quando passava, e a compreensão o nauseou. Recusou-se a seguir em frente, até o rio, apesar do que todos diziam, e depois disso a família passou a achar que Kiran sentia medo da água. A história correu, o desprezo de Kiran aumentou, até que certa tarde, quando voltou para casa do primeiro dia de aula na segunda série, Kiran encontrou uma multidão em sua casa. Algo acontecera. Mãos o seguraram, mas ele se soltou, chutou e mordeu até chegar à porta. Lá dentro estavam os anciãos da comunidade, assustados, mas ao mesmo tempo excitados. Um deles apontava para cima. Então Kiran viu: um filete de sangue escorrendo pela parede, uma poça no chão. Ele gritou, subiu a escada correndo, socou o joelho de um homem que bloqueava a porta e chegou ao telhado. Mas quem estava morto no teto não era o pai de Kiran, mas Suryakant Kaka. Estava deitado de bruços sobre um charpai, nu até a cintura. Kiran conhecia a largura das costas, o tamanho dos ombros. Mas a parte traseira da cabeça de Suryakant Kaka era uma massa disforme que misturava preto, vermelho e outra cor, creme com lascas brancas. Outro passo trêmulo e Kiran viu que Suryakant Kaka estava intacto na frente, olhando para o chão com deslumbramento concentrado, como se o piso contivesse o sentido do universo. Suryakant Kaka havia dito a Kiran o nome das estrelas, as formas das constelações. Agora, estava quase destruído.

Um vizinho segurou Kiran pelo ombro, tentou tirá-lo dali. Quem era aquele homem? Kiran conhecia seu cheiro, a camisa amarelada, as mãos compridas, mas não conseguia lembrar seu nome. "Quem fez isso?", Kiran disse, embora — de algum modo — ele já soubesse. O homem balançou a cabeça, tentou afastá-lo do local. Kiran gritou, esperneou, perguntou de novo: "Quem? Quem? Quem?". Uma voz grave disse: "Contem a ele". Em seguida houve um momento de silêncio. O sujeito que segurava Kiran disse: "Seu pai. Ele foi embora". Depois, como se pensasse melhor: "Sua Aai está lá embaixo. Com as mulheres".

A polícia chegou, as mulheres foram embora, os homens foram embora, o corpo foi removido, Kiran ficou sozinho com a mãe, que permanecia sentada e encolhida, encostada num armário de madeira do quarto, com o cabelo a cobrir-lhe a face.

"Então", Gaitonde disse a Guru-ji, "meu pai matou Suryakant e fugiu. Ninguém o viu, nunca mais. Não sei onde ele está."

"E sua mãe?"

"Fiquei em casa até os doze anos. Depois fugi, vim para Bombaim."

"Não sabe onde ela está?"

"Não."

Eles foram discriminados no vilarejo. Exceto pelos homens, que apareciam para garantir a Sumangala que ela não precisava ter medo, que iam tomar conta dela, que levaria uma vida confortável. Aqueles homens levavam — como outros faziam — legumes, sáris e dinheiro. Ela não podia voltar para casa, para seu maike, pois os pais não a aceitariam. Por isso permaneceu na mesma casa, caiada agora de branco, doação de um de seus novos clientes. Era isso que eles eram, clientes. E Kiran sentiu o peso do desprezo da vila. Eles o chamavam de harami em sua cara, os meninos mais velhos falavam coisas feias de sua mãe, de seu corpo, de suas práticas e inclinações. Não havia dia em que seu corpo não estivesse marcado por machucados, alguns novos, outros antigos. Perdia todas as brigas, mas depois que pegou uma pedra grande e quase acertou a cabeça de um desafeto, a turma percebeu que ele pretendia matar um deles, e depois disso passaram a gritar os insultos de longe. Passou a andar com faca, e o chamavam de louco. Ele esperou, até que um dia superou seu medo de espaços abertos imensos e desconhecidos, sentindo que o peso da faca debaixo da camisa lhe dava força suficiente, caminhou até a estação ferroviária, que ficava a oito kos de distância, e esperou o trem. Já sabia o nome do trem, para onde ia e a que horas passava. O trem chegou, ele se esgueirou para dentro de um vagão lotado. Ninguém prestou a menor atenção nele. Não havia onde sentar, ele se apoiou na lateral de uma pilha alta de baús de metal no corredor e esperou. As bordas dos baús machucavam suas pernas e costelas, mas era uma dor agradável. Ele estava indo embora. Em todas as estações, perguntava: "Aqui é Mumbai?". Quando um homem disse "Sim", ele saltou. Mas o homem o enganara. Sentiu vontade de esfaquear o homem, mas o trem já estava longe. Kiran esperou outro trem. Finalmente chegou à cidade, esperou até os prédios crescerem e se aproximarem uns dos outros, e as ruas encherem de carros. Não perguntou mais nada a ninguém. Quando teve certeza, saltou.

"E encontrou seu lar", Guru-ji disse suavemente. "Quando se tornou Ganesh?"

"Na primeira vez em que alguém perguntou meu nome. Não sei por que o escolhi. Apenas o falei, e pronto."

"Ganesh é o sobrevivente. Ele sempre vive, não importa o que aconteça. Ele supera."

Fiquei ali sentado por um bom tempo, com a mão de Guru-ji sobre minha cabeça. Estava exausto, como se tivesse escalado uma montanha e descido pelo outro lado, mas sentia muita calma. A cada pulsação que percorria meu corpo eu me fortalecia.

"Ganesh, beta", Guru-ji disse, "agora você precisa ir. Caso contrário, meus atendentes desconfiarão."

"Sim, Guru-ji."

"Correu perigo, mas estou contente por ter vindo. Encontre-me em Cingapura, como combinamos."

"Sim, Guru-ji."

Ele me abraçou com força, apertando minha cabeça pelada contra sua face. Depois me dispensou. Toquei seu pé novamente e parti. Mas deixei apenas seu corpo, sua carne aleijada. Seu olhar penetrara em mim, no fundo. Ele me dera darshan, e tivera seu darshan em mim. Estava em mim agora. Pulsava dentro do meu coração. Levei aquela força imensa comigo, sentia que latejava em meus braços, real como meu próprio sangue. Percorri a cidade rapidamente, passando pelas avenidas conhecidas e pelos engarrafamentos do trânsito noturno com facilidade, sem o menor esforço. Podia prever o quanto os carros e riquixás motorizados se aproximariam uns dos outros, e quando se afastariam, conseguia ver a geometria de seu movimento. Sabia para onde iam, via o futuro iluminado pelos faróis. Inseri-me no fluxo reluzente, destemido, pois meu corpo conhecia o correr daquele rio. As águas vinham a mim.

Cheguei em casa, jantei com Bunty e pedi a ele que me arranjasse um lugar no primeiro vôo para Cingapura. Depois fui fazer uma rápida visita. Peguei o scooter, despedi-me de Bunty, que resmungava algo sobre a esposa, e saí. Novamente, deparei-me com ruas tranqüilas e sinais abertos, cheguei a Yari Road em vinte e cinco minutos. Precisei pedir informações a dois motoristas de táxi depois que cheguei lá, mas ao dobrar a última esquina, a da tabacaria, já descobrira o caminho. Pedira a Jojo que descrevesse a vizinhança uma dúzia de vezes, para poder imaginar as ruas, a casa dela. Fiz a curva para a esquerda e estacionei na frente do portão dela. O Honda azul estava estacionado na segunda vaga, número 36A. Contei os andares, um, dois, três, e localizei o apartamento do canto. A luz estava acesa. Telefonei.

"Ganesh", ela disse. "Ganesh?"

"Quem mais poderia ser, neste telefone?"

"Não banque o engraçadinho. Onde você se meteu?"

"Precisei viajar."

"Viajar quer dizer que não podia telefonar? Qual é o problema, afinal?"

"Está tudo bem, Jojo. Por que está tão brava?"

"Porque você é um idiota imprudente."

Não consegui conter o riso. Ninguém mais no mundo falava comigo daquele jeito. "Acho que você gosta de mim, Jojo."

"Um pouquinho. Mesmo assim, sem entender o porquê. Devo estar maluca."

Uma sombra cruzou a segunda janela. Eu a imaginava batendo o pé e apontando o dedo da mão desocupada para o idiota distante. "Se gosta de mim um pouquinho, Jojo, tenho uma sugestão."

"Qual?"

"Vamos nos encontrar."

"Gaitonde, creio que já superamos isso."

"Agora é diferente."

"Por quê?"

"Porque estou diferente."

"Como assim?"

"Você precisa me encontrar e ver por si mesma. Caso contrário, jamais entenderá."

Ela pensou no caso. A sombra cruzou a janela novamente. Ela disse: "Gaitonde, eu ainda sou a mesma pessoa".

"Então não quer encontrar comigo?"

"Não quero."

"Última chance."

"Não discuta comigo, Gaitonde. Estou muito cansada."

Não discuti com ela. Conversamos por mais dez minutos sobre o trabalho dela, o novo thoku, as moças. Era como falar com ela, voltar ao nosso contato divertido, a nossa amizade.

"Você parece contente", ela disse.

"Estou", falei. "E muito." Ergui a mão para cumprimentar os vigias do prédio, dois deles, que finalmente, depois de tanto tempo, notaram minha presença ali e resolveram sair de suas poltronas confortáveis para virem até o portão. "Preciso desligar, Jojo", falei, e desliguei.

"Ei, cara!" Um dos porteiros disse, do outro lado do portão. "Você está bloqueando a passagem."

Eu não estava bloqueando nada, eles estavam sendo agressivos, mas eu me sentia gentil. "Já vou", falei calmamente. Virei a chave na ignição e acendi o farol. Ela chegou à janela então, Jojo. Deve ter visto a luz tênue e amarelada do farol na escuridão. Eu a vi, a luz iluminava de leve sua cabeça e seu ombro. Mas tenho certeza de que ela não me viu.

Eu estava em Cingapura quando pegaram o mulá em Londres. "Maulana Mehmood Ghouse Assassinado em Londres", anunciou o *Straits Times* na primeira página, abaixo da dobra. O Serviço Mundial da BBC dedicou um bloco inteiro ao crime, e depois fizeram um debate com dois repórteres e um professor. Eles discutiram as conseqüências do atentado e listaram os possíveis assassinos: organizações militantes rivais do Paquistão, grupos revolucionários afegãos, diversas agências de informação, os israelenses, os indianos, os norte-americanos. Por consenso, concluíram que provavelmente tinham sido os israelenses.

A data para a visita do mulá a Londres fora antecipada, e o sr. Kumar adiantara o dia da operação para o primeiro dia do mulá em Londres. "Se possível, ataquem antes que ele abra a boca para a imprensa", sugerira. Atendemos seu pedido. Apesar de toda a pressa, fizemos um serviço fino. Foi difícil. Havia duas linhas de segurança, a dele e a da polícia britânica. Fomos instruídos a evitar uma bomba muito grande, não deveria haver massacre de civis numa capital amiga. Por isso usamos uma bomba pequena. O quarto do hotel fora revistado, bem como o carro que usaria. Tudo muito rigoroso. O sr. Kumar descobriu com antecedência o nome do pequeno e requintado hotel em que ele se hospedaria, e também que havia apenas duas suítes na cobertura. O relatório detalhado que o sr. Kumar nos enviara enfatizava o fato de o mulá ter sido engenheiro elétrico, e que viajava com um laptop no qual lia os jornais do mundo inteiro, e provavelmente trocava mensagens cifradas com seu pessoal, por e-mail. O relatório do sr. Kumar nos informava que ele gostava de fazer isso na cama, de noite, enquanto comia pistache. Por isso sabotamos as tomadas dos dois lados da cama, nas duas suítes. As equipes de segurança vasculharam as suítes em busca de bombas e grampos, mas nosso serviço passou. Na primeira noite no hotel o mulá ligou o laptop na tomada e queimou a fonte e o computador. Soltou palavrões, reclamou, mandou seu pessoal chamar a recepção. A recepcionista pediu desculpas e ofereceu-se para abrir o escritório virtual do térreo, para que ele pudesse usar a conexão de banda larga que havia lá. O mulá reclamou mais um pouco, pegou a tigela de pistache e desceu para o escritório virtual. O pessoal da segurança dele vasculhou a sala, mas ele estava furioso e falava com eles do lado de fora da porta. O computador lá dentro já estava ligado e funcionando, e o mulá queria muito usar a conexão de banda larga. Estava impaciente. Entrou e sentou na frente da máquina. Passou de um jornal a outro durante dez minutos, enchendo o piso de cascas de pistache. Então um certo sujeito, um europeu branco que estava sentado no lobby, fez uma ligação com seu celular. E outro homem, um indiano sentado num carro estacionado do lado de fora do hotel, apertou um botão em seu bolso. E o teclado sob as mãos do mulá explodiu, arrancando os dois braços dele na altura do cotovelo. Além de atirar teclas marcadas com letras inglesas em seu cérebro.

Foi brilhante e elegante, nossa operação. Até o sr. Kumar admitiu isso. "Ninguém jamais pensará que foi uma operação indiana", disse.

"Por quê, acham que meu pessoal não tem competência para fazer uma coisa dessas? Somos dehati demais para usar computadores?"

"Não é só você, Ganesh", o sr. Kumar disse. "O mundo inteiro, inclusive nosso pessoal da imprensa indiana livre, se recusará a acreditar que fomos nós."

"Saab, posso apresentar uma prova definitiva..."

"Deixa estar, Ganesh. Vamos deixar que acusem os poderosos israelenses. Eles que nos subestimem. Um inimigo confuso é sempre melhor do que um inimigo cauteloso. Melhor assim. Como já falei, somos soldados invisíveis, não conquistamos medalhas."

Por isso deixamos passar. Era frustrante não levar o crédito por uma grande vitória, mas eu entendia o ponto de vista do sr. Kumar. Ele passara a vida sem levar as honras, mas para nós devo dizer que foi duro. Dei bônus triplo a todos os envolvidos na operação, e os mandei de férias para Bali. Claro, evitei mencionar a operação a Guru-ji, que andava fascinado com os detalhes do episódio. "Os israelenses sabem a importância de conhecer a psicologia do alvo", disse. Por vezes eu gostava de verificar que sua clarividência não era absoluta. Mas Guru-ji via imagens de um grupo de homens violentos que o procurava e caçava, por isso reforçou sua segurança. Eu o aconselhei, nesse aspecto. Afinal de contas, em Bombaim eu havia conseguido chegar perto dele fisicamente sem ser revistado nem uma única vez.

Eu não entendia quase nada da psicologia de Guru-ji, mas sabia o seguinte a seu respeito: nascera perto de Sialkot, no dia 14 de fevereiro de 1934, às nove e quarenta e dois da noite. Cresceu no Punjab ocidental, transferido de uma base aérea para outra, com o pai técnico em aviação. Foram apanhados no lado oriental na Divisão, mas conseguiram fazer a jornada em segurança, sob a proteção dos serviços de segurança, e se instalaram primeiro em Jodhpur, depois em Pathankot. Guru-ji logo se tornou um esportista famoso, capitão de todos os times de críquete em que jogou, da oitava série em diante. Havia esperança, expectativa de que chegaria à seleção do país. Em Pathankot, na véspera de seu décimo oitavo aniversário, ele pegou a motocicleta do pai emprestada para ir ao cinema e encontrar os amigos. Saiu da pista perto da entrada principal do quartel do exército, do lado do tanque paquistanês com o canhão caído. Era um dia claro de sol forte, não havia óleo ou água na pista. Ninguém entendeu o acidente. A polícia militar o socorreu e o levou ao hospital militar vizinho, onde recebeu cuidados imediatos. Mas a vértebra lombar fora atingida e ele perdeu os movimentos na parte inferior do corpo. "Acordei em meu primeiro dia como homem", ele me disse em Cingapura, "para descobrir que era apenas meio homem. Mas, Ganesh, houve a outra coisa."

A outra coisa eram suas visões. Antes do acidente ele não passava de um rapaz normal de Punjabi, interessado em críquete, motocicletas velozes, boa comida, seus yaars e exames. Acreditava de modo genérico num Hanuman destemido, e ia ao templo com a mãe. Nos casamentos, conversava durante os cantos do sacerdote. Era essa a extensão de sua espiritualidade. Após o acidente, porém, passou a ter visões. Via o passado e o futuro. Não eram imagens de devaneio, confusas e obscuras. Ele via detalhes, via a cor da língua de um homem, o bordado no lenço da mulher. Sentia o aroma do óleo de cozinha, ouvia o som da água batendo nos tijolos. Dois dias depois de recuperar a consciência, ele falou a uma enfermeira: "Aquele homem — Fred, Phillip? — que lhe deu um colar de ouro ainda pensa em você". O pessoal do hospital estava acostumado a lidar com pacientes delirantes. Mas a enfermeira estivera apaixonada por um primo do marido, bem mais velho, e eles nunca haviam mencionado isso a ninguém, e certamente não a um rapaz acidentado. A partir daquele momento ele iniciou a enorme jornada para dentro de si, numa tentativa de compreender a natureza do ser, do tempo e do universo. "Eu precisava tentar entender o que estava acontecendo comigo, Ganesh", ele disse. Ali mesmo no leito hospitalar ele começou a meditar e a ler, a encontrar filósofos, sadhus, tântricos e pandits. Fora uma busca longa e infrutífera. "Eu me encontrei em minha deficiência", ele disse. "De fora fui empurrado para dentro."

Isso não queria dizer que ele não se interessava pelo mundo exterior. Tinha paixão pela ciência, pelos novos conhecimentos. Lia todas as revistas científicas que conseguia, além de livros grossos sobre os seres que habitavam a Terra antes de os seres humanos existirem e as naves que percorreriam os espaços do futuro. Acompanhava com entusiasmo as últimas invenções e inovações em computadores, conversava comigo sobre medicina, lasers e clonagem. Possuía uma cadeira de rodas capaz de subir escadas sozinha e fazer curvas em duas rodas, e se equilibrar em uma só. Seus olhos brilhavam quando ele falava em giroscópios e software e geração de energia não-poluente. Participava do conselho de três universidades. Era um homem secular. Não exibia o ódio irracional pelos muçulmanos que eu encontrava com tanta freqüência na Índia e no exterior, o nojo por burcas, carne bovina e falta de higiene pessoal. Guru-ji os saudava em seus sermões, sentia contentamento por ter muçulmanos entre seus seguidores. O que ele não gostava era de uma certa tendência muçulmana à expansão, ao controle, a querer sempre dominar. Ele ressaltava que eram a causa de problemas sociais em todos os países em que viviam, e afirmava que eles se ralavam na lixa do tempo. Disse-me isso em particular, claro. Em suas falas públicas ele era circunspecto. Mas, quando estávamos a sós, ele me dizia: "Depois da queda da masjid, depois dos confrontos, Ganesh, eles passaram a importar armamentos". Era verdade. Minhas fontes haviam confirmado. Corriam até histórias a respeito de armas antitanque e mísseis Stinger. Se pelo menos eles vivessem como membros de nossa cultura, Guru-ji disse, cooperando conosco, tentando se adaptar, não haveria problema. Mas na religião deles há uma tendência que os torna perigosos. "Portanto", Guru-ji disse, "precisamos nos preparar. Também precisamos nos armar, apesar da covardia de nossos políticos." E nos preparamos. Armamo-nos, ele continuou a financiar aquela atividade secreta, e também insistiu em seu esforço para informar e preparar o mundo para o cataclismo iminente, o final de Kaliyug.

Estávamos sentados num telhado em Cingapura quando ele me falou de seu trabalho nas universidades, em sua esperança no futuro da educação. Estávamos em Cingapura, precisei controlar meu impulso de cuspir por cima do parapeito, nos ordeiros habitantes de Cingapura que passavam na rua. Mas Guru-ji adorava aquele lugar. Apreciava a higiene, as regras, o rigor e os cingapurianos, usando a cidade como escala em suas viagens. Ele tinha um seguidor muito rico ali, um magnata imobiliário, e Guru-ji ficava em seu imenso apartamento de cobertura em Tanglin Road. A cobertura tinha um terraço grande, com árvores crescidas e um grosso carpete de grama. Do terraço observávamos a linha do horizonte, brilhante. Guru-ji gostava daquele jardim suspenso. "Se pelo menos nosso país fosse bem administrado, Ganesh", ele me disse, "poderíamos ter tudo isso. Por que não temos? Recursos não faltam. E talento nos sobra. Mas não temos vontade política, não temos a estrutura adequada. Não temos disciplina, interna ou externa."

"Você nos levará a Ram-rajya, Guru-ji."

"Está me bajulando, Ganesh?"

Ele mastigava cenoura cortadas em palito e mantinha os olhos fixos em mim. "Claro que não, Guru-ji." Eu estava escarrapachado numa poltrona, ao lado dele, com os pés descalços para cima. Usara um passaporte e um nome diferente para sair da Índia, por Delhi, e havia raspado a barba. Vinha ver Guru-ji todas as noites, como consultor de negócios, e jantávamos no terraço. Conversávamos sobre tudo — o mundo, minha vida. Contei-lhe a respeito dos primeiros dias em Gopalmath, falei da morte de meu filho. Ele me conhecia mais do que qualquer um, melhor do que qualquer um.

"Está ficando impaciente?", ele perguntou.

"Eu, impaciente?"

"Já se passaram cinco dias. Você quer passar logo pela iniciação e voltar para casa, trabalhar."

"Não, Guru-ji, não é nada disso. Meu trabalho não preocupa, vai bem, é tudo feito pelo telefone, de qualquer maneira. E o tempo que passo aqui com você é a paz que nunca tive. Mas estou preocupado."

"Com quê?"

"Segurança. Quanto mais tempo eu passo aqui, maior o risco. Se alguém me reconhecer..."

"Entendo."

"E as pessoas estão sempre me procurando."

"Seus inimigos."

"Não quero expô-lo ao perigo, Guru-ji."

"Compreendo. E concordo. Mas isso é necessário." Ele pegou outro palito de cenoura. "Tem alguma idéia do que é a iniciação, Ganesh? O que faremos?"

"Um puja de algum tipo. Mantras secretos. Rituais."

Ele sorria para mim, novamente. "Um ritual envolvendo sacrifício humano? Um bebê sacrificado no altar de uma deusa inominável?"

"Se for necessário..."

Ele levantou as mãos. "Arre chup, Ganesh. Não é nada disso. O ritual é muito poderoso, mas você já participou de um ritual comigo. Você veio a mim através do sacrifício. Não, você não precisa de ritual no momento. Quer saber qual é sua iniciação? Então saiba: os últimos cinco anos foram sua iniciação."

"Guru-ji?"

"Você ficou aí sentado, falando de sua vida. Entregou cada parte de seu ser. Contou-me coisas que nunca havia confessado."

Era verdade. Eu havia falado do meu medo de tiros, do desejo pelas mulheres, do ouro com que começara minha carreira e como eu o havia arranjado. Havia dito tudo a ele, menos que trabalhava para o sr. Kumar. Aquele era outro eu, que eu não podia entregar para Guru-ji.

Deixei Cingapura no dia seguinte. A caminho do aeroporto encontrei Guru-ji pela última vez, por cinco minutos apenas. Ele também se preparava para viajar, dessa vez para a África do Sul. Encontramo-nos na cozinha de um centro de convenções onde ele faria uma palestra para um grupo de estudos históricos hindus. Toquei seu pé. "Sinto-me leve, Guru-ji", falei. "Sinto que uma cortina foi aberta. Como se uma janela fosse aberta."

Ele se orgulhava de mim, dava para sentir sua alegria transbordar. Só de me ver já se enchia de contentamento. "Sei disso", ele falou. "Você é um verdadeiro vira. A jornada interior é a que exige mais coragem. E você tem sido destemido. Agora está pronto para seguir em frente."

Ele tinha um plano, dava para perceber. Eu o conhecia melhor, também. Isso resulta de darshan. Estávamos ligados. "Seguir para onde, Guru-ji? Para onde devo ir agora?"

"Aquela moça."

"Que moça?"

"Já se esqueceu? A moça sobre a qual falou comigo, você me passou os detalhes a respeito dela."

"Ah, a moça alta."

"A virgem muçulmana, sim. Mande buscá-la, Ganesh."

"Nossas estrelas combinam, Guru-ji?"

"Você superou as estrelas, Ganesh. É um homem corajoso. Pegue a moça. Agora vamos sacudir este mundo. Pegue a moça. A partir de hoje, você só deve ficar com virgens."

"Virgens?"

"Você é um vira, e as virgens lhe dão mais poder. Sabe que elas estão puras, que alimentarão sua força. E você precisará de poder para enfrentar o que tem pela frente."

Depois ele precisou voltar aos historiadores. Despedimo-nos com um abraço forte, sentindo o aroma das flores e comidas. Segui para casa, para meu castelo flutuante. E mandei buscar a virgem alta.

Investigando o amor

K. R. Jayanth, o batedor de carteiras, telefonou para Sartaj tarde da noite, num sábado. "Peguei o chokra da camiseta vermelha", disse. O menino não estava de fato com ele, mas o pocket-maar tinha seu nome inteiro, os nomes dos rapazes com quem trabalhava e a localização do barraco onde dormiam. Jayanth explicou longamente que mantivera uma vigilância implacável para localizar uma camiseta vermelha, estivera sempre alerta, e permanecera nas imediações do cinema bem depois de seu horário de serviço. Então, naquela noite de sábado, após a saída da última sessão, ele notara o da camiseta vermelha vadiando pelo estacionamento, pedindo esmolas aos motoristas. Jayanth, esperto, permaneceu distante. Quando a rua e o estacionamento sossegaram, ele chamou o rapaz da camiseta vermelha. Desconfiado, ele se aproximou, acompanhado de dois yaars. Jayanth estava no lugar certo, no ângulo certo, e assim que o da camiseta vermelha falou, Jayanth viu o dente preto. Era o chokra certo. Pertencia a uma gangue pequena e violenta, descalça e inescrupulosa. Mas ele os atraiu com dinheiro, principalmente. Disse que um amigo procurava rapazes como eles para um serviço. "Que tipo de serviço?", perguntou o da camiseta vermelha, atravessando com o dedo médio o círculo que fizera com a outra mão. Jayanth garantiu que não incluía chodoing, que o amigo citado era na verdade comerciante de diversas mercadorias interessantes, e precisava de rapazes espertos para entregas, retiradas e recados. Ele lhes dera cem rupias, avisando que ganhariam mais dinheiro, muito mais.

"Você disse a eles que eu era um bhai?", Sartaj falou.

"Não, não", Jayanth disse. "Apenas um negociante no setor de importação e exportação. Caso contrário, jamais conseguiria algo com eles. Como pode notar, funcionou muito bem. Pegamos os moleques miseráveis. Eu os trarei até você amanhã."

Os informantes gostam de ser elogiados, mais até do que testemunhas, e por isso Sartaj elogiou Jayanth. Alguns imaginavam que a delação os tornava parte dos combatentes contra o crime, que eram eles e Sartaj contra outros bandidos filhos-da-mãe. Sartaj ouvira isso milhares de vezes, e jamais deixava de intrigá-lo um pouco o fato de até o mais sórdido dos ladrões poder se considerar detetive, e como era fácil ocultar seus próprios crimes sob a capa dourada do moralismo barato. Todos fedemos, ele pensou, mas nenhum de nós gosta de cheirar o próprio fedor. Sendo assim, disse: "Isso mesmo, pegamos os miseráveis. Muito bem".

Sartaj anotou os nomes e endereços dos chokras e marcou encontro com Jayanth na tarde seguinte. Desligou, sentindo certa excitação com o avanço do caso, por ter obtido um apoio muito precário no paredão rochoso do desconhecido. Mas, instantaneamente, sua preocupação com bombas, gurus e aniquilação tomou conta dele, como uma febre das monções. Sentiu-se tolo pela alegria em relação a Jayanth, por trabalhar em outros casos. De que adiantava se dedicar aos assuntos cotidianos, como chantagem, roubo e homicídio, quando um horror enorme se acumulava sobre sua cabeça? Era um perigo abstrato a idéia de um fogo calcinante, um perigo irreal. Mas, com suas imagens frias, ele expulsava as preocupações mundanas. Sartaj piscou. Estava em sua mesa, na sala minúscula de bancos gastos e prateleiras empoeiradas. Kamble debruçara-se sobre um relatório. Dois guardas riam no corredor externo. A luz do sol penetrava por uma janela em que dois pardais saltitavam e chegava ao chão. Mas tudo parecia um devaneio, nebuloso com o início da manhã. Se parasse para pensar naquela coisa monstruosa, mesmo por um instante, então o mundo conhecido de propinas, divórcios e contas de luz esmaecia um pouco. Era devorado.

Concentre-se nos detalhes. Sartaj esfregou os olhos, balançou a cabeça. Concentre-se nos detalhes. O específico é real. Era importante, por algum motivo, cuidar da sra. Kamala Pandey e seu sórdido adultério, e do rapaz de camiseta vermelha. Sartaj sentiu lealdade pelo banal, um súbito afeto pela sra. Pandey e sua pele luzidia, por seu rosto maquiado e avidez pelo requinte. Mas a questão não o abandonava: quem era o guru de Gaitonde? Sartaj não fazia a menor idéia. Havia gurus em cada esquina, em cada localidade. Havia gurus maometanos e védicos, e gurus nascidos no Havaí, filhos de japoneses, e gurus que negavam a existência de Deus. Havia gurus que vendiam remédios de ervas em pó, outros que curavam câncer fazendo os pacientes engolirem um peixinho dourado mágico. Gaitonde poderia ser adepto de qualquer um deles. Talvez tivesse um guru que não fosse guru de outras pessoas, talvez fosse chela de um guru exclusivo. Sartaj conhecera um executivo de produtos farmacêuticos em Chembur que vivia apenas de frutas, não aceitava outros discípulos além dos filhos, filhas e amigos íntimos, não aceitava donativos. Diziam que ele resplandecia em dourado nos festivais de Guru Purnima. O guru secreto de Gaitonde podia ser um guru desconhecido. As pessoas formam laços espirituais em lugares estranhos e inesperados, encontram consolo e apoio em fazendeiros e funcionários dos correios. Havia policiais que liam a sorte e praticavam tantra canhoto. Onde procurar o guru de Gaitonde? Sartaj não fazia idéia.

"Você tem guru?", Sartaj perguntou a Kamble no domingo de tarde, quando se encontraram perto de Apsara. Esperavam num restaurante próximo ao cinema, bebericando Coca. Kamble viera em traje domingueiro, de terno cinza bandhgalla debruado em prata. Dali iria para um casamento.

"Claro que eu tenho um guru", Kamble disse, tirando o paletó. Usava debaixo dele uma camisa prateada com colarinho Nehru duro. "Ele mora em Amravati. Vou lá uma vez por ano, pegar seu darshan. Olhe." Ele se debruçou e puxou uma das correntes de ouro que usava no pescoço. Num pingente hexagonal viu um retrato pequeno do guru, um sujeito de rosto redondo e barba abundante. "Seu nome é Sandilya Baba. É devoto de Ambadevi. Ela deu muitos darshans para ele."

Sartaj precisou se esforçar muito para manter a ironia fora de seu tom de voz. "Ela vem e fala com ele?"

"Sim, ela fala com ele. É o sujeito mais contente que já conheci. Sempre feliz." Kamble guardou o pingente de novo dentro da camisa. "Os sardars têm gurus ou não? Além dos originais, é claro."

"Sim, temos babas de diversos tipos. Algumas pessoas os seguem."

"E você, não?"

"Eu não."

"Você não tem guru. Por que não?"

Era uma pergunta perfeitamente razoável, e Sartaj não tinha resposta. Ele apontou para o relógio. "Está quase na hora", ele disse. "Melhor você se aprontar."

Kamble levantou da mesa e pegou a garrafa. "Você devia arranjar um guru", ele disse. "Nenhum homem pode enfrentar a vida sem um guia."

Ele se afastou de Sartaj, sentou numa mesa perto da porta e abriu um jornal. A partir de agora tinha de bancar um estranho para Sartaj, servindo como reserva tática oculta no caso que investigavam, caso os rapazes tentassem fugir. Seria mais útil como observador discreto se o terno e a camisa vistosos não chamassem tanto a atenção, mas não era o estilo de Kamble. Sartaj limpou a fórmica esburacada da mesa com um guardanapo de papel e pensou no que Sandilya Baba pensava a respeito de ternos brilhantes, dinheiro de propina e confrontos. Talvez seu serviço fosse apenas fazer que os crimes fossem resolvidos no sistema de justiça mais amplo do céu, talvez ele não fosse pessoalmente muito rigoroso sobre as regras aqui embaixo. Era um guia para Kaliyug, esse Sandilya Baba.

O dono do restaurante trepara numa cadeira para girar o botão do rádio que estava no alto de uma prateleira pequena, em cima de um armário. Ele conseguiu finalmente sintonizar bem o aparelho, e uma canção passou a disputar os ouvidos com o barulho dos ventiladores de teto, "*Gata rahe mera dil, tuhi meri manzil*". Sartaj terminou a Coca e pediu outra. Então a fé de Kamble era por Ambadevi, por intermédio dos ofícios de Sandilya Baba. Deve ser bom ter fé, Sartaj pensou. Ele nunca teve. Nem quando criança, ao lado de Papa-ji no gurudwara, de olhos fechados, orando conforme ensinado. Ele precisava se esforçar para conjurar o sentimento de devoção adequado. Papa-ji considerava Vaheguru uma força viva, presente em cada momento de sua vida, rezava para Vaheguru todas as manhãs, murmurava seu nome quando o dedo inchava de gota. Para Sartaj, porém, Vaheguru fora sempre um conceito distante, difuso, uma idéia em que gostaria de acreditar. Quando buscava Vaheguru, encontrava apenas a dor da perda. Mesmo assim, ia ao gurudwara com Ma, deixava os cabelos compridos, usava bracelete kara e portava uma adaga kirpan em miniatura no bolso. Fazia tudo isso pelo bem-estar que a tradição lhe proporcionava, pela afeição sentida pelos pais, pelo orgulho de ser sikh. Mas carregava também a perda secreta, a ausência de Vaheguru dentro dele. Sim, seria muito bom ter um guru, um intermediário que conversasse pessoalmente com o Todo-Poderoso. Mas Papa-ji desaprovava os gurus da moda, todos os charlatães: o khalsa tem o Guru Granth Sahib, dizia, e esse livro é o único guru que um sikh precisa. Ele era muito rigoroso nesse aspecto.

Três rapazes entraram no dhaba, seguidos por Jayanth. Passaram por Kamble, e Sartaj cumprimentou Jayanth. "Sentem", disse.

Os chokras sentaram num dos bancos do reservado, ombro a ombro. O menor sentou por último, à direita, e pegou uma colher. Passou a virá-la de um lado para o outro. Jayanth sentou ao lado de Sartaj e apresentou-o aos meninos, da esquerda para a direita: "Estes são Ramu, Tej e Jatin. Este é Singh Saab, como falei para vocês".

"Qual é o serviço?", Ramu falou, era o mais velho e sem dúvida liderava o grupo. Usava uma camiseta preta com estrelas prateadas, e não a vermelha com a qual Jayanth o vira. Era esquelético como os outros dois, com a mesma camada de sujeira e o mesmo cabelo duro de pó, mas tinha estilo, olhos negros brilhantes. Não parecia assustado, apenas cauteloso. Sartaj também o teria escolhido para fazer uma entrega.

"Quer uma Coca-Cola?", Sartaj perguntou. "Ou algo para comer?" Ramu balançou a cabeça. Os outros dois permaneceram imóveis, seguindo o líder. Mas Sartaj sentia a fome deles como se fosse uma onda de calor a irradiar da mesa. Ergueu a mão. "Ei", chamou. "Quatro Cocas, três frangos biryanis. Depressa."

Ramu não gostou da demora, queria tratar de negócios, mas não ia fugir ainda. Continuou calado, e os outros dois seguiram o mestre. Tinham doze ou treze anos, eram rijos, precocemente espertos. Tej exibia uma cicatriz que começava no pescoço e sumia no cabelo. Os três mergulharam nas montanhas de arroz com frango assim que os pratos chegaram à mesa. Jatin, o menor, comia depressa como os outros, mas estava fascinado pelo copo d'água. Ele o girava em círculos rápidos, entre bocados, sem jamais erguer a vista. Acima das cabeças atarefadas, Kamble apontava para o relógio. Precisava ir ao casamento.

"Quem é aquele ali?", Ramu disse, virando-se. Percebera o olhar de Sartaj. Quando virou, Sartaj viu o dente escuro. Kamala Pandey fizera bem em perceber o defeito nos poucos segundos em que Ramu esteve perto dela. Sim, aquela era uma churi astuta, levando adiante um caso bem debaixo do nariz do marido. Mas lá estava Ramu, segurando uma coxa de frango com ar muito agitado.

"Ele é meu amigo", Sartaj disse.

"Por que não está sentado aqui?"

"Ele gosta de sentar lá. Preste atenção, Ramu. Sabe quem sou eu?"

Ramu deixou o frango de lado.

"Saab fez uma pergunta", Jayanth disse. Terminara a Coca e agora limpava os cantos da boca com um lenço branco limpo. "Sabe quem é este Saab?"

Ramu e Tej analisavam Sartaj com olhos arregalados, esquecidos da comida. Ramu olhou por cima do ombro. Kamble ocupava agora um lugar atrás dele, com o braço estendido ao longo do encosto.

"Bhenchod", Ramu disse para Jayanth, com raiva amargurada. "Seu velho gaandu, você nos entregou para a polícia. Bhenchod, vou encontrá-lo qualquer hora dessas. E dar um jeito em você."

"Coma sua comida", Sartaj disse. "Não vai lhe acontecer nada."

Ramu queria fugir, mas Kamble levou a mão ao ombro dele, apertando um pouco. "Obedeça ao Saab", Kamble disse. "Coma."

Tej e Jatin aguardavam instruções do líder. Ramu tirou os cotovelos da mesa, empertigou-se e fechou a cara. Era teimoso. Sartaj gostava dele.

"Muito bem", Sartaj falou. "Vamos fazer um trato." Ele colocou uma nota de cinqüenta rupias sobre a mesa e a alisou. "Esta é para vocês, só por prestarem atenção em mim. Não estou interessado em atormentar vocês, não pretendo levá-los para um abrigo. Só quero informações de vocês. Não vou forçá-los a fazer nada. Darei este dinheiro agora, e vocês me escutam, certo?"

Sartaj empurrou a nota para o outro lado da mesa, deixou-a perto da beirada. Ramu dedicou-lhe mais meio minuto de olhar hostil férreo, mas pegou o dinheiro. Examinou a nota contra a luz, e virou-a do outro lado. Kamble ria. Ramu guardou o dinheiro no bolso. "Fale", disse.

Sartaj tocou a borda do prato de Ramu. "Relaxe, não precisa ficar tenso. Eu não tenho motivos para prender vocês. Vamos lá. Seu frango vai esfriar." Ramu balançou a cabeça e os outros dois meninos começaram a comer. Mas Ramu concentrava-se em Sartaj, não estava mais interessado no frango. "O que eu quero é o seguinte", Sartaj disse. "Faz um mês, aproximadamente, você fizeram um serviço nas imediações do Apsara. Foram até um carro, pegaram um pacote com uma mulher. Vocês depois entregaram o pacote. Lembram-se disso?"

Ramu balançou a cabeça de leve. "Não me lembro de nada."

"Tem certeza?"

"Claro que tenho certeza. Mesmo que tivesse feito algo assim, faço dez serviços por dia. Como me lembrar de algo que aconteceu há tanto tempo?"

Tej e Jatin mantinham as cabeças baixas sobre os pratos. Mas Sartaj não deixou passar uma ligeira tensão nos ombros de Tej, uma quebra quase imperceptível no ritmo da mastigação.

"Pense bem", Sartaj disse. "Você estava usando uma camiseta vermelha. Foi de noite." Ramu era muito bom, mantinha um ar imperturbável, mas Sartaj já tinha certeza de que Tej estivera a seu lado naquela noite. Estava inquieto agora, esforçando-se para continuar a comer.

"Não", Ramu disse.

"Por que não levamos os três para o dhaba?", Kamble disse. "E enfiamos um lathi na gaand deles? Aí vão se lembrar de tudo."

Sartaj tirou uma fotografia do bolso e a colocou sobre a mesa, entre Ramu e Tej. "Foi esta a mulher que entregou o pacote a vocês", ele disse. "Lembra-se agora?"

"Já lhe disse", Ramu falou com exagerada paciência. "Eu não fiz nada do gênero." Ele estava interiorizando o papel. Ergueu as mãos e as deixou cair.

Mas Tej havia parado de comer e olhava para a foto glamorosa da sra. Kamala Pandey.

"Talvez não se lembre", Sartaj disse, "mas Tej a conhece muito bem."

Tej esforçou-se ao máximo para disfarçar, seu queixo cheio de arroz e gordura tremia. "Não, eu não conheço", disse.

Sartaj colocou uma nota de cinqüenta rupias ao lado de seu prato. "Claro que conhece. Vi sua expressão. Ela parece uma estrela de cinema, não é?"

"Fique quieto", Ramu disse a Tej, que olhava sonhador para a nota enquanto pegava um punhado de arroz com os dedos.

"Ramu", Sartaj disse. "Quer arranjar encrenca comigo? Os homens que o contrataram para pegar o pacote são seus amigos? Acha que precisa protegê-los? Ou sente medo deles? Acha que vai arrumar problemas se me contar tudo?"

"Não tenho medo de ninguém."

Ramu mantinha a cabeça baixa e os ombros erguidos. Falava pouco. Sartaj reconheceu sua raiva: era de Amitabh Bachchan em *Deewar*, ou Shah Rukh em qualquer de seus filmes. "Não quero insultá-lo, chefe", Sartaj disse. "Você tem uma informação de que preciso. Diga o preço."

Ramu ergueu o corpo, esfregou o nariz com as costas da mão. Refletiu por um momento. Sartaj pensou que ele já havia determinado o preço, e que bancava o homem de negócios para impressionar seus seguidores. Ele o anunciou, finalmente: "Quinhentas rupias".

"Muito caro", Sartaj disse. "Dou duzentas."

Ramu debruçou-se sobre a mesa, com olhos faiscantes. Apoiou os cotovelos no tampo. "Trezentos e cinqüenta."

"Vamos fechar em trezentos", Sartaj disse. "Nem lá, nem cá."

"Certo. Cadê o dinheiro?"

Sartaj conteve um sorriso e pôs o dinheiro sobre a mesa. "Vamos ver a informação", disse. "Quem eram os caras?"

Ramu pegou as notas, examinou-as com ar profissional e as guardou. "Não sei quem são. Eles nos chamaram, perto do cinema."

"Quantos eram?"

"Dois."

"Velhos, novos, como?"

"Velhos."

"Qual a idade? Feito o tio aqui? Ou como eu?"

Ramu apontou um polegar para Kamble, com desprezo. "Não, velhos como aquele ali."

Kamble deu um cascudo no alto da cabeça de Ramu, tão forte que ele gemeu. Tej e Jatin riram. "Cuidado, chutiya", Kamble disse. "Não sou bonzinho como o Saab. Então, digam os nomes dos dois homens."

"Eles não disseram o nome."

"E como foi a jogada?", Sartaj perguntou.

"Eles nos procuraram pouco antes da sessão noturna. Disseram que nos pagariam para apanhar um pacote."

"E depois?"

"Saímos andando com eles."

"Pela rua?"

"Sim, um pouco. Eles nos mostraram o carro. Ficaram do lado de cá da rua. Eu atravessei. Bati na janela. A mulher abriu o vidro. E me deu o pacote."

"Você disse alguma coisa?"

"Sim, eu disse: 'Entregue o pacote'. Eles falavam com ela pelo celular. Ela estava me esperando."

"E você pegou o pacote?"

"Sim. E o entreguei a eles. Um dos homens fez uma ligação pelo celular. Eles saíram andando, foram embora. Bas, foi só isso."

"Você viu os dois outra vez?"

"Não."

"Como eram?"

"Nada especial. Comuns."

"Ramu, sua informação não vale dinheiro. Vamos lá. Tente novamente."

"Não tenho mais nada a dizer a vocês. Usavam calça e camiseta. Bas, o que mais posso dizer?"

"Alguma coisa útil, Ramu. Qualquer coisa. Altura?"

"Não a sua. Como ele", Ramu disse, apontando para Jayanth.

Ramu não disse mais nada. "Tej, você notou alguma coisa?", Sartaj disse.

Tej deu de ombros. "Não, foi como ele disse."

"Conte, de qualquer maneira. O que você viu?"

Mas interrogar Tej não resultou em nada, além de dois homens comuns usando roupas normais.

Jatin, o menor, ainda não havia dito uma só palavra. Ele não ergueu a vista, continuou brincando com o copo.

"Jatin, conte você também. Como eram os dois homens?"

"Os dois usavam calça jeans preta", Jatin disse. Kamble piscou, debruçou-se no banco, tentando ver melhor o rosto de Jatin. O menino prosseguiu, firme: "Um deles era meio taklu, não tinha cabelo aqui. O que usava o celular era taklu até aqui". Jatin tocou a testa. Falava sem levantar a cabeça, em voz calma, baixa, e disse "jins" em vez de "jeans", mas foi muito preciso em relação aos dois homens.

"Isso é ótimo", Sartaj disse. "Agora, o taklu, que tipo de camisa usava?"

"Camiseta branca. O outro, camisa azul de manga comprida."

Jatin era menor que os outros, tinha cara de camundongo desnutrido. Virava a cabeça quando falava, na direção do bolso do paletó de Sartaj, e na rápida espiada Sartaj notou que ele tinha um olhar impaciente. Não olhava para a pessoa que conversava com ele, passava despercebido, com seus ombros ossudos e cabeça baixa. Sartaj pegou um guardanapo e começou a dobrá-lo repetidas vezes, sem tirar os olhos do rapaz. "Então, Jatin", disse, "o que mais você notou?"

Jatin se assustou. Afastou a cabeça da mesa, cruzou os braços. Mas Ramu, com dinheiro no bolso, sentia-se magnânimo. "Ay, Jatin", disse. "Conte para ele, se souber alguma coisa. Tudo bem." E, para Sartaj, com um movimento giratório do indicador na têmpora: "Ele é sempre assim. Mas se lembra de tudo".

Sartaj desdobrou o guardanapo e recomeçou a dobrá-lo. "Jatin, eles estavam de carro? Como chegaram?"

"Não vimos nenhum carro", Ramu disse, seguro. "Eles não eram do tipo que tem carro. Devem ter vindo de ônibus."

Kamble balançou a cabeça para Sartaj. Jayanth parecia cético, perdera boa parte do entusiasmo por um desfecho favorável na investigação. Sartaj sentiu um certo desânimo. Talvez fosse tudo que os meninos sabiam. Talvez estivesse num beco sem saída. "Eles carregavam alguma coisa, Jatin?", perguntou. "Um jornal ou livro?"

Ramu balançou a cabeça, paciente. "Já falei, este bheja é tonto." Ele virou a cabeça de lado e imitou os movimentos de Jatin. Tej riu. E Jatin continuou sentado, imóvel, sem recuar.

"Tudo bem", Sartaj disse. "Quer um falooda, Jatin?"

Kamble ergueu a mão. "Preciso ir", disse. "Tudo bem, chefia?"

"Tudo bem", Sartaj disse. "Vejo você amanhã, no distrito." E chamou um garçom que passava. "Três Royal Faloodas aqui, depressa."

Jatin estendeu a mão por cima da mesa, para pegar um guardanapo. Kamble levantou-se e seguiu na direção da porta. Teclava em seu telefone celular. Jatin dobrava um guardanapo.

"Bip-beep-beep-bip", Jatin disse, e o guardanapo se transformara num triângulo.

"O que foi?", Sartaj disse.

"Bip-beep-beep-bip-*bip*." Jatin pôs o triângulo em pé. Este ficou equilibrado.

Ramu esticou a mão por trás de Tej e bateu na cabeça de Jatin. "Ele é meu irmão, mas é um yeda."

Jatin começou a dobrar outro guardanapo. "Bip-beep-beep-bi-*bip*-bap."

Sartaj observou os dedos de Jatin no guardanapo. O outro triângulo ficou em pé também, milagrosamente. "Kamble!", Sartaj gritou, assustando o dono, os garçons e os outros três clientes. "Kamble!"

Jatin havia terminado o triângulo quando Kamble retornou à mesa, sem ocultar seu descontentamento. "O que foi?"

"Passe seu celular", Sartaj disse. Ele pegou o telefone, limpou a tela e o colocou sobre a mesa, na frente de Jatin, na frente dos triângulos.

Jatin estendeu o braço e com um dedo magro e sujo pressionou as teclas do telefone. Quando chegou à parte superior do teclado, a ligação foi feita. Sartaj a encerrou.

Kamble olhava por cima do ombro de Jatin. "É um número de celular", disse com a voz de surpresa que reservava às novas dançarinas de dezesseis anos do Delite Dance Bar. "O número que eu havia acabado de discar."

Sartaj meneou a cabeça e pressionou a tecla "End" novamente, para limpar os números digitados. "Jatin, você se lembra dos números que o Taklu digitou naquele dia?", disse a Jatin. "Qual era?"

"Bip-beep-beep-bip-*bip*-bap", Jatin disse. Continuou com seus bips e beeps, variáveis em altura e tom. Depois balançou a cabeça e começou a digitar no telefone, movendo-se sem pressa e com absoluta confiança de um a outro. Terminou com um pequeno floreio e voltou a dobrar outro guardanapo.

"Este foi o número que o Taklu teclou, Jatin? Depois que lhe deu o pacote?", Sartaj disse, virando o telefone para o lado da mesa.

"Sim", Jatin respondeu, colocando outro triângulo sobre a mesa. Com os outros dois, formou um novo triângulo, maior e perfeito.

Kamble levou a mão às cadeiras. "Maderchod", disse. "Incrível. Podem dar a falooda para o rapaz."

"Com freqüência", Sartaj disse a Mary, "a investigação se resume à sorte. Em geral, é isso mesmo. A gente fica lá sentado e cai alguma coisa no seu colo. Depois a gente finge que sabia muito bem o que estava fazendo."

"Isso não vale para *este* caso", Mary disse. "Você não estava sentado esperando. Localizou o batedor de carteiras. Fez que ele procurasse os meninos. Deu almoço a eles, foi gentil em vez de espancá-los como seu companheiro idiota queria."

"Kamble", Sartaj disse. Estavam sentados num banco à beira-mar, em Cartere Road, sob um pôr-do-sol realmente espetacular que esbanjava círculos avermelhados entre as nuvens esfiapadas. Os transeuntes passavam apressados, e por um instante um cachorrinho na coleira se enganchou nos tornozelos deles. "Ele só estava representando seu papel. De todo modo, pegar o apradhi não será assim tão simples. Disso tenho certeza. Tentamos ligar para o número, de dois telefones diferentes, e ele não atendeu. O desgraçado é cauteloso. Pressinto isso."

"Você o pegará. E quanto a Kamble, ele teria agido com energia em relação aos meninos, se você deixasse, e o pequeno jamais lhe daria o número. Você realizou a investigação com sucesso por estar preparado para ela. Prestou atenção. Sabe disso."

Sartaj sabia. Ele acreditava naquilo havia anos, aprendera com o pai antes mesmo de entrar para a polícia, e repetira inúmeras vezes a estagiários. Mesmo assim, era bom ouvir aquilo de Mary, que o recompensou com um toque no pulso. O cachorrinho voltou, tropeçando em sentido oposto, e ela se abaixou para acariciar sua orelha. Sartaj continuou a sentir o toque em sua pele mesmo depois que a mão se afastou, até mais. "Sim", disse distraidamente. "Sim."

"Sim, o quê?" O cachorrinho saiu cambaleando sobre seus pés descomunais, enquanto Mary olhava para Sartaj com uma espécie de espanto risonho.

"O que disse", Sartaj explicou, apressado. "A gente precisa prestar atenção, mas por vezes o problema é não saber a que estar atento. Como se fosse uma canção em que não sabemos o tom. Por isso é preciso andar por aí, olhar e ouvir. Faz a gente se sentir um tolo, por vezes."

Ela foi bem direta, olhando fixo nos olhos dele. "Você não é nenhum tolo", disse.

Era uma declaração, e Sartaj não hesitou mais. Pegou a mão dela e os dois ficaram ali sentados, de mãos dadas. Ele queria muito beijá-la, mas havia senhoras idosas, bebês e crianças correndo por ali. Por isso, sentaram. Sartaj pensou no que Mary acabara de dizer: "Você não é nenhum tolo". Se contasse isso a Kamble, ele zombaria de Sartaj pela mediocridade de seu romance, pelo elogio indireto que finalmente os aproximou. Mas Kamble era muito jovem. Sim, nenhum ghazal declarava que o amado não era tolo, nenhuma canção de amor de Majrooh Sultanpuri sentia a necessidade de declarar isso. Kamble acreditava em grandes romances e grandes tragédias. Mas Sartaj se contentava com isto: ser resgatado de suas tolices era o maior carinho. Somos todos tolos, pensou. Eu sei que sou. Encontrar uma pessoa que o perdoa por isso já é uma grande coisa. Muito grande.

Continuaram ali à beira-mar conforme escurecia e o mar sumia na escuridão, transformando as ondas em fitas brancas que se desenrolam. Mary apertou a mão dele subitamente, e disse: "O que acontecerá com os meninos?".

"Que meninos? O da camiseta vermelha e sua turma?"

"Sim."

"Sobreviverão."

"Sim, mas como?"

Sartaj deu de ombros. "Como todo mundo."

Ela assentiu. Mas Sartaj percebeu que a imagem dos meninos não saiu de sua mente, que ainda pensava neles. Passou o braço em volta de seu ombro. Não queria contar a ela o que Kamble havia dito quando finalmente deixaram os meninos e Jayanth, o pocket-maar, no restaurante. Eles falavam no menino meio maluco, e Kamble disse: "Ramu é um líder e tanto, o filho-da-mãe. Daqui a dez anos ele vai nos dar muito trabalho, você verá". Sartaj concordou. Ramu era rápido, corajoso e faminto. Daria um bom apradhi, talvez pistoleiro. Depois Kamble havia dito: "Melhor levá-lo ao gali e liquidar o moleque agora. Pouparia a nós o trabalho de caçá-lo e a ele, o trabalho de crescer". Sartaj riu e bateu nas costas de Kamble, numa falsa censura, pois sabia que Kamble provavelmente tinha razão. O futuro de alguns rapazes estava escrito em suas testas. Dava para ver o quanto ansiavam pela boa vida, e como essa vida fugiria deles. Mas ele não queria pensar em Ramu, seus problemas e infortúnios futuros, agora não. Então abraçou Mary, contou coisas de sua infância, disse que nunca desejara tornar-se policial como o pai, mas que isso havia acontecido de qualquer maneira.

De repente, fizeram silêncio. Sartaj ouvia, mesmo estando do outro lado da avenida larga, os gritos e risadas de um grupo de adolescentes, rapazes e moças, sentados perto do ponto de ônibus. Sentados no capô dos carros e de lado nas motocicletas, eram jovens, confiantes, felizes e abastados. Flertavam, mais tarde naquela noite alguns procurariam um canto discreto para namorar, para trocar carícias avidamente. Mas Sartaj contentava-se em segurar a mão de Mary, e mais tarde sentir seu peso nas costas enquanto a levava para casa de motocicleta. Parou num cruzamento, e do carro à sua esquerda veio um refrão conhecido de uma antiga canção: *"Tu kahan ye bataa, is nasheeli raat mein..."* Mary a cantarolou em seu ombro. "Conhece esta canção?", Sartaj disse.

"Claro que sim", ela disse. "É Dev Anand, certo?"

Claro que era Dev Anand, o próprio Dev Saab a caminhar pela noite nublada num filme antigo em preto-e-branco cujo nome Sartaj não recordava. Mas ele se lembrava da noite fresca — poderia ser em Mussoorie ou Nainital, não, em Shimla, era em Shimla — e Dev Saab era leve como a melodia, leve e ágil nos pés, e a adorável Nutan o esperava. As luzes mudaram, Sartaj ia devagar, acompanhando o carro no percurso para a casa de Mary, para que pudessem escutar a canção. *"He, chand taaron ne suna, in bahaaron ne suna, dard ka raag mera, rehguzaron ne suna."* O vento soprava suave no rosto de Sartaj, Mary cantarolava em seus ouvidos, ele ria e pensava, isto é felicidade, nada mais: percorrer aquelas ruas indisciplinadas tão conhecidas ouvindo uma canção antiga, com uma mão em sua cintura e um novo amor. Só isso, suspenso entre o passado e o futuro: aquela mulher, aquela canção, aquela cidade suja e linda.

A música terminou, Sartaj acelerou de repente e deixou o carro para trás. Na casa de Mary ele a beijou duas vezes, depois mais uma. Foi muito fácil. Ela desceu da moto e levou a mão até seu ombro. Estava bem perto dele, que se adiantou um pouco e a beijou. Mary fechou os olhos e ele a beijou de novo. Ela o encarava através dos longos cílios, sorrindo muito. Ele a beijou de novo. "Vá", ela disse, e o empurrou carinhosamente, no peito. Ele foi embora, cantando — mal, sabia muito bem — até chegar em casa.

Os beijos o acompanharam na manhã seguinte, quando foi até a casa de Katekar. Estacionou a motocicleta e saltou por cima da sarjeta. Ainda era cedo, antes das sete, e a ruela estreita permanecia silenciosa. Mas Shalini, sentada na porta de casa, estava escolhendo arroz, removendo pedrinhas e sujeira. Levantou-se quando o viu, cumprimentou Sartaj e entrou em casa. Rohit trouxe uma cadeira para o visitante. Usava bigode agora, alguns pêlos esparsos que o faziam parecer ainda mais jovem, mas esforçava-se ao máximo. *"Hi"*, falou.

Sartaj riu da saudação em inglês, e disse *"hi"* também. "Como vão as aulas?" disse. Sentou e tirou um envelope grande do bolso traseiro. Rohit começara a ter aulas de computação à noite, e conversara com Sartaj pelo telefone, falando de e-mails, Linux e outras coisas que Sartaj não entendia.

Rohit pegou o envelope e examinou as notas de cem rupias. "Obrigado. As aulas vão bem", disse. "É tudo muito interessante."

Mas ele estava pensativo. Usava calça jeans nova e banian, além da novidade no corte do cabelo. Sartaj percebeu que conversava com uma nova pessoa, alguém que dizia *"hi"* e *"thank you"* e considerava aulas de computação muito interessantes. Mas não estava dando certo. A calça jeans era muito fina, com costura cor-de-laranja incompatível com a sofisticação internacional. Havia um tênis azul do lado de dentro da porta, e ele também exibia a mesma esperança humilde. Haveria rapazes e moças na aula de informática que falavam a língua fluentemente, que conheciam as nuances das camisetas e óculos escuros. Tratariam Rohit com arrogância, e Sartaj sentiu uma onda de compaixão quando Rohit encostou na parede e contou como as aulas eram concorridas, e que alguns rapazes, depois de formados, arranjaram emprego em Bahrein.

Shalini trouxe um copo de chá. Sartaj sentou-se: ela parecia diferente. Ele bebericou o chá, ouviu sua conversa e tentou decifrar o mistério que a envolvia. Ela falava do trabalho, mas não do jhadoo-katka que fazia para ganhar dinheiro, mas do serviço voluntário que realizava em sua organização. O grupo se chamava SMM, significava Shakti Mahila Manch, e os membros iam aos bastis para educar as mulheres. "Falamos com elas sobre higiene e planejamento familiar", explicou a Sartaj. "Mas os maridos ficam contrariados quando dizemos às mulheres que elas devem abrir suas próprias contas bancárias."

Sartaj riu. "Os maridos acham que vocês vão cortar o cigarro e os drinques deles. Acho melhor tomar cuidado."

Shalini riu. "Eles fazem muito barulho. Mas não levantam a mão contra nós. Só batem nas mulheres. São muito corajosos."

"Houve um incidente", Rohit disse. "Em Bangalore."

"Sim", Shalini disse. "Nosso líder grupal o relatou. Foi no mês passado. A sucursal de Bangalore mandou um grupo a um basti de lá. Eles foram ameaçados por homens de uma organização religiosa, radicais de uma facção qualquer. O pessoal deu queixa na polícia, mas as autoridades locais nada fizeram. Precisaram recorrer ao MLA local. Mas ainda teremos problemas por lá."

Sartaj pensava em Mary, em seu lábio superior pressionado contra o dele. De repente entendeu: Shalini fizera a sobrancelha. Onde havia uma pincelada grosseira e reta agora se estendia um arco delicado, preciso. A mudança valorizou as maçãs do rosto, os olhos. Sartaj nunca prestara muita atenção em Shalini, sempre fora Bhabhi, a mulher de Katekar. Mas agora a examinava. Usava sári azul-escuro, blusa do mesmo tecido com bordados em azul nas mangas e na gola. Nunca mais usaria vermelho, amarelo ou verde, a não ser que casasse de novo. Não usava jóias, e seu cabelo fora preso atrás, em coque bem-feito. Não chegava a ser bonita, mas exibia uma elegância sóbria que Sartaj nunca havia notado. "Sempre há confusão", ele disse, sentindo o coração pesar pelo amigo morto,

Katekar. Shalini teria um namorado, um amante? Ela parecia calma, mesmo quando falava dos homens e de sua raiva, das ameaças de violência.

"Precisamos prosseguir com nosso trabalho", ela disse, com ar decidido. "Eles que façam o que quiserem."

Mohit surgiu à porta, esfregando os olhos. Usava calção marrom e mais nada. Seu tórax era estreito, e havia uma marca de nascença preta sob o mamilo esquerdo. Usava um amuleto prateado no pescoço, preso a uma correia preta. Sartaj lembrou que Katekar se opusera ao amuleto, abominava a ignorância e a superstição. Mas Shalini insistira, para proteger Mohit do sofrimento e do infortúnio. "Oi, Mohit", Sartaj disse.

Mohit sobressaltou-se. Acordou de vez, e na rápida transição da sonolência para o despertar, por um momento Sartaj viu sua raiva. O ódio por Sartaj era enorme, feroz, um ódio infantil vasto como o Sol. Sartaj foi o único a perceber, perplexo. Rohit, encostado no batente, bateu na cabeça de Mohit e disse: "Acorde, Kumbhkaran. Tio Sartaj está aqui".

Mohit abaixou a cabeça e quando ergueu a vista novamente era doce, inofensivo. "Estou com fome, Aai", disse.

"Vá se aprontar para a escola", Shalini disse. "Está atrasado. Vou preparar alguma coisa." Sua voz traía tensão, e mal ocultava o desalento.

"Também estou atrasado", Sartaj disse. "Preciso ir."

Rohit caminhou com Sartaj pela ruela, até a esquina. "Ele vive se metendo em brigas", disse subitamente. "E já faltou duas vezes à aula este mês."

"Mohit?"

"Sim. Fico de olho nele o máximo possível. Mas tanto Aai quanto eu temos muito trabalho. Ele nunca agiu assim antes."

Antes do evento, antes da morte, antes que um apradhi em fuga fosse encurralado contra a cerca. Antes de tudo. Mohit mediria a vida em termos de antes e depois. E saberia em quem botar a culpa. "Ele vai superar isso com o tempo", Sartaj disse. "Quando crescer. Faz pouco tempo, afinal. Isso demora."

Rohit fez que sim. "Aai diz a mesma coisa. Ela reza todas as manhãs, principalmente por ele."

"Como vai ela?"

"Aai?", Rohit disse, distraído. "Vai bem."

Ela não poderia estar tão bem, Sartaj pensou. Ela e Katekar viveram juntos por vários anos, criaram dois filhos. Contudo, naquela manhã ela parecia fortalecida. Fizera a sobrancelha, trabalhava para o SMM. Seria essa uma nova

Shalini, ou ele não a via claramente antes? As mulheres se recuperam depressa, sabia disso. Ma sobrevivera à morte de Papa-ji, após dois dias de choro ela se convenceu que a casa estava inaceitavelmente empoeirada. Por isso fez uma faxina tanto por dentro quanto por fora, limpando também o pequeno jardim da frente e o quintal nos fundos. Chamou pintores para limpar e caiar o muro dos fundos. Foi tocando a vida, um pouco mais austera que antes, ainda mais eficiente, mais enérgica. Uma vez ou outra Sartaj pensara — com um ligeiro desconforto em relação ao que observara — que ela parecia mais calma depois da morte de Papa-ji, mais equilibrada e decidida.

Sartaj acionou o pedal da motocicleta e a manobrou para voltar. Mas precisou parar e esperar. Um homem com a perna inteira engessada tentava fazer uma curva para a direita, na descida. Precisava posicionar as muletas com exatidão para passar o gesso por cima da sarjeta, mas a rua era de terra, irregular e muito estreita. Havia uma mulher a seu lado, guiando o braço para posicionar a muleta. O sujeito a repreendia com o rosto afogueado de raiva. A muleta apoiada na lateral da sarjeta escorregou.

"Aqui", Rohit disse.

Sartaj o observou enquanto carregava o homem de perna quebrada para o outro lado da vala, e rua abaixo por um pequeno trecho. Rohit era um bom rapaz. Responsável, sereno, amava a mãe. Aproximou-se novamente de Sartaj.

"É Amritrao, nosso vizinho", Rohit disse. "Certa noite, depois de beber um pouco, caiu do trem expresso quando entrava na estação de Andheri. Teve sorte de não perder as duas pernas. Caiu na plataforma, bateu no cimento duro, *phachack*. Agora vive mancando."

"E xinga a mulher."

Rohit sorriu. "Eles trocam ofensas, na verdade. São famosos pelas brigas. E Arpana sabe xingar melhor que ele. Ela disse uma vez que dava para passar de ônibus de dois andares pela gaand do pai dele, de tão grande, pois era enrabado por todos os agiotas a quem devia dinheiro. Ela está sendo gentil com ele por que está machucado. Daqui a poucos dias ele vai melhorar, e ela voltará aos insultos."

No momento, porém, Arpana bancava a esposa exemplar, apoiando o marido no cotovelo. Ele claudicava e cambaleava no meio da ruela, pouco antes da pequena ladeira que conduzia à casa de Katekar. "Ele vai cair e quebrar a outra perna", Sartaj disse. "Ela devia arranjar uma cadeira de rodas para ele."

Rohit tinha lá suas dúvidas. "Uma cadeira de rodas, nessas ruas? Para cima e para baixo? Não iria muito longe. Imagine empurrar a cadeira ladeira acima, com tantos buracos e valas. Uma cadeira de rodas não serviria." Ele olhava para o chão, avaliando a inclinação e os defeitos. Realmente, era um rapaz sério.

Sartaj acelerou o motor. "Uma cadeira computadorizada funcionaria", disse alto, vencendo o ronco do motor da moto. "Vi uma certa vez, era capaz de subir essa ladeira como se fosse um carro de corrida. Você não ia acreditar."

"Uma cadeira de rodas computadorizada?" As possibilidades excitaram Rohit. "Só se contasse com um motor elétrico muito potente. O processamento era independente para cada roda?"

"Não sei", Sartaj falou. Viu naquele rosto juvenil novamente a grande fé de Katekar na ciência, sua confiança no poder da tecnologia, e sentiu a afeição doer em seu peito como se fosse um estiramento muscular. "Sei que funcionava muito bem. O dono alegou que era capaz de subir e descer escadas com ela."

"A cadeira de rodas era importada? Nunca vi nada do gênero por aqui. Incrível."

"Sim, era importada. Mas não creio que tivesse sido construída para as condições indianas, para ruas de terra e monções. O pobre coitado não conseguia peças de reposição. A manutenção era difícil."

Rohit balançou a cabeça. "Nosso país é muito primitivo." Ao dizer isso pareceu tanto com o pai que Sartaj virou a cabeça para trás e riu.

"Estude bastante, guru", Sartaj disse, batendo com força em seu peito antes de posicionar a moto na ruela e descer no sentido da via principal. Outras pessoas caminhavam por ali agora, a caminho do serviço, e ele teve de descer devagar. As paredes ainda exibiam o brilho matinal, os casebres despejavam crianças de uniforme escolar. Sartaj precisava parar freqüentemente, sua perna começou a doer de tanto apoiar no chão para manter o equilíbrio e avançar. O que seria daqueles meninos? O que aconteceria com Mohit? Sartaj pensava nas brigas de Mohit, em sua raiva, em seu ódio. Onde estaria, em dez anos? O que seria dele?

Sartaj chegou afinal ao cruzamento. Conduziu a moto até o asfalto da rua larga, virou à esquerda e acelerou aliviado. Era bom sair do basti, de sua confusão entrelaçada. Acelerou. Mas as imagens pesadas o seguiram, viu Mohit, mais velho, caído numa viela imunda, com as costas na sarjeta. Sartaj não distinguia bem seu rosto, ali faltava a imagem, mas sabia que era Mohit, e que ele sangrava pelos ferimentos à bala, que estava morto. Sartaj balançou a cabeça, tentou pensar na investigação em curso. Não, não. Mohit cresceria até superar o trauma, esqueceria, melhoraria. Não se tornaria um tapori, um bandido, um bhai. Não. Kamble não teria de liquidá-lo, nem daqui a dez anos nem nunca. Sartaj garantiria isso, com certeza.

Sartaj seguia pela via expressa. Em alta velocidade, no meio do trânsito matinal pesado. Pressa e passagens arriscadas por entre os ônibus não o libertaram do olhar de ódio de Mohit, e do conhecimento das possibilidades futuras do menino. Mohit de camisa xadrez, a sangrar por causa dos três tiros no peito à queima-roupa, Sartaj via as marcas de pólvora no algodão. Era muito real. Está sendo supersticioso, disse com seus botões, tudo isso é bobagem. Mohit ficará bem. Mohit ficará bem. E foi embora.

Parulkar esperava Sartaj em seu belo apartamento de Santa Cruz. As entregas de dinheiro para Homi Mehta, seu consultor, haviam diminuído por um tempo, mas agora o ritmo crescia outra vez. Sem dúvida investira somas fabulosas para reconquistar os favores políticos, e precisava refazer o caixa. Sartaj fizera uma entrega havia menos de um mês, e já se deslumbrava novamente com o mármore verde do saguão do prédio de apartamentos da sobrinha. A pedra parecia brilhar mais a cada visita de Sartaj. Talvez fosse uma das virtudes do mármore italiano. O aço do elevador ainda estava intacto, Sartaj pôde ver seu rosto refletido e ajeitar o bigode. Concluiu que era sua melhor aparência em muito tempo, e se perguntou como isso podia ser possível, em função de toda a tensão recente. Talvez fosse apenas sua imaginação.

Mas Parulkar notou a mudança também. "Está mais elegante, Sartaj. Muito bem." Ele bateu nas costas de Sartaj e o convidou a entrar no apartamento. A mesa com tampo de vidro estava posta em um jogo americano branco bordado. "Quer poha e chai? A poha está uma delícia."

"Já comi, senhor, obrigado."

"Experimente um pouco, de todo modo, beta. De vez em quando é bom apreciar as pequenas coisas da vida. Tomarei uma xícara com você."

A poha estava mesmo espetacular. Sartaj comeu um pouco e encheu novamente o prato. Parulkar bebeu chai enquanto o observava, com bondade. Falaram a respeito dos casos em andamento e da família de Parulkar. A reforma da casa de Parulkar terminara, e agora sua filha Mamta — cujo divórcio corria na vara de família — e os filhos já podiam morar confortavelmente com Parulkar. A vida ia se ajeitando. Parulkar parecia contente, seu antigo vigor retornara, em dobro. "Vamos iniciar novos projetos de integração comunitária no próximo mês", disse, "após Diwali. Novas tarefas para o novo ano." E ouviu o relato de Sartaj sobre o caso Gaitonde, e acreditava que não daria em nada. Balançando a cabeça, disse: "Não passa de medo desnecessário, baseado em pistas muito frágeis. A mulher está ligando coisas aqui e ali, fabricando um caso para se distrair. As pessoas fazem isso quando sua carreira empaca. Gurus e bombas! Absurdo".

Sartaj não se convenceu plenamente, mas a confiança de Parulkar era reconfortante. Afinal de contas, Parulkar possuía um instinto infalível, seu recorde de investigações bem-sucedidas e detenções era inigualável. "Sim, senhor", Sartaj disse. "Não passa de uma hipótese baseada em rumores, nada mais." E empurrou o prato. "Estava bom demais."

"Venha cá", Parulkar disse. "Tenho algo para você."

Sartaj esperava o costumeiro pacote de dinheiro para ser transportado, mas Parulkar o levou até o quarto e lhe deu uma caixa cinza.

"Abra, abra", disse.

Sartaj levantou a tampa — que exibia um logotipo desconhecido em relevo — e encontrou papel de seda embrulhando individualmente o par de sapatos mais elegante e brilhante que já vira. Era básico, mas elegante, e cada ponto em volta da sola refletia a qualidade e o cuidado na produção. A cor era perfeita, marrom com um toque de vermelho, não muito vistoso, mas eloqüente. Era o sapato ideal.

"É italiano, Sartaj", Parulkar disse. "Veio direto da Itália. Você usa número nove, certo?"

Sartaj sentiu dificuldade para sair do transe. "Sim, senhor."

"Vamos lá, experimente. Um amigo trouxe para mim de Milão, eu passei o tamanho e tudo. Vamos ver se deu certo."

Sartaj sentou na cama e desfez o laço do seu sapato. No momento em que calçou o pé direito do sapato, percebeu que dera tudo certo. "Ficou ótimo, senhor." Ele calçou o outro pé e levantou. "Perfeito, senhor." Andou de um quarto a outro, balançando a cabeça, deslumbrado. Não era só o conforto do sapato, justo sem ser apertado, mas seu peso e construção. Sartaj andou. Era um sapato italiano digno de sua fama internacional.

"Muito bem", Parulkar disse. "Vamos jogar o velho fora. Fico surpreso por você o ter usado durante tanto tempo."

"E usar este na rua, senhor?"

"Claro, Sartaj. As coisas boas não foram feitas para guardar no armário. A vida é incerta, devemos aproveitá-la. Use sempre."

Sartaj olhou para baixo. Sim, seria possível usar aquele sapato no serviço. Não era escandaloso, apenas um olho atento reconheceria sua qualidade. "Muito obrigado, senhor."

"Não precisa agradecer", Parulkar disse, com um gesto largo, acenando com a cabeça de satisfação. "Agora você parece Sartaj Singh de novo."

Homi Mehta contava os maços de dinheiro de Parulkar com a tranqüilidade costumeira, metodicamente. Sartaj, recostado numa poltrona do escritório, com os braços cruzados atrás da cabeça e as pernas estendidas, sentia-se bem descontraído. Era surpreendente que um par de sapatos criasse tamanho oásis de serenidade, mas eram as pequenas coisas da vida as que realmente importavam. Que os eventos globais ficassem com a pior parte, ainda era necessário e possível uma habilidade artesanal de qualidade. Sartaj mexeu os dedos dos pés e soltou um suspiro, surpreendendo tanto Homi Mehta quanto a si mesmo.

"Vinte. Tudo completo e correto", Homi Mehta disse, batendo na pilha. "Você está feliz, hoje."

Sartaj deu de ombros, mas não pôde ocultar o sorriso. "Apenas satisfeito."

"Você trouxe algum dinheiro seu?"

"Não. Hoje não, tio."

"Arre, quantas vezes terei de repetir? Economize enquanto ainda é jovem."

"Sei disso, preciso pensar no futuro. Talvez da próxima vez."

"Próxima vez, próxima vez. Assim sua vida vai passar. Não se esqueça, um dia acordará e estará velho. Cadê sua segurança? Como sustentará sua esposa?"

"Não sou casado."

"Sim, mas vai casar. Não pretende depender dos filhos, não é? Nos dias de hoje..." Homi Mehta levantou para guardar o dinheiro num saco plástico preto. A brancura de neve de sua camisa de linho era exatamente do tom de seu cabelo bem aparado. "Sem dúvida seus filhos serão bons filhos, mas é uma vergonha precisar pedir ajuda a eles."

"Tio, você já me casou e encheu de filhos. De todo modo, minha aposentadoria não está tão próxima. Ainda resta muito tempo."

"Sim, é exatamente o que estou dizendo. Use seu tempo de forma proveitosa, Sartaj. Prepare uma estratégia. Estabeleça metas, monte um esquema. Posso ajudá-lo."

Sartaj percebia que Homi Mehta estava completamente abismado com sua obtusidade, aquele homem vivia de acordo com planos de longo prazo e esquemas intricados. "Certo, tio. Você tem toda a razão. Na próxima vez que eu vier vamos sentar e discutir tudo. Vamos anotar nossas metas, e fazer..." Sartaj gesticulou, indicando passos.

"Planilhas."

"Isso mesmo, planilhas. Não se preocupe. Faremos tudo. Cuidaremos de tudo. Vamos nos preparar."

No elevador, encurralado por uma sabji-walla com sua cesta de tomates e cebolas, Sartaj observava a nuca enrugada do ascensorista. O elevador parou em diversos andares, o ascensorista abria a porta para a saída de empregados e saabs, mães e dhobis. Sartaj pensava no quanto a vida era um animal estranho que a gente tinha de agarrar e deixar ir ao mesmo tempo, que podíamos desfrutar mas que precisávamos planejar, viver cada minuto e morrer cada momento. E quanto aos desastres? Suponhamos que um cabo se rompa, que o elevador caia, levando sua carga de homens e mulheres para o fundo do buraco negro em que se move, será que todos eles pensariam, durante a queda, nos dias e anos perdidos, ou nos entes queridos deixados para trás? A luz que entrava pelas barras da porta piscava clara e escura nos olhos de Sartaj, ele se sentia leve, irreal, embora cheio de sangue, músculos e movimento.

O elevador balançou, bateu e parou no térreo, Sartaj deixou de lado todos os questionamentos, suposições e devaneios para enfrentar a luz forte do dia. Tinha trabalho a fazer. Estava quase na porta do prédio quando o telefone tocou.

"Sartaj Saab, salaam."

"Salaam, Iffat-bibi. Está tudo bem?"

"Sim. Mas você bem que podia animar meu dia."

"Diga como."

"Soube que está na cidade, perto de nós. Por que não nos dá uma chance de ampliar nossa hospitalidade?"

Sartaj parou, ressabiado. "Como sabe onde estou?"

"Arre, saab, não estamos seguindo você. Nada disso. Acontece que também temos negócios com aquele homem a quem você leva o dinheiro de Parulkar Saab. Um de nossos rapazes o viu e contou para mim, foi só."

Sartaj já estava na rua. Descreveu um círculo rápido, mas viu apenas pedestres comuns passando por perto, ninguém que parecesse bandido. "Seus rapazes estão por toda parte."

"Temos muitos funcionários, é verdade. Saab, sabe que estamos em Fort, não fica longe. Venha comer conosco."

"Por quê?"

"Por quê? Sou sua fada madrinha, espero que seja a minha."

"Por que deseja me encontrar assim, de repente?"

Iffat-bibi suspirou longamente. Quando falou outra vez, não era mais a gentil senhora idosa. "Quero lhe fazer uma proposta", disse, em voz firme, dura como pedra. "E prefiro fazer isso cara a cara."

"Não estou interessado."

"Pelo menos escute o que tenho a dizer."

"Não."

"Por que não? Já negociamos antes."

"Coisas menores, sou um homem menor. Não tenho capacidade para grandes propostas."

"Está contente em ser pequeno?"

"Sou feliz assim."

Seu riso era pura zombaria. "É a felicidade dos covardes. Quanto tempo bancará o moço de recados para Parulkar? O sujeito ganha crores, e você, quanto leva? Está mais do que na hora de sair sua promoção, mas ele ajuda? Ele não é sua fada madrinha, Sartaj Saab."

"Não fale mal dele." A mão de Sartaj tremia, só com muito esforço mantinha a voz baixa. "Não diga nada, entendeu?"

"Você é muito leal a ele."

Sartaj esperou. Acreditava agora que a velha kutiya ajudava a comandar a companhia, que supervisionava assassinatos e extorsões.

"Mas ele não é leal a você", Iffat-bibi disse. "Nem mesmo a seu pai ele foi leal..."

"Bhenchod, cale a boca", Sartaj disse, e desligou. Caminhou a passadas largas pela rua, até se dar conta de que passara pela Gypsy. Retornou, acomodou-se no banco do motorista e ficou sentado com as duas mãos no volante, tentando se acalmar. Não havia necessidade de ficar com raiva. Aquela randi só estava tentando manipulá-lo. Bem, conseguira. Calma, calma.

Sartaj finalmente ligou o motor e entrou no trânsito. Agora podia pensar. A questão era: por que Iffat-bibi estava dizendo aquelas coisas a respeito de Parulkar para ele, logo para ele? Quando e por que Parulkar se tornara inconveniente para ela e sua companhia? Era provavelmente verdade que ele agora estava próximo do governo, mas não passava de questão de sobrevivência. Iffat-bibi e seu pessoal compreendiam isso. Por que então Suleiman Isa se tornara inimigo de Parulkar?

Sartaj não tinha respostas, e não queria perguntar nada a Parulkar. Sempre se mantivera distante das grandes negociatas de Parulkar, evitava conhecer a intricada teia de favorecimento, dinheiro e ligações. Não queria saber para não ter nada a ver com aquilo. Temia a força gravitacional daquela vasta constelação de ambições, riqueza e poder, e temia ser sugado por ela, indefeso. Sim, talvez Iffat-bibi estivesse certa, talvez fosse mesmo covarde. Não tinha coragem suficiente para aquela roda-gigante alucinada, sentia medo — um medo infantil — de ser estraçalhado por sua velocidade.

Quando passou por Mahim, uma questão ainda o espicaçava: teria Papa-ji sentido medo, também? Talvez a integridade de Papa-ji, e o pouco dela que Sartaj herdara, no fundo viesse do medo. Talvez nenhum dos dois fosse grande o suficiente para pedir mais. Pequenas recompensas para corações pequenos. Mas não havia jeito de desviar daquela barreira espinhosa. Sartaj não queria tratar com Iffat-bibi. Não queria saber de mais nada a respeito de Parulkar, e pronto. Acelerou e tentou deixar tudo para trás.

Sartaj encontrou Kamala Pandey num café em S. V. Road. Ela ia fazer compras em Bandra naquela tarde, dissera, e o café era um local de encontro conveniente. Estava sentada no fundo da loja, com duas sacolas de compras cheias e Umesh a seu lado. Sartaj não esperava Umesh, mas ele estava lá, glorioso e formoso, de calça jeans preta e camiseta branca. Estava sentado ao lado de Kamala, com o braço em volta do ombro dela, e Sartaj pensou que poderiam ter voltado a namorar ou não, mas que por certo houvera haramkhori recentemente. Um pouco de empurra e puxa, como Kamble teria dito.

"Oi", ele disse.

Sartaj puxou a cadeira e sentou. Cumprimentou os dois com um movimento curto da cabeça, sem dizer nada. Kamala se ajeitou, e disse com voz fina, quase infantil: "Pedi a Umesh que viesse. Achei que ele poderia nos ajudar".

Sartaj manteve a voz baixa, suave, bem neutra. "Se quer manter esse caso em segredo, então que fique mesmo em segredo."

Umesh sorriu e se debruçou sobre a mesa. "Inspetor saab", disse, "está absolutamente correto. Mas Kamala está sozinha nisso, entende? E precisa de apoio. Sou a única pessoa com quem pode conversar a respeito. Uma mulher precisa de ajuda, entende?"

Ele era realmente encantador, com seu jeito de moleque confiante. O cabelo caía sobre a testa e ele exibia um sorriso muito doce, jovem. Sartaj não poderia negar nada disso. "Sim", Sartaj disse, "mas..."

"Aceita um café, inspetor saab?", Umesh disse. "Vai gostar. O café daqui é muito bom."

"Não", Sartaj disse. "Tenho pressa."

"Experimente o cappuccino", Umesh disse. Ergueu um dedo para chamar o rapaz de trás do balcão. "Harish. Um cappuccino, por favor."

Sartaj não discutiu. Fazia apenas uma vaga idéia do que era um cappuccino, e sabia que não queria tomar um. Mas não valia a pena discutir com o encantador Umesh. "Fizemos progressos no caso", ele disse a Kamala. "Conseguimos uma pista. Vamos ver se rende alguma coisa."

"Que pista?", Kamala perguntou. "O que foi?"

Sartaj balançou a cabeça. "Direi a vocês quando tiver algo mais concreto. É apenas um elo."

"Tem a ver com Rachel?"

"Talvez."

"Pode contar a Kamala", Umesh disse. "Dadas as condições existentes."

"Que condições?", Sartaj quis saber.

Umesh deu de ombros. Virou a cabeça na direção de uma das sacolas de compras de Kamala. Saía um envelope marrom do meio do papel de seda requintado das butiques.

"Ah, essas condições", Sartaj disse. Estendeu a mão por cima da mesa, pegou o envelope com o polegar e o indicador. Dentro havia um inconfundível maço de dinheiro. Sartaj deixou cair o envelope na sacola de Kamala e se levantou.

"Aonde vai?", Kamala perguntou.

"Por favor, entenda uma coisa", Sartaj disse, olhando para Umesh. "Não sou seu empregado. E você não é meu chefe. Não lhe devo satisfações. Fique com seu dinheiro." E depois, em inglês: "*Good luck*".

"Espere", Kamala pediu, frenética.

"Arre, chefe", Umesh disse. "Não precisava se ofender. Falei por falar, não quis ofendê-lo." Ele estava em pé. "Lamento, lamento." Pôs a mão no braço de Sartaj, mas a retirou rapidamente.

Sartaj sabia que estava exibindo sua expressão intimidadora, e que Kamala estava assustada. Nunca sentira o olhar duro de um policial, a insinuação da violência. Sartaj sentiu uma pontada de arrependimento por apavorar a frágil Kamala, mas Umesh recuara perante a hostilidade, e Sartaj se divertia com o efeito. Então alguém apareceu ao lado de Sartaj. "Cappuccino", disse o menino animado, sem se dar conta da tensão à mesa. Sartaj olhou para a xícara fumegante, e quando se dirigiu a Umesh o carisma do sujeito havia voltado.

"Inspetor saab", Umesh disse. "Sério mesmo, sinto muito. Sou um idiota. Um perfeito idiota. Por favor. Fiz besteira. Kamala não deve sofrer por minha causa."

Harish, o rapaz do cappuccino, arregalara os olhos para acompanhar a cena teatral. Sartaj se sentiu ridículo. Assustara-se naquela manhã por causa da raiva de Mohit, estava apreensivo quanto ao futuro de Mohit. Depois Iffat-bibi o desestabilizara. E agora ele falava com Kamala. Umesh estava realmente arrasado de tanto arrependimento e tristeza. Havia nele uma vulnerabilidade que Sartaj não notara antes. Sartaj balançou a cabeça e pegou a xícara oferecida por Harish. "Está bem", disse. Sentou e esperou até que Harish se afastasse bastante. "Certo", disse a Kamala. "Quando eu tiver algo de concreto para lhe dizer, eu direi."

Kamala fez que sim, rapidamente. "Claro, claro", disse. "Perfeito."

Umesh sentara de novo, um pouco longe de Sartaj. "Experimente o cappuccino, senhor", disse. "É uma delícia."

Sartaj deu um gole. Era saboroso e espesso, digno do nome estrangeiro. Olhou em torno, avaliando a loja, com paredes brilhantes e imagens de ruas européias. Harish servia um grupo barulhento de jovens de dezoito anos no balcão. As mesas da frente estavam todas ocupadas por estudantes, resplandecentes em seus tênis de marca e cabelos bem cortados. Não havia lugares como este no meu tempo de faculdade, Sartaj pensou. Megha e ele namoravam em restaurantes iranianos, tomando chai passado enquanto enfrentavam os olhares de comerciantes calvos.

"Açúcar?", Umesh perguntou.

"Já está bem doce", Sartaj respondeu. Havia um pequeno carro verde do lado da xícara de Umesh, preso ao seu chaveiro. "Que carro é este?"

"Uma Ferrari", Umesh disse.

Sartaj virou o carrinho com a ponta do dedo e o movimentou para a frente e para trás, no tampo da mesa. Era um miniatura perfeita, funcional, com direção e números e letras na lateral. "Da outra vez não era um diferente? Vermelho?"

"Sim. Era um Porsche."

Sartaj balançou a cabeça. "Então agora você prefere a Ferrari?"

Umesh ergueu as duas mãos, fingindo espanto total. "Arre, inspetor saab", disse. "Um homem só pode ter um gaadi? Um sujeito precisa mais do que isso." A ironia foi tão pesada quanto a insinuação. Mas ele sabia que estava bancando o rapaz rebelde, e que era bonito a ponto de impossibilitar que alguém se irritasse com ele. Até Kamala, que virou os olhos, mas não pôde evitar o brilho que transmitiam.

"Quer dizer que você realmente possui esses carros?", Sartaj disse. Era uma pergunta maldosa, mas Sartaj precisava fazê-la. Sentia-se velho perto de Umesh. Certa época Sartaj desejara carros esporte e mulheres vistosas, muitos, achando que os merecia.

"Veja bem", Umesh disse. "Na verdade..."

Kamala bateu no ombro de Umesh. "Cale a boca", ela disse. E, para Sartaj: "Ele sonha tê-los. Compra seis revistas de automóveis por mês. Tem pôsteres na parede".

"É meu hobby", Umesh disse, meio envergonhado. "Não máquinas espetaculares." Havia um fervor contido em sua voz, a energia cinética abafada do verdadeiro fanático. "Além disso, você se engana. Não há mais pôsteres em minha parede. Há uma tela."

"Ah, claro", Kamala riu. "O novo projetor de cinema."

"Você tem um projetor de cinema em sua casa?", Sartaj disse. "Com tela e tudo?"

"Não é um projetor de *cinema*", Umesh disse, sorrindo tolerante da ignorância de Sartaj a respeito das novidades. "Trata-se de um aparelho de DVD de alta definição, acoplado a um projetor LCD. A imagem pode chegar a quatro metros de largura." Umesh abriu os braços. "E a imagem é melhor que a de muitos cinemas deste país. Também instalei um amplificador Sanyo novo, e caixas acústicas Bose. Se aumentar o volume, dá para ouvir aqui." Ele bateu no peito com a mão, e os olhos embaçaram de paixão. "Você precisa ir até lá assistir um filme."

"Ele vai entediá-lo com algum filme de corrida americano", Kamala disse. "Carros correndo durante duas horas."

"Não, não." Umesh a desautorizou com um gesto masculino com a mão direita. "Podemos ver um filme policial. Como já lhe disse, gosto de histórias de detetive."

Sartaj ainda tentava imaginar uma tela de quatro metros e um projetor dentro de um apartamento de Bombaim. "Não precisa de uma sala especial para essa tela?"

"Não, yaar, basta meu quarto. Não preciso de muito espaço, o projetor é pequeno assim. Vá e veja."

"Qualquer dia desses", Sartaj disse ao levantar. "Tenho muito trabalho no momento. Quanto custa um negócio desses, projetor, som, tudo?"

"Ah, não é caro", Umesh disse. "Claro, foi importado por encomenda, a gente precisa estar preparado para o custo. Mas não é como você pensa." Ele tocou a face com a ponta dos dedos.

"O que foi?", Sartaj disse.

Umesh disse, afetuoso: "Meu amigo, tem espuma no seu bigode". Ele ergueu um guardanapo com uma das mãos e o envelope com a outra. "Tome."

Sartaj apanhou os dois. "Não se preocupe", disse a Kamala, limpando o rosto. "Estamos trabalhando no caso." Kamala tentou parecer confiante, mas as dúvidas abundavam sob o rosto maquiado reluzente. Sartaj hesitou antes de acrescentar: "E fizemos algum progresso em relação a Rachel. Como já disse, não se preocupe".

Kamala endireitou as costas, sorriu e fez que sim. Umesh também se mostrou muito satisfeito. Talvez amasse Kamala a sua maneira, Sartaj pensou. Sujeito vaidoso, mas simpático. "Compreendo", Kamala disse. "Obrigado."

Sartaj saiu, deixando Umesh a murmurar em sua orelha. Sedução, talvez, ou lembranças sussurradas do passado comum. Não, Sartaj tinha certeza de que Umesh falava a respeito da competência duvidosa do investigador que contratara. Sartaj viu sua figura refletida rapidamente na porta de vidro do café ao passar a perna por cima da motocicleta. Era um movimento elegante, mas o sujeito que o fazia estava fora de forma, usando uma camisa xadrez e uma calça jeans fora de moda. O turbante continuava firme e fixo, mas o rosto debaixo dele fora castigado pelo tempo. Os detetives dos filmes estrangeiros de Umesh sem dúvida eram mais bem-apessoados e bem-vestidos, enfim, bem melhores. Verdade indiscutível.

No rumo norte, passando pelo aeroporto de Santa Cruz, Sartaj pensou em outras verdades. Na verdade, era empregado de Kamala. Recebia valores irrisórios do grande governo da Índia, e sem dúvida era verdade que seu salário vinha em parte de Kamala Pandey, cidadã de bom nome. Os pagamentos em dinheiro, em envelopes pardos, o tornavam duas vezes subordinado a ela, e mesmo assim ele se abespinhara, dizendo que não era funcionário, peão, cule. Uma aeronave pequena decolou à esquerda, Sartaj observou sua passagem rumo ao azul. O trânsito fluía bem, Sartaj alimentou a ilusão de poder acompanhar o avião. Mas ele logo sumiu. Pensara que havia superado a vontade de competir com gente como Umesh e Kamala, que não mais ouvia o canto da sereia do sucesso e da vitória, mas pelo jeito seu orgulho continuava vivo. Ainda sentia raiva por lhe mostrarem o que realmente era, um funcionário público, um serviçal e nada mais. Sardar desgraçado, Sartaj pensou. Polícia desgraçado.

Kamble estava gostando de ser policial naquela tarde. Resolvera um caso de arrombamento — obra do porteiro do prédio e dois amigos — e ganhara dinheiro de um acusado em caso de desfalque. Redigia um relatório na sala dos detetives quando Sartaj o encontrou. "Saab, entre, entre", disse. "Sente-se, por favor." Ele escrevia com uma das mãos e tomava goles ruidosos de chaas com a outra, enquanto relatava seus triunfos a Sartaj. Assim que terminou de fazer o relatório eles foram para os fundos da delegacia, deram uma volta pela parte interna do muro do conjunto, em torno do templo. Depois sentaram debaixo de uma árvore e conversaram.

"O número de telefone que Taklu digitou está registrado em nome de...", Kamble disse. "Espere um pouco — você não vai acreditar. Adivinhe quem é, em sua opinião."

Kamble tinha contatos na companhia de telefonia celular. Fizera muita onda a respeito da dificuldade que teria para conseguir ajuda e informações, por ser uma investigação extra-oficial, e agora precisava de mais dinheiro para seguir adiante. Mas mostrava-se terrivelmente satisfeito com a rapidez e a confiabilidade de suas fontes. "Fale logo, Kamble", Sartaj disse. "Faz muito calor aqui."

As árvores plantadas por Parulkar haviam crescido, estavam altas, mas seu aspecto era lamentável, faltavam galhos e folhas. Não faziam sombra. O sol batia nos ombros de Kamble, que suava. "Chefia, não conseguiria adivinhar jamais", disse. E tirou um maço de papéis dobrados do bolso, folhas de computador ainda com a remalina presa nas bordas. Ele ergueu as páginas. "Uma chance."

Sartaj deu de ombros. "O ministro Bipin Bhonsle?"

Kamble debruçou-se para rir. "Certo, ele gostaria de pegar todas as mulheres fáceis da Índia. Mas não foi ele. O endereço é falso, em Colaba, não existe. Mas o nome é... Kamala Pandey."

"Não pode ser."

"Mas é. Veja o que está escrito aqui. Kamala Sloot Pandey."

"Deixe-me ver", Sartaj disse, pegando a folha impressa. "Não é sloot", disse. "É *slut*."

"O que significa?

"Palavra inglesa. Quer dizer randi."

"Uma raand?", Kamble passou a mão na cabeça, ajeitando o cabelo para trás. "Taklu está ligando para o chefe, aquela kutiya Rachel, e a saali ri da nossa cara."

"Ri de Kamala, creio", Sartaj disse. "Não acredito que Rachel estivesse esperando que alguém conseguisse o número, realmente. Ela se acha muito esperta. Tudo não passa de uma brincadeira para ela."

"Bhenchod. Agora quero pegá-la", Kamble disse. "E nem é pelo dinheiro."

Sartaj passou o envelope pardo a Kamble, agora pela metade. "Vamos pegá-la. O que mais conseguiu?"

"Um mês de ligações para este número, recebidas e feitas. São todas do mesmo celular, e todas para o mesmo celular. Deve ser o ajudante do Taklu, aquele que usou no cinema."

Então Taklu e seu comparsa tinham celulares e os usavam apenas para chamar o chefe. E o chefe — que a julgar pela maldade extra da "*slut*", era Rachel Mathias — usara um celular apenas para falar com eles. Muito eficiente, muito cauteloso. "O outro telefone, do Taklu, está em nome de quem?"

"Mesmo nome. Também pertence a ela. Igualzinho, sloot e tudo."

Então Kamala era duas vezes *slut*. Sartaj queria pegar Rachel também, e não pelo dinheiro. Mas os dois celulares para comunicação exclusiva constituíam um problema. Os endereços informados eram falsos, deveria ser pré-pago, os valores em dinheiro seriam convertidos em minutos de conversação dos cartões SIM. Beco sem saída.

Mas Kamble exibia um sorriso maldoso no rosto, como um lobo que acabara de comer um bocado de carne fresca. "Não precisa de preocupar tanto, meu amigo. Alguém cometeu um engano. O Taklu fez uma ligação para telefone fixo. Faz três semanas, foi uma chamada de apenas um minuto e meio. Linha residencial. Tenho o nome e o endereço. Tudo real."

Foram até o endereço real naquela noite. Longa jornada pelo tráfego na hora do rush até Bhandup. Kamble ia na garupa, Sartaj sentia seu peso e sua impaciência. De vez em quando Kamble indicava brechas entre os veículos engarrafados, e o incentivava a aproveitar a chance. Sartaj mantinha a velocidade constante, recusando manobras que no final só serviriam para atrasá-los. Pararam atrás de uma longa fila de caminhões coloridos, num entroncamento, e Sartaj virou o rosto por causa da fumaça do escapamento que empesteava e esquentava tudo. Havia uma bolha de luz alaranjada vinda dos postes de luz, e acima dela o céu negro noturno. Acima e do outro lado dos carros em movimento, à direita, Sartaj via um amontoado de luzes baixas, espalhando-se densas para o leste e o norte. Abaixo das luzes mal se avistava o contorno dos morros. Lá longe via a cidade afundando no chão e cobrindo o solo. Talvez ainda restassem tribos naqueles morros, ainda fiéis a seu pedacinho de terra e seus costumes exóticos. Os caminhões levariam cimento, máquinas e dinheiro, bem como longos documentos legais, as tribos assinariam, venderiam, mudariam dali. Era assim que funcionava.

Kamble ria. Sartaj virou para olhar, e Kamble forçava a vista para ler algo na traseira do último caminhão. "*Gar ek baar pyaar kiya to baar baar karna*", diziam as letras híndi brancas rebuscadas, sob o costumeiro aviso *Horn-O.K.-PLEASE*, e "*agar mujhe der ho jaye to mera intezaar karna*". Os pára-lamas haviam sido pintados de vermelho e laranja, com folhas verdes nas bordas. "Cometeram quatro erros de ortografia", Kamble disse. "Em dois versos."

Ele tinha razão. "Pobre poeta", Sartaj comentou.

"Mas os versos não são ruins", Kamble disse.

O sinal abriu, os caminhões voltaram à vida com rugidos de motor e buzina. Sartaj seguiu atrás do apreciador de poesia, pensando nos problemas dos poetas e mentes criminosas privilegiadas. A pessoa podia planejar o crime mais elegante, ocultando-se atrás de camadas de telefones celulares, mas o problema era ter de trabalhar com idiotas. Havia dificuldade para contratar mão-de-obra confiável. Alguém sempre desobedecia a mais simples das instruções, e cometia um erro, ou muitos erros. A investigação fazia os detetives parecerem inteligentes, mas com freqüência a solução era dádiva dos idiotas. Sartaj lembrou-se de Papa-ji explicar o declínio geral das classes criminosas, expondo sua teoria de que os novos bandidos eram puro músculo, sem sutileza, que usar AK-47 em vez das finas lâminas Rampuri tornava o sujeito um malfeitor menor, um homem menor. Papa-ji sempre dava exemplos — retrocedendo ao século XIX — de ladrões e vigaristas lendários que cometiam crimes com esperteza e bravura. Uma geração sempre recebe os apradhis que merece, costumava dizer.

Era noite fechada quando chegaram ao kholi de dois quartos do apradhi, nos fundos do basti Satguru Nagar, no fim de uma ruela tortuosa. Eles haviam seguido um inspetor chamado Kazimi, que usava cabelo pintado cor de mehndi e andava rigidamente. Kamble ergueu a sobrancelha para Sartaj por causa do andar duro de Kazimi, do salto que deu quando saltaram um amontoado de canos de água. Kazimi era amigo de um amigo, e Satguru Nagar situava-se em seu distrito. Não fizera perguntas sobre a investigação, e mil rupias conquistaram sua boa vontade em relação ao horário. Ele não era policial num posto muito lucrativo, e Sartaj tinha certeza de que tinha filhos quase adultos que precisavam ser encaminhados. Tinha ar cansado e ombros caídos, sobrecarregados. Mas Kazimi era eficiente. Reconhecera o nome, Shrimati Veena Mane de imediato, e agora os conduzia pelas vielas anônimas sem hesitação.

"Falta muito?", Kamble disse. Parara para se apoiar num poste e raspar a sola do sapato no muro. "Odeio vir a esses lugares. Bhenchod."

"Falta pouco", Kazimi falou. "Mais uns dois minutos." Ele coçava o quadril.

"O que aconteceu?", Sartaj perguntou, referindo-se ao quadril.

"Tomei um tiro", Kazimi respondeu. "Durante os confrontos. Dói no fim do dia, quando ando muito. Mesmo após tanto tempo."

Sartaj não precisou perguntar quais confrontos, e não queria saber por que e como Kazimi fora ferido. Kamble ergueu o corpo novamente e seguiram adiante.

"Este basti cresceu muito nos últimos dois anos", Kazimi disse, o perfil iluminado pelas luzes que vazavam através das portas por que passavam. "Agora há quase quinhentos kholis."

Quinhentos barracos minúsculos de tijolo, madeira, plástico e lata, contendo espaços mínimos para muitos corpos. Kamble estava provavelmente a uma geração destes barracos, talvez duas, mas exibia a superioridade de quem escapou, dos emigrantes. Estava a caminho de outro lugar e não pretendia ser trazido de volta. Sartaj tentava ser cauteloso com suas obras-primas italianas, mas se o sapato sujasse teria de aceitar a sujeira e tratar dela depois. As pessoas residiam ali, era sua vida. Na verdade, aquele basti era melhor do que muitos visitados por Sartaj. Seus habitantes haviam progredido, escaparam dos barracos precários que os novos imigrantes construíam, dos abrigos temporários feitos de caixas de papelão. Ali havia água corrente, sarjetas de tijolo, eletricidade na maioria dos kholis, e Shrimati Veena Mane tinha telefone. Sartaj vira até uma fileira de cinco toaletes perto do acesso ao basti, com uma placa azul da NGO na frente. As pessoas dali progrediam, lenta, mas inexoravelmente.

Mas os habitantes de Satguru Nagar não gostavam de policiais. Dois rapazes adolescentes, sentados numa saliência entre dois kholis, de braços dados, olharam para Kazimi. Sartaj captou sua hostilidade ao passar por eles. Uma avó calva, sentada na porta de casa, com um thali cheio de arroz entre os joelhos, gritou para eles: "Que crime cometerá hoje, inspetor?". Havia desprezo suficiente em seu "tor" para talhar o leite que esquentava no fogão, lá dentro.

"Hoje não vou levar seu filho, Amma", Kazimi disse, sem olhar para trás. "Mas diga a ele que mandei lembranças."

Ela queria falar ainda, mas Sartaj não ouviu suas palavras, abafadas pelo som de uma televisão à esquerda, muito alto, que despejava "*Yeh shaam masta-*

ni, madhosh kiye jaye". Chegaram quase ao final da ruela, que terminava abruptamente num muro de concreto cinzento. Havia cacos de vidro no alto do muro, além de arame farpado. Do outro lado, um terreno vazio, árvores e terra nua.

"Ali", Kazimi disse. "Segunda porta antes do final, à esquerda."

"Certo", Kamble disse, passando por Kazimi. "Vamos lá."

"Calma", Kazimi aconselhou. "Muita calma."

Sartaj levou a mão ao ombro de Kamble para detê-lo, e a retirou molhada de suor. "Ele tem razão", disse, enxugando a mão na calça jeans. "Não sabemos quem é o apradhi. Nem se é um dos taporis com que cruzamos na esquina. Vá com calma, Kamble. Cuidado."

Kamble não se convenceu, mas deixou Kazimi seguir na frente. A segunda porta à esquerda fora recentemente pintada de laranja, e havia um Ganesha branco sobre o batente superior. A porta estava aberta, apenas uma fresta, e um zumbido eletrônico suave vinha lá de dentro. Kazimi seguiu pela rua, dando a impressão de que pretendia ir até seu final. Mas virou abruptamente e empurrou a porta laranja com a mão.

Ouviram um estalo forte, de madeira contra corpo, e um gemido de dor. Sartaj via, para lá de Kazimi, uma mão segurando o joelho, costas nuas, pernas finas. Havia um homem no chão. Estava sentado de costas para a parede, vendo televisão. Levantou-se numa perna só, pulando, e disse: "Ei, quem são vocês?".

Sartaj, a meio caminho da porta, sentiu o hálito morno de Kamble na nuca. "Filho-da-mãe", Kamble disse. "É o Taklu."

Era mesmo possível que o espécime magro, de peito sumido, fosse o Taklu que o pequeno Jatin descrevera. Idade certa, altura certa, e o cabelo recuara até o meio da cabeça. Kazimi o pressionou contra uma estante.

"Você é novo aqui", Kazimi disse. "Caso contrário, já me conheceria. Nome?"

"Quem é você?", o Taklu insistiu.

"Somos seus baaps", Kamble disse da porta. "Não nos reconhece?"

Sartaj passou por Kazimi e foi para os fundos do kholi. Havia outro cômodo lá, com dois armários de madeira e três baús de aço empilhados. Uma luz cinzenta saía do exaustor protegido por barras de ferro, no alto da parede de tijolo. No geral era uma casa de tamanho razoável, bem cuidada e limpa. A área da cozinha, na frente, tinha uma grade suspensa com utensílios enfileirados e um fogão de duas bocas. Do lado esquerdo, perto da porta, um telefone verde repousava em cima de uma toalha branca rendada, sobre um banquinho de madeira.

Taklu estava quieto. Soltara o joelho e cruzara os braços na altura do peito. Sob a roupa de baixo azul as pernas tremiam, bem do lado do filme de Sunil Shetty na televisão. "Meu nome é Anand Agavane", disse. Já sabia que havia três policiais em sua casa, e a voz tremia.

Kazimi deu um passo em sua direção. "Quem é você, Anand Agavane? Por que está aqui, na casa de Veena Mane?"

"Ela é minha aatya. Esta casa é da minha aatya. Pouso aqui às vezes. Dirijo o carro de um seth que é dono de uma oficina aqui perto. Com freqüência, preciso devolver o carro tarde da noite, então venho dormir aqui."

"Sua aatya é rica, né?", Sartaj disse. "Tem telefone e tudo." Ele estava agachado perto do banquinho. O telefone tinha cadeado no disco, além de uma caixa cheia de moedas e notas miúdas ao lado. Veena Mane cobrava dos vizinhos que desejavam fazer ou receber ligações. "Qual é o número deste telefone?"

Kamble estava no quarto dos fundos, e Sartaj ouviu suas batidas nos baús e o ruído das portas dos armários sendo abertas. Ligou para o número, cantando os dígitos.

"É isto, chutiya?", Kazimi perguntou. Estava em pé bem perto de Anand Agavane agora, nariz com nariz. "Este é o número de sua aatya?"

"Eu não fiz nada."

Kazimi o esbofeteou. Ouviram um gemido lá fora, vindo do meio dos rostos que encheram a viela. Anand Agavane encolheu-se contra a televisão, escondendo o rosto.

Sartaj pôs a cabeça para fora da porta. "Vamos circulando", disse irritado. "Ou vamos prender vocês também. Querem levar um lathi na gaand? Isso aqui não é sessão de cinema." Os vizinhos de Veena Mane recuaram, depois foram embora. Mas Sartaj sabia que estariam ouvindo, que os acontecimentos num kholi eram audíveis em outro. Voltou ao quarto, aumentou o volume da televisão. Uma modelo de sári verde anunciava um café saboroso.

"Olha só", Kamble disse, voltando da estreita passagem que conduzia ao outro cômodo. Ele mostrou um plugue preto cúbico e um fio pendurado. "Pelo jeito isto aqui encaixa num telefone celular. Quantos telefones sua aatya possui, afinal de contas? O que ela anda fazendo, ligando para a família Ambani a cada dez minutos?"

Sartaj pegou o plugue da mão de Kamble. Levou o braço cordial ao ombro de Anand Agavane, perto do pescoço. "Preste atenção", disse. "Não queremos nada com você. Sabemos a respeito das ligações para a mulher, e que mandaram os chokras pegarem o dinheiro em Apsara." Sartaj sentia o pulso de Anand Agavane sob seus dedos, alto e rápido como o de um passarinho. "Só queremos que nos diga o nome de quem está chefiando. Para quem ligava? Pode falar, não vai acontecer nada com você."

Mas Anand Agavane mergulhara num estupor, rilhando os dentes de olhos fechados. Sartaj vira antes aquela demonstração de coragem dos encurralados. Anand Agavane tentava preservar a honra, queria salvar os amigos. Cederia após algum esforço, no interrogatório, na pancada. Precisariam levá-lo a algum lugar para trabalhar o rapaz.

Kazimi fez um sinal com a cabeça, olhou para Sartaj e deu outro tabefe em Anand Agavane, com as costas da mão. Foi só para efeito externo, sem muita força. "Ele fez uma pergunta", Kazimi disse. "Responda."

"Não sei nada de dinheiro nenhum", Anand Agavane disse.

"E quanto ao celular?", Sartaj perguntou. "Onde está?"

Kamble pegou uma camisa branca no gancho e a jogou no chão. Depois enfiou a mão no bolso de uma calça branca e puxou uma carteira. "Carta de motorista, cheia de dinheiro? E o carro nem é seu, filho-da-mãe." Ele jogou a calça em Anand Agavane, ela bateu em seu rosto e caiu no chão.

Sartaj derrubou caixas da prateleira da cozinha. No canto oposto ao do fogão, uma prateleira preta apoiava imagens de Tuljapur Devi e Khandoba, além de uma foto de casamento em preto-e-branco, um homem e uma mulher que se parecia vagamente com Anand Agavane. Devia ser Veena Aatya, tímida e coberta de jóias para o matrimônio. Sartaj limpou a superfície de metal e o vidro quebrou no chão. Kazimi pisou na calça de Agavane, abaixou e puxou o cinto. Dobrou-o e golpeou Agavane nas costas e nos quadris.

"Se me irritar", disse, "terá de passar a noite comigo, bhenchod. E não com sua aatya. Fique sabendo que vou me divertir um bocado, mas você não. Onde está o celular maderchod?"

Sartaj deu as costas para as prateleiras e voltou ao quarto. O kholi parecia ter sido subitamente destruído, como se um vento forte houvesse arrancado os calendários coloridos da parede, rasgado as folhas no meio e jogado um pote de bom arroz no chão. Sartaj tentava pensar apesar dos estalos do couro na pele e dos palavrões de Kamble. Ananda Agavane estivera sentado no chão vendo televisão, bem ali. Não poderia ficar longe do chamado da patroa, por isso o telefone devia estar perto da porta. Em algum lugar por ali. Havia uma janela com persiana, mas a beirada de madeira lascada e empenada mal deixava espaço para um maço de Wills e fósforos. Sartaj abriu o colchão dobrado onde Agavane estivera sentado, mas nada encontrou além de poeira e cheiro de mofo. Sartaj parou do lado do telefone sobre a banqueta, sem ter para onde ir. Era pouco mais que um quarto aquele kholi.

No canto, na altura da cabeça de Sartaj, um cesto de arame pendia numa corda branca. O cesto estava vazio. Talvez Aatya estivesse fora comprando atta, batata e carneiro, que penduraria no cesto, longe dos inevitáveis ratos. Ela mantinha a casa limpa, embora o sobrinho fosse um apradhi. Anand Agavane estava todo encolhido agora, com a cabeça entre os joelhos e os braços apertando com força o corpo. Os ombros avermelharam, ele suava na cabeça calva. Filho-da-mãe teimoso. Sartaj empurrou o cesto, que bateu de leve na parede. A corda ia até um gancho na viga de madeira. Havia uma foto na parede, tirada recentemente em estúdio, muito colorida e iluminada, mostrando um jovem casal. Filha da Aatya, quem sabe, de sári vermelho com óculos escuros na testa. O marido a seu lado usava jaqueta de couro, mantinha as mãos nos quadris, fazendo pose de modelo charmoso. A jaqueta provavelmente fora alugada do fotógrafo, que os fizera posar como casal jovem moderno, tendo ao fundo a cidade iluminada. As luzes brilhavam no alto e na água, refletidas. Poderia ser Marine Drive ou Nova York. A foto em moldura preta estava apoiada num tijolo protuberante. Por toda a extensão da parede, de meio metro acima da cabeça de Sartaj até o piso, havia tijolos deslocados para fora, alternadamente. Aatya deve ter mandado erguer a parede assim, com tijolos para fora a intervalos. Mulher prática. Sartaj ergueu a mão até o primeiro e a passou pela superfície, tateando apenas a aspereza do tijolo e o fio que segurava a foto. Fez o mesmo com o segundo, depois afastou o colchão e se aproximou da parte inferior da parede. Estendeu a mão, sentindo crescer sua confiança. Sim. Sentiu o plástico com a ponta dos dedos. Era o telefone.

"Achei", disse.

Kamble deixou de lado uma lata de biscoitos que investigava, botões, agulhas e alfinetes bateram na parede do fundo. "Quero ver, quero ver", disse, estendendo a mão.

Mas Sartaj não entregou o telefone, era dele pelo menos por um momento. Naquele instante o caso foi resolvido, ele sentiu que rasgava a cortina escura, que saboreava a doçura do triunfo com satisfação. Pressionou as teclas do telefone e o mostrou a Kamble. "Últimos dez números discados", disse. "Sempre o mesmo número, do outro celular."

"Peguei você", Kamble gritou. "Peguei você, filho-da-mãe." Ele apanhou o telefone e bateu na tela com o indicador. Estava feliz como um menino que ganhou sorvete.

Mas Kazimi estava revoltado. Chutou Agavane, afastou-se e sentou num caixote virado. "Maderchod", disse a Agavane. "Me fez trabalhar tanto por causa disso? Achava que não íamos achar o telefone gaandu ali em cima? Está num kholi do tamanho de um buraco de rato, bhenchod. Estúpido. Agora pegamos você." Ele sacou um lenço azul grande para enxugar o rosto e a nuca. "Acabou o heroísmo, agora? Pronto para falar?"

O rosto de Agavane viu a luz. Chorava. "Saab", disse. "Saab."

Sartaj chegou à casa de Mary às onze. Estacionou, subitamente assustado com o ruído da motocicleta. A escada estava longe da única lâmpada trêmula no fundo da viela escura. Sartaj começou a subir, notando pela primeira vez as trepadeiras no muro à esquerda, a grossa camada de cobertura de galhos e folhas. Bateu duas vezes na porta, e já pensava em descer a escada quando ela se abriu. Mary estava atordoada, com os olhos desfocados. Resmungou alguma coisa e recuou, arrastando os pés para permitir sua entrada.

"Peguei no sono", conseguiu dizer finalmente, após um longo bocejo. Havia uma pata e patinhos estampados em sua camiseta amarela folgada.

"Lamento", Sartaj disse. "Não consegui chegar mais cedo. Acho melhor ir embora."

"Não, não." Ela fechou a porta. "Eu estava vendo televisão, fechei os olhos por um minuto."

Na tela uma fila de zebras, em preto-e-branco reluzente, saltavam uma elevação. Sartaj ergueu o braço e tocou a face de Mary.

"Sartaj Singh", ela disse, "você está fedendo."

Sartaj recuou um passo. "Desculpe", disse. "Um dia duro no serviço, sabe como é."

De repente ele se deu conta do cheiro ruim que exalava, das camadas de sujeira com gasolina e suor em seu corpo, da testa ao tornozelo. "Melhor eu ir. Pensei em passar primeiro em casa, mas ficou muito tarde."

Mary riu. "Você corou", ela disse. "Eu não sabia que policiais coravam. Sabe, não precisa ir embora. Por que não toma um banho?" Ela mostrou a porta atrás de Sartaj com um movimento da cabeça.

"Um banho?" Ela tinha razão, enrubescera, Sartaj ainda sentia as bochechas e o pescoço afogueados. Nunca fora tímido, mas a idéia de tirar a roupa atrás de uma fina divisória de madeira fazia que se sentisse insuportavelmente exposto.

Mas Mary se adiantou, rápida e eficiente. "Anda logo", disse. "Vou pegar uma toalha e esquentar a comida. Estará pronta quando terminar."

Sartaj abaixou-se na frente da porta de entrada para tirar o sapato, depois mudou de idéia e fez isso do lado de fora. Enfiou a meia marrom no fundo do sapato e sorriu para Mary.

"Você tira o...?", ela perguntou, entregando uma toalha verde.

"O pugree? Normalmente, sim."

"Então?"

Ele sentou na cadeira ao pé da cama e começou a desenrolar o pug. Ela o observava com atenção. Havia muito tempo não fazia aquilo na frente de uma mulher. O coração batia rápido, o rosto esquentava.

"É muito comprido", Mary disse. "Carrega um bom peso na cabeça."

"A gente se acostuma." Sartaj enrolava o pano azul comprido do cotovelo à mão, conforme o tirava da cabeça. "Como o sári de uma mulher, não é?"

Mary fez que sim. "Então você a pegou?"

"Quem?"

"A mulher que chantageou aquela moça."

Sartaj parou. Raiva e um constrangimento inexplicável fizeram seu estômago contrair. Os homens são uns filhos-da-mãe, pensou, uns rakshasas. Ele não queria contar a ela quem era o apradhi, mas sabia que precisava. "Não, pegamos apenas um dos peixes pequenos. Mas agora sabemos quem é o chantagista. O bandido que pegamos nos contou tudo."

Mary bateu palmas uma, duas vezes. "Vamos lá, conte quem é."

Sartaj balançou a cabeça e abriu a boca. "É o namorado", disse.

"Qual namorado? Namorado de quem?"

"O antigo namorado de Kamala. O piloto. Umesh."

"Como assim? O boa-pinta? Aquele que você conheceu?"

"O próprio." Sartaj levantou, colocando solenemente o turbante dobrado sobre a cadeira. "Sabe o sujeito que encontramos hoje? A mãe dele costumava trabalhar para a família do piloto antes de morrer. Foi assim que o piloto o recrutou para esse serviço, encarregando-o de recolher o dinheiro e fazer as ligações."

Mary, com feições crispadas, opacas, disse: "Chantageou a mulher que... que...", e virou para a parede, revelando um pescoço tenso.

"Umesh tinha hábitos caros", Sartaj disse. "Creio que via muito dinheiro na bolsa de Kamala e concluiu que precisava de um pouco."

"O que você pretende fazer?"

"Não sei. Não podemos prendê-lo, pois não há inquérito oficial. Ainda não decidimos."

Mary removeu um fiapo de sua camisa e o jogou fora. "Bata nele", disse. "Bata nele."

"Sim", Sartaj disse, sem conseguir acrescentar mais nada. Os ombros de Mary se curvavam sob o fino tecido amarelo.

"Pode usar minha touca de banho se quiser", ela disse.

"Sim." Sartaj sentiu alívio ao poder escapar para o banheiro. Trouxera o cheiro de esgoto do crime para a casa de Mary e a perturbara. Sua raiva continha a dor de sua própria história. Ele não estava sendo um pretendente muito adequado, pensou ao fechar a porta do minúsculo banheiro. No parapeito da janela, sob o ventilador, havia uma fileira de xampus, loções e sabonetes. Havia dois ganchos na porta, ambos cheios de toalhas e roupas. Ele não queria colocar a camisa suada sobre a camisola dela. Passou-a — com muita delicadeza — para o outro gancho, no qual estava a toalha, segurando-a com a ponta dos dedos. Desabotoou a camisa. Kamble também sugeriu bater no piloto, quando Anand Agavane revelou quem era o chantagista. Kamble ficou furioso. Queria arrancar o piloto filho-da-mãe do avião naquela hora, ou ir até a casa dele e espancá-lo no meio do *home theatre*. Kazimi e Sartaj se assustaram com a veemência de Kamble, e Kazimi disse, finalmente: "Por que quer bater, bhai? O sujeito tem muito dinheiro". Sartaj concordou com um movimento da cabeça.

Sartaj cobriu o patka com a touca de banho de Mary e abriu a torneira. Não havia chuveiro. Sartaj esperou o balde de plástico vermelho encher, observando a espuma da água. Kamble era muito jovem. Debaixo de todo seu sarcasmo, que usava feito uma armadura, jazia um romântico. "Arre, tenho muitas mulheres", dissera a Kazimi e Sartaj, "mas não pego dinheiro delas. Gasto meu dinheiro maderchod com elas, o máximo possível, mais do que ganho. Esse piloto é um badhwa." Levaram um tempo para acalmá-lo, até convencê-lo de que uma surra era um prazer temporário, que não seria uma punição de verdade para um sujeito como o piloto. Mas ele ainda resmungava quando se despediram. "O que ela sentia por ele era *love*", disse, usando a palavra inglesa para amor, ao apontar o dedo para os colegas. "E ele explorou a coitada. Filho-da-mãe."

Sartaj apanhava canecas de água do balde para lavar ombros e cintura. Estava sentado de pernas cruzadas numa banqueta de alumínio, de frente para a torneira. Eles tinham certeza de que a apradhi era Rachel Mathias, desprezada, insultada, vingativa. Mas no final das contas era o formoso amante em pessoa que traíra sua namorada. Kamble, um sujeito pitoresco, acreditava no êxtase puro do amor sem adulteração, nos sonhos cantados em verso. "*Gaata rahe mera dil, tu hi meri manzil.*" Sartaj pendurou a caneca na borda do balde e fechou os olhos com as mãos nas coxas. Seria possível voltar a crer, deixar para trás todo o conhecimento e as confortáveis distâncias do exílio? Sartaj pensou na mulher do outro lado da porta, tão próxima, e em como era estranho e inesperado que estivesse em sua casa, em seu banheiro. Esfregou um sabonete Lux nos ombros, e pensou na outra mulher, naquela que amava o piloto. Umesh não era um bom sujeito, mas Kamala tampouco era boa. Mas Sartaj não queria lembrar a Mary que Kamala tinha marido, que se portava de modo frívolo e egoísta, além de infiel. Preferia não discutir o caso. Não naquele momento, nem ali. Queria agora apenas sossego e a intimidade com Mary. Sempre havia a possibilidade de discussões futuras, de traição, dor e dano, mas naquela noite ele precisava da proteção de um pequeno círculo de fé. O futuro ainda não chegara, o passado já se fora. Abriu a torneira até o final, jogou canecas cheias de água na cabeça, no peito, nas coxas. Sorria. Cantarolou a canção: "*Kahin beetein na ye raatein, kahin beetein na ye din*".

Ele se enxugava quando Mary bateu na porta. "Ei", disse. Ele abriu uma fresta para que ela enfiasse o braço. "Pode usar isto."

"Isto" era um kurta branco meio puído. Ele fechou a porta e o ergueu. Manga muito curta, mas caía bem nos ombros e no peito. Perguntou-se se era do ex-marido ou de algum namorado, e o vestiu de qualquer maneira. Que diferença fazia? O kurta estava limpo, exalava o aroma fresco de lavanderia, goma e ferro de passar. Ele enrolou a manga até o antebraço, prendendo as dobras para que ficassem lisas e retas. Seu patka era fácil de ajeitar, mas nada podia fazer a respeito dos olhos fundos e das faces encovadas. Alisou a barba e olhou no espelho antes de sair.

O jantar preparado por Mary o aguardava na mesa pequena ao lado da cama. Haviam combinado por telefone que ele experimentaria seu machchi kadi com arroz, depois do serviço. "Espero que já tenha comido", ele disse. "Eu demorei muito para chegar."

O fogãozinho estava aceso, e sobre ele borbulhava uma panela. "Eu estava cansada demais para comer", disse. "Sente-se."

Os dois sentaram no chão de pernas cruzadas, frente a frente, com a mesa entre eles. O machchi kadi de Mary era apimentado, mas não insuportavelmente. Sartaj engasgou ao comer, bebeu muita água, contou histórias da infância. Recordou a vez em que comeu tanto chole-bature numa loja de beira de estrada em Shimla que Papa-ji precisou levá-lo para casa no colo. E sobre a paixão juvenil por Royal Falooda num restaurante iraniano específico em Dadar, e sobre Gokul em Santa Cruz, onde se conseguia um sorvete de manga tão cremoso que levava a pessoa de volta à farra com mangas de um verão distante, quando pegavam Dussheries em baldes grandes de água fria. Contou sobre tardes em que o calor de junho minava pelas paredes da escola, onde setenta meninos de uniforme branco estudavam cada vez mais inquietos e emburrados, quando os mais ousados e populares — Sartaj e seus amigos — pulavam a janela para ir até a esquina comer kulfi. Ela riu das histórias e encheu o prato dele com arroz.

"Eu não sabia que você tinha um fraco por doces", ela disse. "Não tenho kulfi. Talvez uns caramelos antigos. Tinha chocolate, mas acabou."

"Tudo bem", Sartaj disse. "Estou satisfeito."

Mas ele comeu um pouco mais. Assim que terminou Sartaj lavou as mãos e discretamente esfregou os dentes com um pouco de dentifrício neem de Mary. Sentou no chão, com as costas apoiadas na lateral da cama, chupando um caramelo sabor laranja. Era um dos três que ela havia encontrado no fundo do armário. Mary lavava os pratos e panelas, a música da porcelana com metal era reconfortante. Sartaj suspirou, acomodou os ombros, engoliu o último pedacinho da bala e fechou os olhos. Um ou dois minutos de descanso, pensou.

Acordou no quarto escuro, com a mão de Mary em seu rosto. "Sartaj", ela sussurrou, "vá para a cama".

Ele dormira, sonhara com Ganesh Gaitonde. A história do sonho fugiu-lhe da mente quando se ergueu, apoiado num cotovelo, mas a derradeira imagem permaneceu com ele: Gaitonde falando com ele, do outro lado da parede. *Ouça, Sartaj.*

Ele estava deitado no chão, ao lado da cama. Havia uma almofada debaixo do braço. "Peguei no sono", disse, sentindo-se meio palerma.

"Você também estava cansado."

Ele não via os olhos dela, nem a face, mas sabia que estavam fixos em seu rosto. Sartaj levantou e sentou na beira da cama, ao lado dela. Ela recuou, deitou no canto da parede. "Se eu passar muito tempo aqui", ele disse, "ou dormir, os vizinhos não vão reclamar? Ou o senhorio?"

Ela estendeu a mão e puxou-o carinhosamente pelo punho. "Não se preocupe. Você é um policial do Punjabi enorme. Não abrirão a boca de tanto medo."

Ele se ajeitou e os dois passaram um momento imóveis, apenas os ombros se tocavam. Sartaj respirou fundo, virou para o outro lado e viu que ela estava de frente para ele. Beijaram-se. No escuro os lábios de Mary eram carnudos e dóceis, diferentes de antes. Ela se aconchegou em seus braços e pressionou a boca contra a dele. A ponta de sua língua era ágil e o cutucava. Ela exalou o ar dentro dele.

Sartaj emitiu um som, um gemido rouco, e a puxou para si com força. Levou a mão às costas dela e a segurou firme, sentindo a barriga e os quadris. Estava quase em cima dela quando sentiu que Mary fugia, ia para outro lugar. Mantinha o braço nas costas de Sartaj, mas rígido. Ele recuou.

"Desculpe-me, eu...", ela disse. "Eu..."

Sartaj percebeu sua agitação e ansiedade. Tentou acalmá-la, acariciando seus cabelos. Sua ereção até doía, havia nele um impulso forte de agarrá-la, mas conseguiu se conter e apenas desfrutar a proximidade. Sincronizaram a respiração, depois de um tempo ele notou o brilho de um sorriso. Riu também, e eles se beijaram de novo. Sartaj viu que ela era diferente das outras mulheres com quem estivera, não inexperiente, mas tímida. Ela acariciou seu queixo desajeitadamente, como se fosse algo aprendido há pouco. Ele segurou seu lábio inferior entre os dentes, brincando com os cantos da boca. Ela riu, ele também. Riram juntos. O aroma de xampu infantil de seu cabelo foi a última lembrança de Sartaj, que afundou nele contente.

Na deliciosa frescura do início da manhã, Sartaj sabia que sonhava. Caminhava por uma ruela interminável e sinuosa num basti. Os telhados de zinco ondulado brilhavam da chuva negra, e havia um homem estendendo um pedaço de plástico rasgado sobre seu barraco. Sartaj caminhava. Katekar ia a seu lado. Conversavam a respeito dos confrontos. "Foram dias ruins", Katekar disse. Os dois iam atrás de Kazimi. Kazimi ia na frente. Caminharam. Depois falaram das bombas que explodiram. Sartaj contou a Katekar que vira um pé cortado na rua, e uma árvore desfolhada. "Ele teve sorte", Katekar disse, apontando para Kazimi com o queixo. Katekar parecia triste. Estou sonhando, Sartaj pensou.

Então Sartaj estava acordado. Mary dormia ao lado, agarrada a seu braço. Respirava lenta e compassadamente. Sartaj sentia os quadris tensos, mas não queria virar, a cama era estreita, não gostaria de acordá-la. Kazimi era um felizardo, pensou. Foram confrontos pesados. Noites intermináveis nos bastis em chamas, muçulmanos em fuga, homens com espadas. Gritos. Disparos a partir dos prédios, de um lado e de outro. Quem atirara em Kazimi, um hindu ou um muçulmano? Ou outro policial, disparando a esmo? De todo modo, era sortudo. Tivera a sorte de ficar apenas manco, sorte de não terminar numa cadeira de rodas. Se fosse aleijado não poderia seguir por aquelas ruelas esburacadas. A não ser que tivesse uma cadeira de rodas como a de Bunty.

Sartaj sentou na cama, agora completamente desperto, o sangue pulsando na cabeça. Mary se mexeu a seu lado, ele a assustara.

"O que foi?", ela perguntou.

Sartaj lembrava-se da cadeira de rodas de Bunty, de seu desenho estrangeiro elegante. E ouviu uma voz distante, muito longe, de um homem a pregar. Uma voz dourada, confiante nas verdades que proferia. Não via o homem diretamente, mas lá estava ele, no monitor da televisão. Era um grande guru, um guru famoso, e fizera uma yagna. A televisão de Mary estava escura. Nela, Sartaj via o próprio rosto. Havia uma roda na tela de televisão recordada, uma roda atrás da cabeça do guru. Uma roda reluzente, muito tempo atrás. O guru usava cadeira de rodas. Uma cadeira veloz, incomum. Sartaj se lembrou do zumbido eletrônico baixo que ela emitia.

"Preciso ir", ele disse.

"O que aconteceu?"

"Nada, nada. Preciso ir trabalhar. Depois eu ligo."

Ele a beijou, estendeu o lençol até os ombros e recolheu suas coisas. A saída estava escura, apenas uma leve claridade surgia no horizonte, por entre os prédios. Ele fechou a porta atrás de si, depois sentou no alto da escada para calçar o sapato. Seus dedos tremiam de nervoso, de pressa. Desceu os degraus de três em três, assim que chegou ao chão pegou o celular. A tela estava escura, cinzenta. Maderchod, não o carregara na noite anterior. Mas logo estava na motocicleta, correndo pelas ruas desertas. Sabia da existência de um PCO que permanecia aberto a noite inteira perto da estação de Santa Cruz, e chegou lá em menos de dez minutos. Bateu na janela, acordou o rapaz que cochilava atrás do balcão. Rápido, rápido. Logo ouvia os cliques na linha enquanto discava. Na parede verde que separava a cabine do balcão haviam entalhado um enorme coração na madeira. Uma seta o atravessava, dizendo Reshma e Sanjay em letras floreadas, um nome de cada lado. O coração pingava gotas de sangue, que formavam uma fileira até o chão. Sartaj passou o dedo pela seta.

"Alô?" A voz de Anjali Mathur estava baixa e rouca, mas alerta.

"Madame", Sartaj disse. "Aqui quem fala é Sartaj Singh, de Mumbai. Estava dormindo, sinto muito."

"O que aconteceu? Diga!"

"Madame", Sartaj disse, "creio que eu conheço o guru de Gaitonde."

Ganesh Gaitonde faz um filme

"A gente aplica a sombra com mais intensidade nos cantos das pálpebras."

Eu estava deitado numa cama prateada com lençóis de cetim, vendo Jamila se maquiar. As luzes acesas em volta do espelho formavam um círculo de fogo, eu estava sentado perto dela, observando o rosto com o calmo distanciamento de um médico. Ela estava nua da cintura para cima, mas quando tratava do rosto eu só conseguia prestar atenção aos olhos, à face. "Depois a gente passa o delineador, Charcoal Black da Lakme. E faz uma pequena cauda na parte externa do olho. Está vendo? Feito um peixe. Com uma bolinha na ponta. Isso dá um falso contorno ao olho. Tudo bem até aqui. Se a pálpebra superior estiver bem delineada, não se deve exagerar na inferior. Perderia a definição da pálpebra superior. Se quiser que os olhos pareçam maiores, faça o traço subir um pouco nas bordas da pálpebra inferior. Use um lápis que você possa esfumaçar para cima."

Ela falava alto, acima da música de discoteca com batida acelerada, sempre com muita clareza. Treinava para falar o mais claro possível. Olhou para mim para ver se eu estava prestando atenção, e sorri. Sentia um alegre cansaço, já a possuíra por duas vezes naquela noite, uma delas no chão. Era um metro e oitenta de mulher, lisinha, jovem, flexível e submissa. Explorei o território inteiro, cada centímetro, até o fim. "Seus olhos parecem enormes", falei.

"Tudo bem, então. Depois, as maçãs do rosto. A gente usa blush nas bochechas, para dar um brilho. Gosto de Bronze Blitz, está vendo? Depois é preciso decidir se pretendemos uma aparência leve ou carregada. Qual a impressão que deseja causar no lugar para onde está indo? Se for para ficar sob os refletores, tirando fotos, pode ser melhor um visual mais duro, para você se destacar na foto. Mas não vamos a lugar nenhum. Portanto, ar suave. Para obter esse efeito, uso o delineador para lábios MAC, é alemão. A gente define os lábios. Estou usando a cor Plum Preserved, hoje. Mas só quero marcar a boca. Se usasse batom na superfície inteira da boca, teria um resultado muito exagerado. Por isso uso brilho labial no lugar do batom."

"Muito criativa", falei. "Você é esperta, Jamila." Ela não arriscou nem a sombra de um sorriso. Quando se tratava de trabalho, era séria como um pandit. Ou mulá, em seu caso.

"A gente passa o brilho e o espalha com o dedo. Assim. Pronto, os lábios estão prontos. Agora, o rímel." Ela abriu a boca para passar o rímel. Fazia isso sempre que se maquiava, todas as mulheres com quem já estive também. O rímel era passado no olho, mas elas escancaravam a boca. As mulheres formam uma estranha tribo. "No caso do rímel, é preciso parar nas raízes dos cílios, antes de subir. Conforme a gente vai para cima, precisa sacudir um pouco o aplicador, virar de lado. Está vendo? Espere, mexa, vire. O que a gente obtém? Pestanas grossas, bonitas. Isso mesmo. Bem, já estamos acabando. Mas ainda falta. O segredo é: combine, combine, combine! Tudo precisa combinar. Nada de contrastes fortes."

Ela combinou. Eu esperei.

"Vamos ver. O que mais? Bem, para um ar sedutor, vou usar lip-stain. Dá um efeito meio esfumaçado. Vou usar um lip-stain MAC. A gente precisa uniformizar a mancha. Se não tiver um pincel, pode usar o lápis, assim." Ela se virou para mim, estendendo as mãos abertas. "Terminei. Viu? Ficou bom?"

Sim, ficou bom. Ela se transformara de um pedaço de aço fosco interessante e longo de Lucknow numa peça leve, diáfana, feita de luz. Depois levantou, exibindo toda a sua altura, enfiando uma camisola azul por cima da cabeça, que passou pelos ângulos delicados de seu ombro. Além dela, usava apenas uma tanga minúscula e chinelos. Eu havia pago a Jojo um valor sem precedentes por aquela virgem alta, e depois dera à própria Jamila alguns lakhs, sempre que se erguia alta e reta, como agora, eu pensava, paisa vasool. Ela se afastou de mim, atravessando a suíte saltitante para ver o horizonte coberto de edifícios de Cingapura. No final do carpete fez pose de passarela e lançou um olhar demorado por cima do ombro. Vislumbrei um mamilo subitamente, ereto, em nítida silhueta. Naquele momento, com o azul luminoso atrás dela a contrastar com o ouro e a sombra da frente, ela poderia estar na televisão, em Fashion TV ou Star TV ou Zee TV. Ela retornou até onde eu estava, andando daquele jeito, e eu senti aquele aperto no peito que dão as mulheres lindas, brilhantes, belas. Uma mistura de ansiedade e desamparo como a de ver algo voando nos céus, bem alto. A diferença era que eu poderia mandar aquela ali se ajoelhar na minha frente num segundo. Minha, pensei, ela é minha. Então havia dor, mas também prazer. Deixei que desfilasse. Ela sabia que eu gostava de observá-la, e apresentou um show. Quando não agüentava mais, fiz que ficasse de quatro perto da janela, no crepúsculo cor de bronze, e ajoelhei-me na frente de sua boca. Foi a terceira vez naquele dia, tremi, dolorido, até finalmente atingir o êxtase.

Depois, comemos. Eu sentia bastante fome, mas observá-la comer era assustador. Educada, usava garfo e faca e batidinhas de guardanapo no cantinho da boca, mas sempre consumia comida suficiente para três homens. Se a gente insistisse em conversar, ela falava sobre temas do momento sem problemas. Mas, se dependesse de sua preferência, permanecia em silêncio absoluto durante as refeições. Devorava travessas de frango, uma ou duas porções de carneiro, várias taças de sorvete de sobremesa. Em vez de chá ou café, bebia um copo de lassi, ou leite se fosse a única opção disponível. Quando comemos juntos pela primeira vez, ela me disse que não precisava de cafeína, cada célula de seu corpo era ágil e animada por natureza. Só necessitava de cinco horas de sono por noite para acordar descansada e fresca, mas com quatro ficava perfeitamente bem.

Quanto a mim, estava exausto por causa dos esforços daquele dia, de tudo que ocorrera nos limites daquele apartamento. Jantei em silêncio e fui tomar banho. Quando saí do banheiro, vi que Jamila havia aberto as cobertas e posto um copo de leite quente na mesinha-de-cabeceira. Ela fora bem treinada. Enquanto ela tomava banho bebi o leite e falei com Arvind pelo interfone. Ele estava no andar de baixo, na metade inferior do apartamento dúplex, com Suhasini, que não mais se assemelhava a Sonali Bendre. Guru-ji tinha razão sobre o casamento: os dois se fortaleceram com ele. Arvind continuava pensativo, mas tornara-se decidido e pragmático. Suhasini deixara de lado seus modos exuberantes e vulgares de prostituta; agora plácida e feliz, sua energia alimentava o marido.

Promovi Arvind a gerente de nossas operações no setor oriental, e o instalei naquele belo apartamento de Havelock Road, constituído na verdade por dois apartamentos. Só encontrava Jamila lá, no piso superior da cobertura, e apenas naquele lugar. Nosso relacionamento precisava ser mantido em segredo total, e não somente pelos riscos que eu corria. Era óbvio para todos nós, para mim, para Jamila e para Jojo, que uma moça com pretensões a Miss Universo não poderia ser associada facilmente a um chefão do crime organizado internacional. Por isso a discrição de nossa parte e da alta Jamila. Ela nunca cantava no chuveiro, nunca ria, chorava ou batia palmas quando assistia a um filme. Agora, do quarto, eu ouvia o ruído da água espirrando, e era tudo. Tratei de negócios com Arvind, perguntei a respeito da gravidez de Suhasini. Desliguei e telefonei para Bunty, em Bombaim. Mais conversas de negócios, quando terminamos Jamila também encerrara suas longas abluções noturnas. Sua pia no banheiro parecia uma farmácia, cheia de ungüentos, loções e xampus caprichosamente enfileirados. Mesmo assim, ao vir para a cama ela não exibia a aparência melada e pegajosa da maioria das mulheres quando iam dormir. Só transmitia beleza, saúde e limpeza.

Apaguei a luz, ficamos deitados lado a lado. Eu sabia que ela não ia dormir por enquanto, por uma ou duas horas no mínimo, pois acompanhava meu ritmo com carinhosa complacência. Comia, dormia e acordava quando eu queria. Agora, eu queria dormir. Mas seu corpo me mantinha desperto.

Não era só o desejo que me animava e inquietava, fazendo a mente trabalhar incessantemente. No momento, estava saciado. Mas pensava nas formas de seu corpo, nas linhas, curvas e proporções. Aquela forma havia sido refeita. O traseiro de Jamila fora realinhado. Ou seja, as nádegas — naturalmente assimétricas em todos os seres humanos — foram niveladas. Os pneuzinhos dos quadris foram sugados e a gordura, enxertada na gaand, para que ficasse rechonchuda e durinha. A cintura foi lipoaspirada, bem como a parte inferior das coxas, as laterais e a porção superior, logo abaixo do traseiro. O mesmo ocorreu com seções dos braços e queixo. Recebeu implantes nos seios, com formas naturais que foram apalpadas e discutidas em detalhe. Fizemos tudo isso na casa dos milagres do dr. Langston Lee, em Orchard Boulevard. Sua reputação impecável e a clínica moderna e asséptica justificavam os preços astronômicos. Mas ele era um artista, um sujeitinho de olhos miúdos e fala estranha, mágico maha da carne, que sabia mover, transformar e eliminar para que ressurgisse adiante. Jamila o encontrara graças à intensiva pesquisa mundial do tema, e ele não a decepcionara. Até eu, um consumidor insaciável de corpos, um chodu que sabia muito bem do que gostava, mas não a razão para tanto, até eu aprendi ouvindo suas discussões. Agora entendia a linguagem da beleza, sua gramática e sua sublime sintaxe. Ouvindo os dois poetas eu compreendi como uma canção bem-feita de curvas, texturas e espaços poderia encantar facilmente o mais empedernido dos corações. Juntos eles faziam mágicas, o médico e sua paciente. Não havia defesa contra os encantos formidáveis que lhe foram acrescentados.

O processo já havia custado um bocado de dinheiro e dores inimagináveis. Eu não fui visitar Jamila na clínica, mas passara algum tempo com ela no apartamento, depois da cirurgia. Ela nunca soltou um gemido ou queixa, mas eu sabia o esforço que lhe custava vencer a distância da cama ao banheiro com os tecidos da coxa rasgados e atacados por uma cânula intrometida. Testemunhei o esforço supremo e o suor na testa. Vi o sofrimento nas equimoses, nas marcas verde-amareladas nos seios, no modo como ela se agarrava às cobertas. Muita dor, por dias a fio. E não havia acabado ainda. Em seguida faríamos seu rosto. O dr. Lee pretendia cavar as maçãs. Engrossar os lábios. Reformular o nariz, arrebitá-lo com um implante. E o queixo também receberia um implante, para ficar mais comprido, mais forte e definido, para ser o contraponto exato da sobrancelha. Ele tornaria seu rosto harmonioso, impecavelmente equilibrado, perfeito. Então ela estaria — de acordo com seus próprios cálculos — completa.

"Como você começou?"

"Saab?", ela disse. Sua resposta foi instantânea, sem traços de sonolência na voz, sem confusão. Mas minha pergunta, admito, foi vaga na formulação.

"Quando foi que você pensou em se tornar estrela de cinema? Quando fez planos de ir para Bombaim? Como conseguiu isso?" Sua respiração não se alterou, o corpo não se mexeu, mas seu estado de alerta total era perceptível. Sentia isso no antebraço, na nuca.

"Ora, saab, é a história banal de uma moça do interior."

"Conte."

"Sim, saab", ela disse. Era uma boa moça. Sempre me chamava de "saab", era quieta e obediente. Contou tudo, em tom neutro. "A primeira vez que vi modelos eu tinha seis anos."

"Sei", falei. Conforme ela falava eu emitia alguns sons, dizia "sim" a intervalos de dois minutos, para mostrar que prestava atenção. E ela prosseguia.

"Quero dizer, já as conhecia de revistas e jornais, via atrizes em filmes, mas daquela vez eu vi modelos na vida real, em nosso próprio bairro, Lucknow. Minha mãe me levou a uma casa de chacha, na volta passamos a pé por Hazratganj. As modelos estavam saindo de uma loja de departamentos, tinham ido a Hazratganj para a cerimônia de inauguração. Saíram da loja, atravessaram a rua, passando por uma multidão contida pela polícia, e subiram num ônibus com ar-condicionado. Foi só isso. Trinta segundos, talvez um minuto, haviam transcorrido. Eu as observei, espremida entre minha mãe e um homem. Passaram tão perto que eu poderia ter tocado uma saia, uma mão. Mas não fiz isso. Segurei a burca de minha mãe e olhei as modelos. Estavam ali, bem ali. Em Hazratganj. Mas pareciam ter vindo de outro mundo. Como se fossem fadas. Eram altas. Mais altas do que eu ou minha mãe. Magras e altas. Duas delas falavam ao passar, em inglês, e não entendi nada. Mas até as vozes transmitiam aquela sensação, o espírito que havia em suas faces rosadas, em seus olhos escuros. Eram fadas. Depois disso, quando alguém me contava histórias sobre príncipes, djinns e mágica, eu sempre via modelos. Jamais as esqueci. Naquela noite perguntei a minha mãe quem eram. Ela não sabia. Não passava de uma senhora religiosa que sempre usava burca, o que poderia saber de modelos? Tentei falar com meu pai quando chegamos em casa, ele riu, quis saber do que eu estava falando, interrogou minha mãe, que deu de ombros. Ela viu aquelas estrangeiras desavergonhadas de cabelo curto, disse.

"Elas não eram estrangeiras, e sim indianas, um grupo de modelos de Bombaim. Mas, para minha mãe, só podiam ser estrangeiras. Descobrimos quem eram no dia seguinte. Meu pai, um sujeito baixo, tinha um restaurante pequeno no Chowk Bazaar, e era muito religioso. Agradecia a Alá diariamente o sucesso do restaurante, famoso até fora de Lucknow pelos kakori kababs. Mas ele era progressista, também. No restaurante ele lia não apenas dois jornais em urdu, como também o *Times of India*. Não sabia ler em inglês, mas torcia para que os filhos aprendessem a língua para subir na vida. A bem da verdade, a esperança dizia respeito principalmente aos dois filhos, meus irmãos mais velhos. Quanto a mim — a caçula, um brinquedo para eles —, também costumava folhear os jornais e revistas que ele trazia para casa, e acompanhava as discussões a respeito. Naquela manhã meu irmão mais velho, Azim, o mais fluente da família em inglês, pois se preparava para fazer o exame da UP State Services, riu e disse, olhem as estrangeiras de Jamila. E lá estavam elas, numa foto na terceira página do jornal, descendo por uma longa passarela. Reconheci a que estava no meio, tomara parte da conversa que eu entreouvira. Azim explicou a meu pai que elas eram modelos, estavam em Bombaim para um desfile de moda num hotel cinco estrelas freqüentado pelos ricos de Lucknow, além do DIG e do colecionador. Foi a primeira vez que ouvi a expressão 'desfile de moda'. Mal sabia seu significado. Imaginei uma multidão como a que se aglomerava na calçada em Hazratganj e nas lindas modelos desfilando acima de todos. Nada mais, apenas passavam. E as pessoas olhavam para elas.

"Era tudo o que eu sabia, na época. E foi a isso que me agarrei por muito tempo, por muitos anos, naquele mundo formado pela minha rua, casa e escola, além de pai, mãe, irmãos, tias e primas. Todas as noites eu imitava aquele andar, todas as noites eu dormia vendo as lindas modelos de Bombaim passando por mim, uma após outra, na calçada onde a multidão não mais estava, pois fora magicamente removida de Lucknow. Eu queria saber mais, porém não perguntei por instinto, não deixei que ninguém notasse. Sabia que as mulheres não aprovariam essas coisas, pois boas moças decoravam suras e hadiths, eram modestas e recatadas não só quando estavam acordadas, mas também quando dormiam. Só de sentar ao lado de minha mãe, para comer, depois que os homens terminavam, eu percebia isso. Portanto, calava-me a aprendia ouvindo, captando fragmentos aqui e ali. Tentava ler *Times of India* com Azim, até que isso se tornou motivo de brincadeira na família. Venha, Azim dizia todas as manhãs, ao abrir o jornal. E eu aprendia mais um pouquinho. Sabia que as modelos moravam em Bombaim, que em sua maioria eram moças criadas lá, que falavam inglês, ganhavam montanhas inacreditáveis de dinheiro e andavam com pessoas da alta sociedade. Mas só entendi realmente essas coisas depois que instalaram em casa a tevê a cabo.

"Isso ocorreu logo que completei onze anos. Naquele ano, depois que assinamos a tevê a cabo, passei a assistir televisão em casa, de tarde. Estava crescendo. Até aquele verão eu havia sido uma menina comum, só meu pai prestava uma atenção especial a mim. Os outros achavam que eu era sem graça, quieta, boa. Então, comecei a crescer. E cresci. Minha mãe era alta para sua geração, quase um e setenta. Meu pai era três centímetros mais alto que ela. Azim, o mais alto da família, tinha um e setenta e cinco. Mas eu cresci muito. Enquanto via os programas de moda da MTV e canal V, continuava crescendo. No Zee havia entrevistas com designers de moda, coreógrafos e fotógrafos. Eu via tudo. De noite, sofria. As juntas doíam, os tendões esticavam e aumentavam. Eu via *Fashion Guru* e aprimorava meu inglês enquanto crescia. Quando cheguei aos catorze anos, havia ultrapassado todos os irmãos, menos Azim, e no ano seguinte fiquei mais alta que ele. E era magra, muito magra. As moças do mohalla diziam coisas horríveis para mim, e minha mãe resmungava. A explicação de meu pai era que ele tinha um tio-avô que chegara a um metro e setenta e nove e meio, eu havia puxado esse tio. Mas, no final do ano em que completei dezesseis, eu já era mais alta que o tal tio. E continuava a crescer.

"Minha família ficou preocupada. Onde encontrariam um homem mais alto do que eu? E, se conseguissem encontrá-lo, esse homem aceitaria uma esposa tão alta e magra? Mas eu não me preocupava. Sabia onde as moças altas eram bem-vindas. Eu já sabia quem era. Não estudara apenas moda, mas também a mim. Mesmo que ninguém mais percebesse, eu conhecia meu potencial. Dois anos depois que Aishwariya e Sushmita ganharam o Miss Mundo e o Miss Universo, abriram um salão de beleza bem em nosso mohalla. As moças e mulheres casadas costumavam freqüentá-lo, para tirar a sobrancelha e fazer maquiagem especial para casamentos. De todo modo, as moças consideradas bonitas, as moças pelas quais meus irmãos suspiravam, eram todas claras, meio rechonchudas, totalmente recatadas. Eu sabia qual era minha cor, conhecia minhas formas, nada tinha a ver com elas. Era considerada feia, muito escura. Mas eu sabia. Olhando no espelho, via o que estava lá e o que precisava ser feito. Havia lido tudo a respeito de postura, aparência, treinamento e jeito de andar na passarela, além de cirurgia plástica. Sabia para onde poderia ir. Sabia para onde deveria ir. Para mim, só havia um lugar: Bombaim. Por isso, fui para lá."

Eu nunca a ouvira falar tanto antes, de uma enfiada só. Creio que foi a escuridão, minha pergunta inesperada e as afirmativas sussurradas — e afinal de contas ela não estava contando sua história para mim, mas para si mesma. O resto de sua jornada eu conhecia, fora relatada por Jojo. Jamila aguardara até o dia seguinte a seu décimo oitavo aniversário. No final da tarde ela saiu de casa usando burca, levando apenas a bolsa, na qual havia sete mil e quatrocentas rupias, em pequena parte economias sofridas de vários anos, a maioria furtada da almirah da mãe. Tinha três pulseiras de ouro e algumas jóias de prata de pequeno valor. Pegou um riquixá para Nakkhas via Kashmiri Mohalla, onde adquiriu uma mala barata. Manteve o rosto coberto e caminhava recurvada, parecendo uma senhora idosa e crente aos que passavam por ela. Já na época seu talento como atriz impressionava. Carregou a mala para a casa de uma amiga, para onde levara, nas semanas anteriores, as roupas que precisaria no início. Depois seguiu para a estação ferroviária, onde esperou o Pushpak Express. Já dispunha de passagem e reserva de uma cabine-leito, feita duas semanas antes, com nome falso. Sentou-se calmamente no trem, observando a paisagem que passava. Deixou em Lucknow apenas um bilhete, que a mãe encontraria na cozinha, tarde da noite. Dizia: "Estou indo embora por livre e espontânea vontade. Foi uma decisão minha. Por favor, não tentem me encontrar". Não escreveu nada a respeito do lugar para onde ia, seus motivos e objetivos. Como nunca dissera uma só palavra a ninguém a respeito de suas ambições ou seu destino, ninguém sabia onde procurá-la. Até a amiga que a ajudara pensava que Jamila tinha um segredo, um namorado casado. Mas não havia homem algum, nem namorado, só seu sonho. Em Bombaim ela descartou a burca, mudou de nome novamente e hospedou-se numa pensão feminina discreta, perto de Haji Ali, um dormitório no qual cada mulher dispunha de uma cama, uma mesinha e uma estante de sessenta centímetros. Sei o quanto ela sofreu nos primeiros meses nos empregos temporários como vendedora, com chefes atrevidos, três horas de viagem para ir até um fotógrafo, sugestões indecentes, cantadas e humilhações. Eu ouvira tudo isso, mas nunca compreendera a força de Jamila até aquela noite, quando ela me disse como chegara ao conhecimento de si mesma, de quem era e do que poderia ser. Jojo tinha razão, sua Jamila era como eu. Existem mentes que podem mudar o mundo. Eu havia aprendido com Guru-ji que este planeta onde caminhamos, este céu sob o qual vivemos, tudo não passa de um sonho. Quem meditasse e tivesse força de vontade suficiente poderia mover este universo, ele dizia. Eu havia escrito meu próprio destino. Agora sabia que Jamila também tinha a capacidade e o desejo exigidos. Nós, os poucos que temos uma visão mais ampla, podemos reescrever nossa história. Em algum momento entre a hora em que dormi naquela noite e acordei na manhã seguinte, dormindo ou acordado, decidi fazer um filme para ela.

"Então você se apaixonou pela Girafa Narcisista", Jojo disse, enfática, quando lhe falei a respeito de meu plano de produzir um filme, durante o costumeiro telefonema vespertino para Bombaim.

"Por que presume que me apaixonei?", falei. "Faz muito tempo que penso em produzir um filme."

"Pode ser. Mas escolheu este momento para começar. Você está caído por ela. Admita. A Girafa Narcisista o pegou de jeito."

Nada poderia mudar sua convicção, sua certeza, nem impedir que se referisse sempre a Jamila como a Girafa Narcisista. Isso tudo apesar de Jamila ser sua protegida, e de Jojo ser sua madrinha, e de a própria Jojo a ter trazido a mim. "Jojo, você ficou com inveja da pobre moça."

A idéia levou Jojo a soltar uma gargalhada. "Inveja de ela ter de agüentar você enfiando nela a cada dois minutos, Gaitonde?" Em um momento de descontração eu havia revelado o quanto gostava de ver Jamila em poses estéticas, como a possuía em posições diversas e locais exóticos. Dar a uma mulher qualquer informação do gênero é uma imprudência contra a qual sempre preveni meus rapazes. Qualquer coisa que disser um dia será usada contra você. Mas com Jojo eu acabava descumprindo minhas próprias regras. Já nos conhecíamos havia muito tempo, e sabíamos tudo um do outro. Por vezes, mesmo durante o ato — chodoing com Jamila dentro da limusine, a caminho do restaurante, por exemplo — eu me dava conta de que ansiava pelo momento em que contaria tudo a Jojo. Contar era crucial, o ato existia para ser relatado. Eu tinha de contar a Jojo. Sendo assim, ela sabia demais, inclusive o quanto eu gostava de montar na Girafa Narcisista. "Tenho coisas melhores a fazer com meu tempo do que dar minha gaand para você, Gaitonde", ela disse.

"Mas a gaand de Jamila vai aparecer na tela do cinema", falei. "E isso arrasa com você."

"Há dez anos teria arrasado mesmo. Talvez cinco. Mas agora estou feliz, baba. Entende isso? Feliz. Gosto do meu trabalho, gosto do que tenho. Sou bem-sucedida em minha atividade. E me dou conta de que, mesmo que tivesse feito um filme, não teria durado muito tempo nesse meio. Seria apenas uma moça comum no meio de um jogo pesado. Não sabia nada."

"Mas Jamila vem estudando o meio desde criança."

"Sim. Ela trabalhou duro por muito tempo. Por isso ela é uma Girafa Narcisista."

Lá vinha ela de novo, com a cutucada no final do elogio. "Não seja kutiya", falei. "Você vive de bachchas como ela. E de seu estudo e esforço extenuante."

Jojo aceitou o comentário com graça. Era afiada como a faca de um cozinheiro japonês, mas era honesta. "Tem razão", disse. "E mando algumas para você, Gaitonde. Para sua diversão."

"Certo", falei. "Leia-me uma carta." Aquele era outro dos meus prazeres. Nos últimos dois ou três anos, Jojo vinha recebendo cartas. Vinham em envelopes pardos vendidos perto das agências de correio, e em bazares, ao lado dos cartazes sobre empregos públicos e as pilhas de formulários.

"Claro, claro", Jojo disse. "Espere um pouco. Tenho uma ótima, de sexta-feira. Guardei para você."

Eu a ouvia revirar as prateleiras. As cartas vinham do país inteiro, principalmente do norte, com endereços como "Azadnagar, Maithon Farm, Dhanbad" e "Asabtpura, Moradabad", ou "Mangaon, Dist. Raigad" e "Mallik Tola, Banka, Bihar". Um jornal hindu de Delhi plagiou o artigo dominical do *Times of India* sobre modelos, incluindo fotos de mulheres que foram de vilarejos diversos para Bombaim e se tornaram modelos e atrizes de sucesso. No artigo o jornal listou Jojo como uma das coordenadoras de modelos que trabalhavam com iniciantes. E as cartas começaram a chegar. Vinham em pequenas quantidades, aumentavam muito quando a história era copiada ou imitada por outros jornais. As cartas eram sobretudo de homens, Jojo e eu especulávamos a respeito do motivo pelo qual as mulheres não escreviam mais. Jojo pensava que as moças talvez tivessem medo de receber uma resposta em casa. Segundo Jojo, o que aconteceria se o pai abrisse uma carta dizendo à filha para ir a Bombaim? Ela achava que as moças simplesmente fugiam. Ou, por vezes, ganhavam um concurso de beleza local e convenciam os pais a trazê-las para Bombaim. Hoje em dia até os pais ouvem os lakhs tilintarem em seus sonhos, por isso vinham.

"Certo, Gaitonde", Jojo disse. "Vamos lá. Esta é do vilarejo de Chhabilapur, correio de Gobindpur, distrito de Begu Sarai."

"Onde?"

"Bihar, Baba."

"Qual é a jogada desses biharis?"

"São bonitos, inteligentes, ambiciosos e batalhadores. Agora fique quieto e escute."

"Sim, sim. Pode falar."

Sua leitura em híndi era lenta, penosa, pois só aprendera a falar a língua depois de chegar a Bombaim. E aprendera a ler — o que foi possível — mais tarde ainda. Seu híndi melhoraria com a leitura de cartas para mim. Antes de me falar das cartas, ela costumava empilhá-las sem abrir, atrás do guarda-roupa, e jogar a pilha fora uma vez por semana. Mas, assim que me contou a respeito, pedi que as lesse, primeiro uma, depois outra. Agora ela passava os olhos pelas cartas, separando as melhores para mim. "Esta aqui", disse, "começa com a abertura usual. Ele leu sobre o concurso de Mr. International no jornal, minha empresa foi mencionada no artigo. Ele pergunta como deve proceder para entrar no mundo dos modelos."

"Arre, leia logo, Jojo."

"Gaitonde, este híndi é muito difícil, do norte, cheio de *hum* e *humara pata* e *kasht karein* e tudo mais."

"Leia, por favor."

"Está bem. Gosto desta carta por causa das listas. Idiomas falados: híndi, inglês, magahi, maithili. O nome dele é Sanjay Kumar, se quer saber." Sua voz já se tingia de risos. "Sanjay Kumar não queria mandar apenas informações pessoais comuns. Ele acrescentou uma 'Listas de Favoritos'. Flor favorita: Rosa. Ídolos favoritos: Anil Kapoor, Salman Khan, Aamir Khan. Heroínas favoritas: Rani Mukherjee, Kajol, Aishwarya Rai."

"Por que ele acha que você precisa saber disso?"

"Sei lá. Ouça, Gaitonde — filmes favoritos: *Karan Arjun*, *Sholay*, *Dilwalle dulhaniya le jayenge*, *Pardes*. Lugares favoritos no exterior: Londres, Suíça, Nova Zelândia."

"O desgraçado nunca saiu de Chabillapur."

"Ele viu a Nova Zelândia no cinema, Gaitonde. O pai comprou um aparelho de DVD para a família, eles assistem filmes todos os dias. Cremes favoritos: Fairever, Pond's Cold Cream. Perfume favorito: Rexona. Sabonete favorito: Lux, Pear's e Pear's Face Wash. Xampus favoritos: Clinic All-Clear e Nyle Herbal Shampoo. Óleo para cabelo favorito: Dabur Mahabrahmraj Hair Oil." Ela ria tanto que mal conseguia ler. "Base favorita: Denim e Nycil. Produtos para barbear favoritos: Denim e Old Spice. Pasta de dente favorita: Colgate Gel Blue e Aquafresh. Jeans favorito: Levis. Carros favoritos: Cielo, Tata Safari, Maruti Zen, Maruti 800, Ferrari 360 Spider."

"O maderchod nunca sentiu nem o cheiro de uma Ferrari no distrito bhenchod de Begu Sarai. Lá não tem nem uma estrada chutiya digna do nome."

"Ele pesquisou muito, Gaitonde. Veja só."

Ouvir as listas de Sanjay Kumar provocou um frio na minha barriga, um leve latejar de pânico nas veias. Claro que era divertido. Jojo leu as listas, demos risada. Ouvi o riso dela e ri também. Mesmo assim meu coração continuava incontrolavelmente disparado. Não queria comentar isso com Jojo, e mesmo que quisesse, que tentasse, não teria sabido definir o que era. Eu nunca tinha ido a Bihar, mas sabia bem que tipo de distrito era Begu Sarai, e qual a aparência do vilarejo de Chhabilapur. Haveria uma estrada de terra precária serpenteando por entre os campos, depois estradinhas vicinais kachcha enlameadas que conduziam aos agrupamentos de casas e barracos. Haveria algo chamado escola primária, que na realidade era um bando de crianças sentadas no pátio do templo de Shiva local, com um professor — quando havia professor — ensinando o alfabeto. Haveria um longo muro que acompanhava o pomar do sarpanch, com anúncios de óleo lubrificante e sementes. Haveria uma família de trabalhadores agachados perto do lago, aguardando a paga pelo dia de serviço. Haveria um colégio de três andares com bandos de alunos desocupados nos corredores encardidos. Lá fora, as motos dos rapazes ricos, filhos de comerciantes e proprietários de terras. No alto, um céu vazio. De certa forma, em seu vilarejo, em seu distrito, Sanjay Kumar reunira os elementos de sua lista, ele os juntara. E registrara todos eles. Como? De jornais emprestados, revistas de segunda mão? Da televisão, assistida na casa dos amigos, entre os cortes de energia? Depois de rascunhar a carta ele a passara a limpo e enviara a Bombaim. Pensar em Sanjay Kumar debruçado sobre a carta, à luz de um lampião, era o que me inquietava.

"No final da carta", Jojo disse, "depois de assinar, ele acrescenta um pedido." Ela fungou. "Ele lista inglês como um dos idiomas, no início da carta. Mas, no final, escreve: 'Aguardo sua pronta e gentil resposta. Por favor, responda apenas em híndi'. Esse Sanjay Kumar não é muito esperto. Ou pensa que os produtores de moda de Bombaim são chutiyas."

"Quem ousaria pensar que você é uma chutiya, Jojo? Nada disso. O pobre coitado só está tentando subir na vida. Lembre-se de que você já esteve no lugar dele."

"Nunca fui gaandu como ele. Mandando cartas para Bombaim. Pedindo resposta em híndi. Sabe, já faz tempo que estou nesse negócio. Desenvolvi uma percepção das pessoas, sei quem vai progredir e quem não vai. Tenho certeza, esse aí não tem a menor chance. Mesmo que seja parecido com Hrithik Roshan, ele não tem chance. Se vier para Bombaim, será devorado."

Contra aquilo eu não poderia argumentar. "Sim", falei. "Sim." Sanjay Kumar não tinha a menor chance. Provavelmente não teria chance nem que ficasse naquele vilarejo podre e sufocante. Mas, ficasse ou partisse, ele ia continuar a ver filmes, fazer listas, escrever cartas. Estúpido. E havia milhões como ele, crores e crores, de norte a sul do país. Estavam lá, eram nossa platéia. Eu ia fazer um filme para eles.

Claro, consultei Guru-ji antes de pôr dinheiro na idéia. Queria ver Jamila na tela, apostava em seu sucesso como atriz, mas precisava de ajuda. Não pretendia me meter num negócio que desconhecia completamente sem uma certa noção do que ia acontecer. Mas Guru-ji não viu nada, não conseguiu prever o futuro específico de meu filme. "Tenho uma boa impressão do projeto, beta, mas isso é tudo", ele disse. "Acontece assim, às vezes, é como tentar enxergar através de lentes distorcidas. Algumas coisas saem de foco, outras ficam mais nítidas. Mas não vejo nada de ruim, tampouco."

"Mas não vê nada de bom", falei.

"Não, também não vejo. Mas trata-se de um risco menor, comparado com as coisas que já fez. E continua fazendo."

Ele estava absolutamente certo, como de costume. Eu havia arriscado a vida muitas vezes, e agora arriscaria apenas meu dinheiro. Lembro-me do que Paritosh Shah costumava dizer, se você deixar Lakshmi ir, ela voltará para você multiplicada. Se tentar prender Lakshmi, ela fugirá de você e nunca mais retornará. Para Jamila eu precisava soltar minha Lakshmi no mundo, para que passeasse à vontade. Era o jeito.

Fiz, portanto, um filme para Jamila. Reunir a equipe de produção foi fácil. Eu tinha dinheiro, portanto contratei os melhores. Na verdade, pedi a Jojo para escolher um produtor, veio um sujeito chamado Dheeraj Kapoor, e o tal Dheeraj contratou o resto. Dheeraj emplacara três sucessos seguidos, todos na faixa dos quatro e seis crores de orçamento, com atores respeitados e bons roteiros. Agora ansiava por uma chance de subir um degrau, entrar na jogada dos vinte e tantos crores e estrelas de verdade. Eu gostava de contratar gente ambiciosa. Exigiam vigilância constante, mas trabalhavam bem. E o tal Dheeraj era um sujeito ambicioso, percebi logo. Faria sucesso.

Enquanto isso a nova Jamila colecionava triunfos. Ganhara um novo nome, adequado à estrela que se tornava: agora ela era Zoya Mirza. Nome moderno, sonoro, fácil de escrever e pronunciar, contando até com o som do Z no início e perto do fim, estava na moda. Um novo nome capaz de viver neste novo mundo. Assim que o serviço no rosto foi completado, ela ficou novinha em folha. Era a cara do futuro. O dr. Langston Lee não atuou de modo radical nas maçãs do rosto, testa, queixo e nariz. Só tirou um pouquinho aqui, um fiozinho de cabelo, para acrescentar ali. Ela era a mesma e, contudo, totalmente diferente. Antes, era encantadora. Agora, deslumbrante. Por vezes era difícil olhar para ela, era como se estivesse muito longe, mesmo quando sentava ao meu lado. Sua beleza me comovia, era difícil suportá-la. Ela estava completa, e me fazia sentir aquele vazio enorme dentro de mim, uma ferida que doía quando ela estava longe e ainda mais quando se aproximava.

Ela fez sucesso. Conseguia mais desfiles do que qualquer outra modelo da cidade, e saiu na capa de duas revistas ilustradas num único mês. Falavam bastante a seu respeito antes mesmo que se tornasse Miss Índia, e depois muito mais. Ganhou o concurso com facilidade, sem precisar fazer as concessões de praxe. Manteve-se sedutoramente fora do alcance dos fotógrafos, jurados e editores, até conquistar a coroa. Fez o editor-chefe do jornal que patrocinava o concurso pensar que abriria as pernas para ele se vencesse, e depois escapou dele. Era capaz de tudo isso graças a meu apoio. Eu não precisava pressionar nem subornar ninguém, nem lançar mão de outras técnicas. Simplesmente forneci os recursos que lhe permitiram tornar-se a inatingível Zoya, e dizer "não". O dinheiro cria beleza, o dinheiro liberta, o dinheiro torna a moralidade possível. O dinheiro faz filmes. Por isso comecei a trabalhar no meu filme com Manu Tewari.

Manu já havia escrito o roteiro de três filmes menores, o último ganhara o National Award de melhor filme. Eu o assisti, pensei que, para um filme de arte sobre hijras, até que não era tão chato assim, e que o roteiro era muito bom. Por isso mandamos Manu Tewari para a Tailândia de avião. Eu permiti que Dheeraj e sua equipe tomassem a maioria das decisões, mas queria controlar o roteiro. Já tinha algumas idéias e vira muitos filmes recentemente. Acompanhava as bilheterias na Índia e no estrangeiro. Sabia o que queria de um filme. Mas esse tal Manu se revelou socialista, e cheio de regras, para completar. Nos três primeiros dias que passou conosco permaneceu silencioso e imóvel como um coelho que ergue a cabeça e descobre que está no covil dos tigres. Dheeraj

Kapoor lhe dissera apenas que pegaria um avião até Bangcoc para conhecer o financiador do filme, e foi só. Foram buscar Manu em Bangcoc, levaram-no de avião até Phuket e de repente ele se viu no iate de Ganesh Gaitonde, rodeado de sujeitos mal-encarados com armas medonhas. Claro, ele ficou paralisado, não sabia onde sentar, se devia ficar de pé ou se poderia urinar sem permissão. Os rapazes se divertiram nos primeiros dias, mostraram-se exageradamente violentos na frente dele, recarregando pistolas que agitavam no ar, aterrorizando o quanto podiam o pobre roteirista.

Acabei por dispensá-los, fiz Manu Tewari sentar e lhe dei um copo de uísque para acalmá-lo. Elogiei seus filmes, falei que o último me fez chorar, também pelos hijras, o que era um elogio maior a ele do que qualquer National Award bhenchod. Ele relaxou um pouquinho, tomou um gole de uísque e ensaiou um sorriso. Os escritores são especialmente suscetíveis ao elogio. Já trabalhei com políticos, homens santos e gângsteres, e posso afirmar que nenhum deles poderia competir com escritores em matéria de ego inflado e insegurança de rato. Untei Manu com doses generosas de sua própria glória, e ele sossegou. Claro, partindo de Ganesh Gaitonde, a admiração era dez vezes mais deliciosa. Manu Tewari aos poucos relaxou no sofá, tomou outra dose de uísque e contou histórias a respeito do filme de hijra, como convenceram o herói a fazer o papel de um hijra sem lauda que usava saia e batia palmas, pois ele temia que isso fosse acabar com sua carreira para sempre. Manu Tewari era um sujeito médio em tamanho, médio em tudo. Poderia servir de modelo para tudo que é médio no mundo, não era baixo nem alto, crescera em Bandra East, filho de um empregado classe II do Ministério das Finanças, freqüentara a escola de Rizvi e sua carreira acadêmica fora totalmente mediana. Eu sabia de tudo isso pelo relatório prévio de Dheeraj, mas nenhum relatório poderia conter a loucura que ocultava nas profundidades de seu corpo comum, que ele só manifestava quando falava de cinema.

"*Naajayaz* foi bom, bhai", ele disse. "As cenas entre Naseer e Ajay Devgan ficaram muito boas, mas na segunda metade começa a se arrastar um pouco. Este é o problema de Mahesh Bhatt nos filmes mais recentes, ele vai muito depressa ou começa a arrastar a narrativa. Assim, o público, coitado, ou fica confuso, ou entediado." Eu havia gostado muito de *Naajayaz*, mas deixei passar e continuei a ouvi-lo. Manu Tewari conhecia bem os filmes, sabia detalhes até de um obscuro filme independente rodado entre 1987 e o verão de 1990, exibido em seguida e esquecido para sempre em 1991, sem que ninguém reparasse. Menos Manu Tewari. Ele sabia quem era o diretor musical, que filmes de publicidade o diretor fizera depois daquele longa, e quem o diretor andou pegando durante a filmagem do clipe musical na Austrália, e como o filme tivera bilheteria razoável em Bombaim e Hyderabad, sendo porém totalmente rejeitado no circuito Punjab. Ele prosseguiu: "Mas o melhor filme de crime e gângsteres dos anos 90 foi *Parinda*. Ele apontou uma nova direção para nossos filmes, em termos de ambiente e atmosfera realista. Jackie Shroff descobriu que era ator naquele filme, e passou a ser um Jackie diferente depois. Ele apresentou Nana Patekar ao público nacional. E a cinematografia de Binod Pradhan estabeleceu um novo padrão de filmagem."

Ele falava de *Naajayaz* e *Parinda* com a seriedade de um homem que discorresse sobre a natureza de Deus, ou a história do mundo. Na verdade, os filmes eram seu mundo inteiro. Crescera num apartamento tranqüilo, com uma irmã e um irmão, levara uma vida insípida e monótona. Mas desde o começo uma coisa crescia dentro dele, um verme, uma víbora que devorava filmes para sobreviver, que os engolia inteiros e os guardava para sempre. Bastava lhe dar a menor desculpa e ele começava a falar de *Mughal-e-Azam* e não parava por uma hora. Mas levá-lo a falar da mãe exigiu apelos insistentes de minha parte. E mesmo assim ele disse apenas: "E o que eu poderia dizer a respeito dela, bhai? Era dona de casa e cuidava da gente".

Apesar de toda a curiosidade pelos detalhes da vida alheia, pelas aventuras e desventuras dos outros, foi só o que ele conseguiu contar sobre a mãe. Mas eu só queria conversar sobre a família, uma técnica de gerenciamento aprendida com Guru-ji. Manu Tewari agora está bem à vontade. Hora de tratar de negócios. "Muito bem, então", falei. "Vamos conversar sobre a história."

Ele endireitou o corpo. Quando se tratava de trabalho, sua atenção era imediata e total, foi assim da primeira vez, e depois também. "Sim, bhai", ele disse. "Por favor, fale."

Navegávamos da praia de Kata para Patong. Na penumbra cinzenta do final da tarde, o mar vidrado deslizava sob nós. Nuvens altas se erguiam a leste, imóveis, perfeitas, irreais. Respirei fundo. "Eu estava pensando num filme de suspense", falei.

"Sei, bhai", Manu disse. "Excelente. De suspense."

"Gosto dos filmes em que há perigo, e que o herói precisa superar dificuldades."

"Uma história de suspense. Gosto da idéia, bhai."

"A moça ajuda o herói, e eles se apaixonam."

"Sem dúvida. E faremos um filme de suspense internacional, assim justificamos a realização das cenas da parte musical no exterior."

"Sim, internacional." Eu estava começando a gostar daquele rapaz.

"Já tem alguma idéia para o herói, bhai? Quem é ele? Um sujeito comum? Um policial? Um agente secreto?"

"Não. Ele é um de nós."

"Quer dizer...?"

"É um filme de crime."

"Certo, certo. Já vislumbro a história. O herói está do lado de lá da lei, mas foi levado ao submundo pelas circunstâncias."

"Sim. Quero começar por sua chegada a Bombaim."

"Sem dúvida", Manu disse.

Mas ele não parecia totalmente convencido. "O que foi?", falei.

"Num filme de suspense, bhai, talvez não haja tempo para contar a vida inteira dele."

"Por quê? Você tem três maderchod horas."

"Certo, bhai. Mas ficará surpreso quando vir a rapidez com que três horas transcorrem. A gente põe cinco a seis canções, só aí já são quase quarenta minutos. Depois, temos lugar para umas quarenta cenas antes do intervalo, e trinta ou trinta e cinco depois. Um filme de suspense precisa começar pelo perigo, mostrando à platéia o que deve ser temido, o que está em jogo, e depois seguir em ritmo intenso até o final. Além disso..."

"O que é?"

"O rapaz que vai para Bombaim e se torna criminoso. Já foi feito, em *Satya*. E em *Vaastav*, que também apresenta a temática da introdução ao mundo do crime."

"Não me interessa se já foi feito. Continua valendo. Veja todos esses rapazes que estão aqui comigo."

"Certo, bhai. Eles andaram me contando suas histórias. Mas, veja bem, a platéia se cansa de certas coisas. Da primeira vez, adoram. Da segunda, gostam um pouco. Da terceira em diante, dizem 'É só cinema', e rejeitam a verdade em bloco. Entende?"

Eu entendi. Havia feito a mesma coisa. "A platéia é filha-da-mãe", falei.

Ao ouvir isso ele deu um pulo e segurou minha mão. "Sim, bhai, o público é gaandu, é doido, é um monstro infantil que precisa ser saciado." Então se deu conta de que talvez estivesse sendo um pouco confiado demais e recuou, largando minha mão. Mas seus olhos brilhavam de súbita afinidade, e não conseguiu se conter. "Ninguém sabe o que o público maderchod quer, bhai. Todos fingem saber, mas ninguém sabe de verdade. A gente pode fazer um filme milionário, gastar uma fortuna em publicidade, e nem os corvos aparecem no cinema. Enquanto isso, um filme B malfeito, sem enredo que se possa mencionar, fatura cem crores."

"Mesmo assim, você tenta prever o que o público deseja. E existem algumas regras. Por que quarenta cenas antes do intervalo? Por que não sessenta?"

"Não seria viável, bhai. A platéia é imprevisível, mas também muito rígida. Quer só o que gosta, e do modo como está acostumada a ver. Mesmo que tenha uma história realmente dhaansu, se mudar a forma de apresentá-la o público atirará coisas na tela, rasgará os assentos e quebrará tudo. É assim que funciona, bhai. A gente precisa fazer coisas novas à moda antiga. Ou coisas antigas com roupa nova. Seu filme precisa ser hatke, mas não hatke demais. O pessoal dos filmes de arte vive dizendo que fazem coisas inéditas, mas eles também precisam obedecer certas regras. Trata-se apenas de um conjunto diferente de regras, para um público distinto. Mas não podemos fugir das regras."

"Não vamos rodar um filme de arte maderchod", rosnei. Esperava investir trinta crores no projeto. Tínhamos dois ídolos importantes já contratados, e Dheeraj se reuniria com a secretária de Amitabh Bachchan na terça-feira. Eu havia dito a Dheeraj que queria efeitos especiais fultu, além de externa e guarda-roupa de primeira. Queria um filme colorido, brilhante, que fosse um tremendo sucesso. E sucesso custa dinheiro, muito dinheiro. Estava fazendo tudo por Zoya, mas queria meu dinheiro de volta, no mínimo. "Deixe a arte de lado", falei a Manu. "Escreva um roteiro de suspense, bem animado. Ponha em cada cena algo que leve o público a sentir que tem um fio elétrico ligado em seus golis. Mantenha todos alertas e excitados. Dê o que querem, rápido e bastante."

Ele balançava a cabeça para cima e para baixo, depressa. "Sim, sim, bhai, compreendo perfeitamente. Ação, espetáculo, muito charme." Abriu os braços.

"A emoção de *Mother India*, a grandiosidade de *Sholay*, o ritmo de *Amar Akbar Anthony*. É isso que buscamos."

Era exatamente isso que queríamos. Portanto, mãos à obra.

Continuei a trabalhar para o pessoal do sr. Kumar, que se aposentara no ano anterior, apesar dos meus protestos. "Saab, por que precisa sair?", falei. "Em nosso ramo não existe aposentadoria, a não ser lá no alto."

"Ganesh, meu ramo não é o seu ramo."

Ele era sempre assim, curto e incisivo. Mas não era rude, aquele velho jogador de boliche, veterano de muitas partidas. Não éramos amigos, mas com o passar dos anos aprendemos a compreender um ao outro e nossas necessidades mútuas. Ele precisava de mim para extrair fragmentos de informação de Katmandu, Karachi e Dubai, e fazer que certas pessoas desaparecessem, às vezes. E eu precisava dele para pressionar a polícia de Delhi e Mumbai, fornecer informações e ajudar esporadicamente com logística e recursos. Não tínhamos ilusões a respeito do outro, mas nosso relacionamento era tranqüilo como o de vizinhos que cresceram juntos. E eu tentei dizer a ele que não era idoso a ponto de aceitar a renúncia, ou sanyas. "Saab, se o governo quer sua aposentadoria quando está no auge de sua capacidade, um khiladi fabuloso como o senhor, então o governo ficou louco."

"Não é só o governo, Ganesh. Eu também quero descansar em paz."

"Compreendo, saab. Escolha um lugar para descansar e converse comigo pelo telefone. Como consultor, entende?"

Ele disse: "Trabalhar para você?". Deu para perceber que achava a idéia inusitada.

"Sim, trabalhar para mim."

"Não, Ganesh. Já trabalhei demais, estou cansado."

Ele não estava sendo rude, e não me senti insultado. "E o que irá fazer?"

"Ler. Pensar. Como falei, descansar em paz."

Eu sabia, por conta de nosso longo relacionamento, que ele não poderia ser persuadido por argumentos ou promessas tentadoras, portanto a conversa estava encerrada. "Tudo bem", falei. "Foi muito bom trabalhar com o senhor, K.D.Yadav." Eu queria que ele soubesse que eu conhecia seu nome verdadeiro, e que o respeitava tanto que o chamava de sr. Kumar, como ele solicitou, durante o tempo que trabalhamos juntos.

"Muito bem, Ganesh. Eu não tinha dúvida de que você me investigaria e descobriria isso."

"Aprendi com o saab."

E assim ele saiu de minha vida, meu professor a distância. Apresentou-me a seu sucessor, o sr. Joshi, e por cerca de um mês ele manteve contato, para administrar a transição. Logo descobri o verdadeiro nome do sr. Joshi — Dinesh Kulkarni — e disse ao sr. Kumar exatamente o que pensava dele. "O sujeito é um idiota, saab. Fica sentado lá em Delhi e quer me ensinar para onde enviar o dinheiro, quanto precisa, quantos homens devo empregar na operação. Ele desconfia de mim e de minhas possibilidades. Fala comigo como se eu fosse seu empregado."

"Tenha paciência, Ganesh", o sr. Kumar disse. "Vocês precisam de algum tempo para se acostumarem um com o outro."

Tive paciência, mas o Kulkarni filho-da-mãe não se ajustou a mim nem a nada. Eu considerava espantoso a segurança do país estar nas mãos de um gaandu daqueles; por outro lado, vira gaandus chegarem ao topo em todas as profissões. Tinha de lidar com aquele gaandu em particular. Enquanto isso, o sr. Kumar seguia discretamente para sua vida de aposentado. E eu segui trabalhando.

Escrevemos o roteiro do meu filme entre Ko Samui e Patong. Eu preferia a quietude permanente de Samui, mas os rapazes ansiavam pelo caos animado de Patong. Eu permitia que passassem uma semana a cada três nos bares e praias, depois virava a proa no sentido do sossego. Com Manu Tewari a bordo eles tinham uma distração adicional, além dos intermináveis jogos de baralho, para ocupar as horas ociosas, nos períodos no mar. Era excitante para eles acompanhar a elaboração do roteiro, ver a história e os personagens tomarem forma. Eles discutiam a narrativa, atormentavam Manu para conhecer as novas cenas, que debatiam sem parar, dando opiniões e sugestões, além de relatarem suas próprias aventuras. Envolveram-se emocionalmente com o herói do filme, e se frustravam quando Manu se recusava a incorporar traços e casos que imaginavam para o herói. Por vezes eu precisava interferir e dar um basta a uma sugestão, evitando que Manu fosse espancado ou atirado pela amurada do barco. Claro, nosso trabalho e atividades normais seguiam como sempre: eu falava com Kulkarni todas as semanas, conduzia operações de espionagem para ele, obtinha informações e matava um filho-da-mãe ou outro para meu país; consultava o Guru-ji e entregava suas encomendas; conversava e ria com Jojo; encontrava Zoya e a possuía. Mas, durante aqueles seis meses, não importava o que fizesse, o roteiro permanecia em nossos cérebros e corpos, obcecando cada um de nós. Conversávamos a respeito de manhã, de tarde e de noite, discutíamos o elenco, ouvíamos avidamente as músicas que vinham dos estúdios de gravação. E cercávamos Manu Tewari.

Ele era de altura mediana, não muito forte, mas teimosíssimo. Manu comia qualquer coisa que pusessem em seu prato, não reclamava quando trocavam de canal quando ele estava vendo o noticiário na televisão. Mas, se alguém tentasse interferir nas cenas, ficava mais valente que uma porca quando ameaçavam seus leitões. Eu financiava o projeto, pagava seu salário, e afinal de contas era Ganesh Gaitonde. Mesmo assim ele argumentava e defendia suas decisões nos debates. Por vezes os rapazes se preocupavam, caso a sessão de roteiro esquentasse, levantássemos a voz e Manu Tewari se mostrasse rude. Mas eu o tolerava, pois era um bom roteirista. Estava escrevendo uma história forte. Além disso, eu aprendia com ele. Conforme as semanas passavam, eu aprendia com Manu Tewari, graças a nossas discussões. Comecei a entender do que ele estava falando. Ele me ensinou muita coisa sobre cinema, como um corte que passa de um palito de fósforo apagado para a imagem de um deserto radiante explodia no nosso peito e nos jogava contra o encosto da poltrona. Víamos DVDs com ele, aprendemos a linguagem do close-up radical e do plano geral, a expansão do espaço e a contração do tempo, como um simples movimento de câmera percorrendo um par de trilhos fixos pode dizer mais que mil livros. Aprendi esses recursos, assisti *Mughal-e-azam* e *Kagaz ke phool*, vi os filmes uma dúzia de vezes, aprendi como um punhado de artesãos habilidosos, uma gangue de alucinados obcecados, conseguia combinar luz, som e espaço para produzir monumentos reluzentes que se materializavam em telas de pano, nos muros sujos dos vilarejos e num iate nos mares do Sul. Comecei a entender como uma boa história apresenta certa geometria, uma sucessão de curvas, uma vaga crescente com cristas e platôs que conduzem à explosão final, à satisfação. Se a história caminhar em círculos, feia, malfeita, só provocará tédio e desânimo. Na beleza reside o êxtase.

"Exatamente", Guru-ji me disse certa tarde. "Mas não só o êxtase. Também o terror." Ele demonstrou um interesse inesperado pelo roteiro embrionário. Imaginei que consideraria o projeto infantil e vulgar, mas ele me surpreendeu mais uma vez. Ouvia nossas idéias e inovações atentamente, dava sugestões sem tentar se impor. E lá estava ele, vendo não só beleza, como também terror em nosso roteiro inacabado.

"Terror, Guru-ji?", falei. "Mas, como?"

"Tudo que é verdadeiramente belo é também aterrorizante."

Pensei no assunto. Zoya era aterrorizante? Não. Sentia desejo por ela, por vezes uma certa inquietude por causa da intensidade desse desejo, mas ela não me amedrontava. Claro que não. Mas eu não queria discutir com o Guru-ji. Em vez disso, falei: "Guru-ji, mas você afirmou que o mundo é lindo por ser ordenado e simétrico. Isso quer dizer que é também assustador?".

"Sim, é. Para a pessoa comum, que vê tudo acontecer aleatoriamente, o mundo é deprimente. Quando avança um pouco, começa a ver sua real beleza. Então se dá conta de que tamanha perfeição é terrível, assustadora. Quando a pessoa supera o medo, sabe que a beleza e o terror são a mesma coisa, e que é assim porque deve ser. Não há necessidade do medo. Para o mundo ser belo, precisa acabar. Para cada início há um fim. E, para cada fim, um início."

"Simetria?"

"Sim, Ganesh. Exatamente."

Começou a fazer sentido para mim. Por isso o roteiro precisava se movimentar em seu ciclo de seqüências, mas inevitavelmente na direção do clímax, após o qual não haveria mais nada. Ou, como Guru-ji sugeria, talvez houvesse algo, mas só depois que o mundo do roteiro tivesse desaparecido. Mas eu mal arranhava — como ocorria com freqüência — o sentido de sua reflexão. "Não entendo tudo, Guru-ji, lamento. Mas vejo a necessidade da ordem. E gosto da beleza, não a temo."

Ele riu, com gentileza. "Não se preocupe, Ganesh. Você é um vira. Sobe até o alto do monte e vê o abismo. Você vê tanto a beleza quanto o terror. Mas, por enquanto, o que está fazendo é muito bom. Seduzirá sua platéia e ganhará muito dinheiro."

Sim, havia o dinheiro. E Manu discutia muito a questão do dinheiro com os rapazes. Ele trabalhava no ramo mais ligado em dinheiro do mundo, mas queria que os ricos dessem o dinheiro deles para os pobres. Achava certo o controle estatal das indústrias essenciais, em taxas altas para a classe média e ainda mais altas para a classe dominante, bem como proteção à indústria indiana contra multinacionais e produtos importados. Os rapazes vinham de famílias de baixa renda, mas eram todos, até o último, capitalistas radicais. "Acha que sou algum chutiya, para dar meu dinheiro aos pobres?", Amit disse. "Você sabe quantos filhos-da-mãe tive de matar para consegui-lo?" E Nitin disse: "Cinqüenta anos de controle estatal, e o que conseguimos? Indústrias precárias que dão prejuízo há cinqüenta anos, uma população que gasta toda a sua energia e seu tempo para contornar regras estúpidas, e corrupção maciça". E Sureh disse: "Onde está sua preciosa União Soviética agora, sala? Diga, onde?". E Manu Tewari contra-argumentava, dizendo-lhes que o capitalismo sofreria um colapso por causa de suas contradições internas, a marcha da história era inevitável, eles não passavam de um bando de ignorantes que não conseguiam ver as forças em ação sob a superfície dos eventos. "Nossa história só pode ter um final", Manu disse. "O proletariado finalmente governará." Ao que Amit retrucou: "Claro. Chefe, sou o proletariado. E quero três Mercedes, três lund-lasoons por dia, um monte de frangos de leite. Quando eu receber tudo isso, o que serei? O chefe dos proletários filhos-da-mãe."

Portanto, as lições políticas de Manu Tewari não resultaram num grupo de ardorosos camaradas no meu iate. Mas todos ouvíamos com atenção suas regras para fazer um bom roteiro cinematográfico, e havia muitas regras. Os rapazes começaram a chamá-lo de Manu, o Rei da Regra. Ele tinha regras para todas as ocasiões, para qualquer cena ou situação, e exemplos para fundamentar suas idéias. Ele nos disse que o vilão deve ser mais forte que o herói, e também um pouco atraente. Duas canções não podiam ser mostradas uma depois da outra, exceto quando Sooraj Barjatya cantava. E que a heroína precisava ser muito sexy, mas não podia jamais ter relações sexuais. E que as primeiras cenas após o intervalo deviam ser irrelevantes e descartáveis, pois os espectadores precisavam de alguns minutos para voltar do saguão com samosas e bebidas. E quando chegar o clímax o ritmo deve acelerar, pois o público se levantará e começará a sair para evitar o engarrafamento do trânsito lá fora. A mãe do herói deve ser apresentada no início, e nosso amor por ela precisa ser total. No último caso, fiz uma objeção. "Por que precisamos da mãe de alguém para tumultuar o filme?", falei. "O roteiro já está muito comprido desse jeito, teremos de cortar várias cenas. Ela só vai servir para ocupar tempo na tela."

"Bhai, precisamos incluir a mãe. É uma exigência básica. Caso contrário, quem seria esse herói? De onde vem? Ele não fará o menor sentido sem a mãe."

"Não sei nada a respeito de sua mãe, mas você faz sentido para mim, filho-da-mãe. Por que precisamos mostrá-la? A mãe está implícita."

"Pela compaixão, bhai, pela compaixão. Um herói sem mãe, sem amor entre mãe e filho, parece incompleto. Uma boa mãe o torna bom, mesmo que seja mau."

"E se tiver uma mãe ruim? Isso o torna melhor?"

Manu sorriu. "Não há mães ruins nos filmes, bhai. Só madrastas malvadas."

Havia mães ruins no mundo, mas eu não podia rebater o fato de que só havia boas mães nos filmes, por isso a mãe entrou em nossa fita. Ela ganhou duas cenas no começo, uma imediatamente após o intervalo e depois aparecia no encerramento, ao fundo, com um sorriso bondoso, enquanto o rapaz e a moça se afastam numa lancha veloz, rumo à felicidade. Até aí eu conseguia suportar.

Assim que o roteiro ficou pronto, já com os diálogos, realizamos uma leitura integral. No início da manhã, ao largo de Patong. Na calma matinal Manu nos contou a história, a partir da introdução, quando o herói rouba uma joalheria, a traição por parte dos companheiros de crime, a constatação de um complô terrorista e a paixão pela moça que era sua ligação com os terroristas, bem como a descoberta do patriotismo graças ao amor pela heroína, a luta contra os terroristas e os bhais traidores, até o clímax. Levou três horas, o sol subiu e bateu nas nossas costas, ardente, mas ninguém notou. Estávamos envolvidos na história contada por Manu, sua expressão e atuação nas cenas, além da descrição com a qual nos fazia ver o rapaz e a moça e sua fuga desesperada pela Índia e Europa. Quando terminamos, sentamos novamente, esgotados e satisfeitos, foi quase como ver o filme de verdade.

"Ficou bom", Arvind disse. Ele viera de Cingapura de avião, dois dias antes, especialmente para ouvir o roteiro, deixando para trás sua preciosa Suhasini. "Acho que funciona. Creio que dará um grande filme. É muito excitante, e foi escrito com muita sensibilidade."

"E quem é você, Basu Battacharya?", falei, provocando risos generalizados. Falei sorrindo, porém. A história era boa, todas as objeções de porte que eu havia levantado antes foram respeitadas. Eu sabia exatamente o que ia acontecer na história, e mesmo assim me dera um nó no estômago, e a cena em que o rapaz se despedia da mãe e ia para a guerra provocou um aperto dolorido na minha garganta. Virei-me para Manu: "Muito bem", falei. "Estamos prontos para filmar".

Ele cerrou os punhos e deu três pulos, depois segurou minha mão. "Isso mesmo", falou. "Concordo plenamente, bhai. Estamos prontos. Vamos começar. Vamos lá."

Eu estava impaciente para começar a filmar, e Zoya, mais do que pronta. Ela havia participado do concurso de Miss Universo na Argentina, e tirara o quarto lugar. Tínhamos certeza de que venceria, que passaria um ano ocupada com a agenda de Miss Universo, mas os jurados tomaram aquela decisão inexplicável, e ela agora estava livre e impaciente. "Vamos começar imediatamente", falei a Manu. "Mas hoje quero ver todo mundo comemorando. Vou dar duas noites de folga a todos. E um bônus. Peguem a lancha e vão embora. Podem ficar no chalé."

Dei vinte mil baht a cada um e os despachei para terra firme. Mantive a bordo apenas Arvind e uma tripulação mínima de três marujos, além do roteiro. Eu reli o material inteiro, percorri as páginas caprichosamente manuscritas com a caligrafia perfeita de Manu Tewari, em linhas bem ordenadas que continham tiroteios aos montes, beijos, batidas de automóveis, lágrimas e corações partidos. Li tudo mais duas vezes, depois liguei para Jojo e li o texto inteiro para ela. Entonei, "*Fade out*", depois perguntei: "Funciona?".

"Sim", ela disse.

"Sim e o que mais?"

"Arre, o que quer dizer? Já falei que funciona."

"Conheço você, saali. Pode dizer sim e querer dizer não. Então, pode falar."

"Eu já falei. Funciona para seus objetivos."

"O que quer dizer, exatamente?"

Ela respirou fundo. "Gaitonde", disse, "eu não quis dizer nada, exatamente. É um bom roteiro. Fará sucesso."

Também respirei, precisava de um momento para sufocar minha raiva, e disse com a voz mais razoável que pude: "Espere um pouco, Jojo. Se alguém tem dúvidas, precisamos saber. Precisamos conhecer os defeitos para consertá-los".

Ela percebeu que eu não ia permitir que escapasse, por isso criou coragem e se abriu. "Tudo bem. O que eu estava dizendo é que basta, para seus objetivos. Quer dizer... um daqueles filmes em que os homens explodem tudo e lutam o tempo inteiro e choram abraçados."

"Meus rapazes e eu lutamos e choramos no barco. O que há de errado nisso?"

"Nada. Como já lhe disse, será um sucesso."

"Mas?"

"Mas nada. Contudo, não é o tipo de filme que me agrada, pessoalmente."

"Está dizendo que as mulheres não irão ver? Espere um pouco, com as estrelas que temos, e o modo como vamos filmar as canções, todas as mulheres irão com as filhas e avós. Todas desejarão ver Zoya."

"Baba, será um estouro, certo? Só estou dizendo que é um tipo específico de filme."

"Sei. Não é o tipo em que três mulheres lamentam umas para as outras, dizendo o quanto estão tristes e deprimidas, por uma hora e meia, e depois outras duas mulheres se queixam dos homens, dizendo que não prestam, por mais uma hora. Gaandu, você pode fazer uma dúzia de novelas para a televisão desse jeito, se preferir, mas não vai obrigar meu filme a descer por esse caminho fétido."

As ondas lentas de seu riso me acalmaram. "Gaitonde", ela disse, "não estou tentando obrigar seu maderchod filme a fazer nada. Você vai metê-lo goela abaixo de toda a Índia, de qualquer modo, incluindo aí as mulheres. Não temos como escapar. Portanto, não se preocupe. Diga uma coisa, como vai se chamar o pequeno bastardo?"

"Não insulte meu filme", falei. "Você me ofende sem parar, mas não use palavrões para se referir ao meu filme." Eu sorri. "Pensei em chamá-lo de *Barood*."

"Já foi usado nos anos 70."

"Sei disso. Gosto assim mesmo. Você não gosta?"

"Não muito. Não tem apelo internacional."

"Então quer chamá-lo de *International barood*?"

Deitei de volta na cama e esperei que ela parasse de rir. Eu também estava rindo. "Sem brincadeiras. Isso é importante, um título pode ajudar a bilheteria do filme."

"Claro, claro. Uma pena que *Internacional khiladi* já tenha sido usado. Seria perfeito."

Realmente, seria perfeito. Mas já havia sido usado, não fazia muito tempo, portanto partimos para outras idéias, de *Love in London* a *Hamari dharti, unki dharti*. Era um prazer recordar títulos antigos, quase apagados na memória, procurar palavras e figuras de linguagem, brincar com elas, juntá-las como num quebra-cabeça, tentar encontrar as palavras que exprimissem os sentimentos do roteiro, da própria vida. Mas meu prazer foi interrompido por meu próprio bando de khiladis internacionais. Recebi um telefonema local: Manu Tewari e três dos rapazes haviam sido detidos.

"Como? Onde? Por quê?", rosnei para Arvind. Os rapazes haviam recebido instruções explícitas de agir discretamente, evitar problemas, passar em branco. Todos chegamos à Tailândia pelo mar, nunca passamos pelo serviço de imigração, no que dizia respeito às autoridades tailandesas, não existíamos.

"Foi aquele escritor desgraçado, bhai", Arvind disse. "Ele se meteu numa briga com um marinheiro americano no bar Typhoon."

"Aquele chodu ridículo?" Fiquei estupefato. Manu escrevia bem sobre violência, mas não levava jeito para brigas. Ele observava, esperava, ponderava, depois escrevia. "Por que a confusão?"

"Ele gosta de uma garota do bar Typhoon."

"E daí?"

"Ela estava com um marinheiro americano, do porta-aviões." Havia um porta-aviões norte-americano na entrada da baía, acompanhado por dois navios menores. O porta-aviões era cinza e imenso como uma montanha, dois dias antes desembarcara três mil marinheiros na praia de Patong. "O marinheiro saiu com ela do bar nas duas últimas noites. Ela estava sentada no colo dele. O marinheiro disse coisas rudes a respeito da moça para os amigos, em inglês, descreveu como ela chupava seu lauda. A moça não entendeu, mas Manu sim. Ele respondeu ao marinheiro. O sujeito retrucou. Manu quebrou uma garrafa de Heineken na cabeça dele."

"Bhenchod."

"O marinheiro derrubou Manu em cima de uma mesa. Os amigos do marinheiro entraram na briga. Os rapazes não puderam evitar, brigaram também. Por isso estão todos presos."

Fiquei com vontade de deixar todo mundo na cadeia, mas precisava de Manu. Por isso mandei soltá-los. Claro, não poderia me envolver diretamente naquela encrenca, mandei Arvind com o dinheiro necessário, fui para o telefone, acionei contatos. Três dias, dois advogados e cento e vinte mil baht em propinas depois eles estavam de volta ao iate. Havia uma medonha marca esverdeada na face esquerda de Manu Tewari, ele cambaleava feito um país socialista decadente. Os rapazes disseram que passou três dias sem dormir. Apesar de toda sua solidariedade aos oprimidos, o sujeito nunca havia entrado numa cela antes, e a cadeia tailandesa abalou seus nervos profundamente. Mandei-o para a cama e fiz um belo sermão aos rapazes.

"Bhai", Amit disse. "O que mais poderíamos ter feito? Estávamos sentados lá, os três, bebendo. De repente o maluco do Manu levanta e ataca o americano com a garrafa de cerveja. O cara era um daquelas goras enormes, do tamanho de um caminhão. Ele balançou a cabeça e jogou Manu do outro lado do salão. Os amigos dele entraram na briga. Nós também." Ele balançou a cabeça. "Só por causa de uma puta. E ele nem pôs na gaand dela."

Eles me contaram o resto. No bar Typhoon havia uma puta tailandesa que usava o nome de Debbie. Seis meses antes, quando Manu foi ao bar com os rapazes, pagou uma bebida para Debbie e começou a fazer perguntas, queria saber de onde viera, quantos irmãos e irmãs tinha, que tipo de casa habitavam. Debbie era uma churi esperta, percebeu a oportunidade e deu a Manu Tewari material para escrever quatro tragédias — em inglês capenga, contou a ele tudo a respeito do pai, um agricultor aleijado, da mãe, quieta e esforçada, fazendo todo o serviço da casa, na verdade um barraco de madeira nos morros que circundavam Nong Khai. Falou dos irmãos e irmãs cheios de vermes e descalços. Nos últimos seis meses, sempre que aportávamos em Patong, Manu Tewari levava Debbie para almoçar e jantar, comprava vestidos, cintos e perfumes para ela, e talvez — embora ele não admita isso — tenha dado dinheiro a ela para ajudar a mandar os irmãos menores à escola, na distante serra de Nong Khai. Fizera tudo isso sem tocar os montes e vales da moça uma vez sequer. Mas ela era, afinal de contas, prostituta num bar do cais. O marujo americano pagara em dólar pela chut de Debbie e seus lund-lasoons e também pelo direito de falar a respeito, portanto o grandalhão maderchod dispensou as lições socialistas sobre honra de Manu Tewari. O que me custou um bom dinheiro.

"Roteirista filho-da-mãe", falei. Só mesmo um caga-regras como Manu Tewari conseguiria navegar pelos mares da Tailândia por seis meses sem molhar o lauda. Dei instruções. Na semana seguinte os rapazes foram a Patong e levaram Manu Tewari. Na mesma noite, enquanto dormia, eles fizeram duas moças entrarem em seu quarto. Tinham dezessete anos, cabelos negros lisos e compridos, que chegavam até suas bundinhas duras, seios pequenos e empinados. As duas estavam nuas quando entraram na cama de Manu. Ele acordou sobressaltado, mas elas não lhe deram chance de fazer perguntas, uma pôs uma parte dela em sua boca, a outra pôs uma parte dele em sua boca. O socialismo caiu por terra, mas o lauda subiu e ele as explorou sem pena até a manhã seguinte. Depois dormiu, ao acordar se arrependeu amargamente, sentiu culpa e começou a se desculpar com elas. As moças passaram a brincar uma com a chut da outra, e a esfregar os mamilos nos lábios dele. Manu resmungou um pouco, mas parou de falar e continuou a oprimi-las até anoitecer. Desde então não mencionou a Debbie do bar Typhoon uma única vez.

É isso que devemos fazer com os escritores de vez em quando: calar sua boca. Eles vivem tão envolvidos com a linguagem e as narrativas que não enxergam os fatos mais simples. Ou as curvas magníficas e quentes que o dinheiro pode comprar. Mas o lauda sente, ele sabe. É preciso dar uma chance ao lauda.

Rodamos o filme. Foi feito em Bombaim, Londres, Lausanne, Munique, Tallinn e Sevilha. Acompanhava as atividades semanalmente, de Bangcoc, e transmitia minhas impressões e conselhos, sempre por intermédio de Dheeraj Kapoor e Manu Tewari. O resto da equipe, sobretudo os atores, não fazia a menor idéia de quem era o patrão. Eu sabia que precisava preservar Zoya e seu futuro, por isso a segurança era rigorosa. Conforme eu a observava, semana após semana, confirmava seu futuro brilhante. Conhecia sua beleza, mas vê-la na tela do cinema era se sentir como uma criança vendo fogos de artifício. Com dez metros de altura, leve como um sonho, quando ela sorria o coração da gente batia na espinha e nos fazia cambalear como se fosse um tiro. As maçãs do rosto eram proeminentes como lâminas de espada, e quando ela se afastava da câmera havia uma serpente a colear em suas costas que dava arrepio na nuca. Não fui só eu, Arvind viu as cenas comigo e também se calou, abismado. Depois de nos ouvir falar da moça seis semanas sem parar, Suhasini apareceu para assistir algumas cenas feitas na Estônia. Seu sarcasmo e espírito competitivo sumiram, e ela se voltou para nós quando acendemos a luz, dizendo: "Está bem, eu admito. Essa moça é boa".

"Só boa?", Arvind disse. "Vamos lá, diga a verdade. Se não for por mim, que seja pelo bhai, pelo menos."

Suhasini o abraçou e deitou a cabeça em seu peito. "Certo, certo. Bhai, a moça foi uma escolha acertada, sem dúvida alguma. Vai fazer um sucesso enorme. Estupendo."

Todas as mulheres viram isso, Zoya *era* estupenda. Sua fama crescia durante a produção, conforme os press-releases eram cuidadosamente liberados, as fotos dela começaram a aparecer na capa de revistas de cinema e trechos dos números musicais, na televisão. Ela andava muito ocupada, só de vez em quando conseguia pegar um avião e ir a Cingapura, muito menos do que antes. Confesso que fiquei contente com isso. Admitir o fato para mim na época foi duro, eram duas pedras a raspar uma na outra, debaixo do meu umbigo. Mas a verdade inescapável que me subia pela garganta era que, enquanto Zoya crescia, eu parecia diminuir. Claro, era poderoso. Temido e rico, podia conceder ou tirar a vida. Sustentava famílias, gerações de filhos cresceram em casas que eu havia construído, e prosperaram sob minha proteção. Eu não temia o sucesso, afinal de contas eu o promovera, eu havia criado Zoya. Contudo, era difícil admitir, difícil entender, difícil dizer agora: conforme ela se tornava a deusa da nação, meu lauda encolhia.

Não estou mentindo, não estava delirando, não estava maluco. O negócio ficou menor. Não tanto em comprimento quanto em diâmetro e peso. Eu me lembro de quando era duro, musculoso, saudável, pois agora parece envergonhado, desanimado. Antes não precisava de desculpas, agora as dúvidas constantes o enfraquecem. Não, claro que Zoya nunca disse nada. Continuava a chupar animadamente, submissa e enfática em demonstrar seu prazer. Ela gemia quando eu a penetrava, fechava os olhos, levantava os braços acima da cabeça — como sempre — quando sua chut entrava em convulsão. Certa vez, esfregando sua daana, levando-a até o êxtase, fazendo que sentisse o abandono do prazer, percebi que era vitorioso e potente. Era o senhor de sua pele morena formidável. Mas agora sabia que ela era uma atriz hábil. Na tela, era capaz de me convencer completamente que era outra pessoa. E como poderia saber se a Zoya que eu conhecia, ou que imaginava conhecer, não era na verdade outra pessoa? Seria minha Zoya apenas uma performance? Os gemidos não passavam de simulação?

Isso dói, para quem sofre a desventura de se preocupar com o que uma mulher contratada pensa e sente. É o sufoco final desse paradoxo. Quanto mais ela urra quando sente a pressão do prazer, mas você suspeita que os gemidos são exagerados, que você não a faz sentir prazer coisa nenhuma. E a gente não tem como saber a verdade. Se perguntar, ela dirá o que imagina que foi paga para dizer. Se não pergunta, continua remoendo a questão. Fica tão furioso que a única reação que aceita como verdadeira, da parte dela, é a prova de que sente dor. Passei a tratar Zoya com aspereza. Puxava seu cabelo, mordia os seios, beliscava os mamilos, ela franzia a cara de dor, se encolhia, mas nunca tentou me impedir. Eu compreendia o motivo. Afinal de contas, eu lhe dava dinheiro. Paguei por boa parte de seu físico perfeito. Contudo, nunca poderia ter certeza de que não era invulnerável a mim, de que seu corpo não me escapava exatamente nos momentos em que eu a possuía com mais intensidade. Minha raiva aumentava. Certa manhã eu a penetrei de um jeito que poucas vezes fizera antes, eu a peguei como pegava os meninos na prisão, como se pegasse Mumtaz, o traseiro sedutor. Penetrei Zoya por trás, segurei-a pelo cabelo e entrei com força. Ela gritou e cedeu ao meu impulso. "Saali", despejei na curvatura flexível de suas costas, "randi, tome, pronto. Tome."

Ela virou a cabeça apesar da força de meu punho, o suor dela escorria por entre meus dedos, e ela disse: "Isso, assim, mete, mete", e riu. Ela *riu*. "É bom, saab, pode meter. Mete."

O prazer daquela risada rouca gelou meus golis como um jato de água gelada. De repente, imediatamente, ficou impossível meter. Estava incapacitado. Saí dela, corri aos tropeços para o outro quarto. Sentei no sofá, Zoya me seguiu e enrodilhou-se a meus pés. "O que aconteceu?", ela disse. "Qual é o problema?"

Eu a despachei. Não tinha nada a lhe dizer, não havia como explicar o que estava errado, o que eu precisava que me desse. A armadilha em que caíra era perfeita. Não confiava em seu prazer, e pelo jeito não tinha como feri-la. Eu era muito pequeno. Sentado no escuro, pensava no companheiro de Zoya no filme, Neeraj Sen. O miserável tinha um metro e oitenta e cinco de altura, olhos cinzentos e bíceps que pareciam granadas de mão. Sim, ele devia ter um lauda compatível com o restante de seu corpo. Fechei os olhos, vi Zoya e Neeraj sentados na porta de casa, simétricos, compatíveis, um igual ao outro. Ela estava com o braço em volta do pescoço dele, e uma perna erguida até seu ombro direito, e o membro enorme do sujeito a penetrava. Ela estava alucinada, seu êxtase era real, eu percebia, podia garantir. A aurora os tingia de vermelho, e os dois eram felizes.

Dei um pulo, bati na lateral da cabeça com a mão espalmada. Acorde, filho-da-mãe. Volte a si. Zoya jamais faria isso. Zoya sabe o que deve a você. Zoya entende que foi você quem a fez. Zoya compreende seu poder, seu alcance. Zoya nunca o ofenderia. Zoya é uma boa moça, bote fé nisso.

Eu sabia disso, tinha isso preso nos punhos. Sabia exatamente o quanto eu apavorava os homens, o quanto assustava as mulheres. Ninguém ousaria me ofender. Se houvesse no mundo um idiota capaz de me insultar, mesmo por engano, eu poderia fazer que fosse apagado no dia seguinte, que desaparecesse como se nunca tivesse existido. Eu poderia fazer Neeraj Sen desaparecer. Ele sumiria, desistiria, iria embora. Deixaria de existir.

Não, eu precisava dele. Já havia investido dezesseis crores no filme, e o custo só aumentava, o orçamento incluía perseguições de helicóptero, e houve mudança dos cenários das canções. Eu havia investido em Neeraj Sen? Por que o bengalês desgraçado era tão importante? Um metro e oitenta e cinco, e forte? Quem já ouviu falar em bengalês de um e oitenta e cinco? Ah, claro, a avó foi atriz de cinema, chamava-se Shakira Bano, era uma das dançarinas-prostitutas que viraram atriz nos tempos dos filmes em preto-e-branco. Fizera algum sucesso, e com o nome artístico de Naina Devi desempenhara o papel da irmã de Madhubala em alguns filmes, além de uma dança de bar famosa, com Dev Anand. Casou com um produtor de Bengala que a tirou do cinema. Mas os filhos entraram no ramo de distribuição, e agora o neto Neeraj Sen era um ídolo em ascensão, com três filmes no currículo. Subia cada vez mais alto, com o metro e oitenta e cinco herdado da avó, com quem arranjou também os músculos de pathan. Filhos-da-mãe, eu devia matar os dois, Neeraj e Zoya. A Glock de minha mesinha-de-cabeceira estava carregada, e tinha dois pentes extras. Eu poderia levantar, tirar as cobertas dela e explodir sua cabeça. Dar um tiro em cada membro, um na barriga, um na chut, um naquele coração inalcançável.

Em vez disso, mandei-a embora. Dei como desculpa um telefonema inesperado da Tailândia, um problema urgente que requeria minha presença. Ela sabia que havia algo errado, mas era inteligente o bastante para não me pressionar. Beijou-me (precisava abaixar bastante para fazer isso), depois voltou para seu trabalho em Bombaim. Retornei à Tailândia, subi no iate e fui para Ko Samui. Lá fiz testes com diversas garotas. Segui o conselho de Guru-ji e peguei apenas virgens, pagando uma fortuna absurda por elas. Jojo mandou uma moça de Andhra, outra de Kerala, uma terceira de Bengala. A última era muçulmana, com cabelo pelo joelho e olhos castanhos oblíquos. Não era tão alta quanto Zoya, a bem da verdade seus olhos ficavam na altura dos meus. Quando se deitou ela cobriu o rosto com as mãos, e fiquei instantaneamente excitado. Quando terminei, com um ataque final, ela gritou. Naquele instante vislumbrei o título de meu filme: *International dhamaka*. Deitado em cima dela, rindo, liguei para Dheeraj Kapur e Manu na mesma hora. Eles concordaram que era um título dhaansu, capaz de atrair as massas e todas as classes. "Agora vamos com tudo, bhai", Manu disse. "Como diz o título, vamos explodir internacionalmente." Ele não imaginava o quanto estava certo. Com aquelas moças, eu ia mesmo com tudo. Com todas elas eu era potente, confiante, competente e muito mais. Elas eram jovens e inexperientes demais para fingir qualquer reação. Seus prazeres eram tão reais quanto suas dores. Não havia como duvidar, eu tinha certeza absoluta.

Mas também tinha certeza de que meus prazeres se reduziram à metade. As sensações que vibravam pela minha espinha eram de alta voltagem, como sempre, e o choque em minha cabeça ao ver uma linda bengalesa estreante chupar desajeitadamente meu lauda continuava sendo intenso, profundo. Mas, em algum ponto do circuito entre a parte de cima e a de baixo, entre a cabeça e a virilha, uma conexão se perdera, e a fissura rompia a corrente, a cortava. Sentia a excitação, mas a grande distância. Claro, eu sabia o motivo para tanto. Eu era Ganesh Gaitonde, vivera e vira o suficiente do mundo para compreendê-lo um pouco, e a mim mesmo mais ainda. Eu sabia que podia ser confiante e forte com aquelas moças: eram triviais, eu não me importava com elas ou com seus sentimentos. Quando peguei a bengalesa, naquela noite, quando a dobrei feito um arco na amurada do barco, enquanto a água batia na proa e os ventos rápidos empurravam as nuvens sobre nossas cabeças, eu transava com ela, mas meu coração permanecia imóvel. Ele não se abalou.

Zoya me abalava, ela me conduzia direto ao êxtase. Quando estava com ela, uma agitação constante me percorria, uma vibração, uma fricção, um ardor que era simultaneamente dor e prazer. Quando estava longe dela a agitação diminuía, mas nunca sumia por completo. Zoya me perturbara, e eu a odiava por isso. E a amava. Admito, tive de admitir para mim: estava apaixonado por ela. Era uma vergonha cair na armadilha contra a qual tanto alertara os rapazes, mas eu não tinha como negar. Havia uma palavra, "amor", e agora eu compreendia seu sentido. De repente eu não queria mais pular as canções de amor dos filmes. Não, eu queria os sublimes quatro minutos e meio com "*Ke kitni muhabbat hai tumse, to paas aake to dekho*". Em minha cabine, cantei:

Abhi na jao chhhod kar, ke dil abhi bhara nahin
Abhi abhi to aai ho, bahar ban kar chayi ho.
Hawa zara mahak to le, nazar zara bahak to le
Ye shaam dhal to le zara, ye dil sambhal to le zara...
Main thodi der jee to loon, nashe ke ghoont pee to loon
Abhi to kucch kaha nahin, abhi to kucch suna nahin
Abhi na jao...

Os rapazes notaram meu novo interesse por músicas sentimentais exacerbadas e brincaram a respeito. Ri de volta para eles, com eles, mas não lhes contei nada. Não podia contar a ninguém, a simples idéia de revelar meu amor me fazia tremer e corar como se tivesse febre, como se eu fosse um menino surpreendido pelo súbito facho de luz de uma porta sendo aberta. Tranquei meu amor num *bunker*, ocultei-o para que ficasse seguro. Não falei nada aos rapazes, nem a Guru-ji, e não contei a Jojo. Nem a Zoya eu contei. Apenas lhe dei diamantes, um carro novo, e continuava a fazer as remessas regulares de dinheiro.

Tenho certeza de que ela entendia. Falávamos todos os dias, mesmo quando a loucura anterior ao lançamento, com dublagens, sessões de fotos e entrevistas a atiravam de um canto a outro de Bombaim. Eu a acompanhava por meio de seu telefone celular Nokia cor-de-rosa de última geração, presente meu, e que obviamente ela usava apenas para falar comigo. Naquele telefone ela me chamava de "Bill", contava as aventuras do dia, seus encontros com editores de revistas e produtores, o entusiasmo pelo futuro. Eu ouvia, dava conselhos, sonhava com ela. Naqueles dias, pouco antes da estréia, tudo parecia possível. Até um lauda maior.

Eu amava tanto Zoya que estava decidido a ficar maior para ela. Em Bangcoc eu poderia ter comprado um pênis de tigre, mandar que o pulverizassem e preparassem pílulas que prometiam potência e vigor. Mas eu havia superado aquelas superstições. Já sabia como cuidar da potência e do vigor: preferia comida com pouco óleo, fazia exercícios diários, mandei instalar uma esteira do lado da casa das máquinas, para o rigoroso programa de exercícios aeróbicos. Não, só o que eu precisava era de tamanho. E, nesta época de pesquisa e desenvolvimento, poderia conseguir expansão científica. A essa altura eu já era mais fluente no manejo do computador, sabia usar os programas de navegação e busca. Disse aos rapazes que não queria ser incomodado, fechei a porta e pesquisei.

Tive problemas de linguagem, no começo. Ao digitar "lauda" encontrei um site de uma companhia aérea com esse nome, exatamente, e uma página sobre um piloto de carros de corrida, além de menções a uma droga chamada "láudano". Seu idiota desgraçado, falei ao meio rosto que via na tela, precisa ser em inglês. Eu sabia inglês, aprendera nos filmes pornôs que os rapazes traziam a bordo, das acrobacias coletivas das imagens e dos closes. Digitei "*big cock*". Assim consegui listas de dúzias de sites que ofereciam fotos de laudas de todas as cores. Não queria isso. Tive de insistir por mais alguns minutos, até me lembrar de "*penis*", de um artigo do *Times of India* sobre elefantes e seus hábitos reprodutivos. Tentei "*penis size*", que me levou a pesquisas sobre o tamanho médio dos pênis, e também, na parte inferior da página, o endereço http://www.100percentpenisenlargement.com e http://www.big-penis-enlargement-size.com e http://www.betterpenis.info. Bem melhor.

Li, aprendi e refleti, levei muitos dias até tomar uma decisão. Não era uma decisão trivial. Estava tentando melhorar e estruturar meu futuro e minha vida. Tentando ancorar meu amor, fazer minha amada mais feliz, muito mais. Estudei e ponderei. Aprendi a fisiologia do pênis. Cortes transversais mostravam os mecanismos sob a superfície da pele, os canais de sangue que o faziam crescer e enrijecer. De cara descartei as bombas penianas, pois eram obviamente prejudiciais aos vasos capilares, provocando fissuras minúsculas no tecido conforme o pênis se expandia no vácuo. Pesos, pensei, talvez funcionassem. Pendure pesos num tecido e seu comprimento aumentará, é claro. Eu havia visto, em minha terra, mulheres tribais com lóbulos expandidos pelos brincos que usavam. Mas orelhas esticadas sempre me pareceram medonhas. Um pênis esticado talvez fosse mais longo, mas ficaria fino, como um pedaço de borracha esticado, disforme. Não era aceitável. Eu queria comprimento, mas também circunferência. Deveria ser duro como aço, esguio, um motor incansável que Zoya adoraria.

Então conheci o dr. Reinnes. Uma semana após o início das buscas nos sites de pênis, em que eliminei as vigarices, topei com o http://www.scientificpenis.com. O nome em si já era atraente, cliquei nele imediatamente. Quando vi a página, fiquei impressionado por sua simplicidade. Não vi as cores fortes dos outros sites, nada de fontes verdes e vermelhas a fazer alegações duvidosas. Nada disso, apenas letras pretas sobre fundo branco. O site inteiro era razoável e conciso, bem despojado. A página sugeria sobriedade, e a abordagem do dr. Reinnes vinha de sua prática como clínico. Como explicava no site, ele mantinha um consultório na Califórnia. Suas técnicas para aumento haviam sido desenvolvidas em anos de pesquisas e experiências, baseavam-se na compreensão científica do funcionamento do corpo humano. Ele oferecia tudo isso pela internet, discretamente, pelo módico preço de 49,99 dólares norte-americanos. Uma simples transação com cartão de crédito daria ao usuário acesso às páginas restritas que continham o Método Reinnes, e o início da jornada aos que buscavam sua superação.

Eu tinha seis cartões de crédito, em nomes diferentes. E o que eram 49,99 dólares para tamanho conhecimento? Usei o Platinum Visa, em nome de "Jerry Gallant", um nome falso que usava uma caixa postal na Bélgica. Dois minutos depois consegui acesso. Pulei os diagramas coloridos, o alerta sobre disfunção hormonal e nutrição. Eu não estava doente, minha ingestão de proteínas já era balanceada. Só queria aumentar o tamanho. Cheguei ao segredo: bombear mais sangue para as artérias do pênis. Isso poderia ser conseguido graças a um programa diário de exercícios, começando pela aplicação de compressas quentes, uma toalha ensopada de água quente, enrolada em volta do pênis. Depois vinha o exercício principal, que era um movimento de ordenha com o polegar e o indicador postos em forma de anel, desde a base do pênis ligeiramente lubrificado até sua ponta. Tentei na hora, na frente do computador, quero dizer a ordenha, não a toalha quente. Sim, era verdade, se a gente passasse os dedos pelo pênis semi-ereto, via o sangue sendo forçado para a cabeça. Havia outros exercícios também, um de puxar, para ajudar no comprimento, e um pélvico interno, para vigor renovado. Eu entendia o sentido daquela rotina, sua base subjacente, a lógica das seqüências. Claro, era possível exercitar o pênis como se exercitava qualquer músculo do corpo, torná-lo maior e mais forte. O gênio do dr. Reinnes foi criar um sistema para isso. Imprimi as tabelas para registrar os progressos diários, até a mudança para a seção "Avançada", seis meses e vários centímetros depois. Comecei naquela mesma noite.

Após quarenta e sete dias de exercício regular e sofrido, registrei o crescimento de um centímetro e pouco. Zoya veio me visitar em Cingapura quatro dias antes do lançamento de *International dhamaka*. Seria necessariamente uma visita-relâmpago, ela chegou de avião na quinta-feira de manhã e partiu de noite, no mesmo dia. Manter segredo de sua visita à cidade tornara-se impossível, uma vez que as aeromoças sabiam quem ela era, e várias meninas foram à primeira classe pedir autógrafos. Pela versão oficial, ela precisava fazer compras antes da estréia, escolher jóias e vestidos. Reservamos uma suíte no Ritz-Carlton e providenciamos para que descesse por um elevador particular até a limusine à sua disposição. No caminho, telefonou. "Estou chegando, saab."

Ela me tratou com o respeito de sempre, cuidadosa em relação a meu tempo disponível e aos meus sentimentos. Eu usava um terno Armani preto novo e camisa dourada feita sob medida. Meus sapatos estavam engraxados, as unhas brilhavam, manicuradas. Sentei-me numa poltrona de frente para a porta, desconfortável. Tomei Evian, estava bancando o ridículo e sabia disso. Ouvi seus passos na escada. Levantei. A porta se abriu, ela entrou, tirou o casaco com um gesto largo, balançou a cabeça para ajeitar a farta cabeleira. Vislumbrei a calça castanho-amarelada e um top mínimo, enquanto ela *corria* para mim. Com o aperto de seu abraço e o bálsamo de seus seios, minhas dúvidas desvaneceram. "Senti sua falta", ela disse. "Senti muito."

E aquela era a moça que Jojo chamava de Girafa Narcisista. Ela beijava meu pescoço, voltava a meus lábios, ia ao peito outra vez. Suspirando, ela se ajoelhou, abriu meu zíper e ergueu os braços até meu ombro. Pus a mão em sua testa e ergui seu rosto, para que me olhasse. "Não, espere." Ela ficou preocupada, olhou para mim como uma criança ao ser censurada. Aquele era nosso ritual costumeiro, desde que nos conhecemos, a primeira chupada frenética. Eu adorava ver sua boca se abrir para mim. Mas agora eu erguia seu queixo, delicadamente. "Vamos chegar lá", falei. "Em dois minutos. Primeiro, porém, quero saber as novidades."

Ela se levantou, sorridente e feliz. Sentada na poltrona com as costas no braço e as pernas no meu colo, estendeu os braços para me abraçar e contou tudo. Em vez de dois minutos, precisou de duas horas. Falou dos problemas na filmagem, no lago artificial que deveria ser a Suíça e que começou a feder porque os iluminadores desgraçados mijavam lá dentro. Depois o deslumbrante cavalo branco que fez oito tomadas na mais completa calma, era um cavalo cinematográfico de longa data. No intervalo para o posicionamento dos refletores, na nona tomada, um eletricista puxava um cabo de força pelo gramado quando o cavalo branco entrou em pânico, refugou, recuou até o barranco e caiu de uma altura de dez metros. Tiveram de matá-lo com um revólver de verdade.

"Um perigo, essa história de tiroteio."

"E cansativo. Muito lento, muito demorado, bhai", Zoya disse. "Parecia que o filme não ia acabar nunca. Mas foi muito divertido. A gente encontra cada figura durante a filmagem!"

Ela se levantou e imitou Dheeraj Kapur exortando o iluminador a ir mais rápido com os refletores. "Por favor, já gastamos trinta e quatro por cento além do orçamento, e temos trinta dias de atraso." Imitava-o com perfeição, com direito a andar barrigudo e veemência punjabi, além do jeito delicado de segurar o cigarro com o polegar e o dedo médio, ou o lábio superior muito fino, que lhe dava a aparência de cachorro meio feroz. Ela ganhava vida quando atuava, minha Zoya. Quando ela era Dheeraj Kapur, não restava nada daquela distância que normalmente separava Zoya Mirza do mundo exterior, e de quem nele habitava, como nós. Não se escondia atrás do brilho negro profundo de seus olhos, inatingível. Estava ali, nas superfícies longas de seus antebraços, no passo largo e incerto do produtor. Sua vida brilhava, fulgurava, ali, ali, para mim. Ri, puxei-a para meu colo, até que ela se levantou para fazer outra pessoa. Conseguia uma imitação perfeita de Manu Tewari. Eu chegava a ver a barba comunista quadrada, o modo como a cofiava quando tentava impressionar, parecendo pensativo. Não sei como, mas ela conseguia me fazer sentir a seriedade sofrida dele, sua mente afiada como um bisturi, a crença ansiosa nos contos de fadas sobre o futuro. Suponho que uma grande atriz deve ser assim. Ela fazia a gente acreditar, sem dúvida.

Quando finalmente a levei para a cama, não tinha dúvida. Estava inteiro. Em nossa conversa, nas risadas que demos juntos, redescobri minha potência. Eu a penetrei quatro vezes naquele dia, e ela gozou comigo. Eu não desconfiei de seu prazer, ou do meu. Estava inteiro. E meu pênis foi heróico. Não comentei o crescimento com ela, não havia necessidade. Seus gemidos de satisfação eram a prova definitiva que eu precisava.

International dhamaka foi um fracasso. Depois de tanta publicidade, de tanto dinheiro investido nos clipes na MTV, dos cartazes gigantes de seis folhas, das lancheiras *Dhamaka* de plástico vermelho vivo, ninguém foi ver o filme. No primeiro dia a lotação foi de sessenta por cento em Bombaim, menor em outros locais. Os críticos foram cruéis com o filme, mas isso já esperávamos, ninguém da indústria cinematográfica dava real importância ao que os críticos diziam, se o público aparecia. Se o público pagava ingresso. Mas, no meio da segunda semana, a bilheteria estava abaixo de quarenta por cento, no país inteiro. O mercado internacional, onde esperávamos que o filme fosse um tremendo sucesso, apresentou um resultado um pouquinho melhor. O maderchod NRI também não rendeu nada. Eu falava com Dheeraj Kapoor pelo telefone, de manhã e de noite, aumentamos o número de cartazes e a freqüência das chamadas na televisão, acrescentando títulos que chamavam o público para ver o "Superhit *International dhamaka*". Convidamos todos a tomar parte da magia, a ceder à tentação de ver o mundo.

Mas os gaandus não aceitaram o convite. Cortamos sete cenas, editamos outras catorze, incluímos uma nova canção, na qual não uma ou duas, mas três top models apareciam usando pouco mais que biquínis fluorescentes e um pouco de tule. Conseguimos incluir a canção nos cinemas de Bombaim e Delhi em treze dias, um recorde, e mesmo assim o desgraçado do público não apareceu. No final da terceira semana as publicações especializadas consideraram, unânime e definitivamente, que *International dhamaka* era um fracasso. Eu não tinha como negar isso. Era um fracasso.

Até então Dheeraj Kapoor aconselhara paciência, fé, confiança. Contou histórias como a de G. P. Sippy, que manteve *Sholay* nos cinemas por um mês, perdendo dinheiro, enquanto a indústria inteira zombava dele. Até que no fim o boca a boca sobre Gabbar Singh acabou fazendo diferença, e o público encheu os cinemas, mantendo *Sholay* em cartaz por cinco anos, longos e imensamente lucrativos. No entanto, naquela altura até Dheeraj Kapoor admitia que *International dhamaka* fracassara. Era um filme dele, tanto quanto meu, mas na quarta semana ele desistiu. "Não adianta, bhai", ele me disse certa noite ao telefone. "Já gastamos dinheiro demais. Precisamos aceitar os fatos. Precisamos nos ajustar."

Então deixei que o filme saísse de cartaz nos cinemas. Era preciso encarar a verdade: *International dhamaka* fracassara. Eu não podia meter uma pistola na cabeça do público e obrigá-lo a ir ao cinema, portanto *International dhamaka* era um fracasso, mesmo sendo um bom filme. Eu o vira tantas vezes que mal conseguia acompanhar o que acontecia na tela, mergulhava nos detalhes de enquadramento, som e ritmo. Mas eu o assisti mais uma vez. Sim, era um bom filme. Não dava para duvidar disso. Tinha ação, amor, patriotismo e canções inesquecíveis. Era lindo, perfeito. Por que fora rejeitado? Por que o público fazia fila para ver *Tera mera pyaar*, que não passava de uma porcaria sem o menor sentido, um filme romântico malfeito do tipo "moço perde namorada e chora e chora e chora"? Um lixo feito com três crores e atores desconhecidos? "Não temos como saber, bhai", Dheeraj Kapoor disse. "A gente nunca sabe, bhai. O público é filho-da-mãe. Qualquer chutiya da indústria pode lhe dar agora trinta e seis razões para nosso filme não ter emplacado, mas durante o pré-lançamento todos adoraram. Todas as análises feitas após o lançamento do filme são inúteis. A gente não tem como prever o futuro. Não conhecemos nem o passado. Não temos como saber."

Eu queria saber, precisava saber. Perguntei ao Guru-ji. Ele estava na África do Sul na época, fazendo uma série de conferências, mas arranjou tempo para me telefonar. Sabia que eu estava encrencado, o quanto me sentia triste e desamparado. Compreendeu que eu jamais estivera tão fragilizado, por isso cuidou de mim. Era mais do que um pai para mim, era uma mãe. Eu sabia que ele não conseguira ver o futuro do filme, mas pedi que olhasse para seu passado. "Tinha tudo, Guru-ji", falei para ele. "Todos os elementos que o espectador procura. Por que não deu certo?"

"Quer uma razão?"

"Sim, quero uma razão, Guru-ji."

"O problema é este, você querer uma razão."

"Mas, Guru-ji, é você mesmo quem vive dizendo que o mundo não é um caos. Você fez uma conferência ontem para sete mil pessoas a respeito dos ciclos do tempo, e de como seguimos no rumo de uma nova era."

"Eu disse isso?"

Ele sorria de modo malicioso de novo, eu sabia, exibia o brilho nos olhos que simplesmente devorava nossas dúvidas. "Sim, você disse isso. Li a conferência em seu site na internet. Disse que nossos atos têm um propósito."

"Eu disse isso mesmo, beta. Mas o erro está em sua questão. Quando pede uma razão."

Parei, pensei. Ainda não entendia para onde ele me conduzia. "Não compreendo, Guru-ji. Por favor, explique."

"Você procura uma razão, apenas uma razão. Mas existem centenas de razões, milhares delas. Não existe apenas uma causa imediata. São várias. Todas essas razões se cruzam e se encontram, fluindo no sentido do grande propósito. E você pára no cruzamento de milhares de razões e pede uma."

"Então talvez a razão nem esteja no próprio filme."

"Sim. Talvez o momento pedisse outra coisa. Talvez o movimento seguisse numa determinada direção, quando seu filme foi lançado."

"Será? Será?" Minha mente era pequena demais para enxergar essa mistura de velocidades, para abranger tudo sem explodir feito um saco de papel cheio de ar. Mas ele era Guru-ji, eu precisava dele para isso. Ele via tudo, e eu queria que me desse alguma fé neste fluxo que me arrastava. "Por favor, Guru-ji, explique."

"Sim, Ganesh", ele disse. "Há muitas razões que não têm relação nenhuma com o filme em si. Você disse a verdade, mas no momento o público se conforta com o amor jovem. Eles acordarão para a verdade, mas não agora. E, Ganesh, por que se perturba apenas com as razões? Há muitos propósitos. Atrair o público ao cinema e ganhar dinheiro existem como propósitos apenas no sentido imediato. Seu filme encontrará seu dharma no futuro distante, na rede de conseqüências que cresce com seu lançamento. Você foi bem-sucedido, só não sabe disso ainda."

Eu conseguia ver o encadeamento de ações e propósitos e efeitos que ele citava, ou pelo menos um vaga sombra. Ele era o Guru-ji, podia ver essa vasta história muito mais ampla que minha história pessoal, ele fora além das limitações que eu tinha, que Manu Tewari registrou. Acreditávamos que o herói via sua meta no primeiro ato, e seus inimigos, por isso sua busca seguiu numa espiral envolvente até o clímax, até sua vitória. Acreditávamos que o herói, por ser forte e destemido, conquistaria seu prêmio no décimo oitavo rolo. Mas agora eu entendia que não sabemos quais são nossas causas ou efeitos. Só os iluminados sabiam qual era aquela história. Só Guru-ji conseguia abalar a prisão do tempo e olhar diretamente na confusão ofuscante da criação. "Guru-ji, foi bom você ter dito isso", falei. "Pensei que tinha sido derrotado."

"Você não foi derrotado", ele disse. "Tenha fé, e faça sua parte."

Tentei. Mantive a meditação e os exercícios, mergulhei no trabalho, que não faltava. Realizei três operações para Kulkarni, e aproveitei, é claro, para me livrar de alguns inimigos pessoais no discreto banho de sangue que elas exigiram. Foi um prazer. Mas não conseguia me concentrar. Era disciplinado o bastante para manter minha rotina, mas não me alegrava com ela. Zoya, por outro lado, ligava a cada dois dias, com relatos exuberantes de seu triunfo como atriz em diversas oportunidades. Ela assinara contratos para fazer seis filmes com diretores de primeira linha, três deles depois que *International dhamaka* foi lançado e malogrou oficialmente. De todos nós ela foi a única a sobreviver ao desastre sem um arranhão. Na verdade, estava mais forte e bela do que nunca, aparecia na televisão a cada meia hora. A indústria e o público concluíram que ela não era responsável pela lamentável *Dhamaka* de nosso filme, por isso ela estourou. Nesse meio-tempo meu centímetro e pouco de aumento se reduzira a um quarto disso, e mesmo assim essa pequena vantagem dependia do modo como eu segurava a régua para medir meu lauda. Por vezes, tarde da noite, eu pensava que me iludira a respeito do crescimento no início, acreditando que o dr. Reinnes me ajudara com sua ciência. E a mancha branca do desespero se estendia, tentadora. Nada disso, pensei, e perseverei. Lembrei-me de Guru-ji e segui adiante. Mesmo assim, estava desesperado. Por vezes eu me levantava de manhã bem cedo e abria uma pasta negra que continha as resenhas. Os jornais em híndi e guzerate foram os mais entusiasmados em relação a *International dhamaka*, e as revistas punjabis, bem menos. O *Dainik Samachar* adorou a música, dizendo que "a estréia de Zoya foi a mais promissora em muitos anos". Mas, sem uma única exceção, os jornais e revistas em inglês foram indelicados conosco. *Times of India*, *Indian Express*, *Outlook*, todos uns filhos-da-mãe. Guardei as críticas ruins também, e por vezes me sentia impelido a lê-las novamente, até as mais esnobes, em inglês. "*International dhamaka* é muito exagerado, muito comprido e muito sem graça para promover uma dhamaka", disse a crítica do *India Today*. Kutiya, randi. "Todas as cenas de ação internacionais e o patriotismo vazio resultam em tédio." Isso saiu no *Outlook*. Desgraçados.

Um deles me incomodava mais do que um inseto escavador sob minha pele, que uma fagulha em meu olho congestionado. Seu nome era Ranjan Chatterjee, ele escrevia em *The National Observer*, assinava resenhas semanais havia trinta e dois anos. Sempre o descreviam nas revistas como "o veterano crítico de cinema Ranjan Chatterjee". Ele despejou sua frustração e raiva acumuladas em cima de nós. "Desanimamos perante tamanho descuido arrogante", escreveu. "Desistimos." Precisei pedir ajuda a Manu Tewari para entender quem era o "nós", e por que Ranjan Chatterjee escrevia como se fosse vários. "Esqueça o maderchod, bhai", Manu Tewari disse. "Ele é um budhau velho amargurado, ninguém mais lê o que ele escreve."

Eu li, porém. Li até o fim, depois li de novo, meses depois. E mais uma vez. "*International dhamaka* abusa da nossa credulidade, mais até do que o filme médio de Bollywood", ele escreveu. "É uma série de batidos clichês cinematográficos enfileirados. Esses bhais vivendo em luxo irreal, voando pelo mundo como se fossem pegar o trem matinal para Nashik. Eles são mais engenhosos que James Bond, mais agradáveis que Casanova. Desistimos há muito de esperar que o cinema comercial apresentasse algum realismo. Mas a superficialidade colorida de *International dhamaka* nos leva a perguntar se os responsáveis pelo filme alguma vez na vida conheceram um gângster de verdade."

Eu me pegava pensando nesse Ranjan Chatterjee durante as reuniões, pela manhã, perdia o sono frágil por conta das frases que ricocheteavam em minha cabeça. Precisava fazer algo a respeito. Por isso dei algumas instruções. O velho chutiya enrugado vivia em Bandra East, num prédio de apartamentos que o governo construíra para jornalistas e escritores. Na mesma noite em que dei minhas ordens — era sexta-feira —, Ranjan Chatterjee voltava para casa de uma estréia e do jantar pago pelos produtores, que esperavam com isso amaciá-lo. Andava depressa, da garagem para o elevador. O desgraçado sem dúvida ansiava por voltar ao apartamento e enfileirar uma série de insultos venenosos sobre o filme que acabara de ver, agredindo uma equipe de cento e cinqüenta pessoas com suas ofensas no domingo de manhã. Ele andava depressa, o velho rabugento. Mas nunca chegou à máquina de escrever: Bunty e quatro rapazes esperavam na esquina do prédio. Seguraram Ranjan Chatterjee com a mão, arrastaram o sujeito pelos braços até os fundos do condomínio. Ele gemia baixinho. Fizeram-no ficar em pé, encostado num muro, e quebraram as pernas dele. Usaram barras como as que os trabalhadores usam para remover o cimento das calçadas. Quando o primeiro golpe acertou sua coxa direita, Ranjan Chatterjee caiu no chão e começou a gritar. As janelas na lateral do prédio foram acesas, e os chowkidars dobraram a esquina correndo, parando assim que viram uma pistola. Depois que a outra perna foi golpeada, Ranjan Chatterjee gritou mais um pouco, o suficiente para acordar o condomínio inteiro. Bunty esperou até que ele parasse.

Quando o sujeito finalmente passou a soluçar e a choramingar, Bunty lhe deu um tapa de leve, no rosto. "Olá", Bunty disse. "Arre, preste atenção. Ouça bem."

Ranjan Chatterjee ergueu a cabeça e começou a vomitar. Bunty desviou o rosto, enojado, depois se abaixou e agarrou um chumaço de cabelo para obrigar o filho-da-mãe a levantar a cabeça. "Está doendo?", Bunty perguntou. "Responda, está doendo?"

Ranjan Chatterjee piscou os olhos molhados, arregalados, e por fim conseguiu localizar Bunty. Começou a gemer, soltar sons como os de um gatinho abandonado. "Sim", ele respondeu, "Ai, ai, ai. Está doendo."

"Ótimo", Bunty disse. "Então você sabe que é real. Que você conheceu um bhai de verdade."

Ele bateu a cabeça de Ranjan Chatterjee na parede e afastou-se. Ele e os rapazes subiram no carro que os aguardava e foram embora, sem problemas, sem confusão. No carro, todos cantaram a canção-tema de *International dhamaka*: "*Rehne do, yaaron, main door ja raha hoon*". Sei disso tudo porque os rapazes filmaram, usando uma pequena câmera Canon digital com refletor acoplado. Mesmo com iluminação precária, os detalhes captados pela Canon eram incríveis, a resolução, superior a tudo que eu já havia visto em vídeo. Dava para ver o muco que saía pelo nariz de Ranjan Chatterjee, e suas pupilas contraídas. As imagens chegaram a mim na tarde seguinte, foram entregues por portador em Bangcoc e despachadas para Phuket. Eu vi as cenas catorze vezes naquela noite, depois peguei uma chinesa, e dormi profundamente, um sono longo e pesado. Estava relaxado, expelira Ranjan Chatterjee de meu sistema. Talvez a vida tenha uma ordem maior, que só os iluminados conseguem ver. Talvez as histórias que nós, comuns mortais, contamos sejam apenas pequenas mentiras, explicações convenientes para o que não compreendemos. Mesmo assim, quebrar as pernas de Ranjan Chatterjee me proporcionou o que Manu Tewari chamaria de "desfecho". Depois de feito eu me sentia melhor, o caso estava completo. Finalmente me libertei de *International dhamaka*, e podia tocar a vida para a frente.

Eu afundava no sono como um mergulhador das profundezas em busca de águas calmas durante uma tempestade. Todas as noites dormia pesadamente, acordava e depois dormia de novo. Três meses se passaram, eu retornara a minha rotina de exercícios e trabalho. Ganhei dinheiro, discuti espionagem e táticas com Kulkarni, conversei com Guru-ji e Jojo, fui duas vezes a Cingapura de avião para encontrar Zoya. Também dormi bastante. Descobri que necessitava de nove horas por noite, em vez das seis de costume, e também cochilava durante o dia. Ajeitava-me nos sofás ou ia para meu quarto depois do almoço. Certa vez, no meio de uma sessão na internet, deitei debaixo da mesa do computador para uma soneca rápida de quinze minutos. Eu precisava dormir.

Jojo disse que eu estava deprimido, e Guru-ji, que era apenas a exaustão e a tensão de um ano e meio de filmagem. Fosse desespero, ansiedade ou qualquer outra coisa, eu dormia. Naquela noite em setembro eu peguei no sono no convés, na poltrona que fora instalada para mim na proa do barco. Estávamos ancorados na costa de Ko Samui. Estava lendo relatórios e dormi. Em meu sono eu sabia que estava dormindo. Sabia que navegava no *Lucky Chance*, que flutuava em águas calmas, que o céu fugia de mim, rumo ao escuro. Dormia, mas não descansava em meu sono. Queria descansar, mas não sabia como.

Arvind batia em mim para me acordar. "Bhai", ele disse. "Venha. Você precisa ver uma coisa."

"O que foi?"

"Na televisão, bhai. Incrível."

"Gaandu, você está me acordando por causa de um programa de televisão? Que horas são?"

Ele já estava a meio caminho da popa, e aquele era Arvind, sempre respeitoso. Só pode ser algo realmente espantoso na televisão, pensei. "Faltam alguns minutos para as oito, bhai", ele disse, correndo para a porta da cabine principal. Levantei e fui atrás dele, cambaleando, meio tonto, deslocado no tempo. Eu me sentia desvinculado do dia e da noite. A noite era irreal para mim, mesmo sentindo a madeira ao passar a mão.

Na televisão, um prédio queimava. Cenário de cidade grande, um prédio em chamas. Sentei. "O que é isso?", perguntei.

"Nova York, bhai", Arvind disse. Estava empoleirado numa cadeira, debruçado. Os outros lotavam a cabine. Uma voz falava excitadamente sobre o caso, em tailandês.

"Filme?"

"Não, bhai. É real. Um avião bateu no prédio."

Parecia um filme, pensei. Uma daquelas superproduções norte-americanas de desastre, aventura e terrorismo. "Acidente?", perguntei. Arvind não sabia, levantou as mãos. "Mude para um canal em inglês", falei. Meu sangue vibrava.

Todos os canais que sintonizamos divulgavam as mesmas imagens, uma torre fumegante e sua gêmea. Conseguimos um canal de Hong Kong que transmitia o sinal da Fox. "A Torre Norte continua queimando", disse o repórter. A fumaça saía pela lateral do prédio. Então outra forma prateada esguia entrou na cena, pela direita da câmera. Fiquei de pé, segurando a respiração. O avião desapareceu atrás do prédio em chamas, depois uma labareda em formato de lança saiu da outra torre. Silêncio total.

Emudecemos. Eu sabia o que era aquilo. Vi logo. "Não foi acidente", falei. "Isso é terror."

Só saí da frente da televisão às três da manhã. Pedi que me trouxessem comida, os rapazes aumentavam o som quando eu ia ao banheiro, que usei de porta aberta. Fiquei assistindo até não conseguir mais manter os olhos abertos. Pedi aos rapazes que se revezassem quando fui dormir, e que me acordassem se houvesse novos ataques ou revelações.

Em minha cabine a solidão beirava o insuportável. A água batia no costado, tirei a roupa e tentei respirar. Por que estava tão agitado? Tudo indicava que muita gente havia morrido, mas as pessoas morriam todos os dias. O que, então, provocara aquela agitação frenética? Os rapazes e eu concluímos que os ataques só podiam ser obra dos muçulmanos, provavelmente árabes. Mas e daí? Sim, era uma escalada, agora os Estados Unidos atacariam com sua força gigantesca, fazendo mais inimigos, mas nada disso seria novidade. Eu não tinha respostas, precisava dormir. Com muito esforço, tomei uma ducha e um comprimido para dormir.

Só conseguia cochilar de leve, sonhando com fumaça e pó, e acordava tossindo. Via, repetidamente, a linha reta que o avião descrevia a caminho da parede vertical elegante do prédio. Virei de lado, tentei pensar no trabalho, em mulher, mas a imagem voltava a minha mente. Sim, era o terror.

Sentei-me. Onde estaria Guru-ji naquele momento? Em algum lugar da Europa. Praga? Sim. Eu poderia ligar para ele. Peguei o telefone.

Ele atendeu no primeiro toque. "Ganesh? Está tudo bem com você?"

"Guru-ji, viu televisão hoje?"

"Sim."

"Foi terrível."

"Sim."

"Quero dizer, os norte-americanos filhos-da-mãe agem como se fossem donos do mundo inteiro, alguém ia acertá-los mais cedo ou mais tarde. Mesmo assim, isso foi..."

"Sim, Ganesh?"

O que eu queria perguntar girava em minha cabeça, em mil fragmentos. Cocei o queixo, esfreguei os olhos e tentei juntar tudo. "Você disse que o mundo era maravilhoso."

"Sim."

"E que teve um início."

"Sim."

"E isso quer dizer... que terá um fim."

"Deve ter. Antes que possa renascer outra vez."

As tensões e os conflitos do mundo se ampliariam, formando um arco formidável, depois uma explosão atordoante, e chegava-se ao auge. Depois, mais nada. Eu ouvira gente falar no fim do mundo antes, vira filmes sobre desastres, mas nada disso me pareceu real, nunca. Mas agora havia um final, sentado em minha barriga, pesado e duro como um diamante. Era real. "Isso vai acontecer", falei.

"É inevitável. Por isso todas as grandes tradições religiosas falam que a destruição deve chegar. Pralay, qayamat, apocalipse. Mas não tema, Ganesh. O medo vem do pequeno ego que o aprisiona. Você é muito maior. De uma perspectiva mais ampla, não há por que temer."

Eu sabia que ele tentava me consolar, mas não havia conforto para mim. Sim, eu poderia quem sabe pensar em mim como um olho distante neutro a pairar sobre o solo em que caminhava, lendo — com prazer — tudo que havia para lá do meu conhecimento corporal e do horizonte, mas não conseguia sentir isso. Despedi-me do Guru-ji e deitei, imaginando a imensa teia de eventos a se mover sempre adiante, sempre no rumo do fogo e da água, da dissolução, e minha boca secou. Apoiado num cotovelo, estendi o braço para pegar água. Quando pus o copo de volta, ele tilintou de leve ao tocar o apoio dourado, e o ruído encheu minha cabeça. Senti as mãos trêmulas. Todos os movimentos seguiam juntos, cada ação desembocava na seguinte, uma ondulação se tornava vagalhão, e uma torrente conduzia ao abismo inevitável. Talvez até mesmo aquele tilintar de leve do vidro de algum modo também nos conduzisse um pouquinho para o juízo final. Um som me abalou, talvez fosse meu pulso, ou a ressonância feita do resto, contendo início e fim, nascimento, vida e a morte generalizada.

Inserção: Cinco fragmentos espalhados no tempo

Suryakant Trivedi está tomando cappuccino num café próximo ao Museu Britânico. Em quase dois anos de residência na Inglaterra, esse foi o único vício vilayati adquirido por ele. Não cedeu a nenhuma outra tentação ou pressão. Veste-se exatamente como se vestia em Meerut, com kurtas engomados e pijamas sóbrios. No inverno por vezes faz uma concessão e usa roupa de baixo de lã, que seu filho residente nos Estados Unidos manda de St. Louis. O filho mais velho, com quem mora em Hounslow, preocupa-se quando ele anda de metrô em trajes tão ostensivamente estrangeiros, mas Trivedi sabe que um terno elegante não o faria parecer menos indiano. E, se for atacado por vândalos, bem, ele não teme a dor ou a morte. Guru-ji pediu-lhe que vivesse em Londres por um tempo e fizesse o que precisa ser feito, e Trivedi deve tudo ao Guru-ji. Mesmo ali, observando os turistas caminharem sob o sol brilhante de maio, ele sente a presença de Guru-ji. O apoio constante não é apenas um consolo, mas a base sobre a qual construiu sua vida inteira. Só alguém que teve um guru assim pode entender como seu mestre é também pai, mãe e amigo, como basta pensar nele para remover obstáculos e superar o temor. Mas no momento não há medo, o cappuccino está bem quente, do jeitinho que Trivedi gosta, a espuma deliciosa, com seu leve sabor de chocolate e café. Ele a saboreia com a ponta da língua, depois deixa que lhe encha a boca. Sente-se tranqüilo e contente, permite-se pensar na esposa, que morreu em 1987 de ataque do coração, que lhe deu tantos filhos e partiu repentinamente. Com a ajuda de Guru-ji ele conseguiu superar a ilusão da morte e a névoa de dor que ela traz, sendo agora capaz de pensar nela com carinho e alegria.

Por isso Suryakant Trivedi está meio distante e distraído quando Milind entra. Milind tem vinte e dois anos, é boa-pinta, alto, extrovertido. Cumprimenta Trivedi efusivamente, deposita uma sacola esportiva pesada no chão, entre eles.

"Tudo em paz?", Trivedi diz.

"Sim, senhor. Nenhum problema." Milind nasceu em Londres, esteve na Índia apenas cinco vezes, nunca passou mais de dois meses lá. Mas seu híndi é ortodoxo e impecável. Ele vem de uma tradicional família Jana Sanghi, seu avô foi um eminente professor de sânscrito na Benares Hindu University. Cresceu num ambiente de devoção e estudo, é um patriota fervoroso. Conheceu Trivedi como líder de um partido político pequeno mas radical, o Akhand Bharat, e acredita que Trivedi está em Londres para expandir a organização e disseminar sua mensagem. Desempenha com entusiasmo as tarefas clandestinas solicitadas por Trivedi. Milind aceita de bom grado pegar uma mala deixada no guarda-bagagem da estação de King's Cross e levá-la para Trivedi-ji com cuidado e eficiência, sempre atento e alerta.

Trivedi compreende tudo isso, e portanto inventa perigos rigorosamente calibrados para Milind sentir medo e conta histórias que o seduzem. Diz a Milind que a mala contém documentos militares de um certo país do leste da Europa, que serão entregues a seus contatos no governo indiano. Trivedi também paga o esforço de Milind com apreciadas libras inglesas, além de lhe comprar presentes ocasionais, como um relógio ou uma caneta relativamente cara. "Peça um café", sugere. "Está muito bom."

Milind prefere uma Coca, depois pede outra. Foi alertado para nunca falar do serviço enquanto este estiver em andamento, portanto comenta a política local. Trivedi não acompanha as eleições inglesas, portanto tem apenas uma vaga idéia do que o rapaz fala, mas acena com a cabeça e ocasionalmente interfere, deixando que Milind gaste seu entusiasmo. Toma outro cappuccino, saboreando a ironia do que conseguiu — mais uma vez — para Guru-ji. A sacola esportiva contém dinheiro, dez lakhs em notas de quinhentas rupias. A origem daquele dinheiro novinho em folha, o lugar de onde veio, é o que torna seu triunfo particularmente saboroso. Trivedi mantém três intermediários entre ele e a fonte dos recursos. Primeiro, Milind, depois outro rapaz de entrega chamado Amir, e por fim um grupo clandestino extremista muçulmano chamado Hizbuddeen. Criar o Hizbuddeen foi idéia de Guru-ji. O nome, porém, foi inventado por Trivedi. Seu urdu é muito bom, na verdade, e o nome surgiu com facilidade: Hizbuddeen, o exército do juízo final. Guru-ji apaixonou-se instantaneamente pelo nome, elogiando Trivedi por seu raciocínio rápido e preciso. Uma organização assim precisava de um nome à altura. Um grupo extremista islâmico falso era essencial para os planos futuros de Guru-ji. Mas conseguir dinheiro por meio do Hizbuddeen foi contribuição pessoal de Trivedi. Afinal de contas, levantar fundos é um dos objetivos prioritários desses grupos. Por isso, o Hizbuddeen coletava fundos para suas atividades, e quando transpirou que os paquistaneses queriam colaborar, a ironia foi de longe a melhor recompensa para a dedicação de tantos anos de Trivedi. Na embaixada do Paquistão em Londres havia um homem chamado Shahid Khan, oficialmente primeiro-secretário, embora fosse de fato agente secreto. Oito meses antes, Shahid Khan iniciara os contatos com o Hizbuddeen, cultivando amizade com o grupo, oferecendo treinamento, recursos e dinheiro. No início da semana os paquistaneses deram dinheiro ao Hizbuddeen, que agora está com Trivedi. E Trivedi o usará para financiar as atividades de Guru-ji. Transferirá uma parte para o Kalki Sena, que precisa de muito dinheiro para armas e recrutamento, para os preparativos. Eles precisam estar prontos para o juízo final. Trivedi pensa no Kalki Sena como o braço operacional do Akhand Bharat, e gosta do fato de ser um grupo pequeno, ágil e bem armado. Por vezes, apesar da idade, considera-se uma versão moderna de Shivaji ou Rana Pratap. Trivedi toma mais um gole de cappuccino. Uma delícia completa.

"Quando nos encontraremos de novo, Trivedi-ji?", Milind diz.

Era normalmente a primeira pergunta de Milind, assim que ele superava a tensão do serviço em curso. Trivedi respondia sempre do mesmo jeito: "Ainda não sei. Manterei contato". O rapaz era útil, mas o exasperava um pouco. Se tivesse escolha, Trivedi preferiria usar alguém mais discreto, talvez até mais inteligente, mas trabalhava com o material disponível. Despachou Milind, pagou a conta e levou a sacola ao ombro. Era prazerosamente pesada. Os paquistaneses pagavam bem sua gente. Todos os meses o enviado deles encontrava um representante do Hizbuddeen e entregava o dinheiro. Todos os meses Trivedi recolhia a contribuição e a despachava para o pessoal de Guru-ji. Todos os meses saboreava aquele momento de sublime satisfação. Que os desgraçados paguem por sua própria derrota, que sem dúvida seria definitiva e irrefutável.

Trivedi passa a pé pelo museu. Entrou lá apenas uma vez, e nunca mais voltou. Sentiu-se deslumbrado e revoltado pelos enormes corredores de tesouros esplêndidos trazidos pelos saqueadores do Império Britânico de todas as partes do mundo para que os idiotas ficassem boquiabertos naquele mausoléu. Aquilo o enojava, pensar na bandeira britânica a tremular em Delhi. Nunca mais, dissera a si mesmo, e jurou de novo. Trivedi aprendera o Grande Jogo. Sabe como tratar intermediários e realizar operações diversionistas, sufoca sua repulsa e trata com homens maus, revoltantes. Rachou pratos de comida com bêbados, apertou a mão de criminosos. Adotou o nome de Sharma e passou horas ouvindo histórias escabrosas de Ganesh Gaitonde e sua companhia de bandidos, fingindo rir de suas anedotas obscenas. Sim, Trivedi dissimulou e se sujou. Mas fez tudo isso por Guru-ji, pelo futuro. Está fazendo o que precisa ser feito. Sente cansaço agora, seus pés doem, a idade pesa. Quando chega em casa os ombros também o incomodam. Sente certo receio durante a caminhada final da estação até sua casa, ao anoitecer, quando o céu adquire um tom azul-acinzentado muito estrangeiro, e a responsabilidade em seus ombros pesa ainda mais, mas ele conversa com Guru-ji, aos sussurros, e segue em frente. Está confiante. Volta a mente para o presente, mantém o passo apertado que pratica desde a primeira vez que viu Guru-ji, faz quase três décadas. Passa por uma família inglesa, sorri para o menino que anda no meio dos pais, segurando a mão deles. A inocência imaculada da criança é boa de se ver, sempre foi uma fonte de esperança para ele. Trivedi pensa no dinheiro, no que vem pela frente, e é feliz.

II

Ram Pari areia uma panela. Agachada no quintal da casa de Bibi-ji, na frente da bomba d'água, ela esfrega uma panela enegrecida com cinza de fogão. Ela gosta de deslizar a palma da mão pela lateral curva da panela, mas os ombros começam a sentir uma pontada de dor que continuará com ela até o final do dia, até ela se deitar. Está ficando velha demais para esse serviço, mas que outro serviço poderia fazer? O nariz coça, ela o esfrega sem muito sucesso, com o dorso da mão. Observa Navneet, filha de Bibi-ji, que está deitada de bruços no baithak, escrevendo uma carta. A moça vive no mundo da lua, faz uma hora que está na mesma folha de papel. Ram Pari sabe que ela está escrevendo uma carta para o noivo. Ram Pari pensa que é uma vergonha uma moça fazer isso, que os pais são irresponsáveis. Essa permissividade só pode acabar em desastre. Ram Pari recorda-se de muitos escândalos, entre os pobres e entre os ricos, capazes de provar seu ponto de vista. Mas não adianta dizer nada a Bibi-ji, ela é uma mulher obstinada e orgulhosa que não tolera críticas da parte de pessoas que considera inferiores. De todo modo, não há razão para Ram Pari se preocupar, não é de sua conta o que aquela gente faz. Ela percebe que parou de arear, que a qualquer momento Bibi-ji notará a pausa e virá ralhar com ela, por isso retoma a tarefa.

Navneet senta, se espreguiça e atravessa o quintal. Entra no quarto que divide com as duas irmãs, depois aparece usando chappals de sair. Deve estar indo para a faculdade de novo. Ram Pari não entende qual a vantagem de educar tanto uma moça, mas respeita quem sabe ler e escrever. Ela mesma não faz nem uma coisa nem outra, e acha que é velha demais para aprender. Mas sabe que os homens levam vantagem quando aprendem a ler e escrever. Sua própria experiência amarga prova isso. Mas ela não quer pensar nas tragédias e no fracasso de seu marido analfabeto, por isso resmunga, "Rabb mehar kare", bombeia a água, e o jato enche seus ouvidos.

Navneet está parada a seu lado. "Ram Pari", diz distraída, "sua filha mais velha é muito bonita. Quando chegar a hora certa, você precisa encontrar um bom rapaz para ela."

Ram Pari sente a irritação subir à garganta. Aquela vaca inútil de pele clara pensa que todos têm tempo para passar o dia na frente do espelho, pensando em lafangas bonitos. "Ela é casada", responde secamente.

"Como assim? Aquela coisinha?"

"Ela não é tão nova assim. Irá ao sasural dela em breve."

"Quantos anos tinha quando se casou?"

Ram Pari gesticula com a mão aberta, num movimento que não chega à altura da bomba de água. "Em nosso povo é assim."

Navneet leva a mão à boca e senta numa banqueta perto da pilastra, que seu pai usa todas as manhãs para pôr o sapato. "E desde então ela nunca viu o marido?"

"Não. Por que deveria?" Ram Pari, ao dizer isso, teve medo de estar sendo lacônica demais. Mas não sabe como demonstrar que é adequadamente dócil e respeitadora, por isso pega um karhai e o coloca sob a bomba. Pega um punhado de cinza e, conforme o karhai faz barulho ao ser esfregado, ela entende aonde Navneet quer chegar. Vira-se, sorri com doçura e diz: "Mas você fala com *ele* o tempo inteiro, não é?".

"Não, não. Não falo com ele. Só escrevo cartas de vez em quando." A moça exibe um tom mais rosado na face, e tem certo recato, pois se mostra embaraçada.

Ram Pari ganha confiança. Rindo, diz: "Talvez, mas ele escreve o dia inteiro, todos os dias".

Navneet dá de ombros, tímida, e Ram Pari — a contragosto — sente simpatia por ela. Sim, é bom ser jovem, viver cheia de planos e saudades, além de uma pitada do delicioso medo, vislumbrar a beirada de uma nova vida. Resolve ser generosa. "Ele é bonito?"

"Quer ver uma foto?" Navneet já está de pé, e antes que Ram Pari possa dizer sim já atravessou metade do quintal, e até mesmo Ram Pari reconhece — com uma pontada de inveja — a graça inconsciente de sua corrida juvenil. A moça que seja feliz. É o seu momento de ser feliz.

Navneet volta e se agacha ao lado de Ram Pari. Abre um caderno cheio de letras indecifráveis, vira a página e lá está seu querido. Ele usa turbante pontudo e olha para Ram Pari com arrogância despreocupada e um leve sorriso bailando nos lábios. Ele era mesmo muito atraente. A foto fora retocada, o vermelho das faces contrastava com o brilho alvo dos dentes. "Vah", Ram Pari disse, "parece um artista."

"Sim, eu lhe digo sempre que poderia se tornar ator facilmente se fosse para Bombaim. Mas, é claro, ele não quer tirar a barba, e eu não quero que ele vá. Costumava atuar na faculdade, muitos amigos dele dizem que se parece com Karan Dewan, mas na verdade eu o acho parecido com Ashok Kumar."

Ram Pari balança a cabeça.

Mas Navneet quer mais. "Não concorda?"

"Não conheço Ashok Kumar."

"Como? Não viu *Kismet*?"

Uma gargalhada rouca chacoalhou Ram Pari. Seu rancor sumiu. "Não, eu não vi *Kismet*." Agora ela sente apenas ternura por aquela menina que pensa que todos têm dinheiro e tempo para ir ao tal *Kismet*, que vê o futuro se estender diante dela numa tela que reluz de romance e promessa. Ram Pari sente no estômago, entre as pernas, a decepção que aguarda Navneet, que ocorrerá só por ela esperar tanto. Ram Pari não sabe qual será a catástrofe, mas garante que ocorrerá. Diz, com a gentileza possível: "Talvez eu veja *Kismet* um dia desses".

Navneet se dá conta de que talvez tenha dito algo estúpido, e fica confusa. Gagueja e cora novamente. Ram Pari quer estender a mão e acariciá-la, mas não faz isso. Sabe que Bibi-ji pode aparecer a qualquer momento, e gritar com ela por perder tempo. Mas ela pode aturar os berros de Bibi-ji por toda a eternidade, e naquele momento, apenas amar Navneet. Ela diz: "Conte para mim o que acontece em *Kismet*", e senta para ouvir.

III

Rehmat Sani observa o céu noturno emergir do foguete que se apaga. Sente-se à vontade, sonhador, acomodado num buraco no chão que aprendeu a conhecer bem, após usar aquela rota por quase três meses. Está a sessenta metros da cerca, do lado paquistanês, e não tem pressa. Tem cinco horas até a primeira luz, e muita paciência. Atravessou a fronteira pela primeira vez quando menino, bastava na época andar até o outro lado, era só tomar cuidado com as patrulhas e campos minados. Na época as propinas para os Rangers e o pessoal do BSF eram menores, as minas, muito espalhadas e não havia cerca. Mas tudo bem. Rehmat Sani conhece cada centímetro do terreno, cento e cinqüenta quilômetros para o norte ou para o sul, e a fronteira tem milhares de quilômetros de extensão. Mesmo que esteja toda cercada, ele consegue atravessar. Tem negócios dos dois lados e, claro, família.

Ele se deu bem nessa viagem. Em vez dos litros de rum habituais, dessa vez transportava duas garrafas de uísque estrangeiro para o primo do lado paquistanês. Mushtaq tem um capitão que deseja o uísque, e um capitão pode ser muito útil, por isso Rehmat Sani conseguiu uísque com Aiyer e cruzou a fronteira. Aiyer é miúdo, escuro, usa óculos grossos e não parece um agente secreto, mas não é nenhum idiota. Sabe ser flexível. Assim Rehmat Sani obteve resultados com o capitão, com o dinheiro que levou para o primo, o havildar, e também a garrafa de rum que transportava para seu próprio ganho. Não tinha informações novas para Aiyer, mas Aiyer esperaria até que o capitão estivesse no ponto. Aiyer é jovem, mas aprende rápido. Rehmat Sani alimenta muitas esperanças em relação a ele.

Rehmat Sani se espreguiça, relaxa a musculatura. Talvez esteja ficando muito velho para o serviço. Sente o cheiro úmido do nullah inundado que usará para chegar até a cerca. Engatinhar no córrego sinuoso o deixará molhado e com frio, e é esse último trecho do percurso que o leva a desejar, todas as vezes, ter filhos que estivessem aprendendo os truques. Mas sua primeira mulher lhe dera apenas meninas, e a esposa mais jovem só engravidara depois de três anos, depois que ele procurou Ajmer Sharif, chorou e implorou a Khwaja Sahib. Só então Khalid nasceu. Está na escola, no quinto ano, e Rehmat Sani planeja lhe dar educação integral. Rehmat Sani compreende as exigências da modernidade, sabe que um homem sem diploma — como ele — não vai longe nem vive bem. Mas é duro suportar o fardo de duas filhas casadas, e duas ainda em casa. Quando Rehmat Sani tinha a idade de Khalid, já viajava com o pai até Lahore. Ele não se lembra de quase nada da primeira viagem, mas se recorda dos telhados de Lahore brilhando ao sol matinal.

Rehmat Sani descarta a nostalgia e se prepara para entrar no nullah. Está escuro, o brilho do foguete luminoso desapareceu. Ele não precisa erguer a cabeça para verificar se há alguma ameaça. Sabe, pelo silêncio gritante da noite, pelo ruído contínuo dos insetos, pela tranqüilidade de seu corpo. Sente no peito o pacote plástico que guardou dentro de seu banian. O capitão paquistanês pagou o uísque com notas indianas novas, o que é conveniente para Rehmat Sani. Em casa, ele tirará o dinheiro do saco plástico e o dará para a esposa mais velha depositar no banco e atualizar seu saldo. Ele não consegue ler o extrato, mas gosta de olhar os números quando ela volta da viagem de meio dia até o banco. As cifras lhe dão segurança. Ele se pergunta como os paquistaneses conseguem tantas notas indianas novas. É estranho pensar que as notas recém-impressas atravessam a fronteira e voltam com ele. Mas essa tem sido sua vida, ir de um lado para o outro, atravessando aquele imensa linha no chão, por baixo da cerca ou por cima dela. Ele não pensa muito no motivo para ela cortar os campos, sabe que existe e ganha a vida graças a ela. Espreguiça-se, vira de lado. Hora de partir. Levará duas horas para chegar até a cerca, mais duas horas até um ponto seguro, do outro lado. Quando chegar lá ficará de pé, limpará a lama e irá para casa.

IV

A dra. Anaita Kharas está agachada, despejando vermiculita num recipiente. Ela já havia acrescentado terra, areia e turfa, em quantidades cuidadosamente medidas, agora peneira a mistura com os dedos, apreciando sua aspereza. Poderia usar colher de pedreiro — os filhos dizem que suas mãos parecem as de um operário, não de uma médica —, mas o peso da terra nas palmas a equilibra, todas as manhãs, antes do trabalho. Ela vai lá todas as manhãs, até o terraço da casa em Vasant Vihar, e trabalha no jardim. Tem fícus e cavalinha, buganvília e ervas, magnólia-amarela e juhi. O frio de dezembro dói na ponta dos dedos, mas até isso é bom. Ela descobriu que precisa deste momento solitário, e plantar sementes de suva num vaso a prepara para um dia de pacientes e doenças. Quando termina de plantar, pensa em K.D.Yadav, que morreu três dias antes. Era um bom paciente, mesmo antes que seus tumores o silenciassem e imobilizassem. Sofreu a perda da capacidade e da compreensão com dignidade. Uma vez ela o surpreendeu chorando, na frente da janela, e depois ele aceitou as exortações médicas usuais com um sorriso. Era muito mais velho que ela, muito antiquado em seus namastes e no costume, ou na tentativa, de levantar quando ela entrava no quarto. Ele sempre a ouvia com muita atenção. Mais de uma vez ela se surpreendeu contando coisas que não tinham nada a ver com medicina, mas tudo a ver com sua vida pessoal. Ele formulava as perguntas de um modo único, investigando sem transmitir essa impressão, e a pessoa fornecia informações sem se dar conta disso. Dias depois, ele diria: "Sim, isso deve ter ocorrido em Calcutá, quando seu pai foi transferido para lá", e aí ela se lembrava de ter dito que residira em Calcutá quando tinha onze anos. Era um homem inteligente, K.D.Yadav, para quem passara décadas na rotina de obscuro servidor do Ministério do Desenvolvimento de Recursos Humanos.

Anaita se levanta, flexiona os joelhos. Anda até a beira do telhado, examinando as plantas de perto. Combatera uma infestação de míldio dois meses antes, perdera dois flamboyants e decidira ser mais vigilante no futuro. A doença chega depressa e leva tudo embora. Mas naquele dia as plantas pareciam saudáveis. Espalhavam-se pelo terraço numa conflagração de cores, as trepadeiras subiam até o alto da caixa d'água, no piso superior. Era uma casa grande, do tipo que ela e Adi jamais poderiam comprar ou construir atualmente. Os pais de Adi haviam adquirido dois terrenos nos anos 60, quando Vasant Vihar ainda era só mato, na região da Cordilheira. Eles venderam um dos terrenos vinte anos depois, e construíram a casa no outro, por isso agora Adi e Anaita viviam com os filhos naquela fartura de espaço. Foi muita sorte, mas os preços eram absurdos naquela localidade. Os rapazes não percebem como é caro pôr na mesa a comida que apreciam, a carne, o pão de qualidade, as frutas. Estão na idade em que é muito importante rivalizar com os amigos, e seus amigos — muitos deles colegas de turma da Modern School — são filhos de industriais e empresários. Anaita pensa nos dias distantes da mesada de dez rupias por semana, e se preocupa com o futuro dos filhos. As pessoas têm muito dinheiro hoje em dia, e o desperdiçam como se nada significasse. Os filhos usavam óculos escuros que valiam milhares de rupias, e iam a festas de aniversário que custavam lakhs. Muitos vizinhos do bloco E tinham três ou quatro carros na garagem de casa, e talvez mais um na rua. Os filhos passaram a hostilizar Anaita e Adi, e a considerá-los sovinas.

Anaita terminou a inspeção e andou até o meio do terraço, perto da escada, olhando para o pátio lá embaixo. O pai de Adi insistira em deixar um pequeno espaço aberto no meio da casa, e nenhum argumento da esposa o convencera do contrário, por um instante que fosse. "Quero ver a luz", o velho disse, e depois que a casa ficou pronta ele instalou uma poltrona na galeria que dava para seu precioso pátio, onde lia o jornal todas as manhãs, fosse junho ou o mais gélido dos janeiros. Anaita o admirava por essa atitude. Agora via Adi carregando uma bandeja, saindo da cozinha. A qualquer momento a chamaria, depois acordaria os meninos. Ela desceria e beberia o chai que ele havia preparado, brincaria com os filhos e comeria ovos. Adi é um bom homem. Brigam um pouco, por vezes a intensidade deixa os dois desolados por semanas a fio, mas sempre perseveraram e conseguiram superar as dificuldades. Adi costuma dizer que eles apararam as arestas um do outro. Ele a faz rir bastante, e participa do esforço diário para manter a família, e os dois vivem contentes. Ela precisa ir agora, não gosta de sair de casa muito tarde, o tráfego congestiona as avenidas. Mas ainda pensa em K.D. Yadav.

Por quê? Não tem certeza. Gostou dele, mas já se interessou por outros pacientes, e os perdeu. A morte não constitui novidade, lida com ela diariamente, familiarizou-se com suas investidas, com seu som, com a inércia e o cheiro que traz. Ela sabe que virá para ela, para Adi, consegue até imaginar — quase sem arrepios — a morte dos filhos. Por que, então, K.D. Yadav permanece com ela? Ela passa a mão numa folha de tulsi e suspira, o frio chega a doer em suas narinas. Como deve ser terrível perder a capacidade de distinguir quente e frio, dentro e fora. No final, K.D. Yadav permanecia completamente imóvel, não parecia nem feliz nem triste. Seria ainda capaz de saber se era dia ou noite, se estava vivo ou morto. Anaita comentara isso com sua jovem amiga ou colega, Anjali Mathur:

"Não se preocupe. Ele não está sofrendo, é tudo indolor". Mas agora ela pensa como será não sofrer, existindo num vácuo imenso, e estremece. Pobre coitado, pensa. Gostava tanto de ler, no final as letras e páginas se tornaram indistintas, a mesma coisa que nada. Pobre coitado.

"Anaita!"

Adi, no meio do pátio, mostrava uma frigideira. Anaita ri ao vê-lo, completamente ridículo naquele roupão chinês chamativo, com um dragão exibindo suas garras, e que ele se recusa peremptoriamente a jogar fora.

"O que você está fazendo aí, yaar?", ela diz. "Por favor, vá tomar banho, ou vai me atrasar."

"Calma, baba, já vou", Anaita diz. Olha para seu jardim pela última vez e desce para a vida.

V

Mesmo quando saboreia a vitória, o major Shahid Khan se preocupa com a derrota. Ele está aparando a barba, no espelho vê que nada de sua ansiedade aparece no rosto ou nos olhos. Ele treinou para ser impassível. Tem a pele clara do Punjab, como sua Ammi, mas não sua expressividade fácil. A esposa por vezes pergunta como duas pessoas podem ser parentes tão próximos e tão diferentes. Mas Shahid Khan sabe que herdou a melancolia de Ammi, sua raiva gigantesca, seu sarcasmo súbito, amargo. Mas ele aprendeu a se controlar. Não demonstra nada, nunca. Apesar de toda a sua tristeza, Ammi ri até o rosto ficar vermelho e deixar a pessoa um pouco preocupada com ela, mas não pode nem alertá-la, pois precisa se controlar para não ter também um ataque de riso. Seu amor por Shahid, o irmão e a irmã é tão abertamente obsessivo que outras mães zombam dela. Os sacrifícios que fez pelos filhos são famosos. Mas Shahid Khan sufocou todas as emoções que afloram geneticamente, e aprendeu desde cedo — nas ruelas sinuosas de sua infância — a envergar a armadura da impassividade. Esse poder tem sido muito útil em sua profissão. Tem esse dom e sua fé, que o dispõe sobre uma base sólida que lhe dá forças para suportar qualquer coisa.

Mas hoje ele está preocupado. Em Londres, tarde da noite, pouco antes de sair de seu escritório na embaixada do Paquistão, ele fica sabendo de uma morte do outro lado do mundo. Um certo Gurcharan Singh Bhola foi morto pela polícia no distrito de Gurdaspur, num vilarejo chamado Veroke. Gurcharan Singh Bhola era comandante do Khalistan Tiger Force, que vinha sendo implacavelmente caçado pela forças indianas no último ano. E agora Gurcharan Singh Bhola está morto. Shahid Khan o conheceu pessoalmente, na época em que era tenente e servia nos campos e vilas do Punjab. Gurcharan Singh Bhola, sujeito alto, impressionava pelo físico avantajado de lutador e pelo comprometimento total com a luta pelo Calistão. Mas Shahid Khan o vira apenas uma vez, na noite em que Bhola passou por ele quando estava de sentinela, e não é por causa do sardar que Shahid Khan se preocupa naquela manhã. Está muito longe do Punjab agora, mas é óbvio que os indianos estão esmagando o movimento no Calistão. Eles são brutais, implacáveis. Com apoio do governo central e local, as forças armadas e os paramilitares estão caçando os revolucionários, um a um. Shahid Khan sabe exatamente quanto custou — em dinheiro, investimento e vidas — financiar e apoiar o movimento. Agora, acabou. O revés faz as veias de Shahid Khan latejarem. Foi treinado para superar perdas. Acredita na vitória final, assim como acredita na existência do espelho à sua frente, como algo que simplesmente existe, mas a humilhação da perda é algo que sempre o perturbou muito. Sabe que essa raiva é uma fraqueza. Tolda sua capacidade de julgamento. Ele esperava aprender a equanimidade com a idade, mas o lado passional não o abandona. Tenta pensar em seus triunfos, em particular a recente operação nas ruínas da União Soviética, que ele conseguiu ressuscitar e resgatar depois que os indianos quase a liquidaram. Por décadas, durante os anos de aliança íntima entre a Índia e a União Soviética, os indianos mandavam imprimir grande parte de suas cédulas de maior valor na Ucrânia. Após a queda do império soviético, a agência de Shahid Khan enviara agentes para a Ucrânia para investigar a gráfica onde o dinheiro indiano era impresso. Os agentes conseguiram fechar negócio com os ucranianos, que por uma soma substancial forneceriam as matrizes originais das cédulas indianas. Teria sido um belo triunfo, imprimir dinheiro falso indiano a partir das matrizes. Mas os indianos souberam do acordo — tudo era precário na Ucrânia — e exigiram as matrizes, que lhes foram entregues. Desse completo desastre, Shahid Khan extraíra uma vitória parcial, com dignidade. Entrara em cena após o fato consumado, e agiu rápido. Perderam as chapas originais, mas o papel continuava lá, mal guardado, em armazéns imensos. Shahid Khan agiu depressa, fez contatos, cuidou da logística e providenciou para que um funcionário do segundo escalão da embaixada indiana fosse seqüestrado por criminosos locais e mantido por dois dias em cativeiro. Agora as notas impressas no papel original, cem por cento legítimo — que Shahid Khan obtivera com risco pessoal —, circulavam pela Índia inteira, e Shahid Khan sabe que sua promoção a tenente-coronel deve vir em breve. Sim, isso conta, embora seu triunfo pessoal não tenha evitado a falência do país.

Faz um esforço para abandonar o devaneio, deixa a tesoura de lado e entra no chuveiro. Banha-se com eficiência, enquanto se enxuga com a toalha não pode deixar de pensar, mais uma vez, que aquele pedaço de pano macio é um luxo absurdo. Há algum tempo passou a ter condições de desfrutar essas novidades, e não nega tais confortos à família, mas foi criado na escola da parcimônia. Em seguida faz as orações e come, organiza seus papéis e paga contas. É domingo, as mulheres da casa — mãe, esposa e filha — foram a East Ham visitar parentes. Está sozinho, e finalmente, após ter se livrado por um instante de suas responsabilidades, decide que pode tirar uma hora de folga. Vai até o quarto e fecha a porta. A porta da frente está trancada, sabe que ninguém o incomodará, mas sente o impulso de garantir sua privacidade. Até agora, só a esposa sabe o que ele está a ponto de fazer.

Ele senta na poltrona favorita, de frente para a janela. Uma boa luz é essencial. Põe um travesseiro no colo e os novelos de lã à direita. E começa a tricotar. Está fazendo mais um cachecol. A esposa doa todos, normalmente a uma madrassa ou orfanato de sua terra natal. As agulhas estalam, os ombros de Shahid Khan relaxam e baixam. Ele tem feito isso nos últimos dois anos, desde que um médico de Karachi lhe disse que era melhor aprender a relaxar ou as úlceras o matariam. "Descubra os prazeres de férias de verdade", o doutor falou. "Arranje um hobby." No começo Shahid Khan jogou *squash*. Sempre tivera vontade de aprender, e parecia um bom exercício. Mas descobriu que precisava ganhar. Passou a ter aulas extras, a ler livros sobre fundamentos. Quando percebeu que sonhava com revanches, desistiu. Foi enviado à Ucrânia, lá tentou xadrez. Com receio de jogar com outras pessoas, investiu numa máquina portátil que jogava xadrez. A engenhosidade do equipamento era sensacional, ele desdobrava, formando um tabuleiro completo após um clique suave, com compartimento para as peças e luzinhas vermelhas com as quais a máquina informava qual peça queria mover, e para onde. Enquanto aprendia a usar o aparelho, sentia-se melhor. Mas logo quis jogar em nível superior, e a dor voltou. De todo modo a metáfora marcial era óbvia demais, com seus bispos e peões e campo de batalha em preto e branco, que o faziam pensar demais no mundo real. Deu a máquina a um amigo, e sofreu em silêncio por algum tempo. Depois tentou montar, mas o projeto durou até encontrar um cavalo recalcitrante.

De Moscou ele ligou ao médico de Karachi, e quase desligou na cara dele quando o sujeito fez a sugestão. Levou dois meses para comprar a lã, mais três para começar. Mas descobriu, desde a primeira vez num quarto de hotel em Tallinn, que suas mãos pegavam o ritmo naturalmente. Ele entendeu a oposição rígida entre ponto e laçada, e não precisava pensar. Não tinha de tricotar depressa, nem bem, nem melhorar. Bastava fazer algo, uma peça vermelha de formato estranho, comprida, que no final resolvia chamar de cachecol.

Shahid Khan tricotava de frente para o sol do meio-dia. Mantinha os olhos bem abertos, e só sentia uma queimação leve no estômago, mas não se importava. Em pouco tempo ela também desapareceria. Ele respira. O fio branco estica contra sua pele, depois relaxa. As agulhas clicam quando uma bate na outra. A urdidura e a trama se formam, fluem. Sua mente, seu coração se enchem com o brilho radiante da misericórdia de Alá. O trabalho cresce, ele está em paz.

Ganesh Gaitonde se refaz

Eu me dei um novo rosto naquele inverno. Andava preocupado por causa das inúmeras fotografias minhas publicadas nos jornais e revistas indianos ao longo dos anos. Os programas de televisão costumavam transmitir imagens de minha saída dos tribunais de Bombaim. Eu era muito conhecido, facilmente reconhecível. Certa vez, na praia de Ko Samui, um grupo de jovens turistas indianos começou a me encarar e cochichar nervosamente. Eu havia deixado a Índia para evitar a detenção e também para fugir de meus inúmeros inimigos. Precisava mudar. Vira Zoya se transformar, entendi como poderia ser feito, vi o custo e a dor, bem como as possibilidades. Eu precisava me renovar.

Sabia que desejava essa transformação, e não apenas por questões de segurança. Debaixo de minha pele formigava uma insatisfação, um descontentamento. Eu me observava no espelho todas as manhãs, e o rosto que via não era do homem que eu sabia ser. Queria que me esculpissem magro, esguio, como se os terrores e triunfos de minha vida tivessem me dado uma nova cara. Mas os anos trouxeram bochechas flácidas e nariz mais grosso. Meu queixo se perdia num monte de carne, e havia rugas nos cantos dos olhos. A decomposição de meus traços era insuportável. Eu precisava alterar o exterior para que combinasse com o interior.

Como era de se esperar, procurei o dr. Langston Lee, de Zoya. Dei-lhe dois meses e um monte de dinheiro, senti mais dor do que durante a vida inteira. Ele me fez um nariz comprido e elegante, com ponte fina, além de novas maçãs do rosto, queixo mais estreito para combinar com o nariz e uma total ausência de papada. Fez alterações sutis nas sobrancelhas e acrescentou uma verruga em cada uma das novas faces. Virei um homem diferente. Na primeira vez em que olhei no espelho, após o término da cirurgia e depois que as ataduras foram removidas, senti vontade de abraçar o dr. Langston Lee, o chinesinho filho-da-mãe. Apesar do inchaço e dos pontos ainda visíveis, dava para perceber que ele entendera o que eu pretendia me tornar. Seu talento não residia apenas nas pontas dos dedos, mas também nos olhos e na imaginação. Ele conseguia expressar nosso sonho, cortar a pele e a gordura até que ganhassem nova vida. Eu não parecia nem um pouco com o antigo Ganesh Gaitonde. Eu era o Ganesh Gaitonde que queria ser. Eu era eu mesmo.

"Zoya não vai nem saber quem é você, bhai", Suhasini disse quando Arvind e ela me visitaram naquela tarde. "Eu mesma mal o reconheço. Langston Lee é um gênio."

Doía sorrir, mas não pude evitar. Gostei da idéia de Zoya não saber quem eu era, de se assustar com um sujeito desconhecido. Queria vê-la confusa, sobressaltada, insegura. Estava rodando dois filmes nos Estados Unidos, em Detroit e Houston, e eu não havia revelado meus planos para a nova aparência. Mantive a cirurgia em segredo, dela e de todos que não precisavam saber. "Vamos surpreender Zoya", falei.

"Ela vai pular feito uma vaca que levou um pau na gaand", Arvind disse. "Se não fosse pela voz, bhai, eu não o teria reconhecido." Ele olhou para mim, debruçando-se na guarda da cama. "Não é que tudo tenha mudado. No entanto, o conjunto de mudanças o transformou completamente."

Recuperei-me depressa. Assim que o dr. Langston Lee me deu alta, peguei um avião para os Estados Unidos. Zoya não tinha muito tempo livre entre uma filmagem e outra, mas eu queria muito vê-la. Ou melhor, queria que ela me visse. Por isso fui. Nossas operações nos Estados Unidos eram muito limitadas, por isso não havia equipes para providenciar a logística, nem guarda-costas. Viajei sozinho, com um passaporte indonésio impecável, sem dúvida estaria seguro. Minha nova aparência me protegia. Também tinha roupas novas, uma mala cheia de ternos leves de linho e camisas de algodão em tons pastel. Arvind ficou nervoso com minha viagem solitária, mas eu lhe disse que estaria mais seguro sozinho, que atrairia menos atenção do que se tivesse um séquito. Ainda mais por estar alterando um padrão que meus inimigos conheciam e procuravam. Eles sabiam que eu vivia rodeado pelos rapazes havia anos. Nunca procurariam um homem sozinho.

Disse tudo isso e acreditava no que estava dizendo. Contudo, quando o avião decolou para Bangcoc e eu voava para o novo mundo, mergulhei num poço de terror. Estava sozinho. No *Lucky Chance* ouvia os rapazes caminhando no convés, acordava pela manhã com o som de suas risadas. Agora, naquela pequena bolha de ar de primeira classe, naquela cabine lançada para longe da terra firme, eu não tinha como contatá-los. Haviam sumido. Toquei meu queixo, meu nariz. Sob a bela nova fisionomia havia apenas eu. Senti que estava longe, muito longe de tudo e de todos que eu conhecia. Acalmei-me, disse a mim mesmo que essa era uma reação inesperada, mas natural para uma situação a que me desacostumara, que meu corpo estava ansioso com sua nova forma. Pedi água e fechei os olhos. O suor escorria pela nuca, sabia que poderiam notar minha condição. Mas não conseguia derrotar o pânico, finalmente desisti e usei o telefone da companhia aérea para chamar Arvind. Ele ficou muito agitado quando atendeu e ouviu minha voz, pois combináramos só fazer ligações em caso de emergência durante aquela viagem. "Bhai", ele disse, "qual é o problema?"

Claro, eu não poderia lhe dizer realmente qual era o problema, mencionar o sabor metálico da saudade e da solidão no fundo da garganta. Não podia dizer eu só queria ouvir sua voz, desgraçado. Falei sobre investimentos feitos na semana anterior, e no movimento de dinheiro de uma conta em Hong Kong para fundos na Índia. Uma questão trivial, nada a ver com uma emergência. Ele estranhou, mas conhecia seu lugar e não fez mais perguntas, apenas ouviu as minhas instruções. Desliguei, depois liguei para Bunty em Bombaim. Não tinha nada para discutir com ele que fosse remotamente urgente, por isso falei a respeito de Suleiman Isa e de nossas informações atualizadas sobre as atividades da Companhia-S. Bunty desligou tão confuso quanto Arvind, depois liguei para Jojo. "Estou no meio de uma reunião", ela disse. "Ligo para você daqui a pouco."

"Não conseguirá."

"Por que não? Estarei livre em meia hora."

Eu não havia contado a ela nada sobre a viagem aos Estados Unidos ou minha cirurgia. E certamente não poderia lhe dizer nada agora, sentado ao lado de uma mãe tailandesa de ar circunspecto, óculos de aro metálico e ouvidos atentos. "Eu também estou em reunião. Ligo amanhã."

"Algum problema, Gaitonde?"

Ela me conhecia bem demais, a Jojo. "Não, não", falei. "Volte ao trabalho. Amanhã conversamos. Amanhã."

Pensei em Jojo, reclinado em minha poltrona. Era minha amiga, mais do que ninguém sabia reconhecer meu estado de espírito, se eu estava furioso ou generoso, entusiasmado, insensível ou apenas triste. Confiava nela, mas precisava ocultar alguns fatos dela por questões de segurança. Vivia sob perigo constante e permanente, manter segredos era imprescindível. Precisava tomar cuidado. Tinha que supor que a senhora tailandesa de cabelos grisalhos na poltrona ao lado, que agora comia amendoim com a ponta dos dedos engordurada, uma pessoa inofensiva e idosa, poderia ser uma espiã capaz de me atacar. Talvez compreendesse o híndi que eu falava com Jojo, talvez trabalhasse para Suleiman Isa e seus aliados. Era impossível, mas eu tinha de pensar na possibilidade.

Não admira que me sentisse solitário, pensei. Levava uma vida cheia de segredos e suspeitas. Precisava me afastar até dos amigos, sendo esse o preço a pagar pelo poder. Eu governava, reinava, não podia relaxar nunca. Nem um rosto novo poderia me libertar completamente do medo. Eu era obrigado a caminhar sozinho. Mas a solidão que senti no vôo para os Estados Unidos era nova. Jamais sentira algo assim. Era como se eu fosse uma bola girando no espaço incomensurável. Estava suspenso no vácuo completo, totalmente livre. Sim, aquilo era liberdade, eu ali, independente e sozinho. E eu estava aterrorizado.

Quebrei a promessa de muitos anos e pedi um uísque. Segurei o fôlego e ingeri o amargo remédio acastanhado. Tomei mais dois e finalmente consegui adormecer.

Acordei vendo Los Angeles, que se estendia como uma imensa mancha à direita. Era enorme, eu me senti muito pequeno. Não conseguia evitar a sensação de pequenez, a apreensão infantil. Ela seguiu comigo na limusine até o hotel. As ruas eram largas e limpas, os carros seguiam em filas ordenadas, tudo parecia muito estrangeiro. Nunca me sentira tão deslocado na Tailândia, ou mesmo em Cingapura, tão diferente dos motoristas que me ultrapassavam. Vi um indiano estacionar seu carro ao lado do mercado, seguia para uma cabine telefônica. Era careca, barrigudo, poderia percorrer qualquer gali de Bombaim sem chamar a atenção. Seu nome provavelmente era Ramesh, Nitin ou Dharam. Mesmo assim, eu me sentia muito distante dele. Talvez por causa daquele céu imenso enevoado, e da luz clara, descolorida. O espaço era diferente ali, assim como a gravidade. Eu me sentia leve.

Minha suíte no Mondrian flutuava doze andares acima de Sunset Boulevard. O tráfego lá embaixo deslizava em silenciosas fitas de metal. O silêncio incomodava. Liguei a televisão, tomei uma ducha rápida, telefonei para Zoya. Ela ocupava um quarto no sétimo andar. Pegara um vôo de Houston de manhã bem cedo, e se hospedara com o nome de Madhubala. Precisei soletrar o nome duas vezes para a telefonista, e finalmente ela conseguiu transferir a ligação. Zoya falou: "Alô?". Adotara o sotaque norte-americano.

"Sou eu", falei. "Estou na suíte 1202. Suba. A porta está aberta. Venha logo."

"Pois não", ela disse. "Estou descendo."

Era uma boa moça, não precisava de outras instruções. Fechei as cortinas, deixando apenas uma faixa de luz através do quarto. Sentei na poltrona, em contraluz. Seria uma cena muito teatral, do ponto de vista dela. Queria surpreendê-la, captar suas impressões repentinas, o forte impacto do momento que a paralisaria. E depois a revelação do meu rosto.

Aconteceu justamente como eu havia planejado. Ela entrou, fez uma pausa, fechou a porta. "Saab?", disse. Usava saia branca bem curta, blusa branca amarrada no alto, valorizando a impressionante curva de sua cintura e o volume exato dos quadris. Ela sabia exatamente do que eu gostava. Saali, era esperta. Mas naquele dia eu a tinha na mão. Acendi a luz do meu lado, e ela disse imediatamente: "Quem é você? Quem é você?". Estava com medo.

Controlei a vontade de rir, queria me divertir. A surpresa e o temor em seu rosto eram deliciosos. Ela cruzou as mãos na frente da fenda de seu umbigo e conseguiu dizer apenas: "Onde ele está? Onde...?". Antes de parar. Aprumou-se e disse em inglês: "Eu me enganei de quarto. Desculpe". Senti orgulho dela. Mantivera o controle. Eu a treinara direitinho. Ela deu meia-volta e seguiu na direção da porta, elegante.

"Zoya", falei.

Ela parou, virou-se. "Alá", disse. Foi a única vez que a ouvi invocar seu deus. "É você?"

"Sou eu."

"Mas como é possível?"

"Ora, então só você pode mudar?"

Ela se aproximou, ajoelhou-se a meus pés. Estendeu a mão, tocou meu rosto com a ponta dos dedos. A surpresa de cair o queixo deu lugar lentamente a olhos estreitos que calculavam e avaliavam. Ela murmurou: "Doutor Langston Lee?".

"Ele mesmo."

"Ah, é um mestre. Excelente trabalho. Tão sutil quanto eficiente."

"Gostou mesmo?"

"O doutor Langston Lee é mesmo espetacular."

Bem, já chegava de doutor Lee. Segurei o pulso de Zoya com a mão esquerda e o queixo com a outra. "Acha que combina comigo? Acredita que seja eu?"

Ela abandonou o olhar crítico num instante, sorriu para mim com olhos que logo brilharam de admiração. "Você está muito bonito, saab", disse. "Melhor do que antes. Poderia ser ator de cinema, sabe?"

"O quê, eu?"

"Sim. Deveria fazer um filme. Comigo de heroína. *International dhamaka, parte dois*."

"Seqüências nunca funcionam na Índia", falei. "De todo modo, o primeiro foi um fracasso."

"Com o novo Ganesh Gaitonde de herói", ela disse, "seria um supersucesso."

Ela me abraçou e beijou, naquele momento eu realmente era um astro. Levei-a ao quarto, gozamos juntos numa verdadeira dhamaka internacional. Pelo menos aquela foi um sucesso. Não deu nem tempo de tirar a roupa. Ela ergueu a saia, eu arranquei o pedacinho de pano sobre sua pele, subi em cima dela e entrei. Estávamos deitados em diagonal na cama, atrás de sua cabeça a janela sem cortina revelava a cidade de Los Angeles. Eu ria feito um louco, de cara nova, e foi assim que estive nos Estados Unidos.

Fomos aos estúdios da Universal na manhã seguinte. Relutei, mas Zoya insistiu, dizendo que ninguém me reconheceria com o novo rosto, não correria perigo. "E quanto a você?", falei. O local sem dúvida estaria cheio de turistas indianos maderchods, que atualmente perambulavam pelo mundo com câmeras, filhos e dinheiro novo. Os fãs dela estavam em toda parte. Ela me garantiu que sabia mudar a aparência, e ninguém a reconheceria se não quisesse. Mostrou-se muito segura a esse respeito, e como realmente queria ir, fomos. E nos divertimos muito. Para mim, o prazer derivava de observar a alegria de Zoya — parecia uma criança no primeiro parque de diversões. Ia de uma atração a outra, gritou mais do que o resto quando o imenso tubarão avançou contra nós de boca aberta. Eu não havia visto a maioria dos filmes que inspiraram as atrações, mas Zoya conhecia todos, e resumiu os enredos. Usava óculos — bem grandes, retos — na ponta do nariz, boné azul, camiseta branca folgada de manga comprida e calça jeans preta. O cabelo, em maria-chiquinha, caía em duas longas pontas. Não usava maquiagem. As pessoas a olhavam, não tinha como disfarçar a altura, mas ninguém a reconheceu. Nem mesmo as adolescentes de Delhi que sentaram no carro seguinte de Jurassic Park e me chamaram de "tio". Zoya também sabia se transformar numa pessoa comum. Com seus olhos, rosto e corpo, era capaz de qualquer coisa. Era uma atriz.

Ela me levou duas vezes à atração Exterminador do Futuro. "Uma vez só é pouco", disse. "Eu adoro o Arnold." Eu sabia quem era o Arnold, um dos rapazes adquirira um DVD pirata de um filme dele, e o vimos no barco, no ano passado. Eu gostava dos efeitos especiais, claro, mas o filme me entediara. Como muitos filmes norte-americanos, aquele tinha uma boa idéia e se agarrava tanto a ela que parecia pobre em emoção e abrangência. As cenas pareciam iguais, pois mesmo nos momentos mais dramáticos os atores norte-americanos dialogavam em voz baixa, como se discutissem o preço da cebola. E não havia canções. Para completar, a maioria dos filmes norte-americanos eram dispersos e irreais, não me interessavam muito. Mas lá estava Zoya observando de queixo caído o esqueleto do Exterminador, fitando os olhos vermelhos radiantes da mesma maneira como olhara para mim na véspera. Mesmo de óculos dava para notar o brilho em seus olhos, forte como o dele. Ela notou meu interesse e me beijou de leve na face. "Sabe", disse no meu ouvido, "eu sonho às vezes em ganhar um Oscar. Participar da cerimônia. Mas, acima de tudo, poder talvez conhecer Arnold."

Arnold. Ela dizia o nome do desgraçado como se já o conhecesse, como se compartilhasse pani-puri com ele em Chowpatty. Fomos ao resto das atrações e exposições, ela terminou o dia radiante, risonha. Eu estava exausto. Saímos da Universal às cinco, na limusine ela relembrou filmes norte-americanos e contou histórias sobre os artistas. Ouvi, e finalmente disse: "Saali, quantos filmes desses você assiste?".

"Normalmente, um por dia. Tenho um aparelho de DVD portátil, sabe? Posso levá-lo para as filmagens. Às vezes vejo mais de um por dia, mesmo nos dias de filmagem. É uma boa maneira de melhorar meu inglês. Você deveria fazer isso também. Não sabe que Suleiman Isa assiste filmes em inglês todos os dias?"

Belisquei seu lábio inferior. "Como descobriu isso?"

"Arre, todo mundo sabe."

Era verdade. Todos os que sabiam algo a respeito do crime organizado conheciam o gosto de Suleiman Isa pelos filmes. "E todos estão errados", falei. "Ele não assiste vários filmes. Só vê três, sempre os mesmos, repetidamente. Todas as noites assiste um deles. No dia seguinte outro, depois outro. Aí volta ao primeiro."

"Como assim?"

"É verdade. Temos informações confirmadas a esse respeito, vindas lá de dentro. Ele vê os três filmes da série *O poderoso chefão* sem parar."

"Não! Sério mesmo?"

"É a pura verdade."

"Por quê?"

"Pergunte ao filho-da-mãe. Ele é maluco."

Ela fez que sim. "E você viu esses filmes, saab?"

"Vi o primeiro da série."

"Não gostou?"

"Mais ou menos. Acho que *Dharmatma* foi melhor. Ou mesmo *Dayavan*."

Ela caiu na gargalhada e passou os braços em volta de mim. "Você viaja pelo mundo inteiro, bhai, mas continua com o mesmo gosto desi. É tão *chweet*." Ela me beijou, levou a mão até a frente da minha calça jeans e mostrou o quanto eu era *sweet*. Esqueci Suleiman Isa e seu *Poderoso chefão* chutiya. Mais tarde, naquela mesma noite, porém, depois de haver dormido um pouco, acordei pensando nos filmes norte-americanos. Meus rapazes viam filmes de ação norte-americanos o tempo inteiro. Diziam que gostavam dos truques e efeitos especiais. Por que Suleiman Isa via os filmes da série *O poderoso chefão* sem parar? Eu nunca pensara no assunto antes, mas agora, deitado na cama sob aquele céu estrangeiro, sustentado pela constelação de luzes espalhadas pela cidade, me ocorreu que suas razões para assistir o filme talvez fossem as mesmas que me levaram a produzir *International dhamaka*. Ele desejava entender o que acontecera com ele, o que se tornara. E, pela primeira vez, senti certa afinidade com ele.

O que eu me tornara? Eu me tornara outra pessoa, outra coisa. Conforme tentava entender o que mudara, o que acontecera a mim, uma pontada de dúvida se movia em minha barriga feito um verme minúsculo, e apertava o coração. Zoya disse que eu estava bonito agora, que poderia ser astro de cinema se quisesse. Eu sabia que minha aparência melhorara, que parecia mais jovem e bem-apessoado do que nunca. Mas, se era Arnold que ela sonhava conhecer, como eu poderia ter a musculatura estupenda do Exterminador? Se ele aparecesse nos sonhos dela, mesmo quando dormia a meu lado, poderia Zoya me amar realmente? Ponderei que o Exterminador era um personagem de ficção, e que eu era mais poderoso do que um ator americano barato. Na verdade, eu havia assassinado mais gente que qualquer Exterminador de araque. Uma palavra minha move dinheiro e armas de um continente a outro. Se alguém deveria ser chamado de Exterminador, esse alguém sou eu.

Contudo, quando Zoya se mexeu no início da manhã, e ressonava sonolenta a meu lado, o que a recebeu, dentro de mim, foi o parasita sinuoso da desconfiança. Olhei para o braço que a abraçava, meu braço, e só conseguia pensar que era muito magro, comparado ao de Arnold. Na verdade, até o astro do filme que ela rodava no Texas estava mais para Arnold do que para mim. Era baixo, mas tinha um peito enorme, anabolizado, e braços de halterofilista. Sabia que poderia comprar os melhores anabolizantes, construir uma academia só para mim, contratar treinadores, mas chegaria eu perto da visão que Zoya levava dentro de sua cabeça, daquele homem que ela poderia amar de verdade? Ela me amava, esta Zoya, esta Girafa Narcisista?

A questão era ridícula e eu sabia disso, não obstante continuou a me atormentar. Tomamos café-da-manhã sentados à mesa de jantar da sala principal, e como sempre foi um espanto observá-la comer. Ela tomou um jarro de suco de laranja, devorando três omeletes. Eu a olhava, estava linda de novo, era a própria estrela de cinema Zoya Mirza. Seja feliz, disse a mim mesmo. Ela está com você. Então, o telefone tocou. Não o telefone do hotel, nem o meu celular, mas o telefone por satélite à prova de grampeamento que estava na mesa-de-cabeceira. Corri para atender. Só Arvind e Bunty tinham aquele número, e só o usavam em circunstâncias extraordinárias.

Era Arvind. "Bhai?", ele disse. "Você precisa voltar."

"Por quê?"

"O negócio das batatas", disse. O "negócio das batatas" era nosso código para o contrabando de armamentos que fazíamos para Guru-ji. Estávamos nisso havia anos, trazendo carregamentos de armas e munições para a costa de Konkan, onde os entregávamos para o pessoal dele transportar. "Eles descobriram tudo. Confiscaram um dos nossos carregamentos."

"Quem descobriu?"

"O pessoal de Delhi." O que significava Dinesh Kulkarni, também conhecido como sr. Joshi, e sua organização, ou seja, o governo indiano.

"Pegarei o próximo avião."

"Por favor, venha logo, bhai. Eles estão furiosos."

Ele queria dizer que temia por minha segurança, pois eu estava exposto ao perigo num país estrangeiro, numa suíte luxuosa, sem guarda-costas. Por isso tomava tanto cuidado ao falar, mesmo numa linha segura. "Compreendo", falei. "Estou a caminho."

Despedi-me de Zoya e parti.

"Por que fez isso, Ganesh?" Era Kulkarni, que bancava o diretor escolar severo. "Por quê?"

"Precisávamos samaan para nosso povo."

"Não minta para mim. Nos carregamentos apreendidos pela polícia havia cento e sessenta e dois fuzis AK-56, quarenta pistolas automáticas e dezoito mil unidades de munição. Não se trata de uso pessoal, Ganesh. Isso é armamento para uma guerra."

"Íamos vender um pouco. Negócio lucrativo, a renda de outras fontes caiu um pouco. A economia não vai bem. O senhor sabe disso, saab."

Ele retrucou depressa, duramente. "Está trabalhando para alguém? Algum grupo ou partido?"

"Nada disso, saab. Só precisávamos de dinheiro, o mercado está bom. Sabe que a situação do país anda difícil, todos querem se garantir contra alguma ameaça. Somos apenas distribuidores, para todos os interessados." Eu suava. Estava no iate, nas águas de Phuket, protegido e guardado por todos os lados, mas sabia que nossa situação era muito séria. Tínhamos um problema. E Kulkarni me mostrava exatamente o quanto nosso problema era grave. Desejei que K.D. Yadav não estivesse aposentado, que ainda cuidasse dos assuntos de sua organização. Era um sujeito prático, entendia nossas necessidades. Aquele miserável do Kulkarni falava comigo como se eu fosse algum moleque que tivesse sido apanhado com mercadoria furtada.

"Fizemos vistas grossas a seus projetos e negócios", ele disse. "Mas isso... não sei se podemos deixar passar. Mesmo dentro de nossa organização há quem se oponha ao relacionamento com você, agora com toda a razão." Sem dúvida, ele estava furioso. "Quantos carregamentos foram, no total?"

Eu sabia que não acreditaria se eu dissesse que foi apenas aquele carregamento, portanto disse ter havido mais um, menor. Prometi que não haveria outros. Tentei conversar e acalmá-lo, disse que era um colaborador leal. Mencionei várias conversas nossas, os anos de trabalho para o sr. Kumar. Ele continuou bravo, rígido, e exigiu mais informações sobre o contrabando de armas. Eu desconversei, falei o mínimo possível, e finalmente desliguei cheio de receio e preocupação.

Arvind viera de Cingapura e andava de um lado para o outro no convés. Falava com Bombaim pelo telefone, tentando acompanhar os desdobramentos do inquérito policial, pedindo detalhes de nossas fontes dentro do departamento. Esperei. Não havia lua naquela noite, a água balançava sua superfície negra-prateada nos cantos do meu olho. Alguém me vigiava. Disso eu tinha certeza. Estavam lá fora. Talvez escutassem a conversa de Arvind ao telefone. O aparelho supostamente era seguro, mas qualquer proteção podia ser superada. O sr. Kumar me ensinara isso.

Arvind desligou o telefone. "Nenhuma novidade, bhai", disse. "Eles marcaram uma entrevista coletiva para amanhã, às dez horas. Talvez surja alguma novidade por lá."

Ainda não sabíamos como a polícia descobrira nossos carregamentos. Não sabíamos como eles ligaram as armas a nós. Conseguiram informações precisas. Quem as fornecera? Suleiman Isa e seu pessoal? Ou a polícia tinha seus próprios informantes no alto escalão da nossa companhia? Bem possível. Precisávamos investigar. Mas eu tinha uma preocupação mais urgente, imediata. Nosso negócio com as batatas estava comprometido. Eu precisava alertar nosso cliente. Falar com Guru-ji.

De novo Guru-ji previu o futuro, e dessa vez salvou minha vida. Encontramo-nos em Munique, onde ele realizava um encontro de cinco dias e um yagna. Peguei o avião sozinho. Arvind e Bunty tentaram evitar que eu viajasse, depois tentaram mandar um batalhão de pistoleiros comigo. Expliquei que estaria mais seguro sozinho, que meu novo rosto me protegeria. Provei a eles: passei por rapazes que trabalhavam comigo havia anos, e nenhum me reconheceu. Enquanto mantivesse discrição, estaria seguro.

A segurança de Guru-ji ocupava a primeira posição em meus pensamentos, eu não pretendia manchar sua reputação em nenhum aspecto, claro. Não confiava mais em nossos métodos de comunicação habituais, não sabia se a tecnologia usada ainda era segura. Nossos especialistas buscavam novos equipamentos, novo software, novos métodos. Mas eu precisava falar com Guru-ji. Por isso corri o risco de ir sozinho a um país estrangeiro. Adotei a mesma tática de abordagem de Bombaim. Compareci ao yagna de Munique e esperei até o final, para uma audiência. Só que dessa vez ele sabia que eu iria.

Cheguei a Munique às cinco da tarde e segui para o local onde Guru-ji realizava sua palestra. O yagna era uma miniatura do promovido em Bombaim, e enquanto as chamas saltavam e dançavam ele comentava os ciclos da história. Sentei no fundo do salão e o observei, acima das fileiras ordeiras de cabeças firangi. Havia monitores de televisão pendurados no teto do salão, mas eu só olhava direto para Guru-ji, forcei a vista e o encarei. Após meses de voz pelo telefone e olhos em fotografias de jornal desfocadas, eu queria um darshan direto. Senti sua presença, seu enorme atmã e a paz que me proporcionava. Estava curado, aliviado, renascido. Só quem o conhece em pessoa sabe que ele emite uma luz, que uma onda de claridade brilhante vem de seu dársana. Sentei-me feito uma criança ansiosa, e fui instruído por ele. Ele falava de nosso tempo, da turbulência que assolava o mundo. "Não temam", disse em seu híndi solene, com tradução simultânea para o alemão. "Nos últimos anos ouvimos pessoas falarem em 'progresso', mas testemunharam apenas sofrimento e destruição. Conheceram o terror da própria ciência, sua ganância e seu poder amoral. Os políticos prometeram que a vida ia melhorar, mas vocês sabem que ela está piorando. E vivem prisioneiros do medo. Digo a vocês, não temam. Estamos nos aproximando de uma época de grandes mudanças. É inevitável, necessário, vai acontecer e tem de acontecer. Os sinais da mudança estão ao nosso redor. O tempo e a história são como uma onda, como uma tempestade que se aproxima. Estamos chegando à crista, a onda vai quebrar. Vocês sentem isso, sei que sentem, é um acúmulo de emoção em seu próprio corpo, também. Os eventos estão aumentando em intensidade, vêm um após o outro. Mas nesse redemoinho reside a promessa de paz. Só após a explosão encontraremos silêncio e um novo mundo. Isso é certo. Não temam o futuro. Garanto que a humanidade entrará numa era dourada de amor, de abundância, de paz. Portanto, não temam."

Ouvi suas palavras e não temi, embora houvesse motivo para tanto. Eu viera visitá-lo com o estômago cheio de problemas, o espírito cansado, a coragem posta à prova. Viera vê-lo deixando para trás meus rapazes e sua proteção, pois precisava estar em sua presença. E, realmente, em poucos minutos me acalmei. Crescera descrente de sadhus e santos, sempre pensara que não passavam de charlatães, enganadores e vigaristas, mas um homem rompeu a couraça de minha dúvida com seu poder inefável. Vocês podem ceder às satisfações amargas do ceticismo, podem me considerar débil, um tolo em busca de consolo, um sujeito cambaleante atrás de uma muleta. Todos esses pensamentos — e os abriguei, também — são anteparos contra a verdade, contra a própria realidade, que era simplesmente a paz que eu sentia sentado no mesmo ambiente que ele. Claro, não só eu ganhava tranqüilidade, valia também para todos aqueles alemães no salão. E milhares de outros do mundo inteiro, que respondiam ao seu chamado, seus ensinamentos. Ele obtinha esse efeito. Chamem de "carisma", se isso atender ao desejo de uma lógica mental limitada. E foi exatamente sobre as armadilhas da razão que Guru-ji falou no final de seu sermão daquela noite.

"Ouçam seu coração", ele disse. "A razão pode ficar no caminho da sabedoria, como um guarda com lathi em punho. A lógica é boa, poderosa, e a usamos diariamente. Ela nos dá o controle do mundo em que vivemos, permite nossa existência cotidiana. Mas até a ciência nos diz que a lógica diária não consegue descrever a realidade do mundo em que vivemos. O tempo se contrai e se expande, Einstein nos mostrou isso. O espaço se curva. Abaixo do nível do átomo, partículas passam umas pelas outras, uma partícula pode existir em dois lugares ao mesmo tempo. A realidade propriamente dita, a realidade real, é uma visão maluca, uma alucinação que a mente humana individualista pequena não consegue absorver. Devemos explodir o ego, reconhecer as razões diárias como um carcereiro pequeno e limitador. Vocês devem avançar para além dela, atingir o espaço ilimitado que há ali. A realidade os aguarda neste lugar."

Aguardei pacientemente por ele após o encerramento do sermão. A fila usual de devotos o esperava para falar com ele. Sentei numa cadeira no salão meio vazio, enquanto os sadhus levavam os alemães um por um para uma sala separada, no canto. Eu não me preocupava com a possibilidade de encerrarem as audiências antes da minha vez, pois agora Guru-ji sabia que eu estava esperando. Assim, não me importei em esperar, vendo os firangis emergirem de seus dársanas pessoais, sorridentes, transformados.

"Você é indiano?"

Era uma das alemãs. Usava um sári vermelho-escuro, e tinha o cabelo loiro preso em jooda na parte de trás da cabeça. Havia uma mangalsutra no pescoço dela, e sindoor no cabelo. Era jovem, uns vinte e poucos anos, mas parecia uma mãe indiana tradicional de trinta anos atrás, de uma cidadezinha qualquer. "Sim", falei.

"De onde?" Seu inglês era claro e sonoro. Eu já conhecia aquele sotaque das praias de Phuket.

"De Nashik", falei.

"Não conheço", ela disse. "E Nagpur? Você conhece Nagpur?"

Fiz que sim.

"Guru-ji casou-me lá, e me deu um novo nome."

"Guru-ji casou com você?"

"Não, ele celebrou meu casamento lá. Com meu marido Sukumar."

"Sukumar é indiano?"

"Não, também é alemão. Por causa dele, tornei-me discípula de Guru-ji. Depois Guru-ji nos casou."

"E lhe deu um novo nome."

"Sim. Sou Sita."

"Um nome muito bonito."

"Guru-ji diz que é um alto ideal."

"Como?"

Ela gesticulou em direção ao céu. "Sita é uma boa mulher."

Sita tinha olhos azul-claros e uma atitude feliz, radiante. Sorri para ela também. "Sita foi a melhor mulher." Um dos sadhus acenou para mim. Era minha vez. "Até logo", falei a Sita.

"Namaste", ela disse, dobrando as mãos antes de fazer uma mesura elegante. "É sempre bom encontrar alguém de nossa terra."

Levantei e afastei uma tontura súbita. Estava cansado, muitas viagens em pouco tempo. Parei na porta verde da sala particular, ladeado por dois sadhus, ambos firangis de barba marrom cerrada. Estavam completamente calmos e silenciosos. A porta se abriu, entrei.

Guru-ji estava sentado num gadda ao lado da lareira, seu cabelo era um halo prateado. As cadeiras e sofás — ali devia ser uma sala de reuniões — haviam sido empurradas para um canto, deixando o espaço livre, como ele gostava. Ele me observou enquanto eu ia a seu encontro. Ajoelhei-me na sua frente, toquei o chão com a testa, segurei seus pés. Ele levou a mão direita à minha cabeça e disse: "Jite raho, beta". Segurou meu ombro e me levantou.

Continuei calado. Devia ter dito alguma coisa, em gratidão por sua bênção, mas não disse.

"Qual é seu nome, beta?"

Eu não havia planejado aquele silêncio de minha parte. Não tinha a menor intenção de testar Guru-ji. E, subitamente, quis que ele me reconhecesse. Nenhum outro homem ou mulher conseguira me reconhecer depois da mudança no rosto. Mas Guru-ji conhecia minha alma, vira até o pequeno fragmento duro, cinzento, no centro dela, que eu jamais mostrara a alguém. Ele conhecia a suavidade e a carência sob minha superfície escura. Ele esperava, na expectativa.

"Você é surdo?", disse. "Não pode falar?"

Um sorriso se abriu em meu rosto. Eu estava bancando o bobo, mas o fato de ele me considerar mudo me divertiu imensamente. Continuei ajoelhado, sorrindo.

"Ganesh?", ele perguntou.

Surpreendi-me. Queria que me reconhecesse, mas não esperava isso. Era apenas um desejo, do fundo do coração. Há muitas expectativas que flutuam na superfície de nossa pele, e eu consegui realizar diversas: poder, dinheiro, mulheres. Mas há necessidades tão profundas que não nomeamos nem a nós mesmos. Funcionam como fluxos subterrâneos de líquido derretido sobre os quais se movem os continentes. Assomam de vez em quando na fúria dos vulcões, depois somem, afundam na terra de novo. Esse é o verdadeiro mundo subterrâneo, onde o desejo queima eternamente. Eu desejara ser chamado pelo nome, ser reconhecido. E Guru-ji havia feito isso.

"Como?", perguntei. "Como soube?"

"Acha que realmente pode se esconder de mim?" Ele tocou meu queixo, depois me abraçou com força.

"Guru-ji." Eu ria. Com um toque ele eliminou exaustão, raiva, medo. Por isso eu havia ido até lá, atravessado o planeta sozinho. Segurei sua mão. "Guru-ji, sei que me encontrar é..."

Ele balançou a cabeça. "Aqui não."

Chamou um dos sadhus, disse que eu era um bhakt chamado Arjun Kerkar, tinha um problema pessoal sério que exigiria uma longa consulta. Sua equipe parecia acostumada ao fato. Guru-ji subiu na cadeira de rodas com um movimento eficiente, e eu o segui até a garagem. Havia um lance de escada com sete degraus do saguão do elevador até o piso do estacionamento, e ele os desceu com facilidade, na cadeira. As rodas compactas zumbiam e estalavam, e a cadeira descia em perfeito equilíbrio.

"Excelente, Guru-ji", falei.

"Modelo mais recente, Arjun", ele disse a mim, com um lampejo dos dentes por cima do ombro. "Tudo computadorizado. Posso me equilibrar em duas rodas. Veja."

Ele demonstrou, andando lentamente sobre duas rodas. Aplaudi. Uma van especial esperava na garagem, com rampa para subida da cadeira de rodas, e nela fomos para a casa onde Guru-ji se hospedava, a mansão de um discípulo na periferia da cidade. Tudo fora organizado com eficiência, os sadhus conversavam entre si com pequenos *walkie-talkies*, não havia atraso nem movimentação desnecessária. Em quinze minutos estávamos na suíte de Guru-ji, que fora decorada exatamente como ele gostava, com flores viçosas em todos os aposentos, fruteiras apetitosas sobre as mesas, CDs de música de cítara e cantos devocionais ao lado da cama. Tirei o sapato e escolhi uma poltrona confortável na ante-sala. Esperei até que Guru-ji tomasse banho, ditasse cartas essenciais aos assessores e os dispensasse. Ele me chamou, entrei e o encontrei sentado na cama no centro do quarto, usando um kurta de seda branca e dhoti.

"Venha", disse, apontando para uma cadeira ao lado da cama. "Sente. Diga, quando fez isso com seu rosto? Por quê?"

Contei tudo. Claro, ele concordava com minhas preocupações referentes à segurança, mas ele também disse que eu sentira necessidade de me renovar por causa da mudança que estava a caminho. "Um novo mundo pede um novo homem. E você se renovou. Sentiu o impulso, o chamamento dos tempos, Arjun. Creio que este é o novo nome adequado para você agora. A partir de hoje, eu o chamarei de 'Arjun'. Você será o Arjun que me enganou."

"Por dez segundos apenas, Guru-ji. Você foi o único a me reconhecer."

"Trata-se de um belo rosto, Arjun. Agora diga qual o motivo de sua visita."

Ele me ouviu com atenção enquanto eu relatava o recente desastre. Falei que nenhuma operação era completamente segura, claro, e que eu me isolara do contrabando de armas por uma série de intermediários da companhia, além de usar grupos semi-independentes. Havíamos concedido algumas prisões à UP, homens do baixo escalão que poderiam satisfazê-los, acalmá-los. Mas eles tinham mais informações do que imaginávamos, e quando seguiram as pistas fui envolvido. Minha impressão era de que aquele zelo súbito e implacável fora financiado e alimentado com informações de Dubai e Karachi, por Suleiman Isa e seus comparsas. Usavam o pessoal da polícia para iniciar uma nova campanha na guerra contra nós. E a polícia — tanto de UP quanto de Maharashtra — estava dando muito trabalho para nós.

"Sim", Guru-ji disse. "Sim, Arjun." Apesar da calamidade, ele continuava como uma estátua num templo. "Eles sabem de algo a meu respeito?"

"De você? Não, não, Guru-ji, nada. Seu nome foi sempre mantido totalmente fora da operação, nunca o mencionei. Ninguém em minha companhia sabe de você, tampouco. Mantive segurança absoluta. Fiz essa viagem sozinho, sem proteção, sem cobertura dos rapazes. Não há nenhuma ameaça à sua pessoa do meu lado, eu me assegurei. Mas creio que devemos interromper a movimentação das armas por enquanto. Seria muito perigoso."

"Sim, Arjun. No geral, concordo. Mas preciso meditar a respeito." Ele estendeu a mão até meu ombro. "Você parece cansado. Durma um pouco. Falaremos pela manhã. Há uma cama à sua espera no quarto menor."

Ele tinha razão. Fora uma jornada ao outro lado do mundo, e antes enfrentamos muitos conflitos e más notícias. Sentia-me exausto, esgotado, como se mal conseguisse me manter acordado. Ele segurou minha cabeça com a mão, numa bênção, e senti que pegaria no sono com facilidade. Seus olhos eram escuros, opacos, enormes. Ele me fez levantar e me abraçou. "Vá dormir. Pensarei no caso. Pela manhã decidiremos como agir."

Cambaleei até o quarto vizinho à suíte, desabei na cama. Mal tive forças para virar para o outro lado antes de dormir.

Acordei com o som dos mantras. Sentei, instantaneamente alerta. Ao seguir para a suíte, de repente me dei conta da fome que sentia, e de como estava ativo. O ombro, forte e relaxado. O sangue circulava em meu peito, havia sândalo em minha garganta. Ri. Parecia ter renascido. Uma noite de sono com Guru-ji e eu era de novo jovem.

As imensas janelas no lado leste da suíte davam para um jardim, e vi Guru-ji e os sadhus fazendo um puja. Estavam sentados num quadrado vazado, com Guru-ji no centro, de frente para uma pequena fogueira. Sentei de pernas cruzadas perto da janela, longe deles, e observei. Era muito cedo, sob o cinza profundo do céu estrangeiro uma luz fraca iluminava seus rostos. Eu não conhecia os mantras. Deve ser uma cerimônia para sadhus, pensei, e fiquei contente por poder sentar ali e ouvir.

Depois, Guru-ji me explicou o ritual. No momento da alvorada, disse, eles meditavam sobre a mudança. Por meio daquele pequeno yagna, esforçavam-se para promover a mudança no mundo. O universo tinha consciência de si, em interação com a matéria, que em si não passava de pura energia. A combinação da consciência dos monges e o tremendo poder espiritual de Guru-ji punha a consciência universal no caminho da transformação. "A história tem uma forma, Arjun", ele disse. "O universo é um milagre da ordem. Já falamos disso antes. Olhe para este jardim. Para cada inseto há um predador. Para cada flor, uma função. Alguns cientistas estudam esta beleza toda, mas insistem que seja resultado da mera seleção aleatória, do acaso e nada mais. Eles são cegos. Medrosos. Deixe de lado o acaso, olhe para tudo com a visão correta, e o caos revela padrões. A questão é: você consegue ver abaixo da superfície? Você e eu estamos sentados aqui, Arjun, conversando neste jardim. O sol vem vindo. Seria isso tudo aleatório, desprovido de significado? Não há *direcionamento* em nada?" Com um gesto largo, ele abrangeu a terra, nós e o céu. "Olha para dentro, Arjun. Sinta a verdade dentro de si. E me diga, quem é o criador desse direcionamento?"

Para essa pergunta eu tinha a resposta. "Consciência."

"Sem dúvida. E você sabe onde está a consciência? Onde ela mora?"

"Em todos os lugares."

"Sim. E em nós. Você é Ele, Arjun. Sua consciência *é* a consciência universal. Não há diferença. Se aprender isso, conhecer realmente, então não haverá nada que não possa fazer. Você mesmo pode moldar a história. Deixando a mente para trás, o vira pode direcionar os eventos. Ele pode mover o tempo no sentido da transformação."

Fiz que sim. "Compreendo, Guru-ji. O que deseja que eu faça?"

"Precisamos fazer mais uma operação, Arjun. A derradeira."

Ele queria mais uma viagem, mais uma missão. A carga não seria muito grande nem muito pesada. Haveria algum dinheiro — rupias, na maioria, mas também dólares — que fora coletado no exterior e precisava ser transportado para dentro do país. E também material de laboratório, que o pessoal de Guru-ji precisava para experiências agrícolas no Punjab. Eles poderiam trazer o material pelos canais oficiais, mas a liberação na alfândega demoraria semanas, meses até, e um trabalho importante seria interrompido. E, finalmente, havia equipamento de computação, também aguardado com urgência. Nada de armas ou munições. Muito simples, e distante das atividades específicas que tanto incomodaram Kulkarni. "Eu não lhe pediria isso", Guru-ji disse, "se não fosse vital. Sem essa carga nosso trabalho de muitos anos ficaria suspenso, incompleto. Claro, eu poderia facilmente usar outros canais para o transporte. Mas você e eu temos uma história juntos. Temos confiança. Só confio em você para fazer isso para mim. E não pode haver erros com esse carregamento. Arjun, sei que correrá um grande perigo. Por isso não lhe direi que precisa fazer isso para mim. Mas faço um apelo, e deixo a decisão em suas mãos."

Claro que concordei. Era meu dever, como discípulo. E eu lhe devia isso, ele me salvara muitas vezes, de várias maneiras. Respondi que aceitava, que iniciaria o planejamento assim que voltasse às águas tailandesas. Depois pedi para passar mais um dia com ele. Seria arriscado para nós dois, mas eu queria muito. Era uma premonição, uma certeza impenetrável de que não o veria mais. Disse isso, e ele calmamente concordou. "Sim, é verdade", ele disse. "Também percebi."

"Pode ver isso?"

"Sim."

"Por quê? O que acontecerá?"

"Não sei. Não consigo ver. Mas sei que este é nosso último encontro."

"E como nós dois podemos saber? Já terá acontecido, seja lá o que for que vai acontecer? Como pode ser?"

"Nossas mentes limitadas pensam que o tempo é como um trilho de trem, Arjun, sempre seguindo em frente, para o futuro. Mas o tempo é mais sutil."

"Então já nos separamos, no futuro?"

Guru-ji balançou a cabeça. "Cada momento contém certo número de probabilidades. Realizamos escolhas a cada minuto. Não somos locomotivas que se movem nos trilhos, nada disso. Mas não existe o que chamam de liberdade total. Estamos presos a nosso passado, às conseqüências de nossas ações. Podemos pender para uma escolha ou outra, nas teias de eventos. E por vezes as probabilidades convergem para um nó, para algo que beira a certeza. Se você for capaz de ouvir e ver, saberá."

Então ambos sabíamos. Eu não tinha a pretensão de ser um vidente como Guru-ji, de ter poderes espirituais ou de oráculo. Mas eu sabia. "Entendo, Guru-ji.

Lembro-me de ter ouvido em um de seus pravachans que em cada encontro já começa a perda."

"Sim. Nós encontramos o outro para perdê-lo. A perda é inevitável."

"Então não há necessidade de lamentar. Talvez possamos nos encontrar outra vez."

"Talvez, Arjun. Mas mesmo que não nos vejamos mais frente a frente, eu não quero perdê-lo nesta vida, por enquanto."

"Guru-ji?"

"Vejo perigo para você no Oriente. Um perigo enorme."

"De onde, Guru-ji? De quem?"

"Não sei. Mas sua vida corre um grande risco. Tome muito cuidado."

"Tomarei. Como sempre. Tomarei mais cuidado ainda."

"Estarei zelando por você."

Fomos dar uma volta. Nada mais restava a ser dito ou feito. Eu convivia com o perigo havia anos, e agora Guru-ji dera o alerta. Precisava me manter ainda mais vigilante, se isso fosse possível. Guru-ji gostava da natureza, amava as flores e as árvores, falara disso em inúmeros sermões, a respeito da necessidade de salvar o ambiente. No centro de Munique havia um parque, fomos até lá, Guru-ji, eu e dois sadhus. Os sadhus caminhavam a certa distância de nós, e não ouviam o que falávamos. Guru-ji e eu conversamos sobre questões corriqueiras, como o preço do ouro, o aumento da obesidade infantil na classe média indiana, a próxima geração de computadores, as mudanças no clima mundial e as implicações nas monções. Após as conversas grandiosas recentes, foi um alívio voltar ao básico, ao dia de verão em que famílias passeavam, as crianças olhavam para Guru-ji e cachorros saltitavam. As crianças mais atrevidas se aproximavam de Guru-ji, que ria e conversava com elas. Ao vê-las, pensei na perfeição daquele lugar: grama viçosa, árvores frondosas que balançavam suavemente com a brisa, sol generoso, a cabeça de Guru-ji abaixada, os pescoços brancos e compridos das crianças que o rodeavam. Lembre-se disso, pensei. Guarde o momento e lembre-se dele sempre.

Tentei ver Guru-ji com clareza. Ele era tão iluminado, tão avançado, que de certo modo se deslocara do mundo dos homens e mulheres. Eu sabia que ele valorizava a limpeza, que gostava de jardins e bosques, que detinha um vasto conhecimento sobre inúmeros assuntos, que gostava de acompanhar os avanços da tecnologia assim que ocorriam. Apesar disso, pairava um pouco acima da terra, e eu não podia conhecê-lo do modo como conhecia Arvind, Suhasini ou Bunty. Eu os conhecia como a mim mesmo, sabia que formas assumiam seus desejos, o que temiam, como pensavam. Conseguia prever o que fariam, levá-los a querer certas coisas. Sabia como comandá-los e controlá-los. Eram meus.

Mas Guru-ji, sempre que eu tentava pensar nele, imaginá-lo, aparecia em meus pensamentos como as pinturas nos calendários de Vivekananda ou Paramhansa, vigoroso e inesquecível, mas não totalmente humano, ele era mais do que humano. Eu não conseguia decifrar o Guru-ji. Nem mesmo quando pilotava a cadeira de rodas alguns metros à minha frente, reclinado para poder andar sobre duas rodas, seguido por uma cauda de cometa de crianças. Perguntei certa vez sobre sua família, ele conversou abertamente sobre o pai da força aérea, que mantinha os aviões de caça do país em boas condições, e que tinha problemas com a bebida. Falou da mãe, que sofria de asma e não parava de chorar quando aconteceu o acidente, e que foi sua principal incentivadora na busca do conhecimento espiritual e primeira discípula. Eu conhecia suas preferências alimentares, sabia que era vegetariano, mas que não alardeava o fato, que compartilharia a refeição frugal de um camponês pobre e a desfrutaria como se fosse um chá elegante com o primeiro-ministro. Sabia tudo isso, e contudo sabia que não o conhecia. Ele se ocultava atrás de seu olhar firme, que absorvia tudo para devolver amor, paz e certeza. Talvez fosse presunção minha, pensei enquanto caminhava atrás dele, esperar que pudesse compreendê-lo como compreendia outros homens. Ele deixara seu ego para trás, e se tornara divino. E eu ainda não estava próximo o suficiente da divindade para compreender seu caráter sagrado. Tentar era em si um ato do ego, uma atitude orgulhosa. Só o que eu poderia esperar, especificamente, era aquele momento de dársana, de vínculo fugaz. Mesmo assim, não me abandonava o impulso de tentar. Apertei o passo, ultrapassei as crianças e disse: "Guru-ji?".

"Sim, Arjun."

"Tenho uma pergunta. Talvez seja impertinente."

"Melhor ainda. Pergunte."

"Já se apaixonou, Guru-ji?"

"Vivo apaixonado, Arjun."

"Não nesse sentido, Guru-ji. Sei que me ama, e que os ama..." Apontei para as crianças. "Mas falo de uma pessoa. Ishq, pyaar, muhabbat, Guru-ji. Já foi um dia deewana?"

"Eu era muito jovem quando isso aconteceu", disse, apontando para as pernas.

"Então, nunca?" Pensei que já soubesse a resposta. Um homem que atingira sua essência suprema amava toda a criação igualmente, não teria necessidade daquela cegueira parcial e fragmentada que era o amor por outra pessoa. Se o sujeito era um brâmane, por que precisaria se tornar Majnoon? Mas ele me surpreendeu.

"Deewana? Sim, creio que sim. Uma vez. Antes do acidente. Mas eu era muito jovem."

"Sério mesmo?"

"Sim, falo sério. Víamo-nos diariamente, pois morávamos em casas vizinhas, e as horas de separação eram uma tortura." Ele sorriu. "É disso que está falando, Ganesh?"

"Sim", respondi ansioso. "E quando a via, temia a passagem de cada minuto?"

Um menino de olhos azuis intensos falou com Guru-ji em alemão, e ele respondeu com seriedade. Acenou com a cabeça para mim, por cima do ombro do menino, e disse: "Sim. A outra metade de você está a seu lado por um momento, mas logo será levada."

Lutei contra o nó na garganta. Ele era um homem, no final das contas, um mortal comum que sofrera essas aflições, que conhecera a perda. "Qual era o nome dela, Guru-ji?"

Ele tocou no ombro do menino, para dispensá-lo. Olhava para mim, mas via outra coisa muito distante. "O que isso importa, Arjun? Nomes se perdem no tempo. Toda obsessão leva à perda."

"E o que aconteceu, Guru-ji? Ela foi embora?"

"Isso aconteceu. E eu também me afastei, para o acidente e depois para dentro de mim."

E assim ele se tornara nosso guru, e nos amava em vez de amar a ela, quem quer que fosse. Sem dúvida ele se lembrava daquele amor também, mas talvez se consolasse com o fato de que ainda a amava de um modo muito mais profundo do que o mero amor restrito, mortal e ignorante de uma pessoa pela outra. De todo modo, senti-me reconfortado por saber que ele havia sido um dia alguém como eu. "Obrigado", falei. "Guru-ji, sou grato por ter contado."

"Não foi nada", disse, olhando por cima do ombro para o grupo de crianças que se afastara e corria pelo gramado em relâmpagos de pernas louras, lideradas pelo menino.

Os sadhus se aproximaram, fiquei um pouco para trás, carregando meu conhecimento sobre um rapaz apaixonado em meu peito, como se fosse um tesouro. Seguimos caminhando.

Um dos sadhus falava com Guru-ji em francês. Aquele sadhu era suíço, calvo, de cabeça vermelha, e recebera o nome de "Prem Shantam". Guru-ji tinha seguidores de todas as origens, e falava um pouco de cada idioma. Ele se dirigiu a mim. "Arjun!"

Parei. "Sim, Guru-ji?"

"Prem informou que adiante há uma parte do parque em que os alemães abrem mão de todo o recato. Eles passeiam sem roupas. Sugere evitar aquela direção."

"Acho melhor evitar aquele lado, Guru-ji."

"Por quê? Teme ver seus corpos?"

"Eu? De jeito nenhum. Estou acostumado, Guru-ji, por causa da Tailândia e outros lugares."

Por isso seguimos adiante, no rumo de um regato cintilante. Lá vimos os alemães despidos, em sua maioria homens, deitados na grama ou caminhando naturalmente, sem o menor constrangimento. Eu os vira em praias, de longe, estava familiarizado com sua pele branca e traseiro enrugado. Mas ali senti uma vaga inquietude. Naquela cidade de igrejas e campanários, tal exibição não fazia sentido.

Prem disse algo, e Guru-ji traduziu para mim, olhando para a margem do riacho. "Ele diz que chamam a isso 'naturismo'. Não creio que seja natural. Eles se iludem. Há lugar, momento e idade para tudo. Em certos estágios da vida algumas atitudes são mais adequadas. Um sadhu que medita nu na mata está realmente despido. Deixou toda a cultura para trás. Estas pessoas ainda carregam a bagagem da linguagem. Consideram-se livres, mas estão presas a sua rebelião contra o recato. No fundo, vivem em Kaliyug, onde tudo está de cabeça para baixo."

Havia algumas mulheres entre os despidos, duas delas nos observavam. Uma, de cabelo claro, era tipicamente alemã, mas a outra, de cabelo preto grosso encaracolado, era muito alta. Parecia alemã, mas tinha pele escura.

"Vamos", Guru-ji disse. Ele uniu as mãos em namaste para as moças. "Elas pensam que estamos olhando por curiosidade indecente."

Ele deu meia-volta na cadeira de rodas. Conforme nos afastávamos, olhei para trás e vi que a morena ainda olhava para nós. Guru-ji estava certo, ela não demonstrava vergonha ou medo. Kutiya. Quando chegamos à entrada do parque, eu já me esquecera dela. Estava com Guru-ji, meu humor melhorava consideravelmente. A irritação vinha e ia embora. Retornamos à mansão, fizemos um almoço tranqüilo no grande salão, com os sadhus, Guru-ji e eu. Depois, voltamos a nos sentar no jardim perto dos quartos, para desfrutar o sol. Sentia-me sonolento, contente, sem tristezas. Se aquele fosse um nó no tempo, as probabilidades haviam se concentrado naquele silêncio. Eu estava em paz.

"Ainda resta uma coisa sobre a qual não falou comigo, Arjun", Guru-ji disse subitamente. "Falta algo?"

Claro que havia. Eu deveria saber que não conseguiria ocultar nada dele. Ele sempre sabia. E não era só comigo — em seu site na internet li dúzias, centenas de testemunhos de discípulos do mundo inteiro que falavam da capacidade de Guru-ji de perceber seus problemas, de ver através de suas hesitações. De algum modo, ele sabia. "Uma coisinha irrelevante, Guru-ji. Depois de tantas coisas elevadas que conversamos, parece tolice abordar o caso. Por isso fiquei tranqüilo."

"Arjun, nada é irrelevante se o incomoda. Um pequeno grão de areia pode deter uma máquina enorme. Sua consciência controla o mundo que você constrói, e se sua mente ficar deficiente, seu mundo se quebrará também. Portanto, pode falar."

"É a moça."

"A muçulmana?"

"Sim."

"Qual é o problema?"

"Nenhum, exatamente. Quero dizer, não a vejo muito hoje em dia. Ela anda muito ocupada com filmes e outros trabalhos. Eu também tenho muitos compromissos. Quando nos encontramos, é muito bom. Ela é linda, e obediente."

"Mas?"

"Mas de vez em quando eu fico com medo. Não sei se ela me ama realmente. Eu a olho, observo sua fisionomia, mas não consigo saber. Ela diz que sim. Mas será que me ama mesmo?"

Guru-ji balançou a cabeça. "Não é uma questão irrelevante, Arjun. Trata-se de algo importante. Nem mesmo os sábios conseguem ver dentro de um coração de mulher. O próprio Vatsayayana escreveu: 'Nunca se sabe a intensidade do amor de uma mulher, ou mesmo se alguém é seu amado'. Exatamente o que acontece nesse caso."

"Mas, Guru-ji, você sabe?"

"Não, eu não sei. E mesmo que eu dissesse 'Sim, ela o ama', de que adiantaria? Poderia garantir que continuaria sendo verdade amanhã? As mulheres são volúveis, Arjun. Não conseguem controlar suas emoções, são inconstantes como prakriti. Você tentaria amar o clima por sua constância, ou um rio por permanecer no lugar por toda a eternidade? Esse amor corporal não é amor. Trata-se apenas de um encanto momentâneo. Vai passar."

"E por que ela sempre volta para mim? E finge?"

"Ela é inescrupulosa, Arjun. Enquanto se beneficiar com você, terá a impressão de que ela talvez o ame. Esta é a habilidade da prostituta. Uma habilidade natural nas mulheres. Não é culpa delas, agem como foram feitas para agir. São fracas, e os fracos têm armas deste tipo: mentira, dissimulação, fingimento." Acho que fiquei triste, ou parecia cansado, pois ele se aproximou de mim para levar a mão ao meu punho. "Você só pode saber a verdade pela experiência, Arjun. Se eu lhe dissesse para não ficar com ela, você me obedeceria. Mas poderia pensar que eu era um velho rabugento desconfiado dos prazeres. Agora você sabe. Viu através da maia. Precisamos superar essa fase." Ele beliscou a pele da minha mão entre o polegar e o longo indicador. "Isso é útil, mas também nos cega. A dor que sente hoje é o portão da sabedoria. Aprenda com ela."

Eu sabia que ele estava certo. Contudo, minha carne lutava contra a decisão que eu sabia que devia tomar. Meu estômago se contraía de desespero. Só havia aquele vazio profundo, deixado para trás pelas ilusões desvanecidas do amor? Senti que estava parado numa planície interminável, aberta, e cada centímetro daquela terra desolada era iluminado por uma luz estranha, uniforme. Vi isso, e pisquei para afastar o vazio.

"Sim, Arjun", Guru-ji disse. "Tudo foi queimado, e só o que restou para você no momento são cinzas. Mas essa desolação cinzenta é também uma ilusão, apenas mais um passo em seu caminho. Confie em mim. Continue a caminhar a meu lado. Para lá dessa capela mortuária romântica há paz e um amor maior."

E ele continuou perto de mim pelo resto do dia. Ficamos juntos até eu partir, bem tarde, naquela noite. Ele me abraçou com força e suas últimas palavras foram: "Tenha fé, Arjun. Não deixe de ter fé. Eu zelarei por você. Não tema, beta".

Eu não temia. Segui para Dusseldorf de carro, naquela noite, e peguei o avião para Hong Kong. Segui os procedimentos e protocolos, usei os truques aprendidos na vida inteira, além das artimanhas da atividade de K.D. Yadav, para garantir que não me seguiam. Fazia isso por hábito, mas sabia que estava seguro. A proteção de Guru-ji pairava sobre minha cabeça. No avião, reclinei o encosto e dormi. Estava muito cansado. Em dois dias eu havia renascido. Alguma coisa morrera dentro de mim, e agora a novidade encontrava seu lugar. Guru-ji me refizera novamente. Durante o longo vôo sonhei com as mãos de Guru-ji. Era a parte dele que seguia comigo, seu toque de proximidade. Talvez ele fosse divino, mas suas mãos eram deste mundo. Pequenas, muito brancas. As unhas, limpíssimas. Quando acordei, perguntei-me por que continuava a ver aquelas mãos durante o sono, e por que eram tão incisivamente reais, tão presentes, tão humanas. Ele me dera um novo nome, uma nova visão. E juntos poríamos em movimento um novo ciclo do tempo.

Uma emboscada me aguardava em Cingapura. Fui primeiro para Phuker, para o iate, e organizei a remessa de Guru-ji. Em duas semanas nossos novos canais de comunicação estavam instalados e funcionando, impedindo vazamentos. Sem dúvida o filho-da-mãe do Kulkarni me observava de perto, mas ele não ia ficar sabendo de nada. Chamei Pascal e Gaston, meus velhos camaradas. Usávamos suas embarcações e recursos amplos (sim, eles cresceram junto comigo), mas dessa vez pedi que fizessem a viagem pessoalmente. Eles teriam de virar capitão e tripulação, como nos velhos tempos. Gaston reclamou, esperneando feito criança mimada. Sofria de diabetes, disse, e tinha um disco deslocado que poderia dar trabalho se o barco balançasse muito. Mandei que parasse de choramingar feito velha, tomasse jeito e aprontasse o barco. Ele resmungou, mas fez o que foi mandado. Ele me devia favores. Precisamos de três semanas para providenciar tudo, e eles zarparam, Gaston e Pascal, junto com seus dois melhores tripulantes. A encomenda, recolhida na costa de Madagascar, foi embarcada sem dificuldade, e a jornada de volta transcorreu sem incidentes, em águas calmas. Eles desembarcaram a carga perto de Vengurla e foram para casa. O pessoal de Guru-ji recebeu o material e o levou embora para seu destino. Paguei o triplo da tarifa costumeira a Gaston e Pascal, e pronto. Nenhum problema, nenhuma confusão.

Estava na hora de minha viagem a Cingapura, pensei então. Eu queria ver Zoya pela última vez, romper meu relacionamento com ela. Havia superado a ânsia por ela, superado o amor. Queria me entender com a moça e dizer adeus. Não me restava mais nenhuma raiva ou amargura, queria terminar tudo com respeito, sem confusão nem ressentimento. Não via Arvind pessoalmente havia algum tempo, e não queria deixar muito tempo passar sem me reunir com um dos meus principais operadores. Embora parecesse desnecessário, esse contato pessoal permitia aprender coisas que de outro modo eu não saberia. Por isso peguei o avião para Cingapura dois dias antes do encontro com Zoya. Escolhi um vôo noturno. Arvind foi me apanhar como de costume, demos voltas, trocamos de carro na metade do percurso. Aqueles procedimentos haviam sido incorporados a nossa rotina, fazíamos tudo sem precisar pensar muito. Havia uma lua gorda baixa no céu. Falamos de negócios, investimentos e problemas pessoais. E trocamos alguns mexericos sobre um dos gerentes de Suleiman Isa, Hamid. O tal Hamid morava em Karachi, tinha um caso por e-mail e telefone com a esposa de um operador de alto escalão de Bombaim, enquanto o pobre maderchod apodrecia na cadeia. Arvind recentemente ouvira uma das gravações, fruto de grampo policial num dos telefones da mulher, e imitava a randi gemendo e ofegando ao dizer a Hamid que ia chupar seu pau. "Bhai", ele disse, "vivemos numa época incrível. O marido dela está preso. E ela manda fotos para Hamid por e-mail, usando biquíni."

"Isso é bom para nós, a técnica de gerenciamento que eles adotam. Dá um novo significado ao que dizemos aos rapazes, 'Tomaremos conta de sua mulher e de seus filhos enquanto estiverem presos por nossa causa'."

"Sim, bhai. Afinal de contas, o marido já passou cinco anos na cadeia. E uma mulher tem necessidades que alguém precisa satisfazer." Arvind estendeu a mão para fora da janela do carro para inserir o cartão na fenda da parede, para que pudéssemos atravessar os portões duplos de segurança que davam acesso ao prédio de apartamentos. "Sabe, bhai, no final da ligação Hamid diz a ela: 'Eu nunca disse isso a ninguém em minha vida'. E fala, em inglês: '*I love you*'."

"Suponho que jamais tenha dito isso a suas esposas, o desgraçado."

Arvind sorriu. "Talvez não em inglês."

A esposa de Arvind parecia saudável e feliz, por isso eu calculava que ele lhe declarava amor em diversos idiomas. Os filhos dormiam, mas eu parei em seus quartos separados para vê-los, o menino e a menina. Disse a Suhasini que eles haviam crescido desde a última vez que os vira, dois meses antes. Não foi apenas um elogio. Mesmo deitados, dava para notar o comprimento monstruoso de suas pernas. E tinham apenas sete e cinco anos. Os dois atingiriam um metro e oitenta antes de terminarem a fase de crescimento, aquelas flores esquisitas do jardim de Arvind. Comi arroz e dal, conversando com os pais a respeito dos pestinhas alucinados.

"É muita proteína, bhai", Suhasini disse, limpando o queixo pesado com o pallu. "Em nossa época, na Índia, não comíamos o suficiente. Éramos todos desnutridos. Agora, se a pessoa tiver algum conhecimento, pode oferecer aos filhos os nutrientes necessários. Esse crescimento só parece exagerado para nós. Na verdade, é normal."

A proteína de Cingapura a tornava cada vez mais parecida com uma bola de futebol, de tão redonda, mas eu não falei nada. Elogiei os filhos e fui para a cama. Quando estava quase dormindo Zoya ligou de Bombaim. "Sinto muito, bhai", disse. "Mas fiquei retida aqui." Ela havia terminado a filmagem na hora, naquele dia, era uma externa, e na volta para a cidade ficaram presos num engarrafamento de dez quilômetros. Três caminhões em alta velocidade colidiram. Precisaram de seis horas para desobstruir a pista. Ela lamentava muito e estava apavorada. Nunca faltara a um encontro comigo antes.

Mas eu havia superado a paixão e a raiva. Disse-lhe calmamente para ter uma boa noite de sono e pegar o avião no dia seguinte. Depois fechei os olhos e descansei.

Na manhã seguinte levantei entediado. Arvind e eu fizemos a reunião matinal, depois liguei para Bunty. Cuidei dos negócios, mas havia reservado o dia para Zoya. Esperava discussões solenes, talvez lágrimas. Agora, não tinha o que fazer. Assisti televisão. Brinquei com os bachchas. Chegou a hora do almoço, e a grande questão era onde pediríamos comida. Arvind queria pratos indianos, mas foi derrotado em votação.

"Abriu um novo restaurante cantonês no Singapore Shopping Centre, bhai", Suhasini disse, ansiosa pelos sabores. "A comida é fantástica. Mas eles não entregam. Peça a *ele* para ir até lá."

"Não é muito perto", Arvind disse. "E temos três restaurantes chineses na nossa rua."

"Pode deixar que eu vou", falei.

"Como assim?", os dois disseram, confusos.

"Tenho que sair", disse.

"Mas, bhai?", Arvind perguntou.

Ele não precisava dizer mais nada. Eu nunca havia saído em Cingapura, nem uma única vez. Na Tailândia, raramente descia do iate. Dera as caras para fazer a viagem à Alemanha, mas isso foi entendido como um procedimento excepcional num momento de emergência. Agora eu me oferecia para sair e comprar comida chinesa. "Preciso dar uma volta", falei.

Ele me conhecia bem o bastante para não discutir. "Mandarei dois rapazes acompanhá-lo."

"Arre, não, baba." Apontei para meu rosto. "Estou completamente protegido, graças a isso. Ninguém me reconhece mais."

E fui. Assim que cheguei à avenida acelerei o carro. Em alta velocidade eu costurava e me sentia livre. Era bom ser um sujeito simples, de rosto desconhecido, saindo para buscar comida chinesa. Encontrei um prazer genuíno naquela tarefa subalterna, em entrar no restaurante e pedir comida, pagar por ela, agradecer a recepcionista chinesa baixinha. Tentei imaginar o que ela via: um indiano de trinta e poucos anos, elegante numa camiseta branca imaculada, calça cinza e Nike branco, comum apesar da boa aparência. Será que veria algo do que eu realmente era em meus olhos? Bem, eu usava óculos escuros de lente cinza espelhada. Estava seguro.

Voltei ao carro e liguei o ar-condicionado, que esfriou o interior depressa, intensamente, e percebi que era um carro muito caro. Embaixo de minhas coxas o couro era tão suave como as faces de uma menina. Aquele novo modelo de Mercedes tinha todos os equipamentos modernos, incluindo um sistema GPS. Arvind, o filho-da-mãe. Por que precisava de sistema GPS naquela cidadezinha chutiya? Como ele bancava tudo isso? Estaria tirando muito dinheiro? Sua porcentagem era grande demais? Ou mentia a respeito das diversas fontes de renda? Na volta, aquelas questões me incomodaram. Ouvi o CD de *International dhamaka*, preocupado.

Ainda pensava no dinheiro quando estacionei e peguei o elevador. Minha companhia ia bem, mas nossa expansão ocorria lentamente. Talvez eu precisasse introduzir medidas de austeridade, transmitir aos rapazes a necessidade de gerenciar finanças e recursos. De repente me dei conta de que estava faminto. Os pacotes de comida que levava nas duas mãos exalavam aromas de carne e temperos. O elevador parou no nosso andar, bati na porta com o pé. Abra, gaandu.

Parei de bater. Havia dois homens no corredor, ladeando a porta do elevador, virados para ela.

Eu não os conhecia. Um era chinês, o outro, indiano. Os dois usavam cabelo curto, cortado rente nos lados, ao estilo militar.

"Aonde você vai?", o chinês disse.

Por acaso é da sua conta, maderchod?, eu queria dizer. Veio direto do estômago, mas parei e pensei. Na eternidade guardada naquela fração de segundo eu pensei. Graças ao Guru-ji. Em vez disso, falei: "Comida". Ergui as embalagens com as duas mãos. "Entrega", falei. "Cobertura."

"Eles não precisam de comida", o indiano disse em híndi. "Todos saíram."

Meu corpo queria dar meia-volta e correr. Para o elevador, pela escada, qualquer lugar. Mas continuei a pensar. *Não levante suspeitas.*

"Dinheiro", falei. "Precisam pagar."

"Vai embora daqui", o chinês disse.

"Depressa", o indiano disse.

Resmunguei palavrões, virei para o lado do elevador e apertei o botão, sem parar de reclamar.

O indiano deu um passo à frente, levou a mão à porta. "Você trabalha para o pessoal da cobertura?"

"Não. Para o Wong's Garden."

"Nome?"

"Nisar Amir."

"Tire os óculos.

Ainda usava o Gucci. Baixei um pacote, tirei os óculos. Ele examinou meu rosto, deu aquele olhar policial que repassa milhares de rostos de apradhis em busca de reconhecimento. Não desviei a vista, tentei não odiá-lo. Pensei, seja um entregador.

"Pode ir", ele disse, soltando a porta.

Uma lâmina de metal e borracha me ocultava, e encostei desarvorado no espelho do fundo do elevador. Minhas pernas tremiam. Levei as sacolas de comida comigo para a garagem, segurando-as como escudos na frente do peito. Entrei no requintado carro de Arvind e fui embora.

Levei três dias para sair de Cingapura, e foi difícil. Não sabia quem eram aqueles homens que me localizaram em meu apartamento. Mas, após a busca no local, eles agora tinham meu passaporte e conheciam meu novo rosto. Só me restavam dois telefones celulares e trezentos e setenta e três dólares de Cingapura. Podia falar com meus rapazes e contava com meu intelecto, porém. Finalmente consegui partir num bote pequeno a remo que me levou ao barco maior, no qual me escondi sob tábuas, numa escuridão que cheirava a peixe. O barco me conduziu através dos estreitos de Johor a outra embarcação, que finalmente me deixou numa praia da Malásia. No dia seguinte cheguei à Tailândia.

Estava seguro, mas Arvind morrera. No dia seguinte à saída para comprar comida chinesa, a polícia de Cingapura anunciou que haviam encontrado seu corpo na cobertura. Levara três tiros. Suhasini fora abatida com um tiro na cabeça. As crianças também estavam mortas. Segundo a versão oficial das autoridades de Cingapura, ocorrera um tiroteio na cobertura. Suhasini abrira a porta para agressores desconhecidos e fora assassinada imediatamente. Arvind disparara contra os atacantes, que retaliaram, e as crianças foram atingidas pelo fogo cruzado. Depois Arvind caíra sob o fogo dos assassinos.

E foi isso aí. A polícia de Cingapura se declarou indignada com aquele selvagem confronto entre quadrilhas em sua exemplar cidade, algo sem precedentes, e anunciou mais rigor no controle dos imigrantes. Precisaram de quatro dias para descobrir a identidade de Arvind, saber quem ele realmente era. Em seguida, os jornais da Índia publicaram artigos de primeira página sobre o massacre, apresentando teorias sobre a identidade dos assassinos. Deram o crédito a Suleiman Isa e seus comandados, elogiando o plano e a audácia de executá-lo na rígida Cingapura. Publicaram desenhos com os quartos do apartamento, com figurinhas disparando umas contra as outras. Depois perguntaram: "Como Ganesh Gaitonde conseguiu escapar?".

Sim, consegui escapar. Mas de quem? Seria fácil acreditar que mais uma vez fora obra dos rapazes de Dubai. Fácil demais, previsível demais. Não me esquecia dos cortes de cabelo. Os dois homens na frente do elevador não se comportaram como policiais, como soldados? Talvez o atentado não tivesse sido obra de Suleiman Isa, talvez fosse coisa do governo. Kulkarni e sua organização estavam furiosos comigo, talvez tivessem tomado a decisão de encerrar aquela operação específica, fechar o caso. E decidido acabar com Ganesh Gaitonde. Eu havia realizado missões do gênero para eles, quando precisaram liquidar testemunhas comprometedoras. Elimine tal homem, diziam, ele antes trabalhava para nós, agora mudou de lado. Ou, pelo menos, não está mais conosco. E eu havia atendido, localizara algum pobre chutiya em Katmandu, Bruxelas, Kampala, e o matara. Fosse quem fosse que eles determinassem, onde quer que fosse. Eu havia feito isso. Agora, estavam atrás de mim.

Não, não — impedi-me de acreditar nisso. Não tire conclusões precipitadas, disse a mim mesmo. Não se torture dessa maneira, não acredite que seu país o despreza ao ponto de querer seu desaparecimento, sua morte. Eu falava com Kulkarni três vezes por semana, ele sempre se mostrava cortês, preocupado com os acontecimentos. Disse que estava realizando uma investigação minuciosa a respeito do atentado, e prometeu que qualquer informação relevante sobre Cingapura seria transmitida para mim imediatamente. Depois de conversar com ele eu desligava o telefone mais tranqüilo, recuperado. Contudo, não precisava mais do que cinco minutos para notar o veneno sutil em sua bajulação. Sim, ele me tranqüilizava, mas talvez quisesse me confundir enquanto planejava novo ataque. Talvez já tivesse observadores em campo, a operação podia ter começado e estarem a ponto de dar cabo de mim. Claro. Quem me entregou em Cingapura, quem sabia o endereço do apartamento, os códigos de segurança para o portão do prédio e do elevador, e conhecimento para desligar as câmeras que vigiavam todos os corredores? De onde saíram as informações? Será que Zoya me traíra? Por que perdera o avião? O engarrafamento na via expressa daquele dia era genuíno, confirmei, mas por que demorara tanto a sair do local de filmagem? Ou Arvind teria feito um acordo com alguém, e depois fora traído? Teriam os assassinos recebido instruções para thoko também a fonte, numa queima de arquivo? Era possível. Tudo era possível.

Sob a lua cheia da Tailândia acordei, debatendo as possibilidades. E, quando me levantei naquela manhã, estava com medo. Guru-ji disse que o perigo em minha vida era sempre muito grande, e eu sabia que não passara. Mais uma vez, após vários anos, voltei a portar uma arma. Dois dias depois passei a carregar uma pistola adicional, presa ao tornozelo. Mandei vir o melhor colete à prova de balas dos Estados Unidos, e o usava sob a camisa durante o dia, tranqüilo com sua proteção IIIA, que suportaria o impacto de projéteis de uma .44 Magnum, impedindo-os de atingir o peito ou as costas. Aumentei o número de sentinelas armadas no iate e instituí revezamentos três vezes ao dia. Dormia no barco algumas vezes, outras, em casas diversas em terra firme, e mudava sempre os itinerários. Tomei todas as precauções possíveis.

Nesse meio-tempo, as calamidades se sucediam. Bunty telefonou certa tarde, muito contrariado, deixando de lado seu otimismo habitual. "Bhai", ele disse, "Estou numa clínica."

"O que foi?" Imaginei uma dúzia de tragédias na hora: sífilis, tiros, filhos que pegaram malária.

"Por causa de Pascal e Gaston. Os dois estão aqui, bhai. Foram internados."

"Mas só Gaston sofre de diabetes, não é? O outro também pegou?"

Isso o fez rir um pouco, bem pouco. "Não, bhai. É outra coisa. Os dois ficaram doentes. E também os dois rapazes que foram com eles no barco, na última viagem. Todos vomitam sem parar."

Ele se referia à viagem feita para pegar a encomenda de Guru-ji, seu pedido final e muito especial. Falei: "Comeram peixe podre, os idiotas desgraçados".

"O cabelo de Gaston está caindo, bhai."

"Faz anos."

Bunty não disse nada. Estava muito preocupado. O fato de ter arranjado tempo para ir até a clínica já era bastante inusitado. Era um sujeito ocupado, isso eu podia garantir. E agora não estava rindo, logo Bunty, que fazia piadas o dia inteiro sobre levar um tiro nos golis. A condição de Gaston devia ser séria, muito séria. "Certo", falei, "arranje bons médicos para eles. Se for preciso dinheiro, pague. Cuide bem deles."

"Foi o que pensei, bhai. Estão conosco faz muito tempo."

Ele acompanhou o caso nos dois dias seguintes, pressionando os médicos para curar nossos amigos. Enquanto isso, telefonei para o inspetor Samant, em Bombaim, e providenciei dois encontros para ele, entregando dois operadores de Suleiman Isa na cidade. Ele matou os dois na mesma noite, um depois do outro. Os filhos-da-mãe de Dubai não haviam reivindicado o crédito pela morte de Arvind, mas eu queria mostrar que não estávamos apáticos, que éramos capazes de reagir numa linguagem que entendiam. Os encontros me deixaram satisfeito, especialmente porque Samant mandou por e-mail fotos dos cretinos mortos tiradas no necrotério, com as cabeças estouradas à bala. Mas a alegria passou rápido, e o medo manteve seu ritmo firme, pulsante.

"Você quer que eu mande uma moça?", Jojo perguntou no domingo à noite. "Tenho uma ou duas novas que devem agradá-lo."

"Arre, parei com tudo isso."

"Não acredito em você, Gaitonde. Nem você mesmo acredita. Você nunca mais vai pegar uma mulher? Até o fim da vida?"

"Talvez sim, talvez não. Mas deixou de ser uma prioridade. Superei tudo isso."

Ela gemeu como se fosse um cachorrinho sofredor. Pensei que tivesse ficado doente de repente, também. Depois teve um incontrolável ataque de riso. Afastei o fone do ouvido por causa das gargalhadas. "Jojo, maderchod, preste atenção." Ela não conseguia ouvir nada, pus o fone de lado e esperei. Deixei passar um minuto, depois outro, antes de retomar a conversa. Ela estava apenas rindo baixinho, mas assim que falei seu nome ela caiu na gargalhada outra vez. "Chutiya maluca", falei, e desliguei. Naquele momento desejei que estivesse na minha frente para eu poder levar as mãos até sua garganta e esganá-la até suprimir aquele som nojento, queria vê-la reduzida ao silêncio, roxa enquanto eu apertava mais e mais. Dei umas voltas pela cabine, saí para o deque e voltei. Kutiya. Permiti que se tornasse íntima demais, informal demais comigo. Quem sabe não precisava de uma lição. Desde o início eu havia permitido que ela se desse bem demais.

Pensava nisso quando ela ligou. "Saali", comecei.

"Desculpe, desculpe", ela disse. "Sério mesmo, Gaitonde, precisa me perdoar. Foi só a surpresa. Logo você, que gosta tanto de mulher. Difícil acreditar que esteja dizendo uma coisa dessas."

"Gaandu, você está é com medo de perder o freguês. Quer que eu gaste dinheiro com outra Zoya, reforme a moça, para receber sua parte."

"Estou apenas tentando acalmá-lo, Gaitonde. Nunca vi você agir assim. Você mesmo me disse certa vez que, para dirigir uma companhia, é preciso ter calma, frieza. Você não está calmo agora."

Ela tinha razão. Eu não estava calmo, e sim agitado, furioso. "Uma moça não me acalmaria agora", falei. "Tente outra coisa."

"Quer ouvir algumas cartas?"

Não nos divertíamos com as cartas de candidatos a modelo havia um bom tempo. "Sim, sim", falei. "Boa idéia. Leia uma."

Tinha algumas reservadas, bem em cima de sua mesa. Chegavam continuamente, a quantidade aumentava ou diminuía conforme ocorriam os concursos de Face of the Year e International Man na televisão. "Tudo bem. Preste atenção. Quer ouvir uma do vilarejo de Golgar, correio de Fofural, distrito de Dhar, Madhya Pradesh? Ou quer uma da cidade de Kuchaman, distrito de Nagaur, Rajastão?"

"Fofural? Não deve estar certo."

"Pode ser Fofunal. A caligrafia em inglês é desastrosa. O endereço está em inglês. Quer que eu leia o cartão-postal?"

Então escreviam em inglês da aldeia de Golgar, correio de Fofu-maderchod-não-sei-onde. A idéia fez minha cabeça girar. "Não, deixe de lado o bhadwaya de Golgar. Nem sempre aparece alguém do Rajastão. Vamos deixar que ele se manifeste."

"Certo. Seu nome é Shailendra Kumar. Ele escreve..." Ela reduziu o ritmo de leitura por causa de suas dificuldades com o híndi. "Tem uma frase na parte superior do cartão, *Om evam saraswatye namah*. Com uns arabescos embaixo."

"Então nosso Shailendra é um rapaz religioso. Muito bem."

"Ele escreve: 'Caro senhor/senhora'. Está escrito em inglês. Então muda para o híndi: 'Meu nome é Shailendra. Atualmente estudo na décima segunda série. Escolhi ser modelo, como carreira. Tenho dezoito anos. Minha altura é um metro e oitenta. Tenho uma personalidade marcante. Já participei de diversas peças escolares'."

Jojo parou. Sabia o que ela esperava: chegara minha vez de fazer um comentário ferino, zombar de Shailendra, o ator do gaon que sonhava com a passarela na cidade grande. Depois riríamos juntos, nós que havíamos escapado de nossos gaons, e ela leria mais um pouco. Mas naquele dia eu só senti tristeza ao pensar em Shailendra, o herói do distrito, com a personalidade que as meninas comentavam enquanto caminhavam pelo mato, talvez ele até andasse de motocicleta de vez em quando, se o tio emprestasse. Era alto, por isso pensava que deveria ir para Bombaim. Para crescer. "Jojo", falei, "estou muito cansado. Acho melhor tentar dormir um pouco."

"Cedo assim?"

"Vamos ver", falei. "Acho que me sentirei melhor pela manhã." Hesitei, depois perguntei. "E você, como vai, Jojo?"

Ela permaneceu em silêncio por um momento, ponderando minha pergunta. "Arre, Gaitonde, estou ótima. Os negócios caíram um pouco, mas a economia anda ruim, ninguém tem dinheiro. Vou sobrevivendo."

"Você tem um thoku?"

"Claro. Tenho dois. Você pode ter desistido das mulheres, mas eu ainda vejo alguma utilidade nos homens." Ela riu solto, e dessa vez conseguiu extrair um sorriso meu. "Embora dêem trabalho demais, Gaitonde. Sempre querem isso ou aquilo. Por vezes eu me pergunto por que aceito. Nenhum homem me satisfaz tanto quanto meu vibrador, de todo modo."

Eu ri. "Você é sem-vergonha."

Ela era. Mais tarde, naquela noite, pensei em minha amiga Jojo. Outras vieram e foram embora, morreram ou partiram, mas Jojo — a que nunca encontrei frente a frente, a única com quem nunca compartilhei uma refeição, a única que eu nunca toquei, com quem não transei — continuava comigo. Alguns dias transcorriam sem que eu conversasse com Jojo, mas ela estava sempre comigo, em mim. Destemida, dava sua opinião sobre minhas ações, aconselhava-me, ouvia-me. Ela me conhecia, e nesses dias mais recentes de meu terror, foi a única pessoa de quem não suspeitei de traição. Jamais me ocorreu pensar que ela poderia ter passado informações aos pistoleiros, mesmo sendo verdade que conhecia minha vida com mais detalhes que qualquer outro. Forcei-me a pensar objetivamente em Jojo naquele momento, afastá-la de mim e olhá-la como olharia para uma desconhecida: era uma mulher de negócios, produtora, cafetina, uma mulher livre em atos e pensamentos. Indigna de confiança por qualquer critério lógico de avaliação, mas eu confiava nela. Nada que pude imaginar — fez por dinheiro, entregou-me por causa de ameaças de meus inimigos, cometeu um engano —, nada foi capaz de abalar minha confiança pétrea. Desisti da tentativa. Ela era Jojo, fazia parte da minha vida, enredada como tendões em torno do osso. Não sei bem como isso ocorreu, nem quando exatamente, mas sabia que sem ela desmontaria, seria um árido deserto. Ela precisava ficar, precisava estar comigo.

Não consegui dormir naquela noite, telefonei duas vezes para ela. Jojo contou mais sobre seus thokus, me fez rir. Mas às quatro da manhã eu continuava acordado e era muito tarde para chamá-la novamente. Guru-ji estava viajando, indisponível. Pensei em subir ao convés, mas estava exausto, tão cansado que poderia identificar cada espasmo da perna, da canela à coxa. O relógio de cabeceira reduzira seu piscar a uma pulsação lenta, preguiçosa, e depois parou de vez. O tempo se dissolveu na profundidade pastosa do luar, e eu flutuei nele como uma forma transparente, etérea, retornando mais e mais em sua vaga. Eu caminhava depressa atrás de Salim Kaka, por um pântano pegajoso. Mathu ia à minha direita. Temos o ouro, estamos fugindo. Felizes. Há água na nossa frente, um riacho que corta o lamaçal. Salim Kaka está na beira. Encaro Mathu, tento ver seus olhos. Salim Kaka afunda na água uns trinta centímetros. Há uma pistola em minha mão.

Eu levanto, dou um pulo da cama. Abro a porta e percorro o corredor, batendo nas portas. Acordo os rapazes, levo todos para cima. "Vamos ver um filme", falo a eles. Estão confusos, sonolentos, mas não fazem perguntas. Em dez minutos estamos sentados na frente da televisão, e eles discutem qual filme querem ver. Sugerem *Company*, que ainda não assisti. Mas já conheço a trama, as traições, e conheço os verdadeiros personagens, Chotta Madhav e seu velho amigo de Karachi. Naquela manhã não quero seus tiros, seu sangue. Por isso eles vasculham as caixas de fitas e DVDs, e finalmente escolhemos *Humjoli*.

Vimos Jeetendra e Mehmood lutando na tela, liquidando os inimigos enquanto cantam *One, two, chal shuru hoja*, e eu me distraio bem com os risos que enchem o ambiente. As cores fortes dos anos 70 eram agradáveis, e a calça branca justa de Jeetendra, um consolo. Aquele passado era um país estrangeiro para o qual eu podia escapar, um refúgio para algo que já havia ocorrido e que nada poderia perturbar. Nos dois dias seguintes vimos *Dil diya dard liya* e *Anand*, além de *Haathi mere sathi*. Quando o telefonema de Mumbai chegou eu estava vendo uma cena quase no final de *Guide*, quando Rosie vai ver o guia que jejua até a morte. "Bhai, é Nikhil, de Mumbai. Assistente de Bunty." Limpei as lágrimas do rosto, peguei o telefone. Raramente falava com Nikhil, que trabalhava com Bunty já fazia quatro anos. Nikhil tratava com Bunty, que tratava comigo. Era assim a cadeia de comando.

"O que foi?", falei.

"Acertaram Bunty, bhai."

"Quem?"

"Não sei."

Ele engolia em seco repetidamente, soluçava na minha orelha, e eu sabia que estava a ponto de vomitar. "Nikhil", falei. "Sente-se. Você está sentado? Sente-se. Não tenha medo. Estou mandando equipes de reforço. Conte apenas o que aconteceu."

Levou vinte minutos, sentiu ânsia em dois momentos, mas despejou a história inteira. Bunty fora naquela manhã ao hotel Juhu Maurya, onde fez massagem com um especialista na técnica tailandesa. Participou depois de um café-da-manhã de trabalho na cafeteria, onde comprou bolo de chocolate para os filhos. Esperou no saguão até seu carro chegar, desceu a escada e foi para o automóvel, protegido por três guarda-costas. Na porta havia três porteiros de turbante, altos, uniformizados, para abrir e fechar a porta, além de quatro guardas de segurança do hotel, de safári cinza. Os quatro guardas enfiaram a mão debaixo da camisa e sacaram Glocks, atiraram em Bunty e em seus rapazes, dois tiros em cada alvo. Eficiência mortífera, ação-relâmpago. Os guarda-costas tombaram na calçada, mortos. Bunty estava abaixado, entrando no carro, e foi atingido pela porta aberta. Foi o que lhe salvou a vida, estar abaixado, e o motorista. Os tiros acertaram nas costas e no pescoço, mas não na base do crânio, quando caiu de bruços no banco o motorista pisou no acelerador e saiu cantando pneu. Bunty ficou com meio corpo de fora, foi arrastado, perdeu quatro dedos do pé direito, mas sobreviveu. O motorista passou pelo portão do hotel enquanto os disparos atingiam a janela traseira e a lateral esquerda. Um dos porteiros sikhs atirou nos pistoleiros, levando um tiro na barriga pela ousadia. Os verdadeiros seguranças do hotel correram para a frente do prédio, surgiram policiais que estavam no chowki da esquina, os atiradores tentaram fugir. Conseguiram.

Eles se safaram e Bunty estava vivo. Internado no Lilavati Hospital, respirando por aparelhos. Lutava para sobreviver. Mas meus rapazes estavam com medo, furiosos, confusos e perdidos. Senti seu pânico no ar, seu prenúncio, como o primeiro odor leve de podridão. Fiz o que tinha de fazer, comandei-os. Desloquei pessoas, distribuí dinheiro, usei minha influência. Para dar aos rapazes a ilusão de que revidávamos, organizei dois encontros nos dias seguintes. Os capangas de Suleiman Isa que matamos eram funcionários de baixo escalão, ralé, mas o moral depende às vezes da morte necessária de subalternos. Por isso foi assim.

Mas eu sabia a verdade, ou seja, que desconhecíamos contra quem lutávamos. Mesmo que os filhos-da-mãe de Suleiman Isa ficassem com o crédito — o que fizeram —, não havia razão para acreditar que era mesmo uma operação deles. Não passavam de mentirosos maderchod, e se diziam que haviam acertado Bunty, então não o tinham feito, com certeza. Outros o vigiaram, acompanharam sua rotina e tentaram executá-lo. Mas quem? Quem?

Eu sabia quem. Falei com Nikhil no dia seguinte, depois diretamente com um dos policiais encarregados da investigação, que leu para mim os depoimentos das testemunhas oculares. Todos disseram que os pistoleiros usavam cabelo curto. Um dos porteiros sikhs usou a palavra "fauji" para descrever os desgraçados. E eu me lembrei dos dois no corredor de Cingapura, os sujeitos que me pararam e interrogaram enquanto os colegas faziam o serviço sangrento no apartamento de Arvind. Eram da mesma turma, eu sabia, tinha certeza. Talvez fossem até os mesmos homens, despachados de avião de Cingapura para Bombaim por seus chefes, por uma organização que me vigiava e sabia tudo a meu respeito. Sabiam onde eu morava, aonde ia e o que fazia. E estavam me caçando. Queriam me eliminar. Eu havia sido usado por eles, servira a uma finalidade, e agora — por ter agido em meu próprio interesse de um modo que os desagradou — queriam me tirar do caminho, acabar comigo para não haver nenhuma mancha, mesmo pequena, em seus arquivos. Cessaria de existir, e eles fingiriam que eu nunca havia existido.

Estava quase certo de que conhecia meus assassinos. Para ter certeza absoluta, precisava consultar Guru-ji. Precisava que ele visse a verdade e a revelasse para mim. Deixei mensagens urgentes, pedindo e implorando que entrasse em contato comigo. Mas ele não ligou, e fiquei abandonado à própria sorte. Atônito. Sempre conseguira falar com ele, mesmo que fosse para perguntar se terça-feira próxima era um bom dia para começar o regime. Agora, na hora de minha maior crise, quando meus aliados caçavam meus homens e a mim, Guru-ji desaparecia. Fui paciente até o limite do possível, depois gritei com os sadhus com quem falava pelo telefone. "Sabe com quem está falando? Vou fazer que você seja expulso, mandado para um ashram na África, filho-da-mãe." Mas eles insistiam que não sabiam onde ele estava. Dez dias depois da minha tentativa inicial, surgiu uma mensagem no site de Guru-ji, explicando que ele se retirara para um local não revelado, onde praticava meditação profunda. Não poderia ser incomodado, mas em breve retornaria trazendo uma nova sabedoria, mais profunda, aos discípulos que eram seus filhos adorados.

Sou seu filho mais velho, gaandu, onde se meteu? Sim, eu o xinguei diretamente. Precisava dele, e o sujeito sumia sem me dizer uma só palavra. Ele sabia tudo, devia estar sabendo de tudo desde que se despediu de mim em Munique, um sinal teria sido suficiente — uma mão no ombro, um toque no rosto. Mas ele foi embora.

Quatro dias depois do atentado a Bunty, fiquei mais sozinho ainda: Gaston e Pascal morreram, um pela manhã, o outro de noite.

"Os médicos disseram que fizeram o diagnóstico, bhai", Nikhil contou. "Eles sabem a razão das mortes. Os doutores disseram que foi causada pela doença da radiação, bhai."

Tive de perguntar o que era a tal "doença da radiação".

Nikhil explicou o que aprendera com os médicos. "Eles queriam saber se Gaston e Pascal tinham visitado alguma usina nuclear recentemente, bhai. Como Trombay, por exemplo. Ou se beberam água de um poço perto de Trombay, ou mesmo se haviam comido peixe do rio Thane. Ou passado muito perto da usina de Tarapur. Falei a eles que não, claro. Por que Gaston e Pascal visitariam Tarapur?"

"Disse algo a eles, Nikhil?"

"Não, bhai, não falei nada. Só disse a verdade, que Gaston e Pascal eram empresários respeitáveis, pais de família. Não circulavam em lugares sujos como aqueles."

Mas eles haviam feito uma viagem recente, por mar aberto. O oceano não estava contaminado, mas era possível pegar a doença da radiação da carga transportada sobre as ondas. Telefonei para Guru-ji novamente, e como não tive resposta mandei meus rapazes irem a seus escritórios em Delhi, bem como às residências em Noida e Mathura. Os empregados não sabiam onde ele estava, os sadhus tampouco, até a mãe disse que não sabia. Ele sumira, desaparecera, como se subitamente houvesse transcendido o corpo e formasse um todo com o universo. Mas os sadhus mais próximos a ele também haviam sumido, Prem Shantam e os outros do grupo íntimo, que sempre viajavam com Guru-ji e cuidavam dele. Estavam todos viajando. Guru-ji portanto não abandonara este planeta, mas fora a algum lugar. Para onde? Onde acabaria sua jornada, e quando?

Tentei desvendar o mistério, lembrar as conversas com Guru-ji e deduzir suas intenções. Mas eu já sabia que seria inútil, que minha mente comum seria incapaz de captar — mesmo por um instante — sua extraordinária compreensão. E meus pensamentos eram fragmentados, dispersos pelo medo e preocupações com a continuidade de minha companhia. Dividia a atenção, estava atarantado com tantos problemas, diversas questões de reorganização que precisavam ser pensadas e resolvidas, muitos homens feridos e viúvas para cuidar. Não conseguia manter o foco num objeto único, e me perdia em devaneios confusos durante o dia. De noite, não conseguia dormir. Percebia minha péssima forma, mas não havia nada que pudesse fazer para melhorar. Guru-ji fora embora. Eu sentia medo. Temia ir ao banheiro porque sofria convulsões e espasmos, deixando filetes de sangue na bacia. Pascal sangrara pelas úlceras da boca, vi as fotos de seu rosto com os olhos vidrados. Passava cada vez mais tempo na sala dos computadores, pedindo ajuda dos rapazes para encontrar informações sobre radiação, queimaduras e morte. Claro, lera nos jornais que nosso país tinha novas armas incríveis, e mísseis para transportá-las, mas nunca aprendera nada a respeito de Trombay, urânio e Nagasaki. Mas aprendi, e depressa. Falei com Jojo a respeito do perigo para o mundo, dentro de nossas fronteiras.

"Arre, Gaitonde", ela disse. "Ninguém vai disparar coisas assim. Ninguém é louco a esse ponto."

"A gente nunca sabe. Alguém pode não ser louco, e explodir uma delas. Alguém pode ter lá suas razões."

"E quais seriam essas razões, Gaitonde?"

Ela demonstrava uma imensa paciência comigo, conversando a respeito sem praguejar nem desligar o telefone. Creio que percebia o quanto eu estava cansado e abatido, e tentava ser gentil. Normalmente não tinha a menor paciência com o medo ou as fantasias, ou o que chamava de terrores masculinos. Eu não queria contar a respeito de meu pânico terrível sobre Guru-ji, o que ele poderia ter trazido por nosso intermédio e seu desaparecimento, pois eu mesmo não entendia quase nada. Só temia, via imagens fragmentadas de fogo, sempre fogo. Queria que ele saísse de Bombaim. "A gente nunca sabe", falei. "O Paquistão pode fazer alguma coisa. E nós podemos fazer também. Algum general resolve que chegou o momento de atacar. Bombaim pode ser o alvo inicial."

"Estamos em paz com o Paquistão agora, Gaitonde. E mesmo quando gritamos uns com os outros, não passa de espetáculo. Eles sempre fazem barulho, nós fazemos barulho, bas. Não se preocupe tanto, Gaitonde."

Tentei fazer que ela tirasse férias na Nova Zelândia ou que fosse às compras em Dubai. Mas não, ela tinha compromissos profissionais na cidade, estava produzindo e dirigindo, precisava ganhar dinheiro, encontrar pessoas, andava ocupada demais. "E se acontecer, Gaitonde", ela disse finalmente, "o que é que tem? Todos nós morreremos um dia. Se Bombaim for destruída, onde eu poderia viver? Não posso voltar para meu vilarejo." Ela riu. "Ou quer que eu vá passar um tempo não sei com quem em Kuchaman City? Sabe, baba — se a cidade sumir, meu escritório vai sumir, minha casa vai sumir, tudo que conheço vai sumir. Então não restaria razão para permanecer viva, de todo modo."

E ela descartou todas as tentativas de mandá-la para a Austrália, e caiu na gargalhada quando eu disse que deveria expandir os negócios, quem sabe para Londres. Ela disse: "Não se preocupe demais, Gaitonde. Vi a explosão num filme norte-americano no mês passado, alguém explode uma bomba atômica numa cidade americana. Fiquei apavorada durante o filme, mas logo relaxei. Isso só acontece no cinema. É filmi demais, não existe na vida real. Ninguém vai promover um dhamaka. Você já viu esse filme. Não fique tão tenso à toa. Relaxe e vá dormir."

Deixei passar, não comentei e falamos de outros assuntos. Mas tive uma idéia. Guardei-a para mim, não contei nada a ela, e pus meu pessoal para trabalhar. Era nossa prioridade absoluta, disse aos rapazes. Gastei muito dinheiro no projeto, transportei material da Tailândia e da Bélgica para o centro de Bombaim. Acompanhei a construção de perto. Recebia fotografias por e-mail de hora em hora, vi as paredes grossas demais surgirem num perfeito quadrado escuro em um terreno vazio de Kailashpada. A escuridão vinha de uma escavação imensa, que afundava na terra. Construí um abrigo, um lugar seguro. Ergui paredes que suportariam fogo, e um buraco que manteria o veneno longe da pele de Jojo. Fiz a casa para ela, em caso de emergência ela poderia ir para lá. Mas descobri que, se pensasse naquela pequena casa branca durante a noite, conseguia dormir. No iate, era o que fazia todas as noites: assim que verificava se as equipes de sentinelas estavam a postos, e que os detetores de movimento e radares de curto alcance haviam sido acionados e ajustados, eu me trancava no quarto. Sentava confortavelmente no chão e meditava. Tentava manter a mente calma, concentrava a atenção num ponto, buscava experimentar a consciência do que era o universo e do que era eu. Ia além dos deuses e deusas, adiante de Krishna de pele azul e da boca aberta a ameaçar dissolução, viajava para lá de toda a forma, até a essência que existe além da linguagem. Depois ia para a cama. Encolhia-me até quase enrodilhar, então estava em Bombaim, em Kailashpada, dentro do meu cubo branco, bem abaixo da superfície, abrigado e protegido pelo aço grosso e pelo cimento mais duro do mundo. Eu imaginava esse ambiente e finalmente encontrava a paz. Estava seguro.

O fim do mundo

Kamble ainda não se conformara com o desfecho do caso Kamala Pandey. Disse mais uma vez: "Aquele piloto bhenchod maderchod, ele é mais baixo que os bhadwas. Eles tomam dinheiro das mulheres, mas isso eu posso entender. O sujeito bota uma randi para trabalhar, ajuda a arranjar clientes, gasta tempo e esforço, precisa receber algo em troca. Mas Umesh, o filho-da-mãe, não tem nem coragem para chegar na cara de Kamala e dizer: "Me dê dinheiro". Ele se esconde, tira fotos da mulher e usa outros homens para arrancar dinheiro dela. E a coitada o *amava*".

"Chocante", Sartaj disse. "Assusta saber que um homem seja capaz de fazer tais coisas a uma mulher."

Kamble desprezou a ironia de Sartaj com um meneio dos ombros. "Arre, chefia, tudo bem, eu tenho muitas mulheres. Talvez eu também as magoe, mas dou tudo a elas, e elas também me machucam. Não estou falando apenas de dinheiro. Eu lhes dou isso", e bateu no peito, "e o que mais pedirem. Dinheiro? Chove dinheiro, dou quanto tiver. Dou tudo e adio meus projetos, pois estou sempre pronto a deixar que me machuquem, entende?"

Ele era ridículo, mas falava a sério, e Sartaj estendeu a mão por cima da mesa para tocar seu braço. "Sim, aquele piloto é um tremendo filho-da-mãe", disse, solidário. "Mas vamos dar um jeito nele, não se preocupe."

Sartaj contou a Kamble que acordara naquela manhã com a imagem de um guru que pregava, e lembrou que participara do bandobast para uma cerimônia pública monumental em Andheri West, um ritual religioso que se estendera por vários dias, conduzido por um guru de voz profunda que usava uma cadeira de rodas estrangeira muito sofisticada. "Isso aconteceu há vários anos", disse a Kamble, "mas recentemente vi o corpo de um apradhi chamado Bunty após o thoko de uns pistoleiros chillar vagabundos, quando sua companhia desandou."

"Bunty, o braço direito de Gaitonde?"

"Ele mesmo. Falei com Bunty pelo telefone poucos dias antes de o matarem. Ele comentou a respeito de sua cadeira de rodas equipada, capaz de subir e descer escadas, fazer vários truques. Contou que Gaitonde lhe dera a cadeira."

"Então você acha que..."

"Estou só dizendo que o guru tinha uma cadeira de rodas igual à de Bunty, Kamble. Eu me recordo com clareza. Talvez não fosse o mesmo modelo, mas era da mesma marca."

Kamble mostrou-se muito cético, e na luz forte da tarde Sartaj teve de admitir que o elo era muito vago e frágil. Tentou porém demonstrar otimismo e contou a Kamble que pegara a moto de manhã bem cedo para correr até o PCO ao lado da delegacia de Santa Cruz, telefonar a Anjali Mathur em Delhi e acordá-la. E que ela ligara de volta mais tarde para dizer que sua organização estava investigando o tal guru.

"Agora, como estão na pista certa", Sartaj disse, "descobrirão tudo. Possuem inúmeros recursos. Se realmente houver uma ameaça à cidade, eles descobrirão e darão um jeito."

Mas Kamble não se animou, mesmo com a idéia de que uma organização nacional todo-poderosa pudesse salvar a cidade de uma possível destruição termonuclear. Sartaj o convidara para ir ao restaurante Mughal-e-Azam em Goregaon, para um almoço comemorativo, para celebrar o êxito no caso de chantagem contra Kamala Pandey. Mas Kamble ainda resmungava, sombrio. Ele balançou a cabeça e gesticulou na direção da janela, abrangendo a cidade e o que havia além dela com o gesto. "Chefia, você quer salvar *isto*?", falou, amargurado. "Para quê? Por quê?"

Estavam sentados num reservado do primeiro andar, com ar-condicionado, rodeados por uma tentativa bisonha de imitar o esplendor mogol. Havia um surahi de latão no parapeito das janelas, ao lado de cada reservado, e dois quadros desbotados de princesas de perfil e nariz comprido na parede. Mas dava para ver uma pilha de pratos sujos da pia ao lado do banheiro, e o vidro da janela estava sujo, engordurado. A cidade que Sartaj podia ver — na direção do gesto de desprezo de Kamble — era igualmente empoeirada e suja naquele dia furioso de outubro. O ar-condicionado que zumbia no Mughal-e-Azam os protegia da densa nuvem dos escapamentos e ruas, mas isso era apenas temporário. Logo teriam de sair daquele paraíso emporcalhado para a sujeira das ruas descuidadas, para as escavações intermináveis e aleatórias da PWD, da torrente do tráfego desregrada, dos pedestres mal-encarados e suarentos. Nada daquilo era belo, mas seria ruim a ponto de merecer morrer? "Calma", Sartaj disse, "você se envolveu emocionalmente com tudo isso." Sartaj se divertia com o romantismo de Kamble, sua raiva do piloto, mas o desejo de um colapso final era meio excessivo.

"Estou falando sério", Kamble disse. "Melhor se for tudo destruído." Ele passou a mão por cima da mesa, num gesto de quem limpa. "Depois pode começar tudo de novo, do zero. Caso contrário, nada mudará. Assim, sempre assim, continuaremos vivendo."

Era espantoso para Sartaj que Kamble ainda acreditasse numa mudança. Como a esperança era insidiosa e destrutiva quando se recusava a desaparecer do coração de um homem violento, corrupto, ambicioso. "Mas, se algo acontecer, se a bomba explodir, todos morreremos. Não apenas você e eu. Nossos pais, suas irmãs, seu irmão, tudo. Quer que isso aconteça?"

Kamble deu de ombros. "Arre, bhai, se for para ir, vamos. Todo mundo vai morrer. Melhor irmos juntos."

Sartaj não conseguiu conter o riso da grandiosidade da desilusão de Kamble. Ele era muito jovem, afinal de contas. Seu desapontamento exigia uma faxina completa, um recomeço radical, e não fazia por menos. "Não seja tolo", Sartaj disse. "Coma o frango."

O garçom serviu um frango tandoori avermelhado e uma travessa com rumali rotis. "Raita", Kamble pediu, "traga raita, yaar." Ele pegou um grande pedaço de pão e o mastigou, pensativo. "Puxa vida, está bom."

Este era o problema do encardido Mughal-e-Azam. Não conseguia se manter limpo, os garçons irritavam os clientes com sua lentidão e cara feia, mas o estabelecimento preparava um frango tandoori espetacular. Sartaj pegou uma coxa e saboreou sua maciez suculenta, ligeiramente tingida pela argila do forno.

Kamble pegou um pouco de rumali roti e outro pedaço de frango, fechando os olhos em êxtase.

"No mínimo", Kamble disse, "precisamos de um ditador para consertar este país. Sabe, para organizar tudo." Ele mastigava ruidosamente. "Com isso você tem de concordar."

"Se ele organizasse tudo, então pegaria você, certo? Acabaria com suas atividades."

"Não, não. Nada disso, saab. Se tudo fosse bom, eu não precisaria me engajar nessas atividades, entende? Só faço o que preciso fazer para sobreviver neste Kaliyug."

O argumento era inatacável, perfeito em seu círculo vicioso. A perfeição encantava Kamble: na ausência de um mundo perfeito, ele desejava a destruição perfeita, ou pelo menos o ditador perfeito. Sartaj sentiu o estômago revirar, esperando pela raita. Tentou se lembrar se um dia acreditara em ideais tão puros, se um dia fora tão imaturo. Por certo, um dia acreditara que Megha era completa e absolutamente linda, e que ele era o sardar mais bem-apessoado de Bombaim, ou até da porção setentrional do país. Mas isso ocorrera havia muito tempo. "Uma vez que vivemos em Kaliyug, meu caro, vamos decidir qual atitude tomar em relação ao piloto."

"Você sabe o que desejo fazer."

"Você pode bater nele. Dar uns tabefes, quem sabe. E nada mais. Pense bem, Kamble. Não temos nem uma FIR, e ele não é um trabalhador braçal de Andhra. O chutiya pode dar muito trabalho se você quebrar a perna dele ou algo assim."

"Conheço uns caras que podem fazer o serviço."

"Não", Sartaj disse.

"Tudo bem, tudo bem." Kamble fez um gesto desconsolado. "Vamos tomar dinheiro dele, então."

"E seus brinquedos."

"O *home theatre*?"

"Sim."

Kamble riu maldoso. Pela primeira vez no dia seus olhos brilharam de feroz exuberância. "DVDs", disse. "Quero todos os DVDs." Partindo um peito do frango em dois, pegou uma parte. "Você já contou a ela?"

Sartaj fez que não. Ainda não contara nada a Kamala, e não sentia a menor vontade. Sabia que ela ia chorar, talvez sofrer um ataque histérico. Amaldiçoar o piloto e depois a si mesma. "Quer contar a ela?"

"Ficou maluco, chefia? Eu? Passei a vida lidando com mulheres contrariadas. Eu falo com o piloto, cuido da punição. Explico como deve pagar a multa. Mas com ela? Nem pensar." Kamble, satisfeito, exibia lábios úmidos de gordura de frango. "De todo modo, ela gostou de você", ele disse sorridente, pedindo mais roti. "Pode cuidar dela." Virou a cabeça para Sartaj abruptamente, com a mão ainda no ar. "Chefia, por que a delegacia de Santa Cruz?"

"Como assim?"

"Você disse que foi até a delegacia de Santa Cruz para dar o telefonema. Por quê?"

"Passava por ali naquela hora."

"Estava passando por lá às seis da manhã?"

"Eu não falei seis."

"Disse que acordou a mulher de Delhi." Kamble apoiou os dois cotovelos na mesa e se debruçou para a frente. "Meu amigo", ele disse, "onde foi que você dormiu na noite passada?"

"Em nenhum lugar."

"Nenhum lugar?"

"Em casa."

"Em casa. Em casa." Kamble estufou as bochechas e ficou parecido com um buldogue afável.

"Em casa, e daí?"

"É bom encontrar uma casa, Sartaj Saab. Principalmente uma perto de Santa Cruz." Kamble se ajeitou na cadeira, para gritar. "Arre, você foi buscar nossos rotis em Aurangabad?" E, dirigindo-se a Sartaj, animado: "Eu falei alguma coisa? Coma, coma."

"Preciso ir." Kamala Pandey disse quando ele lhe contou quem era o chantagista. Estavam sentados na mesa de costume, no restaurante Sindoor vazio, nos fundos, à esquerda. No final da tarde o sol baixo através das janelas jateadas produzia uma luz dourada, valorizando a beleza de Kamala, toda de branco. Depois de ouvir a história da perfídia do piloto, ela cerrou os dentes e uma veia saltou na testa. Mas ela disse apenas "Preciso ir."

Apanhou as chaves em cima da mesa e se levantou, apesar do apelo de Sartaj: "Espere, espere". Ele a seguiu até a porta, depois voltou para pegar sua bolsa. Quando saiu encontrou-a sentada no carro, olhando através do paan-wallah e dos pedestres. "Madame?", chamou.

A mão dela tremia ao lado do volante, a chave arranhou o metal. Ela olhou para baixo, respirou fundo e tentou novamente. Conseguiu introduzir a chave no contato.

"Madame", Sartaj disse, amigável. "Não tente dirigir agora, por favor."

Ele abriu a porta do carro e ela deixou que a conduzisse pelo braço, saindo do veículo. Parou com as mãos ao longo do corpo, enquanto ele se debruçava para dentro, tirando a chave, depois ele precisou fazer que ela desse meia-volta e seguisse para o restaurante. Forçou-a a sentar, acomodou-se também, na frente dela. Seus olhos eram translúcidos, cor de âmbar, e ela o encarava diretamente. "Madame", ele falou. "Madame, gostaria de tomar um copo d'água?" Ele empurrou o copo em sua direção, depois estendeu o braço para guiar a mão dela, que segurou a parte inferior do copo.

Ela começou a chorar. Puxou a mão, que deixou no colo, e os traços definidos de seu rosto pareciam desmanchar, um som saiu de sua garganta, gelando a espinha de Sartaj. Ele o ouvira muitas vezes, o choro gutural, infantil. De pais que perderam filhos assassinados, irmãos cujas irmãs faleceram em acidentes, senhoras idosas transformadas em mendigas pela família e, claro, de amantes traídos. O urro baixo era sempre difícil de tratar quando começava, pois nada podia ser feito a respeito. Sartaj aprendera a esperar. Kamala mal se dava conta de sua presença, chorava sem vergonha ou reserva. O rosto de um garçom surgiu na porta da cozinha, depois Shambhu Shetty olhou também. Sartaj ergueu a mão, de leve, e balançou a cabeça. E esperou.

Kamala chorou até cansar, depois levou as mãos ao rosto. Sartaj tirou alguns guardanapos do suporte de vidro sobre a mesa e os estendeu. Ela enxugou as lágrimas e respirou fundo. "*I love him*", disse em inglês.

"Madame, ele é um sujeito mau. Ele a usou e roubou seu dinheiro."

"Não é ele. É meu marido. Eu estava falando do meu marido."

Sartaj calou-se. Pegou mais guardanapos para esconder sua incredulidade, e limpou a garganta. "Claro, madame, sem dúvida."

Ela se debruçou, subitamente impetuosa. "Não, você não entende. Sei que pensa que eu não presto, que sou uma qualquer." Sua maquiagem borrara, Sartaj nunca a vira de cara limpa, nem mesmo na manhã inicial, quando brigava de pijama. "Mas você não entende. Eu queria continuar casada com meu marido. Não quero deixá-lo, nem quero o divórcio. Se quisesse partir, teria feito isso há muito tempo. Não quero me separar. Quero ficar com ele, entende?"

Ela sentia a necessidade de se explicar de um apradhi, mesmo após passar o perigo de punibilidade. "Madame?", Sartaj disse.

"Você é casado?"

"Não."

"Não?"

"Não." Sartaj não tinha a menor intenção de comentar sua vida com Kamala Pandey, nem de explicar seus próprios fracassos àquela mulher fragilizada.

"Então não tem como entender."

"Entender o quê, madame?"

"O casamento é muito duro. Apaixonar-se, casar, isso é fácil. Mas depois a gente tem uma vida inteira pela frente. Anos e anos. E quer continuar casada, quer muito. Para isso, às vezes a gente precisa de um consolo. Sei que parece mentira, desculpe. Mas é verdade. Ele, estando por perto, entende..."

Ela não queria pronunciar o nome Umesh, seria muito amargo em sua língua. "O piloto?", Sartaj perguntou.

"Sim, o piloto." Ela balançou a cabeça de lado a lado, espantada consigo, com sua vida. "Ele me possibilitou continuar ao lado de meu marido. Juro. Caso contrário, eu teria desistido. Tenho meu trabalho, uma casa, meus pais. Mas amo meu marido." Sacudia os ombros ao chorar mais um pouco, e limpou o nariz com um guardanapo. Parecia muito jovem, com mechas de cabelo nas faces. "Você tem uma péssima opinião sobre meu marido e mim, pois nos viu brigar. Mas não somos ruins. Juntos, somos bons. Você não teve a chance de ver isso."

Sartaj tinha certeza de que era verdade, que Kamala Pandey e o sr. Mahesh Pandey, marido e mulher, eram felizes, que não se odiavam. No casamento, como no resto, nada era tão simples. Talvez Kamala precisasse do piloto, o marido precisasse dela, e ela, do marido. Em algum ponto daquele emaranhado de necessidade, perda e mentira, encontrava-se a verdade do amor. "Madame", disse a Kamala Pandey, encarando-a intensamente. "Eu entendo."

"Mas não voltarei a fazer isso. Nada do gênero novamente, com outro homem. Não vale a pena." Ela continuava perturbada, sentindo culpa, insegurança quanto a seus sentimentos e ao futuro. Ajeitou o cabelo, prendendo-o atrás da orelha. "Devo estar horrível. O banheiro daqui é limpo?"

"Mais ou menos", Sartaj disse. "Nem sempre tem água corrente."

"Acho melhor esperar até chegar em casa. Vou para casa." Ela começou a recolher bolsa e chaves.

"Madame, entraremos em contato com o piloto, vamos meter um pouco de juízo na cabeça dele. Mas, por favor, não faça nada. Não fale com ele, não o desafie. Se ele tentar entrar em contato, não atenda os telefonemas nem o veja pessoalmente. E nos avise."

"Não quero falar com ele. Não quero vê-lo nunca mais."

"Ótimo. Se houvesse um FIR e um caso, poderíamos mandá-lo para a cadeia. Mas vamos lhe dar uma lição. Conseguiremos as fitas e informações de que dispõe, não se preocupe. E tentaremos recuperar o dinheiro que deu a ele."

Ela deu de ombros. "Não quero nada dele. Só que fique longe de mim."

"Pode deixar, madame."

Então não havia mais nada a dizer. Ela saiu do reservado, cambaleando um pouco no salto alto. Ainda parecia abalada, mas ficaria bem. Chegaria em casa. As mulheres eram fortes, mais fortes do que aparentavam. Até mesmo mulheres fúteis como Kamala Pandey.

"Ah, seu dinheiro." Ela mexeu na bolsa e entregou-lhe um envelope pardo.

"Obrigado, madame."

"Obrigada", ela disse. E se empertigou. Ele a viu recuperar o controle ao menos superficialmente, juntar os cacos, quase voltar a ser a Kamala que ele conhecera. Dando meia-volta enérgica, ela se afastou, senhora de si.

Sartaj a observou afastar-se com o traseiro arrebitado de academia de ginástica e seu passo confiante, pensando que, se ela tivesse sorte, ele jamais ouviria falar nela ou teria novo contato. Isso, claro, se ela conseguisse aproveitar o arrependimento e o medo que suportara nas últimas semanas, e a raiva contra o piloto que viria em um ou dois dias. Mas sua confiança e controle a levariam por caminhos ambíguos, mais cedo ou mais tarde. Ela esqueceria as duras lições que acabara de aprender. Acabaria acreditando que nada no gênero aconteceria novamente. Ela precisava viver com o marido, e precisava viver um pouco afastada dele. A vida era longa e o casamento, duro. Talvez voltasse a cometer erros, pois amava o marido. O amor, Sartaj pensou zombeteiro, era uma armadilha inescapável. Capturados em suas barras, nos debatemos, salvamos uns aos outros e destruímos uns aos outros.

De qualquer forma, caso encerrado. Não era mais de sua conta agora, a não ser que ela o procurasse novamente. Guardou o dinheiro no bolso e voltou para o distrito.

Parulkar acabara de assistir à demonstração de um novo laptop quando Sartaj bateu na porta de sua sala. "Entre, entre", falou. Retribuiu a saudação de Sartaj com um aceno e apontou para a cadeira perto da mesa. Depois cruzou as mãos em cima da barriga e olhou serenamente para o jovem vendedor, que guardava cabos e fios numa maleta.

"Aguardarei seu telefonema, senhor", o vendedor disse.

"Eu não vou ligar, alguém da comissão de tecnologia ligará", Parulkar disse. "Mas pense positivo. Sua tecnologia é muito boa." Ele esperou até que o vendedor saísse da sala com suas maletas, então riu para Sartaj. "Eles têm boas máquinas, mas são muito caras. E não querem baixar o preço nem contribuir para o aprimoramento do departamento de polícia e do país. Por isso sofrerão as conseqüências."

Ele provavelmente queria dizer que a companhia não queria contribuir para o aprimoramento das finanças do próprio Parulkar, mas Sartaj não estava nem um pouco interessado em saber mais. Por isso relatou os sofrimentos de Kamala Pandey a Parulkar, sua resolução e o castigo que seria infligido ao piloto.

"Caso interessante", Parulkar disse. "Muito bem. Qual foi o rendimento, com o piloto?"

"Ainda não sabemos, senhor. Kamble ia conversar com ele esta noite. Mas devemos arrecadar pelo menos alguns lakhs, em dinheiro e bens. O miserável tem muito dinheiro."

"Muito bem." Parulkar estava contente. Sartaj pagaria Majid Khan, que repassaria uma parte para o ACP, que passaria algo para Parulkar. Uma pequena parcela do valor arrecadado chegaria a Parulkar. Mas ele recolhia muitas pequenas parcelas, formando um total formidável.

"Parece muito disposto, senhor", Sartaj disse. Era verdade. O cabelo de Parulkar estava penteado para trás, formando um topete de Brylcreem. Perdera peso, aparentava menos idade.

"O segredo é uma dieta rigorosa e muito exercício, Sartaj. A gente precisa se cuidar. Sem saúde, nenhum de nós presta para nada. Parei de comer carne, meu colesterol caiu. Sei que a vida é cheia de tentações, mas a gente precisa pensar a longo prazo."

"Sim, senhor." Sartaj sabia o quanto Parulkar gostava de frango pandhara rassa, muita tikhat, soonti e montanhas de biryani. Se estava disposto a abrir mão de tudo isso, devia ter planos de uma vida muito longa e carreira idem. Era bom vê-lo de novo em campo, confiante e ardiloso. Sartaj sorriu, fazendo a pergunta óbvia: "E o que tem comido atualmente, senhor?"

Parulkar sentou, pediu chai e falou com Sartaj a respeito de bajra rotis, das frutas com alto teor de fibra e dos perigos do açúcar refinado. "Sartaj", disse, "precisamos equilibrar o corpo para que a alma ganhe vida." Em seguida, precisou sair para uma reunião na central de polícia. Sartaj o acompanhou até o carro, e observou a partida do pequeno comboio. O Ambassador branco de Parulkar era escoltado por dois Gypsys lotados de policiais e um carro comum com agentes em mufti. Ia bem protegido.

Sartaj deu a volta no prédio do comando regional e retornou à delegacia. Precisava cuidar da papelada referente aos casos. Seria outra noite de serão, com outra inevitável dose da comida ruim de restaurante da qual vivia. Comer bem, comer para prolongar a vida, não era fácil. A gente precisava de tempo, de dinheiro, de uma certa posição na vida, talvez precisasse até de guarda-costas. De todo modo, Sartaj pensou, não estou tão velho assim, meu corpo ainda funciona. No ano que vem pensarei nisso. Arrumou a mesa e começou a trabalhar.

Sartaj e Kamble pretendiam confrontar Umesh mais tarde, naquela mesma noite, mas às seis e meia Sartaj recebeu uma ligação de Anjali Mathur. "Chegarei ao aeroporto regional às oito em ponto. Encontre-me lá."

Ela saiu do prédio do aeroporto rodeada por um bando de homens. Havia outro grupo à espera no final da calçada, e ela emergiu daquela excitada confluência de trajes de safári para acenar e chamar Sartaj. Usava os sapatos eficientes de sempre e um salwar-kameez. Parecia muito cansada.

"Este é meu chefe, o senhor Kulkarni. Por favor, venha conosco."

Sartaj seguiu com eles até o Ambassador branco que estava no estacionamento. O chefe, um burocrata com ar intelectual, de óculos de lentes grossas, apontou o banco da frente para Sartaj. Anjali e o chefe foram no de trás. O ar-condicionado do carro estava ligado, o motorista os esperava do lado de fora, mas pelo jeito não iam a lugar nenhum. Kulkarni cruzou os braços sobre o peito e disse: "Pode falar, Anjali".

O relatório foi resumido e preciso. Anjali seguira a pista de Sartaj a respeito de Gaitonde e seu guru. O nome do guru era Shridhar Shukla, ele havia desaparecido no ano anterior, segundo seus seguidores "fora para um retiro", e não havia meio de contato atualmente. A organização desmoronara após o desaparecimento do guru, em meio a furiosas disputas internas, conflitos e até assassinatos. A imprensa acompanhou o caso de perto. O primeiro dos episódios problemáticos, um duplo assassinato, ocorrera no ashram nas imediações de Chandigarh, e a polícia foi chamada. Um dos agentes destacados, um estagiário do IPS em sua primeira operação, encontrou dinheiro no quarto onde houve a matança, a soma de noventa mil rupias, exatamente. Levou o dinheiro para o distrito, onde o inspetor-chefe percebeu que as cédulas eram falsas. Os responsáveis pelo ashram, quando interrogados, disseram que o dinheiro provavelmente viera de uma doação anônima, e portanto não poderiam dar informações. E o caso ficou nisso, alguns registros em relatórios esquecidos, uma pilha de notas no depósito de provas da delegacia.

Seis semanas depois, um grupo de policiais armados de Jullunder invadiu um apartamento num prédio residencial, após denúncia de um dhobi descontente. O dhobi passara camisas para os três homens que ocupavam o apartamento, discutira com um deles por causa de uma camisa estragada, e recebera um pagamento menor que o combinado. O dhobi então procurou a polícia local, alegando que os três homens — um deles estrangeiro e louro — estavam envolvidos em tráfico de drogas, pois elementos suspeitos entravam e saíam do apartamento continuamente. Uma operação do grupo especial da polícia foi montada. Não encontraram drogas. Nenhuma prisão foi efetuada, embora uma panela de arroz ainda estivesse no fogo quando a polícia entrou no local. Os três sujeitos que alugaram o apartamento ao que parece fugiram por uma escada nos fundos, que o grupo de assalto não havia visto. No apartamento, a polícia encontrou três malas, roupas diversas, alguns livros, um laptop e dez mil rupias em dinheiro. Exames detalhados mostraram que era dinheiro falso. O laptop tipo ThinkPad foi examinado. Estava protegido por senha. O disco rígido foi retirado e ligado a outro computador para ser lido. Todos os arquivos haviam sido codificados numa pasta protegida por um código de 256-bit, usando um programa comercial chamado DeepCrypt. O consultor de informática contratado pela polícia tentou decifrar a senha com uso de dicionários, mas não conseguiu. Embora a fuga dos homens tenha despertado suspeitas, a polícia de Jullunder não viu razão especial para seguir investigando o caso, nem dispunha de recursos para tanto. Por isso ele foi arquivado e esquecido. Pelo menos até a menção ao dinheiro falso chegar através dos canais competentes e múltiplas instâncias até o banco de dados que reunia todas as menções a falsificação, que era consultado por Anjali Mathur em Delhi. E ela notara, em sua cuidadosa e lenta busca pelas listas de casos de falsificação, que o relatório de Jullunder continha uma menção ao guru Shridhar Shukla. O programa de navegação do laptop confiscado registrara no cache da parte do disco que não fora protegida que apenas três sites haviam sido visitados nas três semanas registradas. Um era o Hotmail, outro, um site pornográfico chamado www.hotdesibabes.com, e o terceiro, o portal do tal guru.

Anjali Mathur levara aquela conexão remota ao sr. Kulkarni, disse-lhe que nos dois casos o dinheiro falso tinha mesma origem, mesmas matrizes, mesmo papel, e que nas duas ocorrências o guru estivera envolvido. O sr. Kulkarni, muito sábio, permitira que ela acionasse o departamento de computação da agência deles, numa tentativa de decodificar os arquivos do laptop de Jullunder. Mas o computador havia desaparecido da delegacia envolvida. O responsável pelo distrito se desculpou e prometeu que no futuro a sala das provas seria mais bem vigiada, disse que abriria inquérito e puniria o policial responsável pela perda. A investigação empacou até Anjali lembrar que o disco rígido havia sido removido do laptop pelo consultor, e ligou novamente para o SHO. No fim das contas o disco rígido foi localizado às duas da manhã de terça-feira, num envelope pardo preso com elástico, na prateleira de cima do escritório do consultor. Foi imediatamente despachado para Delhi, aos cuidados de Anjali Mathur. Em dois dias e sete horas o disco virtual codificado foi aberto, decodificado e analisado.

"Temos tecnologias na área de codificação", Anjali Mathur disse, "que chegam a ser superiores à dos países ocidentais. E o programa de codificação usado, o DeepCrypt, não era tão bom assim."

"Sorte nossa", Sartaj comentou.

"Muita sorte", Kulkarni disse, "como veremos a seguir."

Anjali fez que sim. "Descobrimos que no disco virtual codificado havia projetos, documentos técnicos e relatórios de atividades. A análise desse material nos convenceu de que havia mesmo um artefato, que esse artefato fora construído com materiais contrabandeados para nosso país e que era tecnicamente confiável. Eles adquiriram combustível nuclear no mercado negro internacional e o trouxeram para cá. Depois usaram espectômetros de massa para separar e enriquecer material nuclear bélico a partir desse combustível. Os espectômetros de massa são equipamentos de uso rotineiro em laboratórios e instituições acadêmicas. Podem ser legalmente adquiridos no mercado. Um espectômetro de massa adaptado para funcionar como cálutron produz apenas quantidades mínimas de material adequado ao uso militar, no decorrer de semanas ou meses. Mas, se houver paciência, o interessado acabará conseguindo reunir a quantidade necessária para fazer um artefato. E sabemos que eles usaram diversos cálutrons, de doze a quinze. Portanto, tinham material bruto, conhecimento e tecnologia. Sabemos que construíram o artefato. E sabemos que o equipamento já foi trazido para esta cidade. Isso ficou claro nos e-mails e documentos existentes no disco rígido."

"Artefato", Sartaj disse. "Você quer dizer bomba."

"Sim."

"Onde? Onde está?"

"Este é o problema", Anjali disse. "Não sabemos."

"Não temos mais nada? Nenhuma pista?" Sartaj se sentia desvinculado de si, como se outra pessoa travasse aquela discussão esquisita dentro de um carro, na frente do Terminal Dois, numa noite escura como qualquer outra, com viajantes e seus parentes carregando a bagagem no porta-malas. Tentou se concentrar, usar sua costumeira preocupação com detalhes no caso em questão. Era importante dar continuidade ao trabalho, agir como profissional perante aquele pesadelo transformado em pavorosa realidade. "Deve haver alguma coisa."

"Não temos quase nada. Apenas a referência a uma casa em Mumbai. A frase exata é: 'Espero que Guru-ji aprecie o terraço da casa', e a dedução de que a casa está situada na cidade. Só isso."

"Por que estão fazendo isso?"

Kulkarni tirou os óculos e os limpou. "Não temos certeza. No disco rígido também havia arquivos feitos num programa de editoração eletrônica. Constam textos, imagens e fontes para três panfletos. Os folhetos são supostamente obra de uma organização extremista islâmica chamada Hizbuddeen." Pôs de novo os óculos com ar de professor distraído. "Recolhemos exemplares impressos desses folhetos em operações contra diversas organizações ilegais. Tínhamos a impressão de que o Hizbuddeen era uma entidade fundamentalista vinculada ao Paquistão. Sabemos que o Hizbuddeen financiava outras organizações, e que talvez estivesse planejando uma ação terrorista de alto impacto. Agora essas novas informações sugerem que o Hizbuddeen não passa de uma fachada falsa, uma organização de mentira inventada pelo guru Shridhar Shukla e sua turma. Nossa teoria atual é que planejam detonar o artefato e pôr a culpa no fundamentalismo islâmico. Portanto, as pistas sobre o Hizbuddeen obtidas até o momento são falsas, foram plantadas pelo tal Shukla e sua organização. A idéia é que, após o incidente nuclear, o Hizbuddeen assuma a autoria, com credibilidade."

"E por quê? O que eles esperam conseguir com isso?"

A luz batia nos óculos de Kulkarni, formando pequenas meias-luas nas lentes. Ele deu de ombros. "Não sabemos exatamente quais as conseqüências pretendidas, ou os motivos. Talvez queiram elevar a tensão, provocar retaliações."

Sartaj não queria nem pensar no que seria uma retaliação, nesse caso, mas não podia evitar a pergunta sobre o desastre inicial. "Se detonarem isso", disse, "o que acontecerá? Qual o poder de destruição?"

Kulkarni passou a incumbência de responder a Anjali, com um olhar por trás dos óculos. Pelo jeito, ela era a responsável pelos detalhes, na equipe. "Até onde sabemos", ela disse, "não se trata de um artefato pequeno. A construção deve ter demorado porque eles pretendiam obter um artefato mais potente. E não se preocuparam com miniaturização. Tudo leva a crer que foi trazido para a área urbana num caminhão. Se explodir..." Ela engoliu em seco. "Provavelmente destruirá a maior parte da cidade."

"Tudo?"

"Quase tudo. Se planejarem direito o posicionamento."

Sartaj não tinha dúvidas de que planejariam direitinho o posicionamento. Haviam escolhido o instrumento, tinham um propósito, garantiriam o máximo de destruição. Só faltava uma pergunta.

"O que faremos?"

Kulkarni esboçara um plano. "Estamos formando um comitê neste momento", disse, "na central de polícia de Colaba. Vamos emitir um alerta em duas horas. Não haverá menção ao artefato. Adiantaremos apenas que recebemos informações confiáveis sobre uma grande ação terrorista. Qualquer menção ao aparato provocaria um pânico incontrolável, as pessoas fugiriam da cidade apavoradas. Não queremos nada disso. Seria impossível administrar."

Sartaj imaginou a cena, as estradas entupidas de carros e caminhões, a luta desesperada para entrar nos trens, os gritos das crianças perdidas. Também sentiu a necessidade, em um recanto da mente, de alertar Mary, de tirar os filhos de Majid Khan da cidade. Mas assentiu. "Certo, certo."

"Se a informação sobre o artefato vazar para o público em geral", Anjali disse, "as pessoas encarregadas do artefato também ficarão sabendo. E podem detoná-lo para evitar que seja localizado. A investigação precisa levar esse aspecto em conta. Segurança absoluta."

"Completa", Sartaj disse. "Mas o que eles estão esperando?"

"Não sabemos nada a respeito da agenda deles", Anjali disse. "Gostaríamos que continuasse a investigar para nós. Tem se saído muito bem. Use seus recursos de investigação."

Partiram após dizer isso, deixando Sartaj aspirando a fumaça do escapamento de diversos Ambassadors. Sentia-se em alerta total, mas estupefato. Luzes cor de laranja iluminavam o alto do prédio do terminal. Um filete de suor desceu pelo colarinho. Reveja as informações, disse a si mesmo. Mas havia pouca informação: os apradhis talvez incluíssem um famoso guru em cadeira de rodas e um estrangeiro de cabelo amarelo, residiam provavelmente numa casa com terraço, um imóvel com espaço suficiente para abrigar um equipamento grande, e poderia haver um caminhão nas proximidades. Mas era só, isso era tudo. E tudo dependia disso. Não se apavore, Sartaj pensou. Faça seu trabalho. Apenas o seu trabalho.

Ele correu para a motocicleta e passou a perna por cima do banco. Mas não conseguiu se mover. Os últimos minutos haviam realmente acontecido? Em sua lembrança, agora, todos os eventos relacionados ao carro pareciam coisa de um filme precário em velocidade acelerada. Sartaj tentou reduzir o ritmo da respiração e recordar a conversa, palavra por palavra, mas só conseguiu juntar um amontoado de frases e palavras: "não se trata de um artefato pequeno"; "conseqüências pretendidas"; "artefato mais potente". Como Anjali e seu chefe conseguiam falar de maneira calma e eficiente sobre tal situação? Talvez estivessem acostumados a falar do indizível. Talvez espiões internacionais usassem essa linguagem cotidianamente. Sartaj pensara nisso antes, no artefato, encontrara menções em reportagens jornalísticas e obras de ficção, mas agora que havia um dentro da cidade, em sua terra, ele não conseguia imaginá-lo. Tentou visualizar um equipamento na traseira de um caminhão, mas só o que conseguia ver era uma ausência, um buraco no mundo. Desse vácuo vinha uma avalanche de arrependimento, uma dor lancinante nas entranhas por tudo que deixara por fazer e por todas as reminiscências. Inclinou-se para a frente. No cano do guidão prateado viu o brilho da luz da rua e mil rostos, um menino com quem brigara na terceira série e humilhara na frente da escola inteira, Chamanlal, o paan-wallah da esquina da rua principal, uma moça linda que, Katekar revelou certa vez, trabalhava na Gulf Air, no terminal internacional, o mendigo manco que esmolava nas esquinas de Mahim Causeway. Tudo iria embora, não apenas os seres amados e os inimigos. Todos. Aquela era a insuportável promessa do artefato que se tornava real. Era ridículo, mas verdadeiro. Sartaj, parado no estacionamento, buscava entender a situação, fixá-la em sua cabeça para poder pensar a respeito e decidir os próximos passos. Finalmente — ele não sabia quanto tempo havia transcorrido — desistiu. Melhor deixar o buraco e pensar em torno dele. Talvez assim conseguisse trabalhar. Sim, trabalhar. Investigar. Deu partida na moto e começou.

As investigações diárias não apresentavam novidades, descobertas, detenções. O alerta fora divulgado, mas não tinha muita substância. Não havia material suficiente para acionar informantes, só o seguinte: alguém viu um grupo de três, talvez quatro homens? Um estrangeiro loiro, um guru de cadeira de rodas, talvez, talvez? As pistas chegavam, centenas, mas conduziam inevitavelmente a idosos inocentes em cadeiras de rodas precárias e a executivos estrangeiros indignados cujo cabelo não era castanho-escuro. Nenhum progresso. A vida prosseguia. Na terça-feira à noite Sartaj visitou Rohit, Mohit e Shalini. Deu um envelope com dez mil rupias a Shalini, sentou na porta da casa e tomou uma xícara de chai.

"Você parece muito cansado", Shalini comentou. Sentada dentro de casa, ao lado do fogão, ela preparava o jantar dos filhos.

"Sim", Rohit disse. Estava encostado na parede, ao lado de Sartaj. "Parece mesmo."

"Não tenho dormido muito bem", Sartaj disse. "Serviço demais."

Rohit tocou a gola de sua camiseta branca brilhante. "E está muito magro, também."

"Ainda não consegui uma boa cozinheira."

Shalini sorriu. Usava um sári verde vistoso, parecia estar bem. Olhou Sartaj de esguelha, maliciosa. "Ora, e a moça cristã não cozinha para você? Ou não gosta da comida que ela faz?"

Sartaj, surpreso, derramou o chai no peito. "Que moça?", gaguejou, limpando a camisa.

Rohit bateu palmas e riu. "Nem tente se safar", disse. "Os espiões dela estão por toda parte. Cercam você pelos quatro lados. Ela sabe de tudo."

Os ombros de Shalini tremiam de tanto que ela ria. Sartaj não se lembrava de tê-la visto assim descontraída, nem mesmo quando o marido vivia. "Sim", ela disse, demonstrando suprema satisfação. "E você nem sabe como foi que descobri." Ela acenou com um belan empoado. "Não pense que foi do modo mais fácil. Nenhum policial me contou."

Shalini não aceitaria negativas a respeito da moça cristã. Sartaj desistiu, tentando mostrar uma certa graça. Baixando a cabeça, perguntou: "Quem lhe contou?".

"Não posso entregar meus khabaris. De jeito nenhum."

Sartaj imaginou quem poderia ser, quem poderia saber a respeito de Mary, quem teria contado. Kamble sabia, era bem capaz de ter dito a alguém do distrito, que comentou com um civil. Ou Shalini tinha uma amiga que trabalhava perto da casa de Mary, a pessoa poderia ter visto sua saída ou entrada na casa dela. Ou alguém do salão de Mary. Shalini poderia ter descoberto a relação de Sartaj e Mary de mil e uma maneiras, graças às infinitas ligações que havia na cidade e vinculavam todas as pessoas. Sartaj usava aquela rede inescapável muitas vezes, e agora fora apanhado nela. "Sua mãe é realmente uma profissional pucca", disse a Rohit. "O departamento devia contratá-la."

Shalini riu, adicionando um punhado de tempero marrom à panela, que chiou e fritou. "Fale mais sobre a moça."

"Mas você já sabe tudo", Sartaj disse. Estava a ponto de falar mais, mencionar que os homens nunca escapariam à vigilância feminina, quando viu Mohit surgir no fim da viela, cambaleando. Havia sangue em sua camisa.

"O que aconteceu?", Rohit perguntou, ajoelhando-se para levantar pelos ombros o irmão que caíra. "Quem fez isso?"

Havia marcas roxas em volta das narinas de Mohit, e uma mancha escura no queixo. Com um farfalhar do sári, Shalini passou por Sartaj. "Beta", disse, "o que houve?"

Mohit sorria, porém. "Não se preocupe", disse. "Fizemos muito mais a eles. Foram os filhos-da-mãe de Nehru Nagar." Seu tom era triunfal, satisfeito. "Mostramos a eles, fugiram correndo."

Shalini segurava a camisa de Mohit pelo ombro, onde fora rasgada na costura, e nas costas. "Você brigou de novo com aqueles rapazes?" Ela segurou seu rosto, puxou-o para perto do dela. "Eu já lhe disse para não chegar nem perto deles." Sua raiva revelava os dentes, e Sartaj notou que as unhas penetravam nas faces do filho. Mas Mohit não se intimidou. "Vou pedir ao Saab que o mande para o reformatório", ela disse, virando-se para Sartaj. "Ele vai lhe dar uma surra."

Sartaj levantou. "Mohit, você não devia..."

"Maderchod sardar", Mohit disse, e seu ódio escorria pelos dedos da mãe. "Vou matar você. Vou furar sua barriga."

Shalini soluçou, depois deu um tabefe violento na cabeça de Mohit. Ela o arrastou para dentro de casa, afastando-se do grupo de moradores que se reunia para ver a cena, e bateu a porta. Mas Sartaj ouviu Mohit rugir baixo, furioso, insistente.

"Preciso ir", Sartaj disse a Rohit, e o puxou pelo cotovelo. "Tenho um compromisso."

"Sinto muito", Rohit disse. Ele manipulava, nervoso, a chave que levava no pescoço. "Mohit não tem jeito, apesar de tudo que fazemos. Anda em más companhias. Tem uma turma de três ou quatro rapazes. Vivem brigando com essa outra turma, taporis mais velhos de Nehru Nagar. Até eu já bati nele, mas as coisas só pioraram. Suas notas na escola são terríveis."

"Ele é jovem", Sartaj disse. "Está passando por uma fase ruim. Superará tudo isso quando crescer mais um pouco."

Rohit fez que sim. "Também acho. Mas lamento muito."

Sartaj socou Rohit no peito, e disse: "Não se preocupe, terá muito tempo para cair em si", e acionou o pedal para ligar a motocicleta. No final da ladeira esburacada ocorreu-lhe que Mohit talvez não saísse nunca daquela espiral de violência, mesmo que tivesse tempo de sobra. Talvez já estivesse perdido para o irmão, para a mãe, para si mesmo. Sartaj fizera sua parte para empurrar Mohit nesse sentido, para o poço fundo sem retorno. Cada ação seguia para a teia emaranhada dos vínculos, reverberando e amplificando suas conseqüências, desaparecendo apenas para reaparecer adiante. O policial tenta prender alguns apradhis, e o filho dele vira bandido. Não há como escapar às reações a suas ações, nenhum alívio da responsabilidade. Era assim que acontecia. Era a vida.

* * *

Rachel Mathias aguardava Sartaj na delegacia. Estava sentada no corredor, do lado de fora de sua sala, espremida no canto de um banco, ao lado de uma fila de mulheres kolis impassíveis. Estava afogueada, infeliz, quando se levantou ele ficou impressionado pelo corte elegante de seu sári azul e o bracelete de prata solitário em seu pulso direito. A miséria do distrito não a afetava, e ela o encarava nos olhos, de pé, muito segura de si.

"Há quanto tempo está esperando?", ele perguntou.

"Não faz muito tempo. Este é meu filho Thomas."

A julgar pelo ar emburrado de Thomas, eles estavam esperando na delegacia havia pelo menos duas horas. "Entre", Sartaj disse, conduzindo-os até sua sala, onde mandou que sentassem. Thomas largou o corpo na cadeira, mas empertigou-se após o olhar fulminante da mãe. Teria uns quinze anos, era bem-apessoado, confiante, musculoso. Todos os rapazes estavam fazendo musculação, e Sartaj tinha certeza de que Thomas começara cedo.

"É sobre aquilo que conversamos no outro dia."

"Como?", Sartaj falou. Ele já sabia que ela não era culpada de chantagem contra Kamala, mas todos são culpados de alguma coisa. Acontecera antes em sua carreira, a pressão policial levava as pessoas a confessar crimes que não estavam sendo investigados.

"Thomas quer contar uma coisa."

Thomas não queria contar nada, baixara os olhos e cerrara os punhos, mas a mãe foi implacável. "Thomas?", insistiu.

Thomas abriu a boca, limpou a garganta. "O que aconteceu foi que...", ele começou, mas não conseguiu prosseguir. Limpou as mãos na calça jeans, corou, e Sartaj sentiu pena do rapaz. Thomas trabalhara os bíceps e besuntara o cabelo, mesmo assim não passava de uma criança.

"Talvez seja melhor Thomas me contar tudo em particular", Sartaj disse.

Rachel concordou com um meneio. "Espero lá fora."

Ela bateu a porta ao sair, e Sartaj bateu a mão na mesa. Thomas ergueu os olhos. "Pode contar", Sartaj disse.

"Senhor, é sobre nossa câmera de vídeo... sinto muito."

"Como assim?"

"Sinto muito ter gravado a fita."

Sartaj ficou confuso, sentiu que uma névoa descia sobre seus ombros, como uma fina garoa. "O vídeo. Certo."

"Não foi idéia minha." Thomas conseguiu contar tudo, aos trancos e barrancos. Não tinha sido idéia dele. Lalita sugerira. Lalita era a namorada dele, um ano mais velha. Seu relacionamento durava um ano. Quando Thomas ganhou uma câmera de vídeo, eles saíram e filmaram todos os amigos, a cidade, pessoas ao acaso na rua. Passaram alguns dias filmando um roteiro de Thomas, mas abandonaram o projeto na metade, pois se cansaram. Depois Lalita resolveu filmá-los, os dois juntos, apenas conversando, no quarto de Thomas. Mas deixaram a câmera ligada, e se esqueceram disso.

"Esqueceram?", Sartaj quis saber.

"Sim." Esqueceram, por algum tempo. Quando se lembraram, Lalita não quis desligar. Por isso há uma imagem dos dois se beijando.

Sartaj esfregou os olhos, os pequenos círculos luminosos em espiral sumiram. Baixou as mãos, Thomas ainda estava lá, jovem, bonito com sua camiseta branca justa, com um colar de contas pequenas no pescoço. Ainda lá, inexplicável, porém real e presente. "Só beijando?", Sartaj disse.

"Sim, sim. Sempre de roupa." Então estavam vestidos, mas a mãe ficara furiosa quando pegou a câmera por acaso e a ligou, vendo-os no monitor LCD. Sim, alguns amigos de Thomas viram a fita, mas foi só. E Rachel Mathias apagara a gravação imediatamente. Foi o fim do caso, até Sartaj aparecer fazendo perguntas sobre câmeras de vídeo.

Sartaj sabia que precisava dizer algo, quem sabe gritar com o rapaz, apavorá-lo. Ou não. Talvez a Lalita que Thomas descrevia existisse. Ou talvez não. Sartaj tinha certeza que sim. O que Sartaj conhecia daquele mundo habitado pelos rapazes e moças, com câmeras, internet, relacionamentos aos quinze anos? Quem era aquela gente? Seus vizinhos, assim como milhares de outros viventes da cidade, que ele conhecia e desconhecia. Todos viviam juntos, de certa forma. Sartaj esforçou-se e finalmente conseguiu ser severo com Thomas. "Se faz tais coisas com essa idade", disse, "arruinará sua vida inteira." Prosseguiu, sem acreditar muito no que dizia. Enquanto acompanhava Thomas até a porta, Sartaj surpreendeu-se. "Preste atenção", disse. "Tome conta de sua mãe. Ela é só, trabalha duro para manter você e seu irmão. Seja um bom rapaz. Não dê trabalho a ela."

Ele não pretendia exigir virtude para o bem de Rachel Mathias, mas Thomas sentiu o impacto do pedido, mais do que os alertas e repreensões que acabara de fazer.

"Sim, senhor", Thomas disse. "Lamento muito, senhor. Farei o que disse."

Sartaj acordou de um sono profundo, sem sonhos, vendo o ventilador desenhar um círculo branco difuso no teto verde. Com muito esforço, virou a cabeça. Mary, sentada no chão, folheava uma revista. O som da televisão estava baixo, uma enorme manada de gazelas saltava uma elevação para desaparecer no capim amarelado. "Que horas são?", Sartaj perguntou. Estava escuro lá fora.

"Nove e meia. Você estava muito cansado."

"Com certeza. O que está lendo?"

"Uma revista de turismo. Saiu uma reportagem sobre mergulho nas ilhas Andaman. É tudo tão lindo debaixo d'água. Veja." Ela se levantou para sentar na cama a seu lado. Peixes vermelhos e alaranjados nadavam numa água tão azul que parecia saltar fora da página.

Sartaj apoiou-se num cotovelo. "Por que não vai para lá?", ele disse. "Deveria tirar umas férias."

"Você iria comigo?"

"Eu? Nem mesmo sei nadar."

"Bem, de todo modo estou economizando para ir à África."

"Certo. Mesmo assim poderia tirar umas férias. Não gosta de Kodaikanal?"

"Já estive lá."

"Então visite seu vilarejo."

"Não há nada lá para mim. Por que quer me forçar a viajar?"

Sartaj sentou. Tirou a revista dela e segurou as duas mãos da moça. "No momento, a cidade está muito perigosa. Desconfiamos da iminência de um grande ataque terrorista. Eles pretendem fazer alguma coisa, já sabemos. Talvez seja melhor você viajar."

Mary contraiu os ombros. "Você vem comigo?"

"Preciso ficar aqui."

"Por quê?"

"É o meu trabalho."

"Encontrar os terroristas?"

"Sim."

"O que eles pretendem fazer?"

"Algum atentado muito destrutivo, em larga escala."

Ela riu alto. Depois parou, muito séria. "Sinto muito. Acredito em você, totalmente. Por isso ri. O que mais poderia fazer, além de rir?"

"Você é muito valente."

"Não. Não sou nada valente. Mas é loucura demais pensar nisso."

"Então, você vai?"

"Não. Sozinha eu não vou. De que adiantaria? Tudo que tenho está aqui."

Seus olhos estavam marejados. Ele a beijou, ela o abraçou. Manteve os lábios presos aos dele, sua língua era quente, ágil, e ela se pôs em cima de Sartaj. Os dois riram quando ele fez uma careta e puxou a coxa espremida pelo joelho dela. Ela o beijou nos cantos da boca, depois estendeu o braço e puxou a mão dele até seu seio. Imóveis por um momento, eles sorriram um para o outro. Sartaj viu as manchas em seus olhos se moverem na luz, e por trás delas havia uma escuridão suave, inacessível. Sartaj começou a desabotoar a camisa dela, botão por botão. Eram botões pequenos, ele encontrou certa dificuldade. Sentiu-se desajeitado demais. Mary riu, arqueando as costas conforme ele descia, para ajudar. Ele imitou seu riso maroto, ela voltou a ficar por cima, esfregando o rosto na barba, e os dois riram. Ela tirou a blusa, revelando a pele morena macia, e deitou-se a seu lado. Sartaj debruçou-se sobre ela. Ela levou a palma da mão até sua nuca, e o puxou contra si.

Deitado com Mary sob os lençóis, pele contra pele, Sartaj falou a respeito da infância. Ela queria saber como fora sua vida, desde o início. "Conte tudo", ela disse. Chegaram então à adolescência. Era muito tarde, passava da meia-noite, mas Sartaj estava alerta, curiosamente disposto. Seu corpo relaxado fez aflorar uma dorzinha agradável nos músculos, reminiscente do sexo. Fora desajeitado, inseguro, solícito demais após o término, mas de certa forma nada disso importava. Gostara de abraçá-la, sentir a vida pulsando dentro de seu corpo. Era bom ficar deitado a seu lado, ajeitar o cabelo atrás da orelha, responder suas perguntas. Agora ela queria saber: "Então, qual era o nome dela?".

Sartaj falava de sua primeira namorada. "Sudha Sharma. Morava na mesma rua, duas casas adiante, seu irmão era meu melhor amigo na época."

"Mais tarde ele descobriu tudo e bateu em você?"

"Não, ele jamais soube. Teria me matado. Tomávamos muito cuidado."

"Qual a sua idade?"

"Quinze."

"Quinze anos! Aos quinze eu não sabia nada sobre sexo, absolutamente nada. Você já era bem malandro aos quinze." Mary beliscou seu ombro com força.

"Arre, não falei que fazíamos sexo. Onde poderíamos fazer sexo? No quarto dos pais dela? Havia tantas tias e avós naquela casa que a gente não conseguia virar sem uma delas perguntar o que estávamos fazendo."

"Mas você desencaminhou a pobre garota, de todo modo."

"Desencaminhar, eu? Ora. Eu mal tinha coragem de olhar para ela. A própria moça me dava aampapad aos montes para comer, sempre que eu ia lá. Três anos mais velha, pegava na minha mão por baixo da mesa. De tão apavorado, não conseguia nem beber um copo d'água."

"As moças de Bombaim são muito avançadas. E como faziam?"

"Eu a encontrava depois das aulas, à tarde."

"E a beijou?"

"Ela me beijou primeiro."

"Claro, claro. Onde?"

"Ora, aqui, é claro." Sartaj disse, apontando para os lábios.

"Não é isso, seu bobo." Mary fingiu irritação, e o beijou no local apontado, rapidamente. "Quero dizer, onde ficavam? No quarto do pai dela?"

"O primeiro beijo foi no restaurante da família dela, em Colaba. Havia duas amigas com ela, mas nos deixaram sozinhos. Depois, disso, à beira-mar, em Bandra."

"Na costeira? Ela era muito sem-vergonha."

"Sudha? Não, era apenas Sudha."

Seu sorriso deve ter sido saudoso demais, pois Mary o beliscou de novo. "E o que aconteceu? Casou-se com ela?"

"Eu era muito novo. Ela se casou dois anos depois. Foi tudo arranjado pelos pais. Compareci ao casamento."

"Ah, coitadinho."

"Não foi nada disso. Nunca pensamos em nos casar. Eu era muito jovem. E de outra casta."

"Mesmo assim, ela o seduziu. Meu Deus." Mary o provocou, batendo em seu peito. "Mas acho que era simplesmente impossível resistir a Sartaj Singh."

"Sim. Eu já tinha quase esta altura, naquela época."

"E era quase tão bonito quanto agora. Um astro de cinema, praticamente."

Ela zombava dele, com delicadeza, e Sartaj a segurou, puxando-a para cima de si. "Está brincando comigo? Está?" Ele já descobrira que ela sentia cócegas, e agora gritava e se retorcia com o toque da ponta dos dedos.

"Só um pouquinho", ela confessou finalmente.

Seus seios se achataram contra o peito dele, ocultando para em seguida revelar os círculos escuros dos mamilos. Percebendo seu olhar, ela puxou o lençol. Era curiosamente recatada para uma mulher da sua idade, que se casara e divorciara. Talvez as moças dos vilarejos fossem desse jeito. Sartaj jamais estivera com alguém assim antes. Aquela, em particular, estava deitada de lado, com o lençol puxado até o queixo, olhando intensamente para ele. "O que foi?", Sartaj disse.

"O que foi o quê? Não pense que vai me distrair fazendo isso. Certo, então a moça assanhada se casou com um infeliz qualquer. E o que aconteceu com você? Com quem casou?"

Ele a puxou para mais perto e falou sobre Megha, sobre a emoção de seu amor universitário impossível, que rompeu barreiras de classe, sotaque, roupas e música. Falou que Megha considerava incompreensível sua paixão por antigas canções de Shammi Kapoor, e que ela o ensinara a não usar calça boca-de-sino. E, por fim, falou sobre o casamento fracassado e o divórcio. Ou que talvez tivessem se saído bem, já que pelo menos não magoaram demais um ao outro.

Mary emitiu murmúrios solidários enquanto ele relatava o episódio, depois suspirou e sua respiração se normalizou. Pequenos espasmos percorriam seu corpo, extensões e contrações das pernas e dos braços, e Sartaj sorriu. O cabelo dela esbarrava em suas narinas, ele se lembrou de dias distantes, quando caminhava com Sudha em Marine Drive, ou ficava alucinadamente excitado e apavorado quando ela esfregava a perna na dele, no reservado do restaurante iraniano. Pensava muito em amor e sexo naqueles dias, por vezes tinha a impressão de que nem um minuto transcorria entre as imagens sexuais tórridas que passavam por sua mente. E havia também uma ânsia angustiada por alguém imaginado, uma mulher difusa porém incandescente que fosse linda, boa e compreensiva, além de sexy, companheira e tudo mais. Chegou a pensar que Megha fosse tudo isso, e só Vaheguru sabia o que Megha imaginava que ele fosse. Os dois se decepcionaram. Ele pensou que nunca mais fosse se recuperar da desilusão, e por um tempo passou a se considerar descrente. Depois descobriu que continuava sendo sentimental, que chorava tarde da noite com Dilip Kumar em *Dil diya dard liya*, que sentia um nó imenso na garganta quando lia notícias de jornal sobre meninos pobres que estudavam sob a luz da rua e conseguiam passar no exame da IAS. Agora havia uma mulher, Mary, abraçada a ele. Não era ilusão nem um filme romântico passional, nem descrença ou sentimentalismo, era algo diferente. O amor se revelara distinto de tudo que ele imaginara aos quinze anos.

Sartaj puxou o ombro que sustentava a cabeça de Mary e a ajeitou no travesseiro. Virou-se para ela, pousou a mão em sua coxa e tentou dormir. Mas não conseguia parar de pensar na bomba. Sentia segurança agora, tentou imaginar como era o tal artefato, mas só conseguiu invocar uma visão tola de fios emaranhados numa placa de aço e painéis que exibiam números de neon em contagem regressiva. Talvez o artefato levasse Mary para longe dele, agora que finalmente a encontrara. Sabia que era verdade, contudo não sentia a esperada emoção intensa, nem raiva nem melancolia ou desespero. Tocou a face de Mary. Praticamente já nos afastamos, pensou. No momento da posse perdemos quem amamos para a mortalidade, o tempo, a história ou nós mesmos. O que nos resta são fragmentos de generosidade, dádivas da fé, da amizade e do desejo que podemos conceder ao outro. Qualquer coisa que venha depois poderá trair aquele deitar no escuro, aquele respirar lado a lado. Isso basta. Estamos aqui, continuaremos aqui. Talvez Kulkarni estivesse equivocado a respeito do povo de Bombaim, talvez permanecessem na cidade mesmo se soubessem que um fogo imenso viria. Talvez esperassem pela bomba naquelas vielas tortuosas, nascidas da terra sem projeto ou planejamento. As pessoas vinham para cá de gaon e vilayat, encontravam um lugar para viver, ocupavam um pedacinho da terra, que se movia e ajeitava para recebê-las, e aqui passavam a viver. Por isso, ficariam.

De todo modo, a busca ao guru e seus homens prosseguia, claro. Sartaj seguiu pistas, visitou prédios de apartamentos em Kailashpada e Narain Nagar, onde as pessoas denunciaram vizinhos suspeitos. Foi a bastis distantes, em Virar. Na sexta-feira à tarde, Sartaj parou no Delite Dance Bar. Shambhu Shetty serviu uma Pepsi e perguntou: "Chefe, o que está havendo? Recebo duas visitas diárias de policiais, no mínimo. Eles entram pisando duro, perguntam ao meu pessoal se sabem algo a respeito de um sujeito em cadeira de rodas e outro, estrangeiro. Por que sadhus viriam a meu bar, afinal? Mas seu pessoal vem todos os dias. Não é bom para os negócios, sabe?"

"É apenas um alerta de Delhi, Shambhu", Sartaj disse. "Recebemos algumas informações, e ordens de seguir essas pistas. Mais nada. Urgentíssimo, por isso precisamos revirar tudo. A gente nunca sabe onde pode ouvir alguma coisa. A polícia obedece a ordens."

Shambhu continuava irritado. "Por que atrapalham meu trabalho desse jeito? Eles chegam na hora de maior movimento, isso prejudica o faturamento da casa. Assim, minha empresa corre perigo. Corre o boato de que os desgraçados do Congresso podem proibir os bares de dança se ganharem as próximas eleições. Se não é um gaandu tentando proteger a cultura indiana, é outro. Políticos filhos-da-mãe. Sabe quantas vezes os MLAS e ministros pedem para mandar garotas para festas particulares?" Shambhu se queixava, mas aparentava prosperidade, sucesso. O casamento combinava com ele.

"Entendo, Shambhu. Mas, no momento, os policiais precisam fazer seu trabalho. Trata-se de uma emergência. Pode ser sério. Se souber de algo, informe imediatamente, entendeu?"

Shambhu se espreguiçou e coçou a barriga. "São os muçulmanos desgraçados, outra vez?"

"Não", Sartaj disse. "Nada a ver com muçulmanos. Não mesmo. Fique de olho num estrangeiro e na cadeira de rodas, Shambhu. Isso é importante."

Mas Shambhu não estava convencido. Afastou-se resmungando. Fizera contato recentemente com o MTNL, que providenciara ligações interurbanas sem custo pelo telefone vermelho de sua sala. Convidou Sartaj a compartilhar o privilégio, e aproveitara para reclamar da polícia. Sartaj pegou o telefone e discou. Se Shambhu estava irritado com os interrogatórios, e os clientes reparavam, era provável que os apradhis também descobrissem que estavam sendo perseguidos. Uma investigação de grande porte deixava pegadas enormes, e a sutileza não era o forte nos policiais exaustos, no final do turno.

"Alô?"

"Peri pauna, Ma."

"Jite raho. Onde se meteu, Sartaj?"

"Muito trabalho, Ma. Temos um caso importante. O maior."

Ela riu. "Era exatamente o que Papa-ji costumava dizer. Cada caso era o mais importante da história da polícia de Bombaim."

Sartaj percebeu o prazer em sua voz, a afeição pelos antigos truques do casamento. "Sei disso, Ma. Ele também dizia isso para mim. Mas esse caso é importante mesmo. Importantíssimo."

Ma, porém, queria falar de Papa-ji. "Certa vez ele investigou o furto de um cão, um filhote de pastor alemão. Alegou que era um caso realmente importante. Passava noites fora de casa, investigando pistas. E não foi por causa dos donos. Quero dizer, eram ricos, poderiam conseguir outro cachorro em uma ou duas semanas. Mas Papa-ji dizia: 'Imagine como o coitadinho está sofrendo, tirado de sua casa desse jeito'. Ele o encontrou, uma semana depois."

"Eu sei, Ma." Sartaj ouvira a história muitas vezes, tanto de Ma quanto de Papa-ji. Quando Papa-ji a contava, o caso se tornava uma lição sobre a necessidade de uma investigação cuidadosa e do cultivo de informantes. Jamais mencionava o sofrimento do cãozinho. Mas Ma, como fizera agora, sempre punha Papa-ji a percorrer as ruas, preocupado com o bem-estar do cachorro, que choramingava incessantemente na casa do seqüestrador. Papa-ji encontrou o cão em quatro dias, graças a uma série abrangente de interrogatórios na vizinhança e uma estudada pressão sobre os lojistas da rua. O apradhi, souberam no final, era o sobrinho do dono de uma loja de ferragens a duas quadras dali. O sobrinho, viciado na nova mania de videogames, vendera o cachorro para conhecidos da Nepean Sea Road, para poder jogar Missile Command até enjoar no novo estabelecimento do gênero, o primeiro naquela área da cidade. O cachorro foi devolvido ao dono; o ladrão, preso e castigado.

"Sabe, Pinky ficou muito contente em voltar a seu verdadeiro lar", Ma disse no final da consagrada fábula familiar.

"Quem é Pinky?"

"Sartaj, às vezes você não me ouve. Pinky era o nome do filhote."

"Pinky era o cachorro?"

"Sim. Qual o problema com isso?"

"Nenhum, Ma. Agora eu me lembro."

Sartaj despediu-se e desligou, agradeceu a Shambhu, saiu e parou na porta do Delite Dance Bar, pensando em Pinky. Em todos os relatos do caso, Papa-ji jamais mencionara que o cachorro em questão se chamava Pinky. Provavelmente achava que isso não importava, de um modo ou de outro. Mas importava, sim. Saber que seu nome era Pinky tornava o desaparecimento do cão mais doloroso. Era impossível que Pinky ainda vivesse, mas talvez seus filhos e netos circulassem pela cidade. Talvez o próprio Sartaj tenha brincado com um deles. Recordava-se de pelo menos três, não, quatro, pastores conhecidos. Dois eram neuróticos, mas Sartaj atribuía isso à vida nos minúsculos apartamentos onde ficavam. Era de deixar qualquer um louco.

Passou a perna por cima da moto, sentou e parou por um momento. O sol da tarde batia na janela do escritório do outro lado da rua, lançando seu reflexo sobre os carros que passavam. Na calçada, os camelôs faziam bons negócios, vendendo roupas, cartões e calçados aos pedestres. Do lado esquerdo, três edifícios adiante, havia um grupo de chaat-wallah, no acesso conturbado ao Eros Shopping Centre. Sartaj sentiu o aroma de pao-bhaji e subitamente bateu vontade de comer papri chaat. Era viciado neles quando criança, até que Papa-ji resolveu racionar seu consumo, restringindo-o a um prato por semana, às sextas-feiras. Era sexta-feira, pensou, ao descer da moto e caminhar até o local onde eram vendidos.

Sartaj entrou na fila, atrás de um grupo risonho de estudantes, atento ao frigir dos ingredientes nos tavas. As moças usavam tops curtos e calças jeans apertadas, todas tinham pulseiras vermelhas e azuis, uma versão emborrachada de braceletes. Uma delas o pegou observando o braço da colega e contou para as outras. Cochicharam. Sartaj virou o rosto para esconder o sorriso. Sem dúvida reclamavam do velho tarado, do Romeu barato de beira de estrada. Mas sentia carinho por elas, verificando surpreso que a moda de seu tempo de faculdade, a calça boca-de-sino, havia voltado.

Pegou o papri chaat e contornou o amontoado de cadeiras de plástico branco do pátio até encontrar uma vazia. Entregou-se então ao prazer do papri chaat, crocante, com a adorável acidez do tamarindo. Ele deve ter soltado um suspiro de satisfação, pois o menino de três anos que o espiava, atrás do joelho da mãe, riu e apontou para ele. Sartaj franziu o nariz para o menino e deu mais uma mordida. "Hummm", disse.

O celular tocou. Sartaj atrapalhou-se com o prato, limpou a mão com o guardanapo e finalmente conseguiu atender. Era Iffat-bibi.

"Ei, esqueceu dos velhos amigos?", ela perguntou. Sua voz soava rouca como sempre.

"Arre, nada disso, Bibi", Sartaj disse.

"Então deve estar bravo comigo."

"Por que diz isso?"

"Porque, quando precisa de uma coisa e não a pede a quem está próximo de você, então está bravo com a pessoa."

"Eu preciso de alguma coisa?"

"Talvez não, mas seu departamento está esquadrinhando Mumbai inteira."

"Como assim?"

"Talvez não queira pegar aqueles homens, pois fica brincando de esconde-esconde comigo."

"Que homens?"

"O homem da cadeira de rodas. O estrangeiro. E os outros."

"Sabe onde estão?"

"Talvez eu saiba."

"Iffat-bibi, precisa me dizer. Isso é muito importante."

"Sabemos que é importante."

"Não está entendendo. Sabe sua localização? É urgente."

"O tal guru fugiu com um monte de dinheiro? Seria muito feio da parte dele."

"Tudo bem. O que deseja?"

Iffat-bibi suspirou. "Agora está falando como um sujeito razoável. Mas não pode ser assim, pelo telefone."

"Onde está agora?"

"Na área de Fort."

"Eu levaria muito tempo para chegar a Fort. E cada minuto é importante. Não faz idéia do que pode acontecer, Iffat-bibi."

"Então é melhor correr para pegar o trem, não acha?"

"Peça o que quiser. Prometo que será atendida."

"Não posso pedir o que quero assim. Venha para cá. Meus rapazes o apanharão na estação."

E Sartaj foi. Pegou o trem expresso para VT, onde dois jovens o aguardavam na frente da estação. Saíram do meio de multidão para abordá-lo, e um deles disse: "Sartaj Saab, Bibi nos mandou". Sartaj os seguiu até o portão, depois para a porta do prédio do *Times of India*, onde um Fiat preto os esperava. Todos entraram, Sartaj atrás, do lado esquerdo, e partiram. Ninguém falou nada. O motorista deu a volta, passando pelo metrô, e rumou para a D. N. Road. Sartaj viu as ruas familiares passarem. Papa-ji passara um período considerável de sua carreira ali. Levara o jovem Sartaj para passear, durante sua ronda, apontando os locais onde crimes haviam sido cometidos e apradhis, detidos. O carro entrou à esquerda para fazer um retorno, depois à direita, e Sartaj viu o pequeno templo colorido que adorava quando criança, com as paredes cobertas de pinturas de deuses e deusas. Papa-ji e ele costumavam se encontrar ali, "ao lado do templo", sem que fosse preciso especificar qual.

Mas as antigas lojas haviam sumido. Sartaj não reconheceu nenhuma das que se estendiam pela rua na qual entraram, embora os grupos de motos, patinetes e bicicletas fossem iguais. A multidão adensara, mesmo às seis da tarde. O motorista disse "Aqui", e parou.

Os rapazes de Bibi conduziram Sartaj a um restaurante de frutos do mar numa viela estreita, até os fundos do prédio. Subiram uma escada que cheirava a peixe podre, e uma porta se abriu. Entraram num escritório pequeno, parecia de contabilidade. Havia livros contábeis nas prateleiras, que iam até o teto. As mesas, muitos próximas umas das outras, estavam atulhadas de papéis, e meia dúzia de empregados se debruçavam sobre as telas dos computadores. Do lado direito o espaço dobrara com acréscimo de um mezanino, que tinha três estações de trabalho suspensas no ar. Um dos homens apontou para Sartaj os fundos do escritório, onde uma sala fora criada, no extremo triangular do local. Sartaj abriu a porta e precisou se abaixar para entrar.

Iffat-bibi estava sentada de pernas cruzadas numa poltrona executiva vermelha, na ponta do triângulo. Removera a burca da cabeça, revelando cabelos grossos pintados com hena, ainda viçosos. "Entre, entre", disse. "Arre, Munna, pegue chai para o saab." Ela apontou para uma poltrona quase tão magnífica quanto a que ocupava, e fechou o livro que consultava. "Quer o ar-condicionado mais frio, saab? Eles deixam tão gelado que faz meus ossos doerem. Mas você é jovem, e sua geração prefere assim."

"Não precisa. Está bem frio."

A sala os aproximava, e Sartaj pensou que Iffat-bibi era exatamente como ele esperava. Grande, imponente, com queixo quadrado e pele juvenil. A boca sem dentes era chocante, sob olhos alertas e nariz pontudo. Não conseguiu imaginá-la na juventude. Talvez tenha a mesma idade há cem anos. E sem dúvida dava a impressão de que duraria mais cem, pelo menos.

"Saab, o que deseja comer?"

"Nada, Bibi. Por favor, precisamos discutir a informação. Corremos muito perigo, aqueles homens são muito perigosos."

"O perigo nos acompanha sempre, saab. Se perder a oportunidade de comer, o perigo não desaparecerá." Bateram na porta de vidro jateado, um menino colocou uma xícara de chai fumegante na frente de Sartaj. "Peça um pouco de tandoori machchi para o saab. E aquela jhinga especial."

Sartaj recostou na poltrona e entregou-se aos rituais de hospitalidade. O fim do mundo poderia esperar, vinha chegando nos últimos meses, ou desde sempre. Iffat-bibi era implacável em sua cortesia. Discutir não o levaria a lugar algum, melhor cooperar e aproveitar. "Então, Bibi", disse, "o que há de novo?"

Iffat-bibi acomodou o corpo na poltrona, passando o peso de um lado para outro. "Saab, não passo de uma velha, quase não saio. Só passo aqui para conferir a contabilidade, às vezes." Mas ela passou a contar histórias de taporis menores, pistoleiros de organizações rivais, moças de bar. A comida chegou, Sartaj experimentou um bocado simbólico de cada prato. Sua cabeça latejava. O ar frio fustigava o rosto e entrava pela nuca. Suas premonições percorriam as coxas, provocando câimbras. Ele se ajeitou na poltrona, tentou relaxar, dedicar-se à conversa.

Finalmente Iffat-bibi se mostrou disposta a discutir o assunto. Bebeu o resto de chai do pires, o pôs de lado e disse: "Você quer esses homens".

"Sim."

"Sabemos quem são."

"Como?"

"Eles alugaram a casa de um conhecido nosso. Claro, não sabiam que o dono era nosso amigo. Pagaram em dinheiro, adiantado, preço alto, dois meses de aluguel, mais depósito."

"Faz quanto tempo isso?"

"Quase dois meses. O contrato está quase no fim."

Sartaj sentiu o estômago contrair. "Que tipo de imóvel? Apartamento? Bangalô?"

"Não banque o esperto comigo, beta. Vamos dizer que é uma casa. E você não conseguirá encontrá-los. Só um deles entra e sai da casa. O resto fica lá, o homem da cadeira de rodas, o estrangeiro. Mas eles nunca mostram a cara para ninguém. Só o dono da casa os viu chegar. Ninguém deu importância a isso até agora, quando seus policiyas começaram a caçá-los feito loucos." Iffat-bibi extraiu uma caixa de prata de dentro de suas vestes volumosas e começou a preparar um paan para si. "O que esses sujeitos aprontaram?"

"Nada, ainda." Sartaj estava imóvel, com as mãos espalmadas sobre a mesa.

Iffat-bibi passou uma pasta prateada sobre a folha e a dobrou com habilidade antes de enfiá-la na boca. "Sei que acha que pode encontrá-los. Acredita ter informações, saber que há uma casa, uma casa com jardim e escada. Mas, creia em mim, não os encontrará. Não seja tolo, nem tente fazer isso."

"Sim." Sartaj tomou um gole de chai morno. As paredes pareciam se fechar sobre ele, que piscou para focalizar Iffat-bibi, concentrar-se em sua boca vermelha que mastigava. "Sim", disse. "O que deseja?"

Aquilo a agradou, a compreensão madura que demonstrava da negociação. "Queremos Parulkar."

"Saali, não ouse chegar perto dele. Se tocar num fio que seja..."

"Sente-se." Iffat-bibi nem piscou ao testemunhar sua ira, permaneceu imóvel como uma montanha. "Sente-se."

Sartaj soltou a mesa, cuja borda pressionava com força, retornando à poltrona. "Não toque nele."

"Arre, baba, quem falou em tocar nele? Não somos idiotas, não vamos thoko Parulkar, não é por aí. Não queremos a polícia de Mumbai inteira no nosso pé."

Fazia sentido, Sartaj pensou. Nenhum policial do alto escalão fora assassinado na cidade. "Mas por que querem fazer algo contra ele?", Sartaj perguntou. "Ele é próximo de vocês, amigo de seus superiores. Qual o motivo?"

Iffat-bibi escarrou na lata de lixo ao lado da mesa. "Pois é, também pensávamos que ele estava próximo de nós. Somos amigos dele há muito tempo, e o apoiamos nos momentos de dificuldades. Mas agora, mais seguro, arranjou outros amigos."

"Refere-se ao novo governo? Mas um homem precisa sobreviver. Obrigado a trabalhar sob as ordens deles, precisa se adaptar um pouco."

"Mas é claro. Compreendemos isso. Jamais privamos alguém de seu trabalho, de seu sustento. Arre, Parulkar Saab ficou com dinheiro que nos pertencia, muitos khokas. Tudo bem, falamos, deixa estar. O relacionamento é mais importante do que o dinheiro."

"Então o que foi? O que aconteceu?"

"Nos últimos quatro meses, sete rapazes nossos foram mortos. Não eram apenas chillars, entende? Todos gerentes e pistoleiros de primeira. Sujeitos inteligentes, especialistas em esconderijos, em se mover sem serem notados. Mas a polícia, o tal Flying Squad, sabia exatamente onde encontrá-los. Por isso foram encontrados. E o governo põe em todos os jornais: esmagamos o crime organizado. Nós perguntamos: e como a polícia, de repente, se tornou tão boa para localizar nossos melhores rapazes?" Iffat-bibi debruçou-se na poltrona. "Fizemos nossa investigação. Soubemos que Parulkar entregou nosso pessoal ao governo."

"Iffat-bibi, as informações que permitiram os encontros podem ter partido de milhares de fontes. Os rapazes foram mortos, isso é ruim, mas não quer dizer que..."

"Temos nosso sistema de informações. Confirmamos tudo. Ele mudou de lado, e está matando nosso pessoal."

Apesar do frio, as mãos de Sartaj suavam. Ele as enxugou na calça, tentando mantê-las firmes. "Ele voltará a vocês. Se quiser, conversarei com ele pessoalmente."

"Não, ele se recusa até a dialogar conosco. Não atende meus telefonemas. Não atende nem o bhai. Dá para imaginar isso?"

Sartaj não conseguia imaginar. Recusar-se a atender um chamado de Suleiman Isa em pessoa significava que Parulkar havia mudado de lado, descartado muitos anos de sua vida em bloco, e cruzado uma fronteira muito perigosa. Sartaj não queria acreditar, mas fazia sentido: a reabilitação de Parulkar perante o atual governo Rakshak, o repentino bom resultado desse governo na captura de membros da Companhia-S. Parulkar passara para o outro lado. "Deixe de lado", Sartaj disse. "Perdoe Parulkar. Como perdoaram no caso do dinheiro."

"Tarde demais. Ele já fez muitos estragos." Ela apontou para cima, na direção do teto e mais alto, balançando a cabeça. "A ordem veio de cima. O bhai está furioso, o bhai foi insultado. O bhai ordenou. Parulkar tem de deixar o cargo, sair da polícia. Bas."

Então era isso, Parulkar precisava sair. Ele despontara como chefe triunfante mais uma vez, em sua última batalha, e conseguira isso se voltando contra os amigos. Agora eles queriam sua cabeça. "Por que está me dizendo isso?"

"Você é muito próximo dele."

"Sim. E daí?" Sartaj sabia a resposta, conversava para ganhar tempo, numa manobra inútil e desesperada contra as forças irrefreáveis que se moviam contra ele, que o empurravam para um canto escuro e minúsculo.

"Você pode nos ajudar."

Sartaj fechou os olhos. No fundo dos espasmos pulsantes de seu sangue ele era uma criança novamente, esperando no escuro que os monstros se retirassem de sua pele, que alguém o salvasse do sofrimento, que o sono levasse o terror embora. Tentou se acalmar, mas a confusão de lembranças tomava conta dele, lá estava Papa-ji empinando papagaio contra o céu nublado, Parulkar debruçado sobre um cadáver no primeiro caso de homicídio de Sartaj, um passeio de motocicleta com Megha durante a chuva, na monção. Ma passeando num mercado de Delhi. Sartaj esfregou o rosto, abriu os olhos. O que devo fazer, o quê? "Você não entende", disse. "Não entende que podemos estar todos mortos amanhã. Tudo pode acabar. Creia em mim."

"Talvez eu creia", Iffat-bibi deu de ombros. "Mas eles não. Bhai não acreditará. Pensarão que é algum truque. Querem Parulkar."

"Então se esqueça deles. Esqueça seu bhai. Deixe todos de lado. Diga onde é a casa."

"Não posso."

Sartaj levou a mão ao coldre. "Diga", gritou. "Diga onde é."

Iffat-bibi bateu palmas e riu. "O que vai fazer com esse negócio, seu maluco? Atirar em mim?"

Sartaj empunhava a pistola. Seu polegar resvalou na trava de segurança, ele se levantou e apontou para o rosto dela. "Conte."

"Acha que tenho medo de morrer?"

"Vou atirar. Diga onde é."

"Não posso contar porque não sei. Eles só informaram isso. Pode atirar. Meus rapazes entrarão e você morrerá num segundo, e khattam shud."

Posso atirar, Sartaj pensou. Tomar uma atitude. Faria um buraco naquele rosto branco, acima da boca aberta, e logo estaria morto também. O que acontecesse depois não saberia, seria problema alheio. Qualquer coisa que acontecesse a Parulkar, a Anjali Mathur, a Ma e Kamble e todos os outros, a Mary, não dependeria dele.

Pôs a pistola em cima da mesa e abriu os dedos da mão.

"Limpe seu rosto", Iffat-bibi disse secamente, empurrando uma caixa de lenços de papel em sua direção, sobre a mesa.

Sartaj assoou o nariz. "Tudo bem", disse. "O que deseja que eu faça?"

O trem se aproximava da estação de Dadar quando Kamala Pandey telefonou. "Umesh ligou três vezes nos últimos dois dias, e deixou recados no meu celular", ela disse. "Quer saber se houve algum progresso no caso. Ainda não conversaram com ele?"

"Ainda não, madame. Estamos muito ocupados. Temos um problema muito sério para resolver."

"Entendo."

Ela acreditava, compreensivelmente, que Sartaj aceitara o dinheiro e evitara a responsabilidade, o que não a agradou. "Não se preocupe, madame", Sartaj disse. "Resolveremos isso esta noite."

"Ótimo."

"Sinto muito, de verdade. Mas hoje mesmo vamos cuidar de tudo." Ele não estava brincando: Umesh seria uma distração interessante. Já lera todos os avisos na parede da cabine, depois pegara seu bloco e lera anotações de dois meses antes, tentando evitar pensar no que teria de fazer para Iffat-bibi. Sim, procuraria o piloto e cuidaria dele. "Houve um atraso inesperado, madame", disse, "mas hoje vamos pegá-lo." Ele observou os prédios que passavam e os vãos abruptos que expunham o céu amarelado.

Sartaj e Kamble bateram na porta do piloto e aproveitaram para dar uns pontapés, às nove e meia. Ele estava jantando com os pais e três irmãs. Havia crianças correndo pela casa, aroma de arroz e dal no ar. O pai do piloto era um senhor corpulento que usava banian e calça com listas azuis. Surgiu por trás do empregado que abrira a porta para perguntar, contrariado: "O que está acontecendo? Quem são vocês? Por que estão fazendo esta hungama?".

"Polícia", Kamble rugiu, empurrando o empregado e o pai para entrar.

Sartaj o seguiu, num ritmo mais lento, analisando a cena da família feliz. Duas das irmãs eram mais velhas que Umesh, usavam salwar-kameezes elegantes, pareciam respeitáveis e casadas. A outra irmã, mais nova, parecia universitária. A beleza da família sem dúvida vinha da mãe, mas fora distribuída de forma desigual na geração seguinte. Uma das irmãs, a mais velha, era razoavelmente bonita, apesar do peso extra que carregava nos braços e quadris. As outras duas não chamavam a atenção. Sem dúvida o piloto era a atração principal, o herói esplêndido que recebia todo o afeto da mãe, que era muito bonita. Tinha rosto comprido, estreito, cabelo branco liso, que sabiamente não pintava. Estava assustada. "Que polícia?", perguntou. "O que foi?"

"Não se preocupe, Ma", o piloto disse, estendendo a mão para acariciar seu pulso. "São meus amigos."

Kamble soltou uma risada tão teatralmente maldosa que a irmã mais nova cruzou os braços na altura do peito. "Sim", Kamble disse, "somos muito amigos de Umesh. Unha e carne com ele. Somos seus langotiya yaars. Sabemos tudo a seu respeito."

Umesh levantou-se para tentar afastá-los da mesa de jantar, da família. Tocou no ombro de Sartaj e sorriu. "Fico contente em vê-lo, Sartaj Saab. Vamos, por aqui." Ele não dava a menor impressão de nervosismo, mostrava-se relaxado e confiante.

Entraram na sala do *home theatre*, fechou a porta e passou a tranca. A sala era grande o bastante para uma cama branca e meia dúzia de poltronas de couro em semicírculo. "O que desejam?", Umesh disse. Era esperto demais para ser rude, mas foi direto.

Kamble levou as mãos aos quadris e adiantou a cabeça. "Esta porta é à prova de som?", perguntou, calmamente. A agitada conversa da sala fora deixada de lado, era agora bem civilizada, não a perturbava sequer o ruído dos carros que passavam do outro lado da janela, lançando a luz dos faróis no prédio.

"Sim, sim." O piloto estava confuso e muito curioso. "Gosto de deixar o som bem alto, nos filmes. Tenho um sistema de som de primeira. Se um avião explode na tela, a gente *sente* isso." Ele tentou um de seus sorrisinhos, no estilo menino simpático.

Kamble o esbofeteou. "Ouviu isso?", Kamble disse. "Ahn? Ouviu isso?"

O piloto levou uma das mãos ao rosto, e cerrou o punho da outra, que levou ao peito. Ficou muito ofendido. Provavelmente nunca levara um tabefe, nem mesmo da mãe. Kamble esperava, pronto e furioso, torcendo por um gesto agressivo, um palavrão, qualquer coisa. Mas Umesh era ladino demais, controlado demais. "O que significa isso?", perguntou. Abaixou as mãos e suspirou de justa indignação. Perguntou a Sartaj: "O que foi que deu nele?".

Sartaj examinava as pequenas caixas acústicas brancas instaladas perto do teto, todas certamente posicionadas para dar o efeito *surround* completo. Ele sorriu: "Acho que ele ficou bravo com você, pois tentou fazê-lo de palhaço".

"Eu? Nunca fiz nada a ele."

Kamble puxou o piloto para mais perto, pela camiseta branca. "Mas fez tudo a Kamala, filho-da-mãe."

Umesh livrou-se do puxão de Kamble. Sartaj viu os primeiros sinais de medo, os temores que se acumulavam no fundos de seus belos olhinhos.

"Já sabemos de tudo", Sartaj disse. "Pegamos Anand Agavane. Temos o telefone celular dele. Ele nos contou tudo. Disse que o fez ligar para Kamala, arrancar dinheiro dela. Sabemos que chantageava sua namorada."

"Não é nada disso", Umesh disse. "Eu não sei..." Sua pele clara corou, a voz se reduziu a um fio.

"Nem é bom tentar, Umesh", Sartaj disse. "Prefere ser algemado e levado daqui assim, na frente da sua família? Vamos revistar a casa inteira, deixar tudo de cabeça para baixo, vamos encontrar o telefone que usava para falar com Anand Agavane. Depois levamos você para o distrito. Nem é bom tentar. Ou contaremos tudo para sua mãe."

O piloto cedeu. De sua boca contorcida saiu um débil soluço. Começou a ofegar rapidamente, a saliva pingou no punho de Kamble. "Filho-da-mãe", Kamble disse, e o soltou.

"Posso sentar?", Umesh perguntou. Kamble deu um passo para o lado, o piloto cambaleou até uma das poltronas pretas e sentou no braço, de cabeça baixa, apoiando os braços nas coxas.

Kamble puxou outra poltrona para perto dele e encostou nela. Chutou o joelho de Umesh com a ponta do sapato e disse: "Achou que tinha aprendido tudo, vendo meia dúzia de filmes americanos? Pensa que é algum maharathi? Arre, todos os dias prendemos vagabundos da sua laia. E enfiamos um bambu na gaand deles. Mas você é pior que qualquer maderchod, pois chantageou a própria namorada. Tirou dinheiro dela." Kamble virou de lado para cuspir no chão. "Bhenchod, já vi muitos chutiyas que venderam a irmã para faturar um trocado, mesmo assim eles são melhores que você." E cuspiu de novo.

"Sinto muito", o piloto disse. "Sinto muito." Chorava, limpando o rosto com as mãos, na camiseta branca que valorizava seus braços musculosos.

Sartaj notou que Kamble evitava atingir o carpete branco com suas expectorações, o que indicava que queria ficar com ele. No que dizia respeito a Sartaj, tudo bem. Um carpete branco não passava de exibicionismo tolo, naquela cidade. Era preciso manter as janelas fechadas e o ar-condicionado ligado dia e noite para evitar que a poeira e a poluição o encardissem. "Umesh", Sartaj disse. "Olhe para mim. Olhe para mim. Agora diga, por que fez aquilo?"

O piloto balançou a cabeça, esfregou os olhos vermelhos. "Papai sofreu uma angioplastia", ele disse. "Custou muito dinheiro. E Chotti precisa casar."

Kamble estalou as juntas dos dedos. Seu riso era feroz. "Você é um pobre coitado, certo? E sua namorada nadava em dinheiro, né?"

Umesh estava emocionalmente incapacitado de perceber o sarcasmo. "Arre, mas que despesas ela tem? Mora com o marido, ele paga até a gasolina do carro dela. Todos os meses ela guarda...", e estendeu os braços, "um pagamento desse tamanho, e ganha dinheiro dos pais. E ainda me faz gastar com ela. Aposto que ela não contou isso. Exige presentes, os melhores hotéis. Acreditem, aquela mulher é muito cara."

Sartaj inspirou e disse, suavemente: "Sei, além disso precisava de dinheiro para comprar este equipamento sofisticado. Bons carpetes são caros. E quanto custa um conjunto de caixas acústicas importadas como esta eu nem desconfio".

Umesh afundou na poltrona, e quando ergueu a cabeça havia decidido usar seu charme. Deu de ombros, cínico, piscou o olho maliciosamente para Sartaj, um homem do mundo conversando com outro. "Todo mundo tem necessidades, senhor. Todo mundo. Estou certo de que podemos chegar a um acordo."

"Como é?"

O piloto se levantou, apoiando a mão na poltrona. As pontas lisas dos dentes formavam um arco perfeito sob os lábios grossos. "Kamala tem muito dinheiro, yaar. Dá para todos nós repartirmos..."

Algo parecido com um soluço saiu da garganta de Sartaj, que enfiou o punho cerrado na boca de Umesh. Uma pontada dolorida subiu até o ombro de Sartaj, e o estalo de osso contra osso foi imensamente gratificante. Sartaj deu outro soco, Umesh caiu da cadeira, que tombou. Sartaj deu a volta e se aproximou de Umesh. Mirou com cuidado os chutes, o terceiro acertou Umesh nas costas, e o prazer latejava na cabeça de Sartaj. Gritos encheram seus ouvidos.

Uma mulher de cabelos brancos se debruçara sobre Umesh, surgiram manchas vermelhas no carpete, Kamble segurou Sartaj com força, passando os braços em torno do peito, e o puxou. Sartaj libertou-se, virou e abriu caminho por entre as mulheres que gritavam, passou pela porta, foi para a rua. Parou na frente do prédio, peito e mão doloridos, ergueu a mão e viu que saía um sangue escuro do corte no nó dos dedos. Queria bater em mais alguém, mas os carros passavam, fora de alcance, e só lhe restou chutar a quina de um muro meio podre, e praguejar.

Ganesh Gaitonde volta para casa

"Se acontece num filme, não pode acontecer na vida real", Jojo me disse. Quando eu lhe falei de meu medo de queimaduras de radiação, bombas e prédios derrubados por um vento mortífero, ela afirmou: "Coisa de cinema". Mas eu sabia que não. Vira cenas de minha própria vida numa dúzia de filmes, por vezes exageradas, por vezes reduzidas, mas sempre verdadeiras. Eu era filmi, e era real.

Conhecia Jojo havia anos, sabia que ainda era meio irreal para ela. Além de seu amigo eu era Ganesh Gaitonde, o chefão do crime, o khiladi internacional implacável, o crorepati e arabpati que vivia em palácios. Para a imensa maioria das pessoas, gângsteres e espiões só existiam como personagens, como idéias brilhantes e temporárias emitidas por equipamentos eletrônicos e celulóide. Mas eu era um gângster e espião de verdade, sabia que os homens são capazes de tornar reais os produtos de sua imaginação. E estava aterrorizado.

Eu me dizia todas as manhãs que não havia razão para temer. Talvez Gaston, Pascal e os outros tripulantes do barco tivessem sofrido exposição a materiais radioativos nas docas, ou em outro lugar. Todos os tipos de materiais eram transportados, alguns pertenciam a órgãos do governo. Talvez houvesse um vazamento numa das usinas nucleares importantes. E, mesmo que tivessem trazido material radioativo no barco, podia ter sido dentro das máquinas destinadas a atividades agrícolas comandadas por Guru-ji. Sim, sem dúvida a questão era essa. De todo modo, foi um acidente. Por que, afinal, eu estava tão apavorado? Não precisava ficar assim. Talvez eu tivesse convivido tanto tempo com o medo de minha própria morte que ele crescera até gerar aquele pavor monstruoso dentro de mim, aquele veneno latejante que ameaça matar o mundo.

Mas daria tudo certo. Guru-ji voltaria de sua jornada secreta de meditação, yagna, ou sei lá o quê, e me diria exatamente o que havia acontecido com Gaston e Pascal. Final da história. Ele me acalmaria, a vida retornaria à rotina. Eu me lembrava de todas as conversas, esforcei-me para repassar — em minha imaginação — nossa história juntos. Reli os arquivos onde guardara todos os pravachans, mais uma vez fiquei deslumbrado com sua sabedoria, aliviado por sua compaixão. Vi gravações de suas palestras e chorei. Passei horas navegando pelo site de Guru-ji, lendo as centenas de testemunhos escritos pelos discípulos, olhando os rostos felizes das pessoas que ele salvou do desespero, da loucura e da doença. Todas as manhãs eu sentia que tudo acabaria bem, que um homem tão preocupado com seus semelhantes — crianças órfãs, mulheres abandonadas, idosos e despossuídos — só podia ser um homem do darma. Se Guru-ji importou armas para o país, foi para proteger a moralidade, garantir direitos e deter o mal. Eu era seu discípulo, vivia protegido pela teia de seu amor. Estava seguro. Ri de mim, censurei-me pela falta de fé. Dediquei-me ao trabalho. Mas logo sucumbi ao horror outra vez, rodeado de cadáveres descamados, podres, oprimido por um vento que soprava dentro da minha cabeça e só deixava o vazio.

Como um verme, o medo cresceu e engordou nesse vácuo. Eu temia os assassinos que viriam por cima e por baixo d'água. Arvind e Suhasini haviam sido mortos em Cingapura, atiraram em Bunty em Mumbai, muitos outros morreram. Eu sabia que Suleiman Isa queria me matar, e suspeitava que Kulkarni e sua organização queriam me ver morto, eu pensava, certas manhãs, que cooperavam na montagem das operações. E debaixo desses medos havia sempre aquela outra coisa, um terror silencioso que brilhava como o azul de uma onda matinal. De tarde eu olhava para o vidro cintilante das escotilhas e tentava tirar uma soneca, enfiava a cabeça nos lençóis brancos e procurava o esquecimento. Comer parecia perda de tempo para mim, jantar com os rapazes, uma longa tribulação, e as mulheres não me davam satisfação. Sim, eu expulsava virgens de minha cama, pois o espasmo final do prazer não valia todo o esforço exigido pelo ato ridículo. Sentia-me velho e vazio. Demorava horas para pegar no sono, e quando isso acontecia era um sono leve, atormentado por sonhos de terras devastadas, de cidades em chamas.

Nas primeiras horas da manhã, por vezes, eu conseguia sonhar com Mumbai. Num devaneio, eu me via naquelas vielas, era jovem e feliz novamente. Revivi minhas vitórias, as vezes em que escapei por pouco, meus triunfos de tática e estratégia. E não lembrava só momentos grandiosos — marcas históricas que a cidade inteira guardava —, mas também detalhes ínfimos e conversas triviais. Uma neer dosa compartilhada com Paritosh Shah num udipi de beira de estrada perto de Pune, Kanta Bai dando cartas em cima de um caixote virado. Jogo de bilhar com os rapazes no terraço de minha casa em Gopalmath, quando os ventos das monções balançavam os fios nos telhados do basti. Nessas manhãs eu acordava feliz. Confiava estar tudo bem, não havia motivo de preocupação. Ao anoitecer eu estava tremendo de novo.

Se ao menos conseguisse falar com Guru-ji. Não conseguia encontrá-lo. Os meses passavam, e Guru-ji continuava sumido. Claro, mandei que meus rapazes o procurassem, mas eu sabia que começavam a se ressentir da minha invasão em seu tempo, que preferiam gastar ganhando dinheiro. Eram muito gentis, claro, cumpriam as ordens recebidas, mas eu sabia que seu esforço não era exatamente entusiasmado, e que os relatórios constantes de "Não encontramos nada, bhai", encobriam o fato de que não haviam procurado. Bunty mal saíra do hospital, vivo porém aleijado, morto da cintura para baixo. Claro, providenciamos os melhores cuidados médicos para ele, a melhor tecnologia. Falava com ele todos os dias, continuava trabalhando, assumira suas responsabilidades, mas não tinha mais energia para coordenar os rapazes, obrigá-los a procurar com dedicação. Não ajudava em nada eu não poder contar exatamente por que procurávamos Guru-ji. Só tinha minha imaginação insana, não queria parecer maluco, não queria criar pânico. A vida precisava prosseguir normalmente, o trabalho precisava ser feito, o dinheiro precisava ser ganho. Além disso, eu não poderia revelar minhas razões sem expor as ligações com Guru-ji, sem entregar tudo que mantivera em segredo por tanto tempo. Só disse que precisava encontrar Guru-ji, mais nada. Não havia porém nenhum avanço na missão, nenhum sucesso, nem mesmo uma pista.

Por isso fui para Bombaim.

Parti de Frankfurt com um passaporte alemão de primeira, em nome de Partha Shirur, e passei facilmente pela imigração e pela alfândega. Uma hora depois estava num bangalô em Lokhandwalla. Para todos os efeitos era um comerciante da NRI, sediado em Munique, que retornava à Índia depois de muito tempo no exterior, em busca de oportunidades de negócios. E lá estava eu, sentado de repente numa cadeira de bambu no terraço de casa, que se chamava "Ashiana". Eu suava na camisa, mas me divertia. Pedi um copo de água-de-coco, bebi saboreando o fedor específico de Bombaim no ar sujo, a fumaça de escapamento, a poluição e a água do brejo. Atrás de mim uma pilha de prédios formava uma muralha nas minhas costas, na frente havia uma rua de terra ladeada de postes de luz, depois a escuridão frondosa. Senti-me revigorado, a fumaça do avião se afastava de mim conforme eu ouvia o cantar dos grilos. Cachorros brigavam na esquina, latindo uns para os outros. Eu estava contente.

Ouvi uma comoção na escada, depois um ronco baixo e um zumbido de cadeira de rodas. Mas não era Guru-ji e sim Bunty, navegando até o pequeno espaço no telhado. Claro, conseguimos para ele uma cadeira exatamente igual à de Guru-ji, apesar do custo. Ele merecia ao menos isso.

"Bunty", falei, "Filho-da-mãe, você parece um piloto de corrida neste negócio."

"Bhai", ele disse, "é uma boa máquina."

Ele parecia perdido na própria pele, como se houvesse encolhido para dentro de si. Precisei me abaixar para abraçá-lo. "É a melhor, meu amigo. Você subiu a escada com ela?"

"Não, bhai", ele riu. "Ainda não sou tão bom quanto seu outro amigo. Precisaram me carregar para cima." Ele apontou com o polegar para três rapazes que estavam perto da porta, do outro lado do terraço. Via seus rostos graças à luz da escada, todos novos. Não conhecia nenhum deles.

"Peça a eles que desçam", falei.

Ele os dispensou com um gesto. "Eles não o reconhecem mais", disse. "Se passasse na rua, eu não saberia que é você."

"Melhor cirurgião, foi um ótimo resultado."

"Sim. Mas precisamos tomar cuidado, bhai. Uma reunião."

"Uma reunião." Era nosso plano. Eu ficaria na cidade, mas incógnito. O governo usava a MCOCA para mandar nossos rapazes para a cadeia, os especialistas em encontros os matavam mais depressa do que nunca. Vivíamos uma época muito perigosa. No que dizia respeito à minha companhia, eu ainda estava na Tailândia, em Luxemburgo ou no Brasil. Usaria o equipamento de comunicação segura para falar com Bunty. Estaríamos próximos, mas agiríamos como se estivéssemos longe. Precisávamos fazer uma reunião, porém, pelo menos uma. Eu havia dito isso, e a ordenara mesmo sabendo que me arriscava muito. Disse que não me importava se ele estava sendo vigiado pela polícia e pelo pessoal de Suleiman Isa, nem pela CIA com todos os seus satélites. Ele levara os tiros por mim, eu queria vê-lo cara a cara. Estávamos juntos havia muito tempo. Puxei minha cadeira para mais perto, sentei ombro a ombro com ele. "Tome", falei. "Para você, chutiya. Trouxe da Bélgica, um Rolex de platina genuíno, com diamantes no mostrador e na pulseira. Consegui com nossos amigos de lá, e mesmo assim custou vinte e dois mil dólares."

"Bhai." Ele segurava o relógio nas mãos em concha, como se fosse um ídolo sagrado trazido de uma peregrinação. "Vinte e dois mil dólares. Isso é bom demais. Muito além de masst, nem sei o que dizer."

"Não diga nada, filho-da-mãe. Ponha."

Ele o colocou no pulso e ergueu o braço para admirar o Rolex. Havia um arroubo adolescente em seu sorriso, prazer pela jóia inesperada. Temia arranhá-lo, bater em algum lugar e perder um diamante. Cruzou as mãos com cuidado no colo, ao falar, e o apoiou nas coxas definhadas. Conversamos de negócios e sobre sua família, de importação, exportação, investimentos, ações, quem havia morrido e quem continuava vivo. Foi uma conversa boa e necessária, mas eu me dei conta, enquanto falávamos e brincávamos, que não era a conversa que importava, mas a visão dos dentes manchados de paan daquele pequeno gaandu leal, a possibilidade de estender o braço e tocar seu ombro. Podemos ouvir os sons através das linhas telefônicas, mas não é igual à verdadeira voz de um homem. Era bom sentar a seu lado, falar até que os pássaros iniciassem seu concerto matinal. Como nos velhos tempos.

Ele partiu depois de tomar café-da-manhã comigo. Desci até o portão do jardim com ele, observei enquanto subia disposto pela rampa na traseira da van. Ele virou a cadeira de rodas sobre seu próprio eixo, para poder ficar de frente, e ergueu a mão para acenar para mim. Acenei também, maravilhado com a cadeira e com o espírito de Bunty, que aprendera a manobrá-la em espaços tão pequenos. A van afastou-se levantando poeira — sempre havia poeira naquela cidade, sempre aquele suor pegajoso, poluído — e entrei de volta na casa. Estava cansado, mas confiante, pois era Ganesh Gaitonde e os homens sacrificavam seus membros e sua potência por mim, sofriam dores, paralisia e contudo —

mesmo depois do constrangimento de mijar em sacos plásticos — se ofereciam para me servir novamente. Gostavam de trabalhar para mim, os rapazes. Um relógio dado por mim valia tanto para eles quanto uma medalha do presidente. Sim, eu encontraria Guru-ji. Disso eu tinha certeza. Ele não conseguiria escapar de mim. A cidade me pertencia, o país me pertencia. Eu tinha armas e dinheiro, poderia encontrá-lo. Lá dentro, cerrei as cortinas por causa da claridade, liguei o ar-condicionado e fui dormir.

Os rapazes de Bunty não me reconheceram, e não foi difícil convencer o resto da companhia que eu continuava em águas estrangeiras. Mas Jojo, a kutiya esperta, desconfiou de algo desde o começo. Liguei para ela na primeira tarde, e antes mesmo que eu pudesse dizer boa-tarde ela me interpelou.

"Gaitonde", ela disse. "O que aconteceu?"

"Não aconteceu nada. Por que deveria ter acontecido alguma coisa?"

"Você nunca me telefona tão cedo, de tarde."

"Estou livre hoje, resolvi telefonar. Vai me processar por causa disso?"

Ela se calou, mas só por um momento. Depois atacou, perigosamente suave. "Então, onde você está, Gaitonde?"

"Onde poderia estar? Em casa, no meu quarto."

"Mas onde?"

"Por que quer saber?"

"Estou só perguntando. Por nada."

"Em sua vida inteira você nunca fez nada 'por nada'."

"Então, onde está?"

"Em Kuala Lumpur."

Um carro passou na esquina, lá fora.

"Este som é igual ao do Ambassador. Existe Ambassador em Kuala Lumpur?"

Alguém deveria ter contratado Jojo como espiã. Ela tinha razão, um Ambassador dobrara a esquina, perto do portão, e agora desaparecia ao longe, na rua. "É um jipe japonês, idiota", falei.

"Então agora os japoneses resolveram fazer katharas barulhentos. Está bem. Mas os pássaros da Malásia cantam assim? E as crianças jogam críquete?"

Eu estava num bangalô exclusivo, caro, mas não havia como escapar ao barulho, claro. Havia corvos, molecada jogando críquete na esquina, além de trabalhadores da construção civil a duas quadras dali, gritando em telugo. De algum lugar vinha música de cinema, mas baixa, de rádio, distante. Tapei o fone com a mão e virei para o canto. "Há muitos indianos no prédio", falei. "Não discuta comigo. Não estou a fim."

"Tudo bem, Gaitonde. Como vai a vida?"

Como ia minha vida: eu me sentia velho, sozinho, apavorado. "Minha vida está ótima", falei. "Absolutamente espetacular. Fale sobre a sua."

Ela me falou: problemas com as moças que pediam mais dinheiro do que valiam, um vazamento da parede do apartamento, que minava água apesar de ter sido impermeabilizada duas vezes, um programa de televisão que escapara por entre seus dedos. Ouvi e pensei como a conhecia bem, e como ela me conhecia bem. Com Jojo, a distância não fazia diferença. Quer estivesse perto ou longe eu sentia sua presença como se estivesse sentada do meu lado. Aprendêramos a conhecer o ritmo da respiração do outro, de modo que, ao falarmos, o ritmo era fácil, como um menino e uma menina numa gangorra, lançando o outro para o alto, no ar, como acrobatas de circo girando para encontrar o outro no meio do percurso.

Jojo era real para mim, a distância não fazia diferença. Estava a menos de três quilômetros de seu apartamento, menos ainda se cruzasse o mar e o charco. Poderia chegar lá em dez minutos. Poderia ter subido a escada, batido na porta e pedido uma xícara de chai. Mas não tinha vontade de ir, nenhuma necessidade de vê-la. Ela estava comigo, mesmo distante. Eu podia senti-la dentro de mim. Era mais real para mim do que eu mesmo, que estava desbotado, partido em pedaços. Era esta a verdade. Eu mal conseguia admitir, mas era a verdade. A coisa que eu chamava de eu parecia um cobertor velho, puído, remendado, quase em farrapos. Eu havia sido um dia Ganesh Gaitonde, glorioso, único para o mundo inteiro, e agora fora embora de mim. Sentia-me como um menino caminhando sozinho por uma planície infinita coalhada de piras funerárias, apavorado e perdido. Naquela névoa cinzenta, na qual eu não sabia mais o que era bom ou o que valia a pena, eu me agarrava a Jojo. Ela era minha força, meu único prazer, minha âncora e minha única amiga. Ouvi seus relatos, ri, juntei forças para minha busca.

"Gaitonde", ela disse, "até parece que você está sentado numa esquina de Tardeo. Mas você muda tanto de lugar que chega a confundir até a mim, e não apenas a si mesmo. Deveria passar um tempo no mesmo lugar. Mesmo que seja Kala Langur."

Disse-lhe o que poderia fazer com sua Kala Langur, o que a fez rir, e depois ela me contou a história de uma mulher que fora para o Nepal passar férias e acabou seqüestrada por um urso que se apaixonou por ela. "Sério, Gaitonde, isso aconteceu. Os ursos seqüestram mulheres o tempo inteiro." O que, pelo que entendi, era um argumento enviesado para justificar a permanência em casa. Eu não lhe disse que não podia ficar no mesmo lugar, que não me restava escolha, precisava viajar. Só fiquei ouvindo, e no dia seguinte parti para Delhi. Cinco dos meus rapazes me encontraram lá, a equipe principal do iate. Eles haviam saído de aeroportos espalhados pelo país, além de Sidney, Cingapura e Mombaça, e se hospedaram em dois hotéis da grande Kailash. Seria meu esquadrão especial, meus comandos infiltrados. Nikhil, assistente de Bunty, viera de Mumbai para liderar o contingente. Ele não estava exatamente feliz por deixar para trás as lucrativas operações e a família em Mumbai, mas eu insisti e ele fez as malas. Sabia muito bem que era melhor não discutir comigo. Estava careca aos trinta anos, possuía a paciência impassível de um velho. Cuidara dos detalhes: os rapazes tinham bons disfarces, documentos novos que haviam sido manipulados para adquirir aparência de antigos, roupas sóbrias e cortes de cabelo decentes. Tinha dinheiro e armas, estávamos prontos para partir.

Começamos em Chandigarh. Guru-ji sofrera o acidente de motocicleta que o aleijara em Pathankot, e fora levado a um hospital de Chandigarh. Durante a convalescença formara um vínculo com a cidade. Foi ali, no meio daquelas avenidas largas e rotatórias, que ele finalmente instalara os pais, e ali construíra seu primeiro ashram e a sede. O conjunto do ashram era grande desde o início, mas agora ocupava mais de quarenta hectares na periferia do setor 43. Fomos para Adarsh Nagar no final da tarde, com o sol batendo nos ombros. O imponente portão azul da entrada era guardado por sadhus de roupa branca, a costumeira mistura de indianos e estrangeiros. Nikhil telefonara antes, marcara uma reunião com o sadhu Anand Prasad, que era o diretor de Adarsh Nagar e o sadhu mais importante da organização, em nível nacional. Os sadhus de sentinela telefonaram, e Nikhil conversou com eles. Enquanto esperávamos, desci do carro e caminhei até a barreira. O portão em si já era um monumento, como uma daquelas gigantescas casas de guarda que vemos na frente de castelos e fortalezas, com salas, salões e depósitos de armas. A casa de guarda de Guru-ji era azul reluzente, com delicadas torres redondas, pináculos pontudos e pequenas sacadas, e apesar do tamanho parecia leve, como se tivesse sido transportada de outra era. Poderia guardar o palácio de Hastinapur, ou erguer-se na frente da fortaleza dourada de Ravana. Dentro do complexo havia uma área gramada, verde, bem aparada, longos bulevares e prédios afastados uns dos outros, todos em azul e branco. Havia árvores bem podadas e bandeiras brancas e alaranjadas ao longo das ruas. O arco sombreado do portão exalava a fragrância dos pés de flores amarelas que acompanhavam a cerca de aço.

"Pronto, bhai", Nikhil chamou. "Já podemos entrar."

Seguimos de carro, passando por sadhus que caminhavam enérgicos, em pequenos grupos. Pairava um silêncio infinito naqueles jardins, uma quietude distante do tempo, até as revoadas de pássaros ao entardecer faziam pouco barulho. Crianças corriam pelos gramados, ou caminhavam em colunas ordeiras, baixando as cabeças em namaste quando um adulto passava. Eu conhecia o ashram por vídeo, mas ao vivo parecia menor do que na tela. Mas era perfeito em sua forma, quadrado, bem equilibrado. Na outra extremidade do terreno havia mais um portão azul, e dois outros a leste e oeste, e exatamente no meio deles, no centro geométrico do terreno, se erguia uma impressionante pirâmide de mármore branco, com a ponta erguida para o céu. Era o prédio principal da administração. Estacionamos na frente e passamos por mais um grupo de sadhus assessores. Chegamos a um salão cheio de sofás baixos, onde esperamos.

Foi Nikhil quem finalmente falou o que todos estávamos pensando. "Bhai", ele disse, "puseram muito dinheiro aqui. Talvez estejamos no ramo errado."

"Nunca é tarde para ser feliz", falei. "Quer fundar uma religião?"

"Vamos lá." Ele coçou o saco. "Você será o chefe. Eu cuidarei das finanças."

"Ou seja, eu faço todo o trabalho e você fica com a maior parte do lucro, seu maderchod ganancioso. Pelo menos faça as regras da nova fé. Qual será sua filosofia?"

O chutiya não teve o menor problema para inventar uma religião. Refestelado no sofá, com as mãos dobradas confortavelmente sobre a barriga e os pés na mesa, disse: "Só precisamos de uma única regra. Atinge-se a graça ao dar dinheiro ao bhai. Quanto mais der, mais carma abandona. Dê tudo, e garantimos mocsa."

Os rapazes riram e gargalharam, e eu também sorri. Mas, no fundo do coração, aquela ridicularização, aquele escárnio fácil, chegava a doer. Guru-ji sem dúvida ganhava muito dinheiro, mas eu não acreditava que o dinheiro em si fosse seu objetivo. Sabia que não. Não ousava dizer que conhecia o funcionamento de sua mente, mas sabia que havia um plano maior que ganhar dinheiro, que havia uma coerência por trás da ordem impecável do ashram. Só não entendia o significado daquele mantra, não sabia falar sua língua, não compreendia o que os quadrados lá dentro queriam dizer.

Enquanto eu me debatia com aquela confusão de religiões e estéticas, o secretário de Anand Prasad nos chamou para seu escritório. Deixei que Nikhil fosse na frente, e entrei atrás dos outros. Nikhil falou, disse que era o chefe de uma associação de NRI interessada em doar dinheiro para as obras de caridade de Guru-ji. Enquanto ouvia, surpreendi-me com a beleza daquele sadhu Anand Prasad. Sua pele parecia chocolate, reluzente, a brilhar em contraste com o robe branco que usava, e embora tivesse pelo menos cinqüenta anos, seu cabelo escuro e longo caía sobre uma testa sem rugas. Tinha um ligeiro sotaque sulista, e nunca em minha vida vira um tâmil tão belo. Seu secretário, um holandês alto, louro, exibia feições dignas de um ator. O secretário mantinha-se atrás da cadeira de Anand Prasad, e juntos — naquele escritório arejado, cheio de móveis cobertos de seda — pareciam um anúncio dos métodos de Guru-ji. Eram lindos.

Nikhil exigia um encontro com Guru-ji. Disse a Anand Prasad que sua organização dispunha de milhões para doar, que os membros eram empresários indianos, programadores de computador e médicos do país inteiro, ansiosos para contribuir. Mas eram seguidores de Guru-ji, para doar precisavam encontrá-lo pessoalmente. Se não fosse em pessoa, que tal uma videoconferência? Ou pelo menos um telefonema inicial.

"Lamento muito", Anand Prasad disse. "Mas Guru-ji está em um retiro. Antes de partir, deu instruções rigorosas. Não pode ser incomodado, nem mesmo em caso de emergência. Na verdade, nem posso entrar em contato com ele. Ignoro onde esteja, ou como me comunicar com ele."

"Ele entra em contato com vocês, então", Nikhil disse.

O dar de ombros de Anand Prasad foi elegante como uma dança. "Não", disse. "Ele realmente se foi." Ele gesticulou com as duas mãos, feito um mágico. "Pode-se dizer que desapareceu. Só voltará quando quiser."

"Ele não voltaria nem por um milhão de dólares?", Nikhil perguntou. "Ou pelas crianças pobres? Pelas mulheres famintas?"

Ele estava tentando, mas percebi que era inútil. Anand Prasad não sabia, e o que soubesse, não diria. "Esqueça", falei a Nikhil. "Este maderchod está por fora. Não sabe de nada."

Anand Prasad ficou chocado. Seu ar sagrado esbanjava boa aparência, ninguém falava com ele desse jeito. "Como é?", disse. "Quem é você?"

Dei dois passos até sua mesa. Ao lado de um porta-canetas requintado e três telefones havia um altar dourado em miniatura, na forma de uma águia, com dois palmos de comprimento. Eu o ergui. Era muito detalhado, com tijolos e o samagri dentro do altar, pronto para ser queimado. Senti seu peso na mão, pressionava minha palma de modo impressionante. A fumaça do sacrifício chegava a minhas narinas, a fragrância que sinalizava tanto a vida quanto a morte. A ansiedade me sufocava, afogava. Onde estava Guru-ji? Por que não falava comigo? O que estava errado?

"O que é isso?", perguntei. "Ouro?"

"Espere um pouco", ele disse.

Levantou-se da poltrona bufando, indignado, cheio de si. Dei mais um passo, ergui o altar e acertei a cabeça dele. "Não", falei. "Espere você." O metal retiniu como um sino, um filete de sangue apareceu no vidro da janela. "É duro", falei com satisfação. "Mas não é de ouro." Anand Prasad debatia-se no chão, ao lado da poltrona, com o robe na altura da cintura. Chutei o desgraçado, levantei-o pegando pelo ombro, e continuei a usar o altar. Encontrei calma nos golpes, uma concentração que tomou conta de mim como um banho de água fria. Os golpes saíam em ritmo constante, junto com a respiração, como se eu meditasse. Perdi-me em seu alívio, noites de medo e raiva passaram com aquela satisfação. O altar ficou coberto de sangue e Anand Prasad morreu.

Larguei-o, seu crânio estalou de leve no mármore. Os rapazes me observavam de olhos arregalados. Nikhil apontara o ghoda para o holandês, que se encolhera num canto. "Não", falei, "nada de tiros. Isso é um recado. Faça como eu fiz." E deixei cair o altar.

O holandês só teve tempo de soltar um grito antes de o pegarem. Abri a porta, dentro havia um toalete reluzente, um banheiro executivo completo. Os sadhus do alto escalão não negavam a si nenhum benefício, com certeza. Acendi a luz e olhei meu rosto no espelho: olhos injetados, sangue no rosto. Lavei-me, na sala o holandês morria gemendo e esperneando. Quando saí, os rapazes se ajeitavam.

"Melhor limpar tudo, bhai", Nikhil disse, com o peito arfando. "Impressões digitais."

Havia cabelo grudado no altar, e pedacinhos de pele. "Vamos levar", falei. "Depois jogamos fora."

Quando os rapazes terminaram de se limpar, saímos. Caminhamos até a rua com tranqüilidade, lentamente, entramos no carro e fomos embora devagar, acenando para os sadhus ao passar pelo portão.

Tínhamos nossa rota de fuga previamente traçada. Em nosso esconderijo havia uma muda de roupa e um Sumo preto à espera. Eu havia treinado meus rapazes direitinho. Limpamos o Maruti Zen que havíamos usado para ir ao ashram e fomos embora. Seguimos para o sul, no rumo de Delhi. Passamos por fileiras de ônibus de passageiros e caminhões carregados, por um tempo ficamos atrás de um cortejo de casamento. Estava calmo agora, no lusco-fusco. Agora Guru-ji teria de falar comigo. Eu havia feito algo muito errado, e ele precisava me punir. Seria obrigado a telefonar e me censurar. Eu pediria desculpas, claro, mas revelaria o motivo e ele compreenderia. Ele me perdoaria.

Deixamos para trás as fábricas, lojas e dhabas, agora os campos de salsaparrilha e trigo se estendiam até o negro horizonte. Os postes de luz passavam depressa por nós, erguendo e baixando seus cabos acima de nossas cabeças. Quando eu era criança, ao viajar chacoalhando num ônibus de Digadh a Nashik, imaginava que os postes me chamavam quando eu os deixava para trás, quando mergulhavam no passado. Mas naqueles dias distantes eu não via tantas fazendas prósperas, casas pucca com antenas parabólicas apontadas para o céu. Tudo havia mudado.

Mas nada mudou. Confirmei essa verdade no país inteiro. Nas semanas seguintes viajei com Nikhil e meus rapazes, fizemos um ziguezague bharat-darshan. Fomos aos ashrams de Guru-ji, a suas sedes e empresas. Seguimos pistas, boatos, rumores, dicas e palpites. De Chandigarh a Delhi, Ajmer, Nagpur, Bhilai e Siliguri. Voltamos a Jaisalmer, fomos a Jammu, Bhopal e Digboi. Paramos em Cochin por uma semana, para que Nikhil pudesse se entupir de antibióticos e curar uma intoxicação que o levava ao banheiro a cada meia hora. Alugamos um bangalô de turistas à beira-mar, observamos as redes de pesca chinesas subir e descer na água. Enquanto isso Nikhil lutava, o médico fazia um exame atrás do outro. Após onze testes, falei ao desgraçado que já chegava daquela enganação. "Que enganação, saar?", ele disse, com sotaque malaio.

"Talvez aqui receba outro nome", falei. "Mas é a mesma porcentagem que você ganha do laboratório, trinta por cento. Aposto um lakh nisso. Quer trinta por cento? Eu lhe dou trinta por cento." E lhe mostrei as costas da mão. Depois disso ele passou a ser quieto e obediente como uma randi espancada, ministrava as cápsulas, baixava a cabeça e sumia dali. Não resisti, tinha de mostrar ao filho-da-mãe o lugar dele, mas era ruim, isso. Precisávamos agir discretamente, eu sabia. Mas o gaandu me irritou. Usava calça jeans, dirigia um Capri, não parava de falar que receitava os medicamentos "mais modernos", mas conduzia sua prática da mesma maneira que os médicos dos vilarejos, que davam injeções de água nos camponeses iletrados. Era igual na Índia inteira — conhecemos agricultores que usavam telefone celular e matavam as filhas e filhos que se casavam fora de suas castas, compramos garrafas de água mineral de chokras sarnentos descalços cujos braços estavam cobertos de escaras. Nikhil reclamava amargamente todas as noites das conexões telefônicas precárias que caíam quando tentava conectar o laptop e ler seus e-mails, e finalmente em Coimbatore um plugue sem aterramento fritou o requintado Sony Vaio e o liquidou para sempre. Agora ele cagava doze vezes por dia, disse que temia morrer cagando naquele trono branco naquela maderchod cidade malaia naquela fossa de país harami.

Até nos ashrams de Guru-ji reinava a confusão. Eu conhecia bem aquilo. O caos se infiltrara pelas cercas de aço, penetrara nos portões azuis, nos mantras protetores. No país inteiro os ashrams haviam sido construídos conforme o mesmo projeto. Fosse pequeno ou grande, numa cidade ou no interior, cada ashram tinha a mesma orientação norte-sul e os mesmos quatro portões azuis. Os prédios e distâncias variavam de tamanho, aumentando ou diminuindo, mas a distribuição era sempre igual. Depois de entrar em um ou dois ashrams já sabíamos como nos orientar lá dentro, sabíamos que o primeiro prédio após o portão principal, à esquerda, era a loja de artesanato, que a lavanderia ficava sempre escondida no canto nordeste. E sempre, sempre, havia uma pirâmide no centro, que era sempre o local mais sagrado, o mais poderoso, a sede. Conforme íamos de um ashram idêntico a outro, atrás de informações sobre o paradeiro de Guru-ji, comecei a entender o sentido geográfico, o significado da distribuição espacial. Era como conversar com Guru-ji, ver aqueles lugares que estavam gravados em sua mente, e foram inteiramente criados por seu conhecimento e imaginação. O cenário todo se concentrava sempre na pirâmide de mármore, que parecia um tradicional templo indiano, mas não era igual. Ali, num edifício completamente desprovido de imagens, estava o trabalho da mente e o que havia para lá da mente. Ali havia administração e meditação, darma e mocsa. Distante do ponto central, na periferia, ficavam os prédios de serviços, lavanderias e geradores, banheiros públicos e pavilhões de arte. No meio, distribuíam as escolas infantis, dormitórios para casais, clínicas médicas e setor de comunicações. Perto do centro, distante dos prédios onde os devotos comuns podiam entrar livremente, havia residências, viharas e salões dos sadhus, dos que haviam desistido do mundo. Eles formavam um círculo preciso em torno da pirâmide, para além do qual havia apenas libertação.

Eu compreendia a lógica e a progressão do local, o movimento de fora para dentro. As relações entre pontos e ângulos, a arquitetura das construções, eram a geometria do tempo e da vida. Eu ouvira Guru-ji falar muitas vezes das eras humanas, das filiações a castas e grupos, do lugar das mulheres numa sociedade justa, da educação das crianças — e ali, nos ashrams, era tudo organizado para que o olho capaz de discernir percebesse isso. Ali havia uma ordem que era a ordem do intelecto de Guru-ji. Ler aquelas paisagens era ouvir um sermão, e agora eu podia entender claramente sua visão, sua idéia de como deveria ser o país, e depois o mundo inteiro. Ele queria transformar e elevar a Índia a essa paz dos verdes gramados, levá-la à perfeição. Algumas partes de Cingapura exibiam a limpeza que ele desejava, mas não havia cidade na Terra com aquela simetria, com a coerência interna que equilibrava com precisão lojas e centros de meditação, permitindo a visão do templo pelos arcos perfeitamente alinhados da biblioteca e da lavanderia. Os prédios e os portões azuis pareciam do passado, como os cenários dourados das séries mitológicas na televisão, mas eram o futuro de Guru-ji. Era esse o amanhã que ele queria trazer para nós, o satyug que intencionava criar.

Mas o presente estava resistindo. Em Coimbatore, perto do portão leste do ashram, uma figueira-de-bengala antiga caíra certa manhã, derrubando onze metros de cerca, o que permitiu a invasão de um rebanho de cabras; elas devoraram três canteiros de rosas antes de serem apanhadas e expulsas. Em Chandigarh ocorreu um escândalo sexual envolvendo o sadhu chefe, três discípulas adolescentes e um comissário de polícia assistente local. Vi pessoalmente as condições do edifício administrativo em Allepy, que sofria a persistente infestação de cupins e formigas-de-fogo. E o modo como lidamos com o arrogante Anand Prasad e seu holandês detonou uma disputa pelo poder na alta hierarquia da organização de Guru-ji. O *Asian Age* deu a seguinte manchete para a reportagem: "Duplo assassinato brutal durante misteriosa ausência de guru", e passou a especular que Anand Prasad tivesse sido eliminado por um grupo de sadhus rivais. Agora víamos guardas contratados nos ashrams e medidas de segurança ainda mais rigorosas, ouvimos boatos sobre rixas entre os principais candidatos à posição de Anand Prasad. O *Asian Age* acertou pela metade: os sadhus eram inocentes da execução de Anand Prasad, mas sem dúvida ocorria uma luta interna feroz na organização. Nenhum dos sadhus sabia quem éramos, portanto cada grupo pensava que o aparecimento e desaparecimento de meu grupo de busca fosse constituído por goondas contratados por facções rivais, e se acusavam mutuamente de assassinato. Não matamos mais ninguém, mas em Bangalore precisamos quebrar o braço de um programador de computador, para que outro programador — sua namorada — nos fornecesse a senha para o serviço de e-mail. E assim seguimos adiante.

Não achamos nada. Havia uma infinidade de rumores a respeito do destino de Guru-ji. Alguns de fato acreditavam que ele estivesse em samádi, mesmo temporariamente, enquanto outros afirmavam que padecia de um câncer terminal. Todos tinham algo a dizer, mas ninguém nos dava informações de alguma credibilidade. Meus rapazes estavam cansados. A viagem era dura e os afastara das atividades cotidianas lucrativas. Não viam as esposas e chavvis havia semanas. O pessoal de Mumbai se queixava da pressão policial sempre que telefonávamos, nossos pistoleiros e operadores vinham sendo encontrados com intolerável regularidade. Então Nikhil teve sua própria dose de caos fétido, e determinei uma parada em Cochin. Disse aos rapazes para descansarem um pouco, que logo partiríamos. Mas estava começando a pensar que jamais encontraria Guru-ji, que ele havia escapado de mim, no final das contas.

Após dez dias em Cochin, Nikhil finalmente se livrou da doença. Emagreceu cinco quilos redondos, e parecia esgotado. Os moradores locais realizariam uma festa naquela noite, saímos para o terraço do andar superior do nosso bangalô e vimos o interminável desfile de cenas famosas e encenações ruidosas. Havia um elefante de verdade usando coroa dourada, acompanhado por um grupo de homens de vestidos de cetim cor-de-rosa, seios postiços e maquiagem exagerada. Depois passou um caminhão representando os povos e produtos de Kerala, incluindo um hindu, um muçulmano, um cristão, um judeu e um turista louro numa cadeira de praia. Mais tarde outro caminhão, com uma cena inspirada no *Mahabharata*, em que os heróis vestiam armaduras reluzentes e dançavam ao som de música eletrônica. Meus rapazes haviam saído, estavam no meio da multidão. Nikhil bebericava uma cerveja, eu tomava suco de abacaxi, e observávamos.

"Bhai", ele disse. "Não quero criar caso nem nada, mas ando pensando nos rapazes. Eles andam meio inquietos. Por que procuramos tanto por esse Guru-ji?"

"Você *está* criando caso", falei.

"Mas não quero desrespeitá-lo, bhai. No entanto, Bunty sempre falou que para você o moral é importante. E os rapazes..."

"Seu moral também está baixo? Sente tanta falta assim de sua mulher?"

"Sinto falta dos filhos, bhai. E os negócios... se estamos aqui, não podemos nos dedicar aos negócios."

Eu não lhe disse nada, mas via que seria necessário fornecer alguma explicação. Se Nikhil, que devia tudo a mim, fora capaz de dizer aquelas coisas na minha cara, então seria preciso levantar o moral da tropa. "Muito bem", falei. "Preste muita atenção ao que vou dizer agora. Só vou falar uma vez." No caminhão que desfilava agora havia uma espécie de círculo tribal, com pessoas dançando em volta de uma fogueira feita de lâmpada vermelha e papel celofane esvoaçante. Usavam óculos escuros. Falei: "Não posso revelar muita coisa, mas é bom que saiba o seguinte. Estamos procurando Guru-ji apenas por uma questão de negócios. Ele nos enganou. Traiu nossa confiança."

"Ele nos deve dinheiro?"

"Sim. Ele nos deve muito dinheiro. Ele nos traiu."

"Filho-da-mãe", Nikhil disse. Pareceu satisfeito. Agora eu parecia razoável para ele, o mundo parecia razoável para ele. "Então precisamos encontrá-lo."

"Diga aos rapazes que enquanto estivermos nesta missão pagarei os salários em dobro. E haverá um bônus no final."

Isso os animou consideravelmente. Deixei-o no terraço e fui para meu quarto. Liguei o ar-condicionado no máximo, deitei na cama com as luzes apagadas. Nikhil telefonaria para a esposa e falaria com os filhos. Pensei em ligar para Jojo, mas estava muito abalado. Sentia dificuldade para dormir desde que voltara à Índia. Primeiro pensei que fosse *jet lag*, falta de costume, cães latindo, cantar dos grilos. Mas, transcorrida uma semana, eu dormia apenas alguns momentos. Por três noites seguidas eu me nocauteei com pílulas para dormir e me levantava cada vez mais cansado todas as manhãs. Agora, depois de várias semanas, cada noite era uma longa jornada, e eu enfrentava os dias como se não tivesse corpo, como um fantasma. Nikhil não dizia nada, mas eu sabia que estava preocupado comigo. Por vezes eu pegava no sono durante o dia, dormia sentado durante reuniões de negócios em Mumbai, ou depois do almoço, esperando a sobremesa. Sempre acordava assustado, aterrorizado pelo mesmo sonho, pelo mesmo horizonte de cinzas e escuridão. Precisava fazer um esforço enorme para me concentrar nas somas de dinheiro, nos problemas táticos e gerenciais.

Precisava dormir, mas naquela noite seguramente não dormiria. Mesmo com o ronco do ar-condicionado, a música do desfile enchia minha cabeça. Havia três ou quatro músicas em línguas diferentes, umas se confundiam com as outras, por vezes formavam uma única e insuportável confusão sonora. Além disso, havia o ruído da multidão, que crescera até se tornar uma alegre ovação. Amaldiçoei os filhos-da-mãe da Índia superpopulosa, movendo-se sem destino aos lakhs e crores. Desejei que todos tivessem uma única cabeça, para que eu pudesse atirar e matar todos de uma só vez. Mas não, nada de silêncio para mim. Quantos homens eu havia abatido a tiros? Não tantos. Eu poderia matar um por segundo, pelo resto da vida, e ainda sobraria gente suficiente para encher meu crânio com suas vozes lamurientas, com seus divertimentos choramingados. Existiam em tão grande quantidade como os ciscos de pó dourado na faixa amarela de luz que entrava pela janela e cruzava o quarto acima de minha cabeça. Eram inescapáveis.

Por que o quarto cheirava a mogra? Era este o attar que Salim Kaka usava na noite em que o matei para tomar seu ouro, ele o passava na barba e no peito, com uma garrafa de vidro verde, antes de ir ver uma de suas mulheres. Eu me lembro do jeito como ele virava a cabeça para trás e sacudia a garrafa no pescoço, e depois do forte cheiro forte pegajoso do attar. E de suas axilas, depiladas, e do rosado das gengivas e dos enormes dentes brancos.

O quarto estava fechado, não havia flores por perto, disso eu sabia. Mesmo assim, a fragrância era densa, inevitável. Apoiei o corpo num cotovelo, tomei um gole de água, deitei de novo. E lá estava, no fundo da garganta, dentro da cabeça, aquela mogra. Abri os olhos.

Mas o que havia no canto, iluminado pelo brilho da janela? Uma manga de seda vermelha, um ombro. Sim. Uma barba. Cabelo comprido que descia até a nuca. Era Salim Kaka. Eu havia atirado nele pelas costas, e ele voltava. Minhas mãos tremiam, o zumbido em minha cabeça era mais alto que a folia lá fora.

Era Salim Kaka, ele mesmo. Vi seus olhos. Pathan gaandu. "Pensa que tenho medo de você, bhenchod?", falei. Ele não disse nada. Nem piscava, mas seu desprezo por mim era duro, claro, imutável.

Ele sumiu, restava apenas a janela e a cortina vermelha. Levantei, cambaleei até lá, ergui a mão e toquei a parede com a ponta dos dedos. Percebi como a cortina, vista da cama naquela luz incerta, podia esvoaçar e dar a impressão de ser um braço. Mas eu havia visto seu rosto, os lábios manchados de paan, a clavícula proeminente. As mãos imensas.

Não, não, não. Você está enlouquecendo, Ganesh Gaitonde. É a falta de sono e exaustão que o enfraqueceu, que o levou à insensatez. Ergui os ombros, caminhei rapidamente de um lado do quarto ao outro. Respire, disse a mim mesmo. Sentei no chão de pernas cruzadas, ao pé da cama, e pratiquei os exercícios respiratórios que Guru-ji me ensinara. Deixei a ansiedade sair com cada exalação, e aspirei a energia. Lentamente. Foi só uma alucinação. Sim. Mas eu ainda sentia o cheiro de mogra.

Ele estivera ali, em meu quarto. Era maluquice acreditar nisso, mas eu sabia que era verdade. Salim Kaka acreditava muito em magia, visitava um malang baba em Aurangabad a cada dois ou três meses. O malang baba lhe dava um taveez vermelho para usar em volta do pescoço, e um azul para o braço direito, para protegê-lo de facas e armas de fogo. Mas Salim Kaka fora abatido por meus tiros. Eu havia roubado seu ouro e agora estava mais louco que Mathu. Eu sabia que estava perturbado, e sabia que Salim Kaka me visitara. Talvez o malang baba o tivesse mandado de volta, para me olhar daquele jeito, feito um cão.

Partimos para Chennai no dia seguinte. O avião decolou, passou pelos morros baixos verdejantes, e a classe executiva exalava o perfume doce de Salim Kaka. Ele me acompanhava aonde quer que eu fosse. Agora que Guru-ji me abandonara, os despachos do malang baba funcionavam em mim. Ele podia enviar Salim Kaka milhares de metros para o alto, e através do oceano. Tentei ignorar o cheiro e me concentrar nos planos. Por um tempo pensei que nossa interferência no funcionamento dos ashrams de Guru-ji o tiraria de seu esconderijo, que ele apareceria para me punir e proteger sua gente. Mas agora no ar, olhando os campos distantes lá embaixo, entendi que um sujeito capaz de ver o passado e o futuro, que concebia o tempo em yugas, que acompanhava o desenrolar dos séculos de acordo com um plano secreto, que se distanciara dos próprios desejos e de seu ego, que tal homem não se importaria nada se uma mera organização desmoronasse, se dois homens fossem mortos. Ele não se importava com o que eu fazia. Os gestos de afeição em relação a mim não queriam dizer nada, ele não se importava comigo. Eu nada significava para ele. Ele voava acima da altitude alcançada pelos jatos mais modernos, e nos via de lá como se fôssemos formigas. Quando pousamos, eu já tinha certeza de que nossa estratégia fora um fracasso. Mas não tinha um esquema alternativo, por isso fiquei quieto. Fomos para um lugar seguro, esperamos escurecer, arrombamos o escritório administrativo. Mas não encontramos nada, como eu esperava. E Salim Kaka continuou comigo, de volta a casa, até amanhecer. Engasguei com o leite matinal, que sob as amêndoas tinha um cheiro doce de flores.

Os rapazes estavam desolados. Desanimados, espalhavam-se pelos sofás e camas. Com ou sem bônus, era duro para eles fracassar tão vergonhosamente, todas as vezes. Eu bancava o líder, estimulava-os, mas minha própria sensação de impotência devia contaminá-los. Sabia que deveria falar com eles sobre a próxima operação, mas tinha os olhos congestionados, ardentes, uma dor tomara a metade esquerda de minha cabeça, minha energia se reduzira a zero. Nikhil, recostado na cadeira, levara os pés ao parapeito do terraço e folheava distraído uma antiga revista de cinema tâmil que alguém esquecera no banheiro. Não parecia muito impressionado com os rostos redondos das estrelas sulistas, ou com os anúncios incompreensíveis de sujeitos musculosos. Deixou a revista sobre a mesa, eu a peguei e abri ao acaso.

Zoya me olhava de página inteira. Usava branco, uma luz branca lhe dava um brilho prateado, ela parecia muito clara e completamente inocente.

Andava filmando no sul nos últimos tempos. Ela estava fazendo filmes em todos os lugares, na verdade, e dava para entender o porquê. Ela era linda. E, por estranho que parecesse, eu não a queria. Não sentia mais aquele nó angustiante nas entranhas que ela antes provocava com a sua simples presença. Olhei para ela agora, vi que era perfeita, que atingira as proporções que tanto buscamos, o equilíbrio entre a parte de cima e a de baixo, entre luz e sombra. Até no papel vagabundo da revista, na impressão ruim, dava para ver isso. Eu não sentia nada. Não a queria, não a amava nem odiava. Era indiferente.

A vontade de conversar com Jojo encheu meu peito. Senti que corava e levantei. "Preciso telefonar." Deixei o pessoal para trás, fechei a porta do quarto e liguei para Jojo. Ela acordou com voz rouca, mal-humorada.

"O que você deseja, Gaitonde, no meio da noite?"

"São oito da manhã. Quero conversar com você."

"Falar sobre o quê, Gai-ton-de?", ela disse, bocejando no final.

Eu não tinha realmente um assunto específico para conversar com ela, só queria ouvir sua voz, sua respiração. Mas as manhãs de Jojo eram puro sofrimento, até ela tomar três xícaras de chá, e eu sabia que, se não lhe desse uma boa razão para acordá-la, ela ia bater o telefone na minha cara, depois de me xingar. Precisava inventar algo. "Estou procurando uma mulher", falei.

"Filho-da-mãe", ela resmungou. "Ligue para mim de noite."

"Espere, espere", falei. "Não quero uma mulher. Estamos procurando uma mulher desaparecida. Ela roubou dinheiro nosso e fugiu. Não conseguimos encontrá-la, estamos procurando há meses."

"E eu a conheço? Como se chama?"

Eu precisava inventar um nome. A revista tâmil estava em cima da mesa, as páginas viravam sob o ventilador de teto. "Sri", falei. "Sridevi."

"O quê? Sridevi fugiu com seu dinheiro?"

"Não é Sridevi, a estrela de cinema. Trata-se de outra mulher. Com o mesmo nome."

"E por que não consegue localizá-la? Vigiou a família dela?", Jojo bocejou.

"Ela não tem família. Não é casada. Estivemos nos lugares onde trabalhou, mas nem sinal dela."

"Você está ferrado, Gaitonde."

"Estou."

"Então resolveu me procurar." Ela era muito presunçosa. "Tentou seqüestrar o namorado dela?"

"Ela não tem namorado. Nem namorada."

"Mas que tipo de monstro é esse? Nem amigos ou amigas?"

"Interrogamos as pessoas com quem trabalhava, não adiantou nada."

Jojo já circulava pela casa, animada. Eu já conhecia sua rotina, ela estava na cozinha, onde a empregada deixara a chaleira cheia no fogão, na noite anterior. Jojo ligava o gás sem abrir os olhos direito, e pegava o jarro de leite na prateleira de cima da geladeira. Pronto, ouvi o clique do acendedor. "Muito bem, você não tem informações a respeito da tal Sridevi. Depois de muito procurar, sua companhia inteira não achou nada."

"Nada."

"Já lhe falei que seus empregados são uns idiotas."

"Sim, muitas vezes."

"Dar um ghoda para um moleque não o torna inteligente. Só faz dele um chutiya de arma na mão."

"Saali, é assim que me ajuda? Vamos voltar a Sridevi."

"Certo." Ela estava debruçada no balcão, esperando a água ferver, eu sabia. Quebrava três elaichis. "Qual é sua cidade natal?"

"Ela não tem."

"Todo mundo tem cidade natal."

"A dela já era. Fica no Paquistão. Por quê?"

"Seu cérebro está virando falooda, Gaitonde. As pessoas são idiotas, você sabe disso. Todo mundo quer ir para casa. Fazem sempre isso, mesmo sabendo que não devem."

Era verdade. Fique de olho no vilarejo de um sujeito, mais cedo ou mais tarde o pegará. Plante um informante na localidade e um dia poderá dar um tiro na nuca do fujão. A polícia faz isso o tempo inteiro, eu já havia feito também. Jojo tinha razão, os seres humanos eram estúpidos, giravam em círculos, sem parar, e finalmente voltavam ao ponto de partida, como se puxados com pulso firme por uma corda inevitável. Mas e se sua cidade natal desaparecesse, se não houvesse para onde voltar? Para onde alguém iria? "Vou pensar nisso", falei. "Não é má idéia. Uma possibilidade."

"Ótimo", ela disse. "Pense em alguma coisa. Agora me deixe tomar o chai em paz."

Mas não deixei, por um tempo. Segurei-a ao telefone, falei a respeito de seus problemas de produção, e sua bai cujo marido bebia, e da poluição cada vez maior da cidade. "Preciso desligar", ela disse meia hora depois, quando já havia terminado o chai e queria tomar banho e ir trabalhar. Eu me sentia mais calmo, agora que tinha um rumo. Chamei Nikhil e começamos a trabalhar. Havíamos acumulado papéis e documentos durante as visitas, além de pegar dois laptops. Tínhamos informações. Muitas, duas malas cheias de documentos, mais o conteúdo dos computadores, fosse qual fosse. Expliquei a idéia a Nikhil, dei-lhe instruções, e ele começou a vasculhar tudo. O problema, claro, era que não sabíamos o que estávamos procurando. "Um lar", falei a Nikhil, "qualquer lugar para onde ele poderia voltar." Ele estava confuso, tanto quanto eu. Para onde iria um homem como Guru-ji? Chandigarh? Mas já havíamos passado por lá, sem encontrar nada. Então, para onde iria? Nesse caso, para onde eu iria, ou Jojo? Para onde alguém vai quando voltar para casa se torna impossível? Eu não tinha respostas, mas seguia procurando. Precisamos pesquisar durante cinco dias, até Nikhil descobrir.

Nos livros de contabilidade pessoal de Guru-ji havia entradas no ano corrente e no anterior para "Fazenda Bekanur". Oitenta e quatro mil, depois um lakh e trinta e quatro mil, no campo crédito. Não tínhamos os registros dos cinco anos anteriores, mas havia outro lançamento no ano anterior que encontramos na relação dos cheques emitidos, novamente da conta pessoal de Guru-ji, para um "trator para a Fazenda Bekanur". E num dos computadores encontramos uma carta, do ano corrente, para o serviço de eletricidade do estado do Punjab, sobre contas atrasadas da Fazenda Bekanur. A carta fora assinada por nada menos que Anand Prasad, o nosso recente amigo sadhu. Por que um chefe da organização, um alto dirigente como Anand Prasad, perdia tempo escrevendo cartas para o serviço de eletricidade por causa de dois lakhs e alguns milhares de rupias? O que era a tal fazenda, afinal? Vasculhamos a literatura disponível sobre Guru-ji sem encontrar nada. Não havia menção à fazenda a oitenta quilômetros ao sul de Amritsar, nem uma única palavra sobre fazendas, aliás. Eu tinha certeza de que ele nunca falara em fazendas. Claro, ele se interessava pelo desenvolvimento do campo, pelo progresso da agricultura, mas quem cuidava disso era outra subdivisão. O departamento agrícola tinha estrutura organizacional própria, comando e contas bancárias exclusivos. Aquela propriedade, Bekanur, servia para outra coisa, sendo administrada pelo Guru-ji pessoalmente, com ajuda dos colaboradores mais próximos. Era mantida em segredo, na medida do possível.

Fomos dar uma espiada na tal fazenda. Eu disse aos rapazes que era nossa última tentativa nessa busca, encerraríamos a missão depois de ir lá, tivéssemos êxito ou não. Animados e aliviados, eles desceram em Amritsar cheios de energia e disposição. Obedecemos ao padrão habitual, seguimos para um local seguro em dois grupos, tomamos café-da-manhã tardio, pegamos o carro e fomos. A manhã estava quente e clara, eu cochilei no banco da frente. Nikhil guiava. Atrás de nós os rapazes discutiam sobre o ouro do Templo Dourado, quanto havia exatamente, e quanto valia. Jatti, que era punjabi, mas estivera no Punjab apenas uma vez, dizia com segurança que o ouro valia arabs, e não crores. Os outros zombavam dele, e Chandar queria ir a Jallianwalla Baug. "Aproveitando que estamos aqui", disse.

Não somos turistas, pensei em dizer-lhe, mas precisaria de muita energia para fazer as palavras saírem, em minha sonolência. Ademais, eu me comportava um pouco como turista. Divertia-me com o andar afetado dos punjabis, de seus olhares agressivos e vozes altas. Havia um sardar na porta da oficina à nossa esquerda, o cabelo preso no alto da cabeça descoberta por um nó, falando pelo celular. Ele ergueu o kurta para coçar o umbigo quando passamos, mostrando o barrigão peludo. Sorria. Talvez a oficina fosse dele, bem como a enorme casa rosa e verde nos fundos, com direito a antena parabólica e Toyota na garagem, além de vigia armado. Amritsar era uma cidade provinciana imunda, mas havia muito dinheiro ali, e muitas armas. Um jipe da polícia nos ultrapassou, os três guardas fardados que iam atrás tinham todos jhadoos no colo, com dois pentes presos com fita adesiva. Eu não via tantas armas automáticas na rua em lugar nenhum, nunca. No meu carro imperava o cheiro de mogra. Fechei os olhos, abri e vi que passávamos por uma plantação de salsaparrilha, atrás de um caminhão que transportava postes de metal reluzente. Havia tigres desenhados atrás, na carroceria, e uma deusa na lateral.

"Estamos quase chegando, bhai", Nikhil disse.

Ele entrou à esquerda, desceu uma ladeira. A estrada se estreitou, sacolejamos e balançamos ao passar por um canal que transbordara. "Estamos em pleno dehat agora", Chander resmungou. "Vejam só os dehatis." Havia dois homens caminhando no meio da estrada, conduzindo um boi. Nikhil buzinou e eles, muito lentamente, seguiram para o acostamento para nos dar passagem. Esticaram o pescoço um pouco para espiar dentro do carro, quando passamos. Gente do vilarejo, sem dúvida, mas próspera. A terra era fértil e abundante ali, ouvíamos o som de bombas de irrigação perto dali. Seguimos adiante. Precisamos perguntar o caminho uma vez, numa bifurcação, para um jovem casal de motocicleta. A esposa mantinha a dupatta firme na cabeça, mordendo uma ponta, mas pude ver que era uma moça bonita, fina. Os rapazes concordaram, percebi pelo silêncio tenso e atento atrás de mim. O marido era rústico, pegajoso, descuidado, totalmente irrelevante, mas nos ensinou direito o caminho. Chegamos à fazenda de Guru-ji pouco depois das duas.

Em torno daqueles campos não havia cerca de aço nem portões. Apenas plantações de trigo verdejantes, e encostas arborizadas bem cuidadas. Uma casa reluzia branca atrás do pomar. "Manga", Jatti disse quando nos aproximamos das fileiras bem ordenadas. O acesso era bom agora, com cascalho que rangia sob os pneus. Um pavão piou, vislumbrei sua súbita corrida por entre as árvores. Contornamos um neem antigo e chegamos à casa.

A casa tinha só um andar, era ampla e larga. Não havia janelas na fachada, interrompida apenas por uma passagem alta em arco que conduzia à varanda pequena. As portas de entrada eram verdes, pesadas e imensas, com uma porta menor cortada na folha da esquerda, larga o bastante para a passagem de uma pessoa. Estava aberta, e Nikhil sacudiu a corrente pendurada nela. "Arre", chamou. "Koi hai?"

Mas a única resposta veio dos pombos empoleirados na viga do portal de entrada. Entrei pela porta aberta. Uma vaca e seu bezerro pastavam num cocho à esquerda. Adiante havia quatro degraus que levavam a um hall que dava para um único cômodo. Vi um takth ao estilo antigo, duas poltronas e um relógio grande redondo. O ar era fresco e pesado, com o cheiro tradicional de esterco e bhoosa. O reboque na parede que dava para o hall estava rachado, e os tijolos da varanda eram gastos. Casa velha, além de antiquada. Perto do abrigo da vaca a água pingava de uma bomba manual, ecoando compassadamente no ralo de ferro sob ela.

"Tem certeza de que estamos no lugar certo?", falei a Nikhil.

Ele apontou para o fim da plataforma. Atrás de uma pilastra uma rampa conduzia ao andar de cima, da largura suficiente para uma cadeira de rodas. Sim, aquele talvez fosse o esconderijo de Guru-ji, mas não se parecia com nada do que havia construído e que nós visitamos. O que era aquilo, exatamente? Nikhil sacudiu a corrente outra vez.

Um toque de buzina nos fez pular. Jatti, parado ao lado do carro, sorria. Ele buzinou várias vezes, e gritei com ele. "Já chega, maderchod." Ele parou de buzinar com ar magoado. O silêncio era assustador após o barulho, e os pombos voaram pela varanda, nervosos. Ouvimos passos arrastados e um homem surgiu na quina do edifício.

Era idoso, no mínimo setenta anos, percebi imediatamente por seu andar penoso. Quando se aproximou, concluí que tinha oitenta ou mais. Usava roupa folgada branca, um casaco alaranjado puído e um lenço cinza enrolado em volta da orelha. Olhava para nós através de óculos de lentes grossas e aro preto. A lente esquerda estava quebrada bem no meio.

"Hain?", ele disse.

"Namaskar", Nikhil respondeu. "Namaste. Você é o malik desta casa?"

Era pura lisonja, o budhau não levava jeito de ser dono de nada. O velho reagiu com um sorriso. "Não", disse. "Mas sou o *manager*."

"O *manager*", Nikhil disse, imitando o sotaque do punjabi — "munayjer" — com sutileza. "Entendo. Podemos tomar um pouco de água? Não paramos desde Amritsar."

Ele nos serviu chai bem quente. Convidou-nos a entrar na sala ao lado da varanda, e voltou quinze minutos depois com copos de latão e um bule enorme, enegrecido. Serviu chai, meio copo para cada um, e só então perguntou quem éramos. Nikhil inventou uma história, afirmando que éramos empresários de Delhi, e procurávamos terras férteis para comprar. Uma pessoa, na estrada, nos falou a respeito deste pomar de mangueiras, e resolvemos dar uma espiada. Por falar nisso, quem era o dono desta bela propriedade?

"Saab é de Delhi", o homem disse.

"E seu nome?"

"Meu nome é Jagat Narain."

"Certo, Jagat Narain. Você faz um chai delicioso." Nikhil sorveu a bebida longa e lentamente, como quem está gostando muito. "E o nome do saab, qual é?"

"Qual saab?"

Pelo jeito a conversa ia longe. Levantei e saí. Ao lado da entrada havia uma porta que conduzia a um corredor escuro. Atravessei-o, quase tateando, e saí do outro lado, onde havia um pátio grande pavimentado com tijolo. Vi um pé de tulsi bem no meio, e quartos nos quatro lados. Percorri o perímetro, forçando as portas. Ao abrirem, rangendo, elas revelavam assoalhos sem tapetes, armários antigos de madeira, estantes simples em paredes caiadas, charpais bambos cobertos de mantas rústicas. Em um dos quartos havia um ventilador de mesa preto sobre uma escrivaninha de madeira, potes de tinta azul e vermelha, uma caneta-tinteiro verde. Segui adiante. Encontrei um imenso salão que ocupava um lado inteiro do quadrado interno, dando para o pátio. O piso estava coberto de chatais, e havia uma série de almofadas redondas encostadas na parede do fundo, enfileiradas. Nas pequenas alcovas havia imagens de Ram e Sita, e Hanuman, e de um senhor de óculos, com cara de avô, usando turbante. Aproximei-me da foto em preto-e-branco, notando uma inegável semelhança com Guru-ji. Quem seria ele, pai, avô ou tio de Guru-ji?

Segui para a cozinha e os outros três quartos, à direita. Um pardal saltitava na beira da pequena plataforma onde nascia tulsi, e o sol bateu em meus olhos.

A cozinha era escura, cheia de utensílios de latão pendurados, e havia dois chulahs enegrecidos no chão. Nada de fogão ou forno a gás. Havia mais dois quartos com camas e um depósito que continha apenas três baús de aço vazios. Saí para a luz. Tremia um pouco, sentia a boca seca. O que era aquele local? Num canto, atrás da cozinha, havia outra bomba manual, e os tijolos embaixo dela estavam úmidos. Apoiei-me na haste e bombei, com dois guinchos tímidos um filete de água escorreu e bateu no piso. Bebi, abaixando para alcançar a água, que era fresca e pura.

Nikhil atravessou o corredor, tateando, com a mão na parede.

"Não tem nada aqui", falei. "Quartos vazios, tudo bem velho. Nem todos os cômodos têm luz."

"Mas foi construído faz apenas doze anos, bhai." Ele estava inquieto e excitado, também. "O saab mora em Delhi, seu nome é Mrityunjay Singh. Eles compraram a fazenda no auge dos conflitos no Punjab, por um preço baixo. Demoliram uma casa perfeitamente habitável que já existia aqui, arrancaram até os alicerces. Alguns anos depois eles construíram a atual. O saab a visita uma vez por ano. Perguntei a respeito da rampa externa. Ele disse que é para um amigo do saab que usa cadeira de rodas, veio aqui duas ou três vezes. Não sabe o nome do wallah da cadeira, todos o chamam de Baba-ji, apenas."

Então Guru-ji mandara construir aquela casa e a visitara apenas um par de vezes, em mais de dez anos. Por que aquela casa, por que ali? Deve ter custado mais caro fazer que parecesse antiga do que construir uma casa nova e moderna.

Nikhil bombeou um pouco de água, bebeu e limpou a boca. "É muito gostosa", disse. "O *manager* contou que Baba-ji gostava de passar parte do tempo no telhado. Ele foi pegar a chave, vai nos mostrar."

Jagat Narain entrou no pátio, seguido pelos rapazes. Portava uma argola de ferro com chaves grandes. Conduziu-nos — lentamente — pela escada que começava num canto do pátio, uma escada também equipada com rampa. Passou cinco minutos procurando a chave certa para abrir a porta. Ali, sentindo os dedos do pé na beira da escada, retornei subitamente à infância, a certa manhã das férias em que subi no telhado com uma pipa novinha nas mãos. "Maderchod", falei. "Nikhil, pegue as chaves."

Mas o desgraçado do velho conseguiu destrancar a porta. Espalhamo-nos pela área iluminada. Havia um cômodo coberto, também com pouca mobília e algumas prateleiras vazias. O teto plano contornava o pátio inteiro, sem parapeito da parte interna. Segui para o outro lado, tentando fazer a mente captar algo que estava sempre fora de alcance. Era como se eu tivesse esquecido algo que sempre soube. Ouvia Nikhil conversar com o *manager* na outra extremidade do terraço.

"Temos mil cento e onze acres", Jagat Narain disse. "Até a estrada, e depois dela. A propriedade vai até a cerca."

"Que cerca?"

"A cerca da fronteira, senhor", Jatti disse.

"Uma cerca muito comprida", Jagat Narain disse, apontando. Seu gesto largo, com os dois braços, abrangia todo o horizonte.

Jatti explicou a cerca a Nikhil, com orgulho punjabi nativo. Tinha milhares de quilômetros de extensão, ia do Rajastão ao Punjab e mais além, até Jammu. Jatti a vira em sua última e única visita ao Punjab, em Wagah. Era uma cerca dupla, muito mais alta que um homem, eletrificada. Havia sinetas penduradas para denunciar invasores. O chacha de Jatti vira um paquistanês que tentava se infiltrar de noite ser abatido a tiros. Uma rajada de metralhadora desfigurara seu rosto. "Entende?", ele disse. "O desgraçado perdeu o rosto inteiro."

Debrucei-me sobre o parapeito, tentando ver a cerca mortífera. Mas havia apenas uma névoa fraca sobre o arco da terra, para lá das árvores. Jagat Narain debruçou-se para ficar a meu lado. "Baba-ji também olha."

"Olha o quê?"

"Para lá. Ele gosta de sentar aqui no final da tarde. Ver o pôr do sol."

O que Guru-ji via quando olhava para lá? Bela paisagem, sem dúvida. O pôr do sol devia ser lindo. Mas havia lindos crepúsculos em qualquer lugar. Por que ir até lá, nos cafundós, gastar um bom dinheiro para adquirir as terras e construir uma casa velha que era nova? Cerrei os olhos de leve, tentei ver o que ele via. Uma mancha verde interminável, o cheiro da terra, o som da água corrente, e vi a casa da minha infância, por um momento me senti feliz. Meus olhos se abriram e percebi que eu estava sorrindo.

Por quê?

Bem, não havia tempo para refletir sobre esse mistério: um sujeito vinha em nossa direção, pedalando furiosamente sua bicicleta. Conforme se aproximava vi que era jovem, tinha uns trinta anos, e era alto. "Quem é aquele?", perguntei a Jagat Narain. O sujeito na bicicleta olhava para cima enquanto pedalava, e não parecia muito contente.

"É Kirpal Singh. Ele foi para o campo de Tupa Nahar hoje. Estamos pulverizando a terra para Karnal Bunt."

Kirpal Singh estava agora na frente da casa. Largou a bicicleta e um minuto depois ouvimos que subia a escada apressado. Apareceu no terraço do telhado gritando: "Jagate! Quem é essa gente?". Nikhil começou a história do "queremos comprar terras", mas Kirpal Singh não quis saber de conversa. "Saab", disse ofegante, "precisam ir agora. Ninguém pode entrar na fazenda sem permissão de nosso saab." Ele olhou furioso para Jagat Narain.

"Eles também são de Delhi", Jagat Narain disse, como se isso explicasse tudo.

De perto, o tal Kirpal Singh era um rufião grosseiro de cabeleira alta, eriçada, desgrenhada. Gesticulava com mãos encardidas e rachadas, pelo menos o dobro das minhas. Usava um conjunto patamo cinza desbotado, e apesar da sujeira que o cobria portava-se como um policial ou jawan.

"Espere um pouco, meu amigo", Nikhil disse. "Acalme-se. Telefone para seu saab, falaremos com ele."

"Não tem telefone aqui, saab." Ele era direto, firme e agressivo, apesar da cortesia. "Por favor, saiam."

"Tenho telefone. E um ótimo sinal." Nikhil levantou o celular. "Está vendo? Podemos falar com ele. Qual é o número?"

"A fazenda não está à venda. Por favor, saiam."

Kirpal Singh baixara um pouco a cabeça e encolhera os ombros. Estava pronto para a briga. Fiz um sinal para Nikhil. "Tudo bem, yaar, tudo bem", ele disse. "Já vamos. Sem problemas. Obrigado pelo chai. Eis meu número, entregue o cartão a seu saab, se ele estiver interessado."

Ele mostrou o cartão e manteve o braço estendido até Kirpal Singh pegá-lo, relutante. Em seguida descemos a escada, em fila. Senti a presença do brutamontes atrás de mim, ofegando pesadamente. Estava agitado, mas qual o motivo? Por que tanto nervosismo? Ele nos seguiu até a saída, através do corredor e da varanda da frente, até o portão. Nikhil ligou o carro, manobrou e eu esperei, perto do muro. Do lado direito, a bicicleta de Karpal Singh estava largada no chão, onde a deixara. Uma lata grande de pesticida estava amarrada na garupa com corda. Havia um crânio grande e ossos cruzados na lata, em vermelho. E um rato morto, de costas, com o rabo enrolado em volta dele. "Eles comem os grãos?", perguntei a Kirpal Singh. "Os ratos?"

Ele pareceu aliviado, agora que os rapazes estavam dentro do carro. "Sim, saab." Ele tentava compensar a rudeza anterior. "Não só o trigo. Eles comem tudo, plantas, borracha. Fios elétricos também, comem o revestimento plástico. É muito difícil controlar."

"Mate todos", falei, e ele finalmente sorriu. Entrei no carro e partimos.

Nikhil olhava pelo retrovisor. "O que está pensando, bhai?"

"Tem alguma coisa estranha aqui."

"Sim, se fosse apenas a sede da fazenda o desgraçado não ia ameaçar nos morder daquele jeito."

Havíamos vasculhado a casa, sem encontrar nada. Valeria a pena voltar, enfrentar Kirpal Singh e dar uma nova busca, mais completa? Eu sentia um estranho desânimo. A estrada se estendia à frente, talvez fosse melhor retornar a Amritsar, pegar um avião para Delhi e de lá para Bangcoc, retomar minha rotina. Mas isso seria insuportável. Eu não teria rotina alguma até encontrar Guru-ji. Mesmo agora, mesmo sentindo tanta raiva dele, a única coisa que eu queria era sentar a seus pés novamente. Sabia disso muito bem. Eu o xingava e dizia que era uma fraude, dizia que não queria mais saber dele, mas o que eu de fato desejava era sentir sua mão em minha cabeça e a bênção de sua voz. Sim, eu tinha dúvidas. Queria perguntar por que ele sumira, por que Gaston e Pascal haviam morrido, o que nos mandara transportar para ele, o que estava fazendo, quais eram seus planos. O sentido da vida estava de algum modo oculto nessas questões. Mas caso ele se recusasse a dar uma única resposta que fosse, eu aceitaria isso, desde que voltasse para mim. Desde que não me deixasse assim, sozinho, sem ele, sem sua orientação e atenção. Eu precisava encontrá-lo. Mas Guru-ji era avançado demais para mim, completo demais. Com as lições aprendidas em minha vida inteira, com minha astúcia, eu jamais o encontraria. Eu poderia deixar tudo para trás, seguir em frente, me distanciar. Mas por que o medo? Se eu havia aprendido algo na vida, era a confiar no meu medo. Mas estava muito cansado. A estrada se estendia pelos campos, as longas ondas verdes se sucediam. Eu podia dormir. Os cabos de energia subiam e desciam tranqüilamente. Eles vinham para mim, trazendo diamantes de luz do sol poente. Os ratos os comiam. Os ratos comiam os cabos.

"Pare", falei.

"Bhai?"

O carro parou perto do canal. Acima do murmúrio da água eu ouvia o som de uma brisa muito suave que provocava ondas lentas no trigal flexível. Virei no banco para olhar a estrada atrás de nós, nos postes elétricos que desapareciam na distância. Um grupo de cabos desviava da estrada e ia para a fazenda de Guruji, atravessando as lavouras e o pomar de mangueiras. No telhado, isso mesmo, no telhado da casa havia um único poste, no qual terminavam os três cabos elétricos. Se a casa era velha, com ventiladores de mesa barulhentos, para que precisava de tanta energia? Eu não vira fios elétricos no interior da casa, então o que os ratos estavam roendo?

Virei-me para Nikhil e expliquei tudo isso. "Sim, bhai", ele disse. "Mas talvez precisem de energia para irrigação. Bombas de água, essas coisas."

Talvez. Talvez. Mas restava aquela casa nova que parecia velha. "Vamos voltar", falei. "Manobre o carro."

Retornamos, passando depressa pelo pomar das mangueiras, escurecia. Kirpal Singh saiu para nos encontrar dessa vez. Parou no meio da estrada, com as pernas ligeiramente afastadas. Nikhil desligou o carro e desceu. Ouvi as outras portas se abrirem com um estalo, atrás de mim. "Arre", falei, "achou meus óculos? Pretos."

"Não", ele disse. "Não vi esses óculos."

"Vamos procurar", falei. "Devem estar no terraço do telhado."

Kirpal Singh estava confuso. Não queria nossa presença ali, mas não gostava da idéia de que um objeto meu ficasse na casa que estava vigiando. Era um bruto cordial. Eu o peguei pelo braço. "Não vejo direito sem meus óculos, yaar. Sou cegueta." Fiz que virasse para o portão. "Vamos dar uma espiada."

Ele era estúpido, mas rápido. Chandar viera pela direita, e nossa sincronia foi perfeita. Havíamos feito aquilo muitas vezes nas últimas semanas, praticando até atingir a perfeição. Eu conversava com o alvo, para distraí-lo um pouco, até Chandar baixar o porrete de couro recheado de ferro na cabeça dele. Mas Kirpal Singh previu o movimento, recuou, afastando-se de mim, de modo que o golpe acertou no kanpatti e arrancou um pedaço da orelha. Ele lutou feito um demônio. Havia cinco de nós para enfrentá-lo, ele nos fez sofrer. Quebrou três dedos de Chandar, derrubou Nikhil e quase o matou com um soco que fraturou seu nariz. Jatti caiu no chão, soluçando, tossindo, segurando o pescoço. Eu briguei. Dei por mim sentado na estrada, sem fôlego, com a barriga doendo, afastando-me dos corpos amontoados. Saquei a pistola, mas não conseguia mirar no alvo. Kirpal Singh avançou sobre mim. Tive tempo de apertar o gatilho uma vez, o tiro arrebentou sua clavícula e o fez girar de lado. Mas ele continuou a me segurar com a mão direita, senti seu peso sobre mim, sua boca aberta terrível e vermelha. Senti que os tiros varavam seu corpo, senti o impacto sobre os músculos, e ele desabou em cima de mim.

Eles o tiraram dali para que eu pudesse levantar. "Quantos tiros?", perguntei.

Jatti resfolegava, com o rosto molhado de lágrimas. "O gaandu era comando ou coisa pior."

"Quatro tiros, bhai", Nikhil disse. A camisa branca estava manchada de sangue do colarinho à fralda.

Quatro tiros era muito, mas estávamos numa fazenda grande. Talvez ninguém tivesse escutado. Talvez ninguém fosse prestar atenção. "Jatti", ordenei, "entre na casa e silencie o velho."

"Bhenchod", Jatti disse, arregalando os olhos. E entrou na casa.

O resto do grupo pegou Kirpal Singh e o arrastou para dentro do portão. Ele pesava para todos nós, enfraquecidos pelos golpes súbitos. Ouvi a respiração arfante de Chandar, pois cada passo afetava seus ossos quebrados. Pedi a Chandar que jogasse um pouco de cascalho sobre o sangue caído na pista, e montasse guarda no portão. O resto de nós se dedicou a fazer uma busca na casa. Jatti encontrou Jagat Narain no pátio, lavando a louça distraidamente, ao lado da bomba. Deve ter ouvido os tiros, mas pelo jeito não se impressionou muito. Nós o trancamos em um dos quartos vazios e mandamos que dormisse. Depois procuramos.

Disse aos rapazes que precisávamos seguir os cabos de energia. No telhado, a partir do poste, acompanhamos o cano que descia até a caixa de passagem no térreo. Havia uma edícula nos fundos da casa para a caixa, com dois cadeados de aço na porta. Precisamos ir buscar Jagat Narain em sua cela e pedir as chaves dos cadeados. Naquela altura ele já compreendera que tinha motivos para se apavorar. Cooperou sem argumentar, mas suas mãos tremiam e ele murmurou: "Onde está Barjinder? Não deixem Barjinder para trás".

"Quem é Barjinder, Kaka?", Nikhil disse, batendo no ombro dele. "Do que está falando?"

Jagat Narain balançou a cabeça. "Precisamos ir a Amritsar", disse. "Nossa casa foi queimada. Precisamos ir para Amritsar." Ele continuou repetindo isso até Nikhil fechar a porta.

Até eu tremia um pouco quando saímos outra vez no crepúsculo barulhento de pássaros. Pensei, estou agitado por causa da excitação da caçada. Sabia que encontrara algo, e tive mais certeza quando abrimos a edícula e vimos as caixas de passagem e os disjuntores e os medidores. A tecnologia era a mais avançada e moderna, tudo brilhava, limpo e novo, funcionando com perfeição. Os números nos medidores avançavam, lenta mas regularmente, sem dúvida. Algo sugava eletricidade.

Seguimos os cabos. Tentaram disfarçar seu caminho por dentro do reboco e dos tijolos, por isso precisamos nos armar com picaretas e pás. Cavamos. Um circuito alimentava a casa, e dois outros que iam para fora, enterrados meio metro no solo. Trabalho duro, lento, cavar o solo compactado sob o cascalho. Avançamos lentamente nas sombras até chegar ao pomar das mangueiras. Nikhil entrou na casa e voltou com duas lanternas Petromax, e avançamos sob a luz bruxuleante. Era noite fechada quando localizamos o complexo subterrâneo. Havia um quadrado vazio no meio do pomar, uma parte que parecia apenas desprovida de árvores. Era muito inocente, a não ser que se acompanhasse o cabo que seguia por um conduíte de PVC até uma junção em T, e depois direto para baixo. Procuramos a entrada, em círculos, até que Jatti encontrou um ventilador, atraído pelo leve sibilar do ar. Depois, num campo de sapé adjacente, uma placa de metal camuflada, pintada de verde-escuro e marrom. Nikhil encostou a orelha nela.

"O equipamento de ar-condicionado fica aqui", disse.

Pus a mão na placa e a vibração chegou ao meu ombro. Agora eu sabia que estávamos na pista certa. Os rapazes cavaram o chão, arrancaram pedaços de grama, pediram lanternas. Fui para longe da luz, sem me importar com a dor no joelho, conforme eu saltava raízes e pedras. O segredo estava sob meus pés, eu sentia sua proximidade. O ouro estava próximo. Eu sempre o procurara, o prêmio, a vantagem. E o encontrei.

Havia um trecho com o mesmo metal da placa do ar-condicionado. Entre duas árvores antigas, projetando-se de leve acima do chão. Havia uma cobertura de gravetos e folhas, e sob ela o aço rebitado. "Aqui", gritei. "É aqui."

Limpamos a parte superior, e à luz da lanterna vi que era um alçapão. Um metro e meio por um metro e meio, com fendas num dos lados para facilitar a abertura. Jatti enfiou a mão e deu um puxão experimental. "Trancado", falou, apontando para a fechadura entre as alças.

"Procurem com o chutiya morto", falei.

Todos os meus palpites naquela noite acertaram no alvo, sem erro. Encontraram a chave no nada sujo pendurado no pescoço de Kirpal Singh. Era uma peça de aço pesada, grande, com oito centímetros, uma daquelas chaves computadorizadas, agora manchada de sangue. Mas girou direitinho na fechadura, e entramos. Uma escada conduzia ao fundo. Um interruptor convenientemente instalado perto da porta fornecia uma iluminação uniforme, clara, branco-azulada. Havia três salas grandes, em tamanho decrescente. As primeiras duas tinham uma arrumação funcional, com prateleiras, arquivos e mesas de computador. Mas as prateleiras estavam vazias, e não havia arquivos nem computadores. As extensões elétricas ainda se encontravam no lugar, e havia um emaranhado de cabos de computação atrás das mesas. Na superfície branca das mesas dava para notar um leve desbotado onde os computadores haviam estado. Nikhil passou o dedo em torno da marca marrom do fundo de uma xícara em uma das bandejas, ali alguém deixara seu chai. Havia uma impressora grande num canto da segunda sala, foi o único equipamento deixado para trás.

A terceira sala servia como depósito, mas estava totalmente vazia. Uma lata de lixo aramada continha apenas a embalagem de dois pacotes de papel para impressão. Jatti entrou no quarto, abrindo os armários. Parou no último. "Bhai."

Havia uma caixa de aço na prateleira de baixo, não era uma daquelas caixinhas de lata que podem ser compradas em qualquer loja, mas sim um cubo prateado comprido de origem estrangeira. Dava para dizer isso só de olhar a fechadura, embutida no próprio metal. "Traga para cá", falei.

Era pesada. Só em dupla conseguiram arrastá-la para a sala principal. "A chave que encontramos era a única no comando, bhai", Nikhil disse.

Por isso Jatti sacou seu ghoda, aproximou-se da primeira fechadura e apertou o gatilho. Um guincho percorreu a sala e perfurou minha cabeça. Caímos, praguejando. "Maderchod", falei. "Todo mundo está bem?"

Eles fizeram que sim. Mas havia um buraco na impressora. E apenas uma pequena marca na fechadura do baú.

Nosso sangue latejava. Trocamos olhares e examinamos as curvas do baú. "Peguem uma alavanca", falei, "ou algo assim".

Levamos uns quarenta minutos forçando as fechaduras com picaretas e pás, para abrir uma fenda na caixa, que revelou a proteção interna. Conseguimos enfiar dois pés-de-cabra na fenda e puxar em sentidos opostos. O baú finalmente se abriu com um guincho de metal atormentado, e todos nós caímos no chão. Ficamos em silêncio.

O baú estava cheio até três quartos, e continha dólares. Eu estendi a mão — notei que minha mão estava arranhada, sangrava e tremia — e apanhei um dos maços, que tinha uma fita de papel em volta. Eram cédulas de cem.

"Quanto dinheiro, bhai?", Nikhil disse.

"Muito."

Apressei os rapazes, a partir daí. Pegamos o baú, fechamos o alçapão, voltamos para a casa. Fiz que todos se lavassem na bomba do pátio antes de voltar ao carro. Percorreríamos uma estrada de manhã cedo, perto da fronteira, e se fôssemos parados eu não queria travar um tiroteio por causa de uma camisa manchada de sangue. Não podíamos fazer muita coisa a respeito da mão de Chandar, que inchara até o tamanho de uma bola de futebol. Além disso, estava com febre. Nós o embrulhamos num cobertor e o instalamos no banco de trás. Estávamos prontos para partir. Mas faltava uma coisa. Precisávamos resolver um último problema, e todos sabíamos disso. Jatti finalmente falou.

"E quanto ao velho, bhai?"

Sim, o velho. Era senil, meio maluco, mas vira nossos rostos. Havia um cadáver na casa, o velho provavelmente nos relacionaria a ele. Eu havia ensinado aos rapazes o que precisava ser feito nessas situações. "Eu resolvo", falei. Voltei, passei pelas vacas, atravessei o corredor — no rumo da bomba que pingava lentamente — e cheguei ao pátio. Abri uma porta e Jagat Narain estava sentado na cama, com as mãos apoiadas nas coxas, esperando. Estava esperando por mim.

"Vamos", falei. "Já estamos de saída. Você pode ir para fora."

Ele não se mexeu. Entrei, peguei-o pelo braço, ele se levantou sem resistir. Ajudei-o a sair do quarto, e quando ele passou pela soleira murmurou: "Que horas são?".

"Quase cinco."

"Da manhã ou da tarde?"

Sob a luz das estrelas eu via uma mecha grande de cabelos brancos, uma testa alta. Na lente quebrada estava meu rosto, partido no meio. "Da manhã", falei, tomado por uma súbita ternura pelo desamparo da velhice. Ele não sabia se era dia ou noite, nem onde estava ou para onde ia. Para ele era tudo igual. "Olhe, hoje tem lua."

Ele ergueu o rosto e se afastou de mim, erguendo os braços. "Sim", disse, apontando para ela com as duas mãos.

Havia uma lua pequena no céu, um pedacinho do arco, crescente ou minguante, eu não sabia. Dei um passo para trás, ergui o ghoda, apontei e atirei. O clarão encheu meus olhos, ele caiu no piso de tijolos com as mãos estendidas. Debrucei-me e atirei de novo, na cabeça.

Depois corri, não sei por quê, mas corri até o carro, pulei para dentro e Nikhi não precisou de instruções. Girou o volante e fomos embora. No entanto, mesmo na poeira levantada pelos pneus no cascalho, e apesar do fedor súbito do escapamento, o cheiro de mogra me acompanhou até o canal. Corremos madrugada adentro, chegamos a Amritsar em segurança. Paramos apenas para uma rápida consulta médica, depois separamos o grupo, mandamos um para cada lado. Sabia muito bem que nossa missão chegara ao final. Não havíamos encontrado Guru-ji, mas finalmente tínhamos algo valioso o suficiente para atrair um bocado de atenção. No porta-malas do carro havia exatamente novecentos e oitenta e quatro mil, trezentos e vinte e dois dólares. Os rapazes falavam em um milhão, mas o total verdadeiro era um pouco menor. Nikhil e Jatti pegaram um trem para Delhi, Chandar, o avião para Bhopal, e naquela noite voei para Bombaim com o dinheiro. Um carro me esperava no aeroporto, para me levar à nova fortaleza em Juhu. Mas eu ainda não estava em segurança quando o telefone via satélite começou a tocar. Seguíamos devagar, num engarrafamento, quando ouvi o toque, abafado mas inconfundível. Era meu Guru-ji ao telefone, no meu modelo mais recente, codificado via satélite. Gritei ao motorista que parasse, bati na cabeça dele por ser muito lento para abrir caminho por entre as fileiras de carros, e depois fiz que abrisse o porta-malas. Sabia exatamente onde o telefone estava, no bolso externo de minha mochila. Peguei-o e atendi.

"Alô?"

"Você pegou meu dinheiro."

"Sim." Era Guru-ji. Sim, era a voz familiar, grave, ressonante, o vozeirão tão reconfortante, tão tranqüilizante. Sim, lá estava a clara enunciação de cada palavra, principalmente a última. Por fim, após tanta procura, eu havia encontrado Guru-ji. Eu o trouxera de volta a mim. "Onde está?"

"Por que pegou o dinheiro, Ganesh?"

"Por que foi embora?"

"Eu lhe disse que não nos veríamos mais."

"Mas não disse que pretendia desaparecer."

"Ganesh", ele suspirou. "Ganesh. Depois de tanto tempo você ainda não entendeu a lição fundamental que tentei passar a você. Já estamos perdidos uns para os outros. Agarrar-se ao amor é trair o próprio amor."

"Grandes palavras", falei. "Grandes, grandes." Lá estava eu, Ganesh Gaitonde, parado na beira da estrada, batendo o pé sob as vistas de centenas de homens e mulheres que iam para casa ou para o trabalho. Passavam grupos de colegiais de saia azul que podiam ver as lágrimas escorrendo de meus olhos. Eu não me importava. "Eu ligava para você, mas não obtinha resposta", falei. "Só quando perdeu alguns dólares você se deu ao trabalho de me procurar."

"Não foi por causa dos dólares, Ganesh", Guru-ji disse. "É a inconveniência. Estou no meio de um grande projeto. Preciso do dinheiro para fazer alguns pagamentos. Não me importo com dinheiro, mas o resto do mundo exige moeda forte."

"Qual é o projeto?"

"Posso dizer que é um grande projeto, Ganesh."

"E você me incluiu nele?"

"Todos estão incluídos."

"Não banque o espertinho comigo. Responda. Responda." Lutei para me controlar, baixei a voz. "Você nos fez transportar um tipo de material nuclear. Não me diga que não fez isso. Meus homens morreram."

Ele suspirou. "Sim, Ganesh, é verdade."

"O que pretende fazer com o material?", falei. Ele permaneceu em silêncio. "Diga, e lhe devolverei o dinheiro."

"Devolverá, Ganesh? Fará isso, se eu lhe disser o propósito?"

"Sim", falei. "Devolverei."

"Eu me pergunto se teria coragem. Mas, Ganesh, por que pergunta? Tenho a impressão de que você já sabe."

Senti uma pontada de revolta, aquele velho ousava questionar minha coragem. Eu, que tanto arriscara por ele. Mas parei, não disse nada. Por que eu não teria coragem? Virei-me e olhei para os tetos sujos do basti que se estendia abaixo da pista aterrada, e os prédios amontoados ao longe. Ele se preparava para a guerra. Eu não temia batalhas, passara a vida em combate. Mas, se aquela guerra viesse, seria grande, devastaria todos os cantos da Índia. Seria dolorosa, ele me alertara, mas depois as coisas melhorariam. Encontraríamos a paz. Depois eu me lembro de quando estava no terraço da casa que ele havia construído perto da fronteira, e de ver um mar verde, captar — apenas por um momento — a felicidade perfeita, tudo fresco, completamente novo e imaculado, e eu, ainda jovem, cheio de esperança, e o mundo renascia, era vasto, e eu sorria.

Naquele momento, eu soube.

Ouvi minha voz acima do ruído vivo da cidade: "Você quer uma guerra maior".

"Muito bem, Ganesh. Uma guerra maior do que você imaginava que estivéssemos preparando."

"Você... fez uma bomba?"

"Não faça perguntas assim, Ganesh. Não posso responder. Como falei, você já sabe. O que eu faria com algo assim?"

"Detonaria. Em uma cidade grande. Em Mumbai."

"E quem seria o responsável?"

"Você garantiria que fosse uma organização muçulmana."

"Muito bem. E depois?"

Depois? Um banho de sangue. Morte por todos os lados. Se houvesse tensão na fronteira, algum tipo de retaliação. Talvez a guerra viesse, mesmo sem tensão, uma guerra de verdade, capaz de devorar milhões, uma guerra diferente de todas as que já conhecemos. Mas são só palavras. Tentei imaginar aquilo, sem conseguir. Só sentia um vazio por dentro, tão grande que poderia engolir Mumbai, o país, tudo.

"Espere", falei. "Você não deve fazer isso."

"Por que não?", ele perguntou. "Você tem medo de morrer? Viu a morte de perto tantas vezes, não pode temê-la tanto. E sabe que morrerá, se não for hoje, será amanhã. Você cavou a cova de muitos, alguém cavará a sua. Você mesmo disse isso uma vez."

"Eu não me importo com minha própria morte."

"Mas importa-se com a morte de muitos? Alguns milhares, alguns milhões? Por quê, Ganesh? Você matou algumas centenas em sua vida, pelo menos. Que diferença faz um pouco mais?"

Eu não tinha resposta para ele. Não sabia por que fazia diferença, mas fazia. Eu imaginei aquele agitado formigueiro de cidade sendo devorado pelo fogo, tudo retorcido, negro e finalmente destruído. Os milhões de pessoas levavam vidas frenéticas, medíocres e miseráveis. Depois que fossem embora, depois que o vento forte limpasse não só aquela cidade, como muitas outras, haveria espaço para o reinício. De todos os sermões que eu ouvira, fragmentos de lições de sânscrito, tirei esta noção indiscutível: era o que Guru-ji queria, a completa extinção de tudo que eu conhecia. Eu estava apavorado, não conseguia falar.

Ele entendeu isso. "Você é fraco, Ganesh", disse. "Apesar de meus esforços, falta-lhe força. Você é impetuoso e violento, mas isso não passa de um frágil disfarce para sua fragilidade. Por baixo você é sentimental como uma mulher. Mas não é sua culpa. Trata-se da condição geral da humanidade neste Kaliyug, Ganesh. Essa gente das Nações Unidas, os bem-intencionados sonhadores que correm para deter conflitos, eles não entendem que certas guerras devem ser travadas, que a matança precisa ocorrer. Pensam que impediram a guerra, mas só conseguem promover um constante estado de guerra atenuada. Olhe para a Índia e o Paquistão, sangrando um ao outro por mais de cinqüenta anos. Em vez de uma batalha final gloriosa, temos uma longa e imunda confusão. Esses idiotas bem-intencionados sempre discorrem sobre o progresso da raça humana, mas não percebem que o progresso não pode ocorrer sem destruição. Toda idade do ouro deve ser precedida por um apocalipse. Sempre foi assim e será assim novamente. Mas agora nos tornamos covardes demais para permitir que o tempo siga seu curso. Interrompemos a marcha das engrenagens, nós o sufocamos com nossos medos. Pense bem, Ganesh. Por mais de cinqüenta anos adiamos o conflito em nossas fronteiras, sofremos pequenas humilhações e pequenas derrotas todos os dias. Fomos desonrados e desgraçados, e nos acostumamos a viver envergonhados. Viramos uma raça de Arjuns lamurientos a fugir do que sabemos ser nosso dever. Agora chega. Vamos lutar. A batalha é necessária."

"Mas tudo acabará", falei com voz trêmula, infantil. "Tudo."

"Exatamente. Todas as grandes tradições religiosas previram esse fogo, Ganesh. Sabemos que está a caminho."

"Mas por quê? Por quê?"

"Você mesmo me disse, quando fazia aquele filme. Como era o nome dele?"

"*International dhamaka.*"

Ele riu com vontade outra vez. "Sim, *Dhamaka*. Você contou que toda história precisa de um clímax, e que uma grande história precisa de um grande clímax. Leia os sinais neste mundo, os sinais espalhados por esta vida que levamos, e veja o que é necessário fazer. Este mundo quer terminar, Ganesh. Precisa de um desfecho para poder começar outra vez. Você sente medo por ver por dentro. Saia um pouco e olhe, verá que não pode terminar de outro modo."

"Vou impedi-lo."

"Como, Ganesh? Aprendi as medidas de segurança com você. Foi um bom mestre. Você me encontrou uma vez, faz muito tempo, porque meu pessoal foi descuidado. Mas não me encontrará de novo. Você não me encontrou após tantos meses de busca. Não pode fazer nada. Ninguém pode fazer nada. O tempo avançará. O inevitável virá. Você pegou meu dinheiro, só o que conseguiu foi adiar o que precisa acontecer, o que tem de acontecer. Só isso."

"E o que deseja de mim, então?"

"Não lute contra mim. Não tente deter o mecanismo da história. Devolva meu dinheiro."

"Não. Eu não quero tomar parte nisso."

"Você já faz parte disso, Ganesh. Tornou isso possível, cuidou de parte do processo, e fará que aconteça, a despeito do que faça agora. Seja qual for sua atitude, a guerra virá, o sangue correrá. Você não pode impedir. Não pode deter você mesmo, Ganesh."

"Eu... falarei com as autoridades."

"E acreditarão em você, Ganesh? Um gângster que já contou centenas de mentiras para eles, matou milhares de pessoas?"

"Matarei outros sadhus."

"Todos eles morrerão um dia. Que diferença pode fazer um dia a mais?"

Eu não tinha mais nada para usar contra ele, ameaçá-lo.

"Qual a diferença de alguns dias em tudo isso, Ganesh?", ele disse. "Quanto mais cedo terminar esta imundície em que vivemos, melhor. Pense no futuro, Ganesh. No futuro. No que virá depois."

Ouvi um estalo, e ele desligou.

Os carros passavam depressa por mim, sangrando suas trilhas de luz no lusco-fusco. Era como se estivesse caindo. Então, naquele momento, não pensei nos meus rapazes nem nos milhões de pessoas no país ou no mundo. Pensei apenas em mim. Aquele estalido metálico em meu ouvido penetrou pelo pescoço até chegar ao estômago, e me deixou sozinho. Eu sabia que ele não voltaria. Não conseguiria encontrá-lo e ele não me telefonaria de novo. Estava sozinho. Novamente, eu era Ganesh Gaitonde, atirado num mundo desconhecido com uma faca escondida debaixo da camisa. A bile subia para minha boca. Virei a cabeça e cuspi, um líquido marrom escorreu pela longa mureta branca que acompanhava a calçada. Eu a observei escorrer, e houve outra ruptura dentro de mim, uma fenda infinita, irregular, dentro da qual eu caía. Estava sozinho. Do outro lado da rua saía fumaça de uma pilha de lixo. Fui acometido por um tremor violento, uma moleza nas pernas, nos braços, nos ombros. Cambaleei até o carro e entrei. O motorista precavido evitou olhar para mim, e fomos embora. No banco traseiro, eu tentava me recompor.

A nova fortaleza em Juhu era o andar superior de um sobrado tipo bangalô com vista para o mar. Bunty montara a equipe de guarda, depois de fazer a varredura e reforçar a segurança. Os rapazes me levaram para conhecer a casa e mostraram as duas saídas pelos fundos, por escadas diferentes, que também seriam vigiadas. Subi ao andar superior, fechei duas portas e me joguei na cama. Estava exausto, pensei. Após várias semanas de viagem, da ansiedade da caçada, da comida e da água diferentes. Precisava descansar. Mas ainda tremia, cheio de energia descontrolada debaixo da pele que a fazia coçar e tremer. Fora o cheiro. Não era só mogra dessa vez, outra coisa fumegava por baixo, com o fedor intenso da carne queimada. Algum idiota deve ter jogado um rato morto na fogueira da praia. Vou mandar os rapazes darem um jeito no maderchod. Andei até a janela, vacilante. Não havia fogueira, nada além das ondas quebrando na areia, seguidamente. Mas aquelas janelas. Havia janelas na fachada inteira que dava para o mar, do chão até o teto. Mas que espécie de fortaleza era aquela? Suleiman Isa e sua organização inteira poderiam me observar do telhado vizinho. A polícia poderia posicionar um batalhão de atiradores na praia, para acertar minha cabeça. Chamei os rapazes. Desgraçados, cubram essas janelas.

Exigi que fechassem e parafusassem as janelas antes de cerrar as cortinas. Mesmo assim sentia o cheiro funéreo das flores e do calor escorchante. Gritei, chamando os rapazes novamente. Mandei que trouxessem fita isolante e lacrassem as bordas das janelas. Intrigados, apesar do medo que sentiam de mim e anos de respeito, alguns não conseguiram esconder seu ceticismo ou ar irônico. Não me importei. Mandei-os à praia procurar uma fogueira, e vasculhar o lixo dos prédios vizinhos. Apaguem qualquer fogo que encontrarem, ordenei. Eles fizeram que sim, bhai, claro, bhai, e foram embora arrastando os pés. Fechei a porta, cobri com fita isolante todas as frestas, até o buraco da fechadura. Depois puxei a poltrona até exatamente o meio do quarto e sentei, segurando as canelas. Sem dúvida o cheiro continuava no quarto. Espere um pouco, pensei, deixe que a contaminação do quarto passe, logo se livrará dela. Por isso aguardei, respirando lentamente, enquanto os minutos transcorriam. Fechei os olhos, pratiquei meu pranaiama. Queria calma, só o que pedia era um pouquinho de paz. Mas uma luz ofuscava meus olhos, relâmpagos alaranjados contra um fundo mais claro, cor de açafrão. O quarto estava escuro, as cortinas eram douradas, grossas, de uma espécie de brocado. De onde vinha aquela luz? Pensei que o prédio era muito frágil, que o vidro e as janelas quebradiços não o protegiam. Eu estaria mais bem sentado de pernas cruzadas no alto da minha pira funeral, esperando ser mandado de volta à morte por meus inimigos, pelo desastre que assomava no horizonte. Precisava me proteger.

Bunty desligara o celular. Devo ter ligado para ele umas trinta vezes nas duas horas seguintes, sempre para ouvir a mesma voz bhenchod com sotaque estrangeiro meloso. Por fim ele ligou de volta, em pânico. "Desculpe, bhai. Deixei no alerta vibratório, mas ele ficou debaixo de umas camisas. Sinto muito."

As pernas do idiota não funcionavam mais, mas uma outra parte dele ainda dava conta do recado, ou quase. Ele estava com uma menina de dezesseis anos, precisou se concentrar tanto que esqueceu o trabalho e as responsabilidades. Eu lhe ensinara as exigências de sua função, e lhe passei um sermão sobre o assunto, pois ele se tornara um chutiya desleixado. Depois disse o que desejava. Ele choramingou feito um cachorrinho, confessou que não tinha a chave para meu abrigo subterrâneo, para a fortaleza que eu havia construído para mim e para Jojo em Kailashpada. Contou uma longa história sobre os construtores, que precisavam da chave para terminar a parte elétrica, e depois eles a deram para não sei quem, e isso e aquilo. Eu o cortei, disse que pretendia estar no abrigo às nove da manhã, e que se não estivesse ele perderia mais alguma coisa, além das pernas.

"Mas, bhai", ele disse, "não quer ir para casa?"

"Casa? Que casa?"

"Na Tailândia, bhai. O iate. Agora que a missão acabou."

Eu lhe disse para cuidar de sua própria vida e bati o telefone. Deveria atravessar o mar de novo? Procurar segurança na distância? Mas haveria segurança? Sim, eu poderia ir para a Nova Zelândia ou para uma ilha rochosa ainda mais longe, claro. Mas quando o fogo se espalhasse, quando a destruição ampla de Guru-ji varresse os mares, o que restaria?

Andei pelas beiradas do quarto, cerrando e abrindo os punhos, tentando livrar meus ombros das câimbras. Onde seria minha casa quando não houvesse mais casas? O que eu poderia esperar, com que sonharia quando deitasse para dormir? Quando alguém perguntasse de onde eu era, o que deveria dizer? Não, eu não poderia ir para lugar nenhum, não podia ir embora. Ficaria ali mesmo, perto do campo de batalha, dentro dele, e deteria Guru-ji. Ele tinha certeza de que eu não conseguiria detê-lo. "Você não pode impedir." Mas eu era Ganesh Gaitonde. Ele podia ver o futuro e o passado, mas eu havia alterado meu destino várias vezes. Apagara o que estava escrito. Eu havia mudado. Sobrevivido. Agora poderia sobreviver novamente. Salvaria meu lar. E para fazer isso eu precisava de segurança completa.

Bunty conseguiu me atender com três horas de folga. Ligou às seis, mandou me buscar às seis e meia. Eu não havia dormido nada, mas me sentia forte e alerta enquanto atravessávamos a cidade imensa, vibrante. Vi um motorista de riquixá motorizado se endireitar no assento quando uma mãe passou correndo com o filho, na direção do banheiro público. Idosos passeavam numa praça, balançando os braços energicamente. O sol batia no alto das árvores. Um bhajan tocava no rádio, ouvimos fragmentos esparsos ao passar por uma longa seqüência de kholis.

Entramos à esquerda e seguimos até a praça do mercado. As lojas ainda estavam fechadas, em sua maioria. Um seth bocejava enquanto o rapaz, seu ajudante, lidava para abrir uma janela, e não nos deram atenção quando estacionamos perto do cubo branco, no meio do terreno vazio. Passei a mão na parede branca impecável quando chegamos à porta, e já me senti melhor. Lembrei-me das especificações, da grossura exata das paredes, do custo do cimento utilizado. Um dos rapazes de Bunty tremia, tentando enfiar a chave na fechadura, até eu me irritar e tirá-la de sua mão. Era uma chave feita por computador, com pequenas ondulações nos dois lados, e depois de enfiá-la até a metade era preciso dar meia-volta para a esquerda. Então, com uma pequena pressão, ela virava como seda. "Pronto", falei. "Diga a Bunty que ligarei para ele."

"Bhai, se precisar de mais alguma coisa..."

Fechei a porta — precisei usar o peso do corpo, e empurrá-la com o ombro — e fiquei completamente no escuro, como queria. Ouvia o zumbido baixo do equipamento bem calibrado sob meus pés, mas o barulho dos corvos lá fora foi cortado. Graças ao projeto eu sabia exatamente onde estava o interruptor, à minha direita, na parede, mas não queria acender a luz. Por um momento, bastava mergulhar na sensação de segurança, saber que nada poderia me alcançar aqui dentro. Minha mente aquietou-se, relaxei.

Fui subitamente acordado de meu devaneio. Não sei quanto tempo durou, um minuto ou meia hora. Não havia dormido ainda, mas de algum modo descansara. Forcei meu corpo a se mexer, acendi a luz e ergui o alçapão de metal no meio da sala. Uma escada curta conduzia à sala de controle. Tudo saiu como planejado, com múltiplos monitores, computadores, além de rádios e máscaras contra gases. Os construtores e técnicos seguiram exatamente as instruções, até os estoques de frutas secas e garrafas de água lacradas. Havia uma pequena academia, uma estante cheia de DVDs, com filmes antigos de Dev Anand e Dilip Kumar. Um armário de metal guardava as armas, AK-56s e Glocks. Um homem podia viver ali.

Então eu morei em casa, meu lar subterrâneo, por duas semanas. Falava com Bunty e com os rapazes, recebia chamados de Nikhil, da Tailândia, todas as manhãs e noites, fechava negócios com Bruxelas e Nova York. Os rapazes trouxeram meus arquivos, e os documentos importantes eram enviados para mim assim que chegavam. Tudo caminhava como antes, se não fosse o fato de eu não navegar em mares estrangeiros nem voar de uma cidade para outra. Fazia meu trabalho em segurança na barriga de Mumbai. Não que voltar para casa significasse complacência. Seguia todos os procedimentos de segurança, usava sempre coldres de ombro confortáveis, de náilon, com uma Glock 34 carregada. Estava em zona de combate e me protegia.

Mas não conseguia dormir. Deitava na cama, no chão, num colchão especial para relaxar o corpo que o pessoal de Bunty trouxe para mim, mas nada me dava um momento de descanso. Tomava punhados de Calmpose e Mandrax, e um frasco de Ambien foi trazido de avião de Nova York, sob encomenda. Nem mesmo as pílulas norte-americanas conseguiam a proeza da inconsciência. Eu só conseguia atingir uma zona cinzenta entre o sono e a vigília, uma paralisia suspensa na qual sentia meu corpo pesado e imóvel, enquanto a mente seguia desperta e atenta. Com os olhos semicerrados eu via filetes de fogo subindo pela parede. Sabia que não havia fogo, que a impressão de fagulhas vinha dos reflexos dos monitores de computador e das luzinhas vermelhas dos discos rígidos, mas quando o efeito dos remédios cessava, eu ainda sentia o cheiro — sim — de mogra e corpos carbonizados. Consolava-me com a idéia de que os sistemas de filtragem de ar não conseguiam eliminar completamente os odores da cidade. Afinal de contas, os filtros de carbono não fabricavam ar novo, não conseguiam remover o que já estava no ar, nos níveis mais profundos. O cheiro que eu sentia era da poluição dos milhões acima de mim, dos eflúvios de suas vidas. Disso não havia escapatória, não poderia haver, e aprendi a conviver com o problema. Era só uma sensação no fundo da garganta e uma pequena irritação nos olhos. Eu era Ganesh Gaitonde, sofrera dores piores.

Mas não me acostumava a viver preocupado. Passar o dia e a noite acordado me dava tempo para sentar e refletir. Muito tempo depois de ter cuidado dos negócios, de passar a lista de obrigações, rever as contas e fazer o planejamento, eu me sentava na poltrona giratória na frente dos computadores e monitores para pensar. Claro, eu tentava entender aspectos de minha recente busca pelo filho-da-mãe que se dizia guru. Penosamente, vasculhei os documentos e arquivos tirados de seus escritórios, tentando lembrar cada frase proferida por ele em nossa última conversa. Talvez eu não tivesse percebido alguma pista, uma abertura pela qual pudesse passar. Revirava a história toda, retornava e avançava, até finalmente desistir, derrotado. Estava arrasado. Então ficava preocupado. Poderia me distrair com os canais simultâneos da televisão, com filmes, música e notícias, tudo junto, e mesmo assim a preocupação brotava dos mapas de previsão do tempo, das danças dos heróis e heroínas, da paz da voz de Lata.

"Com que está preocupado agora, Gaitonde?", Jojo perguntou. Ela finalmente acreditou que eu estava de volta a um país estrangeiro qualquer, por causa do sossego reinante durante os telefonemas. E, como sempre, ela captava meu estado de espírito no momento em que eu começava a falar, e mesmo antes, pelos meus silêncios.

"Com você", falei. Era verdade. Se a guerra viesse, eu sobreviveria em meu abrigo. Porém Jojo estava do lado de fora, eu a perderia. Mas como poderia viver sem sua voz em meu ouvido, sem saber que Jojo me conhecia? Sentia-me mais sozinho do que nunca agora. Eu estava por minha conta desde menino, quando era desesperadamente pobre e ignorante, vivendo sozinho, mas a solidão não pesava em meus ombros, era como a capa esvoaçante de um herói ousado. O roteiro de minha vida subira numa espiral ascendente, num único e contínuo movimento, e eu deixara amantes, yaars e inimigos para trás, sem arrependimento. Era necessário. Era uma parte essencial de minha personalidade, e sem ela eu jamais teria me tornado Ganesh Gaitonde. Mas agora Jojo vivia dentro de mim, sem ela eu desabaria, tinha certeza. "Ando preocupado com você, Jojo", falei. "Por mais kutiya que você seja. Não sei o motivo."

"Você está ficando senil", ela disse. "Se não sabe o motivo, por que se preocupa?"

"Não é nada disso. Sei por que estou preocupado. Só não sei por que me preocupo com você. Você é uma kutiya ríspida, desavergonhada e rabugenta."

Ela soltou sua gargalhada bestial típica. "Arre, Gaitonde, depois de tantos anos, você ainda não sabe? Não sabe mesmo? Tudo bem, tudo bem, deixa estar. Fale mais sobre sua preocupação."

"Você precisa morar num lugar mais seguro."

Ao ouvir isso ela passou a agir de modo insensato, como sempre fazia. Despejou palavrões, mandou que eu examinasse a cabeça, ou os golis, ou melhor, os dois. Depois disse que sua vida ia muito bem, os negócios prosperavam, ela não temia nada. E eu precisava parar de pensar nisso, ou ela teria de enfiar a idéia no meu gaand.

Em contraste, eu me mostrava inteiramente razoável. Passei a apontar a alta da criminalidade na cidade, a preocupante incidência de assaltos aleatórios, estupros, postura agressiva do governo e grupos militantes, que levavam a explosões de bombas em restaurantes, e o que isso poderia significar para a situação na fronteira. Ouvindo isso, ela sussurrou furiosa: "Eu torço para que ponham uma dessas bombas dentro da sua cabeça", e desligou.

Naqueles dias, desde que me instalei no bunker, nossas conversas pareciam terminar assim, mais do que nunca. Travávamos nossas discussões habituais sobre as moças que Jojo representava, ou programas de televisão que produzia, ou tendências no mundo empresarial, mas eu finalmente conduzia a conversa para o tipo de mundo em que vivíamos, para os perigos mortais que podiam ser postos diante de nós. Então, com um gemido, um palavrão ou um grito, ela desligava. E eu continuava preocupado.

Hoje comecei a considerar opções para Jojo. Poderia presenteá-la com um abrigo que parecesse uma casa, e enganá-la para garantir sua segurança. Mas como assegurar que manteria as portas trancadas? E estranharia a falta de janelas. Não. Mudando de canal, vi um anúncio para férias exóticas no exterior. Um casal feliz caminhava pela praia. Eu poderia mandá-la para um lugar remoto, dar-lhe passagens de primeira classe para uma ilha dos mares do sul. Sim. Despachá-la de avião para um resort cheio de rapazes musculosos e lojas chiques. Sim, lá estava ela, adquirindo um par de sapatos de salto alto. Eu a via, assim. Usava saia vermelha curta, suas pernas eram jovens e musculosas. Carregava um monte de sacolas das lojas e era feliz. A seu lado tinha uma bolsinha preta de couro muito macio. E na bolsinha havia dois telefones, um celular comum com que ela tocava a vida e um vermelho codificado para fazer contato comigo. Ela estava feliz, em segurança, e pensar nisso me deixava contente. Se algo acontecesse, se o fogo queimasse até o horizonte, ela estaria protegida.

Mas, se algo acontecesse, se aquela coisa acontecesse, os telefones deixariam de funcionar. Não haveria vôos, talvez nem aviões. Todos os sistemas que administram os aviões e telefones parariam. Eu já sabia o suficiente, por causa dos filmes e programas da televisão, que deveria esperar um colapso completo. Até as máquinas que ainda funcionassem parariam por falta de energia. Por isso mandei instalar um conjunto triplo de geradores e baterias para o abrigo, fora os cabos de energia reforçados, além de providenciar equipamento de energia solar. Assim, Jojo ficaria em sua ilha, e eu, nas salas subterrâneas. Entre nós haveria um vasto oceano e o sol implacável. Nos anos todos em que estivemos juntos, jamais me importei com a distância, pois sabia que Jojo estaria comigo, quer eu caminhasse por uma rua qualquer da Bélgica ou voasse sobre o deserto da Arábia. Ela estava sempre esperando perto da minha cintura, à distância de duas teclas. Eu poderia despachá-la para algum lugar agora, mas como a traria de volta? Andei de um lado para o outro da sala de controle, pensando no esforço exigido para caminhar um quilômetro. Por muitos anos, até agora, a distância não significava nada para mim, só o tempo me interessava. Eu situava cidades pelo número de horas que um jato demorava para ir de uma a outra, e aprendera a subtrair um dia da data, ou adicionar metade da noite ao começo da manhã. Agora, sentindo o chão sob meus pés, eu via as longas linhas de longitude e latitude, que se estendiam para lá das paredes, via o imenso arco da terra e o vácuo rochoso que se abria entre Jojo e mim. Éramos tão pequenos e o mundo tão vasto. Sem sua voz em meu ouvido, eu era ainda menor.

Eu precisava trazê-la para cá. Isso mesmo. Ela resistiria, ficaria furiosa no começo, mas finalmente entenderia. Eu lhe explicaria toda a extensão do problema, eu a convenceria do perigo, mostraria as provas e ela compreenderia. Sempre conversamos bem, desde o começo. Ela era uma megera teimosa, mas também razoável. Cuidava bem de seus interesses, eu lhe provaria que era impossível permanecer lá fora. Ela acabaria concordando.

Peguei o telefone, liguei para Bunty e dei instruções. "Traga a moça para cá", falei.

Ela sentiria medo e raiva quando a pegassem, mas eu não tinha escolha. Se mandasse um convite para me encontrar, ela teria recusado, por mais que eu implorasse. Por isso os rapazes fizeram o que precisava ser feito: esperaram amanhecer, na porta do prédio de Jojo. Ela saiu às dez e meia no Toyota azul, sozinha. Eles a seguiram pela Yari Road, no sentido norte, para Goregaon. Foram em dois carros e uma van, precisavam de apenas dez minutos para cercá-la com os carros. A van ficou atrás. O carro na frente de Jojo freou com força, a van bateu no pára-choque traseiro, empurrando-a para a frente, num leve engavetamento. Iam devagar, ninguém corria perigo de sair ferido, mas Jojo desceu do carro cuspindo maderchods e bhenchods. Estava tão brava com a moça que dirigia a van que não notou os três homens descendo do carro da frente, nem os outros dois do carro ao lado. Eu havia avisado para não machucarem Jojo, e não tinha certeza de que a visão de um ghoda seria suficiente para impedi-la de gritar e brigar, mesmo que o encostassem em sua cabeça. Por isso usaram uma arma paralisante Omega. Enquanto Jojo gritava com a moça da van um dos rapazes encostou a arma em sua cintura, pouco acima do cinto, e deu uma descarga de trinta segundos. Ouviram um estalo, Jojo soltou um grito curto que terminou em gemido e caiu no chão. Usar arma paralisante é perigoso: a gente dá um choque na pessoa, ela sente uma picada de cobra, fica mais furiosa ainda e quebra sua cabeça. Eu temia que Jojo chutasse os rapazes nos golis, mas ela desabou, esperneou, revirou os olhos e apagou por uns dez minutos. Quando acordou na traseira da van tinha pés e mãos amarrados, não podia fazer nada exceto babar no assento. Os outros carros — inclusive o de Jojo — a seguiram, e o pequeno cortejo a trouxe até mim.

Recebi a encomenda na porta — escondido dos olhares curiosos dos comerciantes pelo volume da van. Peguei-a e fechei a porta, depois a carreguei escada abaixo. Deitei-a na cama, apoiando sua cabeça num travesseiro macio, e trouxe água gelada. Levei o copo a seus lábios, depois enxuguei o que escorrera pelo rosto e pescoço. Ela resmungou algo, com voz pastosa e confusa. Perdera o controle da boca, percebi, mas os olhos estavam alertas, totalmente concentrados. Olhou para mim, depois para a esquerda e para a direita, avaliando o local.

"Relaxe, Jojo", falei. "Em poucos minutos estará bem. Beba um pouco de água."

Mas ela fechou a boca e me fuzilou com o olhar, que poderia arrancar minha cabeça de tão violento. Tentou falar, mas novamente só conseguiu produzir sons incoerentes e salivação. Eu a limpei, sentei-me e olhei para ela. Era mais magra do que eu me lembrava, pelas fotos, e faltava um pouco de carne nos lábios. Nas fotos ela sempre exibia uma boca carnuda vermelha, e por muitos anos eu a imaginei assim, diariamente. Mas não tinha importância, ela acabara de acordar, estava a caminho da academia, nem tivera tempo de passar batom. Eu conhecia os truques de maquiagem das mulheres. Jojo era mais velha do que eu esperava, eu não sabia das rugas no pescoço nem na mão. Mas era atraente mesmo assim, conjunto bem conservado, cabelo castanho com luzes, corpo esguio. Via a barriga lisa onde a blusa subira um pouco, acima da calça jeans de cós baixo.

Ela me viu olhando, ergueu a cabeça do travesseiro. Dessa vez, parou antes de dizer cada palavra, que pronunciava com precisão, cuidadosamente. Ela disse: "Quem. É. Você?".

Bati a mão na perna e ri. "Arre, Jojo. *Sorry*, yaar. Nunca lhe contei. Mudei o rosto. Por questões de segurança. Sou Ganesh. Ganesh Gaitonde. Gaitonde.

Ela balançou a cabeça. "Zo-ya contou."

Então Zoya falara sobre minha cirurgia. Nunca confie numa mulher em questões de segurança. Teria feito melhor se mandasse apagar aquela kutiya Zoya depois que a descartei. Mas aquela randi não me importava, ali estava Jojo, ainda apavorada, desconfiada e hostil. Eu tinha de convencê-la de que eu era eu, Ganesh Gaitonde, que conversava com ela diariamente. Seria minha voz tão diferente, tão alterada pela distância e eletricidade? Mas tudo bem. Eu me tornara Ganesh Gaitonde para Jojo nesse encontro cara a cara, mesmo que nossos rostos fossem diferentes do que imaginávamos durante nossa longa amizade. Eu lhe falei sobre a primeira vez em que conversamos, fazia tanto tempo, e como nos tornamos yaars. Falei das meninas que ela mandava para mim e das brincadeiras que fazíamos depois. Falei a respeito das virgens que havia possuído, do quanto pagara pela sua condição. Falei de quando ela me xingava, e me chamava de "Gaitonde".

Quando terminei a historinha, ela estava sentada na cama com os braços prendendo os joelhos com força, na altura do peito. E sabia quem eu era. Mas eu não sabia dizer se estava curiosa ou furiosa, apavorada ou intrigada. Não conseguia captar seu estado de espírito. Conhecia sua voz, mas não seu corpo. Ela precisava dizer alguma coisa para eu saber o que sentia. Esperei.

Ela abriu a boca, e a fechou novamente. Testava sua capacidade, a língua e os lábios, até concluir que se recuperara. "O que aconteceu a você, Gaitonde?", ela disse.

Eu esperava alguns palavrões, antes de exigir uma explicação para eu mandar nocauteá-la e trazer para meu abrigo sem sua permissão. Eu tinha a explicação pronta, ela saiu numa torrente, falei dos yagnas e bombas, dos dólares e sadhus, do fogo e do final de uma yuga. Enquanto eu falava, ela levantou e deu uma volta no quarto. Ainda não sentia firmeza total nos pés, apoiava uma mão na parede para se equilibrar. Mas estava alerta, examinava o local, o que havia nele, onde estavam as portas. Enquanto eu falava senti que o orgulho tomava conta dela. Estava fazendo o que eu teria feito. Observou a miniacademia, abriu as portas dos banheiros. Ela seguiu para a porta que dava para a sala de controle. Fui atrás dela, sem parar de falar.

"Onde estamos?", ela perguntou. "Por que tem aquela arma?"

Percebi que estava confusa. Eu tinha quatro monitores, com notícias norte-americanas, indianas e chinesas em três deles, e a internet no quarto. Ela estava desorientada, desmaiara e não sabia quanto tempo havia transcorrido. Imaginou que estivesse na Malásia, ou na Espanha. Podia ser qualquer lugar.

"Não se preocupe, Jojo", falei. "Ainda estamos em Bombaim. Em segurança. Não tema."

Ela se voltou para mim. Era mais baixa do que eu, mas ficava bem ereta, com os ombros para trás. Jogou o cabelo para trás com um movimento da cabeça. Ao observar o rápido movimento entendi no ato por que havia sempre uma fila de homens esperando para ser seu thoku seguinte. Notei isso objetivamente, como um fato a respeito de Jojo. Naquele momento, na condição em que me encontrava, não restava em mim o menor traço de desejo físico, e muito menos por Jojo. Dela eu só queria que conversasse comigo.

"Gaitonde", ela disse, "você é doido varrido." Falava comigo com a voz que usava para ralhar com os empregados, uma voz baixa, decidida, implacável. "Precisa ir ao médico checar sua bheja. Esqueça, tarde demais para isso, você deveria ir direto para o hospício e se internar. Diga às enfermeiras para acorrentar suas mãos e pés, para evitar que atormente as pessoas..."

"Jojo, escute o que estou dizendo."

"Não, escute você. Quem pensa que é? Considera-se algum rei, com poder para seqüestrar as pessoas? Acha que pode dar um choque em alguém, como se fosse um animal, e mandar arrastar a pessoa até você? Seu desgraçado, só porque o mundo inteiro morre de medo de você acha que pode fazer qualquer coisa? Eu não tenho medo de você, maderchod."

Ergueu o rosto na altura do meu, apontando com o dedo para meu olho. Ela me xingou de novo, cuspiu na minha cara uma vez, depois outra.

Senti vontade de bater nela.

Mas aquela era Jojo, eu queria tomar conta dela. Afastei-me, ergui as duas mãos, tomei fôlego. "Você está muito perturbada agora. Eu entendo. Deixe que eu explique, Jojo. Somos amigos há muito tempo. Pense nesse longo tempo. Eu poderia ter feito isso quando quisesse, e nunca fiz. Portanto, acalme-se e escute. Depois, se não concordar, pode fazer o que quiser."

Ela abaixou a cabeça e me ouviu. Percebi que calculava e avaliava a situação, analisando a sala e suas chances. Mas eu não sabia se ela ia desistir ou me esbofetear. Eu deveria ter equipado Jojo com câmera de videoconferência, para observar seu pescoço e ombro com raiva, durante todos esses anos. Pensei que a conhecia, mas estava enganado.

"Certo", ela disse. "Mas fale logo. Tenho muito trabalho a fazer hoje."

Fiz que ela sentasse numa poltrona da sala de controle, e dei-lhe mais um copo d'água. Perguntei se estava com frio, e ajustei o ar-condicionado. Depois expliquei o que estava acontecendo realmente. Contei tudo, ponto por ponto. Mostrei um gráfico de uma edição antiga do *India Today* no qual deram as estimativas de mortos e feridos em Mumbai após uma explosão nuclear. Descobri um site na web que exibia imagens reais de explosões e sobreviventes trêmulos. Mostrei as recomendações, as medidas de segurança e listas de materiais necessários para sobreviver.

"Espere um pouco", ela disse. "Espere."

"O que foi?"

"Você quer que eu fique aqui? Quero dizer, que passe a *morar* nesta coisa?"

Ela se mostrava incrédula, cética e desdenhosa. Eu sentia dificuldade em decifrar os vincos na testa, o significado de sua expressão. De repente aquele paraíso compacto onde eu havia guardado malas cheias de dinheiro parecia pequeno e inóspito. "Não é tão ruim", falei. "Na verdade, é muito confortável. Temos as melhores camas, ar-condicionado em tudo. Uma academia onde você pode fazer exercícios. Água filtrada. As comunicações são excelentes. Você pode trabalhar daqui, sem dificuldade."

"Até quando?"

"Como?"

"Quanto tempo pretende ficar aqui?"

Surpreendi-me. A resposta era óbvia. A Jojo ao telefone era mais inteligente que a física, nunca precisara de muitas explicações. "Até acabar", falei. "Ou não acabar."

Jojo desapareceu. Ela sumiu atrás de sua face incompreensível, eu não sabia o que ela estava pensando. Mas, quando falou, eu a reconheci outra vez. Foi muito suave, reencontrei a mulher gentil, de bom coração, que conversava sobre meus problemas, meu estresse e o tipo de comida que eu deveria ingerir. "Gaitonde, por que não senta? Você precisa relaxar, ou vai ficar com hemorróidas de novo."

Ela abriu um sorriso, e pensei, é assim seu rosto quando solta uma risada. Eu não havia percebido que estava em pé. "Sim, claro", falei, e sentei.

Ela puxou a poltrona para perto da minha, ergueu os pés e cruzou as pernas. Ri, pois isso eu sabia a seu respeito — ela havia contado que, durante reuniões oficiais com tipos importantes ela se esquecia de onde estava e sentava assim, como uma bai concani saída de um vilarejo. Ela balançou a cabeça e sorriu. Na mesma hora me senti melhor. Era a Jojo que eu conhecia. "Muito bem, Gaitonde", ela disse. "Explique para mim, até o quê acabar?"

"Você não ouviu o que eu disse? Até acabar tudo", falei. "Se eu encontrá-lo, conseguirei impedir que aconteça. Então terá terminado. Se eu não encontrá-lo, então não vai acabar. Até tudo acabar."

"Certo", ela perguntou. "Temos o Guru-ji. Você precisa encontrá-lo. Certo. E quanto tempo isso vai exigir?"

"Não sei. Pode acontecer a qualquer momento."

"Hoje, quer dizer."

"Ou amanhã."

"Ou daqui a alguns dias?"

"Meses, talvez. Mas se eu não conseguir encontrá-lo, isso vai acabar em algum momento. É inevitável. Não é difícil entender."

"Mas, Gaitonde, não posso ficar aqui tanto tempo. Tenho meus negócios. Não posso administrar tudo a partir daqui. Preciso encontrar pessoas, ver as moças. Preciso ir a muito lugares."

"Você pode telefonar daqui. Podemos transformar um dos quartos de cima em sala de comunicações. Com um sofá, uma mesa. Muito fácil."

"Mas", ela disse, "mas Gaitonde."

Não estava mais brigando comigo, mas pensava que a tarefa à sua frente era impossível. Qualquer um que não tivesse levado uma vida como a minha acharia isso, que não tivesse atingido meu nível de compreensão, que não tivesse deixado para trás tantas certezas que se revelaram ilusões. Eu sabia a verdade, que a segurança definitiva era uma sala, um iate, uma caverna debaixo da terra. Eu precisava convencê-la devagar. "Jojo", falei, "tente só por um dia."

"Só um dia?"

"Um dia e uma noite. Amanhã, se quiser, você vai para casa."

"Promete?"

"Preciso prometer? Quando Ganesh Gaitonde diz que fará uma coisa, ele faz. Mas, por você, Jojo", toquei a garganta, "eu juro."

Mostrei-lhe a esteira e os pesos. Ela não quis se exercitar, porém, disse que era muito tarde e que perderia reuniões e telefonemas. Limpei uma mesa para ela — tirei jornais e mapas, revistas e relatórios financeiros — e dei-lhe um telefone. Fiz meu trabalho enquanto ela telefonava. Providenciei o almoço dela para as duas horas em ponto — o momento exato de sua preferência. Era a comida concani que tanto apreciava, com muito kokum e peixe apimentado. Ela ciscou um pouco o prato enquanto eu a observava. Sentia dificuldade em falar com ela. Havíamos almoçado juntos antes, eu no iate, ela em casa. Mordíamos e mastigávamos um na orelha do outro, e falávamos, falávamos. Jojo dizia que eram nossas sessões gazali, em que ela transmitia as últimas fofocas sobre suas amigas, e eu a fazia rir com as idiotices cometidas pelos meus rapazes. Não havia razão para não voltarmos às brincadeiras gostosas, ao riso fácil. Eu havia reunido novas travessuras, queria conversar com ela a respeito de uma idéia que tive para uma série de tevê. Contudo, o silêncio imperava entre nós, como um imenso cão negro sobre a mesa. Mas eu era Ganesh Gaitonde, não temia nada, e deixei de lado o constrangimento. "Jojo", falei, "quer ver um filme esta noite? Podemos conseguir alguns em primeira mão, antes do lançamento, os mais recentes."

Ela empurrou o prato para o meio da mesa. "O que quiser."

"Sei disso", falei. "Mas estou perguntando o que você gostaria de fazer."

"Tanto faz. Podemos ver um filme, se quiser."

"Mas você deve ter uma opinião a respeito."

"Já falei, por mim tanto faz."

Ela ergueu os joelhos outra vez, e seu cabelo caiu feito uma cortina, ocultando a face. Estendi o braço e virei sua poltrona para mim, mas só via a calça jeans e uma mão segurando a outra com força. "Arre, baba", falei com suavidade, "claro que você tem opinião a respeito. Nunca houve um lançamento que você não tenha adorado ou odiado antecipadamente."

Ela gritou comigo: "Maderchod, Gaitonde, já falei que tanto faz!". Suas faces escureceram de sangue. "Pegue qualquer filme chutiya que quiser!"

Ninguém falava comigo daquele jeito. Ninguém gritava comigo. Senti vontade de esmurrá-la.

Mas levantei e me afastei. Sem olhar para ela, disse: "Vou descansar um pouco".

Deitei na cama e tapei os olhos com o braço. Ouvia Jojo andando no outro quarto. Seguiu-se um clique de plástico contra plástico. Ela ia telefonar? Para quem ligava? Telefonaria para meus inimigos? Ou para a polícia? Diria a eles onde eu estava, para poder sair daqui assim? Não, ela jamais faria isso. Não podia. Por mais chateada que estivesse, apesar do nervosismo que tomara conta de seu corpo e a fazia tremer, ela nunca faria isso comigo. Ela era Jojo, e eu, Ganesh Gaitonde. Estávamos juntos, precisávamos um do outro. Ela ia de uma ponta do quarto a outra. O que fazia? Madeira arrastada no concreto. Mudava a mesa de lugar? Por quê? Agora ela estava quieta. Para onde fora? Estalido leve de metal. Ah, estava subindo a escada. Queria sair. Ia tentar sair. Tudo bem. Eu havia fechado o alçapão de aço. Ele só abria com uma senha de nove números ou — em caso de pane elétrica — se abrisse um painel e girasse duas rodas simultaneamente. Ela devia estar virando a maçaneta na parte de baixo da porta. Tudo bem.

"Gaitonde", ela disse. Estava na porta. "Gaitonde, você quer mulheres?"

"Como é?"

Ela saiu da sombra. "Tenho duas novas, coisa fina. Recém-chegadas de Delhi." Seu rosto e os ombros brilhavam de tanto suar. "Juro, são melhores que todas as outras. Quando pegar essas duas, verá que Zoya era uma randi de terceira classe trabalhando atrás da estação de Andheri."

"Não quero prostitutas."

"Mas, Gaitonde, elas podem vir para cá e morar com você. As duas. Pense nisso. Uma delas tem dezesseis, e a outra, dezessete. Você pode ficar com as duas. Elas serão felizes aqui. Sério. Ficarão enquanto você quiser."

"Não quero saber delas."

"Gaitonde, vou mandar pintar de dourado o cabelo da menina de dezesseis anos. Ela parece modelo estrangeira, tem pele igual à das garotas da Malásia."

"Não."

Quando tentava persuadir alguém, ela baixava a cabeça um pouco e olhava através dos cílios, e o cabelo caía em volta de seu rosto em curvas suaves, como um elmo escuro. "Eu não quero ficar aqui."

"Só até de manhã..."

"Gaitonde, entenda bem, eu não quero ficar aqui."

"Faça uma tentativa, por algumas horas, pelo menos."

"Eu já sei o que quero. Não tenho dúvidas, eu quero ir embora daqui."

"Por quê?"

"Porque estou ficando louca. E não vai melhorar, só piorar."

"Podemos mudar tudo, trazer o que quiser."

Ela gritou. Seu corpo inteiro se inclinou para a frente, ela se abaixou um pouco e soltou um uivo longo lancinante que me fez levantar num salto. "Cale a boca!", falei. Mas os olhos dela estavam molhados, opacos. Ela tomou fôlego e uivou novamente, um grito pavoroso que atingiu meu rosto como se fosse uma bofetada.

Eu a segurei pelos ombros e a sacudi. Ela se debateu, socando minhas costelas com força. Mas não a larguei até sentir meu queixo arder, toquei a face com a ponta dos dedos, que se cobriram de sangue rosado pegajoso. A chutiya bhenchod tinha garras.

Ela continuava querendo arranhar, com as mãos adiantadas na frente do peito. "Não entende? Não posso ficar aqui, não posso. Preciso sair. Você não pode me prender nesta jaula."

"Será que não entende? Lá fora você vai morrer."

"E daí? Melhor morrer do que viver neste buraco."

Virei as costas, revoltado. "Isso não faz o menor sentido. Você está perturbada. Sabe que não é verdade. Você não quer morrer."

Ela resolveu me atacar. "Quer saber a verdade, Gaitonde? Você é um covarde. Costumava ser diferente, era um homem, mas agora não passa de um maluco tremendo de medo, escondido num buraco." Ela estava atrás de mim, eu sentia seu hálito azedo em meu ombro e o cheiro de seu pânico.

Virei-me, e no mesmo movimento fiz que sentisse o peso de minha mão. Foi um tabefe forte, ouvi o estalar dos dentes, e ela recuou. "Ah", falei. Saía sangue pelo nariz.

"Randi." Eu avancei conforme ela recuava, cambaleando. "Quer ver que tipo de homem eu sou? Vou lhe mostrar agora. Venha cá, venha. Quer mais um pouco? Quem está tremendo, hem? Quem é covarde?"

Seus dentes brilhavam brancos em meio ao sangue escuro. "Você não é homem", ela disse. E riu da minha cara, desafiadora. "Você compra mulheres, por isso se considera um grande astro. Nenhuma delas gostou de você, seu desgraçado. Sem seu dinheiro jamais conseguiria chegar perto delas."

"Bas", alertei. "Já chega. Fique quieta. Entenda uma coisa — estou tentando ajudar você. Salvar sua vida."

"Elas riam da sua cara, gaandu. Faziam piadas sobre o rato fraco e patético que você é. Acha que vale alguma coisa perto de uma mulher como Zoya? Ela nos disse que nunca passou uma noite gostosa com você na cama."

"Isso é mentira. Zoya gostava de mim."

Ela ergueu a cabeça e riu. "Zoya gostava de mim", repetiu. "Zoya gostava de mim." Abaixando a cabeça, ela levou as mãos aos joelhos. O sangue pingava no chão, mas ela continuava achando engraçado. "Zoya gostava de *mim*."

"Ela gostava." A voz que saía de minha garganta era estranha para mim, triste, desanimada. "Ela me disse isso na primeira noite que passamos juntos. Ela disse que eu era incrível. E transamos a noite inteira. Esta é a verdade."

"Gaitonde, seu idiota." Ela parecia triunfante, agora. "Pateta. Ela fez você de chutiya. Não era você, seu simplório. Ela lhe deu um copo de leite e badams. E esmagou um Viagra lá dentro, uma pastilha azul inteira. Ela ia colocar duas, mas ficou com medo de matá-lo. Eu lhe disse, tudo bem querer subir na vida, ir até a lua. Mas não queime o foguete que pode levá-la até lá. E funcionou. Não foi você, saala. Foi o Viagra."

Uma névoa azulada de raiva tingiu meus olhos. Através dela eu a vi parada na minha frente, rindo. Não sentia medo de mim.

"Zoya gostava de mim", ela disse. "Gaitonde, seu tolo, achava que ela era virgem, impressionada com sua masculinidade descomunal. Seu chutiya. Ela havia conhecido uma dúzia de homens antes de você, e outros tantos depois, e você foi o mais patético. Você era o menor."

"Mentira. Ela era virgem. Você me disse. Ela me disse."

"Virgem?"

"Sim."

"Seu idiota. Como acha que ela sobreviveu nesta cidade antes de conhecer você? Os homens sempre pagam mais pelas virgens, então ela se tornou virgem para você, bhenchod."

"Não. Eu vi o sangue."

Ela gargalhava tanto que precisou se apoiar na borda da mesa. "Gaitonde, de todos os homens gaandus do mundo, você é o mais pomposo e cego. Arre, num raio de dez quilômetros há vinte médicos que podem tornar qualquer mulher virgem. A operação dura meia hora, e custa de vinte e cinco a trinta mil rupias. Em três semanas a virgem recomposta pode abrir as pernas em cima de um lençol branco para que Gaitonde, o pequenino, possa ver sangue e se achar o máximo."

Atirei nela.

A Glock estava na minha mão. O cheiro de uma flor encheu o ambiente, de uma folha com fedor acre subjacente. Não me lembro do som, meus ouvidos zuniam.

Ela caiu na soleira do quarto. Olhei para o reconfortante metal negro em minhas mãos, depois me aproximei dela. Sim, estava morta. O sangue escorria. O leve balanço dos cílios vinha da brisa silenciosa do ar-condicionado. As pupilas não se mexiam. E havia um buraco em seu peito. Acertei em cheio.

Sentei. Desabei no chão, ao lado de Jojo. Jojo. Na minha frente havia a traseira de um computador e um cabo branco pendurado. Para lá dele, uma parede branca. Fechei os olhos.

Quando acordei, estava deitado no chão, com o pé dela na frente do meu rosto. Não havia alívio para mim, nenhum jeito de fugir do que eu tinha feito. Tomei consciência disso subitamente, com clareza, não havia falha de compreensão. Sabia que estava deitado ao lado de Jojo, no chão duro, e que eu a matara. Mas notei pela primeira vez, de modo inédito e profundo, como o pé humano é complicado. Tem almofadas e arcos, um emaranhado confuso de músculos e nervos, além de ossos, muitos ossos. Ele se flexiona, mexe, anda e suporta. A pele adquire a cor dos anos pelos quais passou, até gretar e formar uma teia complexa como a própria vida.

Ergui o pé de Jojo. Segurei pelo tornozelo, sentindo sua fria inércia. No meu pulso o relógio piscava as horas. Seis e trinta e seis. Almoçamos às duas. Será que havia dormido apenas algumas horas? Mas estava descansado, com a cabeça leve. Então percebi que era outro dia. Dormira mais de vinte e quatro horas.

Seguir em frente. Para quê? Para ter mais dinheiro, mais mulheres, mais mortes? Eu já havia vivido tudo isso, faltava-me apetite para mais. Então, seguir em frente para quê? Deitado no chão, ao lado de Jojo, eu me perguntava isso. Sentia-me íntegro novamente, livre da confusão, distração e exaustão pelo longo descanso no chão sujo de sangue. Naquela claridade, eu via que Shridhar Shukla — Guru-ji — tinha razão. Eu não podia impedir nada. Fora derrotado. Ele me vencera, pois me conhecia melhor do que eu mesmo. Conhecia meu passado, e conhecia meu futuro. O que eu fizesse ou deixasse de fazer era irrelevante. Ou pior, era inteiramente relevante. Qualquer coisa que eu fizesse ajudaria seu plano, terminaria em fogo. O mundo queria morrer, e eu havia ajudado. Ele preparara o sacrifício, e qualquer ação minha serviria de combustível. Eu não podia impedir.

Esfreguei delicadamente as fissuras no calcanhar de Jojo com a ponta dos dedos. Sua morte também teria sido prevista? Sua vida não fora nada fácil, pensei. Ela tentara cuidar dos pés com loções, mas a pele rachara por causa das caminhadas. Tanto esforço, tanta batalha, para acabar assim. Encontrar um final súbito nas mãos de um amigo. Bem, pensei, isso é o que podemos escolher. Você não pode impedir, Guru-ji havia dito, você não pode se impedir.

Mas posso. Posso me impedir. Esta é a única e a última coisa que eu posso escolher. Nisso, posso derrotar até você, Guru-ji. Posso impedir a mim mesmo.

Certo, Jojo. Certo. Sentei. Onde estava a arma? Aqui. Carregada e pronta. Um tiro basta. Eu não queria olhar para o rosto dela. Mantive os olhos em seus pés e virei até encostar as costas na parede. Tudo bem.

Mas eu não podia fazer isso. Ainda não. Por que não? Eu queria. Não sentia medo, ansiava pelo desfecho. Talvez Jojo estivesse esperando do outro lado. Talvez me ofendesse e agredisse, mas finalmente entenderia. Eu explicaria e ela entenderia, como sempre. Era só uma questão de conversar, de ter tempo. E eu a acusaria por me trair, por mentir para mim. Mas no final a perdoaria. Um perdoaria o outro. Mas eu não podia, ainda, pôr a arma na minha boca. Por quê? Por um motivo simples: o que diriam a meu respeito depois que eu morresse? Diriam: Ganesh Gaitonde ficou louco numa sala secreta de Mumbai, matou uma moça e cometeu suicídio? Diriam: era um sujeito covarde e fraco? Se eu não contasse, jamais entenderiam. Os boatos correriam, inventariam mentiras, motivos, especulariam sobre as causas.

Mas quem me escutaria? Jojo se fora, Guru-ji estava ausente. Eu poderia chamar algum repórter, qualquer um viria correndo. Mas os repórteres são filhos-da-mãe maldosos, querem manchetes e desgraças, escândalos e histórias escabrosas. Havia um sujeito muito bom do *Mumbai Mirror*, mas até ele pensava em mim como Ganesh Gaitonde, chefão do crime, gângster internacional. Não, precisava ser alguém bom, alguém simples. Alguém capaz de ouvir minhas palavras como um homem ouve outro homem na plataforma do trem, solidário e gentil, durante uma ou duas horas, até o trem chegar. Alguém que me conhecesse não apenas como Ganesh Gaitonde, mas como ser humano.

Foi então que pensei em você, Sartaj Singh. Eu me lembro de meu primeiro encontro com Guru-ji, a primeira vez em que estive com ele, cara a cara. Eu me lembro como me ajudou a realizar o encontro, como conversou comigo e — no último dia — me conduziu para meu destino. Eu me lembro de sua generosidade, rara em qualquer um, inacreditável num policial, e me lembrei de você. Você tem a crueldade de um policial nos olhos e no andar, Sartaj, mas sob a estudada indiferença há um homem sentimental. Apesar de seu orgulho sardar-ji, você se comoveu comigo. Nossas vidas se cruzaram, e a minha mudou para sempre.

Então eu soube o que fazer. Levantei, fui até a mesa e fiz algumas ligações. Em quinze minutos consegui o número de sua casa. Telefonei, e ouvi sua voz sonolenta resmungar. Então falei: "Quer pegar Ganesh Gaitonde?".

Você veio. Olhei para seu rosto que apareceu na câmera. Mais velho, mais duro, mas ainda o mesmo homem. Eu lhe disse o que aconteceu com Ganesh Gaitonde.

Mas você não ouviu nada, Sartaj. Você não se libertou da ambição. Quer me pegar, incluir minha prisão na lista dos seus triunfos. Parou na frente da porta de aço do bunker, ouviu, mas chamou uma escavadeira. Você arrombou a porta, o segundo monitor à direita mostra seu avanço, de pistola na mão. Você está entrando. Ainda falo, mas você não me ouve mais. Seus olhos soltam faíscas. Você quer me pegar, com seus atiradores. Escute, porém, minhas palavras. Há um redemoinho de lembranças em minha cabeça, uma série de rostos e corpos despedaçados. Sei como se relacionam uns com os outros, suas ligações e disjunções, posso acompanhar sua velocidade. Escute minhas palavras. Se quer Ganesh Gaitonde, então precisa me deixar falar. Caso contrário Ganesh Gaitonde escapará de você, como escapou todas as vezes, como escapou de todos os assassinos. Ganesh Gaitonde escapou até de mim, ou quase. Agora, nesta hora derradeira, eu peguei Ganesh Gaitonde, sei o que ele era e o que se tornou. Escute, você precisa me escutar. Mas agora está no bunker. Deixei o alçapão destrancado para você entrar. A cada passo seu vejo dúzias de meus anos passarem. Posso ver tudo junto agora, desde o começo na primeira casa que construí para mim, no primeiro abrigo em Gopalmath. Eu me lembro de tudo, de um templo no vilarejo a Bangcoc. Mas você já está dentro do abrigo.

Aqui está a pistola. O cano cabe direitinho na boca. Penso no que Jojo diria: *Filho-da-mãe, ficou com medo ou o quê? Quer que eu faça isso para você?*.

Não, Jojo. Eu não sinto medo.

Sartaj, sabe por que faço isso? Por amor. Faço isso por saber quem eu sou.

Bas, já chega.

Segurança

Parulkar chegou tarde na manhã seguinte. Sartaj, sentado no banco na porta de sua sala, observava um quarteto de pardais voando por entre as vigas e os pilares. Iam de uma ponta a outra do corredor, dois saíam para o pátio e sumiam atrás do muro dos fundos. Mas logo voltavam. Um deles executou uma manobra e pousou na ponta do banco, baixando e erguendo a cabeça. Ele — ou ela? — afofou as asas, virou a cabeça para a esquerda e fixou os olhinhos marrons em Sartaj. Depois foi embora. Eles reconhecem nossa existência, pensou Sartaj, mas não ligam a mínima. Nossas tragédias nada representam para eles. O pensamento era curiosamente reconfortante. Então o desgraçado do Ganesh Gaitonde estourou os miolos num bunker branco, e talvez haja uma bomba em Bombaim, e daí? A vida continua. Sartaj tentou se concentrar nesse pensamento, e acompanhar o vôo dos pardais que pousavam no chão e decolavam novamente.

O PA de Parulkar entrou pela porta da esquerda, com uma pilha de papel na mão. "A escolta do Saab entrou em contato pelo rádio. Chegarão em vinte minutos."

"Ótimo, Sardesai Saab", Sartaj disse. "Vou esperar aqui."

Sardesai balançou a cabeça e desceu a escada. Parulkar tinha uma longa lista de audiências, todos aguardavam do outro lado da escada, numa fila enorme pela qual Sartaj passou distraidamente. Sartaj telefonara para Parulkar em casa, de manhã bem cedo, sabendo que Parulkar estaria sentado na velha poltrona com os jornais e o chai, calculando que o velho companheiro lhe concederia uma audiência logo cedo. "É bem urgente, saab", havia dito. E lá estava ele, em primeiro lugar na fila. Procurava praticar técnicas de alerta operacional, que em geral consistiam em não pensar no que ia acontecer em seguida. Afinal de contas, qual o grau de dificuldade? Ele já mentira a suspeitos, apradhis, pais, Megha, outras mulheres, si mesmo, seus superiores, jornalistas, muitos outros policiais. Era um mestre da mentira, um verdadeiro especialista. Mas nunca mentira a Parulkar. Era a causa de sua tensão, e Parulkar captaria exatamente esse seu nervosismo, na hora. Parulkar fora o guru que ensinara Sartaj como e quando mentir. Ele lhe dera um ofício. Detectaria as hesitações, a ansiedade de Sartaj? Assim pegavam um suspeito que mentia, ele ensinara a Sartaj um dia. Não devia procurar apenas contradições, mas também se a história soava muito similar cada vez que era contada, se as palavras eram as mesmas, se fora ensaiada. Sartaj o vira levar sujeitos durões às lágrimas em meia hora.

Os quatro pardais pousaram em fila num cabo elétrico que pendia, preso num ponto acima dos pilares, balançando a cauda para Sartaj. Relaxe, Sartaj disse para si. Não pense demais no caso. Ele balançou os braços e relaxou os ombros. Trata-se de um serviço, nada mais. Pense em outra coisa. Ele pensou em Mary, nas mãos pequenas e na idade acumulada nas juntas, e uma onda de ternura o levou a uma recordação nítida do momento em que fizeram amor, de seu suspiro quando a penetrou pela primeira vez. Em seguida sentiu medo novamente: por que ela se recusava a sair da cidade? Como era teimosa em seu fatalismo. Estava com medo, novamente. Parulkar saberia, assim como todos os policiais do alto escalão, a respeito do alerta de alto nível de Delhi. Ele mesmo estaria alerta e cético, mas difícil de ser enganado. A ansiedade pulsava nas veias de Sartaj e fazia sua testa latejar. Sentia-se fraco, incapaz.

Mas Parulkar, quando subiu a escada gingando, seguido por três guarda-costas, estava em plena forma. "Sartaj Singh", gritou, "entre, entre." Ele seguiu na frente até sua sala, pediu duas xícaras de chai, karak e com adrak, mandou abrir as cortinas que iam do chão ao teto, no fundo da sala, para que pudessem ver o jardim construído durante os anos em que ocupava seu cargo. O ar-condicionado estava bem calibrado, pulverizaram os cantos da sala com spray perfumado, trouxeram dois vasos com flores novas, e eles finalmente sentaram, Parulkar e Sartaj, frente a frente.

"Muito bem, pode dizer", Parulkar falou. "O que há de tão urgente?"

"Saab", Sartaj disse, "ontem Iffat-bibi pediu para se encontrar comigo. Insistiu, na verdade. Ela falou em alta prioridade. Não quis dizer nada pelo telefone."

Parulkar olhava para o chai. Franziu a testa, estendeu a colher até a superfície e removeu o filme que se formara. "E onde a encontrou?"

Era Parulkar em seu momento mais perigoso, quando parecia descontraído e desinteressado. "Em Fort, senhor", Sartaj respondeu. "Atrás de um restaurante de frutos do mar chamado Kishti." Ele também aprendera isso com Parulkar: quando fosse contar uma mentira decisiva, era importante incluir pequenos detalhes verdadeiros. Era preciso fornecer ao inquisidor muitos detalhes específicos para ele verificar, confirmar e acreditar. "No escritório de contabilidade."

"Sei, sei. É o escritório da Walia. Ele cuida de vários negócios legítimos para eles. O que ela queria?"

Sartaj aproximou-se. Claro, não havia ninguém na sala, mas sentiu que precisava sussurrar. "Senhor, Suleiman Isa quer conversar."

Parulkar baixou a xícara e a depositou sobre a mesa. "Sem condições. Minha posição é muito delicada. Atualmente nunca se sabe quando e onde haverá escutas da Divisão Anticorrupção."

"Eu a avisei, senhor. Mas ela insiste. Quero dizer, ela disse que ele insiste. Disseram que poderia escolher onde e como. Por telefone comum, de satélite ou outro meio. O senhor escolhe tudo."

"Mesmo que eu escolha minha ponta da conexão, o outro lado não é seguro. Quem pode saber qual agência ouviria as conversas deles?"

"Eles já pensaram nisso, senhor. Se não quiser telefonar para Suleiman Isa em Karachi, pode falar com Salim em Dubai." Salim era o principal gerente de Suleiman Isa, além de amigo de longa data, e cuidava do cotidiano dos negócios da companhia a partir de Dubai. "Disseram que pode despachar alguém para levar um telefone para Salim, em local mutuamente aceitável, e ele fará a ligação daquele telefone para qualquer número de sua escolha na Índia. Assim as duas pontas estarão seguras."

"Então eu devo conversar com o moleque de recados de Suleiman Isa? Esses desgraçados andam muito arrogantes."

"Se tiver um contato em Karachi que possa levar um telefone para Suleiman Isa, senhor, poderá falar com ele diretamente. Como preferir, Iffat-bibi disse."

"Dubai ou Karachi não é o problema. O problema é que esses gaandus pensam que são donos do mundo."

"Compreendo, senhor. Devo dizer não a Iffat-bibi, então?"

Parulkar esfregou a barriga e pegou a xícara novamente. "O que mais ela disse? Quero saber tudo."

E Sartaj contou tudo, desde a convocação pelo celular, passando pela jornada até a sala do contador, o encontro com Iffat-bibi na saleta, seu pedido de uma conversa com Parulkar Saab, a ansiedade de Suleiman Isa em relação ao encontro, e como eles entendiam a delicada posição de Parulkar com o novo governo. Mas havia uma necessidade urgente de conversar. "Ela disse que era uma questão de dinheiro que Suleiman Isa queria discutir."

"Aquele filho-da-mãe", Parulkar disse. "Sempre lhe forneci relatórios completos e detalhados."

"Claro, senhor."

Uma equipe de operários trabalhava na reforma do templo de Hanuman, atrás da delegacia. Trabalhavam apenas de banian e roupa de baixo listada, escalando o domo branco do templo. Parulkar os observava, coçando o nariz. "Tem alguma idéia?", ele perguntou.

"Quer falar com Suleiman Isa, senhor?"

"Ele é um sujeito esquisito. Está quase louco, a essa altura, depois de tantos anos no exterior. Melhor conversar com ele, esclarecer qualquer dúvida que possa ter. Bas, é melhor acabar logo com isso. Não há necessidade de aumentar ainda mais suas suspeitas. Portanto, tudo bem, conversarei com ele. No telefone novo, que será entregue pessoalmente em Karachi, minutos antes do chamado. Meu enviado o acompanhará enquanto ele digita o número naquele telefone apenas, e confirmará para mim que os procedimentos de segurança foram observados. A questão continua sendo onde receber o chamado."

"Entendo, senhor. Bem, eu estava pensando. Ainda pretende ir a Pune na quinta-feira?" Parulkar encontraria um grupo de policiais de Pune na quinta de manhã.

"Sim, sim."

"Então, senhor, por que não passa em nossa casa lá, depois do almoço? Não conte a ninguém, até o último minuto, e diga apenas que resolveu visitar Ma. Estarei lá, chegarei por minha própria conta, de manhã. Ligarei para Iffat-bibi do meu celular às duas e quarenta e cinco, e direi a ela para mandar Suleiman Isa ligar para o telefone fixo de Ma às três. Podem pedir para falar comigo, e lhe passarei o aparelho. Nenhum problema, nenhuma confusão, segurança nas duas pontas. Poderá falar à vontade."

Parulkar colocou a xícara sobre a mesa e limpou as mãos num guardanapo. Alisou o cabelo curto acima das orelhas, um gesto adquirido na juventude. Lembrava a Sartaj um astro de filme dos anos 50, mas não conseguia recordar qual. Parulkar fez que sim. "Há apenas um telefone lá?"

"Sim, senhor."

"E apenas sua Ma o utiliza?"

"Sim, senhor. Parei de usá-lo desde que comprei meu celular, senhor. Sai mais barato ligar pelo celular do que usar telefone fixo. Mas Ma, senhor, ela não gosta de celulares. Diz que são pequenos demais, senhor, e têm botões em excesso." Sartaj se deu conta de que estava falando "senhor" demais. Acalme-se, pensou. Olhe para o sujeito. Mas não o encare. Tome seu chai. Não sacuda a xícara.

"Tudo bem", Parulkar disse. Ele sempre tomava decisões repentinamente. Ponderava as opções, antecipava os movimentos até onde podia e então se jogava. Tinha a fé e a coragem de um bom jogador, além da confiança de que venceria. "Tudo bem. Mas diga a Iffat-bibi que o chamado deve ocorrer às três, exatamente. Se atrasar dois minutos, vou embora. A conversa será curta. Dez minutos no máximo."

"Sim, senhor."

"E Suleiman Isa não pronunciará meu nome durante a conversa, nem o dele."

"Eu os informarei, senhor."

"Certo. Shabash, Sartaj. Vamos encerrar o assunto. E não conte a sua mãe que passarei lá. Será uma surpresa e tanto."

"Claro, senhor", Sartaj disse. Ele se levantou e cumprimentou o chefe. Sentia a camisa molhada na parte inferior das costas. A mancha seria enorme, apesar do ar-condicionado que zumbia alto. Ele puxou a cadeira para o lado e recuou, constrangido. Já estava quase na porta quando Parulkar o chamou.

"Sartaj?"

"Sim, senhor?"

"Você parece muito cansado. Qual é o problema?"

"O alerta de Delhi, senhor. Eles nos puseram numa roda-viva."

"Tudo besteira. As informações são vagas demais, não há nada específico. Ridículo. Não existe nenhuma superbomba. Descanse um pouco."

"Sim, senhor."

Lá fora, Sartaj cumprimentou os guardas de Parulkar e seguiu no rumo da escada. Queria muito sentar num dos bancos e descansar as pernas trêmulas, mas preferiu descer e continuar andando, sair do distrito, passar pela multidão e pelos guardas, através do portão alto com seu símbolo curvo no alto, e caminhar com dificuldade pela rua, em meio aos pedestres preocupados, carros apressados e cães vadios com sua pele sarnenta. Parou na esquina, piscando. Não sabia onde estava. Virou-se para observar vitrines de lojas e placas de ruas, percebendo que atravessara uma rua movimentada. Era larga como um rio escuro, o turbilhão dos carros não cessava, voraz. Não sabia como havia atravessado, correndo risco de morrer, mas ali estava. Boca doendo de seca, mas não queria beber. Só desejava voltar ao trabalho. Para a esquerda, a certa distância, havia um sinal para travessia de pedestres. Os círculos luminosos piscavam, alaranjados e verdes, verdes e alaranjados. Sartaj retornou ao distrito.

Na quinta-feira, Sartaj saiu cedo de casa. Convenceu-se de que era melhor ir até a casa de Ma para se preparar, e gostava de viajar aproveitando a fresca da manhã. Mas não conseguira dormir, achou melhor então levantar, pegar o carro e sair do que virar e revirar nos lençóis suados. Era bom ir para as montanhas, percorrer a conhecida estradinha sinuosa. Se fosse em alta velocidade, guiando de modo negligente, o perigo expulsaria o resto de sua mente, e por isso ele acelerou, passando por Matheran e Khandala. Apenas um fio tênue de lembranças o perseguiu, Megha e piqueniques universitários, caminhadas por um morro em forma de domo. Logo estava em Pune, e não restava opção a não ser ir para a casa de Ma.

Ela estava agachada na sala da frente, rodeada de baús abertos. "Olhe estas malhas antigas", disse a Sartaj. "Esqueci que ainda as tinha."

Sartaj abaixou-se para cumprimentá-la. "Peri pauna, Ma." Ela baixou a tampa gasta de um velho baú e sentou em cima dele, as penas sobre o nome completo de Papa-ji, desbotado. "O que está fazendo?"

"Beta, há coisas demais aqui. Se você não quer nada, de que adianta guardar?"

Desde a morte de Papa-ji ela empreendia uma limpeza geral a cada seis meses. Dava itens pessoais e da casa a primas, tias, tios, empregados, vizinhos e mendigos. Chocara Sartaj às vezes, por sua praticidade, pela indiferença quanto a cadeiras velhas, bengalas e blazers azuis. As únicas coisas que guardava com cuidado eram fotografias e cartas antigas, mas até estas corriam o risco de desaparecer num daqueles surtos de limpeza. Havia uma foto antiga ao lado de Ma, no chão. Sartaj conhecia aquela moldura de prata velha desde pequeno. Ma a mantinha no armário, perto de seus dupattas, onde poderia vê-la todas as manhãs. Ele a pegou, e lá estava ela, conservada para sempre na beleza da juventude. Era a irmã perdida de Ma. Era linda, ao rir lançara os cabelos negros abundantes por cima do ombro, virando para a câmera, o corpo, uma curva esguia voltado para o horizonte distante. Sartaj conhecia cada detalhe da foto, sabia que o nome dela era Navneet, e era só. Ma não gostava de falar nela. Agora, talvez, a formosa Navneet também fosse desaparecer. Sartaj não gostava disso, da lenta erosão da casa de suas reminiscências, que carregava dentro de si. Era terrível às vezes voltar a Pune e descobrir que mais algumas peças haviam sido descartadas. Certo dia, pensou, só restarão estas paredes brancas. Ou talvez nem isso.

Mas ele não podia deter Ma. Como argumentar contra a generosidade? E ela se tornara teimosa e independente depois de idosa. Fazia o que bem entendia. "Sim, Ma. É verdade. Mas quer mesmo doar este cardigã? Você gostava tanto dele."

Ela ergueu o cardigã verde pelos ombros, passou um dedo pelo bordado de flores vermelhas. "Aonde eu poderia ir com isto? Esse povo de Maharashtra usa capotes pesados em dezembro, quando para mim o inverno ainda nem chegou direito."

Ela se orgulha do gosto nortista por baixas temperaturas e de seu vigor punjabi. "Se formos a Amritsar", Sartaj disse, "você vai precisar dele."

"Quando? Você está falando isso há meses, beta."

"Vamos logo, Ma. Prometo."

Ela não se mostrou muito convencida, mas pôs o cardigã na pilha menor da direita, dos itens que seriam conservados. Sartaj não queria mais ver aquela paciente escavação e descarte da vida deles juntos. "Vou dar uma volta", falou.

Ela concordou com um meneio, concentrada na abertura da fechadura engripada de outro baú.

"Essa bagunça vai continuar o dia inteiro?", ele disse.

"Preciso fazer isso, o que é que tem?"

Alertá-la para a visita de Parulkar seria impossível, portanto Sartaj deu de ombros. "Quer alguma coisa do mercado?"

Ela não queria. Dava a impressão de ser mais auto-suficiente do que na época em que ele era criança, quando Papa-ji, empregados e por vezes vizinhos eram convocados para ir buscar coisas, fazer entregas e levá-la de cá para lá. Sartaj não sabia dizer se ela havia mudado, ou se reduzira tanto seus desejos e necessidades que a única pessoa realmente necessária era ela mesma. Não duvidava de seu amor por ele, nem da fé em Vaheguru, mas até esses vínculos não pesavam mais para ela. Queria apenas ir a Amritsar, talvez se preparasse para uma outra jornada. Sartaj sentiu um arrepio e andou mais depressa.

O caminho para o mercado estava movimentado, mulheres de cabelos brancos e homens carregando jholas cheias de frutas e legumes. Sartaj cumprimentou alguns, os que conhecia do gurudwara ou dos passeios com Ma. Naquela localidade de muitos aposentados, quem saía às compras pela manhã tinha tempo de conversar, e Sartaj gostava de ouvir seus relatos sobre os filhos e filhas, suas opiniões sobre o crime e queixas contra os políticos. Finalmente, porém, não teve mais como evitar a volta para casa e o que ia acontecer. Começou a retornar, cheio de compras. Fazia calor, mesmo debaixo das árvores e gulmohars. Seus pés inchados doíam nos sapatos.

"O que você comprou?," Ma disse. A seu lado, a pilha de itens a conservar continuava do mesmo tamanho que Sartaj observara ao sair, e as outras haviam crescido.

"Só algumas bananas, Ma." Sartaj foi para a cozinha, saltando por cima das colchas vermelhas. Tirou as bananinhas Chini do saco de papel e as colocou sobre o balcão.

"Isso é cerveja?", Ma perguntou, parada à porta. "Para quê?"

"Fiquei com vontade."

"Pensei que não gostasse de cerveja."

"Agora eu gosto. Vamos comer? Estou com fome."

Sartaj abriu uma garrafa de Michelob e bebeu enquanto almoçava. Em seguida deitou na cama, em seu quarto, fechando os olhos com força por causa da luz intensa da tarde que varava as cortinas. Levantou às duas e voltou para a cozinha. Sentado ao lado da pia, abriu outra cerveja e fez força para tomá-la, sentindo seu sabor amargo. Passou depois por Ma, que ainda vasculhava os baús, e procurou no armário do banheiro até encontrar um tubo de Vajradanti. Escovou os dentes duas vezes, sentou na cama e esperou. Observava o relógio.

Ouviu uma batida na porta às duas e meia. Esperou Ma se levantar e arrastar os pés até a entrada para atender, depois ouviu Parulkar cumprimentá-la efusivamente. "Bhabhi, ele disse, "você parece em ótima forma. Assim que eu me aposentar virei para Pune também. O ar daqui é muito melhor."

"Arre, Sartaj não me disse que você viria. Sartaj? Sartaj?"

Mas Sartaj não queria levantar da cama. Ainda não.

Ela chamou de novo. "Arre, Sartaj, Parulkar-ji chegou. Beta, onde se meteu? Não sei o que ele está fazendo."

Sartaj sabia o que estava fazendo, sabia muito bem. Levantou com esforço, saiu e fingiu surpresa com a visita de Parulkar, desocupou o sofá para ele sentar e ofereceu cerveja com bananas Chini. Parulkar bebeu com a disposição habitual, pedindo a Ma pakoras especiais apimentadas para acompanhar a cerveja. Estava na porta, conversando com Ma enquanto ela preparava a comida. "Então Sardar Saab disse: 'Preciso ir para casa, tenho uma nova esposa e não a vejo há três dias'. Só então me dei conta de que ele não dormia havia quatro dias."

A história de Parulkar era sobre Papa-ji, famoso no departamento por ser capaz de passar longos dias e noites sem dormir, e também por seus cochilos prodigiosos. Apesar dos sentimentos ambíguos de Ma em relação a Parulkar, ela ficou encantada com seu caso sobre o marido falecido e com os elogios a seu talento e dedicação ao trabalho. Picou os legumes com entusiasmo redobrado, rindo, dizendo a Parulkar que se lembrava daquela semana, e do caso de seqüestro em que trabalhavam.

"Foi quando sumiu um menino, ainda bebê, seqüestrado pelo tio", ela disse. E eles continuaram conversando sobre o passado remoto.

Parulkar consultou o relógio e Sartaj assentiu. Duas e quarenta e cinco. Ele entrou no quarto, pegou o celular e ligou para Iffat-bibi. Claro, ela já sabia o número, mas precisavam representar. "Pode falar", Iffat-bibi disse, e Sartaj recitou sua parte.

Na cozinha, Parulkar contava histórias sobre Sartaj, lisonjeiras, sobre seu sucesso nos esportes, e Ma sorria. Eram os dois talentos especiais de Parulkar, a memória assombrosa e o charme fácil. Era impossível não reagir a sua preocupação com o bem-estar do interlocutor, seu conhecimento íntimo da história e das esperanças da pessoa. E lá estavam eles três, como um pequeno grupo familiar, parados na porta da cozinha. Parulkar quis saber a respeito da saúde de Ma, a manutenção da casa e os pagamentos da pensão de Papa-ji. "Se tiver algum problema, Bhabhi-ji, ligue para mim imediatamente. Sartaj tem sempre o número do meu celular direto, claro."

Ma adorava a conversa e falava bastante. Indagou a respeito das filhas de Parulkar e dos netos. Parulkar relatou orgulhoso suas várias conquistas e alegrias. Até a divorciada (afinal ela se livrou do marido gastador e bêbado) estava muito bem agora, vendendo roupas. No início eram apenas salwaar-kameezes e ghagras elegantes para mulheres da colônia, mas agora já tinha clientes de longe, até de Shivaji Park. "Tudo isso", Parulkar disse, "ela conseguiu com um mínimo de apoio meu. Fez tudo sozinha. Costumava ser tão caseira, sabe, sempre com os filhos, mal sabia preencher um cheque. Agora lida com milhares de rupias, tem quatro costureiros trabalhando o dia inteiro em nossa casa. E fala em comprar uma loja ali perto."

"O mundo mudou muito", Ma disse. "As moças atuais são muito corajosas."

"Sim, Bhabhi-ji, vimos muitas mudanças no decorrer de nossas vidas."

Ma apontou para a cebola e a couve-flor picada. "Não demora muito."

"Pode demorar o quanto quiser, Bhabhi-ji", Parulkar disse. "Faço questão de experimentar. Estou tentando evitar óleo e frituras, mas para suas excelentes pakoras eu posso abrir uma exceção. Mas só hoje, e só porque estou aqui em Pune."

Ma agradeceu o galanteio com uma pequena mesura, satisfeita. "De vez em quando fritura não faz mal. Mas Sartaj só come porcarias o tempo todo. Comida de restaurante, engordurada. Por isso parece tão cansado."

"Sim, Bhabhi-ji", Parulkar disse. "Eu digo isso a ele o tempo inteiro, não se pode viver assim. Aconteça o que acontecer, um jovem não deve ficar sozinho. Um homem precisa de família."

Os dois olharam para Sartaj, na expectativa, como médicos benevolentes buscam sinais de melhoria num paciente particularmente intratável. Sartaj sabia que precisava dizer algo, mas se sentia distante, separado dos dois por uma fissura no ar, uma fratura que o mantinha muito longe. Eles pareciam estar numa foto antiga, como se tornados irreais pelo brilho alaranjado da nostalgia. "Sim", Sartaj disse.

"Sim o quê?", Parulkar perguntou.

"Telefone", Sartaj respondeu, cheio de alívio e terror. Ele se levantou, abrindo caminho por entre os baús. "Alô?"

"Passe para o saab." Era uma voz masculina confiante, agressiva.

"Certo", Sartaj assentiu, "o telefonema é para o senhor."

"Ah", Parulkar disse. "Tudo bem." Não tinha pressa. Tomou um gole demorado da cerveja e enxugou as mãos no lenço.

"Senhor, pode atender ali. No quarto."

Parulkar fez que sim e foi para o quarto. Ma não gostou de Parulkar entrar em seu quarto, mas não podia mais impedi-lo. A porta do quarto se fechou, e ela olhou intrigada para Sartaj. Ele esperou o clique do aparelho e o "Alô?" de Parulkar antes de pôr o fone no gancho. "É uma ligação importante, Ma", Sartaj disse. "Muito importante. Do governo federal."

Ela não gostou, mas continuava sendo esposa de policial, sabia que um chamado do governo federal não podia ser ignorado, e muitas vezes exigia privacidade. Tirou as coisas de cima da mesa e a limpou. Sartaj bebeu outra cerveja e consultou o relógio. Quinze minutos se passaram, depois vinte. Parulkar ultrapassava o limite, mas talvez estivessem discutindo por causa de dinheiro. Ou sobre a morte dos pistoleiros e gerentes de Suleiman Isa. Talvez trocassem ameaças.

"O que ele está fazendo lá dentro?", Ma perguntou. "Estou cansada. Seus pakoras estão prontos, logo vão esfriar."

Ela perdera a sesta da tarde e fora afastada de suas atividades. "Ma, não foi culpa dele receber o chamado."

Ela deu de ombros e sentou no chão, decidida, de volta aos baús. "Ele deveria pensar melhor, não visitar as pessoas de tarde. Mas ele sempre foi assim."

Sartaj tentou fazê-la baixar a voz alta de velha. "Ele vai ouvir, Ma. Não se preocupe, logo terminará."

Mas Parulkar ainda tardou dez minutos para voltar. Triunfante. Piscou para Sartaj, pegou o copo em cima da mesa e tomou um gole de cerveja. Sentou na cadeira que fora de Papa-ji e comeu os pakoras com prazer, sem pressa. Estava calmo, confiante e claramente vitorioso. Sabia que havia derrotado Suleiman Isa e todos os seus capangas. Conversou com Ma sobre os velhos tempos, quando eram todos jovens, e Papa-ji era famoso pelo brilho de espelho dos sapatos. Por fim Parulkar disse: "Achcha, Bhabhi-ji. Preciso ir agora. Mas voltarei para comer mais pakoras, em breve. Não, por favor, não se levante".

Ma não levantou, mas encontrou forças para as cortesias finais, e disse: "Sim, faça isso", desejando felicidades à família de Parulkar. Sartaj acompanhou Parulkar até a varanda. O chefe limpava os óculos escuros brilhantes, em prata e preto.

"Foi tudo bem, senhor?"

"Sim, sim. O sujeito precisava ser enquadrado. Ele é bem razoável, se a gente souber lidar com ele." Parulkar pôs os óculos com um floreio. "De qualquer maneira, está tudo resolvido. Encerrado. Bom trabalho, Sartaj. Obrigado."

"Não precisa agradecer, senhor..."

Parulkar bateu no braço dele. "Sua mãe parece saudável. Você tem bons genes. Viverá muito tempo, Sartaj, se souber se cuidar. Bem, chalo, vejo você de novo em Bombaim. Descanse bastante. Relaxe. Vá ver um filme ou algo assim."

Virando-se, ele seguiu para o carro, aprumado. Os guarda-costas subiram nos jipes com um estardalhaço de armas e portas batendo, e o cortejo seguiu seu caminho numa festiva nuvem de poeira, acompanhado por dois cachorros que latiam.

Ma esperava, à porta. "As bananas e a cerveja", ela disse. "Você sabia que ele viria."

"Sim." Ela não ouvira histórias de policiais por tantos anos à toa. Sabia separar ações e motivos, causas e conseqüências.

"Você está bem?"

"Sim."

"Algum problema? Você fez alguma coisa?"

"Não."

"Então vá descansar."

Ao passar por ela, sentiu sua mão no pulso, um gesto tão familiar e antigo quanto a infância. Verificava se tinha febre, se precisava de cuidados, ou se havia algum desequilíbrio. Mas, naquela tarde, ele não estava doente, não havia razões corporais específicas para a exaustão e os olhos vermelhos. Ao passar pela porta aberta do quarto de Ma, viu o reflexo de algo que brilhava na mesa ao lado da cama. Ma resolvera guardar a fotografia de sua querida Navneet. A ligação de Ma com as coisas se perdera, mas ela ainda se importava com as pessoas. Ele ainda sentia a mão dela em seu pulso. Como suas mãos e pés eram pequenos. Era no geral uma pessoa miúda, tão pequena na infância que Navneet e o resto da família a chamavam de "Nikki". Era difícil imaginá-la como uma menina risonha, mas a pequena Nikki cresceu e se tornou Ma, que tomava conta dele mesmo quando lentamente se libertava dos vínculos mundanos. Em seu quarto Sartaj pôs o ventilador no máximo e tirou a roupa, ficando só de cuecas. O sono veio logo, quando acordou já estava escuro. Ficou deitado, ouvindo os sons da noite.

Notava a presença de Ma, mexendo nas coisas da cozinha, e, mais adiante, dos vizinhos, do vento leve, dos carros e das vozes infantis abafadas. Ainda estamos aqui, pensou, ainda estamos vivos. Sobrevivemos a mais um dia. Mas a idéia não lhe fez nenhum bem.

Sartaj ligou para Iffat-bibi quatro vezes naquela noite, e a cada hora, na manhã seguinte, enquanto voltava de carro para Bombaim. Todas as vezes ela dizia a mesma coisa: "Quando estiverem dispostos, contarão para mim. E então eu lhe darei o endereço do sadhu. Você receberá sua informação, saab. Não se preocupe. Tenha um pouco mais de paciência, apenas".

Mas a Sartaj, que praticara paciência durante toda a sua carreira, não restava mais nenhuma. De volta à Zona 13, do pátio da delegacia ele observou Parulkar chegar para o trabalho naquela manhã, o sujeito parecia jovial e enérgico como sempre. Portanto, ainda não fazia idéia da armadilha que já o apanhara em seus dentes. E ainda não sabia quem o entregara. Logo descobriria.

Sartaj saiu do distrito e, desanimado, seguiu pistas num caso de arrombamento, até o meio-dia. Resolveu almoçar cedo, e foi para o Sindoor. Pediu papad, tikka de frango, e deu ao garçom uma garrafa de uísque Royal Challenge num saco plástico. Quando Kamble chegou, uma hora mais tarde, Sartaj transformara a luz interna do Sindoor numa aprazível névoa. Kamble sentou e observou o garçom servir mais uma dose do líquido âmbar.

"Chefia", Kamble disse, "não quer comer alguma coisa também?"

"Não estou com fome. Isso basta."

"Traga um pouco de naan", Kamble pediu ao garçom. "Bastante naan. E raita de legumes. E daal." Ele se ajeitou no reservado, empinou o ombro e disse em voz baixa: "O que aconteceu? Problemas com a namorada? Conte para mim".

Sartaj riu, tentou se conter, riu de novo. Kamble era solidário, queria dar conselhos sobre as mulheres. Kamble era um galã sofisticado. Kamble era um bom companheiro. Kamble era um filho-da-mãe, estava metido em tudo quanto era trambique, mas era também generoso. Gentil. Um bom sujeito. "Kamble", Sartaj disse, "você é um bom sujeito."

"Yaar, faço o melhor que posso. Beba um pouco d'água. O que está fazendo?"

"O que estou fazendo?"

"Sim."

"Estou almoçando. Estou sentado no Sindoor almoçando com meu grande amigo."

"Só isso?"

"Também estou esperando uma informação importante."

"De quem? A respeito do quê?"

Sartaj apontou um dedo para Kamble. "Não posso contar. As fontes não devem ser reveladas. Só posso dizer que é boa. Não a fonte, a informação é boa. E precisamos dela para o grande caso. O maior de todos os casos. Você sabe." Sartaj apontou para o teto decorado, e imitou o som de uma explosão.

"Sim, eu sei. Vamos, coma."

Kamble serviu um pedaço de frango a Sartaj. Ele assentiu, pegou a carne e a mastigou. Kamble não lhe deu trégua durante o almoço, fez que comesse bastante e bebesse um copo de chhass. Mesmo assim Sartaj conseguiu manter o consumo de álcool bem alto, apesar dos esforços de Kamble para entregar copos pela metade ao garçom que passava. Por isso continuava agradavelmente zonzo quando Shambhu Shetty entrou no restaurante e puxou uma cadeira para o reservado.

"O pessoal disse que você estaria aqui." Ele exibia a expressão rechonchuda dos homens muito satisfeitos.

"Shambhu, você precisa fazer mais exercícios", Sartaj disse. "Não é saudável ficar assim."

Kamble sussurrou algo a Shambhu, que sussurrou de volta. Depois abriu uma folha de jornal sobre a mesa. "Saab", disse, "recebo *Samachar* mais cedo, no bar. Pensei que gostaria de ver isso."

A manchete em letras enormes ocupava a página inteira: "Policial do Alto Escalão Flagrado em Conversa com Don Antinacional". E a foto de Parulkar uniformizado embaixo dela. O subtítulo era: "Oposição Exige Afastamento e Inquérito". Sartaj virou a cabeça para o outro lado. Não queria ler mais nada.

"Eles dizem que o ACB tem meia hora de gravação de uma conversa entre Parulkar e Suleiman Isa, em Karachi, e que a gravação vazou para os jornais", Shambhu disse. "Já saiu em vários sites da internet, dá para ouvir tudo. Parulkar discute pagamentos em dinheiro com Suleiman Isa, serviços específicos, coisas do gênero. E — onde está? — aqui. "Especialistas independentes em análise de voz confirmaram a este jornal que, em sua opinião, a gravação registra as vozes do DCP Parulkar e Suleiman Isa."

"Bhenchod", Kamble disse. "Quero ver." Ele agarrou o jornal, leu a notícia rapidamente, dobrou o caderno e leu o restante. "Maderchod. O sujeito já era. O saala acabou."

"Não posso acreditar", Shambhu disse. "Um erro desses, da parte dele."

"Todos cometem erros", Sartaj disse, "mais cedo ou mais tarde. Amanhã, se não for hoje."

Os dois ficaram quietos. Kamble apontou para o jornal. "Quer ler?"

"Não."

"Tudo bem. Preciso voltar para o trabalho. O que vai fazer agora?"

"Ficar sentado aqui, esperando minha informação."

Mas Kamble pelo jeito achava que era uma má idéia. Objetou e argumentou até Sartaj ficar furioso, e mesmo assim Kamble insistiu mais. Os outros clientes do restaurante, executivos e donas de casa que ocupavam mesas, arriscaram olhares de censura e começaram a reclamar, por isso Sartaj desistiu. Foi com Kamble em sua ronda entediante até um chalé de matka e a uma fábrica de sapatos, e depois ao basti Nehru Nagar em Andheri, à procura de um tadipaar que, segundo suas fontes, estivera em Kailashpada e saíra novamente. Sartaj tropeçava pelas vielas, atrás de Kamble, com a cabeça cheia de uma orgia de cheiros bons e ruins. Não estava mais bêbado, mas o caminhar e a passagem incessante de rostos próximos o mantinham ocupado e confortavelmente ausente.

Seu celular tocou às seis. "Bhai ficou satisfeito", Iffat-bibi disse.

"Certo."

"Ele disse para lhe dar um presente. Uma lembrancinha. Cinco petis."

"Não quero seu dinheiro maderchod. Diga apenas o endereço."

"Tem certeza? Desprezar um presente do bhai é muito grosseiro."

"Diga exatamente o que falei, certo? Quero o endereço. O endereço."

Iffat-bibi suspirou. "Está bem", ela disse. "Vocês jovens são muito tolos, às vezes. Tem caneta?"

O endereço era de um bangalô de dois pavimentos no extremo oeste de Chembur, isolado de sua vizinha de classe média por um muro de três metros bem cuidado. Sartaj, após anotar o endereço em seu bloco em letras de forma, cuidadosamente, fez que Iffat-bibi o repetisse três vezes. A seguir, os eventos transcorreram muito rapidamente. Telefonou para Anjali Mathur, ele e Kamble foram ao encontro dela e de sua equipe numa rua perto de Vrindavan Chowk, em Sion. Depois seguiram para o norte, para Chembur, acompanhados por um IG e um grupo de policiais tarimbados, além de alguns oficiais militares que não se apresentaram. Alguns policiais de Chembur — que Sartaj nunca vira antes — forneceram informações detalhadas sobre o local, e os conduziu até as proximidades do bangalô. Um discreto cerco foi montado, e um posto de comando, instalado numa leiteria, a sessenta metros, atrás de algumas árvores. Sartaj não viu o bangalô. Ele e Kamble sentaram num canto da sala lotada de gente, e observaram o trabalho de homens competentes e confiantes, com equipamentos desconhecidos e rádios. Anjali Mathur conferenciava com seus chefes e outros oficiais, mas se lembrou de mandar chai a Sartaj e Kamble quando eles chegaram.

Kamble cutucou Sartaj. "Chefia", sussurrou, "vá lá, sente perto deles. Talvez precisem de seus conselhos. Ou queiram perguntar alguma coisa. Você achou a casa maderchod para eles. Você é o herói do dia. Vá e comporte-se como quem merece o crédito, ou um dos agentes gaandus do IPS o roubará."

Mas Sartaj não estava particularmente interessado em dar conselhos a ninguém. Contentava-se em ficar sentado, olhando o brilho dos laptops e o céu mudar de cor através da janela dos fundos. Alguém lhe dissera, não recordava quem foi, que as fantásticas cores de Mumbai ao entardecer vinham da poluição que pairava sobre a cidade, de todos os milhões que se amontoavam num espaço mínimo. Sartaj não duvidava que fosse verdade, mas os púrpuras, vermelhos e alaranjados continuavam sendo lindos e impressionantes. Observou enquanto mudavam, escureciam e se perdiam na noite.

Naquela noite, às dez, Anjali Mathur aproximou-se e sentou a seu lado. "Foi confirmado", ela disse. "Há sete homens na casa. Temos duas leituras diferentes de radiação, e há dois caminhões de três toneladas nos fundos, atrás do bangalô. Acreditamos que pretendem levar as bombas ao ponto de detonação."

"Duas bombas? E agora, o que vai acontecer?", Kamble disse, rígido de excitação e ansiedade.

"Temos uma equipe posicionada. Eles agirão durante a noite. A decisão será tomada pelo comandante operacional da tropa." Ela apontou com a cabeça para a frente da sala, onde um oficial falava pelo rádio. Parecia esperar uma reação de Sartaj.

Ele limpou a garganta. "Tenho certeza de que o grupo será bem-sucedido." Sartaj sentia uma vontade inexplicável de rir. Conteve-se, claro, mas ela o avaliou com o olhar, ao levantar.

Kamble a seguiu por entre as mesas, voltando minutos depois ainda mais nervoso e ansioso. Seus olhos brilhavam quando abaixou para tocar o ombro de Sartaj. "Os Black Cats estão aqui, chefia. Com capuzes de comando, armas e tudo."

Sartaj tentou localizar dentro de si algum entusiasmo pelos Black Cats, mas encontrou apenas sono. Notou sua curiosa falta de excitação pela perspectiva de ser salvo, e pensou que provavelmente era apenas exaustão. É a insônia, pensou, e as reviravoltas recentes, todo o estresse acumulado. Provavelmente me sentirei melhor amanhã. Mas no momento, pensou, ficarei aqui sentado sem sentir nada. A cerveja e o uísque devem ser os responsáveis pelo peso férreo que me esmaga as pernas. Talvez esteja apenas cansado.

Ele acordou com um safanão, mãos insistentes seguravam seu rosto. "Sartaj, acorde." Era Kamble. "Gaandu, você é o único homem no mundo capaz de dormir em seu melhor momento. O clímax se aproxima, chefia. Eles vão entrar lá. Acorde. Acorde."

Sartaj sentou, esfregando os olhos para afugentar o sono. "Que horas são?"

"Quatro e meia."

Um passarinho solitário cantava na quietude do pré-alvorecer. Dentro do posto de comando reinava um silêncio esperançoso, uma imobilidade absoluta cheia de ansiedade. Sartaj queria perguntar a Kamble como eles saberiam que o grupo partira, que o comando de ataque fora dado, mas Kamble mantinha a mão sobre a boca e apertava as faces com os polegares. Parecia um menino aguardando o resultado de seus exames.

Nada mudou na sala, mas de repente, de longe, chegaram estalidos em série, e depois um pap-pap-pap, pap-pap-pap-pap. Então, uma explosão. Um momento passou, e da frente da sala vieram gritos de alegria gerais. Anjali Mathur saiu correndo do grupo que festejava. "Estamos salvos", disse. "Estamos salvos."

Sartaj assentiu com a cabeça e abriu um sorriso forçado. Foi subitamente rodeado por policiais, pessoal do RAW e Black Cats, todos se abraçavam, pulavam e queriam apertar sua mão. Pelo jeito Kamble garantira que ele receberia o crédito merecido. Sartaj avançou pelo meio do grupo e conseguiu, devagar, atravessar a sala e chegar à escada. Afastou-se, foi para os fundos do conjunto atrás da leiteria, agora lotado de veículos policiais e carros sem identificação. Mas o aroma predominante era de leite, e Sartaj pensou ter captado um leve odor de gobar. Mas isso era duvidoso, quantas leiterias da cidade ainda tinham vacas? De todo modo, era rejuvenescedor sentir aquele aroma. Sua cabeça começava a clarear.

Então, graças aos estampidos discretos e distantes, finalmente o mundo fora salvo. Sartaj não se sentia mais seguro. Apoiou-se num mourão da cerca de arame e tentou sentir satisfação. Nosso time ganhou. Claro. Kamble dançava lá dentro, estava feliz. Mas Sartaj não podia evitar a pergunta: Você queria salvar *isto*? Por quê? Para quê?

A promoção de Sartaj levou duas semanas para sair. Ninguém sabia de seu trabalho no caso Gaitonde, nem das bombas, por isso nenhuma razão foi dada para a ordem e a tramitação extraordinariamente rápidas. Na própria leiteria naquela manhã, Anjali Mathur informara que as bombas não tinham existência oficial, nem jamais teriam. A decisão fora tomada no alto escalão, ela disse, por razões de segurança nacional. Ela deu de ombros, ele entendeu, pois era policial e sabia que operações bem-sucedidas por vezes não podiam existir oficialmente, para proteger a reputação de algum ministro, ou evitar que políticos soubessem o quanto chegaram perto de um desastre.

Sartaj não faria caso da falta de visibilidade do que haviam feito naquela manhã se os rumores não tivessem preenchido o vácuo deixado pela falta de fatos. No departamento, a impressão predominante era que Sartaj de algum modo puxara o tapete de Parulkar, que estava por trás da espantosa queda de Parulkar. Na versão do telefonema entre Parulkar e Suleiman Isa que estava nas fitas do ACB e nos sites da web, os primeiros segundos haviam sido cortados. O "Alô?" de Sartaj não constava, e a conversa começava quando Parulkar pegava o telefone para dizer "Pode falar". Ninguém sabia que a conversa ocorrera na casa da mãe de Sartaj, mas houve um entendimento tácito dentro da força de que Sartaj tinha algo a ver com as circunstâncias do telefonema. Sabiam que a promoção fora sua recompensa, além do presente de um khoka de Suleiman Isa. Corriam rumores também de que Sartaj espancara um homem inocente, o machucara muito, e acreditavam que esse caso também havia sido ocultado em troca da destruição de Parulkar. No departamento ninguém condenava Sartaj por nada disso, na verdade ele passou a ser mais respeitado por muitos. Parulkar era da velha guarda, fizera muitos inimigos com o passar dos anos. Muitos gostaram de ver sua queda. Até quem era neutro em relação a ele pensava que fora com muita sede ao pote. Os amigos e inimigos de Parulkar consideravam Sartaj um estrategista formidável, um contato a ser cultivado.

Enquanto isso, Parulkar estava na berlinda. No segundo dia após o telefonema ter se tornado público, houve debates na assembléia legislativa e também no parlamento. Na mesma noite emitiram uma ordem de prisão contra Parulkar. Mas seu pedido de fiança antecipada já havia dado entrada, e ele estava escondido. O advogado dele disse aos jornalistas no dia seguinte que os procedimentos haviam sido apressados e amadores, que a voz nas fitas não era de Parulkar, que dedicara anos ao serviço público, de forma altruísta. Além disso, não havia prova de que a outra voz na fita pertencia mesmo a Suleiman Isa. E a conversa travada na fita não continha crimes nem atividades subversivas.

Mas naquele mesmo dia o ministro responsável anunciou uma completa reestruturação na cúpula da polícia, e ao responder aos repórteres afirmou categoricamente que não havia a possibilidade de ele ou qualquer pessoa de seu gabinete interferir no curso da lei. "O inquérito prosseguirá. Apresentaremos resultados em pouco tempo. Vocês verão. O DCP Parulkar se entregará. Seremos rigorosos, mas justos."

Sartaj não fazia a menor idéia de onde Parulkar estava. Achou que poderia mandar um recado para ele, por isso deixou mensagens discretas com alguns khabaris e outras com Homi Mehta, o gerente financeiro. Não recebeu resposta, porém. Por duas vezes, naquela quinzena, seu celular tocou tarde da noite. Nas duas ocasiões ele atendeu, mas a pessoa não falou nada. Sartaj ouvia a respiração entrecortada, lenta, a inalação difícil para um homem idoso. Na segunda vez disse: "Senhor? É o senhor?". Mas ninguém respondera, e não foi possível identificar o número na tela. Na manhã em que a promoção de Sartaj foi formalmente anunciada, seu celular tocou enquanto estava no banheiro. Ele saiu, ainda com sabão no rosto, e pegou o telefone que vibrava em cima da cama. "Alô?", disse.

De novo, a mesma respiração. Dessa vez, Sartaj sentiu que o homem silencioso estava muito bravo com ele. "Senhor", Sartaj disse. "Senhor, precisa me ouvir. É muito importante. Eu posso explicar tudo que aconteceu."

Mas o autor da chamada desligou. Depois do clique, mais nada. Naquela noite Sartaj terminava seu turno quando Kamble entrou na sala dos investigadores. "Chefia", falou.

"O que foi?", Sartaj perguntou, irritado. Estivera supervisionando o interrogatório de um assaltante à mão armada. Desde sua promoção ele não sentia mais necessidade de pressionar pessoalmente os prisioneiros. Passava instruções e observava. A sala cheirava a suor e urina.

"Acho melhor ir lá fora", Kamble disse. E completou, em inglês: "*Please*".

Sartaj seguiu Kamble até o lado de fora, e pararam no corredor externo do conjunto. Kamble o puxou pelo cotovelo até a beira do laguinho. Pássaros revoavam no alto. "Eles encontraram Parulkar esta tarde."

"Ótimo. Ele se entregou?" Pois, se Parulkar não quisesse ser apanhado, não o seria.

"Não foi bem assim. Eles o encontraram."

Kamble relatou que quarenta e cinco minutos antes os policiais responsáveis pela vigilância da casa de Parulkar ouviram gritos vindos de dentro. Entraram e encontraram as duas netas de Parulkar, histéricas. Ao que parece, Parulkar nunca saíra de casa. Em seu refúgio ancestral, debaixo da escada, havia um painel de madeira que dava para um quartinho atrás da cozinha. Parulkar estava escondido lá, em segurança, e poderia ter permanecido indefinidamente, uma vez que comida e outras necessidades eram fornecidas com facilidade, e o foco da investigação estava em outro lugar, para os lados de Pune e Cochin. Mas, naquela noite, Parulkar saíra do esconderijo e fora até seu quarto, sem se importar com a luz do dia, que vinha evitando. Fez a barba, tomou banho, trocou de roupa, vestindo um kurta limpo. Depois pegou a chave do armário Godrej, ao lado da cama, abriu e apanhou o revólver de serviço lá dentro. Entrou no banheiro, tirou os chappals, subiu na banheira. As netas ouviram o som do tiro, entraram correndo e o encontraram.

"Bas", Kamble disse. "É só o que sei, no momento."

Sartaj recuou um passo. As sombras se moviam sobre a água, e as ondulações que saíam dos dois lados do laguinho se cruzavam no meio. Só o que todos sabemos no momento, Sartaj pensou. E é só isso que todos nós saberemos. Morremos por coisas que não compreendemos, sacrificamos as pessoas amadas. "Eu devia ir até lá", falou.

"Até a casa dele? Chefia, acho melhor não ir, por enquanto. Nem chegue perto."

"Sim, tem razão. Claro que não vou lá. Certo. Acho que vou ficar por aqui mais um pouco."

Kamble voltou para a delegacia. Sartaj ficou do lado de fora. Ouvia o farfalhar da bandeira no templo, observava a água. Tinha a sensação de que algo ia mudar. Esperou. Mas não sabia muito bem se isso ia acontecer.

Inserção: Duas mortes, em cidades longe de casa

I

O Ansari Tola em Rajpur se situava na parte leste da cidade, do outro lado do nullah, depois do cruzamento, atrás de uma linha de khajoors. Havia apenas onze casebres, reunidos num círculo irregular. Um caminho de terra levava da galeria pluvial até o Tola, e o primeiro casebre, na parte mais alta, pertencia a Noor Mohammed. Ele possuía sete katthas de terra pobre, no qual cultivava batata e makkai, e dirigia um ikka puxado por um cavalo velho marrom. Sua esposa se chamava Mumtaz Khatun, e eles tinham três filhos, um menino e duas meninas. Noor Mohammed era o menos pobre dos homens de Ansari Tola, isso queria dizer que ele e a família conseguiam comer, e que os filhos raramente precisavam ir dormir com a ilusória dieta de pimenta e água. Noor Mohammed e Mumtaz mandavam os filhos para a escola, mas a intervalos, dependendo da estação do ano e do trabalho na lavoura. Eles não tinham nada sobrando, nem tempo, nem comida, nem dinheiro. Mesmo assim, agradeceram a Alá quando tiveram outro filho, a quem chamaram de Aadil.

Aadil foi curioso e aventureiro desde o começo. Aos dois anos desapareceu certa tarde, debaixo do nariz de duas irmãs. Quando a mãe chegou a Tola a comunidade inteira estava agitadíssima e as irmãs, aos prantos. Todos procuraram nos campos, e um primo foi baixado no poço. Noor Mohammed cerrou os punhos, caminhou até a beira do nullah. No fim das contas, Salim, irmão de Noor Mohammed, encontrou Aadil onde ninguém pensara em procurá-lo, na estrada, do outro lado do nullah. "Ele estava simplesmente andando pela estrada", Salim disse do sobrinho, "sem nenhuma roupa, mas não estava cansado nem com medo de nada." Aadil decidira explorar o mundo, pelo jeito, e saíra por sua conta. A mãe o abraçou com força e perguntou: "Aonde pretendia ir? O que procurava?". Aadil não respondeu. Sofreu pacientemente toda a pressão, olhando em volta com seus imensos olhos negros. Era um menino muito sério. "Se eu não estivesse voltando de Kurkoo Kothi naquele momento", o tio disse, "nosso pequeno aventureiro teria percorrido o caminho inteiro até Patna."

A distância até Patna era de apenas cento e vinte e oito quilômetros, mas Aadil precisou de dezoito anos para chegar lá. Até então, seguia seu embate contra as limitações e confinamentos de Rajpur, uma cidade de um e meio lakh de habitantes que se espalhava desordenadamente pela margem sul do rio Milani. O Milani era um curso d'água menor que nascia do Boorhi Gandak sessenta quilômetros antes de desaguar no Ganges. Um templo de Kali, medieval, se encontrava numa elevação rochosa perto do Milani, de frente para uma mesquita branca num morro próximo. No verão, e no final do inverno, a água do rio retrocedia, revelando pedras cinzentas cobertas de esculturas de deuses e deusas de membros curvilíneos de uma época ancestral esquecida. Para o sul e para o leste, na montanha mais alta das imediações, o haveli do rajá Jadunath Singh Chaudhury se desmantelava calmamente em ruínas tidas como assombradas — a crer na população inteira de Rajpur — por fantasmas loucos e chudails de gargalhadas tenebrosas. O rajá Jadunath perdera grande parte de suas terras, e não podia competir em esplendor ou prodigalidade com o MLA local, Nandan Prasad Yadav, que durante a infância de Aadil transformou Kurkoo Kothi numa extravagância azul e rosa, rodeada por uma muralha de quatro metros e guardas armados. Noor Mohammed sempre dizia que o rajá não tinha cabeça para a política moderna, e que Nandan Prasad Yadav era um mestre nesse jogo sujo. Então um decaía enquanto o outro crescia. Noor Mohammed era contratado pelo rajá, às vezes, para levar os filhos até a estação de trem na velha carruagem do rajá, e a maioria dos homens de Ansari Tola eram trabalhadores braçais em Kurkoo Kothi.

Alguns meninos de Ansari Tola sabiam ler um pouco, um deles estudara até a oitava série. Nenhum dos pais sabia ler, e na história inteira do povoado ninguém terminara o curso colegial. Mas Aadil, ficava claro desde o início, era fascinado pela palavra escrita. Antes mesmo de aprender a ler ele desenhava letras em jornais velhos. Na escola primária de dois cômodos perto do mangueiral de Prem Shanker Jha, Aadil prestava atenção com uma intensidade tão grande que as outras crianças notaram de imediato. Um dos filhos de Yadav comentou: "Ah, Aadil parece uma dibba quando ouve o professor falar", imitando seu rosto sério de olhos arregalados. "Aadil-dibba", dizia, estufando as bochechas, e as três turmas reunidas no chabutra da escola caíam na gargalhada. Daquele dia em diante Aadil ficou conhecido como Dibba, e ganhou fama como padhaku. Até o professor — quando estava na escola ensinando, e não tentando ganhar um dinheiro com a venda de cebola no atacado — notou a concentração e a dedicação de Aadil, e tentou manter os encrenqueiros da escola longe dele. O resultado óbvio foi que os grupos de lafangas valentões passaram a perseguir Aadil na ida e na volta da escola. Mesmo assim, ele perseverou. Foi aprovado na quinta série, queria ir para a Zila High School. Cursar a sexta série foi muito difícil, pois os pais de Aadil não tinham dinheiro para livros, quadro-negro e lápis. No colegial precisou de mais livros, canetas e um kit de geometria. Aadil precisava trabalhar na lavoura, principalmente nas épocas de plantio e colheita, e ajudar tios e primos na olaria, fazendo tijolo. Já tinha idade suficiente para trabalhar, não havia saída. Precisavam alimentar a família, manter a casa, pagar casamentos. Mas ele continuava a insistir em seu aprendizado. Apesar das dificuldades, conseguiu. Estudava com livros emprestados, passava as noites estudando sob as luzes precárias do Shivnath Jha Sarvajanik Pustakalaya. A biblioteca fora doada por um famoso proprietário de terras brâmane e recebera o nome de seu pai, um estudioso. O pessoal da biblioteca de início sentiu certo constrangimento, pela presença de um rapaz muçulmano descarado, capaz de sentar debaixo do retrato engalanado do senhor que dedicara a vida a se purificar, lavar e santificar. Mas logo se acostumaram a ver Aadil sentado num banco, debruçado sobre livros e jornais. Os tempos mudavam, os dois salões e a dúzia de prateleiras da biblioteca deviam ser sarvajanik, e Aadil era sem dúvida parte do povo, mesmo encardido e duro de engolir. Lá Aadil aprendeu sobre Rajpur e o que havia além. Ele se localizou não somente no espaço, como também no tempo. Sou parte do século XX, pensou certo dia.

Rajpur, porém, permanecia teimosamente em outra época, que não era bem o presente, e sem dúvida não era o futuro. A estrada esburacada que conduzia à cidade não parecia em nada com as estradas soviéticas que Aadil via nas revistas em preto-e-branco, e a visão de cidades inteiras dos Estados Unidos com eletricidade e telefone o maravilhava. Havia um telefone em Rajpur, agora, na casa de Nandan Prasad Yadav, mas Aadil jamais o vira. Assistira a três filmes, dois num cinema temporário ao ar livre montado por um exibidor que viajava de jipe e abria a tela branca encardida que se enchia das cores berrantes do tecnicólor ao escurecer. Depois Prem Shanker Jha construiu um cinema chamado Parvati, no qual Aadil viu *Bobby*. Sentado no chão, bem na frente, olhando a tela, ele não sonhava com a motocicleta veloz de Rishi Kapoor, nem com o corpo brilhante e quase despido de Dimple Kapadia, mas sim com os sobrados de alvenaria imaculados, os telefones, as ruas asfaltadas, a água que esguichava milagrosamente das torneiras. Aadil passou a identificar a sujeira de Rajpur, com esgotos a céu aberto, ruas abertas sem planejamento, matilhas de cães vadios. Os campos iam até o horizonte, e uma longa fila de postes elétricos sem os fios terminava abruptamente no meio da terra gretada, e os corvos faziam sua algazarra incessante nos telhados de Ansari Tola. Crianças nasciam, casamentos eram celebrados, velhos e velhas morriam, mas tudo continuava igual. Perto do pomar de Prem Shanker Jha, Aadil jogava futebol e gilli-danda com meninos brâmanes, yadavs e bhumihars, mas nunca visitava suas casas, e eles nunca punham os pés em Ansari Tola. Nenhum paswan jamais entrara no pátio interno de uma casa brâmane ou bhrumihar, e mesmo do lado de fora um sujeito pobre se acocorava no chão para falar com seu patrão de casta superior, que se acomodava confortavelmente numa khattia. Os pobres não tinham poltronas, orgulho ou dignidade.

Quando Aadil estava na oitava série, seu chachu, o simpático Salim — que o encontrara passeando na estrada para Patna, anos antes — morreu de uma moléstia estomacal que o fez definhar em torrencial diarréia. Os parentes pesarosos deitaram o corpo frágil, que foi lavado e embrulhado numa mortalha branca para ser levado ao cemitério muçulmano na extremidade oeste de Rajpur. Mas o maulvi que vivia na mesquita não permitiu sua entrada, e logo os sayyds e pathans residentes nas proximidades chegaram correndo. Vocês não podem enterrar ninguém aqui, disseram, pois têm seu próprio cemitério. Os homens de Ansari Tola protestaram em nome de Alá, e depois imploraram ao poderoso Maqbool Khan, o muçulmano mais rico de Rajpur, filho de um zamindar e descendente — diziam — de emires e nababos. Os parentes do morto pediram misericórdia, compaixão, reham. Eles disseram a Maqbool Khan e aos pathans que haviam perdido seu cemitério, destruído pelas águas quando o rio mudou o curso durante as monções. Mas não havia misericórdia disponível naquele dia em Rajpur, nem mesmo por um morto que fora cinco vezes namaazi e homem muito generoso. Maqbool Khan deu cinco rupias aos parentes e os mandou construir um novo cemitério. Levaram dois dias para enterrar Salim, pois não havia terra gratuita disponível em Rajpur, nem mesmo o pequeno espaço de terra dura capaz de abrigar um corpo. O pai de Aadil encontrou uma encosta cheia de mato, um pequeno triângulo de terra entre o nullah e a estrada, que os homens limparam e nivelaram para cavar o túmulo de Salim.

Aadil passou a acordar com raiva. Estava lá, pronta a saudá-lo com seu monólogo insistente, mesmo antes que abrisse os olhos e visse a parede cor de barro, antes de ouvir os suspiros da mãe que sofria de constantes dores nas costas. A lenta opressão da raiva permanecia com ele durante todo o dia, queimava a carne sobre os ossos e o fez emagrecer muito. Estava muito alto, de dibba não tinha nada, embora o apelido permanecesse. A mãe começou a dizer, de brincadeira, que precisavam arranjar-lhe uma esposa. Para Aadil, a conversa prematura sobre casamento era mais uma tortura. Os outros rapazes de sua idade no Tola flertavam com as garotas, e Anwarul — que tinha peito largo e andar gingado — tinha um caso famoso com uma mulher casada do toli Chamar. Mas a paixão de Aadil eram os livros, e ele não queria nada além do êxtase do aprendizado. Nisso encontrava pouco apoio no Tola, mesmo dos poucos homens e mulheres que viajaram para fora de Rajpur. Noor Mohammed e Mumtaz Khatun jamais passaram de Alagha, a quarenta e dois quilômetros de Rajpur. Para eles, Patna era um lugar mitológico, e conheciam Delhi só vagamente, de ouvir falar. Ignoravam a existência de Pequim. Nascer, trabalhar e viver em Rajpur, sobreviver. Era o que conheciam e esperavam da vida. Persuadi-los que era possível Aadil terminar o colegial foi uma batalha, convencê-los de que seria benéfico exigiu uma campanha longa, incansável, que jamais foi inteiramente vencida. Muitos no Tola lhes diziam para tomar cuidado, se o menino fosse muito instruído não ia mais querer trabalhar na terra. Apesar de tudo, porém, Aadil conseguiu chegar à décima série e passou no exame final. Deixou de ser o primeiro da classe por dois pontos, mas nenhum colega lia livros emprestados à luz de velas, sem contar com cadernos, canetas e luz elétrica. Não houve comemoração em Ansari Tola, mas os pais de Aadil se orgulharam dele, e grande parte do Rajpur sabia que ele era um fenômeno, como o bezerro de cinco patas que nascera nos estábulos do rajá. Aadil compreendeu que o tratavam com condescendência na rua, quando brâmanes, yadavs e pathans o chamavam de "professor saab". Mas não deu importância. O riso alimentava sua raiva, e sua raiva o impulsionava para a frente.

Mas agora ele queria fazer o preparatório e entrar na faculdade, precisaria de muita raiva para conseguir isso. As mensalidades eram razoáveis, mas precisaria pagar muitas outras coisas. Aprendera algo sobre educação, e sabia que precisaria de muito dinheiro para comprar livros, canetas, formulários. Cobravam taxas extras para exames e diplomas, e só de bicicleta poderia ir ao Lala Chandan Lal Memorial College na Jawaharlal Nehru Road, situado na extremidade oposta de Tola, no Rajpur. Além de comprar roupas, duas calças e duas camisas, para sentar nos bancos ao lado de rapazes que usavam jaquetas e sapatos engraxados. Além disso havia muitas coisas que não podia pagar, como kachoris de Makhania, o chat-wallah que tinha uma barraquinha do outro lado da rua, na frente do portão da faculdade, filmes no Parvati, passeios com os colegas e riso fácil. Os intangíveis não eram jamais mencionados, mas também faziam parte da formação, embora jamais estivessem ao seu alcance. Aadil sabia de tudo isso, mesmo assim queria cursar a faculdade. Recusou casamento, insistiu em fazer o preparatório e depois o curso superior. Nenhum argumento dos anciãos de Tola conseguia mudar sua postura um pouquinho que fosse. Aadil lhes dissera que mensalidades e livros exigiriam setecentas rupias, no mínimo, a cada seis meses. Eles perguntaram de onde viria o dinheiro. Mas Aadil foi inflexível. Não foi rude, mas baixou a cabeça e ficou repetindo uma única frase: "Quero ir para a faculdade". No final, Noor Mohammed o levou para falar com o rajá.

Aadil nunca estivera no haveli antes. Conhecia o muro alto de tijolo no alto do morro, e vira os filhos do rajá com suas roupas imaculadamente limpas. Surpreendeu-se com a estátua sem cabeça na frente da casa, com as janelas quebradas, os parapeitos e balcões rachados. Mesmo assim o haveli era de tirar o fôlego, com seu porte monumental, jardins que um dia exigiram cinqüenta jardineiros, estábulos vazios altos o bastante para abrigar elefantes. O rajá os recebeu no pátio atrás da casa. Deu uma longa baforada no narguilé e fitou o rio que brilhava ao longe. Usava camisa branca e lungi azul, visto de perto era bem diferente dos retratos da nobreza que Aadil vira nos livros de história. Até o hookah era meio gasto, com uma xícara trincada. Noor Mohammed agachou ao lado da poltrona do rajá e puxou Aadil pela manga até ele também agachar. O rajá ouviu Noor

Mohammed, depois disse: "Noora, o rapaz tem razão. Precisa de formação superior. Nossa época exige mais instrução. No entanto, minha condição é muito ruim. Os miseráveis tomaram todas as minhas terras, até o pomar". Ele fez um gesto largo, por cima do ombro.

Os miseráveis a quem se referia eram os gangotiyas, que viviam na confluência entre o Milani e o Boorhi Gandak até o ano anterior, quando foram expulsos em uma semana desastrosa, pela mudança no curso das águas. Eles apareceram em massa em Rajpur, cerca de seiscentos e cinqüenta homens, mulheres e crianças maltrapilhos, e uma invasão tomou conta das terras do rajá da noite para o dia. Eles ocuparam cerca de trinta bighas, em volta de dois lagos grandes, e afirmaram que não iam sair. Disseram que receberam a terra do falecido pai do rajá, que de acordo com a versão deles havia se transformado num encontro com Acharya Vinobha Bhave, convertendo-se instantaneamente à pregação idealista de Acharya pela redistribuição das terras. A prova disso estava num documento de bordas esfarrapadas, que teria sido assinado pelo pai do rajá, e datado de duas semanas antes de sua morte. Os gangotiyas receberam apoio de políticos oposicionistas, e a influência declinante do rajá e seus contatos não foram suficientes para tirá-los da terra. Ele foi aos tribunais, claro, mas uma reintegração poderia levar dez ou vinte anos. Enquanto isso os gangotiyas fizeram suas lavouras, construíram muitos casebres e sete casas de alvenaria, uma escola e um templo.

"Raja-ji, esta época é muito ruim", Noor Mohammed disse. "Mas nossa família está com a sua há muitas gerações. Vocês sempre cuidaram bem de nós."

Era verdade. Tradicionalmente, os homens de Ansari Tola trabalhavam nos estábulos do haveli, mas os elefantes e cavalos desapareceram depois da independência. Antigamente, toda a terra do haveli até o rio, incluindo a terra alagada da diara mais próxima da água, pertencia aos rajás. Mas o haveli não tinha mais centenas de lathis para intimidar, e os yadavs haviam tomado os campos de diara mais férteis, enquanto os gangotiyas pegavam as áreas em torno dos lagos. O rajá era pressionado pelos dois lados. Deu uma baforada pensativa no hookah, com o olhar perdido na distância. Aadil notou que os chappals de borracha, sob a poltrona, estavam rachados na ponta. O pai de Aadil repetiu a frase: "Raja-ji, nossa família está com a sua há muitas gerações". E passaram a tarde sentados com o rajá, esperando enquanto ele fumava, suspirava e olhava para os campos. Quando escureceu ele deu a Noor Mohammed cinqüenta e uma rupias, dizendo a Aadil para trabalhar duro. E eles voltaram para o Tola.

Na manhã seguinte foram até a casa de Maqbool Khan. "Mir saab", Noor Mohammed disse, "nossa família está com a sua há muitas gerações." Maqbool Khan, sentado na escrivaninha, falava simultaneamente em três telefones. Suas terras arrendadas haviam diminuído muito, mas agora ele possuía sete caminhões e três templos, além de ter participação em pedreiras poeirentas e olarias. Usava um kurta branco impecável, e exibia um bigode pomposo, ondulado, digno de seus nobres ancestrais. Noor Mohammed agachara-se ao lado da escrivaninha, e Aadil ouvia a seu lado as conversas nas quais Maqbool Khan fechava seus negócios. Outros homens entravam, sentavam nas cadeiras, conversavam com Maqbool Khan e iam embora.

Após uma hora Maqbool Khan recostou na poltrona, alisou o cabelo e olhou para Aadil, dizendo: "Rapaz, então você quer estudar? O que escolheu?".

"Biologia."

Por algum motivo Maqbool Khan achou aquilo muito engraçado. Caiu na gargalhada, mostrando os dentes manchados de vermelho. "Cavalos e vacas?", disse. "Noora, seu filho vai para a faculdade aprender sobre galinhas. Por que não o ensina em casa mesmo?"

Noor Mohammed permaneceu em silêncio. Após alguns minutos, quando Maqbool Khan dava a impressão de ter esquecido deles, sussurrou o batido refrão: "Mir saab, nossa família sempre esteve com vocês". E ficaram até Maqbool Khan levantar para almoçar. Ao passar por eles, sem olhar, pôs algumas notas nas mãos em concha de Noor Mohammed, que agradeceu com vários "Mir saab" e guardou as notas dentro da camisa, esperando até chegarem à rua para contá-las. Elas balançavam com a turbulência dos caminhões que passavam. Maqbool Khan lhes dera oitenta e uma rupias.

No dia seguinte foram a Kurkoo Kothi. Nandan Prasad Yadav estava muito ocupado, não podia recebê-los. Na verdade, Noor Mohammed e Aadil nem chegaram a entrar na casa. Esperaram com um grupo de pedintes no recém-pintado portão dos fundos. Os trabalhadores haviam erguido andaimes para consertar o alto dos muros e dar novas demãos de azul e branco nos tijolos. Quatro guardas armados com rifles ameaçadores tomavam conta do portão, cuspindo na grama ocasionalmente. Noor Mohammed e Aadil esperaram três horas até que um secretário saísse de dentro da casa e sentasse à sombra, numa poltrona, para anotar os pedidos. Quando Noor Mohammed e Aadil se aproximaram dele, ouviu o pedido de Noor Mohammed e o interrompeu bruscamente: "Faça o pedido por escrito". Foi só. Pai e filho voltaram para o fim da fila. Aadil tinha caneta e um caderno pequeno, mas Noor Mohammed achava que um pedido assim precisava ser escrito em papel de qualidade. Na manhã seguinte ele adiou a ida para a lavoura e observou Aadil escrever a carta numa folha nova de papel almaço. Claro que Noor Mohammed não sabia ler o que estava escrito, mas fez que Aadil lesse a carta inteira para ele três vezes. Depois mandou Aadil levá-la imediatamente para Kurkoo Kothi e a entregasse ao secretário saab. Aadil foi, atravessou o nullah e seguiu pela estrada. O sol queimava seus ombros e coxas. Ele semicerrou os olhos e prosseguiu, lutando contra a relutância que fazia seus pés pesarem tanto. Passou pelo acesso ao haveli à esquerda, agora seu coração batia num ritmo similar ao dos pés, uma pulsação contínua de ódio contra si. Aadil atravessou o bazar a pé, desceu pela direita, perto da estação de trem, de onde já avistava o prédio de Maqbool Khan. Seu estômago doía, queria parar e vomitar. Mas obrigou-se a prosseguir. Usou sua força de vontade novamente, o instrumento que aperfeiçoava desde a infância, e superou o corpo. Foi até o final, a Kurkoo Kothi, sentou no meio da multidão até o início da noite, entregou a carta ao secretário e voltou.

Noor Mohammed passou a ir a Kurkoo Kothi uma vez por semana, depois disso, para perguntar a respeito da carta. Aadil já começara a freqüentar a faculdade, sem roupas novas e sem bicicleta, e se desprezava por precisar de dinheiro, além de desprezar o pai por pedir. Em Diwali, Nandan Prasad Yadav apareceu no portão, e Noor Mohammed — finalmente — voltou com cento e uma rupias. Assim Aadil cursou o primeiro e o segundo ano básicos, depois mais três anos para tirar seu bacharelado em zoologia, com dinheiro ganho, economizado e doado, deixando dívidas aos montes. A zoologia era seu consolo. Pensar em dois fios finos de DNA guardados no espaço infinitesimal de uma única célula era mergulhar no deslumbramento. Aadil orava, acreditava, mas os únicos momentos em que sentia o bálsamo absoluto do consolo e da salvação e o amor de Alá era quando contemplava a beleza dos filos e classes, quando estudava fotografias de fagocitose e pinocitose. Cinco anos transcorreram, cinco duros anos que demoraram a passar, e voaram. Aadil sabia que precisava continuar estudando zoologia. Obteria seu bacharelado, e queria um mestrado, quanto a isso não restava dúvida alguma. Mas não havia mestrado em Rajpur, nem em zoologia, nem em outra matéria. A sessenta quilômetros havia o departamento de zoologia da Nav Niketan University, mas Aadil queria ir para Patna. A cidade era muito distante, mas distância era exatamente o que Aadil queria. Precisava se afastar ao máximo do Rajpur, e imaginava Patna como uma sucessão de bulevares e cruzamentos iluminados, um paraíso do anonimato onde ninguém saberia nada a respeito dele ou de sua família. Não duvidava de sua chance de ser admitido em Patna. Sempre se esforçara ao máximo, os professores gostavam dele. Suas notas não eram espetaculares, mas sempre se mantivera nas faixas médias durante o curso. A questão, como sempre, era o dinheiro. De onde viriam as duzentas rupias por mês, talvez duzentas e cinqüenta, necessárias para estudar e sobreviver em Patna? Não havia bolsas disponíveis para ele. Nenhum contato de alto nível usaria sua influência para conseguir recursos e mandá-lo ao Patna Science College, nenhum político lhe daria educação de presente. Aadil teria de se virar sozinho.

Aadil procurou Maqbool Khan. "Contrate-me como motorista", falou.

De repente, Maqbool Khan resolveu defender a dignidade do aprendizado de Aadil. "Como um rapaz instruído como você poderia ser motorista?", perguntou. "Por que não dá aulas ou coisa parecida?"

"Os hindus não me aceitam como professor de seus filhos", Aadil respondeu. "E não há muçulmanos em quantidade suficiente, em Rajpur, que possam me pagar."

Maqbool Khan coçou o peito, pensativo. "Preciso de um assistente. Não consigo guardar todos esses números de cabeça. Você é honesto, ajude-me na contabilidade." Mas Aadil perguntou qual serviço pagava mais, motorista ou assistente de contabilidade. "Não é assim tão simples", Maqbool Khan disse. "Você precisa começar como aprendiz, na limpeza. Só depois receberá aumento."

"Serei aprendiz de limpeza", Aadil disse, simplesmente. "Quando começo?"

Assim Rajpur assistiu ao espetáculo de seu Dibba de cérebro privilegiado tornar-se faxineiro de caminhão. Recebeu seu diploma de bacharelado e no dia seguinte começou a trabalhar para Maqbool Khan. "Arre, o que mais esperavam?", disseram os sabidos do bazar. "Que o filho de Noora virasse primeiro-ministro?"

Aadil usava com neutralidade seu uniforme de graxa e barro. Mais difícil, porém, foi consolar os pais. Ele precisou convencê-los de que o emprego era apenas temporário. A educação o incapacitava para serviços pesados, pelo jeito. Aadil sentia certa revolta, mas convenceu-se de que aquele serviço era também uma forma de aprendizado. Os caminhões de Maqbool Khan percorriam as estradas precárias de Rajpur e arredores, e Aadil conheceu centenas de quilômetros da região. Ele acompanhava o transporte das cargas de cascalho, voltando com madeira e cimento. Ajudava Maqbool com a contabilidade uma vez por semana, conferindo e explicando os extratos bancários. No final do primeiro ano permitiram que dirigisse, e realizasse viagens que duravam até uma semana.

O cabelo de Aadil, no lado esquerdo da cabeça, começou a encanecer. A mãe culpou o estudo, as longas noites debruçado sobre os livros à luz de velas, o fato de permanecer solteiro, a tensão de dirigir semana após semana. Seu pai o aconselhou a tingir as mechas grisalhas com mehndi, ou mesmo com as tintas novas e caras que começavam a surgir no mercado. Aadil gostava do cabelo grisalho. Achava que lhe dava um ar maduro de grande cientista. De todo modo, era curioso ver seu rosto de repente no retrovisor trincado e pensar a quem pertenceria o rosto enrugado. Ao final de dois anos, época em que considerou ter dinheiro suficiente para ir a Patna, a cabeça inteira, de lado a lado, estava grisalha. Ele entrou para a Patna University com cabelo prematuramente branco, cheio de energia renovada.

Patna não foi o que esperava. Era grande, muito maior do que qualquer cidade que conhecia. Tinha avenidas largas aqui e ali, e alguns parques, mas outras partes pareciam vilarejos amontoados, ou uma Rajpur comprimida e mais cara. Espalhavam-se os mesmos barracos imundos, ruelas estreitas sinuosas, pilhas de lixo. A área em torno da universidade, contudo, apresentava alguns prédios antigos impressionantes, alguns da época colonial, outros doados por benfeitores modernos. Havia árvores antigas, e Aadil gostava de sentar nos ghats de tarde e olhar para o rio distante. O número de estudantes, na universidade e nas faculdades vizinhas, era espantoso. Havia uma espécie de alívio em participar de atividades coletivas, como manifestações, palestras e comemorações, para ver fileiras e mais fileiras de rostos, sabendo que pertenciam a milhares de outros que seguiram o mesmo rumo, que pelo menos havia outros que sofreram as mesmas privações. Longe de sua família e de Ansari Tola, Aadil sentia uma solidão inédita, que aceitava como dor necessária. Estou na cidade agora, pensava, e preciso aprender a viver de uma maneira moderna. Isso é necessário.

Entre os laboratórios e restaurantes baratos de Patna, Aadil tentou se reinventar, mas suas vidas anteriores teimavam em persegui-lo. De algum modo os colegas descobriram que Dibba era seu apelido antigo. Talvez um dos ex-professores de Rajpur o tenha mencionado a um amigo de Patna no departamento de zoologia, talvez um aluno de Rajpur tenha ido estudar em outra faculdade, e visto Aadil na rua. De todo modo, Patna sabia quem era Aadil e quem era seu pai. Sabiam que fizera faxina e dirigira caminhões. Recebia elogios por sua trajetória incomum, e um dos professores de Aadil lhe dissera — em particular, na sala dos professores — que ele servia de inspiração a todos os aspirantes a cientistas, era um rapaz tão pobre, e chegara tão longe. Mas Aadil notara uma inexplicável ponta de desprezo no comentário. Depois de elogiá-lo profusamente, o professor nunca mais lhe deu atenção, ajuda, conselho ou recomendação para uma bolsa. Aadil dependia só de si. Três vezes, após completar seu namaaz, ele compareceu a encontros de organizações de estudantes muçulmanos, mas ficou decepcionado com a estreiteza de suas discussões, que reduziam tudo à fé e sua história. Continuou os estudos, ficava no laboratório até tarde todas as noites, estudava enquanto os colegas festejavam na pensão onde morava, e ia dormir cedo.

No primeiro mês do segundo ano Aadil conheceu Jagarnath Chaudhury, conhecido como Jaggu, um brâmane bhumihar de Gopalganj, da região noroeste. Andava de motocicleta e usava jaquetas berrantes vermelhas e amarelas, cantando músicas de filmes como os melosos barítonos ao percorrer corredores com seu gingado. Naquela tarde, apoiado no banco da motocicleta, pusera um pé para o alto, no muro da pensão. Em meio a muita gritaria e confusão com os amigos, ele conduzia os planos para ver uma peça encenada pelo Kala Manch à noite. Aadil passou por eles, carregando uma pilha de livros na frente do peito, e estava quase na escada quando Jaggu o chamou: "Arre, fulano, venha com a gente". Aadil tentou recusar, mas Jaggu ignorou seus protestos de que precisava estudar e se preparar para as provas. "Não seja tão sadial", Jaggu disse. "Já compramos os ingressos. Você vai sim, harami." Ser carinhosamente xingado por Jaggu era muito persuasivo, e Aadil os acompanhou sem alarde. A peça era um desastre, até Aadil, que nunca tinha ido ao teatro, percebeu que era um péssimo melodrama mal interpretado sobre noras perseguidas, com um final feliz forçado. Contudo, foi delicioso ficar sentado numa sala escura, em bancos duros de madeira, fazendo comentários ferinos, rindo e comendo samosas engorduradas. Depois do teatro foram a um restaurante e pediram frango e tandoori com rotis. Aadil recusou a oferta de cerveja, mas se permitiu uma Coca-Cola. Seu sabor adstringente o ajudou a relaxar, ele riu das brincadeiras de Jaggu e contou uma história a respeito do velho Ramdas, um fazendeiro de Rajpur que se recusava a acreditar que alguém havia pisado na Lua. Ficaram acordados até tarde, voltaram para casa a pé, por ruas desertas, e mesmo assim Aadil acordou na manhã seguinte alegre e disposto. Passou o dia com uma inexplicável leveza no coração, realizando suas tarefas com facilidade. Quando voltou para a pensão, passou uma hora perto do portão, com Jaggu e outros.

Aadil incorporou as paradas a sua rotina. Manteve a disciplina, levantando cedo para ir à aula todas as manhãs, mas de noite sentava com os colegas para falar de política, corrupção, filmes, eventos internacionais, mudanças climáticas, mulheres e críquete. A conversa era ágil, numa mistura de híndi, bhojpuri e magahi com inglês a pontilhar tudo. Por vezes Aadil ficava em silêncio, quando as alusões lhe escapavam, ou quando falavam depressa, usando gírias que o deixavam por fora do tema. Durante essas sessões, por causa das noites em restaurantes, ele se deu conta do quanto desconhecia da vida de seus novos amigos, daqueles que não viviam em Ansari Tola. Apesar de tantas leituras, seu mundo era limitado, e não somente por causa do tamanho de Rajpur. Agora era amigo de rapazes que cresceram com televisão em casa, que consideravam motocicletas e viagens a Calcutá normais, filhos de pais que assinavam jornais e revistas. Aadil compreendeu que a pobreza era outro país, que ele não passava de um estrangeiro a pisar desajeitadamente em terreno desconhecido. Mas aprendia rápido, e se dedicava. Sentia pavor de passar constrangimentos, por isso era reservado, sempre relutante em tratar os outros com familiaridade. Mas Jaggu sempre batia à sua porta e o incluía em todos os planos do grupo. "Acorde, Dilip Saab", dizia, "hora de sair." Jaggu insistia que Aadil era uma réplica exata de Dilip Kumar quando jovem, até na voz suave e resmungos trágicos. "Empunhe um rifle", ele dizia, "e parecerá que você saiu de *Ganga jamuna*." Aadil entendeu que isso, no léxico de Jaggu, era um tremendo elogio. Mas, como Jaggu se considerava praticamente um sósia de Jackie Shroff, e imitava nos mínimos trejeitos seu ídolo, Aadil não levava o elogio ao pé da letra. A generosidade de Jaggu era tão grande como seu auto-engano. Jaggu achava sinceramente que havia repudiado com vigor sua ascendência bhumihar e meio zamindar ao estudar história e se envolver em teatro e nos círculos poéticos de Patna, mas vivia das substanciais ordens de pagamento vindas de sua casa. Alegava ser contra castas ou credos, mas certa vez confessou a Aadil — tarde da noite, após várias garrafas de cerveja — que achava as pessoas das castas inferiores pouco asseadas. "Eles não tomam banho", sussurrou confidencialmente. "Não faz parte de seus sanskars, entende? Isso você não pode negar." Ele nunca disse a Aadil se os muçulmanos tomavam banho ou não, mas apreciava muito os filmes patrióticos sobre os conflitos com o Paquistão. Comia frango tandoori com avidez, e acreditava que a narrativa histórica devia ser deduzida dos fatos que a corroboravam e das provas arqueológicas, mas ficava furioso quando lia no jornal que um professor escrevera um livro provando que os indianos védicos comiam carne de vaca. "É tudo um complô", resmungava, com o rosto rubro. "Um plano maderchod." Não declarava de quem era o plano, e Aadil não perguntava. Estava subentendido.

Todavia, Jaggu era um amigo fiel e dedicado. Fazia o possível para ajudar Aadil e seus colegas de pensão, organizando passeios, buscando medicamentos de moto para quem caísse doente. Mesmo sem estar no departamento de Aadil, colecionava mexericos sobre os professores e o aconselhava nas sutilezas da política acadêmica. Dava apoio constante, e Aadil gostava de tê-lo como confidente. Impossível admitir, até para Jaggu, mas a universidade era extremamente penosa para Aadil, e se tornava cada vez mais difícil. Não eram apenas os estudos e pesquisas que exigiam longas horas de estudo e muita energia do corpo de Aadil. Dava conta disso, mesmo competindo com rapazes capacitados, e não apenas um bando de maltrapilhos de Rajpur. A crônica falta de dinheiro o desesperava. Como podia ler e se concentrar no que lia quando o estômago doía e roncava de fome? Conforme as semanas transcorriam, a pequena reserva de dinheiro no banco de Aadil diminuía. Sempre surgiam despesas inesperadas, taxas e coletas e antibióticos para uma febre súbita. Livros que não constavam na bibliografia eram considerados pelos professores, com indiferença, leituras fundamentais para os exames prévios. E surgiam novas fomes, por uma peça de teatro, por um jantar no restaurante e quem sabe por uma Coca-Cola. As rupias desapareciam com rapidez, Aadil batalhava, tentando reduzir despesas. Mas não havia gorduras a cortar, e ele sentia que seu esforço o levava a cortar na carne. Sofria, mas ocultava seu sofrimento.

"Beta, o que está acontecendo com seu cabelo?", Jaggu perguntou a Aadil certa noite, puxando-o pelo ombro para examinar de perto a cabeça de Aadil. Estavam sentados no alto da escada, na frente da pensão, esperando que o grupo se formasse para uma expedição ao cine Ashok.

"Com meu cabelo? Nada", Aadil respondeu. Ele tocou o repartido, verificando que o cabelo crescia com vigor.

"Yaar, está ficando completamente branco."

"Não está."

"Claro que sim."

"Está igual. É assim faz muito tempo."

"Não, senhor. Inteirinho branco, estou dizendo. Dê uma olhada."

Eles entraram na pensão, subiram a escada até o quarto de Jaggu, que tinha vários espelhos. Jaggu posicionou Aadil na frente de um espelho de parede, e colocou outro atrás de sua cabeça. "Veja", disse.

Aadil olhou e viu que a parte de trás da cabeça estava mesmo branca. Por trás, era um velho.

"Vem vindo de trás para a frente", Jaggu disse. "Mas, entenda bem, não há motivo para se preocupar." E passou a listar tinturas de cabelo, e discorrer sobre as virtudes das diferentes marcas, instruindo Aadil a respeito de seu uso. Ficou furioso quando Aadil balançou a cabeça e se recusou a pintar o cabelo.

"Mas, bhai, por quê? Eu só quero saber por quê", Jaggu disse. "Não há nada mais fácil. Não precisa pintar todos os dias. Você precisa se cuidar mais, recusa-se a fazer até uma coisa mínima."

Aadil segurou o pulso de Jaggu, balançou a cabeça e o levou para baixo, até os colegas que esperavam no portão. Era impossível explicar a Jaggu que mesmo uma tintura por mês custaria uma fortuna impensável. Esses luxos não eram destinados a pessoas como Aadil. Jaggu, que jogava a escova de dentes fora a cada duas semanas porque parecia gasta e usada, não sabia o que significava viver sem um maço gordo de rupias disponível o dia inteiro. Não lhe faltava inteligência nem companheirismo ou consciência. Ele era diferente, não conseguia entender. Aadil não o culpava pessoalmente. Não poderia dizer, tampouco, que se sentia como um velho, muitas vezes. Talvez Aadil tivesse envelhecido antes do tempo, por isso aquele desânimo debilitante fluísse em suas veias. Ele se esforçava para levantar da cama todas as manhãs, combatia a fadiga para comparecer a conferências, estudar, prestar os exames. A exaustão não era só dos músculos e células, se fosse talvez pudesse ser isolada, controlada e derrotada. De algum modo ele fora corroído, desgastado até restar apenas uma fina fatia de força de vontade, quebradiça e férrea. Ele estava a ponto de explodir, mas precisava seguir adiante. Sobreviveu. Insistiu e, no final do ano, quando os exames terminaram e os planos para o futuro eram feitos, Aadil desistiu. Queria voltar para casa.

"Por quê?", Jaggu disse. "Voltar para quê? Você precisa obter o diploma de doutorado, é a única coisa que pode fazer."

Fazer doutorado era a única opção para quem queria lecionar, como Aadil. Mas pagar outro curso, por três ou quatro anos, era algo que ele não seria mais capaz de fazer. Talvez um ser humano tenha limites para seus esforços, pensou, e desde a primeira série ele lutava com todas as forças. Não lhe sobrara energia para prosseguir. Sabia que não conseguiria guiar caminhões nem pular outra refeição, ou pedir livros emprestados e prometer com veemência que os devolveria antes do amanhecer. Tentou explicar a Jaggu: "Estou muito cansado", disse.

Jaggu ficou bravo. "O que é isso, preguiça? Pensei que tivesse um pouco de brio. Você está desperdiçando anos de estudos. Tente, pelo menos."

Pela primeira vez Aadil sentiu uma súbita raiva de Jaggu, seu amigo que facilmente conseguira um título e agora partia para outro, que sem dúvida completaria o curso seguinte com uma canção nos lábios, para quem o diploma de doutorado e o emprego de professor cairiam no colo. Pensaria que realmente se esforçara muito para atingir essas metas, acreditaria em seu sacrifício e suor. Sem dúvida, um dia, sentado com os colegas na aconchegante sala dos professores, ele contaria a história de seu amigo Aadil, um pobre rapaz da roça que não teve disposição para concluir sua formação. *Aquela gente*, diria, suspirando, antes de tomar um gole de chai. E lá estaria ele, o generoso Jaggu, virtuoso e indignado. Aadil sentiu vontade de bater nele.

Em vez disso Aadil se retirou. Suportou a zombaria e as brincadeiras de Jaggu durante três semanas, depois voltou para casa em Rajpur. Ali, no bazar, realizaram debates e discussões a respeito do que ocorrera com Dibba em Patna. Alguns acharam que ele havia fracassado, outros que nem sequer estivera em Patna. Caso contrário, por que voltaria, com toda sua suposta formação superior, para trabalhar na lavoura? Rajpur tentou resolver o enigma, alguns chegaram a ir até Ansari Tola para ver Aadil nos campos, usando lungi, suando ao lado do pai. Aadil evitou questionamentos e perguntas, mantendo silêncio. Raramente ia à cidade para comprar fertilizantes e sementes, e quando ia voltava logo. Os meses passaram, os desocupados do bazar se cansaram de Dibba e passaram para outros temas. O interesse de repente foi renovado quando ficou claro que Dibba conseguiria uma colheita espetacular no pedacinho de terra patli perto de Ansari Tola. Após a colheita da primavera, muitos acenaram com a cabeça em Rajpur. "O rapaz Dibba está pagando todo o dinheiro gasto em Patna pelo pai. De sua terra efkasli, Dibba conseguirá duas colheitas. O velho Noora deve estar muito contente."

Noor Mohammed não estava contente. Sentia medo. Durante a colheita, Aadil notara que a terra diminuíra. A fazenda ao lado da deles pertencia a Nandan Prasad Yadav, e durante a colheita se expandira quinze centímetros no trecho que se limitava com a terra de Noor Mohammed. Os empregados de Nandan Prasad Yadav faziam a colheita, e quando terminavam o addah que separava as duas propriedades avançara quinze centímetros para o oeste. Uma fazenda crescia, a outra diminuía. Quando Aadil mencionou isso, primeiro Noor Mohammed negou. Depois Aadil ficou bravo, e o levou até a divisa, apontando o ponto em que estava próxima do pé de babul, no lado deles, e mais distante da bomba nas terras de Nandan Prasad Yadav. Noor Mohammed não podia mais negar. Admitiu que a terra fora roubada, mas implorou a Aadil para não fazer nem dizer absolutamente nada. "Somos pessoas insignificantes", ele disse. "Os outros são elefantes."

Aadil ficou quieto. As flores amarelas do babul brilhavam contra a névoa distante sobre o rio. "Quanto eles pegaram?", perguntou.

"Mais ou menos isso, kya?", Noor Mohammed disse, erguendo a mão calejada, com os dedos estendidos.

"Não", Aadil disse. Ele pegou a mão do pai. "Quero dizer tudo, durante esses anos todos."

Noor Mohammed olhou para o lado de Nandan Prasad Yadav, que ia desde as terras altas até a estrada. Ele não precisava medir, já sabia. "Tínhamos cerca de uma bigha e meia. Uma bigha foi tirada quando eu era menino. Meu Abba, ele pegou dinheiro emprestado e assinou um papel."

"Que papel?"

"Sei lá. Ele não conseguiu pagar e tomaram sua terra."

Noor Mohammed não sabia quem guardava o tal papel agora, nem onde procurá-lo. "Beta", disse, "a terra pertence a eles agora. É deles."

Aadil apontou para o novo addah. "E isso?"

Noor Mohammed não sentia raiva nem dor. As faces e a fronte pareciam entalhadas em pedra negra. "Isso também é deles", disse. Deu as costas e voltou para o Tola em seu passo habitual, nem muito devagar, nem muito depressa.

O medo de Noor Mohammed cresceu no dia seguinte, quando ficou claro que Aadil não estava disposto nem seria capaz de se conformar. Aadil foi naquela manhã a Kurkoo Kothi e exigiu ser recebido por Nandan Prasad Yadav. Após quatro longas horas de espera infrutífera, foi até a thana da polícia de Rajpur e tentou registrar queixa. Quando o policial de serviço riu na cara dele, desistiu da

FIR e retornou a Ansari Tola. Pegou uma pá e seguiu para sua roça. Uma hora depois um empregado de Nandan Prasad Yadav o viu cavando furiosamente. Ele havia devolvido cinqüenta centímetros de addah à posição original. Após outra hora, dois homens com lathis e dois com espingardas chegaram a Ansari Tola para conversar com Noor Mohammed. Ele e dois primos correram para a lavoura, pediram e depois tiraram Aadil de lá à força. Precisaram arrancar a pá de suas mãos. Ele ofendeu a todos, e os homens de Nandan Prasad Yadav riram. Aadil afastou-se. Noor Mohammed e os primos devolveram o addah para a posição em que se encontrava pela manhã.

Aadil foi ao karamchari dos registros de terras no dia seguinte, e de lá ao inspetor regional. Ambos se mostraram impressionados com seu modo esclarecido de falar, e o aconselharam a entrar com uma queixa fundiária, eles a levariam ao coordenador regional, que era na verdade um coletor assistente, assim ele poderia encaminhá-la ao coletor. Nem o karamchari nem o inspetor regional sabiam de nada a respeito da nota promissória assinada pelo avô de Aadil, mas o karamchari prometeu verificar o registro da terra nos arquivos e ver se encontrava algo lá.

Aadil compreendeu que nada seria encontrado, que nada seria feito. Ele não tinha dinheiro para subornar o karamchari e nenhuma influência para pressionar o inspetor regional. O Ansari Tola não tinha pessoal nem disposição suficiente para enfrentar Nandan Prasad Yadav. A terra perdida jamais seria recuperada. Estava tão certo disso como de que o Milani corria de oeste para leste, mas não conseguia se conformar. Sabia que em Rajpur a lei era uma ilusão na qual nem as crianças acreditavam. Não adotava, porém, a postura conformista dos pais. Não permaneceu em silêncio. Sempre que ia ao bazar, falava mal de Nandan Prasad Yadav. Dizia que era um ladrão filho-da-mãe. Não bebia cerveja em Patna, mas começou a tomar tadi. Seus parentes o encontravam freqüentemente cambaleando pelas ruas do Ansari Tola. Sentado na beira da vala, falava sozinho e lançava olhares belicosos com sua vista congestionada contra quem passasse. A mãe e o pai imploraram, ameaçaram, pediram ao maulvi que falasse com ele, mas nada atenuava o desespero de Aadil. A mãe insistia para que se casasse, que uma esposa e responsabilidade o acalmariam, mas nenhum pai aceitaria dar a filha como esposa para um maluco como ele, formado ou não.

Aadil continuava a trabalhar assiduamente na lavoura, todos os dias. E todos os dias percorria toda a extensão do addah para garantir que não saíra do lugar de novo. Uma noite, em agosto, viu que dois homens esperavam por ele no final do campo. Um era alto, com braços musculosos enormes e ar beligerante. Mas o outro, baixo, escuro, de cara redonda, era sem dúvida o chefe. "Você é Aadil Ansari?", perguntou, segurando as pontas de seu gamcha, apoiado nos calcanhares.

"Sou."

"Lal Salaam. Sou Kishore Paswan."

Aadil não sabia como reagir ao punho erguido de Kishore Paswan. Nunca recebera a saudação comunista antes, confundiu-se e levou a mão ao peito. Kishore Paswan não se importou, pelo jeito. Sorria para Aadil.

"Soubemos que tem enfrentado muitos problemas."

"Quem são vocês?" Os Naxals nunca haviam sido muito ativos na região de Rajpur, e Aadil não ouvira falar em Kishore Paswan.

"Já lhe disse quem sou. Sou Kishore Paswan Jansevak. Vamos lá. Conte o que está acontecendo."

Kishore Paswan puxou Aadil pelo cotovelo e o levou a um canto do campo. Eles se agacharam à sombra de uma árvore. Paswan tinha voz suave, modos amigáveis. Aadil sem se dar conta relatou seu caso, não falou apenas da terra roubada, começou por sua luta na escola primária e foi até a época de Patna. Paswan ouviu, depois falou sobre si para Aadil. Vinha das imediações de Gaya, filho de bóias-frias. Sua família participara ativamente do movimento antifeudal, e o pai naxalita trabalhara com o grande revolucionário Chunder Ghosh. Quando Kishore Paswan tinha três anos, tanto o pai quanto Chunder Ghosh foram mortos a tiros por um agente policial disfarçado de empresário. Portanto, Kishore Paswan atuava politicamente desde a juventude, lutando contra a opressão das castas superiores e do Estado. A história o reinventara como Kishore Paswan Jansevak. Agora era funcionário do Conselho Revolucionário do Povo, uma organização legal e legítima dedicada à melhoria das condições de vida dos pobres. "Nós nos dedicamos à justiça, meu amigo", Kishore Paswan disse. "Se você tem consciência política, está do nosso lado. Se for inteligente, não lhe resta outra opção a não ser se unir a nós. Queremos unir o proletariado. Temos membros de todas as castas, todas as religiões. Alguns de nossos líderes são brâmanes, inclusive. Não importa. Se compreende a estrutura da opressão, então não pode evitar, está do nosso lado."

Conforme Kishore Paswan descrevia essa estrutura, Aadil viu que sua lógica era impecável. O feudalismo ainda existia em Rajpur, obviamente, pois a opressão das classes reacionárias contra o proletariado ocorria de modo sistemático. À medida que Paswan instruía Aadil nas sutilezas do marxismo-leninismo-maoísmo, Aadil via que a teoria se encaixava com precisão nos fatos. Claro, Aadil ouvira falar em Marx antes, e discutira Lênin com seus colegas de pensão, mas vivia preocupado demais com a zoologia para estudar a obra de Mao, para ler e investigar seu pensamento, para compreender a longa marcha do Grande Timoneiro e a comoção que seu partido causara na Índia. Aadil sentia que os conceitos transmitidos por Paswan tinham um aspecto científico elegante. Claro, claro. As instituições do Estado eram reacionárias por natureza, definidas pelas posições de classe de quem as controlava. A polícia e outros membros executivos do Estado eram empregados para destruir, para exterminar a luta de classes embrionária dos camponeses sem-terra. O que sempre chamavam de "problemas legais" nos jornais reacionários era na verdade o desfecho natural de um sistema sociopolítico que gerava pobreza, desemprego, ignorância e subdesenvolvimento abrangente para mais de noventa por cento da população trabalhadora das áreas rurais, responsável pela imensa riqueza e a vida extravagante de um punhado de classes parasitas nos vilarejos e nas cidades. A meta da luta de classes era eliminar o feudalismo e o capitalismo burocrático. As contradições da atual sociedade dividida em classes resultariam em sua destruição, levando a uma verdadeira sociedade sem classes neste mundo. A dialética, por si, promoveria o próximo estágio indispensável, o paraíso dos trabalhadores. Isso não podia ser negado. Era inevitável.

Paswan falava rapidamente, sem pausas. Suas palavras eram como um bálsamo regenerador em Aadil, eliminando os derradeiros vestígios de ilusões burguesas de sua mente e de seu coração. Ele sabia como fora ridículo alimentar esperanças num sistema podre. Confiar nas classes reacionárias era sinal de fraqueza e ignorância. Aadil queria participar, tomar parte na revolução de algum jeito.

"Dizer isso é fácil", Paswan falou. "Mas fazer é difícil."

"Aceitarei qualquer coisa."

"Ótimo. Veja bem", Paswan disse, com firmeza, "a primeira batalha que um revolucionário precisa vencer é contra seus próprios hábitos errados e sua ignorância. Não esperamos menos do que comportamento social ideal, digno de um revolucionário. Você precisa assumir o controle sobre si. Deve realizar um incessante exame pessoal e de suas ações, e se dedicar integralmente à luta. Menos que isso seria inaceitável."

Então Aadil, a partir daquele dia, desistiu de beber tadi. Nunca mais se embriagou. Dedicou-se totalmente à luta. O camarada Jansevak o orientou a educar os pobres de Rajpur e adjacências, elevar a consciência revolucionária e continuar a trabalhar na terra para não perder a disposição. Fortalecido, Aadil prosseguiu. Com apoio do PRC, acompanhado pelo camarada Jansevak, Aadil revisitou o karamchari, que se mostrou assustadoramente disposto a cooperar e investigar. Uma ação fundiária contra Nandan Prasad Yadav foi logo iniciada.

Uma semana depois, Aadil não tinha mais água. A água para irrigar seus campos vinha do rio, a leste, passando através das terras de Prem Shanker Jha. O acordo existia havia décadas, gerações. Agora Prem Shanker Jha aterrou o estreito canal e declarou que precisava da terra para cultivar, que não estava mais disposto a aceitar o custo do movimento de água por seus campos. Recusou-se a ouvir quaisquer argumentos. E Aadil não se dispunha mais a implorar. Prem Shanker Jha e Nandan Prasad Yadav não se davam muito bem. Eram rivais em influência, dinheiro e terras, os políticos candidatos que apoiavam muitas vezes combatiam uns aos outros. Contudo, agora se entendiam. Como o camarada Jansevak observou, o mundo capitalista funciona assim, os piores inimigos se tornam irmãos para proteger seus interesses de classe. Não se preocupe, o camarada Jansevak disse a Aadil, vamos lutar.

Mas na segunda-feira Aadil foi preso. Foi arrancado da cama onde dormia um sono inquieto, amargurado, e levado para a thana. O FIR já havia sido preparado: um certo Aadil Ansari, agindo em conluio com um grupo de onze homens desconhecidos, cercara dois policiais no chowki de Garhi e os desarmara. Os invasores arrombaram o arsenal do chowki e fugiram com nove rifles .303 Lee-Enfield e quatrocentas e sessenta unidades de munição. Os dois guardas haviam sido amarrados e vendados, mas viram claramente o líder do grupo, identificado como o notório líder naxalita Aadil Ansari.

Com base nessa mentira, Aadil Ansari passou dez dias sob custódia. Os policiais o espancavam diariamente, com correias e lathis, na sola dos pés. Noor Mohammed gritou desesperadamente nos portões de Nandan Prasad Yadav, passou dias inteiros sentado na porta da thana, chorando. Após dez dias o pedido de fiança de Aadil foi recusado com base no argumento de que ele representava uma violenta ameaça à sociedade em geral, e às duas testemunhas de seu crime em particular. Foi enviado para o sul, a cem quilômetros dali, e deveria aguardar julgamento em Hasla Aadarsh Kara. Aadil passou os dois anos e três meses seguintes naquela prisão, enfrentando uma série de audiências e adiamentos, pois os dois guardas não compareciam ao tribunal para testemunhar. Na primeira audiência estavam doentes, em seguida foram transferidos para a fronteira com o Nepal, depois ficaram doentes outra vez. Simplesmente, não estavam disponíveis. O julgamento, claro, precisava ser realizado, e Aadil continuou preso. Surpreendeu-se com sua paciência, com a disposição naquele edifício fétido caindo aos pedaços que esmagara tantos homens. Fora construído cinqüenta anos antes para abrigar seiscentos prisioneiros, e ali se amontoavam dois mil. A comida cheirava a podre, febres e disenteria grassavam entre os detentos, provocando muitas mortes. Mas Aadil nunca se sentia deprimido ou receoso. Não orava mais, nem uma única vez ao dia. Dedicava-se ao estudo do marxismo-leninismo-maoísmo e a campanhas realizadas por camponeses e trabalhadores de todas as partes do mundo. Aadil lia os panfletos e livros enviados pelo camarada Jansevak, tentando ensinar todos os homens com quem entrava em contato. Na prisão de Hasla, Aadil logo se tornou conhecido como Professor, e foi esse apelido que levou consigo ao sair.

Aadil e mais quatro detentos fugiram numa clara manhã de dezembro, quando o primeiro-ministro visitava o distrito. Grande parte dos guardas da prisão haviam sido convocados para serviços nas estradas e para o bandobast do ministro, e deixaram apenas uma força mínima na penitenciária. Aadil e os companheiros dominaram dois guardas atrás da lavanderia, escalaram um muro usando pedaços de madeira e cordas improvisadas na lavanderia para fazer uma escada. Dois dias depois Aadil chegou a Rajpur para falar com o camarada Jansevak. "Quero pegar aqueles desgraçados", disse.

"Tem certeza?", o camarada Jansevak disse. "Se matar dois policiais, passará o resto da vida fugindo."

"Já estou fugindo. Não se preocupe. Já decidi. Deixei tudo para trás."

Aadil matou os dois guardas citados na FIR quatro dias depois. Cinco policiais morreram na explosão, na verdade, mas Aadil visava apenas seus dois acusadores. Os outros foram um lucro acidental. O camarada Jansevak pôs Aadil em contato com o PAC, Comitê de Ação Popular, que servia como braço militar do PRC. O PAC tinha recursos de espionagem e material para a tarefa. Sabiam que um inspetor e quatro guardas viajariam num jipe para o vilarejo de Ganti, para investigar um confronto entre grupos rivais, num conflito fundiário. Por três dias o PAC manteve vigias escondidos na estrada de terra que a polícia teria de usar para chegar a Ganti. No quarto dia, o jipe da polícia que se aproximava foi avistado, às onze da manhã. Confirmou-se que os dois guardas visados por Aadil estavam no banco traseiro do jipe. O veículo passou, e assim que sumiu na estrada o pelotão do PAC e Aadil começaram a trabalhar. Aadil observou os homens do PAC instalarem a mina terrestre na estrada. Usavam bastões de RDX, que chamavam de gelatina. O líder do pelotão sorriu quando baixou a lata de Dalda cheia de explosivo no buraco que haviam cavado. Aadil não ficou sabendo seus nomes, por razões de segurança operacional.

O líder do pelotão disse: "Professor, sabe o que é isso?".

"Sei."

"E fica aqui, tão perto?"

"O camarada Jansevak disse que vocês são especialistas."

O líder do pelotão riu. Aadil o ajudou a estender um fio preto da estrada até o lado de um addah, e passá-lo para a parte de trás. Dois homens do pelotão iam atrás do fio, para cobri-lo com terra. Todos se deitaram atrás da elevação, e os homens do PAC apontaram seus rifles. O sol batia neles, que esperavam. O líder do pelotão falou a respeito de um ataque a uma mina em Singhbhum que lhes rendera mil e duzentos bastões de gelatina. Esperaram. Um vigia os alertou às duas e meia, a leste.

"O jipe está a caminho", o líder do pelotão disse. "Quer fazer isso?" Ele passou a ponta do fio preto, separada em duas partes. Na frente dele havia uma bateria de automóvel. "Você precisa agir no momento exato. Um pouco antes ou um pouco depois não adianta."

Aadil abanou a cabeça. Queria detonar a bomba, mas precisava ter certeza. Suas mãos tremiam, ele não sabia se conseguiria fazer os cálculos corretos, levando em conta a distância, o objeto em movimento e a velocidade da luz, quase instantânea. O jipe veio sacudindo na estrada, aproximou-se, Aadil já ouvia seu barulho. Aadil teve a impressão de que passara pelo ponto marcado como a localização da mina, mas o jipe desapareceu num espasmo branco e marrom cor de terra que fez Aadil fechar os olhos. Quando piscou e os abriu, havia uma nuvem de fumaça preta e um esqueleto de metal retorcido do lado de fora da estrada, perto do pelotão do PAC. Os homens gritaram e aplaudiram.

"Doze metros", disse o líder do pelotão. "Voou pelo menos doze metros."

Aadil correu atrás deles, com os ouvidos ainda zumbindo quando avançaram. Uma chuva de papel picado caía, e o ar cheirava a gasolina. Aadil viu o corpo de um policial, mas apenas metade. As botas e pernas continuavam intactas, o cinto de couro marrom ainda brilhava. Mas acima da cintura havia uma mistura suja de entranhas, mais nada. Aadil sentiu um nó na garganta, e precisou virar de costas. Controle-se, disse para si. Você já realizou muitas dissecações. Não há nenhuma novidade.

"A primeira vez é sempre difícil", o líder do pelotão disse. Ele chutou um pedaço de metal fumegante e abaixou-se para examinar outro corpo. O chassi do jipe, atrás dele, fora coberto por uma fina camada de chamas azuis bruxuleantes. "Não se preocupe. Logo você se acostuma. Um dia fará isso sozinho."

"Não me preocupo", Aadil disse. A náusea daquele momento não passava de uma reação do corpo, sua mente a superaria. Os policiais eram inimigos da classe, precisavam ser executados. Não havia escolha.

Como o líder previra, Aadil pegou gosto pelo assassinato. Operava principalmente em Bhagalpur e Munger. O camarada Jansevak achava que ele era conhecido demais em Rajpur, agora havia muitos inimigos e informantes que gostariam de lhe causar mal. Por isso Aadil lutou sua guerra longe de casa. Portava um rifle e uma faca Rampuri, mas sua principal atividade era treinamento e doutrinação. Ia de aldeia em aldeia, viajando sempre à noite, sem jamais cruzar um descampado durante o dia. Dava aulas aos camponeses, reunidos à meia-noite à luz de uma única lamparina. Contava sua própria história e oferecia uma visão do futuro: igualdade, prosperidade, fim dos latifundiários e dívidas, cada um seria dono de seu próprio destino.

A cada semana, Aadil dependia mais dos comandantes do PAC. Como era o Professor, nunca comandou um pelotão, mas subiu rapidamente na hierarquia e se tornou um respeitável especialista em táticas. Os proprietários de terras tinham seus capangas, a polícia, seu poder e brutalidade, por isso a luta se travava nas montanhas e nos labirintos ribeirinhos do diara. Aadil planejava as operações, como execuções em resposta a massacres, emboscadas de comboios policiais e seqüestros de engenheiros e médicos. Descobriu uma facilidade instintiva para simulações e contra-ataques, para subterfúgios e evasivas. Deliciava-se com o sucesso de seus esquemas, e não era insensível à admiração de seus camaradas, e treinava para ser um bom soldado. O cheiro de sangue humano não o nauseava mais. Participou de algumas operações, sendo a mais notável uma emboscada à expedição de oito veículos policiais que retornavam da investigação da morte de um sarpanch. Sentiu uma empolgação inédita ao disparar o SLR contra as figuras de farda cáqui que corriam pela estrada, confusas e aterrorizadas pelas minas que explodiram os três caminhões iniciais. O plano fora inteiramente efetuado por Aadil. O sarpanch, informante e direitista reacionário, fora executado numa via pública, decapitado no meio do mercado do vilarejo num dia movimentado, terça-feira. Como o sarpanch era próximo ao MLA local, Aadil sabia que a polícia mandaria o grosso da tropa, para investigar e marcar presença. Sendo assim, Aadil e dois pelotões aguardaram por eles na estrada, e os atingiram. O balanço final foi trinta e seis policiais mortos, muitos feridos e nenhuma baixa no PAC. O Professor recebeu elogios rasgados, mas o que Aadil mais valorizou, depois, foi a recordação do coice do rifle em seu corpo e o cheiro de pólvora. As sensações lhe disseram que ele não era um inútil desprezado. Encostara o ombro no apoio do mundo, e o faria girar em seu eixo.

Os anos foram passando. As batalhas se sucediam, uma após a outra. Os pais de Aadil morreram, um após o outro, com a diferença de menos de um mês, num inverno frio. A mãe morreu contente, sabendo que o filho finalmente se casara. A mulher de Aadil era muito mais nova que ele. Chamava-se Jhannu, e era uma moça musahar que cursara até a décima série, ideóloga radical do partido e combatente ferrenha, experiente. Aadil a conhecera numa operação que planejara para o esquadrão dela, em Singhbhum. Ela apontou falhas em seu plano, mas os cabelos brancos e a reputação de dedicação à causa de Aadil a cativaram. Casaram-se, o fogo no corpo moreno e esguio de Jhannu o assustou, bem como seu desejo por um ponto macio no final da garganta, perto do músculo rijo do ombro. Em menos de dois anos, porém, eles se separaram. Ela foi designada para liderar um esquadrão em Hazaribagh, e os encontros exigiam uma complexa troca de mensagens e jornadas perigosas. Aadil se perguntava se ela não estaria começando a questionar a profundidade de seu comprometimento com a causa. Ele se dedicava muito, como sempre, mas descobriu que o conhecimento reduzira sua capacidade de ser conivente com tolices. Não chegava a ser um cético, mas na cama, talvez um pouco relaxado por sentir o cabelo dela em sua face, ele deixara escapar um comentário ou outro sobre os líderes do partido. Por exemplo, reclamara ao camarada Jansevak quando Jhannu foi enviada para longe dele, e o camarada Jansevak dissera: "Um trabalhador do partido deve aceitar essas coisas em sua jornada. Aadil, meu amigo, talvez o casamento não seja uma boa idéia para soldados. Precisamos sacrificar tudo". Mas Aadil sabia que o camarada Jansevak não tinha uma esposa, mas duas. Casara-se pela primeira vez ainda jovem, muito tempo atrás. E agora tinha outra, recém-saída da infância e famosa pela beleza. O camarada Jansevak tinha casa em Gaya, uma mansão cor-de-rosa de três pavimentos equipada com antena parabólica e televisão em todos os quartos, bem como dois geradores Kirloskar. Aadil sabia disso, e talvez tenha comentado o caso com a esposa. E uma vez, apenas uma vez, tarde da noite, comentara com Jhannu assassinatos, execuções e retaliações. Ela citou o camarada Mao: "O país precisa ser destruído e reconstruído", disse, e ficou tensa de repente, a seu lado.

Aadil também sabia de onde vinha o dinheiro para a mansão do camarada Jansevak: taxas e tributos que o PAC cobrava de fazendeiros e empresários. Aadil conhecia a estrutura financeira da revolução. Boa parte do dinheiro passava por suas mãos, conforme ia da base à liderança. Admitia que a logística da revolução exigia recursos, sabia o preço de um AK-47 e o custo da munição por milheiro. Havia outras despesas, como salários, panfletos, viagens e medicamentos. Ele sabia tudo isso, mas em certos momentos não podia deixar de pensar no que fazia, no que orientava, e concluir que era nada mais nada menos que extorsão. Ele pegava dinheiro. Dava armas a rapazes e moças e lhes pedia que trouxessem dinheiro. Tentava ensinar história a seus soldados, mas sabia que muitos repetiam as lições exatamente como cantavam hinos religiosos, sem curiosidade e sem compreensão. Jhannu citava o camarada Mao em todas as conversas, praticava o materialismo dialético dia após dia, mas para cada uma como ela havia dez rapazes para quem o camarada Mao não passava de um deus amarelo que os armava. Algum zamindar desgraçado tomara sua terra com a força de seus lathaits, e agora eles tinham rifles e munição. Era só o que sabiam, e não queriam saber de mais nada.

Aadil tinha noção de tudo isso, fez alguns comentários com a esposa e a perdeu. Contudo, ele não era contra-revolucionário, não sofrera uma recaída burguesa. Sua ideologia era clara como a água da montanha. Acreditava sincera e completamente na causa, ainda confiava nas promessas do futuro. A revolução eliminaria todas as formas de exploração, até que o comunismo mundial criasse uma sociedade sem classes e sem Estado. Isso era inevitável. A revolução prosseguiria. Não havia libertação sem revolução, nem revolução sem guerra popular. O que poderia parecer uma prática imperfeita do marxismo-leninismo-maoísmo não passava de mero pragmatismo. A perfeição precisava ser buscada por meios imperfeitos. As virtudes dos oprimidos eram a astúcia, o subterfúgio e a fraude. O dever dos quadros era obedecer às determinações do partido. Aadil aceitava e acreditava em tudo isso. Não tinha dúvidas a respeito da pureza dos objetivos do partido — não interessa que o camarada Jansevak comprasse sofás verdes para a esposa — e continuaria a servi-lo com o máximo de entusiasmo e vigor. Daria a vida pelo partido, pelos operários do futuro. Ele só conhecera a luta, mas eles encontrariam a felicidade. Para eles, e para suas vidas futuras, era capaz de conviver com a petulância do camarada Jansevak, com as exigências feitas a camponeses e pequenos comerciantes, com as execuções dos traidores e todo o sangue derramado.

Matar se tornara rotina para Aadil. Fazer um balanço do ocorrido no caos e no barulho dos tiroteios era difícil, mas Aadil calculava que já havia matado uns doze homens pessoalmente, talvez vinte, talvez mais. Não passava disso, porém. E vira um número maior de mortos por tiros, explosões, machado e lathi. Não se lembrava de todos os cadáveres que vira, dos montículos de carne e pano em que pisara. Seguira adiante, com o futuro sempre em mente, deixando os mortos para trás. No início, cada morte testemunhada por Aadil fora um evento crucial, uma mudança no mundo que o atingia com a força de uma revelação. Prestara muita atenção aos sintomas, o tremor no braço, um olho aberto que perdera o brilho e se tornara amarelo-escuro. A retina acinzentada. Antigamente, cada uma dessas transfigurações prometia uma grande transformação futura, cada morte pressagiava a iminente luz da aurora dos trabalhadores. Agora os corpos caíam e Aadil não mais os contava. A morte era o terreno em que pisava, o país em que existia. Aadil vivia dentro da morte, e não a notava mais.

Foi a vida, no final das contas, que o atordoou e o fez fugir da revolução, do camarada Jansevak, do PAC e de Bihar. O líder do pelotão que levara Aadil a sua primeira emboscada era agora comandante de área, e Aadil teve permissão de saber seu nome, Natwar Kahar. Ele operava em Jamui e Nawada, principalmente, ajudado por seu segundo em comando, Bhavani Kahar. Esse Bhavani, de apenas vinte e quatro anos, era parente distante e protegido especial de Natwar Kahar. Bhavani fora recrutado ainda menino para o partido por Natwar Kahar, e treinado para ser soldado e líder em potencial. O rapaz tinha carisma, e era destemido. Na noite de Diwali o jovem Bhavani fora apanhado pela polícia no vilarejo de Rekhan. Bhavani curtia sua bebedeira dormindo na casa de uma viúva quando a polícia o encontrou. E o bem-apessoado Bhavani desapareceu nas garras da justiça. Natwar Kahar ficou furioso. A polícia obviamente recebera uma dica, uma informação bem específica. Natwar Kahar examinou os suspeitos, todos os moradores do vilarejo, e por fim se fixou na mulher que estava com Bhavani. Era a única a saber que Bhavani estaria em sua cama na noite de Diwali, e que tinha uma fraqueza pelo rum. Por isso Natwar Kahar mandou pegá-la e trazê-la a seu acampamento. Perguntou seu nome — era Ramdulari — e exigiu uma confissão. Ramdulari protestou sua inocência, disse que jamais faria uma coisa dessas e, principalmente, que nunca trairia Bhavani. Era uma mulher alta, Ramdulari, não chegava a ser bonita, mas tinha um corpo esguio, sensual, e um andar atraente. O marido morrera de calazar durante a enchente, oito anos antes. Criara os dois filhos, sustentava a casa e vivia bem. Ao falar com Natwar Kahar ela mantinha a cabeça coberta, mas olhava direto para ele e não implorou, tremeu ou demonstrou receio. Natwar Kahar insistiu numa confissão, mas ela balançou a cabeça, retrucando impaciente que Bhavani era tão importante para ela quanto para Natwar Kahar.

Natwar Kahar convocou um tribunal popular para a mesma noite. Ramdulari foi julgada, as provas foram examinadas e ela, condenada. Recusou novamente a chance de uma confissão seguida de autocrítica. A sentença foi a morte, claro, como sempre ocorria em caso de traição. Mas Natwar Kahar queria que Ramdulari servisse de exemplo. Em vez da costumeira decapitação, ele a cortou em pedacinhos. Na manhã seguinte convocou o esquadrão, e na frente de todos cortou todos os dedos do pé e da mão. Usou para a tarefa um kulhadi pequeno que havia no acampamento para poda e corte de varas. Ela gritou e sangrou, Natwar Kahar riu e mandou que o médico do acampamento a atendesse. "Mantenha essa mulher viva", Natwar Kahar disse. O médico não era de fato médico. Trabalhara em farmácia de manipulação e nunca vira uma amputação múltipla. Mas adquirira alguma experiência em cortes e ferimentos à bala, e Ramdulari sobreviveu. Ela era muito resistente. Eles a mantiveram num fosso, atrás do barraco de Natwar Kahar. Recebia comida regularmente, e tornou-se uma das diversões do acampamento observá-la tentar comer com o que restava das mãos, e deitar no chão para lamber os grãos de arroz caídos na terra.

Aadil viu Ramdulari três semanas após o julgamento. Não acreditou na história quando soube qual foi a punição de Natwar Kahar para a prostituta delatora. Pensou que fosse um golpe de propaganda, eficaz para prevenir que uma situação como a de Bhavani Kahar voltasse a ocorrer. Mesmo de volta ao acampamento de Natwar Kahar, para recolher dinheiro, ele nem sequer pensou em mencionar o caso da mulher. Imaginou que estivesse morta e o assunto, encerrado. Terminara de guardar os maços de dinheiro protegidos por sacos plásticos em seu jhola quando Natwar Kahar perguntou: "Quer ver Ramdulari?".

Aadil não sabia que este era o nome dela, e Natwar Kahar explicou tudo com indisfarçável orgulho. Aadil o seguiu com a pesada sacola às costas. O mau cheiro do buraco incomodou Aadil, mas Natwar Kahar seguiu até a borda, sem se importar. Eles pararam na beira do poço. No fundo, numa espécie de barro amarelado e marrom, havia um objeto grande em movimento. Aadil não entendeu o que era. Não parecia humano nem animal, não se assemelhava a nada que tivesse visto antes. Movia-se com saltos e espasmos laterais, como os caranguejos que saíam da areia das praias na beira do rio. Quando Aadil ergueu a cabeça, o sol bateu direto no buraco ele viu que lá havia uma mulher, embora estranhamente mutilada. Ela não estava completa.

"Cortamos na altura dos joelhos e cotovelos faz quatro dias", Natwar Kahar disse, desferindo um gesto de cortar com a mão. "Pensei que agora ela ia. Saiu muito sangue. Mas a cadela não morre."

Ramdulari olhava para Aadil. Ele sentiu náuseas, mas não foi capaz de desviar a vista. Os olhos dela eram enormes, perdidos, nada havia neles, nem dor nem sofrimento. O cabelo preto em torno dos lábios e do rosto recuou. Ela dizia algo. Mas o quê? Tinha certeza de que ela estava falando. Não conseguia ouvi-la por causa do ronco que vinha de dentro de seu corpo, por todas as partes, dos braços, das pernas e do estômago, como o bater de milhares de asas. Natwar Kahar dizia algo. O quê?

"Se colocamos comida e água do outro lado, ali, ela se arrasta. Leva horas, mas chega lá. Não quer morrer de jeito nenhum."

A voz rude e rouca de Natwar Kahar tirou Aadil de seu transe. Ele conseguiu desviar os olhos. Natwar Kahar observava Ramdulari, com ar de admiração, quase respeito. E coçava o queixo. Aadil ouviu o raspar dos dedos na barba por fazer. Natwar Kahar disse: "Ela é forte como um cavalo".

Aadil afastou-se. Apoiado numa árvore, vomitou nas raízes. Quando terminou, Natwar Kahar o esperava com um braço apoiado no peito e o outro cofiando o bigode.

"Foi o cheiro", Aadil disse. "Muito forte."

"Arre, Professor", Natwar Kahar disse, abrindo um sorriso largo, "depois de tantos anos você continua igualzinho."

Aadil não mencionou seu duro aprendizado, as muitas emboscadas e operações. Não argumentou. Só queria ir embora do acampamento de Natwar Kahar. Partiu em menos de uma hora, mesmo faltando muito tempo para escurecer. Chamou seus guarda-costas e saiu, caminhou muito durante a noite, varando trilhas e cruzando nullahs. Chegaram a um esconderijo seguro na cidade de Jamui bem cedo. Os rapazes dormiram, mas Aadil ficou sentado na janela, olhando a rua. Temia fechar os olhos, pois ao fazer isso sentia uma comichão sob a pele, como se algo se arrastasse dentro dele. Aterrorizado, perguntou-se se continuava o mesmo ou se havia mudado. Saiu pela porta da frente às duas horas da tarde, quando o calor fazia o ar tremer perto do chão. Deixou a sacola cheia de dinheiro coletada com Natwar Kahar no assoalho, no meio da sala, e não levou nada consigo, nem mesmo uma pistola. No bolso tinha oito mil rupias, uma faca Rampuri e a carteira de motorista em nome de Maqbool Khan. Foi até a estação ferroviária, comprou uma passagem de segunda classe para o trem expresso e chegou a Patna pouco depois das seis e meia. Foi direto para o guichê de passagens, pagou quatrocentas e quarenta e nove rupias e esperou na plataforma até seu trem chegar, às onze e vinte. Não tinha reserva de lugar, agachou-se no chão de um vagão, espremido pelos convidados de um casamento. Em Jhansi desceu do trem e conseguiu um leito subornando o coletor de passagens. Dormiu. O movimento do trem compensou a agitação de seu corpo, e conseguiu dormir tardes inteiras, levantando apenas para tomar água e usar o banheiro. Em pouco mais de cinqüenta horas chegou a Mumbai.

Mumbai ficava muito longe de Jamui, de Bhagalpur e Rajpur, uma cidade vasta e anônima onde Aadil pretendia se esconder. Mas ela o assustou. A cidade era uma selva desconhecida, pior que qualquer matagal nas montanhas. No primeiro dia ele desceu do trem e caminhou seguindo os trilhos, sentindo um cheiro forte chegar até sua garganta, sem ter a menor idéia de onde se encontrava. Havia barracos improvisados na beira da ferrovia, e crianças brincando a poucos metros dos trilhos. Riram dele porque se encolheu todo quando passou um trem. Os prédios mais altos, atrás dos barracos, eram cinzentos ou pretos, cheios de fios. Aadil passou por uma enorme pilha de lixo pontilhada de sacos plásticos, e por um sujeito muito velho sentado numa cerca de ferro que acompanhava aquela parte dos trilhos. A barba branca do velho descia pelo peito encovado coberto por um kurta esfarrapado, e havia um saco branco a seu lado. Olhava algo muito distante, bem mais longe do que a cerca e os prédios atrás dela, mais do que as montanhas enevoadas. Aadil arrepiou-se ao passar pelo velho. Andou mais depressa. Sentia muita fome. Parou, contou o dinheiro que restava, achou um buraco na cerca e passou. Temia cruzar a rua larga, por causa do trânsito incessante, mas finalmente conseguiu achar uma brecha e mergulhou na cidade.

Aadil morou primeiro em Thane, depois em Malad, Borivili e finalmente perto de Kailashpada. Evitava áreas que concentravam biharis, e mudava sempre de lugar. Um olhar de reconhecimento o deixava ansioso, e de noite ele sonhava com Natwar Kahar e um grupo de guerrilheiros armados a caçá-lo nas ruas de Mumbai. Dois meses depois de sua chegada, numa esquina de Andheri, Aadil viu alguém que conhecera em Rajpur, um rapaz chamado Santosh Nath Jha — também conhecido como Babloo — que cursava três séries abaixo da dele no colégio. Babloo contava moedas para pagar o paan-wallah, e não viu Aadil virar e entrar numa ruela atrás do muro. Aadil olhou de novo, para certificar-se de que era mesmo Babloo, para se convencer de que tamanha coincidência podia acontecer e havia acontecido, depois se afastou rapidamente, seguindo pelo outro lado da rua, de cabeça baixa. Mudou de kholi de novo no dia seguinte, para um quarto menor em Borivili. Seu kholi situava-se no final de uma viela estreita, contra o muro. Aadil respirava o miasma dos detritos amontoados do outro lado do muro, mas sentiu-se seguro ali por algum tempo. A miséria absoluta das redondezas fazia dos acampamentos do PAC locais luxuosos, mas não tinha para onde ir. Em um mês mudou de novo, pois os vizinhos tâmeis eram curiosos e tinham amigos e visitantes de todas as partes, inclusive Bihar. Conseguiu um lugar em Navnagar, no Bengali Bura. Ali os habitantes eram de Bangladesh. Ali, finalmente, Aadil sentiu-se seguro. Os bengalis eram imigrantes ilegais, com documentos e locais de nascimento falsos. Cautelosos, evitavam contatos com estranhos. Demoraram a confiar em Aadil, calavam-se quando ele passava, e a suspeita o reconfortava. No meio dos bengalis estrangeiros ele vivia seguro.

Não gostava de sair do basti, por isso costumava dar dinheiro aos rapazes que moravam no beco para comprar comida, lâminas de barbear e remédio para dor de cabeça. Sofria agora de enxaquecas terríveis, uma agonia tão intensa que, por dois ou três dias, permanecia no kholi, com todas as frestas e vãos cobertos por jornal, suando, despido, tremendo. Os garotos traziam caixas de Advil da farmácia perto da estrada, e lhe davam xícaras de chai. Havia três deles, Shamsul, Bazil e Faraj. Os três tinham dezoito anos, formação até a décima série e sonhos iguais de riqueza. Shamsul e Bazil trabalhavam como mensageiros para uma companhia de entregas, e Faraj vadiava pelo basti, fazendo bicos eventuais para os comerciantes. Eram todos fãs entusiasmados de cinema, cada um tinha seu astro favorito e tentava imitar sua fala e andar. Chegaram a Mumbai na mesma época e agora, quinze anos depois, estavam bem adaptados à cidade, olhando os pais com a condescendência dos sofisticados urbanos pelos pobres coitados da roça. Aadil ouvia as conversas dos rapazes. Eles gostavam de sentar na plataforma perto de sua porta, exibindo-se para o mundo, atentos aos passantes, principalmente se fossem mulheres. Conheciam Aadil como "Reyaz Bhai", e seu kholi servia como base para suas atividades. Faraj escondia o cigarro lá, e todos valorizavam trocados que recebiam pelas pequenas tarefas. Tentaram enganá-lo uma vez, no início, quando ele agarrara Bazil pela garganta, e sua voz dura, sussurrada, os assustara. Devolveram as poucas rupias subtraídas do dinheiro dado em pagamento do arroz e do óleo de cozinha. Sumiram por alguns dias depois disso, mas ele os chamara de volta e lhes dera uma nova missão, comprar jornal e cebola. Desde então tratavam Aadil com cauteloso respeito, e ele permitia que freqüentassem seu minúsculo barraco.

Achava curioso ver como os rapazes sonhavam com carros, telefones celulares e moças educadas em colégio de freiras. Falaram interminavelmente nos enormes apartamentos que pretendiam comprar quando fizessem fortuna. Viviam cheios de desejos, mas não tinham um plano viável. Por vezes sussurravam, e Aadil percebia que articulavam algum delito menor, um furto qualquer para conseguir dinheiro para o ingresso do cinema ou creme para o cabelo. Os pais eram pessoas tranqüilas, trabalhadoras, temiam a polícia. Mas os rapazes tinham ambições. Contavam entre si histórias a respeito dos grandes gângsteres da cidade, como Suleiman Isa, Ganesh Gaitonde e Chotta Madhav. Encenaram um resumo de *Company* para Aadil, da África a Hong Kong, no metro e meio de terra barrenta na frente de sua casa. Mas Aadil sabia que eles nunca haviam roubado mais do que um pouco de metal de um ferro-velho em Kailashpada, e que jamais chegariam a Cingapura. Não sem sua liderança.

"Chega de conversa mole", disse-lhes. "Prestem atenção. Se querem fazer dinheiro, precisam de disciplina. E quatro cutelos."

Aadil os chamou numa noite de abril, quando o calor continuou após o entardecer. Sentaram-se no chão em fila, como filhotes molhados de olhos arregalados. Quando compreenderam que ele estava falando em roubo, encolheram-se e calaram a boca. Aadil entendeu isso, claro, os novos recrutas acabavam de perceber que o combate que travariam em breve era real. Ele esboçou um plano e finalmente Faraj disse: "Você já fez isso antes?".

Aadil confidenciou que sim, muitas vezes, mas não forneceu detalhes. Eles ficaram satisfeitos. Já sabiam o suficiente sobre aquele sujeito misterioso para criar novas histórias. Como muitos jovens, ansiavam por um mentor, e aceitaram seu comando sem discutir. Ele impunha tarefas, elogiava seu desempenho e os controlava. Não precisavam de ideologia, pois já estavam convencidos de que necessitavam de dinheiro, era só ir buscar. Não precisavam acreditar num paraíso futuro dos trabalhadores, pois acreditavam no paraíso atual acessível pelo dinheiro. De todo modo, a Aadil não restava ideologia para transmitir. Sentia que todos os objetivos nobres haviam sido calcinados dentro dele, deixando para trás sua pureza de visão. Seu dinheiro estava acabando, precisava comer e de um lugar pequeno onde morar. Poderia trabalhar, quem sabe como motorista ou operário, mas não queria. Seria incapaz disso. Não se incomodava com a monumental riqueza existente naquela cidade, nem com a violência da pobreza que fustigava milhões e milhões de pessoas. As coisas são como são. Aadil só queria comida e um lugar para dormir, e ser deixado em paz. Cuidaria dessas necessidades.

Duas semanas depois, Aadil e seus rapazes montaram a primeira operação. O alvo foi um apartamento no terceiro andar de um prédio em Bandra, perto de Hill Road. Shamsul entregara encomendas lá em três oportunidades, destinadas à filha do dono da casa, uma mulher de trinta anos, executiva de agência de publicidade. Durante o dia só os pais estavam em casa. O pai era um senhor frágil que sofria de asma. A mãe foi quem abriu a porta do apartamento para Bazil, que usava uniforme do serviço de entregas feito sob medida por um alfaiate. Bazil mostrou um pacote grande de papel pardo. Faraj e Aadil esperavam escondidos na escada. Aadil dissera ao porteiro do prédio que era eletricista, e Faraj, seu assistente. A senhora abriu a porta, Shamsul entregou-lhe um papel para assinar e de repente Aadil surgiu a seu lado, brandindo o cutelo. Eles a empurraram para dentro e acordaram o marido, que cochilava. Faraj abriu a sacola de eletricista e passou a Aadil um pouco de corda. Aadil amarrou os pais em cadeiras e conversou com eles. "Não se preocupe, Mata-ji", disse. "Não vai acontecer nada. Cuidarei de vocês. Não façam barulho, não criem problemas, e cuidarei de vocês." Ele havia dito aos rapazes que a ameaça da violência era mais eficaz que sua prática. Terror, explicou, dá poder. Os cutelos haviam custado apenas dezenove rupias cada um, mas funcionaram. Aadil pôs um sobre a mesa, na frente de Mata-ji e Papa-ji, dizendo: "Olha, se forem bonzinhos, não precisarei usar meu patra. Tenham paciência por vinte minutos, e vamos embora".

Aadil mandou Shamsul descer primeiro com a sacola cheia de jóias. Em vinte minutos, exatamente, ele e Faraj saíram com o dinheiro, tanto rupias indianas quanto um inesperado maço de dólares encontrado no fundo de um cofre godrej. Faraj queria matar o casal idoso antes de ir embora. "Eles viram nossos rostos", disse. "Seria mais seguro." Aadil deu um soco em sua cabeça, por trás, e o empurrou para a porta. Falou calmamente com Mata-ji, depois amordaçou os dois.

"Não se esqueçam", ele disse, "sabemos onde sua filha trabalha. Fiquem quietos." Ele não fazia a menor idéia de onde a filha trabalhava, mas apostava que seria o bastante para manter o casal calado até que Faraj e ele descessem a escada, passassem pelo porteiro e chegassem à rua. E foi assim mesmo. Os quatro se safaram sem barulho, sem confusão, sem matança.

O resultado do assalto alegrou muito os rapazes, pois rendeu sessenta e sete mil em dinheiro, duzentos dólares e as jóias. Shamsul conhecia um receptador, havia combinado a transação. Passaram as jóias adiante no mesmo dia, por um lakh e quarenta mil. Os dólares, em notas pequenas, de um, cinco e dez, foram trocados por um valor baixo. Mas, no final, havia mais dinheiro do que os rapazes tinham visto de uma só vez no mesmo lugar, ou em suas mãos, e de repente se sentiram reis. Aadil tentou convencê-los de que precisavam tomar cuidado, pois aparecer subitamente com um monte de dinheiro, roupas, óculos escuros e sapatos novos poderia despertar suspeitas, provocar a visita do guarda local. Eles concordaram, prometeram tomar cuidado, mas Aadil viu que eram como crianças com um novo brinquedo, fazendo promessas que não conseguiriam cumprir. No dia seguinte mudou de endereço novamente, para um quarto na outra ponta de Navnagar. Seu novo quarto tinha piso liso de cerâmica, iniciativa do inquilino anterior, e água corrente. Proibiu os rapazes de visitá-lo e só os encontrava fora do basti. Primeiro eles protestaram, sobretudo Bazil, mas Aadil explicou que precisavam cuidar da segurança, agir de forma discreta. "Se quiserem continuar", disse, "precisam ser invisíveis, como os peixes no mar. E fazer o que digo, se quiserem continuar." Os rapazes queriam sim continuar, mesmo com os bolsos pesados de tanto dinheiro. Precisavam de mais.

Aadil queria muito pouco. Tinha seu quarto, preparava sua própria comida, tomava quantas xícaras de chai bem doce quisesse por dia. Era o único luxo de sua vida, além dos livros. Passava os dias lendo sobre zoologia. Os livros, em sua maioria compêndios universitários de segunda mão, eram adquiridos nos sebos de rua. Ficou surpreso ao verificar o quanto ainda se lembrava do material, e como tudo voltava facilmente a sua mente. Não havia propósito ou direcionamento em sua leitura, a não ser o prazer que dela extraía. Acompanhar as espécies até o filo, seguir a estrutura num sentido, depois voltar, já era o suficiente. Não precisava de política. Aadil foi vivendo, sossegado, e todos os meses ele e os rapazes planejavam e executavam outro serviço. Shamsul queria mais, porém Aadil aconselhava paciência e discrição. Os rapazes queriam reformar os kholis, comprar fogão novo para as mães, e começaram a sonhar com automóveis. Mas, pelo menos no momento, obedeciam. Um bom serviço por mês, contra alvo cuidadosamente selecionado, com base em informações confiáveis, rendia o bastante para satisfazê-los. Durante sete meses o esquema funcionou bem. De vez em quando Aadil estudava química, alternada com zoologia. Lera muitos livros sobre organismos e células, agora queria observar a atuação das substâncias em contato com outras e a transformação em algo novo. Havia um prazer obscuro na junção dos elementos para criar fogo, calor e vida. Até onde podia ver, não havia objetivo nessas interações. Aconteciam e pronto. Combinava perfeitamente com sua vida no momento. Pensara algumas vezes em suicídio, à distância, como opção teórica, mas descobrira que queria viver. Não sabia bem a razão, a não ser a doçura do chai e os efeitos paliativos da ciência. Quem sabe a razão para insistir fosse muito simples, pensou. Um vírus queria se reproduzir, um inseto fugia do perigo. E Aadil queria viver.

E Aadil sobreviveu escondido, dissimulado. A não ser pelas dores de cabeça, vivia satisfeito. Surpreendentemente, não sentia solidão, após tanta convivência com os camaradas nos acampamentos, pois os livros serviam de consolo. Sentia uma certa ternura por si, pelo corpo envelhecido antes do tempo, e se permitia certos luxos: um colchão novo, dois jogos de lençóis, um frasco de xampu. Não se preocupava demais com o futuro, embora pressentisse que, em breve, o desastre oculto sob a aparência enganosa de facilidade de Mumbai chegaria. Disso tinha certeza, mas no fim das contas a catástrofe veio de um flanco tratado com complacência. Pensava que os rapazes se comportavam direito. Durante as operações não ficavam mais nervosos, agiam com profissionalismo e atenção cautelosa. Após as primeiras extravagâncias, como gastos excessivos em roupas, televisores e mulheres, Shamsul, Bazil e Faraj se tornaram empresários cuidadosos, investindo o dinheiro em empresas dos primos e tias em troca de juros altos. Aadil começou a acreditar que, por acaso, formara um esquadrão eficiente e confiável. Os rapazes eram amigos, unidos uns aos outros pelos interesses, experiências e perigos compartilhados.

Mas Faraj e Bazil mataram Shamsul. Aadil estava em seu quarto naquela tarde, dormindo, quando Bazil bateu na porta. Aadil foi arrancado de um sonho sobre a infância pelos golpes frenéticos de Bazil, um sonho no qual caminhava pela galeria pluvial, e os telhados baixos dos casebres boiavam na névoa vespertina. Acordou de cutelo na mão.

"Bhai", Bazil disse. "Bhai?"

Aadil abriu a porta e se deparou com Bazil encostado no muro, trêmulo, salpicado de sangue. Aadil o puxou para dentro. "O que foi?", perguntou.

Bazil contou. Por várias semanas, meses até, ele e Faraj suspeitavam de Shamsul e seu arranjo com o receptador que adquiria as mercadorias roubadas. Shamsul sempre fazia as compras e vendas sozinho, e relutava em discutir os preços exatos pagos por itens específicos, nunca revelava o que o comprador dizia nos encontros, nem o que o receptador considerava mais fácil de passar adiante. Era tudo muito estranho. Bazil e Faraj perceberam havia meses que Shamsul tinha mais dinheiro do que eles, mais — sim, era verdade — que os dois juntos. Faraj brincava com Shamsul, e chegou a perguntar se estava economizando mais que os outros, mas Shamsul sempre ignorava as insinuações. Recusava-se a se defender, o que deixou Faraj ainda mais desconfiado. Na semana anterior Shamsul adquirira outro kholi, um apartamento novo em folha, com quatro cômodos e tanki de água duplo. Não contou nada a respeito da magnífica casa nova aos amigos, mas Bazil soube porque sua mãe costumava bordar para a mulher do construtor. Bazil contou a Faraj, e Faraj ficou furioso. Faraj fez um plano. Eles dariam um porre em Shamsul, e o levariam até a beira do nullah, atrás da tubulação grande de água, para interrogá-lo. Ameaçariam, se fosse necessário, para descobrir o que estava acontecendo. Não agüentavam mais. Bazil se preparou. Convidaram Shamsul, informalmente, para tomar uma garrafa de um excelente rum vilayati. Ele se animou, claro. Shamsul gostava de beber, e sempre ficava sentimental após tomar rum, e cantava. Mas dessa vez o encontro foi estranho desde o princípio, Faraj tremia de tensão desde o momento em que os recebeu em seu novo kholi. Preparara ovos cozidos para comer com sal e pimenta, além de uma travessa de tangdis, e serviu a bebida em copos altos assim que os outros chegaram. Depois disso tudo se desarranjou numa gritaria agressiva entremeada por piadas e ressentimentos. Shamsul começou a cantar, mas eles queriam mais tangdis. Faraj disse a ele para comprar então, pois tinha muito dinheiro. Shamsul riu, e por um tempo Bazil e ele falaram sobre mulheres. Trocaram idéias sobre Rani Mukherjee, Zoya e Zeenat Aman, depois Shamsul mencionou a irmã mais nova de Faraj, cujo nome também era Zeenat e de quem diziam — no basti — ter certa semelhança com Zeenat nos anos 70. O que ele disse foi inocente, que a jovem Zeenat estava pronta para estrelar seu primeiro filme. Mas Faraj, sentado num canto, calado, bebia um copo em cima do outro. "Seu filho-da-mãe", falou, "você roubou nosso dinheiro." Bazil se deu conta de que estava bêbado, provavelmente mais do que Shamsul. Tentou levantar, para ir até Faraj e lembrá-lo do plano, do passeio até o nullah. Mas era tarde demais. Faraj e Shamsul trocavam socos. Bazil ficou surpreso quando Shamsul começou a gritar com ele, que nada fizera e falara pouco. Shamsul recusou-se a confessar e Faraj puxou o cutelo que escondera atrás da cama. Bazil pegou o seu e Shamsul tentou se defender com as mãos e fugir do kholi. Seu peito se encheu de sangue. Em seguida conseguiu sair correndo pela rua, e eles o derrubaram uma vez, depois outra. Tentou entrar numa casa. Talvez pensasse que era a sua. Eles o atingiram novamente, e ele caiu. Fim do caso.

Aadil enxugou as lágrimas do rosto de Bazil, deu-lhe uma camisa limpa e o mandou embora. "Fuja", disse. "Fuja." Mas Bazil continuou parado feito um boi cego na estrada, e Aadil precisou dar instruções: vá para casa, pegue o dinheiro, saia logo, arranje um esconderijo bem longe e fique lá. Vamos nos encontrar no domingo no Maharaja Hotel de Andheri East, à uma hora da tarde. Assim que recebeu essa orientação, Bazil caiu em si e foi embora. Aadil tratou de esvaziar seu kholi. Pegou dinheiro, duas camisas, duas calças e um par de sapato. Saiu em dez minutos, andando calmamente, sem olhar para trás.

Aadil hospedou-se numa pensão perto da estação de Dadar naquela noite, depois foi novamente para o Mahim no dia seguinte. Não tinha a menor intenção de ir ao Maharaja Hotel no domingo, e sabia que era melhor fugir de Mumbai. Mas para onde mais poderia ir? Havia outras cidades, outras massas imensas de homens e mulheres onde poderia desaparecer, mas estava em Mumbai e a cidade o pegara. Não tinha mais vigor para cair na estrada, ir para um lugar novo, conhecer novas línguas e novos povos. Aquele era seu lar, ficaria ali. Estava decidido. Em dois dias conseguiu um quarto perto de Film City, e no domingo acabou indo ao Maharaja Hotel. Talvez fosse um erro, mas os rapazes eram sua turma. Responsáveis por seu sustento. Descobrir outros daria trabalho, exigiria muito tempo, e o final do mês se aproximava. Estava quase na hora de fazer outro serviço. Por isso escolheu uma esquina perto do Maharaja Hotel e ficou observando. Faraj e Bazil chegaram pouco antes de uma hora, num riquixá motorizado. Entraram, e Aadil esperou. Aprendera com instrutores e com as emboscadas a ter paciência. Uma hora transcorreu, depois outra. Nenhum sinal de policiais na espreita, mesmo assim Aadil esperou.

Logo depois das três, Faraj e Bazil desceram a escada do hotel, desanimados. Desceram a rua a pé, e Aadil os seguiu. Deixou que se adiantassem bastante, atravessou a rua e se aproximou outra vez. Nenhum policial, pelo que podia perceber. Mas Faraj passara o braço pelo ombro de Bazil, que parecia chorar. Aadil chegou perto deles e segurou Bazil pelo cotovelo. "Não fale nada", disse a Faraj. "Caminhem."

Aadil os levou a um pequeno jardim no meio de uma rotatória. Havia uma única árvore no local, e eles se agacharam debaixo dela. Os rapazes sentaram no chão, desconfortáveis, de pernas cruzadas, virando para um lado e para o outro. Aadil deixou que suassem ao sol e disse que eram idiotas completos. Não os deixou falar, disse que não havia desculpa para o que tinham feito. Eles o puseram em risco, prejudicando o grupo inteiro e as operações. Agiram de modo irresponsável, e a bebedeira era contra a religião. Eles não haviam entendido nada do que ensinara a respeito do uso da força.

Bazil começou a chorar de novo, Faraj engoliu em seco e disse: "Sei que foi errado". Aadil deixou que falassem, arrancando promessas de que jamais tocariam numa gota de álcool novamente. Depois saiu da rotatória, atravessando a pista, e foi buscar um suco de melancia para cada um. Discutiram o próximo trabalho. Sua melhor fonte de informações era Shamsul, em quem as pessoas haviam confiado por causa de sua simpatia e boa vontade. As donas de casa e chowkidars o consideravam inofensivo, e conversavam com ele. Agora o time estava desfalcado, mas não havia nada a fazer senão se adaptar. Em menos de uma semana conseguiram um alvo e montaram o plano. O endereço dessa vez viera de Bazil, uma família que morava perto do aeroporto de Sahar. O filho trabalhava em Dubai, e enviava encomendas freqüentes. Aadil adiou o serviço por quatro dias, para ter certeza de que dispunham de informações corretas. Andaram pela região, entraram no prédio e saíram. A operação transcorreu sem incidentes, os rapazes estavam calmos e levaram sessenta mil em dinheiro, um saco de jóias de ouro e alguns lingotes. O rapaz de Dubai economizava para o casamento da irmã. Aadil ficou contente.

Faraj ficou de arranjar um receptador de confiança, e fez contato com um sujeito de Tulsi Pipe Road. A conversa por telefone acertou os detalhes, e agora estavam a caminho para fazer a entrega. Aadil decidiu que todos deviam ir, para prevenir futuros mal-entendidos. Caminharam nos trilhos do trem, passando pelos barracos construídos ao longo da cerca. O encontro fora marcado para o final da tarde, mas Aadil sofreu uma crise de enxaqueca que percorria a espinha como uma tempestade. Não conseguia ver nada através dos relâmpagos dolorosos que passavam diante de seus olhos. Mesmo agora, bem depois da meia-noite, quando já se recuperara, as luzes da rua brilhavam demais, dotadas de um halo alaranjado espectral. Um trem passou, cada ruído ou batida ecoava na escuridão e feria os ouvidos de Aadil. Os rapazes estavam quietos e solícitos, caminhando cada um de um lado dele.

Aadil sentia-se vivo, despertado pela dor. O ranger do solo sob seus pés despertou nele uma lembrança antiga, algo que vinha até ele e recuava, vinha e voltava. A terra respirava, ele podia sentir.

Os gritos vieram por trás e pela frente, muito altos. O brilho de uma lanterna cegou Aadil, que ouviu dizer "Polícia!". Aadil virou para a direita e correu, abaixado. Havia homens à frente dele. Bem à direita de seu ombro havia um barraco de zinco com a porta fechada. Entre ele e o seguinte, uma pequena fresta. Aadil entrou no buraco e chegou às barras da cerca. O trilho estava do outro lado, mas a grade era alta. Aadil tentou saltar, suas mãos escorregaram no ferro. Ele se virou. O cutelo estava em suas mãos.

"Saia, bhenchod. Jogue isso fora."

O policial empunhava uma pistola. Aadil via o cano, o reflexo da luz sobre ele, os ombros largos do homem atrás da arma. Jogou o cutelo na rua, por baixo. Um ruído metálico. O policial estava esperando, e o cano da pistola foi abaixado apenas um pouquinho. Aadil prendeu o fôlego, teve o pensamento absurdo de que talvez pudesse ficar assim para sempre, cercado, em paz. Mas sua mão já encontrara a faca, ele a sacara e o corpo se movia. O policial não chegou a atirar, talvez tenha perdido Aadil de vista no escuro. Aadil atacou, usou a faca como aprendera no treinamento e praticara muito.

Aadil correu. Os policiais vinham atrás dele, que corria. Ainda tinha a faca na mão, queria soltá-la mas não conseguia. Correu. De repente, não estava mais se mexendo. Fechou os olhos, abriu-os de novo e viu que estava no chão, de bruços. A superfície da rua se arqueava sob seu corpo, um filete de água murmurava suavemente. Não sentiu dor, apenas um devaneio morno, como se acabasse de acordar. Creio que matei aquele homem, pensou. Então percebeu que ele também estava morrendo. Não sentiu medo, nenhum medo. Mas uma tristeza enorme, não sabia por que nem para quê, e pensou, e esperou. Logo estava morto.

II

Sharmeen defendeu seu ídolo lealmente. "O problema com você, Aisha Akbani", ela disse à amiga, "é mudar de opinião a cada cinco minutos. Um dia Chandrachur Singh é tudo para você, uma semana depois diz que não olharia para ele se aparecesse na janela com um buquê de rosas. Sabe o que você é? Você é *volúvel.*" Sharmeen aprendera a palavra "volúvel" recentemente, num dos textos da oitava série, e a usava com imensa satisfação.

Aisha ergueu o narizinho adorável e descartou Chandrachur Singh com um gesto decidido da mão. "Sharmeen Khan, se fosse questão de uma semana ou um mês, tudo bem, você teria lá sua razão. Mas ele não convence mais. Já passou muito tempo desde *Maachis*, e não fez um único filme que preste. Certo, talvez um ou dois, admito. A questão não está nos filmes, de todo modo. Como eu sempre digo, não *gosto* dele."

Sharmeen e Aisha estavam deitadas na cama de Sharmeen, no quarto do andar superior do sobrado em Bethesda. Sharmeen adorava a vista da área rural de Maryland de sua janela, em forte declive, que fazia um carvalho se pendurar sobre o que ela chamava de "penhasco", e que Aisha descrevia como "descidinha". Aisha por vezes era insistentemente do contra, discutia só pelo prazer da discussão, mas Sharmeen gostava muito dela, mesmo assim. Fora sua primeira amiga, quando Sharmeen chegou aos Estados Unidos da América dois anos antes, ainda com o sotaque meio punjabi meio londrino que a levava a dizer

"Amrica". Aisha — que na época não era ainda tão bonita — fora receptiva e gentil, e agora que desabrochara prematuramente, na oitava série, continuava próxima de Sharmeen. Eram amicíssimas, inseparáveis. Aisha tentava bancar a anti-romântica descrente, por isso se recusava a admitir que a vista da janela de Sharmeen era espetacular, principalmente quando as neves de janeiro cobriam tudo, como agora. Adiante do carvalho e do despenhadeiro se estendia um prado extenso que terminava num capão de moitas altas emaranhadas. Nas noites de lua cheia tudo brilhava, a natureza parecia intocada, e Sharmeen se deitava sonolenta, de olhos semicerrados, imaginando Chandrachur Singh num cavalo branco galopando por entre os arbustos, subindo pelo despenhadeiro.

"Você já está de novo sonhando", Aisha disse, beliscando o braço de Sharmeen.

Sharmeen a beliscou também e disse: "Vire a página". Estavam deitadas de bruços sobre a colcha de estampado florido, com a cabeça virada para os pés da cama e o queixo apoiado na beirada do colchão. No chão havia a nova edição de *Stardust* aberta, numa posição em que poderia ser rapidamente enfiada debaixo da cama ao primeiro aviso do ranger da escada. Os pais de Sharmeen eram rigorosos em termos de leitura, e proibiam *Stardust*, não deixavam nem mencionar sua existência naquela casa. O pai de Sharmeen, principalmente, a ensinara a ter disciplina, observar os valores e o izzat familiar. Seu nome era Shahid Khan, coronel designado para a embaixada em Londres. Viajara pelo mundo inteiro, mas nunca se descuidara das práticas religiosas e das orações, tornando-se conhecido entre os colegas pela devoção e vida simples. Por isso Sharmeen não falava nem lia a respeito dos filmes e atores paquistaneses, e muito menos da desavergonhada indústria do outro lado da fronteira. Mas Sharmeen e Aisha liam *Stardust* assim mesmo. Interessavam-se um pouco por talentos locais como Noor e Zara Sheikh, mas sua paixão recaía nos filmes indianos. Uma reportagem de três páginas sobre Chandrachur Singh, com fotos coloridas, provocara a discussão, a mesma já travada muitas e muitas vezes. Sharmeen sempre reiterava sua devoção a Chandrachur Singh, e o defendia contra as acusações injustas e ataques, mergulhando no final num devaneio com Chandrachur Singh. E assim permaneceria até Aisha despertá-la com um beliscão. Aisha virou a página e elas passaram a examinar uma foto de Zoya Mirza em página dupla.

"Uau", Aisha disse, "ela é linda."

Sem sombra de dúvida. Deitada num divã vermelho, usava um minivestido de cetim vermelho que deixava as pernas compridas e douradas praticamente de fora e valorizava os seios com um decote farto. Sharmeen disse: "Sei". Sua relação com Zoya Mirza era complicada. Gostava de sua altura e do desempenho em alguns papéis, como o da advogada idealista de seu segundo filme, *Aaj ka kanoon*, mas pensava que não pegava bem uma muçulmana mostrar o corpo daquele jeito. Isso a incomodava. Houve um tempo em que considerava tal atitude inaceitável, e teria concordado veementemente com Abba e Ammi que era uma infâmia. Mas passara muito tempo com Aisha, e Aisha achava Zoya Mirza um encanto. Por isso Sharmeen disse: "Ela é média", e deixou por isso mesmo. Tentou virar a página.

Mas Aisha levou sua mão até a barriga durinha de Zoya Mirza. "Por quê?", perguntou. "Ela é tão bonita quanto Chandrachur Singh. Muito mais. Você não pode negar."

Sharmeen não queria estender o assunto, pois sabia onde a discussão ia parar. Os pais de Aisha se orgulhavam de ser modernos. A mãe trabalhava como corretora de imóveis, o pai tinha uma empresa de software. O irmão mais velho de Aisha casara com uma moça americana, que não se converteu após o casamento. E tanto a irmã de Aisha quanto ela andavam com as cabeças descobertas. Aisha orgulhava-se muito de seu cabelo castanho comprido, e Sharmeen sabia que sentia pena dela por ter de usar roupas tão conservadoras para sair na rua. Ela se recusava a aceitar a afirmação de Sharmeen de que se sentia mais segura com o cabelo coberto, e mais próxima de Alá. Aisha alegava que era tudo condicionamento social, que Alá jamais ordenara cobrir o corpo dos pés à cabeça. Discutir com ela era inútil, mas o debate ocorreria de qualquer modo. Sharmeen anteviu isso. Suspirando, disse: "Para mim ela parece meio vulgar".

Aisha rolou de lado, bateu palmas na frente dos olhos e disparou: "Vulgar? *Vulgar*? Sharmeen Khan, depois de tanto tempo nos Estados Unidos, você continua sendo uma tremenda fundoo".

"Não sou fundoo."

"Você é fundoo, sim senhora."

Dessa vez chegaram ao impasse costumeiro com inusitada rapidez. Antes de deixar o Paquistão, em Rawalpindi e Karachi, Sharmeen nunca fora chamada de fundoo, nem por amigos nem por um inimigo. Freqüentava escolas militares, onde a maioria das colegas se vestiam como ela, as mais velhas usavam hijaab e quase todas concordavam sobre o que era adequado e o que não era. Mas isso acontecera havia uma eternidade, quando tinha de oito para nove anos. Agora, quase aos catorze, do outro lado do planeta, Aisha era sua melhor amiga, e tudo diferente. Precisava se defender, negar que fosse fundamentalista. "Ser recatada", Sharmeen disse, "não significa ser fundoo."

Aisha rebateu instantaneamente: "E sentir orgulho de seu corpo não quer dizer que você é vulgar".

Sharmeen sentiu seu próprio corpo contraído. Odiava aquela eterna discussão que lhe dava um aperto do estômago. "Tudo bem", disse, virando a página.

"Tudo bem o quê?"

"Ela não é vulgar. Pronto. Podemos deixar Zoya Mirza de lado agora?"

Aisha virou a página, mais duas fotos de Zoya Mirza. A *Stardust* pertencia a ela, trouxera a revista numa sacola preta, portanto tinha o direito de determinar o ritmo de leitura. Os pais permitiam que lesse *Stardust* em casa, na frente deles, que sem dúvida consideravam os pais de Sharmeen fundoos. Sharmeen aguardou com paciência até que Aisha terminasse de ler o artigo sobre Zoya Mirza, pensando no pai, na mãe e na religiosidade deles. Abba era mais praticante, mais rigoroso. Sua testa ostentava a marca de namaaz ka gatta, o testemunho das cinco vezes em que se ajoelhava para as cinco preces diárias, e sempre que Sharmeen viajava com ele de avião era brindada com leituras de um Corão pequeno e gracioso durante decolagens e pousos. Ele contava a Sharmeen como a fé lhe dera alento, como tornara possível sua ascensão, apesar de tantas dificuldades. Ele lutara contra a pobreza e a penúria, problemas familiares e discriminação. Estudara, rezara e ascendera na hierarquia militar. Agora ocupava uma posição importante na embaixada de Washington, e Sharmeen o admirava e amava muito. Apesar de tudo que Aisha e seus pais imigrantes pudessem pensar dele. Aisha não se importava.

"Pronto", Aisha disse ao terminar de ler, disposta a passar para a reportagem seguinte. Mas não deixaria Zoya Mirza ir embora sem um último olhar de admiração. "Nossa, como ela é elegante."

Sharmeen segurou a língua e as duas se dedicaram à leitura de um longo artigo sobre a carreira de Anil Kapoor, e depois à análise de outros ídolos. Sharmeen via os filmes somente no DVD de Aisha, e seu conhecimento dos heróis, heroínas e suas histórias não era tão amplo e profundo quanto o de Aisha, mas ela possuía um sentido apurado para identificar os filmes que fariam ou não sucesso. Além disso, bastava ouvir a canção uma vez para se lembrar dela. Dos ídolos em preto-e-branco, do tempo em que nem ela nem Aisha haviam nascido, Sharmeen gostava de Dev Anand. Sentia também certa simpatia por Amitabh Bachchan. Aisha concordava com essas duas preferências, apenas no caso de Chandrachur Singh a discordância ocorria. Sharmeen com freqüência se perguntava por que os tempos modernos as separava mais do que as coisas de antigamente. As duas concordavam a respeito de Feroz Khan — dois polegares para baixo — mas discordavam a respeito de Fardeen, cujo primeiro filme ainda não havia sido lançado, mas que de repente tinha fotos em todos os lugares. Aisha o considerava bonitinho, mas para Sharmeen ele não passava de um sujeito desprezível. "Desprezível" era uma das palavras novas de Sharmeen.

"Sharmeen", chamaram. "Beta?"

Elas haviam sido bem alertadas. Quando Ammi abriu a porta a *Stardust* já estava escondida debaixo da cama. Sharmeen e Aisha, sentadas no meio da cama, olhavam uma para a outra. Pareciam, Sharmeen esperava, duas moças obedientes travando uma discussão respeitável sobre tema adequado.

"Salaam alaikum, Khaala-jaan", Aisha disse. Caprichava nas súbitas transformações. Agora o cabelo estava preso atrás da orelha, e com os braços em volta dos joelhos parecia tão inocente quanto as heroínas dos anos 40, sorrindo timidamente para os mais velhos, que a aprovavam.

E Ammi aprovava. "Waleikum as salaam, Aisha", disse, tocando a boca com a ponta do chunni. "Está tudo bem?"

"Sim, Khaala-jaan, muito bem." Aisha fez um movimento lateral da cabeça que sempre usava quando queria parecer boazinha para tias e tios. "Está bem corada. O frio valoriza sua face."

O elogio não era estritamente indispensável. Ammi de início ficara surpresa, depois encantada com o urdu bem falado e com os modos recatados de Aisha. Ela não aprovava a família de Aisha, mas permitia de bom grado que a menina freqüentasse sua casa e fosse amiga da filha. Aisha estava segura, mas ela nunca perdia a chance de jogar seu charme. Ammi sorriu, sucumbindo de novo aos ardis de Aisha. "Creio que foi apenas o calor da cozinha", disse. "Sharmeen, por favor, cuide de Daddi por um momento. Não posso ficar subindo lá a toda hora."

"Agora, Ammi?"

"Não, no ano que vem."

"Ammi, estávamos falando sobre os exames."

"Subam e falem lá em cima. A pobrezinha não as impedirá."

Sharmeen não podia dizer a Ammi que odiava o cheiro de bolor do quarto, que sentia medo quando estava na presença do corpo inerte e mirrado que um dia fora sua Daddi. Fechou a cara e fez uma careta quando Aisha beliscou seu dedo do pé.

"Já vamos, Khalla", Aisha disse. "Num minuto."

Ammi saiu, não sem primeiro lançar um olhar severo para Sharmeen. Aisha pegou sua volga e acompanhou Sharmeen até a cozinha, para subir a escada do quarto dos fundos. Nem mesmo o cheiro forte da comida de Ammi conseguia disfarçar o odor pungente da velhice, o ar abafado que concentrava os odores de cânfora, remédios amargos e — por mais sutil que fosse — de urina, o que dava a Sharmeen vontade de vomitar. Embora o quarto fosse quente, por causa dos dutos de aquecimento e da cozinha no andar de baixo, Daddi estava debaixo de uma grossa camada de cobertores e mantas. Sharmeen sentou na cadeira perto da porta e tentou respirar de leve. Aisha marchou até a cama e se acomodou no sofá ao lado. Mesmo que Daddi a essa altura não passasse de um montinho debaixo das cobertas, Aisha declarava interesse por ela. Disse que Daddi mudava a cada visita sua à casa, ficava menor, mais enrugada e seca. Sharmeen achava que era verdade, que o que restava naquele quarto não era a mulher alta, decidida e sarcástica de olhos imensos e escuros da qual vagamente se lembrava na infância, e que hoje preferia não ver. Por ela, deixaria o corpo fedorento em paz, nos fundos da casa.

"Nasceram mais dois pelinhos no queixo", Aisha disse. Aproximou-se, e depois sussurrou com seu sotaque hip-hop: "E aí, Dadds, tudo bem?".

E pulou para trás.

"O que foi?", Sharmeen disse.

"Ela respondeu."

"E daí? Ela fala, às vezes. Pensa que está em Rawalpindi. Conversando com o açougueiro."

"Não, idiota. Ela falou inglês. Disse: "Estou muito bem, obrigada".

"Deve ter ouvido isso em algum lugar. Venha para cá."

Mas Aisha puxou o sofá para mais perto da cama e virou o rosto de lado para olhar pela fresta nas cobertas. Sharmeen já a vira desse jeito antes — quando Aisha ficava obcecada com alguma coisa, concentrava-se tanto que mal escutava se alguém falasse com ela a um metro de distância. Era enervante, e se ficasse maníaca por Daddi elas teriam de subir ali todos os dias, na semana seguinte. Sharmeen levantou, deu a volta na cama e levou a mão às costas de Aisha. "A-isha", disse.

"Silêncio. Ela está falando."

"Ela resmunga o tempo inteiro." Daddi murmurava de manhã, de tarde e de noite, falava com as paredes do quarto, contava histórias e ocasionalmente praguejava, o que fazia Ammi rir e Abba franzir o cenho. Tudo isso assustava Sharmeen, os olhos remelentos, o cabelo branco ralo, o couro cabeludo escamado visível. Ouvia sua voz debaixo da manta, aguda e ríspida. Ela preferia estar em outro lugar, lá fora, sentindo o frio seco dos Estados Unidos.

"É inglês", Aisha disse.

"Não seja boba. Daddi não fala inglês. E Dadda nem sabia ler. Eles não falavam inglês, com certeza." O marido de Daddi era iletrado, mas Daddi sabia ler urdu, todos na família tinham noção disso. E Daddi se sacrificara e esforçara para educar Abba, ela disse que o filho mais novo seria um profissional, e não motorista de transporte alternativo como o pai. A primeira mulher de Dadda e os filhos riram dela, e a expulsaram de casa após a morte prematura de Dadda. Daddi foi morar na rua, com três filhos, sem dinheiro, sem nada, e conseguira sobreviver. Conseguira tornar Abba mais que um motorista. Isso constava da história da família, que Sharmeen conhecia desde pequena, e a vida inteira jamais mencionaram que Daddi falasse inglês. Era um absurdo.

"Venha cá", Aisha disse, estendendo a mão para trás, puxando Sharmeen. "Ouça!"

Sharmeen estava cara a cara com Daddi. A pele pálida agora era manchada, desfigurada por marcas, mas Sharmeen sabia que antigamente era suave, resplandecente. Dadda casara com Daddi porque sua beleza punjabi o cativara, e a primeira esposa a desprezava, chamava Daddi de prostituta, odiava morar na mesma casa, brigava com ela. Dadda costumava dizer que Daddi era uma rosa, uma zannat ki hoor. Olhando para Daddi era difícil de acreditar, mas era o que todos diziam. O hálito de Daddi agora era rançoso, como cola velha. Sharmeen tinha certeza de que nunca se tornaria tão repulsiva. Preferia morrer primeiro. Sharmeen fez uma careta. "Isso não é inglês."

"Agora não é mais. Ela estava dizendo alguma coisa em punjabi. O que foi?"

As palavras de Daddi tinham a cadência de um canto, de uma prece, porém desconhecida. "Não sei", Sharmeen disse. "Vamos embora."

"Ouvi algo. Uma canção."

"Sim, agora ela está cantando uma canção de Daler Mehendi para você."

Aisha não pretendia reagir ao sarcasmo débil de Sharmeen, pois tinha um novo mistério para investigar. Manteve a cabeça perto de Daddi. "Ela parou."

"Ótimo. Venha cá. Daqui a cinco minutos a gente pode ir embora."

Mas Aisha insistiu, no dia seguinte, em sentar ao lado de Daddi e esperar que ela falasse novamente. Não houve meio de dissuadi-la. Observava Daddi com atenção. Sharmeen desviava a vista daquela boca úmida e enrugada, tentava conversar com Aisha, introduzir um assunto, qualquer um. Tentou Chandrachur Singh, Brad Pitt, escola, professores severos. Aisha continuou distraída, respondendo apenas com monossílabos. Sharmeen, por mais que tentasse, não conseguia ignorar os estalidos que Daddi fazia com os lábios com intervalo de poucos segundos. Por fim ela fez silêncio, e as duas esperaram Daddi falar alguma coisa.

Sharmeen deu um pulo quando ela falou, mesmo esperando que isso ocorresse. Dessa vez a voz de Daddi saiu alta, forte, mas ainda assim parecia vir de outro lugar, de um lugar bem longe. Era o canto, novamente, "*Nanak dukhiya sab sansaar*", e dessa vez Sharmeen entendeu as palavras. "O que é?", murmurou.

"Não sei", Aisha disse.

Daddi calou-se. No silêncio tenso as palavras em punjabi se reuniram na mente de Sharmeen, e ela compreendeu o que eram. Não queria reagir, mas a tensão de seu corpo, próximo ao de Aisha, levou a amiga a perceber instantaneamente que ela sabia.

"O que é?", Aisha perguntou.

Sharmeen não queria contar. Não fazia o menor sentido. Ela deu de ombros. "É punjabi."

"Eu ouvi, sei disso. Mas seu punjabi é muito bom. Qual é o *significado*?"

Aisha não pretendia desistir. Sharmeen sussurrou: "Uma espécie de canção. Como a que os sardars cantam nos templos deles".

Aisha balançou a cabeça. "Sua daddi está dizendo uma prece sikh?"

Sharmeen fez que sim. "Nanak, isso é dos sardars também?"

"Sim", Aisha disse. Ela segurava a mão de Sharmeen com força, e fez a pergunta crucial: "Mas, por quê?".

"Não sei." Sharmeen não fazia a menor idéia. Dadda era punjabi, e Daddi uma refugiada punjabi do outro lado. Sua família fora morta pelos hindus. Dadda a salvou e a levou para casa. Casou-se com ela, a primeira mulher não gostou, quando Dadda morreu a primeira mulher chudail pôs a ela e Abba na rua. Dadda amava Daddi, se tivesse vivido tudo teria sido diferente. Mas Daddi e Abba, que era então apenas um menino — sofreram muito, mas no final Abba triunfara. Em nenhum ponto dessa antiga história havia alguma razão para Daddi dizer uma prece sikh.

"Descubra." Aisha estava afogueada com o drama do momento, com as possibilidades de mistério.

"Como?"

"Faça perguntas."

Faça perguntas. Fácil para Aisha dizer. Sharmeen não queria fazer perguntas sobre preces sikh aos pais. Aisha não entendia, mas Sharmeen sabia, no fundo do coração, no sangue, que uma pergunta a esse respeito seria desastrosa. Abba odiava os sikhs, só um pouco menos do que odiava os hindus. Disse que os sardars eram um povo bárbaro, sem cultura, adeptos da violência, cheios de ódio. Os hindus eram piores, claro, mentirosos inescrupulosos, covardes e idólatras, mas os sikhs estavam a meio caminho de serem como os hindus. Abba passara a vida lutando contra os dois, fora condecorado e promovido por sua dedicação e por seu sucesso. Sharmeen não ia começar a perguntar a ele sobre preces sikh dentro de sua própria casa. Ela o amava, mas ele era um sujeito austero, disciplinado, de temperamento reservado. Saía para trabalhar na embaixada, passava muitas horas lá, a casa para a qual voltava tinha de ser limpa, pacífica e silenciosa, além de cheia de graça divina. Sharmeen sabia que não seria bom provocar confusão com perguntas estúpidas sobre os resmungos de sua Daddi velha e senil. Por isso ela finalmente conseguiu despachar Aisha para a casa dela e se refugiou em seu quarto, tentando se acalmar. Mas estava inquieta, e depois do almoço voltou ao quarto de Daddi.

Daddi continuava na mesma posição, encolhida, com a cabeça para a esquerda. Sharmeen sabia que Ammi a acordava de manhã e de noite para alimentá-la, dar os remédios. Por vezes Daddi era carregada por Abba para a sala, para sentar com a família. Mas passara a maior parte da vida ali, naquele quarto, cochilando e falando sozinha. Sharmeen se arrepiou, voltou a jurar que jamais ficaria tão pavorosamente velha, e esperou para ver se Daddi dizia mais alguma coisa sikh. Daddi resmungava e murmurava, mas era difícil entender qualquer coisa. Falava punjabi, mas não era nenhuma prece. Sharmeen esperou, paciente. Trouxera os livros de matemática consigo, instalou-se bem acomodada na poltrona verde baixa e ficou estudando. Também estava curiosa, não tão excitada quanto Aisha, mas cheia de uma estranha inquietação que lhe dava náuseas e dor de barriga. Queria que Daddi dissesse aquilo de novo, a prece, mas ela não disse.

Sharmeen acordou lentamente, a bochecha contra o braço de madeira da poltrona. Uma neve fraca batia na vidraça, a luz mudara para um acinzentado luminoso que lembrou a Sharmeen o sonho que tivera um dia, em que caminhava por uma imensa planície, na direção de altas montanhas. Quando tivera esse sonho? Não se lembrava. Empertigou o corpo e esfregou o rosto. Deve haver uma marca feia ali, da madeira. Por vezes, quando ela e Aisha cochilavam de tarde, riam divertidas com as marcas deixadas no rosto e nos braços, fingindo que eram cicatrizes permanentes. Mas Aisha odiava dormir demais à tarde. Dizia que acordar após um longo período de sono à tarde a deixava perdida, sem saber onde estava ou quem era. Sharmeen gostava de dormir a qualquer hora do dia ou da noite, e dormia quando sentia vontade. Embora nunca dissesse isso a Aisha, achava que a amiga, apesar de toda a ousadia e disposição de correr riscos, era peculiarmente delicada em diversos aspectos. Ficava muito nervosa na época das provas e exames, e morria de medo de lagartixa. Por vezes Sharmeen sentia que estava protegendo Aisha, e não o contrário.

Sharmeen assustou-se. Daddi estava sentada na cama. As cobertas caíram do ombro, e sob a malha branca a clavícula era muito frágil. Ela olhava para Sharmeen. "Nikki", disse. "Leve-me para casa."

"O que foi, Daddi? O que foi?" Sharmeen levantou e ajoelhou do lado da cama para segurar a mão de Daddi. Era leve como uma pena. "Daddi, o que disse? Quem é Nikki? Qual Nikki?"

Daddi disse: "Nikki, onde está Mata-ji? Leve-me para casa, Nikki".

"Qual Mata-ji? Está falando de sua Ammi?"

Mas Daddi retornara à ausência de sempre. Olhava através de Sharmeen, da janela, de tudo. Sharmeen não sabia ao certo se ela via a neve, as árvores, ou se não via nada. Fez companhia a Daddi por um tempo, depois a ajudou a deitar e a cobriu com as mantas. No jantar, Sharmeen perguntou a Ammi: "Onde a Daddi nasceu?".

Ammi deu de ombros. "Pergunte a Abba."

Foi o máximo que Sharmeen conseguiu naquele momento, para frustração de Aisha, que fora informada por telefone do pedido de Daddi a Nikki, quem quer que fosse Nikki. Mas Abba não estava em casa naquela noite, trabalhava até tarde novamente, e as perguntas precisariam esperar até a manhã seguinte. "Que coisa esquisita, você ter de perguntar para ele", Aisha disse. "Minha mãe poderia lhe contar tudo a respeito da família do Papa."

Sharmeen rebateu, sem se exaltar. Não gostava de ouvir que seus pais eram esquisitos, mas parecia estranho que Amma falasse tanto sobre sua família e sua origem, mas nunca sobre a família de Daddi. Não havia como romper aquele silêncio, por isso Sharmeen esperou até a manhã seguinte, até que Abba terminasse o banho, as orações fajr e o café-da-manhã. Todo dia eles conversavam um pouquinho antes de ela ir para a escola, e ele gostava de falar dos estudos dela, em geral. Discutiam a visão religiosa adequada dos diversos assuntos abordados em sala de aula, ele dava suas opiniões sobre os eventos mundiais. Era especialista em questões internacionais, e estivera em praticamente todos os países — pelo menos ela achava isso. Adorava ouvir histórias das selvas de Mianmar e das estepes ucranianas. Ele cofiava o bigode grisalho e descrevia, com sua voz grave, os tigres que vira no Nepal ou os cavalos da Suécia.

Naquele dia falaram sobre Afeganistão e Iraque. Quando reunia seus livros, Sharmeen perguntou: "Abba, onde a Daddi nasceu?".

Abba ajeitou os jogos americanos da mesa. "No Punjab. Hoje fica do outro lado da fronteira."

"Sei. Mas onde, exatamente?"

"Região de Amritsar."

Abba estava muito descontraído, mas Sharmeen sabia que outra pergunta indicaria excesso de curiosidade. Foi para a escola, pacificou a ansiosa Aisha e esperou. Nos três dias seguintes, fez a Abba perguntas que esperava parecerem inocentes, questões tranqüilas sobre a família, consideradas naturais para uma filha. Ela soube que, antes do casamento, o nome de Daddi era Nausheen Sharif; sim, Daddi tinha irmãos e irmãs que se perderam ao tentar fugir para o Paquistão; não havia parentes vivos do lado dela, nenhum, em lugar algum; freqüentara a escola, mas não tinha curso superior; gostava de jalebis e khari lassi. Finalmente, Sharmeen perguntou: "Quem é Nikki?".

"Nikki?", Abba disse.

"Daddi falou em Nikki, quando eu estava sentada ao lado dela."

"Você tem passado bastante tempo com ela recentemente."

Sharmeen e Aisha iam ao quarto de Daddi todas as tardes, mantendo a vigília por mais preces sikhs ou inglesas, e menções a Nikki. Ammi aprovara a recente dedicação de Sharmeen aos deveres domésticos, mas Abba parecia ignorar a novidade. Era difícil dizer o que ele pensava ou sentia, a maior parte do tempo. Ele fazia uma afirmação, declarava algo numa voz que não traía suas emoções, e depois o silêncio reinava. Era capaz de se manter calado mais tempo do que qualquer outra pessoa, e quando alguém falava, ele parecia enxergar dentro da pessoa. Sharmeen sentiu a ansiedade subir por sua espinha como lava, e respondeu com toda a calma que conseguiu: "Ela é muito idosa. Deve se sentir sozinha".

Ele relaxou, fez Sharmeen sentar a seu lado, mesmo já sendo um pouco tarde, e lhe falou sobre o luar nos picos do Himalaia.

"Mas ele não contou nada sobre Nikki?", Aisha disse naquela tarde. "Nem sim, nem não, nem nada?"

"Ele não falou nada."

"Essa história de 'Mata-ji' é coisa dos sardars também, acho. Você precisa descobrir mais sobre a tal de Nikki."

"*Não* vou perguntar de novo."

"Claro que não. Ele assusta a gente, o coronel Shahid Khan, com aquele bigode e o vozeirão. Até quando diz 'boa noite, beta' me dá arrepios."

Sharmeen sofreu um abalo mental ao ouvir isso, uma perturbadora mudança de perspectiva. Sempre vira Abba como Abba, alto, rigoroso, barítono, cheirando a couro e óleo de cabelo Arnolive, permanente como o mar. Agora o via como Aisha o via, e outros, perigoso e rígido, cheio de segredos. Sentiu-se repentinamente velha, como se algo dentro de si houvesse mudado, e não gostou. "Ele não é assustador", disse com voz sumida.

Aisha sofrera um dos repentinos desvios de atenção, e não mais escutava o que Sharmeen dizia. Estava olhando para Daddi. No quarto de Daddi, as duas se mantinham bem próximas, para o caso de algo revelador, misterioso ou chocante ser dito. Mas Daddi falava em urdu e punjabi, singelamente — como vinha ocorrendo havia vários dias — sobre açougueiros, cavalos e longas jornadas. "Ela anda muito chata", Aisha disse. "Nenhuma novidade, né?"

"Não", Sharmeen disse. "Nada de novo." Não falara mais em Nikki, orações, nada. Se havia um mistério, não estavam nem perto de solucioná-lo. Talvez não houvesse nada a descobrir. Sharmeen nem mesmo tinha certeza de que queria saber mais. A muralha de evasivas de Abba — sim, sua atitude era essa — tinha um peso enorme, esmagador, capaz de ameaçar até a ele. Sharmeen não podia explicar isso a Aisha porque não sabia como havia percebido, mas o caso a assustava e ela queria deixá-lo de lado. Olhando para Daddi, para o arco pronunciado de seu nariz, que tanto Abba quanto Sharmeen haviam herdado, Sharmeen desejou que Daddi ficasse quieta, que se fechasse e não dissesse mais nada surpreendente, dramático ou explosivo. Queria que Aisha fosse embora, saísse do quarto e de quaisquer lembranças fragmentadas que contivesse, mas sabia que não adiantava dizer nada. Pedir a Aisha para não fazer algo equivalia a empurrá-la para fazer, mesmo que não quisesse antes. Por isso Sharmeen se obrigou a esperar, teve paciência e resignação. Era só uma questão de tempo.

Durou mais tempo do que Sharmeen esperava o interesse de Aisha por Daddi. Durante as férias de inverno ela continuou a arrastar Sharmeen para o quarto mal iluminado, dia sim, dia não, para sentar ao lado de Daddi enquanto falavam de atores, música, rapazes e estudos. Daddi mergulhara num silêncio quase constante, quebrado ocasionalmente quando fungava, tossia e emitia um som gutural do fundo da garganta. Em três semanas, ela falou apenas uma vez, perguntou a alguém a que horas o trem partiria. Aquilo se tornou uma espécie de brincadeira entre Sharmeen e Aisha, por algum motivo achavam muito engraçado uma dizer à outra, ao acaso, com forte sotaque punjabi: "Arre, e então, quando o trem vai sair?". Quando as aulas recomeçaram e as bolsas estavam cheias de livros novamente, Aisha chocou Sharmeen com as conversas atrevidas que tinha com rapazes, e até mesmo a brincadeira com a frase de Daddi foi esquecida. Agora Sharmeen ia ao quarto de Daddi apenas quando Ammi pedia. Aisha não insistia mais nas visitas à tarde, e Sharmeen ficou aliviada.

Daddi morreu no início da primavera, num dia em que os jornais se encheram de fotos de flores de cerejeiras. Sharmeen chegou da escola e encontrou Abba sentado na mesa da cozinha, tomando uma xícara de chai fumegante. Ammi, num canto, mantinha as mãos sobre a barriga. Sharmeen logo percebeu que algo ruim acontecera. Abba nunca voltava para casa tão cedo.

Foi Ammi quem falou: "Beta, sua Daddi faleceu esta tarde".

Sharmeen viu que Abba tinha lágrimas no rosto, sentiu as pernas bambas e começou a tremer. Ammi correu para ampará-la, e a ajudou a sentar na cadeira. Tanto Ammi quanto Abba a consolaram com abraços e chai. Durante o funeral, e depois, correu a história de que Sharmeen quase desmaiara ao saber da morte de Daddi. Pessoas que ela nem conhecia a procuravam e falavam a respeito de aceitar a vontade de Alá, da vida eterna e do amor. Sharmeen nunca contou a ninguém que seu temor, naquele dia, o que lhe plantou um pavor humilhante no peito, não fora a notícia sobre Daddi, mas a tristeza infantil no rosto de Abba, no qual sofrimento, incerteza e angústia pela ausência ela nunca havia visto, e não queria ver de novo. Sharmeen mantinha a cabeça baixa e esperou calada até que tudo terminasse.

Sharmeen nunca contou a ninguém uma outra coisa, nem mesmo a Aisha.

No mês da morte de Daddi, o sono de Sharmeen fora interrompido diversas vezes durante a noite. Ela acordava suando, afogueada, a cabeça atormentada por uma torrente de pensamentos sobre Daddi, a canção que entoara, a vez em que fora três vezes trocar as sandálias no Crystal City Mall e a vendedora começou a balançar a cabeça assim que a viu andando insegura pelo corredor. Sharmeen sentava na cama, tomava água, deitava e tentava dormir de novo. Mas era como se pequenos ganchos negros em seu coração a mantivessem acordada com agulhadas de culpa. Aquelas pontadas de dor não vinham apenas da sensação de que ela, Sharmeen, deixara de fazer companhia freqüente a Daddi após os treze anos, quando passou a se preocupar mais com os estudos, Aisha e Chandrachur Singh. Não era só isso. Também havia a amarga compreensão de que agora, com a morte de Daddi, Sharmeen jamais saberia o que acontecera a Daddi. Não fazia muito tempo Sharmeen se sentira entediada com as histórias de Daddi, com seus relatos de relâmpagos laltens nas tempestades das monções. Agora lhe parecia que um mundo inteiro desaparecera naquela tarde de terça-feira na primavera americana, um universo inteiro extinto sem mais nem menos, com tanta facilidade. E Sharmeen não tinha chance de recuperá-lo.

Era terça-feira novamente, um mês depois da morte de Daddi, e Sharmeen acordou. Tentou não abrir os olhos, não pensar que estava acordada. Nos últimos tempos, concluíra que a incerteza quanto ao sono era responsável por mantê-la acordada. Tentou se manter imóvel, respirando fundo. Tentou pensar em coisas boas e agradáveis, contra o fluxo da memória ela ergueu uma fortaleza de paisagens imaginárias, um bosque na encosta, não, uma praia e o mar verde-azulado a se estender até o horizonte. Então, com um suspiro, Sharmeen desistiu. Estava acordada. Abriu os olhos e Daddi estava sentada na cama, no pé de sua cama. Usava seu xale azul-escuro de pashmina favorito, o que ganhara três anos antes, mas era muito jovem e bonita. Sua testa alta valorizava o cabelo preto que caía em cachos abundantes, fora de moda. Estou sonhando, Sharmeen pensou.

Posso acordar. Acorde. Mas não conseguia, e era Daddi quem estava ali sentada, sem dúvida, na frente da janela, ao luar. Sharmeen pensou: se eu levantar e beber água, isso vai acabar. Mas seus braços e pernas pesavam como pedra, ao longo do corpo, e apesar de todos os esforços ela não se mexia. Ocorreu-lhe que poderia rezar, mas sentiu uma pontada de culpa no coração, por ter medo de Daddi. Olhou diretamente para Daddi e sentiu uma tristeza terrível, por Daddi e por si mesma. Depois Daddi disse, em voz baixa, sem desespero, com muita ternura: "Nikki, me leve para casa".

Sharmeen acordou. Conseguia se mexer, sentou e cobriu o rosto com as mãos. Sentia-se aliviada e ridícula ao mesmo tempo. Pensou, amanhã contarei esse sonho filmi engraçado a Aisha, e como parecia real. Talvez conte a Abba e a Ammi também. Ela se imaginava contando o sonho, e a expressão de surpresa e preocupação no rosto deles. Via a cena em que contava o sonho a eles e a Aisha, além de outras pessoas, no futuro.

Mas jamais contou o sonho a alguém. Em poucos meses sua própria recordação do sonho começou a esmaecer, e o negro intenso e vibrante do cabelo de Daddi, o azul do xale, se tornaram embaçados, indistintos. No aniversário seguinte de Sharmeen, Aisha lhe deu um diário rosa com fechadura dourada. Mais tarde, naquela noite, Sharmeen se lembrou do sonho e pensou que deveria registrá-lo. Mas não se lembrava do que Daddi havia dito, e acabou escrevendo sobre Aamir Khan, em vez disso. Escreveu sobre os filmes dele, suas interpretações, e quando terminou trancou o diário e o guardou debaixo do colchão. Dormiu e nunca mais sonhou com Daddi.

Mere Sahiba

A voz alegre pedia pelos alto-falantes: "*Mere sahiba, kaun jaane gun tere?*". Sartaj não tinha resposta para essa questão. Estava sentado com as pernas cruzadas sob o corpo, na varanda do Templo Dourado, na borda do parkarma. O santuário de Baba Deep Singh situava-se à direita, e bem na frente o Harimandir Sahid exibia um brilho dourado que puxava para o vermelho ao sol matinal. Sartaj e Ma haviam chegado pontualmente ao portão do templo às três da madrugada, entraram e viram a procissão que carregava o Guru Granth Sahib por cima da água, até seu lugar. Sartaj abrira caminho no meio da multidão, e por alguns segundos pusera o ombro sob o palki e ajudara a carregar o livro sagrado, depois voltara para Ma, ansioso pela excitação e confirmação que já havia sentido naquele lugar sagrado. Agora estavam sentados lado a lado, o sol nascera e o parkarma estava cheio de gente, às quais o cantor dirigia as perguntas.

Sartaj e Ma chegaram a Amritsar no dia anterior. Ela aparentava muito cansaço quando alcançaram a casa de seu filho mausa-ji, ficaram acordados até tarde para um longo jantar com muitos primos, tias e parentes distantes quase esquecidos. Apesar de tudo ela pedira para pôr o relógio para despertar às duas e meia, e saíram para o Harimandir Sahib no escuro. Agora suas mãos estavam cruzadas no colo, e ela balançava suavemente para a frente e para trás, enquanto seus lábios se moviam.

"Está com fome, Ma?"

"Não, beta. Vá você comer alguma coisa."

"Não precisa, estou bem." Sartaj estava bem, ou mais ou menos bem, pois se preocupava com Ma. Ela se trancara num mundo particular de lembranças, orações e dores, muito distante do filho. Seus olhos estavam úmidos, ela os enxugava muitas vezes com o chunni. E orava tão discretamente que não dava para saber qual shabad estava recitando. Ele não sabia quem ou o quê ela pranteava, ou como fazer que se sentisse melhor. "Está se lembrando de Papa-ji?", perguntou.

Ela levantou a cabeça lentamente e o encarou. Os olhos marrons enormes revelavam surpresa, e ele teve a súbita impressão de que estava olhando para uma pessoa desconhecida.

"Sim", ela disse. "Papa-ji."

Mas não estava contando tudo a ele, certas coisas ela não comentava. Sartaj sabia disso, sentiu certo constrangimento, como se houvesse entrado num quarto escuro onde não deveria. "Estou com fome", disse. "Você vai ficar aqui?"

"Sim. Pode ir."

Ele a deixou e circulou a piscina ondulante, no parkarma. Havia peregrinos nas varandas, sentados, e dois meninos corriam à frente de Sartaj, perseguidos pela mãe. Ela os segurou pelo ombro e os levou de volta ao pai, o mais velho sorriu para Sartaj, mostrando a banguela. Sartaj retribuiu o sorriso e seguiu adiante. Sentia a pedra quente sob os pés descalços. Sua lembrança mais antiga de Harimandir Sahib era dos dedos dos pés gelados, de Papa-ji segurando sua mão para guiá-lo pelo rápido banho dos pés do lado de fora do complexo. Ele desceu as escadas de mármore geladas, deslumbrado pelo reflexo dourado do sarovar na água. Sabia que estivera ali antes, quando criança, e era isso que se lembrava agora, a manhã de inverno, andando entre Papa-ji e Ma, segurando na mão deles. Na época não sabia ler o nome dos mártires e dos soldados mortos nas placas de mármore pregadas nos muros e pilares. Agora era difícil para ele evitar os nomes dos mortos, desviar os olhos das listas afixadas por regimentos do exército indiano e por famílias pesarosas. Leu uma placa, bem do lado do acesso que levava ao Harimandir. Um capitão do 8 JAK de Infantaria Ligeira tombou em Siachen. Dois anos após sua morte a esposa — também capitã — doou 701 rupias e instalou a placa em sua memória. Agora, transcorrida mais de uma década, Sartaj imaginou o marido nos remotos picos serrilhados, subindo por uma parede de gelo semelhante a um espelho. O marido era jovem, destemido, estava muito acima de qualquer habitação humana, e escalava para a morte, o rosto virado para o sol nascente. Sartaj caminhava chorando.

Por que chorava? Pranteava os mortos, o capitão, e também seus inimigos que o aguardavam no campo de batalha gelado, sôfregos por um pouco de ar, sacrificando os pulmões. Chorava por todos os nomes das placas, e pelos mártires sikhs nos quadros do museu do andar de cima que tombaram em defesa da fé, sendo torturados, mutilados e executados. Chorava pelos seiscentos e quarenta e quatro nomes na lista do museu, pelos sikhs mortos quando o exército sitiou o templo em 1984, e chorou pelos soldados que foram abatidos a tiros ali, naquelas mesmas pedras. Sartaj andou mais. Enxugou o rosto, terminou o círculo completo em torno do sarovar. Ma continuava no mesmo lugar, encostada numa pilastra, de olhos fechados. Passou por ela e começou a dar outra volta no parkarma. Um senhor idoso o olhou com curiosidade e bondade, Sartaj se deu conta de que chorava novamente. Não havia cálculo capaz de determinar com exatidão quanto fora sacrificado ou ganho, havia apenas aquele reconhecimento da perda, da dor suportada e absorvida. O calor penetrava nos pés de Sartaj, ele aceitou seu desconforto e seguiu. Sentia uma espécie de paz ao circular pela Piscina de Néctar. Não esperava que Vaheguru o perdoasse, nem que sua crença fragmentada e hesitante em Vaheguru lhe permitisse pedir perdão. Não sabia se era um homem bom ou um homem mau, ou se agia movido pela fé ou pelo medo. Mas agira, e agora sua caminhada o feria e reconfortava. Por isso seguiu andando, em círculo, passando por Dukh Bhanjani Ber, que curava todas as atribulações, e pela plataforma de Ath-sath Tirath. Terminou a volta e deu outra. Esqueceu-se de quantas voltas tinha dado, de que caminhava, pois havia apenas o movimento de seu corpo, a água brilhante e as músicas.

"Sartaj?"

Ma levou a mão ao seu cotovelo.

"Eu estava andando um pouco", Sartaj disse. Enxugou o rosto com a manga da camisa e a levou para a sombra do corredor.

"O que aconteceu?", ela perguntou. Erguendo a mão, ajeitou seu colarinho. Era sua mãe novamente, com o cenho franzido de preocupação e o desejo de vê-lo sempre elegante e limpo. A estranha que vira um pouco antes fora embora. Escondera-se, quem sabe.

"Não foi nada, Ma. Quer ir agora?"

Ela queria, eles caminharam pelo parkarma, no rumo da saída. Sartaj parou de repente, porém. Naquela manhã de inverno, havia muito tempo, quando fora até lá com Papa-ji e Ma, Papa-ji quis que ele entrasse na piscina. Papa-ji tirara a camisa e a calça, entrando na água de kachchas listados de azul. "Venha, Sartaj", chamara. Mas Sartaj, escondido atrás de Ma, se recusou a ir. "Um sher como meu filho não teme um pouco de frio", Papa-ji dissera. "Venha." Mas não era o frio que assustava Sartaj. De repente ficara envergonhado. Via os ombros fortes do pai, sentia-se magro e pequeno, sem nada de sher. Não queria ver aquela gente olhando para ele. Por isso balançou negativamente a cabeça e se agarrou a Ma, que o protegeu dizendo: "Deixe o menino ficar, ji, ele pode pegar um resfriado". Papa-ji riu e saiu da piscina, espalhando água nos degraus, seu kara brilhando no pulso largo.

Era verão agora, e Sartaj não sentia vergonha. "Acho que vou entrar na água", disse a Ma.

Ela ficou contente, mas manteve a praticidade costumeira. "Você não trouxe toalha."

Ele balançou a cabeça e deu de ombros. Ela esperou por ele no Dukh Bhanjani Ber, segurando as roupas caprichosamente dobradas sobre o braço. Ele desceu as escadas, pisando de lado nas pedras molhadas. A água estava muito fresca, e batia nos lados do corpo. Havia vários homens na água, em torno de Sartaj, e murmuravam suas preces. Ele cruzou as mãos e enfiou o rosto na água, os sons quase cessaram. Lá no fundo uma fonte antiga conduzia ao centro da respiração do mundo. Uma onda longa, uma lenta mudança na água, bateu em seu peito, o levantou e o sustentou. Um ronco gentil chegou a seus ouvidos, um farfalhar, como ondas da praia distantes da beira. Era dentro dele, aquele som. Por um momento o peso de Sartaj desapareceu, ele sentiu os braços cansados e o estômago flácido se levantarem, e flutuou. Ergueu-se, as gotas reluzentes escorreram pelas pálpebras, e ele sorriu para Ma.

Ela ergueu a mão livre, com a palma virada para ele, e sorriu também.

Na cabine, de volta a Mumbai, tiveram como companheiros de viagem duas irmãs, uma de dezoito e a outra de vinte anos, acompanhadas dos pais. As moças vestiam salwar-kameezes elegantes, em verde e vermelho, e ouviam canções de Kishore Kumar em um toca-fitas portátil. Eram muito educadas, todavia, e primeiro perguntaram a Ma se ela se importava. Não tinha nada contra, e por isso eles cruzaram a zona rural do Punjab ao ritmo de "*Geet gaata hoon main*" e "*Aane waala pal*", e da batida fixa das rodas. Ma logo se entreteve numa longa conversa com a mãe das moças, falando de tudo, da transformação de Amritsar até um joalheiro que ambas conheciam em Andheri. Sartaj conversou com o pai.

"Vim para Bombaim há vinte anos", o homem contou. Seu nome era Satnam Singh Birdi, era marceneiro. Chegara à cidade trazendo apenas sua habilidade e o nome de um conhecido do pai escrito num pedaço de papel. Não conseguiu nada com o amigo do vilarejo, que se mostrou indiferente, por isso nos primeiros dias Satnam Singh dormiu na rua e passou fome. Mas era um bom profissional, e logo arranjou serviço, trabalhando para outros marceneiros e empresas de decoração de interiores. Especializara-se em armários requintados, mesas ornamentadas e salas de reunião. Após sete anos abrira sua própria empresa de marcenaria, com dois irmãos, e todos prosperaram. O irmão mais novo passara quase metade da vida na cidade, andava sempre bem vestido, tinha celular e falava inglês. Cuidava dos contatos, arranjava clientes e negociava contratos. Com a expansão dos negócios, contrataram vários marceneiros. Vaheguru abençoara a família, e agora Satnam Singh e a esposa tinham um bom apartamento em Oshiwara. As moças cresceram, e eram ótimas alunas, primeiras da classe.

"Esta aqui", Satnam Singh disse, "quer ser médica. E a mais nova, pretende pilotar aviões."

A jovem reagiu sem demora ao suspiro tolerante do pai. "Papa", disse agressiva, "muitas mulheres são pilotos hoje em dia. Não tem nada de mais."

E mergulharam imediata e animadamente numa discussão familiar sem dúvida interminável. Ma — a mãe de Sartaj — tomou partido da mais nova, para surpresa da nova amiga, a outra mãe. "Isso é muito bom", Ma disse. "Por que impedir as moças de progredir?"

Sartaj ouviu a conversa, com as opiniões de Satnam Singh Birdi, a esposa Kulwinder Kaur e as filhas Sabrina e Sonia, surpreso com a infusão de alegria que se espalhou em seu peito como calda quente. Resistiu, pois não havia base para sua esperança. Aquela era apenas uma família, uma história. Contudo, lá estava: um homem e sua mulher viajaram muito, trabalharam duro, construíram sua vida. Agora as filhas queriam progredir mais. Não pediam muito. Sem dúvida haviam sofrido tragédias e tribulações, Sabrina e Sonia enfrentariam seus próprios dissabores e derrotas, com o tempo. Mas Sartaj não conseguiu evitar o sorriso no rosto, e riu alto da rusga entre Sabrina e a mãe.

Almoçaram todos juntos, dividindo paraunthas, bhindi e puris, além das frutas compradas nas paradas. Depois do almoço os mais velhos dormiram, e as meninas quiseram ouvir histórias policiais de pessoas famosas. Sartaj contou algumas adequadas à idade delas, sobre produtores e estrelas de cinema, mas começou a sentir sono. Teve de aceitar, de uma vez por todas, que era um dos mais velhos, subiu a seu leito e dormiu pesadamente, embalado pelo balanço do trem.

O aroma de chai o acordou, de chai e pakoras. Ficou deitado por mais alguns minutos, deliciando-se com a promessa do momento, no prazer de seu corpo descansado, sentindo no apito e na velocidade do trem a urgência crescente de chegar em casa e encontrar Mary esperando por ele. Desceu para comer. As meninas tinham dois baralhos, e promoveram uma rodada de rúmi, incluindo a todos. Ma disse que não jogava havia muitos anos, que era velha demais para jogar direito, mas acabou provando que era uma jogadora habilidosa e inteligente. Seus olhos brilhavam quando ganhava uma mão, e baixava seus trunfos energicamente, batendo a carta na mesa.

"Vah, ji", Kulwinder Kaur disse, "você é uma especialista. Veja as cartas que joga!"

Mais tarde, após o jantar, quando a família Birdi dormia, Sartaj sentou na beira do leito de Ma. Sabia que só conseguiria dormir bem mais tarde. Ela estava deitada de costas, com os joelhos para cima. Atrás de sua cabeça, os campos passavam depressa, misteriosos e belos ao luar.

"Ma?", Sartaj chamou, em voz baixa.

"Sim, beta?"

"Ma, há uma moça..."

"Eu sei."

"Você sabe?"

Ela riu baixinho. Sartaj não podia ver seu rosto, mas conhecia aquela expressão, quando ela abaixava o queixo e balançava a cabeça de um lado para o outro.

"Também sou police-walli", disse. "Minhas amigas contam coisas para mim. Sei de tudo."

"É verdade. Sabe mesmo."

Ela virou de lado na cama, apoiando a cabeça com a mão. "Isso é bom, beta." Agora ela não estava brincando. "Um homem precisa de uma mulher. É assim. Não se pode passar o resto da vida sozinho."

"Mas você gosta de viver sozinha", Sartaj disse. Talvez a escuridão lhe permitisse falar com ela tão diretamente, mencionando o quanto ela prezava a própria independência.

"No meu caso é diferente", ela afirmou. "Já vi de tudo nesta vida, Sartaj. E cumpri meu dever."

Ela usou a palavra inglesa *duty*, e Sartaj se lembrou de Papa-ji dizendo "*Arre chetti kar, dooty par jaana hai*". Era estranho pensar no amor como dever, imaginar que o salwar-kameez e o paranda vermelho de Ma eram uma espécie de uniforme, que os cuidados assíduos com a saúde, a nutrição e a higiene de Papa-ji talvez não fossem naturais, e sim um sacrifício cultivado, consciente. Aquela figura familiar deitada perto dele tivera sua vida privada, em todas as casas que compartilharam, tinha sua própria história de cada nascimento, cada jornada. Novamente Sartaj teve aquela sensação incômoda em relação àquela mulher, sua mãe, Prabhjot Kaur, também era alguém que desconhecia. Aquilo oprimia um pouco seu coração, mas do meio da mágoa surgiu uma nova afeição pela desconhecida com quem vivera todos esses anos. Ela trabalhava duro, sem reconhecimento, sem recompensa. Talvez tivesse mais de police-walli mal paga do que pensava. Ele sorriu, e perguntou: "Seus pés estão doendo?".

"Um pouquinho."

Sartaj massageou os tornozelos dela, depois os pés. O trem ganhava velocidade, passou por uma ponte comprida com um sacolejar ruidoso que misturava exuberância e nostalgia. Fosse quem fosse aquela mulher, Sartaj não se sentia solitário ou sozinho sentado a seus pés. Ela havia sido muitas coisas para ele. Era mãe e filho, mas também Prabhjot Kaur e Sartaj Singh, um apoiava o outro havia muitos anos, eram também amigos. Lá fora o rio seguia até o horizonte num imenso transbordamento de luz prateada e fria. Sartaj segurou o pé da mãe, e pensou, sopesando a fragilidade dos ossos, ela está velha. Ele se permitiu pensar em sua morte, sentiu um arrepio súbito, mas não ficou triste. Todas as ligações carregam consigo a perda, cada vínculo a possibilidade de traição. Não havia como evitar essa charada, nem como escapar dela, e não havia vantagem alguma em se queixar disso. O amor era dever, e o dever era amor.

Sartaj surpreendeu-se com aqueles pensamentos filosóficos, e riu de suas tolices. Devo estar cansado, pensou. Soltou os pés de Ma e subiu silenciosamente para seu leito. Cobriu-se com um lençol branco cheirando a limpo, e uma música da tarde veio com o barulho das rodas. Seria de Kishore Kumar, quem sabe? Ele ouvia a melodia, mas onde estava a letra? Puxou o lençol até o queixo e cantarolou bem baixinho, tentando se lembrar.

Mary queria passar lama na cara de Sartaj. "Não é lama", ela disse indignada, mas era exatamente o que parecia, lama num potinho cor-de-rosa.

"Claro que é", Sartaj insistiu. "Você desceu para pegar terra num dos vasos." Estavam sentados um de frente para o outro, na cama dele. Era a primeira visita dela a seu apartamento, ele havia passado a tarde limpando e espanando a poeira que se acumulara durante a viagem a Amritsar. Ela chegou às seis e meia, carregando uma mochilinha azul nas costas. Ele a provocou, dizendo que parecia muito jovem, uma universitária estilosa, e depois fizeram amor. Mais tarde ele contou a viagem, como se sentia sujo, apesar de passar a viagem inteira numa cabine AC. Nesse momento ela saltou da cama, remexeu a mochila e tirou um pote de lama de lá.

"Trata-se de um tratamento facial muito caro, Sar-taj", Mary disse. "No salão, as pessoas pagam uma fortuna por isso, você nem faz idéia. Olha, contém frutas e essências. Rejuvenescerá sua pele, retirará todas as impurezas do trem, toda a poeira e gordura. Parece multani mitti, mas é melhor." Ela se debruçou um pouco, de modo a prender as pernas dele com as suas. Tinha um lençol em volta da cintura, e o cabelo caía sobre a curva do ombro desnudo. "Arre, não se mexa, baba." Ela enfiou dois dedos no pote e passou o creme na testa dele. Era frio e liso. "Puxe o cabelo para trás."

Ela trabalhava com cuidado, lentamente, prendendo a língua entre os dentes. Ele ergueu o pescoço, ela riu e deixou que a beijasse, mas só por um momento, depois o empurrou de volta, pressionando o ombro com a mão. Ele largou a cabeça no travesseiro e observou os olhos dela, a pele marrom. Havia pequenas rugas nos lábios, e ele examinou a curvatura das pestanas. Quando terminou, balançando a cabeça satisfeita, ele pegou o pote de sua mão, tirou uma porção com os dedos e passou no rosto dela. O creme era avermelhado, mais liso que lama comum, uniforme e pastoso, era fácil de passar. Ele pintou o rosto dela uniformemente, de cima para baixo. Quando chegou ao pescoço, ele recuou a cabeça, sentindo o barro grudado na pele, e houve um momento de assombro quando a viu inteira, pois Mary não era bem Mary. O creme vermelho parecia uma máscara, as feições eram bem conhecidas, mas o rosto se tornara opaco, anônimo. "Você nem parece a mesma", ele disse.

Ela fez que sim. "Precisamos deixar secar agora", disse. "Quinze a vinte minutos."

Sentaram, com as mãos dela no peito de Sartaj e as dele segurando Mary pela cintura. Ele viu o vermelho mudar de cor, clarear, e surgirem rachaduras. Era como olhar para uma antiga estátua de pedra, mas os olhos dela, no centro, brilhavam. Algo perturbador, aquela abstração de Mary, que se transformava em outra coisa, algo impessoal, por isso ele desviou a vista para cima do ombro dela. A porta do seu armário estava aberta, e na parte externa havia um espelho comprido que prendera com pregos havia muito tempo, para conferir seus trajes antes de sair, todos os dias. Ele se via e via Mary refletidos no espelho, em silhueta, simétricos, e parte de seu próprio rosto, faces vermelhas sob o cabelo solto. Havia ali um estranho, um homem igualmente desconhecido. Ele respirou, virou de volta para Mary, muito calmo, e a abraçou com força.

Os sussurros deles ecoavam no silêncio, por sobre os ruídos da rua, para lá da janela, e o piar dos pássaros se confundia com sua respiração. Mary dissera que o tratamento rejuvenesceria sua pele, mas além de esticá-la, a lama parecia agir profundamente. Estava ali com Mary, não temia nem a felicidade nem a perda que o aguardava adiante. Estava de novo vivo, como se liberto de alguma coisa. Não entendia bem o que era, mas satisfazia-se sem entender completamente. Estar vivo era o suficiente.

"Está seco", Mary disse. "Vamos tirar."

Ele a levou até o banheiro pela mão, tirou o lençol e o guardou com as toalhas. Ela girou o registro na parede e um jato de água desceu forte no pequeno espaço. Ela riu, virando-se para ele, e seu sorriso rachou a argila. Ele também riu, sem motivo. Um lavou o rosto do outro, a lama correu pelos corpos e os cobriu com uma fina camada, e Sartaj viu Mary — a Mary que conhecia um pouco — emergir da máscara vermelha, o que lhe deu vontade de tocar seu corpo inteiro, e foi o que fez.

* * *

Um grupo de trabalhadores da prefeitura tapava um buraco na estrada. Não estavam de fato trabalhando, rodeavam o buraco e olhavam para ele, como se esperassem que algo fosse acontecer. Enquanto isso, formara-se um enorme engarrafamento em forma de funil. Sartaj estava próximo ao fim do funil, de motocicleta. A seu lado uma van BEST e dois carros o espremiam, não tinha aonde ir, portanto todos esperavam pacientemente. A van estava cheia de funcionários de escritório, os carros levavam colegiais para a escola. Alguns rapazes aproveitavam o engarrafamento para vender revistas e água, além de estátuas chinesas espalhafatosas de um homem que ria com as mãos erguidas acima da cabeça. Uma dupla de mendigos aleijados ia de carro em carro, batendo com os cotocos nos pára-brisas. Dois rádios tocavam nas proximidades, misturando canais. Sartaj sorvia tudo, incrédulo por ter perdido tudo aquilo enquanto estivera fora, contente por ter voltado. Até o mau cheiro dos escapamentos, combustível queimado e piche derretido era delicioso. Lembrou-se de Katekar, que era igualmente maluco, reclamava sem parar, mas confessava saudades da cidade quando ia ao vilarejo dos sogros. "Depois que o ar deste lugar penetra no corpo", Katekar dizia, "a gente não presta para mais nada." E girava o dedo na lateral da cabeça, rindo até sacudir os ombros.

A van avançou, Sartaj manobrou e arriscou bater em toneladas de metal, mas passou pelos operários da prefeitura por uma pequena brecha. Acelerou. Uma curva decorada com cartazes coloridos de filmes novos o levou até perto da praia, onde o mar se estendia calmo e marrom. Havia uma nova obra perto da naka de Kailashpada, uma estrutura alta de aço que brotava do chão. Os operários haviam erguido suas barracas azuis e vermelhas na sombra, e bebês nus engatinhavam no cascalho empilhado. Sartaj reduziu a marcha por causa de dois cães brancos esquálidos que atravessavam a rua cheios de si, parecendo ter uma reunião importante em cinco minutos. A brisa batia no peito de Sartaj e ele estava feliz.

Passou com facilidade pelos portões da delegacia e estacionou na frente da sede regional. De onde estava sentado podia ver através da área de recepção, até a galeria que conduzia à sala do inspetor-chefe e a sala de detenção. Kamble ocupava a mesa bem na frente da porta principal, debruçado sobre um livro de ocorrências. Um homem e uma mulher, sentados à sua frente, se apoiavam um no outro, com os ombros arqueados. Um guarda levava um prisioneiro algemado. O ruído do jhadoo contra a pedra vinha da sacada de cima, e se repetia a intervalos. Majid Khan chamou um inspetor, e os palavrões gritados amigavelmente fizeram Sartaj sorrir.

Sartaj desceu da moto. Levou os sapatos até o pedal e limpou um, depois outro, com um pano, até brilharem. Depois passou o dedo pelo cós da calça, na altura da cintura. Passou a mão no rosto e ajeitou o bigode com o polegar e o indicador. Com certeza estava magnífico. Pronto. Entrou e começou mais um dia.

Glossário

Nota do autor: Certas palavras do glossário abaixo podem ser usadas em mais de um idioma. Por exemplo, "Ma" ("mãe") aparece em híndi, punjabi e várias outras línguas do norte da Índia.

Aai Mãe.

aaiyejhavnaya, aaiyejhavnayi Filho-da-puta.

Aaj ka Kanoon "A Lei do Nosso Tempo".

aaja gufaon mein aa Verso de uma canção do filme *Aks*, em híndi: "Venha, venha para a caverna". O verso seguinte é "*Aaja gunaah kar le*" – "Venha, cometa um pecado."

aane wala pal Trecho do verso de uma canção do filme em híndi *Gol maal* ("Fraude", 1979): "O momento que vem...". O verso completo é "O momento que vem também passará...".

aatya Tia. Irmã do pai.

ACP Comissário Assistente de Polícia.

adhyapika-ji Modo muito formal de tratar um professor: "Respeitado mestre".

adrak Gengibre.

agarbatties Varetas de incenso.

akha Cheio, absoluto.

akhara Regimento.

almirah Armário.

Ambabai Deusa especialmente popular em Maharashtra.

anda Ovo.

angadia Tradicional sistema de entrega indiano. As empresas costumam ser utilizadas pelos negociantes de diamantes que enviam sua mercadoria por meio de angadias de confiança. Como muitos serviços indianos tradicionais, o sistema de angadia atua com base unicamente na confiança.

angula Literalmente, dedo ou mão. No caso, medida de comprimento.

antra Termo da música clássica para a introdução do corpo principal da canção. O antra pode ser repetido durante o desenvolvimento da canção.

appam Prato feito com arroz fermentado, espécie de panqueca. Típico de Kerala.

apradhi Criminoso, detento.

apsaras Ninfas celestes, causa freqüente da desgraça de iogues e mestres ascetas.

Arre chetti kar, dooty par jaana hai Frase punjabi cujo sentido aproximado é: "Ei, apresse-se, preciso cumprir meu dever". No caso, "dever" é o turno policial do personagem. Na Índia, o dia de trabalho é com freqüência chamado de "meu dever".

arthi Pira funeral na qual se é carregado para o local da cremação.

ashiana Literalmente, ninho.

atta Farinha.

Avadhi Antes da conquista britânica, Avadh (também conhecido como Oude) era um reino no centro do moderno estado de Uttar Pradesh. Após a ocupação britânica, a área foi anexada às Províncias Unidas.

ay Exclamação para atrair a atenção de alguém. "Ei."

Baap, baap re Pai. Ou uma exclamação: "Ó, meu pai".

baba Modo afetuoso de chamar alguém. (Levar em conta que a mesma palavra pode ser usada no sentido de criança pequena ou senhor idoso.)

bachcha Criança.

badboo Cheiro ruim.

badmash Sujeito duvidoso, homem ruim.

badshah Imperador.

bai Título respeitoso para mulheres, que em Bombaim é freqüentemente usado para se referir a empregadas, como em "a bai que limpa a casa".

baithak Sala de estar.

baja Instrumento musical.

bajao Jogar, e com freqüência percutir, como num tambor. Portanto, bajao é usado no contexto musical, mas pode ser empregado em referência a violência ou sexo. Bajao alguém (ou algo) pode significar golpear ou fazer sexo vigoroso com a pessoa. Tem conotação similar a *to bang* na gíria americana.

Bakr'id Festividade muçulmana que celebra a fé e o sacrifício de Hazrat Ibrahim (Abraão), a quem Alá pediu que sacrificasse o filho. O dia é marcado pelo sacrifício de animais. Fora do subcontinente indiano, a festa é conhecida como Id-ul-Zuha or Id-ul-Azha.

Bali, Sugreev Personagens do *Ramayana*. São dois macacos irmãos. Bali usurpou o reino símio de Sugreev e seqüestrou sua esposa. Rama toma o partido de Sugreev, arma uma emboscada para Bali e o mata. Sugreev, como soberano dos macacos, alia-se a Rama na grande guerra contra Ravana.

ban Recipiente muito grande, feito de metal, para guardar e aquecer água.

bandh Literalmente, fechado. Interdição de uma cidade ou localidade, ou greve, convocada em geral por um partido político, às vezes com recurso à violência.

bandhgalla Literalmente, gola fechada. Nome usado para qualquer paletó ou jaqueta de gola redonda fechada, como o paletó Nehru.

bandobast Providências práticas, logística.

bania Negociante, lojista.

banian Camiseta (como roupa de baixo).

bar-balas Moças que trabalham nos bares.

bas Chega, pare.

Bas khwab itna sa hai Versos de uma canção do filme em híndi *Yes, boss* (1997):

Bas khwab itna sa hai
Bas itna sa khwab hai...
shaan se rahoon sada...
Bas itna sa khwab hai...
Haseenayein bhi dil hon khotin,
dil ka ye kamal khile...
Sone ka mahal mile,
barasne lagein heere moti

Em tradução livre:

Tenho apenas um pequeno sonho
De viver para sempre no luxo
E que as mais lindas mulheres
Percam a cabeça por mim.
Que este meu sonho floresça
E eu ganhe um palácio de ouro,
E pérolas e diamantes caiam do céu

basta Pasta escolar.

basti Literalmente, vilarejo ou povoado. O termo costuma ser usado para definir áreas de baixa renda ou favelas.

Bataa re. Kaad rela. "Conte-me. Despeje."

batasha Porções de açúcar cande.

batata-wada Petisco frito feito de batata e farinha de grão-de-bico.

besan Farinha de grão-de-bico.

bevda Um bêbado.

bhabhi Termo respeitoso para a esposa do irmão.

bhadwaya, bhadwa Cafetão.

bhadwi Feminino de bhadwa. Portanto, madame.

bhai Literalmente, irmão. Em Bombaim também significa gângster, no sentido de membro de uma "companhia" do crime organizado. Bhai é o equivalente aproximado ao termo americano *made guy*. Bhai é o que um tapori deseja se tornar.

bhaigiri O ato de agir como bhai.

bhajan Uma canção devocional.

bhajiyas Petisco ou salgadinho frito.

bhakri Pão ázimo redondo e chato, tradicionalmente consumido por agricultores.

bhakt Devoto, seguidor.

bhang Derivado de maconha feito das folhas e flores da planta fêmea. Pode ser fumado ou usado em bebidas.

bhangad Problemas, confusão, desentendimento.

bhangi Varredor.

bhangra Dança vigorosa e vibrante do Punjab, e também a música que acompanha essa dança. A música bhangra foi modernizada e sofreu inúmeras influências, sendo hoje um tipo popular de música dançante em clubes do mundo inteiro.

bhashan Sermão, palestra.

bhat Arroz.

Bhavani Uma deusa. Ela é o aspecto intenso de Shakti ou Devi, sendo também a doadora da vida e "Karunaswaroopini", a forma pura da misericórdia.

bheja Cérebro.

bhelpuri Petisco apimentado típico de Bombaim. Em geral é vendido por ambulantes em ruas e praias.

bhenchod Incestuoso (com a irmã).

bhenji Forma respeitosa de se dirigir à irmã mais velha de alguém: "Respeitável irmã".

bhidu Amigo, companheiro.

bhindi Quiabo.

bhondu Tolo.

bhoot Espectro.

Bhumro bhumro Verso de uma canção em híndi, do filme *Mission Kashmir* (2000): "Abelhinha, abelhinha...".

bibi Forma respeitosa de se dirigir a uma mulher. Algo como senhora.

bidi Cigarro indiano feito de tabaco, enrolado em folhas. Bidis são muito baratos, e costumam ser consumidos por gente pobre das áreas rurais.

bigha Unidade usada para medir terras. O tamanho exato da terra indicada pela medida varia conforme a região, indo de 0,1 até 0,5 hectare, aproximadamente.

bissi Bissi é, literalmente, alimentação fornecida na penitenciária, mas o termo também se aplica ao local onde a comida é preparada – a cozinha.

BMC Sigla de Brihanmumbai Municipal Organization.

bola na "Eu lhe disse..."

Bole to voh edkum danger aadmi hai "Ele é um homem muito perigoso."

bolo Diga, ou fale. Nesse contexto, o cambista pede que os que desejam ingressos se manifestem.

BSES Brihanmumbai Suburban Electric Supply.

budhau, budhdha Senhor idoso, velho simplório – a palavra budhau serve para falar de alguém de modo condescendente.

bundal Ruim, abaixo da média.

burfi Doce feito com leite engrossado.

carrom Jogo de tabuleiro, de provável origem indiana.

CBI Criminal Bureau of Investigation.

chaas Bebida refrescante feita de leitelho.

chaavi Namorada.

chabbis Literalmente, vinte e seis. Gíria de Bombaim para uma bela mulher.

chacha, chachu Tio – irmão do pai.

Chainya Chainya Verso de uma canção do filme em híndi *Dil se* ("Do coração", 1998): "A sombra, na sombra...".

chakkar Giro.

Chala jaata hoon kisi ki Verso de uma canção do filme em híndi *Mere jeevan sathi* ("Meu companheiro da vida inteira", 1972): "Ando conforme o ritmo de uma certa pessoa...".

chalo "Vamos." Outro significado tem o sentido de "então" na frase "Certo, então, vejo você em Bombaim". Portanto, pode-se dizer: "Certo, chalo, nos encontramos amanhã de manhã".

cham-cham Sobremesa feita de queijo.

champi Acariciar a cabeça.

channa Grão-de-bico.

chappan-churi Prostituta astuta. Literalmente, "cinqüenta e seis marcas de faca", nome inspirado na famosa cortesã de Allahbad, que sobreviveu a cinqüenta facadas desferidas por um amante.

charas Haxixe.

charbi Gordo.

charpai Cama ou catre tradicional. Tecido grosso ou corda presa a uma armação de madeira para formar a superfície onde se deita. Os charpais são usados hoje em dia pelos pobres, ou nas pequenas cidades e vilarejos.

chaser-panni Chaser-panni, ou kesar-panni, é um pequeno pacote ("papelote") ou embalagem que contém um pó – no caso, o pó é *brown sugar*, heroína. Na gíria das ruas, há outras palavras para chaser-panni: Shakkar ki pudi (pitada de açúcar), pudi (dança), pó, papelote e namak (sal).

chashmu Chashma é o termo híndi para "óculos". Portanto, chashmu é termo jocoso para quem usa óculos, algo como "quatro-olhos".

chaska Gosto obsessivo por algo, preferência.

chatai Tapete ou esteira de bambu ou vime.

chaunka Cozinha.

chawl Prédio de apartamentos. Em cada andar, há banheiros comuns.

cheez Coisa.

chela Seguidor, discípulo. Um guru tem chelas.

chikniya Chikna é suave, como a pele de uma moça. Portanto, dizer que um homem adulto é chikna ou chikniya significa que ele é bonito demais para ser homem.

chillar Trocados.

chimta Tenaz.

chingri macher curry Camarões ao curry à moda de Bengala.

chinki Chinês.

chirote Doce frito feito de farinha e açúcar.

Chodo, chodoing Transar, ter relação sexual.

chodu Quem transa.

choklete Chocolate. Código usado pela Companhia G para indicar dólares.

chokra Literalmente, menino. Usado com freqüência para meninos de rua.

chole-bature Grão-de-bico apimentado e pão feito com farinha branca. Prato punjabi.

cholis Choli é um tipo de blusa indiana, normalmente usada com sári ou ghagra (saia).

choola Fogão.

chotta, chotti Pequeno, diminuto.

chowk Cruzamento.

chowki Posto, estação.

chowkidar Vigia, guarda.

chunni Cachecol longo usado pelas mulheres, normalmente com um salwar-kameez ou ghagra-choli.

churi Faca. Também pode ser usado para definir uma pessoa afiada, ladina. Na gíria da Companhia-G indica uma garota bonita.

chut-chattoing Termo vulgar para designar aquele que pratica sexo oral em uma mulher.

chutiya Imbecil. Chut é "vulva". Chutiya é usado como epíteto de alguém estúpido. Dizer que "Ele é um tremendo chutiya" equivale a dizer "Ele é um tremendo idiota".

chutmaari Termo vulgar para designar alguém muito idiota.

CM "Ministro-chefe". É o cargo eletivo mais alto num estado indiano.

crores Unidade do sistema numérico indiano tradicional, equivale a dez milhões.

daana, daane Literalmente, um daana é um grão ou nódulo. Termo vulgar para clitóris. No plural, também é a gíria de Bombaim para projéteis.

dabba-ispies Jogo infantil – esconde-esconde, ou I Spy. Daí, "ispies"

dada Malfeitor, baderneiro, valentão.

dada-pardada Ancestral. Literalmente, avô-bisavô.

dak bungalow Local de descanso para viajantes.

dakoo Bandido, bandoleiro.

dársana Literalmente, a visão de algo, a capacidade de ver alguém ou alguma coisa cara a cara. No contexto religioso, dársana é uma "visão" tocada pelo divino. Os peregrinos viajam milhares de quilômetros por um dársana de uma deusa num templo, ou de um guru. Quando alguém vê um guru, e é por ele visto, a bênção é transmitida.

DCP Subcomissário ou comissário assistente de polícia.

dehati Pessoa da zona rural, caipira.

desi Do sânscrito "des", que significa "lar" ou "nação". Usado para descrever tudo que é feito pelo método tradicional caseiro indiano.

DG Diretor-geral (da polícia).

dhaba Restaurante muito barato e despretensioso, em geral construído à beira de ruas e estradas, freqüentado por viajantes e motoristas de caminhão.

dhanda Profissão, trabalho.

Dhanwantri Médico dos deuses, criador de aiurveda – ele ensina Susrutha, pai da medicina aiurvédica.

Diwali "Festa das luzes", celebração do ano-novo hindu no norte da Índia. Em todo o país, a festividade celebra a vitória do bem sobre o mal. As pessoas usam roupas novas, comem doces, decoram suas casas com diyas, ou lamparinas e soltam fogos. Jogar – especialmente cartas – também faz parte da tradição.

diya Diya é uma lamparina tradicional, em geral com um pavio de algodão que flutua em óleo ou manteiga clarificada (ghee). O corpo da lamparina pode ser feito de metal ou barro.

dudh-ki-tanki Tanque (ou reservatório) de leite. Usado como termo descritivo para seios grandes.

dum Força, potência.

dushman Literalmente, inimigo. No exército indiano, a palavra costuma ser usada entre oficiais e praças quando se referem ao oponente. "O dushman está posicionado ao longo daquela cordilheira."

ekdum Com certeza.

elaichi Cardamomo.

FA "First Arts". A aprovação no exame de FA era o acesso do candidato à universidade. (O sistema e a nomenclatura não são mais usados.)

faltu Sem uso ou propósito, que não presta para nada.

flush Outro nome para o jogo de baralho indiano teen patti ("três cartas").

gaadi Literalmente, carro ou veículo. Portanto, um transporte.

gaand Nádegas ou traseiro.

gaandu Termo vulgar para praticante de sexo anal. Usa-se como sinônimo de idiota.

gadda Colchão.

gadhav Gadhav é "burro" – termo ofensivo amigável, em marata. Pode-se usar quando o melhor amigo faz alguma besteira.

gali Ruela, beco.

gana, ganas Categoria de seres divinos que servem Shiva e seu filho Ganesha.

gandugiri O que um gaandu faz é gaandugiri. Ou seja, algo estúpido.

Ganga Jamuna Título de filme em híndi, lançado em 1961. O filme conta a história de dois irmãos. O mais velho, Ganga, é falsamente acusado de crime por um proprietário de terras. Torna-se bandoleiro, mas faz que o irmão menor seja educado na cidade. Jamuna vira policial. No final do filme, Ganga é morto por Jamuna.

ganwar Pessoa rústica, caipira.

Gar ek baar pyaar kiya to baar baar karna... Versos como estes são comuns nas traseiras de caminhões, táxis e riquixás motorizados:

Se você me amou uma vez, ame outras.
Se eu me atrasar, espere por mim.

Gata rahe mera dil... Tu hi meri manzil Verso de uma canção do filme em híndi *Guide* (1965): *Meu coração clama, e você é meu único destino...*

Geet gaata hoon main Verso de uma canção do filme em híndi *Lal paththar* ("Pedras vermelhas"). O verso completo é:

Canto canções, eu as cantarolo...

ghanta Sino grande. Um sino pequeno é ghanti. Gaitonde e sua gangue usam ghanta como sinônimo de ferrado, ou atrapalhado, em vez do habitual fachchad. Na gíria de Bombaim, ghanta também significa pênis.

Gharala paya rashtrala baya Ditado tradicional marata: "A mulher está para a nação como o alicerce está para a casa". A noção é que a mulher deve ser firme, pura e virtuosa.

ghavan Petisco apimentado feito de farinha de arroz.

ghoda Literalmente, cavalo. No mundo do crime é um dos termos para pistola.

ghodi Égua.

ghotala Confusão. Nos jornais, o termo também é usado no sentido de escândalo.

godown Depósito ou armazém.

Godrej Nome comercial de um armário de aço. A empresa que fabrica esses armários faz parte do famoso e poderoso Godrej Group.

golis Goli deriva de gol, redondo. Um goli é pequeno e redondo, portanto golis são testículos. Outra palavra usada para testículos é gotis, bola de gude.

gotra Clã ou linhagem dentro da comunidade hindu. Os gotras em geral são exógamos, com algumas exceções específicas.

grahastha Chefe de família, alguém engajado no segundo estágio da vida hindu, grahastha-ashrama.

Gudi-Padwa Em Maharashtra, dia do ano-novo, no qual se celebra a chegada da primavera e da colheita.

gujju behn Literalmente, irmã guzerate. Os guzerates costumam usar behn como forma respeitosa de tratamento, portanto gujju behn é um modo ligeiramente zombeteiro de se referir a um típico guzerate.

Gullel Espécie de atiradeira, do tipo usado por meninos.

gur Jagra. Espécie de açúcar mascavo feito de seiva de palmeira.

guru Gobind Singh Último dos gurus sikhs.

hamara pata Nosso endereço. O uso do plural aqui é formal, e não literal.

haraamkhor Alguém que vive de ganhos ilícitos; ladrão, corrupto.

Harmandir Sahib O templo dourado de Amritsat, local mais sagrado para os sikhs.

Peregrinos sikhs do mundo inteiro vão até o templo dourado para tomar banho no lago que circunda o tempo e ouvir a leitura dos livros sagrados. O mergulho naquelas águas é conhecido como dukh bhanjan, e segundo a crença elimina sofrimentos e dores.

hathiyar Arma.

He, chand taaron ne suna... Este verso, e os da página anterior ("*Tu kahan yeh bataa...*") são do filme em híndi *Tere ghar ke saamne* ("Na frente da sua casa", 1963): "Ah, a lua e as estrelas ouviram isso, essa linda paisagem ouviu isso, até os passantes ouviram a canção da minha dor".

hera-pheri Trapaça, fraude requintada.

hijra Eunuco.

hum Nós.

IB Intelligence Bureau – serviço de informações para assuntos internos do governo indiano. Consta que seria o mais antigo serviço de informações do mundo.

Iftekar Ator muito conhecido que costumava fazer papel de policial em filmes indianos.

inter Abreviatura de intermediário. Refere-se ao exame intermediário, feito após a educação secundária e secundária superior (onze ou doze anos).

jab tak hai jaan jaan-e jahaan Trecho de verso do famoso filme *Sholay* ("Cinzas", 1975). "Enquanto eu viver, ó vida deste mundo...". O restante do verso é "...dançarei".

Jai "Vitória a..."

janampatri Mapa astral, normalmente feito por um astrólogo. Os mais tradicionais são longos rolos de papel cobertos de mapas e símbolos, e podem ser muito bonitos. Atualmente costumam ser feitos em computador.

jhadoo Vassoura ou esfregão.

jhadoo-katka Varrer e esfregar.

jhalli "Moça maluca" – pode ser usado afetivamente.

jhanjhat Incômodo, problema.

jhatak-matak Fogos de artifício e movimento, relâmpago e rebolado. Usado com freqüência para se referir a mulheres vistosas e sensuais.

jhav Ter relação sexual.

jhopadpatti Amontoado de barracos, favela.

ji Sufixo que denota respeito pela pessoa com quem se fala.

jite raho "Vida longa."

Kahin beetein na ye raatein... Versos de uma canção do filme em híndi *Guide* (1965): "Que essas noites nunca acabem, que esses dias nunca passem...".

kalias Negros em geral, africanos ou americanos. Kala é o termo híndi para negro, portanto kalia (singular) é uma derivação. Trata-se de gíria pejorativa.

kanche, kanchas Uma kancha é uma bolinha de gude.

kanjoos Avarento, sovina.

karamchari Termo genérico para escriturário ou funcionário de escritório. Usa-se normalmente para trabalhadores dos órgãos governamentais, o que significa que o público em geral teme tratar com karamcharis.

karhai Tacho de ferro fundido usado para frituras. Parece um pouco com uma wok chinesa.

karo Verbo – fazer alguma coisa.

kartiya Termo afetivo marata para maluco. Usado com parentes e amigos.

kasht karein "Por favor, tenha a bondade de...". Modo formal de pedir a alguém que faça algo.

Kaun banega crorepati? Literalmente, "Quem se tornará milionário?". Nome de programa de perguntas e respostas visto por milhões de pessoas em toda a Índia.

Ke kitni muhabbat hai tumse, to paas aake to dekho Verso de canção do filme em híndi *Kasoor* ("Crime", 2001): "Para saber o quanto amo você, aproxime-se e veja".

keeda Literalmente, gasto. Usado coloquialmente para definir teimosia inexplicável em relação a algo, uma peculiaridade enraigada que tende à obsessão.

kelvan Um dos rituais de casamento em Maharashtra: a última refeição de solteira da noiva na casa dos pais.

khabari Informante. Khabar é notícia.

khadda Literalmente, buraco ou poço. Termo vulgar para vagina.

khata-khat Rápido, eficiente. Talvez uma onomatopéia para o som produzido por máquinas.

khatara Pessoa decrépita arruinada.

khattia Uma khattia ou khat é uma cama simples. Corda ou tiras de tecido enroladas numa moldura de madeira, sobre a qual às vezes se coloca um colchão.

khichdi Prato simples à base de arroz, ao qual se junta o que estiver disponível. A palavra é usada, portanto, para tudo que mistura ingredientes disparatados.

khilte hain gul yahaan, khilake bikharane ko, milte hain dil yahaan, milke bichhadne ko Verso de uma canção do filme em híndi *Sharmilee* ("O tímido", 1971): "As flores desabrocham aqui, só para fenecer. Os corações se encontram aqui só para se partir".

khima Prato com carne moída, geralmente de carneiro. Pode ser bem apimentado.

khiskela Maluco, desligado. Literalmente, deslocado ou alterado. Alguém cujo cérebro está deslocado, e não no lugar certo, é khiskela.

kholi Um quarto. Quem mora num kholi provavelmente reside num único cômodo.

khwaab ho tum ya koi haqiiqat, kaun ho tum batalaao Fala do filme em híndi *Teen deviyaan* ("Três senhoras", 1965): "Você é um sonho ou real? Diga-me quem você é".

kshatriya Uma das quatro varnas do sistema hindu de castas. Os kshatriyas eram guerreiros, considerados membros de uma das castas mais altas.

Kumbhkaran Um dos irmãos de Ravana, o antagonista no *Ramayana*. Kumbhkaran – por meio de um obséquio de Brahma – dormiu durante seis meses, acordando apenas para ingerir quantidades imensas de comida.

Kya se kya ho gaya... Letra de canção de um filme fictício em híndi: "Veja o que aconteceu enquanto vigiávamos. Meu coração se apaixonou por você enquanto vigiávamos".

laddoo Um doce. Laddoos podem ser feitos com vários ingredientes, mas são sempre redondos.

ladhi Fogos de artifício – um ladhi é uma série de fogos, e pode ser muito comprida.

lakh Unidade do sistema numérico indiano tradicional, equivalente a cem mil.

lallu Fracote, pessoa mole ou ineficiente.

lalten Lamparina.

lambi Literalmente, longo. Mas, na gíria da cadeia, uma lambi é faca ou adaga, mais compridas que lâminas de barbear, a outra arma disponível. Uma lambi pode ser feita a partir de uma dobradiça de porta ou outro pedaço de metal. A palavra também é usada para espada.

langda-lulla Aleijado.

lassi Bebida refrescante feita de iogurte, água e especiarias. Lassis podem ser doces ou salgados.

Lat pat lat pat tujha chalana mothia nakhriyacha Verso de uma antiga canção folclórica ou de Marath Laavani, que foi também apresentada num filme. O sentido é difícil de traduzir; provavelmente parte se perde na passagem. O verso se destina a uma mulher. *"Lat pat lat pat"* é uma onomatopéia para indicar como ela se move, o balanço das cadeiras. Portanto, o verso quer dizer aproximadamente "Você caminha cheia de ares, com muito estilo". A última palavra do verso, nakhriyacha, é uma forma de nakhra, normalmente traduzida como ares ou agrados femininos, afetação, coqueteria, flerte.

lathi Bastão de madeira usado pela polícia, especialmente no controle de multidões.

lauda Pênis.

leela Jogo, no sentido em que o universo é o jogo divino do Senhor.

lodu Um idiota.

Loksatta Jornal em marata de Bombaim, com escritórios em Nagpur, Pune e Ahmednagar.

London mein fielding lagao. Do team bhedzjo, Sachin aur Saurav dono. Ready rehna, instructions baad mein Gaitonde fala em código, neste caso. "Preparar campo em Londres. Enviar duas equipes, Sachin e Saurav, os dois. Fiquem a postos, instruções seguirão depois." Ele quer que seus subordinados estejam prontos para a ação em Londres. Campo, referência ao críquete, significa posicionar as pessoas. Sachin e Saurav são nomes em código para dois membros de sua equipe. Ele usa os nomes de dois famosos jogadores de críquete, Sachin Tendulkar e Saurav Ganguly.

lurkao Literalmente, queda ou derrubada. Portanto, morrer.

maderchod Filho-da-mãe.

maghai Tipo de folha usado na confecção de paan doce.

Mai re Exclamação: "Ó mãe!".

maidan Um campo aberto, parque ou praça.

Main zindagi ka saath nibhaata chala gaya Verso de canção do filme em híndi *Hum dono* ("Nós dois", 1961): "Segui em frente, mantendo a fé na vida...".

Majnoo Referência a um conto tradicional, popular no sul da Ásia e Oriente Médio, a história de Laila e Majnoo. Em árabe, majnoo quer dizer louco. Este é o nome dado a um jovem bem-nascido chamado Qais, que é separado de sua amada Laila pelo pai dela, que quer vê-la casada com outro. Qais, desesperado, abandona o lar e vaga pelo deserto, faminto e maltrapilho, e por causa de seu amor frenético e enlevado é chamado de "Majnoo" pelo povo. Ele morre de inanição, desolado. Laila se mata no dia do casamento.

makhmali andhera Parte de verso de uma canção do filme em híndi *Sharmilee* ("O tímido," 1971): "A escuridão é veludo...".

malai Creme.

Mamta Literalmente, amor de mãe. Com freqüência usado como nome próprio.

Mamu Maneira afetuosa de dizer "Mama", tio (irmão da mãe).

Man ja ay khuda, itni si hai dua Versos de uma canção do filme em híndi *Yes, boss* (1997): "Ouça-me, Deus, conceda-me apenas este pequeno desejo...".

mandvali Negociação, acordo ou compromisso.

mangalsutra Colar de contas negras usado por mulheres casadas.

Mantralaya Sede administrativa estadual, ou ministério estadual em Bombaim (mantri é ministro).

manuvadi Manu foi o autor do texto *Manusmriti*, do qual o hinduísmo ortodoxo extrai muitas de suas leis e práticas, inclusive a perseguição e exploração das castas inferiores. Um manuvadi é seguidor de Manu, ou seja, alguém das castas superiores.

marad sala aisaich hota hai Ela está dizendo, em típico híndi de Bombaim: "Homens desgraçados são assim mesmo".

marata Grupo de castas de fala marata de Maharashtra. Tradicionalmente, são guerreiros e agricultores.

marwari Nascido em Marwar, região do Rajastão. Os marwaris são (estereotipadamente) tidos como negociantes astutos.

mathadi workers Trabalhadores, como estivadores do porto.

matka Loterial ilegal de números de Bombaim, um negócio de grande porte.

mausambi Limão doce.

mausi Tia, mãe da irmã.

MEA Ministério dos Assuntos Externos (em nível nacional).

mehbooba mehbooba Fragmento de canção do famoso filme em híndi *Sholay*, 1975 ("Borralho", em sentido figurado, lembranças do passado que podem ser reavivadas): "Amada, ó minha amada...".

mehndi Hena.

mere desh ki dharti sona ugle, ugle heere moti Verso do filme em híndi *Upkar* ("Bom trabalho," 1967): "A terra de meu país dá ouro, pérolas e jóias." No filme, a canção entoada por um agricultor fala das riquezas da terra.

Mere sahiba, kaun jaane gun tere? Extraído de um "shabad." O significado literal de shabad em punjabi é palavra. No contexto, shabad é a palavra revelada de Vaheguru, Deus; trata-se de um verso de um hino do Guru Granth Sahib, o livro sagrado dos sikhs. Sua tradução aproximada é: "Ó Deus, quem pode conhecer suas qualidades?".

Mere sapnon ki rani kab aaye gi tu, aayi rut mastaani kab aaye gi tu... Verso de uma canção do filme em híndi *Aradhana* ("Veneração", 1969). "Ó rainha dos meus sonhos, quando virás? A estação encantadora chegou, quando virás?".

monai Banqueta.

muchchad Much ou mooch é bigode. Um muchchad é alguém que usa um bigode particularmente chamativo.

musst Fino, exuberante.

nada Cordão (de fechar bolsa).

nakhras Termo urdu para coqueteria, meiguice, charme, delicadeza. Não existe palavra ou conceito em inglês exato e apropriado para esse comportamento muito próprio do sul asiático. O mais próximo do conceito seria dizer que consiste em um flerte feminino delicado, entendido como artifício parcial pelas duas partes.

namaskar Sinônimo de namaste, forma respeitosa de saudação; as palmas são levadas ao peito, cruzadas, quando a pessoa diz isso.

narangi Literalmente, laranja. No caso, indica o nome de um licor aromatizado.

natevaik Parentes, a comunidade da qual alguém faz parte.

nau-number Literalmente, "número 9". Gíria de Bombaim para policiais.

neem Árvore nativa da Índia (*Azadirachta indica*). As folhas e ramos têm diversas aplicações medicinais. Os galhos finos de neem são usados como escova de dentes.

Nikki Literalmente, "pequena". Neste livro, usado para se referir a Prabhjot Kaur.

Nirodh Nome comercial de preservativo introduzido pelo governo da Índia há várias décadas. Os preservativos são distribuídos gratuitamente, e sua propaganda foi maciça durante bom tempo.

nullah Riacho ou regato: curso d'água pequeno e aberto. Com freqüência, os esgotos são despejados em nullahs.

OBC Abreviatura para "outra casta atrasada", uma das classificações listadas na constituição da Índia.

Om evam saraswatye namah Invocação de um texto clássico em sânscrito: "Om! Homenageio a deusa Saraswati...".

One, two, chal shuru hoja Verso de canção do filme em híndi *Humjoli* ("Amigo," 1970): "Um, dois, vamos começar...".

paan Doce ou petisco para limpar o paladar, confeccionado com diversos recheios e folhas de betel.

paes Prato à base de arroz (às vezes grafado como pej).

pag ghungru baandh Mira naachi thi Verso de uma canção do filme em híndi *Namak Halal* ("Fiel", 1982): "Com tornozeleiras, Mira dança...".

paisa phek, tamasha dekh "Jogue o dinheiro, observe o espetáculo."

pallu A ponta solta de um sári feminino, normalmente usado sobre o ombro.

paltu Domesticado.

PAN **Card** PAN significa Permanent Account Number, que todos os contribuintes devem ter, por exigência do Imposto de Renda.

panchnama Listagem inicial das evidências e provas que um policial encontra na cena de um crime. O documento deve conter a assinatura do responsável pela investigação e por duas testemunhas supostamente imparciais.

pani Água.

Pankhida tu uddi jaaje Verso de uma canção popular durante as danças garba: "Ó pássaro, voe para longe...". Os versos seguintes são:

Pawagarh re
Kehje Ma Kali ne re
Garbo ramwa re

Que significam:

Ó pássaro, voe para Pawagarth
Diga a mãe Kali
Para dançar a garba

paplu Jogo de cartas (rúmi, similar à cacheta e ao buraco).

patta Literalmente, tira. Nos distritos policiais de Bombaim, porém, refere-se a uma tira larga de lona, como as correias de transmissão usadas em equipamentos mecânicos. A tira é presa a um cabo de madeira e usada para bater nos prisioneiros durante os interrogatórios. A vantagem para a polícia é que o patta não deixa tantas marcas quanto outros instrumentos.

paya Curry de pé de cabrito.

peda Um doce.

peetal Latão.

peri pauna "Toco seus pés." A pessoa diz isso ao tocar os pés de um idoso ou alguém imensamente respeitado.

peti Gíria de Bombaim para cem mil rupias, ou um lakh.

PG Paying Guest. Pensionista. A abreviatura é usada para descrever uma pessoa que vive em casa alheia (ocupando um quarto, normalmente) e paga aluguel. Pode ser usado para a própria acomodação. Por exemplo: "Ela acabou de encontrar um ótimo PG em Bandra".

phat Onomatopéia; imita o som feito por um balão ao ser furado. Usado às vezes para descrever algo que desaparece ou implode.

phataak Explosivo, quente. O som de uma explosão.

phatakdi Sexy como fogos de artifício. Pataka é uma bomba junina, portanto phatakdi se refere ao som que a bomba faz ao explodir.

Phoolon ki raani Título de um filme fictício, "Rainha das flores".

phuljadi Diamante ou estrelinha.

pir Santo e mestre sufi.

pohe Petisco apimentado feito com flocos de arroz.

prasad Alimento oferecido a um deus, e que depois é consumido, considerando-se que o deus ou deusa abençoou a oferenda.

PSI Police Sub-Inspector, sub-inspetor de polícia.

pucca, kuchcha Feito de cimento e tijolo. Pucca, literalmente, quer dizer sólido, em oposição a kuchcha, mole ou efêmero. Uma casa kuchcha é feita de barro, argila e outros materiais frágeis, portanto começa a desmoronar na primeira chuva forte. Por isso as pessoas querem uma casa pucca, que é mais cara.

pugree Turbante. Também pug.

puja Oração.

pujari Sacerdote.

Pyaar ka diya Título de um filme fictício em híndi, "A lamparina do amor".

ragdo Esfregar, raspar, gastar. A palavra também pode ser usada como substantivo: esfregação ou esfregão.

Rakshak Literalmente, protetor.

rakshasa Na mitologia hindu os rakshasas são uma raça de demônios ou gnomos.

randi Prostituta.

rangroot Recruta.

Ravana O grande rei de Lanka, que é o antagonista em *Ramayana*. Ele na verdade é um sábio de profundos conhecimentos e grande iogue.

RAW Research and Analysis Wing. Serviço de informações da Índia para assuntos externos.

Rehne do, yaaron, main door ja raha hoon Trecho de canção de *International dhamaka*, filme produzido por Gaitonde: "Deixem-me, amigos, vou para muito longe".

Reshmi ujala hai Parte de verso da canção do filme em híndi *Sharmilee* ("O tímido", 1971): "A luz é sedosa...".

rishi Sábio, vidente.

saadi Literalmente, ordinário. No caso, tipo de bebida destilada popular ou de tharra, de fabricação e venda proibidas.

Sabse Bada Paisa Literalmente, O Dinheiro Máximo. Nome de um programa de tevê fictício.

Sadrakshanaaya Khalanighranaaya Em sânscrito, o lema da polícia de Bombaim diz: "Proteger os virtuosos, punir os perversos".

Sai Baba Sai Baba é um guru famoso pelos milagres que realiza na frente de multidões.

sala Esposa do irmão. Também usado de modo ligeiramente pejorativo.

salwar-kameez Traje tradicional feminino no subcontinente indiano – o kameez é uma espécie de camisa longa, e o salwar, uma calça larga.

samaan Suas coisas, sua bagagem. O termo serve para indicar pistola ou revólver, na gíria dos criminosos de Bombaim.

sardar Um sikh.

sarkari Governamental.

sarvajanik Público. Para todos, para todas as pessoas.

sasural A casa do sogro. Portanto, uma casa na qual se tem muita familiaridade, e que costuma ser visitada com freqüência. Bandidos costumam se referir à cadeia como seu sasural.

satrangi Literalmente, sete cores. No caso, tipo de bebida destilada barata ou de tharra, de fabricação e venda ilegais.

saunf Semente de erva-doce.

shabash "Muito bem", ou "bom trabalho".

shagun Presságio, augúrio.

shakha Um shakha é o menor agrupamento ou célula do Rashtriya Swayamsevak Sangh (RSS), organização nacionalista hindu. Cada shakha se reúne pela manhã ou à tarde para a prática de esportes, aprendizado de táticas e uso de armas, além de participação em debates e rituais. Os encontros costumam ser realizados em parques ou áreas abertas, o que permite reunir grande número de pessoas interessadas em esportes e exercícios.

shamiana Tenda ou cobertura grande. Com freqüência essas tendas são usadas em casamentos e outros eventos em que há grande número de pessoas.

shamshan ghat Local onde os corpos dos mortos são queimados.

shandaar Magnífico, glorioso. Festa shandaar é uma expressão muito empregada nos filmes em híndi.

shanne Usa-se shanne para qualificar uma pessoa que tenta ser ardilosa, dissimulada. Dependendo da entonação, um shanne pode ser alguém que tenta abertamente parecer esperto.

shosha Sem base real, sem conteúdo, enganador. Talvez venha de show – os indianos costumam repetir palavras ou sons para dar ênfase. Como em "O que é este show-sha?".

Shri Tratamento respeitoso, similar a "Mr.", usado para homens. O termo equivalente para mulheres é Shrimati.

sindoor Pó vermelho tradicionalmente usado na risca do cabelo por mulheres casadas hindus.

SP Superintendente da Polícia.

supari Contrato de assassinato. A palavra remete a nozes de betel, que são ingeridas para refrescar a boca. No mundo do crime, supari se refere atualmente à proposta e à aceitação de um serviço de matador.

takli Calvo.

tapasya Prática meditativa que costuma incluir uma rigorosa austeridade física e espiritual.

tapori Trombadinha, jovem malfeitor ou criminoso menor.

Tarai gun maya mohi aayi Versículo do Guru Granth Sahib, livro sagrado dos sikhs. No caso, é cantado como kirtan, ou hino:

"Maia (ilusão) com seus três gunas – com três disposições – chegou para me tentar; a quem posso falar de minha dor?"

taveez Um talismã, em geral abençoado por um homem santo.

thela Um thela é um carrinho de mão. Camelôs vendem seus produtos em thelas, que são empurrados por eles.

thoko Thoko, literalmente, é atingir, derrubar. Na gíria dos criminosos significa matar, no mesmo sentido em que os norte-americanos mafiosos usam *hit*. Com menor freqüência aparece em contexto sexual, como ter relação sexual (chulo).

thoku Thoku é alguém que foi atingido, derrubado; um thoku, no contexto sexual, é alguém usado apenas para fazer sexo. Trata-se de um modo muito vulgar e ofensivo de tratar alguém.

tikkar-billa Jogo de amarelinha.

tope Literalmente, "canhão". Gíria vulgar para pênis.

TRP Abreviatura de Television Rating Points. Sistema usado para aferir audiência dos programas de televisão.

Tu hi meri manzil Verso de canção do filme em híndi *Guide* (1965): "Você é minha meta, meu único destino". *Guide* baseou-se no romance *The guide*, de R. K. Narayan.

Tu kahan ye bataa, is nasheeli raat mein... Este verso e os outros da página seguinte (*"He, chand taaron ne suna..."*) são do filme em híndi *Tere ghar ke samne* ("Na frente da sua casa", 1963): "Diga-me, onde você está nesta noite inebriante?"

UP Uttar Pradesh, estado no norte da Índia.

usal Coloquialmente, termo coletivo para vários grãos – moog, matki, masoor, waal, chavli e outros que podem ser usados no preparo de usal, prato típico de Maharashtra.

uttapam Prato do sul, similar ao dosa, mas feito de arroz e lentilha.

vada-pau Vada é batata frita. Pau vem do português pão. Portanto, a batata é usada como recheio de um sanduíche vegetariano com pão de fôrma ou bisnaga.

Vahan kaun hai tera, musafir, jayega kahan? Verso do filme em híndi *Guide* (1965): "Viajante, quem ali é seu? Para onde irá?".

Vaheguru Nome de Deus para os sikhs. Vaheguru é eterno, não tem forma e encontra-se acima de todas as características e descrições.

Vallavh re nakhva ho, vallavh re Rama Verso de uma canção tradicional marata: "Reme, ó barqueiro. Reme, ó Rama".

Vatan Lar, país natal. Palavra carregada de subjetividade que abrange a paixão que a pessoa sente pelo local de nascimento, por sua terra natal.

Vediya Maluco, doido.

ye dil na hota bechaara Verso de canção do filme em híndi *Jewel thief* (1967) ("Ladrão de jóias"): "Se este coração não fosse tão desamparado...".

Yeh shaam mastani, madhosh kiye jaye Verso do filme em híndi *Kati patang* ("Pipa esvoaçante", 1970): "Esta linda noite me inebria...".

ESTA OBRA FOI COMPOSTA EM DANTE PELO ACQUA ESTÚDIO E IMPRESSA
PELA RR DONNELLEY EM OFSETE SOBRE PAPEL PÓLEN SOFT DA SUZANO
PAPEL E CELULOSE PARA A EDITORA SCHWARCZ EM SETEMBRO DE 2008